De fabriek van klootzakken

Wilt u op de hoogte blijven van de romans en literaire thrillers van Uitgeverij Signatuur? Meldt u zich dan aan voor de literaire nieuwsbrief via onze website www.uitgeverijsignatuur.nl.

Chris Kraus

De fabriek van klootzakken

Vertaald uit het Duits door Jan Bert Kanon

SIGNATUUR

2021

Overeenkomsten met levende personen berusten op toeval.
De handelingen van de historische figuren zijn voor een deel
algemeen bekend, maar voor een deel ook verzonnen.

'Er is geen geheim
dat de tijd niet onthult.'

– Jean Racine

OPMERKING VOORAF VAN DE AUTEUR

Veel van de omstandigheden, historische gebeurtenissen en rampen van de twintigste eeuw die in dit boek een rol spelen, mogen als bekend worden verondersteld. Maar niet allemaal. Sommige ervan zullen misschien verbazing en ongeloof wekken en lijken zozeer met de middelen van de roman verbonden te zijn dat de lezer ze wellicht voor pure verzinsels houdt.

Hoewel verzinsels voorkomen, is maar een klein deel van de hier beschreven gebeurtenissen en politieke affaires helemaal verzonnen. En maar enkele van de optredende personen (en niet eens de krankzinnigste) hebben nooit geleefd.

Hun geldigheid hebben de handelende personen en ook hun geschetste handelen nochtans alleen in de fictieve wereld van de navolgende roman.

Buiten dat kan het verhaal zich op deze maar ook op een andere manier hebben afgespeeld.

INHOUD

I
De rode appel

1

Soms legt hij zijn handen op mijn schouders en kijkt me bedroefd aan. Hij vertelt me in de simpelste woorden hoe erg hij het vindt wat er is gebeurd en wat er vermoedelijk nog gaat gebeuren.

Maar hij weet helemaal niet wat er is gebeurd.

En nog minder wat er gaat gebeuren.

Hij is een echte hippie, begin dertig misschien, met lange blonde krullen als hij rechts van iemand ligt. Maar als hij links langs mijn bed sloft (om vanuit het raam naar de baby's schuin onder hem te staren), zie ik elke keer met nieuwe verbazing dat ze boven zijn oor een volkomen rond, parelmoerkleurig gat in zijn Botticelli-kapsel hebben geschoren, zo groot als een schoteltje. In het midden ervan glanst een titanium schroef, met een schroefdraad die ergens onder zijn hersenpan eindigt en ervoor zorgt dat zijn schedel niet uit elkaar valt.

De hippie heeft dus zijn eigen sores.

Hij ligt – al weken – naast me, meer Oriënt dan Occident, hij ligt er geduldig te wachten, een versleten tapijt met sporen van India.

Eén zijn met het universum, zegt hij.

Eén zijn met jezelf.

Dat is zijn mantra.

Als de hippie zo af en toe wel uit het één-zijn wordt geslingerd, dan door de baby's die een verdieping lager liggen te doezelen.

En natuurlijk mag je de aanvallen niet vergeten.

Soms, bij de minste tekenen van een eruptie, rijden de verzorgers hem naar buiten. En als ze hem weer terugduwen, is hij urenlang bewusteloos. Ze wurmen dan een slangetje over zijn schroef, die eigenlijk een soort overdrukventiel is. Een van de piepende apparaten slaat aan. En om te voorkomen dat zijn hoofd schade oploopt, wordt via het slangetje overtollige vloeistof uit zijn hersenpan een plastic beker in gepompt.

De plastic beker is van de nachtzuster. Ze heet Gerda. Haar beker heeft een oor en zwarte Mickey Mouse-koppen op een rode achtergrond. Zodra de beker tot de derde Mickey Mouse vol zit, sluipt nachtzuster Gerda naar ons toe en giet het spul voorzichtig, zonder een druppel te morsen, in een grote thermoskan. Ook de andere vier of vijf schedelbasisfracturen op de afdeling worden door haar afgetapt. Ze kijkt in de plastic bekers en is gelukkig.

Alleen haar mond is dan niet mooi.

Later smokkelt ze de thermoskan het ziekenhuis uit. Met het vocht worden nachtzuster Gerda's kamerplanten gevoed. Dat moet ontzettend vruchtbaar zijn. In de zusterskamer hangen foto's van haar serre op het prikbord. Je ziet een oerwoud van sier- en nuttige gewassen, je kunt er alleen maar respect voor hebben, en daartussen lianen en vergeet-mij-nietjes. Allemaal groen en enorm. Een barokke pracht, zoals nachtzuster Gerda zelf ook een barokke pracht is, breed uitwaaierend en weelderig, en dan nog haar temperament.

En dus is het geen wonder dat nachtzuster Gerda een keer een zelfgeteelde, tennisbalgele tomaat voor de hippie heeft meegenomen, die ze met zijn eigen hersenvloeistof had opgekweekt. Hij at hem met smaak en trots, en wilde mij er, zoals het zijn gewoonte is, ook iets van geven.

Hij is echt een geweldig mens, zoals je je hippies nu eenmaal voorstelt. Bijna iedereen, zelfs mij, tutoyeert hij. Het laat hem koud dat hij geen 'je' terugkrijgt. Een aanspreekvorm in de traditionele zin gebruikt hij niet, geen 'meneer' of 'mevrouw' of zoiets. In het uiterste geval word je 'compañero' genoemd. Tegen het afdelingshoofd zegt hij 'hoofd-compañero'. Vormen stellen niets voor. Ook tegenover namen staat hij totaal anders dan jij of ik. Hij vindt dat je vooral naar je pregnante karaktereigenschappen moet worden genoemd, zoals in Papoea-Nieuw-Guinea, waar je in de loop van je leven drie, vier of zelfs nog meer namen aanneemt, die soms in tegenspraak met elkaar zijn. Dat zegt de hippie. Hij heeft er langere tijd gewoond. En in Australië was hij ook, daar heeft hij naar diamanten gezocht. Later ging hij andere dingen doen, werkte hij op een kleuterschool en op vliegveld Riem. Daar heeft hij afgelopen jaar de bagage van de Rolling Stones geplunderd – hij heeft nog steeds een paar manchetknopen van ze.

Ik wist natuurlijk niet wie de Rolling Stones waren.

Nu weet ik het wel, want hij heeft een van hun nummers voor me gezongen. Ze zouden hem destijds meteen hebben aangenomen, je weet wel, toen ze voor de St.-Petrus stemmen zochten omdat het halve koor door de bolsjewieken was doodgeschoten (de bassen vooral, natuurlijk).

Hij kan zich niet voorstellen dat je de kamer deelt met iemand die in het tsarenrijk werd geboren. Zelf kan ik het me ook nauwelijks voorstellen.

Toen ik onlangs vanuit de intensive care hiernaartoe werd verplaatst, heeft de hippie me gevraagd hem een naam te geven die me bij hem het eerst te binnen schoot. Ik herinnerde me een bezoek aan het Prado. Daar kopieerde ik toen Francisco Goya's portret van de gedegenereerde Spaanse koningsfamilie, die ook blond en rachitisch was geweest. Dat vertelde ik hem.

Voor hem zijn 'Bourbons' glazen whisky.

Hij heet Mörle. Sebastian Mörle. Ik moet Basti tegen hem zeggen als ik niets karakteristieks aan hem zie.

Ik ben Konstantin Solm. Zei ik. En een dag later al voegde ik eraan toe (heel onverschillig, een kringetje rook van mijn vredespijp) dat veel mensen me kennen als Koja.

De hippie antwoordde dat ik voor hem niet Koja was. En Konstantin Solm had helemaal niets met mij uit te staan.

Roestige spijkers.

Kou.

Afstand.

Dat was ik.

Maar ook een schitterend mens.

Hij maakt je echt aan het lachen met dat soort zinnen. Tien keer per dag fluistert zijn in Chiemgau uitgebeten stem wat een schitterend mens ik ben, hoewel hij me 'fij fijn' vindt en aanstoot neemt aan mijn manier van praten. Die is hem te Baltisch, geloof ik, niet vulgair genoeg, en die past beter in een eenpersoonskamer, waarin ik echter vanzelfsprekend zou zwijgen. Misschien dat ze me daarom in een kamer met twee bedden hebben gestopt. Om mijn tong los te maken. Dat zou best kunnen.

Maar ik praat niet. Bijna altijd laat de hippie zijn woorden de vrije loop. Mijn leeftijd schrikt hem niet af om zijn helaas meestal simpele woord tot mij te richten. Ik ben het oor van zijn heel weinige zorgen. De ziekenkamer noemt hij vol huiselijke genegenheid 'ons plekje'. Hij dankt het universum omstandig voor elk koud melkpapje dat ze hem na zijn aanvallen te drinken geven. En hij maakt er geen enkel probleem van dat ik bij de oorlog was betrokken. Nooit vraagt hij wat ik in de oorlog heb gedaan. In alle schepselen ziet hij tekenen van de komende wereldvrede, ook in mij. Sinds hij weet dat ik ooit champagne heb gedronken met David Ben-Goerion (en ook nog eens aan zijn glas nipte), deelt hij mijn standpunt over de kwestie Israël in het algemeen en over Golda Meir in het bijzonder, in elk geval over haar voornaam, die werkelijk schitterend is. Daarover zijn we het eens.

Het spijt hem dan wel weer hoe ik over marihuana denk (een nog mooiere voornaam voor deze zo bedwelmende minister-president, vind ik).

Zonder drugs voelt de hippie zich niet compleet.

Hij heeft nachtzuster Gerda daarom een kunstig verpakte tip gegeven hoe ze aan hennepplantjes komt. En ze hebben elkaar begrepen.

Soms neemt ze foto's van de stekjes mee, foto's die ze natuurlijk niet in de zusterskamer kan ophangen. En soms neemt ze niet alleen de foto's mee, maar het hele met een rotgang omhoogschietende groene spul. De hippie biedt me dan het harshoudende, veelbladige, in Zwabische buitenwijkbloembakken en door zijn cerebrospinale uitvloeisels bemeste botanische product aan, dat ik natuurlijk niet accepteer, net zomin als alle extracten.

'Ben je bekend met hasj?'

'Ik ben bekend met hasj.'

'Je bent bekend met hasj, compañero?'

Ik antwoord nooit op vragen die worden herhaald, en dus zegt de hippie na een tijdje: 'Dat iemand als jij bekend is met hasj!'

'Hoezo?'

'Dat is net zoiets als dat ik keizer Wilhelm ken.'

Een paar dagen geleden heeft de hippie met nachtzuster Gerda bijna plechtig op een paar van de blaadjes zitten kauwen. Het was twee uur 's ochtends. Haar zware lijf schommelde op zijn bed heen en weer, tegen de schouder van de Bourbon-achtige hippie bewegend, en ik kon door het geknars moeilijk in slaap komen.

Toch moet ik zeggen dat een mens het slechter had kunnen treffen. Veel slechter. Bijvoorbeeld met een van die gekken die in Frankfurt warenhuizen in de fik steken en tegen Vietnam demonstreren en gewoon overal tegen zijn. Mijn kamergenoot met zijn ruige bos haar is helemaal nergens tegen. Omdat het tegen-alles-zijn het één-zijn in de weg zit. Hij gelooft in het goede. Niet in het beste, wat ideologen doen. Maar in het goede. Net als Mahatma Gandhi.

Zijn belangstelling voor het goede in mij is oprecht, dat zie je aan veel details. Als ik bijvoorbeeld bezoek heb (zelf heeft hij bijna nooit bezoek), luistert hij met grote ogen naar wat er wordt gezegd, komt zelfs als een huisdier dichterbij alsof hij, omdat hij toevallig naast me ligt, een deel van mijn geschiedenis is. Ik denk dat het een goede hippietraditie is om zich de lotsbeschikkingen op het strand waar ze aanspoelen toe te eigenen.

De hippie kan zijn oren gewoonweg niet geloven.

Zodra het bezoek de deur uit is, vraagt hij me of ik hem alles wil uitleggen, zijn ogen gevuld door spontane emotie, door een breed en diep gevoel. Hij denkt dat zijn belangstelling gunstig uitpakt voor het projectiel dat ik in me draag. Onder mijn schedeldak, bekneld in mijn hersenschors, in dit protoplasmatische wezen uit miljoenen en miljoenen neuronen. Een vrij klein kaliber van 7,65 millimeter, dat ik soms meen te zien als ik mijn ogen dichtdoe. Als een scheepsromp deint het op de oceaan van mijn gedachten en herinneringen. Zinkt niet. Doet geen pijn. Kan niet worden geborgen.

Niet te opereren, zegt de jonge arts in opleiding. Een Griek, trouwens, die enigszins vissenoogt (zoals ze in Chiemgau zeggen). Wees maar blij dat het 1974 is, meneer Solm. Met hersenvliesontstekingen wisten we drie jaar geleden nog geen raad.

Tegen mij is dokter Papadopoulos vriendelijk omdat hij me triest vindt.

Ik moet je eerlijk zeggen, Ev, dat ik ook echt een triest mens ben geworden. Ik denk dat ik altijd triest ben, maar het is niet dat ik dat merk, want grote triestheid heeft niks van doen met mijn normale toestand, vertroebelt die dus niet, maar ligt er mijlenver onder, en er misschien ook wel boven, zodat ik altijd gelijkmoedig en vrolijk overkom, en ik begrijp best dat je me niet kunt schrijven, dat begrijp ik. Maar ik moet je schrijven, ook al vermoed ik dat ik waarschijnlijk nooit meer iets van je zal horen, en op dit moment, nu ik dit hier opschrijf, zien ze jouw stilte beslist niet aan mij af.

Met mij gaat het goed, hoe dan ook.

Ik kan praten, zij het een beetje langzaam. In het beste geval maak ik een bedachtzame indruk. Ik kan rechtop zitten en eet meer zoete dingen dan vroeger. Het liefst pure suiker, samengeperst in de kleine kristallijne klontjes die als onweer boven mijn niet te opereren scheepsromp knetteren als ik ze krakend verpulver. De smaakreceptoren zijn door het projectiel compleet door elkaar geslingerd. Mijn linkeroog is er vier dioptrieën op achteruitgegaan, maar het rechter- is nog prima, en ik kan nog alles lezen, al moet ik wel een bril hebben. Niet zo raar als je halverwege de zestig bent. Om te lopen heb ik een kruk nodig plus drie minuten de tijd om bij de wc te komen. Soms vertel ik over jou, Ev. En als ik over jou vertel, vergeet de hippie de baby's die beneden hem liggen te krijsen. Maar dat duurt maar even, want ik zeg alleen het hoognodige.

Zodra zijn toestand het toelaat, trekt de jonge man zijn afgedragen, tot op de draad versleten badjas aan. Hij schiet in zijn pantoffels, die zijn voeten amper houvast bieden, en schuifelt naar de kraamafdeling beneden. Daar pompt hij zijn hart vol met het naamloze leven dat zich elke dag weer bruisend aandient. Soms wil hij me meenemen. Maar ik zou er niets aan hebben. Hij werpt graag een blik in de helverlichte terraria waarin de zuigelingen als maden liggen, omkranst door blinkend vertrouwen, liefde en hoop. Meestal doet hij niets anders dan in de gangen zitten, zwangere vrouwen tijdens het puffen observeren en aan in techniek geïnteresseerde vaders uitleggen hoe zijn titaniumschroef werkt. Zo nu en dan steelt hij een paar geboortekaartjes die aan de muren hangen en neemt ze mee naar ons onvolprezen plekje boven. Dan laat hij me de foto's van de gezichten van de moeders zien die hem herinneren aan orgieën in Zuid-Frankrijk.

Of hij verbaast zich over de namen van de baby's.

'Max. Hoe kun je zo'n ventje nou Max noemen? Hoe moet het vruchtje nou tot een individu uitgroeien? Heeft hij niet een vurig temperament? Moet je kijken hoe hij naar je loert. Ik zou hem "Op je hoede" noemen. Vind je niet?'

Je kunt je voorstellen hoe moeilijk het op zulke momenten voor me is om altijd maar gelijkmoedig en vrolijk over te komen. Hoezeer mijn grote triestheid toch wel van doen heeft met mijn normale toestand. Hoe dichtbij Anna lijkt. Hoe aanwezig. En hoe de triestheid me omklemt met haar kleine vuist.

Kinderen heeft de hippie niet. Dat doet hem pijn. En mij hoor je er niet over hoe het is om kinderen te hebben gehad. Volgens hem kun je helemaal geen kinderen hebben. Net zomin als manchetknopen. De dingen zoeken hun eigen wereld uit. Niet omgekeerd.

Hadden we Anna maar 'Op je hoede' genoemd.

De hippie respecteert mijn triestheid. Door de bezoekjes kan hij een paar dingen verklaren. Vooral door de bezoekjes van de rechercheurs. En van het bedrijf kwam er ook een stel. Zelfs na zo'n lange tijd hebben ze nog vragen vanwege een of andere futiliteit. Ik dacht altijd dat ze die dingen lieten rusten.

Maar zo is het niet.

Je hebt je nog geen enkele keer laten zien, Ev. Dat begrijp ik. Geen telefoontje. Geen brief. Ik begrijp het. Wie is degene die nu zo vertrouwd is met je adem? Die zijn gezicht op jouw lijf legt, op jouw sleutelbeen, en je ribben telt, net als toen, weet je nog? Weet je nog, Ev? Dadelijk komt de reden waarom ik je schrijf, de godvergeten reden waarom ik aan deze lange brief ben begonnen.

Nu dus.

Want op een dag, toen mijn door het projectiel gevloerde geheugen door oude weet-je-nog's waadde, stond Hubsi plotseling in de kamer.

Je gelooft het niet.

Eerst dacht ik dat het een herinnering was die zich plotseling de kamer binnenmaterialiseert. Zo is dat immers vaak. Maar hij was het echt, en hij vulde de hele deuropening met zijn imposante, natte trenchcoat. Druppels vielen van zijn hoed, en pas door het plasje dat zich onder hem vormde, werd ik me ervan bewust dat het buiten regende.

Aangezien Hub slechts een vochtig silhouet was in het passe-partout van de deuropening en geen woord zei, richtte de hippie in zijn bed zich op en vroeg met meer dan gewone vriendelijkheid: 'Wie zoek je, compañero?'

Hubsi kun je niet compañero noemen. Dat is nou eenmaal onmogelijk. Je kunt hem zelfs ook niet Hubsi noemen.

Hij stopte zijn handen in zijn jaszakken, nou ja, zijn hand. Hij heeft er immers nog maar een. Dat vergeet ik steeds. Hij verplaatste zijn gewicht geen centimeter onze kant op. Hij beheerst nog altijd de lichaamstaal, een taal die de hele wereld verstaat. En op een andere manier kan hij zich ook niet uiten.

'Jij kunt er ongetwijfeld niets aan doen, Koja,' siste hij, 'dat je een kamer deelt met zo'n figuur.' Pas zijn stem gaf zijn aanwezigheid de nodige diepgang en dito dreiging. 'Maar leg alsjeblieft aan die langharige aap uit wat er met het treurige restant van die vlechtjes van hem gebeurt als hij nog één keer "jij" tegen me zegt.'

Ik keerde me om naar mijn perplexe kamergenoot en vertelde hem dingen die je over Hub en het intieme 'jij' en hun onderlinge relatie moest weten.

'Dat is uw broer?' Van schrik viel de hippie uit zijn rol en sprak me met u aan.

'Hubert Solm,' zei ik knikkend. 'U mag onder geen beding Hubsi tegen hem zeggen.'

'Nee, nee. Ik zal "sir" zeggen!'

En dan zijn we alleen, sir Hub en ik. We schuifelen als twee verminkte insecten naar een manshoge vensterruit op de gang. Achter de ruit een sluier van zilverkleurige hagelslierten die alles doet samenvloeien zoals in zo'n moderne autowasstraat. Ik pak hem niet bij zijn resterende linkerarm, en dat kan ook niet, want eronder zitten een hoed en een aktetas geklemd. Met mijn kruk duurt het een eeuwigheid voor we bij de golvende ramen zijn. Ervoor staat een gelamineerd tafeltje met droogbloemen. En een mand met ziekenhuisappels.

We gaan zitten.

Een man wiens ene arm is geamputeerd en iemand met een kogel in zijn kop. Opgeteld zijn we meer dan honderddertig jaar oud, hebben we vier benen, drie armen en één vrouw. (Een hospitaal maakt je niet alleen bewust van de vluchtigheid van het bestaan, maar ook van het tempo ervan; in dancings bijvoorbeeld merk je helemaal niet hoe snel je minder wordt.)

Ze hebben Hub correct behandeld, maar nu is hij hier omdat hij zijn gevangenisstraf moet uitzitten. Hij praat nog steeds niet, en ik weet ook niet wat ik moet zeggen. Hij had gezworen dat hij me nooit meer wilde zien, maar nu ziet hij me dan toch, en wat hij ziet lijkt hem niet te bevallen.

'Het spijt me dat dat gebeurd is,' mompelt hij.

'Zeg gewoon wat je wilt.'

'Het spijt me,' herhaalt hij.

'En waarom zie je er helemaal niet uit alsof het je spijt?'

'En nu speel je de vermoorde onschuld.'

'De vermoorde onschuld?'

'Verdraai mijn woorden niet.'

Hij is geen spat veranderd. Hij is grof en heeft een hoge dunk van zichzelf, een fossiel van zichzelf, van zijn versteende kop tot aan zijn voeten.

'Goed,' gaat hij verder, 'je verdraait mijn woorden niet. Maar ik weet dat het zal gebeuren. Jij zult ze verdraaien.'

'Oké,' zeg ik.

'Jij hebt toch alles al gewonnen?'

'Gewonnen? Moet je me zien. Jouw vrienden hebben me in mijn hoofd geschoten.'

'Dat zijn niet mijn vrienden. Dat zijn jouw vrienden. En door jouw vrienden zit ik straks ook in de bak.'

Buiten roffelend, rumoerend, borrelend water, en binnen in mij zie ik stille zalen, volgestouwd met kunstwerken. Dat museum in Syracuse, kun je je dat nog herinneren? Die prachtige paarsgekleurde top van de Etna, hoog boven alles uit.

'Hoe gaat het met Ev?' vraagt hij even later, alsof hij gedachten kan lezen.

'Ze heeft zich hier nooit laten zien.'

'Ze zal zich nog wel laten zien. Zij heeft ook alles gewonnen.'

'Ben jij hier om over winnen te praten?'

'Ik heb je altijd beschermd, Koja. Ik had je onder mijn hoede.'

'In jouw handen?'

'Onder mijn hoede. Want daar gaat het in een familie om.'

Hij glimlacht, op zijn kille, wanhopige manier.

'Maar nu is alles besmeurd. Ik ben besmeurd. Jij. Onze eer. Alles.'

'Onze eer. Laat me niet lachen. Wat is onze eer nou helemaal?'

'Trouw.'

'Schei uit.'

'Onze eer is trouw. Nietwaar?'

'Je bent hier vast niet gekomen om met mij over de ss te praten.'

'Weet je nog dat we een keer bij Heydrich in zijn kantoor zaten? Helemaal in het begin? Hij wist heel goed hoe dat moest, mensen inschatten. Hij had een neus voor scherp verstand en karakter.'

'Karakter, Hubsi?'

'Ja. Niet echt nodig in ons beroep, natuurlijk. Maar toch. Hij vertelde me later dat hij je had gekozen om je intelligentie, niet om je karakter.'

'Bij jou was het kennelijk net andersom.'

Zijn gezicht verraadt niets van zijn gevoelens. Hij laat zich niet beledigen, zelfs op zijn lippen zie je geen reactie – ze liggen ondanks de regen roerloos als aangespoelde zeereptielen te drogen. Oud is hij geworden, oud en grijs, ouder en grijzer dan zijn negenenzestig jaar. Maar wanneer hij opstaat, zie ik dat hij zich nog altijd als in een arena kan bewegen. Hij buigt zich voorover naar zijn kleine, doorweekte aktetas, opent hem behendig (behendig voor iemand met één arm) en haalt een roestbruine A4-envelop tevoorschijn. Hij legt hem voorzichtig voor mij op het tafeltje en gaat weer zitten.

Hij snuift terwijl hij een blik op de envelop werpt.

'Ev moet het weten,' hoor ik.

Wat moet Ev weten, Uwe Onverdraaglijkheid? Maak jezelf toch niet zo interessant, zit er niet bij als een kind van twaalf met een kikker op je knieën om aan mij te laten zien hoe je hem opblaast.

Ik luister naar de eindeloze regen, hoor tezelfdertijd de stilte van Syracuse, die zeker twintig jaar geleden is, ach, wat was dat mooi, en ten slotte zegt hij: 'Ik heb niks aan de rechtbank laten zien. Dat gaat ze niks aan. Maar Ev moet het wel weten.'

Zonder in de envelop te kijken weet ik nu wat erin zit. Van de fruitschaal voor me pak ik gedachteloos een van de rode ziekenhuisappels, een Edelborsdorfer, lijkt me, in elk geval een renet. 'Waag het niet,' fluistert Hubsi bijna vriendelijk. In de seconden dat ik over de glanzende rode schil van de renet wrijf, moet ik aan jou denken, Ev. Ik zie je niet zoals in Syracuse, maar ik zie je zoals ik je als kind heb gezien, een ontzettend mager meisje uit de duistere prehistorie, met grote sabeltandtijgertanden die bijten in wat ze maar te pakken krijgen, natuurlijk net als Sneeuwwitje ook in de appel, onze heilige familiegraal. En ook een keer in mijn arm omdat ik je vasthield en in de boeien wilde slaan, want jij was de rover en ik de gendarme, en toen ik zei, bijna bewusteloos van de pijn met jou als een murene in mijn vlees, dat je niet zo hard mocht bijten, liet je los en zei lachend: 'Maar ik ben een rover, en rovers mogen alles, en je huid smaakt ook nog eens zo vreemd, je moet je eens wassen.'

'Leg hem weer terug,' fluistert mijn broer.

Ik leg de appel niet terug, maar bijt er met sabeltandtijgerkracht in, en op hetzelfde moment is het alsof mijn complete persoonlijke geschiedenis van gebeurtenissen en ogenblikken als de regen voor me, als de regen van een reëel leven dus, ruisend op me neerdaalt. Mijn broer rukt de vrucht uit mijn hand, slingert hem woedend weg richting drankautomaat, mijn god, moet je dat zien, en dan hoor ik ook nog verwensingen over mijn ongeoorloofde consumptie, en hoe lang ik daar ook mag hebben gezeten en in de spleetjes van zijn van haat vervulde zwarte ogen heb gestaard, opeens staat de hippie naast ons en geeft me de aangebeten appel terug.

'Wat doet de sir nou met je?'

Ik schud driftig mijn hoofd, verder niets, hoewel ik er niet driftig mee mag schudden, zie niets door het gordijn van mijn tranen en bijt nog een keer in het stevige vruchtvlees.

'Als je er nog één keer in bijt!' dreigt Hub me.

'Maar waarom mag uw broer niet in een appel bijten?' vraagt de hippie verbaasd, en Hub blaft dat het niet zijn zaak is.

De hippie spreekt dat tegen: 'Hij moet vitamines hebben.'

'Vort, ingerukt, terug naar de kamer!'

'Dit hier is een oord voor schitterende mensen, dus misschien kunt ú beter gaan.'

Ook al is de hippie helemaal nergens tegen, hij is toch op een beangstigende manier tegen Hub.

'Wilt u zeggen,' vraagt die spottend, 'dat ik geen schitterend mens ben?'

'Ik wil zeggen dat u nu beter kunt gaan, anders gebeurt er iets vreselijks.'

'O ja? En wat is dat vreselijke dan?'

'Dan roep ik nachtzuster Gerda.'

In de stilte die ontstaat hoor je enkel mijn malende kaken, want ik werk geleidelijk aan de hele rottige appel naar binnen, en de boosheid van mijn broer zwelt met elke hap verder aan.

'Luister even goed, mietje,' zegt Hub tegen de hippie. 'U moet eens nadenken over het woord "schitterend". U moet eens even heel lang nadenken wat het woord "schitterend" met mensen als die daar te maken heeft!'

'Uw broer heeft een goed karma.'

'Karma? Wat moet dat dan wel zijn?'

'En misschien kan ik maar beter nadenken over het woord "mietje".'

'Als u met karma de ziel bedoelt, de onsterfelijke, de van de Heilige Geest doordrenkte ziel, dan zeg ik: die man heeft er geen. Hij heeft geen hart. Hij is een monster!'

'Je moet echt een beetje dimmen, compañero!'

'Alstublieft, Basti, houdt u zich erbuiten,' mompel ik bezorgd en met volle mond terwijl de vingers van mijn broer beginnen te dribbelen, zelfs de vingers die zijn weggeblazen.

De hippie vindt het wel genoeg: om elk contact met Hub af te breken doet hij de ademhalingsoefening die daarbij past. Hij heeft dat in een ashram geleerd, waar ze hem ook hebben uitgelegd hoe je van stenen brood bakt. Hij sluit zijn ogen, komt overeind en spreidt zijn armen.

Hub snauwt me toe: 'Laat die hersenloze hier de bruine envelop zien. Laat maar eens zien hoe "schitterend" je bent.'

'Basti, ga maar naar de kamer, alstublieft. Ik kom zo, oké?'

'Juist ja, nu begin je over iets anders! Nu begin je over iets anders omdat je niet wilt vertellen dat je alles en iedereen hebt verraden.'

De armen van de hippie vallen omlaag. 'Wie moet, neem me niet kwalijk, de compañero dan wel hebben verraden?'

'Ja, Koja, vertel maar eens wie je hebt verraden.'

'De hele wereld.'

'De hele wereld?'

'Een ander woord voor alles en iedereen!'

'Ik wist het wel!'

'Wat?'

'Je verdraait ze! Mijn woorden! De woorden uit mijn mond!'

'Nee, ik herhaal jouw miserabele woorden. Ik herhaal gewoon wat je wilt horen. De hele wereld heeft van mij te lijden! Tevreden?'

'Ja, ironie is het enige wapen waarover je beschikt. Maar wij hebben voor de vrijheid gevochten en tegen het absolute kwaad. Wij hebben ervoor gevochten dat een sukkel als hij hier zijn Boeddha kan navolgen en dat-ie onze kinderen met drugs kan vergiftigen.'

'Dat is een belediging, sir,' doet de hippie zijn beklag.

'Ik zeg de waarheid. Dat is alles. Ik heb altijd alleen de waarheid gezegd, en daarom ga ik naar de gevangenis. Jij, Koja,' wendt hij zich tot mij, 'jij hebt gelogen en verraden en verkocht, en nu denken figuren als hij hier dat je de onschuld zelve bent. Dat je mag wegrotten. Je hebt zelfs Großpaping verraden.'

'Dat is niet waar.'

'Negentienvijf heb jij verraden.'

'Is niet waar.'

'Annus mirabilis!'

'Nee!'

'Jij waagt het om voor mijn ogen een appel te vreten, varken dat je bent!'

'Hou op!'

'En zelfs die sloerie van je heb jij verraden.'

Hij is zo dicht bij mijn gezicht dat ik met mijn kruk uithaal naar zijn kin, met een voor een kreupele misschien onverwachte bruuskheid. Er klinkt een knisperend geluid, zachtjes wel, alsof iemand gedroogde bloemen fijnwrijft. Over jou had hij niets mogen zeggen, Ev. Niet zo. Hij tuimelt achterover, struikelt over de stoel, gooit zijn arm ergens heen, maar niet naar de juiste plek, valt neer als een boom, slaat tegen de vloer en blijft ineengedoken tegen de ruit liggen, dubbel gehoekt, met de regen als decor. 'Nachtzuster!' krijst de stem van de hippie, maar voor hij er 'Gerda!' op kan laten volgen, staat Hub al weer, schudt even zijn arm, als een olifant zijn slurf, en komt op me af. Ik zie alleen dat de hippie hem de weg verspert, met gebaren die smeken om geen geweld te gebruiken, en dan schiet zijn hoofd, zijn mooie Dürer-hoofd met de bleekheid van het olieverfschilderij uit 1498, achterover, en ik denk dat de titanium schroef daar onmogelijk tegen kan, en opeens staan er mensen die er daarnet misschien ook al stonden, maar die op een ondubbelzinnig signaal hebben gewacht, en wat kan op deze plek nou ondubbelzinniger zijn dan een hersenpatiënt die om hulp schreeuwt?

2

Hoewel ik haar op oude foto's gemakkelijk herken – ik hoef alleen mijn eigen profiel in het hare terug te vinden, want we hebben allebei dezelfde naar rechts neigende, enigszins mislukte Romeinse neus – kan ik me haar niet voorstellen als jonge vrouw, mijn moeder. Maar ze was nog heel jong en al verantwoordelijk voor het pathos in ons gezin toen ze de traditie met de rode appel bedacht. Dat was allemaal vanwege negentienvijf en het wankelende Russische imperium waarin wij opgroeiden. Mijn moeder heeft altijd gezegd: annus mirabilis. Dat was negentienvijf voor haar, dat we nooit negentienhonderdvijf noemden, want dat zeiden alleen Rijksduitsers. Tijd bleef voor mama altijd iets organisch dat een wil en een ziel bezat, dat goed of slecht kon zijn, bijna net als bij een mens. En in dat elfde regeringsjaar van Zijne allerklunzigste Majesteit, tsaar Nicolaas ii, ging elke vorm van orde bij ons in rook op. Rusland brandde, van Sint-Petersburg tot de meest afgelegen provincies.

Ook de geboortegrond van mijn ouders, het zo schilderachtige Balticum, werd door de revolutionairen platgebrand. De hippie weet niet wat dat gebied is of was, en ik zeg: stelt u zich gewoon een waterige Claude Lorrain-lucht voor. Oké, u zult de schilder niet kennen, dus laten we het niet te ingewikkeld maken: een mooie blauwe lucht. Daaronder een miniatuuruitgave van Canada, gelegen aan de Oostzee, met eindeloze tarwevelden en grote farms die door hun angstige ranchers worden verlaten, in calèches en zondagse koetsjes, opgejaagd door de Vietcong. Exact zo voelde het destijds. De rebellie woedde. Alle Duitse landerijen lagen braak. De Russische troepen waren in Japan bezig een niet te verliezen oorlog te verliezen. Letse knechten trokken plunderend door de weerloze provincies, sloten een verbond met de allerarmsten van de armen, namen bezit van de grond van de adel, hakten de bomen om, maaiden het hooi, bestormden de verlaten Duitse herenhuizen en lieten hopen stront op en onder de Perzische tapijten achter.

Mijn grootvader, die we altijd gewoon Großpaping noemden en die anders dan de andere dominees uit zijn district weifelde of hij zou vluchten, want hij wilde de hem door God toevertrouwde gemeente onder geen beding in de steek laten, want dan zou hij God zelf immers in de steek hebben gelaten, deze Großpaping Hubert Konstantin Solm (Huko voor degenen die het aandurfden) was naar verluidt onbekommerd in zijn fruitgaard aan het werk toen op een warme augustusavond een troep schreeuwende zeisdragers over de wei op hem af kwam gemarcheerd. Hij kende dat al. Zijn kerk werd al maandenlang bijna elk weekend door demonstranten uit Riga belaagd. Dikwijls drongen de vreemdelingen met rode vlaggen, trommels en bijlen het godshuis binnen en brulden voor het altaar de 'Internationale'. Mijn Großpaping bedankte dan voor de mooie zang en ging onverstoorbaar door met zijn dienst. De Letse boeren hielden van hem omdat hij in staat was in hun taal te preken en in zijn hobbelende tweespan door de gistende provincie reed zonder zich door de wereldlijke imponderabilia te laten afhouden van begraven en rouwen, van troosten en vermanen of van de verplichte kom-snel-weerom-borrel.

Ooit haalde hij doodgemoedereerd een oekaze van de revolutionairen van de kerkdeur en bevestigde die op de deur van de varkensstal omdat hij daar hoorde. Boven onze eettafel hing later het portret van Großpaping, dat mijn vader twee jaar voor de gebeurtenissen had geschilderd. Het was een donker pastel waarop je een grijsaard met buitenissige bakkebaarden zag. Het kalende hoofd – omlijst door zijn sneeuwwitte baard-zonder-snor – werd met een kalotje bekroond. Zijn gelaatstrekken met de bleke, arrogante waterijsogen, de brede jukbeenderen en de flauwtjes geopende, bijna zinnelijke mond onder de uitgeschoren bovenlip deden denken aan de manier waarop Mozes op bladzijde 54 van onze Schnorr von Carolsfeld-bijbel werd afgebeeld: ernstig, gewelddadig en altijd bereid Jericho's muren te doen instorten.

Naast het portret was aan de wand ook het kleine zwaard opgehangen dat Großpaping voor zichzelf had gesmeed en altijd onder zijn toga droeg als hij de kansel besteeg. Hij wilde niet dat ze hem levend te pakken kregen (hij zei *kriechten* in het Oost-Pruisisch-Jiddische idioom van mijn geboortestreek), en hield de revolutionairen, zodra ze een keer hun bijlen op het kruisbeeld dreigden uit te proberen, dit roestige product van eigen makelij voor, zoals bij vampiers die je met zelfgesneden berkenhouten paaltjes schrik aanjaagt. Großpaping zou zonder aarzelen de kling in zijn eigen nek hebben geramd, coram publico, als iemand hem of de Gekruisigde te na was gekomen. Domineesbloed in de doopvont was in die tijd echter nog geen goede reclame voor de revolutie, temeer daar Großpaping als martelaar een goed figuur zou hebben geslagen, dat weet ik zeker. Het dramatische talent heb ik van hem geërfd, maar het heeft me wel altijd ontbroken aan moed en koppigheid, aan deze eenzame hoogte, *envers et contre tout*, die binnen onze familie overal bleef bestaan en zo vreselijk veel ongeluk aanricht, tot op de dag van vandaag.

De maatregel van Großpaping om met een zwaard op zak het Woord Gods te verkondigen was even grotesk als verstandig. Maar een revolver in je zak zou natuurlijk nog grotesker en nog verstandiger zijn geweest.

Maar toen Großpaping op voornoemde zomeravond in zijn paars gloeiende tuin stond, naast en onder de fruitbomen, en het gepeupel als een muggenplaag op hem zag afkomen, had hij geen ander wapen tot zijn beschikking dan zijn mand met vers geplukte rode appels. *Svaigiaboli*, heten ze in het Lets, wat een mooi woord.

Misschien was het allemaal anders afgelopen als mijn grootvader dit woord had gebruikt, of een ander woord uit deze rijke, schitterende taal, die geen scheldwoorden kent, want 'zwarte slang' is het ergste wat je iemand in het Lets kunt toevoegen. Als mijn grootvader kalm, deemoedig en bescheiden was gebleven, zou hij aan de eisen van de afvaardiging, die bijna als beleefde verzoeken klonken, met de schijn van simpele gelatenheid hebben voldaan of die althans met een Letse tongval als een onafwendbaar noodlot hebben aanvaard, wie weet was alles dan anders gegaan.

Maar zijn temperament liet dat niet toe.

Hij siste Duitse psalmen die als vloeken klonken. En toen een van de aanvoerders, overgoten met de onfatsoenlijkste delen van het lutherse evangelie, zijn geduld verloor en Hubert Konstantin Solm met een snufje lompheid beval hem de sleutels van de consistoriekamer te overhandigen – *nekavējoties, nekavējoties!* – smeet de oude man een van de appels naar hem, een rode herfstcalville, van drie meter afstand. Feitelijk een gebaar van ongelooflijke dwaasheid. Maar de knaap dook weg. De herfstcalville suisde langs hem heen en raakte als een steen het meisje achter hem in het gezicht, zodat haar kleine, spitse, vijftienjarige neus brak. Bloed spatte op een schort, maar misschien was het ook gewoon het roze sap van het geplette vruchtvlees. Maar een ijle meisjeskreet later hadden ze hem te pakken.

Ze trapten Großpapings voordeur in, haalden voor zijn ogen de prenten van Jezus en de beelden, het Boheemse kristal en het mooie Engelse porselein, evenals de dodenmaskers van zijn twee overleden echtgenotes, uit de salon en sloegen alles aan gruzelementen. Daarna duwden ze de grote familievleugel, die mijn vader als jongetje met Mozart en Chopin kennis had laten maken, de veranda op, sloopten hem en verdeelden de ivoren toetsen onder elkaar. Toen iedereen alleen nog lallend halleluja's uitkreet, gestimuleerd door de aanzienlijke voorraden bordeaux die in onze wijnkelder waren gevonden, dachten ze voor Huko na over *sodīšana*, een heel bijzondere *sodīšana*, die minder eervol zou zijn dan de Oud-Romeinse zelfdoding, uitgevoerd met zijn kleine zwaard.

Mijn ouders woonden destijds in Riga, midden in de art-decowijk, waar papa in de spiksplinternieuwe Albertstraße – een operette van de bouwkunst, uniek in heel Europa – een aria van een atelier had betrokken. Hier waren vlak in de buurt, namelijk ten westen van de stadsweide, de weinige militaire eenheden geconcentreerd, met name indolente infanterie, zodat de stad, en dan vooral de uitsluitend door Franse butlers en Engelse mopshonden bewaakte Albertstraße, ondanks het kraaiende oproer overal, als betrekkelijk veilig werd beschouwd.

Papa verleende onderdak aan bloedverwanten die het platteland waren ontvlucht. Alleen Großpaping wilde onder geen beding komen. Hij bleef in Neugut in Koerland wonen, koppig als zijn fruitbomen, de enige Duitser in de wijde omtrek. Brieven met koddige illustraties, telegrammen die hem moesten verleiden en steeds wanhopiger werden, bezorgd door levensmoede postiljons, smeekten Großpaping om zijn verstand te gebruiken en stante pede te vertrekken. Maar verstand, dat heb ik geleerd, kun je niet afsmeken, omdat je mode niet kunt afsmeken. De mode van de lafheid, schreef Großpaping terug.

De oude man negeerde dus niet alleen alle verzoeken om zijn ambt neer te leggen, integendeel, hij bekommerde zich ook nog om de zielzorg van de vijf verweesde buurgemeenten. Hun gedeserteerde herders in het geloof, met hun gezinnen gerieflijk schuilend in Riga, informeerden, bleek van schande, regelmatig bij papa naar Huko's welbevinden, waarbij onwelbevinden een rakere typering was geweest, omdat daar vurig op werd gehoopt, om het eens netjes te zeggen.

Toen papa bij een dergelijke gelegenheid inderdaad van een schijnheilige geestelijke hoorde dat men, 'lejder, lejder, Lieberchen', vlak bij de pastorie van zijn vader een trein had laten ontsporen, telefoonpalen had omgezaagd en 'echt, ik weet het uit de eerste hand', het politiebureau had aangevallen, liet hij de koets gereedmaken en was hij vastbesloten zijn koppige vader zelf weg te halen uit het opstandige, op een afstand van slechts vijftig werst gelegen gebied.

Maar mijn moeder verbood het ten slotte. Of tenminste, haar toestand verbood het. Ze was die zomer in de negende maand van haar zwangerschap, zodat haar opzwellende lijf erg imposant oogde toen mama het hoogstpersoonlijk dwars over de weg legde. En uiteraard waagde haar echtgenoot het niet om over zo'n barricade heen te rijden.

Niet dat mama zich onbeschermd zou hebben gevoeld zonder papa, nee, beslist niet. Veeleer was ze bezorgd dat hij zonder haar gezelschap op zo'n gevaarlijke tocht vreselijk in moeilijkheden zou kunnen komen, want inderdaad, hij trok – vermoedelijk een uitvloeisel van zijn artistieke talent – debacles, fiasco's, catastrofes en ongelooflijke complicaties (waarvan mama ongetwijfeld de ongelooflijkste was) op welhaast magische aan, hoewel hij per saldo een gelukskind was, wat geenszins in tegenspraak met elkaar is.

Mama wandelde elke dag met haar kogelronde buik naar de markt, langs de demonstraties van de socialisten, spookachtige, met olie besmeurde gestalten die haar en haar kroost met hun blikken van de aardbodem verjoegen, want Anna Marie Sybille Delphine barones von Schilling was een barones van zichzelf, niet zomaar iemand, een juffer van stand, om zo te zeggen, op een zwevende waterburcht in de buurt van Reval als zuigeling reeds ontloken om gezag te dragen. Angst was haar zeker niet vreemd, maar ze was niet gewend die te tonen. Ze kon zich verschrikkelijk opwinden als iemand zich niet wist te gedragen. Maar ik heb haar nooit in een staat van paniek gezien. Paniek hoorde gewoon niet.

De Russische revolutie van negentienvijf had ze ervaren als een ontsporing van menselijk fatsoen. Radicale politieke visies trad ze met hetzelfde respect tegemoet als verkrachting of kindermoord. En zo werd mijn broer al als embryo met een moederlijke woede voor communistische omverwerpingen geïmpregneerd, een woede die zich door geen hippiebeweging ter wereld meer laat wegnemen, mijn beste pacifistische kamergenoot.

Ik weet welke belangstelling u voor allerhande soorten van geboorten vermag op te brengen, meneer Basti. Maar de geboorte van mijn broer had de eigenaardige eigenschap te midden van chaos en hysterie plaats te vinden. Eigenlijk was ze meer een emanatie dan een geboorte, omdat ze op dezelfde avond en zelfs op hetzelfde uur plaatsvond waarop onze grootvader uit de wereld raakte. Brahmanen zoals u noemen zoiets wedergeboorte, en misschien heeft mijn broer inderdaad toen hij door het geboortekanaal werd geperst het leed van zijn verlichte Großpaping op zich genomen, die tezelfdertijd op een halve dag reizen op zijn noodlot wachtte.

Nadat ze hem, de van woede briesende Duitse predikant, twee uur lang in zijn eigen kerk hadden opgesloten, zodat hij vanuit de consistoriekamer kon toezien hoe de pastorie, die al meer dan vier generaties in de familie was, in vlammen opging, lieten ze hem de behandeling ondergaan die aan de geestelijkheid was voorbehouden en waarvoor je alleen een nabijgelegen vijver, een lege aardappelzak en een nieuwsgierig publiek nodig hebt. Dat was er allemaal, en dus haalde men joelend Huko uit zijn kerk, knipte zijn baard af en dwong hem ten overstaan van iedereen de rode herfstcalville te eten waarmee hij gezondigd had. Hij spuugde het framboosachtige vruchtvlees, een pomologische bijzonderheid, vol afschuw op de rode vlag die in zijn eigen grond was geramd en maar één voetstap bij hem vandaan wapperde.

Daarna werden zijn handen geboeid voor ze de zak over zijn hoofd trokken en die bij zijn enkels vastbonden. Ten slotte tilde een gespierde hoefsmid, die daarvoor een jaar later zou worden opgehangen, het hulpeloos spartelende pakket in de lucht en wierp het in de vijver van de pastorie. De Letse kijklustigen applaudisseerden toen het uitblijven van Gods hulp zo zintuigelijk zichtbaar werd. Erg onverwachts klonken de schrille kreten die uit de trappelende zak te horen waren en een poos aanhielden, want het verdrinkingsproces moest telkens worden onderbroken opdat niemand ook maar iets ontging.

Pas de volgende ochtend werd het lijk geborgen.

Anna Ivanovna, de Russische huishoudster van mijn grootvader, met wie hij na de dood van zijn tweede vrouw op een veelbesproken wijze had samengewoond, trok haar bovenkleding uit, zwom in de dageraad naar hem toe en trok de dode, op wie naar verluidt een kikker zat, aan zijn blote, net uit het wateroppervlak stekende voet op de kant. Later werd ze onze Mary Poppins, de gouvernante van onze kinderjaren, en ze vertelde dat de dorpsbewoners zich in alle stilte rond dit in een jutezak vastgesnoerde, natte lichaam verzamelden, als rond een aangespoelde walvis, dat ze met bittere tranen beweenden. Een halve eeuw lang was hij, Hubert Konstantin Solm, in zijn dorp verantwoordelijk geweest voor doop en huwelijken, voor geboorten en sterfgevallen, voor het eerste gebed en de gang naar de laatste rustplaats. Zijn lot was zelfs onbegrijpelijk voor hen die de avond ervoor nog hadden staan joelen.

Voor mijn broer en mij markeerde zijn einde het begin, het archimedische oerpunt van hoe wij de wereld ondergingen. Niets van wat er in latere jaren zou gebeuren, kan worden overdacht of zelfs alleen maar bekeken zonder de woedend weggesmeten appel, het brandende huis, de bespuugde rode vlag en het aan de rand van de vijver opdrogende lijk.

De hele wereld veranderde voor mijn ouders en werd een armageddon van pijn en schuld. Zelfs toen mijn vader al op sterven lag (het leven om hem heen verdragend zonder eraan te kunnen deelnemen), maakte hij zichzelf nog verwijten. Waarom ben ik niet gegaan, waarom ben ik toen niet gegaan, jammerde hij. Ze zou toch niet zijn blijven liggen, zíj! Een lafaard ben ik, een armzalige onderhorige van de vrouw! Zo floot het door zijn tanden, door zijn verlamde mond.

Het kon gewoon niet anders dan dat mijn broer de beste van alle namen kreeg, die van de in hem zo prachtig gereïncarneerde grootvader.
Hubert.
Ik kreeg de op een na beste.
Konstantin.
En aldus was onze verhouding voor lange tijd vastgelegd.

Daarmee wil ik niet zeggen dat hij de eerste was en ik de tweede, correctie: hij de eerste en ik dus de laatste, hij het geluk en ik de pech, hij door het toeval verwend en ik door het noodlot geslagen, hij door mama bemind en ik drie dagen na mijn geboorte degene die uit haar handen gevallen en op de marmeren vloer terechtgekomen was (waaraan ik een kleine beschadiging aan mijn heup overhield, die het me juist in mijn huidige situatie niet bepaald gemakkelijker maakt om weer te leren lopen). Nee, dat is niets, dat is gewoon gejammer of dwaas. Maar dat ene klopt wel: Hubert en Konstantin waren al als Hubsi en Koja totaal verschillend genummerde zonnestelsels. Ik ben niet op grootvaders sterfdag en evenmin op zijn verjaardag geboren, niet op een zon- noch op een feestdag, helemaal niet op een dag die voor mijn familie op de een of andere manier belangrijk was. Ik werd niet eens een augustus- of december-Solm zoals twee derde van mijn bloedverwanten, die praktisch uitsluitend in deze twee maanden ter wereld plachten te komen.

Met de onbeduidendheid van mijn wereldlijke aankomsttijd heeft mijn broer me toen we nog klein waren altijd gepest. Ja, we hebben zelfs een keer gevochten, en ik verloor natuurlijk, vier jaar zwakker dan hij.

Dan is er echt geen enkele reden tot blijdschap dat je in het annus mirabilis geboren bent, in dit schoeltje van een jaar. En is het een pretje om je verjaardag altijd op een dag te moeten vieren dat iedereen onmiddellijk na het geven van de cadeautjes naar het kerkhof moet en er bittere tranen moet wenen? Om het jaar kwam er dan nog het feest der martelaren in de St.-Petrus bij, waar alle door bolsjewiekenhand gevallen geestelijken van de Evangelisch-Lutherse Kerk van Letland werden herdacht. Hub moest dan altijd urenlang bij het altaar voor in de kerk een dikke witte kaars vasthouden die het levenslicht van Großpaping symboliseerde.

Toen ik deze eredienst eens een keer mocht overnemen, blies ik per ongeluk de vlam uit en begon bovendien onbedaarlijk te giechelen omdat de bisschop een zuigvlek in zijn nek had, dat zei baron Hase tenminste, die door ons, omdat we dat wel toepasselijk vonden, pukkelhaas werd genoemd en bevend van de hik met zijn kaars naast me stond. Nee, op zo'n dag wilde ik echt niet geboren zijn.

Ik was eigenlijk wel blij dat het onontkoombare jubileum puur en alleen mij toebehoorde, want het was op de negende november dat vanwege het noodweer mama's vliezen twee weken te vroeg braken en ik de tweede geborene werd. En de negende november was op de kalender een zeer onopvallend, volledig op mijn behoeften afgestemde datum. Grijs. Onderschat. Voor meerderlei uitleg vatbaar.

Pas in negentientien veranderde dat. Aan het eind van dit voor Europa's lot zo belangrijke jaar was Riga al (of misschien kon je beter zeggen: nog) door de Reichswehr bezet en behoorde feitelijk niet meer tot Rusland. 's Avonds, toen we gingen zaklopen – zaklopen was nou iets wat Hubsi op zijn verjaardag vanwege de verschrikkelijke aardappelzakassociaties absoluut niet mocht, en je kon op zo'n dag toch ook moeilijk gaan zwemmen – toen wij dus als kangoeroes door de kamer sprongen, hoorden we van papa's toegesnelde neef die bij de *Rigasche Rundschau* werkte dat uren eerder de Duitse keizer Wilhelm was afgetreden en in Berlijn de republiek was uitgeroepen. Hubsi maakte er meteen misbruik van. 'Op mijn verjaardag ging een groot man te gronde,' fluisterde hij me 's nachts toe toen we in bed lagen. 'Maar op jouw verjaardag crepeerde een heel land.'

Ik huilde erg, want inmiddels waren we belijdende Duitsers. Van Rusland hielden we allang niet meer. Mama en papa hadden na het neerslaan van de revolutie vanaf negentienzes wel weer een grote staat gevoerd. Mijn vroege herinneringen: weelderige interieurs, met kussens volgestouwde kamers, een zilveren Russische samowaar, waarmee ik een keer halfonopzettelijk onze cockerspaniel Püppi met heet water verbrandde, een van mijn talloze ongelukjes. We werden vertroeteld door drie gedienstige Anna's: Kibi-Anna (ons kindermeisje), Kocka-Anna (een dikke kokkin) en vooral onze geliefde Anna Ivanovna, die voortdurend de loftrompet over onze Großpaping stak, de tragische heilige met wie zij volgens zeggen een liederlijk arrangement had gehad, hoewel mama razend werd als papa daar met een knipoog op zinspeelde en het blijkbaar niet zo erg vond.

Mama vond het wel erg, want zij smachtte naar loftuitingen, naar plechtige verheffing. En dus werd de rode herfstcalville het familiesacrament, het mysterie van mijn vroegste jeugd. Mama gebood Anna Ivanovna ervoor te zorgen dat wij de rode herfstcalville behandelden zoals katholieken hun hosties behandelen. (Mijn vader weigerde echter om het lichaam van Großpaping te eten; mama's papistische bevliegingen zinden hem toch al niet, en neem me niet kwalijk, daarmee wil ik, ja, hoe moet ik het zeggen, op geen enkele manier afdoen aan uw in Chiemgau beleden geloof, geachte hippie.)

Er bestond een vaste rite hoe wij zonen een appel, nee, hoe wij elke denkbare appel moesten consumeren. De appel werd doormidden gesneden, waarbij je geacht werd om bij deze handeling altijd eerbiedig te zwijgen en heel sterk aan Großpaping te denken, waardoor de tranen, klein als ik was, vaak in me opwelden als het thuis naar gebakken appels rook. Daarna werden de twee helften plechtig aan Hubsi en mij aangereikt. In geen geval mocht het klokhuis worden verwijderd, en je moest in principe alles naar binnen werken, zelfs het steeltje en elk naar marsepein smakend pitje, omdat Großpaping daarmee werd geëerd en herdacht. Voordat we in de appel mochten bijten, moesten we een kruis slaan, hoewel mama verbood het zo te noemen (protestanten slaan geen kruis, ze maken een kruisteken). Mama was in het diepst van haar hart goed lutheraans, maar zoals Luther geloofde dat je met scheten de duivel kon verdrijven, zo had zij ook haar bijgelovige kanten. Zonder dat papa ervan mocht weten, liet ze ons vlak voor het nuttigen van de appel de formule 'Hosanna in de hemel' mompelen, waarvan in latere jaren alleen nog een verminkt 'Anna' overbleef, waarover Anna Ivanovna zich altijd weer verguld toonde.

Absolute voorwaarde om aan de maaltijd in dit sanctuarium aan te zitten was een hoge morele integriteit, want wie had zitten snoeven of iets had gegapt, er slordig of slonzig bij zat, had zijn appelrecht verspeeld. Mama was op dit punt onverbiddelijk.

Omdat het rodeherfstcalvilleritueel niet alleen op alle appelrassen van de mensheid maar ook op de afgeleide producten werd toegepast, moesten wij ook appeltaart, appelcompote, appelsap, appelwijn en zelfs handzeep met appelaroma, die mama zo graag kocht, met religieuze eerbied behandelen. Zelfs voor onze eerste calvados dienden we ons kruisteken te maken. Aangezien mama gecharmeerd was van de Franse cultuur, dacht ze er zelfs over na of het ceremonieel ook op *Kartoffeln* moest worden toegepast, die in het Frans immers *pommes de terre* heten en die men ook bij ons in het Baltisch gebied als *Erdäpfel* kende. Deze consecratie zou de liturgische kost tot aardappelpuree, gebakken aardappelen, de destijds nog onbekende pommes frites, aardappelkroketten en natuurlijk aardappelpannenkoekjes (met onvergetelijk lekkere appelcompote) hebben uitgebreid. Bovendien zouden zelfs aardappelzetmeelproducten zoals ethanol of papier worden geplaatst in de rangen van eerbied afdwingende devotionalia, ja, uiteindelijk zat in elke krant wel een beetje rode herfstcalville.

Papa vond het allemaal vreselijk overdreven en verweet mama dat zij met dit halfkatholieke circus alleen haar slechte geweten wilde sussen omdat ze indertijd zo theatraal de redding van Großpaping had gedwarsboomd.

Er werd vaak met deuren geslagen.

Maar die hadden we dan ook veel.

Voor Hubsi en mij bleef de appel echter altijd het symbool van onze onverbrekelijke innerlijke verbondenheid. Toen we ten slotte onafscheidelijk werden, hij de sterke, onversaagde held van mijn kinderjaren, die me altijd wist te redden, ik zijn enigszins gezette Sancho Panza, namen we de gewoonte aan om na een gewonnen gevecht op het schoolplein of na een geslaagd, met drank overgoten eindexamenfeestje samen een appel te slachten, zoals wij dat noemden. De appel van eer en trouw en tijd en eeuwigheid.

Anna Ivanovna moedigde ons aan bij alles waardoor Großpaping in het collectieve geheugen bewaard bleef. Aan de wijze waarop ze ons aankeek, zag ik dat ze veel van hem had gehouden, want ze zocht hem in onze gelaatstrekken. Ze vormde ons met haar dramatische naturel, haar grote boezem en haar gelach. Ze lachte zo hard als een moezjiek, ongelogen, en sprak om onnavolgbare redenen de menners op de huurkoetsjes aan met u, wat in heel Riga verder niemand deed. Dertig jaar later nog moesten we op haar sterfbed *mademoiselle* tegen haar zeggen, want ze sprak voortreffelijk Frans.

Maar eerst en vooral leerde ze ons Russisch, want wij dienden immers te worden voorbereid op een loopbaan aan het tsaristische hof om in de voetsporen van mama's voorouders te treden, die in Sint-Petersburg carrière hadden gemaakt als admiralen, generaals en illustere diplomaten.

Mama's vader werd bij ons niet op dezelfde wijze als Großpaping, dus niet met appels, ja, zelfs niet met eerbied, eigenlijk helemaal niet herinnerd. Hij had namelijk de fout begaan om al enkele maanden na mama's geboorte op zijn eerste en meteen ook laatste reis naar de Oriënt te bezwijken aan visvergiftiging, samen met zijn vrouw Clementine (geboren von Üxküll), mijn grootmoeder, die helemaal niet van vis hield maar uit een verkeerd begrepen trouw aan haar echtgenoot van zijn bedorven nijlbaars had geproefd. Haar kind (mijn *mamoesjka*), het in Reval achtergelaten, zes maanden oude en door Letse voedstermelk gezoogde Annalinchen, werd door haar grootvader opgevoed, een weduwnaar die we allemaal altijd Opapabaron noemden (hoewel Overopapabaron toepasselijker zou zijn geweest).

Opapabaron, eigenlijk Friedrich baron von Schilling, was nog geboren ten tijde van de napoleontische oorlogen en had als admiraal verscheidene keren om de wereld gezeild. Ooit had hij mama, zijn kleindochter, zo plastisch verteld over het gelukzalige voortglijden onder de door de opwarmende passaatwind opbollende zeilen dat ze het glanzen van de zee, de scholen vliegende vissen, een agressieve potvis, stormen die elkaar dwarszaten en huizenhoge golven zo levensecht voor ons kinderlijke oog kon toveren dat Hubsi en ik lange tijd dachten dat ze een admiraal was (en zo gedroeg ze zich ook). Opapabaron had als scheepskapitein en ontdekkingsreiziger alle mogelijke souvenirs van zijn scheepsreizen meegenomen, bijvoorbeeld de scalp van een Tlingit-opperhoofd, die in onze mooie lade lag en aan de niet-behaarde kant aanvoelde als een fietsband. Maar ook een stukje huid van een brontosaurus, dat hij in het ijskoude Kamtsjatka aan de voet van een vulkaan had gevonden en dat vlak naast Großpapings zwaard hing.

Het waren trouwens ook twee diersoorten die Opapabarons lot hebben bepaald: de mammoeten mocht hij wel bedanken omdat hun kadavers tienduizenden jaren onder het sneeuwdek van Siberië bewaard waren gebleven (daarom ontving hij de keizerlijke opdracht om naar ze op zoek te gaan en hun ivoor uit de permafrost te hakken). En de zeeotters brachten hem en zijn tien jaar jongere gade Anna, geboren Montferrant, naar Alaska, waar hij als gouverneur de opdracht had miljoenen voor de Russische kroon bestemde zeeottervachten tegen overvallen van indianen te beschermen. Hij klom uiteindelijk op tot admiraal en belangrijk politiek adviseur van de tsaar, waarbij het advies vooral bestond uit het spelen van partijtjes bridge met Zijne Majesteit.

Mama kende de Romanovs natuurlijk ook.

Ze stuitte op haar tiende tijdens een wandeling in het park van Tsarskoje Selo op het tsarenechtpaar, werd bij die gelegenheid voorgesteld door Opapabaron met zijn onderwijl gekrompen hoofd, maakte met bonzend hart een fraaie reverence en ontving een uitnodiging om de prinsessen met haar buitengewone levendigheid te verblijden. Mama bezat uit die tijd nog een sneeuwwitte mof van poolvos, een zeer nutteloos stuk bont, dat er alleen was opdat jongedames er 's winters hun handen van twee kanten in konden steken en een beetje konden rondhangen. Om de elegantie ervan te vergroten hadden ze de kop en poten van het beest aan de huid laten zitten, zodat het lijk van een poolvos je via de mof met doffe ogen enigszins verwijtend leek aan te kijken. We gebruikten de mof altijd als boze wolf voor ons poppentheater, dat ondertussen wel een geschenk van tsarendochter Xenia aan mijn even oude moeder was geweest, met wie zij in de winter van achttienvijfentachtig twee dagen lang had gespeeld in het paleis van Gatsjina.

Het is echt wonderbaarlijk dat mama van haar Opapabaron, die zo trots was op zijn adellijke afkomst, toestemming wist los te peuteren om te mogen trouwen met een burgerlijke landloper en armoedzaaier als mijn vader, die niets beters had te doen dan kunstschilder worden, tot grote teleurstelling van mijn beide quasigrootvaders. Terwijl de een het geen beroep vond, vond de ander elk beroep geen beroep (omdat normale mensen geen beroep hadden maar kolossaal landbezit en kapiteinsbrevetten). Opapabaron gruwde er al net zo van. Großpaping overwoog zelfs onterving. Wat hem betrof was papa namelijk toch vooral verwekt om ooit het vaderlijke pastoraat over te nemen en daarmee ook de saffraangele dorpskerk, waarin sinds de tijden van Catharina de Grote in totaal vier generaties van mijn familie in erfpacht hadden gepredikt. De Solms waren de Windsors onder de Baltische geestelijken, zou je kunnen zeggen.

Maar mijn papa, Theo Johannes Ottokar Solm, die in dit al voor hem uitgestippelde leven in de meest afgelegen Letse provincie Großpapings bijdrage was om de wereld naar Gods wensen in te richten, had zich niet door deze wensen laten leiden. Hij had ze zelf ook. De wens voor artistieke expressie, bijvoorbeeld. De wens voor wisselende seksuele contacten (die later op mediterrane schildersreizen ruimschoots zou worden vervuld). De wens voor psychografische gebeurtenissen. Voor toeval. Voor schoonheid. En, bij gebrek aan tirannieke kwaliteiten, vooral de wens om geen dominee te worden.

Hoewel hier de indruk zou kunnen ontstaan dat papa bij uitstek iemand met een sterke wil is geweest, was hij dat nou juist niet. Wensen, dat kon hij wel, maar willen niet. Hij greep de dood van zijn moeder (de eerste echtgenote van Huko) door hersenvliesontsteking echter aan om met haar bescheiden erfenis naar Berlijn te ontsnappen, om ondanks zijn tierende vader aan de kunstacademie te leren schilderen, als getalenteerd student twee Hohenzollern-hoogheden les in modeltekenen te geven (eerst van hun knieën keizerlijke gunst, dan van andere knieën een beetje bohèmelucht opsnuivend) en ten slotte, na reizen om zich in Rome en Florence verder te bekwamen, terug te keren naar het Balticum, om daar op landgoed Stackelberg de zeer mondaine tekenleraar van mijn moeder te worden.

Mama viel voor zijn nonchalance en rust. Ze adoreerde zijn manier van lopen, zeer trots en rechtop, die een uitvloeisel was van letsel aan zijn rugwervel door een paardrijongeluk in zijn jeugd. Ze was dolverliefd op zijn twaalf jaar vooruitgesnelde leeftijd, misschien op zijn charmante, onweerstaanbare en dikwijls onderhoudende weifelmoedigheid, en beslist ook op zijn artistiek talent, dat enorm was, zelfs naar Europese maatstaven, en niet in de laatste plaats natuurlijk op zijn soms milde en fluweelzwarte depressies.

In de kunst had hij zeker meer kunnen bereiken. Maar er zat geen Faust in hem, en de met de zoektocht naar persoonlijke expressie gepaard gaande armoedeval had voor hem geen bekoring. Hij hunkerde, in een voortdurende rechtvaardigingsdrang tegenover mijn beide quasigrootvaders, in de eerste plaats naar maatschappelijke erkenning. Daardoor kwam hij ten slotte uit bij het portret, het artistiek minst rendabele, financieel lucratiefste, sociaal comfortabelste van alle genres, waarvan ik later ook erg leerde houden. En mama dreef door haar contacten de halve hoge adel van de Russische Oostzeeprovincies naar zijn ezel.

Maar toen was het al negentienachttien geweest, dat geen annus mirabilis, maar een annus horribilis werd.

Ik herinner me nog goed dat op een oktoberdag een klein uitgevallen graaf papa's atelier binnenstapte en zijn half voltooide konterfeitsel – hij zag er kwetsbaar uit en was nog helemaal kaal, want papa schilderde de haren altijd pas op het eind – met een mesje lossneed, het doek oprolde en met de in plat Duits uitgesproken woorden 'We moeten helaas vluchten, lieverdje' langs mijn lijkbleke vader naar buiten snelde, slechts een fractie van de overeengekomen beloning achterlatend. De hoge aristocratie had niet langer behoefte aan verstrooiing, maar aan scheepspassages. De tsaar was gefusilleerd. Blauw bloed in je aderen werd een dodelijke aandoening, en Duitsland, dat het Balticum had geannexeerd, dreigde de oorlog te verliezen.

In Moskou had Lenin de macht overgenomen, zijn legerscharen vielen ons gezegende Koerland binnen, en geloof me, ik wil u niet met algemene kennis vervelen, maar één ding moet gezegd: ons trauma van negentienvijf leek zich te herhalen. In velerlei opzichten.

Want toen op nieuwjaarsdag negentiennegentien de laatste Duitse bezettingstroepen zich terugtrokken en de bolsjewieken op Riga af marcheerden, een reusachtige boeggolf van vluchtelingen en verschrikkelijke geruchten voor zich uit stuwend, stond papa lang in de woonkamer voor het pastel van de verdronken Großpaping, sloeg zich almaar voor zijn hoofd en besloot ten slotte zich door datzelfde hoofd te schieten, maar niet voordat hij een kogel door de keurig gekapte hoofden van zijn zonen had gejaagd.

Mama was niet thuis, maar behoorde tot de wanhopigen die hun toevlucht zochten op de weinige Britse stoomschepen die in de haven de ketels al opstookten. Papa had met zijn laatste spaargeld en ondanks mama's door huilbuien aangewakkerde protesten een schreeuwend duur diplomatenticket en een nog duurder Brits uitreisvisum voor haar weten te bemachtigen, want zij mocht als dochter van een baron in geen geval in handen van de rooien vallen. Ja, er heerste een stemming die veel weg had van die in Saigon afgelopen week. Toen zaten we nog naar het nieuws te kijken, beneden in de televisiekamer, herinnert u zich dat nog, m'n beste jonge vriend? Die spleetogen die bevend hun koffers pakken omdat de Vietcong voor de poorten staat, en dan kunnen de kranten schrijven wat ze willen, iedereen weet wel dat de stad binnenkort zal vallen. Zo voelden mijn ouders zich ook op nieuwjaarsdag negentiennegentien toen ze afscheid van elkaar moesten nemen, want de Heer mag voor Mozes de Rode Zee dan wel splijten, dat ging niet op voor Theo Solm en de Oostzee.

Nadat papa een afscheidsbrief aan mama had geschreven (die bij gebrek aan postale faciliteiten strikt genomen zinloos was), nadat hij zich bovendien voor de laatste keer geschoren, zijn wapen gecontroleerd en ons bij hem in zijn atelier geroepen had, wenkte hij als eerste mijn grote broer, en die begon in de schuin over de daken stralende decemberzon zo overweldigend te gloeien, een gouden vallende ster, midden in de ruimte nog en onmiddellijk in het universum uitdovend, dat mijn vader ontmoedigd op een stoel neerzonk.

'Wat wil je eigenlijk met het pistool, papa?' vroeg Hubsi.
'Ik wil dat ze ons niet te pakken krijgen, m'n beste zoon.'
Hij zei *kriechen*, precies zoals Großpaping het had gezegd.
'*Cher papa*, Koja is nog zo klein.'
Mijn vader keek mijn kant op, en ik was ook echt nog zo klein,

amper negen jaar was ik, hinkte een beetje, speelde graag met poppen, en mama's mof, de wolf, liet ik zakken.

'Kom, Koja, loop maar naar papa en pak zijn hand.'

Mijn broer had destijds al veel gezag over mij, en in die ene seconde zag hij er prachtig uit, ernstig en vrolijk tegelijk, als een volwassen man, terwijl mijn vader op een libelle leek. Enthousiast kwam ik op hem af gestruikeld om zijn hand vast te houden, opdat hij niet wegvloog met de trillende libellevleugeltjes, die zijn ledematen waren.

'Wat moet dat?' vroeg papa bars, want het onmannelijke van mijn gedrag ergerde hem.

'Ik denk dat hij een attische invloed op anderen heeft,' legde mijn broer cryptisch uit (wellicht doelde hij op het tijdperk van Pericles), en ik zag dat papa, die reeds onder mijn attische invloed stond en steeds verder ineenkromp, de libellevleugels voor zijn ogen met duim en wijsvinger vasthield en zijn plan wijzigde, namelijk dat hij alleen nog het laatste deel ervan wilde uitvoeren, het derde dus (in schoten gerekend).

Een mannelijke man was hij nooit geweest, en al helemaal niet zo mannelijk als mama, en een aantal jaren later hulde hij zich in zijn atelier in dameskleding, opdat ook het vrouwelijke in hem niet tekort zou komen, zoals hij Hubsi vertelde, die ondanks een verbod daartoe de deur geopend en hem in een chiffonjurk betrapt had. Maar toen was papa in een andere stemming en niet van plan zich van het leven te beroven.

'Je moet voor hem zorgen, Hubsi,' zei papa, en hij duwde mijn hand voorzichtig met de pistoolloop opzij, spande de haan en maakte aanstalten.

'Maar papa, zorg jij dan niet voor ons?' vroeg mijn broer zacht.

Buiten hoorde je de vele uitroepen en kreten van de mensen, de bolsjewieken waren de stadsgrens al tot op vijftig kilometer genaderd, in de haven loeiden de Engels scheepshoorns, en als zo vaak kon papa niet beslissen, hij drukte het geladen en ontgrendelde pistool in Hubsi's hand en liep ten slotte naar zijn atelier om een hyacint te schilderen.

Uiteindelijk heeft de terugkeer van mijn moeder alles weer opnieuw doen beginnen.

Ze kreeg een aanval van vreselijk verdriet (sloeg een totaal overblufte matroos die haar benedendeks zou brengen verdrietig in zijn gezicht), kon het reddende stoomschip in de laatste seconde verlaten, rende door de kolkende massa van krijsende, huilende, van angst en tijd stinkende mensen terug naar het verderf, naar haar kinderen, die ze gewoon niet kon missen, maar vooral naar haar man, die te veel fantasie had, *quod erat demonstrandum.*

Hubsi en ik waren een paar dagen later op pad met een slee om kolen in te slaan die ergens in een kelder zouden liggen, toen we een horde rode cavaleristen tegen het lijf liepen. Ze kwamen, terwijl een asgrijze wolkenbank hen overwelfde, uit de richting van de renbaan, en vanonder de overwelving draafden ze op hun kleine ruwharige paardjes op ons af, slechts aan hun wapens als soldaten herkenbaar. Over een schimmel hadden ze een tapijt gelegd, maar toen hij aan kwam schommelen, ontpopte het geheel zich als een in groen zeildoek gewikkeld lijk, waarvan je alleen de meewiegende laarzen zag. Een van de laarzen was opengescheurd en ik zag er bloed uit druppelen, dat een dunne, onmiddellijk bevriezende lijn in de sneeuw schreef.

Een van de ruiters zwaaide grijnzend naar ons, en ook ik hief mijn hand, een reflex die mijn broer bestrafte met een week lang minachtend zwijgen.

De doodsmolen begon dezelfde dag nog te malen. Mama en papa en Hubsi en ik en Anna Ivanovna en praktisch al onze vrienden en kennissen waren van de ene op de andere seconde satanisch ongedierte, van de aardbodem te verdelgen insecten.

Baron Hase, de wijsneuzige pukkelhaas, wachtte dit lot als een van de eersten, toen hij op school hardop een grap maakte, niet zoals vroeger over de zuigplek van de bisschop, maar over de tronie van kameraad rector, waarna men de veertienenhalfjarige deze niet al te verheffende aanblik voortaan bespaarde door hem preventief te executeren. Revolutionaire tribunalen hadden genoeg te doen, vuurpelotons al evenzeer, lijsten met vogelvrij verklaarde burgers gingen rond, en het leek een kwestie van tijd of men zou aan onze deur kloppen.

Papa liep van schrik een verkoudheid op toen mama ook nog aandrong om bij hen thuis leden van haar uitgelezen familie te verstoppen, uitgerekend de met een arrestatiebevel gezochte leden die baarden moesten laten staan om zonder herkend te worden het front te kunnen passeren. Baarden hebben tijd nodig. Als ze die bij ons vinden, zei papa, en hij snoot zijn neus, dan is het *finita la commedia*.

De Tsjeka had in de nabijgelegen Schüzenstraße haar kantoor ingericht, en in de kelder stroopten creatieve Mongolen de gearresteerde aristocraten de huid van hun polsen, tot aan de nagels van hun pinken, om aan de verhoren een onmiskenbaar eigen tintje te geven.

De directe terreur ging vergezeld van honger omdat de voedselvoorziening ingestort was. Elke dag zag ik in de straten en in portieken mensen bij elkaar liggen die waren ondergesneeuwd, verhongerde of nog maar kortgeleden doodgevroren mensen, zich vastklampend aan hun laatste dromen. De uitzonderlijk koude winter zwiepte over het land. Om te overleven gaf papa zich uit voor hospik, hoewel hij absoluut niet tegen bloed kon. Met een bevriende arts mocht hij aan het werk in een veldlazaret van het Rode Leger, waar hij voortdurend flauwviel, maar af en toe wel een paar roebel verdiende. Voor de rest leefden we van gestolen aardappelen en aardappelschillen, en mama was opgelucht dat je voor de consumptie van aardappelen in protocollair opzicht nergens rekening mee hoefde te houden als het om Großpaping ging.

Toen buren van ons gearresteerd en een paar dagen later opgehangen werden, drong Hubsi via het balkon hun huis binnen en stuitte in de keuken op een vat met gezouten paddenstoelen. Dat werd onze voornaamste bron van eiwitten en heeft ons samen met de in alle rust doorgroeiende baarden zonder meer het leven gered.

Nu nam het gebrek onverdraaglijke vormen aan.

In die dagen, die wij kinderen kleurrijk en vreemd vonden en wegens de voortdurende honger en de vele lijken ook onprettig – maar niet echt onheilspellend, want wij zouden nooit sterven – verscheen op een dag Anna Ivanovna, vergezeld door een bebaarde Rus die zichtbaar van streek was, Vladimir heette en een kind aan zijn hand had. Anna Ivanovna praatte met betraand gezicht op mama in, terwijl papa in de fauteuil zat bij te komen omdat hij per ongeluk een kerngezond been had geamputeerd, al was het dan ook een bolsjewistisch been, wat je, zoals de in de keuken rondhangende baarden hem verzekerden, als een God welgevallige daad beschouwen en waarderen moest omdat dit been het beschaafde deel der mensheid nog veel schade had kunnen berokkenen.

's Avonds kwam mama onze kamer in geruist, en ze vertelde dat we een nieuwe huisgenote hadden. Het was het kind dat ik 's morgens had gezien, een meisje, mager, met wakkere, pikzwarte ogen, die nooit leken te knipperen en ongelooflijk geconcentreerd en tegelijk ook opmerkelijk licht alles om zich heen in zich opnamen.

Hubsi moest zijn helft van het bed waarin hij en ik sliepen afstaan, want alle andere bedden, banken en ligstoelen waren door de doorluchtige gasten in beslag genomen. Mama besloot dat het niet ongepast was om mij en *la petite* samen te laten 'dormeren', aangezien mijn jonge leeftijd, mijn meisjesachtige gelaatstrekken, mijn al vaak gebleken beleefdheid en vooral mijn gebrek aan doorzettingsvermogen mij niet zouden doen verlagen tot de onbetamelijkheden waarvan ze Hubsi al verdacht, temeer omdat zijn tong leek op die van Großpaping, zoals Anna Ivanovna zich had laten ontvallen. Hij werd naar de hal verwezen, waar hij vanwege het gesnurk van iedereen nauwelijks kon slapen.

La petite kroop bij mij in bed. Ik verbaasde me erover dat haar lichaamsvolume zo op dat van Püppi leek, onze kleine spaniël, die zich alleen nog met ratten voedde. Ze kreeg een nachtzoen van mama en lag dan helemaal niet stijf naast me. Ik voelde de warmte van haar huid onder de deken. Haar haar rook naar kamille.

'Jij hebt een mooi bed.'

'Dank je.'

'Het is ook zo.'

'Hoe heet je?'

'Eva. Maar jij mag Ev zeggen.'

'Ik ben Koja.'

'Mag ik misschien op jouw po, Koja?'

Ze wipte met haar voet, die de mijne even aanraakte.

'Je kunt ook op ons toilet,' stelde ik voor. 'Het is toch nog vroeg.'

'Maar dan moet ik langs al die mensen die ik niet ken.'

'O ja.'

'Ik denk dat je aardig bent.'

'Dank je.'

'Dus kan ik op jouw po?'

'Ja, natuurlijk.'

Ze stond op en ging voor mijn neus op de po zitten, waarvan ik niet eens wist dat je erop kon zitten. Ik zoog mijn wangen naar binnen, bestudeerde het patroon van het behang en vroeg me af waar zij naar zat te kijken.

'Je moet hem onder het bed zetten,' zei ik.

'Ja, zo meteen,' zei ze, 'maar nu moet jij.'

'Maar ik hoef helemaal niet.'

'Ik hoefde ook niet. Ik wilde alleen kijken of je jou kunt vertrouwen.'

Ik was niet in staat om ook maar iets te zeggen. Ze rook naar apotheek, niet alleen vanwege de kamille waarmee haar haar blijkbaar was gewassen, maar ook vanwege de verse, scherpe urinegeur die van de vloer opsteeg.

'Ik denk dat ik je kan vertrouwen. Je hebt de hele tijd de andere kant op gekeken. Jij bent een heer.'

'Ik ga echt geen plasje doen.'

'Maar dat heb ik toch ook gedaan?'

'Jij kunt gewoon gaan zitten, dan zie je niets door je nachthemd. Maar ik moet de po ophouden, en dan kun jij alles zien.'

'Ik kijk niet, net als jij.'

'Maar je hoort het wel.'

'Ik kan mijn oren dichtdoen.'

'En wat schiet je daarmee op?'

'Dan zijn we broer en zus.'

En zo kwam Eva, Ev genoemd, naar ons toe gewaaid door de waanzin van het ogenblik. Haar ouders, een Duitse arts en zijn zieke vrouw, vluchtelingen uit Dünaburg, waren zonder opgaaf van redenen door de Tsjeka gearresteerd en een dag later terechtgesteld. Haar vader had de kleine Eva samen met twee worsten achter een verborgen deur opgesloten, net op tijd voordat zijn voordeur door de beulsknechten werd ingetrapt.

Enige tijd later werd ze gevonden door de Russische huisbediende,

49

een neef van Anna Ivanovna. Hij bezat een reservesleutel van het huis en had het hart op de goede plaats. Eerst verstopte hij het meisje bij hem thuis, tot hij hoorde over de dood van zijn werkgevers. Toen moest hij in actie komen. Een Duitstalig kind in een Russische familie van bedienden was een levensgevaarlijke aanwijzing voor contrarevolutionaire intriges. Bovendien had Vladimir amper mogelijkheden om la petite midden in de hongersnood van eten te voorzien. Wat lag er meer voor de hand dan zich tot zijn vindingrijke en menslievende nicht Anna Ivanovna te wenden? Deze besloot – in de onjuiste veronderstelling dat er bij een barones als Anna Marie nog relicten van de voormalige rijkdom te vinden moesten zijn – om ons om hulp te vragen.

'Dat kind is een engelka,' bezwoer Anna Ivanovna mijn moeder in haar hartverscheurende dialect, 'ze heeft haar mamoesjka, die arme mamoesjka, verzorgd, zoals je verzorgt een zieke pony, want de mamoesjka heeft gehad nervositeit en wanhoop' (maar vermoedelijk kanker, zei mijn vader) 'en ze heeft haar mamoesjka gewassen elke dag, heeft het slijm afgeveegd en haar afgedroogd' (ze heeft dus haar stront opgeruimd, zei mijn vader) 'en aanwijzingen ze kreeg van haar arme *papasjka*, die een arts was met altijd een heel volle ziekenkamer' (ken ik niet, zei mijn vader) 'en toen heeft de Tsjeka hem gehaald, hem en zijn zieke, zieke Lastatsjka, die ze in de rolstoel naar buiten hebben gereden en voor wie de kogel toch wel een verlossing was, maar in godsnaam, de kleine Eva hoort het allemaal, ziet ze er niet uit om in te bijten? En ze kan ook heel mooi dansen.'

Evs houding tegenover de onkruidfuncties van het lichaam (zoals papa dat minachtend noemde) had iets buitengewoon empathisch in zich, misschien omdat het medische haar in het bloed zat, heel anders dan bij Hubsi en mij, om over papa maar te zwijgen. Ik kon me goed voorstellen dat ze geen enkele afkeer voelde bij de verzorging van haar moeder.

Vanaf het eerste moment nam ze de mensen voor zich in door ze onverbiddelijk te veroveren, direct en praktisch zonder vrees, met ogen die als raven opvlogen. Ze had geen andere kans om te overleven en vocht om liefde als een roofdier om zijn prooi. We begrepen elkaar vanaf de eerste seconde, en al op de tweede avond sloeg ze een arm om mijn schouder en bekende ze dat ze zich door mij minder eenzaam voelde. We baden tot Onze-Lieve-Heer en plasten dan altijd samen om het even welke kant op, en ze besloot dat ze geen wees meer wilde zijn maar een echte Solm.

Ze introduceerde zelfs een geheimtaal in mijn tot dan toe zo kleurloze bestaan. Toen we een keer onze drie naar oude zult smakende paddenstoelen opaten (het gebruikelijke dagrantsoen) en ik over honger klaagde, haalde zij uit haar jas een stuk beschimmeld brood tevoorschijn dat ze van soldaten van het Rode Leger had afgetroggeld, deelde het met mij en fluisterde glimlachend, zodat niemand het kon horen: 'A bisl un a bisl – wert a fule schisl!'

Ik schrok ervan. Want onder de deftige Baltische kinderen die wij waren, was het verboden om je van het Jiddisch te bedienen. Het was de vagantentaal van het gepeupel van Riga, waarvan mama een nog grotere afschuw had dan van het Lets, zoals ze ook een nog grotere afschuw van de Joden dan van de Letten had, die tenminste nog het fatsoen hadden zich buiten de mooie Germaanse taalfamilie te houden.

'Bistu a jid?' stootte ik in mijn slechte straatjiddisch uit. 'Bistu a goj?' vroeg ze met een heldere lach. Deze lach klonk als de kleinste klok van de St.-Petrus, ik hoor vandaag nog steeds hoe ze in het 'gojs' met een gilletje een kleine coloratuur verwerkte om de vraag naar mijn idiotie met al haar charme naar een hoger plan te tillen, en toen zei ze in het beste Hoogduits van een chirurgendochter uit Dünaburg: 'Zo heb ik met al mijn vriendinnen gepraat als we onder elkaar waren. Zal ik het je leren, Koja?'

En zo leerde ze me de taal van haar vriendinnen, en ik was niet ontsteld, maar genoot juist dat ik met haar het rijk van het verbodene en het vrouwelijke binnentrad, en als we een beetje overmoedig werden, dan baden we zoals het schorriemorrie dat deed, want *in onhejb hot got baschafn dem himl un di erd. Un di erd is gewen wist un lejdik, un finsternisch is gewen ojfn gesicht fun tehom, un der gajst fun got hot geschwebt ojfn gesicht fun di wasern.*

Als iemand ons zou hebben gehoord in die dagen, als iemand de progressie die ik in deze vrolijke carnavalstaal maakte had moeten beoordelen, als een baard zijn oren had vertrouwd (want soms, als we fluisterden, keken doffe ogen ons aan), dan had Ev haar drie, vier bezittingen bijeen moeten rapen (een paar jurken bezat ze, een zilveren Jezus aan een kettinkje, verder niets). Zowel mama als papa als Hubsi – die zijn bed terug wilde om niet meer naast een van de snurkende baarden op de vloer te hoeven slapen – ontwikkelde veel weerstand tegen de kleine gast en ze verzonnen bezwaren en voorwendselen, waarvan de materiële natuurlijk de meeste overtuigingskracht hadden. Ikzelf begon er steeds weer tegen mijn ouders over dat ik Ev bij me wilde houden, zoals een kind dat om een hondje blijft bedelen. Ev leek inderdaad geen naaste familie meer te hebben, en Dünaburg, waar ze vandaan kwam, was onbereikbaar omdat er vrijkorpsen waren opgericht en ze de stad van de Sovjets wilden zuiveren.

Na de bloedige herovering van Riga door de Baltische Landeswehr in mei negentiennegentien kwamen we verder ook al niets te weten over Evs afkomst. In alle woelingen van dat onrustige voorjaar was het ook niet ongebruikelijk dat massa's mensen ontworteld waren, uiteengedreven en beroofd van alle zekerheden.

Na vijf jaar van oorlogsconflicten bood Letland een beeld van vernietiging. Hele landstreken waren ontvolkt. De verliezen aan inwoners hadden Carthaagse dimensies, vooral in verhouding met de grootte van het land, of eigenlijk met de niet-aanwezige grootte. Bijna niemand in Europa kende dit verwoeste Lilliput, waarin wij Duitsers ons een hoopje Gullivers voelden, en ik zie aan u, waarde cataleptische vriend, dat u er ook nog altijd niets van weet. En desondanks begonnen zich daar na de oorlog krachten te manifesteren die er nog steeds zijn, want alles wat er op dit moment op televisie te zien is – Gerald Fords lafheid, Bresjnevs drang naar voren, Mao's Culturele Revolutie, Ho-Tsji-Minhs nagedachtenis enzovoort en zo verder – het wordt allemaal tot op de dag van vandaag door een aantal van deze Baltische Gullivers begeleid of bestreden, gestuurd of ondermijnd, maar vooral: verkend.

Wij haatten deze nieuwe staat, de Letse republiek. En de republiek haatte ons. Want zoals de Lilliputters Gulliver ter dood veroordeelden (omdat hij in het openbaar had geürineerd) en hem toen toch blind wilden maken en langzaam laten versmachten, exact zo behandelden de Letten ons. Wij moesten langzaam omkomen van de honger en de dorst.

Toen de Letse staat in negentientwintig vorm kreeg, werd mama's familie onteigend. De landerijen, een oppervlak zo groot als Andorra, werden onder tweeduizend enthousiaste Letse boeren verdeeld. Opapabarons waterburcht werd een plattelandsschool met internaat. Veel baronnen en excellenties emigreerden. Papa verloor zijn solvente portretklanten. Mijn ouders werden als door de bliksem getroffen. De familie Solm was, je kunt het niet anders zeggen, straatarm geworden. 'Arm als een kerkrat,' zei papa altijd, met een merkwaardige voldaanheid in zijn stem, alsof een kerkrat nog iets sympathieks en vrooms had, iets wat nog echt solidair was. Personeel konden we ons niet meer permitteren. Mama, die in haar leven nog geen bord afgewassen of zelfs maar linnengoed gestreken had, haalde verbeten de nodige kennis in, en ze deed zelfs haar best als kokkin, voor zover er nog wat te koken viel. Maar zelfs brandnetels kun je smakelijk en minder smakelijk klaarmaken. Bij mama smaakten ze alsof ze vers geplukt waren.

Laat ik zeggen: de oorlog, de revolutie, het bolsjewisme, de stichting van de Letse staat en de ondergang van mijn klasse brachten mijzelf maar bar weinig goeds. Het enige waar ik in de Letse republiek helemaal achter stond, waren de compleet nieuwe en zeer soepele adoptievoorschriften. In wezen mocht ieder kind dat verward was en de indruk wekte verlaten te zijn op straat worden gekidnapt en door families worden buitgemaakt. Het land had een onverzadigbare behoefte aan arbeidskrachten. En dus was het ons toegestaan – zonder bureaucratische rompslomp, want in het verwoeste Dünaburg kon er geen enkel familielid van Ev meer worden opgespoord – om de schattige oorlogsvisite om te toveren tot een soortement juffrouw Solm. Mijn gloednieuwe zus, in het bezit van drie zomerjurken en een zilveren Jezus, die graag verboden dingen deed en verdoemde talen sprak.

Niet alleen haar tragische lot als weeskind heeft mijn ouders ertoe gebracht om ondanks de ellende een extra mond te voeden. Ev had ook een instinct om zich onmisbaar te maken, ze was uitermate praktisch ingesteld en klaagde nooit. En ze nam vaardigheden mee die een klein meisje uit een voorname familie eigenlijk niet kon hebben. Ze wist zelfs hoe je een naaimachine moest bedienen en naaide voor Hub en mij afschuwelijke pakken van de mooie gordijnen uit de woonkamer. Mama leerde van haar wat een platte naad of een kettingsteek is. En uit de poolvosmof van mijn moeder knipte ze met kerst negentientwintig nieuwe witte winterlaarzen, die er een beetje vreemd uitzagen, als enorme sneeuwballen, waarom ze me op school uitlachten. Maar het was beter dan blootvoets door de sneeuw te lopen, en ik bezit ze nog altijd, heb ze door alle oorlogen en verdrijvingen, door terreur, massamoord en dictatuur heen weten te slepen en ben vooral weg van de kap van de linkerlaars, waarop een poolvospoot werd geappliqueerd.

Ev was zich ervan bewust dat ze niet alleen mama imponeren, maar ook papa overweldigen moest. Hij was in het begin minder enthousiast van het idee van adoptie dan mijn moeder en beschouwde het als het zoveelste uitvloeisel van haar schuldcomplexen. Hij beweerde zelfs dat het kleine, schriele, onze laatste voorraden aansprekende Eva-kind een soort aflaatbrief was die mama aan Großpaping in het hiernamaals schreef.

Mama sloeg weer met deuren, voor zover er geen brandhout van was gemaakt.

Ev reageerde met zachtmoedigheid. Voor de rest gaf ze nimmer blijk van een al te grote aanhankelijkheid, behalve tegenover mij, want mij noemde ze haar grote zus, terwijl Hubsi haar grote broer werd.

Er was eigenlijk niets mis met haar, ze papte nooit met je aan en probeerde niet bij je in het gevlij te komen, maar ze maakte zich wel op een kokette, soms zelfs brutale manier onmisbaar. Ze had een zevende zintuig voor de dingen waar de ander nog het meest wanhopig naar op zoek was, en in haar arsenaal van zinvolle handreikingen vond ze dikwijls de juiste oplossing, iets wat je dankbaar als gevoel interpreteerde, hoewel het misschien helemaal niet bestond. Je koesterde de hoop dat ze met haar hart naar je keek. Wie kan dat nou?

Maar zij slaagde erin om ook bij papa een gevoelige snaar te raken. Ze drong zich bij hem op als schildersmodel, waartegen hij zich in eerste instantie hevig, maar uiteindelijk toch zonder succes verzette. Papa had destijds zijn eerste grotere naoorlogse opdracht: hij moest illustraties uit de *Kamasoetra* als fresco's uitvoeren voor een nieuw door oorlogswinstmakers gefrequenteerd bordeel in de Elisabethstraße. Mama mocht er niets over te weten komen en dat is ook nooit gebeurd. De opdracht was ver beneden mijn vaders waardigheid, dreef hem naar de wodka en voedde ons in het geniep. Op de hals van ontblote en bacchantische vrouwenlijven schilderde hij woedende witte ovalen omdat de sletten die model voor hem zaten, vond hij, geen gezichten maar smoelwerken hadden. Ev daarentegen, die ondanks haar eerste tien levensjaren een slim, bedachtzaam en niet erg bleu profiel had dat in uitstraling en te korte bovenlip in niets onderdeed voor dat van de jonge Mata Hari, beschikte over zoveel gezichten dat ze op alle vrouwenlichamen hun plek vonden. Papa concentreerde zich op deze verscheidenheid aan vormen, de rijkdom van haar mimiek, haar blik en alle variaties van extase die de kleine Ev maskerachtig kon verbeelden. In het atelier moest ze de spieren in haar gezicht vaak een halfuur lang gespannen houden terwijl papa haar met een fijne streek op het *Rad van vuur*, het *Fantastische schommelpaard* of het *Nirwana* arrangeerde.

'Weet je wat een standje is?' vroeg Ev me op een avond.

Stand kende ik wel. Ik kende maatschappelijke standen, de stelling in een leger, de manier waarop een paard staat, zelfs de stand bij roulette en natuurlijk ook de onderlinge afstand tussen bijvoorbeeld de sterren, maar dat noem je eerder constellatie.

'Nee, Koja, ik bedoel de seksuele praktijk.'

'Je mag zo niet praten.'

'Hoezo niet? Papa heeft het me uitgelegd.'

Ze mocht Theo inmiddels papa noemen, hoewel hij eerst naar 'vader' en in de tussentijd zelfs naar 'oom' had geneigd.

'Waarom doet hij nou zoiets?' vroeg ik onthutst.

'Nou ja, tegen de wanden hangen allemaal lakens. En pas, toen hij me schilderde, is er een laken op de grond gevallen, en toen moest hij wel iets zeggen.'

'Aha.'

'Ja, want er hing een Indiase vrouw aan de wand, met parels en

verder niets, en met een naakte Indiër, die zat achter haar. Zo.'
Ze deed het voor.
'Papa schaamde zich nogal en ik moet er ook echt over zwijgen.
Hij vertelde me wat een fallus is.'
'Een wat?'
'Een fallus. Als een penis groter wordt, dan heet dat een fallus. Jij
krijgt er later ook een. Maar ik moet er echt over zwijgen.'
'Maar waarom zwijg je dan niet?'
'Ik zwijg nou eenmaal het liefst met jou samen.'
'Dat moet er erg hebben uitgezien.'
'Ja. Wil je ook een keer kijken?'
'Nee.'
'Ik weet hoe je er zonder sleutel in komt, want het is een bouw-
plaats.'
'Papa zal me bont en blauw slaan.'
'Ik heb alles bekeken. Er is ook een schilderij waarop een Indiase
vrouw de fallus in haar mond heeft.'
'Dat geloof ik niet.'
'Ik zweer het.'
'Dan zou je dus in haar mond een plas doen.'
'Nee, plassen doe je met je penis. En in een mond steek je alleen je
fallus, niet de penis.'
'Dat is toch afschuwelijk.'
'Nee, dat is een heel normaal standje.'
'Papa maakt zoiets niet. Nee, papa maakt zoiets niet.'
'Waarom huil je nou, Koja? Neem me niet kwalijk. Neem me alsje-
blieft niet kwalijk. We omhelzen elkaar en *dawenen zu dem gutn got,
jo?*'

Jaren later, toen ik als student met een aantal corpsvrindjes dit discre-
te etablissement bezocht, waarvan de exotische naam even vaak veranderde als de dames die er werkten, moest ik constateren dat in alle
kamers fantasierijke wandschilderingen hingen te glanzen, veelarm-
ige tempeldanseressen die door Evs onmiskenbaar kinderlijke fysionomie werden bekroond. De penseelstreek was karakteristiek voor
mijn vader. Haar onschuld was duidelijker dan de zijne. Ik koos een
kamer met cunnilingusmotieven en een nogal struise Slowaakse.

Toen ik Ev er later over vertelde, dacht ik dat ze erom zou kunnen lachen. Maar toen was zij het die er mismoedig van werd. En ik moest haar in mijn armen nemen en met haar *dawenen zu dem gutn got*, net als vroeger stevig omstrengeld. Want er was geen onschuld meer, er waren alleen nog schuld en schuldigen, en ze zouden ons allemaal als centauren hebben moeten schilderen, Ev, mijzelf en Hub, uit een donkere wolk voortgekomen fabelwezens, onbeheerste en wellustige broers en zus, innig met elkaar verbonden.

En zo werden wij dan ook werkelijk het woeden van de gehele wereld.

3

De hippie reageert niet. Hij ligt op zijn rug, de ogen gericht op het plafond, bewegingsloos, ademloos, een zwijgende vis en het oor van mijn onschuld, niet van mijn zorgen. Misschien wacht hij tot ik verder praat. Maar er is niets wat ik nog wil zeggen, en zo kantelen zijn pupillen ten slotte naar mij.

'Waarom hou je op?'

'Vanaf nu wordt het ingewikkeld. Dat is moeilijk uit te leggen.'

'Alleen omdat het moeilijk is uit te leggen hou je op? Als iets moeilijk is uit te leggen hou je toch niet op? Als iets moeilijk is uit te leggen begin je toch pas echt? Ik luister niet eens als iemand me iets makkelijks wil uitleggen. Dan ben ik meteen verveeld. Maar iets moeilijks is te gek.'

'Ik wilde u alleen vertellen hoe het zit met mijn broer.'

'Rode herfstmandril.'

'Calville! Niet mandril. Rode herfstcalville!'

'Wat is een mandril ook alweer?'

'Een aap.'

'Juist ja.' Hij denkt na. 'Daarom wilde hij niet dat je dat appelgeval at, je broer.'

'Dat had ik moeten doen. Dan was het allemaal niet gebeurd.'

'Mandrils, zijn dat die beesten met rode achtersten?'

'Apen, ja.'

'Met rode apenachtersten?'

'Precies.'

Je ziet heel aardig de jungle met al het leven erin die de hippie voor zijn innerlijke bioscoopdoek tovert, en dan lacht hij zachtjes, want hardop lachen doet hem pijn. En mij trouwens ook. In onze kamer wordt zelden gelachen. Je kunt, als je het erg naar je zin hebt, met je handen op je deken roffelen, de emoties zijn dan gesmoord, maar de geluiden helaas ook. De hippie weet van geen ophouden, het moet eruit, hij blijft maar giechelen.

'Pas maar op dat u geen aanval krijgt,' zeg ik.

'Ik pas wel op.'

'Zo grappig is het nu ook weer niet.'

Hub heeft hem recht op zijn voorhoofd geraakt. Misselijkheid en braken waren het gevolg, ook visuele hallucinaties, serieuze flikkeringen en lichtflitsen. Nachtzuster Gerda en de Griekse arts in opleiding maken zich grote zorgen (om uiteenlopende redenen wellicht), maar de hippie wuift het weg. De zinsbegoochelingen brengen hem terug bij zijn ronduit positieve ervaringen met drugs, zegt hij.

Dat lijdt geen twijfel, mijn attische invloed op anderen is minder geworden. Toen mijn broer door de politie werd afgevoerd, heeft hij mij geen blik waardig gekeurd. Huisvredebreuk, bedreiging met geweld, toebrengen van zwaar lichamelijk letsel. Dat komt er voor hem nog allemaal bij. Inmiddels zal hij wel in een cel zitten. Drie bij drie meter, dat is standaard. Misschien laten ze hem na tien jaar weer gaan. Dan zitten we in negentienvierentachtig. Hoe zou het er in die verre dagen uitzien? Is Duitsland dan nog een gedeeld land? Hebben de Amerikanen een kolonie op de maan? Zal George Orwell gelijk krijgen? Als kinderen hebben we dat vaak gespeeld: in de toekomst kijken. Een ander woord voor: hoge verwachtingen hebben. Maar tegen die tijd is Hub negenenzeventig. En voor hem zullen er verder geen andere verwachtingen zijn dan tachtig te worden.

Met een kogel in je kop hoef je zelfs daarop niet te hopen.

Voor de ziekenkamer zit nu een rechercheur, die op z'n gemak in een tijdschrift bladert, bij elke bladzijde de bladerende vinger even lik kend – hij wacht op de aflossing. Ze hadden wel kunnen bedenken dat het niet zo moeilijk kan zijn om ongemerkt een ziekenhuis binnen te glippen. Niet alleen voor Hub, voor niemand is dat moeilijk. De politiebescherming moet mij psychisch weer op de been helpen, maar maakt iedereen zenuwachtig en belemmert nachtzuster Gerda om de hippie zijn cannabisplanten te geven.

Omdat mijn steunende kamergenoot amper zijn bed uit kan, strompel ik voor hem naar de kraamafdeling beneden, observeer de pasgeborenen, flits ze met zijn instantcamera van dichtbij in hun gezicht en heb het gevoel dat ook de baby's politiebescherming nodig hebben, want ik weet zonder dat iemand me een strobreed in de weg legt de zuigelingenkamer binnen te sluipen en zou daar iedere willekeurige baby kunnen oppakken en in een sporttas kunnen meenemen: de beweeglijke Woede-voor-twee bijvoorbeeld, of Vanzonnig-tot-bewolkt, Vijf-uur-thee, Let-it-be en hoe de hippie ze verder ook noemt.

Ik word doodmoe van deze wurmen. Boven, in mijn kast, heb ik de bruine envelop van mijn broer verstopt, met de foto's erin. Daarop zie je ook een zuigeling. Wie die foto's ook heeft gemaakt, het moet wel een pervers zwijn zijn geweest. Als ik beneden op de tweede verdieping op de ontspanner druk terwijl ik gebogen sta over de glazen bedjes van de zuigelingen, trekt er een rilling door me heen, alsof mijn netvlies loslaat. Ik houd het niet lang uit en wil ook niet dat de hippie de hele tijd alleen is met de polaroids.

's Nachts kan ik niet slapen.

De wind waait kreunend door de takken voor het raam. Maar je hebt daar helemaal geen takken. De dichtstbijzijnde boom, de karikatuur van een beuk, staat ver weg en kan, zelfs als hij zou schreeuwen, onmogelijk worden gehoord. Ik word overvallen door zinsbegoochelingen en duistere dromen, die een verbond aangaan met de waarachtige realiteit: het piepen, gonzen, janken, ratelen, snorren, snuiven en blazen van alle apparaten die ons omringen, meten en behoeden. Onder jouw hoede, Hub. Ja, onder jouw hoede ben ik geweest.

'Koja!'
'Hm?'
'Koja! Je hebt nachtmerries!'
'Onzin!'
'Je hebt "peng peng peng peng" geroepen.'

De hippie kijkt me met grote ogen aan, terwijl ik ontwaak alsof ik in een doodskist lig. De stilte van het ziekenhuis omsluit me. Dan het piepen, gonzen, janken, ratelen, snorren enzovoort. Dan de stem, die rechtstreeks uit zijn ogen lijkt te komen.

'Ik maak me zorgen, Koja.'

'Nee, ú werd in elkaar geslagen. Niet ik. We zouden ons daarom zorgen om ú moeten maken. Niet om mij.'

'Weet je wat het is? Jij bent echt een schitterend mens.'

Ik draai me abrupt op mijn zij en kots op de blauwe linoleumvloer. Het komt uit me gestroomd als uit een dorpspomp. De hippie wil nachtzuster Gerda roepen, maar dat wil ik niet. Straks komt de babysitter van het *Bundeskriminalamt* nog binnen, en dat is wel het laatste waarop ik zit te wachten. De hippie biedt aan samen met mij mijn braaksel op te ruimen. Die hippies overdrijven het echt.

Basti is beslist een uitzonderlijk geval. Maar er waren in mijn leven ook anderen – mannen, vrouwen – die zich tot mijn rechtschapenheid voelden aangetrokken. Het waren er niet veel. Maar je had ze wel. Zonder meer. Maar of ik echt zo rechtschapen was, dat heb ik me in alle ernst nooit afgevraagd. Niet dat ik me illusies over mezelf zou hebben gemaakt. Ik was me er altijd van bewust wat mij was overkomen. Maar het was me nu eenmaal overkomen. Welk woord je er ook voor gebruikt. Ik heb op een wereld gereageerd die aan verval onderhevig was, niet omgekeerd. Ik was volslagen oprecht. Volslagen onoprecht was ik ook. Maar het onoprechte hoorde bij mijn werk. Het eerlijke was ik zelf. Een huid die je niet kon afstropen, de allerlaatste, misschien vliesdunne maar scheurbestendige eerlijke huid. Daaronder het vlees, de botten, het hart. Ik heb de illusie niet tot in mijn ingewanden laten doordringen. Dat denk ik altijd. Dat dacht ik. Dat denkt natuurlijk iedereen in mijn positie. Illusie is de munt die ik gebruik. Er is geen hardere. Maar wie daarmee betaalt, dat zeg ik, is daarmee nog niet door en door fout.

Ik loop naar het kozijn, sla de beide ramen open, hoor de takken ruisen die er helemaal niet zijn, die alleen in mijn hoofd bestaan. Ik klim op de vensterbank en word weggetrokken, word door de toegesnelde, toegewijde en omstandige hippie weggetrokken, die niet kan geloven dat ik alleen maar frisse lucht wil happen, van boven naar beneden, van mijn kapotte hoofd tot aan mijn blote voeten.

Twee dagen later zitten we op het dak van het ziekenhuis.

Dit is de enige plek waar je 's nachts ongestoord de wiet kunt gebruiken die de hippie heeft laten kweken. Er is maar één brandtrap die je bij deze vleugel naar boven brengt, en we hebben alleen al bijna dertig minuten nodig gehad om hiernaartoe te kruipen. De hippie wil een feestje bouwen. Omdat hij weer kan bewegen. Het middernachtelijk uur is warm, laatzomers warm, en de warmte neemt nauwelijks af. De stad ligt aan onze voeten, ver genoeg weg met zijn lichtjes, zodat de sterren boven ons tot hun recht komen, duizend kleine magnesiumsplinters.

Nachtzuster Gerda, intussen een door de wol geverfde drugskoerier, heeft onder de ogen van de BKA-cerberus zelfs een hasjpijpje georganiseerd dat Bamboo heet en waarvan de voordelen me door mijn weldoener uit-en-te-na worden uitgelegd, of ik nou wil of niet. De hippie wrijft de gedroogde hennepblaadjes fijn, zelfs zijn handen werken me op de zenuwen. Zijn krassende stem vervult mijn hart met bitterheid, en ik word woedend als hij, zoals een paar dagen geleden is gebeurd, zelfs de artsen van taboes en dwang wil bevrijden door niet alleen zijn eigen, maar ook mijn medicijnen met een weids gebaar door de wc te spoelen. Kortom: hij is onverdraaglijk, verveelt me dodelijk met zijn esoterische terreur en drijft een mens door vrijwel al zijn levensuitingen tot razernij.

Maar hij is het vleesgeworden hiernamaals en ik vind hem waarachtig niet onsympathiek. Zijn ongelooflijke zelfingenomenheid is zo trouwhartig als die van een poedel, en om zijn kijk op de wereld zou ik kunnen glimlachen als mijn hoofd ernaar stond. Hij houdt altijd rekening met je en heeft me voortdurend gevraagd hoe ik me voelde en me regelmatig met een ontroerende vanzelfsprekendheid zijn met worst belegde ziekenhuisbroodjes gegeven (gedode dieren!), accepteert in ruil daarvoor onder dankzegging mijn dessert, dat ik niet zoet genoeg vind. Met alle plezier leest hij me voor uit gruwelijke boeddhistische lesboeken, maar hij houdt ook van hindoeïstische traktaten of ayurvedarichtlijnen waarin wordt voorgesteld om projectielen in het hoofd met oliën en geuren te genezen. Hij heeft alle Indiase heilsleren in zich verenigd, gelooft in de heilige koe, in de goddelijke kracht Brahman, maar ook in Boeddha, die in deze omgeving maar moeilijk inpasbaar is. Zelfs een paar tantratechnieken waarvan ik nooit eerder had gehoord, konden zich vestigen in zijn energiecentrum, het door nachtzuster Gerda zo vaak van sap ontdane hersenkasteeltje, zoals hij het noemt. Hij is doorstroomd van oneindige naastenliefde, reikt me ook nu weer zijn hasjpijpje aan en kan niet accepteren dat ik het niet een keer wil proberen.

'Maar waarom nou niet? Je wordt er relaxed van.'

Ik begin met de eenvoudigste van alle waarheden, hasj. Twintig jaar geleden hadden we te maken met Project Artichoke. Onder deze codenaam ondernam de CIA pogingen om drugs als heroïne, amfetamine, slaapmiddelen en het nog maar pas ontdekte lsd te testen. Aangezien het programma in Duitsland werd uitgevoerd, in Kronberg met name, de Taunus op z'n mooist, werd ons bureau ingewijd. Wij voerden delen van het project uit, dat zo geheim was dat van pure opwinding helaas iedereen erover vertelde. Het ging om de ontwikkeling van een verhoortechniek die wij de 'Heksenhamer' noemden.

De Heksenhamer moest een onverbiddelijk waarheidsserum worden. Personen die er tijdens ondervragingen aan werden onderworpen, werden niet geacht een leugen te kunnen volhouden. In het kader van dit onderzoeksprogramma werden in de herfst van negentientweeënvijftig zeven gevangenen uit de strafinrichting in Neurenberg zevenenzeventig dagen lang volgepompt met hasj en lsd. Zeven was het geluksgetal van de onderzoeksleider, een farmacoloog uit Philadelphia. U kunt zich wel voorstellen hoe het er in deze gevangenis aan toeging. Maar meer dan bont beschilderde celwanden en goedgeluimde levenslang gestraften was er niet te bewonderen. Dus zochten ze zeven vrijwilligers, maar vonden er in het hele bedrijf maar drie die zich meldden: ikzelf en twee andere ambtenaren van de operationele afdeling. Drie is niet zeven, en de onderzoeksleider zei later dat het allemaal kwam door dat klotegetal drie. We kregen de marihuana intraveneus toegediend, en ik heb helemaal geen zin om veel over mijn toch vooral ontspannende ervaringen te vertellen. Maar mijn collega Frank Burmeister sprong een week na de start van het experiment uit het raam van de derde verdieping van zijn huurhuis omdat hij op zijn vleugels naar de Stachus-bioscoop wilde vliegen. Van daaruit had Lauren Bacall naar hem gezwaaid, naakt en groot als een tyrannosaurus rex. Het was maar een vrije val van acht meter, maar de grond onder Frank was puur asfalt. Hij had drie dagen nodig om te sterven.

We vernietigden daarna bijna alle dossiers van het project, want het ministerie had het ons zwaar aangerekend als er iets over de Duitse betrokkenheid naar buiten was gekomen.

Daarom weet ik wat hasj is, en daarom ben ik er niet echt dol op, vooral niet op een dak met dit uitzicht, waar je zo gemakkelijk je vleugels kunt spreiden om weg te vliegen.

'Meneer Solm,' zegt de hippie, en na lange tijd spreekt hij me weer met u aan, 'begrijp ik het goed? Wilt u zeggen dat u voor de regering werkt?'

Hij houdt zijn hasjpijpje vast zoals Ev vroeger haar sigarettenpijpje, sierlijk en bezorgd.

'Daarover hoeft u zich niet druk te maken.'

'Maar u vertelt zelf dat u met de CIA te maken hebt gehad.'

'Daarover kan ik niets zeggen.'

'Bent u dan misschien een agent of zo?'

'Ik zei toch: daarover kan ik niets zeggen.'

'U hoeft ook niets te zeggen. U moet biechten.'

'Doe me een lol, Basti: u bent geen priester!'

'Ik ben swami.'

'Wablief?'

'Ik geef cursussen dynamische meditatie. Ik ben drie keer in Bombay geweest, en daar heette ik swami Deva Basti. Ik zie in elk geval uw zaad, uw potenties, en ik vraag me echt af hoe u zo ver hebt kunnen afdwalen van de weg naar uw werkelijke bestemming.'

Hoe ongelooflijk onnozel de hippie misschien ook is, hoe weinig hij ook snapt van de kristalheldere reinheid van het kwaad (en nog veel minder van de stupiditeit ervan), ik zou graag leren dat het iets normaals kan zijn als mensen me eerlijk tegemoet treden. In mij bewegen tektonische platen van ontroering. En op deze platen worden kaarsjes van je kinderjaren aangestoken. Maar toch, ook toen, beste herinnering, waren er momenten van spirituele potentie. Per slot van rekening kom ik uit een domineesfamilie. Zelfs papa had, voordat hij schilder werd, theologie moeten studeren. Het was het gebod van de strenge Großpaping geweest, die met alle geweld een opvolger wilde in de pastorie. Papa heeft zich zelfs met bravoure door zijn proefpreek geslagen, om vervolgens voor zijn despotische vader te vluchten in de kunst. Vierenhalve dominee gaat mij dus genetisch voor, en misschien is het geen toeval dat hier in dit ziekenhuis de cirkel rond is en ik in aanwezigheid van een infantiele vrijetijdsgoeroe op mezelf stuit. Nee, dat kan echt geen toeval zijn. Ook de hippie denkt dat toeval niet bestaat, dat alles volgens vooraf bepaalde regels verloopt. En dat alles met elkaar verbonden is. We moeten het alleen wel zien. Als je de verbinding hebt, wordt het onnatuurlijke natuurlijk. Wie zichzelf wil vinden, moet zijn eigen geschiedenis vinden. Vertel me het begin en dan het midden en dan het eind van je geschiedenis. Dan heb je de verbinding.

Zo ongeveer spreekt hij.

'Heel gecompliceerd, het begin! Heb ik toch al verteld!' kraste ik.

'Dat is de zin van onze ontmoeting, dat je het begin kunt vertellen. Bijna nooit in het leven kun je iemand het begin vertellen. Het is zo moeilijk. Iedereen wil alleen het eind horen.'

De hippie wiegt droevig zijn hoofd, zijn linkerhoofdhaar wikkelt zich om zijn pijp.

En zo meteen ga ik verder met het begin.

4

In de jaren twintig leek het met ons weer bergopwaarts te gaan. Papa verhuurde zichzelf als kunstdocent aan Duitse privéscholen en schilderde daarnaast schilderijencycli die *Aphrodites omhelzingen* of *Sappho in bed* heetten. Om dit voor mama geheim te houden ondernam hij in de zomermaanden vaak wekenlange portretreizen naar Jutland, waar hij hoegenaamd oude Deense landadel konterfeitte, in werkelijkheid echter hun honger naar galante en meer dan galante pastorale scènes stilde. Mama ontplofte een of twee keer omdat hij zo zongebruind terugkwam, stak zelfs op een gedenkwaardige zondagochtend een *In flagranti* getiteld olieverfschilderij aan, waardoor papa's atelier in brand vloog, waarna ze, alsof dat de normaalste zaak van de wereld was, het vuur doofde door alle brandende schilderijen uit het raam te gooien.

Maar voor de rest speelde ze *bonne mine à mauvais jeu*, deed gewoon of ze van niets wist, en haar aristocratische contenance hielp haar daarbij. Ze sleepte ons met vlijt door de eerste moeilijke jaren, bleef al met al een miserabele kokkin, hield van het werk in onze twaalf vierkante meter grote achtertuin en van elk van haar rozen. Ze had niets filosofisch of zelfs geëxalteerds over zich, terwijl papa altijd in gedachten leek verzonken, zelfs als hij zwijgend voor de ezel tepels zat in te kleuren.

Mama hechtte ondanks alle ondergangen sterk aan haar afkomst, belichaamde iets oud-Baltisch, bleef ook in de grootste ellende de barones met een zekere adellijke trots. Bovendien was ze niet zonderling maar stond ze stevig in het nu, terwijl voor papa ergens ook altijd het hiernamaals meespeelde, een fascinatie die al vroeg morbide trekjes kreeg. Kinderen nam hij serieus. Van hem kwam de mooie zin dat kinderen altijd meer weten dan ze kunnen zeggen, en volwassenen altijd meer zeggen dan ze kunnen weten. Misschien was dat een van de redenen dat hij Ev al op jonge leeftijd als model had aangenomen. Vermoedelijk voelde hij toen al dat dat voor haar op geen enkele manier kwaad kon, maar juist inspirerend was. Ook tegen mij praatte hij soms anders dan personen met gezag met elfjarigen plachten te praten. Een keer visten we samen in de vlierbesrode Düna, en na een halfuur stoïcijns zwijgen verklaarde hij met plechtige stem: 'Je kunt niet weten of vissen pissen. Onder water zie je 't niet, boven water doen ze 't niet.'

Van de voorwerpen waarin zijn fijnzinnigheid zich manifesteerde, hield ik het meest van zijn doeken, die hij met grote hartstocht zelf prepareerde en grondde. Het eigeel dat hij daarvoor nodig had werd alleen omgeroerd als Kocka-Anna, onze oude kokkin, daarbij aanwezig was, omdat je het eigeel moest kloppen alsof je de perfecte omelet aan het maken was. En zijn beroemde witte Solm-grond maakte hij op basis van een eeuwenoude receptuur die Jan Vermeer zou hebben ontwikkeld en die als ingrediënten onder andere marmerstof en kwartskristallen bevatte. Ze reflecteerden het licht in papa's schilderijen en lieten ze dansen. Waarschijnlijk was het dit glinsterende wit dat mij ten slotte het waanidee gaf om zelf kunstenaar te worden, want de associatie die je bij wit krijgt is onschuld, en kunstenaar zijn betekende dat je het onschuldigste wezen op aarde was.

Van papa leerde ik dat het zelfbewustzijn van onze tijd juist voortkomt uit de gerichtheid op de wereld van nu, dat de gerichtheid op het hiernamaals die onze voorouders, de dominees, en zelfs hem, de halve dominee, heeft gevormd, wordt afgelost door de materie, door het stoffelijke en directe, en dat de ervaring daarmee ons uiteindelijk pas bij onszelf brengt. 'Individualiteit, mijn zoon,' zei papa dikwijls, 'betekent dat je gelooft in wat je ziet.' Schilderen kun je daarom ook helemaal niet leren. Je kunt alleen leren om te zien. Alles wat ik kan zien heb ik door papa leren zien. Ook Picasso werd er niet minder van dat zijn vader zelf schilder en leraar aan de kunstacademie San Telmo was. En zoals Pablo op z'n zevende met aanwijzingen van zijn vader leerde kijken naar zijn hond Clipper, zo leerde papa mij vanuit alle mogelijke perspectieven naar mijn lieve Püppi kijken, die bij de aanblik van zijn portretten vrolijk begon te blaffen vanwege de gelijkenis ervan. Papa was heel trots op me, want ik leerde snel, en hoewel ik het nooit tot een blauwe of roze periode zou brengen (hooguit een zwarte), heb ik technisch gezien nooit slechter geschilderd dan deze volkomen overschatte Spanjaard, wat alleen al zichtbaar is omdat ik hem tientallen jaren later zeer winstgevend wist te vervalsen.

Hub ging na zijn examen naar de Letse universiteit in Riga, net als ik. Hij liet zich, in navolging van Großpaping, als protestantse theoloog opleiden, hoewel ook hij, zoals wij eigenlijk allemaal, absoluut niets meer met het hiernamaals te maken wilde hebben. We werden allebei lid van Curonia, een traditioneel studentencorps. Mijn broer kwam tot bloei in de mensuur, duelleerde met iedereen die hij voor zijn vizier kreeg. Zijn eerste jaap vierde hij alsof hij zojuist de lotto had gewonnen: hij rukte zijn masker en uitrusting af, riep 'hoera' en liet de arts gewoon in de schermzaal staan. Hij rende lijdzaam bloedend naar een hotel in de buurt, waar Ev al op hem wachtte. Ze naaide de schuimende wond dicht, nadat ze het bloed had opgelikt en er daarmee op de haar kenmerkende wijze de draak mee had gestoken. In die tijd zat ze in het eerste semester van haar studie medicijnen en wilde laten zien wat ze kon. Eerst en vooral wilde ze het aan Hub laten zien, omdat hij studerende jongedames onvrouwelijke blauwkousen vond, net als de meesten van ons, trouwens. Spottend declameerde hij, zichzelf begeleidend op zijn gitaar, een van onze studentenliederen:

Al jullie veel te wijze zaken –
We vinden ze niet al te fijn.
Want vrouwen moeten geen gedichten maken:
Laat ze proberen zelf een gedicht te zijn.

Hub werd op de universiteit en bij Curonia simpelweg 'Schnäuzchen' genoemd. Dat was zijn officiële bijnaam, omdat hij een groot smoelwerk had en zich door niemand de les liet lezen. Het idee dat je als geestelijke in spe een bijzonder vredelievende inborst diende te ontwikkelen gold destijds als wereldvreemd, in elk geval in het Balticum. Ook Großpaping was bij een mensuur op Curonia een half oor kwijtgeraakt en er een leven lang trots op geweest.

Zelf hield ik niet van de schermvloer, die geur van bier, zweet en oud leer waarop je elke ochtend met een kater aantrad om de slagen te oefenen, de quarte en de tierce. Een scherpe aanval is me bespaard gebleven, daarom heb ik helaas geen litteken dat een herinnering aan Ev zou kunnen oproepen. In latere jaren werd ik soms door steken van jaloezie geplaagd als ik Hub ergens zag zitten en hij zijn vingers gedachteloos over de wit geaderde streep op zijn wang liet glijden. Ik moet bekennen dat ik helaas niet zo vlijtig was als Hub en evenmin, zelfs niet bij benadering, aan zijn fabelachtige succes bij vrouwen kon tippen. Bovendien miste ik het geweldige en rotsvaste geloof in eigen kunnen dat hij wel had. Hub had een natuurlijke autoriteit, gewoon door de manier waarop hij praatte en schitterde, en die onvoorstelbare energie die hij uitstraalde, nam eigenlijk iedereen voor hem in.

Terwijl ik doorgaans om mezelf heen cirkelde, om kleuren, boeken en zielsverwantschappen, had hij een uitgesproken sociale ader, hield van het harmonieuze samenzijn in groepen die naar zijn idee vooral bestonden om daarin uit te blinken of om ze voor te gaan. Zijn lievelingswoorden waren 'reusachtig' en 'enorm', met dit vocabulaire waren ook zijn universitaire prestaties afdoende beschreven.

Als we in Jugla waren, in onze kleine datsja aan de Stintsee, dienden er alle mogelijke gezelschapsspelletjes te worden gespeeld: charade, skaat, mens-erger-je-niet. Meestal won hij, en zo niet, dan deed hij alsof dat wel zo was. Maar altijd weer vond hij tijd om zich te bekommeren om de noden van degenen die praktisch nooit wonnen, in het spel noch in het leven. Wanneer ik voor mijn examen dreigde te zakken omdat Latijn me nekte, stampte hij met mij Caesars *De Bello Gallico* erin. 'Zet je tanden enorm op elkaar, Koja!', dat werden gevleugelde woorden: 'Je tanden enorm op elkaar zetten!'

Want terwijl Hub, zonder echt fanatiek te zijn, net als eens Jezus over het Meer van Galilea, ongehinderd door alle theologische tentamens marcheerde, dreigde ik als academische slampamper te verdrinken.

Mijn droomspinsel om net als mijn vader kunstenaar te worden was al snel verstrikt geraakt in het struikgewas van de realiteit. Papa bleef me weliswaar steunen en beweerde dat ik talent had, wat iedereen geloofde, en dan vooral Ev, die ervan overtuigd leek dat de volgende eeuw mijn naam zou dragen.

Als Baltische Duitser was het voor mij in Letland echter onmogelijk om tot de kunstacademie te worden toegelaten, hoewel ik het examen haalde als beste van mijn jaar. Papa ging woedend met mij naar de Letse directeur van de academie, Celnins, om zijn beklag te doen. Aangezien professor Solm een coryfee was, al was hij dan geen professor, werd hij toch vol respect zo aangesproken, een respect waarin de spijt zat gebeiteld dat Duitsers en Joden nou eenmaal niet de studieplaatsen van de Letse talenten mochten wegkapen.

Ik verlegde mijn artistieke ambities daarom noodgedwongen naar de architectuur, hoewel ik huizen even opwindend vond als bergen puin. Ik zag me al tot aan mijn levenseinde kolenkelders en brandmuren ontwerpen.

'Brandmuur klinkt interessant, wat is dat?' wilde Ev weten.

'De wand tussen twee huizen die voorkomt dat het vuur overslaat. Een beschermingswal.'

'Je heb vast ook mooie beschermingswallen.'

'Je ziet ze niet, Ev!'

'Je tanden op elkaar zetten,' zei ze lachend, 'altijd enorm je tanden op elkaar zetten!'

Maar dat viel me nog niet mee.

Elke vrije minuut haalde ik penseel en linnen tevoorschijn. Net als papa schilderde ik het liefst mensen of, om precies te zijn, mooie mensen, vrouwen dus.

Nadat Püppi was gestorven (toch eigenlijk ook een vrouw), stelde Ev zich graag als model beschikbaar. We vonden het totaal niet raar dat ik haar bloot zag, en ik zag haar niet alleen bloot, maar onder het schilderen bestudeerde ik ook nog eens elke plooi van haar lichaam, elke schaduw op haar huid, zelfs het sterrenbeeld van haar moedervlekken, dat ze me streng verbood weer te geven.

Vanaf het moment dat ze die eerste avond als klein kind bij mij in bed was gekropen, bleven onze lichamen vertrouwd voor elkaar, ook toen we groter werden. Ik had niet een bijzonder gladde huid in mijn puberteit, maar ze hield ervan om mijn mee-eters uit te knijpen, met een zeer geconcentreerde uitdrukking op haar gezicht, alsof ze op een hoog koord balanceerde. Elke keer weer liet ze me opgewekt de gele talgwormpjes zien die, vers geveld en kromgetrokken, op haar vingernagels lagen, en dan wilde ze geprezen worden. Toen Ev op een dag ernstig ziek werd, mocht alleen mama of ik haar kamer in, verder niemand. Ze had longtuberculose, een 'infiltraat in het linkermiddenveld' noemden de artsen het, en hoewel het een kwestie van leven en dood was, maakte ze zich vooral druk om haar lichaamsgeur. Dat was merkwaardig, want afkeer kende ze eigenlijk niet. Maar voor haar eigen nood schaamde ze zich, zelfs voor mij, maar ook weer niet te erg. Zodra ik de kamer binnenkwam, vroeg ze me het raam wijd open te zetten, wat ik niet deed, want het was hartje winter, reden dat ze, walging veinzend, haar neus optrok om ten slotte toe te staan dat ik haar geruststelde, haar natte arm streelde en haar voorlas.

Ik hield wel van het zurig-harsachtige van haar uitwasemingen, deze fijne geur van urine, hoewel ziekten me nog altijd tegenstaan en ik dit ziekenhuis, waarin we maar een eind weg moeten vegeteren, mijn beste slonzige vriend, liever vandaag dan morgen zou verlaten. Maar Evs geur wees me erop dat ze nog in leven was, en dat maakte me gelukkig, terwijl de eau de cologne waarmee mama dagelijks haar voorhoofd en hals bette net zo had geroken op een lijk.

Terwijl Ev en ik met elkaar omgingen als amazone-indianen en als het moest ook ringen door elkaars neusschotten zouden hebben geboord, heerste er tussen mijn broer en haar een haast Angelsaksische preutsheid. Bij het aan- en uitkleden op het strand, bijvoorbeeld, was hun beider kuisheid welhaast overweldigend. Als ik eenzaam en alleen met Ev op het strand van Riga lag, kleedde ze zich soms uit tot ze poedelnaakt was, en dan plonsden we gillend samen de zee in.

Zodra Hub opdook, was haar anders zo kokette ziel volledig in verwarring. In zijn aanwezigheid kleedde ze zich alleen om als een onkuise blik uitgesloten was. Er was ook een periode waarin ze gewoon was te blozen als een lampion, maar alleen in aanwezigheid van Hub of serieuze aanbidders voor wie je je als bakvis zou kunnen generen.

Bij mij bleef ze ontspannen en porseleinbleek, alsof ik maar gewoon de huiskat was. Nooit zou ze bij Hub een mee-eter hebben uitgeknepen, maar hij had er ook geen. Zijn huid was glad en smetteloos, net als zijn lichaam zelf. Toch hing hij tegenover haar maar zelden Schnäuzchen uit. Hij plaagde haar wel graag, maar hield altijd de gepaste afstand van een heer, vanuit welke houding hij zelfs vergelijkbare verlegenheden als zij ontwikkelde.

Het was me duidelijk dat er tussen hen een onderhuidse, misschien wel gevaarlijke aantrekkingskracht bestond, alsof Ev een soort Lorelei was voor wie Hub zijn oren dichtdeed, een van die mensenetende sirenen aan wie Odysseus probeerde te ontsnappen. Toen ik Ev vroeg waarom Hub en zij zo vreemd met elkaar omgingen, zo heel anders dan wij tweeën, antwoordde ze: 'Hij is de papa. Ik ben de mama. En jij bent het kind.'

Ik praatte een week lang niet meer met haar.

Ev maalde er niet om. Je kon haar niet met zwijgen raken, zoals je haar ook niet met afwezigheid kon raken. Schreeuwen en er zijn waren haar parameters, maar dat leerde ik pas later. In elk geval past het in deze categorie dat zij de drijvende kracht werd achter onze verkenningstocht naar de mysteries van de volwassenwording die op ons af daverde, de mysteries die ons allebei niet koud lieten.

Toen mijn ouders met Hub, eeuwen ouder dan wij en al corpsstudent, 's avonds een concert bezochten, glipte Ev mijn kamer binnen, sloot de deur achter zich en vertelde op besliste toon dat ze mij moest onderzoeken. Ik diende mijn nachthemd uit te doen, moest ruggelings op bed gaan liggen, naakt, en mijn geslacht laten onderzoeken. Zij hield al haar kleren aan, droeg nog haar dagelijkse garderobe: een roodgeruite jurk, een lichtgekleurde sjaal en witte kousen. Ze ging naast me zitten, zonder me aan te raken, en bekeek mijn naaktheid op dezelfde wijze als ik de hare bij het schilderen bekeek. Nauwkeurig. Daarna sloot ze voorzichtig haar hand om mijn lid. Binnen een paar seconden had ik haar volle aandacht.

'Schaam je je?'

'Een beetje.'

'Ach kom. Ik ben je zus. Voor mij hoef je je echt nergens voor te schamen.'

'Is oké.'

'Die wordt al aardig groot.'

'Niet loslaten.'

'Wat moet ik nu doen?'

Ik liet het aan haar zien. Ze schoof dichter naar mijn onderlijf toe, boog voorover, en ik voelde haar adem op mijn buik. Toen ik naar haar keek, merkte ik dat ze alles met een bijna wetenschappelijke bezieling volgde, van zo dichtbij mogelijk. Ze wilde onder geen beding iets belangrijks missen. Toen ik ejaculeerde, deinsde ze niet terug, knipperde alleen een beetje met haar ogen, en helaas had ze dezelfde nieuwsgierige uitdrukking om haar lippen als wanneer ze mee-eters uitkneep. Ze was al een beetje de arts die ze nog zou moeten worden. Ze doopte haar wijsvinger in mijn armzalige ejaculaat, wilde vermoedelijk weten hoe het smaakt, maar merkte mijn ontsteltenis, nam mijn zorgen met een zwak, bijna droefgeestig lachje weg, rolde haar kous af en reikte me die discreet aan.

Later lagen we naast elkaar en deden wat we op zulke ogenblikken altijd deden: we baden in onze geheimtaal tot de zilveren Jezus die ze om haar hals had, en ik moest op mijn lievelingsschilders Albrecht Dürer en Sandro Botticelli zweren geen sterveling ooit te vertellen over het schuimende onderzoek, dat verder tot Evs volle tevredenheid was verlopen.

Ze nestelde zich tegen me aan en mompelde dat ze de liefde van haar leven had gevonden. Ik knorde van tevredenheid.

'Ja,' fluisterde ze, 'Hub is de prachtigste, de schitterendste en de gevaarlijkste.'

'Hub?' vroeg ik kuchend.

En ze beschreef me volkomen onbevangen haar kitscherigste en belachelijkste verlangens, die mijn broer golden en blijkbaar door afstand, een voorzichtig respect, groot wantrouwen en de vele speldenprikken die ze aan elkaar uitdeelden, waren ontvlamd. Ik daarentegen was, ofschoon de trouwste dienaar van al haar luimen, gedegradeerd tot hoofdkussen waarop ze haar hoofd neervlijde en waartegen ze haar dromen schetterde. Menselijke dankbaarheid is nou eenmaal niet een rots waarop je kunt bouwen.

'Denk jij dat hij mij ook een beetje leuk vindt?' wilde ze weten.

'Mmm.'

'Wat is er nou? Waarom doe je opeens zo pummelig?'

'Het is al laat. Onze ouders komen zo terug.'

'Je bent toch niet jaloers, hè?'

Wat moet je daarop antwoorden?

'Hub is gewoon van een ander ras. Wij zullen ons nooit met hem kunnen meten. Ach Koja, mijn liefste Koja, we lijken zo op elkaar. Jij houdt toch ook van hem, of niet?'

'Ja, ik hou van hem.'

'Als je wilt, kleed ik me uit. Wil je?'

De mensen zullen het nauwelijks geloven, maar ik vond het allemaal volslagen normaal, onbedorven en puur, hoewel in die tijd niet Woodstock en Penny Lane onze morele gidsen waren, nobele en wellicht ook verveelde vriend. Misschien vraagt u zich af wat dat allemaal heeft te maken met mijn werk, met de geheime dienst, de regering, de kogel in mijn kop en die wereld daar buiten. Maar u wilde het hele begin weten, en geloof me, dit is er een.

Ev en ik, we hadden niet het gevoel dat we op deze planeet hoorden. Ja, we bewonderden helden als Hub en we verlangden ook hevig naar hem (ik bekijk het een seconde lang vanuit Evs standpunt), maar we leefden niet zoals hij of onze ouders of Anna Ivanovna met of onder de mensen, maar langs hen heen, aan de uiterste rand, en terwijl zij de wereld ervaarden als onveranderlijk en onomstotelijk, zagen wij dat ze aan loszittende schroeven hing en dat de wind eraan rukte. Wij waren buitenstaanders, maar hadden allebei het talent om niet als buitenstaanders over te komen, omdat we elkaar kracht gaven, ja, misschien ook door deze onschuldige aanrakingen, die deden denken aan het elkaar vlooien van chimpansees. Maar juist het chimpanseeachtige zou alle mensen om ons heen hebben gechoqueerd. Broers en zussen masturbeerden destijds gewoon niet in elkaars aanwezigheid. Ev was mogelijk zelfs op een internaat beland of helemaal uit ons gezin verdwenen als deze *frejd* (zoals Ev dat noemde) was ontdekt.

En dat zij me de macht gaf om haar te vernietigen smeedde ons voor altijd aan elkaar.

Af en toe herhaalden we de gebeurtenis, met wisselende rollen, zonder ooit de gestelde grenzen te overschrijden. Soms zaten er maanden tussen, één keer zelfs een vol jaar. Ik had zo nog wel eeuwen kunnen doorgaan en leerde de dweperige adoratie voor Hub langzaam verdragen, die buitensporige beschrijvingen van de vastheid van zijn karakter, die om zo te zeggen hand in hand gingen met onze heimelijke bacchanalen waarbij die eigenschap ver te zoeken was.

Maar op haar twintigste verjaardag vertelde Ev me dat ze verliefd was geworden op een nieuwbakken doctor in de rechten. Ze was volkomen ontspannen.

'We moeten ermee stoppen. Hij zal het vast en zeker niet waarderen.'

'Maar we doen toch helemaal niks?'

'Hij zegt dat hij nooit met een meisje zou trouwen dat al met een ander heeft gekust.'

'Wil je dan met hem trouwen?'

'Hij is gek op me. Hij is de geweldigste man die een buitenaards wezen zich kan wensen. En ik wil loskomen van Hub.'

'Gaat je dat lukken?'

'Met veel kinderen wel.'

'Wat zijn dan veel kinderen?'

'Acht, zegt hij.'

'Acht is écht veel.'

'We moeten, zegt hij, het noordse aandeel van ons ras vergroten omdat de Semieten ons anders overspoelen.'

'Ev?'

'Ja?'

'Dat is echt lariekoek.'

'Weet ik. Maar hij is zo geweldig.'

'En we hebben nog nooit met elkaar gekust.'

Zo gebeurde er iets wat grote gevolgen had.

Erhard Sneiper kwam in ons leven. Hij was de man die ons allemaal met bloeddoorlopen ogen het nationaalsocialistische paradijs in zou hypnotiseren, een paradijs waarvan we toen nog helemaal niets wisten, dat er ook nog helemaal niet was, waarin Ev en ik geen interesse zouden hebben gehad, zelfs als er wel een paradijs had bestaan, met of zonder herfstcalville, slang en gif. We waren allebei alleen geïnteresseerd in het eigen fameuze huis, waren helemaal op onszelf gericht, net als mosselen, die in hun leven met niets anders in aanraking komen dan die kleine witte parel die ze uit hun eigen parelmoer fabriceren.

Erhard Sneiper had Ev op een studentenbal leren kennen, en hoewel hij absoluut niet kon dansen, verloofden ze zich in een vloek en een zucht, en ook al wist ik toen nog niet hoe schandaleus het allemaal zou eindigen, ik moest toegeven: Erhard was geen mooi maar wel een prijswinnend lot. Zijn smalle, ratachtig sluwe gezicht, dat een waakzame expressie bezat, wees op het soort intelligentie dat we kennen van portretten van kardinaal Richelieu. Hij was mager, erudiet en brildragend (hij prefereerde net zo'n bril als meneer Lennon tegenwoordig draagt, die man met dat nonchalante kapsel over wie u zoveel praat). Sneipers tuberculoze verschijning was in alles het tegendeel van Hub, die sterk en atletisch was en iets dogachtigs had. Wat Erhard onderscheidde was een schitterende tenor, een buitengewone welbespraaktheid, die hem als beginnend advocaat goed van pas kwam, een prima functionerend geheugen en een uitstekend talent voor politiek. Hij kende God en de wereld en was iemand die aan touwtjes kon trekken. Bovendien hield hij van Ev, en daarom haatte ik hem. Ik haatte hem en bakte intussen zoete broodjes, wat onze dagelijkse omgang een vleugje hartelijkheid gaf. Maar haten deed ik hem wel.

Hub, die op het eerste gezicht zoveel charismatischer leek dan de twee jaar oudere Erhard, liet zich onmiddellijk door hem inpakken. Ik kan dat nog altijd niet begrijpen. Tot dit jaar negentieneenendertig hadden we met z'n allen nog nooit van Adolf Hitler gehoord. Maar Erhard vertelde ons over hem alsof hij koning Arthur was, en het verbaasde me wel dat de Führer zich jaren later niet als majesteit maar als een mix van King Kong en Charlie Chaplin ontpopte, twee filmacteurs die ik overigens hoog had zitten.

Ikzelf werd binnen een mum van tijd een goede nazi. Niet dat ik me daarvan bewust was. Velen van ons werden goede nazi's, ongemerkt bijna, want een goede nazi worden was zoiets als een goed christen worden. Goede nazi's waren iets vanzelfsprekends. Je had geen andere, en het leek allemaal vanzelf te gaan.

Onze politieke situatie was niet rooskleurig. Dat moet misschien een keer worden gezegd. Een wereldwijde economische crisis is nooit mooi, maar de over de hele aardbol neerdwarrelende stukjes asfalt van het geëxplodeerde Wall Street hadden de laatste restjes optimisme vernietigd die je als Duitser in Letland nog kon hebben.

Erhard zat openlijk en in het verborgene te stoken tegen het Letse staatsgezag. Al snel ontving hij van een zekere heer Himmler, van wie ik voor het eerst via hem hoorde en die hij in Berlijn conspiratief ontmoette, ook financiële steun. Hij bouwde een volkspartij op, de Beweging. Zijn rechterhand werd Hub, uitgerekend een dominee in spe, afkomstig uit een oud predikantengeslacht, gewend om op al zijn paden de zegen te geven.

Mijn broer was in de eerste plaats een idealist, het tegendeel van parelmossels zoals Ev of ik. Zijn eigen carrière vond hij niet zo belangrijk, hij wilde helpen de wereld te redden, zoals dat in een domineesgezin gebruikelijk is. Zijn koppigheid, die van Großpaping op hem was overgegaan, veranderde in fanatisme. Hij raakte al snel bezield door een missie waarbij zijn onbuigzaamheid van pas kwam. Getob, weifelmoedigheid, gebrek aan besluitvaardigheid, dat waren altijd míjn talenten geweest, niet de zijne. In zijn geloof in iets wat absurd goed was, wat nergens in de Beweging zichtbaar was behalve in onze eigen dronkenschap, nam hij plaats aan Erhards zijde, en ik moest verbaasd vaststellen dat mijn even briljante als buitengewone broer er genoegen mee nam tweede te zijn, terwijl het toch aan mij was om tweede te zijn.

Erhard kwam ook naar mij toe. Zonder kloppen stapte hij op een ochtend papa's atelier binnen, waarin ik me had teruggetrokken om wanhopig mijn gedachten te laten gaan over de schets van een palladiaans villafront. Als iemand praat, kijk ik naar zijn mond, niet naar zijn ogen, want als schilder kan ik zien dat een mond een ongeïnteresseerde trek krijgt of juist tederheid uitdrukt, want zoiets moet ik wel kunnen tekenen. Een oog kun je altijd gewoon tekenen als een met flinterdun leer beklede knikker, een oog onthult helemaal niets voor mij behalve een willekeurige zonnereflex, maar ik zag zelfingenomenheid op Erhards lippen toen ze smakkend opengingen, terwijl hij zijn knokige zitvlak op mijn tekentafel plantte.

'Koja,' zei hij ter begroeting, en hij haalde adem tussen de lettergrepen door.

Ko, ademhalen, ja.

Ik legde mijn potlood weg en deed wat hij wilde: ik keek naar hem op.

'Van Ev weet ik dat je niet veel moet hebben van dat uniformengedoe.'

'Welk uniformengedoe?'

'De soms nogal primitieve manier waarop ze in Duitsland de problemen aanpakken. Dat uniformengedoe dus.'

'Zou kunnen.'

'Geloof me, dat snap ik wel. Toen ik een keer op een partijdag in München was,' – hij liet zijn gutturale stem zakken en hief zijn hand, en zijn mond verraadde dat hij niet wist hoe hij te midden van al die aanstootgevende schilderijen van Theo een gesprek moest beginnen – 'vond ik het wal-ge-lijk.'

Hij gleed van de tafel, ging naast me staan, en ik voelde hoe zijn hand op mijn schouder klopte, een bijna vrolijk kloppen moest dat zijn, een aankloppen.

'Maar vergis je niet: het gaat om het zijn van ons volk, om iets heel goeds, dat door iets heel kwaadaardigs wordt uitgedaagd.'

'Erhard...' begon ik, maar hij onderbrak me onmiddellijk, terwijl zijn hand op mijn schouder bleef rusten en zijn greep steviger werd.

'Ja, je familie heeft dat kwaad leren kennen. Ik weet wat de Letten met je grootvader hebben gedaan. Zo proberen ze het met alle Duitsers te doen die in dit land zijn gebleven. En daarom, Koja, moeten we onszelf verdedigen. Snap je? Verzet bieden!'

Hij laste even een van die intense opzettelijke pauzes in waarvan zelfbenoemde demagogen destijds niet genoeg konden krijgen. Daarna fluisterde hij 'Verzet', herhaalde het nog twee keer, bijna dromerig, en kwam met zijn lippen tot vlak bij mijn oor, als graaf Cagliostro die iemand occulte liefdesdrankjes wil aansmeren, en zijn zalvende stem zoemde: 'Er is in heel Europa maar één man die niet alleen maar naar ons kíjkt.'

Hij liet me los, liep met grote passen door het atelier, veinsde belangstelling voor alle herderlijke taferelen en *fêtes galantes* die langs de wanden omhoogkropen, bestudeerde een glas met rood pigment en vroeg wat het was. Ik vertelde dat het luizen uit Zuid-Amerika waren die de conquistadores vijfhonderd jaar geleden fijngewreven en als kleurstof naar Europa meegenomen hadden, en het lukte me om Erhard een paar seconden lang van zijn à propos te brengen, maar de geschiedenis van het karmozijnrood kon hem gestolen worden, de relatie met Ev zou nooit en te nimmer slagen, dat wist ik wel zeker, en zodoende voelde ik me al iets prettiger toen hij ten slotte met een innemende fijngevoeligheid tegen me zei: 'Je broer heeft me verteld wat de aanblik van een appel met jullie kan doen. Mocht je ooit concluderen dat je meer hebt dan alleen sympathie voor de goede zaak, en ook meer dan een appel: meld je dan bij mij.' Hij keek me stralend en verwachtingsvol aan en zei: 'Je leven zal er een stuk boeiender van worden.'

Ik weet het niet, maar heb ik al duidelijk gemaakt dat ik Erhard vreselijk haatte?

In één opzicht had hij echter gelijk. In de achterliggende jaren was mijn leven inderdaad allesbehalve boeiend verlopen. Het was vooral één grote siësta geweest. Ik liet mijn studie en de palladiaanse schetsen versloffen, had lol bij Curonia, ontwikkelde in mijn talloze vrije uren een passie voor zeilen, las verder ook veel, leerde motorrijden en sloeg 's zomers mijn tijd stuk met schilderen in Jugla, waar ik voor mijn bezorgde ouders een houten huisje had neergezet: het enige tastbare resultaat van een jarenlange uit papa's bedenkelijke inkomsten bekostigde studie. Mijn artistieke ambities waren op een doodlopende weg beland, maar papa noch ik wilde dat inzien.

De grote stad Riga had gesjeesde studenten vele soorten van vermaak te bieden: een bijna tsaristisch aandoend nachtleven met wodka, champagne, zigeuners en rijtuigjes, die samen met de koetsiers voor de plaatselijke gelegenheden stonden te wachten: cabarets, variétés, het foxtrotdanslokaal of het Alhambra met zijn gevarieerde en opwindende fuiven en wondermooie bordelen, waar ik voortdurend op fresco's van mijn vader stuitte. Misschien was dit wel de beste tijd van mijn leven, hoewel die tijd tegelijkertijd melancholic ademde, zoals alle traagheid. De ouderwets ratelende trams, de klaaglijk fluitende stoombootjes op de Düna, het gekrijs van de Oostzeemeeuwen die boven de boulevards zweefden... de stad was een soort Barcelona van het noorden geworden, had een mondaine flair zoals u die misschien uit Parijs kent. Je kon je niet voorstellen dat nog maar enkele jaren eerder in deze straten duizenden mensen verhongerd en doodgevroren waren.

In de binnenstad had je de Kalkstraße, een mengelmoes van Letse,

Joodse, Duitse en Russische winkels. Beroemd was de schoenenzaak van Beck om zijn importen uit Engeland, ertegenover lag de excellente Zwitsers-Joodse winkel voor wijn en koloniale waren Schaar & Caviezel, rechts op de hoek van de Ulei het Russisch cultureel centrum, iets verderop het AT-Theater, een suikertaartencinema waar ze alle draken met Lilian Harvey draaiden. En ten slotte de zoetwarenhoek met de Letse chocolaterie Kuze links en de beroemde Duits-Baltische banketbakkerij Otto Schwarz rechts, en aan de overkant de enorme Laima-klok, het trefpunt voor Riga's jeugd, het trefpunt voor ons allemaal.

Maar toch was de Letse hoofdstad geen smeltkroes. Geen plaats van assimilatie. Nee, Riga was geen New York. Eerder Kaapstad. Apartheid dus. De nationaliteiten leefden er strikt gescheiden van elkaar. Elke cultuur bleef in haar eigen kraal, had haar eigen zelfbestuur, haar eigen afgevaardigden in de Saeima, haar eigen scholen, haar eigen sportvereniging, ja, je had een Letse, een Duits-Baltische en zelfs een Joodse jachtclub. Zelfs de schoolpetten waren niet uniform, elke groep had zijn eigen kleur. Wij, leerlingen op de Duitse scholen, hadden groene, de Joden lichtblauwe, de Russen donkerblauwe, de Letten donkerrode petten, herfstcalvillerode vind ik (de kleur van hun vlag), en er waren ook Estse en Poolse petten geweest.

Dat verklaart het fenomeen dat Hub en ik de Baltische wereld in Letland eigenlijk nooit verlieten. Wij woonden in een enclave waarin je geen negerdansen, Franse chansons, Letse folklore of Joodse koraalgezangen zag of hoorde. Het ging altijd alleen om Duitse liederen, Duitse dansen, Duitse klassieke muziek, Duitse literatuur, Duitse geschiedenis en een volmaakt Duitse stad.

Aan dit Teutoonse karakter was een van de culturele avonden gewijd waarop mijn leven voor altijd veranderde. Een onjuist klinkende zin, beste swami, maar geen onjuiste zin. Hub en Erhard hadden het Salomonski-circusgebouw in de Elisabethstraße afgehuurd. In plaats van artiesten, koorddansers, clowns, leeuwen en gedresseerde olifanten zouden strak in het gelid opgestelde zangscharen van de Beweging verheffende liederen zingen, in de stijl van 'Und wenn wir marschieren'. De gehele Baltische society was uitgenodigd, de bovenste tienduizend dus, een ander woord voor iedereen.

Papa klaagde 's middags al dat hij zich niet lekker voelde. Ev gaf hem een kamilleaftreksel te drinken, voelde zijn pols en adviseerde hem in bed te blijven. Maar mijn vader was niet van zins in bed te blijven liggen. Hij was van zins om erheen te gaan, ook al omdat veel nimfjes uit zijn klas iets zouden presenteren. Uiteraard gaf hij les aan een school alleen voor meisjes, ontving veel naar lavendel geurende liefdesbrieven, hoewel hij al bijna zeventig was en eruitzag als Mark Twain.

Ik stond op het punt iets heel doms te doen, want haat heeft ook altijd een vleugje idiotie in petto, maar niemand vermoedde iets. Erhards witte overhemd, een typisch overhemd voor culturele avonden, dat Ev naar ons huis had meegenomen en daar zo verliefd had gewassen, hing overdag te drogen aan de lijn, vlak voor mijn raam. Misschien was ik geïrriteerd omdat mijn uitzicht me was ontnomen. Misschien kwelden de gebruikelijke angels van de afgunst me wel. Of misschien hield ik gewoon niet van dat onwaarachtige wit. In elk geval had ik een week eerder met papa een mengdag gehad. Op mengdagen leerde hij me verf maken zoals de oude meesters dat deden. Hij verafschuwde verf uit een tube en had zijn eigen recepten om de pigmenten met walnootolie, ei, was, lijm, fijngehakte insectenvleugels, putkalk, borax of terpentijn om te zetten in emulsies die jarenlang hun glans konden behouden. Op die dag vertelde hij me over een tinctuur die vrijwel volledig uit citroen, hertshoornzout en lijnolievernis bestaat en voor de *imprimatura* wordt gebruikt. Eenmaal op wit linnen opgebracht, verandert het volkomen geurvrije en kleurloze medium pas na uren, als het volledig is opgedroogd, in een verzadigd, warm bruin, bijvoorbeeld zoals Rembrandt dat voor zijn schilderijen heeft gebruikt. Het witte overhemd van Erhard, dat als een linnen doek glansde en mij bijna smeekte om zo stevig mogelijk te worden ingesmeerd, werd nu door mijn overmoed, mijn jaloezie en een bevlieging, kortom, door mijzelf en door niemand anders, stiekem met papa's tinctuur ingewreven, zonder dat mijn toekomstige zwager ook maar iets had misdaan. Hij had alleen mijn zus van me afgepakt, die het overhemd, het nog hagelwitte overhemd, met een vriendschappelijk knipoogje en vrolijk fluitend van de waslijn haalde, en ze merkte niets van mijn snode daad, die ik nu al diep, diep, diep betreurde.

Toen de culturele avond in circus Salomonski begon, waar het naar gebraden amandelen, zaagsel en paardenstront rook, hield Erhard een meeslepend knetterende en zeer volksgerichte redevoering. Hij was op de galerij van het circusorkest gaan staan en werd geflankeerd door kloeke fanfareblazers, die op zijn commando telkens weer op hun instrumenten bliezen, vergelijkbaar met de klaroenstoten bij het carnaval in Mainz. Maar de muzikanten en hijzelf zagen niet wat wij wel zagen: zijn sneeuwwitte kraag veranderde binnen een paar minuten in goed ingestreken excrementen, alsof Onze-Lieve-Heer daar boven persoonlijk zijn behoefte aan het doen was. De eerste kleine kinderen op de rangen begonnen te giechelen, het publiek versteende. En de aangetreden jeugd van de Beweging, die in de manege strak in het gelid stond, stond opeens niet meer zo strak. Ik zag vanuit mijn ooghoeken dat Ev ontsteld haar hand voor haar mond hield, de hand die zo nauwgezet had gestreken.

Op dat moment ging mijn vader staan. Tussen zijn lippen las ik als geoefend liplezer een bijna razende levenslust, kwijlende blaasjes, met daaromheen een extatische glimlach, die nergens bij paste, vooral niet bij de uitdrukking van starheid op zijn wangen, waaronder zich zijn prominente kaakbeen aftekende. Niets is zeker, maar ik beeld me in dat mijn vader naar me keek voordat hij vooroverviel, kennelijk zelf verbaasd over de beroerte die hem over de mensen voor hem deed tuimelen, en Erhards poepbruine overhemd ging in het geschreeuw van de mensen ten onder.

Sinds die dag was papa halfzijdig verlamd.

Zijn voorhoofd, het hoge, door aders doorploegde voorhoofd, bleef de enige constante in zijn gezicht, dat voor de rest als een gesmolten kaars was: alles was scheef, zijn mond stond open, praten kon hij helemaal niet meer. Hij belandde in een rolstoel en mama voerde hem als een kind. Ik was altijd een vaderskindje, Hub juist een moederskindje geweest, waarmee de weekhartigen en de stijfkoppigen binnen ons gezin twee lijnen vormden die elkaar in Großpapings noodlot kruisten. Mijn vader had in mij geloofd en ik verloor met hem mijn messianistische roeping.

Ik vluchtte naar bed en lag drie dagen in het halfduister te rillen. Weliswaar kwam niemand achter mijn hersenloze impertinentie, die je een twaalfjarige al nauwelijks zou hebben vergeven, laat staan een Curoniër in het vierde semester, die met een duel satisfactie had kunnen geven. Maar ik wist ook niet of het ongeluk was veroorzaakt door mijn hand, de tinctuur druppelende, clandestiene, door papa getrainde hand, die ik wilde afhakken, in elk geval een minuut lang. Mama leek te zijn veranderd in een hoopje as. Ev werd nog enigszins afgeleid door wat medisch moest worden gedaan. Hub werd geholpen door de alcohol die hij bij zichzelf en papa naar binnen probeerde te gieten. Ik beeldde me in dat mijn vader Hubs hand langer en liever vasthield dan de mijne, die hij nooit omklemde. En in zijn ogen, die er brijig en pasteus uitzagen, ontwaarde ik geen zweem meer van die eeuwige warmte die vrouwen en kinderen had omhuld en iedereen die nog zwakker was dan hij, maar mij toch in het bijzonder.

Dat was weg.

Van de ene op de andere dag hadden we niets meer. Het bankroet kwam over ons als natuurgeweld. De medische zorg van mijn vader kostte niet alleen een vermogen, maar zijn inkomsten werden ook allemaal gemist, de officiële, maar ook de obscure. Andere inkomsten hadden we niet.

Ev moest haar studie medicijnen opgeven. Hub had ondanks uitstekende cijfers slechts een armzalige betrekking als jeugdherbergvader bij de Christelijke Padvinders gevonden, waarvan hij in zijn eentje al nauwelijks kon rondkomen. Mama kon alleen handschoenen breien, maar had het rampzalige idee om als wasvrouw te gaan werken, incognito. Ik studeerde bouwkunde, zonder uitzicht op een bul. Ik besefte dat ook ik mijn studie moest afbreken en een baantje moest zoeken om mee te helpen als gezin te overleven. Ik wilde beslist niet dat Ev haar opleiding vaarwel moest zeggen.

'Wat zou het,' zei Hub, 'Ev zal wel door Erhard worden onderhouden zodra ze getrouwd zijn. Ze is een vrouw en ze is ook nog eens knap. Zij heeft geen studie nodig. Jij wel.'

'Zij heeft de beste cijfers in haar vak en ik de slechtste.'

'Dan moet je daar wat aan doen.'

Maar mijn situatie als student was hopeloos, zoals Hub, nadat hij alle feiten had gehoord, wel inzag. Ik moest bijna al mijn tentamens voor vlijt nog halen, en dan kostte het me nog twee semesters voor ik mijn bul had, maar daarvoor ontbrak het ten enenmale aan geld.

Ev zelf was bereid zich voor ons op te offeren en had zelfs al een baantje geregeld als secretaresse bij de White Star Line, waarmee ze in ons levensonderhoud wilde voorzien.

'Koja,' zei ze op warme toon tegen me, 'jouw ouders hebben me opgenomen in het gezin. Ze hebben mijn leven gered. Nu moet ik hen een beetje redden. Dat gaat me wel lukken. En jij gaat door met je studie, hè? Anders wordt mama nog ongelukkiger dan ze al is.'

Ik was zo woedend dat ik haar transformeerde in een Salomé, 's nachts op het doek, met veel bruine en rode tinten, een eruptie van bruin haar, om haar heen gouden vlinders dwarrelend, op haar vlakke hand het afgehakte hoofd van Johannes de Doper, die mijn gelaatstrekken had.

Maar omdat ik geen keuze had, ging ik naar Erhard, herinnerde hem aan het aanbod dat hij mij had gedaan en we maakten een afspraak.

Ik ontmoette hem twee dagen later, helemaal achter in het café van Otto Schwarz, in aanwezigheid van Hub, waarop ik niet had gerekend. Hun silhouetten kwamen tussen de tafels op me af, namen tegenover me plaats, ook hun gezichten bleven in de schaduw, in de schaduw van hun hoeden, alleen hun handen baadden in het zonlicht, dat het hele tafelblad vergiftigde.

'Fantastisch dat je er bent, Ko (ademhalen) ja,' begon Erhard Sneiper het gesprek, en ik wilde in geen geval zijn beschaduwde mond duiden. 'Ja, je zou wel iets kunnen doen. En door mijn contacten met de invloedrijke instanties in het Rijk zou je verzekerd zijn van een behoorlijk salaris, waarmee je je ouders en jezelf kunt bedruipen.'

'En de adder onder het gras?'

Hij lachte, en ik dacht op hetzelfde moment dat hij vermoedelijk 's avonds ook zo met Ev lachte. Hij had een gouden tand, en zij had me verteld dat zijn orgasmes kort en bijna spastisch waren.

'Er zit geen adder onder het gras. Je hoeft je alleen maar uit te spreken voor het nationaalsocialisme. Want als je je niet voor het nationaalsocialisme uitspreekt, kan het nationaalsocialisme zich ook niet voor jou uitspreken.'

Ik wist niet wat ik moest zeggen en Hub schoot me te hulp.

'Koja's euforie is er een die niet iedereen ziet, Erhard, maar die woedt wel in hem, ik ken hem goed.'

'En, Ko (ademhalen) ja, ken je jezelf ook goed?'

'Zonder meer,' zei ik. 'En dat wat ik ken staat aan jullie kant.'

Mijn antwoord bevredigde Erhard niet. Hij schoof zijn door de zon beschenen handen in elkaar, boog zijn hoofd een beetje, duwde zijn bril iets over zijn neus omhoog – het deed bijna bestudeerd aan. Hij leek na te denken, keek naar Hub en kuchte misnoegd. 'Oké dan, onze Beweging wordt almaar groter. Wij hebben behoefte aan een professionele jeugdleiding. Te veel van onze Duitse meisjes en jongens zijn Christelijke Padvinders of armzalige *Wandervögel* zonder enige politieke kloekheid.'

Ja, u lacht, geachte kamergenoot, maar 'kloekheid' was bij lange na niet het absurdste woord dat ik op deze gedenkwaardige dag hoorde.

'Wat wij nodig hebben is een slagvaardig instrument. Een organisatie van alle Duitse jongeren in Letland die één van wil zijn. Een Hitlerjugend, natuurlijk zonder Hitler. De Letten mogen geen verdenking koesteren. Hier is conspiratieve, of laten we zeggen diplomatieke behendigheid vereist.'

'Moeten de Christelijke Padvinders worden ontbonden?' vroeg ik. 'Maar jij werkt toch voor de Christelijke Padvinders, Hub?'

'Het gaat niet om ontbinden,' knarsetandde mijn broer, 'het gaat om eenwording. Het tegendeel van ontbinden.'

'Daarom is Hub als geen ander zo geschikt om onze jeugd naar een andere dimensie te leiden. Hij kan overtuigen.'

Erhard schuurde met zijn jubelzang tegen de harde schaal van mijn eenzaamheid, zonder die ondertussen te kunnen kraken. Nooit eerder had ik me zo schuldig gevoeld, nooit eerder wilde ik me mínder graag door iemand laten helpen, en om wat afleiding te zoeken keek ik het café rond en vroeg me af of ik niet beter ober kon worden, of barpianist of zuiplap.

'Wat Erhard tegen je wil zeggen is: ik treed volwaardig in dienst van de Beweging,' zei Hub met nadruk in zijn stem.

'Word je geen dominee?'

'Nee. Ik word geen dominee.'

'Hij wordt Duitser!' interrumpeerde Erhard alsof hij iets heel gewichtigs zei.

'Precies. Ik word Duitser. En jij zou als mijn vervanger aan de slag kunnen.'

'Plaatsvervangend Duitser?'

Erhards lichaam spande zich, op zijn voorhoofd bliksemde een moment lang een rimpel, en zijn stem kreeg iets metaligs.

'Om het ondubbelzinnig te zeggen, Koja (geen ademhaling ditmaal), er zijn anderen binnen onze Beweging die meer verdiensten hebben dan jij. Het is een heel fatsoenlijk betaalde functie. Jij bent naar ons toe gekomen omdat je wilt dat wij je uit een moeilijke persoonlijke situatie helpen.'

Hij schoof zijn stoel dichterbij, als een veearts die dichterbij komt voor een inseminatie, en zijn gezicht werd door een zee van licht getroffen.

'De Führer verwacht ten eerste bekwaamheid van zijn mensen. Daarvan heb je de afgelopen jaren geen blijk gegeven, dunkt me. En ten tweede verwacht hij loyaliteit. En daarvoor komen mij je dwaasheden te onnozel voor. Dus als je je broer niet wilt helpen een Duitse jeugd in Letland op grootse wijze op te voeden, dan zeg je het maar. Maar doe dat dan (ademhaling) wel meteen.'

Ik keek naar zijn witte overhemd, en om eerlijk te zijn, ondanks de bijkomende magisch-tragische omstandigheden, was me er weer veel aan gelegen dat het bruin werd – voor me stonden diverse drankjes die daarbij konden helpen.

'Koja, laten we het samen doen!' bezwoer mijn broer me. 'We hebben allebei belang bij die functie, anders kunnen we het verder wel vergeten. En onze ouders ook. En wat zal Ev blij zijn, denk je niet?'

Zo werd ik op mijn vierentwintigste nationaalsocialistisch jeugdleider van beroep. Hub gaf onze organisatie smoel en hield de redevoeringen. Ik zette de koers uit. We waren allebei nooit lid geweest van een jeugdbond, afgezien van Hubs korte episode als jeugdherbergvader. Nu moesten we het, stokoud inmiddels, allemaal inhalen: bivak, kampvuur, loodzware padvinderstenten opzetten, ochtendappel.

Hub legde me uit dat we binnenkort een cursus in het Rijk zouden gaan volgen, op de school voor leiders van de Hitlerjugend in Potsdam. Tot die tijd deden we mee aan een aantal Duits-Baltische kampen om zo zelf te ondervinden hoe het leven van een padvinder eruitziet. Hub was in zijn element. Hij was altijd al een liefhebber van groepen geweest.

De voortdurende regen zat me alleen wel dwars.

Het was al snel duidelijk dat ik op de achtergrond zou blijven en het organisatorische werk op me zou nemen. Daar legde ik me bij neer. Ik wilde een solide indruk maken. Maar het leverde verder niets op. Lid zijn van de Duitse jeugd van Letland betekende namelijk: in colonne marcheren. Niet in kleine groepen wandelen. Tucht. Discipline. Gehoorzaamheid. Geen slordigheid, geen gelanterfant, geen slonzigheid. Geen getreuzel en geen geklets, geen tijdschriften, geen populaire liedjes, geen excuses. Geen condoleances. Geen happy ends. En ook geen kunstschilders of zelfbenoemde kunstschilders, geen literaten, geen erotomanen. Geen hasj. Geen lsd. En geen rock-'n-roll. Alles wat u, onverbloemde swami Basti, met wierookstaafjes en batikgewaden allemaal doet, zou geen enkel enthousiasme hebben losgemaakt, eerder tot pogroms hebben geleid.

Ik nam de cultuur voor mijn rekening, zorgde dat de jonge spartanen ook het theater eens zagen of zelf stukken op poten zetten, op een gitaar tokkelden en naar de natuur tekenden, ik zette me dus in voor een attische vrijetijdsbesteding.

Hub daarentegen hield zich, afgezien van chef zijn, vooral bezig met jiujitsu en religie, een combinatie die lichamelijk en geestelijk het nodige van je vroeg, maar waaraan ik me stoorde. Voor het eerst ontstond er zoiets als wrijving tussen ons. Tot dan toe waren we het altijd wel zo'n beetje met elkaar eens geweest, en als dat niet zo was, liet het op z'n minst een van ons koud.

Een van onze eerste taken was het herschikken van de individuele subgroepen van de *Jungenschaft*, die nu 'Stammen' heetten en zeer vaderlandse namen kregen. Je had de 'Stam Hagen', de 'Stam Siegfried', de 'Stam Schlageter', de 'Stam Andreas Hofer', de 'Stam Blücher', de 'Stam Bismarck' en de 'Stam Arminius', die later als te Romeins afgekeurd en in 'Stam Herman de Cherusk' werd omgedoopt, maar na het afsluiten van het pact tussen Hitler en Mussolini volkeren verbindend werd teruggelatiniseerd.

Ik eiste dat er ten minste één stam zou zijn die niet het martiale, maar de ziel, het geestelijke van ons vaderland benadrukte. Hub beloofde erover na te denken. Na twee weken, waarin al mijn voorstellen werden afgeschoten ('Stam Faust', 'Stam Martin Luther', 'Stam Bach', met wie natuurlijk Johann Sebastian was bedoeld), kwam hij ten slotte stralend van geluk ons kantoor in gestormd, rukte mijn deur open en riep: 'Appel!'

'Wat, appel?'

'Stam Appel! Daar zit alles in: Duits fruit, Duits gevoel enzovoort!'

Ik keek hem verbaasd aan.

'Ja,' vervolgde hij, 'en Großpaping zit er natuurlijk ook in, dus Baltische geschiedenis, Baltische moed, Baltische geest.'

'Ben je niet goed wijs?'

'Hoezo?'

'Stam Appel? Dat is toch belachelijk.'

'Wat is daar nou belachelijk aan?'

'De appel valt niet ver van de stam?'

Hij dacht even na, wiegde peinzend zijn hoofd heen en weer, en zei toen, met een plotselinge Eureka-vreugde: 'Duits spreekwoord! Dat komt er ook nog bij!'

Ik kneep in mijn neuswortel, een gebaar dat ik bij papa miste sinds hij verlamd was.

'Je kunt een groep mensen van boven de drie die zindelijk zijn toch niet in alle ernst Stam Appel noemen.'

'Erhard vindt het ook goed.'

'Dus je praat eerst met Erhard en dan pas met mij?'

'Toeval, echt waar. Hij stond beneden in de deuropening.'

'Moet je horen, Hub. Het symbool raakt aan iets wat alleen wij begrijpen. Jij en ik. Het is onze pijn. Het is iets wat iedereen die deze pijn niet kent en niet deelt gewoon als een appel ziet. Stam Appel is onwaardig.'

'Onwaardig? Jij hebt "Stam Minna von Barnhelm" voorgesteld!'

'Wat is er mis met Lessing? Wat is er mis met de waardigheid van de vrouw?'

'Jochies die als Mina von Barnhelm rondtrippelen, voelen zich dus beter dan wanneer ze het symbool van het Rijk en van de schoonheid en de deugd zijn?'

'Maak er dan "Stam Rode Herfstcalville" van. Dan weet tenminste niemand wat je daarmee bedoelt!'

'Rood is de kleur van de communisten, herfst is te morbide en calville betekent in het Fins wintermuts, idioot die je bent!'

We maakten ruzie zoals we dat zelden eerder om een banaliteit hadden gedaan. Ten slotte werden we het eens over 'Stam Rijksappel', maar ik had het gevoel dat het oorspronkelijke doel volledig was gemist.

Enige tijd later, maanden na Hitlers machtsgreep, namen Hub en ik de sneltrein naar Berlijn. We moesten in onze uitreisvergunning onze bestemming aangeven. Onder 'doel' schreven we in het visum: *Museumbezoek*. De vadsige douanebeambte monsterde ons argwanend, bromde in naam van zijn regering dat we ons na het passeren van de grens niet aan anti-Lets museumbezoek mochten bezondigen, wachtte onze trouwhartige knikjes af en ramde toen de stempel in onze passen.

We verbleven een door en door staatsvijandige week lang in het mooie Potsdam op de smetteloze school voor HJ-leiders, leerden hoe we jongeren leiding moesten geven en enthousiasme moesten bijbrengen, beluisterden voordrachten over rassenkunde, aardrijkskunde, seksuele hygiëne, zelfs over hoe je vlaggen behoorde te hijsen, en kregen aan het eind een hele serie fanfares voor onze trompetterskorpsen cadeau. 'Hoe krijgen we die rommel door de douane?' verzuchtte Hub.

Op de laatste dag stelde hij me voor het verplichte programma te laten schieten om nog een kameraad van hem in Berlijn te bezoeken. Of ik er iets tegen had het college 'Trouw leven! Met opgeheven hoofd strijden! Lachend sterven!' te verzuimen. Ik had er niets op tegen. De dag was licht en warm, en van Berlijn had ik op het perron na nog niets Babylonisch verkend.

We stapten op station Potsdamer Platz uit de tram. Dat kunt u zich niet voorstellen. In één keer een Amazonegebied waar elke druppel een mens is, een stroom die je meesleurt, de ene of de andere kant op, maakt niet uit welke. Rondom en boven ons lawaai, opgewonden stemmen, metershoge woorden als CHLORODONT en BOLLE, geschilderd op reusachtige dubbeldekkers die als rotswanden voorbijgleden. Hier ratelde geen enkele paardenkoets meer, zoals in het ver-vallen Riga. Nee, er speelde een bigband van motoren, en in een regen van vonken gaven voor ons de trams een chaotisch ballet ten beste. Hub wilde me niet vertellen waar we naartoe gingen. Mij was het om het even. We hadden nog wat tijd, sloegen een glas limonade achterover, met in onze rug het grote vijfhoekige verkeerslicht dat als een robot op ons neerkeek. Daarna werkten we ons door de me-nigte naar de overkant van de straat en doken bij Haus Vaterland naar binnen. Enorme ventilatoren wierpen ons bijna omver en blie-zen een mengsel van rook, parfum- en biergeuren de straat in. En dan binnen. Twee grijnzende Herero's met ringen in hun neus druk-ten ons strooibiljetten in de hand, die ons naar de grootste balzaal ter wereld leidden. Het café een etage lager had 2.532 zitplaatsen, waarvan er geen vrij was voor de twee brave Baltisch-provinciale nazi's die met grote ogen door de Spaanse bodega, het Turkse koffie-huis, het Weense wijnlokaal, de Arizonabar en ruimten als hallen zo groot tuimelden, ruimten versierd als bordelen uit *Duizend-en-een-nacht*, met wandschilderingen die papa stuk voor stuk gemaakt had kunnen hebben als hij te veel wodka had gedronken. Voor mensen die geen slordigheid, geen gelanterfant, geen slonzigheid, geen ge-treuzel, geen geklets, geen tijdschriften, geen populaire liedjes, kort-om, geen amusement wilden, was Haus Vaterland de ultieme hel op aarde.

Hub trok me mee naar buiten. Verdwaasd en schaapachtig liep ik naast hem voort, liet me bijna overrijden omdat ik mijn voet een seconde naast het trottoir zette. Uit een radiowinkel dreunde Hans Albers. 'Flieger, grüß mir die Sonne'. En naast me een fris gekapt dansmeisje dat naar me glimlachte, haar mond opentrok en *'grüß mir die Sterne, grüß mir den Mond'* meeblèrde, om direct daarna in een mensenkluwen te verdwijnen.

Dein Leben, das ist ein Schweben, durch die Ferne, die keiner be-wohnt.

We liepen ongeveer vijfhonderd meter de Saarlandstraße in. Toen sloegen we af naar de Prinz-Albrecht-Straße. Eerst dacht ik dat Hub koers zette naar het Museum für Vor- und Frühgeschichte, dat de schat van Priamus herbergde en ons Letse museumbezoekvisum op de fraaist denkbare wijze zou hebben gewettigd.

Maar wij wandelden eraan voorbij in de richting van het nog grotere, nog delicatere gebouw dat vijf verdiepingen hoog uitkeek op het noorden en dat het hoofdkwartier van de Gestapo bleek te zijn, wat ik kon opmaken uit het gepolitoerde messing bord waarin een in de houding staande ss'er weerspiegeld werd: GEHEIMES STAATS-POLIZEIAMT BERLIN. Ik bleef abrupt staan, nog vol flarden van melodieën die me niet op een dergelijk bord hadden voorbereid. Hub pakte mijn arm en duwde me naar binnen.

Binnen heerste koele stilte. Het wemelde er van de bronzen sculpturen, stucwerk en zwierige wandschilderingen. Samen met de majestueuze potplanten gaven ze het lijnenspel van de opeenvolgende gangen een blaséë voornaamheid die enkel werd overtroefd door de over elkaar geslagen benen van Erhard Sneiper, die op een leren bank in de foyer zat en glimlachte. Hij had ons verwacht. Beleefd kwam hij overeind, zoals gentlemen in Britse *gentlemen's clubs* overeind komen, en legde ook echt de Londense *Times* opzij, die je zonder argwaan te wekken vermoedelijk alleen bij de Gestapo kon bestuderen maar daar niet te krijgen was.

Waar had hij die dan wel vandaan?

'Ik mag jullie de groeten van Eva overbrengen. Ze zit in het Adlon.'

Duidelijk dus waar hij hem vandaan had.

'Is Ev hier?' vroeg ik onnozel.

Ze had niets tegen me gezegd. Zelfs geen toespeling gemaakt. Ik bekeek de beide heren. De exclusieve vlinderdas (Erhard). De goedkope stropdas (Hub). Er besloop me een lastig te omschrijven gevoel. Verontwaardiging is niet het goede woord, maar het was me te moede alsof ik midden in de Cariben niet op tropische overdaad maar op een ijsberg was gestuit.

'Heb je hem niet voorbereid?' richtte Erhard zich enigszins bits tot Hub.

'Hij was er nog niet aan toe.'

'Wat is hier eigenlijk aan de hand?' wilde ik weten.

'We gaan onze werkgever ontmoeten.'

'Zit de *Reichsjugendführung* dan ook in dit gebouw?'

91

Ze keken me glazig aan. Ondanks de vele potpalmen was hier absoluut niets wat met de Cariben te maken had. Erhard deed tactvol een stap opzij, opdat Hub zich rustig naar mij kon buigen.

'Je denkt toch niet, Koja,' begon hij met gedempte stem, 'dat iemand ons zo'n vorstelijk salaris betaalt om in het veld spelletjes te organiseren en "Die Fahne hoch" te zingen!'

Schneller und immer schneller.

'Of wel?'

Rast der Propeller, wie dir's grad gefällt.

'Of wel? Denk je dat echt?'

Piloten ist nichts verboten, drum gib Vollgas und flieg um die Welt.

Tien minuten later maakte ik kennis met Reinhard Heydrich, een man met ondubbelzinnige ideeën en een verbazingwekkend hoge, bijna falsetachtige stem, die ons tot en met de theetafel van vijf uur uitlegde hoe hij de SD in Letland wilde opzetten, welk soort rapporten, verkenningen en resultaten hij verwachtte en welke politieke tegenstanders door ons geobserveerd, geïnfiltreerd en zo nodig geliquideerd dienden te worden.

5

'De geheime dienst?' vraagt de hippie.

'Sicherheitsdienst,' antwoordde ik. 'SD betekent Sicherheitsdienst.'

'Is Heydrich niet dat zwijn?'

'Ja, klopt, maar wel een gecultiveerd zwijn. Hij had zijn bureau later in het gebouw ernaast. Prinz-Albrecht-Palais. Met mahoniehouten lambriseringen. Laatbarokke residentie van Franse zijdehandelaren.'

De hippie roert zich niet.

'Iets mooiers was er waarschijnlijk niet,' zei ik, 'iets mooiers waarin de bloedmolen van Europa had kunnen malen.'

'Afschuwelijk,' stoot hij slapjes uit.

'Ja,' zeg ik, 'daarin kunt u weleens gelijk hebben.'

'Ik ben blij dat je dat zo vertelt. Hoe kun je zeggen dat je een nazi was? En dan ook nog een goede? Dat is echt afschuwelijk.'

'Het is de waarheid. En die zal nog veel afschuwelijker worden.'

'Maar je hebt toch niemand geliquideerd, hè? Meneer Solm, dat hebt u toch niet gedaan?'

We liggen in een maanverlichte Münchense nacht die zich uitspreidt over alle apparaten die ons in leven houden. Ik ben bekaf. Bedroefd kijkt de hippie naar me. Hij lijkt nog iets te willen zeggen, maar zwijgt dan. Ik sluit mijn ogen, en zonder ze te openen zeg ik, alsof ik mijn woorden in een donkere tunnel laat stromen: 'Dus als het al mogelijk is, dan kunt u nu nog terug.'

Ik luister of iemand antwoord geeft.

De ademhaling van het huis komt dichterbij.

De hippie lijkt met iets in de weer wat ritselt, de deken misschien, dan ligt hij stil.

Ik krijg geen reactie, maar ik interpreteer het uitblijven ervan als instemming. Het kan natuurlijk ook afkeuring zijn. Zwijgen kan domweg alles zijn. Misschien is hij zojuist wel overleden. Misschien werd in deze seconde zijn swamiziel door Shiva thuisgehaald en praat ik met een lege huls die, verbrand en tot meel vermalen, in de rivier kan worden gegooid, als ze alles heeft gehoord, in de arme, arme Isar.

En dat stelt me gerust.

6

Twee weken lang sprak ik geen woord met Hub. Mijn zwijgen raakte ontstoken, tot de etter uit al mijn poriën kroop.

Maar wanneer ik Hub met deze etter in mijn vizier zwijgend aankeek, draaiden zijn pupillen weg. Hij wilde niets zien. Ik gaf hem met mijn vertroebelde ogen een teken: hij moest bij me komen, mij vragen wat er met me was. Maar hij wilde niets zien. En hij wilde niets vragen.

We gedroegen ons niet meer als één vlees en één bloed. Maar toch. De vraag over vermomming en misleiding moest ik wel stellen. Was het alleen onze financiële catastrofe, de ellendige situatie van onze vader die Erhard Sneiper op het idee had gebracht om onszelf als geheim agenten aan de heer Heydrich voor te stellen? Of had Hub al ervaring met vermommen en misleiden? Per slot van rekening had hij zich vermomd en mij misleid, zijn eigen broer. Dat was nog nooit gebeurd. En ik kon me evenmin voorstellen dat Ev wist waarmee we ons inlieten.

'Nee,' vertelde hij toen ik hem er ten slotte vlak voor het ingaan van de derde zwijgweek op aansprak, 'deze zaak is niets voor vrouwen. Ev is er absoluut niet over ingelicht. En jij moet me zweren dat het hierbij blijft.'

'Ik hoef jou helemaal niets te zweren.'

Ik sprak met een vermoeide keelstem, die nog eens dikker klonk door de etter die ook in mijn hals zat.

De sporen van verdriet die ik op Hubs gezicht zag lieten me koud. De temperatuur van mijn ingewanden daalde, dat bedoel ik met koud. Op mijn vraag over vermomming en misleiding kreeg ik geen antwoord. Je kunt het niet anders zeggen: ik was erin geluisd, en er vond niets wat ook maar op een gedachtewisseling leek plaats tussen ons. Hub deed net of het voor mij altijd duidelijk moet zijn geweest dat de 'Bond van de Duitse Jeugd' slechts een vermomming was voor de uitverkoop van onze waardigheid.

Tot deze dag had ik mijn broer niet zozeer als mens maar als titaan gezien, een Prometheus die de sterfelijken het vuur brengt en voor hen de lever uit het lijf laat hakken, het geheel als door Adam le Jeune in marmer gebeiteld, heus, zo was deze man geweest voor mij, die hem nog maar een week geleden in zijn gezicht had geslagen, betreurenswaardige swami.

Onze opdrachten waren ondubbelzinnig. We moesten op grote schaal observaties uitvoeren. Letten. Joden. Politieke tegenstanders uit het Duits-Baltische kamp. De heer Heydrich had bovendien geëist om stromingen en belangrijke personen op economisch, personeel en politiek vlak in Letland te registreren, te karakteriseren en om kaartsystemen en documentatie voor een mogelijke ingreep in Letland voor te bereiden. Hitlers mogelijke 'ingreep' in Letland – een waarlijk merkwaardig woord, in onze kindertijd door mama alleen gebruikt als ze aanmerkingen had op de gulp van onze onderbroeken, op de reinheid ervan vooral – was het eerste staatsgeheim dat me ooit ter ore kwam. Terwijl mijn broer later staatsgeheimen als zeldzame postzegels verzamelde, bezorgde mij dat nooit aangename rillingen.

Ik moet toegeven dat Hub consideratie met me had. Hij wilde genezen door me te ontzien, maar intussen zag hij nog steeds niets. Hij was blind omdat hij niet terugkeek, een blindheid die hij aanzag voor consideratie. Hij wilde vooral niet dat ik me nog een keer zou bedenken. Te zeer waren onze ouders afhankelijk van de ss-betalingen die ons waren toegezegd.

We dienden een dubbelleven te leiden: naar buiten toe waren we beroepsjongeren, nazifunctionarissen met niet al te veel macht. Maar innerlijk werden we onderdeel van die verborgen kracht die de hele wereld transformeerde. Wij werden wetenden en ingewijden. Geen onwetende, geen oningewijde mocht daarachter komen. Het werd me al op onze terugreis van Berlijn naar Riga duidelijk dat de sportieve aantrekkingskracht van de rol van spion juist berust op het verbergen ervan, zelfs voor de meest nabije en vertrouwde omgeving. Alle stadia van misleiding lagen voor ons en we gingen er nu langzamerhand naar binnen.

Hub stelde voor zelf het vuile werk op te knappen, zo zat hij in elkaar. Hij zou de archieven aanleggen en de zwarte lijsten bijhouden. Hij zou onder de jongeren spionnen werven en over de Baltische Duitsers een net van agenten uitwerpen dat er niet om loog. De bijzonder onaangename opdracht om informatie over onze eigen buren te verzamelen, bijvoorbeeld om de stokoude juffrouw Von Pilatier op de begane grond op basis van wereldbeschouwing en ras te beoordelen (die hugenoot was en arisch niet zuiver op de graad, maar naar verluidt wel afstamde van een oud Romeins geslacht van consuls dat een legioensadelaar in zijn wapen voerde en helemaal tot Pontius Pilatus was te herleiden), daarmee was hij allemaal belast.

Ik op mijn beurt was verantwoordelijk voor de spionage tegen Letland. Dus voor het plezier.

Eigenlijk hoefde ik alleen elke dag de Letse kranten te lezen, de komende maanden en jaren door ons vaderland te reizen en terloops de kazernes en militaire spergebieden die op mijn pad lagen in kaart te brengen. Lezen en reizen en tekenen. Allemaal dingen die ik graag deed. Dat was een aardige eigenschap van mijn broer, om me de scrupules te besparen die mij vaak maar hem nooit kwelden. Hij was overtuigd van zijn wereldbeschouwing. In zijn ogen deed hij iets wat absoluut goed en juist was, want hij ijverde tegen de bolsjewieken en de Letten, die onze Großpaping hadden verdronken. En ik merkte dat de zekerheid van het geloof waardoor Großpaping zich net als veel andere geestelijken van mijn familie door alle generaties heen had onderscheiden, in mijn broer een nieuwe gedaante aannam, die mij nog geen vrees aanjoeg, maar wel irriteerde, omdat ik die met de beste wil van de wereld niet kon delen.

Ik zocht Ev op om mijn pus aan haar te laten zien, misschien met het idee dat ze die kon weghalen. Hoewel Hub elk woord had verboden, begon ik mijn allereerste staatsgeheim al te verraden voordat ik het goed en wel doorhad. Maar dat kon me niet schelen. En ik had ook onmogelijk iets voor Ev geheim kunnen houden, want ik had nog nooit iets voor haar geheimgehouden, zelfs niet de kleinste dingen. Ze wist van wie ik hield en met wie ik sliep, en ik wist dat ze van Hub hield en met Erhard sliep, ook al formuleerde Ev dat romantischer, zij het niet véél romantischer.

'Hub is mijn burcht, die ik al van heel ver zie. En Erhard is zo lief. Hij is mijn hol, waarin ik me nestel.'

'En ik,' vroeg ik, 'wat ben ik?'

'Jij,' zei ze glimlachend, 'jij bent mijn brandmuur.'

Dat was zo haar manier van praten.

Nee, niet véél romantischer.

We spraken af in café Poesjkino, een slaperig juweeltje niet ver van de Vrijheidsboulevard, waar Russische emigranten hun wanhoop in de walm van hun *papirosy* hulden. Nimmer zette een Balt hier een voet over de drempel.

Het was laat op de avond. Ze zat in de achterste, brokaatrode hoek, gehuld in wolken van rook, in de melkwitte glans van een gloeilamp. Haar verdriet verraste me, de door haar handen gestutte kin, die weg wilde fladderen, samen met de rusteloze vingertjes waarop hij wiebelde. Ik gaf haar een vluchtige kus, ging tegenover haar zitten, complimenteerde haar met haar geel-zwart gestippelde complet, met een vleugje ironie, want daar hield ze van. Ze glimlachte gegeneerd. Haar onrustige blik probeerde me eerder te ontwijken dan, zoals anders, te zoeken.

Ik begon onmiddellijk met de nieuwe, duistere geheimen, maar de openbaring of onthulling of hoe je het ook wilt noemen, ja, mijn biecht, ging langs haar heen. Ev was zo te zien niet geamuseerd en evenmin van weerzin vervuld. Ze was op een breekbare manier afwezig.

'Ev?'

'Ja?'

'Luister je wel?'

'Ik luister.'

'Je doet zo vreemd.'

Ze verplaatste haar kin naar haar linkerhand, pakte met haar rechterhand een lepeltje en draaide er minipirouettes mee op het tafellaken.

'Ik weet toch alles al van wat je me vertelt,' fluisterde ze schor. Ik verstond haar nauwelijks. Het was rumoerig om ons heen.

'Je weet alles al?'

Ze knikte.

'Heeft Erhard je alles verteld?'

'Nee, Erhard niet.'

'Hè?'

'Hub.'

Nu wist ik zeker dat ik het verkeerd had gehoord.

'Hub? Die mag niets tegen je zeggen. Hij heeft me streng verboden iets tegen je te zeggen. Het zijn allemaal staatsgeheimen.'

Ze keek me bedroefd aan, in haar ogen een zwaarte die nieuw voor me was.

'Hub en ik...' begon ze. '... nou ja, je weet wel.'

De ober kwam me een biertje brengen. Hub en zij? Wat had dat te betekenen, Hub en zij? Ik probeerde mijn verwarring op mijn bier te richten, dat als een organisme uit zee voor me deinde, als een gele kwal – of zo'n beest misschien ook gevoelens heeft, gevoelens van hoop of angst, dacht ik, wat je nou eenmaal denkt op momenten dat je totaal confuus bent.

'Ik ben een echtbreekster.'

Ja, mijn bier kende angst, het was bijvoorbeeld ontzettend bang om gedronken te worden. Ik staarde naar de gele rok voor me, waarvan ik de zwarte stippen beslist wilde tellen, allemaal. De burcht en de behaaglijke holte en ook de brandmuur begonnen zich opnieuw te ordenen. Een van de Russen klapte de piano open, die een beetje vals klonk, hief het lied aan over een straat in Sint-Petersburg, en de hele tafel naast ons viel in.

'Koja?'

'Dat is nieuw voor me.'

'Ja.'

'Hub en jij...?'

'Ja.'

'Weet Erhard er iets van?'

'God zeg, nee.'

'Weet Hub iets van ons?'

'Ben je gek.'

'Weet de een iets van de ander?'

De halve kroeg liet zich meeslepen door dit oude, nutteloze lied, terwijl in Evs ogen tranen opwelden.

'Ik wist wel dat je me zou veroordelen.'

'Ik vraag het alleen.'

'Het is gewoon gebeurd. Ik was er niet op uit, weet je. Ik voel me beroerd. En Hub voelt zich ook beroerd.'

'Mmm, wie had dat gedacht. En je verloofde zal ook geen vreugdedansje maken.'

De Russen vlogen elkaar om de nek, *nasdrovje* hier, *nasdrovje* daar, sentimenteel, vrolijk, driftig, trots, hartstochtelijk en verloren. Ik haalde diep adem, dronk het angstige bier op. Er daalde een soort beneveling op me neer, die me kalmeerde.

'Tja. Ik denk dat als we het bij daglicht bekijken, lieve Ev, er nog hoop is, echt waar.'

Ik probeerde te verhullen dat ik beefde door mijn vingers tegen het lege glas te drukken.

'Weet je,' ging ik verder, 'Hub heeft geen verplichtingen tegenover wie dan ook. Hij heeft een paar romances, maar die stellen niets voor. En jij, jij kunt helemaal geen echtbreekster zijn. Je bent immers verloofd. Je verbreekt de verloving. En dan trouw je gewoon met die beste Hub...'

Mijn stem haperde even, even slechts, maar ik herpakte me meteen. '... en jullie zullen gelukkig zijn, en jij krijgt niet acht, maar twee of drie kinderen. Zoals dat bij de Solms nou eenmaal gebruikelijk is.'

Ik weet dat ik de toon beheerste die je op zulke ogenblikken nodig hebt. Een toon waarmee je dames uit hun bontjas helpt of deuren galant voor iemand opendoet en, laten we wel wezen, ook kerkdeuren. Toch klaarde Evs gezicht niet op, maar werd nog ernstiger, nog leger.

'Ik ben geen echtbreekster. Maar ik zal er een worden.'

Haar ravenogen kregen iets bezonkens.

'Ik trouw met Erhard.'

De kwal in mijn maag wilde er weer uit.

'Over twee maanden al,' hoorde ik haar zeggen. 'Hij heeft me gisteren een aanzoek gedaan.'

'Ev!'

'Ik moet wel, Koja!'

'Maar je houdt van Hub! Al jaren! Je houdt van hem! En nu is die geschifte burcht van jou! Wat praat je nou?'

'Maar snap je het dan niet? Hubs hele carrière is afhankelijk van

Erhard. En die van jou ook. Als jullie dit werk kwijtraken, hoe moet het dan met papa? Hoe moet het met mama? Hoe moet het met jou, Koja?'

Ik moest wel opspringen en naar buiten rennen, de halve Kalkstraße door. Dat kon echt niet anders. Een koetsje week voor me uit, bijna trof de zweep me. Een hond rende me achterna, maar ik schreeuwde tegen hem. Ook dat kon niet anders.

Op het Raadhuisplein kon ik niet meer. Ik zakte hijgend voorover, hield me vast aan de oude Roland, althans zijn stenen zwaard, en hoopte dat de man van graniet me gewoon zijn hart kon lenen. Want het mijne bonsde dat het een aard had en pompte weer bloed naar mijn hersenen, waar ik het nog het minst kon gebruiken omdat mijn gedachten dan zouden ontploffen.

De meest rechtschapen mens die ik ken. Richt een geheime dienst op. Manipuleert zijn broer. Bedriegt zijn baas, vriend en intimus. Naait diens verloofde, die zijn eigen zus is. En stemt ermee in dat zijn baas, vriend en verloofde van zijn zus haar desondanks tot vrouw neemt. Een huwelijk dat hij, als het uiteindelijk allemaal geheel volgens plan verloopt, wellicht nog zelf gaat voltrekken ook, Gods zegen voor de echtverbintenis afsmekend, de brave geestelijke.

Gezegend zij de familie Solm, geprezen zij haar naam, gezalfd haar lot.

En alsof dat nog niet gruwelijk genoeg is, ben ik het die dit allemaal weet en ondersteunt en stimuleert en zelfs gebruikt.

In eeuwigheid.

Amen.

Een Letse politieman kwam naar me toe, vroeg me of het wel goed met me ging, zag me aan voor een drinker, en ik zei hem in het Lets een paar samenhangende zinnen. Voor mij geen cel ter ontnuchtering. Ik weet niet wat dan wel.

Hoe kon dat nou allemaal gebeuren?

Dat, gewaardeerde en moreel huizenhoog boven mij uittorende swami, heb ik mezelf vaak afgevraagd. De geschiedenis die ik u vertel, is niet de geschiedenis van de Duitse geheime dienst, maar van mijn betrokkenheid erbij. Vertellen kan ik, om een beroemde zin van Thomas E. Lawrence aan te halen, slechts over onbeduidende gebeurtenissen van onbeduidende mensen die verlangen naar triviale dingen, naar erkenning en invloed, naar liefde en zelfs naar vertrouwen. Niemand mag de restanten van onaanzienlijke gebeurtenissen die een man met een kogel in zijn kop vermeldenswaard acht ook daadwerkelijk als geschiedenis beschouwen. Wij waren dwergen. En in onze berekening, onze handelingen en beslissingen waren we eindeloos dwergachtig. Maar niet in onze plannen en ideeën. Nooit. Want we waren overweldigd door de vraagstukken van onze tijd, van de betekenis van het heden, de nabijheid van de oorlog, de smaak van geheim en gevaar. Het persoonlijke noodlot bedwelmde ons, zelfs als we het leven bij een zuil met Roland als een nachtmerrie ervaarden, een mierennachtmerrie van brandende mierenhopen. Niet het feit dat we nazi's waren kan ons serieus worden verweten, want het is nu eenmaal zinvol om in de toekomst te leven, en de toekomst heb je niet altijd voor het kiezen omdat die, totdat die tot het miserabele heden stolt, slechts hoop kan zijn, hoop op verbetering door de tijd.

Maar dat we er niet in slaagden de leugen uit ons leven te bannen, hoewel Hub, Ev en ik, dat zweer ik, hunkerden naar waarheid, dat bracht het dwergachtige in ons leven, later de verdorvenheid, daarna de misdaad en ten slotte de dood.

Goed mogelijk dat het de meeste nazi's net zo verging.

Maar daarover kan ik niets zeggen.

De bruiloft van Eva Solm met Erhard Sneiper was een evenement.

De St.-Petrus was tot op de laatste plaats bezet. Hub en Ev hadden Erhard met de grootst mogelijke moeite kunnen overhalen om in te stemmen met een kerkelijke inzegening. Onze aanbiddelijke leider der Beweging had liever een Germaans huwelijksritueel gezien, zonder dominee, onder gekruiste schapenbouten.

Vermoedelijk zou dat de genadeslag zijn geweest voor papa, die rechtop in zijn rolstoel zat, bij het koraal kleine brokjes en havervlokken uitspuwend, dat was zijn halleluja. Mama huilde. Iedereen gooide zijn hoed in de lucht. Het alomaanwezige gegrijns was onverdraaglijk.

Alleen Anna Ivanovna's ontzetting had me moeten verbazen. Maar ik had nog vijf jaar nodig, en hier kom ik nog op terug.

Kameraden in witte overhemden en witte kousen vormden een erehaag, maar waagden zich niet aan de Hitlergroet. Want ook de trenchcoats van de Letse geheime dienst waren aanwezig om de jubelzangen op staatsvijandigheid te controleren.

Hub had godzijdank afgezien van het domineesambt. Maar hij moest wel, wat bijna nog erger was, zijn in onschuldig bergkristalwit gehulde, ja, zowat ingesneeuwde zus naar het altaar begeleiden, haar trotse gemaal tegemoet. Ik had resoluut geweigerd de vader van de bruid te spelen. Hub was voor me op de knieën gevallen, had me gesmeekt. Mijn nee schokte hem. Hij kon niet begrijpen wat er aan de hand was. Ev had niets aan hem verteld en ik paste ervoor mijn geheime kennis aan hem te openbaren, hield me van de domme om hem niet in verlegenheid te brengen. En zo raakten we nog verder van elkaar verwijderd, de fonkelende burcht en zijn armzalige brandmuur, die nu nergens meer goed voor was en instortte. En zelfs dat niet. Langzaam verviel. Zand werd. Niets dan zand.

Ev verhuisde uit onze woning en trok bij haar echtgenoot in. Ik gaf haar een broederlijke afscheidskus. In de eerstvolgende jaren zag ik haar vaak. Bij officiële gelegenheden, met kerst, bij haar promotiefeest of tijdens bijeenkomsten van haar man. Maar nooit meer onder vier ogen.

7

Het was duidelijk dat de affaire doorging. Soms staarde Hub in zijn kantoor op vreemde tijdstippen zenuwachtig op zijn horloge (maandag om elf uur 's morgens – de spion uit Libau zat in de wachtkamer), om vervolgens een uur te gaan promeneren, uitgerekend in de richting van hotel Petersburger Hof. Als hij terugkwam, hing de geur van Ev aan hem, jongemeisjeskamille of het parfum dat haar met blindheid geslagen echtgenoot regelmatig meenam uit Berlijn.

Hubs geluk was voor mij bijna grijpbaar, vlak nadat hij zijn zwager Erhard met alle liefde naar vliegveld Spilve had gebracht, waarvandaan een vliegtuig de hoorndrager naar de conspiratief opgeladen rijkshoofdstad schoot. Vrolijk fluitend kwam Hub daarna ons bureau weer binnengedrenteld, palaverde een eind weg, wat vermoedelijk naar onschuldige ditjes en datjes moest klinken, en nam ten slotte voor de rest van de dag vrij, waarbij hij me verzocht Sneiper daarvan niets te vertellen. Hij was een beetje moe, zei hij.

Het was geen wonder dat hij me nodig had. Dat erbarmelijke verstoppertje spelen van hem, waarbij ik hem zonder zijn medeweten hielp, werd door de hevige hartstocht die erachter schuilging min of meer transcedent en leek bijna gerechtvaardigd.

Tegelijkertijd kregen onze schaduwactiviteiten langzaam vorm. Mijn hart was verkild en ik voelde hoe gunstig dat kon uitpakken voor mijn loopbaan.

We behaalden ook zeker successen.

Ik leerde op een volksfeest een onaantrekkelijk meisje kennen, Mumu, een mollige Letse uit Dünaburg, die als secretaresse bij het ministerie van Oorlog werkte. Ik was geestelijk zo verwaarloosd en voelde me tegelijk innerlijk zo vereenzaamd dat ik van het wicht profiteerde, en het was mijn eerste lage streek, want Mumu was argeloos en goedhartig. Ik maakte me er al snel niet meer druk om hoezeer seksuele activiteit je tong losmaakt omdat je denkt dat het om nabijheid gaat, terwijl het gewoon warmte is, in het beste geval koorts.

Met mijn motor zoefde ik 's zomers het land door, het liefst zo hard mogelijk, met een omvangrijke teken- en schilderuitrusting in de zijspan. Ik had tentoonstellingen in Riga, meestal met aquarellen van landschappen, concentreerde me op studies van planten, slaagde erin de ziel van een berk in praktisch alle nuances vast te leggen, de nationale boom van de Letten. Onder dit voorwendsel verbleef ik graag onder de blote hemel, in de buurt van de grote oefenterreinen omdat daar en in het gezichtsveld van kazernes, van militaire luchthavens en bunkers de betoverendste van alle berken groeiden. Het lukte me al vlot om gedetailleerd militair kaart- en statistisch materiaal naar Duitsland te versturen. Heydrich zelf liet aan mij de groeten overbrengen, en ik schonk hem geen berk, die ook maar gewoon een boom is, maar een eik in olieverf, de Teutoonse boom der bomen.

Hoewel ik mijn studie had opgegeven en nooit iets fatsoenlijks had geleerd, genoot ik wel een zeker maatschappelijk aanzien. Mijn reputatie was uitstekend, mijn rang, die uit de vermenigvuldiging van de rangen van mijn voorvaderen berekend kon worden, bleef onaangetast. Bovendien ging het me economisch voor de wind, dacht men. Niemand had enig idee wat ik ervoor moest doen om zeker te zijn van mijn inkomen. Voor de buitenwacht veinsde ik dat ik veel wist, de nodige opdrachten als kunstschilder had en het ambt van jeugdfunctionaris bekleedde. Het was werken, alleen maar werken in die tijd, van 's morgens tot 's avonds, en ik kan niet beweren dat het me verveelde. Alles was afleiding voor me, want ik deed mijn best mijn zus te vergeten, die soms in mijn dromen verscheen, vlak voordat ik, terwijl ik aan een galg werd opgehangen, gillend wakker werd.

In deze voor mij onrustige tijd was daar opeens de putsch van een man die tegenwoordig niemand meer kent. Ik ging op een veertiende mei negentienvierendertig in een Letse republiek naar bed en werd op een vijftiende mei negentienvierendertig in een Letse dictatuur wakker. Van de ene op de andere dag had de rechtsgeoriënteerde boerenleider Kārlis Ulmanis zichzelf tot leider van de staat gebombardeerd, waarvoor Stalin hem tien jaar later in Siberië zou laten doodhongeren. Op alle grote pleinen van Riga stonden tanks. De uitvalswegen werden gecontroleerd door sterke legereenheden, en ik kon mijn trots niet verbergen dat ik vrijwel elk voertuig van mijn zomerse reizen herkende.

Mama rolde die ochtend mijn vader naar het nabijgelegen stadspark, zoals ze elke dag deed omwille van de zuivere lucht. En zo werd zij er getuige van dat een stel communisten met de handen in de lucht door soldaten afgevoerd en in een vrachtwagen gedreven werden, wat mijn moeder er niet van weerhield de verblufte commandant beleefd en op z'n Baltisch te verzoeken de bajonet een paar meter verderop op zijn geweer te zetten, aangezien hij uitgerekend op papa's lievelingsplek in de weer was (dat wil zeggen tekeerging), met het schitterende uitzicht op de dom.

Letland had opgehouden een parlementaire democratie te zijn.

Dat zou voor mij en mijn familie gevolgen hebben, want de nu regerende Letse Ulmanis-fascisten hadden een hekel aan de Baltische Duitsers. Er klonken zelfs geluiden om ons allemaal op te pakken en op de brandstapel te gooien, zodat ze ons mooie blauwe bloed konden koken en laten ontploffen, wat papa als oud-en-nieuwvuurwerk bewonderd zou hebben, maar mama er juist toe bracht Großpapings zelfgemaakte zwaard te slijpen en onder haar kussen te leggen.

Uiteindelijk werd alleen onze trots gecastreerd. We verloren oude en nieuwe rechten, partijen waren er niet meer, geen vrijheid van pers en vergadering, en natuurlijk ook geen Beweging. Alle eigendommen van de Duits-Baltische bonden werden in beslag genomen, het vermogen van de verenigingen geconfisqueerd. Zelfs de eeuwenoude gildehuizen, palazzi van Italiaanse lieflijkheid maar van Lübeckse degelijkheid, werden door de politie bezet en onteigend.

Het was alsof Al Capone naar Riga was gekomen, samen met een leger van Siciliaanse plunderaars.

Erhard zette zijn wolfachtige grijnslach op en belde met de heer Himmler.

De Beweging, die al in de tijden van de Letse democratie aan een zekere vervolging was blootgesteld, verdween in de illegaliteit. Hub en ik waren ook in de illegaliteit gegaan, maar wij waren al agenten, en iets wat nog illegaler is dan agenten bestaat er niet. En dus bereidden we ons voor op zeven magere jaren.

Maar er volgden zeven vette weken. De schendingen van het recht, de publieke vernederingen en het verlies van elke nog resterende invloed dreven een stampede van opgewonden Baltische Duitsers in de armen van Erhard, Hub en mij. Onze kleine partij werd vetgemest met pure woede.

De autoriteiten toonden al snel belangstelling, want wanneer ik vanuit ons raam op straat keek, zag ik dat ons huis in de gaten werd gehouden, vanuit een donkergroene Ford V8-limousine – door het neergeklapte raampje ontsnapte af en toe sigarenrook.

De democraten onder de Balten gingen een confrontatie met de staatsmacht uit de weg. Volgens hen zou een openlijke opstand onherroepelijk op een ramp uitlopen. Ik kan niet verbloemen dat ik er anders over dacht. Hoezeer ik ook bereid was de wereld op haar beloop te laten, ik ergerde me aan diefstal, roof en piraterij. En toen een waanwijs lid van de onteigende gilden, een Duits-Baltische kapper, de criminele maatregelen van de Letten en plein public als de hoognodige correctie van verouderde ideeën verwelkomde, ja, dictator Ulmanis zelfs onomwonden tot verdere moderniteiten opriep, kreeg ik daar een bittere smaak van in mijn mond.

Dezelfde avond nog zochten Hub en een aantal koelbloedige jongelui van de op z'n indiaans opgewonden Stam Rijksappel in het bos naar dikke takken, zetten Italiaanse carnavalsmaskers op en betraden om middernacht de salon van de ijverige kapper zonder dat ze een sleutel nodig hadden.

Ik verzeker u dat ik er niet bij was – tenminste, dat zou ik het liefst zeggen. Maar ik was er wel bij, onthutste swami. Ik was zelfs degene die de psychische en fysieke energie opbracht om in een soort trance als eerste over de drempel van het fatsoen te stappen (misschien dat een bijl ook hielp). Ons bezoek duurde niet lang, maar had wel effect op de luister van de ruiten, het meubilair en de pruikenkoppen. Hub reed een kappersstoel de straat op, iemand legde er een varkenskop in, en voordat ik me daar esthetisch aan kon ergeren, vlogen er twee brandbommen door de etalageruiten. Daarna stelden we de brandweer op de hoogte. 'Vrij zijn, high zijn, terreur moet er ook zijn.' Zingen uw langharige kompanen dat niet? Wij zongen al net zulke stompzinnige liedjes. De Letse pers pikte de zaak op. Liberale landgenoten hekelden onze vermeende jakobijnse methoden. Het was heerlijk. En het was afschuwelijk. Het was heerlijk afschuwelijk. Iedereen die ons haatte noemde ons de Sneiper-Solm-bende. Veel mensen haatten ons. Zelfs mama, die ontdaan voor de rokende puinhopen van de kapperszaak stond en zich afvroeg waar ze voortaan haar haar moest laten wassen en knippen, riep hardop 'Foei!' en deelde zo een reprimande uit aan de Sneiper-Solm-bende, niet vermoedend dat ze daarmee haar eigen zonen op hun nummer zette.

8

Ik wist het.

Ik wist dat de Letse regering in actie zou komen. Wist dat de dictator buiten zinnen was. Wist dat Ulmanis onmogelijk kon toestaan dat een paar melkmuilen het bestaan van een collaborerende kapper onder z'n gat afbrandden. Ik wist natuurlijk vooral dat de varkenskop geen goed idee was geweest.

Dit wist ik allemaal omdat ik het uit de eerste hand had van mijn mollige Letse Mumu, die op het ministerie van Oorlog onverkwikkelijke dingen over mij had vernomen en elke keer dat we elkaar zagen treuriger werd. Ook haar orgasmes werden steeds treuriger en bleven uiteindelijk helemaal uit.

'Je hoort me toch niet uit, hè?' vroeg ze toen we ons als zo vaak in een van de chambres séparées van hotel Petersburger Hof stortten op een schaaltje aardbeienijs, waarop zij zo verzot was.

'Maar Mumu, hoe kom je daar nou bij?'

'Jullie zijn een stel staatsvijanden. Daarover wordt binnen het ministerie heel openlijk gepraat. Sneiper en Solm zijn de ergste namen.'

'Ik ben niet erg.'

'Als ze erachter komen dat we met elkaar bevriend zijn, raak ik mijn baan kwijt.'

'Dan moeten ze er niet achter komen.'

'Hou je wel van mij? Maak je geen misbruik van me?'

Het was de laatste keer in mijn leven dat ik haar zag. Op ons volgende rendez-vous verscheen Mumu niet meer. Toen ik haar op het ministerie wilde bellen, zei een koele stem tegen me dat juffrouw Dalbeniks ontslag had genomen.

En wie was ik nou eigenlijk?

Een paar dagen later kwam de klap. De conspiratieve woning in het havenkwartier, die alleen bij een kleine kring van mandarijnen bekend was, werd door de politie bestormd, juist toen wij er een bijeenkomst hadden. 'Wel, mijne heren, dan zullen we maar!' riep Erhard. Hij stopte vlug een dichtbeschreven velletje met strategische informatie in zijn mond en kauwde er geduldig op, als een geit, toen ze buiten de deur al met een bijl aan het inslaan waren. Daarna stonden we tegen de muur. Het was mijn eerste arrestatie.

Hoewel ze geen enkel belastend materiaal bij ons vonden, omdat wapens verstopt en belastende documenten opgegeten waren, werden we wegens 'pan-Germaanse activiteiten' in het huis van bewaring in de Schützenstraße afgeleverd. Een verholen gapende commissaris deelde me nog dezelfde avond dat ik in de gevangenis werd afgeleverd mee dat ik in bewaring was gesteld op basis van het Kerenski-besluit, een wet uit de Russische tijd die voorziet in een hechtenis zonder enige vorm van proces, die kan oplopen tot zeven jaar.

Ik kwam in een isoleercel, wat in Letland niet betekent dat je die helemaal voor jezelf hebt. Ik deelde vijf vierkante meter stenen vloer met Mortimer MacLeach, een vraatzuchtige Falstaff, die op spectaculaire wijze gewicht verloor en pal voor mijn ogen als een klont boter in de pan wegsmolt. Zijn broer was de enige Duits-Baltische verkeersagent in Letland, wellicht omdat de familie oorspronkelijk uit Schotland kwam en dus geen oorspronkelijke Letse inwoners kon hebben uitgeroeid.

Ondanks deze staatkundig relevante betrekking zat niemand van ons vaker in Letse gevangenissen dan Mortimer MacLeach. Hij stond aan het hoofd van de ordedienst van de Beweging, die vooral tegen de communisten vocht. Van Mortimer leerde ik allerlei nuttige dingen, bijvoorbeeld het *Kochumer Lohschen*, een Jiddisch roversalfabet waarmee je van de ene naar de andere cel met kloptekens kunt communiceren. Een bloeiende communicatie onder de ogen van de politie was op deze manier een fluitje van een cent. Later stelde hij iets voor wat nog geraffineerder was: Erhards echtgenote, de prachtige vrouw van onze leider en dus geprivilegieerd, moest ons proviand komen brengen, en dat was dan ook meteen het hele plan.

Toen Ev ons ook daadwerkelijk mocht bezoeken, bleek van de zorgen maar dapper, zagen we elkaar met z'n drieën in de bezoekersruimte: de gehoorde Solm, de niet-gehoorde Solm en de dove en blinde Erhard. Er zat een afscheiding tussen ons, zodat Ev haar man over de hindernis heen een handkus toewierp. De zwakke glans op haar gezicht werd sterker toen Hub naar haar lachte. En hij zwakte weer af toen ze mij toeknikte als een niet geheel betrouwbare medeplichtige die zich eerst nog maar moet bewijzen.

Ze nam, naast een geur van citroenzeep – die de kamille had vervangen, uit haar haar naar ons toe waaide en nog dagenlang overal in die vervloekte gevangenis leek te blijven hangen – ook een vreetpakket mee, dat de bewakers de slappe lach bezorgde omdat het uitsluitend uit kreeften en appels bestond.

Toen Hub de rode herfstcalville zag, moest hij bijna huilen, de hongerige Mortimer natuurlijk ook, maar dan om andere redenen. Van de kreeften en hun fijne, gewilde, maar amper aanwezige vlees werden we ook niet echt vol. Uit hun scharen knutselde mijn handige medebewoner echter kleine vulpennen. Met urine, die in een blikje verkleurde tot een zwartachtig soort inkt, en een kreeftenschaar waarin je een gaatje boorde kon je schrijfgerei maken dat ermee door kon. Je moest de stroom pis alleen wel een beetje met je wijsvinger reguleren. In het begin moet je even iets overwinnen, vooral als het niet je eigen pis is waarmee je schrijft. Omdat we maar één blikje hadden, namen we Mortimers pis, die ongewoon donker was. Zodoende hebben we op stug pleepapier ontelbare briefjes geschreven, ze in tubes tandpasta verstopt en via de wasruimte over de uiteenlopende geadresseerden kunnen verspreiden. We voelden ons net de Baltische heren, baronnen en graven van Monte Christo, zaten op een door de Atlantische Oceaan omspoelde rots.

Ik kan bevestigen dat het leefklimaat in de Europese gevangenissen spoedig zou veranderen. Want in de cellen van de Gestapo en ook in de NKVD-martelkelders in de Moskouse Loebjanka waren er nooit door ontrouwe echtgenotes aangeboden vreetpakketten, en al helemaal niet met verse kreeft.

Ongetwijfeld zag ik mezelf, met pis schrijvend, ja, zelfs met pis tekenend (ik schetste een karikatuur van Mortimer als Oliver Hardy, met wie hij een zekere gelijkenis vertoonde), als de Scarlet Pimpernel, slim, geslepen en onverzettelijk, terwijl de ambtenaren van de Letse staatsveiligheid op mij overkwamen als endemische sukkels die er geen flauw benul van hadden dat de doortrapte nazi's in hun eigen gevangenis een loopje met hen namen.

Maar helaas was het allemaal precies andersom.

Vanzelfsprekend was de Letse geheime dienst op de hoogte van elke stap die zijn gevangenen zetten. Het bij elkaar plaatsen van de opstandige nazifunctionarissen diende geen enkel ander doel dan hun geheimste plannen te achterhalen. Niet alleen waren er ambtenaren die het auditieve Kochumer Lohschen beheersten ('s nachts stenografeerde altijd een tolk mee die aan een maagziekte leed en zich als opzichter voordeed), maar ook de kreeftenschaarbriefjes die we via onze urinewegen schreven en aan anderen deden toekomen, om ze opgerold uit de tube te persen, werden aan de staatsveiligheid ter kennis gebracht.

Verhoorambtenaar tweede klasse Peteris Petrins wist alles van mij, kende al mijn contacten van de afgelopen maanden en kreeg zelfs te horen wat ik van hem vond: een 'sukkel die alle onzin gelooft', een 'wanstaltige smeerlap' en 'iemand die te dom is om voor de duvel te dansen'. Hoewel hij het allemaal wist, begroette hij me op elk van de talrijke verhoren met een voorkomende hartelijkheid, gaf me telkens een hand, wilde weten of ik misschien ook meidoornthee wilde (hij had voortdurend een te snelle hartslag), en liet zich, zo nu en dan aan zijn thee nippend, urenlang met het grootste geduld de infaamste en meest fantastische verzinsels opdissen. Hoewel hij mijn kletskoek grotendeels doorzag, onderbrak hij me nooit, maar zette een welhaast ademloos geïnteresseerd ponem op, het vast en zeker meest geïnteresseerde ponem van Riga, nog even afgezien van het mijne toen ik op een verregende, vuilgele maandag toevallig in zijn documenten kon kijken.

Dat gebeurde nadat de heer Petrins onverwachts door zijn chef, een verhoorambtenaar eerste klasse, werd opgeroepen voor een kort onderhoud. Alleen de stenografe liet hij bij me achter, die net op dat moment dan wel een miniem moment later zeer dringend naar de wc moest. Ze verzocht me, daar het in principe niet was toegestaan de verhoorkamer te verlaten, absoluut stilzwijgen te betrachten en gedurende de korte afwezigheid van haar en de heer Petrins in geen geval in de verhoormappen die achter het bureau stonden te neuzen, en zeker niet in de map met het opschrift *Centra*. Ik beloofde haar dat met de gewetensvolle ondertoon van een rijp en bedachtzaam mens, een eigenschap die de arme Mumu al zo in mij had gewaardeerd. Ze zei dank u wel, *paldies jums*, glimlachte opgelucht en fladderde weg.

De deur was nauwelijks dichtgeklapt of ik vloog naar de dossier-map *Centra*, trok hem uit de rij, hield me even in, luisterde, hoorde niets en sloeg hem open.

Het werd me zwart voor de ogen, zoals ze dat zeggen. Centra bete-kent in het Lets 'Centrum' en Centrum is een schuilnaam, en de schuilnaam verwijst naar een positie, en de positie heeft betrekking op een spion, en de spion komt uit onze Beweging, en in onze Bewe-ging zit hij in het centrum, en het centrum heet Centra, en Centra heet MacLeach. Mortimer MacLeach was een ND, een *neformālās darbinieki*, een 'geheime informator', zoals de Letse geheime dienst zijn onaangenaamste medewerkers noemde. Ik zag zijn verbintenis-verklaring op de eerste pagina, bladerde onthutst door de map. Zag tientallen rapportages. Vertrouwde namen. Verrassende namen. Met name die van mijzelf, die, verminkt tot 'K.S.', om de twee zinnen over de pagina's danste.

K.S. is een snobistische intellectueel, die ongetwijfeld over een brede kennis beschikt en artistieke aanleg heeft binnen een gedegen kader. Hij vindt zichzelf echter talentvoller dan hij is. Houdt van appels. Ver-gezeld van het Oliver Hardy-portret dat ik pas een paar dagen eer-der van hem had gemaakt: *Bijlage: konterfeitsel van rapporteur Cen-tra, karikatuur van K.S., inkttekening (speciale inkt).*

Of bijvoorbeeld: *K.S. verklaart dat verhoorambtenaar P.P. met zijn bril met zwaar montuur en zijn opvallend grote neusgaten op een beulsknecht lijkt. P.P. is een sukkel die alle onzin gelooft.*

En ten slotte: *Wat zijn wereldbeschouwing betreft staat K.S. als na-tionaalsocialist nog niet erg stevig in zijn schoenen. Heeft niets tegen Joden. Heeft niets tegen kunst. Zonder zijn belangrijkere broer H.S. zou hij uit de Beweging zijn gestapt.*

Ik hing kromgebogen als een haak voor de map met documenten. Ik keek uit het raam en kon mijn ogen niet gemakkelijk van de regen afwenden. Een gordijn van strepen op het glas.

Elk moment konden de beul en zijn assistente met blaasontsteking terugkomen. Ik scheurde het meest recente bericht van mijn celgenoot uit de map, stopte het in mijn broekzak, zette de dossiermap terug en snelde weer naar mijn stoel, geen seconde te vroeg, want op hetzelfde ogenblik ging de deur open en zweefde de stenotypiste naar binnen, met geleegde blaas, en bedankte me nogmaals omstandig.

Toen de heer Petrins binnenkwam, trof hij dezelfde wauwelende, zelfingenomen snob aan die als nationaalsocialist nog niet erg stevig in zijn schoenen stond, maar als subject en object van infiltratie, penetratie en observatie door de inlichtingendienst zo geschokt was dat hij de wereld met andere ogen bekeek.

Ik blijf juist even op dit punt van mijn leven hangen omdat ik voor mijn latere werkzaamheden ongelooflijk veel leerde. Het valt niet mee om iemand weer te ontmoeten die zichzelf vanbinnen heeft veranderd. Het weerwolfprincipe kende ik tot dan toe alleen van Ovidius' *Metamorfosen*. Lycaon, de koning van de Arcadiërs, wordt daarin door een briesende Zeus in een wolf veranderd, een wolf die huilt, verscheurt en Oudgrieks spreekt. En toen ik naar mijn cel werd teruggebracht, zag ik een dikke, op zijn brits sluimerende weerwolf, die een uur eerder nog een dik, op zijn brits soezend mens was geweest. In de tussentijd was de maan opgekomen en had ook mij veranderd. Ik moest nu met het diertje spelen, het zoals altijd met verhalen voeren, met waarheden en details, ik moest met hem discussiëren en lachen en mocht in geen geval zijn vel afstropen. Mortimer MacLeach zag er desondanks uit als Mortimer MacLeach, maakte graag goedmoedige grappen, gedroeg zich als een allemansvriend, en daardoor was het helemaal niet zo moeilijk om te doen alsof. Het moeilijkste was nog om met zijn pis te schrijven. Maar dat moest dan maar.

Drie weken lang hield ik mezelf in de plooi, hoorde zijn verhalen aan over zijn broer de verkeersagent (die nu anders klonken, want er werd me wel iets duidelijk), het geklaag over zijn financiële situatie (aha) en een portie liefdesverdriet, waarover hij alleen aan mij vertelde omdat hij zich zo onvoorstelbaar prettig voelde in mijn weldadige aanwezigheid.

'Er stroomt een gevoel van vriendschap door me heen, Koja,' verzuchtte hij. 'Ik kan jou vertrouwen, dat is zo waardevol.'

Ik gaf hem zonder meer gelijk.

Ik mocht destijds aan niemand vertellen dat we een mol in ons midden hadden. Overigens werd er geen gevoelige informatie uitgewisseld, want Hub en ik sloegen elkaar ten overstaan van alle kameraden die onkundig waren van onze werkelijke functie niet met geheime rijksaangelegenheden om de oren. Ook belandde daarvan niets in de tubes tandpasta, niets behalve propaganda.

Toen we ten slotte moesten worden ontslagen omdat ze niets konden bewijzen en ook het Rijk via ambassades opkwam voor zijn hoplieten, leidde mijn eerste gang naar het kantoor van Hub, aan wie ik alles vertelde. Mortimers spionagerapport, naar buiten gesmokkeld langs wegen die u niet wilt weten en daarom olfactorisch niet in de allerbeste conditie, duwde ik in zijn terugdeinzende handen. Intussen had ik me erover verbaasd waarom er geen fatsoenlijke razzia was geweest. Misten ze het uit het dossier gescheurde rapport van de Letse staatsveiligheid niet? Had de geërgerde Peteris Petrins het misschien nogal slordig van zichzelf gevonden dat Centra's verklaring niet meer in zijn archief zat? Was er misschien nog een andere verklaring die mijn grote, wijze broer uit zijn hoge hoed toverde?

Nee, die was er niet. Hub luisterde met opeengeperste lippen naar het waanzinnige verhaal en zei slechts: 'We moeten naar de baas.'

Ev deed, terwijl ze haar jas al aanhad, de deur voor ons open. Erhard en zij bewoonden een villa in het Kaiserwald. Jugendstil. Flinke lap grond. Door de wind opgebolde dennen. Ze glimlachte. Het was een andere glimlach dan de glimlach die ze had als ze ons in de gevangenis bezocht. Nu werd ze zelf bezocht, en ze voelde zich betrapt.

'Mooi om jullie weer te zien,' zei ze met een enigszins overdreven haast, en ze kuste ons onwezenlijk, alsof wij het helemaal niet waren, alsof het Hub niet eens was. Ze zat op hete kolen.

'Het gaat niet goed met hem. Misschien dat jullie een andere keer kunnen terugkomen?'

We wisten niet wat we moesten zeggen, tot Hub langzaam en met een ernstig gezicht zijn hoofd schudde. Ik zag dat ze schrok, zag het aan haar handen, ik kende haar zo goed. Maar ze knikte flauwtjes, glimlachte weer gemaakt, zette haar hoed recht en trok terwijl ze zich van ons losmaakte de ceintuur van haar jas strakker.

'Het spijt me echt, ik moet naar het ziekenhuis,' riep ze, en weg was ze, als herfstblad weggeblazen. Hub keek haar na alsof ze op de vlucht was.

Daarna liepen we door de deur, die ze van schrik had opengelaten. Erhard stond in de salon en had zijn smalle rug naar ons toe gekeerd. Hij keek naar buiten, was blootsvoets en ongeschoren. Toen hij zich omdraaide, staarde ik in een grauw, ontheemd gezicht dat uit een lichte badjas stak waarvan de linkermouw met zachtgekookt eigeel was bedekt. Op de wanden achter hem hingen de vier schilderijen die ik ooit voor Ev had gemaakt: een bos korenbloemen, de twaalfjarige Ev in een blauwe nachtjapon, slapend in mijn bed, het oordeel van Paris, en een aquarel die ik *Melancholie* had genoemd, hoewel zij hem heel optimistisch vond.

Geen van deze schilderijen paste bij Erhards gezicht.

'Wat is er?' vroeg hij.

Hub legde uit dat er zich een probleem had voorgedaan dat geen uitstel duldde en direct moest worden besproken.

'Jajaja...' fluisterde Erhard onwillig, waarna hij een poos zweeg. Hij was overduidelijk dronken.

'Kunnen we deze kwestie bespreken?' drong Hub aan. 'Het is echt ernstig, een echt ernstig probleem.'

Erhard was niet geïnteresseerd, leek het. Hij maakte een wegwerpgebaar, maar misschien was het ook wel een uitnodiging om op het bankstel plaats te nemen. We gingen zitten en zagen dat onze baas naar een secretaire stiefelde, een bruine envelop pakte, een fles wodka van de plank viste en weer naar ons toe sjokte.

'Ik laat jullie wat zien.'

Hij liet zich voor ons op een stoeltje vallen, haalde een foto uit de envelop en schoof hem zonder iets te zeggen met zijn rechterhand naar ons toe. Ongeveer gelijktijdig schonk hij ons met zijn linkerhand een flinke scheut wodka in, wat niet echt lukte.

De foto was een vergroting, grofkorrelig, niet erg scherp. Hij was vanaf een dak of balkon gemaakt, en ik zag een groot, open raam waardoorheen de fotograaf op enige afstand had geschoten. Onmiskenbaar was de vrouw die redelijk uitgeput uit het raam leunde onze zus Ev. Haar bovenlichaam was ontbloot. Ze hield haar armen kruiselings voor haar borst en rookte een sigaret. Haar blik staarde in het niets. Achter haar ontwaarde je een bed waarop een man lag, eveneens zonder kleren, met een wit opgericht lid. Over zijn gezicht viel de schaduw van een krant, een zwart dat oploste in het duister van de kamer.

Terwijl ik in verwarring de volledige betekenis van het beeld probeerde te snappen, reikte Erhard ons een volgende opname aan. Nu was Ev verdwenen bij het venster en vormden zij en de man, op bed in elkaar verstrengeld, een potpourri van: ledematen, een wazig oog, een opengesperde mond, losgewoeld haar, bijna helemaal aan Ev toebehorend, niet aan de man, wiens gezicht afgewend bleef en wiens lichaam zo getraind en smetteloos glansde dat het geenszins het lijf van deze beschonken voor ons heen en weer zwiepende, als door de wind gegeselde grasspriet kon zijn.

Ook Erhard kende nu dus het weerwolfprincipe.

Hub sprong naast mij op, krijtwit. Hij schreeuwde dat hij zich voor satisfactie uiteraard beschikbaar stelde. Erhard moest de wapens maar kiezen.

Zijn woorden stuitten op een muur van onbegrip.

'Waarom moeten wij met elkaar duelleren, Hub?' vroeg Erhard verbaasd. 'Om de familie-eer?' Hij schudde zijn hoofd. 'Jouw zus is mij ontrouw. Niet jij.'

In Hubs iris zag ik verbijstering opflakkeren, terwijl Erhard steeds afweziger werd en zijn blote benen bekeek. Ik moest iets doen.

'Wie heeft die foto's gemaakt?' vroeg ik zacht.

'Een privédetective.'

'Waarom laat je Eva door een privédetective schaduwen? Je had ons moeten laten weten dat ze buiten het potje piest.'

'Buiten het potje? Ze heeft me echt verschrikkelijk *gebrietscht*!'

Het Baltisch kent veel woorden voor bedriegen, maar 'brietschen' is wel een van de meer pittige. 'Ik denk dat ze me al sinds de bruiloft brietscht. Ze is een slet.'

'Erhard, met alle respect. Je hebt het wel over onze zus,' zei ik pathetisch.

'En daarom kon ik jullie niets vertellen,' zei hij knikkend. 'Jullie zijn goede maatjes. Jullie zijn de familie.'

'Wij zijn bovenal de veiligheidsafdeling van de Beweging. Wij hadden in actie moeten komen.'

'Jullie hadden natuurlijk in actie moeten komen. Maar ja, ze is nu eenmaal jullie zus.'

'Wat zegt ze er zelf over?'

'Ze weet het nog niet.'

'Ze weet het nog niet?'

'Nee.'

'Hub, ze weet het nog niet.'

'Ja, ik heb je wel gehoord.'

'Waarom weet ze het dan nog niet?'

Erhard zat somber voor zich uit te peinzen, zijn mond een streep en voor mij totaal onleesbaar. Hubs mond was nog dunner. Je kon als je naar zijn gezicht keek menen dat hij empathie had, en het was ook empathie. Maar die gold stellig niet zijn bedrogen zwager.

'Sorry hoor, Erhard,' hield ik vol, 'je laat Ev wekenlang door een privédetective schaduwen, je hebt foto's... en zij weet het nog niet?'

'Nee. Ik wil eerst dat zwijn te pakken krijgen.'

Hub sloeg zijn wodka in één keer achterover en schonk weer in.

'Verdenk je,' vroeg ik aarzelend, 'misschien ook iemand?'

Hij bromde alleen. Ik zag roos op plukjes pas uitgerukt haar en ik voelde hoe een weldadig gevoel bezit nam van mijn lichaam, een wolk van genoegdoening en intens welbehagen, vooral ook omdat er helemaal geen antwoord kwam.

'Ik bedoel, is er een begin van een vermoeden wie het zou kunnen zijn?' persisteerde ik.

Erhard tilde zijn hoofd op, nog net niet in tranen.

'De detective heeft zijn knar één keer heel even gezien, maar toen deed zijn fototoestel het niet: het rolletje was op. Hij zou een beetje lijken op jou, Hub, heeft ongeveer jouw postuur, draagt Engelse spullen, zonnebril, hoed. Hij is heel voorzichtig. Jammer dat we hem niet te pakken hebben gekregen.'

'We krijgen hem te pakken, m'n beste!' beloofde ik.

'Ja,' zei Hub, en het was het eerste wat hij sinds lange tijd zei, 'we krijgen hem te pakken.'

We dronken allemaal nog een wodka, zwijgend en zuchtend en in gedachten verzonken, terwijl buiten de wind fijne zandkorreltjes tegen de ramen blies. Ten slotte keek Erhard ons aan, als een stokstaartje dat een havik aan de hemel ziet.

'En wat is het grote probleem waarover jullie met me wilden spreken?'

'O,' zei ik sussend. 'We hebben geen probleem.'

Hub nam me verbaasd van opzij op.

'We hebben geen probleem?' kraste mijn broer.

'Nee, niet zo ernstig als dit.'

'Ik dacht dat het een heel ernstig probleem was?' wilde Erhard weten.

Een tweede geborene ontbreekt het nooit aan sluwheid. In zijn denken speelt onderhuids altijd iets mee, het is de enige manier om je tegenover je oudere broer staande te houden. Hub zou ongetwijfeld een uitstekende predikant zijn geworden (hij preekte altijd graag), want preken hoef je niet aan een koord te rijgen, te arrangeren, beramen, repareren, fiksen of zelfs maar te verzinnen. Een preek houd je. De sluwheid laat je langzaam komen. En dan verandert die in een intrige.

'Zo ernstig is het nu ook weer niet,' zei ik luchtig, vastbesloten het thema Mortimer MacLeach in geen geval aan te snijden.

'Maar Koja, we moeten Erhard vertellen wat voor vuiligheid er binnen de leiding van de Beweging gebeurt.'

Ik gleed een beetje opzij om met mijn schouder Erhards aandacht van Hub en zijn onaangename vasthoudendheid af te leiden. Daarna boog ik voorover naar mijn zwager.

'Ja,' fluisterde ik, 'het is een onaangename kwestie, maar niet te vergelijken met dit hier.' Ik schoof de foto's weer naar Erhard toe. 'Zou het zelfs niet kunnen, Erhard, laten we er even van uitgaan... Zou het zelfs niet kunnen dat degene die jou en ons zoveel pijn doet uit onze eigen kringen komt? Ik kan me zelfs voorstellen dat dat wat wij jou willen vertellen en dat wat jij ons hebt verteld in zekere zin congruent is.'

Geen van tweeën begreep wat ik wilde vertellen.

'Wat ik wil vertellen, is dat een bepaalde persoon uit onze politieke beweging er alles aan doet om ons te destabiliseren.'

Erhard staarde me aan. Een moment lang leek hij wel in trance.

'Door mijn vrouw te naaien?'

'Ik zou dat niet zo hard...'

'Je bedoelt dat een man uit onze Beweging, een Duitse man met Duitse gezindheid, mijn vrouw naait?'

'Ik kan het me eigenlijk ook niet voorstellen, maar...'

'En hij naait niet alleen mijn vrouw, maar hij naait ons allemaal, hij naait jou, hij naait Hub, hij naait mij, hij naait die tuin hier, hij naait de meeuwen daar buiten, hij naait het gras en de sterren, hij naait het Duitse Rijk en zelfs onze Führer?'

'Wind je niet zo op, Erhard, het is alleen maar een gedachte...'

'Natuurlijk is dat zo!' Hij sloeg met een klap zijn handen ineen. 'Alleen een karakterloos en schadelijk organisme naait de vrouw van zijn leider! Ik ben de leider van de Duits-Baltische volksgemeenschap!'

'Dat staat buiten kijf, Erhard!'

'IK!' schreeuwde hij, en hij pakte zijn wodkaglas en smeet het in het vitrinekastje, dat rinkelend aan diggelen viel. 'IK BEN DE LEIDER VAN DE DUITS-BALTISCHE VOLKSGEMEENSCHAP!'

'Ga alsjeblieft zitten, Erhard!'

'IK HEB DIT NIET VERDIEND! IK HEB HAAR OP HANDEN GEDRAGEN! OP HANDEN GEDRAGEN! EN ZE NAAIT MIJN EIGEN MENSEN!'

Hij huilde. Zijn gesnik deed zijn schouders als pudding lillen, en alsof dat nog niet genoeg was, werd het Hub nu ook te machtig. Er rolde een traan over de heldenwang, ik had er mijn handen vol aan.

Later zat ik met mijn broer ver weg op het strand van Bilderlingshof, midden in de duinen. Hij leek opeens jaren ouder. De wind gierde om ons heen en de wolken bolden zich stormachtig aan de verre horizon.

Nadat ik had gedaan alsof Hubs affaire met Ev, die hij me nu berouwvol opbiechtte, me nooit eerder ter ore was gekomen, begon ik mijn broer het plan uit te leggen. De feiten waren namelijk vernietigend en veelvormig, de opties te overzien. 'Of we komen er allemaal heelhuids vanaf,' vertelde ik, 'of er is helemaal geen huid meer, geen vlees en geen botten.'

Niettemin vond Hub mijn plan onverantwoord en deinsde hij ervoor terug.

Voor het eerst in mijn leven kon ik tegen hem zeggen dat hij enorm zijn tanden op elkaar moest zetten.

Het was allemaal namelijk zo simpel als wat en kon niet misgaan, en daarom restte Hub ook geen andere keuze dan er uiteindelijk mee in te stemmen.

We reisden naar Mortimer MacLeach, alias Centra. Hij woonde in Maskavas forštate, een enigszins vervallen buurt vlak bij de markthallen. Ik belde aan bij een groene deur waarvan de verf losliet. Hub beukte de deur in, zonder dat er iemand in het complex reageerde. We sleurden hem van het toilet, stopten zijn hoofd in de closetpot, trokken door, hoorden borrelen en slikken, legden hem daarna heel precies uit wat er was gebeurd (kijk eens aan, dat had hij echt niet gewild), hielden zijn verslag als agent voor panisch schreeuwende ogen en legden de man, terwijl hij op zijn knieën viel en om zijn leven smeekte, ons voorstel voor. Ofwel zouden we bekendmaken dat hij een vijandelijke informant in de rangen van onze Beweging was die onze organisatiestructuur, ons wapenarsenaal, onze verbindingsmannen in Duitsland en ieder van ons had verraden. Net als Ephialtes, het uitschot van Thermopylae. Hij wist wat ze in de roerige beginperiode van de Nationaalsocialistische Duitse Arbeiderspartij met verraders hadden gedaan. Dit lot kon hij blijmoedig tegemoetzien.

Maar we konden ook grootmoedigheid à la Pericles betrachten en zijn schande voor ons houden. Dan werd er in een zekere kwestie wel coöperatie geëist.

'In welke kwestie dan?' kermde de weerwolf.

En ik vertelde hem dat hij ten eerste onmiddellijk elke samenwerking met de Letse staatsveiligheid moest staken. En dat hij ten tweede moest toegeven dat hij de minnaar van mijn zus was, en wel tegenover Erhard, de nieuwsgierige en redelijk getergde echtgenoot.

'Zijn jullie gek geworden? Die vermoordt me!'

Hub sloeg hem soepeltjes in zijn gezicht. Ik hoorde een geluid dat ik ooit bij de dokter had gehoord toen mijn ontwrichte schouder weer in de kom werd gezet. Mortimers neus was gebroken. Bloed gulpte over zijn lippen, maar hij leek het helemaal niet te merken. In plaats daarvan smeekte hij om genade en bracht allerlei bezwaren in, onder andere dat hij toch echt veel te dik was om de onbekende adonis van de foto te zijn.

Hier wees Mortimer inderdaad op een niet-onbelangrijk minpunt in het plan. Weliswaar was hij door de wekenlange gevangeniskost inmiddels zo sterk afgevallen dat je als het moest kon beweren dat er een fysieke overeenkomst bestond met de man op de foto (mijn broer, ik zeg het nog maar een keer). Maar het feit dat een van Riga's mooiste en intelligentste vrouwen uitgerekend met een Oliver Hardy-double het bed had kunnen delen, een vechtersbaas, met zijn korte en gezette postuur, een notoire mislukkeling die onverschillig aan de periferie van het Europese geestesleven zat weg te vegeteren, zou zelfs bij Erhard zomaar de verdenking kunnen oproepen dat er een luchtje aan zat.

Maar we moesten het riskeren.

Liefde maakt blind.

Niets is onmogelijk.

We meldden Erhard telefonisch dat hij de privédetective niet meer nodig had.

Hij hing sprakeloos op.

We ontmoetten elkaar twee avonden later bij ons thuis. Het was nog september. Mama had zich met papa een week lang voor een kuur in Kemmern teruggetrokken. Met z'n vieren zaten we aan de keukentafel, in onze lange jassen, de hoeden op het hoofd, en de weerwolf deed zijn ding niet slecht. Met Ev had Hub inmiddels gesproken. Ze weigerde het spelletje mee te spelen, dat ze onwaardig vond. Toch verklaarde ze zich bereid tegenover Erhard te zwijgen over haar vermeende affaire met de heer MacLeach, dus gewoonweg helemaal niets te zeggen en maar te hopen op een barmhartige scheiding.

Nadat Mortimer zijn bekentenis had afgeleverd en onze innig geliefde leider der Beweging om vergeving had gesmeekt, haalde de laatste een onverwachte revolver tevoorschijn, zette die tegen het voorhoofd van de minnaar van zijn vrouw en riep hem op passende toon op om het Onzevader te bidden.

'Erhard, wat doe je nou?' vroeg ik voorzichtig.

'Ik doe wat er gedaan moet worden!'

'Je kunt hem hier niet neerknallen. Dit is de keuken van mijn ouders.'

'Je ouders zijn er niet!'

'Dat is een tapijt uit paleis Peterhof. De tsaar heeft er nog op gestaan!'

'Doe even een stapje opzij, Mortimer!'

'Hou je zenuwen in bedwang.'

'Ja, hou je zenuwen in bedwang,' bekrachtigde Hub mijn oproep. 'De Beweging heeft je nodig in vrijheid, niet in de gevangenis. Hij is het niet waard.'

Erhard aarzelde.

'Alsjeblieft, Erhard,' zei ik zacht. 'Je kunt nog zoveel betekenen voor ons vaderland.'

Zijn mond vertelde me dat hij helemaal in de war was; zijn bovenlip trilde, en ik zag kleine zweetdruppels.

'Oké dan,' perste hij er ten slotte uit.

Erhard ontspande de haan van de revolver, met tranen in zijn ogen, en stopte het wapen weer in zijn jaszak.

'Maar dat zwijn moet wel gestraft worden.'

'Natuurlijk,' zei Hub, en hij onderbrak Erhards stortvloed aan scheldwoorden die op de deels onschuldige echtbreker neerdaalde (*Loll, Ljurbs, Knot, Lurjus, Okladist, Bärenarschloch*). Mijn broer liep naar het portret van onze Großpaping en haalde het zelfgesmede zwaard dat ernaast hing van de muur. Hij legde het voor de weerwolf op tafel en zei dat hij bij zichzelf een vinger moest afhakken.

'Maar jullie hebben beloofd dat me niets zal overkomen,' huilde Mortimer.

'Je hebt vijf minuten. We wachten buiten.'

'Hub, we zouden hem ook flink kunnen laten dokken!' riep ik, want de zaak ontwikkelde zich in een richting die op geen enkele manier nog iets met mijn plan te maken had.

'Nee! Zijn pink of zijn lul! Als het maar iets is wat die sukkel er bij haar in heeft gestopt!' tierde Erhard.

'Alsjeblieft, kameraden. Laten we verstandig zijn!'

Maar op hetzelfde moment schreeuwde Mortimer MacLeach: 'Verdomde barbaren! Ik haat jullie allemaal!', en hij greep met een verwrongen tronie naar het zwaard, tilde het boven zijn hoofd, richtte het op zijn uitgestoken hand, riep 'Rule Britannia' en sloeg toe. Zijn pink vloog in een grote boog door de keuken en belandde op mama's zelfgehaakte tafelkleedje, waar hij er heel natuurlijk bij lag en zich zelfs leek te krommen, tenminste vanuit mijn standpunt gezien. Niemand zei een woord, Mortimer begon een Engels lied te neuriën en sprak vanaf dat ogenblik alleen nog maar Engels, en ik verbaasde me erover dat uit het stompje van de pink helemaal niets naar buiten vloeide.

Zo eindigden de jaren dertig in een eigenaardige harmonie. Natuurlijk gebruikt u, hoge astrale rechtspreker, het woord 'harmonie' in een andere context. U denkt daarbij eerder aan een kosmische maatverhouding, aan de magie van de samenklank, ja, misschien wel aan wat u ondergaat als u aan uw hasjpijpje lurkt. Maar als je onder harmonie de samenvoeging van dingen of gebeurtenissen verstaat die helemaal niet bij elkaar passen en eigenlijk chaos zouden moeten veroorzaken, als symmetrisch geheel dus, dan zou de verschrikkelijke verwarring rond Hub en Ev, rond Erhard en Mortimer, rond detective en agenten, rond liefde en politiek, toch in een uitermate harmonieus samenspel uitmonden.

De negenvingerige, voor het overige anglofiele Mortimer Mac-Leach verliet het Rijk enkele maanden na de gebeurtenissen voorgoed. Hij had veel geluk gehad. Uitgerekend Ev had de nazorg van de wond op zich moeten nemen; als arts had ze dienst in de kliniek van Knorr toen wij haar voormalige minnaar, die ze nog nooit had gezien, 's nachts op de Eerste Hulp afleverden. Haar blik had een ongenaakbare, ondoordringbare zwaarte en viel uit een kolossale hoogte op ons neer, en ze zou het Hub en mij nooit hebben vergeven als ze de ware toedracht van het ongeluk had vernomen. Mortimer beefde in elk geval voor ons, en daarom loog hij tegen haar en kwam aanzetten met een ongelukje bij het houthakken.

Maar wie gaat er nou al in september houthakken?

Mister MacLeach hield zijn kiezen op elkaar, vooral tegenover verhoorambtenaar tweede klasse Petrins, wat je alleen al kon concluderen uit het feit dat kort na het ongeluk Mortimers broer zijn exclusieve baan als verkeersagent aan de wilgen moest hangen. Petrins werd voor zover ik weet dan ook nooit verhoorambtenaar eerste klasse.

Ons werk als veiligheidsdienst van de Beweging wierp dus zijn vruchten af. Ze waren niet altijd lekker, maar soms bitter als strychnine, want leuk was het niet om ledematen van mensen af te hakken, ze te bespioneren, hun gewoonten na te trekken en hun aberraties op te tekenen, vooral als het ónze aberraties waren.

Hub met name rapporteerde zijn verzamelde inlichtingen regelmatig aan het Wannsee-instituut in Berlijn. Dit instituut was Heydrichs graalburg, een politiek SD-laboratorium, vermomd als civiele 'Academie voor Oudheidkundig Onderzoek', waar ik verscheidene keren per jaar werd ontboden. Dit was een streng beveiligde, door de Gestapo geroofde Joodse villa aan de Wannsee op een landgoed met dierplastieken, kassen, een rozentuin, een bocciabaan en zelfs een SS-manege.

De sinistere Baltische afdeling die zich over ons ontfermde werd geleid door een neef van Erhard, wiens been in de Rode Zee ooit door een haai was afgebeten. 'De haai is de Jood onder de vissen,' siste de neef volhardend als Cato wanneer we hem onze aantekeningen brachten en hij op zijn houten poot weghinkte naar de andere fascistische Balten in ballingschap, die zich op ons materiaal stortten. Ik zag mezelf in dit verband als een zeepaardje dat door het sterrenbeeld van deze Duits-Baltische geheim agenten zwom, die naar elkaar hapten en gezamenlijk toesloegen, een echt en hecht samenwerkingsverband, ook in die tijd al: subversief, dogmatisch en uitstekend betaald.

Ondertussen vond ik het wel aantrekkelijk om tot de exclusieve club van de SD-elite te behoren, deze koele, academische intelligentsia, waarin de elegantie van de Britse Secret Service samenging met de koele pragmatiek van de Tsjeka.

Maar het enige wat me echt beviel was de façade. Ik voelde me overweldigd door de krachtige beelden en de mensen met hun air van stoutmoedigheid die me in de kleuren van een Caravaggio tegemoet straalden, zoveel licht, zoveel schaduw, en wat er achter de façade schuilging trok me langzaam naar zich toe, naar het verborgen, onderdrukte, ons allen verbindende plezier in illusie, macht en eenzaamheid. Eenmaal geheime dienst, altijd geheime dienst, noemen ze dat in onze kringen. Alleen degene die deze bijna familiale conspiratieve toewijding zelf heeft ervaren, kan navoelen hoeveel waarheid er in deze stomme zin schuilt.

Erhard is nooit te weten gekomen wat er destijds echt is voorgevallen.

Hij bedankte zijn trouwe metgezellen (ons dus) uitbundig, noemde hen zijn Bourgondiërs die voor hun Diederik van Bern (hem dus) de kastanjes uit het laaiende vuur hadden gehaald. (Eerlijk gezegd wisten wij niet wat hij met de kastanjes bedoelde, zijn mannelijke trots misschien; het laaiende vuur, dat waren ongetwijfeld wijzelf, Hub met name, om precies te zijn, maar Erhard kon dat niet bevroeden.)

Erhard vroeg meteen een scheiding aan, waarmee Ev opgelucht instemde. Al snel vertelde ze me dat het samenzijn 'met deze gnoom' de grootste fout van haar leven was geweest. Zomer, herfst, winter, lente en nog een zomer had ze met iemand samengeleefd die gedacht had haar voor het fornuis neer te poten en zijn acht kinderen door middel van een nachtzoen elke avond in haar baarmoeder te blazen, want seks zou hem te veel inspanning hebben gekost, zeker met zijn eigen vrouw. In werkelijkheid was hij graag met zestienjarige jongens onder de douche gekropen (dat kon ook jeugdleider Solm bevestigen, die zich nogal had verbaasd over Erhards ijver in dezen) en was hij eenmaal per maand zijn echtelijke plicht nagekomen, waarvoor zijn geslachtsorgaan, waarbij het natuurlijk op de conditie aankwam, elke keer gedurende twee of drie minuten klaarstond. Hij had iets ongehoords van haar verlangd toen hij haar vroeg om haar baan als arts op te geven, wat ze niet deed en waarmee ze hem onverdraaglijke psychische kwellingen bezorgde. 'Weet je, Koja, die hele nazipoppenkast is toch volslagen ridicuul. Ik weet het, voor Hub en jou doet het er allemaal toe, maar als volwassenen ga je daar toch niet in mee.'

Door haar scheiding kwamen we weer een beetje dichter tot elkaar, en omdat ze nooit een blad voor de mond had genomen en ze zich ook nooit voor me had geschaamd, vond ze de foto's die haar man had laten maken en die ik had gezien net zomin gênant als het voorwerp ervan. Erotisch verlangen was de bijvangst van haar eigenzinnigheid, die ze gewoon was te botvieren. Aan maatschappelijke conventies had ze altijd lak gehad. Dat ze met Hub een verhouding was begonnen, had ze me zelf verteld. En dat seks, ten slotte, voor haar belangrijk was, wist ik al sinds onze gezamenlijk gedroomde jeugddromen, illusies van een levensbron waarvan ik haar niet vertelde dat ze me nog altijd in hun greep hadden. Want mijn verlangen, dat voel ik, richtte zich op deze oeroude herinneringen, waaraan we niet kunnen ontkomen, niemand van ons. Maar herinneringen zijn geen leven, ze zijn de dood van alles wat er nu is.

Maar dat wist ik toen nog niet.

Ik wist alleen dat de weg voor Hub en Ev nu vrij was. Na een fatsoenshalve ingelaste pauze konden ze zich, misschien zelfs zonder zich de wrok van Erhard op de hals te halen, aan elkaar overgeven, man en vrouw worden, kinderen krijgen, samen oud worden, en ik gunde het hun met heel mijn hart, een hart dat dan wel knaagsporen vertoonde, maar sterk genoeg was om het allerliefste wezen dat ik kende het allerbeste op aarde te wensen.

En zo nam het noodlot zijn beloop.

9

Ik maak me zorgen.

Het is net of de hippie mij sporen van een melancholie toont die me aanvankelijk totaal niet waren opgevallen.

Altijd was hij vrolijk, vrolijk als een neger. Ik bedoel dat niet laatdunkend. Neger, dat zeg je tegenwoordig niet meer, wat ik raar vind. Wat is er mis met het woord 'neger'? Bij spleetoog ligt dat anders. Dan klinkt Aziaat toch beleefder. Misschien zou je in plaats van neger dus Afrikaan moeten zeggen. Maar zwarte? Ik weet het niet.

Ik zou daarover best een stevig debat met de hippie willen voeren, maar hij is futloos. Vroeger toonde hij jegens mij een nieuwsgierigheid die nu geleidelijk aan verdwijnt, krijg ik de indruk. In dezelfde mate dat ik zijn belangstelling een paar dagen geleden nog opdringerig vond, ervaar ik nu de afnemende intensiteit ervan. Dat merk ik omdat de hippie minder mededeelzaam wordt en minder om mededeelzaamheid vraagt.

Soms ligt hij zelfs met doffe ogen voor zich uit te staren, als een slome duikelaar. Dat melancholieke past helemaal niet bij hem, want melancholie en een hoge mate van intelligentie zijn immers twee kanten van dezelfde medaille, en zo heel intelligent is de hippie nu ook weer niet.

Ik ben wel heel intelligent, en daarom ben ik een melancholicus.

Kant heeft er immers ooit op gewezen dat de melancholicus een voortreffelijk gevoel voor het verhevene bezit omdat hij zijn aandacht altijd eerst op problemen richt. Hippies doen dat natuurlijk niet. Hippies richten hun aandacht nooit op problemen, maar op uitgestrekte graanvelden, en daarom zingen ze de hele tijd 'Happy sunshine' en 'Take it easy'. Voor hippies zijn moeilijkheden als muggen die je doodslaat, maar het beeld gaat mank, want hippies slaan geen muggen dood, maar stellen zich voor hoe het is om over duizend jaar als mug terug te keren. Dat zijn nou niet echt gedachten die verhevenheid uitstralen. Ook lang, ongewassen haar en jezus-sandalen hebben helemaal niets van doen met verhevenheid. De met melancholie en verhevenheid gepaard gaande egocentrische houding heeft de hippie al evenmin, anders zou hij niet steeds naar andermans baby's zitten te staren en van ze genieten alsof ze van hemzelf waren. Ik weet dus bij god niet waarom hij zo'n grimas trekt.

'Waarom zegt u zo weinig?' vraag ik.

'Wat?'

'Waarom u zo weinig zegt.'

'Ach, dat lijkt maar zo.'

'Is de cannabis soms op?'

'Nee.'

Ik zeg toch al dat de hippie anders is dan anders. Ik vraag me af of het misschien iets met mijn verslag heeft te maken. De ergste dingen komen nog, en ik ben echt niet van plan ze weg te laten. Ja, ik moet toegeven dat ik me op de een of andere manier wel opgewekt voel. Het is toch enorm en reusachtig, zou Hub zeggen.

'Mag ik je iets vragen?' zegt de hippie dan eindelijk, maar zonder me aan te kijken, zodat me alleen de schittering van zijn schedel-schroef treft, waarop een kleine, gele zonnestraal afketst.

'Natuurlijk.'

'Waarom ben je zo goedgemutst?'

'Is dat zo? Ik ben me er niet van bewust. Maar ik vind wel dat nachtzuster Gerda heel attent voor ons is. De dokters zijn aardig. Ik heb geen hoofdpijn. En we kunnen het goed met elkaar vinden, of niet dan?'

'Ja, maar ondertussen vertel je wel de vreselijkste dingen. Man, dat is echt ongelooflijk. Heeft die arme drommel echt zijn pink afge-hakt? En heb je echt al die mensen om je heen in de gaten lopen houden?'

'Dat was het werk van mijn broer, ja. Mijn taak was meer...'

'Dat weet ik al.'

'Het is nu eenmaal geheime diensten eigen dat ze bizar zijn.'

De hippie draait zich naar me om en kijkt me in de ogen.

'Leidt je verhaal ook ergens naartoe of is het alleen maar een op-eenvolging van dingen die echt niet cool zijn?'

'Wat ik u hier vertel,' zeg ik, en ik las een van die van Erhard Snei-per afgekeken opzettelijke pauzes in, want ik voel dat ik moeite doe om mezelf en mijn verhaal interessant te laten lijken, want ik wil, nee, ik moet ermee doorgaan, 'wat ik u hier vertel, zal een gruwelijke ballade uit de wilde dagen van de Koude Oorlog worden. Een politiek leerstuk, zo u wilt, over de continuïteiten van de recente internationale geschiedenis. Voor u ligt een man die de lotsbestemmingen van dit land heeft bepaald op een manier zoals u zich echt niet kunt voorstellen.'

'Neem me niet in de maling!'

'Ik neem u niet in de maling.'

'Onzin.'

'Vraag het de politieman die voor de deur zit.'

'Je broer heeft stennis geschopt, daarom zit-ie hier.'

'U zult nog wel horen waarom ik die kogel in mijn kop heb.' Ik wijs ernaar. 'Maar u had gezegd dat ik bij het begin moest beginnen. En ik ben nog steeds bij het begin.'

Hij keert zich weer af en pakt zijn boeddhistisch-visjnoeïtisch-shak-tiïsch-sjamanistisch lesboek. Het is voor een hippie misschien nog wel het makkelijkst om in verlichting te geloven, dus in een moment waarop Onze-Lieve-Heer of Joost mag weten wie een lichtknop omdraait, waarna alles, pats, in één keer helverlicht is. Maar zo functioneert wetenschappelijke vooruitgang natuurlijk niet. Wetenschappelijke vooruitgang vloeit voort uit een eindeloze reeks nederlagen. Want alleen door schade en schande word je wijs. Dit projectiel recht in mijn voorhoofd zou me waanzinnig wijs moeten maken, want dat is de grootst denkbare schade die je je kunt voorstellen. En misschien lukt het me ook daarom de stenen nu langzaam bij elkaar te leggen. De stenen die vroeger steeds weer weggleden alsof Sisyfus ze mijn leven heeft binnengesleept. Die zinloze stenen waarmee een architect als ik nu ook echt zijn huis bouwt. Zijn huis van kennis. Ik snap wel dat de hippie er niet in wil wonen. Wie wil dat nou?

Ja, ik heb hem ongetwijfeld melancholiek gemaakt. Hij wordt 's morgens altijd veel eerder wakker dan de eerste weken. Eetlust heeft hij niet. Mijn toetje hoeft hij niet meer, omdat hij aan zijn eigen al te veel heeft. (Zelf heb ik wel steeds meer eetlust gekregen: de gries-

meelpap was vanmorgen schoon op.) Hij voelt zich – volkomen onterecht – schuldig omdat hij naar me luistert, denk ik.

'Voelt u zich schuldig omdat u naar me luistert?'

'Zal ik je eens wat zeggen? Jij vindt me dom.'

'Nee, absoluut niet.'

'Jij vindt mij niet intelligent, maar je vindt jezelf wel intelligent
omdat jij ooit eens aan een studie bent begonnen en jouw aristocratische ouders je hebben volgestopt met schilderijen en Goethe. Ik
heb geen diploma, en mijn vader heeft zich verhangen omdat hij aan
zware depressies leed, en toch geloof ik in het zevenvoudige pad. Ik
ben swami geworden omdat de Europese weg flauwekul is met zijn
gerichtheid op de wil. Ik geloof in willoosheid. Jij denkt net als de
meeste Europeanen dat de wil belangrijk is. Maar wie een wil heeft,
heeft ook een standpunt. Die laat God niet in al zijn verschijningen
tot zich spreken. Die is niet *groovy*. Ik veroordeel je niet om wat je
hebt gedaan. En ik heb het vermoeden dat mijn gebrek aan een
standpunt de voornaamste reden is dat je je verwaardigt om zoveel
tijd aan me te besteden. Want eigenlijk vind je jezelf superieur en
denk je dat ik alleen interessant ben omdat ik je biografie aanhoor.'

'Het spijt me dat u dat zo ziet.'

'Hoe zou ik het anders moeten zien? Jij bent een schitterend mens
omdat ieder mens schitterend is. Maar wat je me vertelt, dat wil ik
eigenlijk niet tot me laten doordringen, ik wil er geen standpunt
over hebben, en daarom ben ik zo vreselijk moe.'

De transparantie van zijn verdriet is ongelooflijk. Ik zou het liefst
opstaan en een buiging voor hem maken. Helaas laat mijn trots dat
niet toe, want hij is wel even dertig jaar jonger dan ik.

'Misschien ben ik zo goedgemutst,' begin ik, 'omdat u me laat uit-
praten.'

'Ja, ik ben je therapeut, dat is ook prima, maar het vraagt alleen
zoveel van je.'

'Maar wilt u wel weten hoe het verdergaat?'

'Natuurlijk wil ik het weten, omdat u het wilt weten.'

'Ik weet het al.'

'Niemand weet ook maar iets over zichzelf. Alleen God weet alles
over jou.'

10

De zomer van negentiennegenendertig was de warmste zomer sinds mensenheugenis. De stad was één grote bakoven. Het water van de blusvijver in het park begon te borrelen. Dode karpers stegen op naar het oppervlak en paardenkoetsjes liepen vast in de gesmolten teer. Als ik 's nachts het balkon opzocht omdat ik niet kon slapen, zag ik in de verte dat de bosbranden de horizon aantastten. Om aan de hitte te ontsnappen reed ik vaak met de nieuwe DKW, mijn grote trots, naar het brede strand van Wezahken, waar ik kon zwemmen. Af en toe nam ik Donald mee. Hij had, zoals zoveel Amerikanen, geen flauw idee waar hij zich nou eigenlijk bevond. En dan te bedenken dat Donald al jaren als Russisch correspondent voor de *Chicago Tribune* werkte, zonder overigens ooit een voet in Rusland te hebben gezet. Hij had de Sovjetautoriteiten indertijd niet de garantie willen geven dat zijn reportages positief zouden zijn; zo verspeelde hij zijn accreditatie voor Moskou en sindsdien probeerde hij in deze voor hem geheimzinnige grensstad aan nieuws te komen. Hij haatte Stalin zo erg dat hij hem er zelfs voor aanzag uit laagheid en verveling de woestijntemperaturen in Midden-Europa te hebben veroorzaakt. 'De rooien zetten half Siberië in brand om de atmosfeer geweld aan te doen. *Carbon dioxide, you know?*'

Ik voedde hem met de nodige tegen de Sovjets gerichte griezelverhalen die ik als SD'er rondstrooide. Uiteraard legde ik ook een dossier over hem aan, aangezien hij als buitenlander onder mijn bevoegdheid viel. Daarvoor maakte ik gebruik van de lichtblauwe systeemkaarten die Hub me voor dit doel had doen toekomen, vulde in de desbetreffende vakken de gewenste gegevens in, wist niet goed wat ik bij 'raciale kenmerken' moest vermelden, koos op grond van zijn Ierse aardappelneus voor 'noords-dinarisch', zette er tussen haakjes nog 'van een verwant ras' achter, want je weet maar nooit wie zoiets leest. Verder viel er weinig te noteren. Donald Day had een koddige naam, was een potige en luidruchtige yankee uit Philadelphia en hield ervan om op het strand op kreeftjesjacht te gaan. Hij was mijn buurman in het vrijgezellenparadijs in de 'voorburcht', een blok met chique huurappartementen pal naast het Amerikaanse consulaat, waar ik sinds twee jaar woonde.

Soms sleepte Donald me mee naar de bars waar de kleine Amerikaanse gemeenschap van Riga zich vermaakte en op een avond stelde hij me voor aan een danseres, een negerin, nou ja, Afrikaanse, maar ze kwam uit de Cariben. Ze heette Mary-Lou en leerde me een beetje Engels, wat me later nog van pas zou komen, bij de CIA. Mary-Lou rookte als een ketter, had kroezend staalwol op haar Nefertiti-hoofd, en alles aan haar was onverstoorbaar, zelfs haar antraciet-zwarte huid, die ik op een schitterend gewaad vond lijken. Ze had geen spatje vet aan haar lichaam en haar spieren kon je stuk voor stuk zien liggen. In wezen hadden we niets anders dan verlangen naar elkaar, en we gingen vooral uit om van dit verlangen bij te komen of om ons op het verlangen voor te bereiden. Ze had grappige namen voor me, noemde me 'Shnitzl' als ik gebruind haar dancing binnenkwam, of 'Fried Chicken'. Ze was gek op vlees, het waren dus koosnaampjes.

Ik mocht haar graag, echt heel graag, vooral als ze slechtgehumeurd was. Dan zat ze in mijn enorme witte badjas in de keuken, pafte een van mijn eveneens enorme sigaren en antwoordde als ik vroeg of ze mee ging wandelen: 'Don't make me Kopfschmerzen, baby. Make yourself Kopfschmerzen.'

Als ze goedgehumeurd was, droeg ze nooit mijn badjas, dan liep ze het liefst de godganse dag spiernaakt rond, ging in haar blootje aan de keukentafel zitten, nipte daar in haar blootje aan haar koffie en zwaaide in haar blootje naar de jochies die haar vanuit het huis van de buren als een fata morgana aanstaarden.

Om Mary-Lou had ik flinke ruzies met Hub. Hij vond me onuitstaanbaar omdat ik in alle openheid met 'een bastaard van een vreemd ras' over de Dünapromenade liep te paraderen. Dat was geen gezonde instelling. In Berlijn hadden ze er ook al van gehoord, en daar viel wat ik aan het doen was onder de rassenwetten van Neurenberg.

Ik doe het ook niet in Berlijn, zei ik, maar in mijn slaapkamer, en daar heb je geen wetten.

Hub was bezorgd dat ze mij niet tot de ss zouden toelaten als de oorlog zou uitbreken en de Wehrmacht Letland zou binnenmarcheren, wat volgens hem elk moment kon gebeuren. Hij had toch al veel zorgen, die om zijn fraaie lippen een verbeten trek hadden getekend. Hij was inmiddels drieëndertig. De leeftijd waarop Alexander de Grote stierf. En Jezus Christus. Mijn broer, die tot dan toe een rijk noch een religie had gesticht, kreeg het op zijn heupen en vroeg zich af of zijn grote tijd ooit nog zou komen.

Een nog grotere tijd kon ik me echter helemaal niet voorstellen. Ik leefde in een rapsodie van zinloze en plezierige bezigheden, vond tijd voor landverraad en schilderen naar naaktmodel (Mary-Lou bleek talentvol op dat gebied), stond graag laat op en organiseerde daarna voor de jeugd en zonder er veel moeite voor te hoeven doen spelletjes in de buitenlucht, oefenmarsen, schieten met klein kaliber pistool, kaartlezen, doelen besluipen, door het terrein tijgeren en kruipen, afstanden schatten, berichten versturen en camouflage-oefeningen, dus gewoon alles wat kinderen en dictators in die tijd heerlijk vonden. Iedereen eigenlijk. De nationaalsocialisten hadden onder de Baltische Duitsers allang gezegevierd. Over de hele linie. Alles wat liberaal was, was weg. De Letse Staat vocht tegen ons.

Maar wat stelde de Letse Staat nou helemaal voor.

Erhard Sneiper, die idioot, was opgeklommen tot president van de Duitse volksgemeenschap. Kārlis Ulmanis waagde zich niet in zijn buurt. Ik herhaal: de dictator waagde zich niet in de buurt van die idioot. Dat moet je je eens voorstellen (normaliter is het omgekeerd).

Nee, het was zonder twijfel een grote tijd.

Hub was de kroonprins, en eigenlijk had hij een triomfaal leven kunnen leiden. Maar in die tijd sloop er voor het eerst iets grimmigs in zijn karakter.

Dat had er vast en zeker ook mee te maken dat hij onzeker was over zijn verhouding met Ev. Het schandaal dat zou ontstaan als je met je eigen zus openlijk als paar voor de dag zou treden, ging hij uit de weg. Niet alleen zou papa dan door een nieuwe beroerte en mama door de verachting van alle verwante en niet-verwante baronessen zijn getroffen, ook Erhard zou hem dat niet hebben vergeven, want ofschoon hij ons nog altijd zijn Bourgondiërs noemde, was Ev toch de wonderschone, verloren rozentuin die hij had vervloekt als eenmaal de dwergenkoning Laurin: bij dag noch bij nacht zou een mensenoog hem ooit nog zien. En hoewel Erhard was hertrouwd met een lethargisch blondje, dat weerloos was tegenover alle elementen van het animale, en hoewel hij aan het maatschappelijk oppervlak Ev met opgeruimd gemoed tegemoet trad, achtervolgde hij haar in het geniep toch met een wrokkige haat die hem opvrat. Ik zag het aan zijn gezicht, waardoor ik me op de een of andere manier ook opgelucht voelde, want hij had het dan ook werkelijk verdiend.

Maar voor Hub en Ev betekende dit gezicht gevaar, zodat ze op hun hoede moesten zijn.

Ze woonden in een door hoge bakstenen muren omsloten huisje, dat Ev spottend 'onze Sing Sing' noemde. Naar buiten toe woonden ze er in volkomen onschuld, zoals broer en zus soms nou eenmaal wonen. Hij veinsde dat hij een steun voor zijn gescheiden zus wilde zijn omdat ze na haar scheiding psychisch labiel was geworden en min of meer geestelijke hulp nodig had.

Maar daar klopte niets van. Ev had uit haar kinderjaren dan wel een talent voor hypochondrie meegenomen, klaagde vaak over hoofdpijn en dacht onmiddellijk aan een tumor als ze pijn in haar buik had. Je moest ook eindeloos lang haar zorgen over een bepaalde levervlek onder haar linkeroksel aanhoren, de levervlek betasten en alles lezen wat ze je over levervlekken aanraadde. Een keer nam ze de röntgenfoto van haar linkerhand voor me mee, enkel en alleen omdat ze dacht dat deze hand binnenkort zou breken. Ze toonde me zelfs de plek waar dat zou gebeuren, het was bij de kromming van haar duim.

Wat haar verdriet over het verlies van eer en Erhard betrof: dat was er gewoon niet. Ze wilde alleen Hub aan haar zijde, hoopte op een voorspoedig einde aan het verstoppertje spelen, want ze kon in het openbaar nooit intiem met hem zijn. Een kus of ritueel tussen geliefden was niet mogelijk, en ze moesten hoe dan ook voorkomen dat er een kind kwam.

Toen Ev desondanks zwanger raakte en Hub haar onder druk zette om de baby weg te laten halen, daalde er een soort gazen sluier tussen hen neer die zelfs ik amper opmerkte, een smartelijk-gedistantieerde welwillendheid waarmee ze meestal met elkaar omgingen wanneer ik – de enige die hun geheim kende – op bezoek kwam.

In maatschappelijk opzicht boekte mijn zus vooruitgang, ze werd in beslag genomen door haar werk als arts. Ze ontving zelfs een keer een orde, de Letse nationale Orde van de Drie Sterren, omdat ze bij een spoedoperatie het leven van een zwaarlijvige Letse minister had gered. De spoedoperatie moest in een openluchtbad plaatsvinden, ten overstaan van vijfhonderd badgasten die met open mond toekeken, dat was het bijzondere.

Ik vond haar in haar doen en laten minder speels en veel eenzamer dan vroeger. Haar glimlach zag je minder vaak, maar die kon nog wel altijd aanstekelijk werken op kamers vol mensen. De mensen hielden van haar, vooral haar patiënten hielden van haar, en of ze nog van zichzelf hield, vroeger een kenmerk van haar op zichzelf gerichte natuur, waarmee ze graag de spot dreef, kon ik niet beoordelen, hoewel we overal over spraken, althans over het meeste, in elk geval over al haar aandoeningen.

Zodra de dingen anders liepen dan ze zich had voorgesteld, kon ze nogal eens uit haar slof schieten en ging ze er temperamentvol tegenin, waarbij ze met haar kleine, stoutmoedige hand op iemand wees, net als vroeger.

Zo wond ze zich er mateloos over op dat Hub zich principieel keerde tegen een bezoek van Mary-Lou aan Sing Sing. Ze vond dat bekrompen en zei dat ook.

En dus ontmoette ze mijn vriendin en mij in het café aan het Wöhrmann'sche Park, en we hadden echt lol met z'n drieën. Te midden van alle verwaande, decadente en de zo op het oog voor een golfbaan geklede betere kringen zei Mary-Lou: 'Sorry, I have to go to the kaka-house', ging staan en zweefde heel elegant naar het damestoilet. Iedereen, werkelijk iedereen keek haar na, ongeveer zoals je de Elephant Man nakijkt.

'Ik ben jaloers,' zei Ev, en aan de manier waarop ze al glimlachend haar mondhoeken naar beneden trok, zag ik achter de Himalaya van haar koketterie vooral een soort verbazing over zichzelf.

'Hoezo dan?' vroeg ik geschrokken.

'Het is vast fijn met haar?'

'Ja, we kunnen het goed met elkaar vinden.'

'Je weet toch wel wat ik met fijn bedoel?'

'De liefde?'

'En de orgasmes.'

Ik zei niets.

'Heeft ze veel orgasmes?' vroeg Ev, zoals zo vaak verbazingwekkend lomp. Ze nam kleine slokjes van haar Campari, alsof het allemaal niets voorstelde, en ik had haar op dat moment vreselijk graag verteld dat de kleur van haar drankje door dezelfde gekookte schildluizen was ontstaan als papa's karmozijnrood, want wie drinkt nou graag geplette insecten?

'Je bent onmogelijk,' zei ik in plaats daarvan.

'Hoezo?'

'Wat zou je zeggen als ik naar Hubs orgasmes zou informeren?'

'Dat zou je niet doen. Dat heb je nog nooit gedaan. Het interesseert je niet. En jij bent ook geen arts. Ik vraag het puur uit medische belangstelling.'

'Je vraagt het puur uit medische belangstelling?'

'Jij denkt heus niet dat ik het puur uit medische belangstelling vraag! Dat zeg ik alleen omdat ik zo amusant en vervelend ben.'

Gewoonlijk hield ik ervan als ze weer het kleine meisje werd aan wie het voorbehouden was alleen maar lieftallig te zijn en haar twee broers voor altijd ongelukkig te maken. Maar ditmaal had het geen effect. Ik werd bevangen door een milde droefenis, heel even maar, en Ev merkte dat, zoals ze altijd alles merkte, en ze pakte mijn hand en zei op een andere toon: 'Neem me niet kwalijk, neem me niet kwalijk, lieve Koja. Ze is echt betoverend, werkelijk waar. Je bent een geluksvogel. En zij is een grote kleurige regenboog.'

Mary-Lou was enthousiast toen ze van de wc terugkwam en het Duitse adresboek van het café dat ze naast de telefoon had gevonden meenam: '*Oh, my gosh!*' schreeuwde ze, en ze spelde de titel: '*Förnsprecktailnömervörzeiknis.*' Ze jubelde: '*It's a poem for a phone book.*'

Ev moest lachen, haar hart was zo wit. Tussen dit wit en Mary-Lou's kleurige regenboog wilde ik eeuwig de dagdief blijven, de nietsnut en uitvreter waarvoor mijn broer me aanzag. Het was een dromerige idylle, het waren kleuren die in stilte feestelijk waren van zichzelf, die ik absoluut wilde onthouden, maar later voor de ezel ontglipten ze me, net als mijn eigen leven.

In werkelijkheid zaten we elke seconde en die hele zomer op een vat buskruit. Adolf Hitler was op het hoogtepunt van zijn macht, had zonder een schot te lossen een hele reeks landen ingelijfd, de van geluk ijlende Oostenrijkers bijvoorbeeld, in totaal een landmassa zo groot als Groot-Brittannië, met vijfentwintig miljoen inwoners. Het leek een kwestie van tijd dat ook het kleine Letland aan de beurt kwam. En deze verwachting nam bij ons van week tot week toe, terwijl de dagen klimatologisch almaar tropischer werden. Ik weet nog dat de meteorologische dienst zich krakend in de ether meldde: 'Eerst nog warm en zwoel, later afkoeling uit het westen.' Donald Day zei dat zijn regering overwoog de ambassade in Riga te evacueren en alleen de consul op zijn post te laten, en dat was de enige afkoeling uit het westen die hij kon voelen, zei hij.

'*My heart aches when I think of the Baltic States,*' verzuchtte hij, en hij keek om zich heen in de Letse spelonk waar we zaten, een borrel voor onze neus, en brulde de weinige gasten plotseling toe: '*We're all dead men drinking!*' Vervolgens barstte hij uit in zijn hoestende, homerische gelach, schaterde het uit, kneep schaterlachend zijn ogen dicht en sloeg zijn glas achterover.

Op Hubs vierendertigste verjaardag reisde ik naar onze datsja aan de Stintsee. Het zou een bescheiden feestje worden, maar voor onze familie leidde het ertoe dat voor haar alles anders werd.

Mama en Anna Ivanovna hadden samen een grote Baltische verjaardagskrakeling gebakken.

Papa sliep bijna de hele dag onder de grote appelboom, waaraan tientallen onrijpe roodwangige herfstcalvilles glansden, die op elke verjaardag van Hub onze Großpaping roemden, wiens graf 's ochtends was bezocht, zonder mij.

Ik had namelijk besloten om Mary-Lou aan mijn familie voor te stellen, niet omdat ik dat wat er tussen ons was nou zo serieus nam, maar omdat ik geen reden zag een avontuurtje te verbergen dat me nu eens niet gek maakte maar me gewoon goeddeed.

Mary-Lou had gedacht dat ikzelf de jarige was en had drie uur eerder, toen iedereen op bedevaart was naar Großpapings graf, een woeste verjaardagsboogie voor me gedanst, exclusief voor mij, gekleed in niets anders dan mijn pastelverven, die ze kunstzinnig op haar lichaam had geschilderd, zodat haar gezicht nog een beetje ultramarijn en haar enkels zilverachtig glansden toen we uiteindelijk voor ons bezit stopten.

Ev was werkelijk een schat, ze pakte Mary-Lou kameraadschappelijk bij de arm en liet haar onze zeilboot en het kristalblauwe meer zien, misschien om bij haar herinneringen aan de Cariben op te roepen. Mama gedroeg zich afwijzend, want zij kon zich negerinnen alleen voorstellen op katoenplantages en ze wist misschien ook niet goed wat mijn relatie met haar was.

'Wil hij ons nu laten zien,' vroeg mama later, 'dat hij zich inmiddels een dienstbode kan permitteren?'

Papa daarentegen leefde zichtbaar op, herinnerde zich wellicht oude gewoonten en begon vanaf zijn appelboom naar Mary-Lou toe te roeien. Helaas hadden ze hem voor zijn eigen veiligheid aan de boom vastgebonden. Donald verheugde zich niet echt over 'nikkerbloed' en Erhard en een paar kameraden uit de Beweging stelden zich neutraal op of waren hooguit verbaasd.

Hub echter veranderde op slag in een ijspegel, midden in de plakkerig-zwoele hitte, misschien zou je beter zoutpilaar kunnen zeggen. Hij verdween achter het huis. Daar troffen we elkaar.

'Wat bezielt je?' siste hij tegen me. 'Je maakt ons op mijn verjaardag en Großpapings sterfdag tot het mikpunt van spot.'

'De rassenwetten van Neurenberg zeggen er niets over,' reageerde ik. 'Ik heb het nagezocht. Je mag niet met een mulattin trouwen, maar verder mag je alles.'

'Als de oorlog komt, ziet de wereld er heel anders uit. Dan is er niemand meer die jouw rekeningen betaalt voor het feit dat je met een Amerikaan zuipt en met die Sarotti-moor het bed in duikt.'

'Wat wil je daarmee zeggen?'

'Je gedraagt je on-Duits. En jouw enige levensverzekering is Duits te zijn. Weet je wel wat rassenschande betekent?'

'Weet jij wel wat incest betekent?'

Hij knipperde met zijn ogen en ik dacht even dat hij me wilde slaan. Maar toen wiste hij het zweet uit zijn nek en mijn driestheid uit de mijne en keek me somber aan.

'Je hebt geen opleiding, Koja. Je hebt niets geleerd. Je schildert 'ns een keer een aquarel en verwaarloost jezelf, dat is alles. Je bent arrogant en niet erg geëngageerd. Erhard heeft Berlijn gemeld dat hij geen hogere taken voor jou ziet weggelegd.'

'Erhard is een klootzak.'

'De enige klootzak die je helpt is die klootzak. Of mij. Daarom hebben we hem voor mijn verjaardag uitgenodigd.'

'Jíj hebt hem uitgenodigd, wíj niet.'

Hij kwam een stap dichterbij en legde een hand op mijn schouder, maar er zat geen troost in dit gebaar, alleen nadrukkelijkheid.

'Onze enige toekomst is de ss. Dus verkloot het niet.'

Pas nu merkte ik dat hij over zichzelf sprak. Over zijn eigen zorgen. Niet over de mijne. Hij was een mislukte theoloog, ik een gesjeesde architect. Hij was bang dat ik de schittering van hem stal, misschien zijn hele loopbaan, een schitterende sterrenloopbaan. Het Alexander de Grote en Jezus Christus worden. Omdat ik niet strak genoeg in het gelid stond. En met de verkeerde mensen sliep.

Ik werd me er opeens van bewust hoeveel meer hij was veranderd dan ik ooit had kunnen denken. We stonden zwijgend tegenover elkaar, in een stekende zon, en toen kwam Mary-Lou de hoek om gehuppeld en zong 'Happy birthday', een lied dat niemand behalve zijzelf kende: Hub moest de cadeaus uitpakken.

Voor de feestelijke overhandiging van de cadeaus verzamelden we ons op de veranda. Mijn broer kreeg een motorbril van nappaleer, Hörbigers *Glazial-Kosmogonie*, gebak, een jachtmes, een Fins mes, een zakmes (het was destijds een mooie tijd voor messen), een blikje lampreien, een malt whisky (van mister Day), nog een zakmes, maar nu een met een nagelschaartje, twee dubbele eierdopjes met een meanderend motief (Pompejische hakenkruisen, of eigenlijk Griekse) en een door mama gebreide Noorse trui, die hij ondanks de hitte moest passen.

Mary-Lou's geschenk pakte hij als laatste uit, een gezelschapsspel in de originele Amerikaanse verpakking. Het heette monopoly en was eigenlijk voor mij bedoeld. Een vriendin had het voor haar uit New York meegenomen, want in Letland was het niet te krijgen. *'Oh honey, believe me, it's the hottest game in town,'* blies Mary-Lou zangerig in het oor van mijn broer, en ze opende het deksel. Het had iets te maken met stukken grond en huizenbouw en stond in Duitsland op de lijst van verboden spelletjes. Behalve de Amerikanen wist iedereen aan tafel dat. En de stemming was ernaar.

Ev zei dapper te midden van het onthutste zwijgen: 'Mooi, laten we dan nou maar geld gaan verdienen.'

Het feestvarken pakte een bundeltje papiergeld uit de doos, smeet het in de lucht, en we zagen allemaal hoe de vermoedelijk eerste windvlaag sinds uren de valse dollarbiljetten als confetti rond deed dwarrelen en onze tuin verrijkte. Toen kwam Hub overeind en verklaarde: 'Dit is een Jodenspel.'

Hij draaide zich om en beende in zijn veel te kleine Noorse trui weg. Ev glimlachte nauwelijks merkbaar, plukte een roze biljet van honderd dollar van haar sleutelbeen, excuseerde zich en liep hem achterna. Een poosje later hoorde je hem op gepaste afstand iets schreeuwen. Zij schreeuwde terug. Ik concentreerde me op de weelderige kastanjebomen in de tuin, die boven de bedremmelde stilte van onze tafel ruisten, en toen dacht ik aan Großpaping en stelde me voor hoe het is om onder water te worden geduwd en mensen te horen lachen terwijl je gruwelijk aan je eind komt.

'*Koja, did you like the party?*' vroeg Mary-Lou me op de terugweg.

'En jij?' was mijn wedervraag.

'*Well, I think it was definitely not a party.*'

Toen ik later in mijn bed lag te woelen van de hitte, slapeloos en gekweld door het besef van ouder worden, drong het pas tot me door dat mijn broer en ik voor het eerst na een hevige ruzie niet samen een appel uitgekozen, met kruistekens gezegend, in stukken verdeeld en opgegeten hadden, 'Hosanna in de hemel' mompelend, de verzoenende, kalmerende en ongepaste gebedsformule, zoals mama en Anna Ivanovna die ons ooit hadden geleerd. Ik schrok ervan, en als ik erover nadenk geloof ik dat dit verzuim de kern van alle volgende ruzies in zich droeg.

Een week later brak de oorlog uit.

De Wehrmacht vermorzelde Polen. 'Als een zachtgekookt ei,' zei Donald Day. Erhard vloog naar het bezette Krakau, naar meneer Himmler, die hem vertelde dat ook Letland zou ophouden te bestaan, zij het dat niet het Rijk maar de Sovjet-Unie zich plechtig over dit territorium wilde ontfermen. Dit zou Stalin in een geheim verdrag met Hitler zijn toegezegd.

We waren met stomheid geslagen. Een geheim verdrag met Stalin? Wat hield dat in? Een ander woord voor perverse schenking? Vooral Hub, die niets op de wereld zo haatte als de communisten, reageerde met ongeloof en de van Opapabaron overgeleverde Russische vaststelling: 'Vjesma zamjetsjatjelno!' – heel opvallend. Nachtenlang kon hij niet slapen, en hij vroeg zich af waarom de geliefde Führer dit toestond. Hoewel Hub zich allang van zijn geloof in God had afgekeerd, ging hij zelfs naar de dom en zonk op zijn knieën voor urenlange stille gebeden. Hoe kon je de moordenaars van onze Großpaping toestaan om terug te keren, terug naar Riga, terug naar de pastorie in Neugut, terug naar de St.-Petrus-kathedraal, waar dit jaar voor de twintigste keer de protestantste martelaar van negentientien werd herdacht?

En ook voor de in het teken van zijn geloof gesneuvelde, rechtschapen, waarachtige, trotse, onbuigzame en in een aardappelzak verdronken Hubertus Konstantin Solm zou zoals altijd een gewijde kaars branden. We waren niet bij machte het naderende onheil aan onze ouders mee te delen. Wij mochten het ook niet, want dit streng geheime staatspact was alleen bekend bij Erhard, Hub en mij, het in oorsprong blonde, maar door haaruitval geteisterde triumviraat van de Beweging, die allang elke oppositie binnen de Baltische samenleving had uitgeschakeld.

Om onze landgenoten voor het Rode Leger in veiligheid te brengen werd halsoverkop een gigantische verhuisoperatie op touw gezet. De tachtigduizend Letse Duitsers moesten als een indianenstam hun tipi's afbreken om die in het veroverde Polen weer op te bouwen, zonder evenwel de oude jachtgronden ooit nog te mogen aanschouwen.

Het was een onherroepelijke exodus.

Erhard en Hub namen als hoogste leiders van de etnische Duitsers de voorbereidingen op zich. Alle kranten berichtten over hen. Mama was maar wat trots. Door al haar verdriet over het onverwachte verlies van het vaderland, dat onze voorvader Wolfram von Schilling in de twaalfde eeuw onder het kruis van de Here Jezus had ontrukt aan de inheemse bevolking (en inheems bleven ze voor mama tot aan het einde van haar dagen), door deze hele fysionomisch versterkte bekommernis heen glansden haar ogen van blijdschap toen ze in een van de laatste edities van de *Rigasche Rundschau* haar prachtige Hubsi, ja, zelfs haar eeuwige Hubsileinchen ontdekte. Onder een foto die hem in half profiel toonde stond: *Ontruimingscommandant Hubert Solm spreekt zijn verzamelde ontruimingsmanschappen toe in het havenkwartier.*

Op de foto oogde de ontruimingscommandant als Clark Gable, niet in de laatste plaats door zijn nieuwe, dunne, gedurfde snor. Ook al was mijn broer dan nog niet Alexander de Grote, een positie die Erhard voor zichzelf opeiste (en die hij door een aanzienlijk grotere foto in de *Rigasche Rundschau* onderstreepte), hij was, zeker wat mama betreft, uitstekend op weg om toch op z'n minst Alexander de Kleine te worden.

Hub was belast met de afwikkeling van alle massatransporten. Hij was in wezen de baas van een reusachtig, duizendkoppig expeditiebedrijf dat de verhuizing van tachtigduizend personen en vijftienduizend boedels met miljoenen bagage- en meubelstukken binnen vier weken diende uit te voeren.

Duitsland stuurde een vloot passagiers- en transportschepen om de volksverhuizing over zee in goede banen te leiden.

Ik moest ondertussen zo veel mogelijk gegevens over fortificaties, geschutstellingen enzovoort in Letland verzamelen. Heydrichs adjudant droeg me dat telefonisch op. Aan het slot zei hij 'Heil Hitler', en ik zei het voor de eerste keer ook.

Mary-Lou was buiten zinnen. Ze sloot zich zelfs op in de keuken (om te voorkomen dat ik bij het eten kon) en hield dagenlang mijn witte badjas aan (uiteindelijk gaf ik hem aan haar). Ik kon haar geen klare wijn schenken, maar drong er bij haar op aan om zich zo snel mogelijk samen met Donald in te schepen naar hun vaderland.

Mary-Lou trok recalcitrant haar lippen op en zei: '*Poland is surely in a very bad mood. Don't they need a dancing queen?*' Daarna zei ze: '*I will miss you.*' En ten slotte, fluisterend bijna: '*I'm your smile and you're my sadness.*' Maar dat was al in de uitvoerhaven.

Geen van mijn geliefden zweefde ooit zoals zij, was zo onverstoorbaar en muzikaal. Misschien niet het meest stijlvast. Ik zal nooit vergeten dat ze een keer in het holst van de nacht met haar gutturale, eeuwen geleden in Congo of Senegal gevormde junglestem het 'Horst Wessel-lied' voor me heeft gezongen, zonder dat ze de betekenis ervan kende, alleen omdat ze de melodie mooi vond en meende mij daarmee een plezier te doen. In plaats van '*Die Fahne hoch, die Reihen fest geschlossen*' hoorde ik een koeterwaals '*Isch fahre noch, die Weine sind erschossen*'. De tranen biggelden over haar wangen en ze danste er zelfs bij.

Al onze huizen moesten leeggehaald, alle huisraad verpakt en alles wat overtollig was verkocht of weggegeven worden. Huisdieren mochten niet mee op Hitlers arken, en het geweeklaag en gejammer van alle kinderen die hun Putzi's en Bello's, Schnuffi's en Textors, Mohrchens en Stinkeminkes kwijtraakten aan een veel hogere poezen- en schoothondjessterfte dan normaal – helaas, helaas – weergalmden door de straten van Riga.

Mama sjorde onze spullen allemaal heel netjes vast. Opapabaron zaliger kreeg een eigen scheepskist met alle apachetooien en slagtanden die hij uit verre landen had meegebracht.

Aangezien Hub druk in de weer was met de evacuatie verzamelde ik in mijn weinige vrije uren de paperassen die we voor de inburgering in het Duitse Rijk nodig zouden hebben. Althans, ik deed er een poging toe, want het was een heidens karwei om alle geboorteakten, doopbewijzen, overlijdensregistraties, uittreksels uit het kadaster, huwelijksakten en getuigschriften uit de ondoordringbare Solm-dossiers veilig te stellen, documenten die met de zorgvuldigheid als was het brandstof waren beheerd. Ik maakte mijn moeder, die als oude Baltische dame de bureaucratische ijver van de Rijksduitsers niet begreep, milde verwijten omdat ze zo slordig met haar eigen geschiedenis omsprong.

'Maar dat is toch helemaal geen geschiedenis. Waarvoor is die hele santenkraam nou nodig?' vroeg ze me hoofdschuddend.

'Nou, bijvoorbeeld voor de ariërverklaring.'

'Wat is een ariërverklaring dan?'

'Die moeten we hebben om in Duitsland een goede baan te vinden. Dan moeten Hub en ik aantonen dat onze familie al twee eeuwen van Duitsers afstamt.'

'Maar we stammen helemaal niet van Duitsers af!'

Ik legde de dossiermap die ik juist in mijn hand had op het bureau en keek in haar rimpelige, enigszins verstrooide gezicht.

'Nee?'

'We stammen van de Ynglingen af!' beweerde ze. 'Daarom heet jouw Opapabaron immers ook Von Schilling.'

'Maar wat zijn die Ynglingen dan ook alweer?'

'Yngvi was de oom van Odin.'

'Wil je mij vertellen dat we van Odin afstammen?'

'Als je het voor die ariërverklaring nodig hebt...'

'Mama, we kunnen niet aan het Reichssippenamt vertellen dat we van goden afstammen.'

'Waarom niet? Het zijn Germaanse goden. Wat valt er op ze aan te merken?'

'Bestaat er over deze afkomst een document of zo, mama?'

'Nee, maar ik zweer het.'

Mijn ouders hadden zich nooit erg bekommerd om hun boekhouding. Met een boekhouder als zodanig hadden ze al evenmin veel op, want voor het werk dat hij deed, hoefde je over hersenen noch handigheid te beschikken, zoals ze af en toe verzuchtten, en op de ambtelijke belangstelling voor belastingaangiften reageerden ze met buien van de lamlendigst denkbare verveling, enkel en alleen omdat ze getallen maar verschrikkelijk gewoontjes vonden. 'Getallen zijn een hel, ze zijn de dood voor elke menselijke geest,' had papa altijd gezegd, en hij vergat altijd consequent al onze verjaardagen.

Mijn ouders vonden ambtelijke formulieren even storend als sibbearchieven, reden dat ik op mijn jacht naar onze afstammingscertificaten een berg stoffige dossiers aan het doorploegen was die papa in zijn rozerood gekleurde blijmoedigheid ooit een keer als kladpapier voor zijn schetsen had benut. Per slot van rekening waren hij en mama ook artistieke figuren, en in Riga had men ook van overheidswege vanouds meer respect voor de reputatie van een familie dan voor hun papierwinkel.

Vermoedelijk kwam het door deze totale desinteresse in de omgang met documenten dat ik nauwelijks bescheiden over Ev vond. In haar paspoort werden Anna Marie en Theodor Solm als ouders vermeld. In haar oude adoptiepapieren uit negentiennegentien, die ik tussen twee kookrecepten vond, ('O, wat machtig mooi, Kojasjka, schat, die heb ik al ééuwen gezóóócht'), stonden in elk geval haar biologische ouders vermeld, een zekere Marius Meyer, kinderarts uit Dünaburg, en zijn echtgenote Barbara Meyer, zonder beroepsaanduiding. Meer was er met de beste wil van de wereld niet te vinden. Zelfs geen geboorteakte. Ev zelf had ook geen verdere informatie. Ze had nooit iets om haar afkomst gegeven en dat deed ze nu ook niet, want ze was bezig haar werk in het ziekenhuis tot een goed einde te brengen.

Ik werkte me door Hubs geheime archief van geobserveerde en verdachte Balten. Maar uiteraard had hij over zijn eigen familie niets verzameld.

Ik was ontstemd, want midden in de enorme inspanningen en de hysterische druk om op tijd voor ons vertrek alle noodzakelijke dingen te hebben geregeld, zat er voor mij niets anders op dan zelf naar Dünaburg te gaan, tweehonderd kilometer reizen door een uiteenvallende natie. Onderweg kwam ik colonnes met binnenmarcherende soldaten van het Rode Leger tegen die zich op hun steunpunten installeerden, exterritoriale Sovjetpestbuilen die president Kārlis Ulmanis woekerend bezit liet nemen van zijn land, de enige kans om het definitieve uiteenvallen van Letland tegen te gaan of op z'n minst uit te stellen. Het was alsof je een vos toegang tot een kippenren verschaft om te voorkomen dat hij de boel opvreet.

In Dünaburg begon ik me toen voor het eerst zorgen te maken.

In de kerkboeken vond ik weliswaar de aantekening van het huwelijk tussen Marius en Barbara Meyer geboren Muhr. Maar in alle decennia ervoor was er geen enkele Meyer of Muhr ingeschreven.

Hetzelfde beeld in de geboorte- en overlijdensregisters. Blijkbaar waren de twee families hier pas later komen wonen, en nu moest ik wellicht in heel Letland, wellicht zelfs in het Duitse Rijk, zien te achterhalen waar de families vandaan kwamen. Je had dan wel zogenaamde sibbeadvocaten die je opdrachten tot uitgebreid onderzoek kon geven, maar het had er alle schijn van dat Stalin al heel snel het land zou inlijven. Als ons geboorteland echter eenmaal deel van de Sovjet-Unie zou zijn, was de kans verkeken om ter plaatse nog in betrekkelijke rust stamboomonderzoek te doen. Ik wist dat Ev voor een aanstelling als arts absoluut de grote ariërverklaring nodig zou hebben. Er was dus weinig tijd. Ik besloot om ter plekke mensen te zoeken die de Meyers hadden gekend. Omdat vader Meyer kinderarts was geweest, moesten er vrienden, buren of ex-patiënten zijn.

Ik overnachtte in een hotel in de binnenstad van Dünaburg en wist de volgende dag een Duitse notaris te vinden, die al op gepakte koffers zat en zich onledig hield met treuren over het verlies van zijn kantoor. Hij prees mijn broer ('Kranige vent! Hebt u de foto in de krant gezien? Net Clark Gable, zegt mijn vrouw, geweldig!'), snelde met mij naar het raadhuis, bekeek de nodige dossiers en vertelde me na tien minuten beleefd dat er nooit een kinderarts Meyer in Dünaburg was geweest.

Terwijl ik bleef zwijgen, stelde hij voor om alle denkbare sporen in de plaatselijke archieven te verzamelen om toch maar aanknopingspunten te vinden. We bladerden nogmaals alle evangelisch-lutherse kerkboeken door, ijverig maar zonder succes. Vervolgens bogen we ons over de boeken van de Grieks-orthodoxen, want in Dünaburg had je veel Baltische Duitsers die door de popes waren gestrikt Weer tevergeefs.

Het was inmiddels avond en we hadden de hele dag niets gegeten. De notaris keek me enigszins van onderaf aan, zijn door de honger verzuurde adem trof me als de stank van modder, en hij vroeg decent en met getuite lippen of de beste jeugdleider nog zin had het register van de Hebreeën te raadplegen, vermoedelijk ten overvloede, puur omwille van de vraag.

De beste jeugdleider was inderdaad hogelijk verbaasd, merkte zelfs dat zijn mond in de letterlijkste zin van het woord openstond, liep de stroperige avond binnen, werd omringd door dansende muggen die in de schemer actief werden en ging in het gras van Dünaburg zitten om daar tot het donker was niets dan twee knokige knieën te omarmen en op een vochtig gazon de aambeien te koelen die hem sinds Mary-Lou's vertrek plaagden.

's Nachts werd hij bezocht door verschrikkelijke visioenen, visioenen van grenzeloze verwikkelingen. Hij stond op, nam een aspirine, bedacht dat ook dit voor hoofdpijnzaken zo behulpzame tablet door een Jood was uitgevonden, de heer Eichengrün, zoals Ev hem een dag of wat geleden had verteld – waarom nou, waarom nou eigenlijk? – en hij zag dat als teken dat de ordinaire Jood als zodanig in de loop van de lange cultuurgeschiedenis niet alleen maar misdaden tegen de mensheid had gepleegd, maar meestal toch wel, en toen merkte hij dat het acetylsalicylzuur begon te werken en gleed hij weg in een zoete, Joods gesuikerde slaap.

De dag erop besloot ik een bezoek af te leggen aan het synagogebestuur.

De notaris had een collega meegenomen, een stokoude Israëliet, Moshe Jacobsohn geheten, die het Joodse keppeltje droeg terwijl hij Hebreeuwse teksten naploos.

Tot mijn grote opluchting vonden we geen personen met de naam Meyer of Muhr in de aantekeningen. We hielden een middagpauze om niet nog eens de fout van de vorige dag te maken. De heer Jacobsohn nodigde ons uit voor gefilte fisj en mijn humeur fleurde al een beetje op.

We gingen terug naar het archief om ook echt alle eventualiteiten uit te sluiten. Bij één naam keek de Jood even op en vroeg de notaris wanneer mevrouw Barbara Meyer geboren Muhr het levenslicht had aanschouwd. Dat was op veertien juli achttienachtenzeventig geweest, antwoordde de notaris. Op veertien juli achttienachtenzeventig, zei Moshe Jacobsohn verbaasd, was in Dünaburg kennelijk een Joods kind geboren dat niet Barbara heette maar Bathia, en het heette ook niet Muhr maar Murmelstein, en over Bathia Murmelstein, zei de Jood, stond in zijn boeken geen notitie over een bar mitswa en hij herinnerde zich die ook niet. Best mogelijk dat de ouders tot het christendom waren overgegaan.

En toen klaarde zijn gezicht plotseling op als een stralende zon, en hij zei: ja, nu wist hij het opeens weer, hij had natuurlijk van een Meyer gehoord, maar dat was geen kinderarts, hij had ook, en dat was geloofwaardig, Marian geheten, niet Marius, en hij was ooit ober, zelfs maître d'hôtel, in precies dat fijne hotel waar de waarde heer jeugdleider zich verwaardigd had zijn intrek te nemen, en de arme Meyer was destijds immers door de bolsjewieken doodgemept, doodgemept als een hond, en zijn vrouw ook, omdat ze naast de fraaie livrei van haar man zo'n elegante indruk maakte, alleen het kleine meisje had het overleefd, maar misschien ook niet, het waren barre tijden, en die Meyer was geen Jood, allang niet meer, zijn ouders waren al bekeerlingen geweest, werd altijd gezegd, maar dat meisje, dat arme meisje.

Misschien vindt u het niet de moeite waard, hoge therapeutische rechtspreker, om een gedachte te verspillen aan de toestand van een goedbedoelende man die binnen vierentwintig uur moet beleven dat de hele wereld op z'n kop wordt gezet. Natuurlijk zegt u vandaag de dag: wat maakt het nou uit of iemand Jood is of tennisser of dat-ie vis vangt in een dorp in Maleisië.

Het is zo moeilijk om daarvoor een verklaring te vinden.

Zodra je 'destijds' zegt, heb je al verloren. 'Destijds' betekent dat je in een land vóór onze tijd bent, maar dat land zit hier gewoon in je, beste metgezel, hier in dit oude hart, ik betreed het land Destijds terwijl ik erover praat, het is een land van mijn tijd, niet van de uwe, ik ben ermee verbonden, en wel in deze onaangename seconde. Ik kan me niet meer voorstellen dat de jonge man die ik ooit was een houding had die je antisemitisch zou kunnen noemen. Geloof me, dat staat heel ver van me af tegenwoordig. En omdat dat zo is, ben ik toch in deze onaangename seconde in het land Destijds en beschouw ik mezelf, zou ik zeggen, bij het antisemitisch zijn. Ik zie dus hoe ik voor deze oude Jacobsohn zit, die aan een maagaandoening lijdt, en voor de tactvolle notaris, midden in het kantoor dat onderdeel is van de synagoge, en zie hoe de aarde zich voor me opent en ik in een diep gat val, alleen vanwege een inzicht dat iedereen van uw leeftijd of eigenlijk van uw generatie koud zou laten. Ik ga door, maar dit moest een keer gezegd zijn, omdat melancholie u plotseling zo vertrouwd lijkt, mijn beste jonge en transitorisch onderschatte vriend.

Twee dagen en een hele reeks aspirines later was ik bij Anna Ivanovna en luisterde naar haar versie van het verhaal. Ze huilde zoals alleen Russinnen met een slecht geweten kunnen huilen, namelijk hartverscheurend. Destijds, twintig jaar geleden, vertelde ze snikkend, was haar neef midden in de bolsjewistische bezetting bij haar gekomen met die kleine Malysjka aan zijn hand. Wat snoezig was het duifje geweest en al half verhongerd, en als je het leven van Solnysjka wilde redden, dan moest een gezin voor haar zorgen, zei haar neef. Maar voor een Joods katje, wie zal zijn laatste calorieën aan haar geven? Dat vroeg ik me af, mijn Kojasjka. Ze was de dochter van een aardige ober met wie Vladimir goed bevriend was. We vroegen haar welk beroep haar goede vader had gehad, en zij zei dat ze dat niet wist, hij was er nooit, en dus maakten wij van de ober een arts, opdat de Tsjeka haar sporen niet kon terugvinden, en zo is het gebeurd.

Maar ze hebben niet tegen mevrouw willen liegen en niet tegen meneer, het ging toch om leven en dood, en mevrouw heeft een keer gezegd dat er bij haar geen Jood binnenkwam, zelfs geen gedoopte, natuurlijk niet, Kojasjka, mijn engeltje, want de Joden zijn vreselijke lieden, dan heeft dat Führertje van jullie toch gelijk (ik onderbrak haar en zei dat ze geen Führertje mocht zeggen, maar zoals alle Russen was ze dol op verkleinwoorden), natuurlijk, Kojinskaja, de Joden zijn misdadigers, maar dit schepseltje, dit poppedeintje – wat had ze grote ogen – dat kon je toch niet laten verkommeren, zeg dus maar niets tegen mevrouw, ze was een en al edelmoedigheid, in hemelsnaam, zeg niets.

Een uur later belde ik aan. Hub deed open. Uit zijn kraag hing een servet. Hij kauwde.

'Sorry, ik dacht dat je beneden bij de haven was,' zei ik.

'Nee, Koja, kom binnen. We hebben nog vlees. Mooi dat je er bent.'

Daarna zat ik voor hen, wist niet waar te beginnen, en de thermisch trage keukenlamp die boven ons zweefde gaf aan alle gezichten een warme kleur, maar kennelijk niet aan het mijne.

'Koja, gaat het wel goed met je?' vroeg Ev bezorgd. 'Je ziet zo bleek.'

'Nou ja, er gebeurt van alles, er zijn veel dingen.'

'Zal ik tabletten voor je halen? Ik heb er nog wat van mijn laatste migraineaanval.'

'Aspirine is trouwens helemaal niet Joods, hooguit half-Joods, als je Bayer AG als een natuurlijke, dus Duitse persoon ziet,' bazelde ik.

'Wat een grote tijd, beste broer,' zei Hub al even onsamenhangend, en hij voegde eraan toe: 'Is je vriendin al weg?'

'Ja, ze heeft een kot in Marseille gevonden. Later wil ze naar Parijs.'

'Schrijven jullie elkaar nog?'

'Om eerlijk te zijn, ze kan nauwelijks schrijven.'

'Ze was heel aardig. Ik heb me als een lomperik gedragen met dat monopolyspel. Ze had het zo goed bedoeld.'

Ik had geen idee wat de oorzaak van dit berouw na de zonde kon zijn, maar eigen inzicht was het vast en zeker niet.

Ev schraapte haar keel, depte met het servet haar mond af en pakte haar glas wijn.

'Wat de reden ook is dat je hier bent, Koja, schat,' – ze hief glimlachend haar glas – 'vergeet je zieke hoofdje! Laten we op deze avond klinken!'

Nee, ik wilde heel zeker niet op deze avond klinken, ook niet op de volgende avonden, die ik als een onontkoombare reeks rampzalige gebeurtenissen voor me zag ontrollen.

'Graag,' zei ik, en we klonken.

Hub had een schaamteloos goed humeur, al vanaf de eerste seconde toen hij de deur voor me opendeed. Hij had veel aandacht voor me, maar nog meer voor Ev, die hij over haar hand streelde, om vervolgens naar mij te glimlachen, als iemand die weet dat er nu iets heel moois zal gebeuren.

'Ik heb vandaag het nieuws gekregen,' zei hij, en hij ontplofte bijna van geestdrift. 'Ik ben tot *Sturmbannführer* benoemd. En Erhard is *Standartenführer*.'

Zijn stralende lach schoot als een nieuwjaarspijl de nachtelijke hemel in en ik zag dat hij nog niet klaar was.

'Maar dat blijft geheim zolang we nog Letse staatsburgers zijn.'

Hij was nog steeds niet klaar.

'Maar wat nog veel belangrijker is,' ging hij verder, 'is dat we gaan trouwen!'

En daarna zei hij helemaal niets meer, niemand zei iets, tot Ev erachteraan fluisterde: 'Ja, Koja, wij gaan trouwen, we worden man en vrouw.'

En ze keken me allebei met ingehouden adem aan, ik weet werkelijk waar niet wat ze in vredesnaam verwachtten, natuurlijk een uitbarsting van onbeschrijflijke vreugde en hoop dat ik er mijn zegen aan gaf, en ik was in dubio of ik 'Geweldig!' of, zoals in de Baltische landen gebruikelijk, 'Nee maar, wat ontzettend schitterend!' of zelfs 'Ik heb nooit eerder zó naar iets verlangd!' of, een tikje prozaïscher, 'Waarom? Ben je zwanger, Ev?' moest zeggen.

Uiteindelijk zei ik alleen: '*Nu, s'ken sajn as a chasene vet sajn gants schwer.*'

Een stilte met punten als van prikkeldraad.

'*A chasene?*'

'Mmm.'

'Is dat Jiddisch?'

'Ja, Hub, dat is Jiddisch. Het betekent 'bruiloft'.

'Hoe ken jij Jiddisch?'

'Ev heeft het me geleerd. Jou niet?'

'Nee.'

Hij dacht na. De vuurpijl viel op de grond en doofde uit.

'Ev, jij kent Jiddisch?'

'Nou ja, in Dünaburg kenden alle kinderen Jiddisch. Het waren Jiddische kinderen.'

'En waarom heb je het mij niet geleerd?'

'Jij was al geen kind meer, Hub.'

Hij legde zijn hand op zijn mond, merkte dat hij al een tijdje niet meer aan het kauwen was, schoof een vergeten stuk vlees naar zijn linkerwangzak en vroeg: 'Wat heeft Koja daarnet gezegd?'

'Nou, een bruiloft zal misschien wat moeilijk worden – dat heeft hij gezegd.'

Ev zette het glas weer aan haar lippen om maar iets te doen terwijl ze naar de aardappelen staarde die ik had laten liggen. Hub slikte het vlees door, knikte en werd iets formeler.

'Ik weet het, Koja, onze ouders zullen niet staan te juichen. Daar heb je gelijk in. Maar ik zal het hun uitleggen, heel voorzichtig.'

'En Erhard,' fluisterde Ev.

'En Erhard leg ik het natuurlijk ook uit. Ik bedoel, we zijn toch volwassen mannen.'

Het is werkelijk een uitzonderlijk mooi licht dat deze lamp geeft – ik weet niet waarom me uitgerekend dat door het hoofd schoot, maar ik dacht er op dat moment echt over om er ook zo een te kopen, en wel meteen.

'Ik ben zo blij dat Hub uitkomt voor onze liefde,' zei Ev, onzeker vanwege alle stilte die ik verspreidde.

'Het is een belangrijke beslissing. Maar nu, nu we naar een nieuw land vertrekken en een heel nieuw leven beginnen, zullen die stomme Balten niet snel iemand vinden voor hun kwaadaardige praatjes. En als dat wel zo is, dan zuipen we die gewoon weg.'

En met deze woorden dronk ze haar hele glas rode wijn leeg. Ze schonk onmiddellijk bij, en het werd me duidelijk dat doctor Solm geboren Meyer-Murmelstein in elk geval niet zwanger was.

'Ja,' zei Hub. 'Wij zijn immers niet van hetzelfde vlees en bloed. Ben je overigens geslaagd in Dünaburg?'

'Ja, je hebt nog helemaal niets gezegd. Hoe ging het?' vroeg Ev. 'Heb je de papieren?'

Ik staarde ze een poosje aan en zei toen: '*Nu, schturmbanfirer vestu sicher lang nit blajbn, majn Hubsilejn.*'

Dat je nu niet meteen allerlei verkeerde dingen gaat denken, beste swami van alle swami's: natuurlijk heb ik dat niet gezegd, dat had helemaal niet gekund in deze sfeer van eindeloze gelukzaligheid, hoop, fataliteit en peilloze diepte.

Maar inwendig zei ik dat al tegen mezelf, met een bijna lachwekkend superioriteitsgevoel, en toen ik me vervolgens het gezicht van Clark Gable-Solm voor de geest haalde, het van verbazing opengesperd zijn van zijn mond, die anders altijd van weerzinwekkende eerzucht praalde, toen moest ik opeens giechelen, zoals je als kind in de kerk moet giechelen zonder echt te weten waarom. Een ontembare wens nam bezit van mij, maakte mijn walvistong los, ontspande mijn kaken en – ik weet geen beter woord, mijn vriend, maar het komt er het dichtst in de buurt – omsingelde mij.

'Wat valt er nou te lachen?'

Ik proestte het uit, waarbij ik aan ontoerekeningsvatbaarheid grenzende uitvallen, ja, de meest mistroostige vrolijkheid fabriceerde, en godzijdank ontlaadde ook Evs hele radeloosheid zich in solidair gelach, tot ten slotte zelfs Hub, die eigenlijk zelden lachte, en als dat wel gebeurde, dan praktisch geluidloos, met een geitachtig gemekker mijn wanhoop tot een nieuw hoogtepunt opstuwde.

Ik zoop me lam aan de rode wijn en ik loog dat ik barstte, zodat helemaal aan het eind lallend moest worden gemeld dat de papieren gevonden waren in Dünaburg, eersteklas papieren, eersteklas Meyers en Muhrs van het zuiverste arische allooi, eeuwenlang al, ja heus.

De rest is snel verteld.

De volgende dagen vervalste en verduisterde ik alles wat te vervalsen en te verduisteren was. Moshe Jacobsohn kreeg ons mooie bankstel van buffelleer, franco aan huis zogezegd, en liet daarvoor graag een paar pagina's uit de synagogeboeken uit Dünaburg in vlammen opgaan. Omdat Joden in het Heilige Russische Rijk toch altijd weer werden verbrand, net als hun aantekeningen, was dat verder niet zo verbazingwekkend.

De tactvolle notaris verklaarde zich bereid mij de lutherse kerkboeken van de stad waar hij woonde een paar uur ter beschikking te stellen, zonder er achteraf nog een speurdersblik in te werpen.

De begaafde kunstschilder, aquarellist, karikaturist, maar natuurlijk ook retoucheur, typograaf en kalligraaf Konstantin Solm voegde hoogstpersoonlijk met vaardige hand en kunstmatig verouderde inkt een stuk of wat noodzakelijke aanvullingen toe.

Ten slotte liet de notaris zich graag overhalen (oud tsarengoud uit mama's juwelenkistje hielp daarbij) om een verklaring af te geven voor een eersteklas vooroudergalerij van nooit geleefd hebbende, maar niettemin zeer gestorven lijkende personen op basis van de geraadpleegde kerkboeken, personen met wier hulp de rechtstreekse nakomelinge Eva Solm iedere Sturmbannführer die zij vertrouwde bij haar kon laten blijven.

Op de avond van de vijftiende december negentiennegenendertig verlieten mama, papa en ik Riga met een van de laatste scheepstransporten.

Papa was als invalide ingedeeld bij het transport voor lichamelijk gehandicapten en psychiatrisch patiënten, maar mama had geweigerd hem daar met vierhonderd gekken alleen te laten, zoals zij het formuleerde. Wij kregen een luxe cabine naast de kapiteinshut, dankzij meneer de ontruimingscommandant, die zelf met zijn pasverloofde al op een ander schip was uitgevaren, de Deutschland, vermoedelijk ook om onze nog altijd geschokte ouders niet door bijna-huwelijkse tederheden te verdrieten.

Ons stoomschip, de Bremerhaven, beschikte over verschillende nadrukkelijk in overleg met Hub en in Danzig gemaakte constructies die bij nadere beschouwing isolatiecellen bleken te zijn.

's Avonds stond mama op het promenadedek, dat ze vanwege alle onduidelijke familierelaties van haar reisgenoten als promenademengelmoesdek verachtte. Over de reling gebogen keek ze naar het silhouet van de verlichte stad, en uitgerekend zij, die noch bij het zien van bolsjewieken noch voor enig wereldlijk gevaar, noch uit angst noch door emotie ooit tot huilen in staat was geweest, huilde en huilde. Zelfs papa huilde, in zijn rolstoel naast haar, en hij stootte klaaglijke geluidjes uit die naar meeuwen ver op zee klonken.

Om middernacht lichtte de Bremerhaven het anker, en de krankzinnigen en dementen, de armen van geest en zij die belast waren, gleden op ons narrenschip de gladde zee op, begeleid door dertig verplegers, honderd verpleegsters, een echte professor uit Berlijn-Wittenau alsmede twee felverlichte oorlogsvaartuigen.

Ondanks al deze inspanningen zouden vrijwel alle patiënten op dit transport een jaar later dood zijn – verhongerd, doodgespoten, vergast of vergiftigd – overigens door toedoen van mijn eigen bureau, maar daar komen we nog op terug.

II
De zwarte orde

1

Bedankt dat u zo brahmaans ingetogen bent. Misschien is het soms ook maar het beste als het gewoon doorgaat. Dat dacht ik toen immers ook. Onverstoorbaar vooruitkijken, je laten voortdrijven door krachten die sterker maar ook beter zijn dan jijzelf. Is de hartbewakingsmonitor daar ook niet sterker en beter dan wijzelf? Dat ding met kwik? Die bloeddruk-in-de-gaten-houder die op een tabernakel lijkt, of hoe heet dat ook alweer? Controleren die apparaten onze toestand niet beter dan wij het zelf ooit zouden kunnen?

Precies zo dacht ik in elk geval toen ik met de Bremerhaven na een zeereis van twee dagen het bezette Polen bereikte. Polen was namelijk een reusachtig herstellingsoord. Een Polenherstellingsoord, begrijpt u? Het land moest worden genezen, van zijn huidige bewoners vooral. En wij Balten waren het serum waarmee alles weer mooi en blond moest worden.

Zo spoot men de Solms met een canule de Warthegau binnen, de Poolse hartkamer die met chirurgische instrumenten (heilzame pantserdivisies) in het Duitse Rijk was getransplanteerd.

Ons schip liep midden in een sneeuwstorm de grote Oostzeehaven Stettin binnen. Hier ontfermden zich te midden van het geweld van een als met een korst van zeezout bedekte, blauwbekkende blaaskapel extatische walkuren van de Nationalsozialistische Volkswohlfahrt over alle van boord tuimelende gekken, duwden de radeloze idioten bij wijze van welkom ingelijste foto's van een grimmig in de sneeuwvlokken turende zenuwarts in handen, die de patiënten vanaf nu 'Führer' moesten noemen en van wiens smalle snorretje ze de sneeuwvlokjes onmiddellijk aflikten. Het was allemaal zo energiek, bevoogdend en vol overgave uitgevoerd dat zelfs mijn ouders en ik ons schipbreukelingen waanden.

Desondanks zorgde een persoonlijke Mercedes voor ons, waarvan de door Hub gecommandeerde chauffeur echter nog geesteszieker dan de geesteszieken leek, die ons eerst naar een barakkenkamp reed in plaats van het door mama verwachte en door de ss gevorderde luxehotel, toen midden op de doorgaande weg een hond overreed, wat met de woorden 'Dat was maar een Poolse hond' een plaats verwierf in de familiekroniek, en zijn optimisme niet door een lekke band, hoe vervelend ook, liet bekoelen.

Na een tweedaagse, door sneeuw en ijs meanderende spookrit (wij reden over een lijkwade van land) bereikten we ons doel, de gouwmetropool Posen, waar de bijna duizendjarige kathedraal met de grafsteden van de Poolse vorstendynastie zou worden opgeblazen, 'de volgende week al', zoals onze chauffeur ons opgewekt verzekerde.

Ik zeg het zonder bijbedoelingen, maar zeg het toch: juist de gecultiveerde ss-Balten, zoals Hub en ook Erhard, deden hun best om dit soort stadsvernieuwing te voorkomen, wat hun in het voorkomende geval ook lukte, onder verwijzing naar de Westfaalse bouwmeesters en het door Christian Daniel Rauch ontworpen mausoleum van de kerk. (Kent u Rauch niet? Zijn dode koningin Luise? Zijn bustes in het Walhalla, waar Hitler zo dol op was?)

Midden in de koudste winter en in een nog koudere vreemde wereld gingen we in Posen op zoek naar een woning. Dat was nog niet zo eenvoudig. Niemand kon zelf bepalen met wie hij ging samenwonen. De meeste vrienden en familieleden van ons werden voorlopig in fabriekshallen, kazernes en zelfs in de onverwarmde, met ijspegels overwelfde catacomben van het grote stadion ondergebracht, aangezien het handelen van de autoriteiten geen gelijke tred hield met het onteigenen, deporteren en doodschieten van de autochtone bevolking, wier woonruimte men ons had toegezegd. In de overvolle kampen van de Balten bibberden de oude dames en schoten opstandige jongeren met blaaspijpjes propjes naar de dikke kampcommandanten die bewapend met rijzwepen door de hallen patrouilleerden.

Om aan de massa-internering te ontsnappen moesten mama, papa, Hub, Ev en ik een aanvraag indienen voor een sibbeaccommodatie, waartegen Ev zich eerst verzette.

Ik heb haar in die tijd zeker twintig keer getekend, stiekem, van mij afgekeerd, het profiel van haar hoofd schuin van achteren. Van haar ogen zag ik slechts het mysterie, want ik kwam niet dicht genoeg bij haar, en haar donkere blik omsloot de lichte waarvan ik dikwijls droomde. Ze wilde niet met ons allemaal onder één dak wonen, wilde in haar pas ontdekte land van liefde alleen zijn, alleen met mijn broer. 'Maar alléén leven de slakken, schat,' hoorde ik zijn stem vibreren door de muren van het hotel waarin we tijdelijk verbleven, 'in deze tijden kunnen we echt geen slakken zijn.'

Ons huis, dat ten slotte als bij toverslag Hubs ss-invloed voor de hele familie duidelijk maakte, was een door de vorige huurders binnen zestig minuten en geen seconde langer ontruimde villa in een buitenwijk.

Toen we de sleutel in het slot staken en naar binnen gingen, zagen we wat er in zestig minuten kan gebeuren. De bewoners leken als ooit Pompeji en Herculaneum binnen luttele seconden verdampt te zijn, met achterlating van hun intiemste afdrukken. De woning was nog warm en gemeubileerd, alle kasten en laden stonden open, overal op de vloeren slingerden kledingstukken. In de badkamer lagen de natte handdoeken van het verjaagde Poolse gezin. Aan de wanden hingen foto's van hun baby, een snoezig, proestend, aan de oevers van de Oostzee met haar houten graafmachine spelend prinsesje. Dezelfde graafmachine lag nu op z'n kop in de kinderkamer, in glanzend rode kleuren, geflankeerd door knuffeldieren.

Mama ging onmiddellijk naar de bevoegde ss-instantie, vertelde dat haar zoon ontruimingscommandant in Riga was geweest, en vroeg wat er met de arme mensen in hun huis was gebeurd. De verantwoordelijke ss-*Scharführer* antwoordde koeltjes dat ze blij moest zijn dat ze een dak boven haar hoofd had en dat er geen bloed op het behang zat.

En dat was de realiteit.

Noch mijn verontwaardigde moeder, noch wie van de Baltische vluchtelingen dan ook, of ze nu van Odin afstamden of niet, had vanaf het moment van aankomst verder nog iets te melden. Wij waren trofeeën die je aan de muur spijkert. Wij waren Himmlers hertengeweien. En dan ook nog maar twaalf- en geen zestienenders zoals de Sudeten-Duitsers. Of vierentwintigenders zoals de Rijksduitsers die de Warthegau binnenstroomden en alles inpikten wat de deportaties week na week aan buit opleverden.

Binnen de kortste keren moest zelfs Hub leren dat hij als Alexander de Kleine nog slechts minuscule broodjes in het pan-Germaanse luilekkerland kon bakken. Maar ook voor Erhard Sneiper, die met Himmler en Heydrich jarenlang karnemelk mocht drinken (veel gezonder dan een cognacje), zat het echte werk erop. De ss-kopstukken hadden elke aandacht voor hem en zijn plaatsvervanger Solm verloren. Ze hadden hen niet meer nodig als onmisbare topagenten in het vijandelijke buitenland. Alleen nog als ambtenaren. 'Ik kan gaan zitten ruften achter een bureau,' jammerde Hub. En Erhard, die had gehoopt als grootinquisiteur een complete provincie Germaans te mogen herbebossen, kreeg weliswaar een zetel als zogenaamde Rijksdagafgevaardigde (niet meer dan een apanage, gekoppeld aan het gebod om zich van elke meningsuiting in het parlement te onthouden), maar zat te verzuren bij een soort bevolkingsregister voor Balten, waaraan hij misnoegd leidinggaf, zonder de doortrapte gebroeders Solm om zich heen te hebben.

Hub kwam terecht bij de sd aan de Bismarckring, die rond het centrum van Posen liep. Ze gaven hem een kantoor, een struise typjuffrouw, de gesteszieke chauffeur en een hoofdafdeling, zij het een van de vele. Hij was verantwoordelijk voor de verdrijving van de Polen en Joden in het district Posen, vond het werk geestdodend (dodend was het natuurlijk ook in de letterlijke zin van het woord), maar deed desondanks zijn best om mij daar ook te krijgen.
'Ik weet het niet,' zei ik. 'Misschien is er ook wel een mogelijkheid bij de stadsschouwburg.'
'Ach ja, als King Lear?'
'Ze zoeken een decorontwerper.'
Ze hadden er echter al twee op het moment dat ik navraag deed, twee dilettanten met een maagzweer, zoals ze me uiterst geringschattend toefluisterden toen ik mijn portefeuille liet zien, die diepe bewondering oogstte. Maar toen ze hoorden dat mijn broer bij de veiligheidsdienst van de ss werkte – hij had namelijk in vol doodskopornaat en zwaarbewapend in de foyer van de schouwburg op me gewacht (wat ik hem ten strengste verboden had) – waren de dilet-

tanten de volgende dag geen dilettanten meer, maar ineens fameuze meesters op hun vakgebied, onvervangbaar en voor de rest ook kerngezond, zodat er helaas geen vacature voor de talentvolle heer kandidaat Solm meer openstond, althans geen die aan enige vorm van verdienste was gekoppeld.

Er moest echter geld komen voor mijn ouders, voor mijzelf, voor het huis – dat weliswaar geen huur opslokte, want wij hadden het al opgeslokt, maar wel een nieuw schilddak nodig had omdat het aanwezige communistische platte dak een belediging was voor het vormgevoel van een Sturmbannführer.

Een paar weken later al was ik daarom ambtenaar op een afdeling van de SD die zichzelf Controlebureau Balten noemde.

Ik zat dus in een grote open kantoorruimte van het Gestapo-hoofdkwartier in Posen, de enige burger daar, en analyseerde met twaalf collega's alle gegevens die Hub jarenlang minutieus over onze medeburgers in Riga had verzameld. Mijn oordeel gaf de doorslag wie van mijn landgenoten een goede reputatie had, wie verder geobserveerd moest worden, wie als raciaal onbetrouwbaar naar het oude rijk werd verbannen of wegens crimineel of sociaal opvallend gedrag naar een concentratiekamp diende te worden overgebracht.

Daar werd ik niet gelukkig van. Mijn slechte humeur hielp me echter om mijn werk met radicale subjectiviteit te kruiden. Dat ging zover dat ik mijn oude wiskundeleraar, die zich naar verluidt door sociaaldemocratische sympathieën verdacht had gemaakt, voor een jaar naar Dachau stuurde (een door collega's nadrukkelijk aanbevolen etablissement met een even imposante als expressieve appelplaats), want de manier waarop hij mij vijftien jaar eerder in de derde klas van het gymnasium had laten zittenblijven stond me nog levendig voor de geest.

Helaas werd ik direct na mijn stoutmoedige daad door een onverwacht slecht geweten geplaagd. Na drie weken liet ik Zupfenhannes, zoals wij hem noemden, daarom maar weer uit het kamp weghalen (zonder opgave van redenen), gaf hem enkel een verbod om te werken (eveneens zonder opgave van redenen) en beval hem weer twee weken later (een opgave van redenen zou freudiaans zijn geweest) aan voor de goedbetaalde functie van rector van een gymnasium in

Schwetz om me zo bij Onze-Lieve-Heer door fijnzinnigheid en goede manieren te excuseren.

Zupfenhannes zal zich vermoedelijk hebben verbaasd over de loop die het noodlot nam, een loop waaraan alle strikte logica ontbrak die hij indertijd ook in mijn differentiaalvergelijkingen zo smartelijk had gemist. Ik had hem toen echter al verteld dat hij logica totaal overschatte.

Het was geen enkel probleem om in mijn toch zeer ondergeschikte positie naar eigen goeddunken te beslissen over zijn en niet-zijn van verdachte elementen, of beter gezegd de elementen van onze *Volksgruppe* die mijn broer nogal verdacht vond. Mijn directe superieur namelijk, *Hauptsturmführer* Schmidtke, een corpulente, opgewekte Rijnlander met een hazenlip (ik wist helemaal niet dat hazenlippen bij de ss mochten, zei Hub verontwaardigd), was van mening dat onze verdicten geen kleinzielige controle door hemzelf of een ander behoefden. Hij hechtte sterk aan eigen initiatief. Hij wees er slechts op dat er wel altijd een zeker quotum aan voor vernietiging aangemerkte staatsvijanden moest worden gehaald, alleen al omwille van de esthetiek. ('U alf kunftenaar, FF-afpirant Folm, weet toch feker wel wat efthetiek betekent!')

Ik moet bekennen dat het me wel speet voor de delinquenten, maar dat ik niet overwoog het benodigde quotum dan maar los te laten. Medelijden had ik daarom alleen met twee van de asociale groepen: ten eerste met de Baltische hoeren, met name met de knappe, en van hen weer vooral de knappe die ik op de foto's herkende (ik kon altijd al goed gezichten onthouden, een eigenschap van de sentimentele damesportrettist), en ten tweede met de Joden die door het vervalsen van documenten hadden geprobeerd zich voor Duitsers uit te geven, maar door sibbedeskundigen aan de hand van zorgvuldig gecontroleerde doopregisters waren ontmaskerd. Op dit gebied ontwikkelde ik een groot doorzettingsvermogen. Aan gevallen van zelfarisering die aan circusacts deden denken verspilde ik mijn twijfels niet, beweerde ik.

'Alle refpect,' zei Schmidtke verbaasd, 'maar u ftaat voor een FF-afpirant wel feer welwillend tegenover Joden. Met kinderverkrachterf weet u duf wel raad! Waarom niet net fo met Joden?'

Ik was destijds heus geen oprecht mens, en al helemaal geen schitterend mens, waar u mij in uw grootsheid nog steeds voor houdt. Ik was op een subtiele wijze verstrikt in de verwachtingen die over mij bestonden. En daarom hielp ik de Joden, vrees ik, jammer genoeg waarschijnlijk niet zozeer uit christelijke naastenliefde, maar om u-weet-wel-wie een meegevend, om niet te zeggen toegevend fundament te verschaffen.

Het duurde een paar weken voor mijn kandidatuur bij de ss met Hubs hulp bekend werd gemaakt. Vanwege zijn trouwe diensten als medewerker van de dienst Inlichtingen Buitenland van de sd werd de kunstschilder Konstantin Solm in het voorjaar van negentienveertig officieel in de *Schutzstaffel* opgenomen. Heinrich Himmler benoemde hem bij akte tot ss-*Obersturmführer*, een functie die twee rangen onder die van Hub lag (wat ik niet tactloos vond).

Voor mij begon nu, midden in de aanbrekende fascistische wereldheerschappij, de routine. Routine met een vleugje waanzin. Mijn dagschema werd omgegooid, na jaren die ik in een naar bohème riekende hangmat verlummeld had. Hub wekte me elke morgen met een kreet. Ik draaide me dan nog een keer om, terwijl hij mijn kamer binnenstapte en snuivend zijn ochtendoefeningen deed, wat ons beiden verkwikte. Optrekken. Opdrukken. Kniebuigingen. Telkens zeven keer. Zeven was Evs geluksgetal. En Hub hield van Ev. Terwijl ik me moeizaam uit mijn bed hees, een moment op de rand bleef zitten en me nog in de uitloper van mijn droom waande, waste hij zich al in de naastgelegen badkamer, zoals hij zich waarschijnlijk nu nog met zijn enige hand in de nor wast, energiek, met een intense gedegenheid. Het had veel weg van een exercitie.

Ik slofte geeuwend naar de badkamer, waaruit hij dan alweer fluitend naar buiten kwam.

Wanneer ik, nat nog omdat ik me slecht had afgedroogd, weer in mijn kamer kwam, had Ev mijn uniform al fris gestreken op bed gelegd.

Voor Hub was dit kloffie het pantser van de autoriteit. Ikzelf moest bij de aanblik ervan aan een legendarisch woord van mijn vader denken, die ooit had beweerd dat het uniform de tieten van de man waren. En het overhemd met de zwarte leren knopen had voor mij dezelfde signaalfunctie en seksuele lading. En dan de rest nog. Zwarte das. Zwarte rijbroek. Zwarte rijlaarzen. Zwarte jas: drie zilveren knopen, twee parallelle zilveren strepen op de schouderstukken, op de linkermouw een rood-wit-zwarte hakenkruisarmband. Zwart pistoolkoppel. Zwarte pet met zilveren doodskop en de partijadelaar. Ik staarde naar mezelf in de slaapkamerspiegel. Een lusteloze ss-Obersturmführer staarde terug. De pet stond me niet echt goed. Ik prefereerde de veldmuts, die me meer aan de zeevaart deed denken. Hoe het ook zij, mijn beginnende jongemannenkaalheid werd erdoor verbloemd.

Ten slotte pakte ik mijn dienstpistool van de toilettafel, een 9mm-Luger (Hub gaf de voorkeur aan een Walther PPK), controleerde hem, schoof hem in mijn holster en liep naar beneden. Daar trof ik mijn broer, en we ontbeten zwaarbewapend. Er was kaas, ham, droge worst, een stapel roggebrood, melk, een kop dampende koffie. Echte bonenkoffie, geen surrogaat. Gesproken werd er niet veel 's morgens. Mama voerde papa. Ev speelde als vanzelfsprekend de rol van huisvrouw, misschien omdat ze achter deze façade haar ontevredenheid met de situatie in huis nog het best in berusting kon omzetten (ofschoon eigenlijk elke vorm van fatalisme haar zwaar viel). Nog altijd kon ze beter naaien, koken, verstellen en jam maken dan mama, die alles, werkelijk alles van haar dochter had geleerd. Maar dat zij ook nog haar schoondochter zou worden, dat leerde mijn moeder niet meer.

Routine. En een vleugje waanzin. Dat gold voor ons complete nieuwe Groot-Duitse leven. Snel was de verhuizing achter de rug. Snel waren de meubels uit Riga gearriveerd en voor de ter plekke aangetroffen geroofde omgeruild. Snel was de winter voorbij. Snel had ook de verplichte bruiloft plaatsgevonden.

Ev en Hub begonnen voor de ongelovige ogen van mijn ouders hun zo verrassende huwelijksleven, dat mij meer pijn deed dan ik had gedacht.

Allebei hadden ze mij gevraagd getuige bij hun huwelijk te zijn. Maar daarmee was ik wel getuige genoeg. Geen ooggetuige. Geen oorgetuige. Geen knalgetuige. Weet u wat een knalgetuige is? Iemand die alleen door de knal weet heeft van een auto-ongeluk. En als een soort knalgetuige voelde ik me bij de incidentele ruzies tussen mijn broer en zus, die vanuit het niets ergens in huis oplaaiden, ofwel aangewakkerd door een van Evs vele stemmingswisselingen ofwel door de onwrikbare betweterigheid van mijn broer.

Maar erger nog was het om mee te maken dat de een de ander 's morgens vlinderkoekjes op bed bracht (ook wel *palmiers* genoemd) of dat ze elkaar 's nachts gulzig beminden. Soms hoorde ik door de wanden heen dat Ev bij de seks alle teugels liet vieren of beter gezegd helemaal losliet. Ze deed werkelijk waar geen enkele moeite om zich in te houden, aangezien mama hardhorend en papa dankbaar voor elke levensuiting van zijn omgeving was. Met mij hield de onbekommerde schoonzus geen rekening. Ik kende Evs melodieën immers beter dan Hub lief was, herkende vertrouwde en mij dierbaar geworden reeksen geluiden van vroeger, uit die bedolven tijden toen we elkaar op weg hadden geholpen naar erotische rijpheid. Ev met nat haar in een door waterdamp beslagen spiegel te zien schrijnde zelfs als ze niet een verbaasde oogopslag lang haar badjas opensloeg en daarbij deed alsof ze alleen haar ceintuur wilde aantrekken.

Maar ik kende haar goed.

Op een avond gebeurde er iets waardoor de ondertoon van ons samenleven veranderde; die was vanaf dat moment zacht, maar bleef wel altijd in onze slapen zoemen. Mijn ouders waren al vroeg naar bed gegaan. We hadden de verduistering laten zakken en hingen met z'n drieën net als vroeger als kinderen op de bank in de woonkamer. Er brandden slechts twee staande lampen. Hub en ik zaten naast elkaar, ieder tegen een wang van de bank geleund, en lazen onder de twee zuinige lichteilanden ieder ons eigen exemplaar van de bijna oriëntaals bloemrijke *Ostdeutsche Beobachter*.

Ev had zich languit en ongegeneerd op haar buik over ons heen gevlijd, aan de ene kant in de armen van haar grote broer. Maar haar benen lagen kruiselings en slordig op mijn schoot. Het lukte me dankzij een serie stiekeme bewegingen me van haar doelloos over elkaar heen wrijvende voeten te verwijderen, die echter als jonge konijnen achter hun wegwandelende hok aan huppelden om zichzelf te verwarmen, of mij, leek me zo.

Er bekroop me een asgrauw gevoel. Ik overwoog om op te staan, maar het was al te laat. Mijn opwinding zou zichtbaar zijn geweest omdat ik slechts een pyjama droeg, maar ik werd tenminste nog beschermd door de *Ostdeutsche Beobachter*, door een paginagroot artikel over Duinkerken, dat weet ik nog precies. Ik zuchtte dus en werkte me zo ver mogelijk naar de rechterhoek van de sofa om weer een beetje af te koelen. Het volgende ogenblik draaide Ev een beetje om haar as, smoesde wat met Hub, die vervolgens haar en mij uit zijn exemplaar details over Duinkerkens ondergang begon voor te lezen, en haar hele wonderbaarlijk weke kuit belandde als een toevallig kussen op mijn nu hulpeloos opgerichte lul. Ik was in paniek. Maar Ev, een opeens even glibberig als onschuldig schepsel, deed alsof ze helemaal niets had gemerkt, want de vlucht van de Britten in kotters en kano's was dan ook vreselijk boeiend. Haar been, dat zich eerst weer wat steviger op mijn pulserende onderlijf drukte, rekte zich meteen daarop een beetje uit en verloor een pantoffel. Toen nam ook haar tweede pantoffel afscheid en begon haar rechter grote teen het sokje van haar andere voetje tergend langzaam af te rollen, waarbij wrijvende, wiegende, strelende, schokkerige en zelfs schommelende vibraties ontstonden die me de adem benamen. Ik keek nu precies uit op haar inmiddels blote enkels, het enige blote wat ik kon zien, verder waren er alleen regels over de zuidzijde van het Nauw van Calais waarnaar legergroep A opstoomde, regels die ik op hetzelfde moment hoorde, nu wel op enige innerlijke afstand, want het was niet Hubs sonore stem die mijn zintuigen scherpte.

Toen de Duitse artillerie het geschut bij Gravelines had veroverd, rekte mijn zus zich opnieuw uit om van tafel een appel te pakken, uitgerekend een rode, helaas geen groene, want nu zou Hub deze kans vast niet voorbij laten gaan om ons oude appelspel te spelen, dat me op dit moment echt gestolen kon worden. Ik gluurde angstig in zijn richting, maar hij had helemaal niets door omdat tezelfdertijd de Royal Air Force zegge en schrijve honderdzes jachtvliegtuigen boven het Kanaal verloor. Evs gezicht kon ik niet zien, het gloeide of verbleekte ergens onder Hubs leesstof, en ik hoorde hoe ze haar tanden in de appel zette. Hij lachte ergens over, waarschijnlijk over Churchills woede, die hij zich goed kon voorstellen, Ev lachte ook, en ik nam me voor, terwijl het lachen me de genadeslag gaf, mijn tot in mijn ruggenmerg pulserende convulsie in het niets weg te laten vloeien. Maar zij verplaatste plotseling haar gehele spinnende lijf een halve meter omlaag mijn kant op om Hub een appelhoudende kus te geven, en ik kon niet anders, zat in de val en moest me op haar rechterbil uitstorten, die ze heel even tegen mijn schokkende geslacht aan drukte en die alleen door mijn en haar pyjama beschermd was, dus door twee millimeter katoen tussen ons, dat was alles.

Vlak daarna rolde ze van de sofa en sprong op de grond. Ik zag een zweem van rood op haar wangen. Ze haalde haar hand door het verwarde haar en kauwde op de appel. Haar blik gleed zo vluchtig over me heen als over een poetsdoek. Ze zei met volle mond 'Kom!', pakte Hubs hand en sleurde hem omhoog, zodat hij mij zelfs niet meer welterusten kon wensen, waarna ze tuimelend naar hun slaapkamer verdwenen, als schichten of blije kinderen.

Daarna was het stil, en ik hoorde alleen de grote klok boven de haard tikken.

Op mijn schoot vormde zich op het artikel over Duinkerken een vochtige plek, pal boven de grimmige neuswortel van generaal-veldmaarschalk Rundstedt. Ik deed het licht uit en lag nog lang roerloos in het donker te staren. Pas toen ik ergens in de stad twee schoten hoorde, ver weg, wat regelmatig gebeurde in die nachten, kwam ik overeind en sloop beschaamd en bezoedeld naar mijn kamer.

Het was het enige voorval van dit soort.

Het herhaalde zich niet, en nimmer waren er nog obsceniteiten tussen Ev en mij, voor zover de hele betovering van haar op directheid en charme gerichte aard niet iets obsceens had. Ze trad me altijd ook weer met enige schroom tegemoet, vooral op de ochtend na het Duinkerkenoffensief, waar niemand van ons het nog over had. Misschien had de aanval immers ook helemaal niet met die agressieve vastberadenheid plaatsgevonden waardoor ik me overrompeld voelde. Misschien had ik me alles alleen maar verbeeld, ik weet het niet.

Desondanks was er vanaf deze avond een verlegenheid tussen ons die zich nergens in uitte. Ik probeerde alleen te voorkomen met haar alleen in een kamer te zijn, hoewel ik er, als het wel gebeurde, en het gebeurde vaak, niets op tegen had.

Zij ging dan altijd als eerste weg.

Onze verstandhouding was goed. Ze hield je graag voor de gek, en ik kon haar gemakkelijk aan het lachen maken, in elk geval gemakkelijker dan Hub, die zo aanwezig en indrukwekkend vitaal was dat hij dit sociale hulpmiddel helemaal niet nodig had, hoewel ook hij humor bezat.

'Ja, hij heeft humor. Ik denk dat ik lachend met hem door het leven kan. Hoewel hij niet altijd de lach heeft die ik nodig heb,' zei ze terloops vrolijk terwijl we samen aardbeienplantjes in de tuin pootten.

'Maar is niet elk soort lach goed voor een mens om het een beetje vol te houden?' vroeg ik.

'Het soort lach dat hetzelfde bij mij kan oproepen. Hetzelfde gevoel.' Ze ging staan, veegde met haar hand, waar aarde op zat, over haar gezicht, dat onrustig was en tegelijk rustig, als een ronddwalende schildpad. 'Hij heeft geen lach die vraagt.'

Ik zou met haar de halve nacht over deze onzin kunnen stukslaan, net als vroeger, en zij wilde het ook, maar ik stak de aardbeienplantjes in het bed en drukte de grond peinzend aan.

Ik had gewoon niet meer het gevoel dat ik vaste grond onder mijn voeten had. Kent u dat, als alles deint en schommelt en je er altijd bijna misselijk van wordt? Eén keer betrapte ik mezelf erop dat ik op een onbewaakt moment Evs zwarte laarsje oppakte en mijn neus in de schacht stak, in de hoop geen zweet maar iets zwaars en eventueel verrassends te ruiken, en zo was het ook. Maar toen ik het laarsje terugzette, bedwelmd door de geur van leerachtige zoetheid, zag ik papa, die door iemand in een deurpost was neergezet, drie meter bij me vandaan, en hij keek me vragend aan uit zijn wijze, omnevelde ogen.

Ik miste Mary-Lou, en daarom zaten zelfs in een ogenschijnlijk zo onschuldig klusje als een gloeilamp vervangen (ik verwisselde hem terwijl Ev de trap en mijn linkerbeen vasthield) een last en spanning die me heel langzaam sloopten.

Daar kwam bij dat mijn kennis over haar raciaal gezien zwakke plek – dus het feit dat ik haar elke dag weer door mijn zwijgen beschermde – een band schiep die ver uitsteeg boven alle nabijheid die tot nog toe had bestaan. Uiteraard alleen van mijn kant. Zonder dat ze er erg in had, was ze in gevaar, zelfs bedreigd, want of in mijn eigen elegante SD-afdeling Hauptsturmführer Schmidtke of een van mijn collega's bij Evs controle op ras niet toch achterdochtig zou worden (alle documenten ontbraken, haar identiteit was alleen via een notariële verklaring over de raadpleging van een kerkboek afgedekt), dat kon niemand weten. Ik voelde me voor haar verantwoordelijk. Ik wilde bij haar in de buurt zijn als er iets gebeurde. Alleen daarom ging ik de kwelling niet uit de weg die haar schutterige schoonheid voor mij betekende, de dromerige wijze waarop ze bij het ontbijt een ei van zijn kopje ontdeed, haar in de wc-bril verzamelde lichaamswarmte, die ik in me opzoog met mijn wang tegen het hout als ik vlak na haar het toilet was binnengestormd, de geur van haar urine opsnuivend, die een paar minuten na het doorspoelen nog in de lucht hing, net als vroeger in de oude nachtspiegelnachten.

Maar ook de keukenschort die ze boos wegsmeet omdat de koekjes waren mislukt, haar enigszins grommende, vanuit de tuin aangewaaide jongenslach, het ballen van haar zeepsopvuist, haar geweeklaag over de manieren waarop je dood kon gaan, die haar binnenkort vermoedelijk zouden treffen, zoals vast komen te zitten en te verbranden in de moderne lift van het plotseling vlam vattende gebouw waarin ik werk, konden mij urenlang de adem benemen.

Pas nu zag ik dat een deel van haar veelvoudige persoonlijkheid melancholie aantrok. Soms doemde er een diepe afgrond van droefgeestigheid in haar op, die ze achter min of meer psychosomatische aandoeningen als migraine, buikpijn en griepinfecties verborg, symptomen van een onbestemde weerzin tegen het leven die ik maar al te goed begreep. En ten slotte stak ook haar wisselende en wankelmoedige belangstelling voor mij, voor de zaken die mij aangingen en haar in wezen maar matig interesseerden, als een doorn in mijn vlees.

Maar zelfs als ik had gewild, zou een ontsnapping uit deze situatie en dus een verhuizing praktisch onmogelijk zijn geweest. Ik had geen recht op een nieuwe woonvergunning, want door de sibbeaccommodatie had ik immers al woonruimte toegewezen gekregen. En door de ontelbare nieuwkomers heerste er nog steeds grote woningnood in Posen. Hub had de achterstanden bij de verdrijving van Polen en Joden helemaal ingehaald. Hij had Ev verteld dat hij zich zou gaan bezighouden met de noden van de Duitse immigranten en hun een verblijfplaats zou bezorgen, wat natuurlijk in zekere zin klopte, want hij bezorgde en bezorgde en bezorgde.

Hij slaagde er toch al uitstekend in om van eigenlijk alles wat we deden een ronduit positief beeld te schetsen. En elke dag opnieuw keek hij me aan met ogen die groter waren dan het leven zelf, terwijl ik alleen maar stof in mijn aderen voelde. Wij waren uitsluitend verantwoordelijk voor de grootsheid van het nationaalsocialisme, daarvan was hij overtuigd, en ik praatte hem dat na omdat hij er blij van werd.

Jazeker, meneer, wij waren het goede.

Maar helaas trof een spoorwegarbeider van de Reichsbahn in die dagen 's morgens vroeg, nog in het nachtelijk duister, op een afgelegen spoor van het rangeeremplacement van Posen een goederentrein aan waaruit hij zacht gejammer hoorde. Nadat hij een verzegelde wagon had geopend (wat hem later zijn baan zou kosten, want niemand mag ongevraagd een verzegelde wagon openen, alleen omdat hij stervende mensen hoort), kropen tientallen naar stront en verrotting stinkende gedaanten tevoorschijn, ze vielen op hun knieën en begonnen als vee te drinken uit de plas waarin de man stond. Er bleek een transport met Poolse gedeporteerden, die zonder eten, water en kleding naar het Generaal-gouvernement moesten worden uitgezet, door een onoplettende spoorwegbeambte te zijn vergeten. En wel zes dagen lang.

Toen bij het aanbreken van de dag de overlevende vrouwen, de verstijfde wurmen die eens hun kinderen waren geweest nog tegen zich aan gedrukt, werden gedwongen deze in te laden op een langs de weg naast de rails geparkeerde vrachtwagen, gebeurde het dat mijn zus in juist deze straat deze scène passeerde. Ze was op weg naar het ziekenhuis, waar ze twee dagen eerder als assistent-arts was begonnen. En omdat Ev haar witte doktersjas al droeg en in het blauw van de schemer maar vaag zag dat veel mensen aan het huilen waren, verzocht ze de geesteszieke chauffeur van Hub, die haar die morgen naar haar werk bracht, minzaam om naast de vrachtwagen te stoppen.

Iedere andere burger zou ongetwijfeld onmiddellijk op barse toon door de ss'ers zijn weggejaagd, want burgers dienden zich niet te bemoeien met interne administratieve aangelegenheden. Maar de mooie, jonge, onmiskenbaar vastberaden en vooral uit een officiële officierslimousine stappende vrouw met doctorstitel waagde niemand tegen te houden. Ze passeerde de wachtposten, boog zich over de uitgehongerde vrouwen en wierp een blik op de kleine, smerige, op maden lijkende zuigelingen die in de laadbak lagen als een vracht knollen.

Toen vroeg ze de bevelhebber wie verantwoordelijk was voor deze grenzeloze, satanische onmenselijkheid. En geheel naar waarheid antwoordde de geïntimideerde man dat de heer gemaal van mevrouw de Sturmbannführer, namelijk meneer de Sturmbannführer in hoogsteigen persoon, zijn bevelen in deze kwestie had gegeven.

Misschien heb ik nog niet beschreven wat er met Ev gebeurde als ze woedend was. Veel vrouwen kunnen zoals bekend helemaal niet woedend worden maar wel gemeen. Ev onderging een gedaanteverwisseling. Haar ogen scheurden je aan stukken, ogen met nagels erin, angstaanjagende ogen. Uit haar gezicht verdween elke kleur om de vele aangezichtsspieren die je voor woede nodig hebt de effectiefst denkbare bleekheid te geven. Woede op een rood gezicht was iets voor mij of voor driftkoppen, die zie je alle dagen wel. Ev echter veranderde in Sneeuwwitje, zo teer zag ze eruit. De mensen die niet precies weten wat er gaat gebeuren, denken zelfs aan porselein. Bleekheid kan immers zoveel betekenen. Toen ik een keer als twaalfjarige een pak slaag kreeg van twee knapen uit een parallelklas, beneden bij de Düna, midden in het havengebied, dacht het stel ook: moet je dat zien, wie komt daar nou aan. Ze naderde heel snel, zonder dat het aan haast deed denken. Op haar krijtwitte gezicht was de elementaire storm die weldra zou losbreken niet af te lezen. *'Zwej akegn ejnem, ir zent mer nischt vi drek,'* zei ze als de koningin van Seba. En toen gaf ze een van de verblufte apen ondanks haar bloedeloosheid een muilpeer – het was in die tijd nog tamelijk ongewoon dat je klappen kreeg van een fijn porseleinen, vlot naar het straat-Jiddisch overschakelende gymnasiaste.

Toen Hub die avond thuiskwam, natuurlijk al door zijn chauffeur op de hoogte gebracht van het incident, een enorme bos bloemen in

zijn arm, en nog eens twee kaarten voor *Rigoletto* tussen zijn zwete-
rige vingers, liep Ev alweer uren in de buitgemaakte villa te ijsberen,
zo wit als een kneedbom.

Mama was volkomen radeloos, want zij kende deze tomeloze vorm
van woede niet, zij kende alleen ingetoomde woede en vond dat ook
de enig juiste manier om je ontevredenheid te uiten onder beschaafde mensen. Ev bracht daartegen in dat het hier niet om beschaafde
mensen ging, maar om haar broer en echtgenoot, een combinatie
die voor mama altijd weer een uitdaging was.

Geloof me, ik werd ooggetuige, oorgetuige en knalgetuige ineen
op deze avond, ja, ik werd een regelrechte tijdgetuige, want het was
een bloedbad dat zijn weerga niet kende. Hub stamelde aldoor alleen dat Ev alsjeblieft moest kalmeren. Mijn god, dat is toch echt het
stomste wat je kunt zeggen tegen een woedende aanslagpleegster die
op het punt staat de lont in het kruitvat te steken.

'Natuurlijk is dat... is dat een ramp, Ev. Maar we zijn in oorlog,
schat. We zijn wel in oorlog. Elke dag sterven er honderden volksge-
noten aan het front. Je moet het wel in verhouding zien!'

'Ik moet het wel in verhouding zien?'

'Ja.'

'Ik moet het wel in verhouding zien? Wat voeren jullie daar eigenlijk uit bij de SD?'

'Ik zorg voor de veiligheid van de mensen. En Koja ook!'

'Laat Koja erbuiten! Breng Koja niet met die vunzigheid in verband!'

'Kindje, we wonen hier niet in een riool!' bracht mijn moeder verbaasd uit.

'O zeker, dat doen we wel, mama!' zei Ev verontwaardigd, en ze
keerde zich weer tot Hub: 'Jij hebt gezegd dat je voor huisvesting
voor de Balten zorgt! Ik dacht dat je mensen hielp!'

'Dat doe ik ook. Geloof me, ik red in mijn positie ongetwijfeld
meer mensen van de dood dan jij!'

'Je had die baby's eens moeten zien! Jij wilt met mij een kind hebben en dan vermoord je kinderen?'

'Maar schat. Ga nou niet appels en peren met elkaar vergelijken!'

Ze liep naar hem toe, pakte de bos bloemen uit zijn hand en gaf
hem daarmee een oorveeg.

'Doe dat nooit weer! Doe dat nooit weer!' schreeuwde ze. 'Nooit weer, hoor je? Appels met peren?'

Ze probeerde de bloemen in zijn mond te duwen.

'Ben je gek geworden, Ev?'

'Jij komt niet verder dan appels en peren als het over die uitgedroogde hummeltjes gaat? We hebben het niet over fruit, Hub! Toon een beetje eerbied!'

Ze huilde van woede, en zij en Hub waren bespikkeld met een wirwar van de schitterendste bloemblaadjes.

'Klop dat, zoon? Zijn er kleine kinderen gestorven?'

'Het was een grote rampspoed. Ja, mama.'

'Ach jee.'

'Maar we zorgen echt goed voor de Polen. Dit hier wordt een Duitse provincie, daarom moeten ze verhuizen, dat weet je toch, mama.'

'Natuurlijk.'

'Maar ze krijgen in het Generaal-gouvernement allemaal weer prima huizen, ze worden zo goed mogelijk verzorgd.'

'Eva-kindje, zie je nou wel, prima huizen!' sprak mama met een zucht van verlichting, en ze voegde eraan toe: *'Tant de bruit pour une omelette!'*

'Ik weet toch wat ik heb gezien!'

'Je moet een beetje vertrouwen hebben in je...!' Mama vond zo snel geen passend woord voor Hub, daarom keek ze hem aarzelend aan, terwijl hij ontroerd zijn keel schraapte.

'Dat was een grote rampspoed, dat geef ik toe. Het is heel naar. De verantwoordelijken zullen rekenschap moeten afleggen,' beloofde hij.

'Zweer me dat zoiets nooit meer gebeurt!' siste Ev.

'Dat zweer ik.'

'Je hoort zoveel verschrikkelijke geruchten.'

'Wat voor geruchten?'

'Dat het helemaal niet goed gaat met de Polen en de Joden. Dat er in de getto's akelige dingen gebeuren. Dat heb ik tot nog toe nooit geloofd! Dat kun je ook gewoon niet geloven!'

Hub strekte zijn arm en wees naar het door papa geschilderde portret van de tragische heilige Hubert Konstantin Solm, wiens mozaïsche gestrengheid de hele keuken domineerde.

'Moet je Großpaping zien! Die was dominee! Zijn vader was dominee! Zijn grootvader was dominee! De laatste honderdvijftig jaar kwamen er uit mijn familie uitsluitend geestelijken! Ev, zelfs ik ben theoloog!'

'En ik zit in de kerkenraad,' vulde mijn oplettende moeder aan.

'En mama zit in de kerkenraad! Denk je dat ik of een van ons, wie dan ook, bij de ss zou gaan als het welzijn van de mensheid niet centraal zou staan?'

'Wat is er met de mensen gebeurd die hier vroeger woonden?'

'Zij hebben een mooi huis gekregen. In Krakau!'

'Even mooi als dit?'

'Mooier.'

'Geef me het adres! Ik ga hun schrijven! Ik wil dat weten!'

'Ik zal kijken wat ik doen kan!'

'Dus ik krijg het adres van je?'

'Ik kan niet garanderen dat het allemaal lukt. Maar ja, ik zal het proberen.'

'Ik wil dat verdomde adres hebben! Het adres wil ik hebben, Hub!'

'Goed, dan krijg je dat stomme adres van me. Maar je mag het leed van mensen niet zo individualiseren.'

'Wat praat je nou? Leed is altijd individueel!'

'Maar het gaat om het grote geheel. Tegen de achtergrond van het leed van een hele natie is deze vreselijke rampspoed nou eenmaal niet het grote geheel.'

'Hub, begin nou niet weer!'

'Sorry. Maar je denkt er toch over om als arts bij de ss te gaan werken?'

'Na wat ik vandaag heb meegemaakt?'

'Dat moet je echt doen. Ik heb gisteren gehoord dat ze daar ontzettend veel medisch personeel nodig hebben. Voor de concentratiekampen, bijvoorbeeld. Dan zul je zien welke hoge ethische eisen wij aan onszelf stellen om onze plicht te vervullen!'

'Nee,' riep ik ontzet, 'ik denk niet dat Ev kamparts wil worden.' En toen zei ik er nog snel achteraan: 'Want dan zijn jullie helemaal nooit meer bij elkaar! De concentratiekampen liggen echt verschrikkelijk ver weg!'

'Bemoei je met je eigen zaken, Koja!' snauwde Ev me toe. 'Ik ga naar de ss als ik dat wil! Al is het alleen maar voor de grap!'

'Hemel!' zei mijn vader. Hij had al jaren geen woord meer gesproken, maar zat nu in zijn rolstoel alsof hij er weer helemaal bij was. We konden nauwelijks geloven dat er uit de diepte achter deze scheefgetrokken mond een klank naar buiten kon dringen. Maar opnieuw hoorden we een kreunend 'Hemel, hemel', alsof mijn vader in mijn vader zat opgesloten en met alle kracht riep dat we hem eruit moesten trekken, uit zijn keel en zijn met schoenveters vastgesnoerde stembanden. We hoorden zelfs een vertrouwde toonhoogte. Het 'Hemel' klonk lichtvoetig, en ook verbaasd. We keken hem allemaal aan, mijn moeder wreef over zijn rug.

'Hij praat, hij praat,' stamelde ze verrukt, alsof hij een zuigeling was en zijn eerste 'mama' zei. En toen streelde ze over zijn oude wang, en ook over zijn witte baard, die als een bloemperk door haar werd onderhouden. Toen ze van ontroering een beetje thee in zijn mond wilde gieten, begon zijn gezicht helemaal van binnenuit te stralen, rond zijn lippen vormde zich een glimlach, hij sloeg pardoes voorover op het tafelblad, zijn ogen verzaligd geopend. En de laatste stuiptrekking van mijn vader, zijn laatste voilà tegen de vergankelijkheid, veegde Ev later van haar stoel, alsof het een waar godsgeschenk was. Een ultieme liefdesdienst voor de man die haar ooit als zijn dochter had aangenomen.

En daarmee was de afschuwelijke ruzie natuurlijk voorbij.

Wanneer we elkaar de weken daarna bij het ontbijt troffen, waren we allemaal in het zwart gekleed, in sober burgerzwart, in elegant ss-zwart, in het zwart dat voor het grijpen lag, zoals Ev deed, of in een honderdtwintig jaar oud zijde-met-kantwerkzwart van de rouwsluier van mijn overgrootmoeder grootvorstin Mischkowa, waaraan mijn moeder de voorkeur gaf. Ze droeg de sluier elke minuut van de dag, zelfs in de badkamer en bij de maaltijd, ook al zat die haar in de weg.

Onder al ons zwart zat verdriet. Want hoewel papa jarenlang alleen nog maar een ademende schim leek te zijn geweest, hing zijn geest altijd nadrukkelijk bij en om ons heen.

De begrafenis op het Neue Friedhof in Posen leek op een processie in het oude, tsaristische Riga. Zelfs het allang verboden Curonia mocht door een speciale ontheffing van Erhard Sneiper nog eenmaal in groot tenue aantreden en de eeuwige vaandels tonen die boven papa's graf werden gestreken.

Op mijn achtste had ik hem als de goede Nicolaas geportretteerd, met een te grote neus, maar papa had altijd gezegd dat een fraaie neus niet groot genoeg kan zijn. En deze Nicolaas gaf ik hem mee in de aarde.

's Nachts hoorden we mijn moeder altijd huilen, mijn moeder die nooit in haar leven had gehuild, afgezien van het ene moment in de Bremerhaven. Haar door de schok plotseling dun geworden huid zorgde ervoor dat de gedurende zes decennia door contenance opgestuwde tranen nu met liters tegelijk werden vergoten, alsof de dam was doorgebroken. Ze huilde om de dood en het leven, het verlies van haar geboortegrond, de moord op de mooie tsarendochter, maar ook om een arme man met een gele ster die op het voetpad voor haar opzij moest gaan.

Overdag was ze meestal even eigenzinnig en beheerst als altijd. 's Avonds zorgde ze dat Theochen zijn kamillethee kreeg, zette de dampende kop voor hem op tafel, merkte haar vergissing, verzuchtte 'Ach, Theochen' en gooide de thee weg, waarna de tranen kwamen, die vervolgens tot ver na middernacht bleven vloeien. Dat ging maandenlang zo door. Soms hoorde je haar door de deur met Theo praten, zachtjes snikkend, vaak verwijtend of zelfs berispend. Dat had ze in de jaren ervoor ook gedaan, en papa had ook toen nooit kunnen antwoorden. Maar nu wekte het irritatie. De rolstoel, die naar zeepsop rook, liet ze aan de keukentafel staan, ze discussieerde met hem, leek naar hem te luisteren, hoewel hij niet papa als teruggekeerde dode maar een extra huiskabouter leek te zijn (ook nieuw, misschien de minnaar die mama zichzelf nooit had gegund).

Dikwijls vroeg ze ons wat papa nou met zijn laatste 'Hemel' bedoeld zou kunnen hebben, of hij wellicht het eeuwige licht al had gezien of dat het misschien de stem van God was die via hem had gesproken. Eén keer hoorde ik dat ze zich in gebed bij Theo voor Großpaping verontschuldigde vanwege de afwijzing die eertijds voor de koets was gelegd opdat hij niet naar de pastorie zou gaan om zijn stijfkoppige vader te redden. Een lange reeks met elkaar vervlochten snikken begeleidde deze aanroeping, en ik vroeg me voor het eerst van mijn leven af of mijn ouders, net als wij allemaal verstrikt in schuldgevoelens, echt van elkaar hadden gehouden. Waarom brak mama's uitputtende liefde voor papa, die ons allemaal diep aangreep, pas nu naar buiten? Word je je pas van de liefde bewust als het te laat is?

Dat vroeg ik me ook af wanneer ik naar mijn zus keek, die zichtbaar aangedaan was door papa's dood en nu voortdurend mijn nabijheid zocht, zonder het minste vermoeden dat ik daar onrustig van werd. Over de onverdraaglijke en naar onheil zwemende gemoedstoestand die ze elke keer weer bij me opriep, tientallen jaren al, kon en wilde ik haar geen uitleg geven. Maar hoe meer ik me terugtrok, hoe dichter ze bij me kwam.

Zonder twijfel hadden het verlies van mijn vader, mijn maanziek wordende moeder, het verkeerde huis, de dode baby's, de Polen die zwoegden om in leven te blijven en de oorlog, hadden al deze elektrische ontladingen van leed haar in feite nog zo frisse, om niet te zeggen nog in de wittebroodsweken verkerende huwelijk ineen doen krimpen en misschien zelfs ouder doen worden. En misschien wilde ze die eeuwigheid die een huwelijk, als je erover nadenkt, nou eenmaal altijd betekent ook helemaal niet. In elk geval verbaasde het me dat ik sinds de dag van papa's overlijden amper nog een geluid uit de echtelijke slaapkamer hoorde, geen van die met gilletjes gepaard gaande zuchten, geen bedelende ah's en jaaa's en kreunende commando's die mij een halfjaar eerder nacht na nacht hadden gekweld. Weliswaar was vroomheid het adagium in ons huis, maar mama kon toch niets horen en van mij hadden ze zich nooit wat aangetrokken. Hoe dan ook, ik vond de stilte niet erg, ik vond die zelfs fijn, begrijpt u?

Toen ik op een dag samen met Ev naar het kerkhof reed om bloemen naar papa te brengen, nog in de vroege ochtendnevel, voordat zij en ik aan het werk gingen, vroeg ze me op een bankje op het kerkhof of ze me iets mocht vertellen. Ze zag er doodmoe uit, alsof ze de hele nacht geen oog had dichtgedaan, en toen ik haar vroeg hoe dat kwam, zei ze alleen dat Hub haar het adres in Krakau nog steeds niet had gegeven.

Ik wist meteen welk adres ze bedoelde.

Maar dat was niet de reden dat ze met me wilde praten. Tot mijn schrik vertelde ze me dat ze had gereageerd op een vacature in een medisch tijdschrift. Op een baan als kamparts in een 'vrouwenherscholingskamp' in Ravensbrück. Het was een kamp van de ss. Ze liet me de netjes opgevouwen annonce zien. Met Hub had ze nog niet gesproken.

'Maar je moet het hem als eerste vragen.'

'Misschien is hij er wel op tegen. Hij heeft wel gezegd dat hij erachter staat, maar dat geloof ik niet. Weet je, misschien is een beetje afstand ook heel goed voor ons.'

Ze boog voorover naar de kiezelstenen die het pad op het kerkhof deden oplichten, raapte een geel steentje op en hield het voor haar oog, probeerde erdoorheen te kijken en liet het weer vallen. Toen slaakte ze een zucht en keek me recht aan.

'Hub is zo'n sterk mens. Het is moeilijk naast hem.'

Ik knikte.

'Misschien moet ik nog een of twee jaar iets voor een ander doen en meer zelfvertrouwen kweken voordat we echt een gezin gaan stichten.'

'Maar waarom zou dat dan uitgerekend in een concentratiekamp moeten?'

'Ik wil iets bijdragen. Voor de slachtoffers, weet je. Ze hebben daar vast en zeker geen goede artsen. Ik wil de gevangenen helpen.'

'In een kamp?'

'Ja, daar zitten toch gevangenen, of niet?'

'Hub vertelde me dat het er anders aan toegaat dan altijd in de tijdschriften staat.'

'Dat heeft hij mij ook verteld. Maar hij wil natuurlijk laten zien hoe voorbeeldig de ss zijn tegenstanders behandelt.'

'Alsjeblieft, Ev, ga er niet naartoe,' bezwoer ik haar. 'Je hebt hier een goeie baan. Je hebt een mooi, groot huis. Met Hub zul je straks heel gelukkig zijn.'

Hub was ontdaan toen ik hem erover vertelde. Hij zei dat onze zus de voorbije weken steeds labieler was geworden. 'Als het op dat ene punt maar goed komt, dat ze die onbestemde angst en somberheid kwijtraakt,' klaagde hij. 'Het is nog altijd dat voorval met de baby's. Ze krijgt het niet uit haar hoofd. En nu wil ze de wereld beter maken.'

Hij schudde zijn hoofd en zei dat ze de baan in het kamp niet zou krijgen, daar zou hij wel voor zorgen. Daarna zweeg hij, zonder echt afwijzend te zijn.

Omdat we het moeilijk vonden elkaar vragen te stellen, praatten we altijd alleen over andere mensen, meestal over Ev. Vaak spraken we dagenlang niet, en als we 's morgens samen naar kantoor reden, achter in zijn auto zittend, staarde ieder van ons door zijn eigen ruit zwijgend naar de stad, blikte naar de ineengedoken Polen, zag de zelfbewuste Duitsers, die hun uniformen droegen alsof ze aan het baltsen waren, ja, alsof het tieten waren, dat had papa goed gezien. Kaftans zag je nergens meer. De stad was van Joden gezuiverd.

Onze dagelijkse route voerde ons langs blauwe aanplakzuilen, waarop zowel de wekelijkse executies van gijzelaars in het fort van Posen als de grandioze militaire successen van de Wehrmacht werden geafficheerd. Een in milde ordelijkheid gehulde provinciestad, vredig, welvarend en dodelijk ineen, maar vooral dus: provinciestad. Een slaperig woord in een wereld die alleen uit superlatieven bestond, uit snelheid, flitsen, records. Uit verovering van de wereld. Midden in deze grote tijd leidde Hub geen heroïsch leven. Ik zag dat hij zich zorgen maakte. Hij voelde zich een kantoorklerk, gevangen in een tredmolen, geslagen met een vrouw die allengs depressiever werd, die hij tot nu toe altijd uitsluitend als het zonnetje in huis kende. Hij vertelde me dat hij Erhard ervan verdacht dat die hem zijn onverkwikkelijke baan had bezorgd. Een regelrechte wraak voor zijn huwelijk met Ev, dat wist hij zeker.

Mijn broer zat ermee in de maag dat hij aan Ev alleen een opgesmukte waarheid kon opdissen. Hij vond zichzelf energiek en oprecht. Een energieke en oprechte man. Haar kennelijke gebrek aan politiek talent maakte het volgens hem onmogelijk om haar met de filantropische kern van ons geloof vertrouwd te maken. Ze zag nooit het algemene, het grotere geheel, maar altijd alleen het bijzondere. En haar levensstijl was te individualistisch (net als de mijne trouwens, vond hij) om in de mens de worm, maar in het volk de draak te zien.

Telkens als hij poogde haar de nationaalsocialistische verbanden aan te tonen, reduceerde zij de wereld tot de vraag waar de vorige huurders van ons huis nu verbleven.

'Iemand van onze afdeling moet nu die brieven verzinnen,' verzuchtte hij terwijl hij me broederlijk smekend aankeek. 'Zou jij dat kunnen doen?'

'Ik moet doen alsof ik de vorige huurder ben?'

'Precies. Jij woont in Krakau en je bent heel tevreden.'

'Ik kan geen Pools.'

'Je moet beroerd Duits schrijven. De boel verhaspelen, snap je? "Dank jou wel."'

'Hub, dat gaat niet. Je liegt tegen je vrouw.'

'Nee. Ik stel haar gerust.'

En terwijl hij dit zei, besefte hij zelf hoe stompzinnig zijn woorden klonken, woorden waarin hij zo graag en steeds opnieuw geloofde. Bedaren, geruststellen, kalmeren, sussen. Het arsenaal van zijn toewijding. Hij hield veel van Ev, misschien meer dan zij van hem. Natuurlijk was hij op de keper beschouwd niet eerlijk. Maar hij bleef op een bijna perverse manier loyaal: jegens zijn heilige, die God van de troon stootte, jegens mij, die hem door passiviteit woedend maakte, zelfs jegens Erhard, die hem ertoe had gedwongen vele mensen in een onontkoombaar verderf te storten, maar het meest nog jegens Ev, de droevige Ev, die hij toch zo gelukkig wilde maken, daar beneden in de bron van zijn beste bedoelingen, waarin ze nu verdronk.

'Weet je wat ons laatste echt door en door zuivere moment is geweest?' vroeg mijn broer me op een morgen tijdens de rit naar ons werk. Hij keek me niet aan, maar ik merkte dat zijn strottenhoofd tegen de emotie vocht. 'Dat was toen we alle drie op die bank lagen, net als vroeger, en ik jullie het artikel voorlas, je weet wel, over Duinkerken.'

Eind juli negentienveertig zouden hij, Ev en mama in het weekend naar een landgoed in West-Pruisen reizen. Ze waren uitgenodigd voor de bruiloft van onze nicht, die ik nooit echt had gemogen. Bovendien werkte ik aan mijn eindrapport over Controlebureau Balten, dat zijn voltooiing naderde. Daarom kon ik niet gemist worden en moest ik thuisblijven.

Vlak voor vertrek klaagde Ev dat ze zich niet lekker voelde, ze had zoals zo vaak de laatste tijd last van migraine en ging naar bed. Hub was zorgzaam, maakte een washandje nat, kneep het uit boven haar voorhoofd en liet water in haar gesloten ogen druppelen, wat zij prettig vond. Hij zorgde nog dat ze hete thee kreeg, zette een lege schoonmaakemmer naast haar bed en trok de gordijnen dicht. Ik zag dat hij haar voorzichtig kuste, op haar mond. Toen moesten mama en hij zonder haar op reis, in zijn dienstauto. De geesteszieke chauffeur had hij vrijaf gegeven. Hij omhelsde me bij het afscheid. Dat gebeurde niet vaak.

Ze liet zich zowat de hele dag niet zien. Eén keer ging ik bij haar kijken. Ze had overgegeven, uren geleden al, zo leek het, maar ze had me niet geroepen.

'Heb je iets nodig, Ev?'

'Ruikt de kamer naar kots?'

'Dat doet er nu niet toe. Heb je iets nodig?'

Ze had niets nodig.

's Avonds pakten zich in het westen enorme wolkenbergen samen. Een weersomslag was voelbaar, er hing een zindering in de lucht, en de berken zwiepten heen en weer. Het blokhoofd belde bij ons aan en vertelde dat er een stormalarm voor de eerstvolgende vierentwintig uur was afgegeven. Er moest rekening worden gehouden met noodweer.

Ik liep onze tuin in en haalde het wasgoed naar binnen, beschermde de kleine kas tegen vallende takken, zette de ligstoelen in huis en sloot daarna de ramen allemaal goed af. Toen ik de deur achter me dichtdeed, zag ik de eerste regendruppels op de tegels vallen, maar de donder was nog ver weg. Ik smeerde een paar boterhammen en zette die naast Evs bed. Ze was in slaap gevallen, haar mond stond open, en een speekseldraadje liep van haar bovenlip naar haar onderste hoektand, alsof het was gesponnen door een heel zorgvuldige spin, die ergens in haar keel moest leven, of nog dieper, in haar hart.

Ik nam de schoonmaakemmer met de verse kots mee, gooide de grijsgroene inhoud in de plee, spoelde de emmer schoon en zette hem in de bezemkamer.

Intussen begonnen de ramen al te schudden en te trillen, en buiten gierden en huilden de voorlopers van de orkaan. Ik ging op tijd naar bed, wilde nog iets lezen. Maar toen viel in het hele huis de stroom uit. De kamer was donker. Even later sloeg ergens in de buurt de bliksem in en spleet een boom in tweeën. Het klonk als een bombardement.

Vijf minuten later ging de deurkruk naar beneden en stond Ev in mijn kamer. Ik zag haar niet, hoorde haar alleen, want ik lag van de deur af en deed alsof ik sliep.

'Mag ik bij je in bed komen?' fluisterde ze.

'Nee.'

'Nee?'

'Ik denk niet dat dat goed zou zijn.'

Ik wist precies wat voor gezicht ze opzette. Als je elkaar lang kent, kijk je elkaar alleen nog maar uit beleefdheid in de ogen.

'Ik wilde je alleen bedanken dat je mijn kots hebt opgeruimd.'

'Graag gedaan.'

'Maar ik ruik niet meer naar kots.'

'Dat is mooi.'

'Ik heb mijn tanden gepoetst.'

Haar stem was dun als papier. Ik draaide me om en zag haar midden in de kamer staan, een spookgestalte in haar witte nachtjapon en met haar verwarde haar.

'Je mag helaas niet bij me in bed komen, Ev. Ik wil dat niet. Het gaat niet.'

'Oké.'

Ze bleef gewoon staan, zonder een vin te verroeren. Een bliksemflits verlichtte een seconde lang de ruimte, kleurde haar nachtjapon, en ik zag opengesperde ogen en een langzaam verdwijnen, alsof ze nog slechts uit stof of moleculen bestond, en toen barstte de donder los, luttele seconden later.

'Ik ben bang voor onweer. Dat weet je.'

'Ja, dat weet ik, Ev.'

'Ik kan in die stoel daar gaan zitten. Dat kun je me niet verbieden.'

'Natuurlijk niet.'

Ze zat daarna een halfuur vredig in de oude oorfauteuil.

Ik meende al dat ze in slaap was gevallen.

'Ik heb het koud, Koja.'

'Als je daar zonder deken zit...'

'Wat geeft het nou? Hub zou er vast niets op tegen hebben.'

Ik zei niets.

'Koja, ik ben nog altijd je zus.'

'Dat kan wel zijn,' antwoordde ik, 'maar ík ben niet meer jouw zus.'

Ze stond op, liep naar me toe en gleed bij mij onder de deken.

'Ik word ontzettend boos, Ev.'

'Word alsjeblieft morgen boos, ja? Laat me nu alsjeblieft slapen.'

En met die woorden viel ze als een blok in slaap.

Ik luisterde naar het woeden van de wereld buiten en ook naar het woeden in mij. Ze had haar rechterarm om me heen geslagen. Ze kon me niet met het minste gewicht belasten zonder me met herinneringen te kwetsen, zelfs niet met haar smalle pols. Ze lag op haar zij, het gezicht in het kussen gedrukt, zoals ze altijd aan mijn zijde had gelegen toen ze nog niet getrouwd, nog niet mijn schoonzus en niet Joods was. Haar adem was licht en regelmatig – ik concentreerde me op deze adem – en heel langzaam werden mijn oogleden zwaar, en het woelen en woeden sloeg over naar mijn slaap, als een trom op een galeischip, en ik trok aan de riemen.

Iets was er koel, maar ik wist niet wat. Ik werd wakker. De pols was weg en ik lag naakt in bed. Naast me keek Ev me spiedend aan, eveneens naakt, het hoofd steunend op haar arm. Ze observeerde me, urenlang misschien al. Ik kwam met een ruk overeind.

'Waarom heb ik niets aan?'

'Ik heb onszelf uitgekleed.'

'Ben je niet goed wijs?'

'We lagen te zweten.'

Ik duwde haar bruusk weg.

'Koja, alsjeblieft!'

Ik knipte de staande lamp aan. Er was weer elektriciteit. De regen was opgehouden. Ik keek naar haar. Onze nachtkleding lag als kleine molshopen op de vloer.

'Ik wilde nog één keer zo liggen als vroeger.'

'Ik wil dat je onmiddellijk naar je eigen kamer gaat!'

'Nee.'

'Je staat nu op!'

'Nee, alsjeblieft niet...'

'Ik draag je erheen.'

Ik sjorde haar aan haar arm omhoog, maar ze hield zich met haar andere hand vast aan het ledikant. Daarop probeerde ik haar los te rukken, maar nu werd ze boos, en ze beet me laaiend van woede in mijn schouder. Ik schreeuwde het uit. Toen ik haar met mijn handen als een laadschop omhoog wilde tillen, deed ze een stap opzij en sloeg me in mijn gezicht. Mijn lip sprong open en ik bleef verdoofd staan. We hijgden allebei. We waren spiernaakt, maar dat zei ik al. Ten slotte zonk Ev op de koude vloer, happend naar adem.

'Ik ben bang, Koja,' kreunde ze.

'Je kunt niet hier zijn. Je moet bij Hub zijn. Maar je kunt niet hier zijn.'

'Maar waar moet ik dan zijn? Jij bent mijn enige vriend.'

'Doe je zoiets met je beste vriend?' Ik wees naar de met mijn kleren opgeworpen molshoop.

'Vroeger deden we het ook!'

'Jij neemt niets serieus.'

'Ik heb je nodig. Het is allemaal zo verwarrend. Ik ben totaal in de war. Van niets raak je zo in de war als van een morele nederlaag.'

'Ja, en je bent nu op zoek naar een nieuwe nederlaag!'

'Ik weet niet of ik met Hub een fout heb gemaakt.'

'Papa zei altijd,' stootte ik uit, 'als je niet weet of je een fout hebt gemaakt, wacht dan nog gewoon even!'

Ze boog voorover, viste haar nachtjapon van de hoop en trok hem over haar hoofd. Ze huilde.

'Ik begrijp die man niet,' fluisterde ze. 'Hij is zo anders dan toen hij nog een kind was.'

'Ik ben ook anders dan toen ik nog een kind was.'

'Maar met jou ben ik niet getrouwd.'

'Juist ja. En heb je misschien in die hele ik-gerichtheid van je, heb je in dat hele ik-ik-heb-iemand-nodig-die-met-mij-mij-mij-mij-lachen-kan ook maar een moment beseft wat dat voor mij betekent?'

'Waar heb je het over?'

'Ik heb het over het feit dat je niet met mij getrouwd bent!'

'Maar jij bent toch veel te aardig.'

Het was een van die zinnen die alleen Ev kon zeggen, een zin die uit een giftige boom leek te zijn gevallen en die je onmiddellijk opschrokt.

'Misschien ben ik te aardig, dat zou best kunnen, geen mens is volmaakt,' fluisterde ik. 'Maar ik hou wel van je.'

Ze zei niets.

'Vanaf het eerste moment dat ik je zag ben ik verliefd op je. Ik hou al twintig jaar van je. Ik hield al van je toen we samen in een po hebben gepist.'

Ze zei nog steeds niets, keek me ongelovig aan, uit ogen die als vet op water dreven.

'Maar al hou ik nog zoveel van je: ik ga mijn eigen broer niet brietschen! En al helemaal niet met iemand die me elke dag pijn doet. Die maar gewoon in mijn bed gaat liggen terwijl ik dat niet wil. Die me als een baby al mijn kleren uittrekt. En me klappen verkoopt. Voor jou ben ik een hoer, en geloof me, ik weet wat hoeren zijn. Je kunt hoeren ontzettend graag mogen, en precies zo ben jij op mij gesteld, als een aardige hoer. En precies zo ben je gesteld op mijn lul.'

'Hou op, hou op, Koja.' Ze kronkelde aan mijn voeten.

'Ik zal je eens laten zien hoe aardig ik ben.'

Ik bukte me, greep haar been vast en sleepte haar als een half varken over de vloer. Ze weerde zich niet meer, huilde alleen maar, huilde en schreeuwde, en haar nachtjapon gleed over haar billen, en ik dacht, nee, ik heb wel mooiere billen gezien, en ik trok haar over de drempel, en zij riep 'Alsjeblieft, Koja, alsjeblieft, het spijt me', en daarna liet ik haar op de gang liggen, deed mijn deur dicht, draaide de sleutel twee keer om en hoorde de hele nacht onze oude beloften, die in mij werden verbroken.

2

Ik had een sterke behoefte om op schilderreis te gaan. Alleen met ezel en schetsboek onderweg te zijn en vrolijk door de wereld te trekken, dat verkwikt het belangrijkste orgaan dat je als beeldend kunstenaar nodig hebt, namelijk je oog.

Papa had ons altijd geadviseerd om in tijden van innerlijk evenwicht het vooral bij gele en rode kleuren te zoeken, en voor de rest te vertrouwen op de impressie van het moment, dus gewoon maar licht in je brein te laten stromen, niets dan licht. Daar gaat het bij een schilderreis om: je brein met de helderste reflexen verblijden, om het dan voor de rest volledig te ontzien, ook door niet toe te geven aan een gedachte, hoe vaag ook, om verf op te brengen, te schilderen en te tekenen en weer te schilderen, zoals een schaap graast.

Op de dag na Hubs terugkeer van een kennelijk vrolijke West-Pruisische bruiloft, die in elk geval mijn moeders wanhoop deels bezwoer, liep ik zijn kantoor binnen, bracht keurig verslag uit en verzocht meneer de Sturmbannführer per direct om overplaatsing. Men wilde redenen horen. Ik verzon er een paar, en mijn wens om een schilderreis te ondernemen die het leven lichter maakte, zat daar ook bij. Ik zette mijn verzoek kracht bij door mijn Luger uit de holster te trekken, te ontgrendelen en tegen mijn slaap te zetten, een voorwaar radicale variant om licht in mijn brein te laten stromen.

Mijn meerdere vervloekte, rollend met zijn ogen, het dramatische talent van zijn broer en zus, maar was in dit geval wel zo tactvol om me niet op de toestand van mijn wapen te wijzen (ongeladen). Aangezien hij zijn broertje altijd al overspannen had gevonden maar hem nog nooit in zijn leven in de steek had gelaten, diende zich binnen drie dagen een mogelijkheid aan. Als dank ontstond uit zijn ruimhartige maar lichtjes zalvende gelaatsuitdrukking mijn eerste portretschets sinds maanden. Ik maakte de tekening met het goeie oude grafietpotlood van mijn vader, nog in mijn kantoor, voordat ik het leegruimde.

En toen zat ik ook al in de trein naar Berlijn. Hub zelf had eigenlijk als hoge SD-officier in deze comfortabele coupé eerste klasse moeten zitten om de volgende SS-hervestigingsoperatie in Oost-Europa uit te voeren. Maar hij wilde per se niet.

Aan de ene kant kon hij Ev onmogelijk drie maanden lang alleen laten. Ze had toen hij uit West-Pruisen terugkwam schaafwonden op haar buik en een kneuzing op haar bekken. 'Vermoedelijk ongelukkig terechtgekomen, een soort collaps,' mompelde hij. Ik deed heel verrast. ('Nee, er is me in het weekend niets opgevallen, Hub. Ze had gewoon hoofdpijn.') Hij sloeg geen acht op mijn gesprongen lip.

Aan de andere kant was er iets wat nog nadrukkelijker pleitte tegen zijn deelname aan de hervestigingsoperatie: hij had bij die gelegenheid met Sovjetofficieren moeten dineren en wodka moeten drinken in plaats van ze neer te laten knallen, en dat kon hij de door verdrinking omgebrachte Großpaping niet aandoen.

Zo arriveerde ik in zijn plaats op het door de zon beschenen Reichssicherheitshauptamt in Berlijn en nam een rol aan die veel te veel verantwoordelijkheid eiste van een kleine Obersturmführer.

Je zou het ook carrière kunnen noemen.

Niemand wist natuurlijk dat ik in werkelijkheid een schilderreis maakte onder het mom van banale SS-bezigheden. In Berlijn was mijn allereerste gang die naar Heppen & Pelzmann Kunstenaarsbenodigdheden in de Friedrichstraße. Ik kocht Faber-Castell-potloden, tekenkrijt, Oost-Indische inkt, Chinese kwasten, platte en ronde penselen (Siberische wezel). Ik plunderde bijna manisch de halve winkel.

Terwijl ik in de kazerne in Stahnsdorf met de nieuwe Faber-Castell hardheid 6B stiekem een karikatuur tekende van een nogal dorre referent, legde hij mij en de andere agenten van Amt VI uit dat we ons naar Bessarabië aan de Zwarte Zee zouden spoeden om honderdduizend Zwabische kolonisatoren terug te helpen halen naar het Rijk. De referent had het steeds opnieuw over 'splinters uit eigen volk' die de tsaar honderd jaar eerder had opgeroepen om naar het land te komen, waarna hij ze over de Moldavische steppes tot helemaal in Odessa had uitgestrooid. Nu bliefden de Sovjets ze niet meer en moesten ze teruggeveegd worden naar het land van hun vaders.

Ik verheugde me erg op alle exotische motieven, de verlokkingen van een Karl May-wildernis die artistiek wilden worden vastgelegd. Maar het ontging me evenmin dat ik en passant voor de eerste keer een meerdere was die leiding moest geven aan een kleine eenheid van de dienst Inlichtingen Buitenland. We werden vermomd als gevolmachtigden voor evacuatie en hervestiging, in het dagelijks bestaan burgers. Mijn titel luidde: 'hoofdgevolmachtigde van het district Mannsburg'. Officieel moesten wij ter plaatse belangrijke organisatorische opdrachten uitvoeren, onofficieel echter het hele land in kaart brengen en speuren naar militaire Sovjetsteunpunten. Sovjets en nazi's namen samen de emigratie van de Bessarabische Duitsers ter hand. 'Dat kan nog lollig worden,' besloot de in het geheel niet lollige referent zijn betoog.

Ik kreeg een persoonlijk assistent, *Untersturmführer* Möllenhauer, een verwijfd aandoend type uit Hannover met tegen zijn hoofd geplakt haar en een, leek het wel, met meel bestoven gezicht dat deed denken aan de pierrot uit de Franse komedie. Later hield hij zijn geweer dan ook echt als een mandoline vast.

Behalve Möllenhauer werd me nog een soortement lijfwacht toegewezen, een beresterke Saks die eruitzag als een stiekeme drinker, die ook zo genoemd werd en nooit een woord zei. Daarom had ik de drinker heel graag om me heen, en ik tekende hem in de trant van Goya in zijn *Los Disparates*.

Möllenhauer en de drinker hielden mijn kleine sp-commando van zestien medewerkers bij elkaar, met wie ik mij in Wenen diende te vervoegen. Daar verzamelden zich uit alle delen van het Rijk nog eens honderden evacuatiehulpkrachten: hospikken, artsen, chauffeurs, telefoon- en telegraaftechnici, als toeristen verklede *Waffen-ss'ers*, ambtenaren van ministeries, rassenonderzoekers en oorlogsverslaggevers in dienst van het Rijk, dus fotografen, journalisten, illustratoren en zelfs een magiër, die niet zo goed wist wat hij bij deze onderneming te zoeken had en ons humeur met kaarttrucs op peil hield.

Met een sneeuwwitte rondvaartboot voeren we de Donau af, passeerden Boedapest (ik aquarelleerde de Franz Joseph-brug), maakten vlak na de Kroatische grens de gehele tokayervoorraad soldaat (resulterend in een onvoltooid stilleven van twee glazen en fruit op een schaal), urineerden bij Vukovar met z'n vierendertigen midden in de schitterende rivier (wat niet werd vastgelegd), gleden langzaam aan Belgrado voorbij (een mooie stad, waarvoor ik pastelkrijt en geschept papier paraat hield), zwaaiden in Servië naar een midden in de rivier voor anker liggend roestrood, gammel stoomschip dat een paar Joden naar Palestina zou brengen maar aan de grond was gelopen (een vrijpostige kameraad greep mijn tekenblok, schreef er *Juda verrecke* op en toonde het kunstwerk aan de verhongerende antichristenen), en op de hele vaartocht langs de Bulgaarse oever zongen we onvermoeibaar 'Heut' kommen d'Engerln auf Urlaub nach Wien'.

Uiteindelijk meerde ons Donauschip aan in de Roemeense havenstad Galați, waar de Sovjetdelegatie ons verwachtte, en moest ik blok en tekenpotlood voorlopig opbergen. De temperaturen waren aangenaam mediterraan, de ontvangst verliep echter koel. De leider van de Sovjetcommissie voor evacuatie en hervestiging kwam met twee begeleiders het schip op, maar kreeg ter plekke een hartaanval. Onze arts diagnosticeerde een zware alcoholvergiftiging en kon hulp bieden. Er moesten onderhandelingen worden gevoerd die meer dan een uur duurden alvorens we onze bagage konden meekrijgen. De Sovjets stonden erop dat alle bagage op wapens werd doorzocht en confisqueerden daarbij al ons kaartmateriaal, waarop we de legersteunpunten van de tegenstander hadden moeten intekenen, zodat onze missie al mislukt leek voordat ze goed en wel was begonnen.

In deze hectische sfeer werd mijn Sovjetcollega aan me voorgesteld, een NKVD-majoor die ik beneden op de kade van het havenbekken van de stad ontmoette. Hij stond midden tussen zijn manschappen, één hand in zijn broekzak en een sigaret tussen zijn tanden. Met uitgestoken hand liep hij naar me toe. Ik herinnerde me hoe het bij Curonia placht toe te gaan, deed of ik zijn hand niet zag, wachtte tot de andere hand uit de broekzak gehaald en de sigaret netjes uit de mond genomen werd, zoals dat voor een begroeting onder gentlemen betamelijk is.

Maar dat gebeurde nu helaas niet. Hand en sigaret bleven waar ze waren, en de NKVD-majoor genoot zichtbaar van het affront dat hij zichzelf gunde. Ik greep vliegensvlug in mijn tas, haalde mijn schetsboek tevoorschijn, tekende hem in dertig seconden, ongeveer zoals ze hem in de *Stürmer* getekend zouden hebben, want hij had een markante Joodse kop. Met dit portret, dat hij direct wilde hebben en trots aan zijn collega's liet zien, heb ik zijn respect verdiend, wat ook verder in onze relatie zou doorwerken. De majoor heette Oeralov. Hij was klein en pezig, een gemoedelijke bloedhond. Omdat hij niet wist dat ik dankzij Anna Ivanovna's jarenlange bemoeienissen perfect Russisch sprak, liet hij me vergezellen door een tolk, een vrouw die mij inlichtingen moest ontfutselen en derhalve intiem met me moest verkeren.

Ik maakte meteen gebruik van dit aanbod, wat wel tot enig gefluister bij mijn manschappen leidde. Mijn assistent Möllenhauer vroeg me bezorgd en spierwit om zijn pierrotneus of ik wel wist wat ik deed en zei dat hij dit eigenlijk aan onze meerderen in Berlijn moest melden. Ga je gang, ga je gang, zei ik, maar was hij er wel van op de hoogte, voegde ik eraan toe, dat dit offer om met minderwaardige wezens seksuele relaties aan te knopen weliswaar een van de moeilijkste, maar voor de zaak van het volk ook een van de nuttigste was, want het bed was het slachtveld van de geheime diensten, dat had Talleyrand al gezegd (hij wist wie Talleyrand was!), en ik deed alleen maar mijn verdomde plicht. Ik raadde hem aan op soortgelijke wijze actief te worden, maar vermoedde al wel dat hij zich toch liever op stevige transportarbeiders uit Vladivostok zou concentreren.

De tolk heette Maja, was pas achttien en dus nog een half kind. Maar ze was in alles het exacte tegendeel van Ev. Ze was niet koket en niet gecompliceerd en niet eigenzinnig en niet innerlijk verscheurd en niet hypochondrisch en niet depressief en niet mijn altijd zwerende wond, maar ze was de zalf die ik opsmeerde, ze rook heerlijk, net als de kleine steppebloemen die ze voor me plukte omdat Oeralov het haar waarschijnlijk opdroeg. Het meisje was licht als een guirlande van papier en helder en doorzichtig als water, en zo dronk ik, smachtend naar water, haar ook.

Ik tekende liever haar details dan het grote geheel, offerde een half pastelblok op aan haar kont, haar hals, haar ogen met de *plica mon-*

golica, haar linkeroor (haar rechteroorlel was aan haar gezicht vastgegroeid, wat ik niet mooi vind), haar grote maar toch vederlichte
boezem, haar vulva, die bijna verdween in de golvende vegetatie,
zodat ik haar vroeg de heggen te knippen, wat ze daadwerkelijk deed
(hoewel het uiteindelijk meer leek op het maaien van een gazon). Ze
had een vriendelijk vossengezicht en vroeg me het hemd van het lijf,
soms zelfs op de voor vragen ongeschiktste momenten, zodat haar
dienstijver me hevig ontroerde en ik de prachtigste verhalen verzon.
Majoor Oeralovs oren moeten ervan hebben getuit.

Dagelijks vergezelde Maja mij en de drinker, die stoïcijns mijn
wagen bestuurde, door een bijna oriëntaalse wereld, bespikkeld
met vervallen moskeeën die de vluchtende Turken honderdvijftig
jaar geleden hadden achtergelaten. De Duitsers die we tegenkwamen spraken een laatbarok Duits. Elektriciteit, tractoren of telefoons kenden ze niet. Hun velden maaiden ze nog met dezelfde
zeisen die hun voorouders van de Schwäbische Alb hadden meegenomen. Het deed allemaal denken aan Zuid-Duitse boerenschil-
derkunst, op Arabische zijde gepenseeld. In mijn schetsboek verzamelde ik een stuk of wat van hun knoestige fysionomieën, net als
een paar katten, waarvan je er duizenden had, vermoedelijk omdat
dit het land van de muizen was. Maja wilde niet dat ik de hele tijd
zat te krabbelen, zoals zij het noemde. En omdat er veel mogelijkheden zijn om licht in het brein te laten stromen, kusten we elkaar
vaak en gulzig.

Anders dan de seksuele toenadering verliep de gezamenlijk uit te
voeren evacuatie van de Bessarabische Duitsers allesbehalve goed.
De Sovjets verrichtten niet alleen bijzonder originele taxaties van de
bezittingen van de te evacueren bewoners opdat er zo veel mogelijk
materiële goederen in het land achterbleven, maar ze lieten onze
landgenoten van het boerenland ook tussen de bajonetten, letterlijk
tussen de kanonnen, tanks en prikkeldraadversperringen door,
voorgoed naar elders vertrekken. Er had maar iets hoeven te gebeuren of de geweren waren afgegaan.

Wij woonden onder hetzelfde dak als majoor Oeralovs eenheid en
gebruikten dezelfde slecht functionerende telefoon, die in alle openheid door de NKVD werd afgetapt. Ik ontstak in woede en beval Möl-

lenhauer een parallelle verbinding te laten aanleggen waarmee we zowel onderling konden communiceren alsook alle gesprekken van de Russen konden afluisteren. Toen Oeralov hierachter kwam, plantte hij twee man van zijn knuppelgarde bij ons in de ontbijtkamer, wat onze eetlust wel zo bediend dat ik de drinker moest vragen de heren de glazen deur uit te knikkeren, zonder die eerst open te doen.

Toen de evacuatie vorderde en de eerste Bessarabische Duitsers in lange, schilderachtige optochten met paarden en in eindeloze colonnes met vrachtwagens naar de Donauhavens werden getransporteerd, begon de regentijd. De stoffige wegen, die meer op zandpistes leken, zakten weg in een metersdiepe modderbrij. Maja had in de bergen een kleine, half ingestorte stal gevonden, op een uur gaans van ons hotel. Daar ontmoetten we elkaar vaak omdat ik niet veel beters te doen had en ik me verliet op Möllenhauers ijver. Natuurlijk vertelde de Russin me niet dat ze wilde ontsnappen aan de camera die in een kamer naast de hare al onze bewegingen vastlegde, waarvan ik me bewust was, maar wat me ook totaal koud liet. De inktzwarte, fijnzinnig gecomponeerde gebreken die ik in mij voelde, werden immers door schaamte noch liefkozingen, door geen enkele vrees aangeraakt.

Maar Maja leek erdoor aangetrokken – het ongeneeslijke is altijd een belangrijke macht.

'Jij droevig,' fluisterde ze soms in haar slechte Duits, en dan streek ze met een grasspriet over mijn wang, maar ik zei nooit iets. De regen plensde op het kapotte dak. Door mijn zwijgen werd ze aanhankelijk, en ze begon onze intieme avondsport serieus te nemen. Ze was zo naïef als een puppy en haar hart had precies de goede gebakachtige consistentie om te breken. Ik denk dat ze aan Oeralov zelfs niet verklapte dat ik beter Russisch sprak dan hijzelf, want anders had hij haar bij me weggehaald, dat weet ik zeker.

Soms zaten we naakt onder een deken en keken vanuit de oude hut neer op de ongenaakbare, bijna sprookjesachtige poëzie van het platteland dat zich aan onze voeten uitstrekte, glinsterend van de vele neerslag. De wind dreef de geur van de volgende bui al naar ons toe, nog voor de regen zelf, de geur van natte aarde en aromatische planten. De steppe was eindeloos, 's nachts overwelfd door een heldere sterrenhemel, waaronder zeldzame dieren als lammergieren, wolven, pelikanen, grote trappen en twee elkaar troostende spionnen hun instinct volgden. Of hun bevelen.

Tijdens een ritje meende ik een keer een kalf te zien zitten in de berm van de aan gort gereden weg. Toen we dichterbij kwamen, verhief het dier zich, spreidde zijn vleugels en kwam ruisend op ons afgevlogen. Het was een reusachtige steppearend, een van zijn vlerken schampte de voorruit toen hij over ons heen vloog. Er viel een schaduw over de auto, en Maja klemde zich aan me vast terwijl we instinctief wegdoken. De drinker, die ik nooit zag drinken, had achter het stuur niet één keer met zijn ogen geknipperd.

Toen ik Maja bij het hotel had afgezet, werd ik naar ons bureau gereden, dat beneden in Mannsburg in een voormalige dorpskroeg was ondergebracht. Het waren onze laatste dagen in Bessarabië en ik moest met mijn naaste medewerkers de balans opmaken van de magere resultaten van onze conspiratieve inspanningen. Möllenhauer ging naar buiten, ik weet echt niet meer waarom. In elk geval kwam hij even later met de drinker en een aktetas terug. Het was de aktetas van Maja, die ze altijd bij zich had.

'Moet u eens kijken wat we op de achterbank hebben gevonden,' juichte Möllenhauer. Hij danste er bijna bij.

'Ja. Die heeft de tolk waarschijnlijk vergeten.'

'Wat een ongelooflijk geluk, Obersturmführer!'

'Korporaal!' zei ik tegen de drinker. 'Tas naar dame terugbrengen!'

'Maar moeten we er niet eerst even een blik in werpen?' vroeg Möllenhauer verbaasd.

'Hoezo? Er zit make-up in en spullen die een tolk nodig heeft.'

'Ja, maar moeten we er niet eerst een blik in werpen?'

Nu gingen alle ogen mijn kant op. De dienstaanwijzingen van Amt VI van het Reichssicherheitshauptamt kwamen er allemaal op neer dat je elk flintertje vijandelijk eigendom moest bekijken. En een uitzondering maken voor de aktetas van een NKVD-agente die mij moest bespioneren, bracht me al aardig in de buurt van een vuurpeloton.

'Dat spreekt vanzelf,' zei ik.

Möllenhauer opende de tas, trok een sjaal tevoorschijn (die Maja uren eerder nog om mijn nek had gedrapeerd), twee stenoblokken, de tekening van haar profiel schuin van achteren (door haar lieve Obersturmführer drie dagen daarvoor gemaakt en aan haar cadeau gedaan), een Russisch-Duits woordenboek, twee zakdoeken, een damespistool (kijk eens aan) en ten slotte een dunne dossiermap. Möllenhauer staarde een seconde te lang naar de map.

'Ik kan niet goed Russisch lezen, maar ik denk wel dat dit hier van de Obersturmführer heel snel een Hauptsturmführer zal maken.'

Trots liet hij me het dossier zien.

Voorop stond in het Russisch 'Strikt vertrouwelijk'. Daaronder: 'Geheim stuk! Niet bij je houden!'

We sloegen het dossier open en zagen een overzicht met alle medewerkers van de Sovjetdelegatie in Bessarabië, met hun echte en hun schuilnamen. Het was een perfecte opsporingslijst. Ik had geen idee waarom Maja die bij zich had. Maar dat ze hem niet bij zich mocht hebben, bleek wel uit vorm en inhoud.

Ik beval de informatie onmiddellijk te kopiëren en snauwde mijn verblufte medewerkers toe zich te haasten, alsjeblieft.

Twee uur later racete ik met de aktetas en het originele document terug naar ons hotel.

Maar Maja's deur zat op slot.

Ik rende naar onze berghut, deed maar twintig minuten over het traject en moest van vermoeidheid overgeven toen ik er eindelijk aankwam.

Maja was er niet.

De hele nacht lag ik wakker en hoopte dat er iemand zou aankloppen.

De volgende morgen wachtten de drinker en ik in de auto voor ons hotel, zoals we het al die maanden hadden gedaan. De drinker liet de motor draaien. Ten slotte ging de voordeur open. Een raafachtige, kortbenige vrouw van een jaar of veertig, die ik nooit eerder had gezien, hobbelde zonder glimlach naar ons toe, kraaide dat kameraad Maja Dzerzjinskaja ziek was geworden en dat zij nu de eer had mijn vertaalster te mogen zijn voor de laatste dagen.

Ze nam brutaal naast me plaats.

Om niet de indruk te wekken dat ik nerveus was, dacht ik na over mijn eigenlijke taken, richtte mijn aandacht op de endemische planten, die ik in illustratief opzicht nog helemaal niet op waarde had geschat, tekende zorgvuldig kleine heesters en noten, een boomstronk, een solitaire heggenroos, terwijl de herfst over de onmetelijke steppe viel, die nu uitgestorven leek, ontdaan van vrijwel al haar bewoners, een woestenij met honderden ontvolkte dorpen. Het pathetische, opbollende grijs van de regenwolken werd door een eentonige Mongoolse nevelig grijze lucht verdrongen. Als ik een poosje buiten zat, werden mijn kleren klam en begon mijn tekenpapier te golven.

Möllenhauer merkte dat ik aangeslagen was. Hij beschikte over tact en nam de hele organisatie van me over. We ontvingen een telegram waarin we werden geprezen, ik heel in het bijzonder. Een onverstandig telegram omdat het ongetwijfeld door de Sovjets was onderschept.

Majoor Oeralovs gedrag jegens mij leek echter geenszins vertroebeld, het afscheidsgelag was zonder meer vrolijk.

Als kroon op dit alles bracht de majoor me uiteindelijk zelfs nog persoonlijk naar het schip. Bij de kademuur, waar we elkaar drie maanden geleden voor het eerst hadden ontmoet, omhelsde hij me met tranen in de ogen. Hij zei dat hij dol was geweest op mij, de Duitse bastaard. Toen zong hij nog een strofe uit 'Katjoesja' voor me en schonk me ten afscheid een gele envelop waarop 'Strikt vertrouwelijk' stond.

En daaronder: 'Geheim stuk. Niet bij je houden!'

Het zal als humor zijn bedoeld.

Mijn handen beefden toen ik de kiekjes van Maja en mij allemaal tevoorschijn haalde, zwart-witte documenten van een korte erotische afleiding, minstens dertig coïtale herinneringen.

Oeralov lachte goedmoedig, klopte op mijn schouder en zei dat ik me geen zorgen hoefde te maken: de negatieven zaten ook in de envelop. Er zou niets tegen me worden gebruikt. Hij was mijn vriend tot het einde van zijn dagen, en de tolk was een goede keuze geweest. Hij welfde waarderend de handen voor zijn borst, de internationale herencode voor mooie tieten. Vanaf het schip werd al ongeduldig geroepen waar ik nou bleef, ik was de laatste.

Ik ging aan boord, of tenminste, ik was op weg om aan boord te gaan, bleef nog een keer op de loopplank staan, vatte moed, liep een paar passen terug en vroeg mijn nieuwe vriend-tot-het-einde-van-zijn-dagen of hij wist hoe het met mijn tolk was.

Hij keek me aan als een teckel, haalde diep adem, legde al zijn menselijkheid in de verzopen, rauwe stem en zei: 'Jouw tolk heeft het helaas niet gehaald.'

3

In de oorlog gaat verontwaardiging ook altijd vergezeld van een soort inzicht. Niemand weet hoe, maar schuld en niet-schuld zijn in deze tijden maar moeilijk van elkaar te onderscheiden, ze vloeien in elkaar over, zoals de kleuren van waterverf, blauw en rood bijvoorbeeld, die je in elkaar wast. Het ondergrondse werk is een nat-in-nattechniek, je hebt zelden heldere contouren en je moet oppassen dat uiteindelijk niet alles gewoon paars wordt, de vreselijkste kleur die ik ken, naast mummiebruin, dat ze uit gebalsemde Egyptische lijken halen, vroeger althans, en dat papa, toen we nog klein waren, niet zonder trots aan ons had laten zien. Hij gebruikte deze bitumenachtige substantie bij portretten omdat ze zich uitstekend leent voor het schaduwen van huidpartijen. De kleine Ev was vreselijk ontdaan toen ze hoorde dat deze verf essences van menselijke lijken bevatte, en tegelijkertijd wilde ze zo graag een daad stellen dat ze de tube uit papa's atelier pikte, meenam naar mama's tuin en voor een fatsoenlijke begrafenis zorgde.

Ik wil eigenlijk helemaal niet over Ev praten. Ook destijds wilde ik haar uit mijn geheugen wissen, maar de dood wierp me steeds op haar terug, zelfs Maja's dood, die ik niet kon begrijpen en die me in de ijskoude Donau deed springen; dat was bij de Hongaarse grens, in het holst van de nacht. Maar de brugwachter had het gezien, alle scheepsmotoren stopten, ze visten me uit het water en meenden dat de gisting van alcohol me te veel was geworden. En inderdaad, ik was zo zat als een kanon geweest, mijn redding werd gevierd en keer op keer op keer op keer zongen ze om me heen: 'Heut' kommen d'Engerln auf Urlaub nach Wien'.

Zoals u zich wel kunt voorstellen, was het met de schilderreis gedaan.

Er is geen muur moeilijker te overwinnen dan de muur die je om jezelf heen bouwt. Mijn hersenen zouden nooit meer een lichtstraal ontvangen, dat wist ik zeker. Het drong amper tot me door wat er met me gebeurde. Op een gegeven moment was ik terug in Berlijn. Veel mensen die me ontmoetten deden vriendelijk tegen me. Ze hielden me als ASG (agent voor speciaal gebruik) in de rijkshoofdstad en deden me op een vierweekse cursus, waarvan ik me later alleen de kamervlieg kon herinneren die elke dag opnieuw hondstrouw naast me bij het raam zat. Hij was blij dat ik vanwege de in Bessarabië op zo'n originele wijze buitgemaakte personeelsdocumenten werd onderscheiden met het Kriegsverdienstkreuz tweede klasse, hij ging in elk geval trots op precies deze orde zitten met zijn gedrochtelijke pootjes, minutenlang; misschien wilde hij hem zelf wel hebben, een door en door patriottische kamervlieg (net oud goud, die glanzende vleugels).

Niet veel later wilde Walter Schellenberg, het hoofd van de dienst Inlichtingen Buitenland, met me kennismaken. Möllenhauer, die me soms vergezelde naar de film, was door het dolle heen: 'Obersturmführer, het is alsof de goden nederdalen. Ze hebben beslist grote plannen met u, ach, wat zeg ik, geweldige plannen!'

Ze brachten me in elk geval wel in een limousine naar het Prinz-Albrecht-Palais. Een kordate adjudant ontving me. We zweefden over rode lopers door talloze marmeren gangen en reeksen kamers tot ik ten slotte werd overgedragen aan een secretaresse die verbazingwekkend dik was en geconcentreerd haar nagels lakte.

Na een paar minuten wachten zwaaide een dubbele deur open en stapte ik een kantoor binnen dat geïnspireerd leek op een Weens koffiehuis.

Schellenberg zat op een Lodewijk xv-sofa voor goudomrande, manshoge spiegels. Hij verhief zich op een wijze die ik nog niet eerder bij een ss-generaal had gezien. Als een perfecte gastheer trad hij op me toe, verend, slank, gedienstig bijna en vol verborgen bedoelingen. In plaats van een hand schudde ik een lege handschoen, zo kwam het me voor. Ik keek verbaasd naar zijn weke en tegelijk nerveuze gezicht van roze vlees, waarin de mond slap en zinnelijk tot een arrogante eeuwige glimlach was bevroren. De voorbeeldige omgangsvormen, de aantrekkelijke hoogmoed en de voorname, uitdrukkingsloze fysionomie van een tropische vis imponeerden.

We namen plaats aan een sierlijk tafeltje en hij merkte met zijn hoge stem verwijtend maar vriendelijk op dat ik het gezien mijn leeftijd tot op heden nog niet echt ver had geschopt. Dat hij zo laatdunkend deed over mijn leeftijd, die op het vale banier van eenendertig jaren niet alleen de uwe is, ervaren swami, maar tevens de zijne was (de leeftijd van het machtigste hoofd van een geheime dienst in Europa, *Eheu fugaces, Postume, Postume, labuntur anni!*), had iets onvermoed eerzuchtigs.

Deze indruk werd nog versterkt toen de *Brigadeführer* me eerst liet zien in welke onderdelen van de smaakvolle inventaris afluisterapparatuur verstopt zat, maar niet nadat hij me eerst liet speculeren. Ik raadde er enkele in zijn bureau, de staande lamp en de kristallen kroonluchter. Maar op een microfoon onder de asbak was ik niet bedacht, en ik vermoedde er ook geen achter de wand, waar hij tegenaan klopte en die hol klonk.

Zijn bureau zag eruit als een renaissancemeubel uit Florence. Er zaten twee machinegeweren ingebouwd die ongewenste gasten in een oogwenk konden doorboren, 'met duizend schoten', zei hij met ontzag, en hij toonde me de knop op de middelste lade, die je moest indrukken. De hendel ernaast kon een alarmsignaal activeren waardoor alle uitgangen van het gebouw automatisch werden vergrendeld.

Ik wist niet goed wat ik van dat alles moest zeggen.

Daarom schraapte Schellenberg zijn keel, feliciteerde me met de coup in Mannsburg en deed me een voorstel voor een zeer delicate missie in Parijs. Daar woonde een voor de hele Duitse politiek uiterst belangrijk man, legde hij uit, een Georgische kaasfabrikant, Kedia geheten, die de Russische emigranten om zich heen verzamelde en voor de ss werkte, maar helaas ook contacten met de résistance onderhield en dus hoogverraad pleegde. Dit gerucht moest beslist nader worden onderzocht, en daarvoor was het nodig om een betrouwbare agent op de vrouw van Kedia te zetten, zijn achilleshiel.

'Moet ik die vrouw observeren?' vroeg ik.

'Nee, nee, u moet met haar slapen', zei Schellenberg glimlachend.

'Hoezo dat?'

'Omdat u daar goed in bent.'

Het egoïsme van de mens – zijn immorele houding – had zich nu waarlijk in verschillende opzichten in mij gemanifesteerd. Maar dat hij me, kijkend door de ogen van mijn superieuren, tot een donjuan leek te transformeren, en ook nog eens een die te koop was, vervulde me met afschuw, woede en een vreemd soort weemoedigheid. Het verrottingsproces van Maja's lichaam kon nog niet vergevorderd zijn, per slot van rekening was het winter, en waar ze ook mocht liggen: in heel Rusland bevroor de aarde met alles wat erin begraven lag. Elke dag bekeek ik de foto's van ons, schaduwen van onze lichamen, en ontdekte ik op haar lijf telkens nieuwe details, die ik in harmonie probeerde te brengen met de vele tekeningen die ik van haar ledematen had gemaakt. Ja, ik had het gevoel dat ik pas nu echt begreep wie dit meisje was geweest, dat ik haar pas nu echt zag. En hij zag haar ook en sprak tot haar: dit is nu eindelijk been van mijn gebeente en vlees van mijn vlees.

Toen ik destijds in dit met bugs en machinegeweren geïnfecteerde kantoor van Schellenberg zat, dat meer op een bordeel of een Franse speelsalon leek dan op een degelijk werkvertrek, voelde ik de Bijbelse last waarmee Maja, vroeger drie gram guirlande van papier, op me drukte, en tegelijk begon ik te beseffen dat ik door al deze ijdele spiegels een wereld binnentrad waarin niets nog gewicht had. Niets, hoe merkwaardig ook, was onmogelijk. Iedere bezoeker kon een moordenaar zijn. In elke vriendschap zat een voordeel. Gedrag zonder bijbedoelingen gold als bizar, een geslachtsdaad zonder bijbedoelingen als pure verkwisting.

Talleyrand had inderdaad gelijk gehad.

Begrijp me alstublieft niet verkeerd. Ik heb het aanbod van Schellenberg uiteindelijk geaccepteerd. Ik was veel te weerloos om me te verzetten tegen avances die, in welke vorm ook, de belofte van maatschappelijke verbetering inhielden. Maar het was me wel duidelijk dat ik deze madame Kedia, op wie mijn geslachtsorgaan, beschaving, talenten en vriendelijkheid moesten worden losgelaten, niets zou aandoen, geen vorm van begoochelende nabijheid, zelfs geen echte. Ik moest er alleen wel vandoor, weg uit dat geparfumeerde kantoor, weg uit Berlijn, weg uit Duitsland, ver weg van Posen.

En ook ver weg van mezelf.

Absoluut.

Parijs leek een glanzend universum, een Melkweg vol vreemde levensvormen en ongekend vermaak. Een belofte zonder meer. Toch lukte het me niet om Maja's foto's te verbranden, alle tekeningen en schetsen. Ik kon geen afscheid nemen van de oorlel die niet zat vastgegroeid aan haar gezicht en in mijn portemonnee verkreukelde (op ware grootte gearceerd). Ten minste één keer per dag keek ik in haar aktetas, die ik altijd bij me had, pakte het kleine Russische dienstpistool in mijn hand, dat altijd met me sprak (verlokkelijk) als ik te veel had gedronken. Elke dag drie of vier bier, een halve fles rode wijn, een flinke kelk jenever en een lading zoete Franse foezel waren mijn metgezellen. Ik kwam terecht aan de lelijke kant van de dingen, achter de coulissen, in het gewoel. En toen trof ik, in de vitrine van de Moulin Rouge, ook nog Mary-Lou. Een vergeelde foto van Mary-Lou, om precies te zijn.

Na deze ontmoeting liep ik de Bretonse kaartjesscheurder tegen het lijf, haar vriend, en in ons woedde de jaloezie.

En dat ik uren later in mijn onderkomen, met cahorswijn en in het gezelschap van een kaars, bijkwam van het nieuws dat Mary-Lou drie maanden eerder naar de Verenigde Staten was vertrokken en het blijkbaar nooit, niet één keer, over mij had gehad, dat zal ik ook nooit vergeten.

Dit alles werd gelardeerd met feestelijke diners in Palais Maubrid met monsieur Kedia en zijn gemalin, een dorre geit, manziek, die een keer naar mijn broek greep, maar daar zat alleen slakkenvlees.

In de weekends amuseerde ik me in een etablissement waar je optische hallucinaties kon kopen. Kleine Vietnamese vrouwen bonden je om middernacht vast op een tandartsstoel, terwijl een tropenarts Merck-mescaline, een peyotederivaat, in je verwachtingsvolle aderen spoot. Daarna verstond je opeens Vietnamees.

Sturmbannführer Lischka, de officier die mij aanstuurde en die zelfs met een croissant in zijn muil verschrikkelijk was, vergalde deze momenten van de Franse manier van leven voor me. Hij riep me voortdurend en steeds ongeduldiger op om mijn werk te doen.

Dus schreef ik in beschonken staat surreële, in elk geval marginale observatierapporten over de Kedia's, die me telkens weer vriendelijk bij hen uitnodigden om in alle openheid een triadisch project te bespreken (een erotisch-triadisch project, welteverstaan), maar dat omvatte spasmen van het leven die me niet interesseerden. Desondanks was ik een graag geziene gast op hun soirees omdat ik goed Russisch sprak en de teint van madame weer kleur gaf, door de aquarellen die ze me vroeg te maken, bedoel ik. Een aantal stuurde ik mee met de rapporten aan Berlijn, één keer ook de interpretatie van een ss-razzia waarvan ik op de Boulevard Sébastopol toevallig getuige was.

Ik noteerde in mijn weekrapporten nauwgezet alle minnaars van mevrouw Kedia. Iedereen, werkelijk iedereen leek bij haar aan de beurt te komen, maar ik niet, telegrafeerde ik bedroefd naar Berlijn. Ik had geen verklaring voor mijn falen, mijn gevoel van onbehagen mocht geen rol spelen, dus gaf ik mijn slechte adem de schuld en bezocht op Schellenbergs kosten een dure tandarts. Dat monsieur Kedia contacten met de résistance had, kon ik bevestigen noch ontkennen, maar omdat de hele wereld met zijn vrouw sliep, sliep natuurlijk ook de hele résistance met haar.

En dat was mijn hele resultaat.

Het was alsof mijn hoofd vol zand zat, mijn seksleven bleef in alle opzichten als dat van een monnik, bordelen meed ik, de realiteit vergat ik zoals je alleen in Parijs kunt doen.

Maar helaas werd ik niet vergeten.

In mei negentieneenenveertig werd ik op het Gestapo-hoofdkwartier ontboden, voor het eerst via de hoofdingang, niet meer via de artiesteningang aan de Rue d'Alsace. Sturmbannführer Lischka ontving me gereserveerd en verzocht me nadrukkelijk om niet te gaan zitten. Hij zei letterlijk: 'Gaat u alstublieft niet zitten!' Ik kreeg ook geen van zijn sigaren aangeboden.

Na enkele scherp geformuleerde vragen over zekere restaurant- en tandartskosten en een verwijzing naar de ontberingen en het lijden van het Duitse volk, dat het luizenleven dat ze voor mij, de luis, mogelijk had gemaakt, dat zij eigenlijk pas mogelijk hadden gemaakt – god zeg, twee keer 'mogelijk gemaakt' en twee keer 'had' of 'hadden,' jaja, ze kenden gewoon hun eigen taal niet, die Sturmbannführer – waar was ik gebleven? In elk geval vertelde Lischka me na zijn proloog dat Schellenberg teleurgesteld in me was. 'Zwaar teleurgesteld zelfs.' Ik kreeg te horen dat ik met onmiddellijke ingang was ontheven van mijn geheime en speciale ss-opdracht. In plaats daarvan diende ik me per direct te melden bij Sturmbannführer Solm.

Sturmbannführer Solm, onderbrak Lischka zichzelf, is dat familie van u, Obersturmführer Solm?

Jazeker, familie van me, zei ik.

Er zijn dingen, hoorde ik hem mompelen, nog even onvriendelijk. In Saksen, voegde hij eraan toe. Grenzpolizeischule Pretzsch. Daar zou ik nadere orders ontvangen. Marsbevel bijgaand. Heil Hitler. Ingerukt.

Toen ik de grens naar Duitsland was overgestoken, moest de locomotief op het kopstation in Stuttgart worden gerangeerd. Ik stapte uit op het perron en hoorde een speciale uitzending vanuit de Kroll-opera in Berlijn. Iedereen staarde naar de hoog boven de hoofden opgehangen luidsprekers en hoorde Adolf Hitler brullen dat op deze dag Operatie Barbarossa een reusachtig front had gevormd, dat we strijd op leven en dood met de Sovjet-Unie leverden en dat hij nooit zou capituleren, maar pas het veldgrijze soldatenpak dat hij die dag droeg zou uittrekken als de vijand voorgoed verslagen zou zijn.

Dat de Führer en rijkskanselier, op dit moment de heer van de halve aardbol, in dit eenvoudige uniform ooit als een fakkel zou branden, overgoten met twee blikken benzine, slechts een paar honderd meter bij de jubelende vijand vandaan, geloofde op deze dag geen mens op het centraal station van Stuttgart, ikzelf nog het allerminst.

4

Als kind was ik ervan overtuigd dat iedereen een zoektocht als excuus voor het leven nodig heeft. Ik heb het dan nog niet eens over Schliemann en die hele Troje-flauwekul. Dus niet iets ontzettend ondernemends. Geen graal. Ik had eerder het gevoel dat iedereen net als Hans en Grietje in het donkere bos wordt achtergelaten en maar moet zien thuis te komen.

Maar toen ik ouder was, werd ik me ervan bewust dat eigenlijk niemand ooit uit het bos terugkomt. Iedereen draait maar om elkaar heen, raakt verstrikt in het struikgewas, en in plaats van te zoeken willen ze vooral niet gevonden worden.

En zo verging het mij ook.

Maar wat doe je als het hele verdomde bos brandt?

Ik wist niet wat me in Pretzsch te wachten stond. Maar het kon niet veel goeds zijn, afgezien van het vooruitzicht mijn broer weer terug te zien. Ik miste zijn vermogen de mensen om hem heen tot getuigen te maken van een authentieke en onweerstaanbare waardigheid, die hem ondertussen ook iets stijfs gaf, maar waarin je wel vertrouwen wilt hebben. Hij kon je niet uit het bos maar wel naar open plekken leiden, dat was altijd mijn beeld van hem geweest.

Ook beelden van Ev kwamen bij me boven wanneer ik aan hem dacht, beelden die diep lagen begraven, waaroverheen mijn wens om haar te vergeten, de tragedie met Maja en de Parijse hallucinaties zich als modder hadden uitgespreid. Haar naïeve manier van doen en haar kinderlijke levenshouding hadden altijd iets troostends gehad. En dat ze altijd wist wat ze opriep, heeft mij, die nooit wist wat hij opriep, opgevrolijkt. Maar wat haar woorden opriepen, daar had ze geen idee van. 'Jij bent net Baron van Münchhausen,' had ik een keer tegen haar gezegd toen ze weer een bijzonder onwaarschijnlijk verhaal begon op te dissen. 'Hoezo?' had ze gevraagd. 'Was-ie knap?'

Ik moest glimlachen als zulke kleurrijk glanzende herinneringen opdoemden, zoals Evs nukken, haar danspassen midden op straat, haar provocerende en briljante invallen. De duisternis, de deliriums van het zuiverste onheil waarin we elkaar hadden achtergelaten – het was pas een jaar geleden – bonsden achter mijn slapen, wisten de beelden, en mijn glimlach verdween.

Hoe zou het met haar gaan?

Niet één brief had ik ontvangen, zelfs geen postkaart, in Bessarabië noch in Berlijn of Parijs. We schreven elkaar niets, gaven geen tekens van leven, niemand van ons drieën. Dat was een opluchting, maar aan de andere kant was het ook nieuw. Want altijd was de eeuwige bereikbaarheid, niet de eeuwige onbereikbaarheid het symbool van onze band geweest.

Enkel door mama's Oud-Baltisch plezier in corresponderen kwam ik de nodige dingen te weten. *Lieve Kojasjka van me*, schreef ze met haar vlugge, onopgesmukte pennenstreken, *bij ons begint het er ongezellig uit te zien. En flink ook. Het lege huis is groot, het tuinafval zou opgestookt moeten worden. Maar sinds die stommige val van de keldertrap ben ik een hinkepoot (niet blijven zitten, zegt dokter Blumfeld!). En ik mis een elektricien voor de lamp in de keuken, want daarvan heb ik geen kaas gegeten. De gedachte dat er geen kinderen om je heen krioelen is vreselijk zalig, en toch mis ik jullie allemaal ontzettend. Jij zit bij de fransozen en doet domme dingen, horen we (papa en wij waren dol op madeleines!). Hubsilein werd, moet je denken, onlangs van hier naar het front gestuurd en jaagt nu op communisten om ze om zeep te helpen. En Eva-kindje, lief als altijd en altijd een beetje onnozel, heeft lang lopen smoezelen wat ze zou doen. Maar in plaats van haar moeder een handje te helpen (de troep in de kelder zou aangepakt moeten worden, en met de fiets, dat wrak, kom ik met mijn piratenpoot niet eens van A naar B, om van de rabarber maar te zwijgen), heeft ze zich gemeld voor dienst in het leger. Onverstandig, toch? Je zus haalt zich te veel malligheden in haar hoofd en is toe aan een kind! Zojuist is ze aangekomen in de buurt van Krakau in een kliniek die vreselijk boeiend zou zijn. Meer weet je niet door de veldpost, die gecensureerd is. De laatste tijd is ze echter afgevallen, en ze draagt het haar weer strak, was ook vaak stil, misschien omdat ze Hubsi miste.*

Toen ik in het Saksische Pretzsch aankwam en me meldde bij de Grenzpolizeischule, staarde de dienstdoende officier me geërgerd aan. Hij keek naar links en naar rechts de lege gangen in, maakte een hulpeloos gebaar en zei: 'Maar ze zijn allemaal al weg!'

Ik hoorde dat op deze mooie plaats (een renaissanceslot dat als verblijf diende voor gasten van het nabije modderbad en voor optimistisch gestemde speciale ss-troepen) wekenlang koortsachtig werd uitgezien naar de veldtocht, maar die was al dagen geleden begonnen, en daarom was mijn eenheid de Duitse legers richting Sovjet-Unie al achternageijld om het smerige achterland op te schonen. Precies dat zei de dienstdoende officier volstrekt onbevangen: het smerige achterland opschonen. Ingedeeld om stof te vegen in Letland, Litouwen en Estland, dat hadden ze met mij gedaan, en de getergde schoonmaakcolonne, speciale eenheid A, was al lang en breed vertrokken, duizend schoonmaakduivels van alle denkbare ss-eenheden (die de vreemdste namen hadden: Gestapo en Kripo zult u wel kennen, Orpo als afkorting van *Ordnungspolizei* is u misschien niet vertrouwd, Popo vindt u ongeloofwaardig, maar dat was toch echt mijn eenheid, en ik was blij dat Himmler de Politieke Politie dit letterwoord heeft bespaard door het sd te noemen).

Mijn marsbevel werd me een uur later door de dienstdoende officier aangereikt. Hij droeg een dikke trouwring van rood goud aan zijn vinger, die me het zicht ontnam op het papier, op de regel van mijn bestemming waarop hij verschillende keren met zijn vinger tikte, en pas toen de man over zijn neus wreef, kon ik lezen waar ik naartoe ging: Riga.

De stad stond vlak voor zijn val en het zou er een enorme puinhoop zijn.

Zo bereikte ik twee jaar na onze verhuizing en twaalf maanden na mijn overhaaste vertrek uit Posen, op de avond van de tweede juli negentieneenenveertig de eerste uitlopers van mijn geboortestad. De toren van de St.-Petrus stond in lichterlaaie. Een honderd meter hoge, oranjegele fakkel was van kilometers afstand te zien. Als een bunsenbrander joeg die de regen boven de kerk weg, die in plaats daarvan woedend en warm op ons neerviel, 'alsof God de hele stinktroep onder pist', mopperde een onderofficier in de wagen.

De gevechten waren nog maar een paar uur voorbij. Overal langs de straten lagen Russische lijken, waar niemand acht op sloeg. Een hoofd was door een pantservoertuig overreden. Rode brij waaruit een oogappel ongedeerd naar de brandende kerktoren staarde. De pioniers naast me maakten er grappen over, iemand wilde zelfs uit de auto springen om het oog mee te nemen; ze hielden hem lachend tegen. Ik zat achter in de auto die twee weken lang achter mijn eenheid aan was geracet. Nu reden we over menselijke darmen, we schoten nauwelijks op, bleven vastzitten in een gistende chaos. De Wehrmacht voerde in eindeloze konvooien verse manschappen aan, terwijl op hetzelfde moment grote hoeveelheden krijgsgevangenen de straten verstopten. Het regende inmiddels alweer uren, waardoor de door hitte en droogte verstofte wegen in moeras en borrelende derrie veranderden.

Ergens op een kruising zag ik eindelijk iemand die bij mijn eenheid hoorde. Ik liet de auto naast hem stoppen, draaide het raampje naar beneden, en pas nu zag ik door de sluiers van stromende regen dat de man, een ss-Scharführer met sd-ruit op zijn mouw, een flink aantal burgers met zijn machinepistool bewaakte. Ze zagen er angstig uit. Een kleine vrouw met kortgeknipt wit haar, in lichtblauwe kleren, gaf over op de hand van haar man, die haar ondersteunde. Vanuit mijn ooghoeken meende ik te zien dat een andere bewaker met zijn geweerkolf in de menigte stootte.

De Scharführer sprong in de houding. Ik vroeg waar ons meldpunt zich bevond. Hij noemde de prefectuur. En of de Obersturmführer hotel Petersburger Hof misschien kende. Daar zat het officierskwartier. De kleine vrouw liet zich haar mond afvegen door haar man. Ze huilde en de regen verscheurde haar als flinterdun papier. En ja, de gechoqueerde Obersturmführer Solm kende het Petersburger Hof.

Heb ik al gezegd dat de ss dol was op luxe hotels?

In de empire-eetzaal, waarvan bij de huis-aan-huisgevechten maar één ruit was gesneuveld, ontmoette ik de volgende ochtend mijn broer. Hij zat in z'n eentje aan een witgedekte tafel. Hoewel we elkaar maar een klein jaar niet hadden gezien, was hij volkomen veranderd. Het Clark Gable-snorretje was verdwenen, wat hem er niet jonger maar harder deed uitzien. Nog altijd waren zijn blauwe ogen die van een man die geen enkel besef had wat oneerlijkheid betekent. Maar ik zag er ook vastbeslotenheid in, nervositeit en geen greintje nieuwsgierigheid.

'Koja,' zei hij hartelijk, en hij ging staan, omhelsde me en we gingen zitten.

Een gedienstige ober kwam toegesneld, schonk koffie in de porseleinen kopjes met uienpatroon en keek ons stralend aan. Achtenveertig uur eerder had hij nog drie afdruipende Russen doodgeschoten. Je zag het aan de Letse kokarde op de mouw van zijn livrei. Drie opgestikte kruisen.

'Hij heeft het me nog verteld,' legde Hub me bedaard uit, en hij bestelde ons ontbijt bij de trefzekere kelner.

We deden alsof er niets veranderd was. We praatten alsof we geen uniformen droegen, zoals toeristen, vrienden of elkaar toegenegen broers met elkaar praten. En ik wilde zien wat er van Hub geworden was, ik had geen zin in loze woorden en zat de pralende partijbonzen en ss-snobs aan te staren die het zich om ons heen goed lieten smaken, en ik prees hun gulzigheid, hun domheid en hun talent voor eerlijke corruptie, zonder mijn gal in te slikken.

Hub vroeg me zachter te praten. Hij wilde geen ruzie met me, maar gaf me ook niet echt de kans om te bekvechten. De enige kritiek die hij aan het regime uitte, waren een paar cryptische zinnen: 'De leiders geloven dat er op regen altijd zonneschijn volgt. Maar soms is het ook andersom. Daar willen ze hier niets van weten.'

Toen hij nog een jongen was, werd Hub vergeleken met Großpaping, een Duitse admiraal, een Russische tsaar, een engel, een jonge mus, een oorlogsschip en een herdershond. Maar nu werkte hij zich eronderuit, was een paling geworden (niemand had hem ooit met een paling vergeleken) die ervandoor kronkelde en van maskeringen leefde.

'Ik kan je niet zien,' zei ik na een halfuur.

'Wat bedoel je?'

'Je reageert ontwijkend. Je doet vreemd. Alsof je er met je gedachten niet bij bent.'

'De oorlog verandert je, Koja. De oorlog verandert alles. Dat weet jij nog niet. Parijs bij nacht is wel even wat anders dan wat er hier op je wacht.'

Hij greep naar zijn glas ontbijtsekt, hief het en zei op verzoenende toon: 'Eindelijk!'

'Wat eindelijk?'

'Eindelijk krijgen de bolsjewieken ervan langs!'

Ik dacht aan majoor Oeralov. Heel nadrukkelijk zelfs. Ik zag Oeralovs grijns voor me, die keer dat hij aan de kade in Galați had gestaan en zijn woorden over Maja had gekozen. Over Maja's resten. Ja, mijn vriendin heeft het helaas niet gehaald. Ja, ik toostte met mijn broer. Hij pakte een snee roggebrood, besmeerde hem met boter en meldde dat het inmiddels weer beter ging met Ev. Ze was aan een nieuwe baan begonnen.

Maar aan Ev had ik geen boodschap.

'In de voorstad van Dünaburg heb ik een paar mensen van ons gezien,' zei ik in plaats daarvan. 'Ze hadden burgers bijeengedreven.'

'Ja,' antwoordde mijn broer, 'bandieten, communisten. Die kregen eerder nog de kogel.'

Hij schepte extra veel vlierbessenjam op zijn roggebrood.

'Waarom heb je me hier laten komen?' vroeg ik recht op de man af.

Hij nam de tijd om een hap te nemen en me de dingen in alle rust uit te leggen, dat moet gezegd. Met gedempte stem vertelde hij me kauwend dat hij van mijn succes in Bessarabië had gehoord, maar helaas ook van mijn fiasco in Parijs. Het had erom gespannen of ze hadden me na mijn mislukte missie naar Auschwitz gestuurd. Dat was hem ter ore gekomen.

Ik wist niet waarop hij doelde. Auschwitz kende ik niet. Ik wilde ook niet weten wat Auschwitz was. Het leek in elk geval niet iets wat gepast zou hebben bij een voortzetting van zijn ontbijt, want hij legde mes en vork neer, veegde zijn lippen af en boog zich over de tafel naar me toe.

'Als het wat anders dan Auschwitz was geweest,' fluisterde hij, 'had ik je hier zeker niet laten komen. Hier zal het er helaas evenmin kinderachtig aan toegaan. Wij bekommeren ons om onze tegenstanders. Dat heb je wel gezien.'

Hij nam een slok koffie, keek me strak aan over de rand van het kopje met uienpatroon, zette het neer en schoof nog iets dichterbij.

'Ik weet dat je een estheet bent, Koja. Een liefhebber van theorie en Russen. Niet alles wat in onze speciale eenheid gebeurt, zal je even goed bevallen. Maar het staat niet in verhouding tot Auschwitz. Op geen enkele manier. Dat zweer ik je.'

Hij zweeg een moment.

'Ev zit in Auschwitz.'

Ik staarde hem aan.

'Ik kon haar er niet van weerhouden. Nou ja, je weet hoe ze is. Ze werkt in het lazaret en helpt waar ze kan. Maar ze schreef me dat ik jou onder geen beding in dat kamp tewerk mag stellen. En juist daar zou je naartoe moeten.'

Hij schonk mij zijn triomfantelijkste glimlach.

'Dus wees maar blij dat we je hiernaartoe konden halen.'

Vier dagen lang was ik in mijn hotel aan mezelf overgeleverd omdat Hub eerst zijn bureau moest inrichten. Hij was leider van de plaatselijke sd geworden, chef van afdeling iii van de bevelhebber van de *Sicherheitspolizei*. Ze leken veel van hem te verwachten.

De stemming in Riga in die dagen was die van een volksfeest. Letten en Duitsers flaneerden 's avonds door de stad, het licht van de midzomernacht in hun rug. Ik liep met tienduizenden anderen, meestal in kleine groepjes, soms gearmd, over de boulevards. Het communisme was verdreven, de nederlaag van de Sovjet-Unie leek bezegeld, de belofte van een nieuwe tijd hing in de lucht. De mensen hoopten op een Letse wedergeboorte.

En deze hoop, die nog als een parachute uit grote hoogte op de natie afzeilde (weldra zou die onbelemmerd tegen de grond slaan en uiteenspatten), leidde er telkens opnieuw toe dat de mensen massaal liederen zongen en op straat dansten. Ik zag zelfs een halfnaakte vuurspuwer die een rode vlag in brand spuwde, en als Tlingits om hun totempaal dansten wij rond de vlammen. De lindebomen stonden in bloei, en zelfs de laatste pantserwrakken en platgereden lijken, die door zingende straatvegers werden opgeruimd, leken naar zomer te geuren.

Een paar dagen later liet Hub me onze arbeidsplaats zien, de prefectuur. Ik haalde opgelucht adem. De gangen waren schoon, de grote ramen stonden open, ergens rook het naar verse koffie. Jonge, knappe typistes liepen met grote passen de brede trappen op. De lieftallige mejuffrouw Paulsen ontfermde zich over de als een poes snorrende nieuwe medewerker, de broer van haar baas, over mij dus. Ze wees me een kantoor toe dat op het zuiden lag en in een fris lichtgroen was geschilderd.

Ik deelde het met Obersturmführer dr. Grählert, een vriendelijke klassiek filoloog die een gemoedelijk notabelen-Keuls sprak en als gevolg van overwerktheid nagels beet. Grählert gaf leiding aan de SD-afdeling Cultuur (SD-D-III-C), nam vanwege personeelsgebrek ook nog de themagebieden Literatuur (SD-D-III-C1) en Toneel (SD-D-III-C2) voor zijn rekening en vertrouwde bij zijn oordeel uitsluitend op zijn vermoeide, intelligente ogen. Ik was verantwoordelijk voor de onderafdeling Architectuur, volkscultuur en kunst (SD-D-III-C3), die uit mijzelf en een Letse tolk bestond die ik niet nodig had.

Onder mijn bevoegdheid vielen met name observatie en controle van alle beeldende kunstenaars in Riga, hun organisaties, tentoonstellingen en persoonlijke relaties. Aangezien ik ooit door papa de haute volée van de hier gevestigde schilders en tekenaars had leren kennen (die niet alleen verheugd waren mij weer te zien, maar vooral ook blij met de extra rantsoenen aan boter, spek en honing), beschikte ik over zanglustige contacten. Mijn werk omvatte observaties in het Letse kunstbedrijf, het aansturen en afromen van de door mij ingezette informanten en spionnen alsmede het doorgeven van informatie aan andere afdelingen, die op mijn voorstel verdere acties ondernamen.

Kortom: het was natuurlijk een afgang vanjewelste, nadat ik een paar maanden lang als de grote hoop van de Duitse geheime dienst werd gezien. Brigadeführer Schellenberg zal er wel spijt van hebben gehad dat hij ooit aan een kakkerlak zoals ik zijn zelfschietende renaissancebureau had getoond. Maar Hub deed net of het hem niets deed. En ik voelde me senang, had voor het eerst sinds eeuwen het gevoel weer vrij te kunnen ademen.

Met mijn collega Grählert, die ook de theaterwereld in de gaten moest houden, bezocht ik aardige voorstellingen, leerde krampachtige toneelspelers en minder krampachtige toneelspeelsters kennen en genoot ten volle. Het herinnerde me weer aan mijn beste voor-oorlogse tijden met Mary-Lou; ik bewoonde een heel aardig appartement in de Wallstraße, dat zelfs met smaak was ingericht.

De omgangsvormen op Hubs afdeling waren uitmuntend. Bijna alle sd-medewerkers ontpopten zich als lyrisch gestemde, zeer begaafde metafysici of waren voormalige orkestmusici (een uitstekende altviolist onderdrukte de Letse koren), verlopen dominees of gepromoveerde geografen. Het was een compleet nieuwe en andere ss-wereld waardoor ik nu werd omringd.

De leden van het bureau nuttigden de maaltijden gezamenlijk, en onze afdeling werd omdat we elkaar tussen de middag altijd zo opvallend voorkomend bejegenden de alstublieft-dank-u-weltafel genoemd.

Een aantal andere lunchgasten vond ik daarentegen zonder meer onaangenaam, ja, afstotelijk. Vooral de leden van afdeling iv, de Gestapo, maalden niet om fijnzinnige manieren.

Een van deze collega's, een Weense Obersturmführer die Bertl heette, begroette me elke ochtend in zijn Oostenrijke parlando met 'Goedendag, scheiko'. Omdat het niet onvriendelijk klonk, groette ik altijd beleefd terug. Nooit informeerde ik wat scheiko dan wel moest betekenen, ik dacht dat het een equivalent was van het Zwabische gell of het Beierse woast. Pas weken daarna vroeg mejuffrouw Paulsen waarom ik me dat liet aanleunen, en het bleek dat Scheiko geen adjectief maar een substantief en als zodanig de afkorting van Scheißeierkopf was. Later hoorde ik dat Bertl vooral voor verhoren en terechtstellingen werd ingezet.

Er slopen toch al steeds meer irritaties in mijn zo schilderachtige leven van alledag. Toen ik me op een late avond naar het dienstgebouw spoedde om nog een paar belangrijke dossiers voor de volgende dag door te nemen, hoorde ik via de verwarmingsbuizen een eigenaardig gekerm omhoogkruipen dat me stoorde. Ik verzocht de nachtwacht de installatie in de stookkelder een keer te laten nakijken. De opgeroepen huismeester haalde zijn schouders op en zei dat in het souterrain de verscherpte verhoren door de Gestapo inmiddels al zo discreet mogelijk werden uitgevoerd. Ze waren alleen 's nachts mogelijk, omdat het gebouw dan leeg was. Nog stiller zou niet gaan, zei hij.

Half juli grendelde de Gestapo het Kaiserwald af, de villawijk van Riga. Alle welgestelde Joden werden gearresteerd opdat de ss-leiders over hun huizen konden beschikken. Ik hoorde ervan omdat een van de deelnemers aan de razzia toevallig naast me aan de alstublieft-dank-u-weltafel zat. 'Toen hebben we echt smaakvolle interieurs gezien, tjongejonge,' zei hij, en hij floot waarderend tussen zijn tanden. 'We moesten elke kamer in om de Joden de straat op te drijven. Dan krijg je wel een goeie indruk. Je wilt niet geloven hoe lang het duurde voordat we iedereen in de wagens hadden. En toen nog dat hele stuk hiernaartoe.'

'De Joden kwamen hiernaartoe?' vroeg ik verbijsterd.

'En of!' zei de man smakkend. 'Die stonden twee uur lang beneden op de binnenplaats. Wij moesten ze bewaken, in de middaghitte. In vol ornaat. Dat rijke villageteisem. Die hebben hun leven lang met hun luie reet op leren sofa's gezeten. Maar goed, ik heb later gehoord dat ze gefusilleerd zijn. Hoe is je dat in vredesnaam kunnen ontgaan, kameraad?'

Ik had geen flauw benul hoe me dat was ontgaan. Mijn broer had me uitgerekend die middag naar een tentoonstelling in Bauske gestuurd. Dat zal de reden zijn geweest. En het drong plotseling tot me door dat de vele aangename dienstreizen waartoe Hub vaak spontaan opdracht gaf geen ander doel dienden dan de overgevoelige, zeer sensibele Obersturmführer Solm belachelijk te maken.

Binnen vierentwintig uur verzamelde ik alle informatie die ik nodig had (ik zat immers bij de geheime dienst). Toen wist ik dat de prefectuur het centrum was van de gruwelijkste, onverdraaglijkste, in het brein van een perverseling uitgebroede misdaden, dan kon je aan de alstublieft-dank-u-weltafel nog zoveel over geest en materie bij Descartes discussiëren.

'Kalmeer eerst nou maar een beetje, Koja,' reageerde Hub op de wijze die hij ook al bij de lading opgestapelde babylijkjes op het goederenstation van Posen de juiste had gevonden. En ik zei mijn broer recht voor zijn raap dat hij zijn eigen vlees en bloed niet voor achterlijk moest verslijten en dat hij op Opapabarons eer en op Großpapings heilige woede moest zweren dat hij de waarheid sprak, en wel, zoals ze voor de rechter en op volle zee zeggen, niets dan de hele verrotte waarheid. Hub knikte bedroefd en haalde Opapabarons zilveren sigarettenetui tevoorschijn, een erfstuk, eigenhandig door Peter Carl Fabergé gemaakt, Opapabarons wereldberoemde paaseineef, zoals ze in de familie altijd gekscherend zeiden (de trots en jaloezie die ze voor hem voelden handig met elkaar verbindend). Hoe dan ook, bij de aanblik van het etui slaakte Hub een toegeeflijke zucht. Hij haalde er een Reval-sigaret uit, stak hem met een lucifer aan en nam een flinke trek. Het was nieuw voor me dat hij rookte, ik kreeg de indruk dat hij het nog niet goed kon.

'Goed dan. Dan vertel ik je de waarheid.'

Hij keek weer naar zijn sigaret, alsof die de waarheid van de wereld bevatte, en sprak toen drie korte zinnen, telkens onderbroken door een haastige trek.

'Ik wilde je gewoon niet belasten.'

Eerste trek.

'Jij met je zenuwen.'

Tweede trek.

'We doen hier belangrijk werk.'

De derde trek werd vervolgens door mijn interruptie halverwege aanzienlijk langer dan de twee eerdere. 'Blijkbaar,' zei ik namelijk, 'blijkbaar schieten wij daarginds in het bos van Riga elke dag driehonderd Joden dood.'

'Het zijn bolsjewieken. De geestelijke dragers van deze pest.'

'Die zonder enig proces worden doodgeschoten?'

'Bevel van de Führer.'

'De Führer beveelt om elke dag driehonderd Joden in het bos van Riga dood te schieten?'

'Nee, hij beveelt om alle Joden dood te schieten.'

Hij nam een trek van zijn sigaret.

'Niet alleen die driehonderd.'

Hij nam een trek van zijn sigaret.

'En ook overal.'

Hij nam een trek van zijn sigaret.

'Niet alleen in het bos van Riga.'

Nu bevond zijn schedel zich in een rookwolk die zijn gelaatstrekken versluierde, ik kon hem amper nog zien, misschien was dat ook zijn bedoeling.

'Ben je gek geworden?'

'Himmler heeft het me persoonlijk gezegd.'

Mijn blik zwenkte opzij en ik zag de foto. Hij stond op Hubs bureau, zat achter glas, gevat in een zilveren lijstje, en deze foto toonde
mijn zus in half profiel, de donkere Ev – of was het de donkere Sula-
mith, wier lippen een scharlaken draad zijn? En haar mond zo lieflijk, en de slapen door haar sluier heen een gespleten granaatappel?
En ik moest gaan zitten en dacht aan helemaal niets, en ik bleef dit
meisje aankijken, een appelboom onder de bomen des wouds was
haar geliefde, in zijn schaduw begeerde ze te zitten, en appels en
appels en appels te bekijken, ter ere van Hubert Konstantin Solm, en
bekoorlijk zijn uw wangen tussen de sieraden, is uw hals in de snoe-
ren, gij zijt schoon, mijn zuster, o, gij zijt schoon. Ik bezweer u,
dochters van Jeruzalem, bij de gazellen of bij de hinden des velds:
wekt de liefde niet op en prikkelt haar niet, vóórdat het haar be-
haagt.

'Zet de foto terug, Koja.'

'Je kent haar niet.'

'Zet hem terug!'

'Je hebt geen idee wie ze is.'

'Wat is dit? We hebben het over politiek gehad. Niet over persoonlijke dingen.' En weer zei hij iets wat hij al een keer had gezegd en
niet had moeten zeggen. 'Je mag appels en peren niet met elkaar
vergelijken.'

Midden in mijn onmacht, die me op hetzelfde moment oneindig
vermoeide, tot in mijn vingertoppen aan toe, zei mijn broer dat ik
me niet aan het front of aan wat dan ook kon onttrekken, want ik
had in Frankrijk gefaald. Het bevel kwam van de top. Riga was een
overplaatsing als straf. 'Mijn god, waarom heb je die vrouw in Parijs
nou niet gewoon flink genomen?'

Ik kan niet weg uit dit onzalige oord, het is onmogelijk, schoot het
door mijn hoofd. Schellenberg had me bij vol bewustzijn in het af-
voerputje van het imperium gedumpt. 'En dan ben je verbaasd,
Koja? Jij denkt dat je het in deze oorlog redt door in Bessarabië oude
vrouwtjes de bus met evacués in te helpen en in Parijs de opiumke-
ten onder te kotsen?'

Maar Hub beloofde me dat hij me bij de afgrond zou weghouden. Ik hoefde niet aan acties deel te nemen, zei hij. Ik hoefde niet te weten dat er acties aan de gang waren, ik hoefde niet eens te weten wat die acties precies inhielden, veel mensen weten dat niet of vergeten het gewoon, de vriendelijke mejuffrouw Paulsen, bijvoorbeeld. Aan het eind zat ik er wezenloos bij, de vuisten in mijn oogholten geramd, en wilde ik ook een sigaret.

Hoe verder de zomer voortschreed, hoe duidelijker de spanningen in ons bureau aan de oppervlakte kwamen. Terwijl ikzelf en de anderen van de alstublieft-dank-u-weltafel de meeste tijd geheime boodschappen aan bureautjes formuleerden of in cabarets iets hadden aan te merken op de liederen, maar voor de rest alleen hinder hadden van het vagevuur dat dag na dag over de dragers van de wereldwijde pest kwam, en slechts af en toe van de gedempte, nauwelijks hoorbare kreten uit de kelders van de prefectuur, waadden andere afdelingen al tot hun knieën door het bloed.

Maar met elke dag dat de Gestapo-beulen merkten dat hun fijnbesnaarde SD-kameraden zich onledig hielden met het analyseren van feuilletons, hun handen en ziel dus niet vuil hoefden te maken, geen hersenmassa van hun laarzen schraapten en geen bevlekte uniformen droegen, nam de verbittering toe. Er kwamen klachten. En Bertl noemde me niet meer Scheiko maar openlijk 'stomme klootzak' wanneer hij met een omgehangen machinepistool langs de openstaande deur van mijn kantoor liep en zag hoe ik met fijne lijntjes die lieftallige mejuffrouw Paulsen in mijn schetsblok portretteerde.

Hub ontbood me in zijn kantoor.

De adem werd je er bijna benomen door de vreselijke walm die hij produceerde.

Hij leek van zijn stuk en wist niet goed hoe hij het me moest vertellen. Ik had, begon hij, de bevelhebber van de speciale eenheden, Brigadeführer Stahlecker, nog helemaal niet leren kennen. Een Zwaab, impulsief, temperamentvol, ziekelijk ambitieus, onevenwichtig, arrogant, ijdel, wispelturig, de personificatie van een zonderlinge neuroticus met een enorme geldingsdrang, en daarom had Hub er alles aan gedaan om hem bij me vandaan te houden. Maar dat kon hij inmiddels niet meer volhouden. Uitvoerders van afdeling iv hadden geëist dat ze niet in de steek werden gelaten bij hun lovenswaardige schoonmaakbezigheden. Ja, ze waren gekomen om de boel te reinigen, schrobben, boenen, schuren en schoon te spoelen. Ze ruimden het afval graag op. Maar niet in hun eentje. Maar niet zonder eenieders helpende hand. Maar niet zonder eenieders uiting van hartverwarmende solidariteit.

En Brigadeführer Stahlecker, de zorgzaam-perfide commandant, had de klachten van zijn mannen aangehoord, Himmler gebeld en het minzaam geformuleerde bevel gekregen dat ieder lid van de speciale eenheid, in het bijzonder iedere ss-leider, al was hij nog zo in kunst geïnteresseerd, ten minste één keer aan de speciale behandeling van de Joden diende deel te nemen. Himmler had verklaard dat alleen al uit korpsgeest iedereen ten minste één keer aan zoiets moest meedoen.

'Het spijt me, Koja, ik kan je dat niet besparen. Je zult Stahlecker binnenkort ontmoeten. Maar ik heb met hem afgesproken dat jouw afdeling alleen maar hoeft toe te kijken. Dat beloof ik je.'

'Wat houdt die speciale behandeling precies in?' wilde ik weten.

'Je hoeft alleen maar toe te kijken,' herhaalde Hub onverstoorbaar. 'Denk maar aan iets anders. Je kunt het best een liedje neuriën. Geloof me, dat helpt. Altijd neuriën.'

Weet u, dat woord 'korpsgeest' heb je tegenwoordig helemaal niet meer. Maar in die tijd verstonden ze er zoiets onder als rekening houden met anderen. Dat ieder individu rekening hield met het welzijn van de hele groep.

En juist daarom kreeg ik het bevel om aan de speciale behandeling mee te doen.

Om rekening te houden met anderen.

Nog altijd zie ik die dag voor me. Het was een warme augustusdag, vol takken. Achter een wigvormige scheur in de kroon van een zomerse eik flakkerde hemelse harmonie, blauwe harmonie die op aards slijk stuitte. Want als ik mijn hoofd liet zakken en omlaagkeek, zag ik de kuil die ik niet wilde zien, een pas gegraven, diepe kuil, tien meter lang, twee meter breed, amandelbruin glanzend na een tien minuten oude zomerregen. Naast me stond Hub, die naar scheerwater rook en z'n best deed te neuriën. Soms keek hij me aan. Het moest me kennelijk opmonteren.

Het bos was nog stil. Maar de delinquenten zouden weldra komen. Takken waar de wind doorheen waait klinken altijd als een waterval, of als een flinke bui. Ik heb ooit gelezen dat de geluidsfrequenties van water en wind dezelfde golflengte hebben. Voor mij heeft het altijd de klank van wachten.

Rechts naast ons stonden drie leden van de Gestapo, wier namen me niet meer te binnen schieten, hoezeer ik mijn best ook doe, op Bertl na natuurlijk, die een rood luchtbed bij zich had, geen idee waarom. Links wachtte de voltallig aangetreden SD-afdeling, bevend en bleek.

En voor ons stond Brigadeführer Stahlecker, de handen op zijn heupen geplant, een ruwe veldkei met in zijn vuist een rijzweep, die op zijn rug heen weer zwaaide als de dunne staart van een aapje. Destijds zag ik hem voor het eerst, en ik wist meteen dat hij iemand was die ik nooit meer zou vergeten.

Achter hem stond de bevelvoerend officier van de Letten te wachten.

De blauwe bus uit Riga schemerde door andere takken – hij had een stoet Letse specialisten uit Dünaburg gebracht. Ze hingen wat rond, sommigen spitten voor de lol een mierenhoop om. Schoppen genoeg.

Uiteindelijk hoorden we vrachtwagens aan komen ronken. Onzichtbaar stierven de motoren weg, slechts een paar honderd meter bij ons vandaan. Het commando werd onrustig. De bevelvoerend officier van de Letten stapte een paar meter opzij, ging achter een struik zitten en haalde in alle openheid een bijbel tevoorschijn. Hub liep naar hem toe en vroeg hem waarom hij de voorkeur gaf aan het Oude Testament. De officier antwoordde dat het Nieuwe Testament geen geschikte passages had. Een moedig antwoord. Vervolgens gaf hij toe dat hij zich niet wilde laten zien. Er volgde geen verdere uitleg. Ik neem aan dat hij kennissen onder de Joden had. Stahlecker liet hem begaan.

Ze werden nu aangevoerd, liepen zwijgend door het bos, geflankeerd door de escorte. Mannen, vrouwen, geen kinderen. Ze moesten hun jassen en overhemden, hun rokken en broeken uittrekken en op een stapel leggen. Alles moest later gereinigd en hergebruikt worden. Ik probeerde me te concentreren op de snelgroeiende kledingberg.

Daar kwamen een paar van mijn geliefdste kleuren bijeen die niet bij het bos pasten en me afleiding bezorgden, ultramarijn, bijvoorbeeld, of een fraai goud dat in dunne draden in een kostuum was geweven. Zolang er nog geen schot was gevallen, leek het als je naar de mensen keek net of dat wat er komen zou helemaal niet kon gebeuren. Niemand schreeuwde of huilde. De angst was net zo aanwezig als de geur van de bomen, maar even onzichtbaar. De wereld leek nog altijd dezelfde. Vogels kwinkeleerden. Mieren vlogen op uit hun vernielde bouwsel. En weer hoorde ik de takken, de bladeren, ik dacht zelfs het licht te horen dat door de takken en twijgen ruiste en sijpelde. Misschien was het enige verstorende element niet de opgeworpen aarde, maar het vat met chloorkalk. Ze hadden het aan de rand van de kuil neergezet en soms dwarrelden er witte wolkjes op die stoffig op de varens neerdaalden.

Toen zag ik Moshe Jacobsohn. De oude man uit Dünaburg. Op mijn tong proefde ik de gefilte fisj die hij me ooit had voorgezet, bijna smaakte hij nu beter dan toen. De kleine Jood stond op de tweede rij, op zijn tenen, en staarde me onafgebroken aan, langs de mensen voor hem en een bewaker. Ik zeg niet dat ik verblind was, dat zeg ik niet. Maar één moment lang was ik werkelijk blind. Toen ik mijn ogen weer kon gebruiken, stond Moshe Jacobsohn nog altijd op dezelfde plek en kraste zelfs: 'Beste jeugdleider!'

De drie Gestapo-mannen die de kijkrichting van de oude man volgden, keken me vanaf de zijkant loensend aan. Brigadeführer Stahlecker liet zijn apenstaart onbeweeglijk in de lucht staan, draaide zich nadrukkelijk langzaam om en fixeerde me. Hub neuriede niet-begrijpend, ik zweeg, en Jacobsohn riep nu harder: 'Beste jeugdleider! Weet u nog?'

Een bewaker stapte op hem af.

'Weet u nog? Meyer en Murmelstein?'

Toen trof hem een vuistslag in het gezicht. Hij ging neer. Twee anderen moesten hem weer overeind helpen. Ik hoorde dat aan de bloedende mond beurtelings 'Meyer' en 'Murmelstein' ontsnapten. Ik probeerde weer blind te worden, maar het lukte niet. Ik had alles gegeven voor een glas water om van de vissmaak af te komen. Een handvol schutters maakte zich gereed. Iemand keek op zijn horloge. Ze stelden zich vijf meter van de greppel in linie op.

Negentig seconden.

De drijvers kozen de eerste tien delinquenten uit.

Zestig.

Gebaarden hun om te gaan staan.

Dertig.

Een aantal van hen poogde zich te verzetten, wilde niet opstaan en niet naar de greppel lopen.

Tien seconden.

En opeens stonden ze er toch.

Vijf seconden.

Ook Moshe Jacobsohn.

Drie.

De gebruikelijke bevelen.

Eén.

En nul.

Executies van korte afstand zorgen ervoor dat hersenmassa en bloed van slachtoffers gewoonlijk alle kanten op spuiten. En zo was het ook. Afgesprongen stukjes schedel werden als granaatsplinters twintig meter weggeslingerd en raakten mij ook. Doodskreten bleven niet uit. Tientallen liters bloed sijpelden de aarde in, bezwangerden de zomerlucht met de geur van nat ijzer, vermengden zich met angstzweet, excrementen en urine. Er zaten telkens twee minuten tussen het oproepen van de slachtoffers en het opdrijven, doorladen, richten en schieten tot aan het laatst. Daaroverheen lag een onophoudelijk brullen en slaan, en ik vroeg me af hoe de Letse officier bij dit lawaai zijn bijbel kon lezen. Ten slotte trad er stilte in.

Maar doodstil was het niet.

We hoorden een gedempte, rochelende stem. Hij kwam ergens uit de diepten van de greppel vandaan. Hub wilde het initiatief nemen. 'Uw broer moet het doen.' Stahleckers krakende commando deed hem stilhouden.

Hub had al vier stappen in de richting van de kuil gezet, zijn vingers frummelden al aan zijn pistoolholster. Nu stopte hij en draaide zich ongelovig om naar de commandant. 'Brigadeführer, het is me een eer het zelf te doen.'

'Het is uw broer vast ook een eer.'

Ik keek naar Hub, wist dat het besluit was gevallen. Maar er kwam een gevoel van koppigheid over hem. Hij liet zijn stem zakken om niet openlijk een bevel te weigeren: 'Obersturmführer Solm heeft alleen het bevel gekregen hier te observeren, Brigadeführer. Ik verzoek u met de grootst mogelijke gehoorzaamheid het genadeschot te mogen uitvoeren.'

'Dank u!'

'Maar...'

'Geen discussie! Ingerukt!'

De Letten waren al begonnen chloorkalk in het graf te scheppen, hoewel er nog gekerm uit de mêlee van lijken beneden hen opsteeg. Ik trok mijn Luger, liep naar de rand van de kuil en keek omlaag.

Midden in het stilleven van ineengezakte lichamen zag ik een verwrongen, wit bepoederd lijf met stuiptrekkende voeten. Ook het hoofd trilde nog. Het schedeldak was weggesprongen en lag als een opengeklapt potdeksel naast het voorhoofd. Daaronder keken me de vragende en zeer levendige ogen van een jonge vrouw aan. Ze hield een baby in haar arm, die leek te slapen, nog helemaal intact. Ik had hem eerder niet opgemerkt. Achter me hoorde ik een fototoestel klikken. Mijn eerste impuls was om de fotograaf neer te knallen, maar ik deed het natuurlijk niet. Mijn tweede impuls was om gewoon maar weg te rennen: mijn wapen weg te gooien, me om te draaien en weg te rennen, wat evenmin gebeurde. Meer impulsen waren er niet. De rest was leegte.

En toen zag ik dat plotseling ook de baby bewoog. De vrouw – er borrelde nog altijd bloed uit haar hoofd en luchtbelletjes drongen door de chloorkalk heen die haar mondhoeken kapotbeet – de vrouw dus, keek naar het piepkleine hoopje, en voor ik vanwege de aan het oppervlak liggende hersenen kon overgeven, deed ik iets wat naderhand aanleiding gaf tot hilariteit bij Stahlecker, ja, zelfs tot een grappig bedoelde overweging om me wegens verspilling van militaire goederen ter verantwoording te roepen: ik schoot het verdomde magazijn helemaal leeg.

5

De hippie ligt in bed en houdt nachtzuster Gerda's handen vast. Ik hoor hem vragen of hij een andere kamer kan krijgen. Nee, hij vraagt het niet. Hij smeekt. Maar u weet toch dat we geen andere kamer hebben, beste Basti, hoor ik. Wat vindt u nu opeens zo erg? U houdt toch van dit uitzicht, met al dat groen voor het raam en die grote kans op eekhoorns. En de zon met zijn goede eigenschappen, die doet u toch goed? En de nieuwe noodknop voor het toilet, die je ook liggend kunt indrukken als je voelt dat je wegraakt, die hebben we er toch speciaal voor u in gezet? En geen enkele andere kamer heeft een afzuigkap. Of een lichtgroene wand. Of zo'n aardige, charmante meneer Solm.

Ik zie dat de angstige hippie nachtzuster Gerda een teken geeft. Hij trekt haar nog verder naar zich toe – haar oor voelt zijn adem al – en dan hoor ik enkel nog smoezen en lispelen.

Nee toch, klinkt opeens nachtzuster Gerda's schaterlach, meneer Solm heeft beslist geen klein kind vermoord. Dat is echt absurd. Weet u, we zullen de dosis cannabis een beetje verlagen. We mogen de waanvoorstellingen niet vergeten. We mogen natuurlijk ook de Griekse arts in opleiding niet vergeten, de argwanende dokter Papadopoulos. We mogen de Opiumwet niet vergeten. En mijn baan in dit ziekenhuis, laten we die alstublieft ook niet vergeten. Straks springt u nog uit het raam, beste Basti. Hoe kunt u nou zo slecht denken over die arme meneer Solm! En hij is ook nog consul (ik ben geen consul)!

En u hebt een pyjama van hem gekregen!

En die mooie tekening die hij voor me heeft gemaakt!

En hij heeft me zo raak getypeerd!

Ja, ik heb de dame tien jaar slanker gemaakt en haar paardenhart veroverd, en nu kan ze echt niet begrijpen waarom de hippie in huilen uitbarst. Hij is alweer urenlang bij de baby's beneden. Het heeft me veel zalvende woorden gekost. Hij is alleen bereid om naar me te blijven luisteren als ik op de kraamafdeling een baby vind die op de andere baby lijkt, de baby van negentieneenenveertig, het kindje in de kuil. Dat is denk ik weer zo'n krankzinnig swamiding met zielsverhuizing en zo.

Maar ik heb het spel meegespeeld.

Daar beneden ligt er zo een, identiek aan die van toen, zei ik: dikke lippen, platte neus, armetierig haar (en ook nog eens rood), met iets van koppigheid in zijn ogen. Hij ligt daar beneden, en op zijn bedje staat de naam Maximilian.

De hippie en ik zijn 's nachts naar de babykamer geslopen en hebben Indiase dingen gedaan voor het bedje van Maximilian. Ik moest voor de baby knielen en iets van zijn dromen scheppen (onschuld vooral, en een beetje zin in moedermelk). Ik heb ook om vergeving gevraagd en een rode stip op Maximilians voorhoofd gedrukt. (We gebruikten hiervoor nachtzuster Gerda's lippenstift, maar dat weet ze niet.)

Maar dat was al met al en onder ons gezegd en gezwegen natuurlijk lariekoek. Er was en is geen reïncarnatie van die baby uit het bos van Riga. Voor mij zien alle baby's er altijd al hetzelfde uit. Ik heb dit toneelstukje alleen meegespeeld omdat ik werkelijk niet wil dat de hippie zijn belangstelling voor mij verliest. Hij noemt dat wat hij te horen krijgt *bad vibrations.*

Hij heeft nachtzuster Gerda zover gekregen – en ik gaf er mijn zegen aan – dat onze bedden verder uit elkaar werden gezet. Nu ligt er een ban op deze iets grotere tussenruimte. Een behekste zone waarin geen van ons tweeën een voet mag zetten. Zo staat de hippie altijd aan de linkerzijde van zijn linkerbed op, en ik sta altijd aan de rechterzijde van mijn rechterbed op, en aan deze streng gereguleerde zijden stappen we ook weer in ons bed, zodat we elkaar nooit kunnen tegenkomen in het behekste gebied, dat juist door de precieze afbakening en bestendigheid ervan iets glasachtigs heeft, wat buitenstaanders natuurlijk maar raar vinden.

Toen Donald Day me op een dag bezocht – oud geworden, witharig, beverig, maar nog net zo luidruchtig – kon hij niet begrijpen waarom hij de goede fles maltwhisky niet op de stoel tussen onze bedden mocht zetten, een stoel die de visiterende arts vergeten had weg te zetten. Maar de hippie zegt dat hij exact die afstand tot mij nodig heeft, een neutraal nirwana waarin geen voorwerpen mogen liggen die met mij in contact zijn gekomen (zoals een kam, tandenborstel of testament) of nog zullen komen (zoals een maltwhisky, die immers door mijn halve lichaam stroomt, dit lichaam weliswaar ook weer verlaat, maar niet zonder reststoffen achter te laten).

Afgezien daarvan interesseerde de hippie zich toen toch voor Donald Day en vroeg hem of hij me inderdaad in Riga had leren kennen en of hij echt zo'n erge communistenvreter was geweest als ik beweer. 'Oh my goodness,' reageerde Donald lachend, 'dan had u mij eens met die schurk hier tijdens de Cubacrisis moeten zien. Zelfs senator McCarthy vond ons te anticommunistisch. Mensen zoals u hadden we in die tijd als hotdog opgegeten.'

Zulke uitspraken dus.

De hippie wil niet geloven dat een voormalig lid van de speciale eenheden van de ss bij de cia verzeild kon raken.

Maar dat is de gewoonste zaak van de wereld.

6

Je kunt de vergissingen van het nationaalsocialisme betreuren, maar je mag ze niet misbruiken om het in twijfel te trekken. Hub zei het zonder blikken of blozen. Het was ook geen sarcasme. Drie dagen achterelkaar meldde ik me ziek. Mijn broer liet me met rust. Op de vierde dag ten slotte zocht hij me op in mijn huis, waarvan ik het meubilair kort en klein had geslagen om, ik weet niet aan wie, vermoedelijk mijzelf, te bewijzen dat het huis niets met mij te maken had, want het was een Joodse trouvaille met alles erop en eraan. Praktisch alle ss-leiders die ik destijds kende, woonden in zorgvuldig bijeengeroofde interieurs. Ze hadden compleet ingerichte slaapkamers in Galilees eiken en lagen hele nachten prinsheerlijk te maffen. Menig Sturmbannführer zei na deze verkwikkende ervaringen dat hij niet meer kon wonen in kamers met eigen meubilair.

Hub haalde de wodka bij me weg. Hij kieperde het spul in de gootsteen. 'De drank is Gods manier om je te vertellen dat je te veel tijd hebt,' zei hij. Verbazingwekkend dat hij het over God had. Een relict uit zijn tijd als theoloog.

Hij gooide de lege fles bij de andere lege flessen op de vloer en bracht me een nieuwtje dat hij 'reusachtig' noemde. *Reichsführer* Himmler zou komen. Een dezer dagen al. Het reizen door pas veroverde koloniën was voor hem een aangename gewoonte geworden, en daarom wilde hij zijn meerdaagse bezoek aan de Baltische landen beginnen in het mooie Riga. En aangezien er in de hele eenheid geen ss-officier was die over zulke diepgaande kennis van de cultuur-, kunst- en geestesgeschiedenis van ons vaderland beschikte als ik had Brigadeführer Stahlecker erin toegestemd mij de taak van de ter zake kundige adjudant toe te wijzen.

'Het is niet goed om meneer Himmler te ontmoeten,' zei ik.

'Maar Koja! Dat is je kans om je te rehabiliteren! Himmler ademt beschaving en cultuur! Hij zal uit je hand vreten, en dan ben je af van deze miserabele bedoening hier!'

'Het is niet goed om meneer Himmler te ontmoeten.'

Drie dagen later echter ontmoette ik meneer Himmler. Hij zat in een open Mercedes coupé ten zuiden van het Ritterhaus en bewonderde het middeleeuwse stadsbeeld, omwolkt door een tros schitterend geuniformeerde ss'ers. Stahlecker was bij hem. En mijn broer ook. Toen Hub me op de troep zag afkomen, liep hij me tegemoet, siste 'Kijk een beetje vriendelijker!', leidde me langs de bevelhebbers van de Wehrmacht (tegen wie hij hetzelfde had kunnen zeggen), recht op Himmler af en stelde me aan hem voor. Ik bracht rapport uit. Himmler monsterde me met welgevallen.

'Uw broer zegt dat u uitstekend kunt tekenen?'

Ik kon niets antwoorden, keek alleen deze buitengewoon bijziende man aan, die bij het executeren zo hechtte aan korpsgeest. Hub antwoordde voor mij dat ik inderdaad uitstekend kon tekenen.

'Nou, teken dan maar eens een karikatuur van me, Obersturmführer.'

'Nu, Reichsführer?'

'U hebt vijf minuten.'

Ik haalde gehoorzaam mijn schetsboekje uit de zak van mijn uniform, pakte mijn potlood en begon met de ogen. Je moet altijd met de ogen beginnen; veel mensen die niet kunnen tekenen, denken ten onrechte dat je ook met de contouren van iemands gezicht of zelfs met de neus kunt beginnen, maar dat is het begin van het einde. Ik tekende de ogen van een hyena, want Himmler lachte als een hyena: een luid gekrijs, gevolgd door een plotseling zwijgen. Hij had kleine tanden, maar die moesten wachten. Onder zijn ogen tekende ik een snuit, een mooie varkenssnuit, en onder de varkenssnuit zijn snor, en onder de snor opende zich een koe-achtige, zeer scheve muil, waaruit ik een beetje hooi liet priemen. Een kin kreeg Himmler niet, want die had hij immers ook niet, zijn oren werden de oren van een penseelaapje, en toen ik helemaal aan het eind de vorm van zijn hoofd moest kiezen, aarzelend tussen karper en nijlpaard, greep ik toch weer terug op het goeie ouwe varken, en voor de hangwangetjes trouwens ook.

'Ik ben klaar, Reichsführer.'

'Mooi, geef maar hier.'

Himmler keek Hub uitnodigend aan, die in drie afgemeten passen op me afstapte. Ik gaf hem de karikatuur. Hub staarde ernaar, lang en weifelend.

'Nou, hoe staat het ermee?' vroeg Himmler ongeduldig. De voltallige ss-leiding van Riga keek vol verwachting naar mijn broer. Hub vouwde het papier op, verscheurde het en stopte het in de zak van zijn leren jas.

'Ik denk dat het de Obersturmführer nog niet helemaal is gelukt, Reichsführer.'

'Kan hij beter, dan?'

'Hij kan het heel veel beter. Ik denk dat de Obersturmführer een beetje nerveus is.'

'Hij hoeft niet nerveus te zijn. We bijten niet.'

Ik had mezelf weer onder controle, maakte een tweede tekening, die de heer Himmler als Lancelot portretteerde, in glanzende wapenrusting en met de gelaatstrekken en de snor van Douglas Fairbanks.

Daarna reisden we samen door de Baltische landen, meneer Himmler en ik. De Reichsführer doceerde gedurende de hele tocht met zijn Beierse tongval, die me trouwens aan die van u doet denken, swami, en of u het nu gelooft of niet: hij was verbazingwekkend goed op de hoogte van de spirituele theorieën van Azië, die u zo erudiet en overtuigend aan mij presenteert. Ja, welbeschouwd was Himmler de eerste hippie die ik ontmoette, in elk geval wat de mate van innerlijke onafhankelijkheid betreft. En hij kon zich ook gewoon ontspannen. Zoals alle boeddhisten hield hij van dieren, en op een middag moesten we op de door overstekende padden geteisterde provinciale wegen van Estland twee uur lang stil blijven staan en de motor uitzetten om alle twintigduizend padden een veilige oversteek te bieden.

Uiteraard was meneer Himmler ook een overtuigd vegetariër, slikte hij de hele tijd homeopathische middeltjes, geloofde dat de Germaan rechtstreeks uit het heelal in een ijsmeteoriet nabij Bad Wimphen was ingeslagen en informeerde naar mijn sterrenbeeld. Zij die onder het sterrenbeeld Schorpioen waren geboren, dat vernam ik al meteen, waren zinnelijk en zouden zich thuis voelen in de steden Münster, Osnabrück en Lissabon.

Himmler delibereerde erg graag over zijn geliefde ss, telkens weer. Op een keer legde hij me uit dat voor deze heilige orde mannen met noords bloed werden gebruikt, die intelligent en intolerant waren. Dat was wel het allerbelangrijkste. De vraag was of ik intelligent en intolerant genoeg was. Over mijn intelligentie kon ik niks zeggen, antwoordde ik, want daarover diende vooral de beschouwer te oordelen. Maar wat mijn intolerantie betrof, op dat gebied had ik de afgelopen weken behoorlijke vorderingen gemaakt. Himmler bromde tevreden.

Toen ik met hem het Estse Reval bezichtigde en we incognito door de middeleeuwse straten van de oude stad van de Duitse Orde slenterden ('Wat een onvergankelijk monument van Duitse stedenbouw!'), bleven we ten slotte voor de Russisch-orthodoxe Alexander Nevski-kathedraal staan, boven op de Domberg. Die was Himmler een doorn in het oog omdat hij vond dat de uivormige torens te nadrukkelijk in de zichtas waren geplaatst en totaal niets met de gotische architectuur van Reval te maken hadden. En buiten dat vond hij het vele goud op het dak vreselijk ('Verwijfd, beste Solm, kitscherig en verwijfd!'). Hij gaf bevel onmiddellijk voorbereidingen te treffen om het gebouw op te blazen. Zijn beide adjudanten gingen direct op pad om de boel in orde te maken. Geschokt struikelde ik mijn Reichsführer achterna, die in alle rust en in volkomen eenzaamheid verder wandelde, en ik wilde hem vragen er nog eens over na te denken. Maar voordat ik iets kon zeggen, pakte hij me bij mijn arm en riep: 'Obersturmführer, hebt u daarnet dat stelletje gezien dat ons passeerde?'

'Nee, helaas niet. Ik denk nog in alle nederigheid na over de ware woorden van de Reichsführer over de kathedraal.'

'Een piepjonge Duitse zeekadet! En moet u kijken, dat meisje!'

Hij wees me op het paar dat ons had ingehaald, een rekruut van een jaar of achttien met aan zijn arm een blonde Estse die hem smachtend aankeek.

'Een mongools meisje! Een volkomen mongoolse gelaatsvorm. En ook écht mongools! Ongelooflijk!'

Himmler beval me de zeekadet staande te houden en hem onmiddellijk bij hem te brengen. De jongen was overrompeld, maar liep wel met me mee, sprong in de houding, groette volgens voorschrift de Reichsführer van de ss, wiens opwinding alweer voorbij was en die op welwillende toon zei: 'Beste jongen, je hebt toch wel bij de Hitlerjugend gezeten?'

'Jawel, generaal!'

'Heb je daar ook iets over rassenkunde geleerd?'

De jongen keek Himmler glazig aan.

'Ik bedoel, heb je een idee hoe de verschillende mensenrassen eruitzien?'

'Jawel, generaal!'

'Is het je dan niet opgevallen dat het meisje dat je in je armen hebt een zuivere mongoolse is?'

De jongen was een moment verrast, keek naar zijn vriendin, die geen woord van het gesprek begreep, maar heel goed doorhad dat er serieus over haar werd gesproken, wat haar gevleid deed grijnzen. De zeekadet verstrakte.

'Generaal! Ik heb haar er nadrukkelijk naar gevraagd! Ze heeft me verteld dat ze niet mongools is! Ze is onderwijzeres!'

Himmler stond perplex. Hij was zo perplex dat hij zelfs vergat de volgende dag de Alexander Nevski-kathedraal op te laten blazen, hoewel de ss alle beschikbare voorraden dynamiet van de stad al in het schip van de kerk had opgestapeld en drie springmeesters van de genie van de Wehrmacht met de ingewikkelde opdracht had belast.

Toen we meneer Himmler na vijf stralende dagen naar vliegveld Spilve brachten (gebruind en in een opperbest humeur), gaf mijn Reichsführer me ten afscheid de grote ss-kandelaar met rondlopend fries waarop kinderen stonden, gemaakt van het fijnste porselein uit Allach, hoewel deze gift eigenlijk alleen bij de geboorte van een vierde kind van een ss-gezin werd overhandigd. 'Zie het als aansporing, beste Solm. Uw rijke talenten mogen niet opdrogen. Zaai uw vruchtbare zaad uit in een vette voor!'

'Heel graag, Reichsführer!'

'En bedenk: u bent slechts een schakel!'

Hij wees op de tekstband van de levenswijze kandelaar met kinderfries: *In de sibbe van de eeuw'ge keten ben ik slechts een schakel!* Ik bedankte hem beleefd dat ik zo'n waardevolle schakel mocht zijn en ik keek er ongetwijfeld ontroerd bij. Plichtmatig strekte ik mijn rechterarm toen de Reichsführer – gezeten achter het raampje van het vliegtuig – zijn hand hief. Ik schreeuwde 'Heil Hitler' tegen de motoren, want ze hadden me verteld dat hij voortreffelijk kon liplezen, die kerel – op veertig meter afstand is dat kinderspel, ja, misschien heb ik wel 'Heil Himmler' geschreeuwd. Ik voelde me een beetje als in die lang vervlogen oorlogsdagen toen de bolsjewieken Riga binnenmarcheerden, de cavalerist op zijn paardje naar het jochie zwaaide dat ik was en mijn instinct me ervoor behoedde de groet onbeantwoord te laten. Dat noem je ook wel de wil om te overleven.

Anders dan destijds reageerde Hub ditmaal wel uitbundig. Hij zei dat Himmler heel enthousiast over me was geweest.

Het duurde dan ook niet lang tot de gevolgen zichtbaar werden. Twee weken later al werd ik op de hoogte gebracht dat ik opnieuw een speciale opdracht zou gaan uitvoeren. Ze plaatsten me over naar het front bij Leningrad. Ik werd adjudant van Brigadeführer Stahlecker, mijn zweep zwaaiende commandant en hoofd van de speciale eenheid A, die nu vlak voor de vijandelijke linies joeg op spionnen, terroristen, aanslagplegers, zigeuners, Joden en niet in de laatste plaats op een hele ris olieverfschilderijen die niet uit de tsarenpaleizen hadden kunnen vluchten. Mijn opdracht was het om Stahleckers berichten aan Berlijn, die daar door vrijwel niemand werden vertrouwd, op hun waarheidsgehalte te controleren. Ik diende de Brigadeführer dag en nacht te observeren, want Himmler hield ervan om zijn generaals in het geheim te laten observeren, vooral als het met geldingsdrang behepte psychopaten waren zoals Stahlecker.

Ik vergat nooit dat deze opschepperige krachtpatser, die bijna nooit lachte, en als dat wel zo was dan homerisch, me had opgedragen mijn kogels op een blootliggend stel hersenen af te vuren. Ik vergat ook niet hoe hij zich amuseerde over de wijze waarop ik dat deed. En tegen die achtergrond kwamen mijn berichten tot stand.

Ik meldde dat Stahlecker in alle gevechtssituaties principieel afzag van dekking en maatregelen om zichzelf te beschermen en van elke kogelregen genoot alsof die iets verkwikkends was.

Ik meldde dat hij als reden gaf dat hij onkwetsbaar was, hij zou nooit worden geraakt, en elk projectiel moest voor hem wijken.

Ik meldde dat hij elke mogelijkheid benutte om indruk te maken en dat hij daarom in een compleet door kogels gebutst vehikel voor de poorten van Leningrad rondreed, een triomfwrak waarvan de gebroken zijramen met metalen plaatjes aan elkaar waren geklonken.

Ik meldde dat Stahlecker zijn staf had bevolen elke ochtend en elke avond flink te masturberen.

Ik meldde dat de reden daarvan lag in zijn bezorgdheid om onze zelftucht.

Ik meldde dat de bijnaam van Brigadeführer Stahlecker bij het achttiende leger 'Reetlikker', bij de vierde pantserdivisie 'Staalnaaier' en binnen zijn eigen eenheid 'de Zieke' was.

Ik meldde dat Stahlecker de Joden in zijn commandogebied nog uitroeide toen er al helemaal geen Joden meer waren; hij zou daarom maar gewoon zo veel mogelijk Joods uitziende Russen fusilleren om hoge afschotaantallen aan Berlijn te kunnen doorgeven.

Ik meldde dat Stahlecker op tweeëntwintig maart negentientweeenveertig – tijdens een gevecht met partizanen – was getroffen door een vrij en doelloos door de lucht vliegend projectiel, dat ondanks zijn onkwetsbaarheid een lichaamsdeel doorboorde.

Ik meldde dat het bij dit lichaamsdeel ging om het zitvlak van de Brigadeführer, om preciezer te zijn om zijn beide keurig geperforeerde billen.

Ik meldde dat Stahlecker op drieëntwintig maart was gestorven, niet vanwege de onschuldige verwonding, maar volgens de artsen als gevolg van een totale collaps na de mentale schok die hij opliep toen het tot hem was doorgedrongen dat hij helemaal geen bovennatuurlijke krachten bezat.

Al deze meldingen leidden ertoe dat men in het Reichssicherheitshauptamt weer vertrouwen in mij had gekregen. Wel moest ik in de nazomer nog een actie tegen partizanen in Wit-Rusland tot een goed einde brengen. Ik behoorde tot een eenheid die ten westen van Minsk, tussen Oezda en Sloetsk, niet ver van het Nalibokiwoud, mortiergranaten in de moerassen afvuurde en daardoor een hoop berken en elzen doodde, maar geen enkele partizaan.

Uit frustratie lieten de commandanten ons opmarcheren naar omliggende hoeves en dorpen, vreedzame gemeenschappen met bewoners die vriendelijk naar ons zwaaiden, en we schoten ze allemaal
dood. En toen we hen hadden doodgeschoten, schoten we hun honden en katten dood, plunderden we, vernietigden en brandschatten
we, en binnen luttele uren veranderden deze bloeiende plaatsen in
rijken waar het minerale, plantaardige en antropomorfe heerste.
Een van deze dorpen heette Visjneva. Pas jaren later zou ik het me
in aanwezigheid van een Israëlische minister herinneren, geholpen
door een schuur waarop we in grote cyrillische letters VISJNEVA
GEEFT LICHT hadden geschreven, voor we er de fik in staken.

Ik dacht dat Visjneva de hellepoort, het ravijn was.

Maar het was, zo leek het, niet meer dan een laatste perverse test.

Intussen had meneer Himmler namelijk iets nieuws de wereld in
gestuurd, en ik werd, omdat hij me mocht, daar een onderdeel van.

7

Schellenberg, de enige ss-generaal zonder handdruk, ontmoette ik voor de tweede keer in mijn leven, en opnieuw was hij een hoffelijke tropische vis, ditmaal zelfs nog hoffelijker dan de eerste keer. 'Blijkbaar is er iemand die dol op u is,' zei hij malicieus. Daarna mocht ik op zijn bordeelrode velours sofa plaatsnemen. Vanaf zijn machinegeweerbureau las hij een citaat van Lawrence van Arabië voor, om me ten slotte te vragen of ik geen zin had om in opdracht van de ss de zeven zuilen van wijsheid te veroveren, en ik dacht bij mezelf: waarom eigenlijk niet, de zeven zuilen van domheid, waanzin en perverse misdaden kennen we immers al.

Omdat in de gevangenenkampen miljoenen Russen zaten te verrekken, zo begon Schellenberg zijn betoog pakkend, en omdat alleen degenen die bij ons in dienst traden de kans hadden te overleven, hebben ze zich in het Reichssicherheitshauptamt de vraag gesteld welke diensten zij ons nou eigenlijk zouden kunnen bewijzen. En ze hadden gedacht aan de farao's, die van hun Hettitische gevangenen agenten maakten, willoze objecten van de Egyptische strategie. En iets dergelijks is de ss nu ook met de Russen van plan.

Zoals Ramses de slaven kaalschoor, geheime boodschappen op hun schedels tatoeeerde en daarna wachtte tot hun haar weer over de hiëroglyfen heen was gegroeid (opdat ze de mannen ongemerkt door de vijandelijke linies konden sturen en op verre buitenposten weer van hun haar konden ontdoen om aan de conspiratieve kale koppen belangrijke berichten van hun gebieder te ontlenen), zo moesten ook onze Russen de hoofdhuid zijn waarop wij schreven, de benen die ons droegen, de armen en handen die onze machinepistolen vasthielden.

Schellenbergs Oud-Egyptische formuleringsvermaak culmineerde in de vaststelling dat een operatie was begonnen die het mombakkes van het communisme van binnenuit zou opvreten.

En deze operatie was Operatie Zeppelin.

Operatie Zeppelin zou duizenden Russische vrijwilligers moeten opleiden tot guerrillastrijders, saboteurs en verkenners, en hen in het Sovjetachterland afzetten, waar ze vervolgens opstanden konden beramen en het Rode Leger konden verslaan, iets wat de Duitse divisies de laatste tijd niet meer zo goed lukte.

'Natuurlijk heeft Operatie Zeppelin behoefte aan capabele Duitse leiders die zich in anderen kunnen inleven. En op dat punt heeft iemand die uw artistieke inlevingsvermogen op waarde schat een goed woordje voor u gedaan.'

'Daar ben ik blij om, Brigadeführer.'

'Iedereen heeft een tweede kans verdiend.'

'Dank u, Brigadeführer.'

'Maar een derde kans zal er niet komen.'

In papa's atelier hing tot ons gedwongen vertrek een kopie van Arnold Böcklins *Pan in het riet*.

Als kind zag ik dagelijks deze compositie, die zo vredig leek, vol kwakende kikkers en uitbottende natuur. Het schilderij vertelde het verhaal van nimfenjager Pan, die geile bok, die de zeer kuise Syrinx, een bosnimf, achternazit. In plaats van zich over te leveren aan hem en zijn enorme, behaarde lul, ontsnapt Syrinx aan vervolging doordat ze zich door haar zusters, de riviernimfen, in riet laat veranderen. De hitsige Pan, die de daad nu wel kan vergeten, snijdt een paar stengels af, waarvan hij een fluit maakt. Op Böcklins schilderij zit hij midden in het vochtig-zwoele riet en blaast droevige wijsjes op de resten van zijn aanbedenen, want van papa hoorde ik dat nimfen sterfelijk zijn.

Ik was geschokt. De panfluit was niets anders dan een lijk, bestond uit de in stukken gesneden overblijfselen van een hoe dan ook gevarieerde vrouwelijkheid, en de hese tonen die papa zo lieflijk kon nafluiten, gingen je door merg en been. 'Dat is de schrik van Pan,' vertelde hij me ooit met zijn zachte stem. 'Of misschien ook wel panische schrik. Panische schrik zit vlak bij de idylle waaruit hij onverhoopt uitbreekt. Angst is iets anders, Koja. Angst is altijd vreselijk, maar die bereidt ons wel altijd voor op de gruwelen, net als de nacht. Maar de schrik, lieve zoon, de schrik woont in de klaarlichte dag; hij komt plotseling, als een donderslag bij heldere hemel.' Daarom dacht ik altijd dat Pan de god van de terreur was. Papa's Böcklin-kopie verkocht ik na zijn beroerte. Ik wilde niet voortdurend worden geconfronteerd met de waarschuwing dat ook in de liefde oorlog heerst. Maar hoe langer ik bij Operatie Zeppelin bleef (en ik bleef lang), hoe vaker ik aan papa's schilderij moest denken, deze elegie van sluimerend geweld die de god van de bomaanslagen en de sluipmoord toont in een staat van gevorderde mijmeringen.

Even arcadisch als op papa's schilderij (zij het niet zwoel, maar nat en koud) begon ook november negentientweeënveertig. Mijn nieuwe bevoegdheden veranderden het profiel van mijn werkzaamheden. En ze veranderden mij ook. Met het speciale ss-commando had ik niets meer van doen. Ik werd weer inlichtingenofficier. Specialist inlichtingen en contra-inlichtingen.

Ik had mijn lesje geleerd. In dezelfde mate als ik het sterrenbeeld van leugenachtige geheim agenten na Maja's dood had veracht, zo opgelucht was ik om uit de doodseskaders te tuimelen. Ja, dat is het juiste woord: Operatie Zeppelin begon met het gevoel van eindeloze opluchting.

In eerste instantie werd ik overgeplaatst naar Silezië, in de buurt van Breslau, waar tropische vis Schellenberg al een reusachtig kampcomplex voor de Russische vrijwilligers uit de grond had laten stampen. Ik werd hoofd van de centrale spionnenopleiding.

Mijn voorganger, een derwisj met glazige blik, vertelde me bij de ambtsoverdracht dat Russen geen militaire meerderen maar dompteurs nodig hadden. 'Het zijn hongerige tijgers! Laaf ze met wodka! Geef ze er met de zweep van langs! Keer nooit je rug naar hen toe!'

Ik hield bij mijn aantreden een toespraak in mijn beste Anna Ivanovna-Russisch voor de vierhonderd Russen van het scholingskamp, doorspekt met verkleinwoorden, flauwe moppen, vleierijen, stekelige opmerkingen en openlijke waarschuwingen. De tijgers likten als jonge poesjes over mijn gezicht. De meesten waren jong, onbeholpen, open in hun gezicht, vaak vrolijk en luidruchtig en al even blij als ik dat ze aan de hel van krijgsgevangenschap waren ontsnapt, zoals ik elke dag weer de voorzienigheid dankte dat ik in iets wat op een vliegend lokaal leek, mocht lesgeven. Je had fanatiekelingen en clowns, ze moesten blokken, repetities maken en taalles volgen, er was een schoolplein, er werden poetsen gebakken en er was zelfs een echte schoolbel.

Ik merkte na een tijdje wel dat veel van de ijverige leerlingen, die natuurlijk ook les kregen in de omgang met radioapparatuur, wapens en springstoffen, in het vervalsen van ambtelijke stukken en in andere subversieve vaardigheden, niet zonder meer geschikt leken voor deze taken. Bovendien zaten er onder hen een hoop Sovjetagenten en dubbelspionnen van SMERSJ, doorgaans de besten van de klas. En heel wat zaten alleen maar te wachten op de eerste de beste kans om 'm te smeren naar hun geboorteland.

Daarom had ik een vertrouweling nodig.

Ik had iemand als Uncas of Chingachgook nodig, een vriendelijke, dappere, loyale en mij met heel zijn hart toegedane Mohikaan.

Op een zondagochtend – ik zat met een kop koffie op de veranda van mijn woning en tuurde de bewolkte herfst in – ontwaarde ik een jonge knaap die even verderop figuren in het natte zand tekende, een hoop gezichten bij elkaar, dacht ik. Ik riep de jongen en vroeg wat hij daar deed. Hij sprong in de houding en meldde dienstwillig dat hij zijn droom van de afgelopen nacht natekende, een droom waarin familieleden van hem als vogels de lucht in waren gevlogen om hem te zoeken, maar ze hadden nergens een vogel zoals hij gevonden, want hij leefde in een enorm ei, met andere ongeboren vogels, en toen was het ei gaan schommelen en zaten ze op zee, en het onderste deel van het ei, dat ineens een schip was, had water gemaakt, en er waren veel haaien het schip binnengezwommen, die de vogels hadden opgevreten, maar hij had een middel dat hij kon innemen, en toen had hij door dat middel al zijn organen kunnen uitspugen, hij had ze in een pot gespuugd, en hij was daarna zo licht geweest dat hij plotseling kon vliegen, en met de pot onder zijn arm was hij de lucht in gevlogen, maar baboesjka, Valery, Pjotr en ook de lieve Anoesjka waren er niet.

Zo'n rapport had ik niet eerder gehoord, vooral ook omdat de knaap, nadat hij afsluitend had gesalueerd, opnieuw een gezicht in het zand tekende, een vrouwengezicht, waar ik met mijn ss-laarzen middenin stapte, nog altijd het koffiekopje in mijn hand. Ik bekeek de eigenaardige gravures onder me op de grond, die zich als een tapijt van inkervingen tien meter elke kant op uitstrekten, vloeiende ornamenten. Ik vroeg de jongen naar zijn naam, en hij zei, terwijl hij om me heen liep, dat als hij de organen uit de pot zou eten, hij ook weer op de grond kon landen, en op dat moment was hij Grisjan uit Oezbekistan.

Tien minuten later, nadat ik een eind had gemaakt aan zijn trance en hem wegens onreglementair groeten had verordonneerd zich honderd keer op te drukken (hij maakte er echter tweehonderd van om boete te doen), besloot ik van Grisjan uit Oezbekistan mijn eigen Mohikaan te maken.

Er bestaan vast wel betere methoden om een bruikbare agent te vinden dan een droom. Maar uiteindelijk doet het er niet toe. Want je kunt niemand, geen sterveling, vertrouwen. Dat wist ik al wel. En dat weet ik nog steeds.

Dat Grisjan me steeds trouw is gebleven, tot aan zijn vreselijke dood, kan ik nog altijd niet begrijpen.

En toen rinkelde mijn telefoon.

'Heil Hitler.'

'Hallo Hub.'

'Herinner je je Arnold Böcklin nog?'

'Wat?'

'*Pan in het riet?*'

'Ja, natuurlijk.'

'Hij had veertien kinderen. Acht overleden er eerder dan hij, drie werden er krankzinnig.'

Ik ging rechtop zitten, want 'krankzinnig' was ons woord voor dingen die niemand mocht weten, en al helemaal geen nieuwsgierige telefoniste.

'Ja en, wat is er met Arnold Böcklin?'

'Er zou bij Auschwitz een tentoonstelling van zijn werk zijn.'

'Bij Auschwitz?'

'In Krakau.'

Ik zweeg.

'Wil je er niet heen?'

Ik zweeg en wachtte wat er zou komen.

'Ev is er ook niet eerder geweest.'

'Ik heb hier veel te doen, Hub.'

'Ev is er ook niet eerder geweest, terwijl Krakau vlak bij haar werk ligt.'

Hoe komt het dat ik mij nooit in hem wist te verplaatsen? Hoewel hij al zoveel jaar in het middelpunt van mijn leven had gestaan. Zijn stem klonk dwingend en gesmoord.

'Wil je dat ik Ev bezoek?' vroeg ik. 'Is dat wat je me wilt zeggen?'

'Vanaf jou is het niet ver. En ik hoor dat jullie er een voorkamp hebben?'

'Ga jij er ook heen?'

'Ik kan niet. Ben gebonden aan Riga. Ik zou natuurlijk graag *Het dodeneiland* willen zien.'

'Auschwitz?'

'*Het dodeneiland* van Böcklin. Het beroemde schilderij. Dat hangt er ook.'

'Ik zal er een blik op werpen.'

'Ga naar een zekere Dressler als je er bent.'

Nadat we dit groteske gesprek hadden beëindigd, zei ik tegen Grisjan dat hij me een aantal dagen op een dienstreis moest vergezellen. Hij moest schone kleren voor me inpakken.

Ik zorgde dat de marsorder er kwam, wat betrekkelijk simpel was, want die kon ik zelf opstellen. Ik hoefde alleen Berlijn te bellen om me vanwege een inspectiereis af te melden. In Auschwitz had Operatie Zeppelin inderdaad een voorkamp. Een voorkamp dat ik nog nooit had geïnspecteerd. Nu was het stilaan tijd.

In Krakau was uiteraard geen Böcklin-tentoonstelling te zien. Geen *Dodeneiland*. Geen *Pan in het riet*. In de lakenhallen van Krakau was er maar één, door de pers in schrille tonen bezongen kunsttentoonstelling te bewonderen: *De Joodse wereldpest*. Het was zo duidelijk als wat: het ging hier om mijn zus, niet om metafysische mysteries. Aan het samenzweerderige telefoontje van mijn broer lag iets dreigends ten grondslag. Ik moest zo snel mogelijk op pad.

Vanuit Breslau had de trein maar twee uur nodig.

Maar ik besloot de wagen te nemen.

8

'En toen?'

'Ik heb Ev opgehaald.'

'Wat heeft ze gedaan?'

'Ze heeft geweigerd.'

'Ze heeft geweigerd om met je mee te gaan?'

'Ze heeft geweigerd om splinters en stukjes glas in de open wonden van haar patiëntes te strooien.'

'God nee, zeg.'

'Of rottingsbacteriën in te spuiten.'

'God nee, zeg.'

'Een van haar collega's heeft met een hamer de ledematen van vrouwelijke patiënten kapotgeslagen om zo perfect mogelijke verwondingen te krijgen. Verwondingen zoals in de oorlog. En hij heeft Ev gesommeerd hetzelfde te doen.'

'En zij heeft geweigerd?'

'Nee, ze heeft niet geweigerd.'

'God nee, zeg.'

'Ze heeft de hamer gepakt en de arts keihard op zijn hand geslagen. Twee keer. Tjak, tjak. Nou, u weet inmiddels hoe ze kan zijn.'

'Dat is natuurlijk niet goed.'

'Nee, dat is niet goed.'

'Ze was vast ontzettend bleek.'

'Als hagelwit drijfhout.'

'En?'

'Eenzame opsluiting.'

'In Auschwitz?'

'Toen ik er arriveerde, ja.'

'En toen?'

'Toen heb ik haar opgehaald.'

De hippie doet het licht aan en besluit een stripboek te lezen, hoewel het al na twaalven is. Hij heeft ongelooflijk veel stripboeken. Dat heb ik nog niet verteld. *Asterix en Obelix. Guust Flater. De Marsupilami.* Ik lees dat spul niet. Maar aan *Kuifje* vind ik het leuke dat de hoofdpersoon er net zo uitziet als de karikaturen die ik vroeger van Hub heb gemaakt. Hub zag er als jongen net zo uit als verslaggever Kuifje. Wijsneuzig, dynamisch, ergens een groot kind, en met zo'n blonde kuif, waar later de kaalheid vat op kreeg.

Kuifje en Bobbie in Auschwitz, die indruk krijg ik althans als u uw neus nu weer gewoon in dat prutblad steekt. Dan had ik eerder verwacht dat u zich de polsen zou doorsnijden. Na al die heisa die u eerder hebt gemaakt. U bent een schijnheilige. En nu slaat u weer gewoon bladzijde veertien op en leest verder waar u gebleven bent. Jansen en Janssen hebben paars haar. Vindt u dat misschien amusant? Of integreert u alles? Jansen en Janssen kijken toe bij experimenten op mensen waarvan professor Zonnebloem spijt heeft? Hebt u dan geen fatsoen? Geen piëteit? Weet u niet dat je niet maar gewoon een strip leest als iemand je zoiets vertelt? Hoe denkt u dat ik me voel? Wees zo goed en luister naar me. Leg dat ding weg!

Bedankt.

En doe alstublieft het licht weer uit!

Bedankt.

Het was namelijk niet makkelijk om Ev op te halen. Dat was moeilijk. Het was ook geluk. Neem Dressler! Een vriend van Hub, die op de politieke afdeling in Auschwitz zat, dus afdeling II, een Obersturmführer! Puur geluk!

En ook andere relaties. Geld.

Dat ze geen lid was van de ss! Wat een geluk. Want vrouwen konden geen lid zijn van de ss, ook al waren ze ss-artsen. Anders hadden ze haar hard aangepakt. Himmler kende wat dat betreft geen pardon.

En dat de hand moes was, daar was geen discussie over mogelijk. Tjak, tjak. Dan blijft er niks over. Maar die klootzak had Ev verschillende keren lastiggevallen, daarvan waren getuigen. En Dressler en ik, wij spraken met deze perverseling, die bang was zijn chirurgenklauw te verliezen, en vertelden hem dat we er een poging tot verkrachting van zouden maken als er een officieel onderzoek kwam.

Ev had zich alleen maar tegen zijn handtastelijkheden geweerd. Dat alleen al had het gewenste effect. Kunt u mij volgen?

Hoe dan ook, Ev zat na drie dagen taaie onderhandelingen ten slotte bij mij in de auto, achterin, als een met zout bestrooide naaktslak, terwijl Grisjan ons naar huis reed. Maar wat heet naar huis. Ze weigerde mee te gaan naar het Zeppelin-kamp. Ze zou nooit meer ergens naar binnen gaan waarop ss stond. Ze zei praktisch niets, maar dat herhaalde ze keer op keer. En Grisjan luisterde mee.

Ik moest haar naar Breslau brengen. Naar een hotel. We namen het Excelsior aan de Naschmarkt. Een tweepersoonskamer was gemakkelijk en onopvallend te krijgen, ondanks mijn uniform, want ik was meneer Solm en zij was mevrouw Solm. Zo stond het in onze paspoorten.

In deze nacht hebben de Solms voor het eerst met elkaar geslapen. Ze hebben niet met elkaar geslapen omdat ze verdriet hadden en ook niet omdat ze elkaar twee jaar niet hadden gezien en gedurende deze jaren steeds aan elkaar moesten denken.

Nee, ze hebben met elkaar geslapen omdat het de enige kans was om Ev ervan te weerhouden dood te gaan. Iets in haar was al gestorven, en 's nachts kwam het als zwarte vliegen uit haar oren en neus en mond, dat zei ze zelf. Ik voelde hoe het in haar opsteeg, en toen drukte ik mijn lippen op haar mond en hield haar neus en haar oren dicht, maar ik heb slechts twee handen, en daarom nam zij de oren voor haar rekening en ving ik de vliegen met mijn tong en vermorzelde ze. Maar het waren er zoveel. Ik kan niet uitleggen waarom het allemaal opeens zo vanzelfsprekend was. Als je veel pijn hebt, dan voelt ieder mens een last in zich, maar als de pijn nog groter wordt, als die uiteenspat, dan voelen sommigen zich alsof ze in een met helium gevulde ballon zitten.

Dat is natuurlijk gevaarlijk, en ik wist destijds ook dat niets van wat er gebeurde juist was. Het was echter ook absoluut niet onjuist maar het enig mogelijke, en daarom sliepen we met elkaar, mijn vlees in jouw vlees, jouw vlees in mijn vlees, telkens opnieuw, en daarom praatten we met elkaar alsof we elkaar voor het eerst hadden ontmoet. We waren ongelooflijk voorzichtig, streken als wind over de huid die we vonden. We bleven drie dagen in dit hotel en hadden misschien de hoop om tot een einde te komen. Ik weet niet of er echt zoiets als hoop was, misschien is uitzicht een beter woord. Een horizon. Weet u, waar een horizon is, daar is de wereld helaas niet ten einde, maar het is wel een uitzicht.

Misschien was alles ook wel tot een einde gekomen als Ev niet zwanger was geworden in een van deze nachten, de derde, denk ik, want dat was op negen november, mijn verjaardag. En zoals Hubs geboorte en Großpapings dood samenvielen, zo vielen ook Anna's verwekking en mijn verjaardag samen, en Evs dood natuurlijk ook. Want iets in Ev was dood op deze dag, er waren te veel vliegen die uit een lijk opvlogen, ze stierf en wérd, zoals Goethe schrijft. Nooit is iets ten einde. Niets vindt een einde. Elke oplossing is het probleem.

Toen ik Ev naar het station van Breslau bracht, zodat ze naar mama in Posen kon reizen, hadden we het geen enkele keer over Hub gehad.

Maar nadat Grisjan, zo voorkomend als een Chinees, haar koffers uit de kofferbak had gehaald en we naast elkaar naar de wachtruimte liepen, zei ze tegen me dat ze vanaf nu alles zou doen wat in haar vermogen lag om de nazi's te bestrijden. Ze zou vanaf nu alleen nog naar vijandelijke zenders luisteren. Ze zou geen cent meer aan de Winterhulp uitgeven. Ze zou alleen nog 'goedendag' zeggen en nooit meer 'Heil Hitler'. Ze zou geen enkel ss-uniform meer wassen of strijken of er zilveren knopen aan zetten. Ze zou iedereen vertellen wat ze in Auschwitz had gezien. Ze zou zeggen wat er met de Joden gebeurde. Ze zou dat ook aan Hub vertellen. En in dit verband dus viel Hubs naam eindelijk. En de oude, schuin boven ons opgehangen stationsklok wees aan dat we niet veel tijd meer hadden.

Ik smeekte haar.

'Nee, Koja,' zei ze. 'Stil nou. Ik zal met Hub praten. Hij moet daar weg.'

'Hij kan er niet weg. En ik ook niet. We kunnen niet zomaar uit de ss stappen. Snap dat nou.'

'Heb je ooit verkeerde dingen gedaan?'

'Nee, Ev.'

'Zweer dat je nooit iemand pijn hebt gedaan.'

'Ik zweer het.'

Misleidingen heb je in soorten en maten, nietwaar? Daarbij gaat het altijd om de vraag welke effecten de misleiding op de misleide persoon heeft. Ik denk dat de misleiding bij Ev uitermate goed uitpakte. Geruststellend, zou Hub hebben gezegd. Daarom verzekerde ik haar ook maar meteen dat haar man net zomin ooit iets had gedaan waarvoor hij zich zou moeten schamen.

Maar ze antwoordde kortaf dat Hub verzonnen brieven uit Krakau aan haar had laten schrijven, een heel jaar lang, enkel om te bewijzen dat de vorige huurders van hun villa in Posen een mooie woning hadden gevonden. Maar omdat Krakau op slechts vijftig kilometer van Auschwitz lag, is ze natuurlijk wezen kijken in Hüttenstraße 24, en daar had ze geen familie Brusila aangetroffen, maar alleen een hoop verbaasde Rijksduitse gezichten die uit gestolen woningen naar buiten loerden en nog nooit van een familie Brusila hadden gehoord. Er zijn geen geheimen die de tijd niet onthult, Koja, zei ze zachtjes. Elke leugen komt aan het licht. En Auschwitz zal ook aan het licht komen, daar zal ik wel voor zorgen.

Ik legde haar uit dat dat niet ging omdat een onderdeel van de uiterst coulante afspraak met Dressler en het aardige hoofd van de medische dienst was dat er geen woord over de gebeurtenissen naar buiten zou komen. Ik had hun mijn erewoord als ss'er gegeven (ze lachte smalend, maar slechts één keer, zodat het klonk als een droog kuchje). Haar papieren waren allemaal aangepast, voegde ik eraan toe, zodat ze alleen nog als hospitant in de dossiers opdook en niet meer als kamparts. Een paar mensen moesten erop kunnen vertrouwen dat het bij deze interpretatie van de feiten bleef.

'Interpretatie van de feiten!'

Ze trok wit weg, vervuld van walging. En hoewel ik smeekte en haar demonen probeerde te bezweren, sloot ze zich voor me af, en mijn wanhoop nam toe, want de trein reed al bijna binnen en bracht haar leven in gevaar. Ze moest zich houden aan wat er afgesproken was. Ze mocht niets aan Hub vertellen en al helemaal niets loslaten over haar gewijzigde opvattingen, die misschien ook alleen maar een overtrekkende regenbui waren en niet iets serieus. Van Hub was ze echter afhankelijk, vertelde ze me. Ze kon onmogelijk ook nog het risico nemen dat hij met haar zou breken, want hij was immers in staat met iedereen te breken die niet dezelfde vijanden had als hijzelf. Vijanden zijn voor hem het belangrijkste in het leven, niet vrienden en niet liefde, geheel in tegenstelling tot jou, Ev, die echt geen vijanden nodig heeft.

'Nee, Koja,' zei ze, 'in dit geval is er maar één waarheid. Én Hub én jij, jullie moeten uit de ss.'

Ermee stoppen.

We stonden voor haar Reichsbahn-groene wagon. De locomotief had allang de ketels verhit, en de stoom werd door een onaangename luchtstroom om onze gezichten gewerveld. Toen glinsterde er iets in haar hals, het zilveren kettinkje met de zilveren Jezus die samen met haar de familie Solm was binnengekomen en straks niet meer dan een oud klompje metaal zou zijn. Want omdat ik haar moest vertellen hoeveel ik van haar hield, en omdat ik haar moest vertellen dat alleen mijn uniform haar kon beschermen, zoals Hubs uniform haar beschermde, moest ik haar ook vertellen wat er precies te beschermen viel. En toen ze al in haar coupé zat en door het open raam haar hand naar me uitstak, meer de schets van een hand, een eerste concept van kleine, koude, glazen kippenbotjes, vertelde ik haar over de kwestie met Meyer en Murmelstein en alles wat je binnen veertig seconden kwijt kunt.

En toen zei ik: '*Wos, du host gornischt nischt gewust? Wi is dos meglech?*'

Ik keek haar lang na, en haar halve hand was het laatste wat ik zag, want ze liet het raam gewoon open.

9

Het was Hub, die me elke week nieuwe foto's van mijn dochter stuurde.

Zijn dochter, dacht hij.

Ze heette Anna. Maar ze heette niet Anna vanwege Anna Ivanovna, zoals zij ontroerd hoopte, maar als eerbetoon aan Anna barones von Schilling, mama's grootmoeder, mijn overgrootmoeder, Anna's betovergrootmoeder en Opapabarons echtgenote, die in Alaska als gouverneursvrouw door de Tlingit-indianen tot koningin was gekroond. Voor de Tlingits waren vrouwen de slimme en mannen de sterke mensen. Daarom konden mannen geen stamhoofd worden en vrouwen wel. Mannen mochten geen gebed uitspreken. Vrouwen wel. Alle mensen kregen de achternaam van hun moeder, en wanneer Tlingit-krijgers trouwden, moesten ze de naam van hun squaw aannemen. Overigens heetten alle Tlingits gewoon Adelaar of Wolf of Buffel.

Het was een grote eer voor Anna barones von Schilling om tot een Amerikaanse koningin te worden gekroond nadat ze een indiaans kind van de pokken had weten te genezen, enkel en alleen doordat ze in zijn aanwezigheid lieflijk had gezongen, zoals de Tlingits dachten. Zingen was namelijk heel belangrijk voor ze, en ze zongen elke avond samen hun scheppingsliederen bij de totempaal.

De familieverhalen moesten echter wel in het verborgene worden gezongen, alleen de oudste vrouw van elke familie had het recht voor haar nakomelingen te zingen, wat tot dan toe ook gebeurde. Anna barones von Schilling kon alleen 'Er is een roos ontloken' ten gehore brengen, maar ze moest het voor de enthousiaste Tlingits vaak herhalen, want ze was immers een koningin. Een paar jaar geleden ontmoette ik op een CIA-bijeenkomst in Oregon een Amerikaanse collega die uit Alaska kwam en een indiaanse grootmoeder had, en hij beweerde dat die melodie altijd voor hem werd gezongen toen hij klein was; hij had gedacht dat het een oud indianenlied was. De Tlingits hadden in elk geval geprobeerd een pin door de lippen van Anna barones von Schilling te slaan, zoals dat bij koninginnen traditie is, en ze had zelfs overwogen om deze foltering te ondergaan om definitief voor vrede in de Russische kolonie te zorgen. Maar haar man en gouverneur van Russisch Amerika, Opapabaron von Schilling, had de ongeschonden staat en vlezige volheid van juist dit orgaan zo bij haar gewaardeerd en zich afgevraagd wat voor figuur je zou slaan met een stuk hout voor je tanden op het jaarlijkse tsarenbal in Sint-Petersburg. En zo ontstonden er na verloop van tijd toch weer oorlogen, en bijna alle Tlingits stierven uiteindelijk aan de door de Russen en Balten geïmporteerde ziekten.

Ik vond Anna een uitstekende naam. De baby zag er zo snoezig uit dat zelfs een houten pin door de lippen haar amper zou hebben verminkt. Het was een kleine, onbevreesde en kordate prinses die sterk naar haar moeder aardde. Hub was gek op haar. Ev schreef dat hij haar en kleine Anna bij hem naar Riga had gehaald, naar de enige ss-officiersvilla in deze stad waarvoor elke maand huur werd overgemaakt. Hub was zeer zorgzaam voor zijn familie, voegde ze eraan toe, en bracht elke vrije seconde door met onze Anna. Ev had het graag over 'onze' Anna, over 'onze' zorgen om haar, over 'ons' lieve vogeltje, want in deze formulering voelde iedereen zich erbij horen.

Hoewel Hub in veel opzichten een voorbeeldige vader was, had hij maar weinig vrije tijd. Ze hadden hem bij de sd weggehaald, tot Obersturmbannführer bevorderd en als frontcommandant van Operatie Zeppelin ingezet. Hij was verantwoordelijk voor alle operaties van het Hoofdcommando Noord. Daarom was hij mijn directe superieur, met standplaats Riga.

Misschien is het ingewikkeld.

Maar ik denk toch dat het op deze plek misschien nuttig is om iets meer over Operatie Zeppelin te horen. Voor u, natuurlijk. Niet ongeduldig worden, alstublieft: ik heb ook geluisterd toen u uitweidde over de kundalinimeditatie, waarvan ik alleen de alfa- en tèthahersenlijnen heb onthouden, maar ik weet inmiddels wel dat het om de vermindering van emotionele spanningen gaat.

Operatie Zeppelin trok emotionele spanningen daarentegen vooral aan. De reden was de verandering van het universum. Ik heb het dan over de oorlogssituatie. Na de overwinning in Stalingrad konden de Sovjets meer dan zes miljoen mensen op de been brengen. Een compleet spookleger, gevormd uit het slijk van de slagvelden, want precies dat aantal soldaten hadden ze sinds het begin van de oorlog ook verloren. Ze beschikten dus, hoewel we ze eigenlijk allemaal hadden doodgeslagen, over twee keer zoveel manschappen als wij. Dat was magisch en mysterieus.

Wij daarentegen bloedden leeg, zoals een dier leegbloedt dat je levend de keel doorsnijdt. De wapenproductie van de USSR explodeerde, en de massale Amerikaanse inzet aan wapens en materieel liet er geen twijfel over bestaan dat het spel binnen afzienbare tijd voorbij was. Dat wist Hitler. Dat wisten zijn generaals. Dat wisten zelfs Hub en ik. Want wij waren degenen die voor de kennis zorgden.

De tijd was in ons nadeel.

Daarom werd er aan alternatieve strategieën gewerkt. Alles werd in stelling gebracht. Wonderwapens. De atoombom. Vers ss-vlees uit half Europa, zelfs moslims uit Turkestan, Jakoeten, Zwitsers, Fransen, Vlamingen en een handvol Britten van het eiland Jersey.

Maar de strategie der strategieën was het idee van tropische vis Schellenberg om de Russen zelf tegen Stalin te laten vechten. Een waanzinnig idee volgens degenen die *Mein Kampf* ooit hadden doorgebladerd. Vooral mijn aan horoscopen verslaafde Reichsführer Himmler was met tegenzin bereid wapens te leveren aan mensen over wie hij een kleine, zorgvuldig vormgegeven brochure met de titel *Der Untermensch* samengesteld en aan onze strijdkrachten uitgedeeld had.

Maar de verandering van het universum.

Na Stalingrad was alles anders.

Schellenberg liet mijn broer en mijn broer liet mij weten dat mijn gemoedelijke tijd als directeur van een school in Breslau voorbij was. Operatie Zeppelin zou haar operationele fase ingaan. De alliantie tussen ss en Russische paria's diende ik naar Russische bodem te verplaatsen om zo snel mogelijk de kwaliteit van het inlichtingenwerk te kunnen verbeteren en de eerste guerrillabewegingen in het Sovjetachterland op te kunnen bouwen.

Ik was om deze reden vanuit Breslau naar Pskov overgeplaatst, een Russische bisschopsstad met fraaie torens die door een van mijn voorouders, Hermann von Schilling, in de middeleeuwen vier maanden lang belegerd was geweest. Zijn katapulten had hij opgesteld aan de oever van de donkergroene Velikaja – een op deze plaats Mississippiachtige stroom – en ze schoten in mooie wijde bogen paardenkadavers achter de muren, wat zonder twijfel een prachtig beeld van langs de hemel galopperende knollen te zien gaf, maar tegelijk ook een type miltvuur naar de stad bracht dat zo goed als alle kinderen wegvaagde.

Pskov vormt al sinds mensenheugenis de meest westelijke punt van Centraal-Rusland. Het is maar een paar werst naar de grens met Estland. Het Peipusmeer is dichtbij. En Ev, om nog een keer op haar en op mij terug te komen, kon dan natuurlijk ook dichtbij zijn.

Vanuit Pskov was het met Grisjan hooguit vier uur rijden naar Riga, over kaarsrechte zandbanen die door lichte berkenbossen waren aangelegd. Meestal was Hub op inspectiereis als ik kwam. Hij moest voor het hele noorden van Rusland de locaties voor acties van Operatie Zeppelin coördineren. Mijn broer was ook blij dat ik er zo vaak was en zo goed voor zijn gezin zorgde. Ev had last van haar zenuwen. Ze klaagde dikwijls over hoofdpijn en reumatiek en werd geteisterd door neerslachtige buien. Mijn broer had me bezorgd op de medicijnen gewezen die Ev dagelijks moest slikken, en ik had beloofd erop te letten. Hij vertrouwde me. Daarom ging ik zelden met Ev naar zijn slaapkamer, maar beminden we elkaar in de logeerkamer en hadden we Anna in haar wiegje altijd bij ons.

Zoals bij elk bedrog voelde ik me eerst bedrukt, maar de zekerheid dat we er op elk moment mee konden stoppen maakte het gemakkelijker, omdat we door onze vriendschap en verwantschap immuun waren voor smaad en schande, en vooral door een liefde die niets lichamelijks had, maar in het lichamelijke uitsluitend een reinigende of ook aardende de-ene-keer-zus-de-andere-keer-zo-aanvulling onderging. Soms wilde ze dat ik haar polsen vasthield, en dan hoorde ik haar kraakbeentjes knakken en schuren als ze kronkelde en draaide en een houding zocht die ze alleen voor mij wilde vinden. Soms huilde ze uit haar mondgeblazen ondoorschijnende glazen ogen, en dan had ik een vermoeden in welke schachten van beklemming ze viel, waarna ze daarbeneden bijna een eeuwigheid bleef vastzitten, hoewel ze nooit ook maar één detail uit Auschwitz prijsgaf. Vaak imiteerden we herinneringen uit onze kindertijd en dan liet ze zich over me heen zakken en bekeek mijn gerijpte lul van zo dichtbij mogelijk, en dan dacht ik ons oude huis te ruiken, de boenwas, de vele verven van mijn vader en de nachtspiegel onder ons bed.

Ev had een dienstmeisje dat Olga heette, een Russin, en op een keer hoorden we niet dat ze aanbelde, en toen we het toch hoorden, rukte Ev zich los en vloog naar de deur. Ik zag dat het raam wijd open had gestaan, zodat Evs gilletjes de droge, hete en ademloos luisterende midzomerdag waren binnengevlogen en, naar ik vrees, op de bomen, het gazon en de voor de deur wachtende Olga waren neergeslagen.

Op zulke momenten van direct gevaar hoopte ik dat mijn hart zou verrotten en verachtte ik onszelf om het triviale van ons doen, om alle listen waarmee we ons tegen verrassende bezoeken wapenden (zo zette Ev 's nachts, voordat we naar bed gingen, altijd conservenblikjes op het tegelpad, pling, pling, pling). Ik besloot mezelf te straffen door innerlijke afwezigheid, die echter maar hooguit twee uur duurde, want Ev verviel dan in een staat van gebarsten-zijn, die ik alleen door er totaal te zijn weer heel kon maken. Ik keek graag toe hoe ze onze Anna de borst gaf, hield van de kleine, ploppende smakjes. Het was het geluid van volmaakt onschuldige honger, terwijl onze honger zo anders klonk.

Nooit vroeg ik hoe de riten tussen Ev en mijn broer eruitzagen. Ik wilde het eenvoudigweg niet weten, terwijl Ev wel alles van mij wilde weten.

Ik vertelde haar over Maja, en het lukte me, nadat ze samen met mij om mijn mooie vriendin had gehuild, om weer houtskool en papier ter hand te nemen. Ik had nooit gedacht dat ik ooit nog een vrouwenlichaam zou kunnen tekenen zonder aan ontbinding te denken, maar ook dat lukte. Ik gebruikte een andere techniek dan bij Maja, andere potloden, andere kleuren. Bij Evs onberispelijk trieste, bijna stakerige lichaam pasten gedekte, lichte kleuren beter, ik liet veel meer lijnen weg, en het leek een beetje op de Fransen die ik in Parijs had gezien.

En altijd vroeg ik Ev om me aan te kijken.

Alleen al om Anna had ze besloten haar gedrag helemaal aan te passen aan wat er van je werd gevraagd. Hoewel ze de nazi's inmiddels de vreselijkste ziekten toewenste en ook mij voortdurend liet merken dat mijn activiteiten de afstand tussen ons vergrootten (nooit mocht ik in huis een uniform dragen, nooit ook maar de geringste details van het front vertellen), vermomde ze zich naar buiten toe wel met een overtuigende conformiteit en een ik-ben-gelukkig-onder-het-hakenkruis-houding. Aan Hub had ze over Auschwitz alleen de dingen verteld waaraan niet te ontkomen viel, want Dressler had hem natuurlijk geïnformeerd. Twee maanden lang zocht ze vergetelheid in een kuurkliniek in Bad Pyrmont. Maar toen begon haar buik te welven.

Soms, als ik vanuit Pskov naar Riga kwam, wachtte ze me al op bij de deur, jubelde luid en omhelsde me gelukzalig omdat de bbc had bericht dat de Royal Air Force ergens een stuwdam gebombardeerd of een hele stad in de as gelegd had. Ik kon haar geestdrift niet delen en hoopte ook niet op een zo snel mogelijke nederlaag van onze troepen. Ik vocht misschien dan wel niet voor mijn land en al helemaal niet voor de nazi's, maar wel voor de mensen om me heen, niet erg moedig wellicht en zeker niet met het fanatisme dat Hub aan de dag legde. Maar ik vocht zoals iemand nu eenmaal vecht die veel liever in de Tuilerieën zou zitten en een herfstblad als morbide herinnering in een boek zou leggen.

Een held ben ik nooit geweest.

Ev en Hub daarentegen waren op hun manier helden. Het lichtend heroïsche belichaamt voor mij namelijk iemand die onverbiddelijk trouw blijft aan zichzelf. En trouw zijn ze allebei gebleven, al is het in een totaal verschillende vorm. Hub Solm was altijd maar gewoon Hub Solm, en Ev Solm was nooit maar gewoon Ev Solm, maar of ik ooit of nooit Koja Solm ben geweest, behalve dan in de korte en bedwelmende momenten van droeve verdorvenheid destijds in Evs huis, dat zal ik nooit te weten komen.

10

Mijn commando in Pskov bereikte ik bijna altijd pas kort voor ik mijn dienst bij het krieken van de dag moest beginnen. Vanwege de veelvuldige overvallen van partizanen mochten we in het donker eigenlijk alleen in een colonne rijden. Maar Grisjan maalde er niet om, omdat ik er niet om maalde. Hij zette de Notek-koplampen uit en scheurde door de verraderlijke nacht, omwille van zijn zondige Obersturmführer, die achter hem op Gods wrekende vuist wachtte. Nooit zat de angst in Grisjans nek, het enige wat ik in de duisternis van hem zag. Hij geloofde in het lot en vertelde me vaak over zijn wonderlijke dromen.

Zijn artistieke talent was al bij onze eerste ontmoeting gebleken toen hij de gezichten van zijn familie in het zand had getekend. Elke keer als ik overdag ergens onderweg bleef staan en mijn tekenblok tevoorschijn haalde, verstrakte hij in eerbiedige roerloosheid. Ooit gaf ik hem de aquarel van een klein berkenbos, en toen hij stierf, vond ik deze voorstelling in zijn borstzak, met bloed bevlekt. Ik heb haar nog altijd. Omdat hij brandde van nieuwsgierigheid en ijver gaf ik hem een van mijn schetsblokken. Toen ik weken later dit min of meer toevallige presentje allang was vergeten, toonde hij me bedeesd wat er intussen met behulp van een paar stukjes houtskool was ontstaan. Ik zag wilde, schokkerig-expressieve bewegingen, ik zag gnomen die zijn kameraden en bomen die zijn meerderen waren, naïef als kindertekeningen, maar van een onstuimigheid die ikzelf nooit in mijn leven heb bereikt. Grisjan had nauwelijks technische vaardigheden, maar deze nogal kort uitgevallen, dromerige schaapherder, die zonder met zijn ogen te knipperen ieder mens doodde die ik aanwees, was zonder meer de grootste kunstenaar die ik in mijn leven heb ontmoet.

We gingen later vaak samen de natuur in, die, zoals mijn vader altijd zei, ernaar hunkerde om gezien te worden. Zoals papa me als kind het plein-airtekenen had bijgebracht, zo werd ik nu Grisjans leraar in deze kunst en herhaalde voor eindeloze vlakten van verend gras en te midden van violette bloemtapijten alle lessen over kruisarcering, vluchtpunten en wassingen, die me weer deden treuren om papa's dood. Grisjan leerde snel zonder zijn kracht te verliezen. Hij won alleen maar.

De Zeppelin-eenheid die onder mijn bevel stond was gelegerd in een klein dorpje, op acht kilometer van het centrum van Pskov, pal aan de oever van de Velikaja. Daarom werden onze verblijfplaatsen daar ook 'rivierkampen' genoemd. In dit kwartier was de uit vijftig kozakken bestaande bewakingscompagnie ondergebracht. Bovendien zaten daar de Russische agent-rekruten, onervaren jongens, bleek en schrikachtig, pas kortgeleden vanuit het voorbereidingskamp in Breslau gearriveerd.

Mijn eigenlijke spionnenschool bevond zich een kilometer naar het oosten. Hier werden de vrijwilligers, die officieel 'activisten' heetten en in het rivierkamp harde geschiktheidsbeproevingen hadden doorlopen, in een gevorderd schoolgebouw opgeleid en op hun operaties voorbereid. De staf van het Commando Pskov, zoals de eenheid officieel heette, werd er eveneens naartoe verplaatst.

Ik was er niet graag. Er heerste een galeislavenstemming, en aan de overkant van de rivier lag in de glans van de meestal weergaloze zonsopkomsten de gewonde stad: ontvolkt, uitgeput, verkracht, platgebombardeerd en ook nog eens gedomineerd door een reusachtig garnizoen van de Wehrmacht. Overal bloeide de haat. Niet alleen in de straten van Pskov. Ook in het open veld. De partizanenbrigades overvielen Duitse steunpunten, politiebureaus en gemeentehuizen. De kleine garnizoenen werden veelal tot de laatste man afgeslacht. Op het spoor naar Narva, dat drie kilometer ten noorden van het rivierkamp liep, ontplofte ten minste één keer per dag een lading springstof.

Ikzelf verbleef gedurende de zomer- en herfstmaanden op de schilderachtigste van alle locaties. Het was landgoed Hallahalnija, dat twintig kilometer ten westen van Pskov lag, ver weg van alles wat aan de oorlog herinnerde. Hier bouwden we stallen, hielden kippen en koeien, fokten varkens en maakten ook de plaatselijke bevolking zo nu en dan blij door haar, vanuit een heerlijk gevoel van koloniale superioriteit, een paar biggen toe te schuiven.

Alles in Hallahalnija vond ik fijn: de petroleumlampen 's avonds, de vleermuizen in mijn kamer, de altijd stralende zonnegod die het van de vijandige buitenwereld haast volledig afgescheiden oord verwarmde.

Omringd door weiden en glinsterende bossen waren – naast een tienkoppige, uit muzikale Kaukasiërs bestaande bewakingseenheid – alleen Grisjan en mijn twee belangrijkste medewerkers er aan het werk: Untersturmführer Möllenhauer, de melancholieke pierrot uit Bessarabië, en de drinker, mijn oude chauffeur, die intussen zo corpulent was geworden dat hij nauwelijks nog achter het stuur paste. Beide heren had ik bij het Reichssicherheitshauptamt besteld en afgeleverd gekregen.

Het landgoed diende behalve voor de levering van brood, vlees, melk en eieren aan mijn eenheid in Pskov vooral als laatste station voor de groepen agenten die al opgeleid en dus gereed waren voor inzet achter de Russische linies. Elke groep bestond uit vier activisten en werd door een Russische instructeur met de rang van officier op de missie begeleid.

Möllenhauer was officier bij staf Ia. Hij was verantwoordelijk voor de exacte planning van de acties. Hij verdeelde uitrusting, proviand, wapens, kleding en alle andere materialen over de vrijwilligers, die uitsluitend door hem werden geïnstrueerd in hun opdrachten en bestemmingen. Als hij, gevolgd door een zwerm muggen, een eenheid naar het landhuis bracht, waar ze ten overstaan van mij en met een borrel in de hand hun eed op de Führer en het heilige Rusland herhaalden, dan was dat het moment zonder terugkeer, het begin van het onafwendbare vertrek.

De ten dode opgeschreven mannen werden daarna in kleine blokhutten ondergebracht, nogmaals enkele dagen nauwkeurig geobserveerd en een laatste keer aan psychologische tests onderworpen.

Ongeveer een week later zag je in de verte een voertuig aan komen stuiven. Het was altijd dezelfde gepantserde wagen met gesloten laadbak en zonder zijramen die het streng geïsoleerde commando kwam halen en rechtstreeks naar het vliegveld van Pskov bracht.

Daarna was er voor de mannen alleen nog het lawaai van de motoren van de Heinkels en de sprong boven de toendra.

Drie of vier keer kwam het voor dat agenten die, nadat ze als dragers van geheime informatie in alle details van hun opdracht waren ingewijd, bij de afsluitende veiligheidscontroles niet betrouwbaar genoeg bleken te zijn. Omdat ze te veel wisten, moest deze kennis worden uitgewist.

Er was niets wat ik in mijn tijd in Hallahalnija meer heb gehaat dan die keren dat Grisjan de veranda van het landhuis op sloop, beleefd op de glazen deur klopte en met een sip gezicht zei dat we een 'brand' hadden. Niemand wilde een 'brand' hebben. Maar ik kon de 'brand' niet naar de stameenheid in het rivierkamp terugsturen, dat was onmogelijk.

Het blussen van de branden heeft Grisjan telkens op zich genomen. Ik weet niet hoe hij het deed. Ik wilde het ook niet weten. Hij liep gearmd en gezellig keuvelend met de betrokkene de paardenstal in. Daar gebeurde dan iets wat geen geluid maakt en geen bloedsporen achterlaat. Ook de lijken heb ik nooit gezien.

Twintig jaar later werden de gebeurtenissen onderwerp van een tegen mij gericht onderzoek van het Openbaar Ministerie. Ze verdachten me ervan zonder legitimering en aanleiding een aantal onbruikbaar geworden agenten uit de weg te hebben geruimd. Alsof het niets was.

De BND heeft dit onderzoek destijds gesaboteerd, zodat er geen proces kwam. Maar ik moet zeggen dat ik het zelf ook overdreven vond. De beschuldigingen klopten namelijk niet. In Hallahalnija meldde Grisjan me alleen een 'brand' als het ook echt een 'brand' was. Zijn dromen braken daarna uit hun magmakamer, zijn gnomen en bomen veranderden, werden één of twee weken lang rohrschachvlekken op het papier dat ik hem gaf. Hij was geen kille maar een loyale moordenaar. Hij was een soldaat.

Eén geval herinner ik me nog.

Grisjan had een dag voor vertrek van het commando nog een keer alle voor de mars in gereedheid gebrachte ransels, materiaalkisten en wapenzakken van de agenten gecontroleerd, wat eigenlijk nooit voorkwam omdat het inpakken veel tijd kostte. Zoals altijd streek hij de hand over zijn hart: hij gaf de mannen toestemming foto's van hun vriendinnen en ouders mee te nemen, ook condooms en Tolstoj, hoewel dat verboden was. Alles wat privé was, was verboden in de wildernis.

Maar toen de inspectie al voorbij leek, Grisjan zich nog een keer omdraaide en een laatste blik op de spullen van de Russen wierp, ontdekte hij bij de ijverigste onder hen, een knappe en zeer populaire balalaikaspeler, in plaats van een balalaika die in de veel te dikke bepakking zou moeten zitten een compleet Sovjetuniform, vervalste papieren en een echt NKVD-legitimatiebewijs. De muzikant zou na de landing iedereen hebben omgebracht. Zijn verbindingsofficier. Zijn strijdmakkers. Zelfs de vriendinnen, broers en zussen en vaders en moeders van zijn landgenoten, die men op grond van de foto's in hun portefeuilles zou identificeren, zou hij voor de jacht hebben vrijgegeven. Want dat was zijn opdracht. En onze opdracht was het om de dood van onze jongens te voorkomen.

De balalaikaspeler werd op Grisjans advies een uur later aan zijn kamergenoten overgedragen. Ze namen de tijd, schraapten met onze zeisen het vlees van zijn botten terwijl hij nog leefde en joegen hem, daar hij zijn recht op een graf had verspeeld, ten slotte als rook door de schoorsteen van onze kleine landgoedbakkerij.

Dat lijkt misschien barbaars, beste swami, en dat was het ook. Ik kon daarna wekenlang geen zelfgebakken brood meer door mijn keel krijgen.

Maar dat zit nu eenmaal in de aard van elke inlichtingendienst, dat men zich rigoureus tegen verraad beschermt. Vergeleken met wat ik later bij de CIA heb meegemaakt, waar bij de minste verdenking op z'n Amerikaans werd gemarteld, geëlimineerd en verdoezeld, mag wat er toen bij ons gebeurde geen naam hebben. Toen ik een paar jaar geleden in Indonesië als diplomaat op bezoek was, onderwezen de militaire adviseurs van de CIA de anticommunistische doodseskaders van generaal Soeharto zelfs in *happy killing*. Dus doden bij rockmuziek. Je kunt dat macaber vinden, maar hoe melodieus denkt u dat de Vietcong daar op het moment in Saigon wordt verhoord?

Vlak na Anna's geboorte waren Hub en Ev bij me in Hallahalnija. Hub had vanwege de bevalling van zijn vrouw twee weken extra verlof gekregen. Het was augustus, een gloeiend hete en dus eigenlijk dubbele augustusmaand, zo heet was het.

Als je het balkon op de eerste verdieping betrad, zag je links en rechts stoffige bossen en daartussen een zich tot aan de horizon uitstrekkende vale vlakte met onkruid en verbrande zonnebloemen, waardoorheen kaarsrecht de met leem bedekte weg op onze poort toeliep. De avondwind blies duizenden blaadjes van uitgebloeide weidebloemen door de open ramen naar binnen. Ze bespikkelden de slapende Anna, ook als ze wakker was, en we vroegen ons af of door bloemblaadjes bedekte zuigelingen misschien toch al de eerste zintuiglijke indrukken verzamelen die zich tot op hoge leeftijd in je hersenwindingen vastzetten.

We bliezen de pluisjes van kleine Anna's hoofd, droegen haar naar buiten, wezen op de Russische wolken die zich boven haar samenpakten, en ze pufte vrolijk. We trokken rare gezichten en stelden ons vreselijk aan, tot ze glimlachend weer in slaap viel. Daarna brachten we haar weer naar haar kamer op de eerste verdieping van het landhuis en roken aan elkaars handen, de handen die haar hadden vastgehouden.

Een paar activisten hadden een bedje getimmerd, een hemelbedje *en bleu*, om het wachten op de dood waarin ik ze moest sturen te bekorten.

De beelden die ik van dit bezoek heb onthouden zijn verbrokkeld. Een deur met gekleurde ruitjes die Ev kletterend openrukt. De grote salon met de kristallen kroonluchter, waaronder we 'Er is een roos ontloken' zingen, het oude indianenlied. En natuurlijk de dag dat Grisjan ons allemaal het schilderij liet zien dat hij van Ev had gemaakt, haar groene gezicht, nat van het zweet, dat van Van Gogh had kunnen zijn en van slechte smaak getuigde, zoals Hub bromde, maar perfect was in de wijze waarop je slechte smaak verbeeldt.

Met Ev had ik maar één moment dat we onder vier ogen waren, en toen vertelde ze me dat ze vreselijk veel van Hub hield, vreselijk veel, en daarna kusten we elkaar.

Dat gebeurde enkele maanden voordat alles anders werd.

Want toen de eerste sneeuw al was gevallen en Grisjan de wolf die hij geschoten en gevild had aan een van de palen van de omheining vastbond, het geelwitte, naakte lichaam met de kop naar beneden om volgens oud Russisch gebruik de andere wolven te waarschuwen, toen zag ik dat achter hem een konvooi van Wehrmacht-voertuigen op ons landgoed aankoerste. Op elke wagen hield een rillende, om zich heen spiedende, weggedoken soldaat zijn machinepistool in de aanslag, want de partizanen zaten inmiddels overal.

De twee kleine open legerauto's en de vrachtwagen hielden halt voor mijn deur. Grisjan liet het kadaver hangen, veegde zijn handen af aan zijn broek (hoe vaak had ik hem dat al niet verboden!) en kwam aangehold. Hij wilde de chauffeurs vragen hun motoren ergens anders uit te zetten, want de eerbiedwaardige, zojuist van ss-Obersturmführer tot ss-Hauptsturmführer bevorderde commandant hield er niet van als zijn uitzicht op de sneeuw werd belemmerd. Maar ik kwam al naar buiten om de nodige instructies te geven en de onverwachte gasten wilden al uitstappen.

Ik zag Maja voordat ze mij zag, want ze keek naar de gevilde wolf, met een afkeer die niet met haar natuur overeenkwam.

11

Misschien moet ik in de allereerste plaats Johannes Vermeer erbij halen om u de uiterlijke omstandigheden te kunnen schetsen die van Maja's plotselinge verschijning dat schokkende en daarnaast ook zeer plausibele moment maakten dat het voor u ten slotte ook zal zijn. Met Johannes Vermeer kun je de tijd in Hallahalnija in zekere zin nog heel anders begrijpen, omdat er achter de dingen die ik u heb verteld voor mij volkomen onzichtbare dynamische processen aan het werk waren, die consequent uitmondden in Maja's verschijning, zoals een rivier altijd naar zee stroomt.

Johannes Vermeer zegt u misschien niets, swami! Hij was een schilder uit de tijd van de barok en kwam uit de Nederlandse stad Delft, die door Godfried met de Bult werd gesticht, en zo ziet de stad er ook uit. Johannes Vermeer heeft in zijn leven niet veel schilderijen gemaakt. Misschien was hij lui, misschien ook alleen maar bedachtzaam, in elk geval hoefde hij niet zo nodig records te breken. Ik denk dat dit ook een van de redenen is dat hij nooit iets belangwekkends heeft afgebeeld, geen heiligen, geen maagd Maria, en al helemaal geen rubensiaanse allegorie op de zegeningen van de vrede. Zijn schilderijen noemde hij *Meisje met de rode hoed* of *Vrouw met waterkan* of *Het melkmeisje*.

Daarom, en omdat zijn kalme, evenwichtige composities altijd in het centrum van het licht staan, liet ik me door zijn stijl inspireren om de staf van mijn Commando Pskov te portretteren, een verzameling hoogst onbeduidende mannen.

In Pskov en Hallahalnija leerden ze misleiden, vermommen en doden. Maar dat leerden ze niet van mij. Ik diende in het begin zelf nog het een en ander te leren. Met name moest ik met mijn medewerkers omgaan op een manier die vrees en respect inboezemde, evenals het gevoel dat ze van mij afhankelijk waren. Daarom verschenen ze allemaal voor mijn ezel.

Ook al accepteerden ze de Vlaamse portretkunst – ontwikkeld en sensitief zoals ze zonder uitzondering waren – ze draaiden hun hoofd met tegenzin naar hun meerdere toe. Eén, omdat hij nu eenmaal niet Johannes Vermeer was (en zelfs geen Chardin). Twee, omdat ze wel doorhadden dat de concentratie op de fysionomie van een mens ook delen van zijn wezen vastlegt.

De aloude mythe dat je door iemand af te beelden macht over hem krijgt, zit in ons allemaal. Toen ik een keer een pastel van mijn plaatsvervanger Girgensohn in half profiel maakte, begonnen zijn oogleden na een tijdje te trillen en werden zijn wangen rood, en toen de sessie beëindigd was, gaf hij stamelend toe dat hij vier potten kaviaar uit de troepenvoorraden ontvreemd en aan zijn familie in Warthegau opgestuurd had. Ik noemde het portret *De veelvraat*, want Girgensohn was binnen het Zeppelin-commando verantwoordelijk voor de foerage en had een voorliefde voor delicatessen uit de Auvergne.

Na de oorlog trad hij, culinair gezien heel consequent, in dienst van de Franse buitenlandse veiligheidsdienst, zoals bijna al mijn medewerkers op zoek gingen naar maatschappelijke continuïteit. U kunt zich niet half voorstellen hoe ze de subversieve competentie die ze onder mijn hoede hadden verworven opeens konden omzetten in democratische mogelijkheden om geld te verdienen nadat Hitler in vlammen was opgegaan.

Ook mijn officier bij staf Ic, Obersturmführer Hans von Hanrack, Dr. rer. pol. Dr. phil. habil., wist zijn schaapjes op het droge te krijgen. Hij vond op *Stunde Null* eerst toevlucht bij de CIA, stapte toen over naar de organisatie van de heer Gehlen (waarover ik het nog zal hebben) en werkte tientallen jaren voor de *Bundesnachrichtendienst* als afdelingshoofd en *nature mort* van zichzelf. Ik tekende hem als prototype van de vermoeide Baltische lamzak die de afstand tot de sterren uitrekende in ontiegelijk veel muizenstaarten.

Zijn uit Leipzig afkomstige plaatsvervanger, Untersturmführer dr. Gerhard Teich, een geograaf en antropoloog met specialisatie Oost-Europa, maar eigenlijk dwerg van beroep, werd na de oorlog wetenschappelijk medewerker aan het Weltwirtschaftsinstitut in Kiel. Ik hoorde dat de dwerg alles, werkelijk alles over mij aan de Britten had doorgebriefd, en ik kon in de verhoorprotocollen nalezen dat hij ook in het wilde weg had zitten speculeren over de verhouding tussen mij en mijn 'mooie schoonzus', zoals hij Ev noemde. Toen ik hem jaren geleden in Hallahalnija in mijn geïmproviseerde atelier ontbood ('Ik verzoek u te mogen rapporteren, Untersturmführer Teich volwaardig aangetreden om zich te laten portretteren!'), stond op zijn gezicht weerspannigheid en koppigheid te lezen, en ik vroeg hem of hij op die manier in mijn beoogde heldengalerij wilde worden vereeuwigd.

'Wat voor heldengalerij precies, Hauptsturmführer?'

'De heldengalerij van onze staf, beneden in de salon.'

'Daar heb ik helemaal geen schilderijen zien hangen.'

'Die zullen daar natuurlijk pas hangen zodra de staf gevallen is, Untersturmführer,' legde ik vriendelijk uit, en de dwerg probeerde er iets vriendelijker en minder dwergachtig uit te zien.

Helaas belandde aan het einde van de oorlog niet de Duitse staf in de heldengalerij, maar de Russische. Zoals majoor Lasjkov, een voormalige officier van de tsaristische garde die verantwoordelijk was voor de militaire basisopleiding van de activisten en die ik met kozakkenbaard en zijn gouden lorgnon vereeuwigde, alleen al omdat het de enige lorgnon binnen de hele ss was. Of de Russische sd'er Pavel Delle (die voor de schietopleiding verantwoordelijk was) en de vanwege zijn gedeeltelijk verlamde aangezichtsspieren lastig te tekenen kapitein Palbytsin, die leidinggaf aan het belangrijke vervalsingslab. Er waren er nog meer, maar hun namen zult u niet kennen. Zij waren helaas niet in staat, zoals we nog zullen zien, zich met evenveel succes als wij te weren tegen de behoefte aan vergelding die bij de Sovjets bestond.

Van mijn officieren, of ze nu Duits of Russisch waren, was ik het allermeest gesteld op de brave Möllenhauer (wie ik toestond de knapste Russische boerenpummels als huisbedienden te nemen, hoewel hij tijdens de seks luidruchtig was, wat hem op een haar na voor het ss-gerecht had gebracht). Möllenhauers bleke kopje leek op dat van een vrouw; hij had dus een kleiner gezicht, een neus die meer opwipte, iets grotere ogen en een rondere kin dan lamzak Handrack, veelvraat Girgensohn of de beroepsdwerg. Op Möllenhauers verzoek deed ik hem een plezier en beeldde hem uit als een soort pierrot in zijn elegante witte overhemd – en niet in uniform zoals al de anderen.

Hij revancheerde zich in negentiennegenveertig, toen hij voor de CIA een achthonderd pagina's tellend, aan het fantastische grenzende rapport over Operatie Zeppelin schreef dat de informatie bevatte dat 'Hauptsturmführer Solm sinds een legendarische aanval gedurende de evacuatieoperatie in Bessarabië ongetwijfeld als een van de succesvolste bedpartners van de SD' werd beschouwd.

Over mijn voorliefde voor portretten van medewerkers schreef hij niets, wellicht vond hij die alleen maar excentriek en heeft hij er de waarde voor het leidinggeven niet van ingezien. Door zijn aardige opmerkingen over mijn anti-Sovjethouding en mijn creatieve, zij het niet altijd even koelbloedige manier van leidinggeven kwam ik bij de Amerikanen pas echt in een goed blaadje te staan.

In alle nederigheid recapitulerend, sceptisch toehorende swami: mijn Commando Pskov, geleid door banale figuren, vastgelegd in Vermeers Vlaamse kleuren, slaagde er in de zomer- en herfstmaanden van negentiendrieënveertig in om uit te groeien tot de doeltreffendste Duitse agenteneenheid op Russische bodem. Bijna twintig sabotage- en vernietigingstroepen werden door mijn mensen in deze periode met parachutes ver achter de Russische linies gedropt, een feit dat jaren later bij CIA-sollicitatiegespreken altijd weer opzien baarde.

De activisten waren meestal zelf afkomstig uit de operatiegebieden, zodat ze in een straal van vijftig kilometer op zoek konden gaan naar familieleden en vrienden om met hun hulp een ondergronds netwerk op te bouwen.

Maar belangrijker was dat veelvraat Girgensohn zich een meester toonde in het verwerven van spullen, en Möllenhauer en ik hechtten eraan dat onze agenten met eersteklas materiaal werden uitgerust. Dat was de sleutel tot het succes.

Zo kreeg een uit vijf man bestaande standaardgroep de beschikking over een feestelijk wapenarsenaal, bestaande uit vijf Sovjetkarabijnen, vijf machinepistolen, vijfentwintig handgranaten, vier Duitse en twee Sovjetpistolen, vijf dolken uit Solingen, een Sovjetmachinegeweer met vijftigduizend stuks munitie, twee jachtgeweren, dertig kilo aan kneedbommen, vijftig kilo door de pioniers gebruikte springstof en vijftig kilo dynamiet. In principe (en als je niet goed bij je hoofd was) kon je daarmee een heel garnizoen aanvallen, althans een dat in diepe rust was.

Daarbij kwamen dan nog honderdduizend roebel aan contanten, een ingeblikt half varken, een paar honderd kilo gierst en noedels, honderd kilo zout om geschoten wild te pekelen en een batterij gereedschappen om ondergrondse bunkers te bouwen. Er was zelfs gedacht aan Dextro Energen, tien blikjes Scho-Ka-Kola, honderd citroenen en duizend tabletten Prontosil, Tannalbin, aspirine en kinine, alsmede tweeduizend sigaretten, en uit voorzorg ook aan vijf zelfvernietigingscapsules (met het typisch Duitse opschrift *Nur zum Gebrauch in aussichtsloser Lage*).

Het belangrijkst was echter de communicatienavelstreng met Duitsland, een speciaal voor Operatie Zeppelin ontwikkelde extreem kleine en krachtige zender-ontvanger met batterijen en gereedschap.

Misschien gaat met deze opsomming mijn sentimentele trots een beetje met me op de loop, een oude agentenkwaal, sorry. Maar van de twintig afgezette sabotagegroepen meldden zich al met al toch zeventien linies terug. Dat was nogal wat. Jammer genoeg werd een groot aantal Zeppelin-agenten na het bereiken van het gebied waar ze moesten zijn vroeg of laat door de NKVD opgepakt en omgeturnd, zodat we aan het eind van de oorlog vermoedelijk nog slechts drie of vier loyale agenteneenheden in de Sovjet-Unie hadden. Hoe dan ook, we konden hen later aan de Amerikanen verkopen, die helaas door hun afgrijselijke onbenul alleen maar chaos aanrichtten.

Maar voltreffers waren er ook. Het was ons bijvoorbeeld gelukt anti-Sovjetverzetsgroepen in Transkaukasië te vormen, want de activisten daar hadden nauwe familiebanden binnen de bevolking.

Ook Operatie Ulm, die tot doel had de industriële energievoorziening in de Oeral lam te leggen, kon aanvankelijk succes melden. De trotse radiotelegrafist berichtte ons op vijfduizend kilometer afstand dat het commando erin geslaagd was in Novosibirsk drie elektriciteitsmasten om te zagen. Dat bracht ons zo in vervoering dat ik voor de hele commandostaf wodka liet aanrukken, tot mijn chauffeurs zich met een flink alcoholpromillage in hun bloed gillend in de Velikaja stortten, van wie er vervolgens drie verdronken, één chauffeur per mast, zoals de bedroefde Möllenhauer terecht opmerkte. Een in een ander opzicht wrange triomf, namelijk het binnensluizen van een kleine Zeppelin-groep in Moskou, leverde mij de bevordering tot Hauptsturmführer op. Dat de Actie Jozef, die een directe relatie had met deze op maar een paar honderd meter van het Rode Plein gestationeerde ss-activisten, niet alleen dramatisch maar ook tragisch verliep, zal ik u later nog uit de doeken doen. Het mag en zal u niet verrassen dat het geluk ons weifelmoedig terzijde stond.

Want het valt natuurlijk niet te ontkennen dat uiteindelijk bijna al onze achter de linies uitgezonden activisten slachtoffer werden van de kou, de honger, de bruine beren, de giftige paddenstoelen, de NKVD, SMERSJ, de defecte parachutes, de eigen wanhoop, het volksgericht, de bacillen, virussen en vleeswonden, de eenzaamheid, de onnozele Amerikanen die de zender-ontvanger niet konden bedienen en, last but not least, van de door Duitsland verloren oorlog, want niemand schoot te hulp om onze jarenlang in de oerbossen van de Oeral standhoudende Robinson Crusoe's te bevrijden, hoewel dat natuurlijk de belangrijkste van alle afspraken was geweest.

Denk nou niet dat alleen de nazi's zich aan zulke waanzin hebben overgegeven. Dit soort hemelvaartcommando's werd door elke oorlogvoerende partij op touw gezet, en ik weet, vanuit boeddhistisch-hindoeïstisch oogpunt (neem me niet kwalijk, ik kan dat maar moeilijk uit elkaar houden) zijn oorlogvoerende partijen niet aanvaardbaar, maar wat moet je dan over hemelvaartcommando's zeggen?

De Sovjets, bijvoorbeeld, verloren duizenden van hun agenten alleen al door ze zonder parachute te droppen, beter gezegd, uit het vliegtuig te duwen. Ik moet er wel bij zeggen dat die, nou ja, laten we het sprongen noemen, altijd plaatsvonden vanuit langzaam en laag vliegende toestellen op moerassig en veenachtig terrein, maar niemand wil natuurlijk graag ongecontroleerd vanaf dertig meter hoogte tegen het aardoppervlak stuiteren (hoe drassig dat ook mag zijn) en er is niemand die denkt dat dat laag is. Onze verdedigingstroepen trokken daarna in breed uitwaaierende formaties door de moerassen om alle immobiele, zwaargewonde, hulpeloos op hun rug spartelende menselijke meikevers van de grond op te rapen.

Zelfs de Britten, die nog altijd de met afstand effectiefste geheime diensten ter wereld hebben, hadden maar weinig geluk. Neem die schrijver van de James Bond-boeken, Ian Fleming! Zijn speciale eenheid met haar *licence to kill* – de *Red Indians* van de Britse marine-inlichtingendienst – opereerde zonder enig succes achter de linies, zodat hem tot drie keer toe een bevordering werd geweigerd. En in het Imperial War Museum in Londen heb ik twee jaar geleden het jack gezien dat *commander* Fleming bij zijn vlucht uit Dieppe anno negentienveertig droeg. Dus de verhalen die die mislukkeling daar ergens op Jamaica uit zijn duim heeft gezogen, zijn een stuk minder authentiek dan die van Kuifje en Bobbie, neem dat maar van me aan.

Wie ook spectaculair faalden waren de Amerikanen, de wat betreft het werk van geheime diensten toch wel minst getalenteerde natie op Gods uitgestrekte aardbol. De opperbevelhebber van de militaire inlichtingendienst oss, Bill Donovan (die ze Wild Bill noemden), wilde op hetzelfde moment als ik zijn agenten droppen, en wel pal boven het Odenwald. Hij deed het, en ze overleefden het niet. Van de eenentwintig teams-van-twee die in Duitsland landden, heeft Wild Bill nooit meer iets vernomen.

Wat fantastische, ronduit mesjokke operaties betreft, voeren de Verenigde Staten de internationale excellentieranglijst met verve aan. Zo weet ik van Donald Day persoonlijk dat een voltallige planningsafdeling onder zijn bevel maandenlang heeft onderzocht of je Tokio kon platbranden met behulp van vleermuizen, die ze uit hun dichtbevolkte verblijfplaatsen in de grotten van de Rocky Mountains wilden halen. Door brandbommen op hun rug te bevestigen en ze los te laten. (Tokio was een knutselwerk van papier, dacht Wild Bill.)

Waarom ik u dit allemaal vertel, heeft te maken met een gebeurtenis die haar schaduw al een beetje vooruitwerpt. De breuk met mijn broer – ingeleid door Mary-Lou's verjaardagsmonopoly, bevorderd door het pokerspel van onderwerping en oproer, uitmondend in de

Russische roulette die Ev en ik onversaagd speelden (en Russische roulette is iets waarbij je nou echt je hoofd kunt verliezen) – deze breuk wachtte op zijn voltooiing.

En bij deze voltooiing zou niemand minder dan Jozef Stalin een beslissende rol spelen.

Een paar weken na zijn bezoek in augustus aan Hallahalnija ontving Hub me namelijk in Riga. Hij zat onrustig achter zijn bureau, onrustig, maar goedgehumeurd. En juist op het moment dat hij me een gloednieuwe foto van onze dochter liet zien (Ev met hoofddoek en schort geeft kleine Anna beetjes appelmoes, appelmoes!), kon hij niet anders: hij brandde los met het nieuws dat de Sovjetleider moest worden omgelegd.

De Sovjetleider, herhaalde ik toonloos, en ik gaf hem de foto terug.

Omgelegd, precies, zei Hub. Enkele toevoegingen die zijn woorden kracht bijzetten brachten duidelijkheid ('uitgeschakeld', 'weggevaagd', 'tegen elke prijs').

Hubs vrolijke koortsachtigheid ging vergezeld van een sigarettenconsumptie die je de adem benam. Ik zette het raam open, hoewel het buiten al herfstachtig koel was. Verstrooid keek ik uit over de huizen van Riga, in gedachten verwijlend in hotel Petersburger Hof, waar Ev op kamer twee-een-vijf al op me wachtte, onder het verwijtende dak dat ik vanuit Hubs kantoor kon zien, schaamrood koper.

Terwijl ik zat te bedenken hoe ik Ev over een minuut of wat ging verwennen, *vis a tergo* – zij op handen en voeten kreunend, ik vooral stil en bescheiden op mijn knieën achter haar – was Hub achter mijn rug inmiddels helemaal op stoom gekomen en vertelde me in een mengeling van hybris en wanhopige wraakfantasieën dat in de commandocentrales van Berlijn een moordcommando was uitgedacht dat in de laatste minuten van de oorlog het roer nog één keer zou omgooien.

Ik sloot het raam en luisterde.

Het uit de weg ruimen van Jozef Stalin, verklaarde mijn broer plechtig, was iets wat Heinrich Himmler na aan het hart lag. Het hoofd van de buitenlandse spionage van de SD (tropische vis Schellenberg, die me ooit met details over zijn kantoorbewapening verveelde) wilde daarom per se dat Hub persoonlijk de leiding en algehele verantwoordelijkheid van de operatie op zich zou nemen. Voor de organisatie echter – voorbereiding, uitvoering en postscriptum – hadden ze aan mijn Commando Pskov gedacht. De reden was dat ik in de door mij geleide eenheid beschikte over de enige agent van het Derde Rijk die ze het kraken van zo'n harde noot toevertrouwden. 'De enige agent?' hoorde ik mezelf vragen.

Toen ik Evs vagina al een kwartier later binnendrong, mijn blik gericht op haar deinende schouders – de laatste meters had ik gerend – ging mijn adem zwaar, om meerdere redenen, waarvan Pjotr Politov zonder meer de meest wereldse was.

12

Pjotr Politov was een opvallende man.

Hij arriveerde een paar weken voor Himmlers besluit om Stalin te laten doden in het rivierkamp Pskov, met het normale transport uit Breslau. Ik had van het Reichssicherheitshauptamt bevel gekregen hem als 'terreurspecialist' voor niet nader gedefinieerde 'speciale opdrachten' op te leiden.

Majoor Lasjkov (die met de lorgnon) en kapitein Delle (van de schietopleiding) waren enthousiast en spraken over hem als een mooi renpaard. Toen ik Politov voor het eerst zag (ik weet het nog als de dag van gisteren: hij stond in Hallahalnija voor de schuur, Grisjan ernaast, scheel van jaloezie, achter hen schroefde een havik de lucht in), viel me zijn gelijkenis met Max Schmeling op, wiens spreekwoordelijke bescheidenheid hij echter niet deelde.

'Ik snel, ik sterk, jij Hauptsturm,' zei hij grijnzend tegen me, en hij salueerde tegelijk volmaakt en temperamentvol.

Grisjan haatte hem vanaf de eerste seconde, vermoedelijk omdat de robuuste Politov in alles zijn tegendeel was. Hij beheerste tot in detail het Bargoens van de Sovjets, het zogenaamde *Blat*, waarvan ik geen woord versta. Zijn besluitvaardigheid en snelheid van begrip gingen hand in hand met een maximaal aanpassingsvermogen. Desondanks had hij niets deemoedigs, maar sloeg hij altijd de juiste toon aan, een combinatie van een grote bek, lawaai maken en vrolijkheid, die hem het respect van zijn collega's opleverde. Hij beschikte over een verbluffende politieke kennis, kende vrijwel alle Sovjetwetten en -decreten uit zijn hoofd en had totaal geen last van scrupules.

Het sterkst was ik met hem verbonden door de dood van zijn vader, die de bolsjewieken voor zijn ogen hadden neergeknald toen hij nog een kind was. Toen het me een keer lukte om Großpapings tragische einde aan te roeren, boog Politov voorover, streelde mijn hand en toverde een traan in zijn sluwe oog. 'Meneer Hauptsturm,' lispelde hij, 'Politov kan kalmeren u. Met Politov zal dat gebeuren niet! Politov kan zo goed zwimmen!'

Zijn verleden was een soort mengeling van salon- en grotschilderkunst, een rotsschildering uit de ijstijd, maar wel decadent, de bizons van Altamira die je in zijden kostuums steekt, het toppunt van oplichterij.

Vlak voor de oorlog had Politov als beheerder van een olieopslag een duizelingwekkend geldbedrag verduisterd, nam de benen en wist te ontsnappen toen overal in het land naar hem werd gespeurd. Later wist hij zich met behulp van valse documenten, fraude, misbruik van titels en het onbevoegd uitoefenen van officiële taken als onderzoeksrechter het Openbaar Ministerie van Voronezj binnen te praten.

Enkele maanden later werd de zelfbenoemde, charismatische en verrassend jeugdige rechter opgeroepen voor het Rode Leger. Daar wekte hij onder zijn valse naam de illusie dat hij wist wat een officier in huis had, maakte carrière, werd diverse keren onderscheiden en klom op tot compagniecommandant. Toen zijn bij elkaar verzonnen identiteit begin negentientweeënveertig werd ontdekt, deserteerde hij nog diezelfde avond om arrestatie door de NKVD voor te zijn.

Nadat hij naar ons was overgelopen, vroeg hij meteen aan de eerste verhoorder tegenover wie hij zat of hij hem mocht kussen. Zoals ik uit de personeelsdocumenten kon opmaken, verlinkte hij kort daarna zijn medegevangenen uit de Sovjet-Unie bij de Gestapo, die hem inschatte als iemand die niet altijd even betrouwbaar, maar wel subversief hoogbegaafd was. Ik las in zijn beoordeling dat de beambten hem 'leiderschapskwaliteiten' toedichtten, en bovendien 'creativiteit', 'tegenwoordigheid van geest', 'antibolsjewisme', 'geldzucht', 'fanatisme' en 'principeloosheid'.

De man was het perfecte wapen.

Op de dag dat Hub mij opdroeg Pjotr Politov op te leiden als de man die een aanslag op Stalin moest plegen, begon een fase in mijn diensttijd die niet meer de traditionele principes van het nationaalsocialistische beroepsambtenarendom volgde. Nee, ik werd nu ss-Hauptsturmführer Siegfried van Xanten en Politov mijn brave zwaard Balmung.

Samen daalden we af in de berg om de draak te doden.

We wilden in Stalins bloed en niet meer in zijn stront baden.

In de maanden daarop beten academici, nijvere dossiervreters, briljante analisten en getalenteerde kunstschilders zich vast in een beulstaak die indruiste tegen praktisch alle Geneefse, Haagse en andere conventies.

Maar tegen de conventies van de Nibelungensage druiste hij niet in.

En dat was het enige wat tot ons doordrong.

Deze toestand noem ik het gordiaanse verschijnsel. Want wie de gordiaanse knoop doorhakt in plaats van hem te ontwarren voelt zich altijd geweldig, zolang hij maar geen verantwoording hoeft af te leggen voor het doorgehakte touw. Ik stuitte naderhand steeds weer op het gordiaanse verschijnsel, bijvoorbeeld tijdens de Cubacrisis. Maar ook de terechtstellingen van onze Russische verraders, die Grisjan zonder procedures en al even rechtsgeldig letterlijk ter hand nam, glansden gordiaans.

Een van mijn eerste maatregelen was het om Politov met zijn officiële bezigheden los te weken uit het kamp en hem in Pskov onder een valse naam onder dak te brengen. Veelvraat Girgensohn regelde een passend onderkomen in de oude binnenstad, bezorgde hem een baan als ingenieur bij een aannemer en verbood hem zijn arbeidsplaats langer dan één uur per week te bezoeken.

In plaats daarvan bracht Pjotr heel veel tijd met mij door. Voor we hem konden vertellen voor welke herculische missie hij was uitverkoren, moest ik hem van haver tot gort leren kennen. En de beste manier om iemand van haver tot gort te leren kennen (ik zeg het elke keer weer), is het medewerkersportret.

Onder mijn vaandeldragers was er niemand die zo graag in de heldengalerij wilde worden opgenomen als Pjotr Politov. Hij bracht op onze sessie een kam mee voor zijn prachtige Max Schmeling-haar en nog een kam, eerder een kammetje om – ik zweer het – zijn borstelige wenkbrauwen te fatsoeneren. Hij was erg gepresseerd, zoals mama zou hebben gezegd, en besnuffelde mijn pastelkrijtjes – ik was zelfs bang dat hij ze zou opeten.

Het kostte me moeite om voor hem een geschikte pose te vinden, en dan ook nog een die Johannes Vermeers verzamelde stilte in mijn doek zou hebben geperst. Papa heeft altijd gezegd dat je in elke beweging één lijn hebt die belangrijker is dan de andere lijnen. Maar bij Politov waren alle bewegingen en dus ook alle lijnen even belangrijk. Zo zag ik bij hem alleen details (details zijn praatjesmakers, vond mijn vader). Ik drong gewoon niet door in Politovs geest. En kreeg geen vat op de vorm ervan.

En terwijl ik radeloos neus, mond en kin op het doek smeerde, ontzet vanwege de amper zichtbare gelijkenis, zag ik met elke mislukte streek steeds duidelijker dat het met Politov niets zou worden als hij niet een metgezellin zou krijgen. Niet zozeer wat het seksuele betrof, daarvoor had je natuurlijk geen metgezellin nodig. Maar wel waar het ging om zelfverheffing, want iedere man heeft voortdurend bevestiging nodig; de mate van bevestiging die Politov echter van me verlangde (door me te vragen of hij wel goed genoeg zat, of hij wel stil genoeg zat, of hij in het juiste licht zat, of hij niet beter zijn overhemd kon losknopen, of ik ook vond dat zijn tanden zo ongelooflijk wit waren, en of ik ook werkelijk een beleefde Duitser was, of hij misschien even mocht kijken), was zo enorm dat alleen een echte metgezellin voor het leven hem die mate van ononderbroken waardering kon geven die hij nu eenmaal nodig had om Stalin op te blazen.

'U moet niet altijd zo somber kijken, meneer Politov,' vertelde ik hem daarom een paar dagen na de rampzalig verlopen poging hem te portretteren. 'Alles gaat prima. Berlijn is tevreden met u. U moet maar eens op zoek gaan naar een vrouw.'

'Naar ain vrouw?'

'Naar een vrouw.'

'Wat voor ain vrouw?'

'Een echte vrouw.'

'Ain vrouw dat was doet voor Politov en schoonmaakt voor Politov?'

'Nee, niet zo'n vrouw. Een vrouw die van u houdt.'

'Ach. Hoer?'

'U weet toch wel wat een vrouw is?'

'Kinder?'

'Juist ja. De moeder van uw kinderen.'

'Politov wil gain kinder. Politov wil sterven voor Chitler.'

'Niemand wil sterven voor Hitler. Zelfs ik wil niet sterven voor Hitler.'

In Pjotrs blik verscheen een uitdrukking van peilloos diepe verbazing, en tegelijk luisterde hij naar de ronddwalende gedachten in zijn hoofd, dat zag ik.

'Niet sterven voor Chitler?' fluisterde hij onthutst.

Ik ging over in een andere taal, ook al verzette hij zich er inwendig tegen: ik gebruikte mijn Anna Ivanovna-Russisch om uit de kruimels van ons gesprek iets voedzaams te maken.

'Een mens mag niet eenzaam leven, dat is tegen de natuur,' ging ik daarom op de filosofische toer. 'Waarom zou u, activist Politov, niet een normaal gezinsleven leiden?'

Natuurlijk pleitte er in de ogen van activist Politov wel het nodige tegen het leiden van een normaal gezinsleven, want zijn dagelijkse bezigheden bestonden uit schietlessen, de techniek bij man-tegen-mangevechten, speciale auto- en motorrijlessen, uit boksen, gif mengen en diverse varianten om te doden. Maar omdat ik bleef volharden, ging Politov in Pskov op zoek naar een bruid, en omdat hij niet alleen op Max Schmeling als zodanig, maar ook op Max Schmeling als Johannes de Doper leek (ik denk in dit verband aan een schilderij van Dürer dat nu in het Germanische Nationalmuseum in Neurenberg hangt), kostte het hem nog geen week om kennis te krijgen aan de kleermaakster Sjilova, die in een verstelatelier uniformjassen voor het Duitse personeel streek.

Ik had helemaal niets aan te merken op het meisje: Sjilova was op een introverte manier knap, twaalf jaar jonger dan de tweeëndertigjarige Politov, en haar vader zat al een eeuwigheid wegens activiteiten tegen de Sovjets in een strafkamp in Siberië. Zij was bij uitstek geschikt.

'Ik hoop,' zei ik, 'dat u er niets op tegen hebt als we uw toekomstige echtgenote als speciaal agent opleiden?'

'Chail Chitler!' zei hij terwijl hij in de houding sprong; hij had er helemaal niets op tegen.

Ik overlegde met mijn staf. Terwijl veelvraat Girgensohn het een geweldige zet vond om twee agenten met elkaar te laten trouwen en ze dan de dood in te jagen bij een zelfmoordaanslag – het herinnerde hem aan Abélards en Héloïses uitzichtloze liefdesverbond, dat de Kerk toch zoveel goeds heeft gebracht – reageerde de beroepsdwerg sceptisch. Het zou heel goed kunnen, beweerde hij, dat de vrouw vanwege haar leven ontvangende sappen de leven gevende sappen van de man voor zichzelf wilde houden en hem bij zijn doel om te doden in de weg zou zitten omdat het abstracte principe van het heroïsche haar niet direct duidelijk was. Möllenhauer voelde zich bezwaard en wierp tegen dat je daarmee dan ook een jong meisje, hij wilde niet zeggen op slinkse wijze, maar toch, de dood in zou sturen.

Van alle kanten daalde vanwege deze emotionele uitbarsting onbegrip op hem neer, ik hoorde de beroepsdwerg zelfs in zijn gifbaard mompelen dat alleen flikkers zoiets dachten. Lamzak Handrack merkte op dat hij eigenlijk geen mening had en zich daarom bij de mijne aansloot, hoe die verder ook mocht uitpakken.

Nog dezelfde middag seinden we naar Berlijn dat we Politov uitermate geschikt vonden voor de grote vaderlandse opdracht. Hij diende echter wel samen met een vrouwelijke activist naar Moskou te worden gestuurd, die dan in zeer korte tijd volledig zou moeten worden opgeleid. Aangezien we bij ons alleen mannelijke instructeurs hadden, verzochten we het welwillende Reichssicherheitshauptamt om een vrouwelijke opleider, als het even kon een Russische in het bezit van voldoende ervaring met inlichtingendiensten, naar Pskov te sturen.

Ik weet zeker dat ik zonder dit doorgeseinde verzoek Maja nooit meer had gezien.

13

Vanuit Hallahalnija was het een voetmars van een kilometer of vijf langs de bosrand tot het heuveltje dat de boeren 'Brosjnij', 'Hunnen' of beter nog 'Hunse vrouw' noemden. Het was de enige heuvel in deze streek, en hoewel er geen enkele relatie bestond met het Karpatenmassief, dat eeuwen geleden Maja en mij een toevluchtsoord, bijna een dak van de wereld had geboden, was het toch het enige uitkijkpunt dat ik kende. Op de top stond een eenzame boom, een ahorn. De Russen geloven dat de ahorn bescherming biedt tegen heksen, en dat beschouwde ik als een goed teken. Ik leunde tegen de stam en zag dat iemand zich tien minuten later losmaakte uit de schaduw van het bos en naar me toeliep. Toen in de verte een wolf begon te huilen (op zijn klaaglijke zoektocht naar zijn metgezel die aan onze omheining hing), bleef de gedaante even staan. Op de sneeuw oogde die als een inktvlek. Als de vlerken van een raaf.

Maar toen stond ze naast me.

Erg donker was het niet.

Ik hoorde dat ze niet was doodgeschoten, maar dat kon ik natuurlijk ook met eigen ogen zien. Ik hoorde van haar dat mijn stem veel meer spijkers had dan vroeger en vol zat met commando's. Het Russisch is een beeldende taal, en zij wilde denk ik zeggen dat ik niet vriendelijk klonk, niet warm, niet zoals ik in haar herinnering had geklonken. Ik hoorde dat ze was gefolterd, maar het bleef bij twee zinnen, de rest liet ze zien; door over haar armen en rug te strijken voelde ik overal verdikkingen en littekens, en van haar lichamelijke schoonheid was weinig over. Ik hoorde dat ze bang was voor wolven en het fijn vond dat ik een Luger bij me had (ze wist hoe met handvuurwapens om te gaan). Ik hoorde dat ze naar de Duitsers was overgelopen omdat ze had gedacht dat alle Duitsers waren zoals ik. Ik hoorde ook dat dat niet klopte. Ik hoorde dat majoor Oeralov dood was. Ik hoorde dat ze geen kinderen meer kon krijgen. Ook hoorde ik dat ze in het verbeteringsgesticht verliefd was geworden op een bewaker die ervoor had gezorgd dat ze in leven was gebleven, en daarom was hij in Siberië beland. En ik had nog altijd iets treurigs, en dat had zij nu ook. Het was een tijdverschijnsel en niets bijzonders. Ik hoorde dat ze in die tijd van me was gaan houden, maar dat al mijn tekeningen van haar waren afgepakt, waarna Oeralov zijn kont ermee had afgeveegd. Ik hoorde nogmaals en later zelfs nog een keer dat majoor Oeralov dood was. En ik hoorde dat het uitzicht hier heel anders was dan toen over de steppe, maar toch nog heel weids, en ze wist ook nog hoeveel ik hield van een weids uitzicht, en terloops merkte ik dat het koud werd, maar dat merkten we allebei. Ten slotte gaven we elkaar een hand onder de ahorn, en Maja beloofde op een goede manier met de activiste Sjilova om te gaan en mij altijd Hauptsturmführer te noemen en nooit Koja.

Ik zat nachtenlang in mijn kamer opgesloten, dat kunt u zich misschien voorstellen.

Ik wilde niet dat er werd geklopt.

Toen het licht was, zag ik dat ze ook Maja's wangen kapot hadden gesneden en haar mondhoeken met een schrobzaag uiteen hadden gereten. Ze kon niet meer glimlachen, alleen nog grijnzen, zelfs in haar doodskist zou ze nog moeten grijnzen.

Omdat het oorlog was en wij Stalin wilden doden, hadden we geen tijd, en ik wilde nergens over nadenken.

En ik wilde echt niet dat er werd geklopt.

Maar toen ik de keer erop in Riga was, sliep ik niet meer met Ev. Ik was het niet zelf die dat besloot, maar het werd nog veel dieper in mij besloten, daar waar ook over ademhalen en verdriet wordt besloten, want het zou niet juist zijn geweest, zelfs niet juist op die verkeerde manier die we destijds nodig hadden.

En ik had geen zin.

Hoeveel ik van Ev hield, is misschien af te meten aan het feit dat ik haar kon zeggen hoe weinig zin ik had.

En zij knipte het donker glanzende haar voor haar gezicht af om mij beter te kunnen zien, en toen nam ze me in haar armen, hoewel ze er niet erg bedreven in was om iemand in de armen te nemen, omdat ze vond dat haar armen bedoeld waren om zich vast te kunnen klampen en voor de rest om er vrijelijk mee te kunnen zwaaien. Ze nam mijn temperatuur op en legde onze baby op mijn buik, en ik zocht in Anna de ogen van Ev en zag heel even het lieve olifantenoog van mijn vader, van wie ik had meegekregen dat je geen onwrikbare voornemens hoefde te koesteren, en als je dat wel deed, om er dan niet aan vast te houden, vooral niet als je je eigen zonen wilt doodschieten, en aan die dag moest ik onwillekeurig weer denken, negentiennegentien, toen Hub tegen papa zei dat ik nog zo klein was.

Ik had niet het gevoel dat ik sindsdien groter was geworden, alleen Anna gaf me het gevoel groter te zijn, en ik stak haar vingers in mijn mond zoals alle vaders doen, en zij hield van mijn warme, vochtige mondholte.

Als ik het moet hebben over de gebeurtenissen die van buiten kwamen, mag u niet vergeten, swami, dat mijn ziel in die tijd ziek was en alle gebeurtenissen van buiten, hoe vreselijk ze misschien ook waren, wel het gewicht wegnamen dat op mijn ziel drukte, maar natuurlijk niet de last zelf.

Ik voelde hoe hard Ev me nodig had. Ik voelde dat ze zich zorgen maakte om Hub. Dat sprak ze ook wel uit, maar ze kon veel zeggen als de dag lang was. Mij zeiden de spieren in haar nek meer, die zich spanden als we over hem praatten.

Hij had haar niets over Stalin verteld, maar dat deed de kletsmeier in mij wel.

Ze beweerde dat Hub was veranderd, dat hij steeds harder en strenger werd, vaker zat te tieren. En om carrière te maken drong hij aan op een tweede kind, hoewel ze pas een halfjaar geleden was bevallen. En ze praatte al even onsamenhangend. In het wilde weg. En ze zei dat ze de dag vreesde dat hij achter haar afkomst kwam. 'Er wil mich tejtn, ich bin sicher, as er wil mich tejtn.' Ik stelde haar gerust. Hub was niet in staat iemand te doden (nou ja), hij zou haar nooit iets aandoen (precies). Hij houdt van jou (klopt). En jij houdt van hem (of niet?).

'Ich wejs nischt, Koja, ich wejs nischt.'

Wij noemden haar gewoon Sjilova, hoewel ze Natasja heette, mijn favoriete Russische naam. Terwijl majoor Lasjkov uit protest zijn lorgnon weigerde te gebruiken en hij Sjilova willens en wetens geen enkele militaire kennis, hoe gering ook, toedichtte – hij was van mening dat er bij oorlogsvoering aan vrouwen niets verloren was en dat hij alleen al om die reden anticommunist was geworden, want het Rode Leger had het wijf-met-geweer uitgevonden – stortte de instructeur van de scherpschutters en meervoudig verkrachter kapitein Delle zich op de nieuwe rekruut.

Ik was daarom blij dat Maja altijd bij Sjilova in de buurt bleef. Ze leerde haar hoe ze effectief met een gevechtsmes kon omgaan. Ze leerde haar om niet met een nors gezicht te gaan zitten staren als je een handgranaat gooit, maar aandachtig te kijken. (Ze had het vast goed kunnen vinden met papa, die aandachtig kijken immers het belangrijkst vond, in de kunst en in het leven.) En ook leerde ze Sjilova dat je nooit een aktetas in de auto van de vijand mag laten liggen.

Wat een lid van de Russische geheime dienst verder nog moet weten – Sjilova moest tot een capabele NKVD-functionaris worden omgeturnd – werd geoefend in lange schijnverhoren, waar de tranen rijkelijk vloeiden. Maja deed me elke avond verslag. Ik luisterde naar haar en keek naar haar littekens. We waren heel beleefd tegenover elkaar, ongeveer zoals twee reizigers doen die samen onderweg zijn en elkaar nooit eerder hebben gezien. Daarna dronk ik altijd in mijn eentje een borrel.

In november trouwde Politov met Sjilova. Ze was beslist een van de mooiste meisjes van Pskov, en er was maar één reden dat ze de horror in zijn vooralsnog slaperige, maar weldra definitieve vormen in haar leven toeliet, namelijk omdat ze verliefd was.

Ik was getuige bij dit door mij geïnitieerde agentenhuwelijk. Terwijl we voor de kerk stonden en alle gasten juichten voor een gelukkig bruidspaar, juichte ik voor twee lijken-op-afroep (maar dan wel twee lijken die elkaar kusten). Toen ik in de oude kathedraal van Pskov rechts naast het altaar stond, te midden van alle kaarsen en geuren en bloedende iconen, toen vierenhalve generatie dominees binnen mijn familie over mijn schouder keek en ontdekte dat hun erfgenaam en nakomeling onder klokgelui een van geluk zachtjes piepende muis naar het schavot stuurde, kreeg ik weer een onweerstaanbare behoefte aan een borrel. Maar zoveel drank had een mens (had ik) helemaal niet kunnen drinken.

De gordiaanse glans die ik in de afzondering van zuiver beroepshalve verrichte inspanningen had getransformeerd tot een perfide ingeving was uitgedoofd. Wat overbleef was berouw. Maar dit berouw steeg niet omhoog, nam niet mijn brein de maat, maar verlamde alleen mijn ingewanden, vrat mijn vegetatieve zenuwstelsel op, veranderde polsdruk, bloeddruk, spierspanning. En het brood, het zout, het pikken van de schoen van de bruid, een witte jurk voor een pope in een gewaad met ingeweven gouddraad... dat waren de beelden van een bruiloft die feitelijk ook een schitterende, ja, vrolijke begrafenis inhield.

Ik wist dat tenminste. En ik wist, net als al mijn medewerkers, ook dat Politov allang getrouwd was. Hij had zijn vrouw in Jekaterinenburg achtergelaten. Sjilova heeft dat nooit ontdekt, in elk geval niet door ons.

Voordat we onze plannen aan het pasgehuwde stel konden ontvouwen, moest er nog een laatste stap worden gezet. Voorwaarde voor de aanval op Jozef Stalin was synchroniciteit. En chronologie. Of de eerste gebeurtenis in de reeks (het straffe, opwindende idee van een sluipmoord) al met al zou kunnen uitmonden in de laatste gebeurtenis (exitus letalis), hing af van het verloop van de tussenliggende gebeurtenissen.

Het Commando Jozef in Moskou (ik heb u er al op voorbereid) was een dergelijke tussenliggende gebeurtenis. Dit commando bestond uit een geheime Zeppelin-cel van twee activisten in het stadscentrum die (nomen est omen) Stalin diende te observeren. De twee jozefisten waren er een halfjaar eerder in geslaagd om na hun parachutesprong de Russische hoofdstad binnen te druppelen – eerst en vooral te danken aan onze uitstekende afdeling Paspoortvervalsing. Om met hun vervalste documenten Moskou te bereiken, veilig langs de uit een spionageparanoia voortvloeiende eindeloze veiligheidsblokkades van de stad te komen, een schuilplaats te vinden, een conspiratief bestaan op te bouwen, niet bij de blokhoofden op te vallen, dat was van de mannen chronologisch gezien bij voorbaat al een prestatie die alles wat volgde moest schragen. Heel veel meer dan wachten op dit wat volgde was voor hen (we noemden ze Kant en Klaar) echter niet mogelijk. Tweemaal per week hadden Kant en

Klaar radioverbinding met ons, pal onder de ogen en oren van de Loebjanka. Dat alleen al kon van de tussenliggende gebeurtenis de laatste gebeurtenis maken (met exitus letalis aan onze kant, dat spreekt).

Toen we na een langere pauze door middel van radiocontact hoorden dat de woning van Commando Jozef met een officieel huurcontract was gewaarborgd en onze twee ridders van de droevige figuur (voormalige officieren van de tsaristische garde) met toestemming van de autoriteiten in een wegenbouwbrigade zwoegden, was de synchroniciteit van de komende gebeurtenissen in onze ogen beheersbaar. De Moskouse schuilplaats was een feit. Politov en Sjilova konden worden ingewijd. En onze hoogste baas, Brigadeführer Schellenberg, wilde de klus persoonlijk en op tropischevissenwijze klaren: dus behoorlijk pompeus en met de nodige broedzorg.

Met z'n zessen vlogen we naar hem toe in Berlijn. Een hevige winterse storm rukte aan de bejaarde Ju 52, waarin het naar diesel, terpentijn en Sjilova's braaksel rook. Alles om ons heen zat te kermen, blik en mens, maar vooral onze luchtzieke speciaal agente, die op de achterste rij constant in een papieren zak moest overgeven. Maja hield haar hand vast. Möllenhauer en Politov staarden naar het rollende onweer. Ik zat helemaal voorin, alleen door het gangpad van Hub gescheiden. Hij voerde een ballet uit met zijn vingers, was bleek en aan het eind van zijn Latijn.

De lucht is iets voor mussen, had Opapabaron in achttientachtig-en-nog-wat tegen de tsaar gezegd toen de doorluchtige hoogheid, even geestdriftig als die hele eeuw op zichzelf al was, geld wilde steken in de bouw van luchtschepen (de gasmotor van Lenoir). Vaak en gaarne zijn de Schillings met man en muis en met de hand aan het stuurwiel in de Atlantische Oceaan vergaan. Maar uit de hemel komen vallen, normaliter voorbehouden aan regen en meeuwenkak (over fosfor en benzeen, mijnen en brisantbommen kon Opapabaron niets weten), zelfs als een kippenei op de grond openbarsten? Dat was een Baltische dynastie van zeevarenden onwaardig. Hubs vliegangst had zo bezien een kern van familiehistoriografie, maar paste desondanks niet bij zijn zelfbeeld.

Zijn fraaie ss-neus begon te bloeden. Ik gaf hem mijn hagelwitte zakdoek. Hij nam hem aan en drukte hem tegen zijn gezicht. Toen hij ter plekke veranderde in een monochrome aquarel van Emil Nolde, een verkreukelde tulp in de sneeuw, legde hij zijn hoofd in de nek, glimlachte afwezig en vertelde dat Ev hem bedroog.

'Hou je me voor de gek?' vroeg ik met doffe stem.

De copiloot kwam de cabine binnen en schreeuwde dingen die in de orkaan amper waren te verstaan. Hij keek beduusd naar Hubs bloederige zakdoek, sloeg een kruis en verdween weer.

Nee, hij hield me niet voor de gek, zei Hub. Ev bedroog hem, hij wist alleen niet waarom, hoe, wanneer en met wie. Het liefst zou hij een privédetective inhuren. Net als Erhard indertijd. Maar ja, privédetectives waren er niet meer. Zou ik niet een van mijn Russen naar Riga kunnen sturen? Een Rus die op de loer gaat liggen, die kan fotograferen en in staat is dat schandalige gedoe te documenteren, zo iemand was precies goed.

Ik riep verbouwereerd dat het niet zo simpel was om iemand te sturen die zijn mond wist te houden. Hub zei dat dat helemaal niet nodig was, want ze konden hem daarna gewoon doodschieten.

'Meen je dat echt?'

'Wat?'

Het toestel zakte honderd meter.

'Wat je zonet hebt gezegd?'

'Weet je hoe het er vanbinnen bij me uitziet? Heb je enig idee?'

'Hub,' hoorde ik mezelf empathisch zeggen, 'je kunt niet een van onze Russen afknallen.'

Hij haalde de zakdoek voor zijn gezicht vandaan, staarde ernaar als naar een onwelkom geschenk (dat het immers ook was) en drukte hem in mijn hand.

'Ik weet het,' zei hij knikkend. 'Maar dood gaan ze toch.'

Daarna had ik hoofdpijn.

Toen de turbulentie afnam, ging Politov bij zijn uitgeputte Sjilova zitten en zong zachtjes een kozakkenlied voor haar. 'Eentonig klinkt helder het klokje', gif in mineur voor bedrogen echtgenoten. Versuft zat Hub naast me te piekeren over zijn verdenking (maar welke?). Zijn uniform zat onberispelijk, een onberispelijk zittend uniform van al rottend blad. Het stonk, of hij stonk. Ev had het vast en zeker al een jaar niet meer gewassen en gestreken. Wat zou er gebeurd zijn? Wat was Hub te weten gekomen? Ik keek hem tersluiks aan, zag alleen maar weerstand. Zijn vingerballet verdeelde het vliegtuigraam dansend in stukken, het raam waarop zich een laagje ijs had gevormd. Soms sloeg hij er met zijn vuist op, waarna iedereen naar ons keek.

Nadat we op Tempelhof waren geland, werden we door twee limousines van de Gestapo afgehaald. We gleden in de gestaag neerdalende regen door een zwaargehavende stad. Overal ruïnes en rokende puinhopen. Op de Lützowplatz moest even eerder een bibliotheek zijn geraakt. Duizenden beroete flarden papier dwarrelden door de lucht, een paar pagina's Lessing bleven op onze voorruit plakken. Hub zat naast me als een pop.

We zetten de vrouwen (bij wie Möllenhauer absoluut ook moet worden gerekend) voor Café Josty af. Van daaruit reden Hub, Politov en ik door naar het rustige, ongeschonden Schmargendorf, waar sd-bureau vi, ons hoofdkwartier, het voormalige Joodse bejaardentehuis had gevorderd, een langgerekt bakstenen gebouw met zebrastrepen en een cultuurbolsjewistisch plat dak. In de gebedsruimte hadden ze een kantine in de vorm van een Beiers café met veel grenen uit de Alpen. Daar wachtten we urenlang op degelijke houten banken. Twee van de drie bezoekers dronken surrogaatkoffie uit hakenkruisporselein, de rest wilde bier (op het plafond boven ons zaten davidssterren, die keurig waren afgeplakt om de eetlust niet te bederven). Hub schreeuwde op het laatst tegen een ordonnans, om een futiliteit. Ik maande hem om zich een beetje in te houden. Hij ging naar de wc; ik dacht dat hij huilde.

Tropische vis Schellenberg ontving ons in zijn kantoor, dat in niets herinnerde aan de weelde van het Prinz-Albrecht-Palais voor het werd gebombardeerd, afgezien van het enorme renaissancebureau, waarvan de Brigadeführer geen afscheid had kunnen nemen, vooral vanwege de geruststellende machinegeweren die erin zaten. 'Wat moet je ervan zeggen,' verzuchtte hij verontwaardigd, en hij klopte met zijn gebogen wijsvinger demonstratief tegen de kamerwand, 'een in raciaal opzicht door en door ontaard huis. Gelukkig hebben we de architect naar Theresienstadt gestuurd, een mild protest tegen zijn cretinisme.'

Schellenberg was zijn eeuwig arrogante lachje niet kwijt. Misschien dat het iets krampachtiger was dan in de zalige tijden van de triomfen. Hij ontving de vrolijke Politov en de bleke gebroeders Solm, die allebei op hun eigen wijze korte tijd later instortten, uiterst vriendelijk, maar had slechts twintig minuten tijd. Hub stond een keer op, bleef even staan, schudde zijn hoofd en ging weer zitten. Schellenberg overlaadde activist Politov met complimenten over zijn onmiskenbare gelijkenis met Max Schmeling. Vervolgens vroeg hij hem op de man af of hij het hart had voor een missie die tot doel had de leiding van de Sovjet-Unie op korte termijn uit te schakelen. Politov vertelde bij sekt en fruit een aantal elementaire dingen die we over zijn hart moesten weten. Ik kende ze allemaal al. Hub luisterde niet.

Nog dezelfde avond gaf Brigadeführer Schellenberg, na overleg met Heinrich Himmler, zijn zegen aan de door het Commando Pskov uit te voeren acties.

De operatie kreeg de naam Uur U.

14

De volgende dag meldde Hub zich ziek.

De rest van de delegatie uit Riga reed in het gezelschap van twee beleefde Standartenführer en een geleidelijk in sneeuw overgaande, aanhoudende motregen naar een schietterrein ver van de poorten van Berlijn. We werden ontvangen door een energieke majoor, die ons voorging naar een lang en laag gebouw met dichtgemetselde ramen. Daar lieten ze Politov tien meter onder de grond de speciale uitrusting zien die de afgelopen maanden voor hem was ontwikkeld, uiteraard onder strikte geheimhouding. Maar welke geheimhouding is strikt genoeg, dacht ik, en toen moest ik denken aan Ev en aan ons rekkelijke, gebrekkige, broze geheim, en ik had even de tijd nodig voordat al mijn gedachten in deze ruimte waren teruggekeerd.

'Een pantserkraker,' noemde de majoor op hetzelfde moment bijna vertederd het kleine schiettuig dat hij voor mijn gezicht hield. Het bestond uit een korte stalen pijp met een diameter van zestig millimeter, een opzetstuk voor een granaat, een serie leren riemen, gekleurde stroomdraden en een schakelaar. Een miniraketwerper, zo smal dat Politov hem aan zijn blote onderarm kon vastgespen en in een mouw van zijn jas kon stoppen zonder dat je daaronder ook maar de minste welving zag. Politov lachte en draaide rond alsof hij voor een garderobespiegel stond. Hij had werkelijk veel bevestiging nodig.

Andere geheime wapens werden eveneens gepresenteerd: kleefmijnen met elektronische afstandsbediening, speciale parabellumpistolen met gifampullen als munitie, nieuw ontwikkelde geluiddempers, een motorfiets met achteruit. Zelfs het voor het transport van het commando noodzakelijke speciale vliegtuig, een viermotorige Arado 332, konden Politov en ik een dag later in een Brandenburgse vliegtuigfabriek komen bekijken. Die hele show van hoogwaardige technologie werd afgedraaid voor de fascinerende en veelbelovende edelcollaborateur, die barstte van temperament en vertrouwen, allemaal om hem te imponeren en van de superioriteit van de Duitse militaire techniek te overtuigen.

Dat was ook hard nodig. Berlijn werd tijdens ons verblijf namelijk door verwoestende bombardementen geteisterd. Brandende huizen, vluchtende mensen, slachtoffers die het in bunkers moesten zien vol te houden. Dat wees al met al niet op een eindoverwinning.

Op de ochtend na een nachtelijke aanval, toen ik zo bezorgd was om Hub, om Ev en om mezelf dat ik er moedeloos en bijna waanzinnig van was geworden, kon ik Politovs eeuwige opgewektheid niet langer verdragen. Op van de zenuwen stuurde ik hem naar een winkel om kousen voor Sjilova te kopen. Ze wilde per se transparante perlonkousen hebben, die alleen voor schandalig veel geld, géén marken, in het Femina-Palast te krijgen waren, mits je relaties met de ss had.

Op weg naar de kousen zag Politov hoe een groot huurcomplex door rondvliegende vonken vlam vatte. Het vuur, dat net was ontstaan en niet meer was dan een rookwolkje in de dakconstructie, wekte zijn eerzucht. In een mum van tijd snelde hij de trappen op, greep onderweg in het trappenhuis twee met water gevulde emmers en stormde verder richting zolder, waar de brandhaard was. Maar voor hij bij het zolderluik was, hoorde hij beneden een krijsende vrouwenstem: 'M'n emmers, m'n emmers! Wat wilt u met m'n emmers?'

Politov draaide zich terstond om, rende de trap af, zette de emmers neer voor de voeten van de vrouw – 'Hier twoi aimers.' – en liep met afgemeten stappen de straat op, waar hij plaatsnam in een uit het belendende huis geredde fauteuil en doodkalm toekeek hoe het huis dat hij zo graag had willen blussen tot op de grond toe afbrandde.

Ik denk dat dat het moment was dat meneer Politov begon na te denken, zei naderhand Möllenhauer, die hem had vergezeld (uiteraard kocht ook hij perlonkousen).

Niet veel later belde Hub me in mijn hotel. Hij vertelde met monotone stem dat hij al op weg was naar Riga. Hij had zich bij een transport van de Wehrmacht aangesloten. Een paar dingen moesten nog worden geregeld, zei hij. Ik was benoemd tot delegatieleider. Schriftelijke bevestiging zou radiotelegrafisch volgen. De rest van het bezoekprogramma moest volgens bevel worden uitgevoerd. Ik hoorde gekraak op de lijn. Het gesprek was beëindigd. Ik hing op.

Het luxe pension aan de Kurfürstendamm waar we destijds met z'n allen verbleven staat er vandaag nog net zo bij. Het gebouw heeft alle bombardementen overleefd. Toen ik een paar jaar geleden in West-Berlijn was, heb ik de entree nog een keer bekeken. De luxe was verdwenen, maar de draaideur zat er nog in. Zelfs het oude leren behang, prachtig en donker, is in het trappenhuis bewaard gebleven. Dat kun je je tegenwoordig echt niet meer voorstellen: al die kleuren van de oude rijkshoofdstad, de luister, als een door Tintoretto geschilderde, van alle aardse zwaarte bevrijde bombast. Ik liep naar de derde verdieping en stond voor de kamer van toen, legde mijn oor tegen de deur te luister en hoorde hoe ik daar dertig jaar eerder op en neer rende, urenlang. Hoe ik mijn voorhoofd tegen de muur sloeg (bong bong!). Hoe ik in mijn handbeentjes beet. Want ik kon Ev in Riga niet bellen. De kans dat de lijn al werd getapt was te groot.

Later lag ik in bed. Nog later lag ik nog altijd in bed, verdoofd door alle zorgen. Als lood dat in water valt.

Slapen was ondenkbaar, en zo sleepte ik mezelf naar de ontbijtzaal beneden, en daar zat Maja. Ze had de verduistering weggehaald, en door het hoge raam zag je het effect dat een paar sterren en de maan achter de wolken konden hebben zonder dat gaslantaarns, neonreclames en koplampen daarbij hielpen. Het was niet veel, een zilverachtig grijs licht dat over Maja werd uitgestrooid, alsof ze in as zat, zo zag het eruit. Een grisaille.

De klok gaf halfdrie aan en dreunde. De wijzer was het enige in de ruimte wat bewoog. De gestalte bij het raam had net zo goed van gips kunnen zijn. Ik ging bij haar zitten. We waren lange tijd stil.

'Het is mooi als het donker is.'

'Ja,' zei ik.

'Want dan zien ze niet hoe lelijk ik ben.'

'Je bent niet lelijk.'

'Je walgt van me.'

'Nee.'

'Je hebt medelijden met me.'

'Nee.'

'Heb je geen medelijden met me?'

'Het enige wat me pijn doet is wat ze je hebben aangedaan. Niet wat er van je is geworden.'

'Als je blind zou zijn... Dat zou het ergste voor je zijn, of niet?'

'Waarom?'

'Omdat je een schilder bent.'

'Dat zou best kunnen, ja.'

Buiten hoorden we gegiechel, een dronken stelletje, ondanks de avondklok. Maar verder was de nacht volkomen stil, zoals op het platteland. Geen auto's. Geen mensen. Geen luchtaanvallen. Alleen de klok in de hoek.

'Voor mij zou dat niet het ergste zijn, dat je blind was.'

Ik keek haar aan. Het was altijd al moeilijk geweest haar gezicht te lezen, ook toen het nog een open boek was en geen wirwar van lelijk dichtgegroeide littekens.

'Het is lang geleden dat iemand zoiets aardigs tegen me heeft gezegd,' zei ik.

'Heb je iemand?' reageerde ze al net zo zacht.

'Nee.'

'Maar je hart behoort toe aan iemand. Dat voel ik.'

Nu hoorde je buiten een barse stem, ver weg al. Blijkbaar was het dronken stelletje in een fuik gelopen.

'Als jullie de oorlog verliezen – en ik denk dat dat gebeurt – als jullie dus de oorlog verliezen, dan zullen we allebei sterven, hoe dan ook. Maar ik denk ook dat na een paar jaar alles weer goed zal zijn voor alle mensen die we hebben gekend.'

'Ja, misschien wel,' zei ik.

'Wat heb je met je voorhoofd gedaan?'

'Ik ben tegen de muur gerend, op mijn kamer.'

'O, was jij dat.'

'Ja.'

'Bong bong.'

'Ja.'

'En vaak ook.'

'Ik heb mezelf ook gebeten,' zei ik, en ik schoof mijn hand naar haar toe. Ze betastte hem, bleef bij de ontvellingen hangen. Haar vingers waren koel.

'Zullen we samen bidden?'

'Sorry, Maja.'

'Waarom niet?'

'Toen ik een kind was, heb ik met iemand gebeden. Ik kan met niemand anders bidden.'

'Als kind is het het beste.'

'Maja?'

'Wat?'

Ik trok mijn hand voorzichtig terug, zodat de hare verloren op de tafel bleef liggen.

'Ik ga naar mijn kamer.'

Ze sloeg haar ogen neer, nu zat er toch wat kleur op haar wangen.

'Ja, we gaan naar onze kamers.'

Twee dagen later ontving ik een telegram uit Riga.

BESTE KOJA STOP KOM ALSJEBLIEFT STOP ONGELUK STOP EV

15

Mijn zus maakte zich altijd al zorgen om haar gezondheid. Als tienjarige beeldde ze zich al de gekste dingen in. Soms stormde ze de keuken binnen en schreeuwde: 'Mijn oren rotten van m'n hoofd!' Ze vond haar oren zo zacht als oude perziken, en niemand mocht over haar hoofd aaien, ook mama niet, want van de kleinste schok konden haar oren loslaten, en die zouden dan begraven moeten worden en dan kon ze niets meer horen.

Vaak dacht ze dat ze kanker had. En soms kroop ze huilend bij me in bed omdat ze meende dat ze een ziekte had waarover ze bij Charles Dickens had gelezen. Honger bijvoorbeeld. Of het pickwicksyndroom. Toen ze al medicijnen studeerde, vertelde ze me dat het pickwicksyndroom inmiddels obesitas-hypoventilatiesyndroom heette. Maar dat had je alleen als je heel dik werd en steeds oververzadigd was. Dat was het mooie van die twee ziekten, dat ze elkaar uitsloten.

Ja. Ev meende het serieus. Ze had obsessies die haar kwelden. Soms vond ze de kracht om zich er met zelfspot overheen te zetten. Maar vaak ook niet. Toen er in Belgisch-Congo een keer een griepgolf heerste en wij bananen uit Congo hadden, in die tijd nog een delicatesse, zette ze geen stap in de keuken. Drie dagen lang. Toen was ze veertien. Ze dacht vaak na over de dood. Het hiernamaals had iets fascinerends voor haar, en daarom bad ze zo graag. En omdat haar ouders allebei waren overleden en ze geen broers en zussen en verder ook geen familie had en op haar achtste op een volkomen onbekende planeet was beland – terwijl de oude planeet, haar oermoeder Aarde, gezuiverd van al het leven, door de galactische stelsels zweefde – werd zij door de angst gedreven dat ook zij, het laatste overblijfsel van een overgeleverde en misschien door de Almachtige verdoemde levensvorm, op elk moment kon vergaan, en wel vanwege de meest onvoorstelbare infectie of meest lachwekkende organische stoornis die niemand op deze nieuwe ster bedreigde, behalve haar, de oud-aardse. Ze had geen storm nodig om weggevaagd te worden, geen wind en zelfs geen briesje. Een ademtocht was al voldoende.

Voor Ev moeten de maanden in Auschwitz om deze reden alleen al de zichtbaar geworden zekerheid zijn geweest dat alles op elk moment mogelijk is, ook het ondenkbare, het onvoorstelbare en het onbegrijpelijke. Zelfs iets wat nog minder is dan een ademtocht, een donkerbruine iris bijvoorbeeld, kon er aanleiding toe zijn.

Daarmee vergeleken was er niets geheimzinnigs aan de verwondingen die mijn broer Ev had toegebracht, wat wel weer geruststellend was. Kneuzingen, bloeduitstortingen, oedemen, verder niets – en een kneuzing met scheurtje boven de linkerwenkbrauw, die met een half geslaagde geknoopte hechting was behandeld. En toch doorbrak een asteroïdenstorm Evs stratosfeer. Dat was precies wat de klappen van haar man waren geweest.

Stenen uit het heelal.

Ze ontving me bij haar thuis. Kleine Anna sliep achter de door mij weken geleden in een bont palet beschilderde deur van de kinderkamer. Ik zag meubels die waren omgegooid of verloren in het vertrek stonden te dromen, omspoeld door uit de kast gerukte boeken die over de vloer deinden. Evs gezicht had alle kleuren. De medische verzorging had ze zelf ter hand genomen. Hub had haar bij het hechten van de wond moeten helpen, schokschouderend van de eruptieve snikken, zodat de naald op en neer had gedanst. Nu heeft ieder de ander een pats verkocht, grapte ze bitter, of ook: 'Pats komt van petsen.' En het duurde even voor me weer te binnen schoot dat ze Hubs lip had gehecht na zijn eerste mensuur, zodat zijn kussen haar stuk voor stuk aan die tijd van toen herinnerden.

Ze kon het huis niet uit, zelfs de tuin was taboe, waarschijnlijk wekenlang, behalve als het donker was. Een zonnebril en de sjaal die ze over haar kin tot aan haar oren had opgetrokken, waren niet afdoende. Ook Olga mocht niet komen, want dan zou ze mevrouw de Obersturmbannführer in deze toestand of zelfs het kort en klein geslagen interieur zien. Ev weigerde om in het huishouden iets op te ruimen of met haar handen iets aan te pakken. Ze bekommerde zich alleen om Anna, die aan één stuk door huilde.

Hub was volkomen leeg geweest, was op zijn knieën gevallen, had haar gesmeekt om hem te vergeven. Mijn rode vlek, mijn rode vlek, dat had hij geschreeuwd, zei ze. Hij bedoelde zijn netvlies, dat als hij woedend wordt rood kleurt, dat had hij als kind al, en hij bleef maar schreeuwen, bleef maar schreeuwen.

'We moeten ermee stoppen,' fluisterde Ev.

'Natuurlijk,' zei ik.

'Hij maakt ons af. Hij zal ons alle drie afmaken. Ik weet het.'

'We stoppen ermee.'

'Ik herkende hem niet meer. Hij had geen gezicht meer. Hij had alleen nog maar ogen.'

Ze vertelde me dat hij haar als in een roes had geslagen omdat ze hem niet wilde zeggen wat er was gebeurd.

Hij had één aanwijzing gevonden. Een bladzijde van haar dagboek. Die zal er een keer uit zijn gevallen en had zich genesteld achter het hoofdeinde. En toen een week geleden in de slaapkamer een druif van een bordje viel en onder het echtelijke bed rolde en hij niet wilde dat de druif onder hem zou verschimmelen en wegrotten of zelfs alleen maar uitdrogen, schoof hij het bed opzij, en daar lag de druif op het verloren blad, zoals een magneet op staal. Hij raapte het velletje op, las in de weinige regels de beschrijving van een seksuele handeling waaraan hij zelf niet had deelgenomen. Er stonden woorden op die Ev en ik gebruikten. En er stond een datum op. En er stond iets op over een mooie tekening en over Evs naaktheid. Ikzelf stond er niet op. Niet met mijn naam. Maar Hub wilde weten wie de man was. Ev zei niets. Hij wilde de rest van het dagboek hebben. Ze loog. Ze zei dat ze het had verbrand omdat de affaire voorbij was, over en voorbij, en ze schaamde zich. Ze schaamde zich.

Enkele minuten later al moest hij naar het vliegveld, hij nam er plaats in het toestel naar Berlijn en suisde met mij en de anderen naar het Uur U.

Hij verging van de misselijkheid en de angst, van de zelfhaat en het schuldgevoel, maar hoopte dat alles zich nog ten goede zou keren. Toen stond hij opeens voor de deur, drie dagen voor zijn geplande terugkomst. 'Wie is het?' vroeg hij op de drempel, en hij sloeg al toe toen zij haar natte afwashanden op de gang uitwrong. Hij keerde elke lade in huis om en verplaatste alle tafels en kasten en rekken, en vond op de vloer een paar druiven, een stuk brood, een heleboel insecten en twee muizen, half vergaan en met een laag schimmel bedekt.

Maar het dagboek vond hij niet, want dat had ze goed verstopt.

Hij gaf echter niet op en controleerde de op het blad genoteerde datum, combineerde hem met andere afspraken, combineerde hem met speculaties over de genoemde tekening, combineerde hem met de woordkeuze op het corpus delicti, en op het laatst trok hij de conclusie dat er maar één vent in aanmerking kwam die hem op zo'n infame wijze had bedrogen. En hij bleef haar door elkaar schudden en slaan en vragen of het klopte, of het die vent was geweest, hij kon zich niemand anders voorstellen. Alsjeblieft, Koja, het spijt me zo ontzettend, zei ze huilend, maar ik moest ten slotte wel zeggen: ja, het klopt.

'Je hebt gezegd dat ik het was?'

'Nee. Jij natuurlijk niet. Dat zou hij nooit geloven.'

'Wie dan wel?'

'De chauffeur.'

'Mijn chauffeur?'

'Ja.'

'Grisjan?'

'Hij was die dag hier.'

'Heb je verteld dat je met Grisjan hebt geslapen?'

'Hij was hier toch ook altijd als jij hier was. En hij is zo knap. En weet je, Grisjan en ik, we zijn van de zomer toch een paar keer wezen wandelen toen ik met Hub bij jou in Hallahalnija was. En toen heeft hij mij ook geschilderd. Het deed je aan Van Gogh denken, weet je nog?'

'Dat groene gezicht van je, ja.'

'En Hub was al zo jaloers toen hij het groene gezicht zag, en hij zei nog dat ik me niet door Russen moest laten schilderen.'

'Ev.'

'Het spijt me. Het spijt me.'

'Ev, dat is echt verschrikkelijk.'

'Ik weet het. Maar hij is behalve jij de enige die tekent.'

'Ik moet onmiddellijk met Grisjan spreken.'

'Ik heb al met hem gesproken.'

Ik kan me voorstellen dat iemand als u, die denkt dat de wereld een soort Woodstock is en die tijd niet heeft meegemaakt, niet goed kan inschatten wat de zin inhield. Die zin hield in dat het mijn zus gelukt was sneller dan haar man contact op te nemen met Grisjan. Dat was een belangrijk toeval, misschien een combinatie van toeval en noodzaak, uiteindelijk aan Jozef Stalin zelf te danken.

De man van staal had namelijk het Rode Leger bevolen, exact twee dagen eerder, op twaalf januari negentienvierenveertig, een grootschalig offensief over de hele breedte van het noordelijk front te beginnen. Twee miljoen gehoorzame soldaten van het Rode Leger liepen, terwijl mijn broer op zijn zus inhakte, onze winterstellingen bij Loega en Novgorod onder de voet en raasden op Leningrad en Pskov af, zodat Hub Ev met rust moest laten – toen was hij echter al in een staat van met snikken gepaard gaande wroeging. De zwarte telefoon rinkelde verderop in de hal omdat hij in zijn razernij was vergeten het snoer uit de muur te rukken. Uitgeput jammerde hij in de hoorn: 'Ja, Solm, wat is er aan de hand?' En hij hoorde een cijfercode. Een cijfercode betekent alarm. En alarm betekent dat je onmiddellijk naar je bureau moet, zonder je druk te maken om de minnaar van je echtgenote.

Twee uur en vier minuten na dit alarmtelefoontje parkeerde de gewetensvolle Grisjan mijn dienstwagen, een smetteloze Opel Olympia, netjes voor Hubs met een dik pak sneeuw bedekte oprit, zoals ik hem een week eerder, voordat ik in de Ju 52 naar Berlijn was gestapt, had opgedragen. Want hij zou Ev en haar dochter afhalen en naar het vliegveld brengen, opdat kleine Anna ons – haar lieve vader en haar als lieve oom vermomde lieve vader – daar glimlachend en brabbelend kon onthalen. Het moest een verrassing voor Hub zijn, wel een mooie natuurlijk. Dat was de opzet. Een opzet die door diverse beslissingen in het water was gevallen, vooral na Hubs noodlottige beslissing om drie dagen eerder dan gepland in Riga aan te komen.

In de orkaan van calamiteiten was ik vergeten Grisjan telefonisch van de gewijzigde aankomsttijd op de hoogte te brengen. Niemand had hem daarom verteld dat zijn diensten niet meer nodig waren. Hij wist van niets.

Mijn oppasser belde dus per abuis maar geheel volgens bevel (een gruwelijke combinatie) op het afgesproken tijdstip aan bij de familie Solm, ging rechtop staan en trok zijn zeer schone uniform strak. Daarna bewonderde hij de fraaie mix van rode en lichte bakstenen waaruit de villa was opgetrokken. En terwijl een paar sneeuwvlokken zijn bewonderende blik binnendwarrelden, opende Ev de deur en toen zag hij een tot bloedens toe geslagen en met vier bibberige steken boven haar oog gehechte vrouw des huizes, wier gezicht hem in niets herinnerde aan wat hij eens had geschilderd. Hij werd binnengelaten in een huis met een geruïneerd interieur en hoorde alles wat hij nooit had mogen horen en al helemaal niet wilde horen over Ev en mij. Er werd hem onder andere meegedeeld dat hij, Grisjan, een intieme verhouding met mevrouw had gehad, wat hij, Grisjan, tegenover eenieder die hem ernaar zou vragen, altijd en onder alle omstandigheden diende te beamen, hoewel deze sensationele omstandigheid hem, Grisjan, volstrekt onbekend was.

Zoveel over Evs instructies, die gezien haar danig opgezwollen gezicht alleen gelispeld konden worden.

Grisjan heeft de aanwijzingen met grote ogen en met het grootste respect tot zich genomen en zich verder van elk oordeel onthouden. Hij zei niet veel en kon het begin van verbijstering achter zijn natuurlijke waardigheid verbergen.

Tegen mijn oorspronkelijk uitgevaardigde bevel in reed hij daarna zo snel mogelijk naar Pskov terug. Mevrouw had hem dat opgedragen, want ze wilde niet dat haar man, de Obersturmbannführer, en hij elkaar in een al te vroeg stadium in de ogen zouden zien.

Toen ik dat hoorde, besefte ik dat Ev nu een kroongetuige had gecreëerd. Grisjan kon ons naar believen chanteren. Hij kon vragen wat hij maar wilde. Maar hij kon ook grootmoedig zijn, loyaal, vergeetachtig. En als zijn hoofd ernaar stond, kon hij ook gewoon alleen zijn dromen verrijken, van zijn macht genieten en zich Ev spiernaakt voorstellen.

Wat hij ook zou willen doen, hij had ons in zijn macht.

Ik nam afscheid van Ev, het eerste afscheid in jaren waarbij ik haar niet aanraakte. Ik raapte nog, volslagen gestoord, in de hal twee boeken op en liet er achthonderd achter, zoals ik ook mijn dochter en Politov en Sjilova in Riga achterliet. Zoals ik heel Riga achter me liet. Alleen met Möllenhauer (verbijsterd) haastte ik (verdoofd) me in een transport met geneeskundige troepen naar Pskov, de twee miljoen op ons toestormende Russische soldaten tegemoet. De officierswagen waarover ik mocht beschikken, bleef achter in de prefectuur. Ik zat er niet op te wachten om mijn broer daar tegen het lijf te lopen.

Toen we midden in een sneeuwstorm, bibberend om vele redenen en vele uren te laat, bij het Zeppelin-commando in Pskov arriveerden, heerste er onrust. Veelvraat Girgensohn kwam met zwaaiende armen op ons afgelopen en riep drie keer achterelkaar: 'Onze goede Lasjkov!' Toen keek hij me met zijn gehypnotiseerde rode konijnenogen aan en rilde zwijgend. Ik deed er een halfuur over voordat ik van mijn voor gourmandkwesties zeer competente, maar daarbuiten overvraagde plaatsvervanger te horen kreeg dat een eenvoudige paardenslee met vier in schapenvachten gehulde en met machinepistolen en handgranaten gewapende mannen op de avond na mijn vertrek was voorgereden bij majoor Lasjkovs privéverblijf, een kleine hoeve niet ver van het rivierkamp. De schapenvachtmannen hadden zachtjes op de deur geklopt, geduldig gewacht tot er werd opengedaan, de hospita gekneveld en geboeid en naast de kachel geplant, vanwaar ze alles goed kon observeren, waarna ze ten slotte onze goede Lasjkov hadden verzocht zich warm aan te kleden. Daarna was hij op de paardenslee gezet en als een gevangengenomen kerstman met wapperende baard weggevoerd, onder de ogen van de Zeppelin-wachtpost driehonderd meter verderop.

Na deze beschrijving leidde Veelvraat me naar een loden kuip in de voorraadschuur. Hij trok een deken weg die de kuip bedekte en ik besefte in het licht van de flakkerende petroleumlampen op slag dat mijn Jan Vermeer-heldengalerie geopend was. Veelvraat tikte met een rijzweep tegen het blok ijs dat ze een paar dagen eerder uit de bijna tot op de bodem bevroren Velikaja hadden gehakt. Aan het naakte, kromgebogen, paars glanzende en door een vijf tot tien centimeter dikke ijslaag omhulde lijk ontbrak de linkervoet. Ze hadden het vel van zijn hoofd gestroopt, tot over zijn nek. Maar wat me nog het meest versteld deed staan, was Lasjkovs baardloze kin, die eveneens gescalpeerd was. De gouden lorgnon hadden ze in zijn rechteroogkas geperst, zo diep in zijn hersenen dat het pootje helemaal verdwenen was en alleen nog de twee oogglazen naar buiten staken, zoals op een schilderij van Georges Braque.

Ik liet de kuip tot de rand toe vullen met benzine, waarna het expressionistische kunstwerk werd aangestoken, de enige vorm van uitluiden die met een bevroren bodem mogelijk is. Terwijl we saluerend in de vlammen keken, sprak Veelvraat zijn angst uit dat Lasjkov, die knetterend uiteenviel, de echte namen van onze Russische agenten misschien had verklapt. Niemand wiens vel bij volledig bewustzijn van zijn hoofd wordt getrokken en wiens voet wordt geamputeerd, zou je zoiets kunnen verwijten, gaf de begripvolle Möllenhauer in overweging. Maar de schuilnamen van de door Stalin wegens hoogverraad vervolgde activisten waren wel de levensverzekering van hun families.

We moesten, om onrust te voorkomen, onmiddellijk de spionnenschool, het rivierkamp en Hallahalnija opgeven. Tegelijk naderde het front; Möllenhauer meldde dat het artillerievuur van de Sovjets als een monstrueuze maaidorser de Duitse divisies wegvaagde en platwalste.

Ik gaf het bevel voor een spoedontruiming met verplaatsing terug naar Riga, die niet werd verstoord door een nachtelijk bombardement van de Sovjetluchtmacht. Aan de overkant van de rivier was een munitiedepot geraakt, dat twee dagen brandde.

Al die chaos vermengde zich met mijn innerlijke onrust. Want ik kon Grisjan niet vinden. Hij was niet in Pskov en evenmin in Hallahalnija, waar ik mijn bezittingen bij elkaar raapte. Pas in het rivierkamp stuitte ik op beroepsdwerg Teich, die dadelijk het bevel zou geven om het personeelsarchief in vuurbestendige metalen kisten op een Magirus Deutz te laden. Terwijl naast ons alles wat niet spijkervast zat – stromatrassen, dekens, prikkeldraad, schoolbanken en zelfs twee jonge hondjes – voor vervoer op een grote hoop werd gegooid, hoorde ik van hem dat Grisjan op speciaal bevel van Obersturmbannführer Solm vlak na zijn aankomst met al het materiaal terug naar Riga was gereed. Inclusief zijn – dus mijn – Opel Olympia. Goedmoedig, maar met een vilein ondertoontje voegde de dwerg eraan toe dat ik bij gebrek aan eigen gemotoriseerd vervoer met alle plezier in zijn dienstwagen mee mocht vluchten. Maar tot verbijstering van hemzelf was dat helemaal niet nodig. Ik deelde hem mee dat zijn chauffeur en voertuig met onmiddellijke ingang ten behoeve van mij als commandant waren geconfisqueerd en dat hij bij zijn vuurbestendige metalen kisten op de laadbak van de vrachtwagen mocht plaatsnemen, want daar hoorde hij en nergens anders.

Toen ik Hub via de open telefoonlijn belde, bespraken we alleen dienstzaken. Grisjans verblijfplaats noch mijn bezoek aan Ev, laat staan zijn rampzalige gedrag bij deze of gene gelegenheid, kwam aan de orde.

Hij legde met een metalige stem uit dat er op het moment in Riga geen geschikt garnizoensterrein voor mijn eenheid kon worden gevonden. We moesten met alle paarden, onze koeien en zelfs de Hallahalnija-varkens naar de dierentuin van Riga verhuizen. Meer kon er voor ons niet worden gedaan. En daarmee basta.

De route van onze legertros voerde de nacht erop over de met sneeuw bedekte heerweg, die lag te glanzen onder een vijandige vollemaan en er vanuit de lucht als een aanlokkelijke smalle melkwitte rivier moet hebben uitgezien, met kleine en nog kleinere zwarte punten erop die als aan elkaar gebonden vlotten hulpeloos naar de Oostzee dreven; dat waren wij: vrachtwagens, limousines, een tank, paarden. Na de logische aanval van een laagvliegend Sovjetvliegtuig dat uitgerekend onze veewagen met de geliefde varkens in brand schoot (nog dagenlang rook de chauffeur, die zijn hachje had weten te redden, naar gebakken hamspek), bereikten we het veilige Letland en ten slotte ook mijn zo te zien in diepe vrede sluimerende geboortestad.

Onze tweehonderd Russen sloegen hun kamp zoals bevolen op in de stedelijke dierentuin. Die lag idyllisch in de villawijk Kaiserwald, niet ver van het gelijknamige concentratiekamp, zodat de mensen die er werkten 's morgens en 's avonds op een aangename voetmars tussen arbeidsplaats en de gevorderde Joodse villa's konden pendelen en 's middags via een zoölogisch geitenpaadje ontspanning konden inademen, vermoedelijk de voornaamste reden dat de bezettingsautoriteiten het park ondanks de oorlog openhielden. Kampcommandant Sauer, die in het weekend werd gewekt door de olifantenkoe Siam en haar vrolijke getrompetter (zijn onderkomen lag recht tegenover de hoofdingang), had uit dierenliefde complete dagrantsoenen van de gevangenen aan het hongerige wild gevoerd, aan de ijsberen vooral de weinige vetvoorraden, opdat hun doffe vacht weer wat glans kreeg. Zo troffen wij dus een verrassend weldoorvoede menagerie aan.

De hokken boden onderdak aan talloze exotische soorten waarmee we ons moesten zien te verhouden. De meeste soldaten wilden begrijpelijkerwijs in het meer dan plezierig verwarmde terrarium slapen. De dikke mississippialligator, die de Letten 'honingsnuitje' hadden gedoopt, had de vochtige hitte van de tropen nodig, net als alle anaconda's, boa's, leguanen en gekko's, die zorgden voor een goed humeur en niet zo luidruchtig waren als de chimpansees, die je soms ook nog met stront bekogelden. Een heel regiment Russen kampeerde in het olifantenhuis. Sommige mannen gingen zelfs zo dicht mogelijk bij de kooien van de roofdieren liggen om van de lichaamswarmte van de tijgers te profiteren. De vele paarden van ons commando kwamen bij de damherten op een groot open stuk. Het waren kleine ruwharige dieren die goed tegen de ijzige januarikoude konden.

De acht koeien die we in Hallahalnija met bijeengebonden poten op de laadbakken van onze vrachtwagens hadden geduwd, overleefden het transport niet ongeschonden. Want natuurlijk waren er onderweg ondanks het verbod een paar Russen op de loeiende koeien gaan zitten omdat ze geen zin hadden om uren achtereen te staan. Een van de runderen bezweek onder het gewicht van een vijftal schommelende Krim-Tataren. Maar zo hadden we wel een hele week lang schnitzels en biefstukken, waardoor de sfeer in de troep ondanks de demoraliserende terugtocht weer een beetje verbeterde.

Hub zag ik pas twee dagen later. Hij liet me uit de vergaderruimte halen die we in de volière hadden ingericht. Die was bespikkeld met blauwe en rode papegaaien, later konden er een paar 'Heil' en 'Hitler' zeggen, eentje zelfs 'Hitler kapot' (wat voor de gezagsdragers aanleiding was voor onderzoek binnen de basiseenheid en voor de papegaai de kookpot betekende). Als ik er nu langs liep, keken ze me alleen maar aan, hun snavels als geweren gepresenteerd, zwijgzaam als vissen.

Hij wachtte voor de deur, gehuld in de walm van sigaretten. Het was nog vroeg. We begroetten elkaar niet. Zonder een woord te zeggen draaide hij zich om, sloeg de revers van zijn jas om en zette de pas erin, zodat ik hem wel moest volgen. We doorkruisten zwijgend de winterse zoo, liepen rond de dichtgevroren zwanenvijver, beklommen een beboste heuvel, en ik merkte dat Hub op het geïsoleerd liggende wolvenhuis afkoerste. Hier zaten geen soldaten ingekwartierd, want het wolvenhuis was niets anders dan een grote, raamloze blokhut waarin de roedel zich kon terugtrekken als het koud of te winderig werd in het buitenverblijf.

Voor het complex stond mijn dienstlimousine. De node gemiste Opel Olympia. Met daarin Grisjan, in welke hoedanigheid dan ook, dacht ik. Maar toen we dichterbij kwamen, waren de enigen die eruit sprongen twee ss'ers die salueerden. Hub knikte hun toe, schoot zijn peuk weg in de sneeuw en zei dat hij alleen met mij naar binnen ging. De mannen moesten voor de deur wachten. Ze hadden liever in de auto gewacht. Dat zag je.

Het lichte beven van mijn handen was voor mij een teken dat ik de gebeurtenissen om me heen goed in me opnam en ook op hun waarde wist te schatten.

Een van de mannen morrelde aan het hek van het buitenverblijf, opende het en liet Hub passeren, die met een paar passen bij het wolvenhuis was. Hij stootte de toegangsdeur open, draaide zich half naar mij om, met een koel uitnodigend gebaar, en ik ging als eerste naar binnen.

De duisternis die ons omringde en de penetrante geur van wolvenurine benamen me de adem. Hub draaide aan een schakelaar. Boven ons floepte een kale gloeilamp aan. Op de lemen vloer tegenover ons zat Grisjan, weggedrukt in een hoek. Hij was gekneveld. Zijn voeten hadden ze met een riem vastgesnoerd, zijn handen voor zijn buik geboeid. Aan zijn wijs- en middelvingers ontbraken de nagels.

'Nu zit de vogel in het net,' bromde Hub.

'Wat moet dit?'

'De vogel die ons heeft uitgelachen.'

Op hetzelfde moment wist ik dat de folteringen nergens toe hadden geleid.

Wat Grisjan over mij wist, school nog altijd onaangeraakt achter zijn opgezwollen linkeroog, zoals het door de Meester van de Marteling van de heilige Erasmus op lindenhout geschilderde oog, waarmee hij mij nauwelijks kon zien. Zijn rechteroog was niets dan brij en korst.

'Hij heeft ons uitgelachen,' zei Hub. 'Toen jij je over Ev hebt ontfermd, heeft hij zitten lachen. Elke keer dat jij weer vertrok, was hij bij haar en lachte zich een bult.'

'Maak hem los,' zei ik murw.

'Zegt iemand tegen zijn getrouwde vriend: "Moet je horen, ze zeggen dat je vrouw zo goed in bed is!?" "Ach ja," antwoordt die, "de een zegt dit, de ander dat."'

Zijn lachen klonk bitter en kwam diep uit zijn keel, het was geen lachen.

'Dat ben jij niet, Hub. Je hebt jezelf totaal niet meer in de hand.'

'De vogel heeft alles bekend.'

Ik liet Hub weten wat ik ervan vond dat hij mijn schild, mijn wapen, mijn trouwe schildknaap folterde en onze ontrouwe zus in elkaar sloeg. Hij excuseerde zich, zei dat hij zich vreselijk schaamde om wat hij Ev had aangedaan. Daarna zette hij drie stappen in Grisjans richting en trapte hem met de hak van zijn laars in zijn gezicht. Mijn chauffeur spuwde een tand uit, werkte zijn bovenlichaam terug in verticale positie en straalde waardigheid uit. Zelfs toen hij voor mij in Hallahalnija de verraders in de paardenstal de keel had dichtgeknepen, hen verwurgd of met een zeemleer verstikt had, zal hij dat hebben gedaan met het fatsoen en de waardigheid die een beul idealiter kan hebben.

Ik zei tegen mijn broer dat het nu wel genoeg was geweest. Hij had zijn lol gehad. Ik zou me over Grisjan ontfermen.

'Nee, Koja, wacht op het net.'

'Je wilde ooit dominee worden, Hub. Laten we hier ophouden.'

Maar Hub toonde alleen een grijns, een grijns die ik niet kende, en hij liep naar de andere kant van de blokhut. Hij schoof de grendel weg en duwde de zware, knarsende houten deur langzaam open, zodat we de sneeuw zagen die het terrein bedekte, de bruin belopen wolfspaden en ook de wolven zelf, die als blauwgrijs uitgehouwen granieten beelden in de omheinde wereld stonden die ze niet helemaal begrepen – dat was het enige wat je van hun roerloos starende blikken kon aflezen. Hub liep naar een tafeltje, pakte een geëmailleerde schaal die me tot dan toe niet was opgevallen, hurkte daarmee voor Grisjan neer en declameerde zacht: "'Nu zit de vogel in het net, hij fladdert maar en is aan zet.'"

'Wat is dat?' vroeg ik.

"'Een zwarte kater nadert snel, de klauwen scherp, de ogen fel. De boom in en dan almaar omhoog...'"

Hij pauzeerde een ogenblik, strekte zijn rechterarm en hield de schaal in de lucht, alsof hij de inhoud ervan over zijn hoofd wilde gieten.

"'... houdt hij de arme vogel in 't oog.'"

Ik zag dat de vingers van zijn linkerhand in de schaal grepen en er het bloedige lendenstuk van een Hallahalnija-koe uit trokken.

'Niet doen,' perste ik tussen mijn tanden door.

"'De vogel denkt: dat was het dus en omdat de kat me wel lust, kan het me nou echt niet meer deren en ga ik maar wat kwinkeleren.'"

Hij liet de lende in Grisjans schoot vallen.

"'Fluit ik een deuntje in majeur.'"

'Kom weer bij zinnen. Dit is ziek.'

"'Die vogel is 'n vrolijk sinjeur,'" fluisterde Hub. Toen kwam hij overeind en zette de schaal zachtjes in de hoek om de wolven niet te laten schrikken.

Grisjan boog zich opzij en tekende met een van zijn gewonde vingers een gezicht in het stof, een cirkel met een streep als neus, een boog die aan de bovenzijde open was als glimlachende mond en ten slotte twee kleine komma's die de gesloten ogen voorstelden. Het gezicht van iemand die sliep, die droomde, de droom van een leven of een dood.

'Kom je?' vroeg Hub, die de deurgreep al in zijn hand had, want de eerste wolf dook al ineen en zette een sluipende, loerende stap dichterbij. Ik kom, zei ik, en haalde pas op het laatste moment uit, precies zoals ze het mij hadden geleerd. Hub gleed met een uitdrukking van grenzeloze verbazing langs de deur naar beneden, bij mijn tweede klap brak er iets, ik denk zijn neus, en hij begon zich te verdedigen. Toen sloegen we op elkaar in.

Op een gegeven moment zag ik dat de ss'ers boven ons stonden. Daarna keek een wolf ons van heel dichtbij aan. Hub snauwde iedereen toe dat ze moesten opsodemieteren, wat de ss'ers gehoorzaam deden, de wolf echter als eerste, maar niet nadat hij de lende van Grisjans lichaam had weggegrist. Op het laatst zat mijn broer boven op me en sloeg me aan één stuk door in mijn gezicht, met de vlakke hand, en ik kon niet meer, en ik wilde dat hij dood was. En toen schreeuwde ik hem toe dat ik van Ev hield en het allemaal mijn schuld was en dat ik hem van zijn eer had beroofd, maar toch nooit, nóóit Grisjan, die uitsluitend uit eer bestond. Alles gooide ik eruit, en Hub liet me los, als iemand die verzadigd was van pijn. Alleen over Meyer en Murmelstein hield ik mijn mond, en natuurlijk over mijn dochter Anna, mijn witte stipje licht aan het eind van de grot die dit leven was.

En toen viel ik stil, en alle wolven waren inmiddels hun burcht binnengegaan en stonden als een gebiologeerd publiek om ons heen, stil en gereserveerd ook zij, en één likte bloed van de grond dat van Grisjan of van mij, maar misschien ook wel van Hub afkomstig kon zijn.

Hub knikte afwezig.

'Zo zit het dus,' zei hij mild, en ik zag geen spoortje waanzin meer in zijn blik.

Daarna knoopte mijn broer zijn holster open, trok zijn Walther PPK en schoot een kogel door Grisjans hoofd, zodat het lichaam eerst naar achteren tegen de houten wand werd gekatapulteerd, toen vooroverzakte en in het stof viel, en het hoofd belandde precies in het midden van het dromende gezicht.

16

Mama kwam in april aan op het station. Ik had haar al bijna twee jaar niet meer gezien. Ze leek meer dan ooit op een havik, transformeerde ook uiterlijk steeds meer in papa, kreeg de kierende lippen die eigenlijk bij hem hoorden en ook de manier waarop hij gaapte. Met het huilen was ze weer opgehouden, ze zag dat als een slechte gewoonte, en door zoveel uiterlijke reminiscenties aan papa over te nemen (ze had ook exact dezelfde twee levervlekken naast haar linkerjukbeen, alleen omdat ze het wilde, denk ik) had ze misschien ook het gevoel dat ze hem weer bij zich had. Eigenlijk was ze zelf nooit op het idee gekomen om Posen te verlaten, want de dagelijkse gang naar zijn graf had haar telkens nieuwe moed gegeven. Elke keer kon ze ten minste een halfuur met hem keuvelen, als het even kon in het Frans, zoals vroeger aan het tsarenhof, maar het liefst in het Russisch, want dat miste ze. Op de Letten was ze daarentegen absoluut niet gesteld, en dat was altijd zo geweest. Voor mama waren het *Kuschen* en *Kollen*, plebejers en boeren, en dat was een reden te meer om niet naar Riga terug te gaan.

Hub had haar erom gevraagd. Telepathisch. Telefonisch. En in brieven die eerst met 'Hubsi' en later zelfs met 'Hubsilein' werden ondertekend. Mama werd gebruikt. Ev was immers weer aan het werk, ditmaal in het hospitaal van de Wehrmacht. Aan de ene kant moest er dus iemand op Anna passen. Aan de andere kant moest er iemand op Ev passen.

Elk contact tussen mijn broer en zus en mij was verdwenen. Hubsilein zei alleen nog u tegen me. Bij formele besprekingen gaf hij iedereen een hand, mij ook. Maar hij schudde hem niet. Hij stak me een slappe zeehondenvin toe, alsof hij me wilde uitnodigen om die fijn te knijpen, zoals ik alles van hem al had fijngeknepen. Ik wende eraan om ook in mijn hand geen spiertje te vertrekken, zodat we elkaar begroetten als twee waterlijken die de hoge zeegang naar elkaar toe klotst. Telkens waste ik daarna het lijkengif van mijn vingers.

Het enige wat de mensen tijdens mijn dienst van de ontwrichting merkten, was mijn dwangmatige handen wassen of die merkwaardige indulgentie van Hub jegens mij, een toegeeflijke correctheid waaronder geen spanning zat, zoals er ook in zijn hand geen spanning zat.

Veelvraat Girgensohn, beroepsdwerg Teich en lamzak Handrack stelden hun loyaliteitsantennes opnieuw in omdat de verhalen over onze knokpartij in het wolvenhuis de ronde hadden gedaan. Natuurlijk was het ook merkwaardig dat twee broers elkaar uitsluitend met u aanspraken. Hub liet zich overigens door iedereen met u aanspreken. U weet zelf wel, beste swami, wat er hier gebeurde toen u mijn broer tutoyeerde. Hij stond ginds bij de deur en noemde u 'mietje', misschien dat u het vergeten bent.

Möllenhauer was de enige die vierkant achter me stond, ook omdat ik zijn saturnaliën met cafébedienden en lenige schandknapen, die hem de kop konden kosten, door de vingers zag. De anderen toonden me allemaal hun vriendelijke gezicht, maar verborgen zich voor het overige zo goed mogelijk in de smalle spleten tussen de muren, hagedissen in optima forma.

Mama merkte natuurlijk snel dat er iets wezenlijks niet klopte. Geen rode herfstcalville, geen lekkere appeltaart, geen spelletjesavond kon dat verhullen. Met grondeloze mismoedigheid moest ze accepteren dat Ev en Hub, en Hub en ik, en Ev en ik voor elkaar de donkere wolken waren die ze juist bij ons wilde verjagen. Ze dreigde zelfs om Riga weer te verlaten en terug te keren naar Posen en papa, die nooit ruzie met haar maakte en ook nooit met iemand anders. (Ze was zeer content dat Jeremias von Ottenklonk en Peter Johansson links en rechts van hem lagen, geen damesgraven godzijdank, en allebei de heren zeer beschaafd en plezierig in de omgang.) Vandaar dat Hub haar de mooiste kamer in zijn villa gaf, namelijk zijn voormalige slaapkamer, nu compleet vernieuwd: het ontwijde bed in stukken gehakt, de verbijsterde wanden overgeschilderd en de hele boel volgehangen met papa's schilderijen en schetsen, en wel de patriottistische (ridders van de Duitse Orde die op hun moren over het ijs van het Peipusmeer galopperen, zoiets).

Maar omdat mama nog steeds werd gekweld door papagemis, introduceerde mijn broer vanaf het late voorjaar spookachtige familiezondagen, waarop we zo nu en dan met z'n allen in Jugla bij elkaar kwamen, nog steeds en sinds onheuglijke tijden in onze oude, door papa zo innig geliefde datsja, die Hub had gehuurd, misschien ook omdat die géén ruimte had waar Ev en ik ooit geslachtsverkeer hadden gehad. In Jugla kon Hub natuurlijk geen u tegen me zeggen. Maar hij zorgde ervoor dat hij me nooit rechtstreeks aansprak. Aan tafel viel dat verder niet op, daar kon hij gewoon zeggen: 'Zou ik het zout kunnen krijgen?' Lastiger werd het als mama skaat met ons drieën speelde. Hij loste dat dan op Frederik de Grote-wijze op: 'Hij gelieve nu uit te komen!'

Het viel op hoe voorkomend en teder hij met Ev omging, wat je al zag omdat hij in haar aanwezigheid nooit een uniform droeg. En ook zij probeerde in haar houding tegenover hem een intimiteit te bereiken die me oprecht leek, haar wel inspanning kostte, maar die ook iets armoedigs had. Ze waren allebei aandoenlijk lief tegen kleine Anna, en toen ze een keer door een mannetjesgans werd gebeten, was Hub als eerste bij haar om over de pijnlijke plek te blazen.

Ik deed er alles aan om geen enkel signaal naar Ev uit te zenden, zelfs geen bezorgdheid. Anna probeerde ik te zien als kind van mijn broer, en ik maakte mezelf wijs dat Ev tegen mij had gelogen. Hoewel ik zeker wist dat het niet zo was, praatte ik het mezelf toch aan. Niets is betrouwbaarder dan twijfel. Alles wat ik ooit voor haar had gevoeld, probeerde ik in het aanschijn van het noodlot dat ons allen belastte in een diepe kuil te begraven, zoals de Romeinen hun schatten begroeven toen de Germanen in aantocht waren.

Op een dag in het begin van juni nam ik Maja mee, alleen al om mama een plezier te doen.

Maja had wekenlang proberen te voldoen aan mijn wens om respectvolle distantie in acht te nemen, maar dat voornemen viel in duigen op de avond dat ze voor het gebruikelijke rapport voor mijn villa in Kaiserwald stond, vijf minuten bleef bellen, nog eens vijf minuten op de dichte deur bonkte en ten slotte door het open keuken-raam het huis binnendrong, waarbij ze mij echter niet achter mijn bureau maar op de vloer van de woonkamer aantrof, liggend in een plas urine die ten minste drie promille alcohol bevatte, net als mijn bloed. De volgende dag ontwaakte ik gewassen en met zalf inge-smeerd in mijn bed. Maja lag naast me, we praatten en huilden, tot ze twee uur later voorzichtig op me ging zitten, langzaam omlaag-gleed, met een hand naar mijn lid greep en het precies naar de plek bracht die vier jaar eerder al precies goed was geweest.

O, mama was werkelijk heel blij om mijn 'kleine vriendin' te leren kennen, zoals zij haar noemde. Van Russische conversatie kikkerde ze altijd op. Ze sloot Maja onmiddellijk in haar hart, ook vanwege de gedichten van Toergenjev. Maja kende er zoveel.

Het was vreemd om met haar in Jugla te zijn. Want ik zat onder de taxus ginds aan de smalle tafel en zag in de uitbottende takken de schaduw die eens op Mary-Lou was gevallen. En nu viel hij op Maja. De tuin was nog vol van Mary-Lou's oude zomer. Ik zou me er niet over hebben verbaasd als er monopolydollars uit de lucht waren ko-men vallen en papa, vastgebonden aan de appelboom, ze had probe-ren te vangen, en daartussen de woedende kreten van mijn broer en zus. Alle zomers lijken op elkaar. Je mist de verlorenen en de doden niet als het warm is. Maar zelf wil je niet sterven.

Maja droeg ondanks het zonnige weer en ook later als het heet was een hooggesloten jurk met lange mouwen die tot over haar polsen kwamen. Een sjaal verborg de littekens in haar hals. Alleen haar ka-potgesneden gezicht, haar clownsgrimas, lag zonder vizier bloot en wenste dat mijn gezicht of mijn hand of iets van mij een strelend gebaar tussen mijn familie en haar pijn zou mogen maken. Ik kon het niet opbrengen ten overstaan van mijn moeder, die zichzelf een goede apotheek vond, alleen omdat ze tegen Maja veel over innerlij-ke schoonheid sprak.

Maar ik hield van de littekens, van elk litteken op zich. Ik had de hele dag naar ze kunnen kijken, naar die afdrukken van menselijke gemeenheid en laagheid die mijn lief had overleefd, zoals mijn lief mij had overleefd, want dat effect had ze in deze tuin waarin herin-neringen ontloken, als een overlevende die zich hult in de stoffen van degenen die verder leven, om niet te worden herkend – en dan was ze ook nog eens zo mooi. De innerlijke toevoegingen aan de schoonheid, zoals mama ze verheerlijkte, nam je pas waar als je met Maja alleen was. Anders dan Ev had ze niet veel wat je op een bal in de opera of in een literaire salon en ja, misschien ook in deze hoogmoedige tuin zou hebben gevonden. Maar wanneer ik 's avonds naast haar lag en de rivierdelta bestudeerde die ze met een zweep in haar witte rug hadden geslagen, de lijnen op haar wangen, waarop geen fijne haartjes groeiden die ik kon aflikken, dan was ze mijn Queequeg, mijn harpoenier en kannibaal uit *Moby-Dick*, wiens wangen menigeen ook angst hadden ingeboezemd. En ik werd haar Ishmael, een naam die welhaast bezwerend voor haar was, nadat ik haar het boek had voorgelezen, want Ishmael was de enige overlevende van de Pequod geweest, en ze bad elke avond dat ik voor haar de enige overlevende mocht zijn, want dan waren we met ons tweeen.

Maja was in Riga uitgegroeid tot mijn belangrijkste medewerker.

Zonder dat ik dat destijds allemaal even duidelijk kon zien, verving ze Grisjan en sloeg ze voor mij, net als vroeger, de brug met de Russische activisten, met hun kosmologie in elk geval (metafysisch gezien), want het is belangrijk dat Russen een meerdere als een mens beschouwen.

Over de verdwijning van Grisjan zei niemand een woord. Dit zwijgen gebeurde op een manier die duidelijk maakte dat het was opgemerkt en angst verspreidde. Maar het werd geaccepteerd als de lawine waarop je in de bergen altijd bedacht moet zijn. Zelfs Möllenhauer deed alsof er nooit een voorganger van mijn nieuwe chauffeur was geweest, die helemaal geen nieuwe chauffeur was, maar een oude, namelijk de drinker. Maar ook de drinker gedroeg zich alsof we nog altijd in Bessarabië waren. Een mensenleven telde niet echt, en het mensenleven van een Rus was een Russenleven, dus helemaal niets.

Maja wist dat. Misschien dat ze daarom in haar werk zo ambitieus en ongelooflijk afstandelijk was, ja, zelfs terughoudend; ze straalde altijd een zekere hardheid en ongenaakbaarheid uit, een harpoenier derhalve.

Maar in Jugla, in voor haar zo onbekende wateren, was zij het die werd geharpoeneerd, een gewonde walvis. Hub gedroeg zich op een vijandige manier correct tegenover haar, met nauwverholen min-achting. Net zomin als Mary-Lou was zij in raciaal opzicht het neus-je van de zalm, evenals Ev trouwens, en kleine Anna al helemaal, die zelfs niet eens Hubs arische dochter was, maar de arische dochter van zijn zus, die niet eens zijn arische zus was.

Maar van dat alles had mijn broer geen flauw idee.

Het merkwaardige aan dit paranoïde leven bij de geheime dienst is dat het surplus aan kennis over gezag die je voor hebt op anderen, dus de macht die je denkt te voelen, iemand de kou in drijft. Ik wilde destijds voor altijd die aangename koude rillingen blijven voelen, althans tegenover Hub. Ik zou hebben gewild dat hij nooit de hele waarheid te weten was gekomen, waardoor veel mensen in leven zouden zijn gebleven.

Nadat ons commando enkele weken later uit de zoölogische tuin was afgemarcheerd (niet zonder een van de prachtige tapirs mee te nemen, een verrukking), werd onze eenheid naar het strand van Riga verplaatst. Hier bouwden we in twee voormalige kuurhotels de spionnenschool weer op en transformeerden een jugendstilvilla tot ons hoofdkwartier. En om de twee dagen vroeg Hub bij het begin van de stafbespreking, nadat hij zijn dode vin in de mijne had ge-schoven en de rapporten van zijn ondergeschikten met een omineus zwijgen had aangehoord, waarom Jozef Stalin nog altijd niet dood was.

Zijn boosheid was op mij gericht.

In werkelijkheid echter had ik hard gewerkt en dreef onder hoge druk het Uur U tegemoet. Niets leidde me op den duur beter af van Grisjans verbrijzelde schedel (en de duistere dromen die hij aan mij had nagelaten en die ik nu verder droomde, leek me) dan de pure en inspirerende voorbereiding op een moordaanslag. Ik maakte me een voorstelling van de perfecte, ja, best denkbare beeldende compositie van deze aanslag, ideeën ontvlamden in mij als kleurige kerkramen, en uit een stroom van kleuren en explosies vormde zich in mijn hoofd een Sixtijnse Kapel van terreur, zoals Michelangelo die wel-licht had gezien voor hij naar het penseel greep. Mij stond niet alleen overgave, maar ook de door Himmler persoonlijk goedgekeurde som van vier miljoen rijksmark ter beschikking, een vermogen waarmee je een halve pantserbrigade op de been kon krijgen. Maar creativiteit heeft natuurlijk niets met geld te maken. Creativiteit is in de eerste plaats het plezier in associëren, de verandering van perspectief, het overschrijden van grenzen, oftewel: ze heeft te maken met de plasticiteit van het brein. En mijn brein (toen nog niet dwarsgezeten door een patroonkogel, maar dat weet u natuurlijk) strekte zich verbazingwekkend ver uit om de optimale legende voor onze verlosser, superactivist Pjotr Politov, te scheppen. Want zijn legende was de creatieve kern van onze totale opdracht, een kern die ik en ik alleen kon scheppen, zoals Dalí uit krankzinnige dromen het surrealisme schiep.

Ten slotte koos ik voor iets groots. Na alle opties te hebben overwogen leek het me het best om Politov in een goudomrande kolonel van de artillerie te veranderen. Een held van de Sovjet-Unie moest hij zijn, een kameraad, verscheidene keren en vooral heroïsch gewond, ondergebracht bij een legerkorps aan het front en belast met het organiseren van trucks en kanonnen. Deze missie gaf hem de mogelijkheid om de Sovjet-Unie te doorkruisen, officiersverblijven voor doorreizende officieren te gebruiken en – zolang hij niet onmiddellijk in gevaar kwam – in Moskou te bivakkeren zonder dat hij meer dan de gebruikelijke verdenking op zich zou laden. In de hoofdstad van de Sovjet-Unie, die Politov en zijn Sjilova na een geheime dropping ongehinderd per motor moesten bereiken (onder dekking van de nacht; ik had alles al tot in detail op het linnen vastgelegd, een Canaletto van de samenzwering), moesten ze het verblijf van ons Commando Jozef opzoeken. Politov diende vervolgens van daaruit, ondersteund door de activisten Kant en Klaar, de weken erop de situatie te verkennen en in kaart te brengen op welke tijdstippen Stalin zich in het openbaar vertoonde en op welke wijze men zo dicht mogelijk bij de vitale organen van de dictator kon komen.

Oké, tot zover mijn roze periode.

Om van zijn kant creatief op de situatie in te kunnen spelen, werd Politov door veelvraat Girgensohn uitgerust met allerhande hulpmiddelen. Hij kreeg projectielen met gif, een machinepistool, een legerpistool, twee handgranaten, een kleefmijn met ontsteking op afstand en de in Berlijn gepresenteerde pantserkraker om Stalins gepantserde dienstlimousine te doorboren, de limousine waarmee hij elke ochtend naar het Kremlin reed, zoals de jozefisten ons hadden gemeld.

Het schilderij had vrolijke kleuren, maar kon de loop van de kunstgeschiedenis alleen beïnvloeden als de realiteit de fantasie kon inhalen. De achilleshiel was de lange, mogelijk meerdaagse periode tussen de dropping van de agenten in het achterland en het bereiken van de schuilplaats in Moskou.

Om het risico zo klein mogelijk te houden moesten al mijn ateliervrienden uiterst zorgvuldig te werk gaan.

Het was Möllenhauers taak om de hand te leggen op alle uniformdelen, ordetekens, wapens en transportmiddelen voor de spion der spionnen, vooral ook op contanten voor een verblijf dat weleens een paar jaar zou kunnen duren: een miljoen en tweehonderdduizend roebel (in biljetten van vijf en tien *tsjervonets*), vijftienduizend roebel in een spaarbankboekje getekend, duizend dollar en vijfhonderd Engelse pond.

Kapitein Palbytsins specialiteit was de vervaardiging in onze werkplaats van duizend authentieke documenten en stempels, waarvan de kwaliteit indrukwekkend was. Onder Palbytsins meesterhand (een heuse Leonardo van het individuele paspoortwezen) ontstonden Politovs zakboekje, zijn marsbevel naar Moskou, dertig blanco marsbevelen, voedselbonnen, verlofpassen, zijn partijboekje, een NKVD-SMERSJ-legitimatie, drie ontslagbewijzen uit het lazaret (ingevuld), diverse attesten over verwondingen, alsook honderdacht rubberstempels van alle in aanmerking komende troepenonderdelen, lazaretten en instanties.

Kapitein Palbytsin leerde Politov bovendien uiteenlopende handschriften, zodat hij grafologisch gezien in vijf verschillende Politovs veranderde en bovendien de specifieke kenmerken van de omgang met instanties en vooral alle bureaucratische details van het maken van persoonsbewijzen bijgebracht kreeg.

Kapitein Pavel Delle, ten slotte, onze betrouwbare verkrachter, onderwees Politov in alle soorten wapens, en ook in man-tegen-mangevechten en in het gebruik van de ingewikkelde pantserkraker, die, ja, zo kun je dat zeggen, in mijn hoogsteigen voorstelling als de meest realistische optie voor de transformatie van Jozef Stalin gold.

Aangezien Politovs legende, de door mijzelf verzonnen legende dus, op basis van het eenmaal gekozen kleurenpalet inhield dat hij een zwaargewonde oorlogsheld was, ging mijn wens ook in dit opzicht uit naar imitatio, of beter gezegd: mimicry.

Ik zocht Politov daarom op, met wie ik vanaf de dag dat ik getuige bij zijn huwelijk was geweest een uitstekende relatie had opgebouwd, en legde het principe aan hem uit. Zoals weerloze zweefvliegen de Europese honingbij zeer overtuigend nabootsen (begon ik), in vlieggedrag, gezoem en afschrikwekkend uiterlijk (vulde ik aan), en zodoende voorkomen dat ze door vogels worden opgegeten (voegde ik er vanwege de overzichtelijkheid aan toe), zo diende ook hij, de brave activist Politov, gelet op de absoluut noodzakelijke oorlogswond van zijn alter ego, een bijzonder goed gecamoufleerd insect te worden. Politov knikte ernstig en mannelijk, maar begreep geen snars van wat ik nou wilde. Ik zeg het soms wat ingewikkeld, beste swami. Mensen die een hekel aan me hebben, noemen het hoogdravend. Daarom probeerde ik het tegenover Politov met een ander soort duidelijkheid. Ik vertelde dat onze Führer en rijkskanselier besloten had om hem, de Russische redder die Europa tegen het bolsjewistische wereldgevaar zou beschermen, als lamme kreupele achter het front te sturen.

'Zèr koet!' zei Politov gehoorzaam.

En om deze camouflage zo overtuigend mogelijk te laten zijn, ging ik verder, zouden de beste chirurgen van het militair hospitaal in Riga hem onder narcose brengen en zijn dijbenen breken, verkeerd om weer aan elkaar spijkeren en zo een overtuigende mankepoot van hem maken.

'Zèr koet!'

Ik was blij dat hij het zo positief opnam. Daarom voegde ik er meteen aan toe dat ze daarnaast een klompvoet in gedachten hadden, omdat er van een klompvoet in het algemeen een bijzonder mooi signaal uitging.

'Zèr koet! En hoe kan agent Politov dan weer soizen?'

'Soizen?' vroeg ik.

'Soizen,' bekrachtigde hij. 'Snel, snel. Soizen.'

Hij rende razendsnel de gang op en af om mij te laten zien wat hij bedoelde, en mij schoot te binnen dat hij als jongeling ooit districtskampioen op de atletiekbaan was geweest.

Ik kon hem moeilijk vertellen dat er niets meer te suizen viel zodra zijn opdracht was uitgevoerd. Dat hij als Russische martelaar voor de ss en Adolf Hitler, of wat mij betreft voor de mensheid, zou sterven, sprak eigenlijk vanzelf. Maar dat leek helemaal niet in hem op te komen. En niemand die het hem vertelde.

Het grootste minpunt van mijn mooie schilderij was daarom dat de kleuren voor het beslissende moment na het plegen van de aanslag opraakten. Er was zelfs geen reddingsprogramma, hoe klein ook, geen vluchtscenario, geen nog zo obscure gedragsoptie voor meneer en mevrouw Politov (behalve dan om jezelf door het hoofd te schieten, te vergiftigen of op te blazen, iets in die geest). Maar dat had ik ook dwaas gevonden. Want of de opdracht nu mislukte of slaagde: de actie zelf kon alleen eindigen met het oppakken van het dappere agentenduo, dus uiteindelijk met foltering en dood.

Toen Politov me daarom naar zijn postoperatieve suiswaarschijnlijkheid vroeg, vertelde ik hem niet dat zijn overlevingskansen als aanslagpleger nihil waren – wat ik misschien toch had moeten doen, per slot van rekening had hij zelf gezegd dat hij geen kinderen wilde en alleen voor Adolf Hitler wilde sterven. Maar hij stond nog zo mooi uit te hijgen van zijn sprintje, was zo'n vitale, kerngezonde, aantrekkelijke atleet dat ik dat niet over mijn hart verkreeg. Dus deed ik het af met de waarschuwing dat in het dierenrijk de soorten die zich niet of onvoldoende wisten te camoufleren onherroepelijk ten onder zouden gaan.

Maar Politov verzette zich uit alle macht tegen de transformatie tot insect.

'Doodsverachting ziet er toch echt anders uit,' verzuchtte Möllenhauer beteuterd na ons crisisberaad.

'Ja,' foeterde de beroepsdwerg, 'activist Politov zal nooit ofte nimmer bereid zijn om zijn leven op te offeren als hij zijn been al niet wil opofferen.'

Een weg terug was er echter niet meer. Het Rode Leger had zijn voormalige staatsgebied alweer helemaal onder controle, was Estland en het voormalige Polen binnengerukt en bedreigde de grenzen van Letland.

Maja vertelde me tijdens onze nachten, die door al het getob en de snel naderende midzomernacht steeds korter werden, dat de stemming binnen Operatie Zeppelin was omgeslagen. Veel landgenoten van haar lieten zich als het even kon door de ook in Riga almachtige ondergrondse beweging van de Sovjets als dubbelspion rekruteren, de enige mogelijkheid om bij een zege van de geallieerden aan een wisse dood te ontsnappen. Iedereen voelde de invallende schemering, het naderende einde. Maar iedereen deed of hij nog in het felste licht stond. Maja en ik ontsnapten aan het wurgende gevoel door ons overdag op onze taken te concentreren. 's Avonds letten we op de armen, handen en vingers (met name de vingers!), de geluiden, de geuren en de tong, en ook op elk vonkje kracht van de ander, met een ongelooflijke tederheid, veel te teder om een werkelijk houvast te zijn.

Soms werd Maja midden in de nacht gillend wakker of praatte in haar slaap, en Ishmael lag naast haar en stroomde vol met haar pijn, en buiten ruiste de machtige zee.

Na langdurige onderhandelingen en met de nodige overtuigingskracht van mijn kant stemde Politov, al was het met tegenzin, dan toch in met een paar cosmetische ingrepen in zijn weefsel. Diverse plastisch-chirurgische operaties resulteerden in diepe wonden in zijn nierstreek en een paar littekens in zijn handpalmen en op zijn gezicht. Bij een oppervlakkig medisch onderzoek zou zijn legende (intrede- en uittredewonden door shrapnels in de onderbuik) plausibel klinken. Een röntgenfoto zou nochtans zijn einde betekenen.

Om de medische voorbereidingen af te ronden schroefde een tandarts een metalen vulling in een kies, waarin de verplichte cyaankalipil werd verstopt. In geen geval mocht Politov levend in de handen van de NKVD vallen. Dat snapte hij, en hij vroeg de tandarts ook maar meteen een gouden kroon op zijn snijtand te zetten. Dat vond hij chic.

Zes weken later was Politovs opleiding voltooid. Zijn kunstmatige littekens waren genezen. Hij was in staat om elk willekeurig Russisch vrachtwagentype te besturen, kon omgaan met de motorfiets (een speciaal model), kon boobytraps in elkaar zetten en wist, in de woorden van kapitein Delle, 'alles over hoe je iemand moet vergiftigen en ophangen en uit een rijdende trein moet gooien'.

Natasja Sjilova's basis-, speciale en radiotelegrafistenopleiding waren eveneens voltooid. Maar Maja was zichtbaar ontevreden. Haar leerling was labiel, had geen doorzettingsvermogen en was nauwelijks belastbaar, hoorde ik. Zoals ze ooit in het vliegtuig naar Berlijn had zitten kotsen, zei Maja, zo zou ze dat ook in het vliegtuig naar Moskou doen, ze zou alle dagen in Moskou kotsen, zelfs Stalin zou ze onderkotsen in plaats van hem dood te schieten als hij plotseling voor haar zou opduiken.

'Wil je zeggen dat ze een sof is?'

'Nou ja, ze is verliefd.'

'Dat is geen excuus.'

'Is verliefd zijn geen excuus?'

'Nee, dat is een grove karakterfout.'

Ze draaide zich naar me om, haar naakte borst rees en daalde, haar ogen sprongen in die van mij, zo voelde het altijd als ze me aankeek, alsof haar ogen als rubberballen bij mij naar binnen stuiterden, zodat ik compleet weerloos was.

'Ik krijg er een naar gevoel van dat wij haar dit aandoen,' zei ze zacht, en ze vlijde haar hoofd tegen mijn borst. Ik streelde haar haar.

'Laten we daar niet over nadenken.'

'Ik weet het.'

'Het is oorlog.'

'Misschien kunnen we naar Amerika,' zei ze na een poosje.

'Hoe kom je daar nou bij?'

'Amerika neemt veel mensen op. Pavel Delle zegt dat Roosevelt iedere Rus wil toelaten die tegen Stalin is.'

'Zo, zegt Pavel Delle dat?'

Ze tilde haar hoofd op.

'Ja, je gaat hem toch niets aandoen, hè?'

'Waarom zou ik?'

'Hij heeft ook gezegd dat als we verliezen, Stalin Churchill zal dwingen ons allemaal uit te leveren. Ik ben heel benieuwd.'

'Als je niet zo lief was, zou ik je stante pede kunnen laten doodschieten. Zo mag je niet praten, lieveling.'

'Jij denkt helemaal niet aan later, hè?'

'Wat bedoel je met "later"? Als Stalin dood is?'
'Ach, schat. Laten we elkaar beminnen.'

De eerste poging om Politov en zijn vrouw te droppen werd half juni negentienvierenveertig ondernomen, maar die faalde. Het toestel werd hevig onder vuur genomen door luchtafweergeschut, brak de voorbereidingen voor de landing af en had op de terugweg problemen met het landingsgestel, waarvan de oorzaak op sabotage wees. Voor Sjilova's maag waren op de turbulente vlucht twee broodzakken nodig (die tot aan de rand volliepen).

De voorbereidingen voor de volgende actie duurden nog dagen, zodat de meeste officieren verlof konden nemen. Mama nodigde iedereen uit op het zomerlandgoed van baron Otto Grotthus, een oude aanbidder van haar. Hij ontpopte zich als een vrolijke weduwnaar die er, ziek van heimwee, in slaagde met een speciale vergunning en als een van de weinige inwoners van het oude Lijfland naar Letland en zijn oude landgoed Spahren terug te keren.

Al toen de baron ons voor zijn landhuis verwelkomde, maakte hij van praktisch elk substantief dat hem te binnen schoot een verkleinwoord: hij had het over mannetjes die naar hun logeerkamertjes geliefden te wandelen om daar hun koffertjes neer te zetten en bij te komen van het oorlogje. Zo was dit onze laatste vakantie die zomers en fris was, maar 's middags haar frisheid al verloor toen de temperaturen Noord-Afrikaanse waarden bereikten. Net als in de zomer van de eeuw, die van negentiennegenendertig, zag je ook nu, vijf jaar later, 's nachts aan de horizon de bossen branden, en wie de deur uit liep, wierp stof op dat de geur had van bittere amandelen, de geur van de nog maar pas uitgebloeide jasmijn.

Mijn familie trof elkaar, innerlijk verscheurd maar voor de rest opgeruimd, op de twee veranda's, waar schaduw was. We gaven elkaar een hand of zeehondenvin, en Hubs loerende ogen volgden me bij elke stap die ik zette.

Eén keer maar zag ik Ev in haar eentje, op de enige plek waar we elkaar zonder de anderen konden ontmoeten, de schilderachtig in het kleine bos van het landgoed gelegen tonnetjesplee.

Ze deed net de houten deur open en kwam naar buiten, haar jurk ter hoogte van haar heupen gladstrijkend, toen ik abrupt drie meter voor haar bleef staan. We schrokken en hielden even in. Tussen onze pupillen spon zich een draad van verlegenheid. Ze leek zich ervoor te generen dat ik haar excrementen dadelijk in ogenschouw zou nemen, en ik geneerde me ervoor dat zij wist hoe graag ik zoiets deed. Ze droeg lichtgekleurd katoen, en een dun laagje zweet bedekte langzaam haar gezicht. Van hitte had ze nooit gehouden, omdat haar ogen daardoor geprononceerder leken, en haar ademhaling werd ook vlakker, maar misschien had dat nu wel een andere reden, en ze zei met een onzekere beweging, vermoedelijk om maar iets te zeggen, dat het heel warm was. Ik antwoordde dat dat klopte, ja. De aardbeien met dikke room kwamen nu goed uit, zei ze snel, het waren de beste aardbeien die je je kon voorstellen (en ook dat klopte), en baron Grotthus was zo aardig.

'Ja,' zei ik, 'je ziet er goed uit.'

Ze zei een poosje niets en de ruimte tussen ons groeide tot die als een afstand aanvoelde, en toen zei ze met een andere stem: 'Pas goed op jezelf, Koja. Hij wil je vernietigen.'

Ze liep snel weg.

Later gaf ze me een bord met de fantastische aardbeien. (Ik telde ze stuk voor stuk na en ik geloof nog altijd dat ze er bij mij meer op had gelegd dan bij Hub.)

Maja vroeg me 's avonds aarzelend hoe de verhouding met mijn zus was. Ik zei niets, want ik had haar nog nooit iets verteld. Ze knikte alleen maar. Ik denk dat Maja een van die mensen was die weten dat niet wat je zegt belangrijk is, maar wat je niet zegt.

Ik mocht naar hartenlust spelen met de kleine Anna. Daarom wist ik dat mijn broer niets vermoedde. Ze was inmiddels bijna een jaar en werd bewonderd om elk stapje dat ze zette. Ze kon drie woorden zeggen: 'mama', 'Anna' en 'Ansa'. Ansa betekende pantser. Ik speelde met Anna aan de oever van het meer, legde slakken op haar buikje, wikkelde haar in mijn badjas (ze juichte) en leerde haar het vierde woord in haar leven: 'papa'.

Als ze in het ledikantje in de tuin sliep, onder een turkooisblauwe parasol, tekende ik haar ogen.

En toen ik de tekeningen later aan mijn moeder liet zien, pakte ze haar bril, hield hem voor haar haviksgezicht, kroop bijna in het papier en riep: 'Ai, Anna'tje ziet er net zo uit als jij, lieverdje!'

Hub hoorde het niet.

Voor de duisternis inviel, maakte ik graag een wandeling langs het meer van Spahren, tot aan de zuidzijde. Net als de meeste Russen haatte Maja wandelingen, en tot zwerftochten wilde ze zich niet verlagen. Daarom was ik meestal alleen op pad.

Op een avond – de Sahara-witte gloed zinderde nog na in de bodem, ik voelde hem door de dunne zolen van mijn linnen schoenen heen – ging ik aan de oever zitten, ondanks de vele muggen, en zag hoe de zon achter het riet onderging, en op dat ogenblik werd langs het hele meer een merkwaardig geluid hoorbaar. Ik kneep mijn ogen dicht en bemerkte een beweging, alsof de lucht trilde, en toen zag ik dat bijna gelijktijdig duizenden en nog eens duizenden libellen uit hun omhulsels glipten en bij het doorbreken van de huid een geluid produceerden dat als een algemeen ruisen te horen was, en ik zag het beeld van insecten voor me die zich moeten camoufleren om niet opgegeten te worden, en toen stoven honderden groenglanzende, transparante en goed gecamoufleerde insecten rond een man die ze bijna in hun midden lieten verdwijnen, hoewel hij zich inbeeldde een paar dagen later de loop van de wereld te zullen veranderen.

17

Het beeld dat de hippie van mijn moeder had, klopte precies. Ze probeerde meteen al te achterhalen of hij aan belangrijke Europese vorstenhuizen verwant was, want dan zou hij om zo te zeggen ook automatisch aan haar verwant zijn. Maar dat is uiteraard niet het geval.

De hippie zei onmiddellijk dat hij uit een kleinburgerlijk milieu en ook nog eens uit Opper-Beieren afkomstig was en dat zijn vader zelfmoord had gepleegd. Iedereen heeft wel een goede reden om zich van kant te maken, zegt mama droog, en ze verwijst graag naar haar neef in de tweede graad, Nicolas de Staël, die een paar jaar jonger was dan ik en die ze geloof ik nooit heeft gekend en wiens schilderijen ze bovendien afschuwelijk vond, zoals eigenlijk alles aan hem, behalve dan zijn niet al te nabije verwantschap. En ze respecteerde het dat hij juist in Antibes uit het raam van zijn atelier was gesprongen, want Antibes is een van mama's lievelingsstadjes.

Ze vertelt me hoe het met Hub gaat, dat hij zich goed voelt en een aardige celgenoot heeft, en ze vraagt me of de hippie een moordenaar of een verkrachter is, of gewoon een klaploper.

Vreemd genoeg vraagt ze dat niet aan de hippie zelf, die een meter achter haar ligt en om van alles en nog wat boos is, want ze heeft zich niets aangetrokken van de afstand en de verboden zone die de hippie weloverwogen tussen zijn en mijn bed heeft geschapen, en nu zit ze gezellig precies tussen ons in.

Nee, zeg ik, meneer Basti doet geen vlieg kwaad, hij is een swami en zeer spiritueel aangelegd.

O, dan zal hij wel een gemene bedrieger zijn, zegt mama met een innemende glimlach. Waarschijnlijk snapt ze niet meer helemaal het verschil tussen een instelling waar je herstelt en een instelling waar je gevangenzit. Ze vergeet wie van haar zonen op het moment waar verblijft, waarom en voor hoe lang. Maar voor iemand van vijfennegentig is mama niettemin nog verrassend kras. Ze ziet eruit als Sitting Bull, zit kaarsrecht, heeft weliswaar een wandelstok, maar kan daarmee goed uit de voeten, zelfs op drassig terrein. Ze woont niet in een bejaardentehuis maar nog altijd in haar kleine appartement in Neurenberg, dat volgestouwd is met alles wat ze uit Letland heeft kunnen redden. Ze weet zeker dat ze minstens honderd wordt, want al haar vrouwelijke voorouders die een natuurlijke dood stierven (dat waren er ook weer niet zoveel) hebben Bijbelse leeftijden bereikt.

Mijn moeder wil weten hoe het met me gaat.

'We hebben het net over Spahren gehad.'

'Waarover?'

Ik buig me voorover en zet haar hoortoestel aan.

'WE HEBBEN HET NET OVER SPAHREN GEHAD. SPAHREN NEGENTIENVIERENVEERTIG. WEET JE NOG?'

'Ach, Grotthus, die schavuit. Heerlijke aardbeien waren dat.'

'HET WAS ONTZETTEND HEET TOEN!'

'Het was ontzettend heet toen. Gottegot, wat was het heet. En kleine Anna was nog zo poezelig. Jullie hebben samen altijd zo fijn op het strand gespeeld. Ik heb de tekeningen nog die je toen van haar hebt gemaakt. Je hebt veel van papa geleerd, maar in kinderen ben je niet zo goed. Dat valt ook niet mee, want die hebben nog niets hoekigs. Het was ontzettend heet toen.'

Ik krijg geen woord uit mijn mond.

'Wat jammer,' voegt mama er nog aan toe, 'dat kleine Anna zo jong is gestorven.'

De hippie laat me met rust. Ook in de vele uren na mama's vertrek laat hij me met rust. Als mama me bezoekt, praat ze bijna altijd over Anna. Hoe vaak heb ik haar al niet gevraagd dat niet te doen.

Ik wil niet meer dat ze bij me op bezoek komt.

Hoe vaak heb ik haar dat niet gevraagd.

Ze heeft een sjaal achtergelaten. Per ongeluk. En zoals altijd een trommel met zelfgebakken amandelkoekjes.

Ongetwijfeld heeft Hub er ook een.

Zalige materie.

Hoe klein waren je vingers, kleiner dan de regen.
Er gaat geen dag voorbij.
Mijn kleine, kleine meisje.

18

Om de derde verjaardag van onze inval in de Sovjet-Unie te herdenken bracht baron Grotthus champagnetjes en glaasjes, alsmede de in een feestelijke stemming verkerende Solmpjes, in zijn paardenkoets naar het grote Usmameertje, dat wordt gevoed door de moerassen in Koerland en daarom turfachtig bruin is. We zwommen in de drab, om verkoeling te zoeken en ook vanwege de muggen, en rond het middaguur zagen we een eenzame motorordonnans uit het groen van het dennenbos aan komen knetteren en op ons duin af razen. Vlak voordat hij bij ons was, bleef hij steken in een zandkuil; zijn machine dreigde om te vallen, en om dat te voorkomen moest hij eraf springen en het monster met allebei zijn handen aan het stuur in bedwang houden, zoals een hulpeloze torero de stier bij de hoorns vat. Ook de stalen helm viel op de grond.

Hub stapte geïrriteerd op hem af, gekleed in niets anders dan een donkerblauwe, met bretels opgehouden zwembroek. De ordonnans wist niet hoe hij tezelfdertijd zijn hoofddeksel moest lichten, volgens voorschrift moest salueren, de motor voor een val moest behoeden en het spoedtelegram moest overhandigen, daarom bleef hij als aan de grond genageld staan en bediende mijn broer zichzelf (linkerborstzak, het duurde even).

Zo bereikte ons het bericht dat ook het Rode Leger – dat ervan hield om bij het vaststellen van het tijdstip van zijn operaties jubilea als uitgangspunt te nemen – ons aan de derde verjaardag van onze inval in de Sovjet-Unie wilde herinneren, maar dan niet met champagnetjes. In de vroege ochtend had het met een pompeus herdenkingsoffensief over de volle breedte van het front onze stellingen aangevallen, en alles vermorzeld wat in de weg stond. Zijn superioriteit was bij de manschappen het 3,7-voudige, bij de artillerie het 9,4-voudige, bij pantservoertuigen het 23-voudige, bij gemechaniseerd geschut het 3,6-voudige en bij vliegtuigen het 10,5-voudige, en met elke elegante zwemslag die Ev ver op het water deed, stierven vijftig Duitse soldaten.

Voordat we naar onze eenheden in Riga terugkeerden, klonken we op de gastvrije baron (drie maanden later staken de Sovjets hem samen met zijn huis in brand). Daarna luisterden we hoe Hub een toost uitbracht op de belangrijke dag, aan welks noodlottige karakter hij zijn fanatiek trillende fysionomie leende, maar helaas ook zijn lachwekkende zwembroek. Maja naast mij giechelde even. Ze giechelde, dat weet ik zeker, omdat iets op dit zwavelkleurige moment haar had gekieteld, vermoedelijk een van mijn steelse vingers, maar dat weet ik niet meer. Het enige wat ik me herinner is de blik die Hub haar toewierp, omdat ik me die later weer voor de geest haalde, na alles wat er nog zou gebeuren. Pas toen leek die betekenis te krijgen en zwart als teer te zijn.

Tussen die tweeëntwintigste juni negentienvierenveertig en de finale bestorming van Riga verstreken twaalf weken. Twaalf weken die zelfs een in de wereldgeschiedenis en chronologisch op elkaar volgende dimensies niet geïnteresseerde boeddhist als u – vol medeleven met alle schepselen die worden geboren en moeten lijden – als een ingrijpende scheppingsdaad zal benoemen: een miljoen Duitse soldaten moesten na deze twaalf weken worden herboren.

Operatie Zeppelin stond ondertussen stil. Alle vluchten werden tot nader order opgeschort. Politov kon niet meer naar Moskou vliegen. Hij moest beleven dat zijn doelwit levend en wel in het Kremlin zat en dat zijn geliefde übermenschen er als een haas vandoor gingen. Maja vertelde me dat hij niet meer kon slapen. Sjilova zag hem 's morgens, bezocht door huilbuien, op de bank liggen trillen. Stalins troepen raasden met een snelheid van twintig kilometer per dag op Riga af. Van paniek was geen sprake, maar je zag in de straten wel een doffe, berustende wanhoop.

Hub zorgde ervoor dat mama en Anna Ivanovna zo snel mogelijk op de evacuatieschepen terechtkwamen. Ze namen de kleine Anna mee, die met haar handje zwaaide aan de reling boven, terwijl haar moeder en haar vader (ik heb het niet over mijzelf – ik hield me op grote afstand van het gewoel van de massa schuil) beneden op de kaai stonden en hun tranen de vrije loop lieten of verborgen (Hub natuurlijk).

Ev moest achterblijven. Alle verpleegsters moesten achterblijven. Het gevoel van directe dreiging was niets nieuws voor Ev, eigenlijk was die dreiging er voor haar altijd geweest, maar nooit eerder was ze er zo blij over geweest.

Ze kon niet wachten op de ondergang van het Derde Rijk.

Niet veel later hoorden we een fluisterend, ver, amper waarneembaar maar onophoudelijk gerommel: het front. Ik werd, omdat ik met mijn Russen de enige eenheid vormde die nog op het strand van Riga aanwezig was, tot gevechtscommandant benoemd.

Maar ik wilde helemaal geen gevechtscommandant zijn. Want na mijn stompzinnige bevordering schoof het Eerste Baltische Front ten zuiden van ons in rap tempo op naar de Oostzee en werd de dertig Duitse divisies de pas afgesneden naar het Rijk. We zaten als ratten in de val. Ik moest in mijn fragiele kuurhotel, waar een Doornroosjeachtige vermoeidheid heerste, tweehonderd ontdane en voor hun leven vrezende Russische landverraders met wapens, munitie en cyaankalipillen opmonteren. Alleen het twintig kilometer brede en volkomen uitgestorven bos van Tuckum (kwaliteitsarme dennen zonder struiklaag) scheidde onze mondaine badplaats van de Sovjetlinies.

Veelvraat Girgensohn richtte zich in zijn kamer inmiddels elke ochtend jammerend tot Onze-Lieve-Heer, terwijl Möllenhauer zich elke nacht door een kleine bruinharige Turkmeen liet nemen, wat voor niemand verborgen kon blijven, aangezien mijn levenslustige adjudant altijd luidruchtig om die ene handeling smeekte. Lamzak Handrack vroeg me zelfs om deze onwaardige bacchanalen onmiddellijk te laten stoppen, maar hij kon de pot op, en ik beweerde dat de moreel gezien onberispelijke kameraad Möllenhauer gewoon Germaanse nachtmerries had.

De zenuwen hadden het zwaar te verduren.

Bij gevangenneming zouden ons de eeuwige jachtvelden wachten.

Hub liet me naar de prefectuur komen.

Toen ik zijn kantoor binnenstapte, inspecteerde hij juist zijn nieuwe epauletten, die hij als kostbare relikwieën tegen het licht hield. Hij was met onmiddellijke ingang tot Standartenführer bevorderd, vertelde hij terloops. Alle ss-politiediensten van de stad vielen onder zijn commando: de Gestapo, de SD, de Ordnungspolizei. Ik feliciteerde hem op gepaste wijze. In een minder wanhopige situatie had het veel weg gehad van een Jezus Christus en Alexander de Grote worden.

Hij vroeg me hoe Politov en Sjilova zich hielden.

Politov was gespannen en Sjilova geen goede agente, antwoordde ik.

'Wat is precies een goede agente, Hauptsturmführer?'

'Maja Dzerzjinskaja is in elk geval een goede instructrice en voor activiste Sjilova in alle opzichten een voorbeeld, Obersturmbannführer.'

Hub liet deze zin bezinken voordat hij zichzelf en daarna mij eraan herinnerde dat hij sinds een minuut of wat Standartenführer was en ook zo genoemd wenste te worden. Toen sommeerde hij me om de kortgeleden uit Berlijn ingevlogen ss-eenheid terzijde te staan die de vijftigduizend door ons gefabriceerde Joodse kadavers in het bos van Riga moesten opgraven en verbranden, de beenderen tot vormeloze materie moesten fijnmalen en tot gelei moesten inkoken, met de hulp van de kampbewoners uit Kaiserwald, die na gedane arbeid eveneens de weg van alle vlees dienden te gaan.

'Neem me niet kwalijk, ik begrijp het niet, Standartenführer.'

'Opdelven.'

'We graven de Joden op en verbranden ze?'

'U weet precies wat ik bedoel.'

'Waarom zouden we dat doen?'

'Opdat de vijand niets vindt.'

'Ik verzoek u met de grootst mogelijke gehoorzaamheid mij van deze taak te ontslaan.'

'Afgewezen. Ingerukt en uitvoeren!'

Een moment lang flitste voor mijn geestesoog een vrouw zonder schedeldak en haar kleine baby, als volledig geskeletteerde briketten die ik in het bos van Riga moet aansteken en fijnstampen, en ik vertelde mijn broer dat hij m'n reet kon likken.

Hub knipperde een keer met zijn ogen, verder zag ik geen enkele beweging in zijn om-vijf-uur-theegezicht. Dat ging een poos zo door. Toen drukte hij op een knop op zijn bureau. Prompt verschenen een secretaresse en zijn adjudant.

'Hauptsturmführer,' zei Hub plechtig tegen me, 'ik geef u hierbij een berisping in het bijzijn van getuigen. Gelet op uw prestaties aangaande de tegen Moskou lopende speciale operatie zal ik afzien van een herhaling van het zojuist gegeven bevel.'

'Dank u, Standartenführer.'

'Ik raad u ten zeerste aan om nooit meer een bevel te weigeren.'

'Tot uw dienst.'

'U dient anders alle consequenties, ook de meest ingrijpende, persoonlijk te dragen. Ik zeg u dat maar één keer en alleen omdat ik uw broer ben.'

'Dank u, Standartenführer, dat u mijn broer bent!'

In de dagen erna viel er vettige as uit de lucht, en ik stelde vast dat de wind een dierlijke stank uit het oosten onze kant op dreef. Met de geur van de Joodse lijken, die nu ijverig werden verbrand door een Hauptsturmführer die niet door zijn familieband met Hub was belast, stroomden tienduizenden vluchtelingen de stad in. Voor de autoriteiten die de laatste scheepspassages naar Duitsland verdeelden, vormden zich eindeloos lange rijen. Op de gezichten van de mensen zag je alle kleuren van het willen ontsnappen (scharlaken- en bedelrood, maaggroen en wensgeel, het wisselende rosé van een hoge bloeddruk en steeds ook weer het krijtwit, de internationale kleur van de capitulatie).

Ook binnen ons commando heerste onrust. Een radiotelegrafiste bracht eerst een activist en daarna zichzelf om, we wisten niet waarom. Twee Oekraïners riepen naar Veelvraat 'Jij eerst!' toen hij hun beval een verdachte kuil in onze sector van het front te onderzoeken. Möllenhauer en hij moesten alle zeilen bijzetten om de discipline te handhaven.

Maja ontwikkelde gezien dit alles een dapperheid die ik bij geen van mijn Duitse medewerkers vond, en onder de Russen al evenmin. Zij liet zich niet de levenslust ontnemen om blijmoedig het water in te duiken hoewel er helemaal geen land komt, dat bedoel ik met dapperheid. Ze gaf iedereen die ze ontmoette nieuwe moed, met haar kapotgesneden kleine vossengezicht, alleen al door de wijze waarop ze de mensen aankeek. Ik ben nooit meer iemand tegengekomen, ook geen swami, die zo weinig haat kende. En toen we op een avond, wakker gehouden door de verre donder van het geschut, naast elkaar op mijn balkon zaten en naar het woedende weerlichten aan de horizon keken, vroeg ik haar of ze zich zou kunnen voorstellen dat ze mijn vrouw zou worden.

Ze sloeg metterdaad haar hand voor haar mond, geschrokken als een klein meisje. Daarna stond ze op, liep, haar hand nog steeds stijf tegen haar gezicht gedrukt, naar ons bed, liet zich vallen, kroop weg onder de deken en trok hem strak om haar hoofd. Ik vlijde me tegen haar aan en dacht dat ik haar misschien boos had gemaakt omdat het werkelijk geen aanzoek was, geen roos, geen knieval, eigenlijk helemaal niets, alleen een vraag. Maar ze was zo gelukkig over deze vraag dat ze me stevig in mijn arm beet. Ik slaakte een gil, zo'n pijn deed het, waarna we een kussengevecht hielden, en omdat zij het zich heel goed kon voorstellen mijn vrouw te worden liet ik haar winnen.

Eind augustus leek de strijd om Riga elk moment te kunnen ontbranden. Het commando van de legergroep beval om het grootste deel van de Duitse burgers binnen twee weken uit de stad te evacueren, net als alle Wehrmachtmedewerksters, telefonistes bij de verbindingsdienst en verpleegsters.

Ik ontving een verontrustend bericht en haastte me, hoewel ik daarmee het broederlijke neutraliteitpact schond, naar het Wehrmachtziekenhuis in Düna-Centrum. Toen ik de foyer binnenliep, was het veranderd in een gonzende verbandplaats. Voor me lag een rood-wit-legergrijze lappendeken aan gewonden die rechtstreeks vanaf het front waren aangevoerd. Het stonk er naar jodium en uitwerpselen, en toen ik mijn zus ten slotte in de buurt van de operatiekamers op de tweede verdieping vond, naast een zak met geamputeerde ledematen, droeg ze een bebloed jasje en merkte ik dat ze al dagen niet had geslapen. Ze zag me wel, maar ze had zich afgesloten, in het pantser van een kordaatheid waar ik niet doorheen kon dringen.

'Je had niet moeten komen, Koja.'

Ze liet me staan, en ik volgde haar.

'Ik heb gehoord dat je jezelf van de evacuatielijst hebt laten halen.'

'Hij laat het hospitaal bewaken.' Ze betrad de centrale opname, waar net als in de foyer nieuwe aanvoer lag, in rijen dicht op elkaar, bijna iedereen nog in gevechtstenue. Ze bleef voor de jongen staan die het hardst kreunde; er was een kogel zijn liesstreek binnengedrongen, het bloed had zijn broek van gekeperde stof doordrenkt. Uit een grote karaf goot ze water in een glas en liet hem drinken.

'Maak dat alsjeblieft ongedaan. Alsjeblieft, Ev. Je hebt geen idee hoe het er hier over een paar dagen uitziet. Denk toch aan kleine Anna.'

'De afspraak was dat we elkaar niet apart zouden zien.'

'Ik weet het.'

'Ik ga niet weg. Je ziet toch wat er hier aan de hand is.'

Ze zette het halfvolle glas neer en depte de mond van de jongen droog.

'En ik heb iets goed te maken, dat mag je van me aannemen.'

Ze liet de gewonde jongen liggen en liep naar buiten. Hij kon niet praten, lag met een doorgezakte rug op de grond, draaide zijn nek om haar na te kijken. Ik gaf hem ook een slok water, geen idee waarom, misschien wilde ik gewoon ook een keer iets goeds doen. Maar het was de vraag of hij wel water wilde.

Ik vond Ev in het trappenhuis. Ze leunde tegen een van de grote ramen en keek naar buiten.

'Waarom staat Hub dit toe?' vroeg ik, en ik ging naast haar staan.

'Wat?'

'Waarom staat hij toe dat je zo'n gevaar blijft lopen?'

'Hier kan hij me in de gaten houden.'

Ze zei het zonder ironie, haar kin wees in de richting van de straat. Ik volgde haar blik. In het portiek stond een Gestapo-man in burger. Hij keek omhoog naar ons. Ik kende hem oppervlakkig.

'Je moet weg, Ev.'

'Nee. Jij moet weg. Neem de achteruitgang. Misschien heeft hij je niet gezien.'

Toen de aanval kwam, lieten de Sovjets dertienhonderd tanks op Riga los, meer dan Hitler vijf jaar eerder voor heel Frankrijk bij elkaar had geschraapt. Binnen een paar dagen stond onze afweer op instorten. De personele en materiële verliezen waren zo desastreus dat de muziekkorpsen van alle eenheden ontbonden moesten worden en de verbijsterde trombonisten en hoornblazers (om van de legerbakkers nog maar te zwijgen) moesten worden uitgerust met buitgemaakte karabijnen waarvoor niet eens munitie was.

In mijn sector op Riga-Strand hadden we nog geluk. De Sovjets wilden niet aanvallen via het kleine bos van Tuckum. Het zienderogen verslechterende weer – een hele serie opeenvolgende wolkbreuken – spoelde onze provisorische verdedigende stellingen de zee in. Aanhoudende regenval veranderde de loopgraven in modderpoelen. Toen later mortiergranaten in onze sector insloegen en een scherf kapitein Palbytsin als een pak boter in tweeën kliefde (in de breedte, niet in de lengte), was het daarmee ook meteen met ons vervalsingsatelier gedaan. Het Commando Pskov werd van het strijdtoneel gehaald en als reserve-eenheid in het centrum ingekwartierd, in het voormalige Horatius-gymnasium.

De dynamiek van de omstandigheden was adembenemend, en voor de stad gold dat al evenzeer. Het openbaar vervoer lag plat. Kantoren en winkels werden gebarricadeerd. Niemand veegde de bergen herfstblad weg, zodat die op straat lagen weg te rotten. Ik zag vanuit mijn raam een stroom vluchtende mensen de grote Dünabrug oversteken, op weg naar nergens. Paard-en-wagens en vrachtwagens, mannen, vrouwen en kinderen, met daartussen blatende schapen. Stromende regen en een door de wind opengereten hemel. Dat was het einde.

Midden in de nacht rinkelde de telefoon. Wekken voor een noodgeval. De officieren moesten zich onmiddellijk in de prefectuur melden. Klaar voor het gevecht maar niet voor de mars. Ik liet Maja slapen en riep mijn chauffeur, de altijd wakkere drinker.

Iedereen die binnenkwam was bleek en onrustig.

Hub ontving ons in zijn kantoor, waarvan de luchtbeschermingsgordijnen allemaal waren opengetrokken. We konden naar buiten kijken en, opeengeperst in de donkere ruimte, vanaf de vijfde verdieping de hele stad overzien. Ik voelde de warmte van de lichamen om me heen, zag de contouren en hoorde hun ademhaling. Hun gezichten bleven onzichtbaar, hun geur was die van slaap, angst, scheerwater, pruimtabak en muf katoen. Hub stond rechtop achter zijn bureau, had de handen op zijn heupen geplant en bezag onze schaduwen. Merkwaardig genoeg zei hij ter begroeting: 'Benauwd hierbinnen, mijne heren!' Hij draaide zich om, opende het raam achter hem en liet koele herfstlucht en de zoemende donder van het geschut de kamer in. Niet eens zo heel ver weg zag je een panorama van alle pyrotechnische inspanningen die aan de verovering van een stad voorafgaan: bombliksems, granaatinslagen, blauwe rookslierten, mondingsvuur van de tanks, brandende buitenwijken. Daarboven in een patroon van kersenbloesems ontploffende lichtmunitie. Spectaculair, dat moet gezegd.

Vannacht, vertelde mijn broer, en hij schraapte zijn keel alsof hij te snel was beginnen te praten (een rode signaalraket sloeg een nieuwsgierige halve boog om zijn hoofd; het leek net of hij meeluisterde), vannacht hebben ze in Berlijn besloten een ultieme poging te wagen, wetende dat onze stad binnenkort zal vallen. De Führer heeft zojuist toestemming gegeven voor de finale aanval op Jozef Stalin. Het commando zal naar Moskou vliegen. Zo snel mogelijk. Vliegveld Spilve kan nog maar enkele dagen weerstand bieden. Alle mannen in opperste paraatheid.

Ik zou graag willen dat er een woord bestond voor 'geestdrift die volkomen inhoudsloos is en je met ontzetting slaat'. Ook een woord voor 'de euforie om Großpaping te wreken, getemperd door het vooruitzicht een liefdespaar een wisse dood in te sturen' zou welkom zijn. Maar er zijn geen simpele woorden voor wat ik in de ademloze stilte na Hubs korte toespraak voelde. Alles wat ik u kan vertellen: even stroomde er puur geluk door me heen, het pure eindelijk-is-het-zover-geluk, en op hetzelfde moment voelde het laf en bedorven.

De trots van de schrijver. Of van de schilder. Van de kunstenaar in elk geval. Misschien was dat het wel wat zich zo duidelijk manifesteerde toen ik in de vroege morgen naar Maja terugkeerde. We vrijden uitbundig met elkaar, ook Rembrandt had naar verluidt altijd uitbundig met zijn vrouw gevrijd vóór de onthulling van een nieuw schilderij. Nerveuze, vrolijk zinderende seks vóór de vernissage. Een vernissage waarvan je niet wist welke o's en ah's je kon verwachten. We hadden maar twee dagen de tijd om alles voor te bereiden. Palbytsin werd node gemist. De beroepsdwerg werkte Politovs papieren weliswaar tot op het laatst bij, maar kon onze gehalveerde vervalsingsexpert zelfs niet bij benadering vervangen. Pavel Delle keek alle wapens na, Möllenhauer bekommerde zich om de operationele zaken. Ik ging met Politov naar de Ulei-bioscoop om hem vlak voor zijn vertrek nog reportages te laten zien waarop de *Wochenschau* recent de hand had gelegd. Politov zag Sovjetofficieren die op een dek in de houding staan, Sovjetofficieren die bevelen aan de artillerie geven, Sovjetofficieren die Stalin verslag uitbrengen, Sovjetofficieren die in het veroverde Kiev rondspringen en die boeren en arbeiders van de Sovjet-Unie (dus vooral de boerinnen en arbeidsters) via de camera handkusjes toewerpen. Nadat hij deze veelvormige militaire omgangsvormen minutenlang had aanschouwd, draaide hij zich naar mij om en vroeg of hij, nu hij hier toch was, ook *Gejaagd door de wind* mocht zien.

'Alstoeblieft, meneer Hauptsturm: Politov houdt van Clark Gable, omdat Clark Gable oitziet als Politov. Omdat Clark Gable doet dingen als Politov. Omdat Clark Gable kust als Politov kust Sjilova.'

Politov als Clark Gabel beviel me beter dan mijn broer als Clark Gable, dat moet ik wel zeggen (maar Hub was intussen veel te kaal om daarvoor nog daadwerkelijk in aanmerking te komen). Mijn geweten had toch al behoefte aan enige verlichting. Dus stuurde ik veelvraat Girgensohn op pad, die erin slaagde om in het strijdgewoel van Riga binnen twee uur de enige Letse kopie van het van goed behandelde slaven bijkans wemelende epos over de zuidelijke staten boven water te krijgen. 's Avonds zaten Politov en zijn vrouw arm in arm in het parket van de filmzaal. Ze huilden aan één stuk door, net als ik, die met Maja in mijn armen in de loge wegzakte, gekweld door de aanblik van de plantage Tara, die me aan de plantages van Opapabaron deed denken, aan de fruitbomen van Großpaping, aan de rode herfstcalville – en toch keek ik door mijn tranen heen elke keer weer naar het door mijn toedoen aan elkaar verklonken echtpaar.

Lamzak Handrack onderhield de verbinding van onze eenheid met Hub, die op zijn beurt met Berlijn in contact stond. Misschien had ik mezelf moeten afvragen waarom mijn broer een glibberig eihoofd als Lamzak (eigenlijk alleen geschikt om in de pan gehakt te worden) in vredesnaam als liaisonofficier accepteerde. Elke dag opnieuw betrad hij met dezelfde afstandelijke, verveelde uitdrukking op zijn gezicht de prefectuur, slofte in door zijn oppasser twee uur lang gepoetste laarzen over de gangen (hoewel Hub eigenlijk alleen marcheren of schrijden een voor een ss-officier in ss-laarzen waardige manier van voortbewegen vond) en wachtte voor de rest zonder enig initiatief of idee op instructies, feitelijk een rode lap voor Hub. Maar verder dacht ik niet na over dit merkwaardige feit, was blij van Lamzak verlost te zijn, en ronduit gelukkig dat ik geen contact hoefde op te nemen met mijn broer.

Hub stond erop Lamzak tot mijn officiële plaatsvervanger te benoemen (de operationele noodzaak maakte dat logisch), maar ik stelde Veelvraat gerust dat deze hiërarchie alleen gold voor het Uur U en niet voor de tijd erna.

19

De dag begon koel en mistig. Voor de avond was motregen voorspeld. Maja wekte me vroeg en bracht me surrogaatkoffie op bed. Toen ik me scheerde, kwam ze achter me staan, kuste mijn naakte schouder en keek me niet via de spiegel aan. Toen ze de badkamer uit liep, meende ik iets planmatigs in haar beweging te zien, iets lichtelijk vreemds in de manier waarop ze haar hoofd hield. Dat stoorde me een beetje, want 's morgens is er toch zelden iets vreemds tussen geliefden ('s avonds ook niet, alleen in de tussenliggende uren). Ik vergat het ook meteen weer, was te druk met andere dingen. Na het gezamenlijke ontbijt, waarbij we amper een woord spraken, zochten we onze agenten op.

Politov maakte een beheerste indruk. Hij zat in Sovjetondergoed in de kleedruimte, at enorme hoeveelheden kersen en spuugde de pitten met een hoge boog in de prullenmand. Hij mikte elke keer goed. Om hem heen waren vijf medewerkers van me druk in de weer, ze telden alle onderdelen van de uitrusting een laatste keer na, alle ordetekens, wapens, stempels, papieren, uniformen, foto's en spullen voor de radiozendapparatuur, en pakten alles in.

Maja ontfermde zich in de kamer ernaast over Sjilova, die zo te horen een angstaanval had. Lamzak Handrack was bij hen. Zo nu en dan hoorde je luid gesnik.

's Middags reed ik met Handrack naar het vliegveld om met de officieren van de luchtmacht de laatste details door te nemen. Hij had een groene munitiekist bij zich die op bevel van Standartenführer Solm nog mee het vliegtuig in moest. De kist was verzegeld. Lamzak vertelde dat hij geen flauw benul had wat erin zat, hij gokte op munitie. (Elke eekhoorn heeft meer fantasie en zou minder verrast zijn dan hij dat er in een notendop ook weleens geen noot zit.)

Na onze ontmoeting met de luchtmachtofficieren wilde ik terug naar het hoofdkwartier. Een telefonisch bevel van mijn broer weerhield me ervan. Ik diende met Lamzak een oogje te houden op de installatie van onze radioapparatuur, die we in een hangar onderbrachten. En overigens leek het nog het belangrijkst om een buffettafel met sekt, fruit en Laima-chocolade op te tuigen.

In de vroege avond, vlak na zonsondergang, exact op het tijdstip dat men in Berlijn had aangekondigd, landde de Arado Ar 232. Als een gigantische vliegende sauriër stootte ze door het laaghangende wolkendek heen en zweefde naar ons toe: een door uitsterven bedreigd wonderwapen (zeven exemplaren wereldwijd). Later stond ik op de natgeregende taxibaan en legde mijn hand eerbiedig op de sauriërhuid. Acht ingebouwde machinegeweren. Vrachtruim met plaats voor personenauto's die getransporteerd moesten worden. Hydraulische laadklep. Navigatieapparatuur. En onder de romp twintig rubberbanden die het toestel na de landing over loopgraven konden laten rollen alsof ze van watten waren. Zes bemanningsleden waren nodig om dit wonderwerk van de modernste luchtvaarttechniek te temmen. De piloot, die op Hemingway leek, begroette me en vroeg achteloos: 'Waar is de clientèle?'

De clientèle ontbrak. Er was nog maar weinig tijd. Het vliegveld lag weliswaar ten noorden van Riga en daarom nog lang niet binnen schootsafstand van de Russische artillerie, maar er konden op elk moment vijandelijke nachtjagers opduiken. Medewerkers van de luchtmacht brachten de geprepareerde speciale motorfiets van het Sovjetmerk M-72 naar de Arado en lieten hem voor de klep staan. De rest van de uitrusting van het commando werd vlot uit onze vrachtwagen gelost en in de imposante buik van de draak met riemen en gordels vastgesjord.

Toen het in dunne draden begon te regenen zag ik een lang, grijs, zoemend lint van onverlichte voertuigen door de duisternis op ons vliegveld af komen kruipen. Voorop de generaalsauto van mijn broer, die vlak bij de Arado stopte. De andere limousines parkeerden erachter, netjes in het gelid. Veelvraat Girgensohn, Möllenhauer, Pavel Delle, de beroepsdwerg en nog een twaalftal andere bevelhebbers en onderbevelhebbers stapten haastig uit en verzamelden zich in de open hangar, van waaruit de machine tijdens de vlucht via een radioverbinding zou worden gevolgd. Ook Maja was meegekomen. Natuurlijk. Ze hield zich een beetje afzijdig, zoals we dat bij ons werk altijd deden.

Politov klom als laatste uit zijn voertuig. Zoals meneer Armstrong, de maanreiziger, een paar jaar geleden in zijn astronautenpak in Cape Canaveral op de Apollo 11 kwam afgestapt, zo stapte Politov nu op ons af. Hij ging voor mij in de houding staan, trok zijn zwartleren jas recht en vroeg voor zijn doen ongebruikelijk ernstig waar zijn vrouw was. Ik stelde Lamzak dezelfde vraag. Hij kreeg zijn teckelblik en zei dat ze onderweg was.

Om de tijd goed te benutten en hem tegelijk afleiding te bezorgen vroeg ik Politov om de heren te tonen hoe je de motor moest in- en weer uitladen. De gemotoriseerde fiets met zijspan werd achterwaarts de geopende romp van de machine in geschoven. De laadopening sloot hydraulisch. Iedereen was verbaasd. Een achterklep, groot als een schuurdeur, die tegelijk als laadplatform fungeerde en als door een onzichtbare hand aangestuurd en volautomatisch vergrendeld werd... dat had ik nog nooit gezien, en verder ook niemand van de omstanders. Even later ging de klep weer open en reed Politov op eigen kracht naar buiten. De verzamelde ss'ers applaudisseerden verheugd. De motor werd daarna voor de laatste keer het vliegtuig in geduwd en zorgvuldig vastgesjord. De laatste voorbereidingen voor de start begonnen.

Maar Sjilova was er nog steeds niet.

Nu werd Politov nerveus. Ik probeerde hem te kalmeren. Hub, die ondertussen in de hangar rondgekeken, met de radiotelegrafisten gesproken, de verzamelde luchtmachtofficieren met zijn arrogantie gebruuskeerd en zich elke keer aan het buffet tegoed gedaan had, liep naar de Russen toe, samen met lamzak Handrack, alsof twee mensen elkaar hadden gevonden. Er bekroop me een alkalisch gevoel (een gevoel van vlees in natronloog) toen ik in Lamzaks handen de groene munitiekist zag die hij 's morgens had meegenomen. Er leek iets niet in de haak, en ik zag op het tweede of derde gezicht dat het loodje was verbroken. Waarom had Lamzak me er niets over verteld? Munitie zat er in elk geval niet in deze kist, dat was wel duidelijk, anders waren de dunne armen van mijn medewerker allang van zijn lijf gevallen.

Hub kuchte. De omstanders werden stil: mijn broer wilde een toespraak houden, dacht ik. Maar dat wilde hij helemaal niet. Hij keek alleen onze volgens alle regelen der kunst uitgedoste Sovjetkolonel recht in de ogen en zei: 'Activist Politov! Geluk en zegen en Heil Hitler!'

Hij pauzeerde een moment, kuchte nog een keer en ging verder: 'De plaats van activiste Sjilova, die niet kan verschijnen, zal worden ingenomen door instructrice Dzerzjinskaja.'

Hij keek naar Maja. In mijn hals maakte zich een lawine van keien los, die naar beneden vielen, ik weet niet hoe diep, en toen richtte hij zich rechtstreeks tot mijn harpoenier Queequeg: 'Instructrice Dzerzjinskaja! U ook veel geluk en zegen en Heil Hitler!'

Maja salueerde verward. Ik zag dat Lamzak naar haar toe slofte. Uit de kist onder zijn arm peurde hij Sjilova's NKVD-uniform en overhandigde haar dat vreugdeloos. Daarna wees hij Maja met een handgebaar naar de plaats waar ze zich kon verkleden, en jawel, het was het zinloze houten hokje naast de radio-installatie dat Hub 's middags door een van de timmerlieden had laten maken, blijkbaar al op de hoogte van wat er zou gebeuren. Ik balde mijn sensibele kunstenaarsvingers tot een vuist die ook het laatste restje vitaliteit uit zijn lamagezicht zou slaan, dat bezwoer ik mezelf.

Maar behalve hij leek verder niemand te zijn ingelicht. Alle aanwezigen waren met stomheid geslagen. Uitgerekend de beroepsdwerg herpakte zich als eerste.

'Neem me niet kwalijk, Standartenführer,' zei de dwerg. 'We zijn bijna een jaar bezig geweest om activiste Sjilova klaar te stomen. Alle legitimatiebewijzen, alle zakboekjes, alle getuigschriften zijn voorzien van foto's van activiste Sjilova.'

Trillend opende hij zijn aktetas, zocht daarin een bewijs, maar Standartenführer Solm keek niet eens. 'Dat is niet belangrijk, Untersturmführer,' knerpte hij. 'Belangrijk is dat we tot op de minuut op tijd starten.'

En met een glimlach liet hij zich het huldebetoon van de inmiddels verklede kameraad Maja Dzerzjinskaja welgevallen, die drie maanden eerder aan het Usmameer nog om hem had moeten giechelen.

335

'Ik zie niet in,' besloot hij voldaan, 'wat de toestemming voor de start nog in de weg zou kunnen staan.'

Zijn officieren keken hem verdwaasd aan, terwijl hij het klaarspeelde om van een fruitschaal op de kleine buffettafel een appel te pakken, vast van plan, denk ik, om hem voor mijn ogen op te vreten.

'Standartenführer,' verklaarde ik toonloos, 'u kunt de instructrice niet als vervangster van de activiste naar Moskou sturen.'

'Wel, mevrouw Sjilova heeft een zenuwinzinking.'

Hij wreef de appel op aan zijn mouw.

'Die heeft ze wel vaker.'

'En u zei zelf dat instructrice Dzerzjinskaja in alle opzichten een voorbeeld was voor activiste Sjilova. Dat zei u toch?'

Ik greep in de zak van mijn uniform en haalde het briefje tevoorschijn dat tropische vis Schellenberg me in Berlijn had gegeven.

'Het speciale bevel dat ik hier heb, geldt uitsluitend voor Sjilova.'

Hij wierp een blik op het papier. Het droeg de handtekening van onze meerdere en legitimeerde uitdrukkelijk alleen Politov en zijn vrouw voor het Uur U, verder niemand.

Hub dacht een ogenblik na en verklaarde toen terloops: 'Gezien de nieuwe situatie geldt het nu niet meer uitsluitend voor mevrouw Sjilova.'

'Excuseer, Standartenführer,' zei ik zacht, 'maar dat is verraad aan de Führer.'

Standartenführer Solm hield de appel roerloos in de lucht, zijn mond al geopend om toe te happen.

'Het vliegtuig starten zonder de opgeleide activiste,' ging ik snel verder, 'en zonder afdoende bescherming met geprepareerde documenten, betekent dat de hele operatie gevaar loopt.' Ik vroeg aan Möllenhauer hoeveel minuten het zou duren voor activiste Sjilova er kon zijn.

'Als ze nog op de basis is: ongeveer zestig minuten, Hauptsturmführer.'

'Over ongeveer zestig minuten, Standartenführer! Die tijd moeten we onszelf gunnen!'

Standartenführer Solm keek – de appel hield hij nog steeds omhoog – mijn mensen aan, die betrapt hun hoofd afwendden. Daarna trok hij alle registers van zijn formele gezag open.

'Geef uw wapen af!' commandeerde hij.

Ik salueerde, nam mijn pistool uit de holster en gaf het aan de beduusde Möllenhauer.

'Meldt u zich in het hoofdkwartier,' beval Standartenführer Solm. 'Houdt u zich beschikbaar voor de militaire rechtbank.'

Hij legde de appel terug in de fruitschaal en gaf het bevel om de motor te starten.

Maja Dzerzjinskaja, mijn treurige engel, mijn rijke, ertsachtige fonkeling van een mijngang gemaakt van rampspoed, keek me aan vanuit een veel te groot uniform. Ze was hier ongetwijfeld toe gedwongen, want ik zag geen verrassing in haar ogen. Geen woede. Zelfs geen zweem daarvan. Ze hadden haar niet toegestaan contact met mij op te nemen. En ze stonden het nu ook niet toe. Politov voerde haar mee door de regen, de Arado tegemoet, geschokt dat hij zijn vrouw moest achterlaten.

Het laatste wat Ishmael van Queequeg zag was het silhouet van haar hand, geperst tegen het mat verlichte ronde raampje van het toestel, dat langzaam de taxibaan op gleed, de nacht tegemoet.

III
Het gouden kalf

1

Kort voor de val van de stad werd ik door een speciale ss-rechtbank te velde aangeklaagd voor subordinatie en hoogverraad. Men had tweeëntwintig minuten nodig om mij ter dood te veroordelen. De voorzitter van het driekoppige tribunaal was mijn driekoppige broer. (Elke kop behoorde hem toe omdat de beide bijzitters alleen beneden hun hals zichzelf waren.) Het vonnis was niet rechtsgeldig, want dan had het door Heinrich Himmler bekrachtigd moeten worden. Ik belandde in een cel in de prefectuur. Een stinkende kelder zonder ramen, waaruit ik jaren geleden via de verwarmingsbuizen gekerm hoorde toen ik 's nachts in mijn kantoor zat, exact drie etages boven de ratten die me nu gezelschap hielden. Ik zag ze niet, maar hoorde hoe ze uit hun holen naar buiten stroomden. De gloeilamp aan het plafond floepte aan als iemand door het kijkgaatje in de deur naar binnen wilde kijken, wat elk uur een keer gebeurde. Verder bleef het alsof Maja's oude wens was vervuld, alsof ze mijn ogen voorzichtig als pudding uit mijn oogkassen gelepeld en mij in het warme bed der blindheid gelegd hadden, in het pikzwart van gene zijde, en ondanks alles was ik er nog. Overal in de omgeving sloegen granaten in.

Pas heel veel later hoorde ik dat, twee avonden voor de terechtstelling zou plaatsvinden, Ev mijn broer in de prefectuur had opgezocht. Een week lang was hij niet thuisgekomen, bij haar, maar had hij in zijn kantoor overnacht. Ook nu lag hij op zijn leren bank toen ze opeens voor hem stond. Het wit van haar verpleegstersuniform deed het wit van haar gezicht de ruimte nog meer vullen, zo stel ik me dat tenminste voor; ik zie Evs koude gloed voor me en kan me niet voorstellen dat ze in de nu volgende zestig seconden van hun ontmoeting ook maar één keer met haar ogen zou hebben geknipperd. 'Iedereen heeft het erover wat je Koja gaat aandoen,' zei ze zacht, en ze keek op hem neer. 'Niemand kan dat geloven en niemand kan het voorkomen. Maar onthou één ding: zodra ik aan zijn graf sta, zul jij moeten maken dat je wegkomt, want mocht ik je ergens vinden, en vinden zal ik je, dan sla ik je dood of vergiftig je of zal je met miltvuurbacillen injecteren, zoals ik dat in Auschwitz heb geleerd, dat zweer ik op het leven van onze dochter.'

'Je zult niet aan zijn graf staan,' zei mijn broer, en hij zorgde ervoor dat Ev de volgende ochtend met het laatste schip meeging.

Ik kwam dit te weten omdat Heinrich Himmler niet hield van rechtbanken te velde. Wellicht dacht hij ook met het nodige sentiment terug aan onze vroegere wandelingen door het mooie Reval, of misschien stond mijn flatteuze Lancelot-karikatuur wel op zijn bureau. In elk geval besloot de Reichsführer van de ss om me niet zonder reglementair verhoor te laten fusilleren. In een telegram uit Berlijn werd gelast om me op transport naar Duitsland te zetten. Ik diende daar voor een gewone ss-rechtbank te verschijnen. Onverwijld.

Mijn broer stapte mijn cel binnen, zoals hij vroeger onze kinderkamer was binnengestapt wanneer hij wilde weten of ik soms met zijn tinnen soldaatjes had gespeeld. Hij stond in een rechthoek van gloeilamplicht, waar ik met mijn ogen tegenin knipperde terwijl ik hoorde hoe op de gangen de andere cellen werden geopend. Deur na deur. Je hoorde geen enkele stem, alleen een of twee schoten die de betreffende cel onherroepelijk leegruimden. Bij elke knal kromp mijn lichaam ineen om zich te weren tegen het geweld dat zich een weg in mijn richting vrat.

Mijn broer nam plaats op een krukje dat hij had meegebracht, overhandigde me Himmlers telegram en zei toonloos: 'Gefeliciteerd.'

Toen moesten we gaan.

Terwijl mijn medegevangenen, inderhaast en vanaf het middenpad gezien, in hun bloed leken te slapen, snelden hun executeurs en Standartenführer Hubert Solm, met mijn minderwaardige persoon op sleeptouw, naar de binnenplaats.

Daar verging je horen en zien. Je ogen begonnen al meteen te tranen. De rook van het brandende poortgebouw omhulde een vrachtwagen en twee limousines zowat helemaal. Ze stonden met draaiende motor te wachten. We sprongen in de auto's, terwijl overal boven ons het hoge gesis van vallende granaten klonk en direct achter ons een vier verdiepingen hoge buitenmuur met donderend geraas instortte.

Vier of vijf minuten later was de prefectuur compleet ontruimd. Een plichtsgetrouwe Scharführer deed de deuren zelfs keurig op slot, werd door een officier toegesnauwd en legde de sleutelbos netjes naast de deurmat omdat hij het niet over zijn hart verkreeg hem weg te gooien.

Ze boeiden me niet. Achter in de Opel Admiral, die net zo goed de mijne kon zijn, zat ik in een smerig ss-uniform midden tussen Hubs mensen, die ik geen van allen kende. We reden in een konvooi van drie voertuigen de binnenplaats af, stoven door de uiteenspattende stad, de enige vluchtroute naar het westen die de Wehrmacht in een uiterste inspanning door de belegeringsring van de Sovjets had kunnen vrijmaken. Projectielen vielen als straatstenen uit de lucht. De straten waren uitgestorven. Langs de lanen stond hier en daar een boom in brand. De Wehrmacht leek al helemaal afgedropen te zijn. We kwamen geen enkele achterhoede-eenheid tegen.

'Maar hopen dat Ivan nog niet bij de bruggen is,' kreunde de Scharführer voorin, en hij trapte het gaspedaal in.

Het ss-konvooi sloeg de Elisabethstraße in. Even was het stil, stil als in een kathedraal, leek het wel. Ik luisterde, en iedereen luisterde in de auto, hoofden een beetje opgericht of in de nek alsof ze de toekomst wilden ruiken.

Toen zag ik ergens een lichtflits, en we vlogen gewichtloos door de lucht. Terwijl ik voorover op het asfalt af zweefde, knapte mijn trommelvlies, en bij vol bewustzijn stroomden alle voorwerpen, zekerheden en verwachtingen weg in een kolossale paddenstoel van stilte. Het was donker, en ik dacht, doordat het zo donker en stil was, in alle rust na over zekere bewegingen. Bewegingen van mijn arm. Wilde ze uitvoeren. Maar ze lukten niet. Hoewel het aanvoelde als een dot watten, lag ik vastgeklemd in gesprongen metaal, er was iets scherps mijn lies binnengedrongen, maar pijn deed het niet.

Er stroomde warm bloed mijn mond in, bloed dat niet van mij was maar van de man die op mij lag en geen gezicht meer had toen ik mijn ogen opsloeg.

Duizelig krabbelde ik een beetje op, kroop onder het lijk vandaan, door het raam van het walmende wrak naar buiten.

Toen ik buitenkwam, zag ik dat de bochtige straat voor ons een paar seconden eerder volledig door een soort meteoriet moest zijn opengereten. Een reusachtige krater doemde voor me op. De vrachtwagen met daarop twaalf van onze ss'ers bestond niet meer. Alleen nog een verwrongen en gesmolten massa staal, met daartussen hout, vlees en borrelend rubber.

Een voltreffer.

Een granaatscherf, zo groot dat zelfs twee mannen hem niet hadden kunnen tillen, had als een enorm gekarteld brokstuk een ss-commandant in de lengte doormidden gesneden, een variatie op kapitein Palbytsins halvering. De man en de scherf walmden nog. De kracht van de ontploffing had bij iemand anders de schedel zijn borstkas in geslagen. Op de plek waar vroeger zijn hals zat, priemden nu een paar verbaasde ogen. Tien meter verderop zat een piepjonge ss'er die aan één stuk door krijste. Zijn sluitspier had het begeven. Voor het overige leek hij ongedeerd; hij was misschien alleen van de open laadbak van de vrachtwagen geslingerd.

Aan de andere kant van de in de weg geslagen bomkrater lag de auto van Hub. De druk van de explosie had hem met een reuzenvuist tegen een muur gesmeten, waaraan hij leek te zijn vastgeplakt. Op afstand zag ik stukken van een lichaam of ingewanden uit de carrosserie hangen. En de arm van Hub.

Ik schreeuwde tegen de ondergescheten ss'er, en hij en ik tijgerden naar de brandende auto, trokken aan de arm, en als één geheel plopte mijn broer naar buiten, vlak voordat de wagen de lucht in vloog. Daardoor kwam Hub bij bewustzijn, en hij was verbaasd dat ik zijn leven had gered. Niet dat hij dat gezegd zou hebben, maar verbaasd was hij wel. En terwijl hij zich nog aan het verwonderen was, zagen we twee zijstraten verderop een T-34 bedaard richting de Düna rijden, precies op het moment dat mijn gehoor zich weer present meldde.

'Verdomme!' riep Hub. 'We moeten hier weg!'

Hij riep, hoewel zijn hele lijf met brandblaren was bedekt, de stinkende ss-jongen en nog twee overlevenden bij zich, legde hun uit dat alle voertuigen door de granaatinslag waren vernietigd, wat niemand van ons kon verrassen, aangezien wij als inzittenden nog het minst vernietigd waren van alles wat vernietigd was. Daarna gaf hij het commando om door de eigen linies heen te breken, te voet, mars, mars. Pas toen ik wilde opstaan, merkte ik dat ik zelf gewond was geraakt. Ik viel op de grond, en aan mijn beide voeten voelde ik een stekende pijn die ik daarvoor niet had gevoeld.

'Zijn poten zijn naar de bliksem!' zei de oudere ss'er.

'Dan wordt-ie gedragen,' besliste Hub.

'Als we hem dragen, Standartenführer,' reageerde de man, en hij wees op het rauwe vlees dat in lappen langs zijn opengereten rug hing, 'dan alleen naar de overkant van de weg.'

Iets in mij was aan het denken, maar dat was ik zelf niet.

Iets dacht aan de kinderen die we ooit waren. Aan de kogel van mijn wanhopige vader, waarvoor mijn twaalfjarige broer mij behoed had. En aan die andere kogel, waarvoor hij mij nu, een kwarteeuw later, behoedzaam over de zee naar Berlijn wilde laten dragen, niet om mij maar om de stompen van mijn benen te beschermen. Hij was mijn schild en mijn ondergang en de reden waarom ik was wat ik was en waarom ik werd wat ik werd. Iets dacht dit alles zonder dat ik het besefte, dacht het zonder dat het mij door elkaar schudde, mij liet brullen en razen en mijn gloeiende hart openreet. En naast al deze gedachten, waarvan ik vanuit de verte zag dat ze wolken vormden en hun regen boven me ontlaadden zonder mijn binnenste nat te maken, dacht ik ook zelf, dacht ik aan Maja, die in Moskou was geland of misschien ook niet, die Stalin had gedood of misschien ook niet. Vermoedelijk niet, als je zo om je heen keek.

Waarom houdt de mens van de mens? Waarom houdt de mens van de mens, hoewel elke liefde te gronde gaat? Waarom wordt de woestijn, die onze ziel vormt, tot leven gewekt door kleine groene olijfbomen die praktisch allemaal in zandstormen ten onder gaan, maar zich ook altijd weer oprichten? Ja, waarom houdt de mens van de mens? Waarom hield ik van Maja? Waarom had ik tijdens onze laatste nacht samen een blik in haar ogen gezien waarvan het verre einde volkomen grenzeloos was, de belofte inhoudend van een plaats waar grenzeloos van me werd gehouden, waar alles wat ik was, en ook alles wat ik niet was, in dank werd aanvaard? Waarom miste ik haar zo, hoewel we altijd hadden geweten dat het ons niet gegeven was, en hoewel we zo lang alleen van ons verlangen hielden? En waarom had ik van Mary-Lou gehouden? Was het toeval? Of volgt alles een triviaal patroon? Waarom in vredesnaam hield ik altijd alleen van vrouwen wier naam met een M begon? Maja. Mary-Lou. Mumu uit Riga. Ze begonnen allemaal met een M, zelfs die van Ev, die eigenlijk Meyer en Murmelstein heette, begon met een M, en juist die M zigzagde als een gekartelde foto door mijn hoofd toen een tweede T-34 de Elisabethstraße kruiste, alweer een zijstraat dichterbij dan de eerste.

'Ik blijf hier,' zei ik tegen Hub. 'Of je schiet me overhoop, óf je geeft me iets zodat ik hier wat kan betekenen.'

'Wat bedoel je?'

'Hoe kan ik ze tegenhouden?'

Hub keek me aan zoals hij iedereen aankijkt, met de armen tegen zijn lichaam gedrukt en een voet op een op de grond gevallen lantaarn. Als hippie zou je zeggen: cool. Daarna gaf hij de ss'er die het minst bloedde een knikje. De man strompelde naar de uiteengereten lichamen, verzamelde hun wapens en legde ten slotte drie pistolen, een nat glanzend machinepistool, twee karabijnen en een serie handgranaten voor me neer. Hij legde uit hoe de MP40 werkte, want ik kende hem niet, terwijl de man die zichzelf had ondergeschoten moest kotsen en de ander en Hub het terrein in de gaten hielden. De artilleriebeschieting was gestopt. De Sovjetverspieders moesten vlak in de buurt zijn.

Op dat moment zou ik echt overal rekening mee hebben gehouden. Maar ik hield er geen rekening mee dat Hub een karabijn pakte en zijn mannen beval in te rukken, waarna hij zich naast mij en mijn machinepistool posteerde. Nee, daarmee kon je ook geen rekening houden.

Ze lieten ons in de bomkrater liggen en verdwenen.

Hub lag tien minuten lang broederlijk naast me, het geweer in de aanslag, zonder een woord te zeggen. Ik rook zijn scheerwater, was verward omdat hij op een dag als deze ook echt scheerwater had opgedaan. Ik hoorde hem ademen en af en toe kreunen omdat hij zijn verbrande huid begon te voelen.

'Wat heeft dit te betekenen?' vroeg ik.

'Ik laat je hier niet in je eentje verrekken.'

'Wat ben jij een enorme klootzak.'

Hij zei niets en bewoog ook niet en kreunde ook niet meer.

'Smeer 'm en bekommer je om je familie.'

'Jij bent mijn familie.'

Ik draaide me opzij en schoot met mijn machinepistool van vijftig centimeter afstand in zijn rechterhand. Hij rolde achterover. Ik kon het wapen eenvoudig tegen zijn hoofd houden.

'Ik wil niet in slecht gezelschap zijn op zo'n belangrijk moment,' zei ik. 'Als ik de pineut ben, dan weet je dat ik jou tot op de laatste seconde een enorme klootzak heb gevonden.'

Hij hield zijn bloedende hand omhoog, keek me aan, keek me door zijn bloedende hand aan, door het gat in zijn hand, bedoel ik, en hij knikte. Daarna kwam hij overeind, en alle waanzin van de afgelopen dagen, weken en maanden leek uit zijn blik gewist, de blik van een kleine, ernstige jongen.

Het laatste wat ik van Hub zag was de kloppende ader op de verkoolde rug van zijn voor de rest ongedeerd gebleven hand, toen hij een pakje met vijf sigaretten naast de handgranaten legde. Ik zag dat deze donkerviolet geëtste hand mij ten afscheid wilde aanraken, ik zag het, maar het gebeurde niet.

Het was een heerlijk gevoel om het verder zonder hem te doen.

Eerst stak ik een van de sigaretten op.

Ik kan me niet herinneren dat ik terneergeslagen was. Hooguit koortsig. Ik voelde zelfs geen eenzaamheid toen hij weg was, want alle gedachten in mijn hoofd, die van mezelf en die waarnaar ik keek, gaven me een gevoel van verzonken zijn, een merkwaardig behaaglijk gevoel op dat moment. Ik knipte de sigaret weg, pakte mijn wapen en richtte het vizier op de straat voor me. Ik zou in het eerste het beste voorhoofd schieten dat de hoek om kwam. Ik vond dat prima. Ook vice versa. In stukken gescheurd of gehakt, tot moes gestampt te worden, dat is een vooruitzicht dat het vlees veel meer vrees inboezemt dan zo'n kogeltje. Tegenwoordig, nu er zo'n projectiel in me zit omdat ik zelf in mijn voorhoofd werd geschoten, denk ik er anders over, swami, maar in die tijd leek het me wel een aanvaardbare oplossing.

Het duurde een uur of misschien ook wel een dag, en zeker een aantal regenbuien lang, tot de Russen me vonden.

Ik ontwaakte, poedelnaakt, uit een giftige slaap. Boven me zag ik vier schaduwen, menselijke silhouetten die niet alleen hun machinepistolen op me richtten, maar ook mijn eigen MP40. Ik verstijfde. Dat is dus de seconde van alle seconden, dacht ik bij mezelf. De kleine seconde van de dood.

Maar er gebeurde iets anders. De schaduwen sloegen toe. Pakten mijn armen en benen, sleurden me omhoog uit de modder van as en renden met mij – ik wipte als een hangbrug tussen hen in – naar hun commissaris.

Hij verhoorde me kort, overwoog me dood te schieten, maar hij vond mijn Anna Ivanovna-Russisch leuk. Hij kende een gedicht van Heine, pakte een stemvork uit zijn zak, die hij kennelijk altijd bij zich had, sloeg die tegen een tafelrand, hield hem bij zijn oor, neuriede de A en declameerde, terwijl hij deze A aanhield: "'We willen op aarde gelukkig zijn en geen gebrek meer lijden.'" Vervolgens schakelde hij met het declameren een tandje terug en fluisterde: "'Verstouwen hoeft niet de luie buik wat nijvere handen bereidden.'"

Hij grijnsde, stak de stemvork weer in zijn zak en liet me op een draagbaar leggen, vanwege mijn benen.

Vijf maanden later, op een dag in maart, in de smurrie van de smeltende sneeuw, bij het knersen en kraken van de ijsschotsen op de Düna en onder de permanent grijze lucht van het noorden, brachten ze me naar Moskou, leverden me af in de Loebjanka en begonnen me te bespotten, vernederen en martelen, vele maanden lang.

En ik begon te beseffen waarom de mens van de mens houdt, want dat moet hij namelijk omdat dat voor ieder individu de enige hoop is om ondanks alles een mens te blijven.

2

'Dat is dan de transformatie,' zei de hippie.

'De wat?' vroeg ik.

'De transformatie tot een schitterend mens. Daarom hebt u zoveel gepraat over deze dingen, om uw gevoelens te verbergen. Maar nu bent u uitverteld. Nu komt alles goed.'

'O nee, ik zal u alles vertellen. Ik ben nog maar bij het begin.'

'Ja, bij het begin van iets nieuws.'

'Bij het begin van mijn leven.'

'De mens houdt van de mens. Daar hebt u gelijk in. Een swami had dat niet beter kunnen zeggen.'

'De mens houdt niet van ieder mens. In de Loebjanka heb ik van niemand gehouden.'

'Vertel me daar niet over. Concentreert u zich op uw gevoelens.'

'Is dat geen gevoel, dat je niet van iemand houdt?'

'In elk geval niet een waarop je JA kunt zeggen, met een grote J en een grote A.'

'U wilde dat ik u alles zou vertellen. En dat doe ik ook.'

'Maar alles wat u vertelt, dat is gepraat en verder niks. Nu praat u over de Loebjanka en welke vreselijke dingen daar zijn gebeurd. Dat is een van de makkelijkste dingen: door te praten simpelweg de aandacht af te leiden van wat u hebt gevoeld en misschien nog altijd voelt.'

'Dus ik praat om niet te hoeven praten? En ik praat voor het eerst over iets waarover ik nooit eerder heb gepraat, zodat ik daar dan niet over hoef te praten?'

'Jazeker, zo is het.'

'Dat is toch krankzinnig! Waarom zou ik dat doen?'

'Dat houdt u ver bij uw gevoelens vandaan.'

'En waaraan denkt u dat te kunnen zien?'

'U hebt nog geen enkele keer gehuild.'

'Aha.'

'Geen enkele keer.'

'Wat wilt u daarmee zeggen?'

'Nou ja, wat is dat voor vraag? Waarom huilt u niet? Is het nog steeds niet tot u doorgedrongen dat u – begrijp me alstublieft niet verkeerd – onuitstaanbaar uitschot bent?'

Mijn ogen keren zich af van de matglazen ruiten waarnaar ze aan het staren waren, mijn rug recht zich enigszins en ik kijk naar hem. Op zijn hurken zittend, zich vasthoudend aan de bedstijl, ingeklemd tussen het witgeschilderde ijzeren nachtkastje en mijn onheil, observeert hij me en dwingt zichzelf tot een mistig hasjrokerslachje.

Langzaam, om de betekenis van zijn woorden tot me door te laten dringen, sta ik op, steek de lachwekkende één meter gespikkelde tegels over die hij tot gedemilitariseerde zone heeft uitgeroepen en ga stilletjes bij hem op bed zitten. Zijn ogen vallen bijna uit de kassen van angst.

'U vindt me uitschot?' vraag ik vriendelijk.

'Lieve help, nee, ik vind u een schitterend mens, hoe vaak moet ik dat nog zeggen? Maar ik wacht toch een beetje op de transformatie. Op het ogenblik van de metamorfose. Want om eerlijk te zijn: u praat de hele tijd over uzelf als uitschot, maar u kunt de boel niet ombuigen naar het zuivere gevoel dat bij u naar buiten moet vloeien.'

'Moet ik voor u gaan grienen?'

'Wel, het probleem is dat als u maar blijft praten en praten, dat er dan verdrongen gevoelens in uw lichaam worden opgeslagen. Ofwel rechtstreeks in uw materiële lichaam, of in een van de fijnstoffelijke lichamen, dus in het spirituele, mentale, emotionele of etherische lichaam. Zijn we het tot zover eens?'

Hij beeft over al zijn lichamen en ik probeer een combinatie van een empathisch, ongeïnteresseerd en dominant gezicht op te zetten om hem gerust te stellen.

'Volkomen duidelijk. We moeten de Loebjanka dus maar overslaan?'

'Ja, misschien laat u die afschuwelijke beschrijvingen maar achterwege en komt u direct uit bij het gevoel, dat remt uw energiestroom dan niet af, man. Zou u misschien alstublieft weer naar uw eigen bed kunnen gaan?'

'Bij welk gevoel moet ik dan uitkomen?'

'Schuld misschien, of angst,' zegt hij wanneer ik weer onder mijn deken lig.

'Maar,' vervolgt hij na een korte aarzeling, 'zeg nou zelf, compañero, welk gevoel overheerste er toen bij u?'

3

Als ik aan de tijd in de Loebjanka terugdenk, aan de maanden en jaren tussen de kerkergewelven, die als draaimolens om me heen zweefden en die ik niet voor u mag beschrijven, steeds onbegrijpelijker wordende swami, als ik dus aan de eeuwige winterkou en de eeuwige zomerkleding (voor zover je nog van kleding kunt spreken bij die natte vodden van watten), als ik aan het vocht en het ongedierte en de honger denk, dan schieten me niet als eerste gevoelens van schuld of angst te binnen, maar van zwakte en pijn, van die heel concrete pijn, bijvoorbeeld, die het uittrekken van nagels in de rariteitenkabinetten van het geheugen achterlaat, maar vooral natuurlijk in de vingers zelf, waarvan de toppen nog altijd gevoelloos zijn.

En zelfs als ik dat even negeer, zelfs als ik dus de behoeften van mijn materiële lichaam buiten beschouwing laat en mijn spirituele, emotionele of weet-ik-veel-lichaam tot me laat spreken, manifestaties van mezelf die blijkbaar verantwoordelijk voor het jammeren, beven en de aarzelingen zijn, zelfs dan zijn het geen schuld- en angstgevoelens waartegen ik JA zou zeggen, met een grote J en een grote A, om het uitschot in mij weg te halen.

Nee, het is het overweldigende gevoel van eenzaamheid dat me in die jaren beheerste.

Als ik het over die eenzaamheid heb, dient zich een nootachtige nasmaak in mijn mond aan, oude, ranzige noten, begrijpt u? En toch kunt u tot sint-juttemis op mijn tranen wachten. Want de eenzaamheid was mijn schrikbeeld. En werd ondanks alles mijn vriendin. Mijn verschrikkelijke vriendin. Alleen daarom heb ik de Loebjanka overleefd. Dat weet ik nu. De eenzaamheid dwingt je nooit om iets te doen, bij haar heb je geen dwang, geen misverstand. Maar ze is wel slecht voor je. Je lijdt eraan. Maar ze is mooi. Hebt u haar nooit gezien? De mijne was groot en spichtig, had zwart haar, diepgroene ogen, een gezicht dat je overal volgt. Naar elk ellendig gat. En naar elke verhoorkamer. Als je van de eenzaamheid houdt, ben je nooit alleen. Dat is het gekke. En belangrijk is dat je haar tijdens de gesprekken met de verhoorbeambten niet zomaar laat gaan. Ze proberen je partner te worden, je intimi. Maar als je je vertrouwen aan hen schenkt, als je je ook maar een seconde aan hen overgeeft, ben je verloren. Het wegnemen van deze eenmaal verleende intimiteit overleeft niemand, en de eenzaamheid komt dan des te heviger terug, maar wordt nooit meer je vriendin. Je moet haar trouw blijven, onvoorwaardelijk.

De enige NKVD-officier die me ooit in verzoeking bracht, was kameraad Nikitin.

Nikitin was een bijna vijftigjarige, gereserveerde sater, die tijdens de Slag om Moskou door het destijds heersende jodiumgebrek de ziekte van Basedow opliep. Nikitins uitpuilende ogen gaven hem een amfibisch uiterlijk; je kon hem niet verdrinken, omdat hij ook onder water kon ademen, dat zag je onmiddellijk.

Ondanks zijn macht, zijn ziekte en zijn Joodse afkomst was hij tegenover mij verbazingwekkend vriendelijk. Uitgerust met een krop zo groot als die van een moerasschildpad en graatmager, werkte hij zich altijd moeizaam uit zijn stoel omhoog wanneer ik, vergezeld door een van de bewakers, zijn kantoor betrad. Hij gaf me een hand, knokig en toch week, een beetje klam en koud als een lijk, en nog terwijl hij me begroette, begon hij over kunst te praten. Kameraad Nikitin was goed op de hoogte van de Russische avant-garde, had in negentientwintig aan de academie in Vitebsk gestudeerd, bij Marc Chagall, en een met blauwe baardige vioolspelers en verschillende langs de hemel vliegende geiten en engelen beschilderd drieluik hing aan de wand achter hem, vermoedelijk om zijn slachtoffers tot ontboezemingen te verleiden.

In esthetisch opzicht hadden we een vergelijkbare smaak. Hij applaudisseerde toen ik bekende hoezeer ik het suprematisme veracht. Hij opende een la en haalde een dik album tevoorschijn met foto's van alle suprematisten die hij op dezelfde stoel waarop ik nu zat eigenhandig had verhoord en gefolterd.

Ik zag ook politiefoto's van Mejerhold en zijn vrouw ('een buitengewoon mooie actrice, wat jammer'), een foto van Kandinsky uit het jaar negentieneenentwintig ('ik was hier nog maar pas begonnen'), een privékiekje van Nikitin, arm in arm met Lion Feuchtwanger voor de hoofdingang van de Loebjanka ('die kwam destijds gewoon op bezoek en vond dit gebouw zo mooi, hij wilde er meteen intrekken'), of Isaak Babel ('ach, die stierf heel treurig, maar zat twee maanden lang in dezelfde cel als u; hij heeft vast en zeker gedichten in de muren gekerfd, moet u maar eens kijken').

Kortom, Nikitin stoof in volle vaart op mijn eenzaamheid af, probeerde me die te ontfutselen, bouwde via de onderwerpen over kunstenaars een denkbeeldige brug in mijn stofdeeltjeshart, zocht het homerische samenzijn, het wij, het gemeenschappelijke om me klein te krijgen, en hij was er al helemaal niet op uit om mijn ervaringen bij de geheime dienst ter sprake te brengen.

Ik had voor de Sovjets op honderden pagina's geschreven wat ze wilden weten. Namen, plaatsen, acties, Zeppelin. Onze Russische en Letse spionnen met naam en adres. Ik moest ze allemaal panklaar aanleveren. Vooral over mijn broer wilden ze elk detail weten. Over Heydrich. Over tropische vis Schellenberg. En ik vertelde het ook.

Maar ik ging nooit verder dan de rand van de afgrond.

Ik hield mijn mond over de afgrond zelf.

Er ontbrak het een en ander.

De bloedbaden ontbraken. De bossen van Riga ontbraken. De Moshe Jacobsohns ontbraken. Die lagen in het pakijs van mijn zwijgen, dat Nikitin niet wilde openhakken maar ontdooien. En niet met martelingen openbreken zoals bij de anderen. Maar doen wegsmelten met warm verpakte complimenten over de tekeningen die ik mocht maken.

Hij stond me toe een potlood te gebruiken (hoewel ik dat door zijn oog in zijn hersenen had kunnen rammen om zo voor altijd aan de aardse sleur te ontsnappen). Hij liet me papier brengen, elke week twee vellen. En ik tekende mijn schurftige knoken, mijn slecht genezende voeten, mijn penis, die als bros deeg verkruimelde, niets anders dan een pisslang was het, en als een oude penis schudde ik ook mijn gezicht uit wanneer ik het af en toe in de spiegel zag en vervuld van walging tekende.

Nikitin was heel enthousiast over deze getuigenissen van mijn verval, hing er een paar bij zijn blauwe baardige vioolspelers en feliciteerde me met mijn grote talent.

Het einde van de oorlog ging aan me voorbij.

Een volksfeest dat boven je eigen graf is losgebarsten.

Je hoorde door de dikke muren het gejuich van de mensenmassa's op negen mei. Bazuinen. Gelukkige tanks. Hitler kapot. Vrede aan de volkeren.

De zomer kwam. De herfst. De winter.

Het volgende voorjaar nam Nikitin jodiumpillen, en de schildpad in zijn hals kromp, wat je niet zag maar wel hoorde. Zijn stem nam toe, de vriendelijkheid af.

Ik werd vier-vier-drie.

In de zomer van negentienzesenveertig kreeg ik tyfus.

Toen het weer begon te sneeuwen, pakte Nikitin potlood en papier van me af, zowel het papier om te tekenen als het pleepapier, zodat ik mijn kont weer met mijn vingers moest afvegen. Ik zakte weg in een sneeuwdek van tijd, het werd me gaandeweg wit voor de ogen. Op mijn muren was geen gedicht van Babel te vinden. Ergens stond alleen het woord 'stront'.

Nikitin wachtte op iets specifieks. Hij zei zelfs dat hij op iets specifieks van me wachtte en dat het hem erg speet dat ik het hem niet vrijwillig gaf.

Het was me duidelijk dat ik niet lang meer te leven had.

'Moet u kijken, vier-vier-drie,' fluisterde hij me op een dag toe, 'we hebben zoveel over de beeldende kunst gekeuveld, maar geen enkele keer over de kunst van de fotografie.'

'Fotografie interesseert me niet.'

'Dat is ontzettend jammer,' zei Nikitin.

Hij legde een pakje met zwart-witfoto's op tafel. Ik pakte de foto's op en zag mijzelf. Ik draag een ss-uniform. Ik heb een pistool in mijn hand. Ik richt, staande onder de kronen van zwarte bomen, op mensen die in een kuil liggen.

'Ik vind foto's fascinerend,' benadrukte Nikitin nog eens.

Ik zag weer de zuigeling die ik maar af en toe in mijn dromen had gezien. Nu staarde die me recht van de foto aan, vriendelijk brabbelend, zo leek het, terwijl ik hem in zijn hoofdje schiet, en ik moest denken aan de fotograaf die naast me was gaan staan en ik zag op de achtergrond Brigadeführer Stahlecker en Hub, die naar me keken toen ik het magazijn op dit lijfje leegschoot.

'Fascinerend, ja. Een interessant woord. Uit het Latijn. *Fascinus*,' doceerde Nikitin. 'Een woord trouwens dat dezelfde stam heeft als "fascisme".'

'Ik werd ertoe gedwongen.'

'Uiteraard. Ik wilde uw aandacht alleen op de compositie vestigen. Dat wisselspel tussen natuur en mens.'

Ik kon niets meer zeggen.

'Dat was een groot kunstenaar, die fotograaf. Hij is in Stalingrad verhongerd. We vonden destijds in zijn bepakking deze indrukwekkende getuigenissen van zijn scheppingskracht.'

Ik draaide me half om en gaf over in de prullenbak. Vol empathie stond Nikitin me bij; hij kwam vanachter zijn bureau aangeschuifeld, legde zijn hand in mijn nek, zonder enige druk uit te oefenen, en zijn secretaresse bracht direct een nieuwe prullenbak, een van blik, opdat er niets uit kon lopen.

'Wat wilt u van mij?'

'Goed zo,' bromde hij voldaan. 'Nu zijn we op de juiste weg. Wat ik van u wil weten, is of u kunt nadenken over wat u, behalve deze middag in het bos, eventueel nog meer bent vergeten te melden.'

Maar ik wilde er niet over nadenken. Ik zat lang genoeg in deze wereld om te weten dat ik dat niet wilde.

En zo begon een fase die ik niet mag beschrijven, ik weet het, fijnbesnaarde swami. Maar nu kwam er een klassieke trainerswissel. De meppers namen het dagelijkse programma voor hun rekening. En ze droegen zorg voor mijn fitheid door maandenlang halters, springtouwen en leren zwepen te hanteren. Ik verbaasde me over wat ze allemaal konden. Maar ik verbaasde me zwijgend. En ergens begin negentienachtenveertig, nadat ik beneden ook mijn derde schijnexecutie had doorstaan, ongetwijfeld op bevel van Nikitin, werd ik weer bij hem gebracht.

In tegenstelling tot mijzelf zag hij er ditmaal gezonder uit, zelfs zijn krop deinde energieker. Hij kwam niet overeind, gaf me geen hand en stond me niet toe om te gaan zitten. Een lamp was recht op mijn gezicht gericht. Ik was slap van de honger. Mijn botten waren tot moes geslagen, zodat ik bijna was omgevallen. Voor het eerst sinds onze kennismaking begon Nikitin het gesprek niet met opmerkingen over de Europese kunstgeschiedenis. In plaats daarvan vroeg hij of ik de naam Politov ooit had gehoord.

'Nee,' zei ik.

Hij lachte goedmoedig, dreigde met zijn wijsvinger en keek me aan zoals je een kwajongen aankijkt.

'Nee, nooit van gehoord,' herhaalde ik.

'Dus u hebt nooit iets met ene Pjotr Politov van doen gehad?'

'Nee.'

'Hij was van plan onze grote leider te vermoorden.'

'Maar dat is verschrikkelijk.'

'Ja, want ons Vadertje Stalin houdt van mensen. Hij zorgt voor ze, zoals hij voor de rozen en de appelbomen zorgt die hij bij zijn kleine datsja heeft aangeplant.'

'En ongetwijfeld legt hij ook prachtige citroenplantages aan en hij zaait meloenen in.'

'Dat kun je wel zeggen.'

'En heeft hij in de tuin nesten voor vogels en eekhoorns opgehangen.'

'U zit zich hier toch niet om iemand vrolijk te maken, hè?'

Ik schudde mijn hoofd.

'Dan is het goed.'

'Neem me niet kwalijk dat het misschien zo overkomt.'

'Ik zal het nog één keer door de vingers zien.'

'Hoe heet die aanslagpleger ook alweer?'

'Dat doet er toch niet toe? U kent hem immers niet.'

'Natuurlijk.'

Nikitin nam me op. Zijn uitpuilende paddenogen, waarover in zijn slaap geen oogleden meer pasten, waren even expressief als glazen knikkers in een bord pap met rode vruchten.

'Volgens onze informatie,' zei hij zacht, en hij streek over zijn krop, 'is deze misdadiger Politov in Riga door een sd-officier opgeleid en op kameraad Stalin afgestuurd. De beschrijving van de sd-officier past bij u.'

'Wij SD'ers zien er toch allemaal eender uit,' zei ik met een schorre lach.

'Wees alstublieft zo vriendelijk en bevestig tegenover mij nog een keer dat u deze man niet kent.'

Hij sloeg zijn groene fotoalbum open, zocht in alle rust naar een bepaalde pagina. Daarna liet hij me de foto van Pjotr Politov zien. Geschoren, maar met verward, nat haar, met bloeduitstortingen onder zijn linkerjukbeen en een strakke, in de verte gerichte blik, staarde hij dwars door de NKVD-camera heen. In zijn haar, een samenklontering van drek en bloed, zag ik massa's witte veren. Zijn gezicht hadden ze afgeveegd, maar ook in zijn wimpers hingen nog witte pluisjes, alsof hij zojuist een kussengevecht had geleverd. Er bekroop me een asgrauw gevoel van ontzetting, want onmiskenbaar toonde de foto het midden in het moeras liggende lijk van Politov, dat door de open ogen opperste verbazing uitdrukte. Daarom konden ze ons niet met elkaar confronteren, schoot het door mijn hoofd. Zijn dood was mijn enige kans hieronderuit te komen, en ik zei: 'Nee, die man heb ik nog nooit gezien.'

Nikitin knikte bedroefd, klapte het album dicht, leunde achterover, wipte een keer naar links en een keer naar rechts en zei: 'Ik had echt gedacht, gevangene vier-vier-drie, dat er tussen ons zoiets als wederzijds respect bestond.'

Hij drukte op een rode knop op zijn bureau, monsterde me nogmaals, en met een stem die langzaam iets gekwelds kreeg, verzuchtte hij: 'Ja, u bent zelfs een heuse vriend van me geworden.'

De deur ging open, en er kwamen twee bewakers binnen.

'Maar waar staat geschreven,' voegde Nikitin eraan toe, 'dat we onze vrienden moeten vergeven?'

Ik praat niet. Ik ben druk bezig mijn gevoelens te voelen, beste swami, nu ik nog een keer in gedachten door de gang loop waardoorheen vier-vier-drie toen werd meegevoerd, geflankeerd door de bewakers, wier donkere oogkassen onder de zwakke verlichting onpeilbaar diep wegzakten. Hun gezichten waren een tang, zo geconcentreerd, en ik voelde dat mijn geluk met elke stap minder werd. Nikitin hinkte achter ons aan alsof hij de duivel zelf was. Nooit eerder had hij me vergezeld of was hij samen met mij zijn kantoor uit gelopen. Nooit eerder had ik hem zo boos gezien.

We betraden het trappenhuis van de Loebjanka, een operette van steen waarin grote filmlampen het marmer deden glinsteren. En tussen de balustraden waren op elke verdieping netten gespannen, om te voorkomen dat iemand zich naar beneden zou storten, de dood tegemoet. We daalden de trappen af tot in de kelder, zonder een woord te zeggen, langs de controleposten, door de dubbele getraliede sluis, naar de doolhof van kerkers.

Toen we langs mijn cel liepen, naar de dodencellen, waar de kandidaten voor terechtstellingen zaten, realiseerde ik me dat je daar geen schijnexecuties had. Je had er wel een speciale ruimte met een tafel waar injectiespuiten met siroopachtige gele vloeistoffen vanaf rolden of scheermesjes af gleden omdat de vloer sterk helde om het bloed beter te laten wegstromen.

Een andere bewaker ontfermde zich over me, bond me een blinddoek voor. Nu was ik werkelijk alleen nog een emotioneel lichaam. Het woord 'angst' volstaat allerminst om de gierende kou te beschrijven die door mijn bloed kroop en het deed bevriezen. Dat gevoel. Dat gevoel dat je alleen nog kunt ademen met je tanden, waarin minuscuul kleine longen zijn uitgebroken.

We liepen nogmaals een aantal treden af. Ik hoorde donkere stemmen. Gemompel. Toen pakten links en rechts een paar stevige handen me vast, en ik merkte dat kameraad Nikitin vlak bij me ging staan.

'Als u daar nu naar binnen gaat, dan is dat omdat ik u niet meer kan geloven,' zei hij amechtig, als gevolg van de vele trappen en de vochtige lucht.

Ze maken mijn handen met handboeien achter mijn rug vast, een deur wordt geopend, ze leiden me een naar uitwerpselen en zwavel ruikend hol binnen. De blinddoek wordt afgedaan en ik beland, als afgeworpen ballast, voor de grijze schaduw van wat drie jaar eerder nog Maja Dzerzjinskaja was.

4

Het volgende was er gebeurd. De Arado had koers gezet naar het oosten en was in het pikkedonker de frontlijn overgestoken. In de diepte trokken wolken voorbij. Het regende. Maja Dzerzjinskaja merkte daar niets van. Maar de radiotelegrafist, naar wiens bezwete nek ze zat te staren, gaf voortdurend alle details over het vluchtverloop door naar achteren, ook de meteorologische.

Er was nog een halfuur te gaan naar de landingsplaats toen de lichtbundel van een schijnwerper de duisternis doorkliefde en links en rechts gele vuurbollen opflakkerden: luchtafweerprojectielen, waarvan de bastonen zich in de buitenhuid van het vliegtuig verzamelden en van daaruit tegen Maja's rug vibreerden. Ze duwde haar wervelkolom steviger tegen het metaal aan alsof ze elke drukgolf in zich wilde opvangen, en diep in haar botten voelde ze dat het vliegtuig steeds meer aan snelheid en hoogte won. Maar ondanks dat explodeerden de granaten al zo dichtbij dat het in haar hoofd dreunde. En het lichtzwaard van de schijnwerper kwam steeds dichterbij.

De piloot veranderde met een scherpe bocht van richting. Een tweede schijnwerper vlamde op, een derde. Al snel kon de Arado er niet meer aan ontsnappen. De cabine was plotseling zo fel verlicht dat die in brand leek te staan.

Maja was niet meer bang.

Ze had gedurende de hele vlucht gehuild zonder dat iemand het zag, ook Politov niet, die aan één stuk door vloekte in zijn motormuts, die hij voor zijn gezicht hield. Maja's lippen plooiden zich tegen de rug van haar hand. Ze rook haar huid, het vertrouwde ervan. Herinnerde zich dat ze als dertienjarige voor het eerst haar onderarm had gekust om het kussen te oefenen. En ze kuste ook nu deze plek om honderden kilometers verderop gemakkelijker aan me te kunnen denken, aan de blik die ik haar vanaf het vliegveld had toegeworpen, en deze laatste blik bracht haar samen met haar kus vertroosting, midden in de hagelregen van ontploffingen. Ze was altijd bang geweest voor vernietiging, maar niet voor die van haarzelf, en terwijl ze haar linkerhand kuste, drukte ze met haar rechter- op haar ogen om nieuwe tranen tegen te houden.

Verschillende kleine scherven troffen de romp van het vliegtuig, maar sloegen er geen gaten in. Opnieuw veranderde de piloot van koers, en ten slotte slaagde hij erin de gevarenzone te verlaten.

Van een landing op de vastgestelde locatie, een afgelegen hoogvlakte bij Smolensk, moest worden afgezien. De piloot, die van Hub de manoeuvre onder geen beding mocht afbreken, moest improviseren en een nieuw, niet eerder verkend landingsterrein zoeken. Midden in vijandelijk gebied. Onder vuur. Bij nacht en bij regen. En misschien achtervolgd door onderscheppingsjagers.

Hij kon slechts beschikken over drie aan de voorzijde gemonteerde schijnwerpers om nog iets te kunnen zien.

Rotsen of bomen.

Om ongeveer een uur 's nachts bereikte het toestel, zonder nog een keer door de vijandelijke luchtafweer te zijn gehinderd, een landingsplaats op honderdvijftig kilometer ten noordwesten van Moskou. Aardappelvelden zo ver het oog reikt, had de boordtelegrafist gezegd.

Geen rotsen. Geen bomen.

Het vliegtuig cirkelde rond en daalde af naar een boomloos veld dat je niet kon zien, maar waarop je alleen maar kon hopen.

Maar het was geen veld, zoals Maja ontdekte toen ze luttele meters voor de landing uit haar ronde raampje keek en in het schijnwerperlicht een weiland met zigzaggende, vier meter brede tankgrachten zag. Toen de piloot de landing inzette, klonk er luid gekraak. Alle ruiten waren gesprongen. Iemand schreeuwde. Het toestel tolde om zijn as, glibberde een open plek tussen sparren op en stopte abrupt, doorboord door afgebroken takken. Passagiers en bemanning kropen uit het wrak. Sommigen bloedden. Een tak had de hand van de boordschutter afgereten. Op zijn gekreun na heerste er absolute stilte. En duisternis. En viel er een eindeloze, stromende regen.

Maja keek om zich heen.

Het was de juiste beslissing geweest, vond ze, om het vliegtuig in dit gebied aan de grond te zetten. Midden in de voormalige frontlinie. Bijna alle dorpen in de buurt waren platgebrand. In de ruïnes woonde niemand meer. Bovendien lag het veld ver bij alle verkeerswegen vandaan. Dat was goed. Maar toch kon de crash zijn opgemerkt. Elke minuut telde nu. De Duitsers lieten haastig de laadklep neer en hielpen Politov en Maja om hun zijspan uit het wrak te krijgen. Maja zag dat Politov in het doornatte gras zonk. Als een schaap kauwde hij op een halm, terwijl de schok in hem steeds grotere cirkels beschreef. En terwijl ze naar hem keek, raakte ze in een soort hypnose. En in deze hypnotische seconde besloot Maja om mij terug te zien. Ze nam het zich voor, zoals ze zich ook had voorgenomen om Oeralov te overleven, de Duitse gevangenschap te overleven, Operatie Zeppelin te overleven, ja, zelfs haar vader had ze overleefd, die smeerlap die haar als kind overdag en 's nachts bij zich riep.

Ze opende haar ogen weer, rechtte haar rug, spuwde de vrees uit, nam het initiatief, controleerde haar wapen en laadde het door om door het geluid moed te vatten. En terwijl zij haar helm al opzette, knipte de piloot achter haar een brandende lucifer in de plas benzine die zich onder het landingsgestel had gevormd. Binnen een mum van tijd stond het vliegtuig in brand en werd het zo licht als de dag. 'Bent u niet goed wijs?' siste Maja tegen de piloot. 'Dat is een fakkel! Die zie je op tien kilometer afstand!'

De man nam haar geringschattend op, wees op zijn bevelen en draaide zich op de hakken van zijn laarzen om. Hij en zijn bemanning legden de boordschutter, die het bewustzijn al had verloren, onder een boom neer, waar hij langzaam doodbloedde. Daarna namen ze hun wapens en verdwenen in de nacht.

Zeven weken hadden ze nodig om het front te bereiken, ze raakten verwikkeld in meerdere gevechten en werden ten slotte na een urenlang vuurgevecht aan de Poolse grens door een SMERSJ-commando overmeesterd en aangehouden. Stalin liet ze allemaal voor de geplande aanslag op zijn persoon als oorlogsmisdadigers aanklagen, veroordelen en terechtstellen.

Maar hun noodlot kenden ze in die minuten natuurlijk niet toen ze de onheilsplek achter zich lieten en door een muur van regen werden opgeslokt. En ook ik hoorde pas jaren later dat de kapitein tot hij werd gefusilleerd in de Loebjanka had gezeten, een etage boven mij. Nikitin vertelde me dat hij bijzonder mooie en literair interessante afscheidsbrieven aan zijn vrouw zou hebben geschreven.

Maja stapte naar Politov toe. Hij reageerde niet. Ze goot een fles water over zijn hoofd, wat niets hielp, want het regende toch al pijpenstelen. Daarom sloeg ze hem met de platte hand in het gezicht, één, twee keer, waardoor hij zich weer enigszins hervond. Ze praatte tegen een kind, zo klonk het. Ze waren op zichzelf aangewezen.

Als we niet vluchten, moeten we sterven. Beste Pjotr, kom. Kom maar bij mij.

Als in trance ging Politov op de motor zitten, trapte hem aan en reed met Maja in de bak weg.

Toen ze ver genoeg van het vliegtuig af waren, beval ze hem te stoppen. Ze stapte uit, maakte het radiozendapparaat los en gooide het in de bosjes. Het was voor op de motor bevestigd, was loodzwaar en belemmerde het zicht. Politov zweeg. Maja had besloten Operatie Zeppelin vaarwel te zeggen. Door zich uitgerekend van dit apparaat te ontdoen, waarmee ze contact met Duitsland moesten onderhouden en alle bevoorrading moest regelen, liet Maja zien dat ze wilde doden noch gedood wilde worden. Ze had geen ander plan dan mij te helpen. Naar mij terug te keren, koste wat het kost, zoals grauwe ganzen dat doen, en ja, dat klopt, ik vind mezelf uitschot als ik naar deze vrouw kijk, die mij doet beseffen waartoe de mens dus óók in staat is.

Maja moest eerst zichzelf redden. Zichzelf en Politov moest ze redden, die een rots van droefenis was, omsnoerd door zijn trouwring, waarover hij nerveus wreef. Maja schudde de man door elkaar. Ze huilde samen met hem. Ze schreeuwde tegen hem dat het geschifte plan om Stalin met een raket op te blazen alleen in de hoofden van pathetische nazi's bestond. Maar niet in haar hoofd. En toch ook niet in zijn hoofd. Ze waren immers geen idioten.

En langzaam keerde bij Politov de hoop terug dat hij geen idioot was. Zijn overlevingsinstinct deed zich gelden. Zijn kracht. Zijn suizen. Per slot van rekening bezaten ze meer dan een miljoen roebel aan contanten. En een perfecte camouflage. Ze moesten alleen de volgende uren door zien te komen, uren waarin duizenden mensen jacht op hen zouden maken.

Politov sprong op zijn motor. Hij leek een ander mens. Maar zijn plotseling opvlammende, doorgeslagen energie was geen vervanging van een kompas en hij kon zich in het donker, in de striemende regen, amper oriënteren. Eerst racete hij over een landweg die doodliep op een kloof. Daarna stuitten ze op een naar petroleum stinkend meer waaruit kapotgeschoten tanks staken.

Na een tijd doelloos heen weer te hebben gereden, zagen ze een dorp dat in puin lag en koersten erop aan. In het dorp ontmoetten ze een dronken jonge vrouw die net haar hondje uitliet, de enige mannelijke overlevende van haar familie, en Politov vroeg haar om hem – hij heette nu Tavrin en was een held van de Sovjet-Unie – de weg naar Rzjev te wijzen. Ze ging met haar hond bij hen op de motor zitten, lachte hysterisch, gooide het beest halverwege de rit in de lucht, ving het weer op en wees hun zingend de weg. Ze kwamen echter gewoon weer terecht in een ander dorp, waarin het meisje verdween en dat al even verwoest was als het eerste. En toen weer een dorp. En weer een.

Politov racete blind naar het oosten, en zijn paranoia nam steeds verder toe.

Rond zes uur 's ochtends, toen het licht werd, stuitten ze bij een gehucht dat Karmanovo heette op een wegversperring. Politov frunnikte aan de holster van zijn pistool. Maja hield haar zenuwen in bedwang en vroeg een van de drie gewapende beambten heel vriendelijk de weg naar Rzjev. De wachtpost had een kozakkensnor en wees een kant op.

Een mirakeltje, zou mama hebben gezegd.

Het regende nog altijd, maar minder nu, en op dit moment van afnemende schemer, toen Politov zijn eerste wegversperring had overleefd, was er opeens een plan voor hem en zijn metgezellin. Een reëel, een voor de hand liggend plan, want in Rzjev had Maja een tijdje gewoond, bij de zus van haar mamoesjka, een kok, wist ik. Ongetwijfeld kon ze daar een schuilplaats vinden. De doorgaande wegen waren vrij, zolang NKVD en SMERSJ er geen vermoeden van hadden dat de saboteurs van het in brand gevlogen en waarschijnlijk allang ontdekte vliegtuig een motor bezaten.

Politov trapte het gas in, haalde een aantal voertuigen van kolchoz-boeren in die ondanks het beroerde weer en het vroege tijdstip op weg waren naar hun velden. De routebeschrijving naar Rzjev die de kozak bij de wegversperring had gegeven, legde hij anders uit dan Maja. Hij sloeg in plaats van links, zoals Maja hem toebrulde, rechts af. En in plaats van om te keren toen de doodlopende weg zich splitste, wat ook geen soelaas bood, nam hij ondanks alle protesten van Maja als verkorting een bosweg.

Maja werd nerveus, want de kostbare tijd verstreek. Minuut na minuut. En minuut na minuut werd het lichter en droger. Ten slotte kwamen ze, nadat Politov kriskras door het bos was gejakkerd, weer onverwacht uit op een verharde weg.

Politov juichte en reed, terwijl Maja hem begon te haten, in een veel te hoog tempo op een nieuwe wegversperring af. Toen ze stopten, merkten ze echter dat het geen nieuwe wegversperring was, maar de oude in Karmanovo, waar ze al uren eerder zo opgewekt waren ontvangen.

Maar ditmaal – en vermoedelijk ook omdat het inmiddels dag was geworden, het opgehouden was met regenen en het even eerder ontdekte Arado-wrak een grootscheepse speurtocht naar Duitse spionnen op gang had gebracht – ditmaal dus onderwierp de al niet meer zo vriendelijke, besnorde kozak de kolonel met zijn vele onderscheidingen aan een nauwkeuriger onderzoek. Weliswaar waren alle papieren van Politov in orde, maar in Maja's legitimatie viel op dat de ingeplakte pasfoto van Sjilova alleen in de verte gelijkenis met Maja's getekende clownsfysionomie vertoonde. Ze loog dat de foto voor haar ongeluk was gemaakt, een auto-ongeluk dat haar gezicht en halve lichaam door snijwonden had verminkt.

De wachtpost had daar al genoegen mee willen nemen, maar toen viel hem nog een detail op: Politov had zijn Leninorde op de verkeerde zijde van het uniform opgespeld. Ieder Russisch kind wist waar en hoe deze onderscheiding correct moest worden aangebracht, want in de kranten werden de 'Helden van de Sovjet-Unie' voortdurend afgebeeld en geëerd. De inmiddels wantrouwig geworden beambte vroeg waar de kameraden dan precies vandaan kwamen. Maja wilde antwoorden zoals Pavel Delle het haar en zoals zij het Sjilova had geleerd, maar Politov was haar te snel af en sommeerde de kameraad tegenover hem op barse toon om een hoge, met een Leninorde gedecoreerde officier verder niet lastig te vallen maar hem terstond door te laten. De man schrok, want met NKVD-richtlijn J1423 was een aantal weken geleden aan alle strijdkrachten het strenge decreet uitgevaardigd dat geen enkele Sovjetofficier zich aan een routinecontrole mocht onttrekken door te verwijzen naar zijn rang. Nooit. Onder geen beding.

Daarom salueerde de wachtpost gehoorzaam, maar dacht tegelijk na, liet Politov en een stel kippen passeren en opende vervolgens met zijn machinepistool het vuur. De kogels troffen de banden, Politovs linkerarm, zijn rechterhartkamer alsmede een sneeuwwit kuifhoen. De zijspan begon te slingeren, reed de sloot in en sloeg over de kop. Het tweetal werd door aansnellende rode soldaten uit de modder getrokken. Bij Politov kon alleen nog de dood worden vastgesteld. Zijn gezicht was op de kip gevallen, die ook dood was, en dat verklaart het bloed en de vele witte veren in zijn haar die op de NKVD-foto zijn vastgelegd en waarover ik me jaren later het hoofd zou breken.

Maja had alleen een paar bloeduitstortingen opgelopen. Ze werd gearresteerd, gefouilleerd en razendsnel afgevoerd.

Het was halfnegen.

Zevenenhalf uur had mijn vele miljoenen rijksmark kostende, meer dan een jaar lang voorbereide operatie geduurd om Jozef Stalin uit te schakelen. Het mislukken ervan betekende dat de loop van de geschiedenis niet werd gewijzigd en ik voorgoed uit de rangen van de pretendenten op aardse roem was getuimeld.

Al enkele uren na het einde van Politov en de aanhouding van agente Dzerzjinskaja was kameraad Nikitin ter plaatse. Hij kwam in een elegante zwarte Moskvitsj aangereden, waarin hij niet alleen een ligstoel maar ook een zuurstoffles had laten inbouwen om zijn strottenhoofd af en toe te kunnen verkwikken.

Maja haatte hem al na het eerste verhoor, omdat hij nooit meteen de koe bij de hoorns vatte maar ook met haar eerst eens over haar fijne profiel sprak, dat hem aan Achmatova deed denken. Het was Maja's geluk dat hij haar na het verhoor en een kopje thee niet onmiddellijk liet opsluiten, maar zijn meerderen in Moskou voorstelde een groots opgezet radiospel met Maja's fascistische inlichtingenofficier in Riga te beginnen. Met mij dus.

Daarvoor moesten ze haar wel in leven houden.

De Duitse commandotelegrafisten in Riga konden namelijk aan de nuances van de handmatige invoer haar enigszins schokkerig seinende hand herkennen. En Hauptsturmführer Solm (die op dat moment al naar zijn Gestapo-cel in de prefectuur van Riga werd gebracht, maar dat wist Moskou niet) was vertrouwd met de schriftelijke uitdrukkingswijze van Pjotr Politov, die zij ook kende en kon imiteren.

En dus liet kameraad Nikitin het door Maja de struiken in geslingerde Duitse radiozendapparaat zoeken, opvissen en zorgvuldig schoonmaken.

Vierentwintig uur na haar arrestatie nam hij plaats naast de spionne, legde uit dat haar profiel toch meer op dat van Marlene Dietrich leek en dicteerde haar eerste radioboodschap aan mij, die mij weliswaar nooit bereikte (het enige wat ik deed, was wachten op mijn terechtstelling), maar bij mijn broer voor de grootst mogelijke euforie zal hebben gezorgd: 'Solm. Zijn afgezet. Vleugel bij landing beschadigd. Bemanning na vernietiging van het toestel westwaarts. Wij op weg naar Moskou. Heil Hitler. Pjotr.'

De toestemming voor deze grootschalige manoeuvre om de vijand te misleiden kwam van Lavrenti Beria persoonlijk, de Schellenberg van het Kremlin, die de bijnaam 'Ziekelijk gezwel' droeg, dus dezelfde die Brigadeführer Stahlecker ooit had gedragen en die als nom de guerre eigenlijk iedere baas van de geheime dienst die ik in mijn leven heb ontmoet volkomen terecht toekwam.

Beria's strenge toewijding was te verklaren doordat Stalin hem had gedreigd dat er repercussies zouden volgen, mocht een nieuw Duits moordcommando erin slagen hem tot op honderd kilometer te naderen. Tot aan het einde van de oorlog seinde Maja op Nikitins instigatie zo realistisch mogelijke berichten naar mijn broer, opdat alle nieuwe gevaren tijdig gesignaleerd en bedwongen konden worden. Zo luidde een boodschap van eenendertig januari negentienvierenveertig: 'Solm. In dit uur der beproeving beloven wij maximale inzet. Situatie ernstig. We hebben gebrek aan verrekijkers en Duitse liederen. Wat er ook gebeurt, we zullen de afgesproken doelen proberen te halen. We leven in de hoop op de zege. Heil Hitler. Pjotr. Maja.'

Hub antwoordde in mijn naam: 'Pjotr en Maja, hartelijke groeten. De zege zal uiteindelijk aan ons zijn. Misschien is die zelfs dichterbij dan we denken. Help ons en vergeet uw eed niet. Nieuwe groep brengt binnenkort fijne verzameling volksliederen. Solm.'

Om leden van deze nieuwe groep in handen te krijgen richtte de NKVD voor Maja een vals adres aan de Moskouse Lesnaja Oelitsa in, in de hoop dat een van de Duitse spionnen er zou opduiken. Het was een fraai, volledig in de stijl van het Duitse Bauhaus gemeubileerd appartement in een huurcomplex van rond de eeuwwisseling. Maja was het aas dat jarenlang op meubels van Marcel Breuer spartelde tot het aangekondigde commando zou toehappen. Men wachtte nog tot lang na de capitulatie. Maar er verscheen niemand. Niet in negentienvijfenveertig. Niet in negentienzesenveertig. En ook niet in negentienzevenenveertig.

Aan het eind van dat jaar sloot de NKVD het appartement en bracht Maja over naar een Loebjanka-cel.

We stonden zwijgend tegenover elkaar.

Maja bewoog niet. Ze was als de muren. Maar dan verder weg. Periferie in relatie met de muren. Zo voelde ik me ook. Verwaarloosbaar. Niet aanwezig. Tijdelijk. En in het licht van dit steen geworden geweld om ons heen voelde ik nog sterker hoe we elkaar een luchtstroom lang waarnamen. Maja's fragmenten van wangen en lieftalligheid en verdriet en het besef ervan, dat me als een zonnestraal trof, vlogen om mijn oren, hoewel ze er alleen maar stond, haar ogen twee stoffige zwarte stukjes muur die op me afvlogen.

Als u me zou vragen of ik na drie jaar achter de tralies ben vergeten hoe ze eruitzag, dan moet ik zeggen: nee, beslist niet, ik kon haar nog steeds uit mijn hoofd tekenen. Maar het moment van die luchtstroom kon ik later nooit weergeven, hoewel ik het honderd keer probeerde. Ik kon niet weergeven hoe ze daar stond, onbeweeglijk, drie meter voor me, haar vingers als vleugelpunten op haar sleutelbeen, haar voeten op de stenen vloer evenwijdig aan elkaar, haar gezicht vervuild en bleek, een door holle paden verminkt landschap. Hoewel ik jaren eerder een beetje van haar was gaan houden, weet ik niet of deze proloog niet gewoon het voornaamste deel was gebleven zonder deze verrotte eeuw die ons deze seconde in dwong. Die eeuwige cel in.

Ik hoorde in Nikitins krassende stem alleen brokstukken van wat ik u hier over Maja's lot toevertrouw, beste swami. Het meeste hoorde ik pas later. Veel later. Maar wat ik toen voelde was dat doel in haar, dat ze had bereikt toen ik over de drempel stapte. Ze had mij gevonden. Ik had haar gevonden. De hypnose was gelukt. En natuurlijk hebt u gelijk dat ik één grote menselijke schandvlek ben, maar zij was dat niet, en nu moet ik huilen. Ik moet grienen. Ik moet schreien, janken, blèren; de tranen lopen over mijn wangen alsof ik een klein Beiers meisje ben. Alsof ik een plas doe, zo laat ik alles lopen. Omdat ik toen absoluut niet kon huilen. Ik was periferie, begrijpt u? Ik was de rand van een mens. Ik was uitgehold en eenzaam. Dat heb ik u al uitgelegd, wat eenzaamheid betekent.

Mijn leegte. Maja's stilte.

En Nikitin praatte en praatte. Hij vertelde wat voor leugenaar ik was. Hij somde mijn misdaden op. Hij somde haar misdaden op. Hij vertelde dat de tijd nu voorbij was en hij niets meer kon doen. De oorlog lag op z'n reet. Zelfs de tijd erna lag op z'n reet. Hij moest mijn medewerkster, mijn agente, mijn liefste, die volksverraadster, die straks niet langer het profiel heeft van Achmatova, Marlene Dietrich of zelfs van die schitterende Cleopatra, fusilleren. En mij natuurlijk ook. Wij hadden geen enkel nut meer. Hij was met handen en voeten gebonden. De verantwoordelijkheid voor dit alles lag, zei hij, volledig bij mij. Want ik, en niemand anders, had het lot van ons drieën in handen.

'Wat kan ik doen?' vroeg ik, en liet was grappig om mijn eigen stem te horen, want onmiddellijk verlangde ik ernaar om die van Maja te horen, haar zacht voortrollende consonanten, verbonden met de angst dat die er weleens helemaal niet meer zou kunnen zijn. Misschien hadden ze haar tong afgesneden, een specialiteit van het huis in die jaren.

'U moet coöperatief zijn, vier-vier-drie. Wij weten toch alles al van u.'

'Ik ben coöperatief.'

Zij sprak nog altijd geen woord. Ze ademde niet. Ze knipperde niet eens met haar ogen.

'Nee, dat is niet coöperatief. U moet zonder voorbehoud de hele waarheid zeggen. Weet u wat Karl Marx heeft gezegd?'

'Ik ben coöperatief.'

'Karl Marx heeft gezegd dat wij een product van onze omgeving zijn. Mensen veranderen. Mensen kunnen beter worden, als ze maar willen.'

'Ik wil.'

'We zullen gezamenlijk aan uw zelfkritiek werken.'

'Ik werk.'

'Wilt u echt coöperatief zijn?'

'Ik ben coöperatief.'

'Wilt u uit de grond van uw hart en uit vrije wil een nuttig lid van de socialistische gemeenschap zijn?'

'Jazeker.'

'Dan zullen we van u een ambassadeur van de Sovjet-Unie maken.'

'Maja,' zei ik.

En eindelijk zei ze mijn naam.

5

Het was weer lente, bijna al zomer. Een woensdag in mei negentien-achtenveertig. Met de wind in de rug kroop ik klein over de bodem van het brede dal, langzaam en anoniem, een kever. Links en rechts van me het olifantgrijze gebergte. De lucht was nog schraal en koel. Er zou een föhn gaan waaien, dat voelde ik, hoewel ik het woord 'föhn' nog helemaal niet kende. De föhn verandert je bloed, de samenstelling ervan. Hij maakt je suf en boos en verduistert het denken, zodat ik in alles dezelfde boosheid meende te bespeuren, boosheid die me leek te omringen. Misschien zijn de bergen alleen onverschillig. Maar voor mij was het net of ze dadelijk steenlawines over me zouden uitspuwen.

Over de ambassadeur.

De weg waarlangs ik liep, splitste zich in een bospad en een iepen-laan, precies zoals men het me had verteld. Het bruisende water van de beek langs de weg was jadegroen en melkwit. Ik ging nog een keer op een van de grote stenen langs de oever zitten, in de geur van het natte mos. De wreedheid en hardheid van de wereld zag ik in het bloeiende gras van de beemden, in het verzadigde rood van de na-bije daken, de paarse rotswanden, het azuurblauw van de lucht, zelfs in de lichtbruine stippen van de kudde koeien die door de stip, nee, het stipje van een boer in de verte, over het veld werd gedreven. Ie-dereen die linea recta uit de Hades komt, kan in al deze schoonheid niets anders ontdekken dan de pure hoon van God. Ik voelde me buiten de aardse schepping geplaatst, belazerd, ik maakte geen deel uit van de dingen, maar hield ze slechts even vast, als een camera. Ik wist maar al te goed dat ze dit alles op elk moment van me konden afpakken, daarom was het voor mij niets dan arglistigheid, je kon het niet vertrouwen.

Ik vertrouwde zelfs niet het zwarte iepenlijf waartegen ik leunde, en ik zag overduidelijk de spleten en kloven die erin zaten. De nerven van zijn huid. Een mier.

Zeven uur had het me vanuit München gekost. Eerst met de trein naar Garmisch-Partenkirchen. Daarna ging de Mittenwald-spoorweg niet verder omdat de stroom weer eens was uitgevallen. Ik liet me ten slotte door een houthandelaar tot Klais meenemen. En dan te voet verder. Bij de Erderlinger Hof moest ik afslaan. En nu was ik onderweg naar het hospitaal in Pattendorf, zag het kerktorentje al op twee kilometer afstand.

Ik stond weer op, wenste de mier geluk, wandelde naar de gebouwen toe, die in niets aan de verwrongen bomruïnes van München deden denken. Een man in een nachthemd kwam me klapwiekend tegemoet; hij riep 'Blaisi, Blaisi!' en werd achternagezeten door een non.

Ik stapte de poort binnen en kwam op een grote binnenplaats. Drie woonvleugels en een stal annex schuur lagen er in een carré omheen. In het midden was een put en stonden twee kastanjebomen, een treurwilg en een aantal geesteszieken die ruzieden wie op de enige bank mocht zitten en of die groen of besmet was. Ik wendde me tot een non die nerveus op de groep krankzinnigen afsnelde en vertelde haar wie ik was en dat ik op zoek was naar mijn moeder en zus. Ze schudde haar hoofd en wees naar een gaanderij; in de schaduw zat een klein meisje op een stenen trap.

Ze was misschien vijf jaar oud, had een tekenblok op haar knieën en tekende Onze-Lieve-Heer. Onze-Lieve-Heer had een bril en natuurlijk een baard. Met de bril kon hij de mensen naakt zien. Hij kan door de kleren heen kijken. Zelfs door jouw huid. En de engelen hebben vleugels, zodat ze hem overal mee naartoe kunnen vliegen. Ze proberen me katholiek te maken. Maar dat zouden ze wel willen, zegt Amama.

Dat zei het meisje allemaal, als een waterval praatte ze toen ik voor haar stond. Ze droeg een wit-rood-zwart jurkje met opgenaaide rode hartjes, zo te zien uit een grote nazivlag geknipt, want vanaf haar middel viel het op een witte ondergrond nogal zwart en gekarteld neer. Haar gezicht leek door Hans Holbein getekend, zo blond en bleek en Engels. Mijn gevoel van uitgesloten zijn werd verzacht bij haar aanblik en ik was verbaasd hoe groot de gelijkenis met Ev was. Ik kon me absoluut niet voorstellen dat ik zoiets moois op de wereld had gezet en ik moest me echt beheersen om haar niet vaderlijk over haar hoofd te aaien.

'Ben jij hier pas?' vroeg ze.

'Ja.'

'Ben jij een kreupele?'

'Nee.'

'Dat dacht ik. Toen jij daarzo bent gestaan. Of zeg je "hebt gestaan"? Pfoe!' zei ze glimlachend.

'Wat dacht je dan?'

'Ik dacht: dat is vast geen kreupele, dat is een zwakbegaafde.'

'Wat is dan een zwakbegaafde?'

'Iemand die hier woont en niet hinkepinkt of zo.'

'Een idioot?'

'Mammie zegt dat je dat niet mag zeggen.'

'Dat klopt.'

'Je zegt "zwakbegaafd". Maar Amama niet. Die zegt wel altijd "idioot", en soms ook "*Depp*", maar dat is Beiers, en ik mag geen Beiers praten.'

'Maar "kreupele" mag je ook niet zeggen.'

'Ik weet het. Mijn pappie is ook zo.'

Ik staarde haar aan.

'Dus jij bent doodnormaal?' vroeg ze.

Ik knikte.

'Maar als jij doodnormaal bent, dan moet ik u tegen je zeggen.'

'Nee, maar weet je wat? Ik ben jouw oom. Jouw doodnormale oom Koja. En jij bent de doodnormale kleine Anna, of niet?'

Ze keek me aan, maar nu met een ander soort nieuwsgierigheid en een vorsende intensiteit.

'Jij bent wel mager, oom Koja.'

'Ja, omdat ik krijgsgevangene was. Ze hebben me pas vrijgelaten.'

'Zal ik een appel voor je stelen?'

'Maar dat vindt je mammie niet echt fijn.'

'Ach, die is toch in het ziekenhuis. En Amama is op het veld. En omdat jij toch net uit de gevangenis komt.'

Ze verdween in het gebouw en kwam vijf minuten later met twee appels en een hardgekookt ei teruggehuppeld. Ze keek over mijn schouder, want ik had inmiddels haar tekenblok gepakt, met het slechtste papier dat ik ooit in mijn handen had gehad, en tekende met kinderkleurpotloden de demente oude vrouw die inmiddels de groene bank onder de treurwilg had veroverd.

'Dat ziet er mooi uit, oom Koja,' zei ze even aardig als waarderend, en ik wilde per se dat ze nog veel trotser op me zou worden.

Daarna aten we de appels en deelden het ei.

Tot het begon te schemeren bracht ik mijn dag door met Anna, die me het hele hospitaal liet zien en me vertelde dat ze later ook non wilde worden, omdat je dan zuster Elegiana, zuster Ambrosilla, zuster Violentia, zuster Ditberga, zuster Nemesia, zuster Waldeburga en misschien wel zuster Aldemarana kunt heten. Of zelfs moeder-overste. Maar ze wilde zeker niet zuster Anna heten, en katholiek wilde ze ook niet worden, om Amama, op wie ze erg gesteld was, niet te kwetsen.

Om me te laten zien in welke omgeving ze was opgegroeid, stelde Anna de bewoners van het hospitaal aan me voor. Vliegende kat, bijvoorbeeld, die altijd rende en dan wild met zijn armen zwaaide. Noordzeekrab met een verkeerd vastgeschroefde houten poot. De dikke klokkenluider, die vroeger scheepskok in Hamburg was. Lies-met-de-stem. Sepp-van-de-pastoor, zo genoemd omdat zijn broer geestelijke was. Sepp-van-de-os. Sepp-van-de-apotheek. Centenbak, die een pettenfetisjist was en een kin als een commode had en Anna door het imiteren van honden- en kattenstemmen vermaakte. Ten slotte Eenbeen-op-krukken, die in het geniep een kaartje legde, ofschoon dat niet godgevallig maar ketterse magie is, maar Eenbeen-op-krukken was net als ik uit krijgsgevangenschap vrijgelaten. Hij sprak me aan en vertelde me dat mij een zwaar lot te wachten stond, tenzij ik een sigaret voor hem had, dan kon hij de kaarten er nog eens op nakijken.

Toen de avond viel en er vanaf de Isar mist kwam opzetten en de zon de binnenplaats en de mist met licht besproeide, verscheen mama in de glinsterende damp. Ze stapte door de poort naar binnen en ik zag haar voor ze mij zag. Een kleine vergulde vrouw met een grijze hoofddoek, pezig en energiek en in een rok die uit oude broeken van de Wehrmacht was geknipt, zo zag het er in elk geval uit. Ze kreeg me eindelijk in het oog, bleef staan, schudde haar hoofd. De spade gleed uit haar handen. Ze pakte hem direct weer op, want zwakte tonen had mama altijd suspect gevonden, bij haarzelf en bij alle anderen, maar desondanks kwam ze met grote ogen van zwakte op me af. Ik rende haar tegemoet, en ze omhelsde me en klemde zich aan me vast, en de spade werd telkens teder tegen mijn kruis geslagen, en ik rook aarde en onkruid en aardbeien en ouderdom en de geur die ik al ken sinds ik kan ruiken.

We huilden en huilden en zeiden hoe vreselijk we elkaar hadden gemist, en steeds opnieuw keek ze me aan met ogen die in tranen zwommen, schudde haar hoofd en verzuchtte dat ik zo'n 'spichterig' mannetje was geworden, een arme 'spriet'.

We liepen naar mama's bovenwoning, betraden 'de ruime kamer', zoals zij het noemde, terwijl Anna zich voorbereidde op de nacht in de kleine kamer, die helemaal geen kamer was en zelfs geen alkoof of zoiets, maar niet meer dan een kast. De gehele behuizing bestond uit niet meer dan een ruime kamer, waarin drie bedden, een tafel, diverse taboeretten (zoals mama stoelen noemde die je niet kon vertrouwen) en een waskom en een enorme, oude boerenkast stonden. Aan de muren hingen schilderijen van mij die ik Ev meer dan tien jaar geleden had gegeven. Niets wees op Hubs bestaan. Op het plafond zag ik groenige schimmel bloeien.

'We hebben in elk geval een dak boven ons hoofd,' zei mama. 'We arriveerden hier afgeleefd en haveloos, maar hebben het nodige gekregen, meestal ouwe spullen, en vooral Anna is goed voorzien door toedoen van de districtscommissaris en de nonnen.' Uit een kastje pakte ze een paar snijplankjes, bestek en een brood. 'Ook in Mittenwald hebben de Amerikanen kleding verdeeld. Maar alleen aan Polen, Oekraïners en dergelijke, die door overvallen en plunderingen niet genoeg hadden binnengehaald. Maar uiteraard niet aan tweederangs bandieten als Duitse vluchtelingen!'

Haar talent om zich op te winden, haar eigenwaan en haar genoegen om rechtlijnig te oordelen hadden niets aan scherpte ingeboet in de jaren van nederigheid, die ze klaarblijkelijk nog niet achter zich had gelaten.

De avondmaaltijd nuttigden we na een gebed. We hadden rammenas en selderij op brood en wat reuzel en water uit de put. In een conservenblikje stond het veldboeket dat ik had meegenomen.

375

Mama ging bepaalde onderwerpen zorgvuldig uit de weg, dat merkte ik. Ik wilde niet meteen vragen waardoor Hub invalide was geworden. En zij zei ook niets, ze repte met geen woord over mijn broer en zus. Des te meer deed ze haar best de problemen van een protestantse familie in vijandig katholiek gebied uit de doeken te doen, dat ook nog eens met een onmogelijke taal alle toekomstmogelijkheden van kleine Anna in de waagschaal stelde. 'De nonnen worden door hun klooster hiernaartoe gestuurd. Echte haaibaaien; die verschrikkelijke kerkgang aldoor en dat vrome geprevel van ze veranderen niets aan hun slechte karakter,' ging ze tekeer. 'Heb je dat monotone opdreunen van litanieën weleens gehoord? Een jodenkerk is er niks bij.'

'Wat is een jodenkerk, Amama?' vroeg Anna.

'Dat is een ander woord voor synagoge, schatje.'

'Wat is een synagoge?'

'Dat is een kerk voor de joden. Zo, en eet nu je rammenas op.'

'Wat zijn joden?'

'Dat zijn gelovige mensen die niet protestant zijn.'

'Dus katholieken?'

'Nou, dat ook niet.'

'Hoi,' juichte Anna, 'dan word ik later non bij de joden!'

We brachten Anna naar bed, liepen naar buiten en lieten ons neer in de juli van de Voor-Alpen, die zo dicht bij de rivier koel en vochtig ons lichaam binnenkroop. Nog altijd zongen veel vogels, hoewel het al aardedonker was. Het klonk alsof er hier myriaden van nachtegalen leefden. Maar in werkelijkheid waren het de blind geworden parkieten van de directeur van het hospitaal, wier ogen in een bovengrondse bunker in München door ontsnappend gas waren aangetast en die het nu in hun kooi, die tien meter boven ons bij het open raam stond, zonder de imposante Karwendel moesten doen, althans het uitzicht erop.

'Ik vraag niets, m'n lieverdje.'

'Dank je, mama.'

'De situatie is eigenlijk wel duidelijk.'

'Vind je?'

'Achter het onmetelijke verdriet van de mens staat – dat is de ware reden – de zonde. Maar er is een geneesmiddel.'

'Vast en zeker.'

'Als de droefenis het gevolg is van de zonde, dan is de blijdschap een kind van de verlossing. En vandaag ben ik blij. Wat ben ik blij!'

'Ik ben ook blij, mama.'

'Dat jij nog leeft, betekent dat God je beschermt en van je houdt. En Hub en Ev beschermt hij ook.'

'Gaat het goed met ze?'

Ze antwoordde niet, aarzelde, wat helemaal niet bij haar paste. Toen legde ze haar vogelhand op mijn knie, keek me berustend aan en zei zacht: 'Ik ben ontzettend blij.'

Toen we weer in de ruime kamer waren, sliep Anna al. Mama zei dat Ev door de week vaak in Mittenwald in haar dienstwoning verbleef. Ze kwam maar om de paar dagen hierheen. 'Je kunt vandaag in haar bed slapen. We verwachten haar pas morgen.'

En dus sliep ik in haar bed. Ik boorde mijn neus in haar kussen, boorde naar haar geur, boorde en boorde, maar rook alleen zeep. Ik zocht naar haren van Ev, vond ze ook, eentje had zich om een kussenknoop gewikkeld, en ik ontdekte zelfs de uitgetrokken wortel tussen duim en wijsvinger, zo klein als een onooglijk uitje.

Midden in de nacht werd ik wakker.

'Je moet opstaan, oom Koja.'

'Hm?'

'Je moet opstaan. Ik moet plassen. Nu meteen.'

Een seconde lang begreep ik het niet, vermengde het spinsel van een droom zich met oeroude herinneringen aan een nacht van duizenden jaren geleden, toen de kleine Ev haar gevoeg deed in mijn bijzijn, het begin van alles, ook het begin van Anna, in zekere zin.

Anna trok aan me en wees me haar po, waarbij ze erop stond dat ik voor de deur ging staan terwijl zij haar plasje schaamte fabriceerde. Ze stuurde me naar buiten, draaide zelfs de deur zorgvuldig op slot (twee keer). Toen vergat ze me en viel weer in slaap, terwijl ik in het donker naar het dubbel dichtgedraaide slot staarde.

Omdat ik haar noch mama wakker wilde maken, klopte ik niet, maar installeerde me zuchtend op de enorme stenen vloer, gehuld in een van de roodgeblokte gordijnen, dat ik met de nodige moeite van de gordijnstang had getrokken. En terwijl ik daar zo lag en door de colonnes deuren het gedempte kreunen en snurken van alle gekken hoorde, gaf het me een voldaan gevoel dat Anna mijn schaamtegevoel had geërfd, mijn grote angst voor naaktheid, mijn huiver voor uitwerpselen, voor mijn eigen zweet en bloed.

Nee, zij zou nooit arts worden, tenminste geen goede.

En vervuld van een tomeloze liefde voor mijn dochter, een liefde die pas op deze boosaardige, arglistige dag uit het ei was gekropen en me toch houvast gaf, viel ik in slaap.

6

's Morgens vroeg vond de grote pispottenparade plaats.

Alle fabelwezens schuifelden, struikelden, kropen en huppelden langs me heen, balancerend met hun gevulde nachtspiegels, elkaar vriendelijk groetend met 'servus' of 'hobediejehre' of 'griasdigot', op weg naar de enige plee, die net als de waslokalen naast de varkenskeuken boven de binnenplaats lag.

Vliegende kat morste een paar druppels, en iedereen ging voor hem aan de kant toen hij zwaaiend kwam aanstormen met een enorme po, ook ik schoot op handen en voeten naar de muur en stond weer op.

Anna vond het heel erg dat ik op de harde vloer had moeten slapen en ze beloofde een tekening voor me te maken waarop ik me in de lucht op witte wolken neer zou vlijen, omdat ze zo zacht waren, en ze zou de deur nooit meer op slot doen. Nóóit.

Toen moest ze met haar stokoude schooltas op weg naar de dorpskleuterschool (katholiek, maar mama noch Ev kon zich om haar bekommeren). Haar vlechten wipten op en neer.

Mama pakte haar schop en verdween naar haar werk, waarover ze me in het ongewisse liet.

Ik bleef achter in het gesticht. Ev zou pas 's middags komen omdat ze nachtdienst had gehad. Ik liep naar de kerk van het gesticht, een gotische kapel in de schamele verpakking van gestuukte barokke retoriek, een passend oord om van het leven te houden vanuit het perspectief van de dood, zoals je ook van Ev moest houden vanuit het perspectief van de dood, dat wist ik zeker.

Maar het was niet Ev die ik vervolgens ontmoette.

Een grijze vooroorlogse DKW kwam de binnenplaats op rijden, waaruit een man met één arm klom. Ik verbaasde me over de soepelheid van zijn bewegingen en herkende mijn broer pas toen een non hem met 'Goedendag, meneer Solm' begroette. Pas later hoorde ik dat mijn woedende schot door zijn hand tot botversplintering en bloedvergiftiging had geleid, zodat de legerartsen eerst zijn hand, toen zijn onderarm en ten slotte, vanwege ontoereikende chirurgische nazorg, ook nog zijn bovenarm moesten amputeren.

Na de oorlog nam hij het verlies zo goed als het ging te baat en schreef een handboekje met de titel *Geen invalide maar winnaar!* Een zeer lezenswaardige almanak, met een medisch oog geredigeerd door Ev, geïnspireerd door het gekkengesticht waarin zijn vrouw en dochter woonden, met veel nuttige tips voor het dagelijks leven van oorlogsinvaliden. Hij had zelfs uitgedokterd hoe je als eenarmige je nagels knipt en je veters strikt. Foto's toonden hoe je een schaar met je gebogen knieholte hanteert en hoe hij zelf met handige bewegingen van duim en pink een lus in zijn schoenveter legt. En natuurlijk hoe hij eenarmig autorijdt. Een degelijke bestseller, zoals je die tegenwoordig niet meer ziet. Ook al had hij haar niet bij zich (en ook helemaal niet nodig) toen hij op uw hoofd sloeg, beste swami, Hub beschikt intussen wel over een vleeskleurige prothese van weerbestendig pvc. De medische wetenschap heeft echt ongekende vorderingen gemaakt.

Maar destijds bungelde aan zijn schouder alleen een lege mouw toen hij zich met de non over de binnenplaats haastte, met in zijn resterende hand een kleine pop, zo te zien een geschenk voor Anna, die hij bij wijze van verrassing kwam bezoeken.

Ik sprak hem aan.

Tien minuten later lag hij op zijn knieën voor me te snikken. Het was onmiskenbaar dat hij God in zijn leven had toegelaten, aangezien hij me vroeg of ook ik God in mijn leven had toegelaten. En hij sprak dat waar de zonde macht heeft verkregen, ook de genade macht heeft verkregen. En alleen aan frasen als 'Wat een koeienkop' of 'Dan pis je in de sneeuw' merkte ik dat hij ook echt mijn broer was.

Nog eens tien minuten later vertrok hij weer, nadat hij me had verzekerd dat ik zijn zegen had om met Ev gelukkig te worden.

Ik was totaal in verwarring, dat kunt u zich wel indenken, want tussen de wrede Standartenführer en de jankende dienaar Gods stond mijn verlangen naar wraak, en dat was nou eenmaal niet zwak genoeg om het maar gewoon te laten rusten.

Toen mijn zus eindelijk thuiskwam, leken de bloemen waar we midden in gingen zitten van binnenuit te stralen, net als de bergen en vooral Ev zelf. Ze droeg een nauwsluitende lichtblauwe rok met een zijsplit, zoiets had ik niet eerder gezien. Ze moest hem in een echte winkel hebben gekocht. Het was zoveel stof dat de rok zich als een rivierdelta tot aan haar voeten verbreedde. Daarbij droeg ze een eenvoudige lichte bloes, een vermaakt herenoverhemd dat haar jongensachtigheid benadrukte.

Ze deed haar best om zorgeloos over te komen, wat een enigszins geforceerde indruk maakte, vooral omdat we maar even onder elkaar waren geweest bij de begroeting. Toen we de nabijheid van elkaars lichamen voelden, kreeg zij plotseling de hik en probeerde, tussen de regelmatige hikken door, toch nog te vertellen dat ze na haar vlucht vooral ook in het hospitaal in Pattendorf was gebleven om er dichter bij God te zijn, die ze dagelijks had gesmeekt mij voor onheil te behoeden. En ze had, zei ze, gezworen om katholiek te worden, mocht ik uit gevangenschap terugkeren. En omdat dat nu was gebeurd, moest ze dus nu paaps worden.

Ik vroeg me af wat er in mijn religieus ontvlamde broer en zus gevaren was. Zelfs op de verschrikkelijkste momenten in de Loebjanka had ik geen tweespraak met Jezus Christus gehouden, maar alleen met mijn vriendin, de eenzaamheid.

'Daar zal mama niet blij mee zijn,' zei ik om maar wat te zeggen.

'Nee, maar het maakt het er hier voor Anna wel een stuk eenvoudiger op.'

'Wat is ze lief en knap geworden.'

'En ze heeft jouw talent geërfd. En jouw manier om de dingen meestal iets te omslachtig aan te pakken.'

'Weet Hub iets?'

Ev hikte, zodat haar vingers van haar knie sprongen, de mooie vingers van een vrouwelijke arts, één ervan in volle huwelijkse tooi, allemaal een beetje nerveus. Ze tastte naar haar hals, streek over de huid op haar strottenhoofd (waaromheen ik vele jaren geleden zo vaak mijn lippen had vastgezogen) en schudde haar hoofd: 'Hij denkt dat ze zijn dochter is.'

Daarna trok ze gras uit de grond alsof het haar was.

'We zijn na de oorlog uit elkaar gegaan, meteen toen we hier aankwamen.'

'Waarom?'

'Wat hij jou heeft aangedaan...'

Ze maakte de zin niet af, maar wond zwijgend grassprieten om haar vingers.

'Hij was hier nog,' zei ik.

De sprieten werden in plukjes gescheurd en dwarrelden de lichtblauwe rivierdelta tegemoet.

'We hebben gepraat,' zei ik.

'Dat is mooi.'

Ik knikte en had het gevoel dat zich in de vallei een warmere, mildere wind had verzameld dan de dag ervoor.

'Hij komt vanwege Anna vaak uit München deze kant op. Soms slaapt hij ook bij ons.'

'In jouw bed?'

'Ja, in mijn bed. We zijn nog altijd getrouwd.'

'Natuurlijk. Dat is toch ook prima.'

'En we ontzien elkaar. Vrienden.'

'Lukt dat?'

'Hij drinkt niet meer,' antwoordde ze ontwijkend. 'En hij is gelovig geworden.'

'Niet als enige, merk ik.'

'En hij is heel lief voor kleine Anna.'

'Hoe zit het met zijn werk?'

'Wil je alleen maar een beetje babbelen?'

'Wat? Hoezo? Nee. Ik wil gewoon weten wat hij doet.'

'Ik weet het niet precies,' zei ze lusteloos. 'Een auto heeft hij wel. Wie heeft er nou een auto? Eigenlijk alleen zwendelaars en zwarthandelaren. Maar officieel werkt hij bij een transportbedrijf in Pullach.'

'Bij een transportbedrijf?'

'In Pullach, bij München.'

'Bij een transportbedrijf? Met zijn ene arm?'

'Hou je nog van me, Koja?'

'Ev.'

'Wat?'

'Natuurlijk hou ik nog van je.'

'Ik bedoel... omdat je helemaal geen cadeautje voor me hebt meegenomen.'

'Jij zult ook nooit veranderen,' zei ik met een glimlach.

'Ik heb al die tijd gewacht, weet je. Ik geloof dat jij mijn noodlot bent. En ook al was het vreselijk wat we hebben gedaan, het was ook juist. Hoe dan ook, ik zou na al die jaren zeker een cadeautje voor jou hebben meegebracht, al was het een stomme kiezelsteen geweest van daarzo.'

Ze wees ontstemd in de richting van de Isar.

'Ik ken niemand, Ev, die zoiets zou zeggen, behalve jij.'

'Wil je daarmee zeggen dat je me raar vindt?'

'Eerder ongewoon.'

'Verder nog wat?'

'Wat bedoel je?'

'Aantrekkelijk misschien?'

'Ja, ik vind je aantrekkelijk.'

'Begeerlijk?'

'Begeerlijk.'

'Begeerlijk ondanks al die rimpels in mijn gezicht en ondanks de wallen onder mijn ogen en ondanks mijn eerste grijze haren?'

'In deze rok ben je zelfs met een kale kop nog de begeerlijkste vrouw die ik ooit heb ontmoet.'

'Echt?'

'Zo waar ik hier zit.'

Nu pas keek ze me aan. Ze kreeg de uitdrukking in haar ogen die ik van vroeger kende en die je vertelt dat haar gedachten haar al een eind vooruit waren gesneld, dat haar leven zich al ergens anders afspeelt en dat ze er zelf nog aan moet wennen deze belofte ook waar te maken, en hoe gemakkelijk het voor haar was eraan te wennen, dat stond ook in haar ogen, die een herinnering bij me opriepen.

'We hebben nog twee uur voordat mama en Anna terugkomen,' zei ze voorzichtig.

'Dat is fijn.'

'We kunnen al die tijd hier in de frisse lucht blijven zitten, bespied door de halve clerus van het Alpenvoorland...' de zin bleef hangen, hoewel hij verder wilde gaan, en ik dacht al dat ze weer zou gaan hikken, maar dan, rap erachteraan: '... of we gaan naar de kamer boven.' Nee, werkelijk, ik kon me niet voorstellen dat zij nog eens paaps zou worden.

Ik wist ook welke herinnering haar blik bij me opriep. Die aan de tekening van een sneeuwuil die papa ooit had gemaakt. Toen was ik vijf, en hij had gezegd dat sneeuwuilen het vertikken om ook maar één keer met hun ogen te knipperen wanneer ze niet hadden gekregen wat ze wilden: een muis.

'Heb je geen zin?' vroeg ze onzeker, bijna lomp.

'Frisse lucht doet een mens toch goed,' zei ik hulpeloos.

Ze hikte maar één keer. Ongelovig.

Toen begon ze weer aan het gras te plukken. Na een poosje zei ze op een andere toon: 'Sorry dat ik zo naïef ben. Maar ik zou zo graag met jou verder willen.'

'Ik ook, Ev.'

'Ik ben serieus.'

'Het gaat niet.'

'Is er een ander?'

'Ja, er is een ander.'

We zaten daar en keken allebei omhoog naar de bergen. Ze haalde twee keer haar schouders op en vroeg ten slotte: 'Echt waar?'

'Echt waar.'

'Dat is niet erg.'

'Ev.'

'Ik zal altijd van je houden. En ik heb geen dag spijt van al die jaren dat ik op je heb gewacht.'

'Ev.'

'Ga nu, alsjeblieft. Ik wil een beetje alleen zijn.'

Nog dezelfde avond, terug in het opvangkamp in Schwabing-Nord, schreef ik een lange brief aan Maja Dzerzjinskaja. Ik voegde hem bij een depêche die ik daags erop via het afgesproken correspondentieadres naar Moskou stuurde.

Ik liet kameraad Nikitin weten dat ik erin was geslaagd contact met mijn familie op te nemen.

7

Vier maanden later haalde Hub me met zijn ronkende tweecilinder-DKW af op de Karlsplatz in München. Hij had Anna bij zich, die achterin zat en haar spinnenarmen om mijn hals sloeg. Ze produceerde bij 'oom' en ook bij 'Koja' lange o's, die ze in mijn nek ademde. Ooom Kooja. Kinderen speelden op de puinhopen tegenover de Karlstor. Verstoppertje, meen ik. Executeren werd niet meer zo vaak gespeeld. Zei Anna.

We reden door de verwoeste stad, langs vele bouwsteigers, zelfs langs pas gepleisterde gebouwen, maar vooral langs de eeuwige ruïnes, zwart als de hel, langs bergen van beroet terracotta en afval, langs staketsels van daken en ramen met niets anders dan witblauwe wolken erachter. We passeerden de drukke zwarte markt bij de Sendlinger Tor en arriveerden op het grote botteninzamelpunt in het zuiden van de stad. Ik gaf een mand met vijf kilo gevonden botten af die ik in de bomtrechters had opgegraven, meestal skeletten van honden en katten. Anna was zelfs met botten uit de hospitaalkeuken in Pattendorf komen aanzetten. Menselijke beenderen mochten niet worden ingeleverd. Als betaling gaf men ons twee grote stukken huishoudzeep mee. Trots stapten we weer in Hubs auto en reden terug.

'Zoiets hoef je straks niet meer te doen, Koja. Dan heb je genoeg centen,' stootte hij grijnzend uit, de sigaret in zijn mondhoek, die als vastgekleefd op zijn lip danste.

'Maar pappie,' zei Anna, 'de nonnen zeggen steeds dat je geen centen nodig hebt om toch rijk te zijn.'

'En ze hebben gelijk, lieverd. "Dient elkander, een ieder naar de genadegave, die hij ontvangen heeft."'

Via Isarvorstadt, Sendling, Thalkirchen en het villadorp Solln reden we over de Wolfratshauser Straße naar het zuiden, af en toe door de schokkerige ontsteking van de hoogbejaarde motor vooruitgeschoten. De sporen van de oorlog verbleekten elke meter meer, en de hele weg lang zongen we protestantse liederen. Hub overdreef het allemaal een beetje, daarom deden we er nog een paar soldatenliederen bij.

We lieten de stadsgrens achter ons, haalden een aantal boerenwagens in, tot we vlak voor Pullach een weggetje met steenslag naar de Isar insloegen.

Na vierhonderd meter hielden we halt voor een afrastering en een provisorisch hek. Een gekleurde GI wilde Hubs papieren zien. Ik kende alleen Mary-Lou in deze huid, had nog nooit van zo dichtbij een zwarte mannenhand gezien, en al helemaal niet een die geen drankjes of koekjes aanreikt. Mijn broer zorgde dat hij hem niet aanraakte toen de soldaat de legitimatie weer door het open raampje schoof, de man salueerde en zei: 'Welcome home, mister Ulm, sir.'

Toen zag hij Anna en mij.

'He's my brother,' lichtte Hub toe.

'Mister Neu-Ulm, sir?' zei de soldaat grijnzend, die waarschijnlijk een beetje had rondgetrokken in het mooie Alpenvoorland.

'He's been announced,' antwoordde Hub stuurs.

De korporaal zocht het in zijn handboek op. Bedaard opende hij daarna de slagboom, en we reden het enorm uitgestrekte terrein op waar Hub sinds een jaar, hoe moet ik het zeggen, werkzaam was.

Vanaf het eerste moment leek het me een perfecte parodie. Een parodie op de tijd van Goethe en Schiller met de middelen van de absurde architectuur. Zo ver het oog reikte, zag ik midden tussen zorgvuldig gemaaide gazons een dikke twintig nazikopieën van Goethes beroemde tuinhuis (aan de Ilm in Weimar, u weet wel), die met steile schilddaken en keurig in het gelid op gelijke afstanden van elkaar rondom een rechthoekig, enkele voetbalvelden groot grasveld stonden aangetreden. Een Blut-und-Boden-idylle in afwachting van de elfenkoning.

'Wie heeft dat gebouwd?' vroeg ik aan Hub terwijl we uitstapten. 'En over wie wilde de architect zich vrolijk maken?'

'Maar Koja, is dit niet schitterend? Een complete nederzetting midden in de natuur! Ver weg van alle tumult. Kijk 's, Anna, daarginds is de schommel!'

Mijn dochter holde naar de schommel, de bekroning van een heel aardig speeltuintje met een kleine glijbaan, zandbak en optrekstang. We slenterden achter haar aan en ik ontdekte achter de speeltuin een vlaggenmast zo hoog als een boom met een in de zachte wind wapperende stars-and-stripes.

'Je mag drie keer raden wie hier heeft gewoond,' zei Hub.

'Sneeuwwitje en haar zevenhonderd dwergen?'

'Martin Bormann. Zijn hele entourage. Alles vanaf ss-Brigadeführer. En daarginds, aan de overkant van de weg, ligt de Führerbunker. Zullen we even kijken?'

'Doe me een lol, Hub. Maar vertel me één ding: waarom gaan de Amerikanen uitgerekend hier zitten?'

We waren bij Anna aangekomen, die smeekte om te worden aangeduwd, en hij was heel duwbereid, die ooom Kooja.

'O nee, niet de Amerikanen. Dit is een zuiver Duits project. En een godgevallig project. Anders was ik hier niet.'

Hij spuugde zijn peuk weg en voordat ik iets kon doen, gaf hij onze dochter een stevige niet-geamputeerde zet.

'De doctor haat de Amerikanen. Dat zijn alleen maar onze nuttige idioten.'

'Je pappie bedoelt alleen maar onze nuttige zwakbegaafden,' legde ik de voorbijvliegende Anna uit.

'Ze proberen het nu met een eigen dienst. Cee-Ie-Aa heet die.'

Het klonk als het gebalk van een ezel. Pas jaren later zouden we het bij ons ook 'Sie-Ai-Ee' noemen, volgens de Engelse uitspraak, die we destijds nog allemaal omzeilden.

'Er zijn er hier een paar om van ons te leren.'

'Wat precies? Hoe je moet verliezen?'

'Overdrijf nou eens niet.' Hub werd serieus en keek op zijn horloge. 'Het is tijd. Ik stel je zo voor aan de doctor. Onthou wat ik heb gezegd.'

Onthou wat ik heb gezegd.

Tussen ons was het weer bijna als vanouds. Grote broer, kleine broer. Großpapings nalatenschap. Een dualiteit van zeggen en onthouden, van zorgen en zich verzetten, van Hubert en Konstantin. En kwam het eeuwige bevoogden, dat ik in Hubs gedrag tegenover mij al sinds mijn kindertijd doorstond en verdroeg, niet bij uitstek tot uiting in mijn doodvonnis? En had ik me bij deze door hem aangekondigde dood niet net zo neergelegd als bij het afstaan van je dessert? In de verkeerde maand geboren zijn? Zijn kleren afdragen? Of onthouden wat hij gezegd heeft? Hij kon altijd voor me zorgen, mij altijd voor zijn karretje spannen. Zelfs nu nog, na alles wat er was gebeurd.

Hij wilde me sturen, precies zoals kameraad Nikitin al had vermoed. Als hij me in de oorlog had doodgeschoten, dan had hij me in zekere zin ook alleen maar gestuurd. En nu was hij godgevallig geworden, zoals hij vroeger ook godgevallig was geworden. Natuurlijk, hij had theologie gestudeerd, natuurlijk, hij kende alle psalmen en Bijbelverzen. Maar die kende hij ook toen hij mij wegens insubordinatie liet veroordelen. Ze waren hem alleen niet te binnen geschoten.

'Dient elkander, een ieder naar de genadegave, die hij ontvangen heeft.'

O, zeker, met de genadegave die ik van hem had ontvangen, zou ik hem nog wel even dienen. Ik voelde in mezelf niets dan kilte toen ik daaraan dacht.

Maar hij leek argeloos. Hij vond het zeker heel vanzelfsprekend dat ik van hem afhankelijk bleef, van zijn relaties, van zijn geheimen en beslissingen.

Het feit dat ik niet meer met Ev sliep, wat hij niet en zij al evenmin begreep, gaf me al met al een beetje soevereiniteit terug, of beter gezegd: zelfstandigheid. Hoewel ik hem al het slechte van de wereld toewenste, probeerde ik de twee weer bij elkaar te brengen. Dat raakte me weliswaar in de armzalige, harde, kleine woonkamer van mijn hart, maar kleine Anna had een vader nodig. En ik was bereid alles voor Anna te doen, en daaruit ontspon zich de nieuwe vertrouwdheid tussen ons allen, die ik met de grootst mogelijke voorkomendheid meende te moeten misbruiken.

We lieten Anna en haar juichen achter in de speeltuin. Hub liep naar het twee etages hoge, breed opgezette hoofdgebouw van de nederzetting toe. Ik volgde hem vol verbazing. Want hoe dichterbij we kwamen, des te duidelijk het werd dat de Bormann-villa zich maar weinig van de ondergang van de voormalige heer des huizes had aangetrokken. Boven de entree van het huis stak de gezag uitstralende naziadelaar, in steen gehouwen, zijn klauwen nog altijd uit in het complete niets, want het hakenkruis eronder was weggehakt. In de tuin maakten de achtergelaten smalle bronzen Germanen van Thorak en Breker zich lang. En op de kopse wand in de grote eetzaal op de begane grond bonden dames met deinende boezems korenaren tot gele schoven.

Daar wachtten we. Mijn hoofd tegen een blauw frescoschort.

Een ordonnans in witte livrei bracht ons af en toe een kop surrogaatthee.

Toen de doctor ten slotte opdook, vergezeld van een adjudant die niet van zijn zijde week, viel vooral de zonnebril op die hij droeg. Een opengeklapte paraplu zou me niet meer hebben verrast. Tegenwoordig zie je zoiets in elke slechte spionagethriller, maar toen dacht ik dat hij een oogziekte had.

We gingen staan en hij noemde zichzelf doctor Schneider.

Ik had tot dan toe maar een van de drie prominente leiders van de geheime dienst nader leren kennen: de immer goed gekapte tropische ss-vis Walter Schellenberg, hoofd van de buitenlandse spionage van de SD, die exact op die dag – dan was het dus veertien september negentienachtenveertig – voor het Tribunaal van Neurenberg de doodstraf probeerde te ontlopen.

Het tweede nazikopstuk, admiraal Canaris, chef van de contra-inlichtingendienst en volstrekt verrassende samenzweerder tegen Hitler (uiteindelijk vanwege zijn geringe lengte en de rantsoenen in het concentratiekamp zo'n vlieggewicht dat hij aan de strop vijf keer omhoog- en omlaaggetrokken moest worden voordat zijn nek brak), heb ik nooit ontmoet.

En de derde man stond nu kaal, met zeiloren en zonnebril voor me en heette om dezelfde redenen doctor Schneider zoals Hub meneer Ulm heette.

Ik kende zijn echte naam. Als leider van de afdeling die de posities van de vijand in het oosten in kaart bracht, de zogenoemde FHO, had generaal Reinhard Gehlen nauw met Hubs Operatie Zeppelin samengewerkt. Een wonder dat de generaal nog leefde. En blijkbaar nog vrolijk mocht doorleven, wat de us Army betrof, die op grond van zijn ondoorgrondelijke beslissing liever tropische vis Schellenberg dan Gehlen of Hub wilde zien hangen.

'Fabuleus,' zei de doctor, 'u lijkt echt helemaal niet op elkaar.'

'Mijn broer is pas een paar weken geleden uit de Sovjet-Unie teruggekeerd,' vertelde Hub.

'En wat betekent dat?'

Dat betekende dat ik nog altijd een uitgehongerd skelet was, terwijl mijn broer alweer uitdijde en papperige gelaatstrekken kreeg, wat je echter van meneer de generaal met de beste wil van de wereld niet kon zeggen, en daarom probeerde ik het met een grap: 'Wel, ze hebben een gezichtsoperatie bij me uitgevoerd. Ik ben zo vrij, Solm. Het is mij een eer, doctor Schneider.'

Ik stond in de houding en had bijna de Hitlergroet gebracht.

Gehlen kwam heel dicht bij me staan en zette zijn bril af. Ik rook pijptabak, zag staalblauwe ogen, een snorretje en daaronder dwergenlippen die zich tuitten. Hij wil me kussen, dacht ik. Maar het enige wat hij zei, op tien centimeter van mijn gezicht: 'Hij heeft helemaal geen littekens.'

Het was dus fout geweest om het met een grap te proberen. Grappen losten in hem op als regendruppels in de zee.

'Moet je nou zien,' keerde de doctor zich tot zowel zijn adjudant als mijn broer, 'hoe onze tegenstander ook op het punt van de aangezichtschirurgie een voorsprong op ons neemt. Eerst slaat hij zijn slachtoffers tot moes. En daarna lapt hij ze met een toverhand weer op. U moet uw broer straks beslist voor het archief laten fotograferen, Ulm. Dat is ook propagandistisch van nut: experimenten op mensen in het Oosten!'

'Tot uw dienst, meneer.'

Ik zou nooit weer een kans krijgen het misverstand te corrigeren. Nog jaren later kwam Gehlen midden in internationale onderhandelingen naar me toe en stelde me dan voor aan deze of gene Filipijnse of Jordaanse militair, om met de woorden 'Is dat niet een ongelooflijk rechte neus?' indruk op ze te maken.

Toen Gehlen zijn adjudant had weggestuurd en ons vroeg hem naar zijn kantoor te begeleiden, betraden we een ruimte die was ingericht als een florerende begrafenisonderneming. Witte tulpen op tafel, een crucifix aan de wand, met ernaast een dodenmasker van Frederik de Grote. Een allegaartje van protestants-katholieke devotionalia en daaromheen alle bruintinten van deze aarde.

Een groter contrast met het met spiegels behangen fluweelrood pluchen bordeel waarin tropische vis Schellenberg zijn Berlijnse dienstvertrekken placht te transformeren was niet denkbaar. Hier vond je ook geen in het schrijfbureau neerlaatbare machinegeweren, geen bars met behangetjes en brandy en scotch, geen ingebouwde microfoons. Zelfs de secretaresse zag eruit als een tambour-maître van het Leger des Heils. Terwijl Schellenberg zich vlot, hoffelijk, volmaakt en ervaren in de vele nuttige toepassingen van charme had betoond, bleef het charmantste aan Gehlen zijn volslagen gebrek aan humor, dat hij met neerbuigendheid en arrogantie probeerde te compenseren.

'U wilt dus bij ons beginnen?' vroeg hij me nogal bars.

'Het is me een...'

'Zeg gewoon ja of nee. Daarvoor heb je nou eenmaal die korte woorden in onze mooie taal.'

'Ja, meneer.'

'Loebjanka?'

'Ja, drie jaar.'

'Gerekruteerd?'

'Door de NKVD. Mijn liaisonofficier heet Nikitin.'

'Een ploert. Hou dit lijntje in stand. Wij geven u spelmateriaal.'

'Tot uw dienst.'

'SS?'

'Ja, uiteindelijk Hauptsturmführer. Operatie Zeppelin.'

'Uit de SS gesmeten?'

'Ja. Door mijn broer. Was de enige kans om me uit Himmlers schootsveld weg te krijgen.'

De leugen is een tedere vriendin. Ze heeft zulke zachte handen.

'Wat ik in de SS zo waardeer,' sprak de generaal met een zekere voldoening in zijn raspende stem, 'dat is zijn standvastige houding tegenover de wereldbeschouwing die wij bestrijden. Deze houding meen ik ook bij u te bespeuren.'

'Dank u, meneer.'

'Mooi. Dan vertel ik u wat u hier ziet. Of weet u al wat u hier ziet?'
Hij wees naar buiten, zonder een spoor van plechtstatigheid.

'In elk geval veel zon en natuur,' probeerde ik het vaag te houden, en ik keek net als hij uit het raam, zelfs met dezelfde uitdrukking van fundamenteel wantrouwen.

'West-Europa.'

'West-Europa. Geweldig.'

'West-Europa, dat in de chaos van economische ontwrichting en communistische machtswellust ten onder dreigt te gaan.'

'Dat is precies wat ik ook zie,' bevestigde ik met toegeknepen ogen.

'Tegenover de voortdenderende Russische stoomwals hebben mijn naaste medewerkers en ik daarom onze kennis, dossiers en knowhow aan het KK beschikbaar gesteld.'

Hij zei ká-ká.

'Het KK, doctor?'

Mijn broer kuchte even.

'Het Kleinere Kwaad, Koja.'

'Het kleinere kwaad?'

'De kauwgomvreters.'

'Ik snap het.'

'Ik wil duidelijk maken,' knoopte de doctor bij Hubs uitleg aan, 'dat wij de gedegenereerde manier van leven van de Amerikanen afwijzen.'

'Jazeker, meneer.'

'De democratie is iets voor schooiers.'

'U zegt het.'

'De sociaaldemocratie moet worden bestreden.'

'Uiteraard.'

'De "Twintigste juli" bestaat uit sukkels en verraders. Daarvan komt er hier niemand in.'

'Prima.'

'Antisemitisme zul je bij ons niet vinden. Maar Joden natuurlijk ook niet.'

'Ik snap het.'

'Aan nazi's hebben we hier geen behoefte. Maar Adolf Hitler was een interessante man en hij verstond zijn beroep wel.'

'Een uitstekende dictator, meneer.'

'Ik was vaak genoeg bij hem om dat te kunnen beamen.'

'Ik raak enthousiast van elk woord dat u zegt. Het is me een eer om onder...'

Gehlen onderbrak me door zijn rechterwijsvinger als een maatstok te verheffen. Vervolgens legde hij zijn handen op de rug, ging dichter bij het raam staan en keek nog resoluter naar buiten. Tegen het panoramische decor van de verre Alpen stonden Bormanns Goethehuis-persiflages als blokjes om het grote veld, waarop helemaal alleen mijn, mijn, mijn Anna zat te schommelen, onder de vlag van de Verenigde Staten van Amerika.

'Uw dochter?'

'Mijn dochter,' zei Hub abusievelijk. 'U kent de kleine Anna toch?'

Gehlen knikte peinzend en draaide zich toen om naar mij.

'Hebt u ook een gezin?'

'Nee.'

'Wat jammer. Maar misschien vinden we nog wel iets voor u. Meneer Ulm zal u vertellen hoe het er hier allemaal aan toegaat.'

Twee uur later kwamen we aan bij Zum Flaucher, een oud boswachtershuis met terras in de zuidelijke beemden langs de Isar bij de stad. We gingen een eindje verderop zitten, op het kiezelstrand van de kalme stroom. Het water was helder met een zweem van groen, het rook onder ons een beetje naar vis, maar nauwelijks merkbaar.

'Veel komt er tegenwoordig niet uit de Alpen naar beneden,' zei Hub. Hij had zijn broekspijpen opgestroopt en hield zijn voeten, die hij 'poten' noemde, in het water. 'Kazig,' zei hij in het Oudbeiers toen hij mijn gedurende jarenlange Loebjanka-detentie ontkleurde kuiten zag, en ook voor de rest lag het Beiers hem kennelijk wel, waarmee hij zo nu en dan zijn Baltisch kruidde. Tegen Anna riep hij '*Saugaudi*'. Ze poedelde een paar meter verderop in een opgestuwd bassin, en nadat Hub uit het café twee glazen witbier had gehaald (zijn hoed ver over zijn gezicht getrokken), hoorde ik hoe meneer Gehlen de boel regelde.

'Je heet vanaf nu Dürer.'

'Zo wilde ik altijd al heten.'

'Heinrich Dürer.'

'Ook goed.'

'Onze organisatie is de Org. Punt. Zo heet ze ook gewoon.'

'Ik werk in een Org?'

'In de. De Org. De. Niet een. De Org in Camp Nikolaus.'

'Geintje?'

'Nee. We zijn op zes december van start gegaan.'

'Maar goed dat jullie niet op vierentwintig december van start zijn gegaan.'

'Alle medewerkers van de Org wonen op het terrein. Hun vrouwen. Hun kinderen. Iedereen.'

'Ik ook?'

'Jij. Ik. Iedereen.'

Hij zuchtte.

'Alleen Ev wil nou eenmaal per se in Pattendorf blijven, in de Pattendorfse ellende. In de Org zou ze het goed hebben gehad. En kleine Anna al helemaal.'

Ik zei niets, keek naar Anna, hoe ze zich op blote voeten over het rivierbed bewoog en haar evenwicht probeerde te bewaren, haar handen helemaal zijwaarts gestrekt, als een koorddanseres. 'Kijk eens! Páááppie! Ooom Kooooja, bulans! Ik blijf in bulans!'

Hub glimlachte naar haar, nam een slok bier en ging verder: 'Camp Nikolaus is autarkisch van opzet. De jongsten gaan hier naar de crèche. De oudere kinderen naar school. De mannen werken in ploegendienst, bijna alle getrouwde vrouwen zijn secretaresse.'

'Een paradijs.'

'We hebben een tuinderij, een bibliotheek, bioscoop, zwembad, twee sportvelden. De doctor heeft zelfs een golfbaan laten aanleggen. Om in ons eigen levensonderhoud te voorzien hebben we een eigen bakkerij, een eigen wasserij, benzinestation en kapper.'

'Dan heb je nog de eigen katoenplantages en de eigen zeevisserij vergeten.'

'Voor die dingen kunnen we terecht in de px-shop van de Amerikanen. Zúlke grote steaks heb je daar. Zó groot!'

Hij gaf het met maar één hand aan. Ik keek naar mijn stuk huishoudzeep, dat naast het bier lag, en dacht aan alle kattenskeletten die ik daarvoor uit de bomkraters van München had moeten schrapen.

'En verder is er nog één ding belangrijk,' zei hij zacht. Hij haalde zijn benen uit het water en trok zijn knieën op. 'München is verboden.'

Het was het eerste wat me echt verraste.

'Wat betekent dat?'

'Een verboden stad. Net als Peking. Of Lhasa.'

'Ik snap het niet.'

'Toegang verboden. Je mag maar één keer per week met onze bus naar de McGraw Barracks om boodschappen te doen. En één keer per jaar gaat de hele Org op slot voor het oktoberfeest.'

Ik verstond 'Orgtoberfest,' misschien even van de wijs gebracht omdat Hub maar bleef herhalen hoe verboden München op andere dagen voor ons was.

'Ik mag de stad niet in?'

'Wanneer Gehlen je in de Englischer Garten betrapt, ben je het haasje. Een sociaal leven kun je vanaf nu vergeten. Wij zijn spoken. We wonen in een spookstad. Niemand mag van ons bestaan weten. Dat is de prijs.'

'En die dan?' wilde ik weten, en ik keek eerst naar een paar dikke vissers die weg zaten te suffen en toen achter me naar het terras, dat vol zat met oorlogswinstmakers, yankeeliefjes, zwendelaars en vele rasechte Beierse lieden in klederdracht die gemoedelijk voor hun blonde bieren zaten.

'We zitten hier op stenen in de Isar, Koja. Dat is oké. Maar we mogen niet op dat terras zitten.' Hij trok zijn hoed weer over zijn gezicht, als om zijn woorden kracht bij te zetten. 'Voor terrassen geldt een veiligheidsafstand van veertig kilometer.'

Hij tekende met zijn wijsvinger een cirkel in de lucht.

'Ook alle gezinsuitjes: minstens veertig kilometer. Vakantie: minstens honderd kilometer. We hebben ook geen enkel contact met de omliggende dorpen. Nul. Je mag er nog geen krant halen. Ouders moeten op hun kinderen letten. Vriendschappen met de dorpsjeugd worden ontmoedigd.'

'Overdrijven jullie niet een beetje?'

'Wie ben jij?'

'Wie ik ben?'

'Hoe je heet?'

'Koja.'

'Je heet niet Koja.'

Ik zweeg.

'Je heet Dürer. En je wilde altijd al Dürer heten. Heinrich Dürer. En in München wemelt het van de Sovjetkillers. En jij wilt niet dat zij jou vragen wie je bent en hoe je heet.'

'Je hebt me erin geluisd.'

'Welkom in de Org.'

'Wat moet ik doen?'

'Ik had je voorgedragen voor Hoofdafdeling I, Inlichtingen Buitenland. Maar de doctor heeft je dossier en je opleiding bekeken.'

'En?'

Hub stond op en stroopte zijn broekspijpen weer af. Hij riep Anna, die tegenstribbelde omdat het water zo heerlijk koud was en er misschien wel zeemeerminnen waren, en nadat hij met haar had gekibbeld – zoals je in die tijd met kinderen kibbelde die niet na drie tellen het water uit waren – keek hij me aan en zei: 'Jij hebt bouwkunde gestudeerd. We hebben een betrouwbare architect nodig.'

In het najaar van negentienachtenveertig werd ik de betrouwbare architect van deze doctor zonder gezicht en zonder naam, die met miljoenen dollars van de overwinnaars en het personeel van de verliezers uit een arcanum van veelbelovende relaties een inlichtingendienst opbouwde die eveneens geen gezicht en geen naam had. En ook geen plaats waar die zich mocht bevinden.

En op deze plaats, die helemaal niet bestond omdat hij immers helemaal niet mocht bestaan, begon ik mijn esthetisch, ja, je mag wel zeggen alchemistisch programma met een drie meter hoge en vier kilometer lange bakstenen muur die ik rond het tot op heden alleen door een prikkeldraadafrastering beveiligde terrein optrok. En terwijl het terrein als zodanig helemaal niet bestond, bestond de muur wel degelijk, een tegenstrijdigheid waar gezien de nieuwsgierige vragen (van Ev vooral, maar ook van in verwarring gebrachte wandelaars) niet altijd een oplossing voor bestond.

En desondanks was ik te midden van het amorfe en het spookachtig-blijvende aan het creëren geslagen, en het mag gezegd dat de bouwkundige metamorfose van het afgegrendelde in het hermetisch-afgegrendelde uitsluitend via mijn tekentafel verliep.

Ik liet aan de andere kant van de muur bijenkasten en aan deze kant een decor van kassen neerzetten, zodat de bevolking (oftewel de in verwarring gebrachte wandelaars) zou denken dat er achter de ringvormige vesting honderden ijverige tuinders, botanici en imkers zaten die graag ongestoord wilden harken, zaaien en bijen houden.

Van de in een donker bos verborgen Führerbunker, doorgaans Haus Hagen genoemd, maakte ik een werkplaats voor het vervaardigen van vervalsingen.

Een verdieping lager liet ik het grootste stempelmagazijn ter wereld inrichten: in de voormalige privévertrekken van de Grootste Veldheer aller Tijden, ijskoude betonnen holen, werden dicht opeen stellingwanden met honderdduizend stempelhouders bewaard. Hier kon je net zo goed zegels van Braziliaanse metropolen als het cachet van een klein ziekenhuis in Turkestan vinden.

Alle reminiscenties aan het Duizendjarig Rijk ('Betreden alleen bij vliegtuigalarm toegestaan!') liet ik wit overkalken en ik sloopte uit de badkamer van de Führer de Führerbadkuip, de Führerdouche en het Führerbidet (feitelijk een Führergemalinbidet). Alleen het Führercloset liet ik staan, maar ik metselde er armaturen *Made in* USA omheen en ontlastte mezelf met veel plezier op deze stille plek.

Daarnaast nam ik de dienstvilla van de doctor onder handen. Er moesten nieuwe tapijten worden geleverd (zonder hakenkruisdessin), ik liet de gangen schilderen en de lampen vervangen. Voor Gehlens kantoor ontwierp ik een indrukwekkende trofeeënkast waarvan de binnendeurtjes zich bij het openen tot een wereldkaart-met-inlegwerk lieten uitklappen. (De Sovjethoofdstad werd als enige metropool alleen met de beginletter van het woord aangegeven, een M van lindehout, die de doctor aanzag voor de afkorting van Moskou, maar dat moest natuurlijk Maja zijn.)

Onder de Org-crèche werd voor de kleintjes een ruimte gebouwd die tegen kernbommen bestand was, de barakken voor de Reichsarbeitsdienst naast Haus Hagen werden omgevormd tot minikantoortjes, en Anna kreeg een tweede schommel, die vlak voor het raam van mijn kantoor stond.

Is er iets mooiers dan je eigen kleine meid te zien schommelen?

Ikzelf nam mijn intrek in een Goethe-heksenhuisje helemaal aan de rand van de nederzetting. Helaas moest ik het pand wel delen met een functionaris die vertrouwensmannen aanstuurde, een planningsspecialist en een dikke, kwalachtige roverhoofdman uit de Oberlausitz, van wie ik nog altijd niet veel meer weet dan dat hij Hortensius Vierzig heette. Zo luidde in elk geval zijn exotische schuilnaam.

We praatten nooit over onze identiteiten of opdrachten. En als mannen niet over zichzelf en over hun beroep kunnen praten, dan vergaat hun alle lust tot communiceren, en zo zwegen we eigenlijk voortdurend, zonder dat het ooit ook echt stil was, we speelden skaat of *Doppelkopf* en bestudeerden ons Erdinger witbier.

En eigenlijk was het moeilijkste element in Camp Nikolaus zoals altijd het menselijke element.

Veel nieuwe medewerkers kende Hub nog uit het Reichssicherheitshauptamt.

Soms vroeg hij me om naar zijn vertrekken te komen om de heren samen met hem te begroeten. Dat was niet altijd een feest.

Twee voormalige ss-Standartenführer, bijvoorbeeld, barstten uit in homerisch gelach toen Hub 'Goedendag' tegen hen zei. Ze groetten hem nadrukkelijk op z'n Duits terug, sloegen hun armen om zijn schouder en probeerden op die manier kameraadschap en de vreugde van het weerzien tot uitdrukking te brengen.

Een ander, die ooit zeven synagogen in Parijs in brand had laten steken, maakte een buiginkje en wilde weten hoe je op zo'n geheel autarkische locatie, waar je dus jezelf bedroop, nou uitgerekend het bijbehorende bordeel kon vergeten.

Stuk voor stuk lieten ze hun inbouwkeuken door mij en mijn bouwploeg opmeten en de kantoren door ons inrichten, het liefst met geloogd eiken.

Al snel ontmoette ik voormalige sd-medewerkers van mij, de nog nichteriger geworden Möllenhauer, bijvoorbeeld, die een stabiel verstandshuwelijk had gesloten met een lesbische concentratiekampbewaakster (die anders dan hij met zijn bleke pierrotgezicht heel fraai bloosde en zacht als een gedicht van Sappho praatte).

Ze woonden maar twee huisjes verderop en heetten meneer en mevrouw Pichelstein. 's Avonds was ik regelmatig bij hen te gast. Möllenhauer leek oprecht verheugd dat hij me levend terugzag. Hij was ongetwijfeld verrast dat Hub en ik elkaar weer leken te hebben gevonden. Maar vragen stelde hij niet. Slim was hij altijd al geweest, slim en listig. En dus was hij ook de enige met wie je er weleens tussenuit kon knijpen om 's avonds in het geniep naar München te rijden.

Terwijl hij bij deze gelegenheden tot de volgende ochtend de homobars van de stad afschuimde, had ik in steeds weer andere kroegen ontmoetingen met Nikitins contactman.

Ik zat altijd alleen, het liefst aan een tafeltje bij het raam. De agent nam plaats aan de bar. We droegen een hoed als teken dat we aanspreekbaar waren en zetten hem af wanneer we ons geobserveerd waanden.

Op het toilet wisselden we onze geheime informatie uit. Hij kreeg van mij al mijn bouwtekeningen, de personeelslijsten, voor zover ik die kende, belangrijke memo's en de samenvattingen van de gesprekken met Hub.

Ik kreeg brieven van Maja, die ik altijd alleen ter plekke mocht lezen, in het naar urine stinkende schijthuis, onder een kaal peertje. Ik las ze op z'n minst tien keer voordat ze laaiend verbrandden in de vlam van mijn aansteker. Flinterdunne kool, die ik, hem tussen mijn vingers fijnwrijvend, zo lang mogelijk met me meenam. De korte brieven leerde ik uit mijn hoofd, zoals die van negen november negentienachtenveertig:

Liefste! Duizend kussen overal. Ik mis je zo. Ik mis je vreselijk. Ik voel dat ik je mis, ook al ben ik bij je. Ik ben verloren stof in al je zakken. Ik ben zo onzichtbaar. Ik lees veel. Het mag van ze. Ik bedank ze. Ik zal je altijd missen. Je klop-klop-klop. Ik ga zonder jou door mijn tijd. En wat ik deed en ben, alles, alles, uiteindelijk alleen jouw naam. Liefste Koja. Doe geen bong-bong! Van harte met je negenendertigste verjaardag.
Maja

Terwijl ik zo'n brief snikkend las, trokken hele panorama's aan me voorbij. Zoiets verwarrends, wat helemaal niet bij haar paste. Waaruit alleen maar moest blijken dat zij het was die me schreef en geen censor. Ik probeerde mijn tranen te bedwingen en piepte in mijn hokje. Als een muis waarop je gaat staan. De mannen die achter de pleedeur in de metalen goot pisten, moeten hebben gedacht dat iemand zich achter de rode BEZET-grendel aftrok. Wat kon ik anders doen dan de halen van haar handschrift als een grafoloog bestuderen? Anders dan proberen Maja's gemoedstoestand uit de staarten van haar g en p te peuren? Lange brieven kon ik niet uit mijn hoofd leren, alleen losse woorden onthield ik als het bijzondere woorden waren, zoals 'druivensuikergesprekken', een woord dat in de kerstbrief van negentienachtenveertig stond:

Hoe vaak droom ik niet van onze middagen in de bergen, toen in Bessarabië. Weet je nog, liefste? De regen op het blikken dak? Wat was ik jong. Hoe simpel was geluk. En nu ben ik een oude vrouw van 29. Drie tanden ben ik kwijt. Ik heb sinds je laatste brief tijd gehad om me te ontwikkelen. Omdat je alles doet om mij en (de naam die volgde was door de censor zwart gemaakt) te behoeden voor de straf die eigenlijk wel op z'n plaats zou zijn, mogen we ons verheugen op druivensuikergesprekken.

Ik wist niet wat ermee was bedoeld. Waren 'druivensuikergesprekken' een ander woord voor folteringen? Of een ander woord voor verhoor? Verwezen ze eigenlijk wel naar een ander woord? Of hadden ze inderdaad gewoon te maken met de druivensuiker waarover ze het had? Mocht ik er in mijn brief naar vragen? Of raakte ze daarna nog eens drie tanden kwijt?

Terwijl ik regelmatig in depressies wegzakte, waren mijn brieven aan Maja optimistisch van toon en bevatten ze grappige tekeningetjes in de marge. Ik wilde haar een beetje laten glimlachen.

Ik schreef haar dat ik aan het onzichtbare front geweldige resultaten voor het socialisme boekte. Ik zei dat zij door mijn successen misschien al over vijf jaar vrij zou komen en we kinderen zouden kunnen krijgen, voor elk Loebjanka-jaar een vrolijk kind. Dan kwam je op vijf, als je vanaf nu begon te tellen. Ik tekende vijf portretjes van de kleine Anna, bijvoorbeeld van haar opwippende staartje toen ze haar 'bulans' niet verloor, wat Maja prachtig vond.

Altijd weer kwam ik na deze avonden doodop maar emotioneel

bevrijd in Camp Nikolaus aan, de spokenarchipel, glipte onbespied naar binnen door een doctorsdeur die de anticiperende architect Konstantin Solm in de muur had laten plaatsen, uitsluitend ten behoeve van de doctor (die de enige sleutel bezat) en zijn verraderlijke bouwmeester (die de enige reservesleutel bezat).

Ik voelde me ondanks mijn doen en laten (wat de morele implicaties betreft) zo kalm als een schaap dat staat te grazen. Zorgen dat Maja in leven bleef, dat was elke prijs waard. En zelf wil je als het even kan ook graag in leven blijven. Mijn god, wat was ik kalm. Leugen en verraad, ik kan het echt niemand aanraden. Behalve in een specifieke situatie. Liegen is vaak de enige bescherming van zelfzuchtigen en smachtenden. Het houdt alles wat belangrijk is gaande. Alle families zouden ten onder gaan als er niemand zou mogen liegen. En ook alle landen. Er bestaat geen wereld zonder leugens, zoals er ook geen wereld kan bestaan waarin de leugen wordt goedgekeurd.

Helaas leidt liegen ertoe dat we onszelf almachtig wanen. Dat gaf mij bijvoorbeeld het euforische gevoel dat ik hem Maja's lot eerder zou kunnen vergeven omdat ik hem in mijn hand had. Omdat ik zachtmoedig tegenover hem kon zijn. Omdat hij als een huisdier voor me was, een konijn.

Maar ik was afgesneden van het konijn, wat een nogal ongelukkige formulering is, en daarom zou ik zeggen: afgesneden van mijn eigen hand, die het streelde. U moet niet denken, geachte swami, dat de waarheid me toen koud liet. De waarheid bleef mijn hoogste gebod, maar botste met mijn andere hoogste gebod, mijn overlevingsinstinct.

En zo onthulde ik aan kameraad Nikitin tot in detail wat ik allemaal deed om te zorgen dat doctor Schneider en zijn tweehonderd volgelingen in opdracht van Washington op volmaakte wijze voortzetten wat ze onder Hitler geleerd en voor hem gedaan hadden. Hoe ze naar troepensterktes en legermanoeuvres speurden, hoe ze capaciteiten en productiecijfers berekenden, hoe ze persoonsgegevens en herschikkingen in de legerleiding in het Oosten registreerden en dat menigeen dacht dat Nikitin een vrouw was, en een knappe vrouw ook nog.

Ze hadden geen flauw idee van politieke nuances of zelfs de mentaliteit van de vijand. Ja, Reinhard Gehlen had de vuistregel van de generale staf serieus genomen om zichzelf in geen geval te belasten met de kennis van een vreemde taal. Daarom kende hij maar één woord Russisch, namelijk *nasdrovje*, wat voor hem geen belemmering was om bij tijd en wijle monologen over het Slavische gemoed af te steken. Overigens wist hij zich ook in het Engels (*cheers*), Frans (*à la vôtre*), Italiaans (*cin cin*), Japans (*kanpai*) en later in de omgang met de Mossad (*mazzeltof*) alleen op een zeer basaal niveau te redden, aangezien hij tegenover alle vreemde talen het wantrouwen koesterde dat ze vanwege hun principieel vreemdsoortige aard nu eenmaal verdienden. In het Spaans redde hij het zelfs met zijn rudimentaire woordenschat niet: hij meende dat er ook een Spaans 'proost' bestond, wat zoals bekend niet zo is, waarom de doctor altijd, tot verrassing van de falangisten, op de prostaat klonk, *a la próstata* – zeer hoffelijk, zeer argeloos. En dan ad fundum.

Desondanks beheerste zijn dienst het abc van het inwinnen van militaire informatie over de vijand.

In zijn korf vol vlijtige geheimedienstbijen, die op een hoge oever langs de Isar stond, verzamelde men een zootje verdorven honing waar je je vingers alleen maar bij kon aflikken. Het was een gegons en gezoem vanjewelste. Werkelijk waar.

Toen ik in maart negentiennegenenveertig de privéwoning van Gehlen zou verbouwen, werd er een groter beroep gedaan op mijn bekwaamheid als architect.

De doctor had van de dienst Controle, observering en beveiliging een villa aan de Starnberger See cadeau gekregen, in Berg, een pittoresk vissersdorp dat er tot op de dag van vandaag prat op gaat dat koning Ludwig ii hier aan de waanzin ten prooi viel en eerst zijn lijfarts beneden in het meer verzoop en toen zichzelf. Jullie Beieren zijn maar een vreemd volkje.

Het twee verdiepingen tellende bezit van de doctor bestond voornamelijk uit erkertjes en torentjes in de landelijke representatieve stijl en moest voordat de familie er haar intrek in nam bouwkundig worden aangepast aan de eisen van de paranoïde import-exportondernemer waarvoor doctor Schneider zich uitgaf.

Eerst wijdde ik me dus aan het driemeterding van de perceelmuren, mijn specialiteit. Daarna verbouwde ik de gereedschapskelder tot een accommodatie voor de bodyguards. Ik liet de deuren en blinden van het houten huis met stalen platen versterken en een alarminstallatie inbouwen.

Maar de echte uitdaging was om overal in huis kleine elektronische afluisterapparaten voor de KGB aan te brengen, waar kameraad Nikitin me zeer dringend om had verzocht. In het kader van de renovatie konden in de muren zelfs luistervinkjes worden verstopt. Ik gebruikte zeer geconcentreerde droge batterijen (alkali-mangaan, in die dagen een geheel nieuwe galvanische optie) in plastic doosjes zo groot als een kippenei, die zich in het cement uitermate op hun gemak voelden en per radiozendtoestel twee jaar lang signalen konden uitzenden. Een mondiale innovatie destijds, net als de KGB ('Kerberos gluurt beroerd,' de favoriete belediging van Reinhard Gehlen), die nog een speelse jonge hond was en in die jaren nog een heel andere naam had, maar gaandeweg uitgroeide tot wat we tegenwoordig kennen: een gedrocht met een metalen blaf, een dodelijke adem, honderd koppen en een slangenstaart, en dat was ik.

Op een dag – ik was 's avonds alleen op de bouwplaats en hakte juist een pas gepleisterde wand open om er een van de plastic eieren in aan te brengen – hoorde ik dat beneden bij de ingang de sleutel in het slot werd omgedraaid.

Als een bezetene smeet ik nat cement tegen de wand, en ik kon dat nog net met de spatel over het microfoonei dichtsmeren voor de deur opening en de vrouw van doctor Gehlen alias de vrouw van generaal Schneider alias Herta von Seydlitz de kamer binnenkwam. Zij was een keurig geklede dame van begin veertig, slank en hoekig, bij wie de huid van haar gezicht en handen iets schubbigs had. Ze had een schilderij van haar voorouder Friedrich Wilhelm von Seydlitz onder de arm, geen idee waarom. Misschien zocht ze een mooi plekje aan de wand.

Hoe dan ook, we raakten in gesprek, aangezien haar voorouder, de beroemde syfilitische generaal der cavalerie (pacifisten als u kunnen hem niet kennen), nog maar kort daarvoor door de wraakzuchtige Sovjets uit zijn achter het IJzeren Gordijn gelegen tweehonderd jaar oude barokke mausoleum was gesleurd en in de bossen van Silezië was uitgestrooid, zijn gebeente dan.

Binnen vijf minuten bleek dat de een of andere betbetoveroudtante van mevrouw Gehlen, oeroude Silezische hoge adel, ten tijde van Peter de Grote naar Koerland was getrokken en dat haar daar het hof werd gemaakt door een Schilling van wie ik nog nooit had gehoord, maar mama's familie is groot.

Mevrouw besloot in elk geval dat we om zo te zeggen zeer nauw aan elkaar verwant waren, of dan toch konden zijn, en er klonk een heldere, verrukte lach toen ze hoorde dat ik eigenlijk kunstenaar was.

'Jammer genoeg ontbreekt het in Reini's leven een beetje aan een esthetische behoefte,' verzuchtte ze. 'Beeldende kunst, dat is voor hem een goochelaar in Circus Krone die af en toe klodders gele in klodders groene verf verandert.'

Mevrouw stond erop dat ik haar Herta noemde, waarbij uiteraard het betamelijke 'u' gehandhaafd bleef. En als aanspreekvorm 'mevrouw'. Mevrouw Herta. Herta zonder h in het midden (en zonder M aan het begin, wat me geruststelde). Ze zocht graag contact, hechtte zich aan je en in sociaal opzicht was ze compleet uitgehongerd, ze had zich ook meteen voorgesteld aan haar buurvrouw, de actrice Ruth Leuwerik ('mevrouw Ruth'), met zelfgebakken appeltaart (zelfgebakken door de kokkin, natuurlijk), en ze haatte het teruggetrokken leven van haar man. Voor hem, die het liefst de presentie van een amoebe had gehad, moet de opgeruimde eega een bezoeking zijn geweest. Nooit zag ik hem in haar bijzijn glimlachen. Ik denk dat hij altijd bang was.

Mevrouw Herta gaf haar echtgenoot voor zijn verjaardag op drie april negentiennegenenveertig een driekwartprofiel van mij, of beter gezegd, een door mij nog te maken driekwartprofiel van hem. Een soort tegoedbon, indachtig het feit dat al haar Seydlitz-voorouders eveneens in driekwartprofiel waren afgebeeld, vanwege de zijwaarts op de beschouwer gerichte blik, die altijd een beetje diepzinnig aandoet.

Ik denk dat de generaal mij er in een eerste opwelling uit had willen gooien, ook omdat zijn vrouw hem in mijn bijzijn Reini had genoemd. Mevrouw Herta hield echter voet bij stuk, en na een drie weken durende zwijgstraf (hij zweeg, ik niet) bromde hij op een middag in de kantine van Camp Nikolaus tegen me dat zijn vrouw het een goed idee vond dat ik hem zou portretteren. Maar hij zou dit alleen ondergaan mits ik hem niet in een stompzinnig driekwart-profiel zou dwingen.

Dat beloofde ik.

De tweede voorwaarde was dat ik hem alleen van achteren zou portretteren.

'Van achteren, doctor?'

'Mijn achterhoofd en rug.'

'De essentie van een portret, meneer, zit 'm in een getrouwe weergave van het gelaat.'

'Dan schildert u gewoon mijn achterhoofd zo getrouw mogelijk. En doe de oren alstublieft dichter bij mijn hoofd. En maak ze een beetje kleiner.'

'De essentie van de mens, zijn persoonlijkheid, moet ook tot haar recht komen.'

'Ik denk er nog over na of ik een hoed opzet.'

'Een hoed heeft helaas geen grote mimische zeggingskracht.'

'Weet u wat? Portretteer mijn vrouw maar, dan hebt u uw mimi-sche zeggingskracht.'

'Is er dan niets wat ik bij u van voren mag schilderen en waar u een beetje blij van wordt?'

Als u mijn schijnheiligheid veroordeelt, beste swami, vergeet Maja dan nooit. Vergeet alstublieft niet dat ik werd gekweld door brieven en herinneringen. Wat schrok ik 's nachts vaak wakker, en dan zag ik die gedaante in de Loebjanka-vleugel met de dodencellen op me af-komen en op me in slaan. Vergeet dat niet. De druivensuikerge-sprekken. Het verloren stof in mijn zakken. De M van lindehout in de kast van de doctor. Ikzelf vergeet het tenminste nooit.

De doctor dacht een poosje na, zijn lippen naar binnen stulpend. Toen vroeg hij me mismoedig: 'Kunt u ook almen?'

'Almen?'

'Ja?'

'Wat is dat? Een werkwoord?'

'Kunt u een alm schilderen?'

'Een berghut, bedoelt u? Ja, dat denk ik wel.'

'Schilder dan gewoon mijn mooie Elend-Alm. Dat zou ik waarde-ren.'

Ik hoorde dat de doctor, toen hij nog generaal was, de laatste dagen van de Tweede Wereldoorlog in een alpenhut met die naam had doorgebracht, een hut op de Elendsattel bij de Schliersee, waarvoor hij warme gevoelens koesterde en die helemaal niets met ellende in de gangbare betekenis had uit te staan.

Hoog in de schitterende Beierse bergen, in het gezelschap van zes van zijn trouwste stafofficieren, had de deserterende generaal in april negentienvijfenveertig de capitulatie afgewacht. Om hem heen bloeide de alpenflora boven de miljoenen microfilms die hij in waterdichte aluminium blikken had begraven. Daarin zat alle informatie over de USSR die zijn staf jarenlang had kunnen verzamelen, klaar om die zowel aan het solvente als het in potentie enthousiaste Kleinere Kwaad over te doen.

En dit historische moment, waarop de alpenhut met zijn herten, de kruidenrijke borstelgrasweiden en de met stalen kisten vergeven humusbodem gespannen op de komst van de Amerikanen wachtten, dat moest ik onthouden. Met hem, Reinhard Gehlen, en zijn geliefde stafofficieren in de hut.

'Zal ik schilderen hoe u uit het raam kijkt?'

'Nee, nee, ik wil absoluut geen mensen op het schilderij.'

'Maar hoe laat ik dan zien dat u er bent, meneer?'

'Ik weet zelf wel dat ik in de hut ben.'

De doctor overhandigde me een paar foto's van de Elend-Alm (een blokhut, dat was het) en gaf me opdracht om een fresco te maken, vier bij twee meter, midden in zijn woonkamer. Genreschilderkunst. Veel bruin en veel groen, de ergste kleuren die je kunt bedenken. Mevrouw Herta was er niet erg gelukkig mee, vooral ook omdat haar hart veel meer lag bij de modernere kunst, de grote impressionisten, Manet graag, en Degas of Monet.

'Fransen en communisten, dank je beleefd, Herta,' snoof doctor Schneider. 'Ik wil een mooie houten hut en veel natuur, natuur die je ook ziet. Dat wil ik.'

De frescotechniek is nog niet zo gemakkelijk, omdat alles in één keer op de vochtige kalklaag moet worden geschilderd, zodat de pigmenten er net als bij een infectie in binnendringen en hem met blauw, rood en geel aansteken. Elke dag bracht ik dus een nieuwe kalklaag op en schilderde in het gebruikelijke *giornate* stukje bij beetje verder aan de Elend-Alm, van linksonder naar rechtsboven, op de manier van Tiepolo (van wie ik niets hoefde, behalve zijn geduld).

Op een morgen begin mei had de lijnbus vertraging. Ik liep op een holletje naar het huis van de doctor (aangespoord door het vooruitzicht dat ik 's avonds met de hele boel klaar zou zijn). Toen ik aanbelde, zag ik op de oprit een zwarte limousine staan. Onder het stof. Keuls kenteken. Engelse bezettingszone.

Mevrouw Herta deed open, met een licht geïrriteerde gezichtsuitdrukking.

'In godsnaam, hoort u dat, meneer Dürer?'

Eerst dacht ik aan een specht. Maar toen merkte ik dat iemand het interieur kort en klein sloeg, zo klonk het tenminste.

Ik bereidde me voor op het ergste terwijl ik de trap naar de eerste verdieping op snelde.

Ik rukte de deur open. Licht kalkstof hing in de lucht. Voor me zaten in twee gemakkelijke leren fauteuils, hun handen om de leuningen geklauwd, de doctor en zijn gast, een magere, stokoude schildpadman met spleetoogjes. Hun zwarte pakken, hun kale koppen, zelfs hun wimpers waren bedekt met een laagje hagelwit poeder.

'Wat doet die daar?' vroeg ik onnozel, doelend op een chauffeur die ik nog nooit had gezien. Met grote, knipperende schaapsogen keek hij mijn kant op en liet langzaam zijn pikhouweel zakken, die hij klaarblijkelijk al een keer of twintig, dertig in de arme Elend-Alm had geramd. Mijn fresco was reeds half vernield, lag als kleurige steenslag en in mooi verdeelde porties op het tapijt.

'Goedemorgen, meneer Dürer,' zei de doctor beleefd, maar ik had geen zin in beleefdheden en riep opgewonden: 'U maakt de hele voorstelling kapot!'

De doctor draaide zich plechtig om naar zijn gast.

'Ik mag u de kunstenaar voorstellen: meneer Dürer.' En dan tot mij: 'En dit is meneer Adenauer van de CDU.'

De schildpad knikte slechts.

'Meneer Adenauer wilde graag het huis bekijken,' zei de doctor volkomen zinloos.

'Wat 'ne mooi uitzicht,' zei de grijsaard met onvervalste Keulse tongval, hij wierp een tersluikse blik op de Starnberger See en voegde er een 'Hm, hm, ja, ja,' aan toe.

'Helaas heeft de heer Adenauer,' verzuchtte de doctor, en hij haalde adem, hoestte vanwege alle bij hem naar binnen dwarrelende stofdeeltjes en begon nog een keer aan de zin: 'Helaas heeft de heer Adenauer gisteren een ander huis gezien, het huis van majoor Heinz, die mislukkeling.'

'Meneer Heinz is 'ne joete man.'

'Heinz, zeg ik u, is een poseur!' riposteerde de doctor. 'Een poseur en ook nog eens "Twintigste juli".'

De schildpadman tastte in zijn broekzak, haalde een omhulsel ter grootte van een ei tevoorschijn, schroefde het open en presenteerde mij, maar toch vooral de doctor, de ingewanden: een microfoon, een zender en een batterij.

'Afluisterapparaat,' vatte Adenauer samen.

'Belachelijk,' zei Gehlen.

'Heel jeraffineerde methode.'

'Dat bedenkt die Heinz alleen maar om een beetje dik te doen.'

'Heeft hij in zijn huis jevonden. Hebben de Sovjets erin jezet. In zijn muur jemetseld.'

'Alstublieft, zeg!'

'Was 'ne voorman die Heinz van voor de oorlog kende. Is jewoon van de tegenstander jekocht.'

'Die kan niet eens...' – een nieuwe hoestbui schudde de doctor zo door elkaar dat witte wolkjes ritmisch uit zijn kleren opstoven – 'die kan niet eens een goeie metselaar vinden, die Heinz.'

'Maar bij u, beste jeneraal, ontbreekt een portie jeopolitiek.'

'U denkt toch niet serieus dat ik binnen mijn eigen vier muren afluisterapparatuur laat plaatsen?'

'Oké, we zullen zien,' zei de oude man bedachtzaam; hij zwaaide zijn blikveld vrij en keek naar de verminkte wand, 'wat er allemaal uit jeploft komt.'

'U hakt mijn fresco kapot,' vroeg ik trillend, 'omdat u wilt controleren of achter twee weken zwoegen zo'n ding zit?'

'Dat krijgt u er nu van, meneer Adenauer. Nu begint ook nog de kunstenaar te lamenteren.'

'Kalm maar, kalm,' zei de gast, en hij zette een sussend gezicht op, 'dan houden we toch op met dat dwaze jedoe.'

'Nee.'

De schildpadman lachte, en je zag aan hem dat hij niet vaak lachte.

'U overdrijft nogal, doctor.'

'Omdat ik niet met die stompzinnigheden van majoor Heinz wens te worden vergeleken? Zijn inlichtingendienst kunt u net zomin vertrouwen als zijn wand.'

'Wees nied jaloers, beste jeneraal. We komen er wel uit. Mocht ik bondskanselier worden, uiteraard.'

'Natuurlijk wordt u bondskanselier.'

'Zal erom spannen. We zouden maar al te graag weten wat de heren sociaaldemocraten nog in petto hèn, drie maanden voor de verkiezingen.'

'Moeten wij het uitzoeken?'

'Die vraag heb ik echt nied jehoord.'

'Ook omdat ik hem helemaal niet heb gesteld.'

'M'neer Müllerstein, u kunt nu jaan.'

De chauffeur knikte eerbiedig, zette het pikhouweel tegen de muur, vlak naast een stukje van de modernst denkbare afluistertechniek, dat uit de muur piepte en mijn zenuwen sinds ik in de kamer was danig op de proef stelde.

Maar de chauffeur zag het niet, net zomin als de anderen. Hij pakte zijn melige uniformjasje, zette zijn chauffeurspet op en liep de kamer uit. Ik raapte een stuk pleisterwerk op om daarmee het verraderlijke plastic ei te bedekken.

'Meneer Dürer,' hield de doctor me tegen. Ik draaide me naar hem om, half bezwijmd van angst. Hij en de schildpadman veegden met hun zakdoeken het witte stof uit het gezicht.

'Hebt u geen zin,' vroeg meneer Gehlen, 'om lid van de SPD te worden?'

8

De hippie kan geen vast voedsel meer eten. Hij houdt zich in leven met soep en griesmeelpap. Nachtzuster Gerda verzorgt hem liefdevol. Het valt me op dat hij niet meer klaagt. Maar hij lijkt veel gespannener dan anders. Dat is erger dan klagen. Onlangs was er iemand bij hem op bezoek. Een vrouw, die hij 'pelgrim' noemde.

Ze was zo mager als een lat, droeg jezussandalen en een groenbruin batikgewaad dat als het loof van een zojuist geveld tropisch regenwoud van haar knokige schouders zakte. Ze zat een uur lang op het bed van de hippie en informeerde naar de frequentie van zijn incidenteel optredende erecties. Prompt kreeg hij er een.

Later vouwde ze haar hand om zijn schedelschroef. Het leek hem niet te deren, en dus begon ze, alsof het de normaalste zaak van de wereld was, aan de schroef te krabbelen en frunniken. Het duurde even, maar ten slotte draaide ze eraan alsof het een doodgewone kraan was. Natuurlijk met die rare grijns op haar gezicht, die zulke lui allemaal hebben. Zien die de hele tijd Jezus of zo? Ik weet werkelijk niet wat ze verwachtte, maar op een gegeven moment klonk er een geluid, zoals bij een bus die met pneumatische druk de deuren opent. Ik zei: 'Pas op, mensen, dat zijn hersenen, geen speelgoed.' Maar de hippie siste dat ik me met mijn eigen zaken moest bemoeien. Dat was al vreemd, omdat hij als swami juist altijd beweert dat er geen eigen zaken zijn, maar dat de zogenaamde eigen zaken ons kosmisch bewustzijn onderdrukken en de energie voor iedereen blokkeren.

'Poeh, die vent is ergens in vast blijven zitten,' mompelde de pelgrim om mij van repliek te dienen.

Opeens had ze de schedeldekplaat in haar hand. Iets kleins en metaligs gleed weg en rolde over de vloer. De vrouw wierp een slaperige blik op swami Basti's vrijgekomen hersenen, vond het machtig mooi, machtig mooi en vroeg de swami of ze er een kaars in kon zetten. En zo merkte ik helaas veel te laat in wat voor een reddeloos bezopen toestand ze zich bevond. Ik schreeuwde, hoewel ik niet mag schreeuwen, omdat dat de kogel in mij totaal niet zint, en schreeuwend drukte ik, schreeuwend ramde ik op de noodzusterknop of zusternoodknop, of weet ik veel, en toen brak de hel natuurlijk los. Ze duwden de hippie onmiddellijk naar de ok en probeerden zijn leven te redden. En sindsdien kan hij geen vast voedsel meer naar binnen krijgen. En is hij aldoor duizelig. Zo is het. Over de pelgrim wil hij geen kwaad woord horen. Hij beweert dat ze gaven bezit als natuurgenezeres, en anders dan ik is zij wel empathisch. En zij zou beslist geen bugs in de muren verstoppen en anderen afluisteren.

Ik vraag of het dan beter is om kaarsen in andermans hoofd te zetten en aan te steken. Maar hij hult zich in een ijzig stilzwijgen, uitgerekend die kwebbelkous. Hij tutoyeert me allang niet meer. Hij is op een haar na in dezelfde staat van gif en gal die ik van Hub ken. En bij gif en gal doe je alleen je mond open om iemand te bespuwen, niet om over onbenulligheden te praten of de Heer te loven.

'Basti?'

'Hm?'

'Zo gaat het niet verder.'

'Wat?'

'U hebt uw dag niet.'

'Ik lig op sterven.'

'Zullen we wiet roken?'

'Ik heb geen wiet.'

'Natuurlijk hebt u wiet. Ik zou graag weer eens het dak op gaan om samen te blowen.'

'U hebt nog nooit met mij geblowd. U hebt alleen maar toegekeken hoe ik zat te blowen.'

'Ik betaal het ook.'

'U wilt alleen maar dat ik doordraai, net als uw collega toen, en dat ik over de daken van München vlieg en dan te pletter sla.'

'Misschien moet ik zelf ook 's gaan blowen.'

'U?'

'U en ik.'

'U hebt gezegd dat u geen marihuana meer gebruikt, nooit.'

'Maar ik heb zin om oude structuren open te breken.'

De swami kijkt me verschrikt aan. Dan fixeert hij zijn blik op een punt op de wand, verheft zijn stem en verkondigt: 'Ik heb geen flauw idee waar die man het over heeft! Ik gebruik geen illegale verdovende middelen! Ik overtreed de wet niet! Ik ken die man niet! Hij is een volslagen vreemde voor me!'

Hij staat op en begint alle hoeken en gaten van de kamer af te speuren. Hij inspecteert de fittingen van de tafellampen, schroeft de intercom open. Een blik onder de bedspiraal.

'Wat bent u aan het doen?' vraag ik.

'Moment, ik heb het zo.'

'Ik heb hier geen afluisterapparatuur geïnstalleerd, mocht u dat bedoelen.'

'Weet u het zeker?'

'En hoe moet dat er dan wel uitzien?'

'En camera's?'

'Welja, ik laat een team van specialisten een nietsnut als u dag en nacht bewaken. Waarom zou ik?'

'U probeert me uit de tent te lokken. U wilt me aan de hasj krijgen. Mijn drugsgebruik documenteren, dat er helemaal niet is. U wilt me laten opsluiten.'

'U zit al opgesloten, Basti.'

'U wilt me iets ergs aandoen.'

'U ligt op sterven, Basti. Ze kunnen u niets ergs meer aandoen.'

'Dank u wel!' zei hij giftig en gallig.

'Ik meen het goed. U meent het goed.'

'Ik weet niet zeker of u het goed bedoelt.'

'Zo langzamerhand slaat dat dood, dat met het uitschotverhaal.'

'Maar waar is de transformatie? Wanneer begint de overgang? Wanneer gaat u schitteren?'

'Nooit! Ik ben geen schitterend mens! Dat heb ik nooit beweerd. U beweert dat omdat er roze swamistront uit uw hersenen borrelt, die verhindert dat u mensen ziet zoals ze nou eenmaal zijn.'

'Dat hoef ik me niet te laten gezeggen door iemand die Joden en Russen vermoordt en de arm van zijn broer eraf schiet en ieder mens verraadt die op zijn pad komt.'

'Geen mens kan kiezen waar en wanneer hij onder welke omstandigheden wordt geboren. Je groeit de tijd binnen die er op dat moment is, en niet iedereen kan nu eenmaal een tijd binnengroeien waarin hippies in leven worden gelaten.'

'Ik weet niet wat ik aan moet met agressie.'

'Maar u bent juist degene die agressief is!'

'Ik ben niet agressief. Ik heb mijn dag niet.'

'U bent agressief met dat messianistische geleuter van u, dat de wereld zó en niet anders in elkaar zit.'

'Er zijn waarheden van het zijn.'

'Ik ga dadelijk over m'n nek.'

'Die waarheden heb je.'

'Alle waarheden van het zijn zijn miserabele meningen. Je groeit die miserabele meningen binnen, die altijd in een bepaalde tijd thuishoren! Die altijd door een bepaalde tijd zijn voortgebracht! Alle miserabele meningen doen zich voor als waarachtig en tijdloos. Maar ze zijn allerminst waarachtig en tijdloos.'

'Maar de wereld wordt toch beter?'

'De wereld wordt beter?'

'U denkt toch niet dat over veertig jaar het patriarchale principe nog bestaat?'

'En wat mag dat dan wel zijn?'

'Nou, de macht van de man over de vrouw. Onderdrukking van de seksualiteit. Burgerlijk huwelijk. Dat gaat er allemaal aan. Dat is toch zo duidelijk als wat?'

'Dus in tweeduizendveertien ziet de wereld eruit als een ashram?'

'Natuurlijk, en dan zullen mensen als u er niet meer zijn.'

Ik zeg niets meer. We zijn op een punt aangekomen waarop verder praten geen zin meer heeft. Zelfs zwijgen heeft geen zin meer. Je kunt alleen nog transcenderen, wat dat betreft heeft het Boeddha-Visjnoe-Hare Krisjna-circus de mensheid veel goeds gebracht, dat wil ik absoluut niet betwisten. Ik weet dat menigeen van de ene naar de andere plek kan reizen zonder zich te bewegen. In de droom kan iedereen dat wel, daarom was ik altijd zo dol op dromen. En ook op de slaap, zonder welke er geen dromen zijn. En daarom vrees ik de dood niet, de langste slaap die de mens gegeven is.

En ik zak weg in mijn kussen en wacht op de maagdelijke tempeldanseressen die me op gele wolkjes tegemoet huppelen.

'Het spijt me, compañero,' zegt de hippie met een andere stem, twintig minuten later. 'Ik reageerde te geprikkeld. Natuurlijk zullen er mensen als u zijn. Ik wilde u niet beledigen.'

'U hebt me niet beledigd. Ik heb ú beledigd. En dat was ook mijn bedoeling.'

'Ik begrijp niet hoe iemand voor de nazi's kan werken en voor de communisten en voor de reactionairen, en dan ook nog lid wordt van de SPD.'

'Ik heb toch helemaal niet gezegd dat ik lid van de SPD ben geworden. En we zijn nog lang niet aan het einde.'

'Bent u lid geworden van de SPD?'

'Ja.'

'Ik weet niet goed of ik blij moet zijn wanneer u zich ook nog tot het hindoeïsme bekeert.'

'De politiek is een narrenschip, mijn vriend.'

'Waarom bent u niet gewoon architect gebleven in Camp Nikolaus?'

'Omdat de wereld niet beter werd. Niets wordt ooit beter. Nooit.'

9

De Org was voor de geheime diensten van de bezettingsmachten een gierput, warm borrelende mest, waarin iedereen naar believen zijn behoefte mocht doen, en de doctor dreef in een zee van minachting en pis.

Majoor Louis Maxwell van de Britse MI6 noemde hem kortweg 'de overloper'.

De Fransen (SDECE) spraken achter hun hand over hem als 'Fantomâs' en maakten grappen over zijn ogen en oren omdat zijn ogen doorgingen voor de best afgeschermde van het Westen (*lunettes de soleil!*) en zijn oren even ver van zijn hoofd afstonden en ook nog eens even groot waren als die van Charles de Gaulle.

De directeur van de Amerikaanse geheime dienst (CIC) in München, Colonel van Halen, had gehoord dat hij in Pullach '*the lesser evil*' werd genoemd (KK als het ware), zodat hij voortaan weigerde de doctor een hand te geven.

In plaats daarvan had hij de concurrerende CIG verzocht de Org over te nemen.

De CIG op zijn beurt had het verzoek beleefd afgewezen met de opmerking dat ze zich door niemand in hun gat wilden laten kruipen, door niemand die al in Adolf Hitlers gat had gezeten, en doe me een lol, geachte Basti, vraag me niet ook nog of ik taken of zelfs de afkorting van die waardeloze CIG aan u wil uitleggen, maar laat ik het hierop houden: de Britse, Franse en Amerikaanse contraspionage toonden zich openlijk vijandig tegenover ons.

Alleen de pas opgerichte CIA, die niemand meer Cee-Ie-Aa noemde, was een aangename uitzondering.

Ze hield van ons, zoals iedere moeder van haar kind houdt, al is het nog zo ongemanierd.

Wij werden gevoed en gebakerd, kregen de beste zuigelingenzorg en veel spullen om mee te spelen. *The Best Mum Ever* zorgde in alle opzichten voor levenskwaliteit. Dagelijks stuurde ze een stuk of twintig babysitters naar het Camp, die op schouders klopten, vroegen waar de schoen wringt en keken of alles in orde was. Wat altruistische liaisonofficieren zoal doen.

Velen van hen hadden het nodige in hun mars, hadden aan gerenommeerde universiteiten gestudeerd, waren wetenschapper, schrijver of journalist. 's Zondags speelden we op het sportveld met hen een absurd spel met een eivormige bal.

Door de week wisselden we kennis uit.

Geen wonder dus dat ik 's morgens, op een lichtbewolkte, nog bijna koele meidag, tegenover Haus Hagen Donald Day weer zag, de oude houwdegen uit Riga. Hij had zijn baan als Ruslandcorrespondent van de *Chicago Tribune* aan de wilgen gehangen, was in de tussentijd zo vadsig geworden als een boeddha en werkte als expert op de analyseafdeling van de *Agency*, zoals hij de CIA noemde. Hij nodigde me ter plekke uit voor een biertje om herinneringen aan Letland op te halen.

Dan kun je niet nee zeggen.

'Die Britse flikkers en venerische Franse diva's zitten hoog te paard met hun moraal, en vragen: waarom maken jullie gebruik van die *fucking* nazi's?' sakkerde hij smakkend toen we in de Flaucher voor onze bierpullen en witte worsten gezeten waren en alle kroegbezoekvoorschriften van de Org in de laatste meiwind sloegen. 'Is dat niet een gruwelijk stomme vraag? Het is voor ons toch totaal onmogelijk om hier in Zuid-Duitsland zonder jullie te opereren.'

'Ik ben geen nazi, Donald.'

'*Of course not.* Maar ik ben een yank. En zodra ik hier een braadworst bestel, ziet iedereen dat ik een yank ben. Maar als jij een braadworst bestelt, ziet niemand dat je een nazi bent.'

'Ik ben geen nazi.'

'Of course not. Wat ik wil zeggen is: wie kan zich beter in dit land vermommen dan de nazi's? Wie kent Duitsland beter dan zij? Wie is het best georganiseerd? Wie zijn de beste anticommunisten? Ik zeg het je: mensen zoals jij.'

'Nu word ik echt nijdig, Donald. Ik ben het tegendeel van een nazi. Ik zit bij de SPD.'

'Dat je geen gebruik maakt van nazi's, komt neer op volledige castratie. En dus maken we gebruik van ze. En zal ik je wat zeggen?' Hij sloeg met zijn hand op mijn knie en keek me met zijn lamsoogjes aan. 'Ook de nuffige tommy's maken gebruik van ze als niemand kijkt. De kikkervreters maken gebruik van ze als niemand kijkt. Zelfs de commies maken gebruik van ze.'

'De communisten? Dat geloof ik niet.'

'Ik zeg je: er zitten in Moskou mensen bij de KGB die in Auschwitz de ochtendappèls hebben georganiseerd.'

'Ongelooflijk.'

'Al die snikkelkluivers in het State Department denken dat voordelen geen argumenten zijn. Maar één ding is wel duidelijk: de derde wereldoorlog zullen we niet kunnen voorkomen. En dus kunnen we hem maar beter winnen.'

Het was Donald Days invloed waardoor mijn werk als Camp Nikolaus-architect ophield en ik begin juni negentiennegenenveertig van de ene op de andere dag in een doolhof van oude littekens en nieuwe wonden werd geduwd.

De CIA ging ertoe over om de belastingcenten van Amerikaanse burgers met grootschalige stiekeme operaties tegen Stalin over de balk te smijten, waarvan de stiekemste de financiering en opleiding van een geheime Oekraïense guerrilla was. Daarvoor hadden ze de Org nodig, want de paramilitaire eenheden moesten in de Beierse hoofdstad worden gestationeerd, om de simpele reden dat zich hier de Oekraïense ballingen hadden verzameld.

Donald vroeg me om in München op zoek te gaan naar Oekraïense Zeppelin-overlevenden en andere als het even kon ondernemende contrarevolutionairen.

Dat had ten eerste het voordeel dat ik me eindelijk officieel door de stad mocht verplaatsen. Ten tweede was de opdracht een fluitje van een cent. Want München stroomde over van de slecht gevoede en slechtgehumeurde Oekraïners.

Op de Oekraïense universiteit (in de Pienzenauerstraße, helemaal niet ver hiervandaan, aan de andere kant van de Englischer Garten) hoefde ik maar één discreet briefje op te hangen en daar ruilden dertig jonge patriotten de collegezaal al in voor een nieuwe oorlog. Verscheidene leidinggevende ballingen van de zogeheten Bandera-groep, fascistisch tot op het bot, lieten zich via het Amerikaanse consulaat rekruteren. En mijn oude, in de strijd ervaren Zeppelin-veteranen ontmoette ik ten slotte in de barakkenkolonies in het noorden of in het kamp voor buitenlanders Zirndorf.

Sommigen kenden me nog. Een had als talisman zelfs een hoektand om zijn nek hangen van de tapir die we ooit in de dierentuin van Riga hadden geslacht.

De strijders van toen waren nu afhankelijk van gaarkeukens van Caritas, moesten het als dagloners zien te rooien en hunkerden naar avontuur en gevaar. Ze lieten zich meeslepen door mijn hoogdravende beloften, waren nieuwsgierig als kapucijnaapjes en lieten zich, gelokt met chocolade, sigaretten en whisky, in het verderf storten.

Op vliegveld Schleißheim werden de vrijwilligers in drie voormalige vliegeniersbarakken gehuisvest. Ik kreeg een Amerikaans MP-uniform zonder rangtekens en werd benoemd tot operationeel leider van de eenheid. Omdat ik nu eenmaal een dienstgraad nodig had, noemden ze me *chief*. Möllenhauer nam ik als *deputy* mee. We zagen eruit als twee yankees uit Wisconsin. De doctor schrok toen we ons in vol US-ornaat bij hem afmeldden voor de speciale operatie, en zijn bevel luidde dat we de kauwgomvreters moesten laten zien hoe je Oost-Europa weer in je macht krijgt.

Oost-Europa kon onze commandant evenwel gestolen worden. Hij was een bekrompen Amerikaan uit het zuiden die Dana Durand heette, zijn baan per toeval, ongeluk en vergissing had gekregen en tegen alle vrijwilligers *nigger* zei, ook tegen mij, trouwens.

In plaats van Operatie Zeppelin werd het project Red Cap gedoopt. Het had zijn naam ontleend aan het hoofddeksel van Amerikaanse kruiers, een weliswaar hulpvaardige maar niet erg heroïsche beroepsgroep, en het was bovendien in het Oekraïens een synoniem voor 'hielenlikker', een feit dat men in Washington helaas over het hoofd had gezien.

Tot overmaat van ramp kregen de rebellen van ons fluwelen baretten, die eigenlijk rood moesten zijn maar meer naar paarsroze neigden, en geen enkele Oekraïner met een beetje zelfrespect zet een roze narrenhoed op z'n kop als je hem er niet met wapengeweld toe dwingt.

De guerrillaeenheden zouden met een Douglas C-54 tot achter het IJzeren Gordijn worden gevlogen en boven Oekraïne worden gedropt en moesten zich daarna bij de opstandige Bandera-separatisten in de bossen bij Kiev zien te voegen. Ze beloofden hun onbeperkte financiële en militaire steun en gouden bergen voor na de oorlog. Ze dienden het een tijdje in de moerassen uit te zingen en zo veel mogelijk Sovjets om zeep te helpen, tot de Amerikaanse troepen de USSR binnen zouden marcheren.

Planning, voorbereiding, uitrusting en verloop van de acties lagen in mijn handen. Mijn deputy en ik deden alles net zoals we bij Operatie Zeppelin hadden gedaan, want tenslotte was dat hele gedoe uiteindelijk natuurlijk niets anders dan een herhaling van zetten onder een nieuwe vlag.

Het lot van de activisten interesseerde de Amerikanen geen ene bal, zoals het ons Duitsers vroeger ook geen ene bal interesseerde. Maar zij hadden niet eens het fatsoen om betrokkenheid of zelfs belangstelling te veinzen.

De commandant hield toespraken waarin hij oreerde over hoe fantastisch het was om communisten te killen, omdat dat hand in hand ging met het privilege om door communisten te worden gekild, wat een heel wat nastrevenswaardiger lot was dan om door hem, majoor Durand, te worden gekild.

Hoewel ik als tolk optrad, vertaalde ik nooit zijn gezwatel dat voor humor moest doorgaan, want dat zou maar een hoop irritaties in de eenheid oproepen. In plaats daarvan strooide ik door mijn simultaanvertaling kleine, volkomen nietszeggende Russische zegswijzen, maar ze verkwikten wel de Slavische ziel. Zo debiteerde ik in plaats van 'Jullie hoerenzonen moeten leren je met de perfectie van flikkers te vermommen' de kleine Tolstoj-waarheid 'Als je een boom wilt verstoppen, moet je er het bos mee in gaan'. En de leus 'Sterf dapper en niet meelijwekkend!' ruilde ik in voor zoiets als 'Lust en last verschillen maar één letter van elkaar'.

Majoor Durand keek tijdens zijn redevoeringen, die de redevoe-

ringen van een gek waren, dankzij mijn vertaalkunsten in open gezichten die vertrouwen en volledige instemming uitdrukten, wat
hem aanzette tot steeds waanzinniger tirades.

Aan het eind sprak hij de strijders nog uitsluitend aan als 'mijn
beste plutonium'.

Möllenhauer en ik vielen achterover van verbazing toen steeds
duidelijker werd dat de uit zeven of acht onbenullen bestaande
Amerikaanse opleidingsstaf alle leden van het Oekraïense volk beschouwde als marsmannetjes, die op de planeet aarde hooguit als
katoenplukkers konden worden ingezet. Ze ontzegden de voormalige studenten van de Oekraïense universiteit zelfs een door hen ge-
vraagde cursus Engels met het argument dat aan analfabeten principieel geen onderwijscapaciteiten werden verspild. Elke fout die wij
Duitsers ooit in Pskov en Hallahalnija hadden gemaakt, werd door
de yanks herhaald en verergerd. Ik voelde me onderdeel van een
schilderij van William Blake, die ooit de ziel van een vlo had geschilderd, en de zielen van alle om ons heen springende Oekraïense
vlooien leken als een donkere wolk om ons heen op te stijgen.

Het enige opvallende verschil tussen Zeppelin en Red Cap was dat
het met de uitrusting een stuk beter was gesteld. Terwijl we bij de sd
overal en altijd hadden moeten woekeren met de weinige middelen
die we hadden, zaten de Red Cap-magazijnen barstensvol zwart georganiseerde wapens en munitie, helikopters, jeeps, handgranaten,
uniformen, ingevroren T-bonesteaks, cornflakes, Bijbels en alles wat
je verder nog voor politieke omwentelingen nodig hebt.

Elke keer dat ik de afzonderlijke commando's 's nachts naar de
startbaan van het vliegveld moest begeleiden, had ik last van maag-
kolieken. De procedures en bevelen waren vertrouwd, de goeie ouwe
Zeppelin-rituelen uit Pskov en Riga bleven intact, op het afsluitende
'Heil Hitler' na, natuurlijk. Ik hoorde de motoren en rook de brandstof en het van regen verzadigde gras, en werd overmand door herinneringen aan twee vingers van Maja's hand die ik over het raam
van de Arado had zien krassen, een eeuwigheid geleden.

En terwijl ik salueerde en er getuige van werd hoe de vlooien een
voor een in het toestel sprongen, met dezelfde onderdrukte vertwij-
felde gelatenheid die ook Politov en Maja in het hunne hadden meegenomen, wist ik dat we ze nooit meer zouden zien.

En inderdaad verdwenen ze een paar minuten later in de nachtelijke hemel, werden boven de Karpaten gedropt en met z'n allen de dood in gejaagd. Nieuwe voorraden of enige andere vorm van ondersteuning kwamen niet bij hen aan. Alleen Radio Free Europe verzond gecodeerde oproepen naar de oerbossen van Oekraïne met de boodschap om zich niet klein te laten krijgen. En omdat Möllenhauer onze vrienden van de vrije wereld krachtige ontvangstapparatuur mee op reis had gegeven, gingen ze met Glenn Millers 'In the mood' of George Gershwins 'Rhapsody in Blue' gevangenschap, verhoor, folteringen en de dood tegemoet.

Daarnaast was ik nog gedwongen hun lot te versnellen. Alle acties en doelcoördinaten van Red Cap moest ik aan kameraad Nikitin melden. Zo leidde ik de jongens, die ik soms nog uit Hallahalnija kende, met wie ik een tapir gedeeld, de 'Katjoesja' gezongen en onze roze baret vervloekt had, weg van deze lijdensplaneet.

Of duidelijker uitgedrukt: ik leverde ze uit aan de vijand.

Ik hielp ze om zeep, bedroefde swami.

Je kunt het niet anders zeggen.

U zult begrijpen dat het een totaal onhoudbare situatie was. U zult begrijpen dat ik er dol en dwaas van werd, zoals mama het placht te noemen. Ook al ben ik geen held, ik heb me nooit een amoreel mens gevoeld. Ik mag dan wel een verrader zijn geweest, maar geen laffe verrader. Ik voelde geen moed vanbinnen, maar wel dapperheid. Tenminste, af en toe.

En in zekere zin gold de zorg om Maja ook mijn eigen zielenheil, want deze zorg liet mij achter met de illusie dat het doel alle middelen heiligt, en wat kan een hoger doel zijn dan een volgens alle regelen der kunst verspeeld leven van een agente?

Maar om daarvoor andere levens te offeren, en dan ook nog op een wijze zoals ik het deed, was wat Pieter Bruegel als 'een roof voor de hel' heeft geschilderd, uitsluitend in zwarte, rode, gele en bruine tinten, Dulle Griet tonend, die inslaat op demonen en horden fabelwezens, alleen om vervolgens zelf een opengesperde muil binnen te marcheren.

Ik probeerde nog een restje fatsoen te bewaren door Moskou foutief berekende landingsplaatsen door te geven. Maar het risico was niet te voorspellen. De KGB kon ook Red Cap hebben geïnfiltreerd en de correcte coördinaten via andere bronnen achterhalen. Een levensgevaarlijke afgrond voor Maja en mij indien mijn onnauwkeurige berekeningen aan het licht zouden komen. Ik moest een manier vinden om het dreigende onheil af te wenden.

Misschien merkt u het aan mijn intonatie, aan de lange pauzes die ik inlas. Ik vind het moeilijk om over deze tijd te spreken. Het liefst zou ik die uit mijn leven schrappen, ook omdat ze kort en zonder dramatis personae was. Want alle mensen die ik in die dagen in Schleißheim heb ontmoet, nog afgezien van de vleesgeworden domheid in de persoon van majoor Durand, zijn als een mist aan me voorbijgetrokken.

Best mogelijk dat er ook nieuwe tegenwerpingen of zelfs verwensingen in u opkomen, beste swami. En toch: ik kan de weken niet overslaan die zo weinig roemrijk, zo bezopen en ingewikkeld waren, boordevol scrupules die zich als twee miljoen muskieten op mijn domme bloed stortten.

Toen er geen druppeltje meer in mijn aders zat, reed ik naar Ev in haar gekkengesticht in Pattendorf. Ze stuurde Anna naar buiten en koelde mijn voorhoofd met een vochtige doek. Details wilde ze niet weten. Ze had genoeg aan mijn onsamenhangende gestamel en het feit dat ze mijn zus was en mijn onvervulde liefde. Ze diende me een injectie toe met een serum dat een hevige reactie opriep, een acute infectie, zodat ik me al drie dagen later ziek kon melden.

Nog in het hospitaal bezwoer ik Hub en Donald om me van mijn operationele taken jegens de Sovjet-Russische aardsvijand te ontslaan. Als excuus voerde ik het onvermogen van de Amerikanen aan, wier incompetentie een perfectionist als ik een demoraliserende dreun had verkocht.

Hoewel ze allebei mijn wens niet begrepen, accepteerden ze hem wel. Ze haalden de chief en zijn deputy al na drie maanden dolen in het Red Cap-landschap eind augustus negentiennegenenveertig terug naar huis in de zalige Org.

Möllenhauer ontfermde zich niet veel later over het Gehlen-filiaal in Hannover, de stad van zijn jeugd, zodat ik mijn naaste medewerker kwijtraakte, wat me verdriet deed. Ik was altijd op hem gesteld geweest, alhoewel zijn voornaam nooit over mijn lippen kwam. Günther, heette hij. We schreven elkaar nog regelmatig met kerst, tot een schandknaap een paar jaar later zijn keel doorsneed.

Ik werd door de doctor naar de hoofdafdeling Binnenland overgeplaatst, en kameraad Nikitin was razend toen hij dat hoorde.

Wekenlang ontving ik geen bericht meer van Maja. Mij werd te verstaan gegeven dat ik alles op alles moest zetten om bij Red Cap terug te keren. Ik deed ook net of ik daartoe verwoede pogingen deed, vervalste de desbetreffende informatie, stuurde Nikitin kopieën met een daarbij passende toewijding.

Ik weet niet wat er zou zijn gebeurd als de KGB me een oorlel van Maja had opgestuurd om me op te monteren. Vermoedelijk had ik dan gewoon gedaan wat ze van me verlangden. Maar de oorlel kwam niet, en ook geen ander lichaamsdeel. Van Maja werd niets afgenomen, haar werd niets toegediend, niets aangedaan.

Nikitin leek me te vertrouwen.

Het lag werkelijk in mijn vermogen om van de functie bij Red Cap af te komen.

Ik geloofde er zelf bijna in, belachelijk gewoon.

10

Toen Konrad Adenauer met een meerderheid van één stem, namelijk die van hemzelf, op vijftien september negentiennegenenveertig tot de eerste kanselier van de Bondsrepubliek Duitsland werd gekozen, had ik het duistere Red Cap-hoofdstuk afgesloten en in Pullach al een nieuw kantoor in barak E betrokken.

Ik was in Sectie III verantwoordelijk voor de afdeling Observatie van Binnenlandse Tegenstanders. Mijn opdracht was het om de dossiers in de cartotheek met de geobserveerde personen bij te houden. In het kader van deze activiteiten bundelde ik vooral alle tegen de sociaaldemocraten gerichte observaties.

Zo nu en dan werd ik in die jaren ingezet voor speciale acties die dat woord amper verdienen. Aangezien ik de enige portrettekenaar van de Org was, moest ik af en toe montagetekeningen van vijandelijke agenten maken, een artistiek gezien tamelijk vermoeiende klus. Zelfs blauwe bloemetjes schilderen op Delfts aardewerk gaat een mens gemakkelijker af.

En omdat er in heel Pullach verder geen mens Jiddisch verstond en sprak, moest ik bij de Duitse onderhandelingen met Israël over herstelbetalingen wekenlang de van bugs vergeven hotelkamers van de Israëlische commissieleden afluisteren.

En aangezien dit ook meteen het hoogtepunt van mijn werkzaamheden was, kun je met recht en reden beweren: het werk voor Sectie III was het saaiste, armzaligste en onnozelste wat er binnen de Org te doen viel.

Ik voelde me dus kiplekker.

Ook mijn streven om een fatsoenlijke informatiestroom voor de KGB te organiseren wierp zijn vruchten af.

In de lokale SPD-afdeling München-Schwabing had ik de functie van penningmeester op me genomen, onder mijn echte naam. Mijn bezoekjes aan München werden zodoende eindelijk gelegaliseerd, zodat de ontmoetingen met Nikitins levende brievenbussen minder riskant leken en een mooi ritme kregen.

Het was ook een van mijn KGB-taken alle pogingen van Adenauer te boekstaven om de door de Brits-Franse geallieerden grondig verafschuwde doctor ondanks alle verzet tot hoofd van de Duitse geheime dienst te benoemen.

Dat waren een hoop pogingen, swami. Want of de door de zegevierende mogendheden bezette, door militaire gouverneurs gecontroleerde, alleen in naam soevereine Bondsrepubliek eigenlijk wel een inlichtingendienst mocht hebben, was voorwerp van felle debatten.

De onderhandelingen duurden een jaar – mijn informanten hielden me ervan op de hoogte.

Op de grote maandagse vergaderingen in Camp Nikolaus, die halverwege de jaren vijftig nog werden gehouden, deed ik verslag van de kennis die ik tot dan toe had verworven en zag ik hoe nerveus de doctor in zijn stoel zat te wippen en zich opwond over alle details die hij te horen kreeg.

'Wat is dat nou voor een stompzinnige naam?' blafte hij.

'Ja, sorry, maar zo moet de dienst heten,' zei ik met spijt in mijn stem.

'Amt für Verfassungsschutz? Een dienst om de grondwet te beschermen?'

'Ik vrees van wel.'

'Die wanstaltige naam is vast en zeker door een rooie bedacht.'

'Het was een door alle partijen gesteunde commissie die er unaniem mee instemde.'

'Maar het land heeft niet eens een grondwet die je kunt beschermen. We hebben alleen een provisorische constitutie!'

'Ja, een ander voorstel was Federale Dienst voor het Hoeden der Grondwet.'

'Hoeden der Grondwet?'

'Jawel.'

'Moet ik grondwethoeder worden? Op schapen gaan passen? De grondwet hoeden?'

'Dat voorstel haalde geen meerderheid, doctor.'
'Wat voor keuze was er nog meer?'
'Federaal Bureau voor Federaal Onderzoek.'
'En?'
'Dat was vanwege de afkorting geen optie.'
'Afkorting?'
'Fe voor federaal bureau en fe voor federaal onderzoek.'
'Fefe?' vroeg hij.
Ik zweeg.
'Mijn god.'
Ik zweeg.
'Fefe-president?'
Hij werkte zich woedend uit zijn stoel omhoog en begon met een rood hoofd voor het front van alle afdelingshoofden te ijsberen.
'Ik heb het begrepen! Die kunnen het dak op met hun Fefe-president! Waarom heten we niet weer gewoon Abwehr? Of Sicherheitsdienst?'
'Sicherheitsdienst, meneer?'
'Bundessicherheitsdienst, voor mijn part.'
'Omdat de andere commissieleden helaas van mening zijn dat de beste naam Amt für Verfassungsschutz is.'
'Hoe noem je dat ook weer, dat de mening van anderen er ook toe doet?'
'Democratie, meneer?'
'Nee, decadentie!'
'Ik begrijp het.'
'Ik snap werkelijk niet waarom mijn vrouw zo dol op u is, Dürer. Ik moest u en uw broer uitnodigen voor ons tuinfeest van komend weekend.'
'Het is me een eer, doctor.'
'Verder nog iets?'
'Wel, als u president van het Amt für Verfassungsschutz wordt, dan zal het vermoedelijk noodzakelijk zijn dat de instantie naar Keulen verhuist. Meneer Adenauer wil ons bij hem in de buurt hebben.'
'Ik verlaat me op u, Dürer. U moet voor mijn vrouw beslist een mooi huis aan de Rijn vinden.'

Terwijl de afdelingen stuk voor stuk begonnen de medewerkers die naar Nordrhein-Westfalen zouden moeten vertrekken op de naderende verhuizing voor te bereiden, reisde ik op verzoek van mevrouw Herta naar Keulen om op zoek te gaan naar een smaakvolle woning voor de familie Schneider alias Gehlen.

In de Kastanienallee in Keulen-Marienburg, ver van het al vijf jaar met een laag as bedekte Pompeï waarin het centrum van de domstad door bommen was getransformeerd, leidde een makelaar me rond door een droom van een landhuis, dat Schinkels strengheid met neobarokke putti opfriste en over een klein park, een zwembad en een tennisbaan beschikte.

Helaas had het als nadeel dat niemand het aan een verdienstelijk generaal van Hitler cadeau wilde doen, zoals dat in Berg aan de Starnberger See nog zo mooi had uitgepakt. Toen ik mevrouw Herta opbelde en haar vertelde over zowel de weelde als de complicatie en eraan toevoegde dat er dezelfde dag misschien nog een andere gegadigde voor de villa was, gaf ze me opgewonden opdracht de koop per direct te sluiten en de noodzakelijke aanbetaling te doen.

Ik vroeg of ze wel zeker wist dat ze zonder zelf te hebben gekeken en alleen op mijn advies zo'n cruciale beslissing wilde nemen. Jaja, zei ze met een heldere lach. Ik had zo'n geweldige smaak. En Reini vond het allemaal best. Reini kon zelfs in een regenton oud worden.

Maar helaas vond Reini het allemaal toch niet zo best. Totaal niet. Reini werd namelijk helemaal geen president van het Amt für Verfassungsschutz.

Hij hoefde daarom niet naar Keulen te verhuizen en hij had met name geen paleis met de allure van een kasteel nodig in een stad die hij vanaf nu met net zo'n dedain als Leningrad tegemoet trad.

De bezettingsmachten Groot-Brittannië en Frankrijk hadden na een lange strijd met Adenauer en de intern verscheurde dienst Controle, observering en beveiliging hun zin doorgedreven. Zij hesen uitgerekend de grootste concurrenten van de doctor, de voormalige samenzweerders tegen Hitler uit de kring rond admiraal Canaris, op het begeerde schild.

Zoals ik later van een van onze mollen op het kantoor van de bondskanselier vernam, was de Britse gouverneur sir Robertson na

het besluit hoogstpersoonlijk op Adenauer afgestapt, had hem hartelijk de hand geschud en verteld hoe trots het hem maakte dat de
nazischurk in Pullach daarmee voor eens en altijd uitgerangeerd
was.

Over Camp Nikolaus spreidde zich een verlammende zwaarte uit.
We doken onder in het zwijgen van onze nu onbeschermde burcht,
deden ons werk als traag gespeelde piano-oefeningen.

De Org was eind negentienvijftig op sterven na dood. De CIA had
miljoenen dollars in een geheime onderneming gestoken die aan
haar lot was overgelaten en nu de vernietiging tegemoet sukkelde.

Al vijf dagen na het tegen Reinhard Gehlen gerichte besluit namen
vierentwintig medewerkers van de technische afdeling ontslag. Ze
waren door Keulen weggekaapt.

Hub noemde hen ratten.

De stemming was tot het nulpunt gedaald toen mijn broer en ik op
een winteravond – er lag al sneeuw – over het geplaveide voorterrein
de Bormann-villa betraden.

In de vertrekken was het begonnen te schemeren; de twee staande
lampen gaven onvoldoende licht. Een adjudant wenkte ons en we
liepen door de grote zaal naar het kleinere, gelambriseerde vertrek,
de voormalige muzieksalon. Behalve een kleine bar in de ene en een
Lodewijk xiv-tafel met vier stoelen in de andere hoek omvatte het
interieur alleen een Bechstein-vleugel. Hij stond vlak voor de ramen. Een paar brandende kaarsen op de tafel en een leeslamp boven
een lessenaar verlichtten de ruimte.

De doctor zat kaarsrecht achter de vleugel en speelde Bach. De
adjudant verzocht ons zwijgend om aan tafel te gaan. We namen
plaats en luisterden vijf minuten lang eerbiedig naar de fuga in
As-majeur uit *Das wohltemperierte Klavier*, tot die in een helder
slotakkoord wegstierf.

'Dus, meneer Dürer,' zei de doctor midden in de laatste noot, zonder zich om te draaien, 'u hebt dus aan de Rijnpromenade die luxe
villa gekocht.'

'Uw echtgenote vroeg me dat.'

'U wilt die transactie toch niet op mijn vrouw afschuiven?'

'Natuurlijk niet.'

'U zult de koop uiteraard teniet moeten doen.'

'Dat is al gebeurd.'

'Mooi.'

Hij begon aan een kleine prelude, maar voordat deze tot een fuga kon opklimmen, schraapte ik mijn keel en zei: 'De makelaar wil alleen wel de courtage houden.'

De doctor wendde zich van Bach af en keerde zich naar ons toe.

'Hoeveel?'

'Vijfduizend mark.'

'Oké. Dat zult u zich wel kunnen permitteren.'

Een moment van stilte toen hij opstond, over de krakende planken naar onze tafel liep, op zijn stoel ging zitten en het dossier opensloeg dat daar al voor hem klaarlag.

'Bent u van mening, meneer, dat ik dat bedrag moet betalen?' vroeg ik voorzichtig.

'Uiteraard. Vindt u van niet?'

'Nou ja, dat is een heel jaarsalaris.'

'U hebt zonder overleg met mij een huis gekocht.'

'Zoals u wenst.'

'De heer Ulm zal u vast wel willen helpen. Daarom betalen we ook zulke hoge salarissen, zodat men zijn familie kan helpen als dat nodig is.'

'Tot uw dienst, doctor,' reageerde Hub met doffe stem.

'Bovendien verwacht ik, Dürer, dat u mij die Fefe-president bij de gratie van de Engelsen op een presenteerblaadje komt brengen.'

'Ik ben er al mee bezig.'

'Laten we dan maar beginnen.'

Zijn huid spande zich over zijn jukbeenderen toen hij me uitdrukkingsloos opnam. Ik sloeg mijn map open en liep mijn aantekeningen door.

'Die meneer heet Otto John.'

'Ik weet dat hij Otto John heet. Ik wist niet dat het een meneer was.'

'Maar hij is wel een president.'

'Gaat u verder, slimmerik.'

'Otto John, president van het Amt für Verfassungsschutz,' ging ik dus enigszins geïntimideerd door, zonder van mijn papier op te kijken, 'is een met een Jodin getrouwde links-liberaal die zich in de oorlog aan dienstneming wist te onttrekken. Hij zat in het verzet tegen Hitler en heeft de "Twintigste juli" als koerier helpen organiseren. Zijn broer werd door de ss vanwege hoogverraad terechtgesteld.'

'Excuseer, dat ben ik helemaal vergeten. Willen de heren misschien een koekje?'

Hij schoof een schaal met koekjes onze kant op, en wij weigerden beleefd, terwijl hij begon te knabbelen.

'Otto John zelf,' vervolgde ik mijn verhaal, 'vluchtte na het mislukken van de samenzwering via Spanje naar Engeland en heeft bij de soldatenomroep in Calais tegen Duitsland geageerd. Na de oorlog bood hij zijn diensten aan de geallieerden aan als getuige à charge. Hij getuigde tegen verschillende generaals van de Wehrmacht. Dat zette veel kwaad bloed.'

'U moet echt proeven. Vooral de macarons.'

'Van het werk van geheime diensten heeft Otto John geen kaas gegeten,' praatte ik onverstoorbaar door. 'Hij wordt beschouwd als een excellente jurist en werkte jarenlang als juridisch adviseur bij Lufthansa. Politiek staat hij dicht bij de sociaaldemocraten en hij noemt zichzelf antifascist en filosemiet. Zijn vrouw is Jodin, zoals ik al zei. Zij is bijna tien jaar ouder dan hij, lesbienne vermoedelijk. Geen kinderen samen.'

'Dat is het?' vroeg de doctor met volle mond.

'Hij is een rokkenjager, zeggen ze. En bovendien wordt er gefluisterd dat hij homoseksueel is en zich meerdere keren per maand met schandknapen afgeeft. Zijn hobby is alcohol. Daarnaast is hij verslaafd aan pillen en staat vaak rood omdat hij veel geld in zijn kunstverzameling stopt. Hij heeft een keer gezegd dat hij een moord begaat voor kunst.'

'De veiligheid van ons land is zo te zien in de allerbeste handen.'

'Adenauer is tegen hem en probeert zo veel mogelijk bevoegdheden bij hem weg te halen. De afdeling Inlichtingen Buitenland zal hij in geen geval krijgen. Dat staat wel vast. Zijn operationele apparaat staat onder de exclusieve leiding van zijn plaatsvervanger Albert Radke.'

De doctor knikte en knibbelde voorzichtig aan zijn koekje terwijl hij zijn ongelooflijke tien-uur-koffie inschonk. Nooit eerder had ik iemand gezien die drie lepels suiker in een klein kopje koffie kon gooien zonder één golfje te veroorzaken.

'Ik ken Radke,' zei hij ten slotte. 'Radke zal ons helpen.'

'Echt waar?' Ik was verbaasd, maar lang niet zo verbaasd als jaren later, toen ik kreeg te horen dat Albert Radke een ouwe getrouwe van de generaal was, die hij bij de Verfassungsschutz naar binnen had weten te loodsen.

Nu zei ik onnozel: 'Radke doet namelijk al dagen verwoede pogingen medewerkers van ons af te snoepen.'

'Wat de situatie van de Org betreft,' bromde de doctor terwijl hij in zijn koffie roerde, 'laat dat maar aan mij over.'

'Tot uw dienst.'

'En over dat Grote Kwaad, die crisis waarvan we allemaal zo onderneboven zijn,' zachtjes klopte hij de lepel aan de rand van het kopje af, 'daar komen we met behulp van het Kleinere Kwaad vast wel van af.'

Hij zuchtte bijna behaaglijk, sloeg de dossiermap dicht, leunde achterover en slurpte van zijn koffie alsof hij op de pittoreske Elend-Alm zat.

Een poosje later zei hij: 'Wat Otto John aangaat, verwacht ik dat u met hem afrekent.'

'Ik zal alle beschikbare informatie verzamelen.'

'Ik heb het over afrekenen, niet over informatie verzamelen. Het is van nationaal belang dat een linkse landverrader met perverse seksuele voorkeuren en ernstige psychische problemen niet aan het hoofd komt te staan van de Duitse inlichtingendienst. Dat moet worden teruggedraaid.'

Ik wist niet wat te zeggen, wiegde alleen mijn hoofd, klapte mijn klemmap dicht en vouwde mijn handen. Allemaal gebaren die een stilzwijgend akkoord kunnen uitdrukken. Ik voelde een pedant-plechtige sfeer die rond de notenhouten tafel opsteeg, misschien opgeroepen door het dichtklappen van de beide dossiermappen, misschien onderstreept door de schaduwen die de kaarsen overal op de muren wierpen. En onder de stilte die plotseling grensde aan zwijgzaamheid, de zwijgzaamheid van een abdij, hoorde ik Hubs vlakke adem wegebben, alsof hij daadwerkelijk zijn adem inhield.

Toen zei Hub: 'Liquideren?'

De doctor lachte niet, zoals ik zou hebben vermoed. Hij lachte absoluut niet, keek niet op, maar wachtte tot Hubs woorden, toch de woorden van een godvrezend christenmens, waren vervluchtigd.

'Het is goed dat overal over wordt gepraat,' zei hij ernstig, en ineens voelde ik een onbedwingbare neiging om het laatste koekje op te eten, dat voor me lag, en ik pakte het gewoon en beet het dood.

'Maar dat zetten we eerst in de week. Er zijn andere middelen en manieren. En mijn instinct zegt me dat meneer Dürer die middelen en manieren zal vinden.'

11

Drie dagen voordat ik de heer Otto John leerde kennen, een man die ik tot mijn laatste ademtocht heer zal blijven noemen, vierde de hele familie Solm kerstfeest in Pattendorf.

Mama had een typisch Baltische kerstavond voor ogen gestaan. Niet de gouden noten of de maretak, de zegellak of de havergort stoorden me, maar wel de knalrode appels, die onherroepelijk zouden worden getransformeerd in *Apfelschmalunz* en daarvoor al in het broederlijk-vrome ritueel dat er al jaren niet meer was geweest. Kleine Anna wilde met alle geweld weten wat het betekende, maar eigenlijk wist ze dat al wel.

'Alsjeblíéft,' bedelde ze, 'alsjeblieft, Amama, vertel nou hoe Großpaping door de communisten onder water werd gehouden tot hij geen adem meer kreeg.'

'Het is nu kerstavond, schat,' wees Ev haar terecht. 'Dan willen we alleen maar aan mooie dingen denken.'

'Juist, liefje,' vulde Hub aan, 'vanavond is het glans en glitter. En Amama moet jou niet altijd van die gruwelverhalen vertellen.'

'Bovendien kreeg Großpaping ook meteen weer een hoop lucht,' legde mijn moeder op haar eigen onnavolgbare wijze uit, 'toen hij hoog in de hemel was.'

We gingen met alle gekken en invaliden naar de katholieke nachtmis – een protestantse kerstdienst was er nu eenmaal niet – die in de koude, met wierook verzadigde barokkerk van het hospitaal werd gehouden. Alle monstransen en kandelabers trilden toen de gekken 'Stille nacht' probeerden te zingen, een woest, godgevallig gehuil aanheffend, begeleid door een bruisend orgel en de laatste blinde parkieten, die de geneesheer-directeur voor op het oksaal had geparkeerd, zodat ze in hun gevlochten kooi kwetterden alsof hun leven ervan afhing. De nonnen kregen rode konen toen ze het Onzevader baden en ondertussen op jacht moesten naar imbecielen die ertussenuit knepen. Centenbak begon aan een grote adventskaars te likken, misschien omdat die van echte bijenwas was gemaakt.

Als je met je eigen dochter voor het eerst in een kerk staat en haar grote ogen ziet en de glans achter deze ogen vertelt dat ze naar de grote woorden luistert die van de kansel druppelen, dan komt het helemaal niet meer leugenachtig over, dit Beierse Latijn. En tegen al het lijden en de vernederingen en inzinkingen, waarvan degenen om ons heen die belast waren getuigenis aflegden, tekende de stralende toekomst van kleine Anna zich zeer nadrukkelijk af. En het kon niet anders of ze zou een goed en hulpvaardig mens worden dat nooit onder haar eigen bestaansniveau zou kunnen wegzakken, zoals haar beide vaders, maar ze zou zich verheffen boven alles wat ons klein en lelijk en gemeen maakt.

'Waarom huil je, oom Koja?' vroeg ze met haar enigszins rauwe, van Ev geërfde snotterstem. Haar hand wreef troostend over de mijne, en ik zei tegen haar dat ik niet droevig maar gelukkig was, dat ik net als zij ontzettend gelukkig was.

'Precies,' kwinkeleerde ze, 'omdat de Here Jezus vandaag is geboren.'

En ik zag toevallig dat de wenkbrauwen van mijn zus naar boven schoten, hoorde hoe haar hart een sprongetje maakte, en naast haar bungelde de lege mouw van mijn broer, de aldoor trillende mouw, en ik gooide er net als de anderen een 'O gij vrolijke, o gij zalige' uit, hopend op de 'genade brengende waarheid', en in plaats van kersttijd zong ik dus waarheid, omdat het vreselijk is om met je eigen dochter in de kerk te zitten, en zij weet het niet.

Nadat we door de dikke sneeuw weer naar mama's kamer waren gewaad, nadat we de tooi van de rode Baltische kerstboom hadden bewonderd, een door Hubs overgebleven arm gevelde, geroofde dennenboom, nadat mama de 'spinsels van zilverhaar', zoals zij lamette noemde, in de vlecht van haar verrukte kleindochter had gewerkt om die meer de sfeer van het kerstkind mee te geven, na alle glans en glitter dus begon het uitdelen van de cadeautjes.

Anna vond onder het doek dat haar cadeautje bedekte het *Nibelungenlied*, honderdvierentwintig bladzijden, door mij in drieëndertig nachten met de hand geschreven en met Oost-Indische inkt verlucht, met Hagen als duistere krijger en een heroïsch blinkende Siegfried, die niet alleen de gelaatstrekken van mijn broer had, maar het ook met één arm moest doen, de linker- met het zwaard Balmung (ach, ik moest aan Politov denken). Deze artistieke vrijheid stond ik mezelf toe, en ik verbeterde de oude sage doordat in mijn versie de boze draak de hand van de ridder opvrat, overigens ook mijn meest geslaagde illustratie. Kleine Anna giechelde, en Hub haalde ontroerd adem. Ze bladerden in mijn boek, gefascineerde linkshandigen allebei. Hij had al net zo'n nadrukkelijke ademhaling gekregen als zoveel mannen van halverwege de veertig, en hij nam me in zijn resterende Siegfried-houdt-zijn-zwaard-vast-arm, net als vroeger, en reciteerde een of andere psalm.

In Evs ogen glinsterde iets van spot, leek het, ze had een feestdagmond, zoals Anna lippenstift noemde, en wat had ik graag haar normale mond gezien, haar dagelijkse mond, maar ik zag alleen haar kindermond, want die lachte bleekjes over kleine Anna's hele gezicht.

'Dank je, Koja, dat je mijn dochtertje zo'n plezier hebt gedaan,' fluisterde Hub geroerd. 'Daar moet je echt weken mee bezig zijn geweest.'

Mama bracht ons ten slotte de vermaledijde appel, een plankje en een mes, en plechtig deden we wat er van ons werd verwacht. Sneden het ding doormidden. Stopten stukjes in de mond. Hosanna in de hemel.

Mama, door iedereen alleen nog Amama genoemd, vertelde voor de uitdovende kerstboom oude verhaaltjes, terwijl wij geheimzinnig kauwden. Ze vertelde over de tegen een neusbeen geslingerde appel, een halve eeuw geleden, van de kikker op het lijk van Großpaping, van het heilige martelaarschap van Hubert Konstantin Solm en van de onvoorstelbare boosaardigheid van de bolsjewieken.

Amama liet zich ook de kans niet ontnemen om het water te noemen waarin Großpapings hoofd werd geduwd, net zolang tot hij geen adem meer kreeg. Kleine Anna's gelaat vertrok van woede, ze riep dat alle bolsjewieken in steen moesten worden veranderd, en het was me duidelijk dat ze nooit ofte nimmer te weten mocht komen wie haar vader was, en vooral niet wat hij was en voor wie hij in het geheim werkte.

Daarna hadden we het eerste ganzengebraad van na de oorlog, smulden we van de zoete leverworst en fruitcompote, Anna kreeg haar slokje madera, en Hub hief zijn glas en vertelde dat zijn lieve vrouw en zijn prachtige dochter nu na jaren van gescheiden zijn bij hem in Haidhausen zouden intrekken.

Ja, ze zouden weer bij elkaar gaan wonen, herhaalde hij terwijl er een stilte viel.

Zijn firma, de transportonderneming Hubermaier in Pullach (Hub en Hubermaier, hier was hij nogal aan het improviseren geslagen), had de huur van zijn dienstwoning op het bedrijfsterrein namelijk opgezegd. Ev voegde er snel aan toe dat zij een goede baan in de kinderkliniek in München aangeboden had gekregen. Dat was wat anders dan een Alpenhospitaal.

Amama herpakte zich als eerste, was 'vreselijk verschrikkelijk' blij met deze ongelooflijke verrassing, zei 'God zij dank' en beefde een beetje.

Ook ik beefde een beetje. Ik toostte met iedereen op een gelukkig nieuw huwelijksleven. We beloofden Amama dat we haar zo vaak als het maar kon in het gekkengesticht zouden bezoeken. En toen kwam er iets lichts over iedereen. Maar niet bij mij, want het was net of mijn kern me was ontnomen, en ik voelde me plotseling onbehaaglijk, somber, zelfs jaloers, en kreeg een voorgevoel van naderend onheil, hoewel ik dat eigenlijk de hele tijd al had, nog afgezien van de momenten en jaren dat het onheil al onmiskenbaar aanwezig was.

'Je doet alweer zo raar, net als zojuist in de kerk,' zei kleine Anna later, toen ze haar pyjama al aanhad en ik naast haar bij het raam stond. Achter de bergen was er een vermoeden van een zwak gloeiende maan.

'Ik ben helemaal niet droevig.'

'Mensen mogen niet liegen.'

'Dat klopt, mensen mogen niet liegen, Anna.'

Vliegende kat en Lies-met-de-stem slenterden voorbij en wierpen ons kushandjes toe.

'Is het waar dat Siegfried maar één arm had?'

'Ja, dat is waar.'

'Heb je dat niet gewoon getekend, zodat pappie denkt dat je hem aardig vindt?'

'Ik hou erg van je vader.'

'Hou je ook van mammie?'

'Ja, natuurlijk.'

'Ze zegt dat ze ook van jou houdt, hoewel je zo vreselijk veel liegt.'

'Zo, zegt ze dat?'

'Siegfried had helemaal niet één arm, dat kan niet, anders had hij helemaal niet van Brünnhilde kunnen winnen.'

'Misschien had Brünnhilde ook maar één arm, zo precies weten ze dat niet.'

'En hoe kan het dan dat ze koning Gunther in de huwelijksnacht heeft vastgebonden?'

'Misschien had koning Gunther wel helemaal geen armen. En geen benen.'

'Jij liegt echt heel erg.'

'Nee, Anna. De waarheid is het waardevolste wat er tussen mensen bestaat.'

'Heb je daarom "genade brengende waarheid" gezongen in de kerk?'

'Dat moet je verkeerd hebben gehoord.'

'Ik heb het niet verkeerd gehoord. Ik heb heel goed naar je gekeken. Je hebt "genade brengende waarheid" gezongen.'

Ik kon niets zeggen.

'Ik wil later ook schilder worden, net als jij.'

Ik kon niets zeggen.

'Zou je daar blij om zijn?'

Het lukte nog steeds niet. Maar knikken ging wel.

'"Waarheid" is een erg mooi woord.'

'Vrolijk kerstfeest, Anna.'

Ik gaf een kus op haar voorhoofd.

'Vrolijke waarheid?' vroeg ze

'Nee, schat. Vrolijk kerstfeest.'

'Vrolijk kerstfeest, oom Koja.'

De Koude Oorlog bevond zich die winter negentienvijftig op zijn hoogtepunt. De kranten stonden vol met psychosen en geruchten die niets met serieuze berichtgeving hadden te maken en meestal met een vraagteken eindigden. Korea? Irak? Griekenland? Berlijn?

Steeds ging het om oorlog, of beter om wat mama niet-vrede-niet-oorlog noemde. En de niet-vrede-niet-oorlog zette zich vast in elke vrome groet die je elkaar toewierp. Alles kon een aanval zijn. Zelfs bij het dagelijks weerbericht in de krant moest je aan oorlogsverslaggeving denken. Soms was er sprake van Siberische koufronten die in een brede linie naar het westen oprukten, de Elbe overstaken, wiggen vormden. Er moest rekening worden gehouden met aanzienlijke stormschade, en ook met talloze laag-bij-de-grondse offensieven. Zelfs doodgewone hagelbuien kon je niet vertrouwen. (Daken en mama's paraplu werden doorboord.)

In deze paranoïde atmosfeer was spionage een gevaarlijke exercitie, die een hoop echte en vermeende medewerkers van inlichtingendiensten het leven kostte.

Daarom was mijn reis naar Otto John in Berlijn minutieus voorbereid.

Op tweede kerstdag diende ik me om zes uur 's morgens te melden bij de verantwoordelijke subalterne officier op het Centraal Station in München. Hij wees me een plaats toe in de Amerikaanse diensttrein naar Berlijn. Het was de gebruikelijke militaire procedure sinds de blokkade van Berlijn weer was opgeheven. Ik was amper van een Amerikaan te onderscheiden. Ik had een dikke sjaal om, droeg een lichte trenchcoat, een donkere broek en een alpinopet op mijn hoofd (een geschenk van Ev, dat ze twee dagen ervoor op kerstavond over mijn voorhoofd had geschoven, vergezeld van een weemoedig glimlachje).

In Helmstedt stapten Sovjetsoldaten in en controleerden de papieren van alle burgers. Op mijn met zorg vervalste documenten hadden ze niets aan te merken.

Toen we door de oostelijke sector reden, stond ik bij het raam. Natuurlijk was er niets bijzonders te zien. Sneeuw met name. De straten waren leeg, de perrons verlaten, en toen de trein langzaam Bahnhof Zoo binnenreed, ontrolde zich voor mijn ogen het beeld van een Carthaagse woestenij.

De Amerikaanse sectiecommandant stond op het perron en gaf de commando's om het ceremonieel van het uitstappen in goede banen te leiden. Het eerste bevel luidde: 'All ranks from General tot Colonel!' De heren stapten uit de salonwagen.

Er volgde een pauze, en toen: '*All ranks from Colonel to Captain!*'
De stafofficieren volgden.
'*All ranks from Captain to Sergeant.*'
Een wolk van alle mogelijke uniformen.
En daarna: '*The Germans.*'
De GI's lachten ons uit toen wij Duitsers langs hen heen naar buiten kropen, een processie van verschrikte lemuren. Ik nam een taxi en die bracht me vanaf de Kurfürstendamm langs de puinhopen via de kortste route naar de Bleibtreustraße. De aanblik van nieuwe gebouwen die links en rechts verrezen, riep in mij een gevoel van opluchting op dat ik niet meer als architect hoefde te werken. Liever nog had ik tot aan mijn levenseinde Org-muren opgemetseld dan me te bezondigen aan dat soort afzichtelijke bouwsteentjes.
Anna Ivanovna deed open. Bijna tachtig was ze inmiddels en haar gezichtsvermogen was bijna helemaal verdwenen, ze zag alleen nog contouren.
'Nee maar, Kojasjatski, ben je het echt?'
Ze tastte mijn gezicht af, ook mijn trenchcoat, was ondanks haar leeftijd nog goed ter been, woonde helemaal alleen in een verbazingwekkend grote, als gevolg van de kolenschaarste ijskoude parterrewoning. We hadden tranen in de ogen toen we elkaar omhelsden. Ik bezocht haar omdat de Org particuliere accommodaties een stuk onopvallender vond dan een hotel. Maar ik kon hier niet Dürer heten. Door de aard van mijn opdracht kon ik wel gewoon mijn echte naam gebruiken. Het risico lag volledig bij mij.
Anna Ivanovna zette thee in haar gedeukte samowar en streelde aan één stuk door mijn wangen terwijl we over de Baltische landen spraken en over alle Baltische sterftecijfers, die me niet interesseerden.
'Ach, lieve Koja,' verzuchtte ze later, 'wat jammer dat jij niet geworden bent een meisje!'
De hele nacht dacht ik na over deze raadselachtige zin.

De volgende dag haalde de resident van de Org me af, meer een rubberslang dan een man, die onophoudelijk moest kuchen. Hij bracht me naar Wolfgang Wohlgemuth in een café in de Lietzenburger Straße, en ik weet, ik weet, het is inmiddels wel wat veel van het goede met al die namen, gelijk hebt u. Maar een van de typische kenmerken van samenzweerders is dat het er echt veel moeten zijn, een heel zootje, om alles te laten functioneren, en dus ontkomen we helaas niet aan al die namen, zeer geconcentreerde swami.

Als je uw voorstel zou volgen en de mensen op basis van hun opvallendste kenmerken een bijnaam zou geven, zou Wolfgang Wohlgemuth eigenlijk 'De hele breedte van de weg' moeten heten. Hij was een zonnige kijk-mij-eens-verschijning, die zichzelf als honingpot en de rest der mensheid als bijenvolk zag, dat dan natuurlijk alleen uit vrouwen bestond.

Ikzelf daarentegen, op grond van mijn geslacht niet behorend tot deze zoemers, was voor hem een soort sluipwesp, en de sluipwesp was helemaal niet voorbereid op zo'n glanzende honingpot, waarmee hij natuurlijk ook geen raad wist – hij kreeg het er Spaans benauwd van. Als lid van de geleedpotigen (en van de Org) had hij echter helemaal geen hart dat nu buiten zichzelf van blijdschap over Wolfgang Wohlgemuths schitterende heden op hol had kunnen slaan. En daarom zei ik maar gewoon dat ik Solm heette, Konstantin Solm, in het kader van onze opdracht bij voorkeur Koja, en meneer Wohlgemuth verklaarde genereus dat ik hem Wowo kon noemen.

En terwijl de Org-resident zich ervandoor kuchte, in de volle overtuiging dat hij twee loyale agenten uit het Westen hun clandestiene gesprekken kon laten voeren, verdeelden in werkelijkheid twee loyale agenten uit het Oosten heel socialistisch de kersenslof.

Wowo vroeg me na de derde hap hoe het er bij de Org aan toeging. De Stasi deed hem denken aan een 'volkstuinvereniging', Ulbricht aan een 'jochie dat de kleine kas beheert'. Hier zei iemand echt alles wat hem voor de mond kwam. Ik genoot er op een bepaalde manier van om een andere huurling tegen te komen, een dubbelspion, die ik kon bestuderen met het oog op diens zichtbare psychische gebreken.

Maar er was niets.

Wowo maakte geen berouwvolle of moedeloze indruk, en verslaafd aan morfine leek hij al evenmin, hij was pure en goedgemutste Berlijnse chic, die er blijkbaar alweer was. Hij zag eruit als een UFA-ster, zoals O.W. Fischer in het decor van oud-Heidelberg, zelfs als de slagroom van zijn lippen gleed. Zijn leren schoenen blonken wit, zijn teint was die van Sylt.

Omdat kameraad Nikitin me Wowo's dossier had toegespeeld, wist ik dat de succesvolle gynaecoloog ook een vrouwenversierder was, of liever veelneuker, en ook nog jazztrompettist, bohemien en de belangrijkste intimus van Otto John. Een tijdje in het concentratiekamp gezeten, sinds de jaren dertig heimelijk communist. Ook Wowo was meegesleept in het verzet tegen Hitler en hij had Johns broer na zware verwondingen weer opgelapt. Daarom was de nabijheid van de persoon op wie mijn vizier was gericht zo roerend. Een loopgravenvriendschap van een bijzonder soort.

Nooit zou ik toegang tot Wowo hebben gekregen als hij niet toevallig voor de KGB had gespioneerd. Nikitin had het op touw gezet. Hij zette alles in het werk opdat ik aan Reinhard Gehlens wens kon voldoen om Otto John uit de weg te ruimen.

Nikitin wilde Gehlen namelijk aan de top van een Duitse geheime dienst hebben. Dan had hij mij als vrolijke infiltrant, maar bij John had hij niemand behalve Wowo. En die was niet meer dan een spion zonder invloed en met een hoge dunk van zichzelf.

'Otto komt vandaag om een uur of acht,' zei hij met een hoge stem. 'Ik heb een paar vrienden uitgenodigd, stuk voor stuk Sartre-liefhebbers. Hopelijk spreekt u *un peu* Frans.'

Om hem een toontje lager te laten zingen zei ik: 'Ik spreek vooral un peu Russisch, maar ook graag met un peu Russen.'

Hij leek de hint te begrijpen. Zijn gelaatskleur had opeens niet meer dezelfde frisheid.

'Ik zal het gesprek dan later zo sturen,' haastte hij zich met een lagere stem te zeggen, 'dat ik u de mogelijkheid bied een paar schetsen van de gasten te maken. Otto is daar gek op. De rest is dan aan u.'

'*Honni soit qui mal y pense,*' zei ik.

Zegt de naam Otto John u eigenlijk iets?

Misschien zegt die naam u ook helemaal niets.

Otto John ging de geschiedenis in als een van de geraffineerdste landverraders die ooit op Duitse bodem hebben rondgelopen. Anderen zien hem tot op de dag van vandaag als slachtoffer van een ontvoering. En je zult ze de kost moeten geven die geloven dat hij het leven liet en werd vervangen door een dubbelganger die voor hem in de gevangenis verdween. Verwarring alom. Om hem is de regering bijna gevallen, kennis die jonge mensen als u niet echt meer paraat hebben. En de Bundesnachrichtendienst was er zonder zijn ondergang nooit gekomen, wat al helemaal niemand weet. De rol die ik in deze affaire moest spelen, was er niet een waarop ik trots ben. Otto John was namelijk een man die ondanks zijn grilligheid, ongeremdheid en naïeve hartstocht over een messcherp verstand beschikte, die geestig en moedig was en onvoorstelbaar rijk aan humane eigenschappen die je voor hem innamen, waarvan zijn fatsoen zonder meer het sterkst afwijkt van het beeld dat nog altijd van hem wordt geschetst. Hij was een van die mensen die de functies die ze krijgen geen centimeter groter maken dan ze in werkelijkheid zijn, waardoor hij wel in conflict móést komen met alle dikkoppen in de politiek die de betekenis van historische verantwoordelijkheid nooit kunnen onderscheiden van de voorbijgaande kikvorsfase door middel van persoonlijk succes.

Amfibieën menen dat water en lucht een en hetzelfde zijn.

Met Otto John was dat anders.

Dat merkte ik al toen ik hem op die avond in Wowo's villa ontmoette. Als president van de Verfassungsschutz was hij in die tijd een van de invloedrijkste mannen van de jonge republiek. Hij droeg een wit pak met een knalblauw pochet, en je zag aan de nonchalante manier waarop hij op de grote trap zat dat hij eigenlijk gewoon een leuke avond wilde hebben.

Hij was even oud als ik, maar veel jongensachtiger. De jongste ambtsdrager van de Bondsrepubliek. Hij had wel iets van John F. Kennedy. Zijn ijdelheid gold zijn kapsel (achterovergekamd dicht, donker haar), het bruin van een skiër, de geestelijke viriliteit, niet de macht. Dat dacht je meteen te zien. Van hem ging een koppige kordaatheid uit waarmee je revolutionair of depressief kon worden, maar niet een man met zonnebril en slappe hoed. Hoewel zijn knappe verschijning de hele ruimte vulde, maakte hij ook later altijd de indruk dat hij aan de rand van het speelveld stond. Een tegenstrijdigheid, zoals de hele man dat was.

Wowo omhelsde me, kuste me zelfs en riep: 'Mijn god, mijn god, dat is nu al ik weet niet hoeveel jaar geleden!' Ik schudde zomaar iemand de hand, tot we bij de trap waren.

'Kijk eens, Otto,' zei Wowo enthousiast. 'Ik moet je een zeer goede oude vriend voorstellen: Koja Solm. Fenomenaal kunstenaar!'

John knipperde met zijn ogen. Hij was al dronken.

'Wat voor soort kunsjt, als ik vragen mag?'

Hij zei het vriendelijk, in een zacht, aangeschoten Hessisch, waarin appelwijn *Äppelwoi* werd en dat hij maar moeilijk kon beteugelen.

'Ach, die Wowo,' zei ik verlegen, en ik moest denken aan de informatie die ik allemaal had gekregen en verklaarde in een doeltreffende mengeling van schaamte en bescheidenheid: 'Vergeleken met giganten als Dalí en Picasso ben ik een dwerg, dan ben ik maar een beetje aan het knoeien.'

'Bent u een liefhebber van Picasso?'

'Hebt u van hem gehoord?'

'Gehoord?'

Hij lachte ongelovig, keek me met gespeelde verbijstering aan en ging toen weer over in zijn Frankfurtse zingzang: 'Ga weg, zeg, anders word *isch* nog ongezellig.'

'Niet iedereen kent hem.'

'Ik hou van Picasso!'

Ik wist natuurlijk dat meneer John erg van Picasso hield.

Maar omdat het mijn beroep was, zei ik dat ik het niet wist.

Toen voegde ik er met zorgvuldig gedoseerde ironie aan toe: 'Dat zie je ook niet vaak: staatsmannen en moderne kunst!'

'Om eerlijk te zijn, verzamel ik ook 'n beetje. We hebben een schetsje uit zijn blauwe periode, Lucie en ik. Toen was Picasso twintig, ongelooflijk mooi, *nedd wohr*, Lucie?'

Hij keerde zich om naar zijn vrouw, die drie treden boven hem zat, en ze knikte hem toe, en in het knikje zag ik een milde waarschuwing, die 'Zit niet zo op te scheppen!' kon betekenen, maar misschien ook 'Drink niet zoveel!' of 'Hou alsjeblieft op met dat provinciale dialect!' Meneer John wentelde zich er echter behaaglijk in, maar als het moest, kon hij het ook bijna helemaal uitzetten.

Hij nam een flinke slok cognac, glimlachte naar me en legde uit dat zijn hart voor fauvisten, expressionisten en Käthe Kollwitz klopte.

'Maar dat is nou toevallig,' deed ik hogelijk verbaasd, en ik pakte mijn hengel en wierp hem uit in de rivier, voor de bek van die mooie, arme forel. 'Want weet u, ikzelf liefhebber een beetje als kunsthande-laar.'

Nu spitste John zijn oren, wreef in zijn ogen en zei alleen: 'O ja?'

'En van Kollwitz heb ik nog een heel fraai zelfportret uit de oorlogsperiode.'

'A nää,' riep hij plotseling in een zwaar en boers Hessisch uit, en hij lachte: 'Nu zit u me een beetje in de maling te nemen.'

Hij riep opgewonden Lucie bij zich, een koele schoonheid met een zachte stem die afgelopen jaar (of was het dit jaar?) in Londen een boek met de programmatische titel *The Art of Singing* had uitge-bracht. Moet u echt lezen voor u sterft, als ik dat mag zeggen, beste swami. Ze vroeg me direct in het Engels of ik ook kon zingen, omdat ik het typische strottenhoofd van een tenor had. Al snel zaten we over de *Guernica* te praten, de bombardementen van het Legioen Condor, over Jeruzalem, Bauhaus, het existentialisme en natuurlijk over mijn werk als kunsthandelaar.

'Nou ja, je moet toch ergens van leven,' zei ik onomwonden. 'Ik ben op zoek naar een bedrijfsruimte in Schwabing. Tot nog toe ver-liep alles via privécontacten. Dus graag, kom 'ns een keer op bezoek. Ik heb een kleine maar fijne basisvoorraad aan ontaarde kunste-naars.'

'Ontaarde kunstenaars!' riep John verontwaardigd. '"Mishandeld filmdoek". "Geestelijk verderf". "Geesteszieke mislukkelingen". Per-vers, hoe die naziduvels die grote kunstenaars hebben aangevallen. Allemaal misdadigers!'

'Vertel mij niks.'

'Hoezo? Vertel mij niks?'

'Ik zat in vierenveertig achter Gestapo-tralies.'

'Nee!'

'Helaas wel.'

'U zat in het verzet?'

Ik knikte mismoedig.

'Doodvonnis. In Riga,' vulde ik aan. 'Wegens hoogverraad. Een wonder dat het niet werd voltrokken.'

'Mijn broer is door de ss in Moabit gefusilleerd.'

Ik werd door mijn broer en de ss neergeschoten, op een haar na dan, maar dat kon ik niet zeggen. In plaats daarvan zei ik: 'Vreselijk, meneer John. Een vreselijke tijd.' En terwijl de vreselijke tijd een moment lang onze oude verzetsstrijdersharten binnensijpelde, voegde ik er nog aan toe: 'Ze hebben me verplicht om als tolk bij de ss dienst te nemen. Ik heb de Joden geholpen waar ik maar kon. Dat kwam uit en ik ben toen standrechtelijk veroordeeld.'

'U hebt mijn diepste respect, meneer Solm. Mijn allerdiepste respect. Ik ben echt ongelooflijk blij dat ik u heb ontmoet.'

'Ja, ik ben ook blij.'

Hij dronk zijn glas elegant leeg, hikte gemeenzaam en schonk er direct nog een in.

'Je komt nauwelijks nog antifascisten tegen die ervoor uitkomen. Overal kruipen ze uit hun holen, die oude nazi-idioten.'

'*Honey!*' zei zijn vrouw.

'Is toch zo,' bromde John.

'Ik deel uw opvatting volledig,' zei ik een beetje vormelijk. 'Twee jaar geleden ben ik lid geworden van de spd, de enige partij die een halt toeroept aan deze terugval in de barbarij.'

'Ai, ik ben blij,' zei John. 'Ik ben echt heel blij.'

De forel had toegehapt.

'Wat vindt u van Klee, bijvoorbeeld? Of van Kirchner en Franz Marc?' wilde ik weten, en ik haalde langzaam de hengel op.

'Daar kan ik zo lang naar kijken dat ik er daas en duizelig van word.'

'Dan laat ik u graag een keer een lila paard met gele manen van Marc zien. Dus als u een keer in München bent...'

'*Unbelievable*. U bent echt *unbelievable, old boy*.'

'Mag ik u misschien tekenen? Nu? Zoals u met z'n tweeën daar zo zit, u en uw mooie vrouw?'

Mijn kleine schetsboek toverde zich als vanzelf uit de zak van mijn colbertje tevoorschijn, het potlood was geslepen, het oog scherp, de geest wakker, het geweten doof.

'Dat is heel treffend. Blijf alstublieft even stilzitten! En een beetje lachen, graag!'

12

Zo begon mijn kennismaking met het echtpaar John. De schilderijen waarover ik zo had zitten pochen, bevonden zich in een door de CIA beheerd depot aan de Königsplatz in München. Het waren overgebleven objecten van naziroofkunst, eigendom van onteigende en vermoorde Joden. De verzameling, voor zover je georganiseerde diefstal verzamelen zou willen noemen, was in negentienvijfenveertig in de zoutmijn Altaussee gevonden. Daar had de Dienst Rosenberg haar ondergebracht om ze later tegen afbraakprijzen te kunnen verkopen. Om de een of andere reden waren de werken na het sluiten van het Amerikaanse Central Collecting Point niet zoals zovele andere gerestitueerd, maar onder beheer van de Agency gekomen.

Hub had me erover verteld, ik had de schilderijen bekeken en van de doctor de verzekering gekregen dat ik er vrijelijk over kon beschikken als het me gelukt was met Otto John in contact te komen.

Maar dit was van een heel andere orde: zorgen dat ik na mijn bliksemcarrière als kunsthandelaar ook echt over deze waardevolle schilderijen zou kunnen beschikken. En wel meteen.

'Nee,' zei de doctor, 'de Amerikanen verzetten zich er met hand en tand tegen.'

'Waarom?'

'Die hangen dat spul in hun eigen kantoren. Mij werd verteld dat de afdeling die het Amerikaanse wagenpark beheert een verzoek tot uitgifte heeft ingediend omdat ze iets voor aan de muur willen.'

'De truckchauffeurs willen Max Liebermann op de wc hangen? Hebben ze niet genoeg aan een paar pin-ups?'

''t Is een ingewikkelde kwestie, Dürer.'

Nog ingewikkelder was het dat ik binnen een paar dagen bedrijfsruimte nodig had, feitelijk een compleet ingerichte galerie. En daarnaast een betrouwbare assistente, vervalste bewijzen dat ik geen nazi was, officiële documenten, getuigschriften van mijn studie aan de kunstacademie in Letland, contacten met kunsthandelaren in München – en dat allemaal op het hoogste samenzweringsniveau. Zonder twijfel zou het Amt für Verfassungsschutz mij en mijn winkel door de mangel halen zodra het contact met zijn president intensiever werd.

De doctor bestierf het bijna toen ik het bedrag van de maandelijkse huur voor een kleine winkel in de Salvatorstraße onder zijn neus schoof. De winkel lag precies tussen het onder een Joodse directie staande Palais Bernheimer aan de Lenbachplatz (hier kocht Göring graag zijn oosterse tapijten, met de legendarische woorden aan Otto Bernheimer: 'Nou, jij met je fijne Jodenneus!') en Adolf Hitlers lievelingskunsthandelaar Adolf Weinmüller in de Brienner Straße. De cassetteplafonds waren op z'n Chinees beschilderd, en voor een pretentieus en ongehavend stadspaleis uit de negentiende eeuw was de huur reëel tot schappelijk.

Godzijdank hielp ook kameraad Nikitin een handje mee en liet koeriers een transportkist vol olieverfschilderijen van gefusilleerde klassenvijanden brengen.

Ik vatte het maar op als een teken van Tsjeka-achtige humor dat in de collectie ook mijn tekeningen uit de Loebjanka zaten. Mijn gekloofde lijf. Mijn als een opgeblazen naaktslak creperende penis. Mijn van Isaak Babel geërfde cel. En zelfs de dansersblauwe Marc Chagall-triptiek die in Nikitins kantoor had gehangen zat ertussen.

Als Otto John had beseft dat niet alleen de CIA, de Duitse regering en de Org van de jachtbeluste doctor, maar ook de KGB aan zijn stoelpoten zaagde, en als hij bovendien had geweten dat al deze duistere krachten zich in mij en mijn vermeende zuiverheid verenigden, dan had hij beslist niet zo vrolijk en zorgeloos mijn galerie bezocht zoals hij dat inderdaad ook steeds vaker deed.

Vier of vijf keer per jaar dook hij op, meestal zonder Lucie, zodat ik hem 's avonds naar de nichtenbars van het Glockenbachviertel kon vergezellen om, zoals hij het op z'n Hessisch formuleerde, 'er eens flink tegenaan te gaan'.

Otto was dol op ramen met roeden en ronde ondoorzichtige ruit-

447

jes zoals in de Deutsche Eiche, verstopte zich er meestal in de donkerste hoeken en sprak het liefst over de symbiose van kunst en eros die vaak in de obers haar voltooiing vond. Zijn twee lijfwachten liet hij regelmatig in zijn hotel achter, en zodra niemand ons kon zien en hij een fles wijn soldaat had gemaakt, werd hij spraakzaam en vertrouwelijk en sprak dan over zichzelf in de derde persoon.

'Daar komt de *vlodde* Oddo niet zo graag!'

'Waar?' vroeg ik verbaasd.

'Nou, hier, in de Stad van de Beweging.'

'Dat is toch allemaal geweest.'

'Je weet het niet, je weet het niet.'

'Kom op, ik bestel nog een rondje.'

'Ken je Reinhard Gehlen, die lomperik?'

Dat kwam volslagen onverwachts. Als hij 'm had zitten, ging hij me soms tutoyeren, tenminste, tot het licht werd. Ik keek snel naar de ober, gaf hem een breng-ons-twee-biertjes-teken, en de nicht knikte ons hautain toe.

'Nee,' zei ik toen.

'Lomperik is nog veel te zwak uitgedrukt.'

'Wat dan wel?'

'Nazigeneraal. Van het geniepigste soort. Geeft hier in München meer agentengebroed te vreten dan mijn hele dienst zich kan permitteren. En dat schorem zit me ook nog te beloeren.'

Ik kreeg het opeens heel warm onder mijn oksels en legde mijn jasje op de barkruk naast me.

'Die wil mijn scalp. En Amerika houdt hem in leven,' vervolgde hij, 'want eigenlijk wil Amerika mijn scalp.'

'U hebt me nog helemaal niet verteld wat u van de groene Paul Klee vond.'

'Jij hebt er helemaal geen belangstelling voor, Koja?'

'Niet echt.'

'Maar jij gaat regelmatig naar Pullach, heb ik me laten vertellen.'

Misschien knipperde ik even met mijn ogen, maar dat was het ook.

'Ja, mijn broer werkt daar. Voor een groot transportbedrijf.'

'Voor een groot transportbedrijf?'

Ik knikte.

'Is dit je gewaardeerde broer?'

Hij haalde een dun dossier uit zijn jaszak en toonde het me. Het was Hubs personeelsdossier van de ss.

Ik knikte opnieuw.

'Er staat in dat hij bij de ss zat. Standartenführer in Riga.'

Ik bleef maar knikken.

Meneer John greep opnieuw naar zijn jas ('Waar is m'n bril nou weer?'), boog zich over het dossier ('Dat gepriegel kan geen mens lezen!'), vond wat hij zocht en zei: 'Hij heeft je ter dood veroordeeld, die aardige broer van je.'

'Waar haalt u dat vandaan?'

'Dat is een beetje m'n werk, weet je, om zoiets ergens vandaan te halen.'

Waarschijnlijk zag hij een glimp van mijn bezorgdheid. Hij boog zich in elk geval naar voren en legde zijn hand op mijn schouder.

'Altoos op je hoede zijn, Solm.'

Zijn hand kneedde mijn schouder, en zijn andere hand schoof het opengeslagen dossier onder mijn kermende ogen.

'Geloof me, dit hier,' – zijn wijsvinger tikte op Hubs jeugdige ss-gelaat – 'dit hier zal allemaal onder ons blijven. Het is groots van je dat je nog altijd met dat misbaksel contact hebt. Groots en tragisch.'

Hij was nu helemaal overgegaan op zijn verzorgde, ambtelijke Duits, waarin alleen nog tonale resten van zijn gebruikelijke Hessische gebrabbel te vermoeden waren. Zijn brein werkte op volle toeren. Het mijne ook. De schelle, hyena-achtige lach van een gast golfde naar de omheinde plek waar ik me gevangen voelde.

Ten slotte liet hij mijn schouder los, en ik voelde dat zijn lichaam zich ontspande.

'Ik begrijp je wel. Hij is je broer. Eens broer. Altijd broer.'

Het gelach verzandde in een sibillijns gegiechel. De gelegenheid zat vol met jonge, geparfumeerde, gulzige mannen. Velen van hen keken telkens weer naar John, die de indruk wekte welvarend, welriekend en gul te zijn. Een perfecte buit.

'Misschien is het goed om te weten dat je broer niet bij een transportbedrijf werkt.'

'Niet, meneer John?'

Meneer John schudde bedroefd zijn hoofd.

'Hij is een van Gehlens afdelingshoofden. Noemt zich Heribert Ulm. Zal proberen jou over mij uit te horen. Heb je hem over ons contact verteld?'

Ik kreeg tranen in mijn ogen.

'Nondeju, Solm!' riep hij met een begrijpend handgebaar. 'Zeg gewoon dat we over kunst hebben gepraat. Blijf voor de rest uit zijn buurt.'

Hij stopte het dossier weer terug in zijn jaszak, keek me met zijn grote ogen aan en zei: 'Hoe kon hij je dat nou aandoen?'

Toen riep hij iets naar de ober en straalde de grootmoedige argeloosheid uit waaraan je kon zien waarom hij helemaal op de verkeerde plek zat.

'Hub raakte in de oorlog ernstig gewond, weet u,' zei ik op enig moment. 'Ik hou van hem. En ik haat hem. Ik begrijp hem. En ik begrijp hem voor geen meter.'

Er viel een traan wonderbaarlijk effectief op het tafelblad.

'Je hebt een te weekhartige ziel. Je bent als Van Gogh, Solm, zuiver psychologisch bekeken. Lucie is weg van de tekening die je van ons hebt gemaakt.'

'Wilt u zeggen dat mijn broer... dat hij weer voor de geheime dienst...?'

Ik kon de zin door de schok niet afmaken, en de chef van het Amt für Verfassungsschutz begon inderdaad met zijn zakdoek mijn neus en ogen te deppen.

'Ik hoop niet dat je je hierdoor opeens heel anders tegenover hem gaat gedragen... Dat zou... dat zou misschien te opvallend...'

'Nee, nee,' zei ik triest. 'U hebt helemaal gelijk: eens broer, altijd broer.'

'Nou ja,' verzuchtte John. 'Eens geheime dienst. Altijd geheime dienst.'

Vijf minuten lang hingen we zwijgend voor onze lege bierglazen. Ik verfrommelde meneer Johns zakdoek tot een prop en had geen enkel idee of de avond met mijn aanhouding zou eindigen.

'Vat het niet te zwaar op,' zei John ten slotte. 'Gehlen bouwt met oude nazigrootbekken voor Adenauer een leger op. En ik ben maar wat blij dat jij er niet bij hoort. Dat je de weg uit de nazival hebt gevonden. Dat is zo waardevol. Ik ben gewoon Otto.'

'Ik ben gewoon Koja.'

'Proost, Koja.'

Hij pakte het bier dat de nicht voor hem had neergeplant, klonk met mij en dronk met lange, diepe teugen terwijl hij de wegwiegende kont van de ober nakeek.

'Ik kan in mijn eigen dienst niemand meer vertrouwen. We hebben een paar medewerkers van Gehlen afgepikt. Maar sommigen eten van twee walletjes. Als die praalhans me hier snapt, dan zullen ze dat tegen me gebruiken.'

'Hoezo? We drinken een biertje, dat is alles.'

'Ik heb een chauffeur nodig,' antwoordde hij. 'Absoluut loyaal en discreet moet-ie zijn. Geen onbenullig gezwets.'

Hij keek veelzeggend naar twee boerenjongens aan de toog die volkomen ongegeneerd hun tong in elkaars mond staken. Ik wist exact wat hij bedoelde.

'Ken jij iemand?'

'Ik?'

'Ja?'

'In Keulen, meneer John?'

'Otto.'

'In Keulen, Otto?'

'Liever uit jouw directe omgeving hier. Dan weet ik dat de boel niet stinkt.'

'Je mag de mensen niet zomaar vertrouwen, Otto. Je... je kent me toch helemaal niet?'

'Jawel. Nu ken ik je 'n beetje. Ik weet dat je geen gluiperd bent. Dat heeft Wowo me ook al verteld.'

Toen stond hij op, drukte mijn hand, liep naar de twee boerenjongens, wisselde charmant glimlachend een paar woorden en verdween, nadat hij alle drankjes had betaald, in hun gezelschap voor de rest van de nacht.

13

De kunstgalerie en het hele idee erachter functioneerden prima tot het moment dat Otto John op een dag samen met Lucie volkomen onverwachts kwam binnenzeilen en ze allebei vastbesloten waren mijn Kollwitz-portret te kopen.

Ik putte zoals altijd uit het arsenaal van mijn gebruikelijke uitvluchten: recht van eerste koop van een andere klant, ontbrekende expertise, lopend juridisch geschil.

Maar het hielp niets.

'Je verzet je met hand en tand tegen een transactie!' zei Otto lachend en met een zwaar accent, en hij bracht mijn uitdunnende haar in de war.

Lucie haalde een dik pak honderdmarkbiljetten tevoorschijn en drukte het in mijn hand. Haar warme ogen en Otto's open, uitgeslapen gezicht zeiden me dat ze de arme, weinig succesvolle en met een nazizwijn verwante kunsthandelaar Solm een dienst wilden bewijzen. En Kollwitz was in die tijd nog niet zo duur. Dat kunt u zich echt niet voorstellen, dat een paar jaar later de prijzen de pan uit zouden rijzen.

Enfin, Lucie haalde het zelfportret gewoon van de muur, klemde het onder haar arm, zonder het te laten inpakken, en verliet, terwijl ze tegen Otto 'Would you come?' kweelde, mijn rinkelende winkel.

Otto omhelsde me en was weg.

Een ramp.

Ik mocht de kunstwerken nou eenmaal niet van de hand doen. Dat was onderdeel van de afspraak. De schilderijen waren ons door de CIA in bruikleen gegeven om mijn conspiratieve opdracht te kunnen vervullen en de aanwezigheid van een kunsthandel te simuleren voor zolang dat nodig was. Maar het was langer nodig dan we ooit hadden gedacht. En het krankzinnige is dat ik deze galerie nog altijd in mijn bezit had kunnen hebben als de ontwikkelingen op het wereldtoneel me niet tot verkoop hadden gedwongen (maar ik heb allang een andere galerie, terwijl dat wereldtoneel – daar komen we nog op terug – feitelijk niet is veranderd).

Hub, de doctor en ik overlegden op gezette tijden wat er moest gebeuren.

Ten slotte gaven we de chauffeur die Otto op mijn advies had aangenomen opdracht een inbraak te organiseren en de Kollwitz te stelen. U mag drie keer raden wie die chauffeur was. Het ging natuurlijk om de drinker, mijn wakkere chauffeur uit oude Bessarabische dagen. We hadden hem in Hamburg opgeduikeld, waar hij als werfarbeider werkte. Met feilloos janitsarengevoel beschouwde hij me als zijn sultan, en hij zou ook Constantinopel voor me hebben veroverd als ik hem daarom had gevraagd.

Het ging er natuurlijk om de oude mevrouw Kollwitz (eigenlijk was ze nog jong op het portret) van Otto's wand te halen en mee te nemen. Maar het zou opvallend en dus onverstandig zijn geweest om alleen het door de CIA uitgeleende werk te ontvreemden. We gunden onszelf, om geen spoor naar mij uit te zetten, ook een paar mooie landschappen van Kandinsky en natuurlijk het waardevolste stuk: Picasso's voorstudie van La Vie. Die blauwe man die met zijn vrouw praat terwijl zijn naakte minnares zich tegen hem aan vlijt. Schitterend.

De roof vond in Johns afwezigheid op een lome lenteavond plaats en ging van een leien dakje. Alle kunstwerken werden onmiddellijk naar de Amerikanen doorgesluisd en verdwenen in de depots. De aankoopsom van tienduizend Duitse mark wilde de Org zelf houden. Ik protesteerde en slaagde erin de ontroostbare Otto minstens de helft van het geld terug te geven, wat onze vriendschap nog hechter maakte.

Onze trouwe drinker was kien genoeg om zich overtuigend op het onderzoek voor te bereiden. (Hij ramde het van andermans vingerafdrukken voorziene mes in zijn linkerschouder en liet het daar in een schilderachtige hoek zitten.) Zo kon hij geloofwaardig vertellen dat hij de dieven de weg versperd en hen achternagezeten had. Otto John, een pechvogel van de bovenste plank, schakelde wel zijn eigen veiligheidsdienst in maar niet de politie.

'Hoe zal dat overkomen,' bromde hij, 'de hoogste baas van de geheime dienst die zijn eigen huis niet kan bewaken? Hoe moet-ie zijn land dan bewaken, die lapzwans?'

Otto verkreeg het zelfs niet over zijn hart zijn bloedende en overtuigend jammerende chauffeur de laan uit te sturen; hij reed hem persoonlijk naar het ziekenhuis. Hoewel hij verdenkingen koesterde tegen de drinker, zoals ik later hoorde, mocht die zijn baan houden. Het idee dat je een levend wezen onrechtvaardig behandelt, al was het een fruitvliegje, bracht hem al in gewetensnood.

De doctor kon slechts zijn hoofd schudden toen hij mijn rapport las. Overgevoeligheid was in zijn ogen niet alleen een zwaktebod maar ook een misdaad.

De talrijke slachtoffers onder zijn bronnen en geheime manschappen achter het IJzeren Gordijn ontlokten hem nimmer ook maar één woord van medeleven. Dat waren, zei hij, mensen die tegen een riante vergoeding bereid waren a) iets goeds te doen en b) de consequenties te dragen.

Toen de directiesecretaresse van de minister-president van de DDR Otto Grotewohl, een topagente van de Org met de veelzeggende schuilnaam Madeliefje, begin jaren vijftig ontmaskerd en op bijzonder wrede wijze onthoofd werd (de Stasi liet het gerucht verspreiden dat ze het meisje verkeerd om op het schavot hadden gelegd, zodat ze de valbijl op zich af had zien suizen), haalde Gehlen zijn schouders op.

'Je hebt een paar martelaars nodig,' zei hij droogjes. 'Een aantal mensen moet eraan geloven.'

Ondanks zijn vasthoudendheid moest echter zelfs de doctor hebben ingezien dat er in meneer Johns huis geen tweede kunstroofactie, hoe succesvol de eerste dan misschien ook was geweest, meer mocht plaatsvinden.

Want Otto was helemaal uit zijn doen.

Wat voor ons vooral zo erg leek, was dat hij het verlies van de schets van Picasso zo moeilijk kon verteren. Het had niets gescheeld of hij had de hele verzamelarij eraan gegeven. Dat zou het einde van mijn contact met hem hebben betekend, maar vooral het einde van zijn financiële engagement voor de kunst, een engagement dat niet ieders leven, maar wel het leven van een president van de Verfassungsschutz zo ongelooflijk misplaatst en decadent doet lijken.

Daar kwam nog bij dat er intussen ook andere klanten kwamen aanwaaien: kraagloze kwaliteitsjasjes, eersteklas loden jassen en glanzende Rieger-bontmantels die van de bloeiende economie profiteerden. Hoe kon ik hun schilderijen laten zien die geen van alle te koop waren?

Wat moest ik vooral aan mijn nieuwe assistente Monika vertellen, die de boel draaiende hield, terwijl ik me, altijd op mijn hoede voor bespieders, naar Pullach begaf? En die ik op het hart moest drukken onder geen beding schilderijen te verkopen?

En de collega's – kunsthandelaren, galeriehouders, museumdirecteuren – die ik stilaan leerde kennen, mocht je ook niet voor het hoofd stoten.

Op een dag – ik was op reis – stapte de grote Bernheimer mijn zaak binnen. Otto Bernheimer, goedendag, bromde hij tegen mijn assistente. Die prachtige tekening daar in uw etalage, die zou ik graag willen hebben. Het spijt me, zei het meisje. Dat is helaas niet mogelijk. Nou ja, is het dan al verkocht, dat tekeningetje, wilde de grote Bernheimer weten. Nee, meneer, het is niet te koop. Vervolgens legde de kunsthandelaar alles op tafel wat in zijn broekzakken zat, en dat was echt veel, want hij placht bankbiljetten tot dikke bundels op te rollen, zoals pooiers dat deden. En hij zei: alstublieft, zou ze, de jonge juffrouw, zo vriendelijk willen zijn om na te gaan of het misschien toch te koop was. Het is om en nabij de drieduizend mark. Vier misschien. En die kunstenaar, die is toch helemaal niet bekend? Hoe moet-ie dan heten? Solm? Nooit van gehoord.

Tja, beste swami, zo had de grootste kunsthandelaar van de stad zich verkeken op het portret van mijn Loebjanka-lul, dat ik voor tweehonderd mark aangeboden en in de etalage opgehangen had, niet vermoedend dat mijn Monika het zelfs niet voor de Britse kroonjuwelen zou hebben verpatst.

Misschien gaf dat de doorslag.

In elk geval begon ik mijn strategie te veranderen.

Alle werken werden handelswaar.

En toen Otto John weer op bezoek kwam en een eiervrouw met eierkind van Oskar Schlemmer wilde aanschaffen, prees ik zijn verstandige keuze, trok me een paar dagen terug in mijn nieuwe appartement in de Kaiserstraße en schilderde het ding gewoon na. Papa had me decennia eerder zo'n gedegen opleiding gegeven dat ik zo goed als alle gebruikelijke en ongebruikelijke technieken beheerste, zelfs nog na zo'n lange tijd. Ik moest weer even oefenen. Maar van krijtgrond via tempera tot vernis kon ik elke stap zelf zetten. En Oskar Schlemmer was, met alle respect, een kliederaar die zelfs door kleine Anna gekopieerd had kunnen worden.

Ik stuurde Otto mijn versie van de eiervrouw met het eierkind (een paar onverdraaglijke fouten in de blauwe lazuurverf was ik zo vrij te corrigeren, zoiets merkt toch geen mens). Enig commentaar bleef uit. Het origineel kwam weer in het Amerikaanse depot. En ik bulkte opeens van het geld.

Voorkomen moest echter worden dat er een ingewikkelde maar ook toen al gebruikelijke controle op de echtheid van oudere schilderijen zou plaatsvinden. Daarom ontkwam ik er niet aan om enkele imitaties te voorzien van kunstmatig craquelé, een netwerk van flinterdunne scheurtjes op het doek dat elk olieverfschilderij het aanzien van de rimpelige huid van ouden van dagen geeft, zij het pas tientallen jaren na de voltooiing ervan.

Om dit effect onmiddellijk te bereiken werkte ik volgens papa's Kopenhagenprocedé (genoemd naar een van zijn naoorlogse opdrachten in de Deense hoofdstad: in een paleis moest kunstmatig verouderde rommel intrekken, meer details weet ik ook niet). Ik kocht een droogoven, die ik tot honderd graden verhitte. Voordat ik het beschilderde doek in deze oven opwarmde en daardoor liet uitdrogen, haalde ik het over de rand van een tafelblad, één keer in de lengte, één keer in de breedte, en ik realiseerde zo een buitengewoon authentiek aandoend palet aan barstjes. Ten slotte bracht ik een vieze verflaag van huisstof, rioolvuil en eigeel op, die ik voor de laatste droging afveegde, zodat de viezigheid zelfs in de allerfijnste scheurtjes achterbleef. Het effect was verbluffend.

Als drager gebruikte ik vaak oudere olieverfschilderijen die Nikitin me had opgestuurd: ik behandelde ze eerst met afbijtmiddel, schraapte met scheermesjes of schuurde met grof schuurpapier het oppervlak tot op de grondering af en schilderde daarop de prachtigste Lovis Corinths.

De Johns nodigden me diverse keren bij hen thuis in Keulen uit. Onze toch al goede relatie werd nog beter, en zo raakte ik van bijna al Otto's plannen en voornemens op de hoogte. Zo zag ik in alle openheid dat de president van de Verfassungsschutz een instantie probeerde op te bouwen waarvan de beslissingen onder het primaat van de heilige onnozelheid vielen.

De hoogste premissen van alle handelingen van meneer John hadden namelijk ook gewoon die van u kunnen zijn, beste swami: ten eerste legaliteit en trouw aan de grondwet, ten tweede democratische competentie en op z'n tijd een paar verdovende middelen (ten derde).

Eén ding moet u wel weten: een geheime dienst functioneert beter naarmate die minder sjoege heeft van democratische competentie. En met legaliteit en trouw aan de grondwet schiet je niet veel op als je Sovjetspionnen om zeep moet helpen (maar met verdovende middelen des te meer).

Het was dus geen wonder dat er onder Otto Johns medewerkers grote consternatie heerste. Vooral omdat hun baas alle oud-Gestapo-lui die hij te pakken kreeg eruit smeet, excellente vakmensen die door zijn operationele hoofd, meneer Radke, met de nodige overredingskracht van de Org waren losgeweekt. Tegenover communistische infiltratie deed meneer John het met correcte observatie. Hij introduceerde zelfs het begrip 'observatiewaarschuwing'.

'Wil meneer de president daarmee zeggen,' vroeg Albert Radke hem ooit ijzig, 'dat je onder "observatiewaarschuwing" moet verstaan: we waarschuwen het object van ons onderzoek dat hij wordt geobserveerd?'

'Zo is het.'

'Maar als we ze waarschuwen, meneer de president, dan hoeven we ze niet meer te observeren.'

'Juist ja, en als we ze niet meer observeren, kunnen we het op een dag zonder het Amt für Verfassungsschutz stellen. Is dat niet geweldig?'

Radke staarde zijn chef aan alsof die niet goed bij zijn hoofd was. John was echter geen anarchist, hij had een brede politieke horizon en een subtiel gevoel voor humor. Maar beide eigenschappen werden ongelooflijk slecht door zijn medewerkers begrepen. Anders dan de doctor gaf het Otto geen enkele voldoening om intriges te beramen. Hij deed niets om zijn tegenstanders uit te schakelen. John bracht de regering zelfs niet op de hoogte toen de doctor na zijn mislukte presidentscampagne tonnen aan penicilline uit Duitse ziekenhuizen liet stelen en ze aan de Sovjets versjacherde om de teruggeschroefde CIA-subsidies te compenseren.

Weliswaar vond hij Gehlen nog altijd een 'zakkenwasser', maar dat gold niet voor hemzelf. Zelf wilde hij integer blijven, en hij was vastbesloten de Duitse geheime dienst strikt volgens de parlementaire regels van het spel op te bouwen.

Zelfs de voormalige krachten van Canaris bij zijn instantie liepen te hoop omdat John hun niet toestond in het geheim een dienst Inlichtingen Buitenland op te tuigen.

'Als we dat niet doen,' waarschuwde Radke, 'zal Gehlen u vroeg of laat afmaken.'

'Ach, weet u, Radke,' reageerde zijn baas goedgeluimd, 'bij ons in het mooie Frankfurt zeggen we...' waarna hij verderging in het Hessisch dialect, '... een klootzak komt nou eenmaal altijd ongelegen.'

Je zou dat hoogmoed kunnen vinden.

Maar Otto John was ervan overtuigd dat hij over alle troefkaarten beschikte. Hij was nog tot in lengte van jaren ambtenaar en had tot zijn pensionering vijfentwintig jaar de tijd om de dienst naar zijn hand te zetten. Bondskanselier Adenauer had niet nog vijfentwintig jaar de tijd, want dan zou hij honderd zijn. Hij had niet eens vijftien jaar de tijd, want dan zou hij negentig zijn. En over vijf jaar zou hij tachtig zijn en het al druk genoeg hebben om zijn stoelgang onder controle te houden. Wat kon er dus gebeuren?

Ik had toen al kunnen weten, en misschien wist ik op enig terras van mijn bewustzijn zelfs al dat deze onoverbrugbare politieke tegenstelling met kanselier Adenauer, met de Amerikanen en de intrigante doctor hem, Otto John, op een dag fataal zou worden.

Zelf zei hij dat zijn dromen zijn lot afbakenden, omdat hij elke nacht weer zijn kleine, door de nazi's vermoorde broertje zag, dat hem vanuit zijn graf toeriep dat er genoeg plaats was voor hen allebei. En net als vroeger, toen ze nog kinderen waren, glipte Otto dan bij Hans in diens ruime doodskist en vlijde zich tegen hem aan om met lichaamswarmte en Hessisch gekeuvel de angst bij hem weg te nemen.

Misschien kunt u zich voorstellen hoe ontzet ik was dat ze uitgerekend mij hadden uitverkoren om Otto John te elimineren.

14

Het laatste wat ik zie is zijn opengesperde mond, en ik verbaas me erover dat ik, omdat zijn mond wagenwijd openstaat, werkelijk geloof dat ik door zijn hele hoofd heen kan kijken, tot zijn schedelschroef aan toe.

Dan wordt het donker.

Wanneer ik wakker word, lig ik in een kamer waar rust heerst. Nachtzuster Gerda is bij me, links, en ze is helemaal geen nachtzuster.

Heel vaak heeft ze ook overdag dienst, zoals nu. Dan zit ze in een nevelige namiddag. Ze is blij dat ik ben ontwaakt en haalt de Griekse dokter.

In een mum van tijd staat hij rechts naast me en wil hij weten wat er is gebeurd. Ik zeg dat ik me niets kan herinneren.

'U hebt een kneuzing op uw rechterwang. Hoe is die daar terechtgekomen?'

'Ik kan me niets herinneren,' zeg ik.

'Bent u gevallen? U lag op de vloer toen we u vonden.'

'Nou, dan zal ik wel gevallen zijn, vermoed ik, maar ik kan me echt niets herinneren.'

'U hebt veel geluk gehad,' stelt de Griekse arts. 'Bent u aangevallen?'

'Hoezo zou ik dan aangevallen zijn?'

'Wel, meneer Bastian zegt dat hij u heeft aangevallen.'

'Nee, dat kan niet kloppen,' mengt middagzuster Gerda zich in het gesprek. (Ik weet echt niet meer hoe ik haar nu moet noemen.) 'Basti zou zoiets nooit doen,' stottert ze ontdaan, 'nooit en te nimmer, die doet nooit een vlieg kwaad, en hij is toch ook verdrietig... Al dagen is hij verdrietig om meneer Solm.'

'Klopt,' zeg ik, en ik bedoel daarmee dat de hippie nooit een vlieg kwaad doet. Maar dat hij verdrietig is? Al dagen? Om mij? Dat snap ik niet.

'U lag in coma,' zegt dag-en-nachtzuster Gerda. 'Lang. Urenlang.' En de Griekse arts vraagt: 'Vertel me eens hoeveel vingers ik opsteek? – Mooi. Nu zegt u me na: oxopetlpirmasens. – Mooi. En welke plant ziet u op de foto van zuster Gerda? – Nee, dat is geen hennep. Hoe weet u dan hoe hennep eruitziet?'

'Volgens mij gaat het al een stuk beter met hem,' zegt weer-of-geen-weerzuster Gerda met een spoor van urgentie.

'Blijf hem goed observeren,' gebiedt de arts.

Hij draait zich om naar mij.

'We hebben uw hoofd even moeten openmaken. Beweeg het zo min mogelijk de komende dagen.'

Ik beloof het.

Hij zegt dat ik voorlopig maar niet in een spiegel moet kijken, en ik herhaal dat ik me echt niets kan herinneren.

Later duwt zuster Gerda (ik word neutraal) me terug naar mijn oude kamer. De hippie ligt in zijn bed. Over zijn gezicht heeft hij een handdoek gelegd, een witte, of eigenlijk heeft hij hem uitgespreid. Dat doet hij nu voortdurend, dat met die handdoek, verzucht zuster Gerda.

'Het spijt me,' kermt de hippie van onder zijn handdoek. 'Echt.'

'Ach, Basti,' zegt zuster Gerda. 'De kust is veilig, Basti. Meneer Solm zegt dat u hem helemaal niet hebt aangevallen.'

'Hij liegt,' zegt de hippie, 'hij liegt de hele tijd door, want hij is een geheim agent.'

Zuster Gerda helpt me om van de rolstoel in bed te komen.

'De arme Basti is een beetje in de war, meneer Solm. Hij is geestelijk in de war, weet u,' fluistert ze zo zacht dat ik het nauwelijks kan verstaan. 'Als u naar een andere kamer wilt, dan moet u het zeggen. Maar u bent zo op elkaar gesteld. En u hebt allebei zo'n lelijk voorval meegemaakt. Dat schept een band, of niet?'

'Ik wil niet naar een andere kamer,' zeg ik.

'U bent echt ontzettend aardig,' zucht wederom-nachtzuster Gerda opgelucht. 'Een echte heer.'

Dan zijn we alleen, de handdoek met de hippie eronder en ik, en het eerste wat ik vraag is: 'Waarom hebt u me aangevallen?'

Großpaping is dominee geweest, luthers martelaar, en toch heb ik zoals je weet, Ev, nooit een neiging tot spiritualiteit gehad. Daarin verschil ik fundamenteel van mijn broer. Zelfs toen ik een keer in de kerk ten overstaan van iedereen dominee Hubert Konstantin Solms dood mocht gedenken, kwam ik niet tot God, hoewel ik destijds twaalf was, de beste leeftijd voor zoiets.

De katholieke mis die we met kerst in Pattendorf meemaakten, was te bizar voor woorden door alle parkieten en de gekken die met z'n allen net zo goed voor engelen hadden kunnen doorgaan. En jij, Ev, bent nou ook niet bepaald een modelkatholiek geworden.

Mijn enige contact met de islam was dat met een Bosnische imam van de Waffen-ss, die per ongeluk bij Operatie Zeppelin was ingedeeld en elke keer weer zijn gebedskleed in mijn kantoor wilde uitrollen.

De afgelopen jaren heb ik me met het jodendom beziggehouden, vooral omdat ik jou wilde begrijpen, zusje, maar niet in de laatste plaats om redenen die ik later nog aan de hippie moet uitleggen.

Een aantal grote wereldgodsdiensten hebben me in de loop van mijn leven dus zonder succes geschampt.

Van het boeddhisme echter, met al zijn hindoeïstisch-bastianisch-magisch ingedaalde deeltjes, werd ik me pas bewust toen ik de hippie had ontmoet. Hij sprak er op zijn swamiwijze (en swamiwijze en boeddhisme passen eigenlijk helemaal niet bij elkaar) onophoudelijk over dat alle niet-verlichte wezens aan een eindeloze kringloop van geboorte en wedergeboorte zijn onderworpen en zo verder en zo voort. Dus je wordt een slak als je dood en niet verlicht bent, en dan word je een geit en zo verder en zo voort.

Het doel van de boeddhistische praktijk is om uit deze slak-geitmenskringloop van de eeuwigdurende lijdenstoestand te stappen. Dat lukt alleen door ethisch gedrag, door cultivering van de vijf voorschriften, door de praktijk van meditatie en het vermijden van elk denkbaar geweld.

Voor het eerst in mijn leven heb ik in dit ziekenhuis zoiets als geestelijke aanraking ervaren. Hoewel ik religie echt niet serieus kan nemen, was ik namelijk onder de indruk van het onvervalst kinderlijke dat het boeddhisme eigen is. Misschien dat het ook alleen de swami eigen is, dat zou best kunnen. Ik was in elk geval ingesteld op ontvangen, maar niet op het ontvangen van klappen, om eerlijk te zijn, al helemaal niet door de swami in eigen persoon, de geweldloze.

Waarom was hij uit zijn bed gestapt, op me afgesprongen, had hij me op m'n beschadigde kop geslagen, waardoor ik had kunnen sterven? Laten we het maar eens pathetisch vragen.

Ik hoor snikken onder de handdoek, en omdat het geen zin heeft om streng of luidruchtig te zijn, zucht ik en vraag nogmaals heel empathisch waarom hij gedaan heeft wat hij gedaan heeft.

'Die arme meneer John,' fluistert hij onder de stof vandaan, 'en u hebt hem gedood.'

'Gedood? Ik moest hem doden. Ik heb toch helemaal niet gezegd dat ik hem heb gedood.'

'U hebt "elimineren" gezegd.'

'Waarom luistert u nou niet gewoon? Ik wil toch alleen maar dat u naar me luistert.'

'Ik hou het niet meer uit!' zegt hij snotterend. Dan trekt hij de handdoek van zijn gezicht, en ik kijk in een uitgemergeld, betraand Jezus Christus-gelaat en hoor hem lispelen: 'Het spijt me.'

Ik wil knikken, maar het lukt niet. Mijn hoofd voelt alsof er een olifant op zit.

'Ik verlies mijn chakra als ik me te veel door mijn gevoelens laat leiden. Ik probeer al dagen te mediteren. Maar ik kan mijn woede niet meer in toom houden. Waarom hebt u meneer John dan niet gewaarschuwd?'

'Dat was niet mijn opdracht.'

'Alles wat we horen maakt wie we zijn. We horen bomen ruisen, en daardoor worden we rustig. Ik dacht dat ik een heel bos hoorde ruisen als u praat. Maar ik hoor alleen dat het bos brandt.'

'Het spijt mij ook.'

'Woorden veranderen ons. Je moet slechte woorden niet gebruiken. Ik vind dat je vooral over de liefde moet praten.'

'Maar ik praat over de liefde, geloof me.'

'Dat is toch geen liefde.'

'Is het geen liefde als je zo diep zinkt dat je alles wat bindend en waarachtig is laat voor wat het is voor iemand anders?'

'Voor iemand anders? U doet alles alleen maar voor uzelf!'

'Dat is niet waar.'

'Jawel!'
'Luister nou maar naar me tot het verhaal ten einde is. Toen we elkaar leerden kennen, hebt u gezegd dat iedereen altijd alleen het einde wil horen, niet het begin. Maar u hoort alleen het begin, niet het einde.'
'Wilt u over de liefde praten?'
'Ik praat over de liefde. Ik vertel u een liefdesgeschiedenis. Twee zelfs. Hoort u die niet?'
'Ik hoor ze niet, nee. Ik hoor ze niet.'

15

Luister daarom goed.

In mijn verslag ontbreekt namelijk iets. In een leven is nooit sprake van volledigheid, en al helemaal niet in zo'n onvolledig leven als het mijne. Ik heb u niet alles verteld, niet alles kunnen vertellen omdat u me steeds onderbreekt met uw gemoedsdriften. Dus doe me een plezier en spits uw oren.

Op die zevenentwintigste december negentienvijftig namelijk, toen ik in de Lietzenburger Straße in Berlijn bij Wowo voor de eerste keer de beklagenswaardige meneer John ontmoette, was er maar één wens die me bezighield: alles wat de doctor me had opgedragen, wilde ik plichtshalve uitvoeren. En tegelijk wilde ik per se aan alle verwachtingen van kameraad Nikitin voldoen. En waarom? En waarom, door wantrouwen verteerde swami?

Om Maja terug te zien.

Alle brieven die we elkaar schreven, alle hoop waarvan we tegenover elkaar blijk gaven, waren eigenlijk gewoon flessenpost uit het hiernamaals. Die werd aan land gespoeld, die verlichtte de pijn, die wakkerde de behoefte aan, maar die bepaalde niet de koers.

Kunt u zich voorstellen, hardhorige, praktisch dove swami die u bent, wat het voor mij betekende toen kameraad Nikitin me liet weten dat ik bij mijn bezoek aan Berlijn Maja zou kunnen ontmoeten? Moet ik dat in uw oor toeteren? Zij ging naar Berlijn. Ik ging naar Berlijn. Snapt u die twee simpele zinnetjes? Kunt u die op waarde schatten?

U bent natuurlijk niet achterlijk.

Ik was een belangrijke agent voor de KGB geworden, en om me tot in lengte van jaren aan hen te binden, om mezelf te veranderen in was, zand, schuim, ja, in zwarte schoensmeer waarmee ze hun systeem konden invetten en laten glanzen, boden ze me dit vooruitzicht. Daar had ik namelijk met smart op zitten wachten. Een vooruitzicht. Een hogergelegen punt, van waaruit je een eiland kon ontdekken zodra dat aan de einder opduikt.

Luistert u wel?

Ik vraag het niet nog een keer, ik wil echt alleen zeker weten dat u naar me luistert.

Toen ik in de legertrein naar Berlijn zat, toen ik bij Anna Ivanovna Russische thee dronk (met een scheutje wodka erin), toen ik met Wowo kersensloffen at en Otto John met Käthe Kollwitz verleidde, dacht ik nergens anders aan (naast al die andere onbeduidende gedachten die van doen hadden met mijn directe overleven en functioneren) dan aan het mogelijke onmogelijke ogenblik. Wanneer ik aan de eisen voldeed om de arme forel Otto John in mijn net te krijgen, zou ik dit mogelijke onmogelijke ogenblik mogen beleven.

Het was kerst.

Zij was in Berlijn. Ik was in Berlijn.

Ik herhaal het maar even.

Luistert u wel?

Ik was bereid te veinzen, te liegen en te bedriegen. Ik had niet geaarzeld me anders voor te doen, alle denkbare listen en streken in de strijd te gooien en ieder mens uit de weg te ruimen om de president van de Verfassungsschutz te vangen, of een eland of een walvis of wie de trofee ook maar zou moeten zijn.

Alleen deze trofee kon Nikitin ertoe brengen Maja en mij een uur te geven, misschien wel meer dan één uur, hij schreef me zelfs een keer dat het ook een hele dag kon zijn.

Naar deze dag leefde ik toe. Op deze dag in Berlijn, op dit mogelijke onmogelijke ogenblik, berustte dit bizarre idee van kunsthandelaar Solm die aanpapt met kunstverzamelaar John.

Toen ik Wowo's villa uit waggelde, vroeg in de ochtend, met het visitekaartje van Otto John op zak en met cognac in mijn hart, ging ik met de tram naar de Sovjetzone.

Op de Friedrichstraße stapte ik uit, liep naar de Oranienburger Straße en vond achter een huizenblok het beschreven zwarte voertuig. De chauffeur zweeg toen ik achterin ging zitten. Onze blikken ontmoetten elkaar even. Toen startte hij de motor.

We reden door een Berlijn dat ik van achter aquariumglas bekeek en dat duidelijk verschilde van de drie westelijke sectoren. Nog kapotter. Nog vervallener. Nog armoediger. Hoofddoeken. Werkmanspetten. Nergens een spoor van kerst. Het kon me niet schelen. We kwamen in een wijk in het noorden van Berlijn.

'Karlshorst,' zei de chauffeur, en het was het enige woord dat hij onderweg had gezegd. Een equivalent van de Org-nederzetting, maar dan groter. Een hele stad van buitenwijkvilla's, omringd door een muur waar ik beslist heel wat meer van zou hebben gemaakt.

Kameraad Nikitin ontving me in het KGB-gebouw, een voormalige school voor pioniers.

Zijn krop was bijna verdwenen, maar nu zagen zijn ogen er als gevolg van de ziekte van Basedow uit als tafeltennisballen waarop ze een donkere punt hadden getekend, ondoorgrondelijke pupillen.

Het eerste wat Nikitin me vroeg was – je kon het verwachten – of ik het Pergamonmuseum al had kunnen bezoeken. Ik had geen enkele behoefte aan de conversatiepatronen van weleer. Ik smeet meneer Johns visitekaartje voor hem neer, aan de achterkant waarvan Otto zijn privénummer had geschreven.

Toen vroeg ik of ze er was.

Nikitin glimlachte vriendelijk, reciteerde het een of andere liefdesgedicht van een Russische poëet die hij persoonlijk een paar weken eerder had gefusilleerd. Nee, nu overdrijf ik, ik weet niet en wist niet wat hij in Moskou had uitgespookt. Mijn woede ging met me op de loop, en mijn ongeduld eveneens. Hoe dan ook, hij pakte zijn jas van de kapstok, zette zijn bontmuts op en bracht me, strompelend en leunend op zijn stok, persoonlijk naar de kleine villa.

Bij het raam op de eerste verdieping zag ik haar silhouet. Ze durfde haar hand niet op te steken, maar zelfs op dertig meter afstand zag ik dat ze huilde, hoewel ze haar mond niet vertrok. Ook dat las ik uit haar schaduwfiguur. Contouren zijn alles, in de schilderkunst en in het leven.

'Dat is een villa die de architect Seuberlich in 1907 voor koffieplantagebezitter Von Raspe heeft ontworpen. In de foyer zult u een paar kariatiden zien met negerhoofden, een verwijzing naar de koffie. En dan is er nog een fresco uit de jaren twintig. Dat fresco moet u echt bekijken.'

'Kan ik nu naar binnen?'

'Over achtenveertig uur kom ik u weer halen. Op deze plaats. Wees niet te laat.'

Hij draaide zich om en verdween.

Ik zag nergens een bewaker, eigenlijk helemaal niemand, op wat kraaien na die op de nok van het huis zaten. Ik stormde naar binnen, en terwijl ik vooraf had gedacht dat we tot zoutpilaren zouden verstarren wanneer we elkaar zouden zien, vlogen we gewoon op elkaar af. Midden op de trap. Vloeibaar metaal.

We gingen samen in bad in een schitterende, met lapis-lazuliblauwe tegels beklede badkamer, wasten elkaar en werden steeds vloeibaarder, ik druipend oud ijzer, zij kwikzilverachtig.

We hielpen elkaar met inzepen, doorkneedden elkaars haar. We vergeleken onze lichamen, onze huid, onze billen en zelfs ons gezichtsvermogen om te kunnen vaststellen hoe wreed de tijd voor ons was geweest.

Maja's littekens zagen er inmiddels beter uit, en nieuwe waren er niet bij gekomen. Hoewel ze mager was, leek ze niet langer ondervoed. Haar borsten hingen een beetje, waarvoor ze zich schaamde. Maar ik vond het fijn ze even op te tillen en dan te laten vallen. Haar huid was niet gewoon bleek maar spierwit of bijna groenachtig, vermoedelijk vond ik haar perfecter dan ze daadwerkelijk was, zoals ik ook de littekens op haar gezicht amper zag en alleen in haar blik verzonk.

Ze had grijs haar gekregen, steengrijs, diepgrijs haar met witte strengen erin, ofschoon ze pas eenendertig was. Maar ik vond het mooi. Ze miste vijf tanden. Je zag het nauwelijks, want voor was er maar één snijtand uit gevallen. In het gat stak ik mijn tong. We namen de tijd voor alles, hoewel ik vanaf de eerste seconden een stijve had, wat ik gelet op de draagwijdte en fundamentele triestheid van onze ontmoeting ongepast vond. Zij was ook bang dat haar geslacht doods zou kunnen zijn. Zonder leven. Zo formuleerde ze het. Ze zei nooit 'kut' zoals Ev, maar nam na een tijdje wel mijn lul in haar mond. En daarna lukte alles.

We lagen in een bed met naar vlierbes geurende lakens en hielden elkaars hand vast. Hoewel de wanden vol zaten met afluisterapparatuur, hielden we ons verbaal niet in, net als vroeger in de bergen van

Bessarabië. Ze wilde weten of ik een levensgezellin had. Ik bekende haar een paar straatliefdes, bezoekjes aan rendez-voushotels die me ongelukkig hadden gemaakt, want anders dan vroeger was ik het zat om zonder hoop te neuken.

'Je hoeft me niet te ontzien, Koja. Aan jou heb ik mijn leven te danken.'

'We gaan samenwonen zodra je de gevangenis uit bent. Dan kom ik naar Moskou om gevangenisbewaarder te worden.'

Ze giechelde – het was zo onwaarschijnlijk mooi om dat gegiechel te horen.

'Jij zou absoluut geen goede bewaker zijn. Jij bent veel te beleefd.'

'Zou u misschien even kunnen ophouden met spartelen terwijl ik uw huid afstroop?'

Ze lachte en vroeg me, met een veelbetekenende blik op de dunne wandjes, om niet te ver te gaan.

Even later zei ze dat ze niet wilde dat ik eenzaam was en op haar zou wachten. Want ooit zou ze worden doodgeschoten, dat was duidelijk.

'Jou zal niets overkomen, Maja. Ik zal slagen. Ik word Held van de Sovjet-Unie. En dan laten ze jou vrij.'

'Natuurlijk, liefste. Laten we het er niet meer over hebben.'

'Heeft Stalin de doodstraf niet afgeschaft?'

'Wees stil en luister hoe de aarde beeft.'

Ik luisterde.

Ongetwijfeld luisterde ik beter dan u, met ere doof geworden swami.

Ik hoorde de aarde onder ons beven terwijl we heel stil lagen, en soms ook niet zo stil. En toen zag ik, mijn ogen naar boven gericht, plotseling een bacchanaal, het fresco namelijk waarover kameraad Nikitin had gesproken. Het zat op het plafond en toonde de obscene, door cymbalen en trommels aangevuurde vereniging van twee naakte Romeinse consuls met een lenige gratie, die zo op Ev leek dat ik rechtop ging zitten. En inderdaad, het was een fresco van mijn vader, kennelijk een product van zijn erotomane schilderreizen die hem naar alle windstreken hadden gebracht. Ik herkende het aan zijn penseelstreek, zijn kleuren, de opvallende afwezigheid van groen en de parelmoerwitte tepels.

Maar waaraan had Nikitin het herkend? Een signatuur ontbrak, er was geen monogram of fecit. Wat was dat voor een monster, dat ons psychisch uitbeende en uitgerekend dit huis voor Maja en mij had uitgekozen, dit huis en deze kamer en misschien dit bed ook wel, waarin mijn vader was beland, dertig jaar eerder, die uitgerekend Ev als model voor zijn geestesoog toverde, zijn dochter.

Maja vroeg me wat er aan de hand was, en misschien zou dit het moment zijn geweest om haar alles over Ev te vertellen, over Ev en mij en kleine Anna. Maar ik kon het niet. Ik verkreeg het niet over mijn hart om iemand anders te wikkelen in het vliesdunne tijdsomhulsel dat ons nog restte, en zo ging deze gelegenheid voorbij, als een trein die je mist, en zelfs met Maja leerde ik niet het hele land der waarheid kennen.

Alleen met Ev was dat mogelijk geweest, met Ev, die boven onze hoofden werd gepenetreerd, in haar anus en in haar mond, met een witte en met een bruine fallus, terwijl wij ons onder haar liefkozend omstrengelden.

Ev, die ik wilde vergeten.

En ik hield Maja vast als mijn eigen leven.

De villa was goed verwarmd, schoon en ingericht als een luxe hotel. In de keuken stond een kast vol levensmiddelen. Ham, brood en zelfs sinaasappels, midden in de winter. Wat kameraad Nikitin zich hierbij allemaal had voorgesteld, het kwam verdacht dicht in de buurt van wat een swami onder verlichte genade verstaat.

Soms nestelden we ons samen in een grote fauteuil die we voor het balkonraam hadden geschoven, opdat Maja zo veel mogelijk hemel tot zich kon nemen. Ze volgde de beweging van de wolken, was blij met elke vogel die ze ontdekte en zou willen dat we elkaar de volgende keer in de zomer zouden kunnen ontmoeten. We kletsten bij gedoofd licht tot de ochtendschemer. Ze rookte als een ketter. Ze kon roken met de gloed in haar mond, zoals de soldaten van het Rode Leger dat in oorlogsnachten konden om niet door smeulende sigaretten te worden verraden.

Nikitin had zelfs aan een tekenblok gedacht. Maar ik wilde geen minuut verliezen. Helaas heb ik niets gemaakt. Uiteindelijk schreef ik maar één brief, toen ze een keer in slaap viel nadat we de liefde hadden bedreven, en deze brief vol kussen en bezweringen versierde ik met haar oor, een voet en haar linkerhand, waarop haar wang rustte.

Wat rustig, wat ongelooflijk rustig was haar adem.

16

Toen ik naar München terugkeerde, begon mijn nieuwe, mijn prachtige leven. Nikitin beloofde me om Maja en mij twee keer per jaar in de villa in Karlshorst uit te nodigen. Zijn brief klonk ongelooflijk vriendelijk. Hij schreef ook echt 'uitnodigen'. Bovendien stelde hij me in het vooruitzicht dat hij zou zorgen dat Maja gratie kreeg als ik trouw mijn diensten voor de Sovjet-Unie bleef vervullen.

Hij liet er geen twijfel over bestaan dat Otto Johns vernietiging niet los kon worden gezien van Maja Dzerzjinskaja's redding, zoals dat ook gold voor weldaad en dankbaarheid of voor man en vrouw.

Het was in het belang van het Kremlin de besmette doctor (besmet met mij, als men mij een moment als Sovjetbacil zou willen zien) op de troon te zetten.

En mijn belang was Maja.

Ik aarzelde geen seconde om te doen wat nodig was.

Begrijpt u dat, niet-begrijpende swami?

Mijn door twee elkaar vijandig gezinde geheime diensten gefinancierde kunstgalerie in de Münchense Salavatorstraße was vermoedelijk het beste zakelijke idee van mijn leven. In een mum van tijd beschikte ik door mijn ijverig uitgevoerde imitaties van alle Klee's, Kandinsky's, Münters et cetera et cetera over aanzienlijke financiële middelen. (Gabi Münter bezocht ik de volgende zomer in Murnau, en ik nam later haar echte schilderijen in commissie, maar het waren winkeldochters, dat gelooft tegenwoordig geen mens.)

Ik nam mijn intrek in een licht driekamerappartement in de Kaiserstraße in Schwabing.

Hub, Ev en kleine Anna woonden niet eens zo ver bij me vandaan. Anna zag ik zo vaak als het maar kon. Ik gaf haar tekenles, zoals mijn vader mij vroeger tekenles had gegeven (altijd met een glas appelsap in de buurt, geheiligd appelsap). Lijnvoering, vastleggen van de vorm, perspectief, licht, schaduw, compositie en een hele hoop paarden. Paarden van voren, paarden van achteren, paarden met ruiters, glimlachende paarden ('Er zijn geen glimlachende paarden, schat'), dus vrolijke paarden, minder vrolijke paarden – die herkende je aan de tong die uit hun mond hing – stilstaande paarden, galopperende paarden, nooit dravende paarden, want draven is stom, grote paarden, nooit kleine paarden, want pony's zijn iets voor angsthazen, behalve IJslandse pony's, die zijn lief.

Ik had voor mezelf een klein atelier in de Kaiserstraße ingericht, en daar liet ik mijn dochter zien hoe je perspectief krijgt, wat vluchtpunten zijn, en ik liet haar haar eigen vingers tekenen, vingers in de regen, die vingers heb ik nog altijd, maar ik heb ze opgeborgen, ze kwellen me nog altijd, die kleine verregende vingers.

De kunstacademie was niet ver weg, en de verbazing was niet van de lucht toen ik de achtjarige Anna daar eind negentieneenenvijftig voor een cursus tekenen naar model opgaf. Er was een speciale vergunning voor nodig, want een kind mocht eigenlijk geen naakte volwassenen bekijken.

Maar voor een galeriehouder was het niet moeilijk om bevriend te raken met professoren, want allemaal hadden ze een galerie nodig. En dus accepteerde de chagrijnige professor Grobl ten slotte mijn Anna, want ze was, dat kun je met recht en reden beweren, buitengewoon getalenteerd. Ze nam de cursus ook heel serieus en had de gewoonte om altijd op het puntje van haar tong te bijten als ze zich bij het tekenen concentreerde of naar de professor luisterde. Op een keer vroeg ze het model ten overstaan van alle studenten of ze niet even anders kon gaan staan.

'Tjee, maar hoe dan, in godsvredesnaam?' vroeg de nogal stevige odalisk verbluft.

Anna zei heel beleefd: 'Zoals een paard gaat staan, alstublieft.'

De hele zaal lachte, en iedereen was dol op Anna omdat ze pure poëzie was, zelfs als het niet goed met haar ging. Maar dat ging het wel.

Hub en Ev leken weer iets naar elkaar toe te groeien. Ze waren uit Haidhausen weggegaan en woonden nu op een steenworp afstand van de Englischer Garten, een paradijs voor traditionele huwelijken, vanwege de gezonde lucht – hun straat heette ook nog eens Biedersteinerstraße, en ze deden de naam eer aan, want ze leefden ook als een kleinburgerlijk gezin.

Maar ik merkte de angst van mijn broer. En zelf was ik ook bang, want ik kon maar moeilijk weerstand bieden aan Evs aantrekkingskracht, een lichamelijke aantrekkingskracht, als die tussen ijzervijlsel en magneet.

Papa's fresco in Karlshorst, dat ik bij mijn ontmoetingen met Maja keer op keer zag, kwelde me zo erg dat ik op een dag de donkere penis met een lepel afschraapte. Evs kindergezicht ook, dat zich vastzoog om een consul.

Soms als we elkaar zagen, hoefde Ev maar op een bepaalde manier brood bij de bakker te kopen of de wijze waarop ze het brood vasthield, of misschien de wijze waarop ze erop drukte, misschien het geluid dat de opverende broodkorst vervolgens maakte, herinnerde me aan een jaren geleden geregistreerd coïtaal moment, dat me niet prikkelde maar wel heel diep raakte, als een kogel waarvan je de pijn pas later voelt.

En nog erger was een zomerdag waaraan ik nu moet denken. Ze stapte die dag in het Nordbad in een stukje glas en haar gezicht vertrok. Zo werden fijne groefjes op haar wangen zichtbaar die je anders nauwelijks zag, net als de kunstmatige craquelures die ik in die tijd in mijn droogoven op het schilderslinnen maakte, en opeens vlamde de hele verwoesting op die Hub ooit in haar gelaat had gehakt.

Er waren maar twee mogelijkheden die verlichting konden brengen.

De eerste was de kwezelachtige vroomheid van mijn broer, die zich bijna wanhopig manifesteerde in de regelmatige kerkgang, in Bijbelkringen, in oefeningen van nederigheid waarmee je je lot in handen geeft van de Almachtige en zijn wijsheid. Ik overwoog serieus om hem na te volgen.

De tweede mogelijkheid: ik had een vrouw nodig.

Het moest natuurlijk wel een, als het even kon, onaantrekkelijke en tegelijk voor een mens draaglijke, te allen tijde opzegbare relatie zijn. Een relatie die op geen enkele manier een bedreiging voor Maja zou vormen, maar Hub er definitief van zou kunnen overtuigen dat ik hem niet meer naar het leven stond. Ik koos ten eerste deze tweede mogelijkheid en ten tweede de eerste vrouw die bij me opkwam, namelijk Monika, hoewel het enige wat me vanaf het begin aan haar beviel de M in haar naam was.

Monika was mijn assistente in de galerie, een volkomen kleurloze spriet, een brildraagster met een tamelijk brede maar kleine neus, met nog minder gevoel voor humor dan de doctor, die echter wel waanzinnig graag lachte, een uitermate vermoeiende combinatie. Bij de Org was ze als secretaresse begonnen, deze dochter van een majoor bij de Wehrmacht, die haar vanwege de boeken van Bertold Brecht, die ze luidkeels lachend las (dat bedoel ik dus), niet meer in huis wilde hebben.

Ze hield van haar werk in de galerie omdat ze van kunst hield. Jammer genoeg was Monika, die iedereen kortweg Mokka noemde, totaal talentloos, waarschijnlijk de artistiek meest talentloze mens die ik ooit heb ontmoet, wat me ook wel weer fascineerde, omdat dat geen afbreuk deed aan haar enthousiasme voor de kunst, hoewel ze niet in staat was de schoonheid te herkennen, tenzij je haar erop wees. Haar enthousiasme voor mij vloeide vermoedelijk voort uit het feit dat ik degene was die haar erop wees. Wat ze aan mij leuk vond, was de kunst die ik uitzweette en natuurlijk ook bezat, zoals ze dacht (oei-oei-oei, al die beroemde schilderijen van de klassiek-moderne meesters!).

In zekere zin vond zij ook het enorme leeftijdsverschil tussen ons aantrekkelijk. In de eerste maanden dat ze voor me werkte had ze twee aanbidders tegelijk, die haar vaak in de zaak afhaalden, altijd om en om, de een had iets van een adonis, alle twee waren op z'n minst vlotte types. Ze serveerde ze af, pal voor mijn bejaarde ogen, keek ze door de etalage na en zuchtte nuffig in mijn richting dat ze de slablaadjes te jong vond, die aardige jongens. Wat jammer.

Eentje dook zelfs nog een keer op, en zij gedroeg zich toen als de koningin van Seba.

Ik vroeg me af hoe dat kon. Ze was niet opvallend knap of inspirerend, niet onderhoudend of bijzonder slim, zodat haar boekenwijsheid het enig frapperende bleef aan haar, hoewel je bij alles wat ze voelde de indruk had dat ze het niet van zichzelf had. Je kon goed met Mokka zwijgen. En als je urenlang in een galerie samenwerkt en elkaar niets hebt te vertellen, is het van groot belang dat de sfeer zogezegd toch plezierig blijft, ook al zeg je niets.

Soms echter begon ze opeens monologen af te steken, vooral als ze in de tram ontmoetingen had gehad met zo te horen interessante mensen, over wie ze urenlang kon uitweiden. Zo bracht ze zelfs een keer een mijnwerker uit het Ruhrgebied mee, die haar had verteld over diepe schachten en zijn stoflongen (waarna ze het fijne roet van alle schilderijen moest afnemen).

Op een avond nadat ik een heel lastig te vervalsen Jawlensky voor een mooie prijs had verkocht, nodigde ik haar uit in de Bayerischer Hof om deze gebeurtenis met een feestelijk etentje te vieren. Ik had geen enkele bijbedoeling, want het zint me niet om met medewerkers te slapen, dat is net zoiets als met je huisdieren slapen.

Maar ze pakte het handig aan. Ze leidde mijn blik naar haar handen, die sierlijk met het rodewijnglas speelden, bracht haar lach in het spel en hield daarbij steeds haar authentieke Cranach-hand voor haar mond omdat ze haar tanden niet mooi vond.

Dan had ze de tanden van Maja eens moeten zien.

We belandden daarna in een kamer op de derde etage van een hotel. Het was zonder twijfel haar eerste hotelkamer, maar ze kleedde zich heel vanzelfsprekend uit, leek zich niet voor haar vooruitstekende kippenborst, haar platvoeten, haar platte maar verbazend stevige kont of haar kleine borstjes te generen. Verrassend genoeg rook ze veel beter dan dat ze eruitzag. Bij mijn eerste stoot hoorde ik ook echt de botjes in haar kraken, wat medelijden bij me opriep. Maar toen gooide ze me op mijn rug en ging boven op me zitten, en ik had al heel snel door waarom haar twee aantrekkelijke aanbidders achter haar aan liepen. Ze was heel goed in bed. Haar secreten boden haar een keur aan mogelijkheden, haar stem was in staat complete onweersfronten te imiteren, en ze kon iemand zo onder handen nemen dat je haar bijkans smeekte om nooit, alsjeblieft nooit op te houden. Zonder enige twijfel was de portie die ze mij gaf seksueel gezien het beste wat me ooit is overkomen, de gulle Mary-Lou incluis, en het was na de M in haar naam het tweede waar ik bij haar zo buitengewoon dol op was.

Het derde dat me beviel was de bedeesdheid die zich altijd direct van haar meester maakte, afgezien dan van het erotische samenzijn. Ze maakte het je heel makkelijk om haar de ene keer teder en de volgende keer minder teder te domineren.

En ten vierde zou ik nooit van haar kunnen houden, wat me definitief voor haar innam.

'Die van gisteren was dus je vriendin?' vroeg Ev me toen ik kleine Anna bij haar wilde ophalen om haar naar professor Grobls naaktschildercursus aan de academie te vergezellen.

'Mokka, ja. Wat vind je van haar?'

'Ja, aardig.'

'Zo erg?'

'Toen je uit gevangenschap kwam, zei je dat er iemand was.'

'Laten we geen oude koeien uit de sloot halen.'

'Ik dacht alleen dat je ooit' (ze hield even in, wiebelde met haar gespreide vingers en riep schalks 'hoe-hoe-oe') 'de grote geheimzinnige vrouw zou meenemen. En niet Assepoester.'

'Werd de knappe prins niet heel gelukkig met Assepoester?'

'Ik heb nu al met haar te doen.'

'En ben jij niet heel gelukkig met Hub?'

Voordat Ev iets kon zeggen, wurmde Anna zich langs haar heen, met haar tekenspullen onder de arm.

'Gaan we nu, oom Koja?' vroeg ze streng.

'Ja, we gaan nu.'

'Ik heb gisteren drie nieuwe paarden getekend.'

'Je hoeft toch niet zoveel paarden te tekenen.'

'Ze doet wat ze wil, Koja,' zei Ev, en ze zakte op haar knieën en gleed met haar wijsvinger over Anna's neus, 'dat heeft ze van mij. Maar is het niet mooi om te zien wat ze allemaal van jou heeft?'

Dat was heel ondoordacht van Ev, om zoiets te zeggen. Anna was slim en op een leeftijd dat je nog onder de woorden kunt kijken, en daarom fixeerde ze me met verblufte en enigszins toegeknepen ogen, en een splintertje van haar oplettendheid bleef bij de kromming van mijn neus hangen, waarvan ze nooit te weten zou komen (en ik evenmin) of die een paar jaar later ook de hare zou zijn.

Ik sprak wekenlang niet meer met mijn zus.

Al het vergankelijke is slechts een gelijkenis.

17

Terwijl het met mij almaar beter ging, ging het met Hub almaar slechter.

Dat was in eerste instantie alleen te merken doordat hij weer lachte.

Anna vertelde me dat ze niet had kunnen slapen omdat pappie de hele nacht met mammie had gelachen, of beter gezegd, zonder mammie, omdat mammie nooit lachte, alleen hij. Maar zijn lach was niet meer de klaterende, volle, uit het hele lichaam uitbrekende lach waarvan ik zo hield toen we nog kinderen waren. Hij had een schrille, spottende klank gekregen.

Zo hoorde ik dat Hub weer was gaan drinken. Want alleen als hij 'm om had, slaagde hij erin te lachen, alleen dan kon hij verdragen dat bij het lachen zijn lege hemdsmouw op en neer wipte, en daarom vreesden we allemaal deze stem, omdat we wisten dat zijn lachen niets met onbevreesd zijn te maken had, zoals vroeger, maar met het tegendeel ervan, met de peilloos diepe vrees en zorg, maar toch vooral met alcohol.

Ik denk dat Hub vanaf het moment dat Ev bepakt en bezakt met de kleine Anna voor zijn deur stond en haar lichaam en geest naast die van hem legde – waarnaar hij sinds het einde van de oorlog had verlangd, waarnaar hij zelfs op de momenten van de oorlog had verlangd, toen hij alleen nog uit haat bestond – dat hij dus vanaf dat moment was vervuld van een onbedwingbare angst om opnieuw een verlies te moeten accepteren. Alle kou en hardheid die hij Ev en mij had laten voelen in de jaren van duisternis leken alleen al met zijn arm te zijn weggeschoten, waren door zijn overgave aan de Kerk in berouw veranderd en met Evs terugkeer voorgoed in rook opgegaan, in giftige, angstige rook, welteverstaan. Want nu bloeide er in hem een op kousenvoeten naderende verbittering, die hij door diepzinnigheid en een godgevallige levenshouding nog ingewikkelder maakte.

Zo koerste hij er min of meer op aan dat Ev en ik elkaar zonder hem zagen, zoals op de middagen dat hij nog bij de Bijbelkring en ik al met Anna in de tekenzaal zat en Ev zich bij ons voegde, zodat we de lijnvoering van onze dochter samen interpreteerden.

Maar soms belde hij me ook op in de galerie en dan vroeg hij of ik 'de kleine', zoals hij haar noemde, naar de kinderarts kon brengen. En dan ging Ev altijd mee, want zij liet Anna nooit alleen als die zich slecht voelde. Ze noemde haar ook nooit 'de kleine' (misschien juist omdat ze zo poezelig klein was), maar 'schatje', soms '*Schlambl*' (Beiers), soms '*Rebbelus*' (Baltisch), wat druifluis betekent, en dan zaten we naast elkaar in een met typische kinderkrabbels behangen wachtkamer, krabbels die Anna op grond van haar artistieke majesteit alleen maar kon minachten en die ze soms van de wanden plukte om ze, zoals ze het formuleerde, 'goed te maken'.

Volgens mij stelde Hub ons continu op de proef. Misschien deed hij het onbewust, misschien op dezelfde wijze als hij zich door God op de proef gesteld voelde. Hij ondervroeg Mokka over onze relatie, hoorde voldaan dat we over kinderen nadachten (ik dacht nooit na over kinderen, in elk geval niet met Mokka, ik had immers al een kind), en liet zich af en toe grappig bedoelde opmerkingen over de seksuele trouw van de aanwezigen ontvallen.

Eén keer verliet Ev woedend de koffietafel, ik weet niet meer waarom.

Nooit werd er over het onbespreekbare gesproken, dat wat er jaren geleden was gebeurd, bedoel ik, en toch hing het in de ruimte als de geur van verrotting.

Een enkele keer liet Hub zich door mij in zijn hart kijken, bijvoorbeeld toen we op een morgen samen naar Pullach reden. Toen vroeg hij me plotseling of ik hem ooit nog eens zou bedriegen.

'Dan zal ik niet meer willen dat je sterft, Koja. Dan zal ik zelf sterven.'

Hij lachte weer vreselijk. Homerisch.

Ik bezwoer hem dat hij zich daarover geen zorgen hoefde te maken.

Maar vooral bezwoer ik het mezelf.

Opmerkelijk genoeg zag ik het niet als bedrog tegenover mijn broer dat ik stiekem zijn bureau doorzocht, zijn dossiers fotografeerde, dat ik zijn lijsten met agenten kopieerde en onze gesprekken vastlegde. En dat ten slotte het materiaal allemaal kakelvers naar kameraad Nikitin en dus naar Moskou werd gestuurd, was voor mij niet meer dan de door Hub te betalen prijs voor het feit dat ik Maja moest redden, die hij had vernietigd.

Dikwijls ging dat verband door mijn hoofd als ik hem tussen de middag op zijn bankje midden op het grote grasveld in Pullach het brood met worst zag eten dat Ev voor hem had gesmeerd. Ik formuleerde dan in gedachten zinnen voor mijn brieven aan Maja, terwijl hij met zijn ogen tegen de zon knipperde, en dan drong het tot me door dat Maja, als ze deze zinnen zou lezen, nooit met haar ogen zou knipperen, tegen welke zon ook. Ze knipperde hooguit tegen felle gloeilampen en zat maar te vegeteren omdat Hub op een zeker historisch moment in een versie van zichzelf had gewoond waarin op den duur niet goed te slapen valt. Daarom had hij haar maar gewoon voor een andere versie omgeruild. Die noem ik de 'protestantse versie zonder herinnering'.

Hub noemde Maja nooit, haar lot werd niet één keer onderwerp van welk gesprek ook. Hij dacht dat Maja dood was, voor zover hij eigenlijk nog iets over Maja dacht. Uit de protestantse versie zonder herinnering kon Maja namelijk evengoed verdwenen zijn, zoals dat met Politov en Grisjan en Mortimer MacLeach was gebeurd, en misschien ook met mijzelf, mijn vroegere, niet-protestantse zelf.

U weet wel.

Hub bad vaak, concentreerde zich op zijn werk, was in gedachten altijd bij nieuwe Org-operaties, wat van zijn malende kaken af te lezen was.

Ik kreeg dan, als ik op dertig meter afstand dat malen zag, een bijna woeste zin om zijn idiote geheimgeheimen – zo noemde Anna het als je niemand behalve je lievelingspop iets toevertrouwt – uit zijn handen te rukken. En het voelde volkomen juist dat ik als dank voor Hubs voorspraak bij Reinhard Gehlen en de steun die hij bood om voor mij een beroepsperspectief te vinden zijn inspanningen allemaal tenietdeed, zonder dat hij erachter kwam.

Dat was in mijn ogen geen bedrog, maar een straf.

Hij maakte het, zonder dat hij er erg in had, met elk velletje papier en met elk stukje informatie dat ik hem ontfutselde weer een klein beetje goed.

Ik bezwoer mezelf dat ik deze activiteiten zou staken zodra Maja weer vrij was en we hem alles konden uitleggen. En als Hub daarmee in de verre toekomst een probleem mocht hebben, zou Maja Dzerzjinskaja haar vijf tanden en haar tien verloren jaren in zijn hand duwen, en dan zou hij alleen nog een beetje kunnen stotteren, weggespoeld door de stroom van schuldbewuste verlegenheid.

Als ik nu terugdenk aan de plannen die ik toen allemaal maakte, ben ik verbaasd. Wat voor illusies de mens koestert! Hoe gemakkelijk hij bereid is een bepaalde morele balans tevoorschijn te toveren, hoewel die buiten zijn eigen waarneming helemaal niet bestaat! Hoe eenvoudig het is om je over te geven aan de warmte van de waarheid, om die als een hoogtezon aan te knippen, zelfs als je in de koudste van alle illusies niet alleen lééft, maar ze zelf ook veroorzaakt!

Bijna alle mensen die ik heb leren kennen en nog altijd leer kennen (en daar reken ik u ook toe, geachte swami), volgen voortdurend een realiteitskompas dat altijd de voor hen gunstigste windstreek aangeeft, die ze abusievelijk ook dan nog voor het noorden aanzien als die in het zuiden of in de hel ligt. Volgen wij ook niet trillend deze naald, zelfs op het niet onaanzienlijke gevaar af dat je de feiten moet verdraaien opdat ze in onze werkelijkheid passen? Zit er dus niet in ieder van ons een protestantse versie zonder herinnering? En is het daarom niet begrijpelijk dat Hub plotseling weer met zijn hinnikende gelach begon, ondanks de vreselijke pijn die hij voelde?

Bij de doctor echter verging hem dit lachen, hoewel hij ook daar vreselijke pijn had.

Tijdens de middagvergaderingen kon met de beste wil van de wereld niet worden gelachen, en ook niet gehuild, geschreeuwd, gelamenteerd, gesmeekt. De maximale emotie bij deze gelegenheden was cynisme, zij het dat alleen de doctor daarvan gebruik mocht maken.

Hub moest zich veel laten welgevallen, vooral als het ging om zijn belangstelling voor spiritualiën en kerkdiensten. Onder de spot lag een krachtige afkeuring, die steeds sterker werd. Had Reinhard Gehlen mijn broer bij het begin van hun samenwerking nog bijna blindelings vertrouwd, hem zelfs de belangrijke Afdeling VII (Sovjet-Unie) toegewezen, nu schrompelde deze waardering ineen tot het bijhouden van faillissementen en ongevallen.

Hub was Gehlens duvelstoejager geweest. Hij had de CIA geholpen om overal in de bergen en bossen van Beieren, Hessen, Baden-Württemberg en Nedersaksen goudstaven in meren af te laten zinken en wapenvoorraden voor de komende gevechten te begraven, maar een hele serie geheime bunkers was gekraakt en leeggehaald, zonder dat men de daders kon pakken.

Ook veel van de agenten die langs Hubs sinistere afdeling waren gekomen, werden ontdekt. Informanten in Rusland werden bij tientallen gearresteerd. Talrijke in onze werkplaats vervalste materialen (zoals twee miljoen contrarevolutionaire postzegels waarop SED-secretaris-generaal Walter Ulbricht met een strop om zijn hals was te zien) gingen al tijdens het conspiratieve transport naar de DDR in vlammen op.

De ene mislukking volgde op de andere. Hub snapte er niets van. Hij snapte er zo weinig van dat hij op een ochtend tegen de badkamerspiegel sloeg en zijn middelvinger brak. Hij dacht zelfs dat er in de Org een lek moest zitten, een verdenking waarop de doctor met een wegwerpgebaar reageerde: 'Bij ons heb je geen rotte eieren.'

Ik sloeg mijn arm om Hubs schouder en sprak op hem in. Hij mocht niet zulke onzin verkondigen. Wie zou er binnen de Org nou geschikt zijn als verrader? Kon hij me iemand noemen die zulke lage streken zou uithalen?

Hub begon te huilen, bedankte me voor mijn compassie en besloot om voortaan nog meer te bidden en nog vaker naar de kerk te gaan.

Natuurlijk lag zijn neergang ook aan het feit dat mijn berichten in Moskou de nodige maatregelen noodzakelijk maakten. Dat staat buiten kijf. Maar daar dacht ik helemaal niet over na, ik hield vooral Hubs door de Org-gangen walmende dranklucht, zijn bitterheid en 'fucking caginess' (Donald Day) ervoor verantwoordelijk dat hij in de vergaderzaal zijn mooie notabelenstoel meteen rechts naast Gehlen kwijtraakte.

Daar nam al spoedig een nieuw gezicht plaats: Heinz Felfe, een aalgladde streber, tegen wiens rekrutering Hub zich hevig verzette. 'Ik ken Felfe,' had Hub tegen de doctor gezegd. 'Dat is een zwijn in krijtstreep.' 'Hij was net als u bij de ss. Hij was net als u bij Operatie Zeppelin. Hij runt net als u Sovjetbronnen. Hij drinkt alleen niet zoveel als u.' 'Felfe was mijn ondergeschikte. Hij is niet betrouwbaar. We moeten hem echt helemaal binnenstebuiten keren.'

Dat deed de doctor ook, maar op zijn eigen doctorswijze, namelijk met zijn fluorescerende, door een zonnebril afgeschermde röntgenblik, en die moest volstaan. Tenminste, die had bij mij volstaan. En ik was er blij om, zoals Felfe er ook blij om moet zijn geweest, want hij was na mij de tweede Sovjetmol die Nikitin op de doctor afstuurde.

Maar dat wist ik toen nog niet.

Heinz Felfe slaagde er binnen een paar maanden in om Hub op zijn eigen afdeling te marginaliseren. Als een schaduw volgde hij Gehlens gedachten op de voet, en hij was zo dienstvaardig en zo decent devoot dat het juist weer een opdringerige indruk maakte. Hij had iets katachtigs, kwam al heel snel met resultaten, zoals een ijverige, zwarte dakhaas die elke avond drie dooie muizen voor je deur legt om te worden geprezen. Ik haat katten.

Maar niemand, zelfs ik niet, was op het idee gekomen dat alles waarmee Felfe kwam aanzetten opgelapt spelmateriaal van de Sovjets was. Hij maakte vooral veel indruk door op een dag de gedetailleerde plattegrond van het KGB-hoofdkantoor in Karlshorst uit zijn hoed te toveren (schaal 1:1000). Ik ontdekte onze dierbare villa erop, het refugium en sacrament van de heilige Maja-Koja-bezwering. En in een opengewerkte tekening stond zelfs aangegeven welk toilet door welke KGB-officier werd gebruikt.

De kinderlijk enthousiaste doctor vroeg mij, zijn voormalige bouwmeester, of ik misschien zo vriendelijk wilde zijn om voor hem op basis van de plattegrond een schaalmodel van het vijandelijke hoofdkantoor van de geheime dienst in elkaar te knutselen (maar in feite was ik zo vijandelijk dat ik een vriendelijk model voor hem knutselde).

Wekenlang zat ik 's avonds in mijn atelier met gezeglijk balsahout aan driedimensionale constructies te zagen. Wat was het een klein hunkerend huisje dat ik er middenin zette, een huisje met een raam van suikerglazuur en een balkon van gespleten lucifers. Alsof ik God was, keek ik neer op dit balkon en door dit raam van waarachter we zo vaak het universum in hadden getuurd, Maja en ik, zonder HEM ooit te zien. O, mijn swami. De doctor gaf het model een plaatsje in zijn opklapbare trofeeënkast (daar waar de M van lindehout gloeide) en hij zou er het liefst een speelgoedtreintje doorheen hebben laten denderen.

In naam bleef Hub hoofd van Afdeling VII, maar na deze coup had Felfe zich al in de positie gemanoeuvreerd waarin hij later de belangrijkste geheimen van de West-Duitse bewapening, de federale regering en de NAVO kon prijsgeven.

Tot zijn arrestatie wist Heinz Felfe de Duitse inlichtingendienst zoveel schade te berokkenen en zo te vernederen dat die alleen nog kon worden overtroffen door de schade die ik aanrichtte.

Maar in die dagen zeilde ik op de golven van het succes.

Wat de doctor destijds ook voor ogen mocht hebben gestaan toen hij mij opdracht gaf met Otto John af te rekenen, er woedde in elk geval een oorlog tussen de bazen van de twee geheime diensten, en wel met onmiskenbare voordelen voor de uitspelende ploeg, het eerste team van FC Pullach.

'Heel mooi,' prees de doctor me regelmatig wanneer hij mijn observatierapporten las, net als de mededelingen over president Johns verblijf in roze etablissementen ('lustgrotten'), de lijsten met Otto's vertrouwensmannen die omgekocht en bij de Org in dienst konden worden genomen, alle laatdunkende oordelen over de kanselier, de minister van Buitenlandse Zaken en de Amerikaanse president (die door Otto John een nazi werd genoemd, hoewel meneer Truman zoals iedereen weet de nazi's een pak slaag had gegeven), een politierapport over dronken achter het stuur zitten, dat het Amt für Verfassungsschutz liet verdwijnen. Maar vooral leverde mijn oude chauffeur (de drinker, u weet nog wel) uiterst waardevolle informatie over zenuwinzinkingen, angstaanvallen en pillenverslaving van zijn werkgever.

Gehlen maakte gebruik van deze inzichten.

Hij liet ze rondgaan in de politiek en stuurde Adenauer persoonlijk een dossier toe.

Met het materiaal dat ik hem aanleverde deconstrueerde hij Otto John, maakte van hem een karikatuur die in de politieke papierversnipperaar belandde.

En wat had ik ertegen kunnen doen, aangezien ook Nikitin mij telkens te verstaan gaf dat alleen Otto's val tot Maja's vrijheid zou leiden?

Otto maakte een steeds neerslachtiger indruk wanneer ik hem en Lucie in Keulen opzocht. 'Ach, Koja,' verzuchtte Otto dan, 'het zijn infame tijden. Infame tijden, old boy.' En daarna met Hessische tongval: 'En als ik niet oppas, dan krijgt de kou me ook nog te pakken.'

Ik kan met een gerust hart voorbijgaan aan de voortkabbelende maanden waarin de Verfassungsschutz steeds verder afzakte tot het instrument dat het vandaag nog altijd is: een instantie die inlichtingen over hippies als u verzamelt, over volstrekt onschadelijke fantasten en wereldverbeteraars, en begrijp me goed, dat zeg ik echt met het allergrootste respect.

Maar een inlichtingendienst zonder politionele bevoegdheid, zonder dubbele boekhouding, zonder operationele basis, zonder afdeling Inlichtingen Buitenland en zonder wapendepot, dat is een inlichtingendienst zonder macht, je zou ook kunnen zeggen: zonder noblesse. Oorspronkelijk had deze dienst de celkern van een fulminant en allesomvattend orgaan moeten worden. Generaal Gehlen had dat visioen gehad toen hij zelf president had willen worden.

Maar intussen deed hij alles om zijn rivaal alle competenties te onthouden die onmisbaar waren om een zowel internationaal als nationaal werkbare geheime dienst op te bouwen.

'Gehlen kiest de kant van de Amerikanen en levert het gehele oosten van ons land uit,' klaagde John. 'In feite is hij een landverrader, daar sta je dan met je Hessisch.'

Van ellende at hij zich ongans. 's Middags al kondigde zijn alcoholbarometer storm aan. 's Avonds kwam er een allegaartje aan medicijnen bij en 's nachts kon hij niet slapen. Elke dag werd de onzichtbare strop strakker om zijn nek getrokken, en hij merkte dat hij te maken had met een tegenstander voor wie niets heilig was: 'Die wil mijn baan niet meer,' jammerde Otto, 'maar die bouwt gewoon een tweede dienst op. Een schaduwdienst die op een dag door Adenauer wordt overgenomen. Ze willen dit land niet beschermen. Ze willen oorlog voeren.'

Zolang het bezettingsstatuut nog niet was opgeheven, wist Otto zich echter verzekerd van de onvoorwaardelijke steun van de Britten, die net als voorheen in de doctor een reïncarnatie van de Führer zagen, alleen al vanwege zijn diepgrijze hitlersnorretje (een pikanterie waarover niemand die zijn baan in Pullach lief was ook maar iets durfde op te merken).

Met Mokka was ik een keer op Lucies Keulse verjaardagsfeestje uitgenodigd. (Ik gaf Lucie een kleine, prachtig vervalste Ernst Ludwig Kirchner cadeau, die ik *De haven van Hamburg* doopte en die bedrieglijk echt aan Hamburg deed denken, maar ook aan Ernst Ludwig Kirchner, hoewel die nooit in Hamburg is geweest, ik trouwens evenmin.)

Helaas was Mokka die avond een beetje boven haar theewater, waardoor ze haar natuurlijke verlegenheid liet varen. Ook had ze het nodige op me aan te merken (zoals mijn ontbrekende zin om me te verloven) en lachte ze alsof ze niet goed snik was toen Lucie ons aan haar peetoom Theodor Heuss voorstelde. Haar lachen ging eerst over in gekrijs en toen in geblèr, want helaas was Mokka op feestjes altijd overspannen en jaloers, en Theodor Heuss, de grote trooster onder de Duitse bondspresidenten, sloeg een arm om haar heen en hoorde wat een schoft ik was en met hoeveel dames ik zat te flirten, en hij zei de hele tijd: 'Ach, u bent nog zo jong.'

Naderhand liet ik me met Mokka, die intussen voldoende door het staatshoofd was gekalmeerd, meevoeren door het feestje, dat als motto 'Rule Britannia' had. Mokka wilde met getuite lipjes steeds weer een kus halen, en tussen de hinderlijke kussen door moest ik haar uitleggen waarom ze zoveel Engelsen zag.

Dat kwam niet in de laatste plaats door Lucie John (beweerde ik), het feestvarken, in wier leven nou eenmaal veel Engelsen voorkwamen (Mokka wist dat) omdat het *British Empire* haar, de Duitse Jodin, ooit onderdak had geboden, reden dat zij het British Empire nu op haar verjaardag onderdak bood, in de vorm van punch, roastbeef, *Yorkshire pudding* en *mince pies.*

Mokka was hogelijk verbaasd toen we ten slotte midden in een tros vrolijke Britten Otto John ontdekten, die zich ter verhoging van de feestvreugde een Union Jack had laten aanmeten als doublebreasted colbert, dat hem er als admiraal Hornblower deed uitzien. Op de gezichten van alle niet-Britten (hoofdambtenaren op ministeries in Bonn, leden van de Bondsdag, mensen wier huizen in de oorlog waren weggebombardeerd) zag je allerlei uitdrukkingen, van gegeneerd tot verstard, maar de president van de Verfassungsschutz had nou eenmaal geen zin in niet-Britten.

'*Miss Mokka, you're looking great,*' riep hij ons toe in zijn Hessisch gekleurde upper class Engels, '*take your boyfriend and join us, here are some very fine Wichtigtuer.*'

De gentlemen bij wie we ons voegden, was geen enkel Oscar Wilde-cliché te dol. Met name een sarcastische, dikke gnoom met Groucho Marx-bril, die zich voorstelde met 'Staat u mij toe, Sefton Delmer,' viel op. Hij stond bekend als de belangrijkste politieke publicist van Groot-Brittannië, was ooit Otto's hoogste baas bij de soldatenomroep in Calais en noemde zijn gastheer altijd alleen Patriotto: '*Hey, Patriotto, don't be a fool and get us some weird German drinks!*'

Otto liet Mokka zijn Union Jack-jasje aanraken (het was ook nog van zijde!) en stelde ons daarna voor aan Delmers metgezel, een ouwelijke professor uit Londen die, een en al distinctie, een paar dagen te gast was.

'*Pedo mellon a minno,*' zei de heer met licht gebogen hoofd zacht. Mokka glimlachte schaapachtig, terwijl Delmer kreunde: '*Oh my goodness*, die linguïsten. Wat dat dan wel weer mag betekenen.'

'Spreek, vriend, en treed binnen,' legde de heer uit, en hij beweerde Sindarijns te spreken, een elventaal. Het was de met afstand excentriekste Engelsman die ik die avond ontmoette. Naast Sindarijns beheerste hij ook Duits, beweerde eigenlijk Johann Tollkühn te heten en benadrukte met een verheven gebaar de oorspronkelijk Saksische afkomst van zijn familie. Natuurlijk kwam hij uit Oxford en had, zoals alle geleerden uit deze mooie stad, een beetje eigeel op zijn witte kraag. Toen Otto, op het hoogtepunt van de feestelijkheden en flink aangeschoten, zijn beklag deed over de Org, vroeg de Oxfordse professor belangstellend: 'Ork? *What are you talking about?*'

En Otto vertelde hem wat hij net had gezegd. De professor luisterde en antwoordde dat hij jaren geleden een kinderboekje had geschreven met een heel stel orks erin, en toen zei hij dat hij de klein uitgevallen mister Delmer een typische dwerg uit Moria vond, die aardige 'Mrs Mokka-Bokka' een sluwe, trouwlustige elf en Otto John een hobbit.

Maar wat een hobbit was, kon hij onmogelijk uitleggen, dat ging ten koste van de avond en de aandacht voor '*the marvellous Mrs Lucie*'. Maar het fenomeen orks legde hij daarentegen wel heel plastisch uit. En op die avond kregen Gehlens humanoïde, punttandige, wolfharige en dofgrijshuidige medewerkers hun naam van Otto, Mokka en ook van mij, behalve natuurlijk als ik er af en toe zelf een was.

Mij noemde de professor Sauron, een soort tovenaar, geloof ik, en ik hoorde dat hij zijn Duitse naam in John Tolkien had veranderd, want met een umlaut zoals op de West-Germaanse ü kwam je in Engeland niet ver, hoe spijtig hij dat ook vond.

Sefton Delmer, de dwerg uit Moria, richtte zijn aandacht op de orks.

Otto had hem verteld dat ze erin waren geslaagd zich een plaats te verwerven in de regering in Bonn en de macht van het kwaad in de Engelse sector te vestigen. Delmer begon een offensief dat zijn weerga niet kende. Op zeventien maart negentientweeënvijftig publiceerde de Londense *Daily Express* een groot artikel van zijn hand met als kop: HITLERS GENERAAL SPIONEERT NU VOOR DOLLARS.

Ik wil u niet vervelen, echt niet, maar de beginregels van dit artikel ken ik nog altijd uit mijn hoofd, zoals er ook mensen zijn die gedichten van Goethe vanbuiten kennen.

Let op een naam die onheil belooft, begon Delmer het pamflet. Hij staat voor de in mijn ogen gevaarlijkste politieke springstof in het huidige West-Europa. Deze naam is Gehlen. Tien jaar geleden was deze man een van Hitlers kundigste stafofficieren. Thans is Gehlen het kopstuk van een geheime organisatie met een enorme en almaar uitdijende macht. Terwijl hij zijn organisatie steeds verder uitbreidde, doken talloze vroegere nazi's, ss- en sd-lieden onder in zijn organisatie, waar ze absolute bescherming genoten. Tegen-woordig staat Gehlen aan het hoofd van een spionage-eenheid die haar saboteurs onder de vlag van de Verenigde Staten in alle delen van de wereld heeft. Het gevaar dat van deze organisatie uitgaat ligt in de toekomst.

Het artikel sloeg op Camp Nikolaus in als een bom.

De doctor was nooit eerder in de media opgedoken. Er waren geen foto's van hem, geen beschrijvingen, er waren geen rapporten. Hij gaf geen interviews, liet geen commentaar achter, hij zette zijn zonnebril zelden en dan nog met tegenzin af, wat overigens ook voor zijn hoed gold. De doctor meende tot dat moment dat hij zo geheim was dat hij zichzelf ervan kon overtuigen dat hij eigenlijk helemaal niet bestond.

Dat was nu op slag veranderd.

18

Terwijl Anna ouder maar niet groter werd, terwijl Hub wanhopig om zijn baan vocht, die steeds zichtbaarder uit zijn handen gleed, terwijl Ev als kinderarts probeerde afleiding te zoeken van de voortdurende schokken van die tweede kans die ze mijn broer voor de derde, vierde en vijfde keer gaf zonder dat hij het merkte, terwijl mama in het katholieke Pattendorf als teken van verzet kleine protestantse leeskringen organiseerde en Centenbak bereid was om te converseren, terwijl Maja en ik ons om de zes maanden in Karlshorst op een nieuw leven verheugden en Mokka geleidelijk aan verviel in zwaarmoedigheid, die ze met haar lachen wilde doorbreken, terwijl Hubs lachen zijn boosheid alleen maar verergerde en Anna's lachen explodeerde en Ev zelden lachte, terwijl dat allemaal gebeurde, ging de niet-verklaarde oorlog tegen Otto John zijn laatste fase in.

Uiteindelijk was het zijn instorting die alles aan het rollen bracht.

De drinker vond meneer John op een avond met een delirium in zijn zwembad drijven. Lucie was voor een paar dagen naar Londen gereisd om haar dochter te bezoeken, en haar man had zichzelf naar het zich liet aanzien een cocktail van barbituraten, neuroleptica, tryptaminen en twaalf jaar oude scotch toegediend, die zich weer uit zijn maag wist te bevrijden en het mooie blauwe zwembad iets minder blauw kleurde. Otto bevond zich in een staat van totale fysieke en psychische ontreddering. Wowo moest speciaal uit Berlijn worden ingevlogen, omdat zijn patiënt onder geen beding door een andere arts behandeld wilde worden.

Wowo belde me vanuit Keulen.

'Ik denk dat het zover is,' fluisterde hij.

'Weet u het zeker?'

'Ernstige achtervolgingswaan. Paranoïde reacties. U moet hierheen komen.'

'Vindt Lucie dat ook?'

'Zijn vrienden moeten nu uit alle macht zorgen dat hij weer opknapt,' verzuchtte hij schijnheilig. 'Hij zal zeker inzien dat hij op zijn positie alleen maar zijn gezondheid ruïneert.'

'Ja, meneer Wohlgemuth,' zei ik vals, 'we moeten absoluut zijn gezondheid in de gaten houden.'

'Hij hecht aan uw oordeel. Mogen we op u rekenen?'

Ik wist dat de KGB Wowo had aangeboden hoofd te worden van de chirurgische kliniek van de Charité in Oost-Berlijn. Als opvolger van professor Sauerbruch, wiens assistent hij ooit was: dat was de bokaal die hij met zijn verraad kon winnen.

'Ik zal Otto niet in de steek laten,' zei ik een tikkeltje te zalvend, en ik hing op.

In de villa van Bormann knalden de kurken en juichten de orks, want het was nu gedaan met de aan de Engelsen onderhorige *Protector of the Constitution.*

Diezelfde avond nog schreef ik een lange brief aan Maja, vertelde haar dat ze nog maar even hoefde vol te houden en legde mijn zwarte hart aan haar voeten.

De zege was zo nabij.

Helaas kwam Mokka net mijn kamer binnen, zag dat ik over een brief gebogen zat en dat mijn met tranen overstroomde gezicht binnen een tel in een gesloten gezicht transformeerde. Ze kreeg weer eens die trillende lippen die me opwonden, maar zei niets en liep prompt de kamer uit.

Ik moest nu toch echt verzinnen hoe ik op een elegante manier voor eens en altijd afscheid van haar kon nemen, want hoe slecht ik Mokka ook behandelde, ze verstond de tekens niet of was daartoe niet in staat. Ze hoopte echt dat we nog eens zouden trouwen. Ik gedroeg me afschuwelijk tegen haar, en mijn verdriet daarover en mijn onvermogen haar bewust pijn te doen en schoon schip te maken maakten mij nog afschuwelijker.

Toen ik 's middags in Keulen aankwam, vergezeld van de 'goede vangst'-wensen van de doctor, Nikitin en zelfs kleine Anna (die echter, net als Ev, dacht dat ik naar een kunstveiling ging), was het me al snel duidelijk dat het niet moeilijk zou worden om Otto over de rand te duwen. Zijn gezicht was opgeblazen, zijn pupillen hadden een doffe glans, en eigenlijk verschilde zijn psychische toestand niet wezenlijk van die van mijn broer. Allebei begrepen ze de wereld niet meer, allebei twijfelden ze wanhopig aan zichzelf, allebei waren ze met het oog dat naar me keek volslagen blind.

'Altijd,' zei Otto toonloos toen ik bij hem naar binnen stapte. 'Altijd moeten ze weer de *vlodde Oddo* hebben, Koja!'

Een merkwaardige zin, vol zelfbeklag, gesproken met gesloten ogen en komend uit een scheve mond, scheef als de mond van een zojuist vergiftigde Romeinse senator, en hoe dood lag hij daar ook op zijn bank in de woonkamer in zijn witte, met jam besmeurde kamerjas. Lucie zat naast hem en drukte een nat blauw washandje op zijn voorhoofd. Achter hen stond Wowo die de plunjer van een spuit aantrok. Hij wist zelfs een traan uit zijn oog te wringen.

'Wat is er nou gebeurd?' vroeg ik vol mededogen, en ik zette mijn koffer neer.

'Dat had ik niet echt verwacht, dat je me komt bezoeken. Hoe zal het zijn als het achter de rug is? Een kwajongensdag?'

Hij pakte het washandje van zijn voorhoofd en keek me aan. En in zijn ogen zag ik iets waarop ik niet gerekend had, een onvoorwaardelijke wil om zich teweer te stellen, een wil die goed verborgen bleef onder zijn broosheid en niet deze ruimte binnensijpelde.

'Wat bedoel je precies met een kwajongensdag?'

'Dat zal ik je laten zien,' zei hij met een bijna behoedzame stem, en hij kwam langzaam overeind.

'*Honey, please!*' maande Lucie hem om weer te gaan liggen.

'We rijden naar kantoor, even maar. Zijn gelijk weer terug.'

'Vermoei jezelf alsjeblieft niet te veel!' verzocht Wowo hem.

'Ik denk dat het eerder voor Koja 'n beetje vermoeiend zou kunnen zijn.'

Hij liet zich staande door Wowo een spuitje geven. Daarna liep hij de kamer uit en kleedde zich om.

Ik was er niet gerust op toen we in Otto's dienstauto door Keulen gleden. De drinker zat achter het stuur en wierp me via de achteruitkijkspiegel waarschuwende blikken toe, zo leek het. Otto zelf bleef koel en afstandelijk. Zijn hand speelde met het blauwe washandje, dat hij zo nu en dan tegen zijn bonkende voorhoofd drukte.

Het kantoorgebouw van zijn dienst was een acht verdiepingen tellende hoge nieuwbouw, een sobere blokkendoos pal aan de Ludwigstraße, die men met behulp van karton, portlandcement en overduidelijk de grootste wansmaak uit de grond had gestampt.

Op de gangen rook het nog naar verf en vers stucwerk. De vloeren waren belegd met een brijige rode massa, houtgraniet, de goedkope variant van linoleum. Het verschil met de salonachtige Bormann-luister in Pullach had niet groter kunnen zijn. Hier had je geen Goethehuis-persiflages, maar pure nederigheid. Niks geen pretenties. Alleen pretentieloosheid. Zelfs in de keuze van de plafondverlichting, peertjes met messingdraad, leek de minachting voor een instantie door te klinken die in alle machteloosheid genoeg had aan zichzelf.

Otto ging me voor naar zijn kantoor, waarvan de wachtruimte zo klein was dat het maar een halve wachtruimte leek. De secretaresse keek ons geschrokken aan. Ze had haar hoed en mantel al aan, gereed om naar huis te gaan. Haar chef knikte haar vanonder zijn washandje flauwtjes toe en hield de deur naar zijn werkkamer voor me open; ik liep naar binnen, en nog voordat hij iets kon zeggen, voelde ik een windvlaag, misschien vanwege het geopende tuimelraam, misschien vanwege de deur die nog openstond, misschien ook omdat ik plotseling in een vrije val belandde vanaf de achtste verdieping die ik zojuist had bereikt, zonder ergens tegenaan te slaan. Aan de in Keuls bruggengroen geverfde wand achter Otto's bureau waarnaar ik staarde, hing de blauwe man die met zijn vrouw praat, zijn naakte geliefde in zijn armen.

Die voorstelling.

Dat grafische werk, weet u nog?

Die door mij geroofde Picasso.

En meteen ernaast zag ik Käthe Kollwitz met wazige blik in de grasgroene, met Thonet-stoelen opgesierde ruimte staren, met in de achterste hoek twee Zoeloe-speren (geschenk van het Britse ministerie van Koloniën).

'Ga zitten,' zei Otto, en zo werd ik dus opgevangen door een fauteuil met chromen buizen, geruite wollen bekleding, zo uit de fabriek, waarop nadien ongetwijfeld nooit meer met zoveel paniek is neergeploft. Meneer John riep naar zijn secretaresse dat ze naar huis kon, *tschöh*, en sloot de deur. Hij liep naar een wandkast, haalde er twee kopjes uit, pakte de theepot van het glazen bureaublad en schonk donkerviolette thee voor me in, die ongelooflijk koud moest zijn. Toen ging hij tegenover me zitten, en ik zag hoe hij met het washandje over zijn ogen voor zichzelf thee inschonk. Zijn hand trilde.

'Je kent die twee dingen aan de muur toch, Koja?'

'Ja,' zei ik.

Geen idee wiens gezicht er grijzer en ongezonder uitzag, dat van hem of dat van mij.

'Twee weken geleden was ik bij Ivone.'

Hij doelde op de Britse hoge commissaris.

'Die hingen bij hem in de salon. Gewoon aan de muur.'

Hij knipte met zijn vingers.

'Geschenk van de Amerikaanse *administration*.'

'Dat is echt ongelooflijk, dat die weer zijn opgedoken.'

'Ja, dat is *unbelievable*.'

Hij produceerde die mooie, nasale klinkers die het Hessische dialect zijn huiselijke karakter geven en zelfs nog bij de meest sarcastische opmerkingen een restje warmte bevatten.

'Is er iets wat je me zou willen vertellen, Koja?'

Er was helemaal niets wat ik hem wilde vertellen.

Terwijl Gehlen in zo'n situatie eerst maar eens de theepot had gepakt, zijn drie lepeltjes suiker erin had gegooid, urenlang de boel had omgeroerd en al doende mijn zenuwen danig op de proef had gesteld, was Otto veel te nerveus en uit zijn doen om het middel van de vertraging als wapen in te zetten. Hij sloeg de koude thee als een medicijn achterover en schoof naar het puntje van zijn stoel.

'Dan moet je weten dat deze kunstwerken, die zoals je weet ooit van mij waren, die een of ander brutaal joch uit mijn woonkamer stal en die ik heb gemist zoals een poema haar jong,' hij moest naar adem happen toen hij naar de Picasso opkeek, 'dat deze kunstwerken dus uit de roofkunstbestanden van het Amerikaanse leger afkomstig zijn.'

'Wat?'

'Ze lagen in een kelder van de CIA in München. Het zijn schilderijen die niet gerestitueerd worden. De eigenaren zijn onbekend, zeggen ze.'

'Wat vreemd.'

'En ook weer niet.'

'Denk je dus dat de CIA... de CIA jouw schilderijen uit je eigen huis heeft gestolen?'

'En ook weer niet.'

'Niet?'

'Als het de CIA zou zijn geweest, hadden de Amerikanen de boel niet cadeau gedaan, en al helemaal niet aan Ivone. Maar voor de Agency werken ook mensen van Gehlen...' Weer een pauze voor de arme longen, dan in autosuggestiedialect: '... dat zijn Gehlen z'n lui.'

'Ik snap het.'

'Nee, ik denk niet dat je het snapt. Deze schilderijen zijn vier weken geleden opgedoken, en ik heb natuurlijk onderzoek laten doen.'

Zijn tanden glansden in een enigszins verwrongen, onnatuurlijke glimlach. Hij legde het washandje opzij, stond op, strompelde naar een dossierkast, en ik zag dat hij vergeten was sokken aan te trekken – zijn linkerschoen sloot om een zichtbaar ontstoken enkel. Hij opende een kastdeur en trok er een dikke Leitz-map uit. Hij legde hem voor me op tafel en begon door de kamer te zwalken, zijn linkervoet een beetje slepend.

'De orks zijn overal, Koja. Ze schaduwen die aardige Otto van je al jaren.'

'Je moet wel oppassen met dit soort verdachtmakingen. Dat zegt Wowo ook.'

'Wie heeft mij dat heerschap van een chauffeur aangeraden?'

'Hij is zonder meer te vertrouwen.'

'Te vertrouwen was hij misschien in de oorlog, toen hij Russen vermoordde. Daar ken je hem waarschijnlijk van.'

'Hoe kom je daar nou bij? Je doet zo eigenaardig, Otto, heus. Kun je me vertellen wat dit allemaal moet?'

'Alles op z'n beurt. Zoals je knoedels eet: niet allemaal tegelijk! *Gell*?' zei hij op z'n Hessisch.

'Wat verwijt je de drinker?'

'Ik geloof niet dat hij destijds de dieven echt betrapt heeft.'

'Hij heeft een mes in z'n lijf gekregen!'

'Ja, zijn eigen mes.'

'Sorry hoor, Otto, dit is absurd.'

'Wie heeft dat heerschap aangeraden?'

'Dat hebben we net gehad.'

'Jij hebt hem aangeraden!'

'Otto, waar ben je op uit?'

'Hij werkt voor Reinhard Gehlen.'

'Onmogelijk.'

Hij wees op de Leitz-map.

'Pagina 324.'

Ik zocht het op.

'In godsnaam,' zei ik.

'En nu over jou!'

Het bloed schoot van mijn hals naar mijn voorhoofd. Ik kon het bonzen van mijn hart horen. Ik zwom in het bloed.

'Pagina 325,' zei hij, en weer op z'n Hessisch: 'Dat krijgen we van ons leven niet voor elkaar.'

Hij zweeg gramstorig toen ik het onderzoeksrapport over mijzelf las, en zo kon ik mijn gedachten op een rijtje zetten.

Door alle detonaties van elke afzonderlijke, op mij toepasselijke regel heen kon ik vaststellen dat de Verfassungsschutz alleen mijn eerdere activiteiten als architect in Pullach had ontdekt. Mijn betrokkenheid bij het Red Cap-programma van de CIA noch mijn werk voor de Hoofdafdeling Binnenland van de Org was bekend. Ik probeerde het bloed uit mijn hals weg te krijgen en me aan een strohalm vast te klampen. Ik keek in het open boek dat de gekrenkte, door migraine geteisterde man tegenover me was en begon erin te bladeren. Het belangrijkste in zo'n situatie is om ter plekke een verklaring af te leveren. Het is een vuistregel voor agenten dat zwijgen altijd zilver en praten altijd goud is. Ik praatte voor mijn leven, vooral voor Maja's leven ('Laat maar, Koja, 't is allemaal vermorst en verspild'). Hoe dan ook, er schoten me woorden te binnen, en elk woord dat ik in de mond nam was gelogen, maar met een hartstocht die me met de overtuiging overspoelde dat ik de pure waarheid sprak ('Hou nou toch op met die flauwekul'). Ik vertelde Otto dat ik nooit voor de Org had gewerkt, behalve dan een jaar lang als architect, die de vernederende opdracht had verstrekt een muur te bouwen ('Ik kan die kletskoek niet meer horen').

'Mijn broer heeft me die klus bezorgd,' riep ik. 'Had ik anders moeten verhongeren? Je weet dat hij me op een haar na heeft laten ophangen. En die muur was zijn manier om het goed te maken. Ik ben meteen nadat ik daarmee klaar was met de kunsthandel begonnen. Ik heb nooit voor die Gehlen gewerkt. Nooit. Ik heb met nazi's niks te maken!' gilde ik. 'Ik ben een antifascist!'

'Je hebt me belazerd!'

'Nee, ik heb je verteld wie ik ben. Wat ik zei klopt gewoon.'

'Ik mocht je zo graag, Koja. Zo verschrikkelijk graag.'

Hij haalde amechtig adem.

'Het enige waarover ik je niets heb verteld, Otto, waren de activiteiten van mijn broer. Maar die heb je zelf al ontdekt.'

'Ik geloof je niet!' schreeuwde hij plotseling met een hoogrode kleur.

'Ik ben een kunstenaar, Otto!' weerde ik me al even luidruchtig. 'Kunstenaar en kunstminnaar, en ja, ik ben ook architect! Kom op, zeg, ik heb een speeltuintje in Pullach aangelegd! Met een paar kleine schommels! Ben ik daarom een verrader?'

Hij pakte het blauwe washandje en slingerde het met volle kracht in mijn gezicht. Misschien zegt dat nog wel het meest over hem. Hij had ook gewoon met zijn theekopje kunnen gooien of – zoals de doctor zou hebben gedaan – met een van de Zoeloe-speren achter hem. Maar hij was een simpele washandjesgooier. Ik keek in woedende en, hoe langer ik keek, in door twijfel gemartelde besluiteloosheid, en toen ik nog langer keek, voelde ik wel aan dat er een allerlaatste kans op me af kroop.

Hij wendde zich af, balde zijn vuisten en worstelde met zichzelf.

'Zweer me,' hoorde ik na een halve eeuwigheid, waarin hij zijn vuisten op zijn hoofdhuid plantte en masserende bewegingen maakte, 'zweer me dat je nooit iets tegen me hebt ondernomen.'

'Ik zweer het.'

'Zweer het op je liefde voor Mokka.'

Aangezien ik niet van Mokka hield, kon ik dat zonder meer zweren, vond ik.

Na mijn weerzinwekkende en laffe nood-eed, die me pas vele jaren later zo kwelde dat ik er niet van kon slapen, plofte Otto in zijn stoel en bleef onderuitgezakt zitten. De onschuld van zijn kinderlijke ziel werd niet door rationaliteit aangetast. Met een beetje analytische inspanning had hij me toen kunnen fileren. Maar dat paste gewoon niet bij zijn karakter. Hij was nu eenmaal een door en door romantische en sentimentele ziel, net zo labiel als alle romantici zijn, niet in staat om te geloven dat alle mensen die hij vertrouwde gemeen en doortrapt konden zijn. Voor de geheime dienst was hij de ongeschiktste persoon die je je maar kon voorstellen. Zelfs Winnie de Poeh zou zich gewiekster hebben betoond.

Natuurlijk was hij zeer intelligent; hij zat daar en geloofde me niet. Maar het was ook niet zo dat hij helemaal geen geloof meer in me had. Ik klonk immers overtuigend, en Otto John was een man van klanken. De schoonheid van een stem was voor hem belangrijker dan wat die verkondigde. Daarom zal hij ook met een zangeres zijn getrouwd.

'Gehlen denkt dat hij me zo onschadelijk maakt,' mompelde hij dof, en hij trok zijn voet uit de schoen die hem pijn deed en knalde het ding in de hoek. 'Maar híj is straks de man die onschadelijk wordt gemaakt.'

Het werd tijd om stil te zijn, met praten op te houden, de schoonheid van mijn stem te ontzien.

'Weet je hoeveel ss'ers er bij de organisatie van Gehlen zitten?'

Ik wist het niet.

'Heb je er ook maar enig idee van dat twee derde van de leidinggevende ambtenaren van het Bundeskriminalamt ss-officieren waren?'

Ik had geen enkel idee.

'Is het je weleens ter ore gekomen dat het ministerie van Binnenlandse Zaken voor de helft uit NSDAP-leden bestaat?'

Nee.

'En jíj beweert een antifascist te zijn?'

'Wat is het punt?'

Hij wees op de ordner.

'Daar hebben we er honderdveertig van. Van onder tot boven vol met alles wat je over de hydra moet weten.'

'Naspeuringen?'

Hij schudde zijn hoofd.

'ss-dossiers.'

'ss-dossiers?'

'Persoonlijke documenten uit het Berlin Document Center. En uit andere bronnen.'

'Je wilt die dossiers tegen Gehlen gebruiken?'

'Gehlen. Adenauer. Minister van Buitenlandse Zaken Schröder. Dat hele schorriemorrie.'

'Ben je niet goed wijs?'

'Dat komt allemaal in de pers.'

'Ben je niet helemaal goed wijs?' herhaalde ik.

'Ik weet niet of ik je nog kan vertrouwen, Koja. Voor mijn part brief je het door. Zal me worst wezen. Er valt niet aan te ontkomen. D'r staan dingen in...'

Hij lachte zachtjes en begon zijn bloederige enkels te masseren.

'Je broer zat in Riga. Heeft meegedaan met de slachtpartijen van Joden. In de voorste linie. Staat daarin. En Lucies familie is afgevoerd naar Riga.'

'Je maakt een fout.'

'En mijn broer hebben ze in het concentratiekamp doodgemarteld. Ze hebben zijn oogleden afgeknipt, zodat hij niet meer kon slapen. Weet jij wat er met je oogappels gebeurt als ze je oogleden afknippen?'

'Je mag in geen geval belastend materiaal aan de pers geven.'

'Hetzelfde als met appels. Ze rotten weg.'

'Je luistert niet naar me, Otto.'

'Die kunnen hun borst natmaken. Jouw broer nemen ze voor moord te grazen. Kun je hem alvast gaan vertellen. En Gehlen schieten we z'n oorlogsmisdadigers onder z'n reet vandaan.'

Ik keek opzij, zocht troost in de blauwe man aan de muur, vroeg me af waarom hij van die twee vrouwen houdt, en herinnerde me Picasso's schitterende zin: 'De schilderkunst is niet uitgevonden om woningen te versieren! Het is een wapen om aan te vallen en je tegenover de vijand te verdedigen.'

Peinzend over deze heroïsche gedachte, die zo ongeveer diametraal tegenover papa's opvatting over schilderkunst stond omdat mijn vader met zijn schilderkunst zijn leven lang uitsluitend woningen had gedecoreerd, ook nog eens met bacchantes of feestelijke erecties, vergat ik bijna dat het met Otto John was gebeurd.

19

Ik schrok wakker. Gelukkig was het Maja, die zich tegen me aan vlijde. Ze kwam van de wc, ik hoorde de stortbak. Meestal probeerden we de twee dagen die ons vergund waren wakker te blijven. Maar hoe meer uren er verstreken, hoe vaker we indommelden. Als grenadiers op wacht die men vergeten was af te lossen. Ik keek op de klok, terwijl ze met haar hoofd in mijn arm kroelde. Nog vijftig minuten.

'Duitsland is wereldkampioen,' fluisterde Maja.

'Wat?'

'Je bent wereldkampioen.'

Ze had haar oor tegen de wand van het toilet gelegd, wat we altijd deden als we op de wc zaten. Achter de dunne muur zat, wisten we, de bewaker die ons doen en laten volgde via alle bugs die ons achter het behang, in de contactdozen en traproeden van de villa in de smiezen hadden. Hij luisterde vaak naar de radio, waarop een strenge straf stond, maar dat was me liever dan dat hij naar ons luisterde.

'Het was net op het nieuws. Drie-twee tegen Hongarije.'

'Dan kunnen we gewoon praten.'

'Ja, we kunnen praten. Hij hoort ons niet.'

Wat had hij ook kunnen horen behalve de geluiden van de transparantie die gepaard gingen met de liefde, met de smakkend lichamelijke met name, maar ook met de andere. Alle muizentandjes, snurkertjes, poezenbeestjes, pluisjes, knikkers, alle *kiska's*, *zajoesjka's*, *darago's* of *slatkaja's* die zich door de villa minnezongen, moeten vreselijk saai zijn geweest voor het zestal KGB-oren dat we in één weekend verbruikten.

'Wat denk je, mijn kiskaja?' vroeg ze.

'Nog maar vijftig minuten.'

'Denk niet zo.'

'Oké, dan denk ik niet zo.'

'Het was weer heel fijn.'

'Ja, dat was het.'

'Maar je bent neerslachtig.'

'M'n schat.'

'Ik wil dat je nooit meer neerslachtig bent. Ik zal altijd liederen voor je zingen. Later.'

'Wat voor liederen?'

'Liederen waar jij vrolijk van wordt. Bijvoorbeeld het lied van het oevertje langs de rivier Kasanka.'

'Hoe gaat dat?'

'Dat zingen we als hij weer luistert.'

'Wil je het ook voor hem zingen?'

'Je hebt toch gezegd dat we nu gaan praten.'

'M'n schat.'

'Waarom ben je nou zo neerslachtig? Wat is het precies in je klop-klop-klop?'

Ze bedoelde mijn hart en klopte met de knokkel van haar wijsvinger op de bewuste plek. We hadden inmiddels veel woorden voor wat er in die uren een rol speelde. Ik zag op het plafond de afgeschraapte schildering van mijn vader en hoopte dat het de laatste keer was dat ik die zag.

'Ik moet iets doen wat heel moeilijk is.'

'Wat dan?'

'Dat kan ik niet zeggen.'

'Jammer.'

'Maar je mag niet denken dat ik een slecht mens ben.'

'Jij bent de beste mens die ken.'

'Maar ik ben ook slecht. Want er zijn er niet veel van wie ik hou.'

'Je houdt alleen van mij.'

'Zo slecht ben ik nou ook weer niet.'

'Ik heb altijd alleen van schoften gehouden, omdat die zo goed kunnen kussen.'

'M'n schat.'

Toen we afscheid van elkaar namen, beloofde ik dat ik haar de volgende keer zou komen halen. Dat stond zo vast als een huis.

Destijds dacht ik dat ze nog nooit zo vrolijk was geweest omdat dat voor haar een gelukzalig vooruitzicht was.

Was ze aantrekkelijk? Ze had dun haar gekregen, en haar gebit, waarin tanden ontbraken, en haar sjasliekgezicht, zoals zij het noemde, maakten haar verschijning minder bekoorlijk. Maar hoe doorploegd haar schoonheid ook was, toch bloeiden overal haar glimlach, haar hals, haar door het verblijf in de gevangenis onaangetaste trots, haar beide schouderbladen die als akkers golfden, het wit van haar resterende en nog niet eens zo weinige tanden en kiezen (drieentwintig), de haartjes op haar armen, haar berk-en-beuklichaam, haar barnsteenkleurige ogen. Het is zo'n cliché om van barnsteenkleurige ogen te spreken, een poëziealbumoplossing, om niet gewoon lichtbruin te zeggen. Maar haar ogen hadden ook inderdaad een harsachtige, fossiele, en daarmee bedoel ik dus oeroude wijsheid, die tot uitdrukking komt in het bloed van deze bomen waarnaar ik zo dikwijls op het strand van Riga had gezocht. En nu vond ik het in de laatste blik die ze me toewierp.

Deze glans.

Daarna moest ik naar kameraad Nikitin. Hij zag er vreselijk uit. Ziek en oud als nimmer tevoren. Zijn ogen hadden veel beter een zonnebril kunnen gebruiken dan die van de doctor. Hij kwam maar één keer per jaar vanuit Moskou deze kant op om mij te instrueren. Het verbaasde me dat hij in een petieterig, armzalig kantoortje zat en niet in het voorname ambtsvertrek dat voor hem normaliter in Karlshorst was gereserveerd. Hij raadde mijn gedachten en excuseerde zich bijna voor de benauwde omstandigheden.

'Het wordt gerenoveerd, kameraad vier-vier-drie. Alles wordt nieuw.'

'Dat is mooi, dat alles nieuw wordt.'

'Of niet dan? Maar de volgende keer zal alles weer bij het oude zijn.'

Ik vroeg hem op de man af of onze afspraak bleef staan. Hij bevestigde dat. Ik vroeg hem mij zijn woord te geven. Best absurd, daar ik om mijn eigen woord niets gaf en ik Mokka nu al verraden en verkocht had en ook Otto John en mijn eigen broer en een sappig stukje vaderland.

Hij keek me aan. Er was geen zweem van spot in zijn blik.

'Ik geef u mijn woord dat u en kameraad drie-een-drie na voltooiing van uw missie samen in West-Duitsland worden ingezet. Maar dan alleen onder voorwaarde dat uw eerste kind Nikitin gaat heten. Nikitin de Tweede.'

Hoewel hij nog altijd van een grapje hield, voelde ik daarin toch een concentratie of misschien zelfs bedroefdheid die nieuw voor me was. Misschien lag het aan de moeilijke omstandigheden van het afgelopen jaar, ik zeg alleen zeventien juni negentiendrieënvijftig. Eén miljoen arbeiders in de straten, complete erupties aan stakingen en massaprotesten, tientallen doden. Dat had de druk op de KGB vergroot, omdat men de volksopstand in de DDR niet had zien aankomen, niets van dat alles, en overvallen werd door de omvang van de gebeurtenissen.

Ik vroeg Nikitin of er voor Otto John misschien toch geen andere dan de geplande oplossing mogelijk was. Maar het speet hem. Toen ik al bij de deur stond, riep hij nog een keer mijn agentnummer en draaide ik me om.

'Gefeliciteerd, trouwens,' zei hij, en hij krabde aan de spaarzame rest van zijn krop. 'Een fantastisch doelpunt van Rahn.'

Mijn broer legde me een paar dagen later uit hoe het zou moeten gaan.

We zaten in hotel Kempinski.

We zaten in hotel Kempinski omdat we niet bij Anna Ivanovna konden zitten, die gestorven was, aan de griep, drie maanden eerder. Ze had ons een oud bed, een massa foto's van onze Großpaping, een amulet, vijf iconen, twee hoeden met struisvogelveren, de geliefde samowar, een boek met handgeschreven Russische recepten en de documenten over de afkomst van Ev nagelaten.

Toen Ev de papieren na Anna Ivanovna's begrafenis had gekregen en de namen van haar ouders had gelezen, de namen Meyer en Murmelstein, was ik uit de brand. Nu waren er documenten. Ev hoefde niet te bekennen dat ze al jaren wist waar ze vandaan kwam, omdat uitgerekend Hubs achterbakse broer, de voormalige ss-Hauptsturmführer Koja Solm, dat na twee dagen ononderbroken en melancholiek geslachtsverkeer in Breslau aan haar had onthuld.

Ev reisde nog dezelfde dag met haar geboortedocumenten naar Pullach, haalde Hub bij de poort van de Org af, die aangenaam verrast was, maar niet voor lang, want ze liet hem de papieren zien en vertelde dat ze Joods was en zijn kind half Joods. Dat bleek ondubbelzinnig uit Anna Ivanovna's documenten. Daarom wilde ze, zei ze, direct onderdeel worden van de joodse gemeente van München, tenminste wat er nog van restte, en wel met alles wat ze in zich had.

Op de vlooienmarkt kocht ze een aantal voorwerpen voor de joodse cultus: een chanoekakandelaar, havdalakaarsen en diverse amuletten met de davidsster (zelfs een voor Hub, moet je je dat eens voorstellen). Bovendien schafte ze een kookboek met koosjere recepten aan. Kleine Anna vond Evs *ma'amoul*-koekjes en *hamantaschen* zo lekker dat ze tegen Hub zei dat ze blij was een 'lief Jodensnoetje' te zijn. In die dagen tekende ze ook haar eerste zelfportret, waarbij ze poseerde als koningin Esther, met stralende kijkers en een oriëntaalse kroon op haar hoofd.

Ik wil het er eigenlijk over hebben dat ik met Hub in hotel Kempinski zat.

Maar u moet wel begrijpen hoe groot de verwarring in die tijd bij mijn broer was.

Hij, althans zijn protestantse versie zonder herinnering, gedroeg zich na alles wat er op hem was afgekomen aanvankelijk als verdoofd (zoals een met een blaaspijp genarcotiseerde olifant, die ook niet stante pede omvalt). Maar na verscheidene fasen van verlamming was het ook tot woede-uitbarstingen gekomen, waardoor Ev zich regelmatig genoopt zag mij te bellen. Ik ging ook elke keer spoorslags naar de Biedersteinerstraße, en kleine Anna huilde dan tranen met tuiten en zei dat mammie en pappie verschrikkelijk hadden geschreeuwd, en dan imiteerde ze wat ze had gehoord.

Hubs lachen en Hubs schreeuwen wisselden elkaar af, en je wist dan echt niet meer waarvoor je banger moest zijn.

En nu, weken later, zat ik dus met hem in het spiksplinternieuwe hotel Kempinski, in een royale, smaakvol ingerichte suite, en toonde hij mij het wapen waarmee ik de zittende president van de Verfassungsschutz moest uitschakelen.

In zijn bestseller *Geen invalide maar winnaar!*, de fijne zelfhulppalmanak voor eenarmigen, had een gebruiksaanwijzing gestaan hoe je met maar één hand een wapen schoonmaakt, laadt, op veilig zet, hoe je de haan spant, het ding ontgrendelt en kogels afvuurt. Het hoofdstuk heette een beetje barok 'Hanteren met één hand'. Nu drukte Hub met zijn rechtervoet de Walther PPK tegen de grond en liet met zijn linkerhand het gehele bedieningsspectrum van het pistool zien, wat nogal vreemd was omdat ik het door en door kende.

'Waarom doe je dat, Hub?'

'Het is een dienstbevel.'

'Ik weet hoe het werkt.'

'Verkloot het niet, hoor je? Verkloot het niet!'

Magazijnuitwerpknop.

Veiligheidspal.

Handspanning van de haan.

Slagpin.

Borgpen.

Ik moest alle begrippen voor hem opdreunen.

Hij was zenuwachtig. Deze actie namelijk, daarover had de doctor geen twijfel laten bestaan, was Hubs laatste kans om in de binnenste cirkel te blijven.

Drie weken eerder had mijn nieuws dat Otto John er niet over peinsde om af te treden in Camp Nikolaus in eerste instantie voor veel gemompel en, na nadere uitleg, voor ontsteltenis gezorgd. Maar dat hij honderdveertig dossiermappen bezat waarmee de top van de Org tientallen jaren gevangenschap netjes onderling had kunnen verdelen, leidde tot regelrechte hysterie.

Heinz Herre, bijvoorbeeld, de broodmagere verbindingsofficier voor de CIA, stond aan het eind van de stafbespreking op, ontblootte zijn tanden en stelde voor het complete Keulse Amt für Verfassungsschutz 's nachts gewoon in de fik te steken, met het hele zootje ordners erbij en hopelijk ook een stel overijverige linkse klootzakken die er aan dossiers werkten. Die absurde nieuwbouw maakte het stadsbeeld toch al kapot, schreeuwde hij.

Heinz Felfe was wel gecharmeerd van de esthetische implicaties van zo'n oplossing, maar voerde als bezwaar aan dat op die manier alle informatie over de vijanden van de Duitse grondwet naar de gallemiezen ging. Herre bulderde dat dat geen bal uitmaakte omdat de Org verdomme nog aan toe genoeg vijanden van de Duitse grondwet achter de tralies kon krijgen, daarvoor had je die dilettanten uit Keulen niet nodig.

Een ander fluisterde voorzichtig dat de CIA-laboratoria momenteel onderzoek deden naar kleine tropische kevers die leefden van papier en binnen een paar uur hele archieven konden opvreten, zoals piranha's kuddes koeien. Je zou de kevers gewoon meneer Johns kantoor in kunnen smokkelen en ze daar kunnen loslaten. Twintigduizend exemplaren zouden genoeg moeten zijn.

Iemand lachte, en bijna was het tot een handgemeen gekomen.

De doctor bleef echter onbewogen, luisterde naar het tumult en zei ten slotte: 'Die mappen zijn niet het probleem.'

En op slag keerde de rust terug.

'Dat klopt,' reageerde Hub. 'Die mappen zijn niet het probleem. Meneer Johns rechterhand, Albert Radke, is al jaren een van ons. Die kan die dingen probleemloos laten verdwijnen zodra John vertrekt.'

'Maar dat doet-ie dus niet,' zei ik.

'Nee,' brulde Herre, 'die wil ons dood hebben!'

'Daarom is meneer John het probleem,' zei de doctor.

Daarna stuurde hij iedereen naar buiten, iedereen, op Hub, Felfe en mij na.

Drie voormalige ss-officieren en een voormalige generaal die onder Hitler had gediend bleven achter om de westerse democratie te beschermen tegen een doorgedraaide gek die absurd genoeg overal voormalige ss-officieren en generaals die onder Hitler hadden gediend meende te bespeuren.

'Dus mijne heren, wat stelt u voor?' vroeg Gehlen bijna achteloos, en hij bood ons, zoals hij dat in dramatische situaties gewoon was te doen, koffie, koekjes en frisdrank aan.

'We moeten de druk op die anglofiel nog verder opvoeren,' deed Felfe een versleten duit in het zakje.

'Hoe stel je je dat voor, Friesen?' vroeg Hub, nippend aan zijn cola. Hij liet Felfes schuilnaam zo vaak mogelijk in conversaties vallen omdat hij de klank ervan zo heerlijk weerzinwekkend vond. 'Mijn broer heeft ervoor gezorgd dat hij van alle kanten op z'n lazer krijgt.

Nog meer publieke afwijzing, dat krijg je niet voor elkaar.'

'Ja,' viel ik hem bij, en ik wees op het krantenartikel dat ik had meegebracht. 'In dit interview spreekt minister van Binnenlandse Zaken Schröder zelfs officieel uit dat hij hem wantrouwt.'

'Voorlezen!' beval de doctor.

Ik pakte de krant en las voor: "'Wat onze binnenlandse veiligheid betreft, zal Duitsland na het verkrijgen van de volledige soevereiniteit die we over enkele maanden verwachten helemaal de vrije hand hebben...'"

Ik hield even in, keek op, legde uit dat nu het belangrijkste gedeelte volgde – let op – en ging verder: "'... helemaal de vrije hand hebben om grondwetbeschermende taken te verlenen aan personen die ook echt boven elke twijfel verheven zijn.'"

'Dat zegt de minister?' vroeg Felfe verbaasd.

'Exact,' beaamde ik. 'Hij wil op die plek iemand die "ook echt boven elke twijfel verheven" is.'

'Tjongejonge,' zei Felfe, en hij floot tussen zijn tanden.

'Dus zodra de Engelsen weg zijn, gooien ze John eruit?' vroeg Hub.

'Wel, grondwetbeschermende taken zal hij in elk geval niet meer krijgen, dat staat hier zwart op wit. En er staat ook dat hij een sukkel is.'

'Dan schiet je je toch een kogel door je kop,' bromde Hub, 'als je eigen baas je zo te kijk zet.'

'Ik vrees dat meneer John niet zelf degene is die een kogel door z'n kop zal schieten,' zei Gehlen luchtig.

We telden allemaal de scheppen suiker die in zijn koffie verdwenen. Het waren er vijf.

'Met dit mooie lenteweer kan ik mijn koffie beter buiten drinken, met die beste meneer Friesen.' De doctor kwam samen met Felfe overeind, de snorrende dakhaas. 'Misschien dat de heren Ulm en Dürer de boel een beetje kunnen laten bezinken?'

Dat was een opdracht voor een liquidatie.

Hebt u weleens zo'n opdracht gekregen, swami?

Niet alleen voor hippies, die bloemen plukken al een daad van terreur vinden, is dat een schok. Ik was zo perplex dat ik opeens weer aan mijn bionegatieve energie moest denken. Een technische term die papa ooit uit zijn lievelingsboek *Genie, Irrsinn und Ruhm* haalde en die hij tot zijn verdriet op zijn kinderen van toepassing meende te moeten verklaren omdat de dertienjarige Ev in Jugla in andermans tuin in een perenboom was geklommen en op een respectabele hoogte drie kilo peren had gepikt (terwijl ik onder haar met een mand in mijn hand trillend en zonder succes op de uitkijk stond).

Bionegatieve energie was, zei papa, dat wat Michelangelo, Benvenuto Cellini, Leone Leoni, Giuseppi Cesari, Caravaggio en ook Bernini tot dieven, oplichters, valsemunters, doodslagers of moordenaars had gemaakt, een normafwijkende, met name onder Italiaanse kunstenaars virulent aanwezige affiniteit met misdaad die Ev en mij naar de verboden peren dreef, daarvan was papa overtuigd.

Ik heb toen van mijn altijd zo goedmoedige vader het enige pak slaag in mijn leven gehad. Dat viel extra pijnlijk uit omdat ook Evs zonden gedragen moesten worden (want een meisje mocht niet getuchtigd worden, en al helemaal niet met een rijzweep). Bovendien diende ik te leren dat ook een kunstenaar, want die hoop had hij in mij gesteld, op basis van aardse en dus wettelijke normen moest worden beoordeeld. 'Je bent in gevaar, lieve zoon van me', zei papa bijna in tranen toen hij zalf op mijn kapotgeslagen rug smeerde, 'in groot gevaar.'

Het kan best zijn dat ik een psychisch door en door bionegatieve, half-Italiaanse persoon ben – dat denkt u immers ook, vooringenomen swami.

Desondanks was een opdracht voor het uitvoeren van een liquidatie zoiets onvoorstelbaars voor me dat ik, nadat ik hem had gekregen, Pullach alleen zonder woord en groet kon verlaten, in de hoop dat het allemaal niet zo was bedoeld.

Maar het was wel zo bedoeld.

Hub bloeide zelfs op.

Hij voelde niets dan pure blijdschap dat hij de opdracht van de doctor op zich mocht nemen, de lijntjes mocht uitzetten en er invulling aan mocht geven. Hij liet zelfs de fles staan en verdubbelde zijn kerkbezoek, misschien omdat hij besefte dat zijn plan de weegschaal bij het Laatste Oordeel nadrukkelijk in zijn nadeel kon laten uitslaan.

Terwijl hij in de weekends voor diverse altaren knielde en bad, zette hij door de week met hulp van de operationele Org-afdeling en samen met Donald Day een strikt geheim en volslagen idioot aanslagprogramma in elkaar.

Het centrum van de operatie moest Berlijn zijn. Daar zou op twintig juli negentienvierenvijftig een plechtigheid plaatsvinden: de tiende verjaardag van de aanslag op Hitler, die zo'n totaal ander karakter had en was gepleegd door een groep samenzweerders die naderhand deels waren gefusilleerd, gewurgd, onthoofd of door eigen hand gestorven, en van wie er slechts een enkeling het hier en nu had gehaald, zoals de president van de Verfassungsschutz, Otto John.

Hij was daarom ook van harte uitgenodigd.

Niet alleen de bondspresident, belangrijke leden van de regering en hoge afgezanten van de geallieerden zouden bij de plechtigheid aandacht voor hem hebben, maar ook twee Oekraïense scherpschutters, restanten van mijn Red Cap-eenheid. Hun Springfield M1903-A4-precisiegeweren konden elk twee schoten lossen, mits je daarbij niet te veel gehinderd werd.

Maar omdat het hele gebied rond het Bendlerblock door de politie zou worden afgezet, moesten de killers vanuit de aangrenzende Tiergarten te werk gaan, een sinds het einde van de oorlog door bomkraters omgeploegd terrein. Hier voerde de route die de gasten van de herdenking zouden volgen echter helaas niet langs.

Daarom hadden ze mij nodig.

Ik moest van Otto John een uitnodiging voor de plechtigheid lospeuteren en hem tijdens de ceremonie in het schootsveld van de orks zien te krijgen. Mochten de scherpschutters hun doel missen, dan moest ik mijn pistool trekken en stuntelig op de mannen schieten. Dat zou mij spijtig genoeg niet goed afgaan. Een kogel zou per ongeluk in de hersenstam van de president van de Verfassungsschutz terechtkomen en daar voor rust zorgen.

In de chaos die daarop zou uitbreken, zouden de aanslagplegers in een gereedstaand voertuig van het Amerikaanse leger kunnen springen om in veiligheid te worden gebracht. Een brief waarin een KPD-cel de aanslag opeiste, lag al klaar. Mij kon niets gebeuren omdat de Org me zou beschermen en ik als vriend en kunsthandelaar van Otto John, met wie ik al jarenlang een intensief contact onderhield, een tragisch ongeluk had veroorzaakt, waarvoor elke rechtbank ter wereld me vrij zou spreken.

Tot zover de theorie.

Het absoluut briljante, perfecte en ondoorgrondelijke plan had maar één zwak punt, en dat was ik.

Ik wilde dat plan niet.

In geen geval.

Dat plan was me vooral een doorn in het oog omdat het een nog veel briljanter en perfecter en ondoorgrondelijker plan was geweest als ze mij ook nog zouden hebben geëlimineerd. Want dan had je een van de belangrijkste getuigen à charge van de doctor uit de weg geruimd. Maar bovendien: hoezo moesten er twéé scherpschutters zijn? Dat ging er bij mij niet in. Als er twee torero's de arena in stappen, moeten er toch ook twee stieren zijn? Bood ik me als het ware niet aan als extra stier? Zou Hub zich door een minimale uitbreiding van zijn takenpakket niet op een heel elegante wijze kunnen ontdoen van zijn broer, van wiens loyaliteit hij nooit verzekerd was en die zijn leven ooit al eens had stukgemaakt?

Onze relatie verslechterde met de dag. Het was niet alleen de omgang met de orks, waarbij de empathie niet altijd even zwaar woog. Maar ik had ook een steeds intensievere uitwisseling met Ev, waardoor uitgerekend Hub zich geprovoceerd voelde. Mijn relatie met zijn dochter was hechter dan die tussen hem en haar, en voor de relatie met Ev gold dat wellicht ook, hoewel op dit gebied nooit enige grenzen werden overschreden.

Hij merkte dat het met Mokka een aflopende zaak was, en daardoor werd de druk op hem steeds groter. Dat maakte hem bang, om het zo maar te zeggen. En mijn betrokkenheid bij de SPD, mijn plotselinge welstand door de galerie, de statusverhoging door mijn vriendschap met Otto, mijn toenemende prestige bij Gehlen... dat zal er allemaal ook toe hebben bijgedragen dat mijn broer zich meer en meer in alcohol, larmoyant gedrag, overdreven lachen en schreeuwen verloor. Ik kon me voorstellen, want ik kon me zoveel voorstellen, dat Hub mij in die gemoedstoestand scherper in het vizier nam.

Ik vertrouwde hem niet.

Ik vertrouwde ook die stompzinnige vroomheid van hem niet.

Ooit zei hij tegen me dat in de Bijbel de oudste zoon er altijd het slechtst vanaf komt, of me dat weleens was opgevallen. Altijd had de oudste het nakijken. Dat begon al bij Kaïn en Abel. Kaïn was de oudste van de twee en wat deed-ie? Juist ja. En kijk ook eens naar Ezau en Jakob. En dan al die zonen van Jakob: de oudste zijn slecht, de jongste goed. En toen de Israëlieten uit Egypte vluchtten, doodde God alle eerstgeborenen. Wat heeft God eigenlijk tegen eerstgeborenen? Wat heeft God eigenlijk tegen mij? En waarom trekt hij jou voor? Dat vroeg Hub me allemaal, en ik stond dan echt met de mond vol tanden, en dan zei hij: denk alleen maar aan de gelijkenis van de verloren zoon. Dat is ook weer de jongste. Voor hem wordt het gemeste kalf geslacht. Dat is toch waardeloos, Koja.

Nee, ik geloof werkelijk waar niet in zijn vroomheid. Hoewel hij geen kunstenaar was, bezat hij behoorlijk wat bionegatieve energie, en hij strooide er zo gul mee dat ik er bang en benauwd van werd. Hebt u weleens gezien hoe een eenarmige bidt? Hij kan zijn handen niet vouwen. Hij balt zijn vuist.

Toch moest ik doen wat ik moest doen.

Ook kameraad Nikitin had dat geëist.

Zonder mijn onvoorwaardelijke gehoorzaamheid zou ik mijn onvoorwaardelijke belofte aan Maja niet gestand kunnen doen.

Ik pakte dus in het Kempinski met een zwaar gemoed de Walther PPK aan die Hub me na mijn handtekening onder drie formulieren (een groen, een geel en een rood) aanreikte.

De dagen erna droeg ik het pistool vaak bij me, in een holster onder mijn linkerschouder. Overigens is het een mythe uit de flodderigste flutblaadjes dat schietwapens zich hoegenaamd onder je jasje aftekenen. Iemand met uw lichaamshouding, bijvoorbeeld, zou de hele dag met een pistool op pad kunnen zonder dat er iets bol staat. Je moet gewoon altijd een beetje kwijnend en gebogen lopen; het moet lijken of je een ronde, kapotte rug hebt, dan merkt geen mens dat je zwaarbewapend bent.

20

Toen ik Otto en Lucie John op vijftien juli negentienvierenvijftig op vliegveld Tempelhof afhaalde, had ik me de gebukte houding al aangewend. Otto begroette me vrolijk. Hij had besloten mijn bezwering te vertrouwen. Elk voorbehoud leek uitgewist, en in zijn door de strijd van de afgelopen maanden getekende gezicht zag ik weer de oude hartelijkheid, en dat ontroerde me. 'Old boy, wat mooi dat je ons afhaalt. Wowo waarzo, die ouwe gloeperd?'

'Wowo waarzo,' was Otto's lievelingsuitspraak als hij Wolfgang Wohlgemuth miste. Ik had Wowo niet naar de terminal meegenomen. Van de operatie was hij niet op de hoogte gesteld. En aan een verdubbeling van leugenachtige vriendschap had niemand iets.

Maar toch dook de arts diezelfde avond op in het Kempinski; hij trof me in de hotelbar, nam plaats op de barkruk naast me en bestelde een bloody mary. In zijn slagroomwitte haar zag je de weerschijn van de gele gloeilampen boven de toog, zodat hij bijna blond leek. 'Wat mankeert u?' vroeg hij lichtelijk vilein. 'Mijn god, u ziet er vreselijk uit! Komt u net uit een tyfusgebied in Oost-Azië of zo?'

'De muziek is vreselijk, dat is het enige wat vreselijk is,' zei ik.

Hij wierp een blik op het jazzcombo dat onder een roze plastic schelp zat te jammen.

'Gelijk hebt u. Vooral de trompet.'

De bar zat vol, maar net niet overvol. Ik liet mijn blik over de gasten dwalen, maar zag niemand die me bekend of verdacht voorkwam.

'Wat komt u hier doen, meneer Wohlgemuth?'

'Er is iets gaande, dat voel ik wel aan.'

'Ik weet van niets.'

'Wil hij overlopen?'

'Wat?'

'Ik zou hem kunnen brengen.'

Met zorgeloze frivoliteit accepteerde hij dat ik een loopje met hem nam. Hij werd er zelfs vrolijk van. Bekend in het deel van de stad tussen Gedächtniskirche en Clayallee, op voet van gelijkheid met Gert Fröbe, kon hij al door alle mogelijke gasten zijn herkend, wat me belemmerde om hem bij kop en kont te pakken en de bar uit te gooien.

'U hoeft niet zo vies te kijken,' zei hij vriendelijk. 'Ik wilde alleen zeggen: als u me nodig hebt, dan ben ik er.'

Wowo keek me glimlachend aan, en ik glimlachte niet terug.

'Wat is dat voor onzin?' zei ik opvallend kalm. 'Otto zou nooit overlopen. Is ooit ergens ter wereld de baas van een geheime dienst overgelopen?'

'Behalve Reinhard Gehlen, bedoelt u?'

'Behalve Reinhard Gehlen, bedoel ik.'

'Doet u nou niet of ik achterlijk ben. Er staat zelfs in de krant dat minister Schröder onze patiënt wil afschieten. En dus wil ook de kanselier hem afschieten. En waarom bent u hier eigenlijk hele dagen en draait u een beetje om hem heen?'

'Ik ben op vakantie met dierbare vrienden, dat is alles.'

'Ik moet haast een traantje wegpinken,' zei hij.

'Heel onvoorzichtig van u om hier maar gewoon op te duiken.'

Ik rechtte mijn kromme rug, knoopte mijn jasje iets verder open en gunde hem een diepe blik op mijn gevulde pistoolholster.

Hij krulde zijn lippen, sloeg zijn bloody mary achterover en zette het lege glas met een klap voor zich op de bar.

'Enfin. Wat zou het ook. Ik zie hem straks en zal hem adviseren de overstap te maken. En ik wed dat u hetzelfde gaat doen, meneer Solm.'

Hij stond op, slenterde naar de band en liet zich door de verbluffe blazer diens trompet overhandigen. De gasten begonnen in hun handen te klappen toen Wowo, deinend als een Caribische palm in de wind, zich met dit instrument op Louis Armstrong stortte, op zijn 'Heebie Jeebies' en andere Hot Five-hits, zodat ik, hoewel mijn hoofd er niet naar stond, toch nog een paar minuten bleef zitten.

Ik weet dat dit allemaal als een indianenverhaal klinkt. Niet alleen voor u, geachte swami, maar ook voor mijzelf. En niet alleen vandaag, maar toen ook al.

Ik liep de bar uit en zocht mijn kamer op om de jazz weer kwijt te raken. Mijn suite lag op de bovenste etage. Ik kon niet slapen, opende het raam en keek naar de Tiergarten, over alle bomen en hun weelderige bladerkronen heen, en ik dacht na over hun honkvaste bestaan en de zomer die daarin zijn hoogtepunt vond. Het was een heldere nacht, en in het grijze halfdonker kon je de vibrerende groene vlekken van de bomen vermoeden, met erboven de paarsroze glans aan de horizon, toen de ochtend kwam, begeleid door het eerste gekwinkeleer van de vogels.

Drie uur lang stond ik zo bij het venster, misschien ook wel vier, luisterde naar elke merel die ontwaakte, en ik kon me niet voorstellen dat ik luttele dagen later aan de andere zijde van de Tiergarten, twee kilometer verderop, iemand zou neerknallen. Nee, ik kon het me niet voorstellen. Ik zou het niet doen.

En tegelijk wist ik dat ik het hoe dan ook zou doen.

Nooit, geen seconde namelijk, zag ik Maja's prikkeldraadgezicht níét voor me. En ook al sliep ik de volgende nachten helemaal niet meer en zocht ik tot zes uur 's morgens de Avondster aan het firmament, ik ging liggen en troostte me met de gedachte dat ik in een niet meer al te verre toekomst de helft van een bed zou zijn, de helft van een tafel, de helft van een appartement en de helft van een oorlogs-en-gevangenisliefde. Wat verheugde ik me op de andere helft, die zoveel beter was dan ik en die mijn armzalige helft zou genezen, zou helen, zou verbeteren, zou verfraaien, zou behangen met gedekte cheques op het geluk waarop ik hoopte.

En met deze gedachten viel ik altijd in slaap, geen enkele keer aan Mokka denkend, die míj als haar betere helft beschouwde.

Het echtpaar John was in een ander hotel ondergebracht, de enige accommodatie die een knusse, ja, Zuid-Duitse klank had in Berlijn, hotel Schaetzle.

Terwijl haar man druk was met afspraken nakomen, vroeg Lucie me of ik samen met haar haar geboortestad wilde verkennen. Ze was hier al twintig jaar niet meer geweest. Het weer was een droom, de mensen leken al even dromerig: ze stonden nog te trillen van vreugde over de sensatie van een paar dagen terug in het Wankdorfstadion in Bern. 'Wereldkampioen' was een woord dat je in die tijd vaak hoorde. Lucie wilde uitgerekend in de Tiergarten wandelen. Ze was geïnteresseerd in bloembedden en spalieren, in fonteinen en vazen, en was verbijsterd dat grote delen van het park uitsluitend uit boomstronken en begroeide bomkraters bestonden. De oude bomen waren na de oorlog door de Berlijners gerooid en tot brandhout verzaagd. Er waren honderden jonge boompjes geplant, maar die zagen er nog uit als kleine vogelverschrikkers – de mussen waagden zich er nog niet in de buurt. Lucies ontzetting gaf mij de gelegenheid om stiekem over te geven. De wandeling had voor mij veel weg van een vervroegd bezoek aan de plaats delict. Een inspectie van de komende waanzin.

Ik sleepte haar mee naar een café op de Ku'damm, misschien was het Kranzler wel. Daar praatten we bij een frambozenijs over de trouwe vrienden van de Johns, tot wie ik nog altijd werd gerekend, alle fricties ten spijt. Maar de man die bij haar bovenaan stond was Theodor Heuss, Lucies peetoom en de beste jeugdvriend van haar vader. Ze vertelde me dat ze met 'Theochen' over mij had gesproken. Hij was diep onder de indruk geweest van mijn lot, het droeve lot van een onbuigzame verzetsstrijder tegen de nazidictatuur. Ze zou hem aan me voorstellen.

Het frambozenijs smolt in de zon.

Lucies peetoom werd op zeventien juli negentienvierenvijftig in de half afgebrande Rijksdag herkozen als bondspresident.

Ik ontmoette hem echter pas twee dagen later bij een ontvangst door de Berlijnse senaat in het raadhuis Schöneberg. Samen met de Johns en hun oude, vertrouwde, zeer Brits uitgedoste vrienden zat ik aan een zijtafel in de Brandenburghal, ombruist door glasgerinkel en gespreksflarden van de kluwen gasten die aan de belendende tafels op de eregast hoopten.

De bondspresident keek echter niet naar links en niet naar rechts toen hij na zijn korte tafelrede linea recta naar ons toe kwam en iedereen aan tafel hartelijk begroette. Hij schudde ook mijn hand en klopte, nadat Lucie me aan hem als 'de onbuigzame je-weet-wel' en 'schitterende kunstenaar' had voorgesteld, niet erg presidentieel op mijn borst. Helaas raakte hij daarbij de Walther PPK, die onder mijn linkerschouder sluimerde.

'Zo, u bent gewapend?'

'Maar natuurlijk, meneer de president,' zei ik, want wat had ik anders kunnen zeggen.

Heuss knipperde even met zijn ogen, zei 'Prima, prima' en gaf daarmee een indrukwekkende proeve van zijn door en door liberale gezindheid ten beste, dacht vermoedelijk dat kunstenaars vreemde dingen doen en vervolgde zijn weg.

Het was natuurlijk volkomen onzinnig om het pistool altijd met me mee te sjouwen. Misschien had ik wel gehoopt gearresteerd te worden. Ik weet het niet.

Afgezien van dit incident verliep de avond lange tijd geheel volgens protocol. Pas op een laat uur hoorde je Otto John tekeergaan: 'Ook hier zitten allemaal nazigrootbekken! Ook hier!'

Hij was, zat als een kanon, bij een naburige tafel gaan staan, hield zich vast aan een verwarmingsbuis en dirigeerde zijn uitvallen met een fles champagne, waaruit het vrolijk bruiste, net als uit hem. Lucie sprong direct op om hem te kalmeren. Maar hij was juist heel kalm, brulde hij. 'Ik ben juist heel kalm! Maar jullie zullen binnenkort niet meer kalm zijn, jullie!'

Maar daarin vergiste Otto zich, want de vierhonderd gasten op de ontvangst door de senaat, en ook de vierenveertig obers en zelfs de net als Mao onbeweeglijk grijnzende meneer Heuss konden, al wilden ze, niet kálmer zijn. Ze waren echt muisstil toen ze de jeugdige, goed uitziende baas van de geheime dienst als een druk kind bij zijn vrouw zagen weglopen. Hierbij brulde hij, buiten zinnen, met een vuurrood gezicht en opgewonden snuivend de enorme feestzaal toe: 'Jullie zullen nog raar staan te kijken met z'n allen! Jullie met z'n allen zullen nog raar staan te kijken, stelletje fascisten!'

Daarna bleef hij plotseling staan, spreidde als een tenor zijn armen en zong uit volle borst: *'Heija bobbaja, heija bobbaja, sla 't kippetje dood, legt geen eieren en vreet m'n brood!'*

We brachten hem naar zijn hotel, trokken zijn kleren uit, maar hij besefte het nauwelijks, hikte verzaligd 'Schaetzle, Schaetzle, Schaetzle, o hotel Schaetzle'.

Lucie bedankte me, met tranen in haar ogen, en wees me erop dat de komende herdenking veel bij haar man naar boven bracht.

'Je bent een echte vriend, Koja. Een echt schitterend, schitterend mens.'

Ja, dat zei ze, zoals u dat ook altijd zegt, mijn swami. En ze voegde er nog aan toe: 'Wil je ons morgen afhalen?'

Ik ging naar het Kempinski en stortte me niet uit het raam.

21

De volgende dag was een combinatie van permanente en voorbijgaande gevoelens. Míjn permanente en voorbijgaande gevoelens, bedoel ik natuurlijk, want op deze dag, twintig juli negentienvierenvijftig, ging het alleen om míjn gevoelens omdat alle andere personen die bij de aanslag betrokken waren geen gevoelens maar wel duidelijke bedoelingen hadden. Ze wilden dat deze bedoelingen uitkwamen, en mocht dat gebeuren, dan zou dat ook weer gevoelens opleveren, positieve dus. En zo niet, dan niet.

Maar als ik naar mezelf keek: ik had ongelooflijk veel bedoelingen, en allemaal waren ze met elkaar in tegenspraak. En hevige bedoelingen die elkaar tegenspreken, leveren altijd hevige gevoelens op die elkaar tegenspreken.

Ik wilde niet dat Otto stierf.

Ik wilde niet dat Maja stierf.

Ze lieten zich niet met elkaar verenigen.

Ik wilde niemand doodschieten.

Ik wilde met name Otto niet doodschieten.

Ik wilde niet worden doodgeschoten.

Ik wilde geen geheim agent zijn.

Ik wilde geen leugenaar zijn.

Ik wilde genade brengende waarheid.

En hoe moet dat allemaal dan gaan, als ik vragen mag?

Een permanent gevoel deze dag was de aandrang om te plassen. Een ander gevoel was angst.

De voorbijgaande gevoelens hingen op hun beurt af van welke bedoelingen op welk tijdstip op de voorgrond kwamen te staan.

Een aanslagpleger diende helemaal geen gevoelens te hebben. Dat had ik zelfs Politov voortdurend ingepeperd. Maar daar schiet je natuurlijks niets mee op, inpeperen.

Hub had me 's morgens vroeg voor het laatst geïnstrueerd, toen ik ondanks de motregen een onschuldige wandeling naar en in de Tiergarten maakte. Hij trok me de bosjes in. Onder druppelende maretakken kreeg ik te horen dat de Oekraïners hun positie al hadden ingenomen, vermomd als boswachters. Hoe kun je je in het centrum van Berlijn als boswachter vermommen? Terwijl je amper Duits spreekt? En dan ook nog in de blubber gaat liggen, terwijl het zo regent?

Ik schreeuwde tegen Hub. Maar dat was slechts compensatie.

Na het ontbijt, dat uit langdurig staren in mijn koffie bestond, haalde ik de Johns volgens afspraak met de taxi af. Ze stonden al voor hun Schaetzle te wachten, zwarte paddenstoelstelen onder hun donkere paraplu. Otto voelde zich weer wat beter. Maar hij maakte een broze en doorschijnende indruk, een in zijdepapier gewikkeld mens. Al tijdens de rit begon hij geluidloos te huilen, ik zweette als een otter en voelde hoe het pistool in mijn oksel nat werd. Buiten donderde het. Er leek noodweer op komst.

'Ik ga na afloop naar Wowo,' zei Otto opeens. 'Hij wil me spreken.'

'Doe dat, Otto,' zei Lucie knikkend. 'Dat doet je altijd heel goed, Wowo zien.'

'Ik hoop dat ik niet val.'

'Niemand zal vallen.'

Het Bendlerblock, voormalige zetel van het oppercommando van de Wehrmacht, ligt op de Reichpietschufer en is een ongenaakbare klomp van schelpkalk waarin destijds een paar instanties zich hadden verschanst. Verkeersinstanties. Iets in die geest.

De voortdurende regen sloeg tegen de ramen van de taxi toen we voor de hoofdingang stopten, achter tientallen andere taxi's en zwarte staatslimousines waaruit mensen zich naar binnen haastten. We stapten uit, maar werden overweldigd door alle nattigheid en ontmoetingen, want Otto bleef maar mensen groeten wier opgehangen en gefusilleerde echtgenoten, vaders, zussen, broers en vrienden hij had overleefd, waarvoor hij zich met elke handdruk, elke omhelzing en zelfs een incidentele militaire groet leek te verontschuldigen.

Mama zou hier uitstekend op haar plaats zijn geweest, want de gedistingeerde mengeling van rouw en *gloire* die langzaam de binnenplaats vulde waarop Stauffenberg en de andere zeer aristocratische aanslagplegers waren terechtgesteld, zouden haar behoefte aan condoleance onder gelijken bevredigd hebben, iets wat tegenover overleden Sepps-van-de-apotheek en Centenbakken ronduit ongepast zou lijken.

Otto liet Lucie en mij het raam zien waar hij na het mislukken van de opstand een laatste sigaret met graaf Stauffenberg had gerookt. Daarna daalden zijn vingers de trappen af (of beter gezegd: vlogen), tekenden zijn toenmalige vluchtroute na, wezen over deze binnenplaats, struikelden over die ene kassei, die nog altijd net zo ver uit de grond stak als vroeger. 'Dat moesten ze eens egaliseren,' hoorde ik. Hij zweeg weer, haalde adem en zei 'Tempelhof'. En toen nog eens: 'Vliegveld Tempelhof.'

Vervolgens bootste zijn hand een opstijgend vliegtuig na, een gebaar dat ons duidelijk moest maken hoe hij destijds als laatste uit het Bendlerblock kon ontkomen, hoe hij naar vliegveld Tempelhof geracet en als juridisch adviseur van Lufthansa in een vliegtuig naar Spanje geklommen was, minuten nadat de ss de zoektocht naar hem was begonnen.

De grote, rechthoekige binnenplaats was aan alle vier de zijden door vijf verdiepingen hoge gevelwanden omsloten, en middenin stond een naakte bronzen figuur met geboeide handen. Niemand had eraan gedacht de in rijen opgestelde stoelen tegen het noodweer te beschermen, en dus ging gravin Moltke als een van de eersten kaarsrecht met haar zwarte fluwelen jurk in een plas water zitten, zodat iedereen het haar na moest doen zonder eerst de zittingen droog te wrijven, omwille van de piëteit.

Toen Philipp von Boeselager, een nog ongelooflijk jonge, als een student ogende voormalige springstofbezorger, aan zijn toespraak begon, fluisterde Otto dat hij, Otto John, niet eens springstofbezorger was geweest, maar een simpele koerier naar Madrid, zijn broer daarentegen, Hans... En toen brak zijn stem, en Lucie pakte zijn linkerhand, en ik stond op het punt zijn rechterhand te pakken, maar omdat hij zo hard snikte dat iedereen zich alweer naar hem omdraaide, moest ook ik tegen de tranen vechten.

Toen was het tijd, de afgesproken tijd, ik kon het niet geloven.

De regen spoelde onze tranen weg, maar niet die van Otto. Ik trok aan zijn jas, zei dat me iets heel belangrijks te binnen was geschoten en dat hij moest meekomen. Alsjeblieft. Ik moest hem mee naar de Bendlerstraße zien te krijgen, want daar wachtten de boswachters, de Oekraïense, en hun geweren, tweehonderd meter verder de straat in. Het was inderdaad zo eenvoudig als Hub had gezegd: een slagboom waar je langs moest en een stuk of wat agenten. Dat was alles.

Maar Otto wilde niet.

Hij verroerde zich niet.

In plaats daarvan drukte hij zich stevig tegen Lucie aan, zei alleen maar 'Hans', wat later in alle kranten stond. Hans, Hans, Hans. 'Mijn broer.'

Het zweet brak me uit boven de roestvrije Walther PPK, want nu moest ik weer aan Maja denken, aan haar barnsteenkleurige ogen. 'Daar op het oevertje langs de rivier Kasanka.'

Permanente en voorbijgaande gevoelens.

Daarna gingen heel veel voorbijgaande gevoelens in één keer ook echt voorbij, en langzaam, heel langzaam kreeg ik mijn bedoelingen weer onder controle.

'Otto!' fluisterde ik. 'Het gaat om Gehlen. Ik moet je wat over Gehlen vertellen.'

Maar Otto snikte steeds harder, en ik vroeg me af wat er zou gebeuren als ik nu ten overstaan van alle mensen mijn wapen zou trekken en niet alleen een – ook nog eens snikkende – overlevende van het Bendlerblock zou neerleggen, maar ook de laatste, ja, de allerlaatste (want Otto was de enige die toen uit het afgegrendelde gebouw was ontsnapt). En het complete, ultieme vuurwerk ook nog eens op twintig juli! Mijn god, alle nazi's op deze aardkloot zouden hosanna roepen!

En ik voelde de weerzin toen mijn hart zich met woede vulde omdat iemand het in zijn hoofd kon halen om op deze heilige plaats een verzetsstrijder te vermoorden, en wat me nog bozer maakte, was het feit dat uitgerekend ik die klootzak moest zijn. En plotseling kwam er een idee bij me op, als een vliegenzwam schoot dit idee omhoog, en ik vroeg me af waarom ik niet eerder op het rood met witte stippen van dit idee was gekomen. Waarom ik niet aan Wowo had gedacht.

Alles leek plotseling eenvoudig en logisch te zijn, en het verrassend nieuwe was dat zelfs mijn permanente gevoel veranderde. De aandrang om te plassen was weg. De nieuwe angst was het tegendeel van de oude.

En toen een in het wit gekleed kinderkoor een droge ruimte uit kwam, met een woud aan zwarte paraplu's boven de hoofdjes (een geheimzinnige verbondenheid met de harmonie en disharmonie van deze plaats tot uiting brengend), toen ook nog de zoetgevooisde kinderstemmen klonken en zelfs Lucie John, de lyrische zangeres, bij het 'Ave Maria' begon te zuchten, hield Otto het niet langer meer uit.

Hij rukte zich los van zijn vrouw, sprong op en rende over de binnenplaats recht op de Bendlerstraße af.

Ik was verrast, misschien ook omdat Otto zo ongelooflijk hard kon lopen. Hij was dan wel even oud als ik, maar een stuk sportiever: hij hield van zeilen, skiën, bergbeklimmen en van Eintracht Frankfurt. Dat zag je allemaal terug in zijn hollende benen, die regelrecht door de poort langs de wachten roffelden en in het schootsveld van de killers belandden.

Ik zat hem op de hielen, kan ik u vertellen, maar toen rende hij de rijbaan op, en er knalde een schot. Tegelijkertijd donderde het. Otto viel op het asfalt.

Ik was bij hem en wierp me over hem heen, zodat ze me moesten afmaken om bij hem te komen. Ik hielp hem overeind, hoewel ik zelf nog half op de grond lag.

'Dat was een schot,' stamelde hij.

'Onzin! Een donderslag!'

Ik duwde hem achter een geparkeerde auto.

'Dat was een schot! Ik heb het toch zelf gehoord!'

'Geen mens heeft een schot gehoord. Het heeft alleen gedonderd.'

Hij was ongedeerd. Geen van de agenten, die geïnteresseerd onze kant op keken, roerde zich.

'Ze hebben geprobeerd me te vermoorden! Ze gaan me vermoorden!'

'Niemand wil je vermoorden, Otto! Wat doe je hier ook? Waarom knijp je ertussenuit? Ga van de weg af.'

Hem met mijn lichaam bedekkend, mijn arm om hem heen, trok

ik hem achter de auto vandaan. We staken het voetpad over en zochten dekking achter een zuil. Toen bracht ik hem, geflankeerd door de blikken van politieagenten, die ons geschift vonden, terug naar het terrein van het Bendlerblock.

Daar, onder een poort, begonnen we allebei te huilen. Dat wil zeggen, ik begon, want hij was al een tijdje bezig, en we huilden samen en onze snikken ging op in de laatste maten van het 'Ave Maria', en ik vertelde hem dat hij naar Wowo moest gaan. Dat hij absoluut naar Wowo moest gaan. Absoluut.

'Heus, ik zeg je, dat was een schot, old boy, maar weer gelooft niemand me.'

En daarmee stierven de laatste woorden weg die Otto in dit leven tot mij sprak.

22

GEACHT ZIEKENHUISBESTUUR!

WAT HEEFT HET VOOR ZIN ALS IK JULLIE ZEG DAT ER EEN MIS-
DADIGER IN DIT ZIEKENHUIS LIGT NAMELIJK NAAST ME?
MAAR? WAT GEBEURT ER?

NIEMAND DIE HET IETS UITMAAKT? WAAROM?

HET VIERDE PAD DER WIJZEN ZEGT HIEROVER VEEL. SAMMA
KAMMANTA.

KOM ALSJEBLIEFT EN HAAL ME HIER WEG.

MAAR NIET VERPLEEGSTER GERDA. ZIJ GELOOFT DIE MISDADIGER.

DENKT DAT IK PSYCHISCH IN DE WAR BEN.

IK BEN PSYCHISCH HEEL ERG IN ORDE DAAROM SCHRIJF IK JUL-
LIE DEZE BRIEF.

NIET IN DE WAR.

IK WAS NIET GOED IN DUITS MAAR WISKUNDE EEN ACHT.

ALTIJD.

DE RAPPORTEN KAN IK LATEN ZIEN.

EEN MISDADIGER. ECHT WAAR. HIJ HEET SOLM.

HAAL ME HIER WEG. IK WIL GRAAG EEN BEROEP UITOEFENEN.

DUS PRIESTER.

ALS JULLIE ME GELOVEN DAN MOET DE DOKTER KOMEN
(GRIEKS) EN DRIE KEER GEZONDHEID ZEGGEN (NIET GRIEKS)
HOEWEL IK MAAR TWEE KEER HOEF TE NIEZEN. DAN WEET IK:
HET WORDT.

HOOGACHTEND
BASTI

PS JULLIE MOETEN ME HIER WEGHALEN.

23

Wolfgang Wohlgemuth moest beslissen over vierentwintig herenkostuums, vier appartementen, vijf minnaressen, twee ex-vrouwen,
één huidige echtgenote, die niet thuis was, en één Walther PPK, die
ik aan het eind van de avond tegen zijn voorhoofd zette.

Aan het begin van de avond was onze relatie echter nog uitstekend
geweest.

'Echt waar?' vroeg hij toen. 'Komt Otto?'

'Ik weet zeker dat hij komt.'

'Dat is mooi.'

'Hij zal overlopen.'

'Heb ik het niet gezegd?'

'Ja, maar hij weet het zelf nog niet.'

Wowo tuitte zijn trompetmond, merkte dat er geen geluid uit
kwam, glimlachte en zei met dat ongelooflijke dedain van hem: 'Zelden zo gelachen.'

Sinds ik de betraande Otto John vier uur eerder tegen een zuil van
het Bendlerblock had geduwd, was ik onderweg, of, zoals dat in
mijn beroep heet, op de vlucht. Ik was er als een haas vandoor gegaan en door de hoofdingang gerend, langs twee verbijsterde orks
die me de pas wilden afsnijden. De een ging voor me staan en schudde bedroefd zijn hoofd. Ik ramde hem omver, hij viel als een kind op
de grond. Ik sprong in de eerste de beste taxi en werd niet achtervolgd.

In de oostelijke sector aangekomen, draaide ik in een telefooncel
het nummer dat ik niet mocht draaien.

Kameraad Nikitin trof ik een uur later in de Karl-Marx-Allee. Ik
keek in een graves-basedowgezicht waar de woede van afspatte. Ik
vertelde wat er was gebeurd en wat er volgens mij moest gebeuren
en zocht in zijn ogen naar de mate waarin dit gevaar voor Maja op-

leverde, maar vond niets, want hij knikte slechts. Alles werd in gang gezet, zei hij kortweg. Ik moest informant nul-drie-drie een aanbod doen, een zeer ruimhartig aanbod.

'Ik doe u een aanbod,' vertelde ik twee uur later dus aan doctor Wolfgang Wohlgemuth, nadat hij me ongezien via de trap aan de achterkant langs zijn assistente naar de gynaecologiepraktijk had geloodst. 'U wordt geneesheer-directeur van de Charité.'

Ik weet niet of ik in zijn plaats voor een promotie op medisch gebied vierentwintig herenkostuums, vier appartementen, vijf minnaressen, twee ex-vrouwen en één huidige echtgenote had laten schieten. Zijn ogen begonnen te glinsteren en hij verklaarde zich bereid om Otto ervan te overtuigen te doen wat voor hem zonder twijfel het beste was.

Ik wachtte in een afgesloten, expressieve, met medicijnen volgestouwde zijkamer die Amama ongetwijfeld als *kamorka*, het kleinste kamertje, zou hebben betiteld. Om acht uur ging de deurbel. Ik kon Otto niet zien, alleen horen. Hij leek inmiddels gekalmeerd, te oordelen naar zijn stem, die zich vermengde met het geluid van de regen. Nog altijd kletterde de regen tegen de ramen. Daarom verstond ik, luisterend bij de deur, maar weinig van wat er werd gezegd, eigenlijk helemaal niets.

Ten slotte vertrok de laatste patiënte, gevolgd door de assistente. De tijd verstreek. Ik nam een paar amfetaminepreparaten, die in donkere buisjes in de schappen lagen en volgens de bijsluiter verhoogde alertheid, beter concentratievermogen, groter zelfbewustzijn, sterkere gerichtheid, tot tunnelvisie aan toe, euforie, betere seksuele prestaties, oogtrillingen en tandenknarsen beloofden.

Na ongeveer een uur sloop Wowu mijn kamer binnen, fluisterde dat Otto op de wc zat en hij het gevoel had dat de zaak niet goed liep.

'Wat loopt er dan niet goed?' wilde ik weten.

'Hij wil niet dat ik hem ernaartoe breng.'

'Zelfs niet voor twee uurtjes?'

'Zelfs niet voor twee uurtjes.'

'Hebt u hem verteld dat hij er dossiers over Globke en Oberländer krijgt?'

'Hij heeft genoeg ss-dossiers, zegt-ie.'

'Geef hem een spuit.'

'Wat?'

'Een verdoving.'

'Bent u niet goed wijs?'

'Of doe iets in zijn drankje.'

'Otto is mijn vriend.'

'Doe dan eindelijk eens iets voor hem!'

'Dat lukt alleen als hij vrijwillig meedoet.'

'Het had niks gescheeld of uw vriend was er vandaag geweest. U hebt er geen benul van wat ik niet allemaal riskeer voor ons.'

'Ik doe niet mee aan zo'n klotekidnapping, dwaas die u bent.'

Dat was dus het moment dat de amfetaminepreparaten hun heuglijke werk deden, vooral wat mijn toegenomen zelfvertrouwen en tandenknarsen betreft. Meneer Wohlgemuth leerde mijn Walther PPK kennen, en nog wel van heel dichtbij. En gelooft u me, na alles wat er de laatste dagen was gebeurd, had ik een merkwaardige behoefte om dat ding gewoon eens uit te proberen. Een wapen dat je met je okselzweet bevochtigt maar nooit gebruikt, maakt de drager ervan belachelijk, vooral voor hemzelf, zodat hij zich waardeloos en nutteloos voelt, en dat vertelde ik informant XT nul-drie-drie, en u zou versteld staan om te zien hoe snel het verdovingsmiddel tevoorschijn werd getoverd.

Tien minuten nadat de toekomstige geneesheer-directeur van de Charité zich uit de kamorka had gewurmd, ging de deur al opnieuw open en wenkte hij me. In de salon lag Otto in een leren fauteuil naast een kleurig beschilderd skelet. Zijn hoofd rustte op de rugleuning, zijn ogen waren gesloten, hij snurkte zacht. Zijn armen hingen naast zijn lichaam, en op de vloer, midden in een oranjerode plas, lag een cognacglas.

'En nu opschieten,' zei ik.

'Maar Koja, geachte heer Solm,' jammerde Wowo, 'dat kunnen we toch niet maken.'

Natuurlijk kunnen we dat maken, dacht ik, en ik zei met stemverheffing dat we geen keuze hadden. Hij moest ervoor zorgen dat Otto snel weer bij zijn positieven kwam, om hem dan iets te geven wat zijn wil en het plezier in zinloze tegenspraak een tijdlang zou onderdrukken.

Daarnaast adviseerde ik de arts, die een totaal overspannen indruk maakte, om ook aan zichzelf te denken en een paar persoonlijke spullen in te pakken, onderbroeken bijvoorbeeld, in elk geval niet alleen zijn trompet. Alles wat hem met de DDR of instanties van de Org in verband kon brengen, moest hij vernietigen. Hij zou niet meer naar huis terugkeren.

'Moet ik alles opgeven? Mijn praktijk? Mijn woning? Mijn vrouw?'

'Ja, maar de volgorde is natuurlijk aan u.'

Ik dicteerde hem een brief aan zijn assistente (de trots en rechtvaardiging van een KGB-agent op de vlucht). Daarna ging hij pakken, en ik belde met zijn telefoon de Charité, want toentertijd hadden West en Oost nog een gemeenschappelijk telefoonnetwerk in Berlijn. Toen aan de andere kant van de lijn de bewuste instantie zich meldde, gaf ik de hoorn aan Wowo. Hij luisterde even, sprong in de houding en fluisterde in het spreekgedeelte: 'Mijn goede vriend en ik komen nu, tot uw dienst.'

Vervolgens diende hij de bewusteloze Otto een lading chloorpromazine toe, maar het maakte me niet uit hoe het heette, het voornaamste was dat het werkte.

'Hij zal met mijn voorstellen instemmen alsof-ie onder hypnose is. Het middel werkt sederend via een reversibele blokkade van twee subtypes van de dopaminereceptoren.'

'Ik begrijp er geen woord van.'

'Otto zal doen wat we hem opdragen.'

'Mooi zo.'

'Maar lang zal het niet duren. Als we bij de controleposten worden aangehouden, sta ik nergens voor in.'

'Hebt u nóg een auto?'

'De auto van mijn vrouw.'

'U rijdt in uw auto met Otto vooruit. Ik kom achter u aan.'

'Hij zal dadelijk bijkomen.'

'Tempus fugit.'

Hij gaf me de sleutels van een roze dames-Fiat. Ik haalde hem van de binnenplaats en wachtte voor zijn huis. Het rook erbinnen zo sterk naar parfum dat ik het raampje omlaag moest draaien. De slagregens troffen mijn linkerwang, linkerhand en linkerbovenbeen. Ik keek spiedend de overstroomde, uitgestorven Uhlandstraße in terwijl de schemering geleidelijk aan in de nacht overging. De geparkeerde voertuigen die mistroostig onder twee spaarzaam brandende straatlantaarns stonden te glanzen, leken leeg te zijn. Niemand hield Wohlgemuths praktijk in de gaten, behalve ik natuurlijk. De lampen in de salon bleven maar aan. Het duurde veel te lang. Ik stond al op het punt om mijn wapen te pakken en naar die weerzinwekkende, door twee grijze marmeren zuilen geflankeerde renaissancekarikatuur terug te benen, toen het hek van de binnenplaats opnieuw openging. Twee koplampen schenen. Wowo's Amerikaanse Ford reed naar buiten en langs me heen. Otto zat op de passagiersstoel en leek de monterheid zelve.

Ik startte de motor en volgde de Ford. De Walther lag naast me. Ik gooide hem niet uit het raam, ook niet toen we de sectorgrens naderden.

Oost-Berlijn binnenkomen was toen, zeven jaar voor de bouw van de Muur, nog simpel: je hoefde zowel de *Schupos* in het Westen als de *Vopos* in het Oosten alleen netjes je persoonsbewijs en een vriendelijk gezicht te tonen.

Ik weet echter nog altijd niet welke overgang we namen. Dat Wowo almaar sneller door de nacht stoof, dat weet ik nog wel. Af en toe zag ik alleen nog de rode vegen van de achterlichten.

De ruitenwissers van de Fiat waren een lachertje.

Toen we bij een slagboom kwamen, ontwaarde ik twee mannen in uniform. Ze waren gewapend met Britse machinepistolen, maar hielden ze niet in de aanslag. De regen spatte van hun anoraks toen ze naar voren stapten en de half verdoofde en volledig ontvoerde president van de Verfassungsschutz bevel gaven het raampje te openen. Ze namen twee hopelijk goed vervalste persoonsbewijzen in ontvangst en gingen onder een afdakje van dakvilt staan om ze bij het licht van een zaklantaarn te controleren.

Ik had de voorste post gemakkelijk met een salvo direct door de voorruit kunnen uitschakelen. Maar daarna zou de tweede man binnen zeven seconden met zijn pistoolmitrailleur al z'n honderdtwintig kogels hebben afgevuurd, op wie of wat dan ook.

Het leek me handiger om beide posten gewoon omver te rijden.

Ze stonden dicht op elkaar onder het instabiele vilt en wisten niet wat ze met de persoonsbewijzen aan moesten. Dat ding, dacht ik, moet ik dus ook omverrijden. Ik moet met mijn fragiele dames-Fiat het hele wachthuisje omverrijden. En dan nog de neergelaten slagboom, zonder metalen delen, mocht ik hopen.

Dat dacht ik allemaal, en ik schakelde naar z'n een en zette me schrap.

Maar er gebeurde niets.

Wowo in zijn Ford kreeg de persoonsbewijzen terug en mocht toen verder. Ook mij lieten ze met rust. De politieman zelf trok de capuchon van zijn druipende oliepak verder over zijn gezicht, en zo weet ik zeker dat we ons geluk aan de regen te danken hadden.

Otto zelf zou vele jaren later verklaren dat zijn beste vriend, of beter gezegd zijn voormalige beste vriend Wolfgang Wohlgemuth, hem in diens praktijk gelokt, met een slaapmiddel verdoofd en daarna onder hypnose gebracht had. Hij zou nooit uit vrije wil naar het oosten zijn gegaan, maar hij was ontvoerd. Hij kon zich niets meer herinneren, alleen het feit dat ze er met een waanzinnig tempo vanaf Wowo's praktijk vandoor waren gesjeesd. Daarna had hij zijn bewustzijn verloren en was na een narcoseachtigheid van vierentwintig uur (soms drukte Otto zich nogal merkwaardig uit) in het Sovjethoofdkwartier Karlshorst weer wakker geworden. Vóór hem had hij drie bewakers en een vrouw in een doktersjasje waargenomen – het injectiecommando. Bovendien had hij een sterk verminkte, stokoude KGB-officier gezien en gesproken.

Mij zag en sprak Otto niet, maar ik zag en hoorde hem door een spiegelruit, waarachter hij, liggend op een operatietafel, weer bijkwam. Hij werd door Nikitin begroet als zijn bloedeigen broer. Ik doel dan op de kussen op wang en voorhoofd.

Midden onder Otto's protesten en verwensingen hield de kameraad een West-Berlijnse ochtendkrant (de *Berliner Morgenpost* wellicht) omhoog, waarin al in koeienletters HOOFD GEHEIME DIENST BRD PLEEGT DESERTIE stond. Daarna bood hij de in een shock verkerende Otto John een antifascistisch partnerschap van gelijken aan, om samen de door Hitlers schurken ondermijnde Bondsrepubliek Duitsland weer het pad naar democratie op te helpen.

Of iets dergelijks.

Otto ging na lang redetwisten ('pennenlikker', 'uit-je-aarszwetser', 'duivelse communistische smeerlap') akkoord met medewerking. Gezien de schepen in het Westen die, zoals langzaam tot hem doordrong, achter hem waren verbrand en ook de subtiele opmerkingen over gevangenisstraf, foltering en de psychofarmaceutische mogelijkheden van de KGB was dat een verstandig besluit.

Hij begon de geduldig toeluisterende Nikitin te vertellen over al het kwaad dat in het Westen de kop opstak. Met name wees hij op de honderdveertig verhelderende dossiermappen die op zijn kantoor in Keulen lagen, wat trouwens niet meer met de waarheid strookte. Want dat zijn plaatsvervanger Albert Radke zich de mappen allang toegeëigend en ze aan Gehlen overhandigd had, waarna de boel in zee zou worden gedumpt, zou ik enige tijd later horen.

Otto noemde ook een aantal voorbeeldige democraten, bij wie hij, al was het niet op de eerste plaats, ook de loyale Konstantin Solm rekende: 'Een oprecht man en kunstenaar die een zwaar leven heeft gehad. Tijdens de herdenkingsplechtigheid op twintig juli wilde hij me iets over Gehlen zeggen. Ik weet niet wat het was, maar het leek urgent.'

Otto pauzeerde een moment en sloot zijn ogen. Te veel hadden ze al gezien, en in zekere zin ook te weinig, en nu dachten ze na over wat er twee dagen eerder was gebeurd, en ze herinnerden zich niets, want toen ze zich openden, zag ik er enkel uitgestorven pleinen in.

'Misschien zouden ze hem kunnen vragen wat hij me wilde zeggen,' begon Otto voorzichtig. 'Maar Koja Solm zal zeker niet met een geheime dienst samenwerken, niet een uit het Westen, en al helemaal niet een uit het Oosten, met z'n uit-hun-aarszwetsers. Dat past niet bij zijn mentaliteit.'

Ik zag Nikitin stiekem mijn kant op kijken. Hij stak zijn duim op. Met Maja zou het wel goed komen.

24

Je had kunnen denken dat er nu een lange periode van ongestoorde vrede en geluk zou intreden in huis. In het huis van mijn familie, bedoel ik, dat immers uit meer huizen bestond. Het hospitaal in Pattendorf, bijvoorbeeld, dat we regelmatig bezochten, omwille van de krasse Amama en ook omdat kleine Anna zo hield van de bergen en natuurlijk van de vele paarden die ze daar kon tekenen, aaien, voeren en zelfs berijden, want in München zag je ze amper nog, zelfs de brouwerijknollen werden de een na de ander van de hand gedaan.

En dan was er ook nog mijn eigen thuis, waar ik met Mokka een soort afstandsproject probeerde op te zetten, een heel milde, vriendelijke scheiding, die haar misschien totaal niet zou opvallen, tot ze er vrede mee had om ver van mij en zonder welk contact ook, maar in innige vriendschap en genegenheid, aan mij en mijn lieve vrouw te denken.

Ook de Loebjanka in Moskou telde ik bij de huizen van mijn familie, want per slot van rekening woonde mijn toekomstige echtgenote daar, onder benauwende maar relatief aangename omstandigheden, zoals ze schreef. En wat zag ze uit naar de aanstaande verhuizing.

Ten slotte was er het appartement van Ev, Anna en Hub in de Biedersteinerstraße. In deze vertrekken ontstonden de meeste van de volgende schermutselingen, die even kinderachtig als onvermijdelijk waren.

Hier namelijk, in de lichte, opgeruimde keuken, sloeg Hub me.

Toen ik uit Oost-Berlijn was teruggekeerd, bij hem had aangebeld en staande voor zijn fornuis deed of ik na de verprutste missie in het Bendlerblock twee dagen lang bordelen in Kreuzberg had afgestruind, sloeg hij me met zijn ene arm. Hij sloeg me midden op mijn gezicht. Hij sloeg zo hard als hij kon.

Het deed pijn, en ik zei tegen hem dat één keer slaan prima was, maar bij een tweede keer moest hij zijn andere arm gebruiken. Hij kwam woedend op me af, maar ik pakte hem vast. Hij was ontzettend boos en gefrustreerd. De mislukte aanslag op Otto John bezegelde zijn lot.

Een paar weken later werd hij gedegradeerd. In plaats van aan een afdeling gaf hij nu alleen nog leiding aan een onderafdeling van de Org: Spionageafweer Binnenland, district Opper-Beieren. Hij verloor daarmee de directe toegang tot de vergaderingen van de hoofdafdeling, omdat de doctor hem niet meer wilde zien.

Mij daarentegen wilde hij wel zien. De flop in Berlijn werd mij niet aangerekend, vooral niet omdat de affaire voor generaal Gehlen uiteindelijk op de best denkbare wijze was afgelopen.

Op Otto John bleef voor altijd het stigma van de overloper rusten. De opstand die destijds in Duitsland ontstond, die miljoenen mensen bezighield en de politiek de adem benam, dat kun je je tegenwoordig helemaal niet meer voorstellen.

Otto hield in Oost-Berlijn een internationale persconferentie, waarop hij onder druk van de KGB en de Stasi zijn overlopen naar de DDR als een daad van vrijwilligheid moest verkopen. De familie Solm was, net als de meerderheid van de bevolking, aan de radio gekluisterd en hoorde hoe Otto voor het oog van de wereld zijn motieven probeerde te verklaren: 'In de Bondsrepubliek is mij de basis voor politieke activiteiten ontnomen,' dreunde het boos en zonder enige Hessische zelfbemoediging uit de ether.

Er volgde een pauze, waarin je de menigte luisterende journalisten hoorde, hun ademhaling, hun geroezemoes, de geluiden die fototoestellen maken als je op de knop drukt. Terwijl er een steeds sneller staccato van klikken klonk, ging Otto met verstikte stem door: 'Nadat ik in mijn ambt aanhoudend door de zich overal in het politieke en ook openbare leven opnieuw manifesterende nazi's werd aangevallen, heeft de minister van Binnenlandse Zaken thans het verder werken in mijn functie onmogelijk gemaakt door tegenover de pers te verklaren dat men na het verkrijgen van de soevereiniteit de vrije hand en de mogelijkheid zal krijgen om personen te belasten met taken op het gebied van grondwetbescherming, personen die... die ook echt boven alle twijfel verheven zijn.'

Hij sprak uitsluitend in samengestelde zinnen die nauwelijks te volgen waren en kondigde aan in de DDR te zullen blijven om van daaruit voor de hereniging van het vaderland te strijden.

Toen een journaliste uit het nimmer aflatende Groot-Brittannië op de persconferentie vroeg wat meneer John, die zij 'Mister Dzjon' noemde, van de situatie van de Duitse geheime dienst vond, zei hij: 'Zoals iedereen weet heeft de door de Amerikanen gefinancierde Organisatie Gehlen jarenlang mijn dienst tegengewerkt, terwijl die op democratische wijze de Bondsrepubliek tegen vijanden van links, maar ook van rechts heeft trachten te beschermen.'

Er ging een opgewonden gefluister door de rijen van de tweehonderdvijftig journalisten, want dat iemand in Oost-Berlijn het over 'vijanden van links' had, was gezien het historische feit dat er toch helemaal geen vijanden van links zouden kunnen bestaan, maar uiteraard alleen vrienden, op z'n minst dit fluisteren waard.

'Deze Organisatie Gehlen,' ging Mister Dzjon door, 'biedt binnen haar grote personeelsbestand werk aan talloze mensen die de leiding hadden bij de SD en SS, die beestachtige oorlogsmisdaden gepleegd en Duitse verzetsstrijders veroordeeld of gewoon vermoord hebben. Deze Organisatie Gehlen biedt onderdak aan iedereen die samen met Hitler tot het bittere einde heeft gevochten. Voor hen zijn verzetsstrijders mensen die een eed hebben gebroken en moeten worden uitgestoten.'

De doctor jubelde.

Te worden beschimpt door een deserteur die het ambtelijke stempel 'verrader' draagt, is voor iedere patriot immers het bewijs dat hij zo'n beetje alles goed heeft gedaan.

Niemand in West-Duitsland nam Otto Johns beschuldigingen serieus. Stalin of Ivan de Verschrikkelijke had evenzogoed zijn gal over meneer Gehlens slechte karakter kunnen spuwen.

De honderdveertig dossiermappen waarvan Otto in officiële interviews alleen in bedekte bewoordingen sprak, doken nooit meer op.

Maar wie zou het ook hebben geïnteresseerd?

Otto's plaatsvervanger Albert Radke in elk geval niet. Wat hij er ook mee mag hebben gedaan, uiteindelijk werd hij geroepen tot het ambt van vicepresident van het Amt für Verfassungsschutz.

Voor de doctor stonden daarom in Keulen, maar ook in alle districtskantoren de deuren wagenwijd open, en dat stelde hem in staat om er voor eens en altijd uit te halen wat erin zat.

In wezen was de ontvoering van Otto John naar Oost-Berlijn en zijn besluit om zijn hachje te redden en naar de pijpen van Ulbricht te dansen namelijk de geboorte van de Bundesnachrichtendienst vanuit de geest van de totale samenzwering. Het effect op John was dodelijker dan zijn lijfelijke liquidatie ooit had kunnen zijn.

'Nu zit de worm in de appel,' verkneukelde de doctor zich, en hij zag zichzelf als de worm.

Kameraad Nikitin sprak dezelfde zin uit, maar hij zag de doctor als de appel en mij als de worm.

Hij was ontzaglijk blij dat hij een inlichtingendienst waarin de Sovjets diep waren doorgedrongen nu met mijn hulp zou kunnen afromen. In de late zomer werd een gelukstelegram van hem bezorgd, waarin stond dat ik de Orde van de Rode Banier derde klasse zou ontvangen en bovendien met onmiddellijke ingang een royale maandelijkse gratificatie. Agente drie-een-drie zou dan in het najaar voor overdracht worden vrijgegeven.

Overdracht. Wat een woord.

Mijn blijdschap was zo immens dat ik het gevaar dat mijn familie door Hubs zwakheid bedreigde gewoon niet zag.

Hoewel ik de diepte van de duisternis die bij machte was Hubs ziel te omhullen al precies had uitgemeten, zette de optelsom van alle goede berichten zich in me vast als een totaal dat helemaal niet bestond. Er bestaat geen totaal van goede berichten. Alle goede berichten staan op zichzelf en kunnen op elk moment apart of samen door een stommiteit van niks worden tenietgedaan. Kijk je rekenkundig naar de goede berichten, dan kom je dicht in de buurt van nul. Maar ik had de wind in de zeilen en was vooral met mezelf bezig, zoals gebruikelijk bij schilders. Ik zou me nu voor m'n kop kunnen slaan omdat ik de tekenen niet heb gezien. In plaats daarvan overschatte ik mijn triomf.

Ik kreeg behalve Nikitins Orde van de Rode Banier (ze stuurden hem gewoon op met de Bundespost – wat jammer dat je hem aan niemand kon laten zien) ook nog een eremedaille van de doctor, de speciaal voor deze gelegenheid in het leven geroepen Orde van verdienste voor de Organisatie (kortweg OrdevvOrg, die evenmin getoond maar wel in het graf meegenomen mocht worden).

Mijn taak was het om deze penning, die trouwens tot op de dag van vandaag wordt gegoten en om verdienstelijke spionnen- en verradersnekken wordt gehangen, artistiek te vertalen. Als motief stelde ik de Elend-Alm voor (o, wat hield ik van die naam); Gehlen echter wilde Sint-Joris, zijn lievelingsdrakendoder. Als materiaal koos ik blik. Maar hij stond erop om solide brons te gebruiken en goud voor mij. Want ik was er natuurlijk wel in geslaagd, zei hij vleiend, om op de best mogelijke manier met Otto John af te rekenen, namelijk door gespeeld mededogen, gehuichelde trouw en geveinsde vriendschap.

De doctor reikte me tijdens een speciale ceremonie in de Org-kantine de achtkaraats OrdevvOrg uit. Alle hoofdafdelings-, afdelings- en onderafdelingshoofden van de firma traden aan om te applaudisseren en hoopten op hun eigen OrdevvOrg. Om de dag te vieren mocht zelfs de uit zijn ambt gezette Hub bij de gebeurtenis aanwezig zijn. Ik weet niet waarom ik er zo van overtuigd was dat hij snel weer zou kalmeren, want ik zag de haat in zijn strakke blik, maar geloofde er niet in.

Die middag hield Gehlen een toespraak en zei dat bondskanselier Konrad Adenauer tien dagen na de vlucht van Otto John – en dus ook tien dagen na de morele vernietiging van de Verfassungsschutz – hem in eigen persoon een garantie had gegeven. De doctor stond terwijl hij dit zei als Hannibal voor zijn olifanten. Hij liet ze trompetteren en op de Beierse bodem stampen, en vervolgens zei hij dat de kanselier hem had verzekerd dat alle legerscharen van de Org binnen nu en twee jaar officieel in dienst zouden worden genomen door de Bondsrepubliek Duitsland.

'De Org is dood!' riep hij. 'Lang leve de Bundesnachrichtendienst!'

Een Carthaags gejuich daverde de doctor tegemoet, en midden in het gejuich sloeg hij zijn arm om mijn schouder, en Hub zag het.

Met Lucie John bleef ik nauw contact onderhouden. Het verlies van haar man, die volgens haar als het slachtoffer onder een lawine aan leugens bedolven lag, honderden kilometers verderop achter het IJzeren Gordijn, had haar dan wel van haar stuk gebracht, maar brak haar hart noch haar mooie ruggengraat. Zij en haar Britse vrienden waren ervan overtuigd dat Otto uit West-Berlijn ontvoerd en gehersenspoeld was.

Lucie was woedend omdat Adenauer en zijn regering haar man koudweg hadden laten vallen, hoewel alles tegen een vlucht van Otto naar het Oosten pleitte. Maar bovendien zou hij, een man van eer, zijn vrouw nooit zonder een berichtje aan haar hebben achtergelaten, overgeleverd als zij was aan alle spot en hoon. Iedereen die Otto en Lucie kende, wist dat ze voor elkaar Philemon en Baucis waren. Lijf en ziel van Otto verlangden welbeschouwd helemaal niet naar alle heteroseksuele, homo-erotische en polymorf-perverse uitspattingen, ook al liet hij geen gelegenheid onbenut om zich eraan over te geven, want hij was nou eenmaal een groot kind.

Gedurende al die jaren van Babylonische gevangenschap van haar man wanhoopte Lucie John, geboren Manén, nooit over hem en zijn liefde voor haar. Ze was blij met mijn toewijding aan haar en toen ze hoorde dat mijn zus ook Joods was, net als zijzelf, kwam ze ons in München opzoeken. Hub ging dit bezoek uit de weg, wilde niet met 'drie Jodinnen' aan één tafel zitten, en dan bedoelde hij zijn vrouw, zijn dochter en de echtgenote van een man die hij enkele maanden eerder had willen vermoorden.

Ik dacht er desondanks niet verder over na, idioot die ik was. Ik begrijp mezelf niet. Ik begrijp mezelf echt niet.

Het afscheid van Mokka verliep helaas niet zo vriendelijk en plezierig als ik me in ons ambitieuze afstandsproject had voorgesteld. Maar het moment waarop ik Maja uit Karlshorst moest ophalen, de grens over moest brengen en als vrijgelaten krijgsgevangene mijn privédomein moest binnenleiden, kwam steeds dichterbij.

'Hou je niet meer van me?'

'Natuurlijk hou ik van je, Mokka. Ik hou zelfs heel veel van je.'

'Maar waarom moet ik dan weg?'

'Misschien moeten we even een pauze inlassen.'

'Pauze? Ik heb geen behoefte aan een pauze. Ik doe alles voor je.'

'Dat klopt, Mokkachen.'

'Ik was voor je en ik strijk voor je en ik kook voor je en ik leer voor jou alle perioden in de kunstgeschiedenis uit mijn hoofd en ik' – ze pauzeerde even om een druppel van haar neus te vegen – 'en ik... ik verkoop alle vervalste schilderijen voor je.'

'Vervalste schilderijen?'

'De schilderijen die jij vervalst.'

'Ik vervals geen schilderijen.'

'Laat me niet lachen.'

'Je zit te raaskallen.'

'Ik ben toch niet gek. Ik weet echt wel wat nieuwe verf is. Ik schilder zelf namelijk ook een beetje.'

Ik kreunde, want er zijn geen disharmonieën denkbaar die vreselijker zijn dan die van Mokka. Rozen en tulpen à la Renoir, van wie papa heeft gezegd dat hij alleen hoeden kon schilderen, vreselijk gewoon.

'Ik weet dat ik niet goed schilder, lang niet zo goed als kleine Anna. Maar zelfs schilderen doe ik voor jou, zodat je een beetje respect voor me hebt en van me houdt. Ik ben een mens, Koja.'

'Jij bent een zeer, zeer lief mens, Mokka. Maar toch gaan alle mooie dingen een keer voorbij.'

'Ik zal nooit zeggen dat je schilderijen vervalst, want jij vervalst die dingen echt heel goed, daarom bewonder ik je. Als ik zo goed kon schilderen als jij, zou ik ook schilderijen gaan vervalsen en veel geld verdienen, en het kon me niet schelen, want ik zou het geld voor jou verdienen en voor onze kinderen.'

'Ik vervals geen schilderijen, Monika.'

'Zeg je nu niet eens meer Mokka tegen me?'

'M'n liefste Mokka,' antwoordde ik minzaam, 'het is laster als je dat over mijn schilderijen zegt. Ik zou je kunnen aangeven, weet je.'

'Ach, schei toch uit. Ik zal jou niet zwartmaken. Ik hou toch van je, ook al weet ik dat je veel mensen bedriegt en dat kleine Anna je dochter is.'

'Anna mijn dochter?'

'Dat ziet een blind paard nog, dat zij je dochter is. Alleen je broer ziet het niet, ik weet werkelijk niet waarom. Jij denkt dat ik achterlijk ben. Maar ik heb ogen in mijn hoofd.'

'Het lijkt me het beste als je in alle rust een mooi appartementje zoekt en net zolang hier blijft tot je iets hebt gevonden.'

'Jij spant iedereen voor je karretje. Iedereen.'

'Ja,' verzuchtte ik. 'Misschien moeten we er gewoon een punt achter zetten.'

'Je behandelt mij slecht en je bent altijd goed voor je zuster, met wie je ooit een keer hebt geslapen. Ik merk het allemaal en slik het allemaal en zou het zelfs begrijpen als je weer met haar slaapt, omdat zij heel mooi is en omdat ik van je hou.'

'Ik haal alvast een koffer voor je.'

'Is dat het enige wat je leuk aan me vond, dat ik zo goed in bed was?'

Ze huilde.

'Je was niet goed in bed, Monika. Je bent goed in bed.'

'O, wat gemeen. Je bent zo gemeen.'

Toen ze naar buiten liep, snikkend en broos en lelijk als een jonge raaf die uit het nest was gevallen, de koffer achter zich aan slepend en, schokkerig door de hevige rillingen van ontzetting die haar lichaam in hun greep hadden, keek ik haar lang na en genoot van dit gevoel van eindeloze lichtheid.

Ev was de eerste aan wie ik het vertelde.

Ze was niet blij dat ik Mokka de bons had gegeven. Dat verbaasde me.

En dat Maja uit Rusland zou terugkomen, ging haar voorstellings- en herinneringsvermogen te boven. Ook dat verbaasde me.

Twee vrouwen met een M, zei ze, en ze hield de klank lang aan. En de klinkers lijken op elkaar. Hoe moet je die uit elkaar houden?

Ik herinnerde haar aan de laatste dagen in Riga, de zomer bij baron Grotthus, toen Anna nog zo klein was en daar ook het meisje met de snijwonden op haar gezicht was, weet je nog?

En omdat ieder mens een kapotgesneden gezicht onthoudt, kon ik mijn zus bij het zich herinneren bestuderen, maar ook bij de daarmee onlosmakelijk verbonden uitdrukking van ongeloof.

Het was vlak voor zonsondergang. We zaten onder losse, dikke najaarswolken in het najaarsgras naast een buitenbak bij Pattendorf, en voor ons reed Anna op haar eerste pony, die ik voor haar had gekocht. Het was een door de KGB gefinancierde ijslander, die ook echt een rode glans had en die opgewekt en een beetje karakterloos was.

'Moet je kijken wat ik kan!' riep Anna, en ze liet de teugels los en reed met haar handen vrij op het omheinde stuk land terwijl de Alpen haar toejuichten.

'Hou daarmee op!' schreeuwde Ev naar mijn gevoel nogal schel. Anna gehoorzaamde, maar je zag dat dat niet lang meer zou duren. Ze was elf, maar te klein voor haar leeftijd, zodat ze vaak nog werd aangezien voor een negenjarige. Zo drongen ook in haar leven, zoals in elk menselijk bestaan, langzamerhand de pijn, de vernedering en het ongenoegen door – maar nooit als ze op Parvenü zat, haar merrie.

'Denk je, Koja, dat je het nog kunt uithouden met die Maja?'

'Ja, dat denk ik wel.'

'Had je het destijds over haar? Die keer dat we daar buiten zaten, weet je nog?'

Ze wees in de richting die ze bedoelde.

'Je kwam net uit de gevangenis en zag er vreselijk uit, een echte hongerlijder. En ik zei dat ik op je gewacht zou hebben. En toen zei jij dat er een ander was.'

'Ja, we hebben al een tijdje contact.'

'Hoe kan dat nou, dat je contact hebt met iemand in Rusland?'

'Vind je dat dan niet leuk?'

'Jawel, ik vind het leuk voor jou, Koja. Maar ik ben heel ongelukkig.'

Anna ging met Parvenü over van stap in galop, maar niet in draf. Want net als bij het tekenen had ze een hekel aan die gang. Je werd vreselijk door elkaar geschud, zonder een beloning in de vorm van snelheid te krijgen. En toen ze hoorde dat draf een voor paarden in wezen onnatuurlijke wijze van voortbewegen was die de mens had verzonnen om draverijen te kunnen houden, besloot ze helemaal te stoppen met die flauwekul als ze eenmaal groot zou zijn en dat ze alle paarden op de wereld zou bevrijden.

Maar zover was het nog niet, want dan had ze immers ook Parvenü moeten bevrijden.

Ik merkte dat Evs lichaam verkrampte. Dat gebeurde altijd als Anna in galop overging. Ev stelde zich dan voor dat ze allerlei verwondingen zou kunnen oplopen. Ze had zelfs een boek uit haar praktijk meegenomen waarin de afgrijselijkste schedelwonden stonden afgebeeld, veroorzaakt door gevechten van de cavalerie, en niet door een galopperend paard, zoals ik waagde op te merken. En kleine meisjes vielen ook niet in zware kurassierssabels.

'Niet zo snel, Anna! En nu is het genoeg!' riep Ev desondanks, en ze sprong op.

Ik pakte haar hand en trok haar weer terug. Ze bevrijdde zich uit de greep van mijn hand, heel voorzichtig, maar bleef wel zitten.

'Waarom ben je zo ongelukkig?'

'Je had haar die pony niet mogen geven. Alleen al om Hub.'

'Hoezo?'

'Hij kan dat niet. Hij heeft niet zoveel geld als jij. Hij voelt zich vernederd.'

'Ik doe het toch alleen voor Anna?'

'Ook Hub is heel ongelukkig.'

Anna reed nu langzaam de bak uit. Ev had haar toestemming gegeven om aan het eind over het vrije veld te galopperen, hoewel haar knokkels dan wit werden van inspanning.

'Het gaat nu zo goed met me, en ik wil dat het ook met jullie goed gaat.'

'Misschien hadden we het niet nog een keer moeten proberen, Hub en ik. Hij wil niet komen kijken als Anna rijdt. En ook niet als ze aan het tekenen is. Hij wil niet met Anna naar Israël.'

'Je gaat naar Israël?'

'Ik weet het niet. Duitsers mogen niet naar Israël. Ik weet niet hoe ons leven verdergaat.'

Ze draaide zich naar mij om. De wind, die van de rivier kwam opzetten, streek door haar haar.

'We bedriegen Hub nog altijd. Misschien moeten we hem de waarheid vertellen. Ik bedoel de hele waarheid.'

'Daar mag je niet eens aan denken, Ev.'

Maar ze dacht er wel aan. Haar lippen persten zich samen op de koppige wijze waarop ze haar wil placht door te drijven. Ze keek naar onze dochter, die als een kozak over het veld vloog, schreeuwend en gelukkig.

'We worden allemaal ziek, Koja,' zei ze na een poosje. 'Ik zou het hem niet vertellen als ik mijn leven met een ander zou delen. Maar nu, nu we samen zijn, moet ik het hem vertellen.'

'Nee.'

'Koja, ik woon met hem samen, ik zie hem elke dag.'

'Ik wil er niets over horen.'

'Maar weet je: hij is voor Anna als een goede oom. En jij bent voor Anna als een goede vader.' Jullie gedragen je al alsof jullie weten wat je ware bestemming is.'

'Ik weet het wel, maar hij zou kapotgaan als hij ervan zou weten.'

'Ik ben heel bang, Koja. Ik ben heel bang dat er iets gebeurt.'

'Wat moet er dan gebeuren?'

'Het klopt niet. Het is de laatste vreselijke leugen.'

Voor Ev was het de laatste vreselijke leugen, niet voor mij. En daarom, denk ik, kon ik hem niet begrijpen, want de laatste vreselijke leugen is iets wat iedereen krankzinnig maakt. Wat je kwijt moet raken. Wat je achtervolgt. Maar dat weet ik nu pas, als oude man. Toen wist ik het nog niet.

'Luister, Ev,' zei ik, 'als Maja hier is en als ze een kind krijgt, dan kunnen we het wat mij betreft vertellen, want alleen als ik met Maja samenwoon en zij een kind krijgt, zal hij je niet verlaten. Omdat hij zich dan veilig voelt.'

'Hoezo zou hij zich veilig voelen?'

'Omdat we dan niet meer bij elkaar komen.'

'Ik zal nooit meer bij jou komen, Koja. Ik moet er niet aan denken. Jij bent zo ontzettend koud geworden.'

Ze zei het heel vriendelijk en, ja, bijna warm. Teder. Ik was verbaasd en keek haar aan.

'Hoe kom je daar nou bij?'

'Hoe kun je Mokka zo behandelen? Ik mocht haar niet. Maar ze zou alles voor je hebben gedaan. Ze was voor jou naar de maan gevlogen. Hoe kun je haar nou zomaar ' – ze zocht naar het juiste woord – '... vervangen?'

'Ze is te aardig.'

'Te aardig?'

'Dat zei jij ooit. Aardig. En nogal gewoontjes.'

'Ik wist niet dat ze voor jou naar de maan zou vliegen. Nooit zul je nog iemand vinden zoals zij. Mensen die voor jou naar de maan vliegen, zijn niet alleen maar aardig. En absoluut niet gewoontjes. Ik zou voor niemand ook maar ergens naartoe vliegen. Ook niet voor jou. Ik zou alles alleen voor mezelf doen. Net als jij.'

'Wat me bij jou choqueert,' zei ik met een flauwe glimlach, 'is dat jij altijd precies die dingen zegt die je niet mag zeggen.'

Ze werd getroffen door een straal van de laaghangende zon, die onder een wegtrekkende wolkenwand tevoorschijn rolde als een gouden munt. Ze schermde haar ogen af en zocht naar Anna. Maar in het tegenlicht zagen we alleen het silhouet van Parvenü die langs de horizon draafde, zonder haar berijdster.

Ev kwam met een ruk overeind. Ze schoot ervandoor. Ik holde achter haar aan. We schreeuwden Anna's naam. Er is niets ergers voor alle ouders op deze aarde dan de naam van hun kind te moeten schreeuwen. En niets scheidt ze meer van elkaar dan zo'n martelende onzekerheid.

Na vijf minuten angst (jeukende vingers, een hoge toon in je oren, gehakt dat uit je maag opborrelt) kwam Anna achter een struik tevoorschijn. Ze glimlachte schalks en zei dat ze ons voor de gek had gehouden. We hadden helemaal niet meer naar haar gekeken. Daarom had ze zich verstopt om te zien wat er gebeurde.

Ik zag dat Evs lip begon te trillen. Toen sloeg ze Anna in haar gezicht, begon te huilen en omarmde haar, en Anna huilde eveneens.

En ik omarmde ze allebei. En huilde mee.

25

Op negen november negentienvierenvijftig – ik werd die dag vijfenveertig – haalde ik Maja op in Berlijn. Hippies zullen vast niet snel iets kopen, en al helemaal niet om er piekfijn uit te zien. U kunt zich daarom misschien niet voorstellen, beste swami, hoeveel herenkledingverkopers in München gek van me werden. Bij overhemdenzaak Blösdorfer vroeg ik of ze me de *cutaway collar*, *pin collar* en *tab collar* konden laten zien. Bij Lodenfrey kocht ik een lange jas, ruilde hem om, kocht een andere, bracht hem weer terug en ging ten slotte naar bonthandel Rieger. Wat het pak betreft, kon ik niet kiezen tussen kasjmier, zijde, mohair en katoen.

Toen ik mijn keuze had bepaald (kasjmier), dacht ik lang na over de juiste kleermaker. Uiteindelijk werd het een geweldige Italiaan in de Ledererstraße. Pietro Cifonelli was zijn naam. Pietro Cifonelli zei dat hij alles zou doen om mijn uniciteit te benadrukken, *si*, maar niet door extravagantie, signore, maar door elegantie. Hij vroeg me of ik meer neigde naar barok (*barocco*) of renaissance (*rinascimento*). Ik koos voor klassiek (*stupido classico*). Maar Pietro vond zichzelf niet de juiste persoon voor stupido classico, voor stupido classico moest ik naar een Engelse kleermaker, die niets gaf om elegantie en alleen saaie mensen correct wilde kleden.

En dus nam ik de renaissance en kreeg een enigszins arrogante krijtstreep op een grijs fond, in de schouders licht gevoerd, mooi vallend. Hoge taille, zachte, majesteitelijke jaspanden. Daarbij brogues, van uiterst fijn rundleer. Een nieuwe hoed, die er ronduit fantastisch uitzag.

Voor Maja kocht ik verschillende mantelpakjes in de wat meer gedekte kleuren. Ik had niet naar haar confectiemaat durven vragen. Afhankelijk van de voedselsituatie in de Sovjetstrafgevangenis kon dat natuurlijk ook behoorlijk variëren. In mijn twee grote welkomst-koffers kwamen ook nog bonbons, een fles bordeaux, parfum, Merezjkovski's *Leonardo da Vinci* (dat boek had ze graag willen hebben, maar ik had haar op het idee gebracht), een parelketting, twee eersteklastickets van Lufthansa voor een vlucht van Berlijn-Tempelhof naar München-Riem en een door mij getekende kaart van Italië met alle steden erop die we in december zouden bezoeken, wat door kleine karikaturen van onze gehavende tronies (zij met goulashgezicht, ik overeenkomstig mijn leeftijd opgeblazen en bijna kaal) werd aangegeven.

Het was heerlijk om midden in het afschuwelijkste novemberweer in Berlijn te landen.

Buiten vliegveld Tempelhof gaf ik een bedelende oorlogsinvalide kauwgom, wat ik nooit eerder had gedaan. Ik nam een taxi, die me met al mijn bagage naar de Friedrichstraße bracht.

De welbekende KGB-chauffeur stond op het welbekende ontmoetingspunt en verbaasde zich er niet weinig over hoeveel kalfsleren koffers in de kofferbak van een armzalige Pobeda pasten. Kameraad Nikitin had me geschreven dat ik met mijn aanstaande met alle plezier nog een nacht in de villa in Karlshorst mocht doorbrengen. Maar hoe dichter ik het Sovjethoofdkwartier naderde, hoe meer ik ervoor ging voelen om Maja meteen op te pikken en rechtsomkeert te maken. Ons operationele bevel konden ze ons ook wel nazenden.

Toen we voor het KGB-gebouw stopten, pakte ik alle koffers uit de auto, hoewel de chauffeur aanbood erop te letten. Maar ik had wel door wat hij onder opletten verstond.

Nikitin had gelijk gekregen. Het grote ambtsvertrek in de KGB-vleugel zag er alweer oud uit. Ik ontdekte geen spoor van een renovatie. Merkwaardig, dacht ik. De adjudant die me had ontvangen zette mijn koffers neer, salueerde, vermoedelijk vanwege de Orde van de Rode Banier die ik in de auto op mijn fijn twijngaren pak had gespeld. Hij vertelde dat er dadelijk iemand zou komen. Met een daverende groet trok hij zich terug.

Ik was al verscheidene keren in deze kamer geweest, maar nooit eerder zonder Stalin en zonder KGB-chef Beria. Beide portretten hadden plaatsgemaakt voor die van hun opvolgers Chroesjtsjov en Ivan Serov. Ik vroeg me af of dat misschien met 'renovatie' was bedoeld.

Toen ging de deur open. Mijn hart maakte een vreugdesprongetje, want het dacht dat mijn ogen Maja hadden gezien vanwege het grijze haar, en dat zagen ze inderdaad ook. Maar zij was het niet, wel een ongeveer vijftigjarige, kleine en kogelronde vrouw in uniform die ik nooit eerder had ontmoet. Ze begroette me zakelijk, en toen ik charmant vroeg of zij de bekoorlijke adjudante van kameraad Nikitin was, zei ze koel dat ze nooit adjudant was geweest, in elk geval niet na de oorlog. Daarna nam ze me van boven tot onder op, liet haar ogen gaan over mijn koffers, bontjas en pak, de hoed in mijn hand en zelfs mijn schoenen.

'Kameraad, wat mag uw beroep wel zijn? Koningin of zo?'

Ik voelde dat het een heel andere kant op ging dan ik had verwacht. Kameraad Nikitin had me twee dagen eerder nog een bericht doen toekomen waarin hij me vriendelijk en exact het verloop van de zogeheten 'overdracht' uit de doeken had gedaan.

'Goed, kameraad vier-vier-drie, gaat u zitten.'

Ik ging zitten en zij deed hetzelfde, en dat verbaasde me, want ze ging op Nikitins stoel zitten.

'Mijn naam is Pertja, generaal Pertja,' vertelde ze, en ze voegde eraan toe dat ze per direct mijn nieuwe inlichtingenofficier was. Zij had de plicht de bevolen overdracht uit te voeren. Generaal Nikitin was overleden.

'Overleden?' vroeg ik geschrokken. 'Hij heeft me eergisteren nog geschreven.'

Nee, de correspondentie van de kameraad generaal was al maandenlang door bekwame medewerkers in diens naam verzorgd en in de voor de generaal kenmerkende, niet-socialistische stijl geformuleerd. Dat zou voortaan niet meer gebeuren.

Ik kreeg een rood waas voor mijn ogen, als een spiegel van het bloed dat naar mijn hoofd steeg, en generaal Pertja transformeerde in een rode aardbei, en haar uniform was eveneens rood, en ik moest oppassen om geen antwoorden te geven op niet-gestelde vragen. Ik zette mijn hoed op, ik weet niet waarom, misschien om mezelf te behoeden, zoals je dat zegt.

De vrouw bekeek mijn hoofddeksel aandachtig. We zouden allebei ongetwijfeld verbaasd zijn geweest als ik was gaan staan.

Maar dat gebeurde niet.

Generaal Pertja schraapte haar keel en pakte een doosje vast dat me tot dusverre niet was opgevallen, hoewel het de hele tijd op het bureau had gestaan.

'En nu, kameraad vier-vier-drie, moeten we overgaan tot de overdracht van kameraad drie-een-drie.'

Ja, een aardbei, zacht en steeds roder wordend en op het randje van bederf, misschien ooit zoet geweest, wie weet.

'Ik mag u dit overhandigen.'

Ze schoof het doosje mijn kant op. Ik kon niet opstaan, zat achterovergedrukt in mijn stoel en mijn ingewanden speelden op. Ze tilde het doosje een stukje op, toonde het aan me, zette het weer neer, met een terloops gebaar waaruit je kon opmaken dat ik het object op elk moment mocht aanpakken. Ze zette een bril op, een leesbril. En toen las ze met grote ogen:

'In het proces H/314 lm-1951 tegen Maja Dzerzjinskaja wordt gedaagde schuldig bevonden aan het feit dat zij, als onderofficier van het tweede strafinfanterieregiment van de 359ste Infanteriedivisie van het Dertigste Leger van het front bij Koningsbergen op 31 mei 1942 in de stad Rzjev vrijwillig naar de Duitsers is overgelopen en zich schuldig heeft gemaakt aan hoogverraad.'

Om me ergens op te concentreren, concentreerde ik me op haar bril, die ze na elke zin even aantikte.

'Gedaagde werd door het militaire tribunaal van het Hooggerechtshof van de USSR op 1 februari 1952 ter dood veroordeeld.'

Ze zuchtte, krabde aan haar onderkin en trok haar bril recht.

'Het vonnis werd op 31 oktober 1954 met een nekschot voltrokken in de Butyrka-gevangenis. De duur van de executie bedroeg één minuut en dertig seconden.'

Ze legde haar bril opzij en keek me daarna zonder bril aan. Ik wist niet precies wat ze zag, maar ik had het gevoel dat ze nu met een heel nieuw soort interesse het maatwerk van Pietro Cifonelli, de pasvorm van mijn tab-collarkraag, mijn speciaal voor Maja geoefende robuuste stropdasknoop, de brogues en natuurlijk de beide kalfsleren welkomstkoffers bekeek.

'Kameraad vier-vier-drie. U hebt zich met uw inzet verdienstelijk gemaakt voor de Sovjet-Unie. Daarvoor zijn we u dank en erkentelijkheid verschuldigd. Het spijt me zeer dat de overdracht nu in deze vorm moet plaatsvinden. Ik mag u nu verzoeken de overblijfselen van kameraad Maja Dzerzjinskaja aan te nemen.'

Ik kon haar alleen maar aanstaren.

'Ik bedoel dit doosje.'

Ik weet het.

'U moet het nu aanpakken.'

Dat lukte me.

'Dan mag ik u namens de KGB van harte gelukwensen met uw verjaardag!'

26

Het regende zes jaar, negen maanden en zes dagen.

Je had perioden dat het miezerde en dan kon je de deur uit en een gezicht opzetten alsof je weer beter was. Je had de gebruikelijke zware regenval. Je had slagregens die complete daken onder water zetten. Je had bevriezende regen, warme regen, moessonregen. Je had zelfs opklaringen en een paar regenpauzes.

Vanuit een ander tijdsperspectief bezien zou ik zeggen dat je toch vooral motregen had, maar bij die definitie duurde de regen elf jaar, twee maanden en vijf dagen.

Vanuit mijn huidige perspectief bezien lijkt het voor mij net of de regen nooit is opgehouden, maar dat die zich als een condenserende luchtmassa vanaf de dag van mijn vijfenveertigste verjaardag om me heen uitbreidde, alle dagen nevel.

Waar ik ook ging en stond, droog was het nooit.

En als het wel een keer droog was, kwam de asregen of de sneeuw, die niet erg nat was en soms vrede bracht.

In deze jaren van regen heb ik heel veel geleerd. Zo heb ik nooit meer geringschattend over iemand gedaan, alleen omdat hij of zij te aardig of een beetje te gewoontjes was.

Ik had graag gewild dat generaal Pertja aardig of gewoontjes was geweest.

Ik had graag gewild dat Maja aardig of gewoontjes en volledig tandeloos was geweest, of dat haar huid op in repen gesneden leer had geleken. Dan had ik toch van haar gehouden, dat weet ik nu.

En ik heb in mijn leven vaak aan Mokka gedacht en haar het allerbeste gewenst, en ik heb enkele jaren later ook naspeuringen naar haar gedaan. Maar ze was naar Australië geëmigreerd. Ergens in de bush is ze verdwenen. Misschien fokt ze daar tegenwoordig Australische kamelen of zoekt ze in Kimberley naar diamanten of heeft ze een dozijn lelijke, door kunst bezeten outbackkinderen. Waar ze nu ook mag zijn, ik hoop en bid dat ze mij m'n hoogmoedige en onverdraaglijke gedrag wil vergeven.

In het doosje hadden Maja's vijf tanden gezeten. Ik heb de tanden stuk voor stuk, keer op keer bekeken. Ooit liet ik ze achter bij een tandarts, opdat hij de staat ervan kon onderzoeken, en hij zei dat alle tanden ernstig carieus waren geweest, week als pasta. Ik heb de tanden geschilderd – dat was begin jaren zestig – elke afzonderlijke tand heb ik geschilderd, op enorme doeken, die grijswit waren, grijswit als de tanden zelf, zodat het er allemaal uitzag als een dichte mist in november. Dat had mijn psychiater me aangeraden, op wie ik verliefd werd omdat ik bijna alles aan haar had opgebiecht, maar niet zoveel als aan u.

Haar overlijdensakte had generaal Pertja me eveneens meegegeven, en zo las ik telkens weer dat Maja op '31 oktober 1954' was terechtgesteld. Maar haar doodvonnis had ze op '1 februari 1952' ontvangen, vlak nadat we elkaar in Karlshorst voor het eerst hadden ontmoet.

Tussen één februari negentientweeënvijftig en eenendertig oktober negentienvierenvijftig zitten exact duizend-en-drie dagen.

Duizend-en-drie dagen met laatste maaltijden.

Duizend-en-drie dagen met laatste gedachten.

Duizend-en-drie dagen waarin de krankzinnige en compleet wanhopige verlangens aan gruzelementen gaan, of zijn dat toch vooral de duizend-en-drie nachten?

Neem elke dag de tijd om stil te zitten en naar de dingen te luisteren. Let op de melodie van het leven die in je klinkt. Zegt uw Boeddha dat niet? Elk leven heeft zijn eigen mate van verdriet. Maar Maja heeft alle duizend-en-drie dagen tussen vonnis en voltrekking van de straf geweten dat ooit een kogel haar nek zou doorboren, en wel op het moment dat mijn opdracht was volbracht. Dit is een mateloos verdriet. Onvoorstelbaar. Maja was, toen ze met me lachte en droomde en sigaretten rookte, een levende dode, zelfs in de wellust, in het vergaan, misschien juist toen.

En toch waren er tijdens deze duizend-en-drie dagen momenten dat ze oprecht gelukkig was. Dat moment toen we samen in bad lagen in de lapis lazuli badkamer en ik haar ter dood veroordeelde benen waste. De blikken naar de hemel, als kwamen ze uit één oog. En alle brieven.

Ze schreef nog hoe mooi ze het zou vinden als ik haar in mijn beste garderobe zou komen ophalen. En zo kwam ik haar tanden in mijn beste garderobe ophalen.

De twee kalfsleren koffers heb ik nooit uitgepakt. Ik zou het niet hebben opgebracht om de mantelpakjes in mijn handen te houden. Ze waren van chiffon, een stof die langzaam valt als je hem in de lucht gooit. O, Maja had ze vast en zeker in de lucht gegooid – ik zie het gebaar precies voor me en hoe haar glimlach explodeert en hoe ze de stof met haar gezicht opvangt, haar lieve sjasliekgezicht.

Daarom staan de kalfsleren koffers dus nog altijd bij mij thuis op zolder, onaangeroerd, zoals ik ze uit Berlijn mee terug nam, volgestouwd met oude zomermode, mijn mooie kaart van Italië en de fles bordeaux, die inmiddels een vermogen waard moet zijn. Destijds sliep ik met de koffers in mijn bed, en ja, ik omhelsde ze 's nachts, want er was niets anders om te omhelzen. Wekenlang sloot ik me op in mijn huis en dacht dat de regen spoedig voorbij zou zijn.

Ik heb die regen onderschat.

Ik was van plan om me niets meer aan te trekken van generaal Pertja, maar met de verbintenis hadden ze me in hun macht.

En toch had ik schijt aan de hele wereld, swami.

Op mijn ark nodigde ik niemand uit.

De galerie stond leeg.

Ik nam verlof van de Org. En kreeg massa's telefoontjes. Maar ik nam er geen aan.

Ev wilde weten wat er was gebeurd. Ze verraste me toen ik in de academie met Maja's tanden in mijn mond op Anna wachtte, erop sabbelend, nat van de tranen. Van schrik slikte ik twee tanden door (die later weer opdoken), maar de drie grote gaf ik prijs, liet ik in mijn zakdoek vallen, en dat wekte verbazing.

Toen kon ik niet eerlijk zijn, begrijpt u?

In plaats daarvan zei ik tegen Ev: Maja's vliegtuig is neergestort. Stortte een uur na de start in Moskou neer en ontplofte toen het tegen de grond sloeg. En deze tanden van Maja zijn het enige wat ze in de taiga van haar vonden (dat zei ik meteen maar een paar keer).

Ev nam me in haar armen. Daarna adviseerde ze me om de tanden weg te gooien. Dat waren stellig niet de tanden van mijn grote liefde, maar door de KGB vervalste, door de KGB uit een dolfijnenkaak losgewrikte tanden – ze leken niet eens op die van een mens. Ze hebben je voor het lapje gehouden, Koja. Misschien ben je er door een spionne in geluisd. Misschien leeft ze zorgeloos op de taiga en hebben ze de hele tijd tegen je gelogen.

Dat klonk zo onschuldig, beste swami. En zo prachtig.

Ach, was het maar zo gegaan. Dan zou ze nu nog in leven zijn.

En op een avond, enkele dagen voor kerstavond, kwam het telefoontje.

Het was mijn broer, en ik hoorde aan zijn stem dat ik moest komen.

De kreten waren zo schril dat ik me afvroeg waarom de politie niet allang voor het complex stond. Ik snelde de trappen op en zag kleine Anna voor de openstaande deur.

Ze huilde.

Schat van me. Wat is er gebeurd?

En ze huilde en zei dat mammie had gezegd dat pappie niet pappie was. Maar dat oom Koja haar pappie was.

Ik dus.

Het ondoordringbare van de menselijke blik verdwijnt bij verrassingen bijna altijd. Maar voor heel even maar, en dan komt de schok met een klap. De jaloezie.

Schat van me. Blijf buiten en ga niet weg.

Pappie heeft een pistool in zijn hand en mammie is heel stil, oom Koja.

Zo klonk het echter niet, het was een hoop geschreeuw. Maar het was het geschreeuw van mijn broer.

Ik liep naar binnen, de gang door, dan een stukje naar links, en toen stond ik in hun kamer. Ev zag er eigenlijk net zo uit als altijd. Ze stond bij het raam en huilde niet, schudde alleen langzaam haar hoofd, verbijsterd dat ik gekomen was.

Hub stond met het pistool in zijn hand en zag eruit als een clown. Een eenarmige met een pistool ziet eruit als een clown, als een schertsfiguur. Je lacht hem uit.

Een Jodin en mijn vunzige broer, schreeuwde deze bezopen man. Jullie hebben mijn leven verwoest! Waarom haat God eerstgeborenen? Waarom houdt hij van de tweede in de rij en van de Joden? Rustig nou, Hub! Rustig nou alsjeblieft, Hub! We hoorden in de verte een paar sirenes, ver weg nog, maar toch.

Hoe konden jullie me alweer zo uitleveren? Aan de vernietiging! Uitleveren! Wat heb ik jullie nou misdaan? Ik heb jullie echt niets misdaan! Ik heb vergeven! Ik heb jou je leven geschonken, Koja! Ik heb je weer vertrouwd! Jullie slapen gewoon met elkaar!

Nee, Hubsi, schreeuwde Ev, maar hij wilde geen Hubsi heten. Niet nu. Hij hield het wapen tegen haar hoofd. Een Walther PPK. Het wapen uit Berlijn. Je hebt mijn dochter van me afgepakt. Je bent niets waard, Ev. *Omnium bipedum nequissimus.* OMNIUM BIPEDUM NEQUISSIMUS!

Rustig nou, Hub!

VAN ALLE SCHEPSELEN OP TWEE BENEN DE NIETSWAARDIGSTE!

Hub!

Dat is het gemeste kalf, dat kind daar buiten! Dat mag je hebben, Koja! Het gemeste kalf! Je hebt alles van me afgenomen! Mijn vrouw! Mijn kind! Mijn eer! Zelfs mijn baan! Misschien ben jij wel de spion over wie iedereen het heeft! Ben jij het varken dat in onze stal loopt te knorren?

Rustig nou, Hub.

Ben jij de mol?

Nee, Hub. Verdomme, doe dat pistool weg!

Ik zeg jullie nu wat ik zal doen. Ik zal nu voor jullie ogen een kogel door m'n kop schieten. Hier middenin. Dat ga ik doen.

Ev schreeuwde zo hard dat zelfs de politiesirene werd overstemd die op dat moment onze straat in kwam. Pappie, wat doe je daar, zei een dun stemmetje, en ik draaide me met een ruk om, en Hub draaide zich met een ruk om, de beide papa's draaiden zich met een ruk om, en door de beweging raakte zijn vinger de trekker. De kogel verliet de loop, en ik zweer dat ik zag hoe hij de loop verliet en Hubs slaap schampte, door de draaiing van zijn gezicht, en ik wist wat er zou gebeuren. De ogen van mijn dochter waren groot. Wat had ze een prachtige huid, hoe bleek die ook was. Toen viel ze op de grond, alsof ze omver werd geduwd, en haar buikje kleurde in korte tijd helemaal rood. En ik was bij haar in het lawaai dat ons omringde, en ik hief haar ogen op met mijn ogen, en ze wilde me iets vragen, er lag haar iets op de tong, en het ging niet, en toen zei ze opnieuw: 'Pappie, wat doe je daar?'

Schat van me.

En ze was weg.

Het regende zes jaar, negen maanden en zes dagen.

IV
Zwart-rood-goud

1

De hippie heeft zijn toekomstverwachtingen over mij tot een minimum teruggebracht. De manier waarop ik hem lang en op zijn aandringen heb gevuld met mijn geleefde tijd, die zich in hem ophoopt als in een vuilnisbak (vindt de hippie), op zo'n manier wenst hij onder geen beding meer te worden gevuld. De gevolgen die hij er voor zichzelf van verwacht zijn geen positieve.

Hij heeft een brief geschreven. Aan het ziekenhuisbestuur. Een kwetsende brief zelfs, wat mij betreft.

Hij wil het vuilnis wegkieperen. Hij wil hieruit.

'Ik word hier zo mistroostig van,' klaagt hij. 'Zo somber, verdrietig, o ja, verdrietig. Zoveel *dukkha* overal. Ik krijg zo'n last van m'n nieren. Ik moet zo vaak goedkope bladen lezen. Zoveel *Asterix* en *Kuifje* om niet aan de baby's te hoeven denken en aan die arme kleine meid. Ik wil niet meer in een kamer vol kwaad liggen. Ik wil niet naar mijn deur staren en weten dat daar het Bundeskriminalamt achter zit. Ik wil geen compañero verachten. En ik wil geen één "schitterend" terugnemen. Nee, ik moet u verlaten, meneer Solm.'

Hij tutoyeert me al helemaal niet meer en heeft nog nooit iemand verlaten, dat weet ik zeker.

Aan nachtzuster Gerda heb ik vijfhonderd hoopvolle marken gegeven, en ze heeft de hippie proberen om te praten. Ze heeft zijn voornemen abusievelijk opgevat als bereidheid, want hij was niet alleen bereid om naar een andere kamer te verhuizen, zijn voornemen stond ook echt vast, en dat liet hij weten ook, nadrukkelijker dan ooit.

'Weg!' zei hij. 'Weg, weg, weg!'

Maar er zijn alleen mindere kamers, beste Basti, gaf nachtzuster Gerda hem in overweging. Een kamer met een huismeester uit Erding, iemand die ook nog eens net geopereerd is, zodat u niet kunt slapen. Kamers met heel veel buitenwereld zoals die vooraan op drie, waar een homoseksuele bloemist ligt in een zee van hyacinten. Of die verschrikkelijke kamer met een officier van de *Bundeswehr*. Dan zou ik u nergens uw cannabis kunnen brengen, en u zou met niemand over uw fouten kunnen praten.

Ik wil niet over mijn fouten praten, zei Basti. Dan zou ik net zo goed over dukkha-dukkha kunnen praten.

Dukkha-dukkha?

De dood.

Ik zal niet over de dood praten, dat beloof ik hem.

Eerlijk gezegd zal ik zelfs niet over het leven na de dood praten, dus over de opstanding of wedergeboorte, hoewel dat met niemand beter zou gaan dan met een swami. En zo'n gesprek zou het meest kunnen opleveren als het over je eigen, tot stof vergane dochter zou gaan.

Maar ik zal niet over de dood praten, en zoals de hippie wel door moest hebben, praat ik momenteel toch vooral over het leven, over dat van hem, namelijk, dat hij een andere wending wil geven. Het gaat niet goed met hem, daarom moet er iemand bij hem zijn. Ze hebben al zijn haar afgeknipt, de resterende halve Botticelli-lokken met zorg afgeschoren, omdat ze een tweede schroef in zijn hoofd moeten draaien. Zijn pijn, waarover ik verder niets specifieks weet, wordt steeds erger. En de Griekse dokter heeft de hippie verteld – ik lag in mijn bed te luisteren – dat hij het ziekenhuis niet binnen afzienbare tijd zal kunnen verlaten. Het klonk als 'nooit meer'.

Ook de toekomst van de swami is dus niet onbegrensd, omdat de mogelijkheden die ze biedt in vaste, niet te beïnvloeden onderdelen van zijn verleden veranderen, namelijk in een ziektegeschiedenis, die misschien wel het boeiendste is aan zijn persoon.

Niet dat iemand anders dan ik dat aan hem zou vertellen.

Toch wil hij vertrekken, hij moet en zal bij me weg, hij wil niets horen en niets zien.

En zo verplaatsen ze hem op een vrijdagochtend die goud kleurt van de herfst naar de officier van de Bundeswehr, een piloot die zichzelf uit een neerstortende Starfighter in veiligheid heeft kunnen brengen.

En dat zou dan geen dukkha zijn?

Nu, terwijl het begin allang is verteld, nu, terwijl het einde langzaam in zicht komt, spijt het me dat ik alleen op de kamer achterblijf.

Ik krijg dan wel een motorrijder als buurman, maar dat is wat anders. De motorrijder is helemaal niet aanwezig. Zijn gezicht is achtergebleven op het asfalt en werd daar samen met zijn tanden verspreid over de vijftig meter die hij van de botsing op de natgeregende straat tot de eerstvolgende boom nodig had. Ik denk niet dat hij ooit nog kan praten. Wat zou hij over doel en nut van menselijke tegenspoed te zeggen hebben nu hij die toch zelf op een bijna ideale wijze belichaamt?

Großpaping, bijvoorbeeld, een dominee van de oude stempel, zou ervan overtuigd zijn geweest dat een goddelijke instantie zo zou kunnen laten zien dat zij een zinvolle bedoeling heeft om mijn prachtige, zeer getalenteerde en door en door onschuldige Anna uit te wissen, want Großpaping zelf werd immers ook door een hemels raadsbesluit uitgewist. Dat heeft hij zonder meer geloofd, tot de laatste slok uit zijn domineesvijver aan toe.

Papa op zijn beurt, die zijn theologiestudie heeft afgebroken omdat hij zich getergd voelde door Großpaping en heel goed begreep hoe de natuur in elkaar stak, ook als tekenaar, was de overtuiging toegedaan dat het puur en alleen het zinloos heersende noodlot is dat ons existentieel bedreigt, en dat was precies wat hij in Anna's zo abrupte vergankelijkheid zou hebben gelezen, en niets anders.

Maar hoe zit het met de derde en laatste mogelijkheid, die door geen van mijn voorouders bekrachtigd is maar toch zo voor de hand lijkt te liggen: waarom zou je niet de hele catastrofe van elk leven, in plaats van die in de schoenen van God of het lot te schuiven, als consequentie beschouwen van de fouten die we zelf hebben gemaakt? Een mens die zelf schuldig is aan wat hem overkomt, heeft zodoende de verbetering van zijn lot in eigen handen.

Een vader die er zelf schuldig aan is dat een patroon zijn dochter doorboort, heeft niet de verbetering van zijn lot in eigen handen. Maar als hij weet dat de vermeende slag van het noodlot het gevolg van zijn eigen onjuiste handelen was, kan hij iets dergelijks in de toekomst tenminste voorkomen.

Hij kan moord voorkomen.

Hij kan misleiding en bedrog voorkomen.

Hij kan elke vorm van misdaad voorkomen.

Hij kan ondeugden voorkomen.

Hij kan zijn inzet voor de ss voorkomen.

Hij kan zijn inzet voor de Org, de KGB en de CIA voorkomen.

Oké, hij kan zijn inzet voor de Org, de KGB en de CIA misschien niet voorkomen. Maar hij kan zichzelf wel verbeteren, dat wil ik zeggen. Dus waarom luistert Basti niet naar me? Waarom hoort hij niet hoe ik een beter mens word? Zat hij niet te wachten op de transformatie? Nu zijn we er zowat, en hij, wat doet hij? Hij pakt zijn koffers, neemt zijn intrek in de minste kamer van allemaal en gaat liggen op het bed naast een piloot wiens karma hem kennelijk heeft verhinderd zijn schietstoel fatsoenlijk te bedienen.

Ik ben onredelijk.

Ik ben onredelijk tegen de hippie.

Ik wil me niet opdringen. Ik kijk vaak uit het raam, aanschouw de herfst, die nu beneden op het gazon ligt, zie het gele, rode, roestbruine looftapijt, zie het aan voor een miljoen uitgetrokken vlindervleugels waaruit af en toe een mus opvliegt, de grijze hemel in.

'Ach, mijn beste meneer Solm, wat trekt u nou toch een droevig gezicht,' verzucht nachtzuster Gerda.

Ze staat achter me, naast de motorrijder, en verwisselt het verband om zijn hoofd, ze staat erbij als een pottenbakster die met stevige vingers een homp klei modelleert.

'De zomer is voorbij,' zeg ik.

'Ja, de zomer is voorbij.'

'Hoe gaat het met Basti?'

'Ik heb hem de minste kamer van allemaal gegeven, zoals u hebt gevraagd. Maar prettig voel ik me er niet bij.'

Ik knik. Ze heeft van mij nogmaals vijfhonderd hoopvolle marken gekregen voor de minste kamer van allemaal, met uitzicht op de weerzinwekkendste piloot van het Duitse leger. Misschien word je nou eenmaal niet beter, niemand van ons.

'Ik snap wel dat u hem terug wilt,' zegt Gerda. 'Ik wil hem ook terug. Daar in de minste kamer van allemaal, daar hebben ze helemaal niets met elkaar.'

'Het is voor zijn eigen bestwil.'

'Natuurlijk. Hij krijgt tenminste weer af en toe z'n pijpje.'

Ik spits mijn oren.

'Echt waar, z'n pijpje?'

'Ach, meneer de piloot merkt er niets van.'

'U neemt drugs voor hem mee, is dat wat u zegt?'

'Maar meneer Solm!'

'Wat?'

'Drugs! Neem me niet kwalijk! Wat een lelijk woord!'

'In die toestand van hem? Zijn schedel moet toch nog een keer worden getrepaneerd?'

'Het verzet zijn gedachten. En meneer de piloot merkt het helemaal niet. Meneer de piloot is immers bijna altijd bewusteloos. En als hij niet bewusteloos is, dan schreeuwt hij het uit van de pijn.'

Het hoofd van de motorrijder wordt een beetje te gehaast ingepakt in de witte zwachtels, zodat hij ademhaalt door zijn gesloten bakkes (en natuurlijk ook door de gesloten zwachtels, die Gerda vlug van zijn lippen plukt). Dat hij niet kan praten, wil niet zeggen dat hij niets kan horen en verstaan.

'Zuster Gerda,' zeg ik, en ik leg een verleidelijke intonatie in mijn stem, 'zou u misschien zin hebben om de oren van meneer de motorrijder even dicht te houden?'

Ze doet het zonder aarzelen, hoewel er nog maar één oor over is.

Twee dagen later ontmoeten we elkaar op het bankje dat recht onder onze ramen staat. We mogen maar even naar buiten. (Het opene van de openlucht wordt hier altijd beschouwd als een gevaar voor lijf en leden.)

We houden allebei een zwarte paraplu op om te voorkomen dat er iets uit de hemel op onze zieke hoofden valt, of het nou een regen- of een vogeldrop is.

De hippie komt tussen de twee iepen op me af, kromgebogen in de wind, gehuld in een badjas, de beschermde schedel ook nog eens verstopt onder een plastic zak, Edeka. Wat moet dit voorstellen? Zijn tred is uiterst bedachtzaam en simpel, uitvloeisel van zijn toestand, die steeds meer op de mijne gaat lijken. Hij gaat naast me zitten, maar wel zo ver mogelijk bij me vandaan, en in zijn verbeten gelaatstrekken herken ik elementen van koppigheid.

Ik vraag: 'Waarom hebt u een plastic zak op uw hoofd?'

'Ze hebben erop getekend.'

'Echt?'

'Ze zoeken een goeie plek voor het nieuwe gat.'

'Mag ik even kijken?'

'Nee.'

We zitten op het bankje, laten allebei de paraplu boven ons geruïneerde hoofd roteren, ik heel langzaam, hij veel nerveuzer. Voor ons de kleine fontein van het ziekenhuis, die niet lang meer zal klateren. Eind oktober zetten ze hem altijd uit, heb ik gehoord.

Ik zeg: 'In elk geval bedankt dat u de weg hiernaartoe hebt gevonden.'

'U hebt zuster Gerda geld gegeven,' stoot hij uit zonder me aan te kijken. 'U hebt haar geld gegeven zodat ik geen wiet meer krijg.'

'Heeft ze dat gezegd?'

'U hebt haar geld gegeven voor die troosteloze kamer! En voor informatie over mij! En dat ik u hier ontmoet, daarvoor hebt u haar ook iets gegeven!'

'Het verbaast me dat Gerda u zoiets vertelt.'

'Waarom doet u dat? Waarom wilt u dat het slecht met me gaat?'

'Maar ik wil toch helemaal niet dat het slecht met u gaat,' zeg ik, 'ik wil u ook geld geven. Om te zorgen dat het goed met u gaat.'

Schoksgewijs draait hij zijn hoofd naar me toe, als een troep waakzame meeuwen.

'O ja? Denkt u dat u me kunt kopen?'

'Ik wil alleen maar uw tijd kopen.'

'Ik heb niet veel tijd meer, en dat weet u ook.'

'Niemand kan dat weten.'

Hij laat zijn paraplu zakken, buigt voorover, raapt een paar iepenbladeren van de grond en brengt ze omhoog terwijl hij langzaam uitademt. Hij zou vast liever met de iepenbladeren converseren dan met mij, hij zou dat ook kunnen, hij praat vaak met planten, die hebben ongetwijfeld ook wel iets te vertellen, vooral de stervende bladeren in zijn hand, hij kijkt er met compassie naar. Als ik niet opschiet, barst hij dadelijk in huilen uit.

'Ik doe u een voorstel,' zeg ik vlug. 'We treffen elkaar hier één keer per dag, en in de frisse lucht ronden we de boel af.'

Hij toont me zwijgend de iepenbladeren. Maar misschien is het wel omgekeerd en wil hij ze tonen wat voor iemand ik ben.

'Beste Basti, wat vindt u daarvan?'

Hij zwijgt koppig, schudt alleen langzaam zijn hoofd, zodat de Edeka-zak als een verlengd Edeka-brein even naar links lubbert.

'En als tegenprestatie krijgt u van mij niet die stuff die Gerda op haar balkon kweekt. Nee, wij hebben het hier over Marrakesh Gold!' probeer ik hem te verleiden. 'Rechtstreeks van het station! Eerste kwaliteit!'

Ik haal een gouden hasjreep uit mijn jaszak, zoiets heeft Gerda niet zomaar even voor elkaar.

De iepenbladeren vallen op de grond. De swami aarzelt en neemt de plak aan, heel even ben ik bang dat het een kwestie van hap-slik-weg wordt. Zijn ogen blijven aan de mijne hangen. In zijn linker, duifblauwe iris fonkelt verlangen, in het rechter, iets groenere oog vloeit berusting.

Dan zegt hij zacht: 'Ja, u denkt echt dat u me kunt kopen.'

'Het stemt me droevig als u dat zo ziet.'

'Ik ben bang voor u.'

'Er is werkelijk geen enkele reden om bang voor me te zijn!'

Ik neem voorzichtig de plastic zak van zijn hoofd en laat hem los. Hij waait met een windvlaag weg en heeft een kaalgeschoren, met blauwe lijnen en tekens beschilderd Maori-hoofd onthuld. Ik zie precies op welke plek het tweede gat moet worden geboord en ik tik er weemoedig met mijn vinger tegenaan.

'Ik word vreselijk bang van u!' hoor ik.

2

Ev lag in Anna's bed.

Van 's morgens vroeg tot 's avonds laat. Ze stond niet meer op, waste zich niet, at niets en dronk heel veel water en de kamillethee die ik 's morgens en 's avonds voor haar zette en voor de deur van de kinderkamer achterliet.

Toen het zweet op haar huid dik en zuur werd, sloop ze 's nachts naar de badkamer, maakte zich stilletjes en zorgvuldig schoon om niet haar geur met die van Anna te vermengen, die in de lakens van haar kinderbed hing, waarin ze haar tanden, vuisten en geest begroef.

Altijd deed ze de deur achter zich op slot. Op een keer, na vele dagen, moest ik de deur intrappen omdat er daarachter geen klaaglijk geluid meer was te horen en geen ademhaling, ook niet met de stethoscoop die ik uit Evs dokterstas gepakt en buiten op het raam gezet had, waarbij ik moeizaam op de kleine richel balanceerde die de derde van de vierde verdieping scheidde.

Ev had altijd net iets te luid geademd, als kind bij verstoppertje al, met een bijna aan giechelen grenzend gereutel, en daardoor kon je haar al snel achter bedden en gordijnen ontdekken. Maar nu werd ze onhoorbaar, en ik heb geen idee hoe ze nu eigenlijk nog lucht kreeg. Al haar overlevingsreflexen raakten uitgeput. Uiteindelijk viel ze zoveel af dat ze bijna net zo dun werd als tijdens de hongerwinter in Riga, toen haar ribben zich als ijzerdraad onder haar nachthemd hadden kromgetrokken. Drie dagen na Anna's dood had ze geprobeerd dertig spijkers in te slikken met een glas melk. Nog voor ze de slokdarm hadden bereikt, waren ze overdwars vast komen te zitten en kwamen ze weer allemaal naar buiten, maar ze hadden haar keel zo beschadigd dat mama en ik haar geen moment meer alleen lieten.

Hub bleef in voorarrest.

Ik nam mijn intrek in zijn en Evs verweesde slaapkamer. Nog altijd was er als je niet kon slapen de echo van het schot te horen.

Twee nachten lang lag ik te staren naar Hubs deken en kussen, waarop je nog de afdruk van zijn hoofd zag, zolang je maar voldoende voorstellingsvermogen bezat. En ja, voorstellingsvermogen is altijd al mijn grootste talent geweest.

Daarom bracht ik het hele boeltje naar de binnenplaats, hing het daar over de klopstok, besprenkelde het met Hubs verzamelde wodkavoorraden en stak het aan. Brandend dons stoof omhoog tot Evs raam, maar natuurlijk zag ze het niet.

De kist liet ik in de woonkamer zetten. Hij rook prettig, maar was van een soort bruin dat Anna afgrijselijk zou hebben gevonden, en daarom verfde ik hem blauw, met een gouden maan en zilveren sterren. Daarna bekleedde mama hem met wit satijn en legde er een kussen van Opapabarons kinderledikantje in, zodat haar hoofd prettig lag.

Dragers zouden zijn Erhard Sneiper, Anna's neven in de tweede graad Fieps en Flops, papa's praktisch blinde broer (een journalist die al dertig jaar geen woord meer had geschreven), Anna's klassenleraar meneer Delaroix (een hugenoot met beginnende maag-darmkanker) en een zekere Jakobus Solm, over wie ik geen enkele familieanekdote ken.

Ev schoof de lijst met namen die naast haar ochtendthee was neergelegd echter al drie minuten nadat ze hem had gekregen weer onder de deur door.

Met grote letters stond er GEEN BALTEN! op, en alleen meneer Delaroix was vanwege zijn Franse afkomst zo overduidelijk geen Balt dat hij niet van het lijstje hoefde te worden geschrapt. Daarom bleef hij over en mocht hij samen met Anna's niet-Baltische kunstdocent (vergroeid met Bad Tölz), haar beide paardijinstructeurs (die bij god niet wisten waar Riga ligt), de gestrenge professor Grobl (geboren in Neurenberg en niet geïnteresseerd in niet-mediterrane landschappen), de voormalige directeur van het hospitaal in Pattendorf Boehringer (een katholiek, en derhalve kon hij geen Balt zijn) en doctor Julius Spanier als volkomen verraste Jood de blauwe kist dragen, waarvan kleur en dragers voor hevige opwinding bij de rouwenden zouden zorgen.

Mama had die opwinding zien aankomen, dagen ervoor al, vlak

nadat Ev weer wat was gaan praten, maar alleen door de dichte deur, de provisorisch opgelapte deur. Dat ging ongeveer zo.

Mama: 'Weten we wel zeker dat we een Jood en een katholiek als dragers willen?'

Ev: 'Ja.'

Mama: 'Weet je wel wat Großpaping van katholieken vond?'

Ev: 'Ja.'

Mama: 'Maar...'

Ev: 'Ik kan nu niet, mama, toe.'

Mama: 'Natuurlijk.'

Mama leunde met haar arm tegen de deurpost, telde langzaam en toonloos tot tien, want er moesten dingen worden geregeld, en overweldigende fijngevoeligheid was nooit deel van haar *vision générale* geweest, vooral ook omdat ze niet begreep waarom je je niet een beetje kon vermannen, want de klappen die het noodlot uitdeelde, waren per slot van rekening een reinigend onweer waar Onze-Lieve-Heer je doorheen stuurde.

Mama: 'Eva-kindje?'

Haar dochter reageerde niet.

Mama: 'Het spijt me, Evachen, één ding zit me niet lekker.'

Ev: 'Wat dan?'

Mama: 'Het klinkt misschien *étrange*, maar nu hebben we dus geen één familielid als drager, geen één Balt, zelfs niet iemand die baron is, en ik denk dus dat het ongepast en een beetje armoedig zou zijn als in plaats daarvan een Joodse persoon Anna's kist draagt.'

Ev: 'Er ligt wel een Joodse persoon in Anna's kist, mama.'

Begrijp mijn moeder niet verkeerd. Ze had altijd een vurig karakter gehad, maar warm was ze niet. Ik kon niet boos op haar zijn toen ze haar spullen pakte, vijf minuten later het appartement verliet en het liefst de deur achter zich had dichtgeslagen, maar daarvoor was ze natuurlijk te aristocratisch opgevoed.

'Waarom ben je zo?' vroeg ik later bedroefd, zittend voor Evs gebarricadeerde deur, mijn kin steunend op mijn opgetrokken knieën.

'Ik ben Joods,' hoorde ik. 'En dus is Anna ook Joods. Dus mag mama blij zijn dat het geen Joodse begrafenis is. Dan hadden veel meer Joden de kist gedragen.'

'Mogen Joden eigenlijk wel een kist met een kruis dragen?'

'Hij heeft Anna's blindedarm geopereerd.'

'Ik weet het.'

'Zegt je dat iets, Genootschap voor christelijk-joodse samenwerking?'

'Nee.'

'Heeft hij opgericht.'

'Ev...'

'Natuurlijk mag doctor Spanier, die twee jaar concentratiekamp heeft overleefd en daarna toch gewoon het Genootschap voor christelijk-joodse samenwerking opricht, een kist met zo'n rottig kruis dragen.'

'Het spijt me als ik je boos heb gemaakt.'

'De blindedarm was al bijna geperforeerd.'

'Ik weet het.'

'Maakt toch helemaal niks uit welke God Anna niet heeft gered.'

'Natuurlijk.'

'Maakt toch helemaal niks uit welke God de almachtige vader is die zijn kind tot zich heeft genomen. Wat voor een rottige vader moet dat wel niet zijn?'

'Je hebt gelijk.'

'Protestantse begrafenis! Katholieke begrafenis! Joodse begrafenis! Wat zou mij dat!'

'Oké.'

'Ik wil het niet! Ik wil het allemaal niet! Ik wil dat Anna leeft!'

'Dat wil ik ook, Ev!'

'Misschien laten we het gewoon.'

'Ja, dat zou mooi zijn. Maar we kunnen het niet laten. Anna leeft niet meer.'

Ev huilde.

'Wat moeten we dan doen, Ev?'

Ev huilde.

En ik huilde ook.

'Kunnen we haar niet begraven zoals de Tlingits deden?'

'Dat gaat toch niet, Ev.'

'Maar Anna hield zo van de Tlingits. En zoals jij haar over de Tlingits hebt verteld, daar hield ze zo van.'

En toen werd er een enigszins vergeelde aquarel onder de deur door geschoven. Ik snoot mijn neus, wreef mijn ogen droog, pakte de aquarel op en zag de elegante penseelstreken van mijn dochter en hoe ze nat-in-nat rode indianen in blauw had geschilderd, hetzelfde blauw als het blauw van haar kist, en in het midden van de voorstelling was een witte, vriendelijke dame in elegant zeeotterbont te zien, die aan de kusten van Alaska een kind zegent, en deze dame was mijn overgrootmoeder Anna barones von Schilling, dan wel hoe mijn dochter haar zag, mijn dochter, die was genoemd naar deze tijdelijke koningin van de Tlingits. Boven de aquarel stond in mooie zwierige letters *Anna I, 1845*, en gesigneerd was de afbeelding met *Anna II, 1954*, en toen vond ik het een goed idee om een Tlingit-begrafenis te proberen.

Omdat je Anna II niet met muziek en dans onder de blote nachtelijke hemel kon verbranden, koos ik voor het Waldfriedhof in München en een fatsoenlijke teraardebestelling zoals bij de noordelijke indianen. In een mooi bosperceel dat begroeid was met sparren die in Alaska niet subarctischer hadden kunnen uitbotten, huurde ik een plek voor een graf, en ik stond erop, zeer tot verwondering van het kerkhofbestuur, het zo te delven dat het hoofdeinde van de kist naar het noorden wees, omdat daar de grote witte beer woonde die over mijn dochter zou waken.

Ook in de grafsteen lieten we een beschermend berengelaat graveren, dat helaas tot een teddybeer werd verminkt, en zongen we met het complete rouwende gezelschap 'Er is een roos ontloken', het sjamanenlied van mijn overgrootmoeder.

Ev was in die ijskoude januaridagen nog maar een schim van wat ze ooit was en ze had met niets of niemand contact, behalve met gene zijde. In deze stemming verkerend kwam ze vermoedelijk op het krankzinnige idee om Anna's pony Parvenü tot de rouwplechtigheid toe te laten (want de scheppingsmythe van de Tlingits ziet in het dier de verborgen god die eveneens wil rouwen, en van niets had Anna zo gehouden als van haar paardje).

De IJslandse pony kwam de hele lange weg vanaf zijn stal in Holzkirchen aangeschommeld, begeleid door Anna's vriendin Erna Müllerlein, maar natuurlijk voorkwam een opgewonden beheerder dat het dier tot bij het graf kwam, omdat het al bij de ingang een condoleanceboeket had opgevreten. Om eerlijk te zijn dacht toch al iedereen dat Ev compleet was doorgedraaid. Mama schaamde zich en de Balten sloegen de handen voor hun gezicht. In werkelijkheid verborg Ev het ongelooflijke geweld van haar smart maar half onder de verdoving van formele verrichtingen die van ons allebei werden gevergd en waartoe een onverdraaglijk verdragen behoorde, het verdragen van de aanwezigheid van mijn broer, bijvoorbeeld, die in het gezelschap van twee justitieambtenaren in een rechte hoek met het graf stond, dus in het zonverlichte westen, en die zich meer zorgen leek te maken over de blauwe kist, de pony, de joods-katholieke dragers en het ontbreken van een protestantse zegen dan over de bijeenkomst zelf. Dat meende ik in elk geval te lezen in de flikkerende ogen van de niet-bij-naam-genoemde, zoals Ev hem noemde. De niet-bij-naam-genoemde op zijn beurt zei geen woord, en mama was de enige die hem omhelsde.

Op vijf januari negentienvijfenvijftig begroeven we onze dochter op een besneeuwde heuvel onder de schaduw van een spar, die in de loop der jaren bij Anna naar binnen zou groeien, dat wist ik zeker toen ze het kleine lichaam in de bevroren aarde lieten zakken en ik me vooroverboog en een langzaam door scheppen aarde toegedekte gouden maan op een blauw fond mijn empathisch vermogen scherpte, een vermogen dat zich over zoveel dingen zou uitspreiden en mijn beslissingen van de komende maanden misschien begrijpelijk maakte.

Toen ik na een aantal weken namelijk nog altijd bij Ev overnachtte om op haar te passen, toen we ondanks al die wanhopig doorgebrachte nachten zelfs niet bij benadering wisten hoe het met het leven verder moest, toen we bij het avondeten eerst per ongeluk, later welbewust drie borden op tafel zetten (maar voor Hub nooit een vierde), toen geen van ons tweeën wilde nadenken over Anna's spullen en toen we haar kamer daarom veranderden in een schrijn, waaruit we nog geen molecuul van haar glimlach durfden te verjagen, toen Hub vrijgelaten en het politieonderzoek gesloten werd, toen ook ik er bij Ev op had aangedrongen af te zien van belastende verklaringen tegen haar vervloekte en de ons vervloekende man-broer, toen we allebei besloten het ongeluk als ongeluk te beschouwen en – met een beetje fantasie (fantasie die eerder die van mij dan die van haar was) – zelfs als een ongeluk waaraan niemand schuldig was, toen dit alles ons bestaan totaal op z'n kop zette, kwam Ev op een avond zachtjes mijn kamer in geslopen (waarin ik bivakkeerde zonder de slaap te vatten en zelfs geen rust vond).

Ze ging aan het voeteneind van mijn bed zitten en vroeg of ik al sliep en waarom ik in februari de ramen openzette.

Onder het praten kwam haar eigen, iele adem in zachte wolken bij haar terug. Het maanlicht volstond om dat te zien, en ik was opgelucht haar weer bij het ademen te kunnen bekijken en haar longen te horen. Ik vatte dat op als een goed teken. En midden in een witte ademwolk, geïllumineerd door een onzekere maar manische glans in haar ogen, deelde ze me mee dat ze besloten had naar Israël te emigreren.

Ik stond eerst maar eens op, sloot de ramen weer en zette de verwarming aan, haalde mijn jas en legde mijn deken over haar schouders. Ze leek het helemaal niet koud te hebben, hoewel ze alleen een nachthemd en niet eens kousen aanhad.

'Jij kunt niet naar Israël emigreren.'

'En waarom dan niet? Wat heb ik hier nou nog voor leven? Ik haat het allemaal. Vorige maand werd de Bundeswehr opgericht. Wat een waanzin. Overal alleen maar gekken en idioten!'

'Ja, maar jij kunt niet naar Israël emigreren.'

'Maar ze hebben daar artsen nodig. Ze zitten erom te springen. In Haifa staat een nieuw ziekenhuis, en ze hebben helemaal geen personeel.'

'Ev, vergeet het! Jij kunt helemaal niet naar Israël emigreren!'

'Noem me één goede reden waarom dat niet mogelijk zou zijn?'

'In Israël wonen Joden!'

'Maar ik ben Joods.'

'Jij bent niet Joods, Ev. Je hebt in een concentratiekamp gewerkt.'

In het donker zag ik dat de bogen boven haar ogen rond werden.

'Wat bedoel je nou, Koja? Wat wil je zeggen?' vroeg ze zacht, met een stem die kwetsbaar klonk, waaruit bijna iets van verbazing sprak.

'Daag je noodlot niet uit. Jij bent niet Joods!'

'Mijn ouders waren Joods.'

'Jouw ouders waren tot het christendom bekeerde Joden! Dat waren christenen! Joodse christenen! Je adoptieouders waren christenen! Je broers waren christenen, christenen en nazi's! Nazi-christenen! Jouw afkomst is nazi-christelijk en joods-christelijk, je land, je naam, je hele cultuur, allemaal nazi-joods-christelijk! Zelfs je papieren zijn nazi-joods-christelijk, want die heb ik eigenhandig vervalst! Jouw hele geschiedenis is gedegen nazi-joods-christelijke geschiedenis!'

'Je kunt geschiedenis ook veranderen. Jij verandert zelf voortdurend je geschiedenis.'

'Israël is een farce, Ev. De orks denken dat het vóór negentienzestig onder de voet zal worden gelopen. De Arabieren zullen het in de as leggen en alle halzen doorsnijden die ze te pakken krijgen!'

'Wat heb jij, Koja? Waarom ben je zo kwaad?'

'Ik wil jou niet ook nog kwijt.'

'Koja.'

'Dat overleef ik niet. Dat overleef ik eenvoudigweg niet.'

Ze nam mijn hand, ging naast me liggen, spreidde mijn deken over ons uit, over onze hoofden. Ze legde haar neus tegen mijn hals, een neus die nat werd, en haar wimpers, die eveneens nat werden, tinkelden als miniatuurprikkeldraad over mijn huid. Ik voelde Evs indrukwekkende verlangens onder deze wanhoop, die ik met mijn wanhoop niet kon verlichten, geen enkele vorm van wanhoop kan een andere verlichten, zoals geen enkel inferno een ander inferno blust.

'Ik zie alleen maar grotten,' fluisterde ze, en het topje van haar vinger gleed langzaam en troosteloos over mijn voorhoofd. ''s Nachts zie ik alleen maar grotten – grotten, tunnels, buizen, grotten, net zoals onze deken hier een grot is. Als ik de grot verlaat, word ik duizelig. Dan voel ik het drukken in mijn hals, krijg ik pijn in mijn maag, kramp in mijn buik, dan lijken mijn armen wel verlamd, mijn benen, deze vinger, voel je wel?'

Ze bedoelde de vinger die nog altijd over mijn voorhoofd kriebelde, koud en slap als een doodzieke rups.

'Ik wil die grot niet verlaten omdat ik altijd weet dat jij daar bij me bent. Als ik een keer een landschap zie, een paar bomen, een beekje in de mist, dan neem ik mijn grot mee, in een zakje of in mijn hand, en ik weet dat als ik de grot opendoe, dat jij er dan in zit, als in een tent van stenen.'

'Het gaat niet goed met je. Je lijdt aan zware depressies. Laten we naar een specialist gaan.'

'Laten we naar Israël gaan, alsjeblieft.'

'Wij?'

'Ik wil er met jou heen, we hebben op deze wereld alleen elkaar nog.'

'Ev, ik ben echt geen Jood, hoor.'

'Jij zit bij de geheime dienst, Koja. Kan de geheime dienst geen Jood van je maken?'

'Je bent ziek. Je bent echt vreselijk ziek.'

'Ik kan je helpen een Jood te worden.'

'Niemand kan dat!'

'Ik ben arts. Ik kan je besnijden als je wilt.'

Dat bedoel ik met empathie, geachte swami. Hoe had ik na alles wat er was gebeurd anders op het verdriet van mijn geschifte zus kunnen reageren dan met moederlijke liefde, want dat was mijn overheersende gevoel in die tijd voor haar nadat mama weg was.

We sliepen niet met elkaar, we begeerden elkaar niet eens, de lichamelijke aantrekkingskracht was als die van opgezette dieren. Maja's elementaire afwezigheid had me al zodanig van verlangen vervuld dat haar nu nog elementairdere afwezigheid me niet van een nog groter verlangen zou vervullen, en Evs elementaire aanwezigheid kon op dit punt geen gaten dichten. We dreven, naast elkaar liggend op een ijsschots, door het appartement waarin onze dochter was doodgeschoten. En ik begrijp ook wel dat Ev aan de horizon van deze eindeloos lijkende poolzee een strookje land wilde zien, maar hoe kwam ze bij Israël?

Israël was destijds geen land maar maangesteente in het bezit van maanmensen. Want dat de al tweeduizend jaar ronddolende Joden over een eigen staat zouden kunnen beschikken, dat ging elk voorstellingsvermogen te boven.

Drie jaar nadat Hitlers lijk in een zinken badkuip midden in de tuin van de Führerbunker in vlammen was opgegaan, zette een handjevol zionisten hun toorn over zijn as om in de proclamatie van de Israëlische natie in een verre havenstad van de Levant. En aan Duitsland legden ze onmiddellijk na de stichting van het land een *herem* op, een rabbijnse ban die de gehele bevolking trof, van zuigeling tot grijsaard. Elke vorm van verkeer, handel of relatie met Duitsland werd verboden. De Duitse taal, Duitse muziek, de import van Duitse kranten, tijdschriften en boeken, het opvoeren van Duitse toneelstukken, het fokken van Duitse herders, ja, zelfs het bakken van Duitse taarten was in Israël verboden (hoewel zelfs het zionistisch gezinde wizo-kookboek in de gouden jaren twintig had beschreven hoe je apfelstrudel moest maken, maar toen wist nog niemand hoe gek de Führer op zijn *Linzer Torte* zou worden). Alles wat Duits was werd zonder pardon uitgebannen. Geen enkele Duitse voet mocht de grond tussen Haifa, Tel Aviv, Eilat en Jeruzalem ontwijden. En geen enkele Israëliër was van overheidswege gemachtigd naar het geboycotte land af te reizen, voor begrafenissen noch voor bar mitswa's, niet naar zieke familieleden en zelfs niet om daar zijn geroofde onroerend goed terug te halen, vandaar dat in elk paspoort de woorden *Valid to any country except Germany* waren gestempeld.

Zelfs Duitse poststukken werden teruggestuurd, omdat de Bundespost ze niet allemaal meer op een rijtje had en tooide zijn postzegels met de gemoedelijk glanzende konterfeitsels van Germaanse 'helpers der mensheid', alle filantropische Bodelschwinghs, Sonnenscheins, Pestalozzi's en Kneipps door wie Israëlische postbodes met een achtergrond van vergaste familieleden zich wel geprovoceerd móésten voelen.

Toen in negentienvijftig de westerse mogendheden de staat van oorlog met Duitsland voor beëindigd verklaarden, protesteerde de Knesset en overwoog een voorbeeld te stellen en Duitsland formeel de oorlog te verklaren. Het voorstel kreeg geen meerderheid, alleen omdat premier Ben-Goerion wees op de twintigduizend obscene Joden die de herem ten spijt waren teruggekeerd naar het land van de gojim. In het geval van een Israëlische oorlog met de Bondsrepubliek zouden zij het kind van de rekening zijn geweest.

Ikzelf was ruim tweeëneenhalf jaar voor de dood van kleine Anna, in het voorjaar van negentientweeënvijftig, een aantal weken voor een speciale opdracht in Den Haag gestationeerd geweest. Ik kon toen mijn eigen ervaringen opdoen met herem, bijzondere ervaringen, dat mag ik wel zeggen.

In het kasteeltje Oud-Wassenaar, een hotel met een bourgondische luister, vonden destijds de onderhandelingen over schadeloosstellingen tussen Duitsland en Israël plaats. Bondskanselier Adenauer had zijn oude vriend Gehlen gevraagd een paar betrouwbare orks te sturen. Zij moesten contraspionagetaken uitvoeren, maar ook het telefoonverkeer van de Israëlische delegatie in de gaten houden.

Ik kan u zeggen, sceptische meester: nooit eerder zijn telefoonlijnen met zoveel toewijding en accuratesse afgetapt, wat eigenlijk ook een koud kunstje was. De afluisterinstallatie was tijdens de Duitse bezetting namelijk in de wijnkelder ondergebracht en bij de aftocht vergeten, door de Gestapo vermoedelijk (terwijl de goed gesorteerde wijnkelder niet door de Gestapo was ingericht en evenmin was vergeten). Omdat de geallieerden en vermoedelijk ook de Hollandse hoteleigenaar demontage niet zullen hebben overwogen (wie sloopt er nou een eersteklas afluisterinstallatie, je breekt ook geen eersteklas parketvloer uit), functioneerde die ook jaren later nog probleemloos en was tegen een vorstelijke meerprijs in de huur inbegrepen. Zo konden we een en al oor zijn en zouden we niet snel worden ontmaskerd, een conditio sine qua non op zo'n kruitvat.

Weken eerder had een Israëlisch terreurcommando een bomaanslag op bondskanselier Adenauer gepleegd, overigens hier in München, met één dode als gevolg. (Ja, u kijkt heel verbaasd. Dat was Menachem Begin. Neem van mij aan, die komt nog ver.) In Israël hadden woedende massa's op initiatief van Begin geprobeerd de Knesset te bestormen en alle afgevaardigden te lynchen die ermee hadden ingestemd om compensatiebesprekingen met het gewetenloze Duitsland te beginnen.

En al even vreugdeloos verliepen de onderhandelingen in Wassenaar. De Israëliërs mochten Duitsers geen hand geven. En roken was ook uit den boze, om te voorkomen dat dat stelletje klootzakken hun een vuurtje kon aanbieden. En hoewel alle Joden en alle gojim het Duits machtig waren, moest met alle geweld in het Frans worden onderhandeld, die mooie wereldtaal der diplomatie, die echter amper iemand van de aanwezigen sprak.

De situatie werd nog eens bemoeilijkt doordat de Israëlische commissie zich had opgesplitst in twee fracties: de vergeldings- en de vergevingsfanatici. Ik hoorde met eigen oren hoe een onverzoenlijke vergeldingsfanaticus zijn Israëlische delegatieleider Felix Schneebalg door de telefoon uitkafferde voor fascistenvriend en vergevingsjid. Aanleiding: de man die het moest ontgelden, had zijn Duitse tegenspeler Otto Küster vlak daarvoor stiekem een briefje toegeschoven waarin hij Schneebalg naar zijn Zwabische accent vroeg, dat ook in het Frans niet kon worden onderdrukt. Toen bleek dat Schneebalg en Küster ooit samen op het gymnasium in Stuttgart hadden gezeten en bovendien dezelfde leraar Latijn voor de gek hadden gehouden, stuurden ze hem een briefkaart, met daarop de tekst:

Zeer geachte doctor Schlemihl,
De hartelijke groeten en dito wensen uit Den Haag, waar we gezamenlijk – u raadt het al – op zoek gaan naar de aurea mediocritas.

Met de meeste hoogachting,
Bällchen en Okü

Dit vergrijp kwam Bällchen Schneebalg duur te staan. Het had niet veel gescheeld of Israël had hem uit zijn functie ontheven. En zelfs toen dat van tafel was, zag de Israëlische delegatieleider zich geconfronteerd met allerlei hatelijke opmerkingen en een vloed aan Jiddische scheldwoorden die ik, de enige expert Jiddisch van de Org, plichtsgetrouw noteerde.

Voor de rest werd er in Wassenaar maar weinig Jiddisch gesproken. De Israëliërs gaven de voorkeur aan Hebreeuws, dat in de firma alleen door onze Palestinareferent werd beheerst. Hij was een hoogblonde Keulse godsdienstwetenschapper met als schuilnaam Hach, voornaam Friedrich, maar hij werd door iedereen altijd Palestinamof genoemd.

Palestinamof, van mijn statuur en in het bezit van een dun snorretje, zat destijds in Holland in de aprilkoude wijnkelder meestal naast me en mompelde geconcentreerd mee met wat er uit de koptelefoons klonk. Zoals zoveel Keulenaren was hij altijd in voor een grap, kreeg hij een goed humeur van wijn en ging dan bloemen eten, bij voorkeur tulpen, met stengel en al. En bij een van deze gelegenheden had hij, nog met een bloem tussen zijn tanden, flink zitten pochen dat hij iedere spion die naar Israël wilde daar ook kreeg.

Iédere.

Het was veertien februari negentienvijfenvijftig. Ev stond in de keuken en bereidde, zes weken na de Indiaanse begrafenis, Anna's elfenhalve verjaardag voor, want op haar twaalfde wilde ze niet wachten.

Ze maakte kleine Anna's lievelingsgerecht, meelballetjes met zwartebessensaus, en ik legde Anna's lepeltje voor me neer, het van Amama geërfde zilveren lepeltje dat ook mij al had gevoerd toen ik nog niets van de pijnbank van de menselijke herinnering wist, en alsof ze doornen in mijn vlees drukten, herinnerde ik me hoe dit lepeltje, zorgvuldig door Anna's vingers gehanteerd, altijd volgens hetzelfde ritueel in de meelballetjes stak, ze netjes vierendeelde, met een goed gevoel voor symmetrie. Kwarkknoedels, zeggen ze hier in München, kwarkknoedels met bosbessencompote. Het rook zo lekker.

We hadden gekleurde ballonnen gekocht, die ik opblies. Toen ik bij de rode ballon was aangekomen, zei ik tegen Ev dat ik misschien een manier had gevonden om samen naar Palestina te kunnen, maar pas na nog eens twee blauwe en een gele ballon draaide ze zich naar me om en verklaarde dat ik dan wel eerst Maja uit mijn hart moest wissen.

'Maar ze is gewist, Ev.'

'Ik heb haar tanden gevonden. In een sigarendoosje. Bewaar je haar tanden?'

'Misschien zijn het niet eens die van haar. Dat heb je zelf gezegd. Misschien is het een willekeurig stel tanden van de KGB.'

'Gooi ze weg.'

'Hoezo?'

'Of kun je dat niet?'

'Ik... ik weet het niet...'

'Je stopt die tanden in je mond en zuigt er dan op?'

'Hoe kom je erbij?'

'Je bent een romanticus, daarom kom ik erbij.'

Ik liep naar haar toe bij het fornuis, verrast door haar aanval van verkeerd gerichte wanhoop. Ik nam het kwarkballetje dat ze op haar lepel had van haar over en liet het in de pan glijden, in het rustig kokende water.

'Maja was onderweg naar mij toen haar vliegtuig neerstortte,' loog ik, zo dicht mogelijk bij de waarheid blijvend. 'Waarom moet ik iemand uit mijn hart wissen die voor mij de dood in ging? Jij zult mij ook niet uit je hart wissen als ik voor jou de dood in ga.'

'Waarom zou je dat doen?'

'In Palestina, Ev? Wat zou ik daar anders moeten doen?'

Toen we de volgende dag Anna feliciteerden, omringd door elf verjaardagskaarsjes en nog een half, en door ballonnen, al haar tekeningen en haar dodenmasker (van gips, door mij gemaakt in het forensisch lab twaalf uur na haar verscheiden – een contact van Gehlen had erbij geholpen), opende Ev het raam en smeet, samen met de porseleinen schaal, alle knoedels in de sneeuw. Misschien dat een paar hongerige vogels er blij mee waren. Wat had Anna vroeger graag zwanen gevoerd en eenden en mussen, die zij ussen noemde toen ze nog heel klein was.

Ach, mijn us, lang zal jij leven, achter mijn tranen, in de gloria.

3

Palestinamof resideerde in Pullach in een kantoortje onder het dak van een goetheaans tuinhuis, slechts door een wand van zachtboard gescheiden van de afdeling Panama (niet een pragmatische maar een alfabetische indeling). Hij wist veel van wat je over Judea, de Talmoed of de kabbala kon weten, en hij wist dat van Adolf Eichmann.

In Wassenaar had hij een keer verteld dat hij met die weetgierige hebraïst in de jaren dertig de heerlijkste reisjes naar Palestina had gepland, die vervolgens helaas niet konden doorgaan (Britse tegenzin inzake visumaanvragen). En nooit had hij zijn meerdere een kwaad woord over de Joden horen zeggen. Juist het respect tegenover vreemde en vooral destructieve culturen had meneer Eichmann aan zijn praktikanten doorgegeven, niet in de laatste plaats aan doctor Hach zelf, die mentaal verrijkt daarna de afdeling weer voor de universiteit moest verlaten, lang voordat het tot de betreurenswaardige neveneffecten van de dienst Eichmann kwam. Friedrich Hach alias Palestinamof onderhield, zoals eigenlijk iedereen bij de Org wist, nog altijd schriftelijk contact met zijn voormalige chef, die zich Klement noemde en in Argentinië woonde.

'Ook uiterlijk lijkt hij inmiddels op een Jood,' verzuchtte Hach regelmatig, wat descriptief klonk: zou hij soms foto's krijgen?

Achter doctor Hachs bureau hing een grote kaart van Palestina, nog uit de tijd van het Britse mandaat, en daarnaast een plaat met informatie over de Joodse spijswetten. Wist u bijvoorbeeld dat een Jood geen havik mag eten omdat hij dan zelf op muizen gaat jagen, die hij uiteraard ook niet mag eten?

Hoe het ook zij, Palestinamof keek me met grote ogen aan toen ik zijn kantoor was binnengestapt en vriendelijk naar hem glimlachte. Hij kwam overeind, schudde mijn hand en sprak zijn leedwezen uit.

Ik wilde geen leedwezen, maar weten of hij zich Wassenaar nog kon herinneren.

'Dat waren tijden, meneer Dürer!'

'Het cafeetje aan de gracht?'

'O, de poffertjes!'

'Toen hebt u me verteld dat u iedereen die naar Israël wilde daar ook kreeg.'

Palestinamof haalde zijn hand van mijn schouder, die daar een moment voor warmte had gezorgd, en wist niet waar hij hem moest laten. Ten slotte plantte hij hem in zijn zij, heel even maar, bracht hem naar zijn achterhoofd, waar een paar haartjes gekoesterd wilden worden, en volgens mij was hij hem daarna vergeten en ik ook.

We gingen aan zijn bureau zitten en hij vroeg voorzichtig, ja, haast wantrouwend (en met gedempte stem wegens Panama) of ik van plan was in Israël iets kapot te maken: mensen, materie of wat dan ook.

'Nee, daar gaat het niet om. De vrouw van mijn broer zou graag naar Israël emigreren.'

'Is zij dan Joods?'

'Ja.'

'De vrouw van uw broer is Joods?'

'Ja.'

'Echt waar?'

'Ja.'

'We hebben het hier over de vrouw van uw broer, die we hier allemaal...?'

'Heb ik me niet duidelijk genoeg uitgedrukt?'

'Is zij wel als Joods gelegitimeerd?' vroeg hij na een pauze.

'Hoe bedoelt u dat?'

'Beschikt ze over papieren die haar afkomst documenteren?'

'Papieren?'

'Het is geen ramp als die papieren er niet zijn. Een hoop papieren zijn er niet meer vanwege de...' – hij schudde zijn hoofd alsof er water in zijn oren zat – '... vanwege de hitte uiteraard.'

'Wat voor hitte precies?'

'De doodnormale oorlogshitte.'

'Aha.'

'Vlammen, bijvoorbeeld. Archieven in vlammen, persoonsbewijzen in vlammen, bevolkingsbureaus... één vlammenzee. Je identiteit kan dan ook door getuigenverklaringen of garanties door twee...'

'Nee, nee, natuurlijk zijn er papieren,' zei ik gedecideerd, en ik doelde op de papieren van Anna Ivanovna en die welke meestervervalser Solm nog zou moeten maken.

'O, dan kan het niet al te veel problemen opleveren. Met de wet op de terugkeer krijgt iedereen van Joodse komaf die zich in Israël vestigt burgerrechten. En Joods ben je als je moeder Joods is.'

'Oké. Maar hoe komt iemand als ik in Israël?'

'U wilt ook naar Israël?'

'Nee, mijn vraag is puur hypothetisch. Iemand als ik.'

'Iemand zoals u is Duitser. Duitsers komen Israël niet binnen.'

'Weet ik.'

'Tenzij hij een Joodse moeder heeft.'

'Snap ik.'

'En anders moet u zich bekeren, ik bedoel, iemand als u.'

'Hoe gaat dat?'

'Dat is niet gemakkelijk, om niet te zeggen heel ingewikkeld.'

'Wat betekent "heel ingewikkeld"?'

'Iemand als u moet dan alle zeshonderddertien mitswot kennen en zich er vervolgens ook aan houden. Hij moet dan een rabbijn vinden die zich over hem ontfermt, en vervolgens een jaar lang de synagoge bezoeken. Iemand als u moet dan door de gemeente worden geaccepteerd. Daarbij gaat het om uiterlijk en gedrag, om hoe je ruikt, hoe je anderen begroet...'

'Ik word alleen Jood als ik goed ruik?'

'Het gaat ook om sympathie, ja. Maar vooral om daden.'

'Gaat u verder.'

'Als uw daden positief zijn, gaat u bij de rabbijn die uw vertrouwen heeft het tweede jaar in, het liturgische jaar. Bij hem leert u duizenden Thoravoorschriften en secundaire voorschriften uit uw hoofd, en mocht u daarin slagen, dan is dat beslist een geweldige prestatie, u kunt dan voor uw gezin een loofhut bouwen of op de sjofar blazen, maar als het niet een van de universele noachitische geboden is, zoals tsedaka, dan is het toch geen mitswa. En dan laten de rabbijnen die u examineren bij de Beet Din u ijskoud zakken, waarna u naar een andere stad moet verhuizen om daar nogmaals gedurende twee jaar te proberen een echte Jood te worden. Dat moet u doen om naar Israël te kunnen, of althans, iemand als u.'

Boeiend wat je allemaal bij Adolf Eichmann kon leren, dacht ik.

Maar ik zei: 'Inderdaad, dat klinkt ingewikkeld.'

'Tja, en overdag werkt u dan nog bij de Org.'

'Hoe krijgt u iedereen die dat wil nou in Israël?'

'Tot nog toe wilde niemand.'

'Waarom niet?'

'Omdat niemand zo stom is, meneer Dürer. Iedere Duitser die daar spioneert zou worden opgehangen.'

Ter illustratie sloeg hij een denkbeeldig touw van lucht om zijn hals, legde er een lus in achter zijn nek en knoopte zich met behulp van zijn rechterhand aan een tak op, waarbij hij zijn tong uit een mondhoek stak – wat een lol.

Twee dagen later was er de afspraak die al weken op ons af was komen kruipen en die de baas 'de uitspraak' noemde.

Reinhard Gehlen zat te roken in de salon van de Bormann-villa, had een nieuwe zonnebril op en schepte bergen suiker in zijn thee. Zijn belangrijkste twee medewerkers flankeerden hem. De linker had aan het Oostfront een schot door gezicht en nek overleefd en heette Wolfgang Sangkehl, de rechter, Heinz Danko Herre, werd door iedereen Pinokkio genoemd, wat meerdere redenen had, ook fysionomische. Ze rookten beiden om het hardst met hun baas. Je zat voor een vulkaan met drie schoorstenen.

Tegenover hen zat de niet-bij-naam-genoemde. Hij zag er bleek en mager uit en was niet van plan in de grond te zakken. Mij hadden ze een eind bij de tafel vandaan neergezet, in een van de zachte bruine fauteuils die langs de wand stonden.

Gehlen condoleerde Hub, met een stem die klonk zoals een onbeschreven vel papier eruitziet.

'Bedankt,' zei mijn broer bijna onhoorbaar.

'Maar we moeten vandaag wel ernstig spreken over hoe het nu met u verder moet, meneer Ulm.'

'Vanzelfsprekend, doctor.'

'Het tragische ongeval met uw dochter heeft ook de Org in problemen gebracht. We hebben delen van onze vermomming moeten laten vallen om u uit de penarie te helpen.'

'Daarvan ben ik me bewust.'

'Uw broer en uw vrouw hebben zo gunstig mogelijk voor u getuigd.'

'Mijn dank is groot.'

'En toch hebt u, meneer Ulm, de scheiding aangevraagd.'

'Ja.'

'Zou u me kunnen vertellen waarom?'

'Nee, doctor.'

Gehlen knikte en tipte een beetje as op het schoteltje.

'Ik hou er niet van als mijn medewerkers gaan scheiden.'

Of hij er ook niet van hield als zijn medewerkers hun kinderen doodschieten, kwam niet ter sprake.

Hub dacht even na, schraapte zijn keel en vertelde dat hij in nederige berusting alle beslissingen van de doctor over zijn professionele toekomst zou accepteren. Maar hij verzocht daarbij wel om hem niet meer met zijn broer, de heer Dürer, in contact te laten komen.

Ik pakte mijn theekop en nam een slok, een domme reflex van de man die als tweede werd geboren.

'Wat jammer,' zei Gehlen, 'meneer Dürer vertelt alleen maar goede dingen over u.'

'Fijn. De vraag is of ik ook alleen maar goede dingen over hem vertel.'

'Dat neem ik maar aan. Vooral ook omdat ik alleen goede dingen over hem wil horen. Een voortreffelijk man, die broer van u.'

Gehlen plukte een tabakskruimel van zijn lippen en richtte zich toen vriendelijk glimlachend tot mij.

'Meneer Dürer, ik hoor dat u met de gedachte speelt om naar het land van de kruisvaarders te verhuizen?'

Het was een wonder dat het kopje niet uit mijn hand gleed, geloof me. Maar ik deed alsof ik mijn mond had verbrand en probeerde peinzend mijn verbrande lippen te bewegen om tijd te winnen en voor mezelf na te gaan waarop het allemaal zou uitlopen. Waarom vroeg Gehlen dit? Zaten er misschien kruistochten aan te komen?

'De waarheid is,' begon ik voorzichtig, 'dat ik bij de afdeling Palestina de puur hypothetische vraag heb gesteld of er mogelijkheden

zijn dat iemand als ik, en dat was precies de formulering die we gebruikten, dat dus iemand als ik naar Israël zou kunnen reizen.'

'Met mevrouw Ulm?'

'Het was echt een puur hypothetische vraag.'

'Moet u horen, meneer Ulm,' Gehlen keek de niet-bij-naam-genoemde stralend aan, 'we zullen uw broer en uw ex-vrouw naar Palestina sturen. Dan zult u beroepsmatig geen enkel contact meer met
elkaar hebben. Dat moet u dan toch geruststellen?'

Je kon zien dat Hub nog bleker werd dan hij toch al was. Desondanks kon er nog een knikje af.

'En wat uw toekomst bij de Org aangaat, daar valt wel een mouw
aan te passen, denk ik.'

'Dank u wel,' kraste Hub.

'Meneer Sangkehl, wat hadden we ook alweer bedacht?'

De roodwangige adjudant, die vanwege zijn doorboorde gezicht
altijd verbaasd leek te kijken, klemde de sigaret precies op die plek
tussen zijn lippen waar zijn lange opgezwollen litteken een tweede
mond dwars op de echte had gevormd, eentje die van kin tot neus
liep, maar die zich natuurlijk niet opende. Sangkehl boog voorover
en deed al paffend of hij in zijn documenten iets nalas, wat helemaal
niet kon vanwege alle walm die hij produceerde.

'Kantine, meneer,' zei hij ten slotte apathisch.

'Juist ja. U wordt verantwoordelijk voor de dienstkantine.'

Ik ken mijn broer in al zijn hoedanigheden en ik weet zeker dat hij
– kleine Anna of niet – een pistool had getrokken, dat tegen het
hoofd van Reinhard Gehlen en de heer Sangkehl had gezet en nieuwe doorboorde gezichten gefabriceerd zou hebben als hij er in die
seconde een bij zich had gehad.

Maar zo was het niet. Hij kon niets anders doen dan een vervaar-
lijke kalmte uitstralen.

'U wilt dat ik ga koken en bakken?'

'In hemelsnaam, nee, zeg,' zei de doctor met een schelle lach. 'Ik
eet hier elke dag, zoals u weet. Nee, u ziet toe op het kantinebedrijf,
een belangrijke taak. Sangkehl, wat hoort er allemaal bij?'

'Inkoop, leidinggeven aan medewerkers, planning, algemene leidinggevende taken. En een enorme verantwoordelijkheid: meer dan
duizend maaltijden per dag!'

'Doctor, in alle bescheidenheid,' siste mijn broer. 'Ik heb de operationele dienst geleid. Ik was verantwoordelijk voor de Sovjet-Unie. Ik heb uw hele bedoening draaiende gehouden.'

'Dat klopt,' reageerde Gehlen minzaam. 'En als de BND volgend jaar officieel van start gaat, dan worden het zelfs meer dan tweeduizend dagelijkse maaltijden.'

Toen ik 's avonds thuiskwam, hoorde ik haar gehijg al bij de voordeur.

Ev zat op haar knieën geconcentreerd te zagen in haar voormalige slaapkamer, de mijne dus. Ze had het bed met een schrobzaag verdeeld in kleine stukken, waarmee ze de kachel wilde stoken.

Ook de bank in de woonkamer had ze geportioneerd, plus een stoel waarin de niet-bij-naam-genoemde graag zat. Bovendien waren de poten van de keukentafel geamputeerd. Ze moest van 's morgens vroeg tot 's avonds laat hebben gezaagd, op haar vingers zaten blaren, aan de binnenkant van haar rechterhand hingen rode velletjes. Ze maakte een gedesoriënteerde indruk toen ik de zaag uit haar hand pakte.

'Ev, wat ben je aan het doen?' vroeg ik overbodig.

'Heb je hem gezien?'

'Ik heb hem gezien, ja. Het was niet zo erg.'

'Dat geloof ik niet.'

'Gehlen heeft hem op z'n nummer gezet, en weet je wat nog meer? Israël zou weleens kunnen doorgaan.'

Ze leek helemaal niet te luisteren.

'De baas heeft nog zo'n opmerking gemaakt. Die klonk werkelijk veelbelovend.'

'Zozo, je baas heeft een werkelijk veelbelovende opmerking gemaakt.'

Ze glimlachte zo bitter dat het eigenlijk geen glimlach meer was en ze verviel voor de rest van de avond in een minachtende, beschuldigende toon die alleen in het hogere bereik nog een beetje aardig klonk (maar kwinkeleren zoals vroeger kon ze toch al niet meer, haar roodborsttong was afgesneden en ingeruild voor iets reptielachtigs, iets nadrukkelijk gespletens dat een mens kon vergiftigen met boosaardige opmerkingen). Ze spuugde in haar handen en ging, omdat ze de zaag niet terugkreeg, op zoek naar andere bezigheden. Ik kon niets voor haar doen, ze was een aangeschoten dier dat zichzelf moest zien te redden, want wie te hulp schiet wordt gebeten.

En dus zag ik dat ze ten slotte vol onderhuidse, ongerichte woede met een taartschep het behang begon af te krabben. Natuurlijk kreeg ze daarbij het soort moeilijke ogen dat ik altijd zo leuk aan haar had gevonden. Ze stuitte echter ook op de grenzen van haar geestelijke gezondheid.

Toen ze bekaf en onder het vuil voor een berg puin zat, drong ik er bij haar op aan om samen naar mijn wél intacte appartement in de Kaiserstraße te rijden en daar te overnachten. Maar ze weigerde. Anna's kamer wilde ze zelfs niet voor één nacht verlaten.

Ik twijfelde wat ik doen moest. Ik kon haar in deze toestand niet alleen laten. Maar er was in de verwoeste woning geen slaapplaats meer voor mij, behalve Anna's bed.

En dat Ev me ten slotte in Anna's bed toeliet, had een waarschuwing moeten zijn. Ze krulde zich afgemat op en ging tegen de wand liggen, zei dat mijn adem stonk en ik haar met rust moest laten, en geen kik, zei ze.

Ik gaf ook geen kik. Ik zweeg. En zwijgend hoopte ik dat ze mijn voortdurende erecties tegen haar rug niet persoonlijk opnam. Ze waren, leek me, alleen maar het gevolg van een reeks fysiologisch gemakkelijk te verklaren omstandigheden, en vermoedelijk was dat ook zo. Maar desondanks bewoog ik mijn onderlijf – inmiddels was ze diep in slaap – heel voorzichtig naar haar toe, parkeerde mijn u-weet-wel op haar warme, rouwende zitvlak, want ze stond erop (dat had ik moeten zeggen) dat we naakt in bed lagen, alle andere opties zouden onze familiale relatie compleet hebben geridiculiseerd, zoiets zei ze, laat dat maar eens op je tong smelten.

Toen ik ten slotte een echt buitengewoon ongemakkelijke stijve had, waarmee ik haar niet lastig kon vallen, maar anderzijds was ik totaal in de ban van haar golvende adem, die een haast normaal volume had bereikt, toen merkte ik pas dat er binnen in me een trekkerige trilling, gevolgd door een vulkanische eruptie opsteeg, en daarom draaide ik mijn lijf in de laatste seconden bij haar lichaam vandaan, drukte me stevig in het laken, in mijn eigen temperatuur om zo te zeggen, en stortte me zwijgend stromend uit in het door het fijnste zaagsel opgeruwde linnen.

Ev schrok meteen wakker, zag wat er was gebeurd en sloeg me op mijn gezicht.

'Ben je niet goed wijs?' riep ik perplex.

'Je spuit in Anna's bedje.'

'Sorry.'

'Wat bezielt je?'

'Het ging niet anders.'

'Je vernietigt haar geur.'

'Het spijt me, ik heb gedroomd.'

'Ik wil Anna ruiken! Ik wil niet jouw sperma ruiken! Hier, ruik je eigen sperma maar eens!'

Ze duwde mijn hoofd in de vochtige vlek.

'Ruik je het wel?'

'Nou is het genoeg, ja! Wat moet ik anders doen?'

'Je ligt toch tegen mijn rug aan? Kun je niet gewoon tegen mijn rug spuiten? Je kunt mijn billen toch uit elkaar duwen als je het voelt komen en dan de boel rustig naar binnen spuiten, zoals in een stomme kut! Dan kun je de boel tenminste afwassen.'

'Ik vind het vreselijk als je zo vulgair doet!'

'Ik vulgair? Urineer ik soms in het bed van mijn dochter?'

'Sperma is wel even wat anders dan urine!'

'Dat hoef je mij niet uit te leggen! Dat hoef je niet aan een dokter uit te leggen, jongeman! God, ik moet dat er onmiddellijk uit wassen!'

Ze rende naar de badkamer en ik hoorde dat ze water in een emmer liet lopen.

'Ben je gek geworden?' riep ik haar na. 'Je ligt al weken in dit ongewassen bed. Hier ruikt echt helemaal niets meer naar Anna! Alles ruikt alleen naar jouw hysterie!'

'Deze kamer ís Anna! In deze kamer wordt niets veranderd!' Ze kwam met de volle emmer de kamer weer in. Een natte doek in haar hand wreef over mijn vlek en maakte er een nog grotere vlek van.

'Niets veranderd, hè? Je hebt het hele huis veranderd! Moet je in de woonkamer kijken, het is daar een slagveld! En als we hier ooit weggaan, dan zal ook deze kamer veranderen! Alles wordt weggegooid! Alles wat aan Anna herinnert wordt weggegooid! Niets blijft er over!'

'Ik wil niet dat je bij me slaapt als je jezelf niet weet te beheersen!'

'Nou, dan slaap ik maar niet bij je! Ik ben hier alleen omdat je het me hebt gevraagd. Je hebt me gevraagd om naakt in je bed te stappen!'

'Vanwege je temperatuur. Omdat jouw temperatuur me troost biedt! Maar dat gebeurt niet als jij met een stinkende bek in Anna's bedje spuit!'

Nu werd ik razend, ik zou kunnen ontploffen om haar legendarische grofheid, een grofheid die me in warme golven overspoelde, en ik dook daaruit op en pakte haar hand vast met die ellendige doek erin.

'Laat onmiddellijk los!' gilde ze.

'Jij bent gemeen en harteloos! Ik doe alles voor je, ik verdraag alles voor je, ik ga zelfs voor je naar Israël!'

'Laat me los!'

'Weet je hoe gevaarlijk dat is? Weet je wat me in Israël kan gebeuren? Heb je ook maar enig idee in welke situatie ik me begeef als we emigreren?'

Ze rukte zich los, schreeuwde hartgrondig 'Stinkpuist!' en gooide de hele emmer water met een brede zwaai over het bed, vermoedelijk om het van mijn schande te reinigen, ik weet het niet, ze legde niets uit, stond daar maar met de druppende emmer in de hand en bekeek verbouwereerd haar werk.

Er werd op de voordeur geklopt. Ik rukte hem open zoals een bewaker een celdeur openrukt. Een geschrokken buurman in Wilhelm Busch-pyjama zei dat hij de politie zou bellen als we niet stil waren, en daarna ving hij een blik op van het tot kleine porties verzaagde meubilair dat in het licht van de hal glansde. Hij ging er als een haas vandoor.

Toen ik terugkwam, stond Ev nog altijd voor het natte bed, uiterlijk onveranderd, maar op slag nuchter, met in haar mond alle naargeestige woorden en beledigingen, die ze nu leek in te slikken.

En met deze bitterheid op haar tong vloeiden plotseling haar krachten weg. Ze ging op de vloer zitten, op de halve stoel, leunde tegen Anna's ezel, en toen zei ze, eerder tot de ezel dan tot mij, dat ze op het moment misschien een beetje doorgedraaid was en hoezeer haar dat speet. Ze vond het heel moeilijk om tot het einde te gaan, tot het einde van de wereld, maar ze moest volhouden, ze zou nu haar vertrek voorbereiden, met of zonder mij, bij doctor Spanier had ze inmiddels ontslag genomen, tenminste, haar ontslag aangekondigd, een ontslag aankondigen, nou, dat stelde niets voor, maar ze zou doen wat nodig was. En ze had niet geslapen en er wel naar verlangd dat ik achter haar zou liggen, en het woord 'penetreren' paste niet bij wat ze daarnet voelde, en de woorden 'naar binnen spuiten' al helemaal niet, ze wilde alleen maar dat ik haar zou beschermen, zoals dat in mijn vermogen lag, en ze kon niet geloven dat het niet in mijn vermogen lag om met haar maar overal naartoe te gaan waarheen ze moest gaan, waarheen ze nu eenmaal moest gaan om niet te sterven.

'Hou je van me, Ev?' vroeg ik.

Ze keek naar me op, bewoog haar hoofd bij de ezel vandaan. Ik hoorde haar nasale glimlach, die voor mij wegkroop.

'Ik ben zo moe, Koja. Ik kan van niemand houden. Het gaat helaas niet.'

'Dat geeft niet.'

'Kom, alles is nat. We gaan op het tapijt liggen en omhelzen elkaar.'

'Ook al houden we niet van elkaar?'

'Ja.'

'Dat is voldoende.'

U zult begrijpen, geachte swami, waarom ik in die moeilijke weken en maanden serieus overwoog om Ev naar een psychiatrische inrichting of dan tenminste toch op kuur te sturen. Ze hoorde niet in Israël, maar in Bad Pyrmont of Baden-Baden, in Bad Ischgl of een badplaats aan de Oostzee, met een pier en een kuurtuin vol met zeezout bedekte rozen en oude mensen in hoge ontbijtzalen, en vooral zonder één snoezig kind dat vreselijke associaties bij je zou kunnen oproepen. Evs zenuwen waren rechtstreeks van haar hersenen in haar haar gekropen, tot ver in de punten, zo formuleerde ze het zelf, en op een dag knipte ze bij zichzelf een lok af, alleen om te zien of het dan voelt of je je eigen vinger afknipt.

4

Ik moest me op Israël voorbereiden. Dat gaf Palestinamof me te kennen. Geestelijk, mentaal, cultureel en vooral wat de taal betreft diende ik gewapend te zijn. De Org wil een resident in Palestina hebben (hoorde ik). Er gebeuren daar dingen (voegde het afdelingshoofd er geheimzinnig aan toe) die niets met de officiële dingen te maken hebben. De doctor heeft in Tel Aviv een oog nodig. Een oor. Misschien zelfs een apparaat. Organen. Waarneming. Alles. En misschien duurt het dan nog wel even voor ze een idee hebben hoe het kan gaan, lispelde Hach. Tot het zover was, moest ik de piketpaaltjes slaan.

Be prepared.

Palestinamof hield van Engels.

Ik kreeg een taalleraar toegewezen: Jeremias Himmelreich, een vriendelijke man van mijn leeftijd, die zich traag bewoog, met een van angst of lusteloosheid gekromd lichaam.

Ik ontmoette hem voor het eerst begin maart negentienvijfenvijftig in café Burger in de Luitpoldstraße. Hij zat in een verkreukeld pak, de mondhoeken naar beneden gekruld, achter een tafeltje, begraven in Egon Friedells *Kulturgeschichte der Neuzeit*. In zijn kapsel had hij met tien trillende vingers een grote kam gevormd die zijn te lange, al vroeg wit geworden haar tot een krans had opgericht, zodat hij eruitzag als de pluizenbol van een paardenbloem. En als een pluizenbol deinde hij ook door het leven. Op alles om hem heen, ook op het lichtste zuchtje wind, leek hij als op een orkaan te reageren. Ik was bang dat hij in losse onderdelen zou wegvliegen wanneer de kelner te gehaast langs ons heen schoot, en het enige wat hem bij elkaar hield, was een Trotski-bril die achter op zijn hoofd met twee in elkaar gedraaide ijzerdraadjes op z'n plek werd gehouden.

Al bij het beantwoorden van mijn groet hoorde ik zijn Baltische accent. En dat klopte ook, hij was een Est, een slaperige *Dojahn*, een domoor, zoals mama hem zou hebben genoemd. Van zijn vader, een oogarts die in Tartu bij het stedelijke bridgekampioenschap als tweede was geëindigd, had hij zijn zachtmoedige aard, van zijn moeder de Tsjernivtsi-paniek, zoals hij het noemde, een latent alarm dat in de jaren van vervolging zijn leven had gered. Details gaf hij niet. Hij leerde mij Hebreeuws in het zachte Baltische dialect, met de filologische acribie die in het Jodendom iets anachronistisch ziet.

'Ivriet kan ik niet,' zei Pluizenbol peinzend, 'veel te modern. In plaats daarvan praten we maar een beetje zoals Mozes deed, of niet dan, meneer Dürer?'

Het kostte me veel moeite om het schrift te leren. Dat duurde bijna het halve voorjaar. Van rechts naar links lezen en van rechts naar links schrijven is niet mijn sterkste kant. Maar voor elke nieuwe letter die ik onder de knie had, kreeg ik van Pluizenbol een Joodse witz als beloning.

De *alef*-mop, een mop voor beginners en daarom in mijn persoonlijke C-klasse ondergebracht, ging zo: 'Vraagt de buurvrouw: "Hoe oud zijn die twee kleintjes?" Wijst de Joodse *mamme* trots op haar vrachtje in de kinderwagen: "De arts is zes maanden en de advocaat twee jaar."'

Op de *dalet*-mop, solide B-klasse, was Pluizenbol in het bijzonder gesteld, maar hier daagde de pointe me emotioneel uit: "Twee stokoude grijsaards, hij zesennegentig, zij vijfennegentig, komen bij de rabbijn: "Waarde rebbe, wij willen scheiden." – "O goeie genade, waarom nou toch, na zeventig huwelijkse jaren?" – "We wilden wachten tot de kinderen dood zijn."'

Een goeie mop, absoluut. Maar toch welden er tranen in me op. Het is zo volslagen onnatuurlijk, het is zo fundamenteel in tegenspraak met de noodzakelijke loop der dingen wanneer een kind eerder dan zijn ouders sterft, het gaat je verstand en de resten van je voorstellingsvermogen te boven, daarom kan het geestig zijn, dat vertelde ik Pluizenbol ook, die ontroerd was omdat ik om een mop van hem moest huilen. Hij gaf me zijn servet, hij was een goed mens.

Tenslotte schiep juist deze dalet-mop een speciale band tussen ons, en Pluizenbol breidde daarna de moppen naar alle levensgebieden uit, moppen van de luxueuze A-klasse dus, zoals de *taw*-mop, een draak van een mop die je alleen moet vertellen als je in een sombere stemming bent, een stemming die Jeremias Himmelreich van vroeg tot laat tegenover me tentoonspreidde, vergezeld van een heel arsenaal aan sombere gelaatsuitdrukkingen.

'Komt een bruidegom 's morgens vóór de bruiloft bij de strenge rabbijn: "Rebbe, vanavond na de huwelijksvoltrekking, mag ik dan eindelijk met mijn vrouw dansen?"

"Je weet toch dat de Wet dat niet toestaat. Mannen dansen met mannen. Vrouwen dansen met vrouwen. Voor dansen wordt geen uitzondering gemaakt, ook niet bij jouw bruiloft."

"Maar daarna, dan mag ik toch wel met mijn vrouw slapen?"

"Natuurlijk, zoals het in de Heilige Schrift staat: 'Wees vruchtbaar en word talrijk.'"

"En wat is toegestaan?" wil de bruidegom weten. "Alleen liggend, of mogen we het ook zittend doen?"

"Zitten is geen probleem."

"Zij op mij, ik onder haar?"

"Wat je wilt."

"Op de keukentafel?"

"Niet erg gerieflijk, maar het mag."

"Oraal verkeer?"

"Geen enkel punt, als het maar niet de godgevallige geslachtsdaad vervangt."

"En staande?"

De rabbi slaat met zijn vuist op tafel en schreeuwt buiten zinnen: "Ben je mesjogge? Nooit ofte nimmer staande!"

"Waarom dan niet?"

"Dan is dansen misschien de volgende stap!"'

Pluizenbol eiste dat ik alle witzen in het Hebreeuws kon vertellen, het liefst even onverschillig en lusteloos als hij het deed, want dat zou voor mij deuren openen in de Joodse samenleving.

Gaandeweg werd duidelijk dat Jeremias Himmelreich een geheim met zich meedroeg. Een geheim dat hij voor zichzelf wilde houden, dat niettemin in toespelingen het oppervlak in beroering bracht en te maken had met een lang vervlogen liefde, een liefde voor een vrouw met de minst Joodse van alle namen; ze heette Christiane en hij had het voortdurend over haar, alsof haar geest voor iedereen zichtbaar naast hem stond.

De ene keer vertelde hij wat Christiane van dit of dat zou vinden, een andere keer of ze mij graag of minder graag had gemogen, en ze stelde ook voor naar welk restaurant we zouden moeten (want we gingen vaak naar restaurants omdat Christiane vond dat je Hebreeuws het best leert onder vreemde mensen en met een mooi glaasje wijn erbij, hoewel zijzelf natuurlijk nooit Hebreeuws had geleerd).

Lang geleden had Pluizenbol zijn Christiane in de Berlijnse Charité ontmoet, daar kon ik me wel iets bij voorstellen. En ook dat ze allebei als jonge artsen op de chirurgische afdeling hadden gewerkt en verliefd op elkaar waren geworden, was niet zo vreemd. Later is in het Duizendjarig Rijk daaruit iets dramatisch of tragisch of, zoals zo vaak met Balten, grotesks ontstaan, iets waardoorheen rassenschande schemert, maar verder kwam ik niet. Himmelreich hield zich op de vlakte.

Voor de rest leefde hij in een bijna volkomen isolement, zoals eertijds de heremieten. Ik kwam er pas laat achter waar hij eigenlijk woonde. Vrienden of dan toch kennissen leek hij in München amper te hebben. Waarom hij als afgestudeerd chirurg niet in een ziekenhuis werkte maar de kost verdiende met losse baantjes in de sfeer van Duitse geheime diensten was ook niet te begrijpen. (Pas later hoorde ik dat Pluizenbol gewoon geen bloed kon zien.)

Hij was een heel fijn, uitermate gecultiveerd mens, in zijn argeloosheid leek hij veel op u en hij voelde zich verbonden met zijn witzen alsof het levende wezentjes waren.

Zijn plotselinge verdwijning was een onverwachte schok voor me. Ik zat in restaurant Osterwaldgarten bij een weisswurst op hem te wachten. De lente was na een lange, koude winter zo wakker als een kuiken dat net uit het ei gekropen was. Ik zat op het terras onder een uitbottende boom, vanwege de weinige schaduw die hij gaf, want Himmelreich meed direct zonlicht. We zouden verdergaan met de verbuigingen, *ani kotew, ata kotew, hu kotew.* Maar hij kwam niet opdagen.

Palestinamof was erg opgewonden toen ik hem belde en informeerde. We reden in de dienstauto naar Radio Free Europe in de Oettingenstraße, omdat Himmelreich daar voor de CIA het Tsjechische programma verzorgde. Maar in de studio hadden ze hem niet gezien.

In zijn eenkamerappartement vlak bij de Englischer Garten vonden ze evenmin een spoor, wel een uitgeklapte strijkplank met een strijkijzer dat al dagen op z'n kop lag te gloeien en zijn hele appartement warm had gehouden, zo klein was dat.

Vierentwintig uur later, kort na een flinke regenbui, stuitte een houtvester in het Kasten-bos op een touw dat om een tak was gewikkeld, en in de lus hing mijn leraar Hebreeuws, drie meter boven een tapijt van blauwe boshyacinten. Tegen een boomstam stond een ladder, waarvan de poten diep in de drassige bosbodem waren weggezakt. Je vond geen voetafdrukken onder de ladder, en ik weet haast wel zeker dat meneer Himmelreich met een aanloop over de boshyacinten op de sporten van de ladder was gesprongen om geen van de lavendelkleurige bloemen te vertrappen. Hij bungelde vredig aan zijn tak, bewonderde vanachter zijn Trotski-bril de levenslustige, monter uitlopende bomen om hem heen en hij zag er zo chagrijnig-melancholiek uit alsof hij dadelijk met een witz voor de dag wilde komen. Hangt een Jood zich op in een Duits bos, zo ongeveer. De nachtelijke regen had zijn rechtovereind staande haarkrans plat tegen zijn hoofdhuid gekletst, alsof hij nooit een pluizenbol was geweest.

Ik keek lang naar de foto van de plaats delict en las ook zijn afscheidsbrief, die me radeloos achterliet, want hij was geschreven door de vriendelijkste, aardigste, meest attente kluizenaar die ik ooit heb ontmoet.

Voor de armetierige apen die jullie zijn, zo begon het opmerkelijke document.

Voor de armetierige apen die jullie zijn, valse dwazen, was ik niet op de wereld. Worden jullie, geheim agenten, nog door iets anders dan leugens gedreven? Buigen jullie je vunzige tronies nog voor God? Kus me de kont, stelletje klootzakken, nee, die is te goed voor jullie. Die Dürer is ook een leugenachtig varken. Wie in het verlan-

gen leeft groeit uit tot een reus. Als jullie hart nou maar niet zo laf
was geweest, stelletje stommelingen!

Een paar dagen later al kreeg ik een telefoontje van Gehlens secretaresse, die me meedeelde dat de doctor mij graag 's avonds op de thee wilde ontvangen, het komende weekend als het me schikte.

Ik was al jaren niet meer bij de doctor in Berg geweest en al helemaal niet op de befaamde theeavonden, waarop eigenlijk uitsluitend landjonkers en voormalige topvliegeniers, meestal van Silezische adel, werden ontboden om vroeg of laat Gehlens onaantrekkelijke dochters te huwen.

Een van hen liet me binnen, uitgemonsterd in de parlementair-democratische voorstellingen van een cocktailjurk, dus bijna choquerend progressief, en ook nog eens paars. Ze gedroeg zich evenwel niet anders dan mama een halve eeuw eerder aan het hof van de tsaar en begeleidde de late en van alle mogelijke tragedies bolstaande gast naar haar vader, op de maat van Tsjaikovski's *Zwanenmeer*, dat uit een platenspeler door het hele huis parelde.

Het huis was fel verlicht. We moesten goedgehumeurde schoonzonen in allerlei varianten passeren, die met kopjes thee voor het donker glanzende panorama van de Starnberger See stonden, en als ze zich hadden omgedraaid, zou hun op de grote wand ertegenover een laatste blauwgroene verfklodder zijn opgevallen, het restant van de Elend-Alm die ik daar eens op de wand had getoverd.

Maar natuurlijk, waarom zouden ze zich ook omdraaien.

De paarse dochter klopte op een deur (twee keer kort, één keer lang, twee keer kort: een werkelijk tot in de kleinste details doorgecomponeerd geheimedienstgezin), trok hem voorzichtig open en bracht me naar de kleine rooksalon.

Gehlen zat er aan zijn secretaire voor een tafellamp. Ik bleef een paar seconden in het partylicht staan. Toen gaf de dochter me een duwtje, zei 'Meneer Dürer, vader' en deed de deur achter me dicht, zodat de lichtkegel van de tapijtvloer en daarmee ook mijn slagschaduw wegkantelde. *Het Zwanenmeer* was abrupt uitgezet, leek het, en ik werd omhuld door een donker grijs met niets dan de kleine, matte lamp als lichtbron.

Gehlen, niet meer dan een silhouet, wenkte me met een lichte handbeweging dichterbij. Ik kwám dichterbij, waarbij ik zowat op een buitenmaatse, lobbig ogende labrador was gestapt die naast een grote houtkachel lag. Het duurde een poosje tot je aan de duisternis gewend was geraakt en kon zien dat op enige afstand van de kachel, op een pront leren kussen, Palestinamof er opgeprikt bij zat.

Hij droeg een zwart pak en zijn lakschoenen stonden keurig naast zijn voeten, die in geruite sokken staken. Toen hij zijn blik fijntjes lachend in de mijne neersloeg, wist ik dat er iets nadrukkelijk niet in de haak was.

'Hebt u zin in een kop thee of iets anders?' vroeg de heer des huizes me.

Ik zou wel graag thee willen, zei ik. Vervolgens liet ik me, zijn subtiele vingerwijzing als een uitnodiging opvattend, vallen op het tweede pronte kussen, dat naast Palestinamof lag.

'Een geschenk van het Jordaanse koningshuis,' zei Gehlen luchtig terwijl hij de thee uit een zilveren kan voor me inschonk. 'In het Jordaanse koningshuis doe je je schoenen uit als je erop gaat zitten. Hier trouwens ook.'

Je zat niet ongemakkelijk, maar wel een stuk lager dan Gehlen, die als een bedoeïenensjeik op ons neerkeek en rustig met de hete thee boven mijn hoofd aan het manoeuvreren was. Ik knoopte gehoorzaam mijn veters los, deed mijn schoenen uit, zette ze naast mijn voeten en kreeg een kort exposé te horen over de voordelen van een blootsvoets bestaan, in psychisch en orthopedisch opzicht en als lid van de geheime dienst (de blootsvoetse Comanche is altijd in het voordeel). En hoe graag de doctor in de zomer blootsvoets de Alpen zou willen oversteken, omwille van zijn rug, die daar baat bij zou kunnen hebben, dat hoorde ik ook.

'Maar we gaan het nu even niet over mijn rug hebben,' zei Gehlen na juist dat uitvoerig te hebben gedaan, en hij reikte me de thee aan.

Ik nipte bedachtzaam aan de thee, die nergens naar smaakte, de labrador snurkte, maar misschien was het ook wel de grijnzende Palestinamof, ik had er geen eed op kunnen zweren.

'Wat een tragisch incident, dat met uw gewaardeerde leraar,' zei Gehlen toen hij weer zat. Hij kon zoiets zeggen zonder er een tragisch wat-een-tragisch-incidentgezicht bij te trekken, waarvoor ik verantwoordelijk was, want op Palestinamofs gezicht lag zijn grijns bestorven. 'Maar we moeten nu even niet naar de gevoelens kijken die je als mens begrijpelijkerwijs ondergaat, Dürer, en ons volledig op het bredere verband richtten.'

'Tot uw dienst, doctor.'

'U hebt weet van de Israëlische houding jegens ons land?'

'Uiteraard.'

'Vanuit het perspectief van een *homo politicus* die ze alle zeven op een rijtje heeft, zal er de komende jaren niets aan de problemen veranderen.'

De doctor leunde achterover in zijn bureaustoel, en nu zag ik pas dat ook hij zijn schoenen had uitgedaan en zijn hielen genoeglijk tegen elkaar wreef.

'Maar persoonlijk denk ik,' ging hij verder terwijl hij zich verlustigde aan zijn beide grote tenen, 'dat Israël zich niet van de kaart wil laten vegen. Daarom zal vroeg of laat het spel beginnen.'

'Welk spel, doctor?'

'Uw spel, Dürer. Niemand dwingt u ertoe. Het is úw spel. Daarover zijn we het toch eens?'

Ik richtte me op en deelde aan de behendige voeten van de hoogste baas van de geheime dienst van de Bondsrepubliek Duitsland (want in zijn ogen kon ik niet kijken) mee dat ik de opdracht zou aanvaarden, met alle plezier en uit vrije wil, maar dat ik nog wel de details zou willen weten, met alle verschuldigde respect.

'Het gaat om een in Palestina uit te voeren geheime missie die een grote inzet vraagt.'

'Hoe groot dan wel?'

'Maximale inzet.'

Palestinamof had zich nog helemaal niet geroerd, maar reageerde nu alsof er een codewoord werd genoemd. Hij hoefde alleen maar iets te pakken wat naast hem lag en schoof me, nog altijd in een opperbest humeur, een dunne map toe die hij al voorbereid had.

Ik nam hem aan, stond op, liep op kousenvoeten naar de tafellamp, plukte mijn leesbril uit het etui nadat ik mijn kop thee had neergezet (een wijs besluit). Ik zag dat er op de voorzijde van de map *Geheim stuk* stond, met daaronder *Himmelreich*. Ik sloeg de map open en had drie minuten nodig om hem door te nemen, en nog eens drie minuten om op adem te komen. Daarna gaf ik het document terug aan Palestinamof en nam weer plaats op het kussen van het Jordaanse koningshuis, maar dat leek nu met fragmentatiegranaten en kneedbommen gevuld.

'Ik moet een dubbelganger zijn?'

'Een perfecte dubbelganger, om eerlijk te zijn,' antwoordde Palestinamof in vrolijke opwinding. 'Alleen al om het simpele gegeven van zijn Joodse achtergrond zou u met Himmelreichs identiteit een eind kunnen komen.'

'De man knoopt zich op, het nieuws komt hier in de krant, en dan moet ik zijn rekeningen betalen?'

'Er is niks in de krant gekomen,' suste Palestinamof. 'De politie heeft het incident op ons verzoek in de doofpot gestopt. Er is geen lijk Himmelreich. Er is alleen een springlevende Himmelreich, en die zit voor me.'

'Springlevend voor hoe lang?'

'Dat is aan u. Niemand zal uw leraar missen, hij heeft geen nakomelingen, zijn stoffelijk overschot is al gecremeerd.'

'Iemand zal hem missen.'

'In München zeker niet. Sociale contacten nihil. Zijn familie is in Auschwitz gebleven. Beroepsmatig was hij actief voor de Org en de CIA, dus voor niemand. Zijn collega's bij Radio Free Europe hebben een geheimhoudingsplicht. Die zullen niet over zijn persoon praten en ook niet over de vraag of ze hem kennen. En er is ook echt geen mens die hem kent. U bent een bofkont, meneer Dürer.'

'O ja?'

'Himmelreich zal uw toegangsbewijs voor Israël zijn.'

Dat u het maar goed begrijpt, misschien wel reddeloos verwarde swami: meneer Gehlen en de opgeruimde Palestinamof waren van plan om Himmelreichs zelfmoord te gebruiken door zijn naam, eigenschappen, interesses en eenzaamheid, dus zijn complete Joodse huid van zijn vlees te stropen en die als een bloedige vermomming over mij heen te stulpen.

Buiten het vertrek hoorde je een heldere lach aan komen galopperen, zodat zelfs de labrador opschrikte, en ook Gehlen keek naar de deur, waarachter een nieuwe plaat was opgezet, *Moonlight Serenade*, vergif voor je oren.

'O ja, nog één dingetje...' Palestinamof wendde zich tot mij, en voor het eerst meende ik een schaduw in zijn mondhoeken en op het schrapen van zijn keel te ontwaren, 'een dingetje met de heer Himmelreich, dat je nou ook weer niet hoeft te dramatiseren.'

M'n beste swami. Ik... ik heb u gezegd dat ik u alles zou vertellen, en dat ga ik ook doen, los van het feit dat de kamer van dukkha die we nu binnengaan een zeer onverwachte is, onverwacht voor mij, maar misschien ook wel voor u, want u hebt zich toch een beeld gevormd van de goede, hulpvaardige en boshyacinten minnende meneer Himmelreich, door mijn ogen als het ware. Maar het waren gesloten ogen, waardoorheen u alleen zag wat ik wilde zien, gebarricadeerde ogen, zoals Palestinamof die indertijd ook met een ruk bij mij opende door me eerst te vertellen wat ik natuurlijk al wel wist, namelijk dat meneer Himmelreich begin jaren dertig als *studiosus medicinae* aan de universiteit van Tartu was begonnen, maar dat hij uiteindelijk in Berlijn afstudeerde.

Tijdens zijn eerste aanstelling als arts in opleiding leerde Pluizenbol aan de Charité een jonge collega kennen, van wie hij ook leerde houden, Christiane, die door het Duits-volkse van die tijd gegrepen was. En zij construeerde op basis van Himmelreichs ronde blauwe ogen een volmaakte Germaanse verschijning, wat hij in eerste instantie maar liet passeren, want hij was natuurlijk smoorverliefd op het meisje. Om haar niet kwijt te raken deed hij zich met Baltische en ook Joodse gotspe nog een tijdlang voor als ariër, maar vlak voordat de nazi's aan de macht kwamen, schonk hij haar klare wijn, hoewel hij zich kon voorstellen dat ze hem met de snelheid van het licht zou verlaten.

Maar dat gebeurde nou juist niet.

Christiane koos voor hem en niet voor het Duitse volk (zo vatte haar afdelingshoofd het samen, en hij ontsloeg hen allebei). Christiane was zo overtuigd van haar besluit dat er zelfs een bruiloft volgde. De ouders van de bruid waren, heel anders dan zijzelf, geharnaste tegenstanders van Hitler. Haar vader had als sociaaldemocratisch gemeenteraadslid in Potsdam schuld op zich geladen (dat is te zeggen: sociaaldemocratische schuld), haar zwaar gehandicapte broer hing de hele tijd euthanasie boven het hoofd. Hoe deprimerender de situatie voor Himmelreich werd, hoe onverstoorbaarder zijn eega zich toonde.

In de oorlog moest hij naar een Joods huis in Berlijn verhuizen, samen met zijn vrouw. Om haar te beschermen, om ook haar rooie vader voor het concentratiekamp te behoeden, om gedwongen plaatsing van Christianes broer in een euthanasiecentrum te voorkomen en natuurlijk ook om zelf aan deportatie te ontkomen, begon hij op haar verzoek met de SD samen te werken.

Himmelreich deed dit met een bezwaard gemoed. Hij had lang geaarzeld. Maar toen Christianes vader door de Gestapo opgebracht en dusdanig afgetuigd werd dat hij een hartinfarct opliep, ontwikkelde mijn leraar Hebreeuws zich tot een informant van de eerste orde, speurde van het Scheunenviertel tot de Kurfürstendamm naar ondergedoken Joden, papte met hen aan en leverde ze ten slotte uit aan de Gestapo.

'Himmelreich was een Jodenjager?' vroeg ik onthutst.

'Jodenjager, verrader, collaborateur. *The whole thing.*'

'En dat vindt u maar een dingetje dat je niet moet dramatiseren?'

'Bijna niemand weet dat. Begin 1945 kwam mevrouw Himmelreich bij een bombardement om het leven.' (Want zij mocht met haar man immers niet in een schuilkelder, dat was voor Joden en familie van Joden verboden, misschien weet u dat niet, later geboren Basti.) 'Himmelreich overleefde de oorlog. In de chaos na de oorlog dook hij onder en bleef uit de buurt van zijn vroegere vrienden, bang om herkend te worden. Hij sloot zich aan bij de SD'ers die hij in de oorlog had gediend en hij diende hen, dus ons, na de ineenstorting opnieuw.'

'U denkt toch niet heus dat ik mij als voormalige Jodenjager naar Palestina laat sturen?'

'O, meneer Himmelreich ging altijd heel behoedzaam te werk. Er zijn niet veel Joden die van zijn bestaan weten. De mensen die hij heeft verraden, zijn bijna allemaal vergast.'

Armetierige apen die we zijn, die in armetierige palmen klimmen voor de allerlaatste verrotte kokosnoot, alleen om die te offeren aan het kleine verlangen waarin we leven en – hierin had Himmelreich gelijk in zijn cryptische afscheidsregels – dat van ons reuzen maakt. Ook al vond hij mij een leugenachtig varken en vond hij dat ook van zichzelf, ik was zeer op hem gesteld geweest. Hij was wél een sensibel, beschaafd en leugenachtig varken, en dat vertelde ik ook aan Palestinamof.

'Ziet u nou,' bromde die opgewekt, 'dit past ook allemaal bij u. U zult een veel betere Jeremias Himmelreich worden dan hijzelf ooit had kunnen zijn.'

Je hebt maar een handjevol pijn en verdriet voor verraad en 's nachts één stralende ster nodig om in al deze gruwelijkheid af en toe een beetje licht te laten schijnen.

De stralende ster van Pluizenbol was mevrouw Himmelreich geweest, en de mijne zou nu exact zo heten, waanzinnig.

'Welnu, meneer Dürer, durft u het aan?' vroeg Gehlen enthousiast toen hij eindelijk zijn schoenen aantrok. 'Dan kan ik u namelijk over uw missie vertellen.'

5

De wijk rond de Möhlstraße in München-Bogenhausen, na de oorlog de enige Oost-Europese sjtetl in het land, die nog maar kort daarvoor van Joden was gezuiverd, vol met kaftans, lawaai, handelaren in zilverwerk en een enorme zwarte markt, lag als een spookstad voor ons toen Ev en ik er op een koele en regenachtige septemberdag arriveerden. Het enige nog resterende koosjere restaurant, het Astoria, was nog gesloten. De markt met zijn houten keten, kraampjes en tijdelijke kiosken bestond allang niet meer. Ook de synagoge was uit het gebouw van de verpleegstersopleiding vertrokken, de Joodse kleuterschool en zelfs de Joodse lagere school had men opgeheven.

Enkel de villa's die aan weerszijden van de Möhlstraße oprezen, waren nog bij Joodse instellingen in gebruik. Ze hadden tienduizenden chassidische Joden uit Oost-Europa die aan de Holocaust waren ontsnapt en op hun vluchtroutes vanuit Polen en Rusland een paar jaar lang in München hadden gebivakkeerd legaal of illegaal naar Palestina en Amerika geholpen. De kantoren van de Jewish Agency, de American Jewish Joint Distribution Committee en de UNRAA stonden inmiddels echter leeg. Wat restte was alleen nog de Hebrew Immigrant Aid Society, ook wel HIAS genoemd, die op nummer zevenendertig, een gebouw in suikerbakkersstijl, op nadruppelende Joden wachtte.

Dus op mensen zoals wij.

We belden aan.

Een dame met de naam Rosensaft, oud, klein en tanig, opende de deur. Ze begroette ons met een vrolijk 'sjalom' en wees ons waar we onze jassen en paraplu kwijt konden, want even eerder was er een wolkbreuk geweest. Met ballerinapasjes leidde ze ons naar haar kantoor op de eerste etage. We namen plaats aan haar wiebelende tafeltje en keken uit op een wand. Op een poster ploegden twee tractoren groene voren in de vorm van een davidsster tussen twee enorme bruinverbrande borsten, die pas bij nader inzien evenzogoed woestijnduinen konden zijn. Eronder stond: *Welcome to Israel! Keren Hayesod! United Israel Campaign!* Buiten begon het weer te regenen.

Mevrouw Rosensaft zette een schaal met oudbakken, hard geworden koekjes midden op tafel en luisterde met engelengeduld naar Ev, die vertelde dat ze Lets-Joodse ouders had en van plan was om met de hulp van de HIAS naar Israël te verhuizen (ze zei echt 'verhuizen'), maar geen Hebreeuws sprak, het joodse geloof niet praktiseerde, niet op de hoogte was van de rabbijnse geschriften, geen notie had van Pesach en Jom Kipoer, nooit actief was geweest in een zionistische vereniging, nooit in een concentratiekamp had gezeten, tenminste niet als gevangene (op dit punt keek ik Ev indringend aan), ook niet was erkend als vervolgde met verwijzing naar de Neurenbergse rassenwetten, en overigens het Derde Rijk in vermomming had overleefd, namelijk enerzijds door haar activiteiten binnen diverse nationaalsocialistische organisaties (mevrouw Rosensaft hapte op dit moment luidruchtig in een anijskoekje, godzijdank), anderzijds door de naam Solm, die ze door adoptie had verkregen en later nog een keer door haar huwelijk.

'U ben getrouwd met uw eigen broer?' vroeg mevrouw Rosensaft geïnteresseerd.

'Hij is niet mijn echte broer.'

'Hebt u kinderen?'

'Gehad.'

'O, mijn hemel.'

'Eén.'

Mevrouw Rosensaft knikte geschokt, onderbrak de consumptie van de wel zeer profane koekjes, kauwde liturgisch verder, de hand voor de mond, en zei uiteindelijk kruimelvrij: 'Heeft uw man u in tijden van vervolging gesteund?'

'Ik ben niet vervolgd.'

'Is uw man vervolgd?'

'Nee, we zijn allebei niet vervolgd.'

'Waarom niet?

'Hij was ss-Standartenführer.'

'O,' zei mevrouw Rosensaft. Ze pakte weer tergend langzaam een koekje uit de schaal, maar verkruimelde het in z'n geheel en in gedachten verzonken tussen haar vingers. Ik had Ev voor de ontmoeting verteld dat ze zich met haar meisjesnaam moest voorstellen, of liever nog met de meisjesnaam van haar moeder, Murmelstein, een voortreffelijke naam in elk opzicht, maar nee, Ev wilde weer eens absoluut eerlijk zijn. Waarom denkt iedereen altijd (op geheim agenten na dan) dat eerlijkheid het langst duurt? Eerlijkheid heeft nooit een toekomst, tenzij je die als list kunt inzetten.

'Mevrouw Solm heeft zich inmiddels van meneer Solm laten scheiden, een snelle scheiding,' legde ik daarom met een zekere ijver uit, en ik had bijna 'flitsscheiding' gezegd, maar flitsscheiding, hoe komt dat over in het land van de oorlogen die als een bliksemflits beginnen?

'O,' zei mevrouw Rosensaft opnieuw. Daarna zei ze een tijdje niets, ordende haar papieren, gleed met haar tong over haar droge lippen en siste, zich tot Ev wendend en inmiddels met een andere gelaatskleur: 'En wie is deze meneer, als ik vragen mag?'

Stelt u zich eens voor dat ik 'Mijn naam is eveneens Solm, en ik werd evenmin vervolgd' had gezegd. Dan waren we er zonder pardon uit gesmeten.

Maar nu was ik Jeremias Himmelreich, en dat deelde ik mevrouw Rosensaft ook met vaste stem mee, inclusief de vele situaties waarin ik was vervolgd. Ook een klein pensioen voor vervolgden kon Himmelreich (ik) overleggen. Bovendien hadden ze drie weken eerder een kampnummer in Himmelreichs (mijn) arm getatoeëerd en, om de zaak rond te maken, Himmelreich (mij) ook nog besneden (zonder dat Ev erbij betrokken was, dat wilde ik niet, maar ik kon nog helemaal niet goed lopen, zo'n ingreep is pijnlijk en het genezingsproces duurt lang).

Terwijl ik sommige delen van mijn nieuwe identiteit prijsgaf en andere niet, voelde ik hoe Ev naast me innerlijk een stukje opschoof. Ze kon deze laten we zeggen minder-dan-halve-waarheden niet verdragen, en toen ik ook nog zei dat mevrouw Solm en meneer Himmelreich (wij) elkaar voor de Reichenbach-synagoge hadden leren kennen en ons nog dezelfde middag, zittend op de trappen van het godshuis, hadden verloofd (flitsverloving), katapulteerde ze elk beetje aandacht voor mij uit haar gelaatstrekken, wat enigszins voor-uitliep op ons conflict van de weken die kwamen, want vanaf nu verweet Ev mij mijn vermeende dubbelleven, waarop ze anderzijds haar hele bestaan baseerde.

Eerlijkheid werd haar mantra.

Ook toen we op tien oktober negentienvijfenvijftig bij de burgerlijke stand München III in het huwelijk traden (helaas zonder de zegen van mama, die het maar moeilijk kon verteren dat haar kinderen Joden waren; als ze nou Tlingits uit Alaska waren geworden, hadden ze ook indiaanse namen mogen aannemen en allemaal onder elkaar mogen trouwen, maar Joden, zoiets was bij de baronnen von Schilling nog nimmer voorgevallen), toen wij dus dit in de hemel van de geheime diensten gearrangeerde huwelijk sloten, antwoordde Ev Solm, geboren Meyer-Murmelstein, op de vraag of zij deze man, Jeremias Himmelreich, tot haar wettige echtgenoot wilde nemen tot de dood hen scheidt: 'Ja, ik neem jou, Koja Solm' – een antwoord waardoor de bruidegom inwendig verstijfde en de trouwambtenaar een paar keer zijn papieren haastig doorbladerde.

De huwelijksvoltrekking miste elke glans, en dat had mama nooit uitgehouden. Onze getuigen waren niet Palestinamof of andere orks die ons hun diensten wilden opdringen (zoals Ev dacht), maar twee Saksische zwervers die we op het Centraal Station voor een prijs van twee braadworsten hadden ingehuurd (één braadworst voor, één braadworst na).

Gedurende de hele ceremonie raakte Ev me geen één keer aan, mijn arm niet, mijn hand niet, en al helemaal mijn gezicht niet, dat je ook met blikken kunt aanraken. Ze leende me niets meer van alle nabijheid die ze me een leven lang had geschonken.

Toen ik de ring om haar vinger schoof, probeerde ik op mijn beurt haar daarbij niet aan te raken, een wraakzuchtige reflex die haar koud liet en mij een intens triest gevoel gaf. Ik verlangde naar Maja's vinger, die als een dolfijnsnuit deze ring in zou zijn gestoten, speels en gelukkig, ja, deze vinger had ik graag gestreeld, ook als die niet meer dan een door wormen afgeknaagd bot was geweest.

Toen de ambtenaar van de burgerlijke stand mijn tranen zag, dacht hij dat het tranen van blijdschap waren. Ik kneep ongezien in Maja's tanden. Dat was natuurlijk niet zoals het hoort, vooral niet omdat Evs relatie met deze talismans zo gecompliceerd was en zij me daarom had gevraagd ze in geen geval naar de huwelijksvoltrekking mee te nemen, maar ik had ze in de zoom van mijn colbert genaaid. Ev vond de tanden niet, hoewel ze me op het herentoilet van de burgerlijke stand van boven tot onder had beklopt, een notulist die naast ons stond te urineren keek verbaasd op. Ik bezwoer Ev dat ik niet aan Maja zou denken, dat ik er niet naar zou terugverlangen dat haar tanden weer in die verrukkelijke mond zouden zitten (maar dat is precies wat ik deed). Ev vond mij een leugenaar, maar zij was wel degene die me dwong de boel te misleiden. Ik zou nooit zonder haar Pluizenbol zijn geworden. (De kapper in de Kaufingerstraße schudde mistroostig zijn hoofd: van dat beetje haar van mij viel geen krans à la Himmelreich te maken.)

In het kamp voor *displaced persons* Föhrenwald, ten zuiden van München, waar we een aantal herfstweken lang met andere Joodse nakomers allerhande cursussen moesten volgen om ons op Israël voor te bereiden (Hebreeuws, zionisme, landbouweconomie met speciale aandacht voor plantageteelt), moesten we Herzl, Tagore, Stefan Zweig, Rosa Luxemburg en Martin Bubers *Ik en jij* gezamenlijk bestuderen en elkaar nuttige en stichtelijke literatuur geven, en weet u welk boek Ev onder mijn kussen legde? Gandhi's *Het verhaal van mijn experimenten met de waarheid.*

Toen we vlak na nieuwjaar negentienzesenvijftig in de haven van Marseille arriveerden en de Franse autoriteiten een verklaring eisten voor de manshoge transportkisten die we naar Palestina wilden meenemen, wees ik op de omstandigheden links en rechts om uit te leggen dat het om de hoogstnoodzakelijke schilderspullen van meneer Himmelreich (mijzelf) ging.

Zelfs onder dit kleine experiment met de waarheid leed Ev.

Na de oversteek over de Middellandse Zee monsterde de Israëlische douane in Jaffa de enorme hoeveelheden materiaal en wilde weten waarom ik zevenhonderdvijftig aquareldozen bij me had, waarop Ev ongevraagd zei dat het 'hoogwaardige Duitse kunstenaarsbenodigdheden' waren waarmee we in Tel Aviv handel wilden drijven, aangezien dit de 'kwaliteit van de Israëlische schilderkunst naar een compleet nieuw ontwikkelingsniveau zou kunnen tillen'. De douanebeambten keken ons glazig aan.

Voordat ik kon reageren, vertelde Ev al enthousiast en met de beste bedoelingen dat Duitse kunstenaarsbenodigdheden overal ter wereld toonaangevend waren wat kwaliteit en pigmentdichtheid betreft. We waren dus gekomen om Israël op deze buitengewone manier cultureel te helpen opbouwen, en ze vroeg of men echt nog nooit had gehoord van Hermann Schminckes fijnste kunstenaarsverf, Horadams gepatenteerde waterverf, harshoudende Mussini-olieverf uit Neurenberg, Lyra's uitgebreide gouacheprogramma, Faber-Castells beroemde octogonale potloden, Staedtlers cederhoutpotloden- en roodkrijtstiftenimperium of misschien zelfs van de legendarische Lukas-verf, waarvoor zelfs Van Gogh was gevallen (en Schoenfelds grandioze mineraalblauw mocht natuurlijk ook niet ontbreken).

Met de grootst mogelijke moeite kon ik voorkomen dat de getergde douanebeambten nog op de kade van de douanehaven al mijn perverse fascistenverven verbrandden. Het kostte me weken en een deel van het binnengesmokkelde Org-vermogen om de geconfisqueerde waar weer los te peuteren, zodat ik de camouflagehandel waarmee ik me wilde vermommen, kon optuigen.

Ik herinner me hoe we vervolgens uit de douanebarak naar buiten stuiterden. Ev riep aldoor 'Zes één zesenvijftig!', want dat was de jubeldatum van die dag. Ik moest Ev van de grond optillen, die ze volgens goede pelgrimstraditie hartstochtelijk kuste, en ik vertelde haar dat het zo niet verder kon.

'Ik kan jou alleen beschermen als jij mij ook beschermt,' benadrukte ik nog eens. 'Alleen omdat ik me voordoe als een ander kan ik bij je zijn. Als jij nu naar de andere kant gaat en die lui vertelt wie ik werkelijk ben, dan hangen ze me op. Ze hangen me op, Ev.'

Ze legde haar hoofd tegen mijn schouder en knikte flauwtjes. 'Ik word er ziek van.'

'Waarvan?'

'Van jouw motief om hier te zijn.'

'Jij bent mijn motief om hier te zijn.'

'Jij wilt in dit land gaan spioneren, Koja.'

'Noem me alsjeblieft niet Koja.'

'Ik word er ziek van dat ik je niet Koja mag noemen.'

Ik nam haar in mijn armen, en hoewel we hier pas een paar minuten waren, voelde alles verkeerd: het besluit, de opdracht, mijn besneden penis, de logische pijn, de ontropische, bijna koele temperaturen, gewoon alles.

'In hemelsnaam!'

'Wat?'

'Kijk om je heen, dit fantastische land!'

Ze maakte zich van me los, wees geestdriftig op een paar schurftige honden en door stof geëtste palmen die de haven van Jaffa om-
zoomden. Gevilde dieren en stinkende vis hingen in de januarizon,
omdat de laatste Arabieren die in de stad waren achtergebleven vandaag markt hadden. Ik kon achter de winterse vliegen die voor mijn
ogen zoemden geen fantastisch land ontdekken, er was helemaal
niets fantastisch te zien, en op mijn lippen verzamelden zich minuscule stofdeeltjes, opdat de vliegen beter konden landen.

De bus van Jaffa reed eerst langs de zee, daarna langs de met de
grond gelijkgemaakte Arabische wijken van Manshiya en langs een
paar sinaasappelboomgaarden, en bereikte na een korte rit het aangrenzende Tel Aviv, schommelde de hele Dizengoff Street door,
langs witte Bauhaus-kubussen tot aan het busstation, waar Ev en ik
werden uitgespuugd, zij met glanzende ogen, ik vol twijfel en diep
ongelukkig.

Toen we met onze koffers de naburige Ben Yehuda Street in sloegen, waar we voorlopig in een van de immigrantenpensions wilden
gaan wonen, bevonden we ons midden in Duitsland. Tussen de rijdende gaarkeukens, die op alle mogelijke plekken stonden, werd
overal Duits gesproken. Van de herem was hier niets te merken. Ondanks alle officiële verboden zag je Duitse cafés, Duitse boekwin-
kels, alle slagers waren Duits, je had een Beierse bakkerij en een ban-
ketbakker uit Koningsbergen. Gelukkig ontbrak er een Duitse
winkel voor kunstenaarsbenodigdheden, stelde ik opgelucht vast.

Een oude heer die eruitzag als Gerhard Hauptmann stapte met een
omgegorde boekenbuikwinkel op ons af: '*Hawwe die Ehre, die Herr-
schafde,*' zei hij in een zachte Frankfurtse Otto John-zingzang, '*ahn
Jeckes schniffel isch aaf hunnäd Mehda.*'

Hij wilde ons Goethes *Affiniteiten* verkopen, en omdat ik niet meteen toehapte, begon hij de roman met stentorstem en in plat Hessisch, Goethes oertaal, uit het hoofd te reciteren.

Toen we dezelfde avond in een piepkleine, door slechts één peertje verlichte kamer lagen, terwijl in de kamer ernaast andere pensiongasten een snaterende gans probeerden te slachten, slaagde ik er eindelijk in om mijn angstgevoelens en verlammende desoriëntatie af te leggen.

Ik vertelde Ev in simpele woorden dat ik veel verdriet had, maar niet om haar, en dat ik verliefd was, maar niet op haar, dat echter mijn grote en tomeloze broeder-zusterliefde tot in lengte van dagen háár behoorde en dat dit de enige waarheid was die voor mij gold en ik nooit in staat was haar hierover te bedriegen en dat in de toekomst ook niet zou kunnen.

Ik vroeg haar daarom of ze me wilde zien als de rechtschapen man die ik was, althans als het om haarzelf ging, wier rechtschapenheid een kwelling was voor anderen (mij), en dat ik naar een dode verlangde mocht je me niet kwalijk nemen omdat we allebei naar een en dezelfde dode verlangden, en bij mij kwam er dan nog iemand bij.

Zijn het niet altijd de doden die ons bezielen?

We zaten naast elkaar op een Brits veldbed, dat zachtjes knarste toen Ev haar hand op mijn been legde en daar liet liggen, tot ik hem pakte.

'Het is goed dat je niet verliefd op me bent,' zei ze een beetje hees.

Ik was niet in staat iets te doen. Ze nam het initiatief en begon me uit te kleden. Ze knoopte mijn overhemd open, stroopte het van mijn lijf, trok het hemd over mijn hoofd, maakte mijn riem los, ontdeed me van mijn broek en – voorzichtig om mijn nog altijd rauwe geslacht niet te ontmoedigen – ook mijn onderbroek, waarna ze me vroeg hetzelfde bij haar te doen.

Daarna fluisterde ze: 'Zes één zesenvijftig'

We sliepen met elkaar terwijl de gans in de kamer naast de onze stierf, en de gans en ik schreeuwden het uit van de pijn. Het was of ik met een schorpioen sliep.

Later merkte ik hoe zacht we allebei konden huilen.

Op het laatst baden we net als vroeger, en ik werd me er op slag van bewust dat wij dit oeroude ritueel in onze kinderjaren vermoedelijk slechts om één reden hadden uitgevonden: om het verwarrende kussen te vermijden. En om het verwarrende kussen te vermijden verenigden we ons ook nu in het aanroepen van God. Eerst in het Hebreeuws. Maar de oude verbondenheid wilde niet terugkeren.

En zo zegenden we ons nieuwe leven als Joden ten slotte enigszins onorthodox in met het christelijk avondgebed dat Großpaping Huko eens in ons gezin woord voor woord had geplant opdat zijn woorden in ons verder groeiden en zich via ons verspreidden.

Ik dank U, mijn hemelse Vader door Jezus Christus, uw lieve Zoon, dat U mij deze dag genadig hebt behoed, en ik bid U om mij al mijn zonden, alles waarin ik verkeerd gedaan heb, te vergeven en mij deze eerste nacht in het Heilige Land ook genadig te behoeden. Want ik beveel mijzelf, mijn lichaam en ziel, mijn geliefde zuster en de vele gestorvenen en alles in uw handen. Laat uw heilige engel bij me zijn, opdat de boze vijand geen macht over me krijgt.

Amen.

6

De eerste weken in Tel Aviv waren vermoeiend.

We meldden ons bij de Duits-Joodse hulporganisatie, die Hitach-duth Olej Germania heette en waarvan de hazelnootbruine mede-werksters met alle geweld *die ollen Germanen* genoemd wilden wor-den. Ik vond het best. Mijn plan om Israël onder te dompelen in Duitse olieverf werd in elk geval met vrolijkheid ontvangen.

Niettemin hielpen ze me om in Ben Yehuda Street een bloemen-winkel te vinden die pasgeleden op de fles was gegaan, een welrie-kende winkel waarin je een kleine galerie kon beginnen.

Op een steenworp afstand huurden we een appartement in de rus-tige Graets Street, hoek Shir Street, en namen onze intrek in een zandstenen blok dat wel door mijn professor Krastin leek te zijn ont-worpen, zo welvend en modern was het. Ik had me nou niet echt ingespannen tijdens mijn bouwkundestudie in Riga, maar zo'n bak met plat dak, ronde erker en buikig balkon, dat had ik in mijn eerste jaar ook nog wel voor elkaar gekregen.

We woonden op de tweede verdieping, in een klein tweekamerap-partement dat Ev met stalen en lichte houten meubels inrichtte en met tekeningen van onze dochter versierde. Misschien was dat al een fout, om ons bloot te stellen aan al die levenslustige pony's die ons elke dag weer herinnerden aan wat we hadden verloren.

In ons complex woonden nog vijf gezinnen, allemaal uit Europa. De meeste waren echtparen die aan de vernietigingskampen hadden kunnen ontsnappen. Hun kinderen speelden buiten op de pas geas-falteerde straat trefbal en dat maakte Ev telkens weer hevig van streek.

Soms nodigde ze Shoshana Kohn uit voor het middageten, het buurmeisje, negen jaar oud, wier ouders allebei in de energiecentrale werkten en dankbaar waren voor Evs hulp. Shoshana spijkerde onder het toetje ons Hebreeuws bij. Ze was ontzettend lief en temperamentvol, een zwartharige schat, en ze blonk overal in uit: in geschiedenis, wiskunde, sport, gitaarspelen en vooral als padvinder. In haar blauwe rok en witte padvindersbloes was zij de Israëlische privévlag van de Kohns, die elke dag weer boven Auschwitz werd gehesen.

Iedereen in het woonblok had met ons te doen, want omdat we al halverwege de veertig waren en Shoshana over de vele prachtige kindertekeningen in onze woonkamer had verteld, trokken de buren de conclusie die voor de hand lag. Die niet te bevatten was. Waarvoor geen troost bestond.

Ze vroegen ons er nooit naar.

Ze zagen ons als hun gelijken.

Velen hadden hun kinderen in het gas verloren. In onze straat zag je alleen kinderen die na de oorlog waren geboren. En allemaal misten ze familieleden: grootvaders en grootmoeders, tantes en ooms, neven en nichten, zoals wij onze dochter misten. Elk gezin had maar één kind en als ze geluk hadden twee. En achter elk van deze kleine gezinnen ging een grotere familie schuil die het niet had gered.

Meneer Krausz van de bel-etage had zijn eerste vrouw in Kaunas verloren. Uit de handen van madame Anton (eerste verdieping) waren in het concentratiekamp twee zonen gegrist en op een vrachtwagen gesmeten, die onder marsmuziek eerst naar nergens in het bijzonder en toen naar de crematoria reed. Shoshana's grootmoeder woonde in een gekkengesticht buiten Tel Aviv, want zij had moeten toekijken hoe haar man in Minsk in het openbaar werd verbrand. In de piepkleine conciërgewoning op de begane grond, die maar uit één vertrek en een wc bestond, huisde de oude huismeester Levy, wiens vierendertig directe en verre familieleden stuk voor stuk 'ginder' waren gebleven, zoals Levy sterven noemde. Hij had continu migraine, en daarom hield hij altijd een washandje tegen zijn voorhoofd, 's morgens, 's middags, 's avonds en zelfs tijdens het straatvegen, zodat hij de bezemsteel als hij begon te vegen alleen met zijn linkerhand kon omvatten, terwijl hij met zijn rechterhand het washandje tegen de looprichting en tegen zijn herinneringen aan perste.

In het hele gebouw sliepen dus de demonen, niet alleen in onze slaapkamer.

Misschien was dat het wat Ev enige verlichting bood en deed beseffen dat een leven in de schaduw van de doden nog altijd een leven was.

Want het leven was niet duister. Tel Aviv kon helemaal niet duister zijn. Optimisme was een burgerplicht. Hoe moeizaam de werkweek en hoe zwaar het gewicht van het stof van onze dochter misschien ook was, na het werk eindigde je vaak op het strand. Zelfs Ev en ik zwommen soms tot aan de vissersboten de zee in.

In het weekend lieten de mensen hun wasbakken vollopen en zetten er een karper in, want gefilte fisj hoorde als een kidoesj bij de sabbat. Shoshana's ouders belden op zondag altijd bij ons aan om op ons balkon, het enige balkon van het complex, de krant te kunnen lezen, *Rosenthals Neueste Nachrichten* en *Di Yudishe Velt*.

Toen het warmer werd, dansten de kinderen rond de bontgekleurde ijscokar en bedelden om ijswater, dat de ijscoman over hun gillende hoofden spoot. En de familie Eisenshtejn speelde op het tegenoverliggende dak halfnaakt skaat, dronk er wodka of koosjere wijn bij, bracht een toost op ons uit en werd door iedereen altijd gekscherend 'de pantserkruisers' genoemd.

Ev liet zich in deze kleurrijke hoop neerploffen. Misschien voelde ze dat het ontbreken van grote families altijd leidt tot de vorming van nieuwe grote families, die niets met bloed maar soms alleen met nabuurschap te maken hebben, en dan toch weer met bloed, want het was een nabuurschap van verlies dat je diende te compenseren, zodat zelfs ik na korte tijd een Joods bloedinfuus bij mij naar binnen voelde schieten, wat Ev onmiddellijk als een restant van racisme veroordeelde.

'Hou nou toch eens op met in zulke categorieën van bloed en ras te denken,' zei ze vermanend. 'Het zijn gewoon goeie mensen hier, die erge dingen hebben meegemaakt, en daarom voelen ze zich verbonden.'

'Ja, en ik voel me ook verbonden, en dat is absurd.'

'Waarom zou dat absurd zijn? Jij voelt je verbonden met mij, en ik voel me verbonden met hen. Het is hooguit absurd dat jij werk doet dat tegen hen is gericht.'

'Ik doe niets wat tegen hen is gericht.'

'Wat doe je dan wel, behalve in je toko op klanten zitten wachten?'

Inderdaad ja, dat was lastig te zeggen.

Wat mijn activiteiten als samenzweerder betrof, die beperkten zich tot een wekelijkse ontmoeting in steeds weer andere cafés, waar de *station agent* van de CIA me op een fatsoenlijke bak koffie trakteerde. Het was mijn oude vriend Donald Day, die de Amerikanen hiernaartoe hadden verscheept om zich op de hoogte te stellen van de waardevolle kennis die ik had vergaard. Maar ik kon slechts meedelen dat door aanzienlijke verkoopinspanningen mijn zevenhonderdvijftig aquareldozen in de loop van het jaar tot zevenhonderdveertig dozen waren geslonken en dat mijn vrouw werk had gevonden in het Assuta-ziekenhuis, niet ver bij ons appartement vandaan.

'*Don't worry*,' zei Donald, en hij gaf me de telegrammen die de Org mij via de Amerikaanse ambassade had gestuurd. Ze bleven die eerste maanden mijn enige venster op Pullach. Alleen stom dat de Amerikanen er eveneens doorheen konden kijken en hetzelfde zagen als ik.

Generaal Gehlen wilde voorkomen dat hij medeplichtig zou worden. Alleen al uit principe. En daarom stuurde Palestinamof me per telex concrete directieven noch details die de CIA informatie zouden kunnen opleveren over wat er op stapel stond.

Helaas beschikte ik al evenmin over deze informatie.

'Dat is toch idioot,' legde ik Donald gefrustreerd uit, 'waarom beginnen we eigenlijk aan deze hele onderneming? Eerst droppen ze me hier en dan laten ze me in het ongewisse wat er precies te doen valt?'

Ook Donald was op zijn eigen brommerige wijze kwaad. Hij dacht dat de Org dubbelspel speelde, en daarin had hij niet eens ongelijk. Hij zweette aan één stuk door, klaagde over de hitte, zelfs toen het nog helemaal niet heet was. En toen we afscheid van elkaar namen, wenste hij me het allerbeste toe en verzekerde me dat het straks zou beginnen.

Ik wachtte, terwijl de weken verstreken, flink nerveus op het startschot van mijn missie.

Misschien verbaast het u dat ik Ev niet inwijdde, die er immers zo onder leed dat ik deed wat ik moest doen en voor wie ik hier uiteindelijk naartoe was gekomen. Maar gezien de draagwijdte van mijn opdracht had ik Ev alleen maar ongerust gemaakt. En ik wilde natuurlijk niet dat ik de kleine tekenen van herstel die ik bij mijn zus bespeurde kapot zou maken.

Want zo zag ik haar indertijd, als zus, ook al waren we sinds de groen verlichte nacht van onze aankomst meer dan als broer en zus met elkaar omgegaan. Hoewel de hoge mate van zorg en aandacht die mijn gescalpeerde, nu zichtbaar tot het jodendom bekeerde snikkel afsmeekte (Ev vergeleek hem om zijn rode kleur onder de rand van de eikel met een soort koraal waarop je bij het duiken voor de kust van Tel Aviv stuit), de radius, maar vooral de intensiteit van erotische dienstbewijzen enorm beperkte, zodat hoogstens een voorzichtige pijpbeurt mogelijk en soms ook bitter noodzakelijk was.

Haar depressies verhinderden Ev bovendien om haar lichaam vrijgevig languit neer te vlijen. Integendeel, het rolde zich dikwijls naast mij op, als een pissebed, en om dezelfde reden.

Zoals dat veelvuldig gebeurt als mensen vlak om je heen en dus ongemerkt ouder worden, zag ik pas door de afstand die kleine Anna's niet-opstanding in onze relatie had teweeggebracht (en die zich elke ochtend na het ontwaken opnieuw voor ons uitstrekte en ik elke nacht met dezelfde angst voor me zag liggen, tot die dan door een lieve blik of het geluid van de tandenborstel op Evs tanden teniet werd gedaan) dat mijn zus inmiddels vierenveertig jaar was. Haar handen waren nog even springerig en verlangend, haar haar was bijna in één keer grijs geworden. Haar magere gestalte maakte het haar nog grijzer en doffer, of het was de onbarmhartige zon die het in as veranderde. Haar knieën deden haar pijn en moesten, alsof ze twee keer zo oud waren als de rest van haar gecompliceerde botten, voor hoge trappen en een val worden behoed. Haar gezicht, fragiel en in half profiel verwelkend, werd overdekt door een web van ragfijne plooitjes, zodat het iets weg had van een van mijn barokke craqueléschilderijen of een ijsvlakte waarop ze met een hamer hadden ingeslagen.

En toch lag onder deze mantel van tijd nog altijd het kleine knappe meisje verborgen dat zich ooit zo jubelend in mijn leven had gegraven, en het zou me niet hebben verbaasd als ze hem had afgeworpen, de mantel, met het aplomb dat haar eigen was – tada! – en spiernaakt en zonder scrupules voor me was gaan staan, jong en zonder Gods perverse plan met een dochter in haar eierstokken die eerder dan zij zou sterven.

We gingen vaak uit, want 's nachts rook Tel Aviv nog bedwelmender dan overdag. Uit de haven blies vanaf begin april de *sharav* de zee de straten in. De warmte hing onder de amandelbomen van de boulevards. Er waren prachtige voorstellingen in het Habimah-theater, waarvan we geen woord begrepen, maar ook Jiddische podia, waar ik constant opmerkingen in Evs rechteroor fluisterde, hoewel ze haar ene schouder optrok, haar linker, een mij al eeuwen vertrouwd gebaar van totale afwijzing, dat ik vanachter een glimlach liet voor wat het was, een glimlach die onbeantwoord bleef.

Vaak hadden we feesten in Graets Street. Onze eerste gezamenlijke feestdag met de Kohns, met huismeester Levy en de andere buren, was die in mei, Lag baOmer, die in negentienzesenvijftig echter al op negentwintig april werd gevierd, in ons kleine stadspark vlak in de buurt.

De kinderen van ons complex en van de gebouwen ernaast hadden pijl-en-boog bij zich en verzamelden stukjes hout en resten triplex voor het vreugdevuur ter ere van de dappere Bar Kochba, die het de Romeinen tweeduizend jaar geleden op goede Teutoburgerwoudwijze knap lastig had gemaakt. Alle bewoners van de straat schaarden zich rond de houtstapel, iemand stak er de fik in, de kinderen juichten en kwamen met een pop aanzetten die ze op school in elkaar hadden geknutseld.

Dit jaar was de pop voor het eerst in jaren niet Adolf Hitler, want Hitler hadden ze al zo vaak verbrand. In plaats daarvan hadden ze, of beter gezegd, had ik de Egyptische president Nasser nagemaakt, omdat Shoshana wist dat ik zo goed karikaturen kon tekenen, en onder luid applaus gingen de kokkerd van meneer Nasser en zijn magiërmond in vlammen op. Ev en ik sloegen de armen om elkaar heen, de kleine kinderen klapten voor ons, overweldigd door dochterlijk stof dat rond en op ons danste.

Maar twee dagen later was alles anders. Ik ontmoette Donald Day in café Mersand. Hij had een aktetas bij zich, die hij met zijn voet naar me toe schoof om het iets minder dramatisch te laten lijken.

'*It's partytime, buddy.*'

Is dit soms een grap, vroeg ik hem. Niets was voorbereid, niets hadden ze me gezegd, en in het telegram van Palestinamof dat Donald me gaf stond: *Himmelreich! S.v.p. handelen zoals afgesproken! S.v.p. overdracht zoals afgesproken! Verdere instructies afwachten conform reactie tegenpartij! Hach.*

Ze hadden me net zo goed een recept kunnen toesturen.

'Wanneer?'

'*Tomorrow. Eight o'clock.*'

'Waar?'

'*You know* waar.'

Ik hoorde wanneer hij me zou afhalen (halfacht), waarop ik diende te letten (kleding) en dat hij last had van de hitte (tweeëndertig graden Celsius in de schaduw, te heet voor begin mei). Het benodigde persoonsbewijs zat in de aktetas. Ik bekeek het eens goed. Wederom had ik een nieuwe naam, die er hier verder niets toe doet. In mijn beroep wissel je even snel van namen als van luchtbanden: je hebt winternamen en zomernamen, je hebt reservenamen, je hebt geplakte en geklapte namen, je hebt natuurlijk ook gevallen van naampech, en die kunnen dodelijk zijn.

Ik liep thuis alle belangrijke dingen na: de belangrijke gecodeerde, de belangrijke gememoreerde, de belangrijke onbelangrijke. Ten slotte leverde ik de documenten af, ik zeg straks wel hoe.

's Nachts kon ik niet slapen. Ik ging de deur uit, stak blootsvoets de weg over en liep naar het lege strand. Eerst teer onder mijn voeten. Daarna iets zachters. Warm, grofkorrelig zand. Ik liet me zakken, stak mijn handen erin. Het voelde als wol. Warme, zilverachtige wol onder de halvemaan waarop de zee kleine attenties had uitgestrooid: schelpen, stukjes koraal, kreeften hier en daar. Ook een beetje zeewier.

Ik keek uit over de zee, overwoog door het water te waden en me naar het wier af te laten zakken om over een paar dagen ook aan land te worden gespoeld.

Maar ik deed het niet. Het ontbrak me aan kracht of aan de nodige impulsen.

7

En hoe zit het met de tanden?

'De tanden?'

'De tanden van je *compañera*?'

'Wat is daarmee?'

'Had u die bij zich, toen op het strand?'

'Ik heb ze altijd bij me.'

'Nu ook?'

In plaats van te antwoorden klap ik mijn paraplu dicht, zet hem naast me neer, kijk omhoog en vergewis me ervan dat de neerslag ook echt is gestopt, voel in de zakken van mijn badjas, haal het zilveren sigarettenetui tevoorschijn en doe het open.

'Ik heb ze nog nooit aan iemand laten zien, behalve aan Ev.' Nieuwgierigheid is zijn achilleshiel. Hij kijkt, terwijl hij niet wil kijken. Hij heeft de Edeka-zak uit de fontein gevist waarin die was gewaaid. Hij houdt hem als een verwijt in zijn hand, knispert ermee. Hij is geïrriteerd.

Tegelijkertijd is hij ook niet geïrriteerd, omdat irritatie nooit tot iets goeds leidt, emotie leidt nooit tot iets goeds, daarom vouwt hij de zak zorgvuldig op, legt hem naast zich op de natte bank en tuurt gespannen in mijn etui. Vijf kleine gele mensentanden op rood fluweel.

Hij vraagt of hij ze mag aanraken. Maar dat wil ik niet.

'Geef me dan maar de Marrakesh, en daarmee basta,' zegt hij mokkend. 'Ik heb lang genoeg geluisterd.'

'Maar nu wordt het spannend.'

'Ik heb lang genoeg geluisterd,' herhaalt hij. 'En bovendien zitten we hier al veel te lang.'

'Waarom wilt u weten hoe het met de tanden zit?'

Voor het eerst en volkomen onverwachts zie ik haat in zijn ogen, in een flits, een donkere sluier.

Dan is de sluier weer verdwenen, en het enige wat je nog in zijn blik ziet is schrik, schrik over zichzelf.

'Vertel me alstublieft. Wat zit u dwars?'

'U hebt geen idee van de dood, man. Geen flauw idee,' stoot hij uit, en hij zuigt bokkig zijn lippen naar binnen.

'Vindt u?'

'Ja. U kunt doden. Dat hebt u immers ook gedaan. En natuurlijk kunt u sterven. We zullen allebei spoedig sterven. Maar u moet weten dat ze nog lang niet weg is.'

Hij wijst op mijn etui, dat ik bijna als in een reflex dichtklap.

'Ik denk namelijk dat het uw compañera was. Uw compañera heeft u tegengehouden toen u de zee in wilde lopen om wier te worden. Ze zat in uw zak en heeft u tegengehouden.'

'O ja? Hoe dan?'

'Als u iets wist over de dood, dan wist u ook hoe, man.'

'U weet dus wel iets over de dood?'

'U klinkt alweer zo sceptisch en ongelovig. Ik heb er niets op tegen om weer naar de kamer te gaan, heus. Het is koel hier buiten met alleen je badjas aan.'

'Neem me niet kwalijk. Wat weet u over Maja's dood, geachte swami?'

'Daar heb ik een simpel antwoord op. Toen de compañera door de communisten werd doodgeschoten, dachten zij natuurlijk dat ze er was geweest. Maar dat is onzin. Je kunt een mens niet doodschieten.'

'Niet?'

'Nee. Een doodvonnis is belachelijk. Ik zal u vertellen wat er met uw vriendin gebeurde toen de kogels haar lichaam binnendrongen en er aan de andere kant weer uit vlogen.'

'Ik luister.'

'Een witte, een in elk geval door vele swami's als wit omschreven mannelijke energie verplaatste zich binnen tien minuten van haar hoofd,' – hij wees op een plek op zijn kale schedel die de artsen met een kringeltje hadden gemarkeerd – 'van haar hoofd dus naar haar hart. Hierbij ervaarde uw compañera een grote helderheid, en drie-endertig verschillende vormen van woede verdwenen.'

'Maja kende geen drieëndertig verschillende vormen van woede. Ze kende geen enkele vorm van woede. Ze was volkomen níét-woedend.'

'Daarna steeg een rode, vrouwelijke energie op uit het midden van haar lichaam,' spon hij de draad onaangedaan verder, en hij sloeg zijn badjas open, trok zijn pyjamajasje omhoog en wees op een plek onder zijn navel, 'naar haar hart. Hierbij verdwenen veertig verschillende soorten verbondenheid.'

'Verbondenheid?'

'Hechting, man. Met-de-wereld-versmolten-zijn. Weet u niet wat verbondenheid is?'

'Ga verder.'

'Toen het rode en het witte licht in het hart van de compañera elkaar raakten, ontstond er een, hoe zal ik het zeggen, een diep soort zwart, waarin zeven soorten onwetendheid oplosten.'

'Mijn hemel.'

'Vervolgens verscheen er een verblindend wit licht aan uw vriendin dat de swami's *tudam* noemen. Tudam betekent dat de geest in het hart is. Tudam was het ogenblik dat lichaam en geest gescheiden werden. Ongeveer een halfuur na haar vermeende dood door haar te fusilleren was het lichaam nu ook echt dood. Het lichaam bleef achter. De geest viel flauw. Wat is er grappig aan?'

'Niets. Niets is er grappig aan.'

'Waarom lacht u dan?'

'Ik lach helemaal niet. Maar het klinkt niet erg geloofwaardig. Wat voor flauwte was dat dan wel?'

'We noemen het de tweeënzeventiguursflauwte.'

'Aha.'

'Na tweeënzeventig uur ontwaakt het bewustzijn namelijk weer, en omdat het zich nog altijd naar oude gewoonten voegt, zoekt het bekende mensen en plaatsen op. En bij bijvoorbeeld de vijf tanden van compañera Maja zal het dat natuurlijk ook hebben gedaan. En volgens mij had het het daar wel naar zijn zin. Er is een reële kans dat het bewustzijn van mevrouw Dzerzjinskaja er nog altijd deel van uitmaakt.'

Hij wijst naar het zilveren doosje dat ik nog steeds in mijn hand heb.

'Vertelt u me nu dat Maja in mijn sigarettenetui leeft?'

'Dat zou te gemakkelijk zijn. Omdat uw vriendin geen lichaam heeft, is er bij haar natuurlijk sprake van grote verwarring. Ja, van paniek zelfs. De waarneming van de fenomenen verandert immers in deze toestand: alles lijkt wazig, alsof het uit de mist opdoemt, waarna het weer verdwijnt. Snapt u wel?'

'Mmm.'

'Een dergelijke waarneming versterkt de verwarring nog. Ongeveer tien dagen nadat ze was gefusilleerd, ontstond in de geest van uw compañera de absolute zekerheid dat ze ook echt dood was. Dat had natuurlijk weer een korte flauwte tot gevolg.'

'En is Maja inmiddels ontwaakt uit deze... uit deze flauwte?'

'Natuurlijk. En ofwel is ze daarna op zoek gegaan naar nieuwe ouders, dus is ze binnengedrongen in een ei dat ze sympathiek vond en in een zaadstreng waarmee ze zich geestelijk verwant voelde, en dan is ze inmiddels alweer een jongedame, oké. Ofwel zit ze nog vast aan u, en verlaat ze u dus niet, u en die tanden. Daarop zou ik inzetten, compañero.'

Ik gaf hem zijn blokje hasj en zag hem twee dagen niet.

Het duurde een poosje voor we op de bank weer bij elkaar kwamen.

Ik besloot om het niet meer over Maja te hebben.

Wat ik voor haar voel of niet voel, wat ik me van haar herinner of niet herinner, verspreidt zich explosief als het gevoeld of herinnerd wordt.

Het past niet in haar vijf tanden.

Het is gewoonweg te groot.

8

Ik was er al voor halfacht, maar ook niet veel eerder.

Ik wachtte beneden bij de haven op het afgesproken punt, daar waar de bus op het geelgeschilderde pleintje keert. Achter me klonk in de verte een scheepshoorn. De toon was als een stevige, donkere slag die de verzadigde lucht doorkliefde. Ik probeerde de nervositeit van mijn eersteklas avondkostuum te kloppen en zette een paar stappen in mijn nieuwe Walker-schoenen, liep heen en weer om ondanks al mijn getril mijn krachten te sparen.

Toen kwam Donald in een gammele Ford zonder diplomatiek kenteken aanrijden. Ik stapte in, we suisden ervandoor, en hoewel het maar een kort ritje was, verzuchtte Donald tot drie keer toe hoe *fucking hot* het wel niet was.

Zelfs nu nog, een halfuur voor de zon onderging, brandde hij op je huid.

De Amerikaanse ambassade had een façade van donker baksteen, waarschijnlijk het enige pand met een dergelijke gevelbekleding in heel Tel Aviv. Drie verdiepingen. De onderste ramen bevonden zich ter hoogte van de kleine voortuin en waren dichtgemetseld.

Donald vergezelde me via de bordestrap naar binnen. Ik toonde mijn valse nieuwe persoonsbewijs met de valse nieuwe naam. De GI, een klein uitgevallen Comanche-indiaan, wierp er een blik in en salueerde tevreden. Donald liep met mij naar de eerste verdieping en daar naar een deur met een ruit van ribbelglas. Hij deed hem open, nam nog een drietal treden met messing roeden en bereikte steunend en kreunend een tweede deur van zwaar eiken.

Hij klopte nonchalant en betrad een vertrek dat was behangen met Amerikaanse presidenten in olieverf, die op een ellipsvormige tafel neerkeken. En op de vier mannen die zich naar ons omdraaiden.

Geen van hen leek mijn komst met enthousiasme te begroeten.

Donald wees me op de lege stoel die het dichtst bij de deur stond. Ik liep ernaartoe, zei 'sjalom', ging zitten en deed of ik niet merkte dat mijn groet door niemand werd beantwoord. Ik zette mijn aktetas op tafel en was benieuwd wat er nu zou gebeuren.

De man aan het hoofd van de tafel wekte de indruk dat hij het wist. Hij was de jongste van alle aanwezigen, maar knikte als een wijze druïde de zichtbaar geërgerde Donald toe, die zwijgend in een hoek naast de deur plaatsnam, vlak achter me, zodat ik hem alleen nog vanuit mijn ooghoek waarnam. De jonge gentleman tegenover me sloeg zijn armen over elkaar en legde ze op tafel, monsterde me met spot in zijn mondhoeken, waaruit tegelijk een lichte weerzin sprak en die samen met de plooi in zijn kin een gelijkzijdige driehoek vormden. Zelden heeft iemand me zo sterk aan Humphrey Bogart doen denken.

'U bent dus de Duitse gezant?' vroeg Mister Bogart ten slotte in het Duits.

Misschien dat zijn onverwachte tongval me even van mijn stuk bracht, misschien was het zijn oogverblindende jeugdigheid of alleen maar de nabijheid van gevaar, maar in elk geval hief ik instinctief mijn armen om te antwoorden, een beweging van pure verlegenheid. Hierbij raakte ik met mijn elleboog de aktetas, die omviel, met een klap op de parketvloer terechtkwam en al mijn paperassen, een boterham en een lippenstift uitspuugde, die Donald erin had gestopt en moest hebben vergeten en die daarom trouwhartig naar hem toe rolde en pal naast zijn schoenen bleef liggen.

Er werd niet gelachen. Er werd zelfs niet gegrijnsd terwijl ik blozend de documenten bij elkaar raapte. Of ze ooit weleens een blozende spion een kopje kleiner hadden gemaakt, dacht ik onwillekeurig, en ik zei toen ik weer zat in slecht Hebreeuws: 'Ik heet Jeremias Himmelreich. Ik ben heel blij dat ik hier bij jullie mag zijn.'

Het duurde een eeuwigheid tot een lelijk dikkerdje met een kale kop, dat zich al net zomin als Bogart voorstelde, de ijzige stilte doorbrak: '*Der schojte ken afile redn wi a mentsch.*'

Schojte betekent 'domkop' en de rest kunt u zelf wel bedenken, swami. Ik vroeg me af hoe meneer Himmelreich (de echte, niet ik) op zo'n belediging zou reageren, of hij bijvoorbeeld met de taw-mop op de proppen zou komen, wat ik een seconde lang overwoog, maar die gedachte moest ik met het oog op de onvoorziene gevolgen weer snel laten varen. *'Brider, es schlogt mir tsu der gal,'* zei ik in plaats daarvan. *'Ich wejs nit tsi dos is klor: Ich bin a jid!'*

Maakt u zich geen zorgen, ik zal alles wat er toen is gezegd getrouw voor u vertalen, swami, want ik weet hoe lastig u het Jiddische *Daitsch* vindt, geen wonder voor iemand uit Chiemgau. (Aan de andere kant: beheersen swami's niet alle talen van de wereld, ook die van de vogels en marmotten?)

In elk geval feliciteerde Bogart me omdat ik een Jood was, en hij ging nu vriendelijk in het Jiddisch verder: 'Volgens de CIA in een bericht aan ons bent u van goeden huize?'

'I've known this guy for a long time,' bevestigde Donald achter me terwijl hij zijn lippenstift in zijn zak stopte. *'Himmelreich is one of the best agents of the German Intelligence Services.'*

'Goed,' zei Bogart. 'Omdat de zaak zo vertrouwelijk is als die nu eenmaal is, accepteren we dat Duitsland via een afgezant wil onderhandelen. Zelf zullen we kolonel Tal,' hij wees op de man links van me, 'een dezer dagen naar u toe sturen, rechtstreeks naar de Keulse Israël-missie.'

Kolonel Tal had onderarmen als die van een worstelaar en allerlei neusbeenbrekende talenten, dat zag je al meteen. Op zijn stekelhaar had hij een zonnebril geplant. In plaats van een uniform droeg hij een groen hawaïhemd.

'Kolonel Tal doet dan bij u wat u bij ons doet. En ook incognito. Zou u dat willen doorgeven?'

Ik knikte en probeerde een gezicht op te zetten van iemand die helemaal op de hoogte was, hoewel ik geen flauw benul had waar het precies om ging. Ik haatte Palestinamof, die me op geen van deze lui had voorbereid.

'Bovendien zult u er begrip voor hebben dat we u als buitenlander laten observeren. U blijft vooralsnog een burger van Israël. Uw burgerrechten zullen u niet worden ontnomen, maar deze meneer hier,' hij noemde een schuilnaam, dat hoorde je al aan de klank, 'deze meneer zal uw contact in Tel Aviv zijn.'

Hij wees direct naast hem op een dwerg met een enorm hoofd en nog grotere oren, die – ik zweer het u, mijn waarde swami – exact dezelfde vorm en grootte als die van Reinhard Gehlen hadden.

Had ik geweten dat deze man in werkelijkheid Isser Harel was, en ook nog eens welke rol Isser Harel nog in mijn leven zou spelen, dan had ik hem beslist nauwkeuriger bekeken.

Maar in plaats van in hem, probeerde ik dus in Dikkerdje door te dringen, die als laatste werd voorgesteld, onverholen vijandig naar me loerde, kennelijk Goldenhirsch heette en iets met falend buitenlands beleid te maken had, zoals ik nog zou horen.

Nadat iedereen wist hoe we heetten of wilden heten, richtte Bogart zich weer tot mij.

'Ik ben secretaris-generaal Shimon Peres,' zei hij kortweg, en hij haalde een hand door zijn pikzwarte haar. 'Ik vertegenwoordig de premier en minister van Defensie, meneer Ben-Goerion.'

Hij glimlachte innemend. Zijn zelfbewustzijn deed niet gekunsteld aan, was zelfs heel natuurlijk. Hij zag er stralender uit dan Bogie zelf, alsof hij ooit ook nog uitstekend had getennist, waarbij in zijn bewegingen bovendien de koele gratie van Bogarts echtgenote Lauren Bacall doorschemerde, en dat is geen wonder.

Want toen ik Bacall jaren later op een diner in New York ontmoette, vertelde ze me dat Shimon haar neef was, de zoon van haar vaders broer, een smeerlap van een vader, die haar had verlaten toen ze zes was, om in plaats van haar moeder een snol uit Brooklyn te naaien, ja, zo drukte The Look zich uit als ze te veel bourbon ophad. Ze verachtte haar vader, en daarom heette ze dus ook niet Peres maar Weinstein, net als haar *mum*, en waarom ze haar Bacall noemden, dat is weer een ander verhaal uit het antisemitische Hollywood, waarbij u zich wel iets kunt voorstellen, maar ik dwaal af, neem me niet kwalijk, beste swami. Laten we maar terugkeren naar deze door slecht geschilderde Amerikaanse presidenten goed bewaakte tafel, waaraan de neef van de grootste stijlicoon van deze eeuw zat, tegenover mij, zijn handen gevouwen, brandend van nieuwsgierigheid.

'Nou, voor de draad ermee, meneer Himmelreich,' zei hij. 'Hoe staat het met ons pantserafweergeschut?'

Ik moet hem wezenloos hebben aangestaard.

'Hoe het met uw pantserafweergeschut staat?'
'Ja. En de patrouilleboten?'
'De patrouilleboten?' herhaalde ik als Centenbak in Pattendorf, en zo zag ik er vermoedelijk ook uit.
'Welnu, de patrouilleboten die u momenteel voor ons bouwt, mijn vriend?'
'Hij heeft geen idee,' zei Dikkerdje boos.
'Hou je mond, Benji.'
'Maar hij heeft echt geen idee.'
'Jij hebt ook geen idee.'
'Ik geen idee?'
'Jij hebt van andere dingen weer geen idee dan hij.' En tegen mij: 'Hoe is de stand van uw informatie op dit moment?'
'Nou ja,' zei ik, 'mijn dienst heeft me geïnstrueerd om daarover alleen op Israëlisch grondgebied te praten.'
'U bevindt zich op Israëlisch grondgebied.'
'Bevinden we ons met z'n allen eigenlijk niet op het grondgebied van de Verenigde Staten van Amerika?'
Donald keek op, verbaasd, alsof hem iets was ontgaan, wat ook wel zo was, want hij verstond nou eenmaal geen Jiddisch.
'*Well,*' zei Peres zacht, '*perhaps our host will kindly leave us alone for a moment.*'
Donald kon er niet bij, hield van schrik zo te zien zelfs op met zweten.
'*You want me to leave the room?*'
Zijn ogen spuwden vuur toen hij Peres aankeek, hij schudde zijn hoofd als een stier die geen zin in een torero heeft en verliet toen abrupt en zonder nog een woord te zeggen de zaal.
Ik greep in mijn aktetas en haalde de grijze envelop tevoorschijn die ik in treinen, bussen en een passagiersschip over een afstand van drieduizend kilometer hiernaartoe had gesmokkeld, vastgeplakt in mijn Großpaping, namelijk tegen de achterkant van zijn portret dat papa me ooit cadeau had gedaan.
Peres verbrak het zegel, trok een dun document uit de envelop, bekeek vluchtig de eerste pagina's. Twee minuten later sloeg hij het document weer dicht en streek verbaasd over de rode zegellak.
'U bent niet op de hoogte van de inhoud?'

'Ik moest het u geven. Maar details ken ik niet, nee.'

'Maar u weet wel waarom u in Israël bent?'

'We gaan samen de leveringen van de wapens regelen die Duitsland aan u beschikbaar stelt.'

'Juist ja. Dat hopen we in elk geval allemaal zeer. Dat is nog niet zo eenvoudig.'

'Nee,' zei ik. 'Ik werd bijna gearresteerd omdat ik Duitse waterverf naar Israël heb geïmporteerd.'

'Ja, en voor de waterverf hoef je niet eens handelswetten te overtreden. Maar voor Mauser-geweren wel.'

'De Duitsers,' siste Dikkerdje opgewonden, 'de Duitsers hebben duizenden broeders en zusters van ons met Mauser-geweren afgeknald.'

'Benji, dat is nu echt niet zinnig.'

'Waarom arresteren we die pseudo-Jood niet die net zoveel weet als een pasgeboren kind? De Duitsers hebben hem helemaal niets verteld. Omdat Duitsers nou eenmaal helemaal niets aan een Jood vertellen. Omdat Duitsers zijn zoals ze zijn!'

'En daarom zullen ze wel weten wie ze deze kant op sturen.'

'Het is een schande (*a schand!*) dat we hier iemand toelaten die zich in Eretz Yisrael vrijelijk kan bewegen, die militaire complexen en bunkers bekijkt en de posities ervan aan de Arabieren doorgeeft.'

'Meneer Himmelreich is een Jood. Dat zal hij niet doen.'

'Aan de Duitsers geeft hij ongetwijfeld alles door!'

'Je praat lelijk over onze gast. Dat is onterecht. Wat kan meneer Himmelreich eraan doen dat directieven hem beletten kennis te nemen van wat hij ons moet bezorgen?'

'Een mooie bezorger, in z'n hersenen zit louter lucht.'

'Mijn superieuren lijkt het beter,' zei ik, 'om me niet te veel met geheime informatie te belasten.'

'Ja, u wordt bij uw werk totaal niet belast door geheime informatie,' hoonde Dikkerdje, 'zó totaal niet belast dat u zelf niet eens meer weet dat u hier bent!'

'Er staat hier dat we via hem alles kunnen overbrengen,' zei Peres, die nogmaals een blik in het document wierp.

'Ik vertrouw geen enkele Jood die voor de Duitsers werkt. Dat jij zo iemand wel vertrouwt en zo openhartig in het bijzijn van een vreemdeling praat, Shimon, dat laat weer eens zien dat zelfs jij een pact met de duivel zou sluiten.'

'We hebben wapens nodig, dat weet jij net zo goed als ik. En de Duitsers hebben nu eenmaal de beste wapens, en hier, lees dit maar eens!' Hij gooide Dikkerdje het document toe. 'Dan kun je zien dat ze de patrouilleboten al over twee maanden leveren! We hoeven hem alleen de details van de overdracht te geven.'

'Ik sta te popelen om Sharett alles over die smeertroep te vertellen. Dat dit hier allemaal achter zijn rug gebeurt is onvergeeflijk, een grote schande is het (*a schand, a schand, a geherike schand*)!'

'Weet je wat Sharett me kan?'

'Wat kan onze minister van Buitenlandse Zaken jou dan, nou? Wat kan hij jou dan?' blafte Dikkerdje.

Shimon Peres zei het hem.

Dikkerdje kreeg daarop een aanval van razernij en schreeuwde dat Peres een carrièrejager zonder ruggengraat was en gemene zaak maakte met de Duitsers, en dat hij zijn hele volk en familie verraadde.

'Je laat je gaan, Benji. Je kunt straks je excuses aanbieden.'

'Ik bied helemaal geen excuses aan! Niet aan Ben-Goerions hielenlikker! Niet aan een groentje dat geen ontzag voor de geschiedenis heeft!'

'Ik weet dat ze je moeder hebben vermoord. Maar wat weet je over mij?'

'Ik wil niets over jou weten!'

'Je maakt me te schande, Benji. Je maakt me te schande voor het oog van onze vrienden. Je maakt me te schande voor de oren van onze gast. En door jou lachen de Amerikanen ons uit.'

Dikkerdje keek hem aan met vuurspuwende ogen, in het troebele wit sprongen kleine adertjes. Hij zette zich met gestrekte armen van de tafel af, zijn weke handjes tot walnootbruine vuisten gebald. We hoorden allemaal zijn longen piepen. Ten slotte sloeg hij zijn ogen neer en ging weer langzaam zitten. Niemand bewoog, niemand knipperde met zijn ogen. Zelfs de Amerikaanse presidenten leken hun adem in te houden. Ergens op de bovenste verdieping beende een secretaresse op hoge hakken over het parket, en het viel me op dat niemand het licht aandeed, hoewel het buiten allang schemerde en wijzelf nog slechts contouren en schaduwen waren.

Peres wachtte een volle minuut voordat hij de waterkaraf pakte. Hij schonk twee glazen in, schoof Dikkerdje er een toe, die het negeerde, en dronk het andere met grote teugen leeg.

'Rabbi Zwi Meltzer was mijn grootvader,' begon hij, 'en hij heeft mij de Thora geleerd. En omdat hij mij de Thora heeft geleerd, leerde hij me ook respect voor de geschiedenis te hebben, Benji,' zei hij rustig terwijl hij het lege glas terugzette. 'Ik zie hem duidelijk voor me met zijn witte baard, gehuld in de gebedsmantel. Een prachtige verschijning was hij indertijd in de synagoge in Visjneva, neem dat maar van me aan.'

Mijn hemel, dacht ik, dat zal toch niet waar zijn. Alsjeblieft niet Visjneva.

'Ik hulde me graag in de gebedsmantel van mijn grootvader. En ik luisterde naar zijn mooie stem. Nog altijd klinkt de echo van deze stem in mijn oor, het *Kol Nidrei*.'

Ik ben ooit in Visjneva geweest. Weet u nog, swami? Dat was na Stahleckers dood. Wit-Rusland. Visjneva. VISJNEVA GEEFT LICHT.

'Ik herinner me dat hij op het perron stond waarvandaan de trein mij zou wegbrengen. Ik, zijn elfjarige kleinzoon, zou voorgoed door de trein worden weggebracht. Ik herinner me zijn stevige omhelzing. En ik herinner me zijn woorden toen ik hem daar op het station voor het laatst zag: "M'n jongen, blijf altijd een Jood!"'

Ik pakte de karaf en schonk water in voor mezelf.

'Toen de nazi's tien jaar later Visjneva binnenmarcheerden, bevalen ze iedereen om zich in de synagoge te verzamelen.'

Ik pakte het glas en zag hoe het water erin trilde.

'Mijn grootvader liep als eerste naar binnen, gehuld in dezelfde gebedsmantel waarin ik me als kind altijd had gewikkeld.'

Ik dronk.

'Zijn familie volgde hem.'

Ik dronk.

'De deuren werden aan de buitenkant vergrendeld. De Duitsers schreven VISJNEVA GEEFT LICHT over de volle breedte van het houten gebouw. Toen werd het aangestoken.'

Ik dronk.

'Van de gemeente bleef alleen gloeiende as over. As en rook. Niemand heeft het overleefd.'

'Sorry, kan ik nog wat water krijgen?' vroeg ik.

'Natuurlijk,' zei Isser Harel, de kleine man met de Gehlen-oren, en hij stond op.

'En dus vraag ik je om een beetje respect, Benji. Juist omdat ik aan mijn grootvader denk, zal ik alles doen om ons land wapens te bezorgen. Waar de wapens ook vandaan komen, nooit meer zal iemand ons in een synagoge bijeendrijven en levend verbranden. Niemand van jouw mensen. Niemand van mijn mensen. Meneer Himmelreich,' riep Peres verbaasd, 'u bent lijkbleek. Voelt u zich wel goed?'

'Jaja, alles prima in orde.'

Ik merkte hoe ik langzaam van mijn stoel gleed.

'Waarschijnlijk werden zijn familieleden ook verbrand,' hoorde ik een stem roepen, en ik zag als laatste George Washington, die zich bezorgd over me heen boog.

9

Al in negentienzevenenveertig maakte de Joodse ondergrondse beweging Hagana gebruik van handvuurwapens die op honderden schommelende kamelenruggen uit generaal Rommels depots door de Sinaï naar Palestina werden gesmokkeld. Een jaar later, vlak voordat de Onafhankelijkheidsoorlog uitbrak, kochten de Israëliërs in Praag vijfentwintig nog in de Avia-fabrieken voor de Luftwaffe gefabriceerde Messerschmitts, schilderden de hakenkruisen over met davidssterren en schoten naar aloude Messerschmitt-traditie vijandelijke Spitfires in brand (Egyptisch beschilderde).

Tijdens de verbitterde gevechten met Jordanië, Syrië, Libanon en de koninkrijken Irak en Egypte werden uit Zuid-Frankrijk MG42's, zogenaamde Hitler-zagen, Israël binnengesmokkeld.

Heckler & Koch-pistolen kwamen in groten getale uit het familiebezit van de Siciliaanse maffia.

Bij Griekse wapensmokkelaars vond men een noemenswaardig aantal MP40-machinepistolen.

Kortom: Duitse wapens voorkwamen de ondergang van de Israëlische strijdkrachten.

Na de onderhandelingen van Wassenaar en de verplichting van de Bondsrepubliek om schadeloosstellingen te betalen dienden zich in negentientweeënvijftig nieuwe perspectieven aan. Eén keer reisde zelfs een team van experts van het Israëlische ministerie van Defensie, vermomd als een delegatie Italiaanse topkoks, naar Duitsland, maar zij wisten in de wapenhandel geen potten te breken, vooral ook omdat niemand van hen Italiaans of zelfs maar koken kon (en bovendien weigerden ze een Italiaanse vlag vast te houden, die de delegatieleider aanzag voor een Iraakse vlag en die ze voor de enige trattoria van München en de, kun je wel zeggen, verbaasde ogen van het personeel publiekelijk verbrandden). De Israëlische missie in Keulen, die vanaf negentiendrieënvijftig de levering van goederen uit Duitsland aan Israël coördineerde (hartstochtelijk gehaat door Menachem Begins Cheroetpartij), probeerde in het geheim wapens aan te kopen die voor oorlogsvoering relevant waren en door het leven gingen als 'met brandstof verwarmde apparaten voor het bakken van Elzassisch brood'. Ook de twee patrouilleboten waarnaar Peres me had gevraagd, stonden als bakkerijen te boek.

Aan al deze inspanningen kwam echter een eind toen de Bondsrepubliek na de Verdragen van Parijs en door de afspraken over herbewapening met de NAVO-bondgenoten overwoog om de Bundeswehr op te richten.

Geen enkele politiek verantwoordelijke in Israël was bereid en van zins onderhandelingen te beginnen met de pasbenoemde generaals van de Bundeswehr, die stuk voor stuk van de Wehrmacht waren overgenomen en bloed aan hun handen hadden, wellicht ook Joods bloed. Niet morele bezwaren lagen primair ten grondslag aan deze weigering, maar pure angst. Het bekend worden van een dergelijk duivels pact zou in Israël tot volksopstanden geleid en iedere betrokkene voorgoed in diskrediet gebracht hebben.

Om deze reden, en alleen om deze reden, ruilde Reinhard Gehlen mijn voorhuid in voor de kans om mij als Jood Israël binnen te sluizen. Alleen via een Joodse agent als de onwetende, emotioneel labiele en graag bezwijmende Jeremias Himmelreich leek de voorbereiding van streng geheime wapentransacties, die ook voor Duitsland een nationaal belang hadden, mogelijk te zijn.

Daarom zat ik in Tel Aviv, geachte swami.

Daarom bevond ik me in de Amerikaanse ambassade.

Daarom werd ik wakker op een leren bank, onder een ratelende plafondventilator, in een schemerig kantoortje, waar Donald Day voor het open raam achter neergelaten jaloezieën zat, met een baard als van een mammoet, zonder colbert, maar in een doornat overhemd, met een wapen in een schouderholster dat nu eens niet van Duitse makelij bleek (een Browning).

Hij rookte.

Ik richtte me verdwaasd op. In plaats van Amerikaanse presidenten hingen de Niagarawatervallen aan de muur, die ik godsgruwelijk graag op Donald zou hebben laten neerkletteren, en dat zei ik ook.

'*Shut up!*' mompelde Donald humeurig, en hij legde me een paar ingewikkelde verbanden uit waarover ik veel liever een paar weken, dagen of voor mijn part uren eerder had gehoord.

'Bullshit. Het is maar goed dat je zo weinig wist,' bromde hij.

'Wat is daar zo goed aan? Ik werd als een dansende beer aan een neusring door de arena gevoerd.'

'Wat als ze je vooraf te pakken hadden gekregen en hadden gefolterd?'

'Waarom zouden ze Jeremias Himmelreich willen folteren?'

'Ze zouden niet Jeremias Himmelreich willen folteren! Ze zouden jou willen folteren! Jij bent niet Jeremias *fuck the hell* Himmelreich!'

'En wat zou ik hun hebben verteld?'

'Dat is het dus. Niets. Wie niets weet kan niets zeggen.'

Het was een voorzorgsmaatregel geweest, dat wreef hij me onder de neus, net als dat het een voorzorgsmaatregel was geweest om de ontmoeting in zijn ambassade te laten plaatsvinden in plaats van ergens daarbuiten, waar ik geen kostganger van de machtigste natie ter wereld zou zijn geweest maar gewoon een onbeschermd organisme.

'Ik ben in elkaar gezakt als een schoolmeisje,' klaagde ik.

'Dat was een fraai staaltje toneel, buddy. Maar dat leverde ook niets op.'

Hij haalde een zakdoek tevoorschijn en wiste zijn gezicht af, zonder de peuk tussen zijn lippen weg te nemen.

'Wat betekent dat?' wilde ik weten.

'Ze gaan er niet op in.'

Ik ging rechtop zitten, voelde de tocht van de ventilator op mijn hoofd, maar misschien was het ook wel iets anders wat elke haar van mijn lichaam in een naald veranderde.

'Ik denk dat Peres je wel zou hebben geaccepteerd,' mompelde Donald. 'Maar die Goldenhirsch...'

Hij maakte de zin niet af, liet hem in de dampende lucht hangen en keek hem droefgeestig na, hoe hij onder het plafond door de ventilator werd verhakseld.

Even later: 'Stom genoeg is Ben-Goerion verzwakt. Gestruikeld over een paar Joodse agenten in Caïro die gevangen en opgehangen werden, de sukkels.'

Hij vertrok misprijzend zijn lippen, zodat de as van zijn peuk viel. 'Sharett is dan misschien niet meer aan de macht, maar nog wel altijd minister van Buitenlandse Zaken,' ging hij verder, en hij pakte een asbak. 'Hij haat agenten. Hij haat de oorlog. Hij wil vrede met Nassers geitenneukers, koste wat het kost. Zielig gewoon.'

'Als de Joden wapens willen, waarom halen ze die dan uitgerekend uit Duitsland?'

'Waar anders vandaan?'

'Ik bedoel: waarom kopen ze die niet elders?'

'Hoe dan? Wapenembargo overal! Sancties overal! En waarom? Omdat de Palestijnen hier te weinig rozenbloesems onder hun gat hebben!'

'En Amerika dan?'

'Die zijige regering van mij?'

'Amerika steunt Israël.'

'Dat denk jij alleen. Op dat zijige Buitenlandse Zaken pissen ze in hun broek. Op dat zijige Defensie pissen ze ook in hun broek. Alle zijige politici pissen in hun broek, en zelfs Eisenhower houdt zich aan het embargo van de Verenigde Zijige Naties. Alleen bij de CIA pissen ze niet in hun broek, omdat ze er geen hebben. Ik ben een naakte station agent. Ik zit hier zoals God de CIA heeft geschapen. De bijeenkomst vandaag, daar draai ik voor op. Waarom denk je dat je George Springsteen heet?'

Hij wees op mijn valse persoonsbewijs met zijn dikke, woedende, reactionaire yankeewijsvinger.

'En nu?' vroeg ik.

Hij hield me het pakje sigaretten voor. Ik nam een saffie en stak het aan met de aansteker die hij me gaf.

'Nu ga je naar ons radiostation en laat Pullach weten dat je terug-komt.'

Ik nam twee trekjes en blies mooie kringetjes het halfduister in voordat ik zei: 'Donald, ik woon hier. Ik ga niet meer weg.'

'*Are you kidding?*'

'Ik meen het serieus.'

'Die accepteren jou niet als onderhandelaar. Goldenhirsch is ertegen omdat hij denkt dat Sharett ertegen is. En Peres durft het niet alleen. Dus *farewell, my love*.'

'Dat daar is nu mijn thuis,' zei ik, en ik blies weer een beetje rook richting Tel Aviv.

'Denk je nou, alleen omdat je lul is gecoupeerd en je een stompzinnig nummer in je vlees hebt laten branden, dat dit hier ooit je thuis kan zijn?'

'Ik ben nu Jood. En ik zal Jood blijven.'

Donald keek me aan. Toen drukte hij zijn peuk uit, stond op, liep naar het raam en tuurde door een kier van de jaloezieën naar buiten.

'Daar beneden staat een groene Simca die ik denk ik al eens eerder heb gezien,' zei hij met een andere stem. 'Maar misschien ook niet. Je hebt er wel meer die er zo uitzien.'

Hij ging weer zitten, ik zei niets.

'Geloof me, buddy, die lui hier zijn echt goed. Tijdens de Engelse bezetting noemden ze zich Shai. De Shai had Joodse spionnen, Arabische spionnen, zelfs Britse spionnen. Zelfs de schapen en geiten hebben voor ze gespioneerd. Er was niks wat ze niet wisten. Nu noemen ze zichzelf Sjien Beet.'

'Nooit van gehoord.'

'En Mossad.'

'Nooit van gehoord.'

Hij schoof me een visitekaartje toe waarop een afgeslagen leeuwenkop stond. Geen naam. Geen nummer. Ik wist niet wat ik ermee moest, maar hij zei dat ik het ding in mijn zak moest stoppen. De gnoom met de olifantsoren had het voor me laten liggen. Isser Harel. Zijn naam hoorde ik nu voor het eerst.

'Ze hebben hooguit drie maanden nodig om achter je identiteit te komen. Ze zullen de rioolbuizen onder je huis openschroeven en in je stront zitten wroeten. Ze zullen je vuilnisbakken doorzoeken. Ze zullen bij je inbreken en elke vierkante centimeter van je laden inspecteren. En zodra ze weten wie je bent, WIE JE ECHT BENT, pakken ze een van die dure Faber-Castell-potloden van je en halen een streep door je naam.'

10

Sinds die wonderlijke avond in de Amerikaanse ambassade stonden er voortdurend mensen op straat.

Voor mijn winkel in Ben Yehuda Street zat er een met een slappe hoed op een bloembak, urenlang, alsof hij door mij geschilderd wilde worden, op de melancholieke wijze van Edward Hopper. Tegenover Graets Street patrouilleerde een oudere heer met een wandelstok, die af en toe tegen een boom leunde om bij te komen van de inspanning van het patrouilleren.

Zelfs wanneer ik met Donald in cafés had afgesproken, waren er mensen met pikzwarte zonnebrillen in de buurt, die dikwijls hetzelfde drankje als wij bestelden en in hun notieschriftjes bijhielden wat zij en wij dronken.

En bij het zwemmen, dat we dagelijks deden, werden Ev en ik steeds door een achttienjarige jongen gevolgd, mooi als Thomas Manns dodelijke Tadzio, die op eerbiedige afstand op het strand ging zitten en ons geen moment uit het oog verloor. Op een keer had ik er genoeg van, stapte met de van mijn hele lijf druppelende resten van de zee op hem af en vertelde hem dat ik het uitermate prettig vond om door hem gevolgd te worden, maar of hij wel het fatsoen zou willen opbrengen om zijn ogen niet voortdurend te gebruiken en schaamteloos op ons te werpen – dat was het abc'tje van een observant, ik weet tenslotte waarover ik het heb.

Sindsdien waren ze met z'n tweeën.

Zelfs Ev lieten ze niet met rust. Altijd weer stond er iemand voor haar ziekenhuis op wacht en volgde haar op altijd dezelfde afstand op de fiets als ze 's avonds naar huis liep.

Toen Shoshana Kohn op een dag bij ons kwam om de lessen Hebreeuws door te nemen was ze ongewoon stil en ontwijkend. Op de vraag of haar iets dwarszat, sperde ze haar ogen open, schudde heftig van nee, sloot daarna haar ogen heel langzaam en knikte nog veel langzamer. Toen biechtte ze op dat ze haar op school bij de directeur hadden geroepen. Daar stonden twee mannen te wachten, die haar van alles hadden verteld en ten slotte een fototoestel in haar hand hadden gedrukt.

'Hier,' zei ze, en ze liet ons een schroef-Leica zien – echt krankzinnig, Duitse camera's mochten er dus wel zijn in het land van de import-exportverboden. 'Ik moet daarmee kiekjes maken van uw huis,' mompelde ze toonloos, maar ook toonloos had ze ons helemaal niets mogen zeggen.

Hoewel we Shoshana haar opdracht lieten uitvoeren (om eerlijk te zijn was ik degene die mijn appartement voor haar fotografeerde, het moest wel een beetje scherp worden en ergens op lijken), raakte ze twee weken later haar taak als aanvoerster van de padvinders kwijt. Kort daarop werd ze uit de padvinderij gezet en moest ze haar uniform inleveren. Het wapperende blauw-wit van haar familie werd opgerold.

We zagen haar daarna alleen nog als we haar toevallig in het trappenhuis tegenkwamen. Altijd sloeg ze haar ogen neer en glipte langs ons heen, en ook haar ouders kwamen 's zondags niet meer de krant lezen op ons balkon.

'Wat gebeurt er met ons, Koja?'
'Hoe vaak heb ik je al gezegd dat je me niet zo moet noemen!'
'Waarom doe je nou zo agressief? We zitten gewoon thuis. Hier hoort geen mens ons.'
'Ben je daar zo zeker van?'
'Er is hier toch niemand?'
'Je hebt microfoons, die kunnen ze in de muur metselen.'
'Ja, en op Mars wonen groene mannetjes.'
'Ev.'
'Wat?'
'Zou jij met mij mee teruggaan naar Duitsland?'
'Hoezo?'
'Zou je dat doen?'
'Nee, Koja, en dat weet...'

'Noem me niet zo!'
'Je moet niet zo hard praten.'
'Verdomme!'
Ik moest wel hard praten.
Ze liep de kamer uit en kwam vijf minuten later terug, toen ik weer klonk als een zandloper.
'Waarom ben je nou zo somber, schat?'
'Dat ben ik helemaal niet,' zei ik.
'Waarom zitten die mensen achter ons aan? Heeft dat iets met jouw bezigheden te maken?'
'Doe alsjeblieft nou niet zo empathisch.'
'Ik gedroeg me vreselijk tegen jou.'
Ik zei niets.
'Al die maanden.'
Ik zei niets.
'Dat heb je niet verdiend. Ik probeer het beter te doen.'
'Ga dan met mij terug.'
'Dat kan ik niet.'
'Ze vermoorden me, Ev.'
'Wat is dat nou?'
Ik vertelde haar alles.
Tenminste alles wat er kon worden verteld.

Daarna lagen we in bed, de een voor de ander een houvast in het midden van dit ravijn, waardoor alles gevreten en gezopen en geademd en met weerzin naar binnen gewerkt en uitgespuugd en weer doorgeslikt wordt omdat het de wereld is, dit ravijn, niets dan de wereld.

'Maar luister,' fluisterde Ev zacht, op drie centimeter van mijn gezicht, ondanks de hitte overwelfd door drie dekens om te voorkomen dat microfoons ons konden horen, 'als je beneden op het strand ligt en bruin probeert te worden, wens ik elke keer dat je geen huidkanker krijgt. En als je dan in het water bent, hoop ik dat je niet verdrinkt – want negentig procent van alle drenkelingen zijn mannen, en voor de kust van Tel Aviv verdrinken er veel, ik heb al wat zout water uit longen gepompt, daar zou je nog van opkijken. Dan hoop ik dat je geen haai tegenkomt en dat het niet stormt en bliksemt als je zo ver de zee in zwemt zoals jij altijd doet. Als je dan naast me ligt, wens ik dat je de dagen ervoor niet besmet bent geraakt, dat je niet een van de ziekten oploopt die ik dag na dag in het ziekenhuis krijg te zien, geen pokken, geen tyfus, geen dodelijke infectie. En als ik dat dan allemaal heb zitten wensen, overvalt me het gevoel dat een van mijn angsten of misschien wel al mijn angsten tegelijk uitkomen, dat je dus verdrinkt en verbrandt en aan huidkanker sterft en door een virus uit het leven wordt gerukt, allemaal op hetzelfde moment. En dan is mijn enige wens dat dat mij in diezelfde seconde ook gebeurt. En daarom wil ik dat ze mij ook vermoorden als ze jou vermoorden.'

Ze kuste me onder de dekens zoals ze me sinds Anna's dood niet meer had gekust. We zouden nog gaan bidden deze avond, dat stond wel vast.

'Vroeger, toen we nog klein waren,' lispelde ze, 'toen kon ik me nooit voorstellen dat ik ooit een prins zou ontmoeten met wie ik op een goede manier samen zou willen sterven. Ik zou hebben gedacht dat ik met hem op een goede manier samen zou willen leven. Maar het leven is zo verschrikkelijk moeilijk, Koja. Het is zoals je weet al moeilijk genoeg om alleen al een prins te ontmoeten, ook als die liegt en manipuleert en nooit de waarheid spreekt en daarom nooit mijn koning kan worden.'

'Ik weet het, Ev.'

'Kun jij niet mijn eerlijke koning worden, Koja?'

Ze lag naast me, en hoewel ze probeerde licht te klinken als een kwelend vogeltje, voelde ze zich waardeloos en terneergeslagen, beschaamd en schuldig. Ze zou nooit met mij naar Duitsland teruggaan, dat zei ze keer op keer.

Wat moeten we nou in Duitsland, fluisterde ze. We bakken cake, we zitten naar roodborstjes te luisteren, we lopen door het Beierse Woud, we kopen een graf, we leven niet met elkaar, we bedriegen onze broer, we spreken niet de waarheid, we verliezen ons kind omdat we niet de waarheid spreken.

De waarheid, reageerde ik voorzichtig, heeft kleine Anna het leven gekost.

De leugen was het, zei Ev nauwelijks hoorbaar. Het was de leugen. Hebben we geen geboorte nodig? Moeten we onszelf niet baren wanneer we al geen kind baren? Tabula rasa? Jezelf vanbinnen zuiveren? We hebben nooit onszelf kunnen zijn. Toen ik destijds bij jullie kwam, toen was ik ook niet mezelf. Mijn leven had misschien daarom geen betekenis. Dat klinkt banaal, maar het is waar. Het banale kwaad, het banale goede, het banale ware. Ik heb in uiterlijke dingen geïnvesteerd, Koja. Vaak in ontzettend domme dingen. Meestal heb ik in de bevestiging door andere mensen geïnvesteerd, waarbij ik vooral verwachtte dat ze me een beetje mysterieus zouden vinden, zonder dat ze zelf iets hoefden te presteren wat erkenning verdient.

Je was een goede arts. Je bent een goede arts, Ev.

Schaamte en spijt voel ik voor wat ik de afgelopen veertig jaar heb gedaan, zei ze. Maar zo gaat het niet meer. Als jij teruggaat naar Duitsland, is het voor mij alsof je sterft. Jij zult weg zijn. En dan zal ik ook sterven.

Je zet me onder druk. Je chanteert me, klaagde ik.

Nee, zei ze. 'Altijd wilde ik de mensen alleen als spiegel en bevestiging. Ik heb nooit van iemand anders dan Anna gehouden. Ik geloof dat ik van jou hou, maar ik weet niet of ik op mijzelf aankan. Maar één ding weet ik wel: dit hier is voor het eerst in mijn leven een volmaakte waarheid. Israël is geen dubbele bodem. Ik kan hier niet weg. En als ze jou vermoorden, dan vermoorden ze mij ook.'

Ev, zei ik, maar ze luisterde niet meer naar me, wendde haar hoofd af en stelde alle vragen die ze aan zichzelf stelde en die ik later opschreef omdat ze zo krankzinnig klonken.

Waarom voel je je energieker als je ongelukkig bent?

Waarom kun je niet hoog vliegen in een hemel waarin krankzinnigen spijkers slaan?

Waarom zijn er Duitse woorden die je niet in het Hebreeuws kunt vertalen, woorden als *Feierabend*, bijvoorbeeld?

Waarom is mijn schaduw geen probleem voor mijzelf, maar wel voor zoveel anderen?

Waarom weten we zo weinig?

Waarom neuk ik niet graag meer, terwijl ik dat vroeger altijd zo graag heb gedaan, en waarom wil ik jouw weer geheelde pik niet meer in me voelen, niet in mijn schoot en niet in mijn mond, hoewel hij zo goed smaakt en mij ook goeddoet?

Waarom stel ik deze vragen allemaal, Koja?

Waarom kunnen we niet hier blijven, en word jij mijn eerlijke koning?

11

Het was niet meer mogelijk om langs conspiratieve wegen met Donald Day samen te komen. Deze wegen werden voortdurend in de gaten gehouden.

Daarom had ik lak aan elke verdere vermomming, nam een taxi en werd als een toerist wiens paspoort was gejat linea recta naar de Amerikaanse ambassade gereden. Daar liet ik me de telegrammen uit Pullach geven. Station agent Day overhandigde me persoonlijk het schriftelijk bevel van Palestinamof om het eerste het beste toestel naar Parijs te nemen en van daaruit met de trein door te reizen naar Duitsland.

Mijn missie was beëindigd.

'Sorry, buddy,' zei Donald, 'ik kan het niet aanzien hoe jij je hier in het ongeluk stort. De Mossad heeft officieel bij ons geïnformeerd of we dossiers over jou hebben. Het is uitkijken geblazen.'

'Mijn vrouw wil niet mee.'

'Zij loopt geen risico. Dus kan zij hier blijven tot Onze-Lieve-Heer een elfde gebod verzint.'

'Ze is mijn vrouw. Ze kan hier niet blijven. We moeten haar op de een of andere manier weg krijgen.'

'Tegen haar wil?'

'Als ze maar eenmaal weg is, zal ze wel willen.'

'Wat wil je doen? Haar als een neushoorn met een blaaspijp verdoven en dan in een Convair-toestel zetten?'

'Zou dat kunnen?'

'Jij hebt echt te veel spionagefilms gezien.'

'Juist midden op de reistocht van ons leven / zag ik mij in 'n donker woud verloren, / daar ik van 't goede pad was afgeweken. // Helaas, hoe 't was dat woud, valt zwaar te zeggen. / Zo wild was 't en zo woest, zo dicht en donker, / dat in mijn dromen de angsten vaak herleven. / Ja, zelfs de dood kan haast niet erger wezen.'

Zo ging Dante door mijn hoofd. Wat had papa hem graag geciteerd wanneer hij zijn kleine ronde billen zat te schilderen, die mama eigenlijk niet mocht zien. Ik was geslagen door mijn inferno. Ik was een blauw bevroren kop in de negende cirkel van de hel. Maar wat, geleerde swami, wat kan een vervloekte man in een donker woud nou helemaal doen?

Ik stapte weer in de taxi.

Ik liet me naar Ev in het ziekenhuis brengen.

Ik liep op de klootzak af. Hij wachtte al bij de ingang op haar en was stomverbaasd dat zijn fiets uit z'n handen werd gerukt, door mij weltverstaan. Ik hield hem hoog boven mijn hoofd, slingerde hem met alle kracht op de granieten tegels en ging erop staan stampen.

Daarna liep ik door de toegangssluis naar binnen, botste tegen een oude arts op en beschadigde zijn bril, en bijna zou ik de ok op zijn gerend, waar Ev bezig was iemands onderbeen te amputeren.

Toen ze bij me kwam op de gang, knielde ik voor haar neer en zei dat het voor mij niet mogelijk was om haar eerlijke koning te worden. Het bedrog had me in zijn macht, en alleen als zij dat ook zou laten gebeuren, kon ons leven verdergaan. Ze moest bereid zijn mijn listige koningin te worden. En ook al was dat het weerzinwekkendste wat ze zich kon voorstellen, het was tegelijk ook het waarachtigste als het om ons ging. Het zou ons alles kunnen kosten, het zou alles van ons kunnen eisen.

Toen pakte ik haar hand, waarop bloedspettertjes zaten, en legde hem tegen mijn wang, en ze daalde naar me af als een heilige. Ze omsloot me met haar lange dunne armen, die me nimmer in de steek zouden laten, dat voelde ik.

We liepen naar buiten voor het hospitaal, waar de klootzak probeerde zijn door mij vertrapte fiets weer rechtop te zetten. U kunt zich niet voorstellen hoe verbluft de man was toen ik hem het visitekaartje van Donald in de hand drukte, zonder nummer en naam, maar met leeuwenkop, en ik vertelde hem dat mijn vrouw en ik een ontmoeting wilden, en wel zo snel mogelijk.

12

Nog altijd weet niemand waar het hoofdkantoor van de Mossad precies staat.

Hoe dan ook, destijds ontving men ons in een enigszins vervallen Arabische villa in Moorse stijl, die de afmetingen had van een klein paleis en in Jaffa stond, aan de voormalige King George Avenue, die sinds negentienachtenveertig Jerusalem Boulevard heet.

Een Packard sedan had ons 's morgens afgehaald en was door een hek gereden dat slechts werd bewaakt door twee palmen, die opvielen door het volledig ontbreken van palmtakken en er tegen het verzadigde groen van het rondlopende gazon daarom uitzagen als grote geelbruine steenpuisten.

De chauffeur bracht ons naar de hoofdingang, moest daar op de houten deur kloppen en iets door een kleine trechter naar binnen fluisteren, een wachtwoord vermoedelijk. De deur ging open als door een onzichtbare hand bediend en we werden naar een vestibule gebracht met kale wanden en vlekkerige contouren die er niet op wezen dat de wanden versierd waren geweest. Alleen een tientallen jaren oude eenogige, slecht opgezette leeuwenkop met door motten aangevreten manen waarin een zwaluw nestelde, was hoog aan de wand blijven zitten. Daaronder hing een beetje scheef de Israëlische vlag.

We werden naar een zijkamer gebracht, waarvan de speelse, oriëntaals aandoende lambriseringen protesteerden tegen de brute leegte die ze moesten omlijsten, en iemand die niets moest hebben van welk comfort ook had de ooit vermoedelijk schitterende meubels vervangen door meubels van stalen buizen en ijzerdraad. Bovendien stond er een houten tafel met daarop alleen een zwarte telefoon en een intercominstallatie.

Pas na lang wachten zwaaide er een deur open en trad de kleine, afgetobde Isser Harel binnen. In de Amerikaanse ambassade hadden zijn oren de achter hem hangende president Jefferson gemarginaliseerd (de president met de kleinste oren die ooit het Witte Huis heeft veroverd). In zijn kantoor had je geen schilderijen of zelfs maar een kleuraccent waarmee deze knalrode konijnenoren de concurrentie hadden kunnen aangaan.

Meneer Harel droeg een verkreukeld zandkleurig safarihemd, een korte, verkreukelde zandkleurige broek, ja, zelfs zijn sandalen zagen er verkreukeld en zandkleurig uit, terwijl ze alleen maar oud en sleets waren en jaren geleden ooit donkerbruin waren geweest. Ik kon mijn ogen maar moeilijk afhouden van zijn azuurblauwe sokken, van waaruit nachtblauwe aders langs zijn onderbenen omhoogslingerden. Hij begroette Ev met een zekere puriteinse verlegenheid, terwijl hij mij zonder enige uitdrukking op zijn gezicht bekeek, ik kon zelfs geen boosaardige neerbuigendheid in zijn gelaatstrekken ontdekken, die ondoorgrondelijk bleven, ook toen ik hem vertelde dat mijn vrouw en ik hier waren gekomen omdat we graag voor de Mossad wilden werken.

'En denkt u,' vroeg zijn korzelige castratenstem, 'dat de Mossad ook graag met u wil werken, meneer Himmelreich?'

Zoals het in de aard van mijn in één nacht listig geworden koningin lag, kon ze zich niet stilhouden en legde ze meneer Harel in uitstekend Jiddisch uit dat ik als loyale Jood niets anders had gewild dan me met al mijn kracht in dienst van Israël te stellen.

'Welnu, als uw man dan zoveel kracht heeft,' zei meneer Harel, en hij pakte zijn linker grote flapoor vast, 'waarom probeert hij het dan niet eerst bij de vuilophaaldienst van Tel Aviv?'

Pas jaren later merkte ik dat zinnen als deze niets met ironie hadden te maken, want iemand met nog minder gevoel voor ironie dan meneer Harel kun je je nauwelijks voorstellen. In werkelijkheid had hij een tactiek ontwikkeld die ik al decennia eerder bij mijn oude gouvernante Anna Ivanovna mocht waarnemen en die sommige mensen hanteren om hun gedachten in het struikgewas van totaal onsamenhangende woorden te verbergen, die niets dan rookgordijnen zijn en geen enkele betekenis hebben. Terwijl ze praten, worden in hun hersenen volledig onverenigbare synapsen aan elkaar geschakeld, en ik wist haast zeker dat achter het netvlies van meneer Harels ogen, nog terwijl zijn mond groteske dingen sprak, een onzichtbaar vuurpeloton zijn positie innam en de geweren op mij richtte.

'Ik zou u graag een paar dingen willen uitleggen,' zei ik daarom een beetje gehaast, en aangezien meneer Harel helemaal geen uitleg verlangde, begon ik ongevraagd de fijne karaktereigenschappen van meneer Himmelreich te benoemen, die ik in harmonie met mijn eigen ik presenteerde – een heuse uitdaging, aangezien ik niet alleen moest openbaren dat meneer H. het Derde Rijk verrassend genoeg had overleefd, maar ook dat ik van de daaraan ten grondslag liggende samenwerking met regeringsinstanties een krans voor roemrijke daden vlocht, die Ev godzijdank op mijn hoofd zette.

'We beseffen,' vertelde ze in precies de juiste mengeling van nederigheid en vrouwelijke warmte, 'hoe verwarrend ons bezoek voor u moet zijn. Maar mijn man heeft in de jaren van onderdrukking geen enkele Joodse geloofsgenoot benadeeld. Hij zou niet eens tot zulke karakterloosheid in staat zijn. Boodschappen overbrengen, dat was alles. Het bezorgen van deportatiebevelen. Meer niet.'

Ik hoorde dat zich vanwege deze weinig roemrijke activiteiten een grote innerlijke onrust van meneer Himmelreich meester had gemaakt, een onrust die een verklaring kon zijn voor zijn brandende verlangen om voor nu en altijd de Israëlische staat te mogen dienen. En precies dat wilde Ev aan mijn zijde ook doen.

De oogjes van meneer Harel vernauwden zich tot spleetjes.

'Naam?' vroeg hij nors.

Ev noemde eerst haar valse naam, die de mijne was, en toen de juiste, die ook de mijne was.

'Solm?' vroeg Isser verbluft.

'Ik werd op mijn negende door een Baltisch-Duitse familie geadopteerd.'

'Kent u Standartenführer Hubertus Solm?'

'Ja. Mijn broer,' zei Ev.

'We zoeken uw broer.'

'Ik weet waar hij is.'

'Allebei,' zei ik, 'weten we waar hij is.'

Hij keek ons aan, maar vroeg niet hoe het kwam dat Jeremias

Himmelreich wist waar de broer van zijn echtgenote verbleef.

Ev zei: 'Ik heb gehoord wat Hubertus in Riga heeft gedaan. Vreselijk.' Ze ging rechtop zitten. 'Maar zijn familie heeft mij, als kind van Joodse ouders, het leven gered. Daarom is het moeilijk voor me om mijn broer zonder meer te veroordelen.'

Vooral ook omdat ze met hem getrouwd was geweest, een detail dat bij het bekend worden daarvan de sfeer in de ruimte ongetwijfeld niet echt plezieriger op zou hebben gemaakt.

Het was opmerkelijk hoe snel Ev haar ideaal van absolute eerlijkheid aan het absoluut noodzakelijke aanpaste.

Eerlijk zijn is helaas nooit absoluut noodzakelijk.

Meneer Harel nam plaats achter de kale tafel, drukte op een knop van de lompe intercom en vroeg in het Hebreeuws of cellen nul-vier en nul-vijf in de eigen gevangenis nog bezet of alweer vrij waren. Een krakende stem antwoordde dat men er direct werk van ging maken en meneer de kolonel zou rapporteren. De kolonel liet de knop los, sloeg zijn knieën over elkaar, waaronder het azuur- en nachtblauw glansde.

'Meneer Himmelreich, wat wilde u me verder nog vertellen?'

'Ik ben hier door mijn regering naartoe gestuurd,' begon ik, en het verbaast me nog altijd dat ik onder de gegeven omstandigheden een vriendelijke glimlach op mijn gezicht wist te toveren, 'om uw ministerie van Defensie te overtuigen van de absolute betrouwbaarheid van de Duitse regeringsinstanties. Duitsland bouwt momenteel een eigen leger op, zoals u weet. De regering is geïnteresseerd in een langdurige en informele samenwerking met Israël, los van het feit dat de Duitse diplomatie de Arabische landen steunt. De Duitse minister van Defensie, Strauß, heet hij, garandeert absoluut stilzwijgen over welke vorm van afspraak ook.'

'Er is een Duitse minister van Defensie Blank. Er is geen Duitse minister van Defensie Strauß.'

'Er komt er een. Binnenkort al. En men heeft mij verzekerd dat zijn ministerie u sneller wapens ter beschikking zal stellen dan u "hopla" kunt zeggen.'

'Tegen welke prijs?'

'Als tegenprestatie verwacht de Duitse regering een aanzienlijke verlichting van de invoer- en uitvoerbeperkingen van het bilaterale handelsverkeer. Alle transacties in het kader van het Verdrag van Luxemburg,' – en nu zou ik flink moeten uitweiden en u moeten vertellen wat het Verdrag van Luxemburg inhoudt, maar bespaar me dat, weetgierige swami, bespaar me dat – 'alle transacties in het kader van het Verdrag van Luxemburg, dus, worden in de toekomst uitsluitend via goederenleveranties en niet via de transfer van contanten uitgevoerd. En de consultaties met uw ministerie van Defensie vinden in eerste instantie via mij plaats.'

'Moet defensieminister Ben-Goerion met een voormalige ss-spion onderhandelen?'

'Moet u horen, kolonel, omdat ik deze vraag al vreesde, heb ik zo lang geaarzeld om uw dienst op te zoeken,' verzuchtte ik. 'Ik heb in het Derde Rijk een geprivilegieerd gemengd huwelijk gehad. Vindt u het daarom juist om me daarom als ss-spion weg te zetten? Mijn eerste vrouw stierf in een regen van bommen omdat ze de bunker niet in mocht als echtgenote van een Jood. Maar ook Kurt Himmelreich, Hannah Himmelreich, David Himmelreich, alle Himmelreichs van wie ik hield, zijn vernietigd. Vindt u het dan echt juist om mij te laten voelen dat u me veracht?'

Ik merkte dat Ev naast mij dit 'veracht' op mij en daarna op zichzelf projecteerde, op ons allebei dus, en dit zelfmisprijzen gaf haar iets voornaams, ja, zelfs iets waardigs en tegelijk berouwvols, en ik bad dat mijn onoprechte koningin niet zou toegeven aan haar drang om een uitlaatklep te bieden aan onze enorme leugens (een gejaagd gebaar, bijvoorbeeld, een zucht, wat dan ook waardoor we door de mand zouden vallen).

'Ik denk niet dat u dat juist vindt,' zei Hare Majesteit ten slotte toegeeflijk, na iets te lang te hebben gezwegen, een pauze die meneer Harel benutte om in een soort lethargische shock te vervallen. Vermoeid keek hij op zijn brede dwergenhanden met de afgekloven nagels.

'Wij vinden het allebei in elk geval niet juist,' onderstreepte ik nerveus, en ik liet mijn wijsvinger tussen Ev en mij kwispelen. 'We zijn hier om volstrekt eerlijk tegen u te zijn.'

Ik nam een niet bepaald koninginnenachtige trilling waar – daar moest ze onmiddellijk mee stoppen.

'En als teken van onze oprechte bedoelingen,' vervolgde ik, 'doe ik een aanbod om per direct te rapporteren over alles waarmee mijn regering inzake het Midden-Oostenbeleid bezig is.'

Nu gaapte meneer Harel.

'Mijn man doet dit niet uit gebrek aan loyaliteit,' haastte Ev zich te zeggen.

'Nee, natuurlijk niet,' zei ik nerveus lachend. 'Ik vind dat Duitsland en Israël in het licht van alle verschrikkelijke dingen die er zijn gebeurd goede vrienden moeten worden.'

Ik zag een tweede gaap, ditmaal hield hij niet eens zijn hand voor zijn mond.

'Ik... ik...' – van de weeromstuit begon ik te stotteren – 'ik wil als het aan mij ligt de eerste goede vriend zijn. Maar die vriendschap moet wel helemaal uit mezelf komen. Natuurlijk steunt mijn broodheer... Nou ja, hij steunt dit soort vriendschap op dit moment nog niet.'

'We willen geen salaris en geen enkele tegenprestatie,' stamelde Ev, de hysterie nabij, want meneer Harel was inmiddels aan het knikkebollen. 'Maar we houden van Israël. We willen niets liever dan in dit land leven en dit land dienen. En dat zou mijn man in zijn positie echt uitstekend afgaan.'

'Als u...' begon ik, maar toen liet mijn stem het afweten, ik schraapte mijn keel en deed een nieuwe poging: 'Als u misschien nog een keer contact kunt opnemen met secretaris-generaal Peres om hem over ons aanbod te vertellen.' Ik laste een eindeloos lange en lawaaiige gekunstelde pauze in, greep naar het borstzakje van mijn overhemd, haalde een opgevouwen vel papier tevoorschijn en legde het op het bureau van meneer Harel. 'Zo, misschien is dit wel het begin van een vriendschap tussen de volkeren.'

'Wat is dat?' vroeg mijn barse gesprekspartner.

'De personalia van Friedrich Hach, hoofd van de afdeling Palestina van mijn dienst. Mijn baas.'

Harel vouwde het papier open en keek ernaar.

'Is-ie alcoholist?'

'Helaas wel,' zei ik.

'Huwelijksproblemen,' zei ik.

'Nogal,' zei ik.

Er werd geklopt. Een adjudant kwam binnen, salueerde en vertelde dat cellen nul-vier en nul-vijf allebei vrij waren. Cel nul-vijf moest echter nog wel worden schoongemaakt. Hij had een halfvolle emmer bij zich.

Meneer Harel knikte weifelend en legde het papier voor zich op tafel. Daarna keek hij in het niets, in gepeins verzonken, alsof hij naar een sprankje inspiratie zocht.

'U komt dus uit Letland,' zei hij. 'Net als ik.'

Hij kwam overeind en liep naar ons toe. Voor Ev bleef hij staan, zoals hij vroeger in de kibboets vermoedelijk voor zijn sinaasappelbomen was blijven staan wanneer de oogst naderde. Net zomin als hij het nodig vond een sinaasappel te kussen, vond hij het nodig een vrouwenhand te kussen, dat was wel duidelijk toen hij toch een halfslachtige poging deed en op Evs horloge leek te willen kijken hoe laat het was.

'Ik ben kolonel Harel,' zei hij plechtig tegen haar. 'Uw geachte broer heeft veel mensen doodgeschoten. Ook veel mensen uit mijn familie. Goede mensen.'

Hij hield haar hand in de zijne.

'Misschien kunt u hem ooit eens aan me voorstellen.'

Ze knikte.

'Als u voor me wilt werken, moet u me Isser noemen. Niet meneer. Niet Harel. Niet kolonel. Gewoon Isser.'

Nu knikten we allebei.

'Welkom Ev. Welkom Jeremias.'

De adjudant achter hem sloeg zijn hakken tegen elkaar, morste daarbij een beetje water dat een rode kleur leek te hebben, draaide zich om en deed de deur achter zich dicht. Kolonel Harel, een meter achtenvijftig lang, oren als die van Dumbo, hoofd van Sjien Beet, de Mossad, van Aman en weldra ook van Lakam, een op kromme alligatorpoten waggelend staatsgeheim, opende de deur opnieuw, leidde de nieuwbakken Mossad-agenten langs de leeuwenkop naar buiten, waar hij hen in de brandende hitte van een neuralgische dag ontsloeg met de opmerking dat ze een mooi paar waren.

Ik trilde over mijn hele lijf en Ev ook, maar een mooi paar, dat waren we zeker.

13

De eerste sneeuw valt vroeg dit jaar. Eigenlijk hoef je om wijs te worden niets anders te doen dan naar de vallende sneeuw te kijken, die in een grote stilte alles onder zich bedekt: het loof en de stront en de afschuwelijke herinneringen. Ook bij de hippie lijkt het wel of er een zoutvaatje boven hem is uitgestrooid. Hij zit voor me op een besneeuwde bank, gehuld in de donkere bontjas die ik hem heb gegeven en die met elke witte vlok aan vitaliteit inboet.

'Kunnen we niet beter naar binnen gaan?' vraag ik, en ik wip van mijn ene been op het andere. Zijn bontjas is warmer dan die van mezelf.

'Ik ben blij dat ik niet meer in uw kamer lig, compañero.'

'Dan is alles toch goed gekomen.'

'Ik krijg na de operatie een kamer voor mezelf. Als je zo'n kapot hoofd hebt, krijg je een kamer voor jezelf.'

'Maar zo kapot is uw hoofd nou ook weer niet.'

'Het is in beweging.'

'Uw hoofd?'

'Zoals tektonische platen, zegt de dokter.'

'Ik breng morgen een mooi stukje Marrakesh voor u mee.'

'Van zuster Gerda mag ik het niet meer hebben.'

'Hoezo?'

'Vanwege de medicijnen. De medicijnen zijn brandende lucifers en de hasj is de lont, en als de lucifers de lont aansteken, dan is het daarbinnen straks pats-boem.'

Zijn handen vormen boven de binnenkort door twee schroeven bijeengehouden hippieschedel, die je vanwege de eroverheen gestulpte bontmuts niet ziet, een denkbeeldig ontploffende bom met wegvliegende vingers en de hele santenkraam.

'U wilt geen hasj meer?'

'Natuurlijk wel, man. Maar als er iets gebeurt, dan weet u dat het uw schuld is.'

'Er zal wel niets gebeuren.'

Ik sla mijn armen een paar keer om mijn lijf om weer bloed in mijn vingertoppen te krijgen.

'Waarom hebt u die arme man aan kolonel Harel verraden?'

'Welke arme man?'

'Die meneer Palestinamof. Die was zo aardig voor u.'

'Doctor Hach was niet zo aardig voor me. En ik heb hem ook niet verraden. Er kon hem echt niets gebeuren.'

'U hebt verteld dat hij huwelijksproblemen had. En alcoholproblemen.'

'Dat heb ik alleen gezegd om hem iets kwetsbaarder te laten lijken.'

'Wat bedoelt u daarmee?'

'Dat je zwakke plekken hebt. Geheime diensten zijn dol op andere geheime diensten als die met een beetje geluk kwetsbaar zijn.'

'Ben ik kwetsbaar?'

'Voor u, beste swami, is dit woord uitgevonden.'

'En uw broer hebt u ook verraden.'

'De zaak ligt wel wat genuanceerder.'

'U brengt dukkha onder de mensen. Iedereen die u ontmoet is door dukkha getekend.'

'Kunt u nou 's stoppen met dat geleuter over dukkha?'

'Zou u mij ook hebben verraden als het u van pas was gekomen?'

'Waarom bent u nou weer zo boos? Dat blijft maar doorgaan.'

'Nou, is dat zo?'

'U moet nu toch echt opstaan, Basti. Als zuster Gerda ons hier betrapt, midden in de sneeuw, dan zijn de poppen aan het dansen.'

'Ja, dat is zo!'

Hij staat niet op. Zijn duimen flitsen over de toppen van zijn vingers. Ze zijn rood, maar het lijkt hem niet te deren. Misschien een nieuwe hersenaandoening. Hij zou het koud kunnen hebben en tegelijk warmte voelen, in zijn ledematen tenminste.

'Ik dacht dat u wel blij zou zijn dat ik alles doe om Israël in de strijd tegen zijn vijanden bij te staan. Zonder mij zou er in elk geval geen wapenhandel met Duitsland zijn geweest.'

'Ik praat niet graag over wapens. Wapens zijn ook dukkha. Alles wat de dood tot gevolg heeft is ontzettend dukkha.'

Ik ga naast hem zitten, ondanks de neerdwarrelende kou, steek mijn tong uit, vang de sneeuwvlokken op en proef ze. Ze smaken nergens naar, óf door mijn kogel daar boven óf omdat sneeuw al nooit ergens naar heeft gesmaakt, zoals ruiten nergens naar smaken als je eroverheen likt, net zomin als Delfts aardewerk. (U zult nog versteld staan van waar ik in mijn leven allemaal aan heb gelikt.)

Maar nu komt er een verdoofd gevoel in mijn tong bij, alsof ze je papillen met scheermesjes wegschrapen. Ik vraag me af waarom ik er zo aan hecht om me voor dit lamme hoopje, dat ooit kwiek en enerverend en aan één stuk door aan het babbelen was maar nu een en al treurnis is, waarom ik er zo aan hecht dat het van mij is. Welnu, antwoord ik mezelf onmiddellijk, omdat een beetje gesticht worden voor hem nou eenmaal geen kwaad kan.

En ik zeg: 'Kolonel Harel heeft verschillende Israëlische agenten naar Keulen gestuurd. En al in de herfst van negentienzesenvijftig, tien dagen voor de Suezoorlog, kwamen de eerste hulpgoederen in Israël aan, Amerikaanse *half trucks*.'

De swami onderbreekt het heen en weer flitsen van zijn duimen, pakt een beetje sneeuw en wrijft zijn gezicht ermee in.

'Later werden de leveringen omvangrijker. Ze bestonden uit Nor-atlas- en Dornier-vliegtuigen, Fouga Magister-straaljagers, helikopters en zelfrijdende antitankkanonnen, ambulances, luchtafweergeschut en op afstand bestuurbare antitankwapens. En natuurlijk onderzeeërs.'

De swami houdt zijn oren dicht, waaraan een beetje sneeuw blijft hangen.

'Ik heb toch gezegd dat ik niet graag over wapens praat, man!'

'Maar met de wapens kwam vrede. U praat toch graag over vrede.'

'En u hebt Israël dus vrede gebracht?'

Ik moet wel zeggen dat ik de laatste tijd bij de swami iets waarneem wat toen we elkaar net kenden nooit naar buiten is gekomen. Laat ik het een zelfbemoedigende vijandigheid noemen. Zoals hij nu voor de tweede keer een lading sneeuw in zijn hand neemt en daarmee zijn gezicht inwrijft, zo zou hij eigenlijk het liefst mijn gezicht ook inwrijven, maar omdat dit niet verenigbaar is met zijn religie en met zijn en mijn temperament sublimeert hij zijn impuls in de taal en vraagt mij, met het soort spot in zijn stem dat hij bij mij zo vreselijk vindt, of ik Israël dus vrede heb gebracht.

Natuurlijk heb ik Israël vrede gebracht.

En zeker vrede met Duitsland.

14

Ev en ik bleven in Israël.

Geen mens riep ons terug naar Pullach. De BND was namelijk trots op me. De CIA profiteert van de kennis die ik heb verworven. De KGB liet me met rust. En de Mossad begon van me te houden.

Ik kon Shimon Peres in een van mijn lievelingscafés op de zeepromenade van Tel Aviv voor een citroensorbet uitnodigen en er in alle rust met hem over uzi's onderhandelen. Peres wist dat hij door de Duitse geheime dienst was uitgenodigd, en met deze wetenschap zat hij met zo'n wellustige huivering van genot aan deze sorbet te slobberen dat het snel tussen zijn Lauren Bacall-lippen wegsmeltende ijs bruikbaar leek voor elk type politieke toenadering.

In die dagen was de tijd rijp voor veranderingen.

De Sovjet-Unie had de levering van wapentuig aan de Arabieren overgenomen om de voor Israël radicaalste verandering, namelijk Israël van de kaart vegen, welgemoed ter hand te nemen.

Moshe Sharett was met het oog op deze dreiging, uiteraard met behulp van een passende intrige, als minister van Buitenlandse Zaken door Ben-Goerion aan de kant geschoven.

En de Suezoorlog, die in oktober negentienzesenvijftig uitbrak, leidde er ten slotte toe dat de Israëlische notabelen gingen eten met voormalige ss-collaborateurs, zoals Jeremias Himmelreich, oud-Wehrmachtgeneraals, zoals Reinhard Gehlen of vroegere nazi-inlichtingenofficieren, zoals Franz Josef Strauß om zich door hen te laten redden.

En dan kreeg je bij Strauß ook nog eens voortreffelijke koude eend.

Ik heb hem namelijk één keer moeten bezoeken, de koddige kortbenige, halsloze en tonnetjeronde Beier, want Peres had me gevraagd op welk moment je, onaangekondigd en privé, het best bij een Duitse toppoliticus kon binnenvallen.

Dat is natuurlijk kerst.

We zetten op zesentwintig december negentienzevenenvijftig vanaf de luchthaven van Parijs en met de kleinste auto die we konden huren over gladde en mistige wegen koers naar Opper-Beieren. Tijdens de veertien uur durende nachtelijke rit gaf niet alleen de verwarming maar ook Peres' oriënteringsvermogen, dat vlak voor de bestemming een kleine lawine had veroorzaakt, er de brui aan. (Eigenlijk was alleen het sneeuwdek van een spar langs de weg op de voorruit beland.)

Begroet door een paar dwarrelende vlokjes die de Israëliërs 'sneeuwstorm' noemden, bereikten we het onder een dik pak sneeuw liggende Rott am Inn, de geboorteplaats van de ondoorgrondelijke en schitterende Hans Georg Asam, een kerkschilder die zeer door papa werd bewonderd. Uiteraard nam ik de doodvermoeide Shimon Peres en zijn twee Asjkenazische begeleiders mee naar de kloosterkerk van Rott. Ik legde hun alles uit, liet ook de altaarbeelden van Ignaz Günther zien, uitmuntende prestaties van de Duitse barokplastiek, waarover we nog steeds opgewonden zaten te praten toen we ten slotte aankwamen bij de boerderij van doctor Strauß, waar geen enkele bewaking was en we eerst steentjes tegen het raam moesten gooien om te kijken of hij er eigenlijk wel was, en zo ja, niet nog iemand anders.

De deur ging open en de verraste, in een open folkloristisch vest (beschaafde bloemen op groen fluweel) en lange onderbroek geklede minister van Defensie die we zagen, was blij met het onaangekondigde bezoek. Een jonge vrouw liep halfnaakt achter hem de trap op. Marianne was destijds midden twintig, eind twintig hooguit, en pas sinds kort met 'Franzeljott' getrouwd, zoals ze hem vertederd noemde. Zij was het die later de koude eend voor ons opdiende en bier bij de plaatselijke brouwerij annex uitspanning haalde, een verrukkelijke bodem voor geheime en uiterst explosieve onderhandelingen.

Een van de twee Asjkenazim was trouwens Chaim Laskow, generaal in het Israëlische leger, die na de oorlog als Brits officier in het Rijnland op eigen houtje op nazimisdadigers joeg en hen vervolgens scalpeerde, wat hij Franzeljott onder het nuttigen van rammenas vertelde, godzijdank in het Hebreeuws, zodat ik het in mijn vertaling over gevilde konijnen kon hebben.

De andere medewerker van Peres was Asher Ben-Natan, een Weense Jood, een van de slimste en sluwste mannen die ik ooit ben tegengekomen, groot van stuk, blauwogig en als twee druppels water lijkend op Curd Jürgens. Naast kolonel Harel was hij de invloedrijkste geheim agent van Israël, met wie ik van tevoren alle stappen voor de Duits-Israëlische wapentransacties minutieus had doorgenomen. Hij kwam snel ter zake, want hij was het hoofd van de inkoopcommissie van Peres' ministerie van Defensie.

'Beste doctor Strauß,' teemde Ben-Natan, 'ons land heeft dringend behoefte aan langeafstandsbommenwerpers, artillerie, raketten en een oorlogsvloot, en meneer Dürer' (in Duitsland was meneer Himmelreich natuurlijk meneer Dürer) 'is van mening dat we het u maar gewoon op de man af moeten vragen.'

'Op de man af, ja,' zei Strauß in het Beierse dialect, 'maar wat er voor mij in het vat zit, stelletje bandieten, dat zou ik weleens willen weten.'

Strauß bulderde van het lachen over zijn halve grap, maar niet lang.

Shimon Peres maakte namelijk duidelijk dat ze helaas geen geld hadden, geen rooie cent, maar op giften waren aangewezen, en dat ze daarom om langeafstandsbommenwerpers verzochten, en eveneens om artillerie en raketten, en ook de oorlogsvloot zou men graag voor niets hebben.

Nu stond Strauß werkelijk perplex.

Nog maar een paar dagen eerder was hij in de Knesset uitgemaakt voor aanvoerder van een 'nazileger van beestachtige moordenaars' en nu werd hij in onderbroek met kerst door bedelende Joden lastiggevallen, diende uit de schaarse voorraden van de jonge Bundeswehr gratis en voor niets wapens naar het Midden-Oosten te zenden, en dat ook nog eens achter de rug van de Bondsdag om, zonder medeweten van de Amerikanen en tegen de principes van zijn ambtseed.

Niet dat Strauß deze principes nou zo serieus zou hebben genomen – waarbij hij in overweging nam of een versoepeling ervan zijn welbegrepen eigenbelang zou kunnen dienen, vooral in financieel opzicht, en het volledig ontbreken ervan bracht zijn malende kaken een moment lang tot stilstand.

Bovendien kwamen er overwegingen van mondiaal strategisch belang om de hoek kijken, namelijk dat Israël als bastion van het blablablawesten tegen de door het Warschaupact gesovjetiseerde blablablastaten moest standhouden, opdat men het Nabije Oosten niet aan het blablablacommunisme zou kwijtraken. Waarom Strauß uit zijn eigen legerdepots munitie en tanks moest stelen die het vaderland er ter afwending van een Sovjetinvasie nog maar kortgeleden voor veel geld in had gezet, dat kon Shimon Peres ook niet met de meest suikerzoete blablabla uitleggen.

'*Ihr Bürschl*,' bromde Strauß daarom, en hij begon aan de zilveren knopen van zijn wambuis te frunniken, 'ze hebben me er al op gewezen dat je die wapens niet moet uitdelen. Dat je er niet als een sukkel bij staat, dat zou al mooi zijn. *Manus manum lavat*, of niet dan?'

En toen vroeg hij op de man af wat zo'n krankzinnige handel het Duitse volk zou opleveren, ja, zoiets krankzinnigs.

Er trad een zekere stilte in onder de kerstboom, die zwaar was van de lamettenslingers. Je hoorde alleen het geluid van de rozijnen die scalpeerder Laskow met een mes uit de kerststol pulkte.

Daarom kuchte ik na een tijdje, vatte moed en zei: 'Het zou het Duitse volk vrede met Israël kunnen brengen, excellentie. Vrede voor altijd.'

Dan kun je als hippie misschien twijfelen, op je stomme bankje in de sneeuw, maar die zin heb ik toen uitgesproken, ik zweer het, en Strauß keek me aan met een loensende blik – zijn reptielentong flitste telkens uit zijn mond, hij legde zijn vork naast zijn bord en leunde zo ver achterover dat de leuning kraakte.

'Moet je zien, onze man in Tel Aviv, een op-en-top arrogante kwast.'

Ook Shimon Peres keek me aan, met een blik van waardering, dacht ik, en mijn grote angst was alleen dat hij tegen mij ook 'onze man in Tel Aviv' zou zeggen, wat inderdaad met de feiten strookte, maar dat zou mijn leven als dubbelspion op het randje-van hebben gebracht.

Franz Josef Strauß wilde eerst even nadenken. Om dit te bevorderen zocht hij zijn heil bij drie flessen bier, goot vervolgens een paar vruchtenbrandewijntjes naar binnen en at om het af te maken de cognacbonbons op die wij voor hem hadden meegenomen. Daarna stelde hij een wandeling voor om alles te laten zakken.

En zo sjokten Shimon Peres, zijn beide secondanten en ik achter de wankelende, in een jas van berenvel gestoken Hun aan, uitgerekend naar de plaatselijke kloosterkerk waar we al eerder waren geweest. Wat was het goed katholieke hart van de minister blij dat Shimon Peres de grandioze plafondschildering bleek te kennen en zich zelfs de naam van de kunstenaar herinnerde (Matthäus Günther, niet te verwarren met Ignaz Günther) en over de als de 'Himmelreich van Rott' bekende apotheose in precies mijn nog maar een paar uur eerder gevonden bewonderende bewoordingen sprak, niet in de laatste plaats ook over de kameel, die in het stucwerk aan de zijkant Azië verzinnebeeldde, het domste van alle dieren weliswaar, maar tegelijk ook het meest Arabische.

'Als je dat ziet, dan wil je je stante pede tot het christendom bekeren,' mompelde Asher Ben-Natan – ik zei al, een van de slimste en sluwste mannen die ik heb gekend.

Strauß hoorde dat, was verrukt en toonde de geïmponeerde Hebreeërs ook nog de sculptuur van keizerin Kunigunde, een meesterwerk van de rococo; met haar linkerhand neemt ze haar gewaad op, alsof ze klaar is voor een wilde dans, en ze glimlacht spottend, en Strauß liet zich de kans niet ontnemen om de dramatiek van de scène toe te lichten, want Kunigunde was namelijk beschuldigd van echtbreuk en moest om haar onschuld te bewijzen over gloeiende kolen lopen, wat ze blijmoedig deed, zonder er brandblaren aan over te houden, zodat vaststond '*dös sie net gepimpert hot*', zoals Strauß op prettig benevelde wijze zei.

'Gepimpert?' vroeg Asher Ben-Natan.

'*Eizipfelt*,' zei Strauß.

'Gezondigd,' stelde ik voor.

Het evenbeeld te zien van een dansende heilige die het verwijt van onwelvoeglijk geslachtsverkeer met een grijns beantwoordt, en dat allemaal aan de voet van een altaar midden in een godshuis, al was het dan een godshuis van ongelovigen, waarmee dus alleen een zogenáámd godshuis kan zijn bedoeld, was voor ons iconoclastische joden hoe dan ook een uitdaging.

Franz Josef Strauß merkte dat echter niet, maar sloot Shimon Peres, die zoveel van kerken wist en kunsthistorisch zo goed was onderlegd, in zijn armen, waarbij hij eigenlijk mij en mijn bescheiden kennis in zijn armen sloot, in elk geval voelde ik me ook omarmd.

Aan het eind van ons bezoek schonk hij ons ten eerste vier houten Mariabeeldjes met het kindje Jezus uit Ottobeuren en ten tweede precisievernietigingswapens ter waarde van driehonderd miljoen Duitse mark.

Maar ik denk toch wel dat ik de vrede naar Israël heb gebracht. Misschien op een gecompliceerde en drieste wijze, maar anders is vrede in Israël nou eenmaal niet mogelijk. De hippie zit nog steeds op zijn plaats. Je zou twee middelgrote sneeuwballen kunnen maken van de sneeuw op zijn muts, bontjas en pyjamabroek, die vlok na vlok verandert van een gebloemde in een ongebloemde broek. Zal ik antwoord geven op zijn spottende vraag? Of ik de zelfbemoedigende vijandigheid hiermee kan ondergraven? Is dat eigenlijk wel mogelijk?

'Ja, ik heb de vrede naar Israël gebracht.'

'Bedankt,' zegt de hippie als in een droom.

15

Mijn vijf jaren in Tel Aviv waren mijn vijf jaren met Ev.

Het waren vijf jaren waarin onze zielen (laten we die maar gewoon beschouwen als een bundeling van mentale concepten, om er niet over te hoeven bekvechten, beste swami) terugreisden van de monding naar de bron – maar onze lichamen niet.

En toch waren we speels. Soms speelden we in deze vijf jaren met elkaar zoals kinderen doktertje spelen. Maar wel met een gevoel van berusting. Want terwijl je als kind verrast en gefascineerd bent door het vreemde, stevige, jonge vlees dat je onderzoekt en door de elastische openingen ervan, zo waren wij verrast en gefascineerd door littekens en korsten en vetkussens die op steeds weer andere plekken bij de ander opdoken of niet van oude plekken wilden verdwijnen, hoe vurig je dat ook wenste, zoals de kleine witte streep in Evs buikwand die ze aan Anna's geboorte had overgehouden.

Het waren vijf jaren waarin we deze geschiedenis zijn beloop lieten. Vijf jaren lang deden we niets anders dan 's ochtends samen ontbijten en 's avonds samen naar het strand gaan. Ev zwom altijd een stuk bij me vandaan, haar kikvorsachtige lijf danste op Jaffa in het zuiden toe, op een gegeven moment haalde ik haar in en dook naast haar onder. Oude beelden kwamen uit de golven bovendrijven, herinneringen aan hoe dit vanaf de zeebodem blauwe, magere, als een school rimpelige visjes voorbijglijdende lichaam tot lichtgas ontbrandde toen ze, terwijl kleine Anna als zuigeling naast ons in haar wiegje sliep, in Hubs Standartenführer-slaapkamer, haar armen weggedraaid en haar ogen op mij gericht, me gedwongen had ook in de hare te kijken, die in mij verzonken, bijna tot het einde aan toe, zodat we in de rook van toekomstige gebeurtenissen vergingen, fabuleuze gebeurtenissen die het naderende orgasme je belooft, maar die zich op je bijna-vijftigste niet meer aandienen.

Desondanks waren we niet alleen maar ongelukkig.

We waren ook bezorgd.

Want elke dag opnieuw hing boven ons het zwaard dat Dionysos ooit boven de borst van zijn gunsteling Damocles had vastgebonden. Op elk moment kon de dunne haar breken. Op elk moment kon ergens op de wereld het zwaard in ons terechtkomen, in de vorm van een foto, bijvoorbeeld, die de jeugdige Jeremias Himmelreich toont met pluizenbolhaar en een neus die niet die van mij is. Het was niet ondenkbaar dat een van zijn Joodse medestudenten uit Tartu of Berlijn nog leefde. Wellicht woonde de man drie straten verderop. Vanwege de kans op ontdekking konden we ons nooit veilig voelen. Nooit.

Maar nog beangstigender dan deze zwevende, ogenschijnlijk slapende en totaal onzichtbare dreiging was voor mij een zeer zichtbare: Ev veranderde. Ze veranderde mentaal en ze veranderde psychisch, aangezien ze nu zelf mijn melancholieke beroep uitoefende, een beroep dat ze heel lang alleen als een karakterzwakte had beschouwd.

Ze bezat geen enkel conspiratief, maar wel een groot subversief talent. Dat had ze als klein meisje al gehad, en soms ging nog altijd het kinderlijke temperament met haar op de loop. Terwijl ze net als vroeger kon stelen en liegen in het sterrenbeeld van de anarchie, was ze daar ambtshalve nooit en in geen enkele situatie toe in staat.

Ze was niet bereid ellende aan te richten. Ze was met name niet bereid om in haar ziekenhuis collega's, in onze straat buren of in ons wooncomplex medebewoners te bespioneren. Ze was zelfs niet bereid om 'bespioneren' in haar vocabulaire op te nemen. Ze legde ook geen dossier aan (terwijl ze in latere jaren van dossiers zou gaan houden), heeft nooit wie dan ook aangebracht en achtte het ook totaal onmogelijk dat ik ooit zoiets gedaan zou kunnen hebben. Dat heb ik ook nooit gedaan, bezwoer ik haar, want het samen ontbijten en het samen 's avonds zwemmen zouden onder deze waarheid hebben geleden, en dat wilde ik niet.

Het enige wat Ev in deze vijf jaren bij de Mossad verstandig en passend vond, was het opsporen van voortvluchtige nazi's.

Dit was bij haar een elementaire en al lang sluimerende behoefte, die kolonel Harel alleen nog maar tot leven hoefde te wekken.

Onder zijn leiding begon zij aan haar sluipjacht, getransformeerd tot de maanverlichte, met pijl-en-boog door de bossen van de ss-bloedgewesten zwervende Artemis. In mij meende ze abusievelijk haar tweelingbroer Apollo te zien en ze spoorde me aan op reis te gaan om de schuilplaatsen van de ontsnapten te zoeken. De sporen ervan leidden immers bijna allemaal naar Pullach, de diepte van de door schuwe schaduwen bewoonde, mij zo vertrouwde Hades in.

'Maar in tegenstelling tot jou,' zei de godin van de jacht, de maan en het woud en hoedster van vrouwen, kinderen en bangelijke kunstschilders, 'lijken de ontsnapten de Bundesnachrichtendienst niet te beschouwen als de Hades maar als de Elysese velden.'

Hoewel er geen duidelijke aanwijzingen waren, had Ev Hub destijds al in het vizier, denk ik. Misschien hoopte ze dat het verdriet van die jaren door vervolgingsijver kon worden verlicht. Ze begon met mij (en vaak ondanks mijn onbehagen) over de niet-bij-naam-genoemde te praten, want veel ontsnapten hadden zijn levenspad gekruist.

Evs talent om alles persoonlijk te nemen, haar hunkering om een nieuw doel te definiëren en haar natuurlijke verlangen om de zwarte wolk van het verlies met een zonnestraal te verdrijven – zijn wraakgevoelens niet de enige zonnestralen die door elk noodweer dat je kwelt heen breken? – voedden haar tot in haar kruin met heimelijke woede.

Deze woede, die nu eenmaal heimelijk was, uitte zich veeleer in geduld dan in ongeduld, in een bijna koortsachtige intensiteit waarmee ze dagenlang en in grote rust de massamoordenaars kon bestuderen die met onze broer in contact hadden gestaan.

Neem Klaus Barbie, een man die u niet zult kennen, daarom ga ik iets over hem vertellen.

Op een dag sleepte Ev een hele Leitz-map met opsporingsdossiers over Barbie mee naar huis (streng verboden eigenlijk: ook op de door de Duitse ordeningswaan vetgemeste firma Leitz had men het in Israel niet erg). Ons lichte appartement werd zichtbaar donkerder. We gingen op de bank zitten en Ev begon me de ene na de andere bladzijde voor te lezen. Ik legde mijn hand in de hare, wilde een beetje rust en troost geven, zoals oudere echtparen dat op die manier vaak doen.

Maar het tegendeel gebeurde.

Klaus Barbies talenten, dat moet u wel weten, lagen in het uitoefenen van directe dwang. Het geluid van brekende botten was voor hem als een grote zwerm zangvogels in Gods blauwe lucht. Hun gekwetter bood hem niet alleen voldoening, maar leverde hem ook een zekere faam op, die Ev in haar stukken door een onderschept telegram van de niet-bij-naam-genoemde zag bevestigd. (Ik kneep in haar vingers en zij kneep terug.)

Mijn broer had, zo stond er zwart op wit, in negentiendrieënveertig verzocht om Barbie naar de Gestapo in Riga te laten overplaatsen, tevergeefs weliswaar, maar hij wilde de tamelijk ongeïnspireerde verhoormethoden van zijn dienst een impuls geven. Het was blijkbaar in diverse ss-kantoren en zelfs tot in de Baltische landen doorgedrongen dat Untersturmführer Barbie om zo te zeggen overliep van creativiteit, die hij in het nobele Frankrijk wist te cultiveren.

Zo kwam hij op het ongewone idee om verhoren niet langer in duistere Gestapo-kelders maar in de luxe suite van Hôtel Terminus in Lyon af te nemen, want daar bestonden heel andere mogelijkheden als je de kroonluchters eenmaal had weggehaald en aan de degelijke plafondhaken katholieke priesters met hun hoofd naar beneden had opgehangen, die je zo met elektrische schokken kon verrassen. In de *salles de bains* dronken opgesloten kinderen net zolang leidingwater tot ze bijna waren verhongerd. Naakte vrouwen werden op het Franse bed vastgebonden, geslagen tot ze bewusteloos waren, verkracht en misbruikt door hen te dwingen tot geslachtsverkeer met Duitse herders, terwijl je op hetzelfde moment bij de kamerservice champagne kon bestellen.

Evs vingers deden helemaal niets meer bij zulke passages. Ze lagen als lood in mijn hand. Ev haalde het lood naar zich toe, schoof op de bank een stuk bij me vandaan, zodat ze zo zakelijk mogelijk op gierachtige wijze om de niet-bij-naam-genoemde heen ging cirkelen. Ze probeerde me terug te voeren naar precies die dag dat het telegram – Hubs telegram dat om Barbies komst bedelde – was geformuleerd. Exact de dag, exact het uur, exact het weer en elk afzonderlijk woord dat Hub als de as van een sigaret had laten vallen, wilde ze weten. Ze wilde ook weten of ik me de details van zijn kleding kon herinneren (wat heeft dat voor zin, hij droeg altijd een uniform) en stelde zichzelf ten slotte de vraag of ze op dat moment haar man gestreeld of vervloekt of voor hem gekookt zou kunnen hebben.

Toen daagde het ons dat drie weken na de verzending van het telegram kleine Anna werd geboren en we tot dan toe, vermoedelijk ook op de bewuste dag, elke vrije minuut met elkaar hadden gevrijd, voorzichtig, om de foetus te ontzien.

Omdat ze anders had moeten huilen, bleef Ev me voorlezen over Barbie, die zich hoogstpersoonlijk met zijn subject had bemoeid en daarvoor snijbranders, gloeiend hete poken, kokend water en een heel arsenaal aan zwepen, knuppels en ander gerei gebruikte. Om de vaat te doen, zoals wij dat noemden, wiste hij kort voor de komst van de 45ste Infanteriedivisie van de U.S. Army in Lyon alle sporen uit door een groot deel van zijn Franse Gestapo-medewerkers te laten doodschieten, als laatste ook zijn Franse minnares, en ook al kun je iemand helemaal niet doodschieten volgens u, transcenderende swami, voor het menselijk oog is het toch geen pretje.

Ev ruziede met me omdat ik Barbies gedrag, zonder er een oordeel over te willen vellen, alleen maar behoedzaam vond. Voor haar waren mijn woorden misschien niet passend, maar ik wilde alleen de competentie schetsen die een man als Klaus Barbie eerst voor Hub en later voor de CIA en nog later voor de Bundesnachrichtendienst interessant maakte. Om in ons beroep te slagen moet je een zeker gevoel voor kwaliteit ontwikkelen en geen emoties toelaten, hoe spijtig dat in individuele gevallen misschien ook is.

Ik nam Ev in mijn armen. Eerst wilde ze niet, maar toen lagen we toch in elkaar verstrengeld. Twee keer viel het zwemmen en één keer viel het ontbijt uit.

Pas dagen later, toen ze weer wat was opgeknapt, vertelde ik Ev dat Barbie onder de naam Klaus Altmann luitenant-kolonel bij de Boliviaanse veiligheidstroepen was geworden, adviseur verhoormethoden en antiguerillatactiek, en daarnaast hoeder van de Org, net als Hub en ik.

Dat was nou precies wat ze niet wilde geloven.

En u misschien ook niet, beste swami.

Maar nog in negentienzesenzestig heeft Klaus Barbie de BND tientallen statusrapporten uit La Paz gestuurd, dat weet ik uit eigen waarneming. En afgelopen jaar heeft hij Monika Ertl vermoord, een Duitse bevrijdingsrevolutionair van de linkse cellen, die een aandoenlijke poging had ondernomen om hem met behulp van een langharige Franse filosoof te ontvoeren. Zoiets ongelooflijk stoms. Neem me niet kwalijk, zeg. Voordat Ertl levend uit een politieauto werd gegooid en direct daarna, terwijl ze overeind krabbelde, midden op straat in een sloppenwijk werd doodgeschoten, had Barbie haar persoonlijk in opdracht van het Boliviaanse ministerie van Binnenlandse Zaken gefolterd, zo werd althans in de wandelgangen van de BND gefluisterd.

Dit waarlijk schimmige orkpersonage, dat aan rasechte Uruk-hai-orks doet denken (die zoals bekend niet door daglicht verzwakt raken), liet zich niet makkelijk benaderen, hoewel Ev bijna stond te trillen van verlangen om in een verhoorkamer tegenover hem te zitten (natuurlijk van haar beste zijde). Deze vraag-en-antwoordfantasie beheerste haar leven toen. Dat heb ik nooit kunnen begrijpen. Maar hiermee werd wel haar tweetaktmotor gestart voor de volgende jaren.

Een kennismotor die voor elke volgende fase in het arbeidsproces twee slagen nodig heeft.

Vraag. Antwoord.

Vraag. Antwoord.

Vraag. Antwoord.

Vraag. Antwoord.

En als brandstof had je al die orks, die een soortement doorsnede met de niet-bij-naam-genoemde moesten vormen, zodat ze in de tank konden worden gegoten. Begrijpt u wel?

Ik heb het bijvoorbeeld over Alois Brunner, die het op onze bank eveneens tot Leitz-map schopte. Bij hem knetterde Evs motor werkelijk flink door.

Ik werd in negentiendrieënvijftig een keer in Pullach aan hem voorgesteld toen hij voor een bespreking van de situatie uit het Ruhrgebied kwam, waar hij de leiding over een Org-dependance had gekregen. Hij ging in Camp Nikolaus ook bij Hub langs, zijn directe chef, die hij op de een of andere manier van de ss kende, wat je uit toespelingen kon opmaken.

We aten 's middags samen in de Org-kantine. Brunner had een prominente onderbeet, maar wel slechte tanden, waartussen na elke hap iets bleef zitten, het was geen fijne aanblik. Hoewel hij harde gelaatstrekken had, leek hij gemakkelijk in de omgang en kwam goedmoedig over, bezat hij een humor van het ruwe Weense soort en kweelde hij bij het dessert een kroeglied: 'Mijn Anna was als gouvernante een bovenste beste tante, 'k heb de deerne graag besnuffeld, nou, dat is geen schande. O, ik ben niet meer zo vrolijk, mijn Anna, die is foetsie, mijn Anna, mijn Anna, die is foetsie.'

Een jaar later werd de jolige chansonnier door een Franse rechtbank ter dood veroordeeld. Hij had namelijk ooit als plaatsvervanger van Eichmann een onbekend aantal mensen omgebracht (zij het met minder fantasie dan Barbie) en ook honderdachtentwintigduizendvijfhonderd Joden de gaskamers in gestuurd.

Het proces had nochtans in zijn afwezigheid plaatsgevonden, en zijn verdere, om niet te zeggen permanente afwezigheid in Europa leek een officieel gebod van preventieve aard. Dan was hij in elk geval uit het zicht van Reinhard Gehlen.

Uit hoofde van zijn ambt organiseerde de doctor de vlucht van zijn getalenteerde agent naar Syrië, waar Brunner in Damascus resident van de Org werd, bijna op hetzelfde moment als ik in Tel Aviv. Bovendien ging hij werken voor de Syrische geheime dienst en was er actief als 'adviseur voor Joodse vraagstukken'.

'Dat betekent niets anders,' zei Ev, 'dan dat hij de toekomstige aanvallen van Syrië op Israël helpt voorbereiden.'

'Waarom denk je dat?'

'In Syrië heb je toch amper Joden meer die ze kunnen vernietigen. Er is geen behoefte aan advies.'

'Alsjeblieft, schat, laat het niet zo dicht bij je komen.'

Ev liet het helaas toch heel dicht bij haar komen, omdat dat nu eenmaal haar grootste talent was, dingen die onvoorstelbaar veel pijn doen onder je eigen huid te laten kruipen.

Toen er daar subcutaan ernstige infecties ontstonden (geïnfecteerde dromen, kreten in de nacht), eiste ze van me dat ik kolonel Harel het verblijfsadres van meneer Brunner zou doen toekomen.

Dit was aan de ene kant een stuk makkelijker dan bij Barbie, die als officier van de Boliviaanse geheime dienst door een groot veiligheidsapparaat werd beschermd, terwijl Brunner onder een valse naam een zuurkoolwinkel midden in de oude binnenstad van Damascus uitbaatte (waarmee hij mij met mijn winkel voor kunstenaarsbenodigdheden van de eerste plaats van de bizarste BND-camouflagebedrijven verdrong). Aan de andere kant echter scholen er in een dergelijke koelbloedige verklikoperatie enorme risico's. Brunner stond nou eenmaal onder de persoonlijke bescherming van Reinhard Gehlen, en mijn baas zou alle orks van het universum op me afsturen, mocht hij er ooit achter komen dat ik een van zijn residenten aan de Mossad had durven verlinken.

Ik had een maand nodig om met Ev de voors en tegens van een uitlevering van Brunner aan de Israëliërs tegen elkaar af te wegen. Als u denkt dat Ev haar opvattingen daarbij zakelijk en koel berekenend naar voren bracht, dan vergist u zich. Ze gebruikte kopjes en borden als argumenten, die links en rechts van me tegen de keukenmuur aan diggelen vielen. Er werd geschreeuwd en gehuild, en de morele verontwaardiging die haar voortdreef, vormde een zichtbaar contrast met de mijne, waarvan niet eens een begin aanwezig was omdat ik allereerst aan ons overleven dacht.

Op een dag liet Isser Harel ons naar zijn kantoor komen en toonde een foto van een op een stoel lijkend gedrocht dat uit stalen buizen, dito platen en scharnieren bestond. Daarnaast zag je Alois Brunner in fijn twijngaren staan, vrolijk, met een vakantieteint, arm in arm met twee Syrische officieren, glimlachend naar een majoor die nonchalant in de ongemakkelijke stoel was gaan liggen en de Hitlergroet bracht.

Het betrof hier de *kursi almani*, de 'Duitse stoel'.

'Zo noemen de Syriërs dat,' vertelde Harel 'Een van hun nieuwste folterinstrumenten.'

Maar eigenlijk had het apparaat *kursi brunneri* moeten heten. Meneer Brunner had de Brunner-stoel namelijk bedacht.

Hij bestond uit drie beweegbaar gemonteerde metalen schalen, een achterkant van stalen veren, een stervormige voet en een serie flexibele constructies. Met behulp van een draai-inrichting was het mogelijk om het lichaam van een arrestant die op het toestel met riemen was vastgebonden volgens alle regelen der kunst te deconstrueren. Het kon uren duren voordat de ruggengraat van het slacht-offer brak.

Ev vloog me uit dankbaarheid om de hals toen ik twee weken later Brunners adres in haar tas stopte. Ik kan me niet heugen dat ze ooit eerder zo kinderlijk en intens blij was geweest over excessen die al zo snel zouden plaatsvinden. Haar glimlach, haar zachte adem, ja, haar grillige geluk leken betekenis voor mij te hebben. Op vleermuisvleu-gels en met een hondenkop vloog ze weg, net als de Erinyen.

De Mossad aarzelde niet lang en stuurde mijn BND-collega een in cadeaupapier gewikkeld en naar peperkoek geurend pakje met de naam van een Weense afzender erop, want Alois Brunner dacht nog altijd met weemoed terug aan het Wenen dat hij ooit van Joden had gezuiverd, en dus mocht je verwachten dat de ontvanger op een ar-geloze manier benieuwd was.

Zou hij het pakje in een kleine ruimte met dikke stenen muren hebben geopend, dan hadden er boven de soeks van Damascus zon-der twijfel geen kroegliederen meer geklonken. Maar helaas liep hij naar zijn terras, waarvandaan je tot ver over de daken van het oude centrum tot aan het station kon kijken, en om zich in al zijn vibre-rende hartstocht te ontplooien vond de bom niet genoeg drukweer-stand, zodat bij het lospeuteren van de cadeauverpakking de linker-wang en het nieuwsgierige, op peperkoek hopende oog van meneer Brunner verloren gingen.

Maar daar bleef het bij.

Ik denk dat vanaf dat moment, het moment dat van de theorie een lege oogkas maakte, Ev helemaal bij zichzelf aankwam, bij de versie van haarzelf die, gevoed door verdriet en woede, uit de pop kroop. Misschien had ze dat bedoeld toen ze een keer over de 'geboorte' sprak die ze in Israël voor zichzelf had gehoopt te ervaren.

Ze deinsde er zelfs niet meer voor terug een dossier over Hub aan te leggen, waarmee haar afkeer van dossiers in het algemeen begon af te brokkelen.

Ze vond een vertaalde verklaring die een getuige voor een Sovjet-rechtbank had afgelegd en die Standartenführer Solm beschreef als 'koel, energiek en vastbesloten om te doden', en ze liet me de verkla-ring zien.

Ze duikelde het telegram van zijn dienst op waarin werd gevraagd om twee nieuwe gaswagens voor Riga, 'inclusief toewijzing van tien gasafvoerslangen, omdat de aanwezige reeds lek zijn'. Ondertekend door 'Staf Solm'.

Op een avond verraste ik haar achter haar bureautje terwijl ze aan een proces-verbaal schreef, regel na regel, met als titel: *Mijn ervaring met Standartenführer Hubertus Solm op het goederenstation Posen op 24 februari 1941 (doodgevroren zuigelingen)*.

Met dat alles bleef ze wel gewoon in zee zwemmen en op ons balkon ontbijten, en ze speelde ook verder met me als we 's avonds naast elkaar lagen, berustend, huid tegen huid, de ramen geopend vanwege de hitte.

Maar met haar gedachten was ze bij de doden of bij hen die gedood moesten worden.

In het grote ineengrijpen van oorzaken en gevolgen mogen activiteiten nooit geïsoleerd worden bekeken, ook niet die van Ev, die niet uit haarzelf zijn voortgevloeid. Vooral kolonel Harel steunde mijn zus zoveel hij kon, en zij promoveerde al vlot tot diens naaste medewerkster voor ontsnapte nazi's. Dat kwam ook doordat haar voorgangster een zenuwinzinking had gekregen nadat haar zeven maanden lang geen salaris kon worden uitbetaald. De Mossad was toen bij lange niet de organisatie zoals u die zich tegenwoordig voorstelt, Basti.

Ev moest haar snelgroeiende archief provisorisch in het half vervallen souterrain van de leeuwenkopvilla onderbrengen, in een zuilengalerij met een marmeren bassin waarin geen water meer zat en dat doorgaans kortweg 'de harem' werd genoemd omdat uit de voegen in de muur altijd het tientallen jaren oude parfum van weldadige massageolie stroomde. Hier gingen Evs dossiers geuren naar slaap bevorderende lavendel, tot ze er ten slotte zelf naar geurde toen ze 's avonds thuiskwam en in bed viel.

Waar ze maar kon, zat ze over de stompzinnige Leitz-mappen gebogen om inspiratie op te doen. Ze snuffelde in de pas geopende archieven van de gedenkplaats Yad Vashem. Ze correspondeerde met jonge historici in Duitsland en de vs. Het fanatisme kleurde haar wangen, ze sliep slecht en lag in haar halfslaap namen van massamoordenaars te brabbelen, die ze als schaapjes telde.

In zee ging ze opeens crawlen. Van de ene op de andere dag had ze zich de zwemstijl, die ik nog altijd onvrouwelijk en voor een zoogdier zonder vinnen te snel vindt, eigen gemaakt. Ze werd een torpedo in rood trevira, die al snel bij me wegspurtte.

Uiteindelijk zei ze zelfs haar baan in het ziekenhuis op om zich volledig aan het weidwerk te wijden. En natuurlijk aan de buit.

Hoewel de coryfeeën van de medische faculteit haar een glanzende toekomst in hun rijen voorspelden, wilde ze haar begripsvermogen en concentratie, haar efficiëntie en alles wat u 'licht- en liefdevol zijn' noemt, swami, te grabbel gooien, met alle risico's van dien.

Hoe meer informatie kolonel Harel door Ev liet vergaren, hoe meer documenten uit buitgemaakte Oost-Europese archieven haar door zijn informanten werden toegespeeld, hoe meer getuigenverklaringen van de overlevenden ze ontving en hoe sterker ik mijn kennis over BND-personeel met haar deelde, des te duidelijker haar indruk werd dat de Org nauwelijks meer was dan een enorme zuiveringsinstallatie voor Himmlers ss-riool.

'Ik zie het zo,' zei Ev tegen de kolonel, en ze vatte de conclusie over al haar verworven kennis in één zin samen: 'Er moeten nog veel radicalere maatregelen dan tot nu toe worden genomen.'

Eerlijk gezegd zou deze eis, indien die niet in het Jiddisch kenbaar was gemaakt, ook van Standartenführer Hubertus Solm afkomstig kunnen zijn, zelfs de resolute toonhoogte leek op die van hem.

Ik schrok ervan en probeerde Evs gevaarlijke fixatie op de orks te relativeren. Maar mijn woorden bereikten agente Himmelreich niet, vervluchtigden al vóór haar Artemis-blik, die ver in toekomst keek, naar een wereld die van gerechtigheid welhaast uiteen zou spatten, schoongeveegd, ontdaan van alle kwaad, en wel met haar actieve hulp. Ze wilde de BND behandelen zoals ze infecties, virussen en kankergezwellen had behandeld.

Ze was op een missie.

'Geef me een paar namen, Ev,' bromde Isser Harel geërgerd. 'Een paar BND-namen.'

En Ev gaf hem een paar namen.

O ja, ze gaf hem een paar namen.

16

Walther Rauff, bijvoorbeeld, ooit hoofdontwerper van Heydrichs gaswagenpark, en ongetwijfeld een van de namen die het meest veelbelovend klonk, in elk geval in de oren van de Mossad.

Rauff was in negentientweeënveertig leider van het speciale ss-commando Noord-Afrika geweest en had opdracht gekregen om samen met generaal Rommel Palestina binnen te rukken, Tel Aviv met de grond gelijk te maken en alle daar woonachtige Joden te vermoorden, lieden als kolonel Harel het eerst.

Geen wonder dat Isser het razend interessant vond dat Rauff als BND-resident in Chili zat, maandelijks tweeduizend Duitse mark van zijn dienst opstreek en eveneens, nadat ik zijn verblijfplaats had doorgegeven, op Evs voorstel een geschenkdoos van de Mossad ontving, die hij evenwel niet opende, want anders dan Alois Brunner hield hij niet van zoete dingen.

De Bundesnachrichtendienst hield zijn beschermende werkgevershand ook boven BND-namen als de adjudant van Eichmann, Otto von Bolschwing (onder wiens leiding de Joden van Boekarest werden uitgemoord), boven de Gestapo-officier Hans Sommer (die het uitgekiend opblazen van de Parijse synagogen had bewerkstelligd) en vooral boven Otto Barnewald, oud-hoofd administratie in de concentratiekampen Mauthausen, Neuengamme en Buchenwald, met wie ik in Pullach een keer of wat heb getafeltennist. Hij had een opvallende opslag.

BND-naam Hans Becher, lid van de afdeling Joden van de Gestapo in Wenen en verantwoordelijk voor talloze deportaties en nauwgezet uitgevoerde huiszoekingen (hij schoot graag in kledingkasten alvorens ze te openen), werd door Gehlen als instructeur voor leger- en politie-eenheden naar Egypte gestuurd.

BND-naam Ernst Biberstein, hoofd van het stralende speciale

ss-Einsatzkommando 6 in Oekraïne, dat in Kiev voor Joodse rust zorgde, een oud-dominee, werd bij het proces voor speciale troepen in Neurenberg ter dood veroordeeld, maar ontkwam aan de beul, om linea recta in de armen van Gehlen te vliegen, die hem als informant bleef voeren.

Ook een staflid van concentratiekamp Auschwitz kon in de persoon van Sturmbannführer Ludwig Böhne door de BND worden binnengehaald. (Ev herinnerde zich hem nog vaag uit haar tijd als kamparts, een dikkerdje met keizer Wilhelm-snor.)

BND-naam Hartmann Lauterbacher, plaatsvervanger van *Reichsjugendführer* Baldur von Schirach, liet in Pullach aan Jan en alleman zijn trouwfoto zien, met getuige Joseph Goebbels aan zijn zijde. Lauterbacher was in de oorlog *Gauleiter* van Nedersaksen en naamgever van de zeer spectaculaire Aktion Lauterbacher geweest (het onderbrengen van alle nog levende Joden in Joodse wooncomplexen, getto's waar vervolgens niet meer heel lang werd geleefd). Vlak voor de capitulatie dreigde hij eenieder van zijn geliefde inwoners van Nedersaksen die lafhartig voor de vijand op de vlucht zou slaan te executeren, maar hij ging er zelf als eerste spoorslags vandoor, samen met één komma zeven acht miljoen door hem heroïsch verdedigde sigaretten.

Bij de BND gaf Lauterbacher eind jaren vijftig leiding aan de *Residentur* Noord-Afrika, eerst in Caïro, daarna in Tunis, zodat hij inderdaad mijn aangrenzende collega werd, die ik vanwege de geografische nabijheid diverse keren conspiratief ontmoette, in een eersteklas restaurant aan de Nijl, bijvoorbeeld, om bij köfte en *koshari* over van alles en nog wat te praten.

Ook meneer Lauterbacher wilde Ev met een kleine attentie verrassen, maar dat zou de aandacht op mij (BND-naam Himmelreich) hebben gevestigd.

De niet-bij-naam-genoemde leek in deze omgeving nog een van de lichtgewichten te zijn, hoewel Ev ontdekte dat hij betrokken was geweest bij de opgraafacties in het bos van Riga, waar in de weken dat ik eerst Politov naar Moskou had gejaagd en daarna in de Gestapo-gevangenis in Riga op mijn terechtstelling had zitten wachten, op Hubs gezag tienduizenden halfvergane lijken aan de aardbodem werden ontrukt – men groef ze dus uit, stapelde botten en hompen vlees op enorme houten roosters, gooide er benzine, olie en teer overheen, verbrandde de kadavers op verschillende dagen en trapte de verkoolde menselijke resten kapot tot ze nog slechts aarde waren, zwarte kruimelaarde, waarin onze broer nog berkjes wilde poten, maar daarvoor was geen tijd meer.

'Nee,' resumeerde Ev, 'aan BND-namen geen gebrek. BND-namen bloeien in elke berm. Ik zie geen reden waarom we ze niet met wortel en tak zouden uitroeien. Met uw beleid van hier en daar een beetje plukken kom je niet ver meer, Isser.'

Ze sprak koel en blasé tegen kolonel Harel, die als een gedragsgestoorde in zijn stoel naar voren en naar achteren wipte, zijn lippen tot een krampachtige streep versmald. We zaten met z'n drieën in zijn kantoor in Jaffa. De leeuwenkop had hij inmiddels aan de muur achter zijn bureau gehangen, tweeogig: de oude witte kiezelsteen met opgeschilderde pupil links zoals altijd en rechts een gloednieuwe glazen knikker die me aanstaarde.

'Ja, u hebt gelijk,' perste hij er ten slotte uit.

Naast mij haalde Ev opgelucht, bijna gelukzalig adem.

Ik ken dit geluid zo goed. Onder de kerstboom was het te horen geweest (toen Ev voor het eerst geen popje maar door papa beschilderde tinnen soldaatjes kreeg, net als haar broers) en ook aan de telefoon, toen ze na de verwoestende bombardementen op Berlijn blij was mijn stem te horen. Deze aspirerende uiting die aangeeft dat je acuut van een last bent bevrijd, paste zo slecht bij Harels vaststelling dat Ev gelijk had. Had ze gelijk dat bompakketten te weinig schade aanrichten? Had ze gelijk om haar grote broer vogelvrij te verklaren? Kon ze gelijk hebben door hem het slechtst mogelijke toe te wensen? Was zij een beter mens dan hij door hetzelfde te gaan doen als hij? Uitwissen? Liquideren? Uitschakelen? Met wortel en tak uitroeien?

Dat waren woorden die in haar leven plots een rol speelden.

Niet dat ik me daarboven wil verheffen, want ikzelf moest me ook moeizaam door dit vocabulaire heen bewegen. Maar dat je elke seconde denkt dat je gelijk hebt, dat had ik tot dan toe alleen met Hub in verband gebracht. Ev begon in sommige opzichten op hem te lijken. En zoals hij zich altijd een goed mens had gevoeld, zo goed voelde zij zich eveneens in dit zwarte existentialistische pak van een

scherprechter, dat ik 's morgens nog op de rug voor haar had dicht-
gemaakt.

'Jeremias!' klonk dwingend de bevelende stem van kolonel Harel,
waardoor ik uit mijn vruchteloze gedachten opschrikte. Ik haatte het
om Jeremias te worden genoemd.

'Isser?' zei ik gehoorzaam, hoewel ik zijn echte voornaam nog
meer haatte dan mijn valse.

'U gaat hem opblazen.'

'Wie zegt u?'

'Reinhard Gehlen.'

De stilte van een tot stilstand gekomen hart daalde vanaf de leeuwenkop neer, alsof die als koude lucht uit de muil van het beest
stroomde. Waar zou hij zijn laatste brul hebben geslaakt? Hij moet
de laatste van zijn soort in Klein-Azië zijn geweest, *Panthera leo per-
sica*, door bedoeïenen in de Syrische woestijn geschoten, vreemd
toch, aan welk Latijn je soms heel even denkt.

'Moet ik het hoofd van de Bundesnachrichtendienst opblazen?'

'Dat is de enige oplossing.'

'Meneer Gehlen is mijn meerdere.'

'Ik ben uw meerdere.'

'Ik kan meneer Gehlen niet opblazen.'

'Maar schat, waarom dan niet?'

'Alsjeblieft, Ev, hou jij je er nou buiten.'

Kolonel Harel stond op en liep naar de kleine balkondeur. Hij keek
naar buiten, naar de aan de Arabieren ontrukte stad, en als ik zijn
gezicht zou hebben getekend, dan was het dat van Laocoön geweest,
een uit wit marmer uitgehouwen zuchten, verbazingwekkend hoe
Isser binnen een fractie van een seconde emoties met principes kon
verbinden.

'Een voormalige Wehrmachtgeneraal die door Hitler persoonlijk
is voorgedragen en nu de West-Duitse geheime dienst met al die
nazi's opbouwt?' sprak hij in de richting van het balkon. 'Nee, dat
kan niet. Hij is een permanente bedreiging voor Israël.'

'Hoezo dan?'

'Werp eens een blik in de verzameling dossiers van uw vrouw!'

'Ik ken de dossiers van mijn vrouw. Die groeiden met mijn hulp
pas echt uit tot een verzameling.'

Hij draaide zich om, nog altijd met de smartelijke blik van Laoco-on, maar vermengd met een heel ander soort vastberadenheid: de slangen zien kwijt te raken die hem wurgen en bijten.

'Hoe komt die man op zo'n krankzinnig idee, Jeremias? Hoe kan hij in Egypte, Tunesië, Syrië en Libanon, hoe kan hij in al onze buurlanden uitgerekend oud-ss'ers als residenten detacheren? Is hij op zoek naar de Endlösung?'

'Hij heeft mij toch ook gedetacheerd?'

'Ja, en eerlijk gezegd verbaast het me dat u niet ook bij de ss zat. Dat zou wel bij Gehlen passen, dat hij een koekoeksei in mijn nest legt.'

'Ik denk,' zei Ev snel, 'dat mijn man bezwaren van humanitaire aard heeft.'

'Bezwaren van humanitaire aard?' reageerde Isser verbaasd. 'Ik dacht dat u een gruwelijke hekel aan Gehlen had?'

'Natuurlijk heb ik een hekel aan hem. Maar... maar de hele wapenhandel loopt via hem. En door de wapenhandel komen onze landen dichter bij elkaar. U kunt toch niet een van de hoogste vertegenwoordigers van de Bondsrepubliek opblazen? Dat is net zoiets als dat u de minister van Defensie opblaast terwijl u onderzeeërs van hem krijgt!'

'Maakt u zich daarover maar geen zorgen. Ik bespreek het met Ben-Goerion.'

Ev streek haar beulsjurkje glad en zei pompeus: 'We moeten een vlammend signaal afgeven dat de wereld op niet mis te verstane wijze duidelijk maakt dat geen enkele nazi veilig is, al hoopt die er nog zo op, waar-ie ook zit.'

'Dat is geen signaal, dat is zelfverbranding,' zei ik.

'Isser,' richtte Ev zich tot de kolonel, en ik haatte haar minzame noblesse. 'U moet deze opdracht niet aan Jeremias geven. Hij is een typische kunstenaar.'

Hoe kon ze me nou Jeremias noemen? Hoe kon ze me dat aandoen?

'Een typische kunstenaar? Ik?'

'Maak je niet druk. Ik snap je bezwaren wel.'

'Ik een typische kunstenaar? Ik ben een typische killer!'

'Schat...'

'En het maakt me geen bal uit wie ik opblaas. Ik wil alleen maar zeker weten dat we niet ten offer vallen aan het soort paranoia waardoor uiteindelijk mensen zich in hun eigen bloed en stront wentelen.'

'We zijn bij de Mossad, Jeremias,' zei Isser zacht. 'Natuurlijk zijn we paranoïde. Maar het enkele feit dat we paranoïde zijn, betekent nog lang niet dat er niemand achter ons aan zit.'

Met deze oude mop (voorwaar geen taw-mop) keerde hij zich van het raam af, kwam naar me toe en pakte me vast bij mijn bovenarmen zoals je de oren van een grote, met zorg en weerzin gevulde amfoor vastpakt.

'U bent de enige die Gehlens vertrouwen geniet, Jeremias. Alleen u kent zijn huis en mag er naar binnen. Alleen u komt zonder problemen aan springstof. U komt zelfs zonder problemen aan BND-springstof. Vermoedelijk kunt u de man met zijn eigen middelen uitschakelen.'

Hij liet de amfoor los en gaf er een klap op.

'Geloof me, veel dingen in uw leven had u anders en beter kunnen doen. Maar wat u nu gaat doen, is met afstand het geweldigste wat er met dynamiet mogelijk is.'

17

Het kwam niet bij je op om je tegen de bevelen van Isser Harel te verzetten. Bovendien heb ik zelden iemand meegemaakt die zo weinig natuurlijke autoriteit uitstraalde als hij. Zijn garderobe was legendarisch. Nooit droeg hij iets anders dan verkreukeld, zandkleurig katoen, in combinatie met een korte broek en de altijd eendere sandalen en vreemd gedessineerde kousen in kleuren die je nergens kon kopen. Dassen knopen kon hij niet, en ofschoon men het hem telkens opnieuw uitlegde – ook ik deed hem diverse keren de windsorknoop voor – vergat hij meteen weer hoe je de noodzakelijke eerste lus moest leggen. Ten slotte had hij jarenlang een van origine donkergroen, vettig glanzend en voorgeknoopt model das op zak, die hij zo nodig als de strop van een galg over zijn hoofd sloeg, voor het oog van allerlei getuigen rond zijn hals aantrok, om vervolgens met gemoedelijke trots naar het onvermijdelijke staatsbanket te banjeren, als het echt moest, want hij haatte banketten, geheel in tegenstelling tot Reinhard Gehlen.

Terwijl Gehlen daarbij dol was op de goede Duitse keuken (reerug, cordon bleu!), maar evenmin de voortreffelijke Italiaanse of nog betere Franse keuken versmaadde en zich in Pullach de gerechten altijd in de kring van zijn hogepriesters door recent afgeleverde agenten in livrei liet opdienen, ging Harel in de middagpauze in principe zonder begeleiding naar het eenvoudigste taxichauffeurs café van Jaffa en voedde zich maandenlang alleen met zijn geliefde augurkensalade met yoghurt en Engelse custard.

Hij wenste niet door een chauffeur te worden gebracht, maar nam altijd zelf plaats achter het stuur, waar de reis ook naartoe ging. Hij was een beroerde chauffeur, chaotisch en zelfingenomen, maar reed om redenen van camouflage altijd zelf, terwijl hij zijn chauffeur Yossi op de achterbank zette, wat de effectiviteit van aanslagen volgens hem een stuk kleiner maakte, tenminste wat hem betrof, natuurlijk niet wat Yossi betrof. Die truc had hij in een roman van Agatha Christie ontdekt. 'Wie van Miss Marple leert, leert winnen,' zei hij vaak. Helaas leerde hij van haar geen Engels.

Ook zijn Hebreeuws was grotesk. Hij sprak bijna uitsluitend Jiddisch, in de heldere zingzang van de Letse Joden.

We waren er allang achter dat hij en zijn familie uit Dünaburg afkomstig waren, en hij was ervan overtuigd dat hij ergens verwant was met Ev, want volgens hem waren alle jidden van Dünaburg met elkaar verwant.

Ik heb mezelf vaak afgevraagd waarom de Mossad, die uit een handvol opgeblazen klaplopers leek te bestaan, voortdurend te kampen had met financiële problemen en door een gênante dwerg zonder zichtbare leiderschapskwaliteiten werd geleid (als je even afziet van zijn pregnantste eigenschap, namelijk zijn cholerische ongeduld, waarmee je ook al niet veel opschiet), waarom uit deze misjpooche een efficiënte, vreeswekkende en uitermate nuttige inlichtingendienst kon ontstaan, en daarmee het exacte tegendeel van de Org. Vermoedelijk omdat Isser Harel bereid was het ondenkbare te denken. Omdat zijn scherpe verstand niet zwakker was dan zijn wil. En omdat smaak, ook de smaak van het morele (of, zoals hij het minachtend noemde, de moraal van de smaak), voor hem geen categorie van dienstbaar handelen was.

Daarom bedoelde hij de opdracht om Reinhard Gehlen te vermoorden ook volkomen serieus.

Op deze wijze kon ik natuurlijk niet de vrede naar Israël brengen, beste swami.

Het stoorde me dat Ev in deze kwestie zo'n hartstocht aan de dag legde. Met hartstocht bedoel ik de ijver die het eigen ego opzijschuift, het zich volledig aan anderen overgeven, dat ik bij Ev nooit eerder had ontdekt, daarvoor was ze altijd veel te veel op zichzelf gericht geweest, zo overtuigd als ze ervan was dat zij een gouden bokaal was in het spel van het leven. Ze had vanaf het eerste moment iets innemends, iets lichts en vrolijks ons huis binnengebracht, zo nadrukkelijk zelfs dat het niet opeens helemaal verdwenen kon zijn.

Vaak werd ze duizelig, vooral in de hete maanden van Tel Aviv; ze moest dan in de schaduw gaan zitten, maar vestigde er geen aandacht meer op. Alles wat hypochondrisch was, was van haar afgegleden, je zou ook kunnen zeggen: alles wat sprankelde.

Ik vroeg me af waarom ze zich vrijwillig had aangemeld. Ze wilde koste wat het kost het Project Gehlen, oftewel Operatie Thanatos, gestalte geven. Samen met mij. Waarom? Dat vroeg ik haar op een ochtend. Waarom eigenlijk?

Ze pelde zwijgend een gekookt ei, mompelde iets over helpen en zware beproeving en stopte het ei in haar mond. Maar dat was geen antwoord. Dat was distantie. Want alleen omdat je 's morgens samen ontbijt en 's avonds samen zwemt, ben je immers nog niet de distantie uit de weg gegaan die in alle op huwelijken gelijkende verbintenissen gebakken zit, ja, bijkans onderdeel is van de rituelen.

Ik begon met tegenzin aan de voorbereidingen voor Operatie Thanatos.

Daarom tekende ik uit mijn hoofd (en onder protest) de plattegrond van de villa van Gehlen aan de Starnberger See en vond in 1) de eetkamer en 2) de stookkelder geschikte punten voor het plaatsen van bommen. Hun effect berekenend, dacht ik na over de verschillende explosieve opties, waarvan het vlammende resultaat aanvaardbaar leek voor een paar dingen die haat rechtvaardigden (de theeavondjes met Silezische BND-adel, bijvoorbeeld, en ook de labrador), maar die soms ook echt gecorrigeerd moesten worden (de onnozele dochters, maar ook mevrouw Herta, die immers meende dat ze familie van me was).

Uiteindelijk was de verwachte nevenschade een onoverkomelijk struikelblok. Ik verwierp de dynamietvariant, onderzocht samen met Ev of een klassieke ontvoering van meneer Gehlen niet de beste optie was.

Ev wilde de doctor met alle geweld voor de rechter brengen, een plan waarin de betreurenswaardige Otto John eerder al had gefaald, en toen ik Ev dat duidelijk maakte, zat ze aan onze tafel in het keukentje, deed voor de verandering kaas op haar brood (we praatten bijna alleen nog aan de ontbijttafel met elkaar) en wilde het stuk vreten uiteindelijk vooral zien hangen. Dat bromde ze tenminste.

'Maar kijk nou eens, schat,' begon ik voorzichtig, en toen zei ik een poosje niets meer. Ik besefte opeens dat we de hele tijd amper over hangen hadden gesproken, hoewel alles wat we deden daar toch eigenlijk op neerkwam.

'Wat stemt je zo somber?' vroeg ze.

'Weet je zeker dat je ermee wilt doorgaan?'

'Natuurlijk weet ik dat zeker.'

'Ben-Goerion zal het nooit toestaan, dat weet jij ook.'

'We zullen zien.'

'Maar Gehlen heeft de Joden nooit iets misdaan. Er zijn een hoop bewijzen die hem zouden vrijpleiten. Hij heeft zich zelfs ingespannen voor de herstelbetalingen aan Israël. En zonder hem zou je hier nooit zijn geweest.'

'Jíj zou hier zonder hem nooit zijn geweest.'

'En als dank krijgt hij een zak over z'n kop om door mij te worden opgeknoopt?'

Ze draaide zich naar me om, legde de boterham met kaas waarvan ze al een hap had genomen op haar bordje, en haar kleine, vermoeide ogen namen me getweeën in de tang.

'Waar ben je op uit?'

'Ik vind je keihard, Ev.'

'Ik hard?'

'Je bent meedogenloos sinds je voor Harel werkt.'

'Wat stoort je daaraan?'

'Ik weet het niet. Wil je nou echt al die lui om zeep helpen?'

'Wat bedoel je met "lui"? Nazi's?'

'Ja.'

'Grapjas. Wie levert de adressen voor de pakjes die ze krijgen, denk je?'

'Ik moet dat wel doen om samen te overleven. Ik doe het niet graag.'

'Je doet het niet graag?'

'Nee.'

'Ik doe het wel graag.'

'Je bent veranderd, Ev.'

'Het zijn klootzakken.'

'Lui als Gehlen zijn hooguit halve klootzakken.'

Ze sloeg met haar vlakke hand op tafel, sprong overeind en strekte haar wijsvinger (de rechter). Hij priemde als een klein zwaard in mijn richting. Ze wilde er ook iets bij zeggen, want anders heeft zo'n gebaar immers geen zin, maar wat de gedachte erachter ook mocht zijn, ze had geen tijd om te rijpen en werd door haarzelf weggelachen, gevolgd door een minachtend gesnuif, het wijsvingerzwaard verdween, en beide armen werden voor haar borst over elkaar geslagen. Toen haalde ze diep adem om te kalmeren, begon te ijsberen en bleef ten slotte in de deuropening staan, waar ze me met fronsend voorhoofd monsterde alsof ze ergens heel verbaasd over was, bijvoorbeeld dat ze samenleeft met een menselijke muis die aan haar keukentafel zit en naar haar boterham met kaas loert.

'Wat heeft die preek te betekenen, Koja? Kun je me dat uitleggen?' snauwde ze me toe. 'Je hebt me zelf gevraagd om actief te worden. Voor het eerst sinds Anna's dood doe ik weer iets zinvols.'

'Als arts heb je veel zinvollere dingen gedaan.'

'Dat was halfbakken.'

'Wie uit een coma ontwaakt, zal het toch worst zijn of-ie halfbakken werd gered.'

'Wat wordt dit in vredesnaam voor gesprek?'

'Ik weet niet wat dit voor gesprek wordt. We hebben toch helemaal geen gesprekken meer, onderhandelingen misschien. We werken samen en dat vind ik eerlijk waar geen goede ontwikkeling.'

'Hebben jullie vroeger op dezelfde manier samengewerkt, Hub en jij?'

'Hoezo?'

'Zoals wij nu.'

'Je bedoelt praten over mensen die moeten sterven?'

'Dat heb ik niet gezegd.'

'Maar wel bedoeld.'

'Hou daarmee op.'

'Het zou me niet verbazen als jij ook een dossier over mij hebt aangelegd.'

'Ben je wel goed bij je hoofd?'

'Hauptsturmführer Solm! Geboren in Riga op negen november negentiennegen! Volgende tenlasteleggingen!'

'Nu weet ik wat dit voor gesprek wordt. Zo'n gesprek namelijk waarin dat wat gezegd wordt en dat wat bedoeld is niets met elkaar gemeen hebben!'

'Ben ik misschien ook een nummer in jouw dossiers?'

'Er wordt je niets ten laste gelegd! Helemaal niets!'

'Ja dus.'

Ze liet zich vertwijfeld tegen de deurpost vallen.

'Waarom vraag je me dat allemaal?'

'Omdat ik toch eigenlijk ook een halve ben.'

Ik werd getroffen door een blik waaruit alle zekerheden waren verdwenen.

'Een halve klootzak.'

Het duurde een moment. Toen brokkelde haar scepsis af en maakte plaats voor een smalle glimlach die in haar gezicht als een in het water geworpen steentje kleine concentrische golven veroorzaakte, helemaal tot haar oog aan toe, dat groot werd en begon te stralen.

'Maar lieveling. Dat is toch iets heel anders.' Ze zette zich met haar schouder tegen de deurpost af, zweefde naar me toe, ging weer bij me zitten, hield haar hand tegen mijn wang, een zachte, warme hand zonder bestraffende wijsvinger deze keer.

'Jij bent Jeremias Himmelreich,' zei ze zacht. 'Je bent niet meer Konstantin Solm. En Konstantin Solm heeft tegen de nazi's gevochten, hoewel hij hun uniform moest dragen. Hij heeft namelijk niemand gedood.'

Dat klopte dan wel niet helemaal, maar het misverstand was niet uit de wereld te helpen, en daarom zei ik maar gewoon: 'Net als Gehlen.'

'En Konstantin Solm heeft ook niemand iets anders aangedaan.'

Ik zag het bos weer voor me, het eerste zonlicht breekt door de takken.

'Toch?'

De voetstappen van de zwijgende mensen.

'Koja? Is er iets wat je me moet vertellen?'

Het geschreeuw en daarna de schoten en de baby die naast de vrouw ligt, die baby.

'Koja?'

'Nee. Ik kan alleen niet begrijpen dat je zo genadeloos kunt zijn. Als je consequent bent, moet je dat tegenover mij ook zijn omdat ik me als Jood voordoe. Je moet dat zelfs tegenover jezelf zijn omdat je een fout leven leidt. Dan mag je nog zoveel idioten laten opknopen, toch leid je een fout leven.'

'Godzijdank.'

'Godzijdank?'

'Godzijdank is er niets wat je me moet vertellen.'

Ze veegde iets uit mijn gezicht, misschien een haarlok die er in mijn jeugd ooit had gezeten. Daarna kuste ze me, met een trage, uitbundige, bedrieglijke tederheid, waaraan ik hulpeloos was overgeleverd, en bijna had ik de voorstelling bezworen die zo duidelijk aan de wand van mijn herinnering hing, die geschilderd was met schuld, schaamte en angst, met geen van de kleuren die Ev van me kende, en als ze op dit moment had gefluisterd dat ik haar alles mocht vertellen, alles, ook het allerergste, omdat ik voor haar een mens in de zuiverste zin van het woord was en voor haar geen maskers hoefde te dragen, dan had ik haar deze voorstelling laten zien, en binnen in me was er een kokhalzen, maar zij sloot mijn mond met de hare af, tot ik losliet om niet tussen haar tanden over te geven, en ik hoorde haar fluisteren dat ik zo oprecht was, en toen lukte dat natuurlijk niet.

Midden in alle verwarring draaide na vele weken van geconcentreerde voorbereiding het heel reële veto van Shimon Peres het plan de nek om, en de weifelende Ben-Goerion ging hierin met hem mee.

Ze vonden allebei dat een moordaanslag op een van de belangrijkste representanten van het land dat ons in het geheim week na week via de exporthaven in Marseille oorlogstuig schonk, niet alleen maar een positief effect zou kunnen hebben, nog afgezien van de schending van het volkerenrecht, nou ja, wat politici niet allemaal palaveren wanneer het in hun kraam past.

Ik was hoe dan ook van zekere zorgen bevrijd. Mijn sterke kant was nooit de operationele uitvoering geweest, en ook daarom voelde ik me opgelucht.

Kolonel Harel liep echter als een derwisj door zijn kantoor, trok de haren uit zijn kalende hoofd, trok het overhemd uit zijn korte broek, beet er zelfs in (een van de redenen dat zijn overhemden altijd verkreukeld waren) en schreeuwde de hele tijd met overslaande stem 'A schand! A schand! A schand!'

'Moet ik misschien, intrigant die je bent,' brulde hij in de hoorn van de telefoon, aan het andere einde waarvan het oor van secretaris-generaal Peres doof werd, 'moet ik misschien die misdadiger maar gewoon laten lopen?'

Het grote vulkanische signaal waarop de kolonel door het opblazen of ophangen van de doctor had gehoopt, dat bleef uit.

Ev, die eveneens teleurgesteld was, stelde hem als vervangende delinquent Hans Josef Maria Globke voor, Adenauers oogappel en chef van de bondskanselarij (onder de nazi's referendaris op het ministerie van Binnenlandse Zaken, en daar als referent voor Joodse aangelegenheden verantwoordelijk voor de 'J' die in de daarvoor in aanmerking komende paspoorten werd gestempeld, ook vindingrijk bij de wijziging van voornamen die te Germaans klonken en op zijn initiatief in 'Israel' of 'Sarah' moesten worden omgedoopt, bovendien rekte hij het begrip rassenschande zover op dat de 'onderlinge onanie' tussen ariërs en Joden met de dood kon worden bestraft, uitgerekend die behoedzame en tegelijk uitbundige intimiteit waardoor Ev en ik elkaar op lome mediterrane winteravonden zo graag op de huid zaten).

Kolonel Harel nam de suggestie over Globke echter niet goed op. Hij brieste tegen mijn echtgenote, die zich niet bepaald in berouw had geoefend, dat ze net zo goed had kunnen voorstellen om met Chroetsjov af te rekenen. Ook alle andere voorstellen van Ev voor kandidaten spatten uiteen op zijn woede, die nog werd aangewakkerd doordat de uitverkorenen telkens niet prominent genoeg waren of op onbekende adressen woonden, zoals in het geval van Martin Bormann, die Adolf Hitlers Hans Globke was geweest en nu, te midden van in alle rust gefokte kippen, op een hacienda in Mexico werd vermoed, maar ten onrechte.

Ik was het die de tierende Mossad-baas er voorzichtig aan herinnerde dat mijn afdelingshoofd Hach, de gewetensvolle Palestinamof, het adres van Adolf Eichmann nog altijd in een la bewaarde. Niet dat ik dat nooit eerder had gemeld, maar niemand die het geloofde. Ik vind het onbegrijpelijk van mezelf dat ik daar niet eerder wat mee had gedaan, misschien wel omdat Eichmann naast de beroemde Auschwitz-arts Mengele (die Ev niet kende, aangezien ze al voor zijn komst het concentratiekamp had verlaten) de enige ontsnapte was voor wie de Org niet de minste belangstelling had getoond.

Toen Isser hoorde dat de BND al jaren wist waar en onder welke naam de hoogste Jodenvernietiger, de laagste mens, het borrelendste blauwzuur, verbleef, kreeg hij een aanval van razernij die er zelfs voor een cholericus van zijn kaliber niet om loog.

Hij belde terstond Shimon Peres op om hem, ook al werd hij gekweld door rochelende heesheid, de vraag toe te brullen of ze de liquidatie van Reinhard Gehlen niet toch konden laten doorgaan: het zwijn had het Joodse volk het adres van de AARTSVIJAND onthouden, en als hij AARTSVIJAND zei, dan bedoelde hij ook AARTSVIJAND, Obersturmbannführer Karl Adolf AARTSVIJAND, hoofd van de afdeling AARTSVIJAND op het Reichssicherheitshauptamt in Berlijn.

Peres probeerde zijn kolonel te kalmeren, toonde ook elementen van het grootst mogelijke begrip en stelde ten slotte voor om de liquidatie van de heer Eichmann nadrukkelijk voorrang te geven boven die van de heer Gehlen, alleen al om minister van Defensie Strauß niet huiverig te maken om wapens te blijven leveren.

Zo leidde het een ten slotte tot het ander.

Ik had er een heel jaar en twee reizen in het najaar naar Pullach voor nodig om Palestinamof met een empathisch gemoed (een beetje list, een beetje geniepigheid) de bewuste informatie over de veilig opgeborgen hebraïst te ontfutselen.

Hoe deze geschiedenis is afgelopen, kan u nauwelijks zijn ontgaan, reislustige swami. Kolonel Harel, de oude vos, heeft afgelopen jaar in zijn memoires een Duitse officier van justitie aangewezen als degene die de tip over Eichmann had gegeven, een handige zet, deels waar en nuttig, te meer daar de man allang hartstikke dood is.

Toen Eichmann, verkleed als copiloot en onder de hoede van een in een opperbest humeur verkerend speciaal commando, op tweeentwintig mei negentienzestig in een El Al-toestel landde op luchthaven Lod, haalden Ev en ik onze baas meteen bij de taxibaan af. Mijn god, wat was die goedgemutst! Isser had de operatie in Buenos Aires persoonlijk geleid en sjouwde, geheel in overeenstemming met zijn temperament, een koffer ter grootte van een boekentas met zich mee.

We lieten ons door hem naar de premier rijden, aan wie het nieuws van de geslaagde coup nog trots moest worden overgebracht.

Vanuit de voorkamer zag ik door de kier van de deur Ben-Goerions fameuze Einstein-coupe, die van tevredenheid leek te wiebelen op zijn hoofd. Hij was zelfs de vleesgeworden waardigheid toen hij me een slokje uit zijn champagneglas aanbood nadat Isser mijn rol in dit spektakel had onthuld.

Om de dag plechtig af te sluiten vergezelde de premier ons naar buiten voor zijn kabinet en keek verbaasd op dat zijn machtige *memuneh* zich achter het stuur van een Fiat wurmde om zijn twee *Jeckes*-medewerkers naar huis te brengen, wat bijna fataal was afgelopen, want op Bograshov Street reed een bus ons in de weg, en onze remmen waren niet je van het (ook omdat Isser niet graag remde).

We gingen het samen met hem nog een beetje vieren in ons appartement. Maar 'vieren' is een groot woord voor iemand die alcohol, sigaretten en elke zoete lekkernij alleen maar een hinderlijke bijzaak vindt. Hij bewonderde de vele tekeningen van onze dochter aan de wand, en later die avond schetste ik een karikatuur van hem, dat dacht hij tenminste, maar in werkelijkheid was het een natuurgetrouwde weergave van zijn verbazingwekkende fysionomie.

Maar misschien had ik het ook wel een beetje verleerd.

In de vijf jaren in Tel Aviv had ik nauwelijks nog getekend of geschilderd, hooguit voorstellingen van gekloofde of vanbinnen brandende hoofden met veel ogen en monden, geen simpele landschappen of portretten meer.

De volgende dag was Tel Aviv een heksenketel. Mensen liepen schreeuwend over straat, het verkeer en het telefoonnet van het hele land liepen vast. Voor de transistorradio's in de bars en radiowinkels dromden menigten samen, en in de Knesset kukelde een stokoude rabbi van zijn kamerzetel omdat zijn verschrompelde hart het nieuws van Eichmanns aanhouding niet kon verwerken. Overal werd op claxons gedrukt, en alle schepen in de haven lieten hun hoorns loeien, alsof koning Davids bruiloft werd gevierd, terwijl er alleen maar een beest was gevangen, een beest met wie Ev nog niet eens zo lang geleden bij de bakker in Posen in de rij had gestaan, en hij, nog helemaal de cavalier van de Weense School, had haar voor laten gaan.

Vijf maanden later belde Isser Harel me op en zei dat ik een stuk stront was, een ondankbaar en beschamend stuk stront, en dat er in Duitsland een ramp stond te gebeuren.

Maar dat wist ik al, want ik zou daar immers zelf de hand in hebben.

18

Met de aankomst van Ev en mij in de haven van Jaffa, op zes januari negentienzesenvijftig, was het begonnen, het begin van het einde van de herem.

Enkele weken later – het kan dertig januari negentienzesenvijftig zijn geweest – verviel het absolute nee tegen het gebruik van het Duits. De Jeckes mochten weer kletsen tot ze erbij neervielen. Het algehele optreedverbod voor Duitse musici, acteurs en dansers bleef weliswaar van kracht, maar uitzonderingen waren mogelijk. En universiteiten kregen toestemming om Duitse vakliteratuur te importeren, bij voorkeur die over de bouw van kernreactoren, wat zijn nut nog zou bewijzen.

Op zesentwintig maart negentienzevenenvijftig verscheen de eerste man van gewicht. Hem werd officieel toestemming verleend om naar Israël te vliegen, zij het puur als privépersoon, en Erich Ollenhauer mocht zich dan wel niet als de Duitse kanselierskandidaat afficheren, hij mocht wel een stilzwijgend geduld, applausarme, niettemin officiële toespraak houden over de bekoringen van de sociaaldemocratie (niet de Duitse, maar de Israëlische, die hem had uitgenodigd).

Op vijftien september negentienzevenenvijftig reisde de baas van de Deutsche Sportbund Willi Daume, zonder dat er werd stilgestaan bij zijn allang uit het geheugen weggezakte NSDAP-lidmaatschap, naar Tel Aviv om als eerste officiële vertegenwoordiger van de Bondsrepubliek ook meteen de fraaie traditie van de verzoeningsgift in het leven te roepen. In zijn geval nam hij een berg blauwe Het-spijt-me-shirts van de firma Adidas mee.

Het verfrissende, vrome, vrolijke en vrije van de sport leidde er in deze vroegste administratieve toenadering van beide landen toe dat vervolgens leden van de Bondsdag, onder de dekmantel van sportfunctionarissen, Israël mochten binnendruppelen. Een dikke en zwaar reumatische afgevaardigde van de FDP, bijvoorbeeld, kwam als tafeltennisliefhebber en nam een passende gift voor de Israëlische bond mee (vijftienduizend tafeltennisballetjes, die een woedende Holocaustoverlevende overigens in zee kieperde – een poëtische, maar wel kortstondige en lichte verhoging van de deining was het gevolg).

Op één december negentienzevenenvijftig nodigde het Weizmann-instituut het Max Planck-instituut uit in Israël. Aangezien instituten niet kunnen reizen, kwamen er wetenschappers, vooral kernfysici.

Wat zij gaven weet geen mens.

En ook de volgende belangrijke gift die Franz Josef Strauß als uitvloeisel van ons heerlijke kerstbezoek in negentienzevenenvijftig regelde, is tot op heden alleen bij een kleine kring van opgetogen militair experts bekend.

Op één januari negentienzestig was het verbod op de import van Duitse auto's voorgoed verleden tijd, want uitgerekend Hitlers *Kraft durch Freude*-wagen mocht in het eerste Israëlische VW-filiaal worden verkocht, met groot succes. (De giften van Volkswagen moeten hartverscheurend zijn geweest.)

Op veertien maart negentienzestig ontmoetten David Ben-Goerion en Konrad Adenauer elkaar in hotel Waldorf-Astoria in New York en werd er bij een advocaatje over allerhande verzoeningsgiften gediscussieerd, maar wel onder de noemers 'economisch verdrag' en 'onderonsje'.

Op één september van hetzelfde jaar was de weekdierachtige toenadering van de twee landen al zover gevorderd dat zelfs de op een haar na door Isser Harel ter dood veroordeelde, door mij bijna opgeblazen en door Ev zowat opgehangen generaal b.d. Reinhard Gehlen bij zichzelf de dringende behoefte aan Duits-Israëlische vriendschap bespeurde, een ontzettend angstaanjagende en zorgwekkende zaak, natuurlijk.

Vanuit Pullach was er veelvuldig met me gebeld in het kader van de speurtocht naar goede Joodse vrienden, en ik had er de voorkeur aan gegeven om de Mossad-baas, met wie je principieel geen vrienden kon worden, niet als eerste over het verzoek te informeren, een van de kapitale fouten in mijn leven.

Niet lang daarna zat ik op het Israëlische ministerie van Defensie, en daar drukte Shimon Peres in nota bene zijn eigen kantoor de handen tegen zijn oren, want een meter voor hem stond kolonel Harel aan één stuk door te brullen. Het duurde een paar minuten voordat Isser zo uitgeput was dat hij eerst een halve liter water naar binnen moest gieten om in de hitte niet uit te drogen. Dit korte en luidruchtige geklok gaf Peres de gelegenheid om de voordelen van de door Duitsland gewenste samenwerking tussen de twee inlichtingendiensten te belichten.

'De BND is bereid,' zei hij, en hij gaf met zijn uitgestoken armen de omvang van de Duitse verzoeningsgulheid aan, 'om alle kennis van het Midden-Oosten met ons te delen. De dienst biedt aan om onze agenten op te leiden en ons te ondersteunen om ze Egypte binnen te smokkelen.'

'Ik heb al agenten Egypte binnengesmokkeld toen de BND nog Gestapo heette.'

'De BND is geen Gestapo, maar een nauw met de CIA samenwerkende...'

'Ik weet wat de BND is, klootzak! De BND zit daarginds en neemt me in de maling!'

Hij bewoog alleen zijn onderkaak mijn kant op om dat ondankbare stuk stront niet met te veel eer te kietelen.

'M'n beste Isser. Meneer Himmelreich is jouw loyaalste agent. Dat heeft hij wel bewezen. Maar hij werkt ook voor de gojim. Wat moet hij anders als ze contact met ons willen opnemen? Jij weet zelf wel dat ze niet bij jou moeten zijn.'

'Ik ben de baas van alle Israëlische instituten, en als de baas van een ons vijandig gezind instituut zich bij ons vervoegt, dan dient hij dat bij het godvergeten hoofd van dat instituut te doen en niet bij zo'n boterzacht type als jij.'

'Jij wilde al niet mee naar Strauß destijds. Jij zou nooit contact zoeken met Gehlen.'

'Ik zou zeker contact met hem zoeken, zolang ik maar genoeg kneedbommen bij me had.'

'Het is volkomen juist dat u me hebt ingelicht, Jeremias,' zei Peres terwijl hij zich beleefd tot me wendde. 'Maar tot op heden hebben uw mensen voor de Arabieren zitten duimen. Het is me niet duidelijk wat er achter het aanbod zit.'

'Ik moet u alleen mededelen,' antwoordde ik, 'dat Operatie Pimpelmees gepaard gaat met de levering van een breed pakket aan hulpgoederen.'

'Operatie Pimpelmees?'

'De rest wil meneer Gehlen u graag persoonlijk vertellen.'

Peres dacht een ogenblik na, waarbij hij zijn ene oog dichtkneep en even later weer opende en zijn met welwillendheid gevulde blik op kolonel Harel afketste.

'Luister eens, Isser, m'n beste, ik denk dat we ondanks jouw bezwaren een afvaardiging (*klejne delegatsje*) naar Pullach moeten sturen.'

'Die kun je met alle plezier sturen als jij geen greintje zelfrespect in je lijf hebt.'

'Uiteraard met jou als delegatieleider.'

'Ben je mesjogge?'

'Jij bent de baas van alle instituten. En als de baas van een ons vijandig gezind instituut zich bij een van onze instituten vervoegt, dan dient hij dat bij het godvergeten hoofd van dat instituut te doen...'

'Lik het binnenste van m'n reet, Shimon Peres! Een secretaris-generaal heeft mij helemaal niks te gebieden! Ik ga naar Ben-Goerion!'

'Ik ben al bij Ben-Goerion geweest.'

Dat bericht viel niet bepaald in goede aarde bij kolonel Harel.

'Wat ben jij een verwaande kwast,' siste hij. 'Alleen omdat je grootvader rabbi was? Mijn grootvader was ook rabbi.'

'Laten we geen ruziemaken over wie de beste rabbi was.'

'Denk je soms dat ze alleen jouw familie hebben vermoord?' Isser liet zijn handen als losgelaten springveren opzijvliegen. 'Mijn ooms! Mijn tantes! Allemaal dood! Allemaal afgeknald door zijn zwager!'

Hij wees op mij, en terwijl Peres zijn verbazing goed wist te verbergen, zag ik dat achter mijn ogen ijskristalletjes in mijn gezichtszenuw klommen en mijn netvlies afkoelden, dat als een vensterruit besloeg, zodat ik behalve wilde armbewegingen niet veel kon ontwaren.

'Mijn oom Moshe! Zijn zwager heeft mijn oom Moshe afgemaakt!'

'Isser, ik...'

'Mijn lieve oom Moshe!' kapte de kolonel hem af. 'Zijn zwager heeft mijn lieve oom Moshe Jacobsohn afgemaakt! En nu bestiert hij de kantine in Pullach, waar de delegatie gezellig mag aanschuiven, bij de nazigeneraal die we eigenlijk zouden moeten executeren, idioot die je bent!'

Gevoelige swami. Als iemand me ook maar een dag eerder had verteld dat Moshe Jacobsohn ooit nog eens mijn pad zou kruisen, althans zijn naam en de herinnering aan hem, zijn voor mijn geestesoog steeds steviger contour, zoals hij voor mij indertijd in Dünaburg met keppeltje op zijn hoofd de geboorteregisters op Evs naam zat door te pluizen, hoe hij me 's avonds bij hem thuis voor gefilte fisj uitnodigde, hoe hij voor me ging staan bij de kuil, met verbazing door Stahlecker gadegeslagen ('Weet u nog, jeugdleider? Alstublieft, beste jeugdleider, weet u nog? Meyer en Murmelstein? Die namen kent u toch? Alstublieft, alstublieft niet, beste jeugdleider, alstublieft-alstublieft, ach!'), als iemand me dat ook maar een dag eerder had verteld, dan was ik ver de zee op gezwommen, verder dan ooit, en dan zou ik bij Cyprus naar beneden zijn gezonken.

Maar in plaats daarvan hoorde ik dat Isser Harel niet alleen uit Letland kwam, net als ik, niet alleen uit Dünaburg, net als Ev, en niet alleen Harel heette, maar eigenlijk Halperin, net als zijn rabbijnse grootvader van vaderskant, terwijl zijn niet-rabbijnse grootvader van moederskant een Levin was en ook nog eens de grootste azijnmagnaat van Sint-Petersburg.

En zoals mijn Opapabaron Schilling bij het gemeenschappelijke potje bridge graag wijn voor de tsaar inschonk, schonk Harels grootvader Levin graag azijn voor hem in, een kleine, maar goudkleurige gemeenschappelijkheid. Wat zal de tsaar het lekkerst hebben gevonden? Ik kon mezelf niet eens antwoord geven, slechts lijdzaam het op me neerkletterende leven van Isser Harel verdragen, die als tiener vanuit Riga met een in een brood verborgen pistool naar Palestina was uitgeweken, en ik hoorde nog heel veel andere bijzondere dingen die een mens in drie minuten tijd kan uitbraken tot de dorst en de uitputting zich weer melden.

Peres had al die tijd geen vin verroerd, maar hij kan uitstekend luisteren als het knalt. En toen Harel uitgevloerd en naar adem happend voor hem in de stoel hing, vroeg hij hem of hij mij vertrouwde of niet, want dat was de enige vraag die ertoe deed.

'Ik vertrouw nog niet het puntje van zijn tong. Maar het stuk vreten heeft wel de AARTSVIJAND naar ons toe gebracht. En hij heeft wel mevrouw Himmelreich naar ons toe gebracht.'

Peres knikte als een staatsman.

'Overleg dan met hem over een delegatie, Isser, mijn beste, mijn vriend. Zoals mijn grootvader altijd zei: wie goed kan buigen, kruipt voorwaarts.'

'Was kruipen alles wat die kleine rebbe in z'n mars had?'

Merkwaardig genoeg stond Peres niet op, liep niet om zijn tafel heen, bleef niet voor kolonel Harel staan en gaf hem evenmin een oorvijg. Hij bleef gewoon zitten, streek met de rug van zijn hand over zijn gladgeschoren kin, een prima ingestudeerde beweging, en zei toen hij er klaar mee was: 'Wie goede manieren heeft, kan slechte verdragen.' Daarna laste hij een pauze in die net lang genoeg was om niet het effect van een pauze maar van een vers van de boom van kennis geplukte gedachte te hebben, en hij voegde eraan toe: 'Dat heeft jouw grootvader waarschijnlijk altijd gezegd, de grote rebbe.'

Hij was toch een zeer boeiende man, die meneer Peres.

Ev dook weg toen ik haar aansprak.

Waarom doe je dat, wilde ik weten. Waarom vertel je de kolonel alles over de niet-bij-naam-genoemde? Waarom moet je hem vertellen dat hij de kantine bestiert?

Het staat allemaal in de dossiers, fluisterde Ev.

Juist de zachtheid waarmee ze dat zei, haalde het bloed uit mijn hart.

O ja? Staat er ook in dat hij een broer heeft? En dat die broer zich schuilhoudt in Israël? En dat hij zichzelf een Joodse identiteit heeft aangemeten en voor hoogverraad zal worden veroordeeld als ze hem vinden? Staat dat ook in de dossiers?

'Het spijt me,' zei ze. We stonden ontdaan tegenover elkaar in ons appartement, zij met haar rug naar de open balkondeur – het zag er bijna uit alsof ze wilde voorkomen dat ik naar buiten zou rennen om me over de balustrade te storten.

'Wat gebeurt er als daar ergens een foto opduikt, misschien wel met een goed passend ss-uniform onder mijn gezicht?'

'Je hebt toch zelf alles weggedaan?'

'Hoe weet ik nou hoeveel afdrukken ik heb achterhaald? Ik ga straks naar Pullach terug, weet je wel wat dat betekent?'

'Ja.'

'Je hebt geen idee!'

'Je zult niet eerlijk kunnen zijn.'

'Eerlijk? Nee. We kunnen nooit meer eerlijk zijn. Dat kun je ook gewoon vergeten.'

'Het is belangrijk dat je niet bang bent in Pullach.'

'Ik ben niet bang in Pullach. Als ik daar de niet-bij-naam-genoemde tegenkom, en hij geeft me een judaskus, of als deze of gene me erbij lapt, dan is het met mijn vermomming gedaan en blijf ik in Duitsland. Maar jij, Ev.'

'Wat?'

'Jij zit hier in Israël! Jou zullen ze ophangen!'

'Nonsens.'

'Ze zullen jou als spion ophangen.'

Ze schoof mijn hand in de hare, als een halfbevroren vogel, zodat die weer warm zou worden.

'Je zult je van de verstandige kant laten zien, zoals altijd. Geloofwaardig en verstandig.'

'We kunnen niet eerlijk zijn. Snap dat nou toch! Ik wil dat je zegt dat je nooit meer eerlijk zult zijn!'

'Oké.'

Ze zei niets meer, draaide zich om en trok me aan mijn hand, zodat ik bijna achter haar rug verdween en haar gezicht niet meer zag. Ook haar bange glimlach zag ik niet meer, alleen het zweet in haar nek en daarachter het open balkon. Ik stond zo dicht achter haar dat ik haar nekhaartjes in mijn adem kon zien wiegen.

'Ooit zul je me vinden,' zei ik zacht. 'Dat is nou eenmaal jouw opdracht hier. Heb je dat niet door? Je zult me in een of ander dossier vinden dat je voor Harel doorspit.'

'Schei uit, Koja.'

'Dat kan niet eeuwig zo doorgaan. Op een dag gebeurt er iets ergs.'

'Het komt allemaal goed. Ik weet het.'

De laatste dagen voor vertrek sprak ze niet meer. Niet meer ontbijten. Niet meer 's avonds zwemmen. Niet meer praten. Onze lichamen hielden op zich als vlees en bloed te bewegen. Ze pakte mijn koffer voor me. Ze gaf me mijn kus. Ze bracht me zelfs naar het vliegveld van Lod, zwijgend en in de rode jurk met witte stippen waarin ik haar lang geleden had geschilderd, twee keer, en die haar kracht gaf toen ik achter de paspoortcontrole verdween.

19

Het zwarte krijt, waarvan vaak stukjes afbreken en dat ik altijd bij me heb, zelfs als ik naar de röntgen moet, haal ik met de lange kant schuin over het vel papier om de donkere delen te arceren die bij de hippie alsmaar groter en uitbundiger worden.

Zijn gezicht wordt steeds magerder. Zijn ogen schieten weer terug in hun kassen, alsof ze door onderdruk de schedel worden binnengezogen. Hij moet op mij steunen als we naar ons nieuwe ontmoetingspunt sloffen, de groene bank in de grote hal. De tuin van het ziekenhuis, die als een gletsjersspleet van eeuwig ijs ligt te glanzen, halen we niet meer, en ook in de hal zit hij, zijn kromme rug tegen de brede raampartij geleund, naar adem te happen terwijl ik hem in mijn blok teken.

Voor de beginneling is een stervende die zich aan de kunstenaar presenteert als een stil doezelend reptiel in oneindige rust een op het oog simpel te tekenen motief. Ik geef echter de voorkeur aan een spreeuw die druk in de weer is of een kapucijnaapje dat van tak naar tak springt. Misschien luisteren die dieren zelfs beter dan de vegeterende hippie.

Hij luistert niet.

Hij maakt me razend met zijn lethargische onverschilligheid.

Ze moeten nu snel met hem aan de slag.

Er moet nu zo snel mogelijk een afspraak worden gemaakt om hem te opereren.

Ik betaal ook voor die flauwekul als het ziekenfonds moeilijk gaat doen.

Ik wil alleen maar dat hij luistert.

Is dat nou te veel gevraagd?

Het enige waarin hij geïnteresseerd is zijn mijn portrettekeningen, want daardoor ziet hij hoe zijn psychische toestand overal doorheen schemert. Zijn slopende stervensproces verandert natuurlijk ook zijn persoonlijkheid, en ik leg hem uit dat het bij een portret niet om een exacte gelijkenis gaat (aangezien gelijkenis altijd imperfect is, het woord zelf geeft het al aan), maar om karakter. Elke dag weer bewonderen honderden bezoekers van de Galleria Doria Pamphilj in Rome bijvoorbeeld portretten als Velázquez' *Portret van Paus Innocentius x*. Ze doen dat niet vanwege de gelijkenis of zoiets, een gelijkenis die niemand meer interesseert, want niemand interesseert zich nog voor Innocentius x, die niets is dan stof en een doodshoofd met een marmeren kist eromheen. Wat ze bewonderen is het karakter van zijn vroegere verschijning, het eeuwige, dat tegelijk alleen nog een in olieverf vastgelegd moment is maar wel de artistieke waarde bepaalt.

En op dezelfde manier probeer ik de hippie in mijn schetsen te karakteriseren.

'Maar ik zie er niet uit als een paus,' prevelt Basti vermoeid, en hij kijkt teleurgesteld naar zijn portret dat ik aan hem geef.

'U bent een swami.'

'Ik zie er anders niet uit als een swami.'

'Ik teken wat ik zie.'

'U ziet wat er nog over is.'

'U bent wat u op dit moment nou eenmaal bent.'

'Ik zie eruit als een schertsfiguur.'

'In alles wat we zien, gaat een karikatuur schuil die we moeten doorgronden. Dat heeft de grote Ingres ooit gezegd.'

De hippie heeft nog nooit van de grote Ingres gehoord, maar het kan hem niet schelen.

'Een schilder,' ga ik onaangedaan verder, 'moet gevoel hebben voor de karaktertrekken van een mens en de karikatuur daarin ontdekken.'

'Ik zie eruit als een figuur uit *Asterix*.'

'Het karakterologische bevalt u niet. Het bevalt u niet dat ik bij u binnendring.'

'U dringt niet bij me binnen.'

'U merkt het alleen niet. Het is natuurlijk ook niet iets wat pijn doet.'

'U dringt niet bij me binnen. Ik dring bij u binnen, tenminste dat dacht ik. Maar ik dring ook bij u niet binnen.'

'Omdat u niet naar me luistert.'

'Mag ik u eens tekenen?'

'Wablief?'

'Wilt u het papier aan mij geven? Het schetsblok? Ik wil u tekenen.'

'Je kunt niet maar zo tekenen. Je kunt toch ook niet maar zo pianospelen?'

'O, u bent toch geen stuk van Beethoven of zo.'

Nu leert de hippie dus tekenen. Hij tekent altijd mijn fysionomie, om conclusies te trekken, zoals hij het noemt, ongeveer zoals kleine Anna mijn fysionomie tekende toen ze vijf was. Punt, punt, komma, streep en klaar is het reetponem. Dat mompelt de hippie af en toe. Misschien denkt hij dat ik het niet hoor. Misschien is hij ook gewoon helemaal in zichzelf verzonken.

Het is niet zo dat hij geen fantasie heeft.

Absoluut niet, nee.

Het eerste portret van mij had bijvoorbeeld tralies rond mijn hoofd, en de swami zei dat het een vogelkooi was.

Een andere keer snijdt hij met scheermesjes in mijn gezicht, maar hij heelt de kerven weer met veiligheidsspelden die hij door mijn vel steekt. (Hij pakt de echte veiligheidsspelden waarmee nachtzuster Gerda zijn hoofdverband heeft vastgemaakt en steekt ze door het papier.)

Daarna hijst hij mijn hele lichaam in een baljurk, maar maakt een gat op de plek waar mijn penis zit (hij tekent mijn besneden Jodenpenis) en tooit me met een hitlersnorretje.

Hij hult me ook in een bebloede pyjama, met behulp van mijn rode waskrijtjes. Hij laat op mijn hoofd een nachtkastje dansen – uit de open la stijgt een wolk vlinders op, hij schildert vooral graag gevleugelde doodshoofden.

Ik laat de hippie rustig begaan, luister naar het ijverige geruis van zijn potloden (mijn potloden) op het papier en ga verder met mijn verhaal, want alleen bij het tekenen kan de uitgeputte hippie zich nog op woorden concentreren.

'Mensen die tekenen zijn vaak gelukkig,' zei papa vroeger altijd. 'Ze brengen zoveel tijd door met kijken.'

20

Het vroor alsof het altijd zo moest zijn zodra ik in Duitsland terug was, en het sneeuwde zelfs, maar wel in de kleine hoeveelheden waarmee de ijskoude wind je ogen uit de kassen bijt. In Letland had de sneeuw *sniegs* geheten, maar ze zeiden altijd *sals un sniegs*, ijs en sneeuw, alsof sneeuw in z'n eentje niet kon bestaan, en sals un sniegs zag er het schitterendst uit in het felle, kleurloze middaglicht, precies zoals dat nu voor ons flonkerde, links en rechts van de weg.

We reden af op de grote hoofdentree. Die was nauwelijks nog herkenbaar.

De oude houten barak hadden ze gesloopt en vervangen door een solide bakstenen wachthuisje dat enigszins deed denken aan de situatie zoals die aanvankelijk in het concentratiekamp Buchenwald bestond. Yossi mompelde dat hij er twee jaar lang elk architectonisch detail had kunnen bestuderen.

We wachtten met draaiende motor en staarden naar de nieuwbouw. In de muren waren diagonaal moderne vensters van kogelvrij glas aangebracht. Achter de groenige ruiten zag je kleine cactussen, een potplant en twee hagedissen die net als wij op de sneeuw uitkeken.

Twee bewakers kwamen naar buiten, geen GI's meer zoals vroeger. Ze droegen Duitse politie-uniformen zonder emblemen. Op hun mouw was de tekst *Bayerisches Landesamt für Frucht und Boden* gestikt of iets wat erop leek. Een korte, vluchtige blik in de auto (Yossi zat naast me te sidderen) en de bewakers sprongen in de houding.

Knarsend ging de gloednieuwe roldeur van plaatstaal open. De twee voertuigen gleden over de pas geasfalteerde bedrijfsstraat het voormalige Camp Nikolaus binnen, langs muren en elektrische omheiningen die niets meer met de mijne van doen hadden.

Omdat de waakhonden blaften, hield de bonkige Yossi niet meer op met sidderen.

Voor de doctorsvilla stopte kolonel Harel en zette de motor af.

Alleen het weer had hem ervan kunnen weerhouden om in korte kakibroek op de ontvangst te verschijnen.

Hij boog schuin voorover en tastte in het dashboardkastje, trok er zijn unieke groene kant-en-klaarstropdas uit, wilde hem omdoen en was zo nerveus dat hij per ongeluk de tien jaar oude permanente knoop lostrok. Ik hoorde een zachte vloek. Woedend keek hij me via de achteruitkijkspiegel aan alsof Jeremias Himmelreich, die nog altijd de status 'ongenade' had, hem nog weer meer ellende had bezorgd. Hij frunnikte even aan het stuk stof. En toen kon het hem allemaal niet meer schelen.

Hij sloeg de das als een dooie slang om zijn nek, stapte uit de auto en stiefelde in zijn veel te grote, opengeslagen jas door sneeuw en wind op een groep wachtende mannen af.

Reinhard Gehlen herkende ik al van verre. Zoals altijd droeg hij een slappe vilten hoed en een zonnebril, waarop de van de zijkant aanwaaiende sneeuwvlokken als minuscule zilveren metaalspanen afketsten. Een zwarte jas van beverbont en donkere leren handschoenen gaven hem de uitstraling van een kardinaal. Naast hem stonden in gevoerde trenchcoats, kaarsrecht en met een schaapachtige blik, meneer Sangkehl en Palestinamof. Op een afstandje wachtte, een beetje kromgebogen, Heinz Felfe, die ik echter pas laat herkende.

Een eenarmige man zag ik nergens.

Net voordat Isser Harel Gehlen had bereikt, zette die twee stappen naar voren, liep langs hem heen, trok zijn handschoenen uit en pakte de hand vast van onze nog in shocktoestand verkerende chauffeur Yossi, die, misschien vanwege diens indrukwekkende postuur, maar zeker om zijn zitplaats op de achterbank van onze auto, abusievelijk voor het hoofd van de Mossad werd aangezien. (Voor de chauffeur kon men hem niet aanzien, omdat hij nou eenmaal niet reed.)

'*Nejn, nejn, nejn, nejn, nejn,*' zei Yossi, en hij sloeg Gehlens hand weg. Daarbij vlogen ook zijn handschoenen in een hoge boog in de sneeuw, en ze bleven daarin als afgehakte ledematen een beetje verwijtend liggen.

De doctor was eerder verbluft dan geïrriteerd, maar achter de zonnebril kon zich van alles afspelen. Nou, dat begint goed, dacht ik, en Gehlen zei: 'Het genoegen is geheel aan mijn kant!'

Het was vervolgens lang genoeg stil om de misverstanden vlot uit de wereld te helpen doordat ik Gehlen zijn handschoenen teruggaf en hem discreet op de kleine man wees die enigszins afzijdig zijn groene stropdas op de grond gooide en tot dat moment totaal was genegeerd.

'Neem me niet kwalijk,' zei Gehlen een beetje onzeker, en hij keek neer op de bijna dertig centimeter kleinere, slechtgeschoren, slechtgeklede en slechtgehumeurde dwerg, wiens das zo warm was en doordrenkt van zweet dat de sneeuw waarin hij lag begon te smelten.

'Bent u de man die...?'

'*Wos sogt der goj in sajn mame-loschn?*' vroeg kolonel Harel me met zijn kaken op elkaar.

'Hij wil weten of u de leider van onze delegatie bent, kolonel.'

'*Ich wejs nit tsi dos is klor: ich red nor in majn mame-loschn.*'

'Wat zegt-ie, Dürer?' vroeg Gehlen.

'Hij zou graag in zijn moedertaal met u communiceren.'

'O,' antwoordde Gehlen bezorgd, 'ik spreek not Engels very good.'

Ik maakte mijn officiële meerdere duidelijk dat mijn inofficiële meerdere helemaal geen Engels maar Jiddisch had gesproken, aangezien hij zoals bekend geen Engelsman maar een Jood was.

Dat verbaasde Gehlen aan de ene kant, maar aan de andere kant ook weer niet, zei hij, omdat hij in de uitgesproken klanken de gezamenlijke stam van de woorden had herkend, die immers in allebei de Germaanse talen de overhand heeft. Enfin, ik weet niet of je Jiddisch een Germaanse taal kunt noemen, in elk geval niet de komende twee uur, antwoordde ik voorzichtig, en ik bood mijn diensten als vertaler aan, maar aangeraakt door zijn volkeren verbindend inzicht reikte meneer Gehlen kolonel Harel eerst maar gewoon de hand.

En of u het nu gelooft of niet, verbouwereerde swami, maar de kolonel haalde uit en gaf de president van de BND een al even ferme pets op zijn hand als Yossi eerder had gedaan. (Met de handschoenen gebeurde daarentegen niets; die zaten stevig in de linkerhand van de doctor en trilden alleen een beetje.)

Het is nou ook niet zo, sprakeloze vriend, dat generaal Gehlen dit soort handtastelijkheden alle dagen onderging, en al helemaal niet in deze verrassende frequentie. Maar die indruk wekte hij wel.

In het geheel niet misnoegd en zonder de pijn uit te venten bleef hij glimlachend en met alle uiterlijke tekenen van geduldige hoogachting voor zijn gast staan, omringd door de andere gasten en gastheren, die allemaal eveneens benieuwd waren naar het vervolg, en ja, na een poosje sloeg de Mossad-baas zijn ogen ten hemel – hij kende immers uit zijn eigen jeugd in Letland de rustgevende werking van sals un sniegs – en nadat een paar sneeuwvlokken op zijn gezicht waren gecrepeerd, bood hij zuchtend en uit zichzelf het ritueel van eensgezindheid aan, stak zijn arm ter begroeting uit en zei: *'A hant wos me ken si nit ophakn, darf men fest drikn.'*

'Een hand die je niet kunt afhakken,' vertaalde ik na een korte aarzeling, 'die moet je stevig drukken.'

'Natuurlijk, natuurlijk,' reageerde Gehlen beteuterd, en hij liet zijn hand stevig drukken.

'An arabisch wertl.'

'Arabisch spreekwoord.'

'Dat snap ik, Dürer. Mooi. Mijn naam is trouwens Schneider.'

'Schneider?' vroeg Isser verrast. *'Nischt Gehlen?'*

'Hier kent men mij als doctor Schneider.'

'Dos hejst mit andere werter, as der goj sogt mir nur sajn indianer nomen?' vroeg Isser me.

Maakt u zich geen zorgen, legde ik hem vlug uit, bij de Org zijn alle namen vals, altijd, een heel leven lang. Het voelt prettig om je ware identiteit te beschermen of, laten we zeggen, om te doen alsof je je ware identiteit door de humbug kunt beschermen, zelfs in de onnozelste situaties, en niemand zou het je kwalijk nemen om je met je eigen schuilnaam te presenteren, en zo noemde kolonel Harel zichzelf, nadat hij zijn groene das opgeraapt en in zijn jaszak gestopt had, gedurende het hele bezoek alleen nog Shalom en Israel (voornaam en achternaam).

Doctor Schneider liet zich de kans niet ontnemen om Shalom Israel en de andere hoge gasten persoonlijk rond te leiden in zijn domein, dat door de winter in een ijskoud graf leek te zijn veranderd.

Ondanks de toenemende sneeuwval bezichtigden we, gekleed in sjaals en mutsen en gevolgd door een eekhoorntje dat geen winterslaap hield, het uitgestrekte BND-terrein. Het had nauwelijks nog iets te maken met het gemoedelijke Camp Nikolaus waarin Möllenhauer, ik, mijn broer en alle andere orks het ons jaren geleden naar de zin hadden gemaakt. De laatste huurders hadden Goethes tuinhuizen allang verlaten. In onze voormalige slaap- en woonvertrekken tikten nu typjuffrouwen observatieverslagen uit. De agentenkleuterschool, de agentenbasisschool en de agentenzuivelhandel waren er niet meer, en de ooit door mij voor Anna gebouwde grote agentendochterschommel hadden ze uit de grond getrokken om ruimte te maken voor nieuwe dienstbarakken, die inmiddels de afzonderlijke oude gebouwen met elkaar verbonden.

Aan de overkant van de Heilmannstraße, die het BND-gebouw doormidden sneed, werden nieuwe kantoorvleugels neergezet. Moderne skeletconstructies schoten uit de grond. Overal zag ik met sneeuw bedekte bouwputten. Zelfs mijn oude bakstenen muur, die het hele terrein omsloot, hadden ze niet behouden maar gaandeweg vervangen door goedkoop zichtbeton (met lelijke bekistingsvoegen).

Het laatste relict uit de beginperiode was het recht dat iedere agent had om zelf een hond te bezitten en mee naar buiten te nemen, zodat we op onze rondgang massa's teckels, terriërs, cockerspaniëls, schnauzers en zelfs een Duitse wachtelhond tegenkwamen die door hun baasjes op de besneeuwde gazons werden uitgelaten, aldaar hun stront deponeerden, waarvoor Rübezahl, Purzel of Hexy vaak uitbundig werd geprezen, tot grote verbazing van de Israëlische geheime dienst.

Uiteindelijk arriveerden we bij de warm gestookte villa van de doctor, die Martin Bormann eens met Duits eiken en semitische tropische houtsoorten had laten betimmeren.

We trokken onze jas uit, bekeken Bormanns marmeren badkamer (thans doctor Schneiders rustvertrek), Bormanns slaapkamer (thans doctor Schneiders kantoor), spraken over Bormanns artistieke smaak (bronzen beelden die met recht *Aphrodite* en *Galatea* heetten en in de tuin de sneeuw met hoofd en borsten opvingen), en vooral over Bormanns huidige verblijfplaats, die de doctor in Moskou vermoedde, terwijl Shalom Israel eerder aan Vuurland dacht.

Toen we opgewarmd waren, betraden we de vergaderzaal op de begane grond, waarbij ik die op het nippertje nog van het olieverfportret van admiraal Canaris dat voorin hing kon ontdoen.

De gasten namen rechts aan de vergadertafel plaats, de levendige als het ware. Behalve kolonel Harel en Yossi, wiens bibberende spierbundels intussen tot bedaren waren gekomen, behoorden aan Israëlische kant nog Shlomo Cohen en Champagne-Lotz tot de delegatie.

Shlomo Cohen was een broodmagere, eertijds succesvolle schilder met de verwilderde blik van een morfineverslaafde, afkomstig uit een grotendeels vergaste Hamburgse familie van rabbijnen. Hij nam nooit zijn Gauloise van zijn plakkerige onderlip, woonde als resident van de Mossad in Parijs en was verantwoordelijk voor terreuraanslagen in Midden-Europa, in welke vorm ook.

Champagne-Lotz, een oorlogsheld van de Hagana – blond, blauwogig, elegant, extravert tot op het lachwekkende af en trots op zijn intacte voorhuid – hadden we als Harels beste Kidon-agent in de aanbieding. Zijn moeder was een Joodse actrice geweest, zijn vader een Westfaalse theaterdirecteur, van wie hij alle volksliederen in het dialect van het Münsterland had geleerd, waarmee hij op de heenweg onze oren had geteisterd.

Ik zat tegenover deze sterk fauvistisch aandoende afvaardiging, die ten dele slecht, ten dele slonzig, ten dele existentialistisch en ten dele als vorst Reinier van Monaco (Champagne-Lotz) was gekleed.

Aan mijn zijde van de tafel, de linker- oftewel saaie zijde, zaten met de doctor, zijn adjudant Sangkehl, Palestinamof en het hoofd van de Sovjetafdeling Heinz Felfe vier brommerige Duitsers, die stuk voor stuk eenzelfde grijs katoenen pak droegen. Het enige wat de twee delegaties zo te zien gemeen hadden, waren de kenmerkende flaporen van hun respectieve bazen.

'Ik mag u van harte welkom heten in ons huis,' opende de doctor eindelijk het officiële gedeelte van het programma, en ik denk dat hij niet 'ons huis' had moeten zeggen, want daarvoor zag je te veel sporen van afgehakte hakenkruisen boven de deuren. 'De veiligheid van uw bloeiende land ligt onze regering na aan het hart, vooral doctor Strauß, van wie ik u nadrukkelijk de beste wensen moet overbrengen.'

De vier Israëliërs namen de groeten zwijgend in ontvangst.

'Zoals u misschien weet, zullen de leveranties die met uw ministerie van Defensie zijn besproken via onze kanalen...'

'*Wos is di* Operatie Pimpelmees?' onderbrak kolonel Harel hem. De levendige zijde van de tafel tilde nieuwsgierig het hoofd op.

'De kolonel zou graag willen weten,' vertaalde ik midden in de ontzetting van de saaie tafelzijde, 'waar het bij Operatie Pimpelmees nou eigenlijk om gaat.'

De doctor bracht zijn hand, waarop lichte sporen van de welkomsttuchtiging langzaam vervaagden, voor de mond, opdat wij de uitdrukking van intense afkeuring niet van zijn lippen konden lezen. Op Adolf Hitler na zal vast niemand het de afgelopen twee decennia hebben gewaagd hem te onderbreken, laat staan op de vingers te slaan. En dat hij het allebei liet gebeuren, moest wel een zeer bijzondere uiting van gastvrijheid zijn, die ook in zijn woorden doorklonk, want hij vertelde, terwijl hij me minzaam van opzij aankeek, dat het hem zou verheugen als onze beide landen dat wat ze gemeenschappelijk hadden ook naar het terrein van de inlichtingen zouden kunnen uitbreiden, wat een hechte en vertrouwenwekkende samenwerking tot grote bloei zou brengen. De poging daartoe, dat was dus Operatie Pimpelmees, en hij floot – je gelooft het amper – een vogelwijsje. (De saaie tafelzijde lachte verkrampt, de levendige kon het niet bevatten.)

Toen bood de fantastische doctor binnen drie minuten de Israëliers op alle fronten steun aan: bij de opleiding van hun agenten, de aankoop van militair materieel, de financiering van gezamenlijke operaties en bij de agitatie tegen alle Arabische buurlanden. Twee minuten later maakte zelfs de infiltratie van de Egyptische geheime dienst, die op verzoek van president Nasser door de Org was gereorganiseerd, deel uit van zijn aanbod. Nog eens twee minuten daarna bood hij de Mossad zelfs kopieën van het dagelijks statusrapport van de BND voor de bondskanselier aan, het hoogst geclassificeerde document van de Duitse regering. En er was nog niet eens een kwartier verstreken of kolonel Harel kreeg steun en volledige vrijheid aangeboden voor de activiteiten van zijn geheime dienst in Duitsland.

'Welke activiteiten van de geheime dienst bedoelt u precies?' vertaalde ik Issers vraag, waarin wantrouwen op de loer lag.

'Ik denk dat u wel weet wat ik bedoel.'

Bedrukte argeloosheid heerste er aan de levendige zijde.

'U hebt vast en zeker gehoord,' vulde de doctor lankmoedig aan, 'dat de afgelopen periode tal van Duitse raketwetenschappers door de Egyptische geheime dienst zijn gerekruteerd?'

'O, dat.'

'De heren professoren zijn in Egypte bezig met een raketprogramma. Een soortgelijk programma als onder Adolf Hitler.'

Kolonel Harel maakte een wegwerpgebaar alsof hij wilde zeggen 'wat kan het schelen' en keek op zijn horloge.

'De technologie van de chemische en biologische springladingen komt uit Baden-Württemberg,' vertelde Gehlen.

'Daar hebben we over gehoord.'

'Dan zal het u ook niet ontgaan zijn welke Israëlische steden als eerste moeten worden weggevaagd zodra de ontwikkelingsfase achter de rug is.'

Een merkwaardige vreugde maakte zich van me meester toen het me duidelijk werd dat de BND had begrepen wat de dreiging voor Israël door het miljarden kostende raketprogramma van generaal Nasser in zijn volle omvang inhield – geen wonder, want ik had ervoor gezorgd dat het nu waarlijk niet meer ontbrak aan aanwijzingen, waarschuwingen en alarmerende meldingen. Ik zag ook dat kolonel Harel voldaan in zichzelf zat te knikken, vooroverboog en de façade van groeiende desinteresse liet vallen.

'Onze medewerker hier,' zei hij, en hij wees op Champagne-Lotz, 'zou met uw hulp in Caïro kunnen worden ingezet om het probleem aan te pakken. Hij spreekt vloeiend Duits, Frans, Engels, Arabisch, Jiddisch en Hebreeuws.'

'Zes vreemde talen, dat is me nogal wat, maar raketaanvallen kunnen ze niet voorkomen,' antwoordde Gehlen opgewekt. 'Hier is een lijst van iedereen die bij het Egyptische onderzoek is betrokken.'

De doctor liet voor het eerst die dag zijn beroemde alligatorglimlach zien. Toen schoof hij Harel over de tafel een document toe dat vanwege zijn snoepjeskleur weldra als 'roze lijst' op ieders lippen lag.

'Kloppen de adressen nog?' vroeg de kolonel verbluft terwijl hij de namen vluchtig langssliep.

'Controleert u maar of ze nog kloppen.'

Het enige wat we hoorden, was Harels wijsvinger die over het papier gleed. De sneeuwjacht voor het raam deed de ruimte nog stiller lijken.

'Bent u zich ervan bewust,' vroeg de baas van de Mossad, een moment pauzerend en met zijn wijsvinger tegen zijn lippen tikkend, 'dat we met alle beschikbare middelen moeten voorkomen dat die lieden hun werk afmaken?'

'De pimpelmees is een vogel die ver kan vliegen,' antwoordde de doctor vriendelijk.

'U weet wat ik met "met alle beschikbare middelen" bedoel?'

'Ik geloof niet dat ik dat wil weten.'

Isser Harel zette zijn bril af, legde hem voor zich op tafel en waste zijn gezicht met lucht, wreef er krachtig over, trok zijn wenkbrauwen op en kreunde. Daarna liet hij zijn handen weer zakken, die naar de opgerolde groene stropdas grepen, er een knoop in legden en hem in de asbak gooiden.

En uiteindelijk zei hij: 'Dat we elkaar niet verkeerd begrijpen, doctor Schneider: biedt u ons nou aan uw landgenoten op uw eigen territorium uit te schakelen?'

'Ik ga ervan uit dat u ons ook tegemoetkomt.'

'Gelooft u me, ik was zelden zo benieuwd om te horen wat de volgende stap is.'

De doctor kwam overeind, ging plechtstatig achter zijn stoel staan, zodat de saaie tafelzijde het hoofd moest uitrekken om hem respect te bewijzen.

De levendige tafelzijde zat alleen maar levendig te staren.

De doctor zei: 'De beslissende confrontatie met de Sovjet-Unie staat voor de deur. Dat voel ik. De wil om alles aan te vallen wat ons leven leefbaar maakt, balt zich thans achter deze wand samen, gereed voor een reuzensprong.'

De hele tafel keek naar de lambrisering waarnaar hij wees en waarachter zich alleen een wc bevond die op hetzelfde moment werd doorgetrokken.

'Lenin heeft de azijnfabriek van uw grootvader in brand gestoken, heb ik gehoord,' zei de doctor.

'Dat klopt,' zei Harel. 'Maar dat was alleen de fabriek. Mijn grootvader zelf werd door andere heren in brand gestoken.'

'In elk geval kan ik me indenken,' stamelde de doctor geschrokken, om niet te zeggen beduusd, 'met hoeveel inzet u het communistische wereldgevaar tegemoet treedt.'

'Wilt u samen met ons tegen de Sovjets optrekken, is dat wat u wilt?' vroeg de kolonel ongeduldig.

De doctor nam weer plaats. Hij leek blij te zijn met de stoel, die hem een stevig houvast bood.

'We horen' – hij schraapte zijn keel – 'dat u een uitstekend informatienetwerk in het Oosten hebt.'

'Nou ja, we hebben een paar mogelijkheden.'

'Zou u ons daarin willen laten deelnemen?'

Levendig was de levendige zijde nu toch echt niet meer. Ze stopte plotsklaps met ademhalen, leek het wel. Shlomo's nog niet aangestoken sigaret hing als speeksel uit zijn mond. Champagne-Lotz rechtte zijn heerrijderslijf. Yossi keek tersluiks naar kolonel Harel. Die observeerde een tijdje zijn Duitse gesprekspartner zoals je een dauwdruppel observeert die zichzelf heeft gevangen in een opgerold blad dat je in je hand houdt en de volgende seconde tussen je vingers zou kunnen fijnwrijven.

'U vraagt me in alle ernst,' zei Harel voorzichtig, 'of u ons netwerk in de Sovjet-Unie mag overnemen?'

'Participeren komt dichter in de buurt.'

Harel keek weer op de roze lijst, las een van de namen hardop voor ('professor doctor Kleinwächter'), schudde zijn hoofd en zei: 'Ik heb in mijn carrière al veel vreemde dingen gehoord, doctor. Maar nog nooit heeft een inlichtingendienst van een andere natie – en al helemaal niet van zo'n uitzonderlijke natie als die van u – mij gevraagd om die te voeden met de exclusieve resultaten van ons inlichtingenwerk in de Sovjet-Unie. Vooral ook omdat u het land op deze aardbol bent dat het grootste spionagenetwerk in de DDR en de Sovjet-Unie runt. Wat wilt u dan met die paar dingen beginnen die wij u nog kunnen vertellen?'

Het leek er bijna op dat de doctor zijn hoofd tussen de schouders stak om stilletjes in zichzelf te verdwijnen. Maar nee, hij leunde grimmig, bijna koppig, achterover, de armen kruiselings voor zijn borst, en zweeg.

Sangkehl kuchte, boog naar voren en zei: 'Wij hebben zo onze redenen om een nauwe samenwerking aan te gaan.'

'En wij niet.'

'Spijtig,' verzuchtte Sangkehl. 'Dan kunnen we ook niets doen tegen de massavernietigingswapens waaraan onze raketwetenschappers in Egypte hun talent verspillen.'

'Dat zullen we zien.'

'Vergeet het maar,' bemoeide de doctor zich er weer mee. Zijn toon was bruusker geworden, klonk inmiddels weer naar zichzelf. 'De politiek zal niet uw zijde kiezen, dat is volstrekt uitgesloten. Dat weet ik van doctor Strauß persoonlijk.'

Issers stem werd rauw als een vlammenwerper en klonk als iemand die onmiskenbaar zijn geduld verloor.

'Kunt u me misschien iets duidelijk maken, doctor?' siste deze stem. 'U leidt ons rond over een terrein dat groter is dan het Pentagon in Washington. U geeft leiding aan tweeduizend medewerkers die als propagandisten tegen het Warschaupact ageren. U bent de belangrijkste informatieleverancier van de CIA. U hebt honderden informanten achter het IJzeren Gordijn, onuitputtelijke middelen tot uw beschikking en biedt uw agenten stuk voor stuk de kans hun hond op het terrein van de mooiste geheime dienst van de westerse wereld te laten schijten. En desondanks wilt u van mijn bescheiden instituut alle informatie hebben zonder dat u eerst uw informatie aan ons aanbiedt?'

Buiten hoorde je het geklop van pneumatische boren. Het mooiste hoofdkantoor ter wereld van een geheime dienst zou binnen afzienbare tijd nog mooier worden, en niemand in het vertrek zei een woord.

Ten slotte klakte de doctor afkeurend met zijn tong. Hij ademde zwaar, leek met zichzelf te worstelen, haalde zijn armen uit elkaar en fluisterde: 'We kunnen die van ons niet aan u aanbieden.'

'Hoezo niet?' vroeg Harel perplex.

'We hebben een mol.'

Nu ontstond er onrust in de niet meer levendige levendige en ook in de plotseling levendige saaie tafelzijde, zij het om verschillende redenen.

Maar niemand in de kamer onderging zo'n innerlijke eruptie als

KGB-agent vier-vier-drie, wiens vergeten holle ruimten (hij was al tijden niet meer actief) in elkaar stortten. Ik kon me, toen ik me uit de ruïnes van mijn oude, door kameraad Nikitin afgedane ego een weg naar buiten groef, met de beste wil van de wereld niet voorstellen dat ze na zo'n lange tijd de laatste kleine mollenklauw die er van mij misschien nog restte, hadden kunnen vinden.

'Wat voor mol?' vroeg ik daarom met seismologische belangstelling, hoewel ik natuurlijk had moeten wachten tot Isser die vraag zou stellen.

De doctor gaf Heinz Felfe een knikje, die vervolgens naar mij leek te knipogen. Bijna had er daardoor in mij een tweede eruptie plaatsgevonden.

'We kunnen al twee jaar nauwelijks meer meekijken met het politieke besluitvormingscentrum van de DDR,' zei Felfe eerst tegen mij voordat hij zich tot kolonel Harel richtte. 'De Stasi heeft vrijwel al onze informatielijnen in Oost-Berlijn kapotgemaakt. In de Sovjet-Unie liggen er voor ons nog minder kansen om propaganda te bedrijven. De meeste kanalen zijn dichtgegooid, veel van onze bronnen zijn door de KGB uit roulatie gehaald. De mol zit vermoedelijk bij mijn dienst. Afdeling Oost-Europa. Op het hoogste niveau.'

Een pijnlijke stilte vulde de ruimte.

'Meneer Friesen is boven elke twijfel verheven,' verklaarde de doctor, want Felfe heette Friesen in het BND-universum. 'Dat geldt ook voor de anderen in dit gezelschap. Maar vlak onder de hoogste laag, daar zijn ze bij ons binnengedrongen.'

Hier vergiste de doctor zich.

De leefwijze van de gangen gravende mol – misschien hebt u het wel in de pers gezien, belezen swami – was immers uitgerekend door de boven elke twijfel verheven meneer Friesen alias Felfe geperfectioneerd; hij begon niet alleen qua fysionomie, maar ook door zijn algehele zijig-weke verschijning tekenen van een kameleontische aanpassing aan zijn wapendier te vertonen, natuurlijk ook door een solitair gedrag en zijn zes dioptrieën sterke visuele beperking, waarvan zijn wroetende wezen profijt had. Grappig dat ik hem zo lang voor een kat had aangezien, maar hij kon vermoedelijk elke gedaante aannemen. Zo was hij erin geslaagd om als hoofd van de

Duitse contraspionage vijf jaar lang naar zichzelf te speuren.

Niet dat het er op deze plaats toe doet, Basti, maar volgens een onlangs door de Amerikanen gepubliceerd memorandum over de aangerichte schade heeft deze molkat meer dan honderd Russische CIA- en BND-agenten verraden, van wie er minstens vierendertig zijn terechtgesteld. Bovendien gaf hij wereldwijd de namen van vierennegentig vertrouwensmannen van de BND prijs, stuurde driehonderd Minox-microfilms met vijftienduizendzeshonderdzestig vertrouwelijke foto's naar Moskou en hielp zodoende praktisch de hele Bundesnachrichtendienst in de vernieling. Het indrukwekkendste was nog wel dat deze nijvere molkat toen op die noodlottige conferentie, een jaar voor zijn ontmaskering, teemde: 'We weten bijna zeker welk zwijn achter de verrader schuilgaat.'

Na deze zin had hij zelfs naar me geglimlacht, het molkatvarken, en omdat kameraad Nikitin noch generaal Pertja me ooit op deze glimlach had voorbereid, beefden mijn handen zo sterk dat ik ze in mijn broekzak moest stoppen.

'We gaan nu van de observatiefase over in de voorbereidingsfase van de operatie,' zei Felfe, nog steeds grijnzend. 'Maar voordat we toeslaan, moeten we het terrein verkennen.'

'Dat is precies waarom het hier gaat, het terrein verkennen,' bevestigde de doctor.

'Er valt niet veel te verkennen,' merkte Isser Harel op, 'dat klinkt allemaal als dode vulkaanas.'

De doctor zei: 'Maar we bedoelen niet ons maar uw terrein.'

Felfe viel hem bij: 'Als we in eigen huis het veiligheidslek dichten en de man aanhouden, raken we alle bronnen kwijt die nog achter het IJzeren Gordijn zitten,' legde hij de verbaasde Mossad uit. 'De Sovjets treuzelen niet. Als hun mol sterft, sterven onze muizen. Er zullen een hoop dooie muizen zijn.'

'Ik zeg het maar ronduit,' zei de doctor op een toon die ik nooit bij hem verwacht had, 'we raken ons hele informatienetwerk in Oost-Europa kwijt. Daarom vragen we om uw netwerk.'

Gehlens secretaresse Alo kwam op dat moment ruisend binnen, vroeg of de heren misschien nog een koffietje of een theetje of een kaakje bliefden, nam het afval mee, ook de asbak met Isser Harels stropdas, en sloot zachtjes de deur achter zich.

Nu leek er ook in de vergaderzaal sals un sniegs te vallen, op ieder van ons.

'Deze lijst', zei Harel een eeuwigheid later terwijl hij op het roze papier tikte, 'deze lijst zou een absolute voorwaarde zijn voor zo'n, hoe moet ik het zeggen... voor zo'n exotische overeenkomst.'

'Vanzelfsprekend.'

'Inclusief alle finale maatregelen die Israël misschien op Duits territorium moet nemen omdat het niet anders kan.'

'Dat begrijpen we volkomen.'

'Onze resident in Parijs,' (Isser wees op Shlomo) 'zal de acties voorbereiden en coördineren. En Wolfgang Lotz hier' (Champagne-Lotz) 'zal u als BND-agent in Duitse ambassadekringen in Caïro introduceren.'

'Ik wilde het net zelf voorstellen.'

'Ik moet het er natuurlijk met mijn regering over hebben.'

'Mooi,' zei de doctor, en hij liet er een '*Lechajim!*' op volgen, want hij had blijkbaar bij Palestinamof geïnformeerd wat 'proost' in het Hebreeuws was. Hij hief zijn glas water, net als de ongemakkelijk grijnzende saaie tafelhelft, terwijl de voorheen levendige tafelhelft helemaal niets hief en al evenmin grijnsde.

'Een andere voorwaarde,' ging Harel onverstoorbaar verder, onderwijl de geheven glazen monsterend (een van de glazen trilde, namelijk dat van mij), 'dat we hier nooit meer op Bormanns tuin hoeven uit te kijken. We hebben in München een vaste verblijfplaats nodig.'

'Uiteraard.'

'En een vaste liaisonofficier.'

'Met alle genoegen.'

Nu pakte ook de kolonel zijn glas, stootte uitgerekend met mij aan en zei: 'Misschien moet dat dan meneer Dürer worden.'

21

Als u het portret, dat helaas op geen enkele manier recht doet aan mijn gelaatstrekken (u hebt echt te veel strips gelezen), als u uw gekrabbel dus alstublieft even weglegt en een beetje rechtop gaat zitten – ik help u graag – dan ziet u in de verte die schoorsteen, swami. Een beetje scheef, een beetje zwart, rode baksteen, achter die daken daarginds. Vlak bij die schoorsteen ligt de vaste verblijfplaats, niet al te ver van ons hospitaal, in Schwabing dus. We zouden er hiervandaan te voet een halfuur over doen (indien we andere voeten hadden).

De vaste verblijfplaats is bijna altijd bezet. Ook tijdens de olympiade twee jaar geleden hadden ze daar twee van onze Kidon-regelaars ingekwartierd, leden van een speciale eenheid, opgeleid voor aanslagen, overvallen en liquidaties in alle soorten en maten.

Ze zagen met open mond hoe op televisie voor de ogen van de wereld een aantal zwaarlijvige Duitse verkeersagenten in zuurstokroze trainingspakken in de weer waren en met boevenladders op de daken van het olympisch dorp klommen (of althans een poging daartoe deden) om de Palestijnse gijzelnemers te verrassen, maar die wisten ook wel hoe je een televisietoestel aanzet.

De Kidon-mensen grepen naar hun wapens en wilden naar het stadion rennen, wat ik alleen met inzet van al mijn kennis van het Hebreeuws kon verhinderen, want niemand van die jongelui verstaat immers nog Jiddisch.

En dus keken we allemaal machteloos toe hoe de Israëlische olympische ploeg werd afgeslacht.

Het was de eerste en enige keer dat het in de vaste verblijfplaats uit de hand liep. Een kledingkast sneuvelde, een spiegel ging aan diggelen en ook de televisie en twee ruiten moesten eraan geloven, omdat een van de Kidon-regelaars die kolkend van razernij met een bijl te lijf ging.

Een buurman belde de politie, maar het laatste waar de regelaars op dit moment behoefte aan hadden, waren twee besnorde Beierse hoofdagenten die aanbelden en proces-verbaal opmaakten wegens rustverstoring en beschadiging van goederen in plaats van vier kilometer noordwaarts een paar terroristen dood te schieten. Daarom had aan het eind een van de beambten, roodwangig en lispelend, met een enigszins aanmatigende zelfverzekerdheid, de loop van een Beretta M951 in zijn mond gestoken, wat een hoop zinloze telefoontjes tot gevolg had en ons op een haar na het mooie woonobject in een prima buurt had gekost.

De vaste verblijfplaats, aan het einde van de negentiende eeuw gebouwd als wooncomplex van een wapenfabrikant voor zijn oude dag, bestond uit in totaal zes wooneenheden op drie etages, waar je binnentrad via een glazen jugendstildeur die ze binnen drie seconden volautomatisch met een hydraulische en kogelwerende stalen plaat konden afsluiten.

De kantoren op de begane grond kleurden het hele gebouw met het fluïdum van publieke welstand, omdat de als een instelling van algemeen nut erkende Deutsch-Israelische Gesellschaft e.V. er zetelde, die Ev met affiches van de Negevwoestijn en een kwijnend olijfboompje had versierd.

Niemand zou op het idee zijn gekomen dat pal ernaast een geheime Mossad-communicatie- en radiocentrale, een vergaderzaal en een sportzaaltje lagen.

Op de eerste verdieping bevonden zich de accommodaties voor agenten en opleiders, een grote verblijfsruimte en een met een stalen deur gepantserde en met een twee centimeter dikke laag lood beklede wapenkamer.

En op de tweede verdieping woonden Ev en ik.

Onze slaapkamer lag direct boven het munitiedepot. Wanneer de daar opgeslagen vijftig kilo TNT-springstoffen samen met de drie kisten handgranaten ooit in de lucht waren gevlogen, dan waren wij – stalen deur of niet, wel of geen loden bekleding – als een vuurbal de Münchense hemel in geschoten en boven ons tuintje naar beneden gedwarreld, waar een oude appelboom ons dan had opgevangen.

Vaak zat ik 's zomers onder zijn takken, die de helaas zo zeldzaam geworden herfstcalville droegen, een merkwaardige coïncidentie, zodat Großpaping altijd bij mij of, beter gezegd, ik bij hem in de buurt was, een nabijheid waarnaar ook mama (af en toe, als ik niet meneer Himmelreich hoefde te zijn, kwam ze bij ons langs) met nog altijd enorme gewetenswroeging op zoek was. En ook Hub was natuurlijk op deze wijze in mijn nabijheid, dat was absoluut niet te voorkomen. Daarom oogstte ik in de herfst nooit de vruchten, liet alle appels op de grond verrotten, tot ze alleen nog een bruine, door wormen en muizen doorwoelde brij waren, waarvan ik de geur in me opzoog en – dat krijg je met de jaren – er de beelden van mijn jeugd mee vetmestte, de schuimende stranden van Riga, het vergiste Jugla, de aangestoken julizon waarin Evs onsterfelijke benen stapten.

Hub ontmoette ik onverwachts.

Toen we onder kolonel Harel en generaal Gehlen het begin van Operatie Pimpelmees hadden beklonken, destijds op de sals-unsniegs-dag, moesten we daarna over het grote besneeuwde grasveld naar de Führerbunker lopen, omdat generaal Gehlen om de dag te vieren beslist een schietwedstrijd wilde houden met de Mossad-mensen. Dat was zijn idee van een afgeronde onderhandelingsdag.

De schietbaan had ik alweer jaren geleden aangelegd op het laagste niveau van de bunker, maar ik herkende hem nauwelijks meer. Iemand had een poging gedaan hem indirect te verlichten. Met grenen panelen en de kleur groen was een Zuid-Duits kegelbaangevoel gecreëerd. Het rook er naar bos, mannenzweet en kruitdampen, en aan een wand hing een foto van de BND-schutterskoning van vorig jaar, en de ogen van zowel hemzelf als de grijnzende mannen om hem heen waren met zwarte balkjes afgeplakt om te voorkomen dat iemand ze herkende.

Toen ik de schietstand binnenging, nam ik helemaal aan het einde van de baan een man waar, stevig en kaal, in de gloed van een tl-buis die schuin boven hem hing. Hij moest de schietschijven vervangen, wat enige tijd nam. Aan zijn eenzame arm herkende ik mijn broer eerder dan dat hij mij herkende, en zo zag ik al zijn misère.

Op dit moment maakte kolonel Harel naast me zijn wapen schietklaar, maar hij keek niet op, en verder leek ook niemand er notie van te nemen dat het voormalige hoofd van de contraspionage in Oost-Europa, zichtbaar afgetakeld door de alcohol, als genadebrood de schietstand toebedeeld had gekregen, want Hub moest schietschijven ophangen, de inslag controleren, de punten tellen en de magazijnen van de Joden doorladen.

Mij verwaardigde hij, bij elke wankele stap, geen blik.

Kolonel Harel en generaal Gehlen waren inmiddels aan elkaar gewend geraakt. Goedgeluimd vuurden ze beurtelings op kartonnen schijven met Chroetsjovs gelaatstrekken. Ik had Isser verteld dat de doctor absoluut niet mocht verliezen, en daarom verloor hij ook niet, maar won een kleine zilveren beker die hij zelf in het leven had geroepen en waarin behalve een davidsster en een crucifix ook een soortement gebraden kip was gegraveerd, die blijkbaar een pimpelmees (*Parus caeruleus*) moest voorstellen.

Toen we met elkaar naar de Führerbunker liepen om ons voor vertrek te verzamelen was het al donker geworden, en onder aanvoering van de vrolijke bekerwinnaar verplaatste de hele troep zich naar het verenigingsgebouw, waar ter ere van de gasten een bescheiden receptie werd gehouden. Gehlen had een legerschaar aan bloedverwanten opgetrommeld (zestien bij de BND in de watten gelegde familieleden), die met z'n allen en op elk gewenst moment een heel aardig feestje konden bouwen.

Ik stond in de ruimten die ik zelf tien jaar eerder had gerenoveerd. Ik lette op oude constructiefouten en smachtte naar zelfkritiek, pakte een flesje bier en liet me, voordat de toespraken begonnen en de orks applaudisseerden, nog één keer terug naar de verlaten schietstand drijven. Achter me bruiste gelach op, en het beeld van Hub, zoals hij ieder van ons de geladen pistolen aanreikt, de oorbeschermers met zijn ene hand opdoet, de kruisjes achter onze naam zet, vermengde zich met herinneringen uit lang vervlogen tijden, toen er bij hem tenminste nog sporen van geluk waren te vinden.

Het sneeuwde niet meer. De sterren zagen eruit alsof we ze uit een zwarte papierwand hadden geschoten, waarachter niets dan licht was.

Ik liep de lege schiethal in en riep Hubs naam. Niemand antwoordde. Ik riep nog een keer, harder nu. Ergens viel er iets op de vloer. Ik wilde gaan kijken.

Toen hoorde ik haastige voetstappen naderen. In de deur verscheen iemand die me even later bijna omverliep. Het was Heinz Felfe.

'Waar blijft u nou?' vroeg het molkatvarken verwijtend, hijgend en met alcohol in zijn adem. 'Ik moest u halen.'

Ik begreep zijn bezorgdheid niet en de grote haast nog minder. Een geluid in de kleedkamer verderop deed Felfe ineenkrimpen, en toen ik dat probeerde te duiden en hij tegelijkertijd aan mijn mouw plukte om me mee te trekken, met een fijn lachje op zijn gezicht, had ik een vermoeden van wat er ging gebeuren.

Ik maakte me los en liep ernaartoe. De deur van de kleedkamer stond op een kier. Toen ik hem openstootte, drong in een fractie van een seconde tot me door waarom Yossi de hele weg van Tel Aviv naar Pullach mee had gemoeten, hoewel er geen auto was die hij mocht besturen, maar wel een Operatie Pimpelmees die hij op de kleine vleugels van zijn intellect nooit tot een goed einde had kunnen brengen. Hij stond wijdbeens voor mijn broer, zijn vuist een steen die met mijn entree op Hubs gezicht neerdaalde om het tot dikke vellen te transformeren, wat in eerste aanzet al was gelukt.

Kolonel Harel zat op een kleedkamerbank tegenover hem op z'n gemak een sigaretje te roken. Hij staarde met een zeer lome blik mijn kant op. Yossi onderbrak het karwei. Zijn lieve dommejongensgezicht wist niet waar het de ogen moest laten. Uit het gat dat kort daarvoor nog Hubs mond was geweest, borrelde een straaltje bloed op, samen met een paar lettergrepen. Pas na een tijdje werd me duidelijk dat ze de klank van mijn naam vormden.

Ko. Blurb. Ja.

Mijn halve leven lang had Hub me beschermd. Altijd was hij paraat geweest als ik hulp nodig had, tot op de dag van vandaag is hij mijn acroniem voor dapperheid. Ooit – we waren nog heel klein en iedereen noemde hem nog Hubsi – had hij op landgoed Poll, waar we de zomervakantie doorbrachten, een gans in de houdgreep genomen omdat hij in mijn aaiende hand had gebeten, die begon te bloeden. Daarbij brak hij de nek van het beest, waarna Hubsi straf kreeg en drie dagen binnen moest blijven omdat de gans nog niet vet genoeg was geweest om te worden geslacht.

Ik zag zijn oog, dat onrustig in rood sap dreef en mij zocht.

'Kom mee,' hoorde ik Felfe achter me fluisteren, 'u zou hier niet moeten zijn.'

Ik keek naar Harel, die zijn blik van me afwendde en Yossi toeknikte. Die perste vol leedwezen zijn lippen op elkaar en ramde met de volgende klap Hubs oog uit mijn zichtas. Met een nieuwe opdoffer brak hij iets uit de kaak van mijn broer.

Moshe Jacobsohn moet veel voor kolonel Harel hebben betekend.

'U zou hier toch echt niet moeten zijn.'

Ik voelde dat Felfes hand zich op mijn schouder vlijde, de zachte hand van de KGB, weldra ontmaskerd en prijsgegeven om te worden afgehakt. Nu echter, een jaar voor zijn arrestatie en een jaar en drieenhalve dag voor de politieke kruisiging van Reinhard Gehlen, aanschouwde Felfe onaangedaan het kreunende, eenarmige schepsel dat zijn linkeroog aan het verliezen was, het schepsel dat hij ooit door toedoen van zijn wraakzuchtige, leugenachtige, door en door verdorven broer was geworden. Felfe liet zijn klauw verder zwerven, sloeg zijn leugenachtige arm om me heen, een gebaar van Hub kopierend waardoor ik volschoot.

En terwijl hij me omzichtig de kleedkamer uit leidde, hoorde ik achter me Yossi zijn werk afmaken.

Ko. Blurp. Ja.

Felfe wilde me weer naar het feestje loodsen, zodat ik mijn gedachten kon verzetten. Maar ik kon Gehlen op dat moment niet onder ogen komen, ik kon mezelf niet onder ogen komen, en Isser Harel, die zich zo dadelijk ongetwijfeld weer onder de gasten zou begeven, al helemaal niet.

Ik liep langs de lampjes, wierp kleurig oplichtende ijskristallen op, ging ervandoor onder Freddy Quinns vreemde sterren die uit de boxen vloeiden, rende de poort uit, naar de dorpskerk van Pullach, stapte daar in een taxi en liet me naar een hoerenkast bij het station brengen, waar ik me liet platneuken door een oude Italiaanse die als goede katholiek het dubbele van het normale honorarium eiste, vanwege de voorhuid, omdat het ontbreken ervan haar angst inboezemde.

De volgende morgen, nog helemaal lazarus, dronken tot in het deinende binnenste van mijn botten, belde ik Tel Aviv en vertelde Ev, of althans, mijn hersenen probeerden het haar te vertellen, niet per se mijn tong, dat Harels prijs voor de Duits-Israëlische samenwerking een persoonlijke was geweest: onze broer. Zijn gezondheid. Zijn leven wellicht. En Gehlen had de prijs betaald en ik ook, en ook zij zal hem betalen, want zij had Hub uitgeleverd, bloed van mijn bloed, door een idioot dossier.

Ik dacht dat Ev er wel iets over zou zeggen, maar ze zei helemaal niets.

Toen hoorde ze dat ik niet meer naar Israël terug mocht, en nog altijd zei ze niets.

Hij die blijft heeft altijd de rampen van anderen overleefd. Dat wat is, is altijd maar een armetierig restje. We sterven ver boven onze stand als we in het volle bezit van onze mogelijkheden sterven, dat mag je nooit vergeten, in ons beroep al helemaal niet, en daarom is de kogel in mijn kop of de ontbrekende arm van Hub, ook zijn weggevloeide oogappel en vooral ook uw schedelschroef, hoe droevig het allemaal ook mag zijn, desondanks een memento voor wat aan oneindige schoonheid en grootsheid en volmaaktheid ten onder is gegaan, terwijl we keer op keer alles zijn kwijtgeraakt wat ons ooit betekenis en waarde of tenminste glans verleende, zodat we niets konden bereiken, totaal niets, behalve op het eind over te zijn.

Van Hub bleef er bijzonder weinig over.

Want kort na de gebeurtenissen in de schietstand, die hem in het ziekenhuis deden belanden, met gevolgen die, zoals hij zelf verklaarde, hadden te maken met de acht meter diepe val van het dak van de Führerbunker, waar hij door te veel alcohol en zonder enige opzet vanaf was gevallen, begrijpt u, zonder enige opzet (haha), verloor hij na dertien jaar zijn baan bij de Org.

Niettemin gaf men hem zijn pensioen, vermoedelijk een van de redenen dat hij de werkelijke omstandigheden van zijn verwondingen mee naar de intensive care nam.

Na zijn ontslag wachtte hij me op in de lobby van mijn hotel, een door gipsverband en zwachtels omwikkelde mummie met kruk en zwart ooglapje, niet bepaald een zeldzame aanblik in Hotel Bayerischer Hof in die jaren.

Ik schrok toen uit zijn mond mijn volledige naam klonk, zonder borrelen, maar ook zonder de tanden die je voor de stemhebbende 's' gebruikt bij 'Koja Solm'. De gevaarlijkste naam voor mij in die jaren.

Ik liep naar de bank waarop hij zat te wachten, vanaf de vroege morgen al, en toen ik voor hem bleef staan, vertelde hij me wat hij van me vond en dat ik zijn vrouw en zijn kind van hem had afgepakt, zelfs zijn moeder, die amper nog met hem sprak, zijn materiële bestaan, zijn waardigheid, zijn fysiek ongeschonden staat en zijn toekomst.

Alleen zijn verleden, dat had ik hem gelaten, meer dan dat, en het was hetzelfde als het mijne. Hij had geen andere misdaden gepleegd dan ik, en die welke ik niet had hoeven plegen, had hij voor mij op zich genomen. Hij was aangeklaagd door het Openbaar Ministerie en zou zich voor de gebeurtenissen in Riga moeten verantwoorden. De Org beschermde hem niet langer.

'Maar ik ga jou niet ontzien, Koja. Ik ga jouw naam noemen, en dat zal de enige naam zijn die ik ga noemen.'

Met de grootste moeite kon hij zich met behulp van zijn kruk oprichten.

'Die brave Joden van je zullen je straks levend en wel villen. Dat beloof ik je.'

Hij draaide zich om en beende met stijve passen weg, werd door de hoteldeur klemgezet, liep rood aan van woede en schaamte, kwam weer terug de lobby in gehompeld en riep me door de hele hal na, zodat de hotelbedienden, de liftboy, de receptionistes en verschillende gasten zich naar hem omdraaiden: 'Jij wilde me dood hebben, maar jij zult eerder gaan dan ik, en misschien help ik je wel een handje, broertje!'

Ik nam hem niet serieus, hoewel in het licht van zijn woorden mijn toekomst ook in die tijd alleen maar was geprolongeerd, een van de redenen waarom ik veel te laat merkte hoe de strop om mijn hals werd aangetrokken.

22

Ev kwam een paar weken later.

Ze richtte onze vaste verblijfplaats in.

Ze kocht een mooi tweepersoonsbed van Canadees beuken. Ze nam geen spullen mee uit Tel Aviv. Ze zei dat ze op de lange duur weer naar Israël moest om niet krankzinnig te worden.

Maar Anna's tekeningen had ze wel meegenomen. Ze lijstte ze allemaal in en hing ze aan onze muur, in precies dezelfde volgorde als in Graets Street (pony's boven, bloemen beneden).

Ze ging ook elk dag met me mee naar de begraafplaats. Het stof van onze dochter bracht ons naar het Tlingit-graf met de aangeslagen beplanting, het graf dat Amama al die jaren goed had verzorgd, met verse bloemen elke week en de recentste berichten van de gek en Joods geworden ouders van kleine Anna, die uit Israël zo weinig van zich lieten horen.

Cliché of niet, het regende bijna altijd zodra we de begraafplaats op liepen. Ik was vergeten hoe aarde geurt als de regen van de grafsteen afspat, was vergeten wat er gebeurt als een druppel altijd op dezelfde plek neerkomt, zodat de grond langzaam week en uiteindelijk doorlaatbaar wordt en uiteenwijkt en een tunnel opent naar de diepte, waarin ik op sommige dagen dreigde te vallen.

In augustus negentieneenenzestig, op Anna's achttiende verjaardag, probeerde Ev de meerderjarigheid van onze dochter te vieren, althans de Israëlische, want tot aan de Duitse moest ze nog drie jaar dood zijn.

Ev bakte een Baltische verjaardagskrakeling, kocht kaarsen en stak ze aan, en ze kocht zelfs een rode kokerjurk, helemaal volgens de laatste mode. Toen we de jurk op een kleerhanger aan de muur hingen en zagen hoe goed hij Anna's slanke figuur zou hebben geaccentueerd, haar energieke uitstraling en alertheid, hoe knap ze geworden zou zijn als jonge vrouw, hoe de mannen bij bosjes aan haar voeten zouden hebben gelegen, een vrouw die een caesarpony droeg en Camus las en echt had gewacht op non-conformistes à la Jean Seberg die je nu overal in films van Godard zag en voor Anna uit de jazzkelder in zouden zijn gelopen, waren we voor even getroost.

Maar het duurde maar heel kort.

Het duurde net zolang tot Ev de jurk volledig verknipt en zichzelf in ons tapijt gerold had.

Je weet dat een dood kind het einde is. Een dood kind laat geen illusies en geen heden toe. Met een dood kind heb je nooit meer ook maar één verjaardagsfeestje in het nu. Alleen nog weggevloeid, onherroepelijk, door geen enkele toekomstige gebeurtenis te stillen verleden. Het kind is uit de wereld geholpen, en alles wat je tegenover dit kind hebt nagelaten, is voor altijd bezegeld.

Dat ik Anna nooit kon vertellen dat ze mijn kind was, dat ik haar altijd heb onthouden wat het voor mij betekende om alleen al te kijken naar dit kind met de hals van haar moeder en het zonlicht in haar ogen (echt een onbevattelijk geluk), dat zal ik haar ook op haar achttiende verjaardag onthouden, op haar twintigste, op haar dertigste. Ik zal haar dat tot aan het einde van mijn levensdagen onthouden. En tot aan het einde van mijn levensdagen zal ik wat ik heb nagelaten mee de toekomst in nemen. En deze relatie met mijn kind, een relatie die zich kenmerkt door wat ik voor altijd heb nagelaten, die nog elke dag voortduurt (zonder ook maar ooit de illusie van heden op te roepen), zal denk ik moeilijk te verdragen zijn.

Maar er gebeuren soms wonderen.

En met zo'n wonder eindigden de zes jaren, negen maanden en zes dagen. De zes jaren, negen maanden en zes dagen regen die sinds Maja's einde op mij waren neergedaald.

Ze eindigden op Anna's achttiende verjaardag omdat Anna op de avond van de dag dat ik Ev uit het tapijt gerold en van hete thee voorzien en in bed gelegd had, naar mij terugkeerde.

Anna's stem zat in mijn hoofd, was zeer aanwezig in het nu en helder en precies op het moment dat ik wilde gaan slapen. En ze vroeg me gewoon of ik haar niet iets wilde geven op dit voor haar zo belangrijke moment, een tekening misschien, en ik schrok en stond midden in de nacht op, boog me over mijn bureau en tekende Anna's gezicht, dat ik nog altijd uit mijn hoofd kon tekenen, vooral de barnsteenzweem van haar wakkere ogen wist ik te raken, en ik plaatste een lichaam onder haar gezicht, een naakt Jean Seberg-lichaam, dat was mijn surprise voor haar verjaardag, en ik hoopte dat Ev het niet zag, want dan zou ze me hebben terechtgewezen.

Maar de volgende dag sprak Anna weer tot me, dat ik me geen zorgen hoefde te maken. Ze was redelijk tevreden over haar lichaam: over de iets te kleine borsten die ik haar had toebedacht (die juist groot waren, maar haar leken ze natuurlijk erg klein), de uitstekende ribben die mama dom genoeg aan haar had doorgegeven en haar veel te dunne Baltische vingers, die ze vast nog eens zou breken, zo dun waren ze. Het viel me pas op hoe intensief we met elkaar aan het praten waren toen Ev me erop wees dat ik bij het ontbijt gesprekken met mezelf voerde, dacht zij tenminste.

Maar feit was dat Anna op de merkwaardigste momenten met me praatte, en natuurlijk moest ik antwoorden. Of dat nu in de wachtruimte van een station was, in de openbare bibliotheek of in de spreekkamer van de dokter die me voor mijn rugklachten behandelde.

Op een dag moest ik deelnemen aan een operatie omdat de Mossad mij had aangewezen om de executie van professor doctor Hans Kleinwächter uit te voeren. Hij hoorde bij de raketwetenschappers die op Harels roze lijst stonden en zorgvuldig een voor een (of, om met Shlomo te spreken, *peu à peu*) moesten worden afgevinkt.

Kleinwächter woonde in Lörrach, een grensstad in Baden-Württemberg op zichtafstand van Bazel, waar hij om de paar maanden bijkwam van zijn werkzaamheden in Caïro.

In de vroege avonduren van een arctische februaridag wachtte ik hem met een klein commando op. We hadden ons geposteerd onder donkerblauwe dennen aan de rand van de weg over de bergpas die de professor placht te nemen om in het weekend van het Instituut voor Fysica en Straalaandrijvingen in Stuttgart zo eenzaam en bosrijk mogelijk naar huis te rijden.

Vlak voor de afrit naar Lörrach, achter een onoverzichtelijke haarspeldbocht, blokkeerde onze dwars geparkeerde commandowagen, een barstensvol met springstof gevulde Mercedes, de rijbaan. Klein-wächter zag de auto pas op het laatste moment, trapte op de rem, die als een stervend mestvarken door het bos gilde, en voorkwam de botsing ternauwernood.

Ik maakte me los uit de duisternis en naderde de naar verbrand rubber ruikende auto. De zelfs in het maanlicht zeer gebruind ogen-de Kleinwächter draaide het raampje omlaag en keek heel bezorgd onder zijn pepitahoed vandaan. Mensen die bezorgd zijn kijken zo-als bekend vaak ook een beetje verwijtend, maar Kleinwächter leek eigenlijk alleen te willen weten of het goed met me ging. Hij leek niet bezorgd om zichzelf maar om mij. Uit zijn vragende blik sprak in elk geval de rotsvaste overtuiging dat er een vreselijk ongeluk moest zijn gebeurd en dat ik hulp nodig had. Mijn antwoordende blik daaren-tegen vertelde hem dat hij zich geen illusies hoefde te maken, en ik trok, zonder een woord te verspillen, het pistool met geluiddemper uit mijn jaszak en drukte af.

Maar ik schoot niet raak.

De kogel sloeg een centimeter naast het professorale oor in de be-kleding van zijn stoel.

Op het moment dat ik de trekker overhaalde, vroeg kleine Anna me namelijk wat ik eigenlijk aan het doen was. Ik weet heel zeker dat het mijn dochter was die tot me sprak, want ik ken haar verwijtende stem zelfs na zoveel jaren nog, en ze zei verscheidene keren 'papa' tegen me.

Ik hield dus wel een paar seconden lang tweespraak met mijn mis-noegde dochter, legde haar de dingen uit terwijl ik mijn wapen liet zakken en de man voor me maar bleef gillen, richting pedalen dook, zijn handen ineengeslagen boven zijn pepitahoedje hield en steeds harder begon te schreeuwen, zodat ik Anna nog amper kon verstaan.

Uit het tweede voertuig, dat we als vluchtauto op een bospad twin-tig meter verderop hadden geparkeerd, sprong speciaal agent num-mer één de weg op. Hij hield een machinepistool in de aanslag en schreeuwde me in het Hebreeuws toe dat ik aan de kant moest gaan.

Ga niet aan de kant, papa, zei mijn dochter luid en duidelijk. Zo te horen had ze inmiddels Hebreeuws geleerd, dus wat moest ik doen?

Ik bleef besluiteloos staan, en professor doctor Hans Kleinwächter, die intussen wel had begrepen dat zijn executeurs de discussie wensten aan te gaan, dook zonder hoed en zonder woestijnbruine teint weer op uit de onderbuik van zijn voertuig, zette hem in z'n achteruit, gaf gas en stoof ervandoor, nog altijd gillend als een speenvarken.

Speciaal agent nummer één wilde het vuur openen toen het gezicht van de elektronica-expert, die nooit meer een raketaandrijving zou bouwen en nooit meer ook maar aan een raketaandrijving moest denken (en die inmiddels, zoals de mensen konden lezen, de mysteriën van de zogenaamde zonne-energie onderzoekt), langs hem heen suisde. Maar het wapen weigerde. De wetenschapper ontkwam met snel vervagende achterlichten.

Niet dat ik ooit geloofd zou hebben dat God er de hand in had, maar dat had ik natuurlijk niet aan Großpaping kunnen uitleggen, maar mijn dochter wilde de dood van meneer Kleinwächter niet, zo zag ik het op dat moment, en zo zie ik het nog altijd, en zij zal wel bepaalde mogelijkheden hebben gehad, zonder dat ik het geloof in een hoger wezen te veel op de proef wil stellen, heel anders natuurlijk dan de swami die u bent, die het goddelijke zo welgezind is.

Na alles wat u me hebt geleerd, ga ik ervan uit dat het bewustzijn van mijn dochter contact met me heeft gezocht, zoals Maja Dzerzjinskaja's bewustzijn volgens u in haar door mij zo zorgvuldig bewaarde tanden zit. Ik weet het niet, met de fenomenen van het leven weet ik me nauwelijks raad en met die van het sterven al helemaal niet.

In die tijd echter interesseerden fenomenen me niet. Ik wilde alleen maar weg.

Ik rende naar onze auto en sprong op de achterbank. Achter het stuur zat Isser Harel, die doornat was van het zweet. Hij ging tegen me tekeer terwijl hij de motor startte en achter onze zelfgefröbelde Mercedes-bom aan joeg, die de rest van het berouwvolle commando (er was ook nog een speciaal agent twee, kennelijk alleen om speciaal agent één te troosten) naar de grens vervoerde.

'Wat een dilettantisme!' schreeuwde Isser. 'Zo'n wanstaltig dilettantisme heb ik nooit eerder meegemaakt! Hoe kun je zo'n man nou missen? Nou, hoe dan? Op een afstand van... een bagel? Dan raak zelfs ík een mier nog! Wat een ongelooflijk gepruts! Wat hebt u nou te bespreken? Godverdomme! Wat bespreekt u nou met het doelwit als u langs hem heen schiet? Dat-ie stil moet blijven zitten? Waarom heeft die verrekte uzi van Tewje' (speciaal agent één) 'geweigerd? Waarom is dit zo'n allerbelazerdst project?'

Op al die vragen kon ik hem geen antwoord geven.

Papa heeft altijd gezegd dat de kleur die je van een lichaam waarneemt (en daarmee waren heus niet alleen vrouwenlichamen bedoeld) niet alleen afhangt van de vraag welk deel van het golfspectrum het reflecteert, zoals die geschifte natuurkundigen ons altijd willen wijsmaken, maar ook van onze gemoedsgesteldheid. Onze ziel laat ons zien, vooral ons schilders (tot wie u nu in zekere zin toch ook mag worden gerekend, dilettantische swami), hoe we ons voelen als we heel specifieke voorkeuren voor heel specifieke kleuren in heel specifieke levensfasen hebben. Bij papa, bijvoorbeeld, getuigde het altijd van diepe afkeer van de wereld als hij veel roze gebruikte. 'Mijn zoon,' had papa gezegd, 'wanneer er misschien eens te veel roze in je leven is, dan ben je vanbinnen verkoold, ga dan een keer een paar weken naar de Rivièra.'

Hij had beweerd dat je in de natuur, op de schaamlippen van de vrouw na, geen natuurlijke kleurdragers van roze vond, zelfs de lieflijke roos was door de mens tot mauve opgekweekt, net als alle roze levensmiddelen, want ook vlees was alleen roze als je het bakt, een door en door kunstmatige, kleverige chromofoor waar je per se van af moest blijven.

Een merkwaardige opvatting van papa, die niet minder roze in zijn werk had gebruikt dan Rubens of Fragonard, die net als hij een hele hoop konten hadden moeten schilderen.

Maar in werkelijkheid was ik in die maanden verzot op het lichte, warme pastel, een abrikooskleur, waar mijn dochter van hield, dat vertelde ze me zelf.

En ook het welkomstgeschenk van Reinhard Gehlen waarmee ik aan de slag moest, de prominente lijst met namen van beroemde natuurkundigen en ingenieurs, was zo roze als suikerspin geweest, maar had zich door het geleidelijk afstrepen ervan tot een bloedrode maalstroom van onbegrijpelijke tegenslagen verduisterd.

Professor doctor Kleinwächter was namelijk niet de enige die moest bloeden vanwege dit stuk papier, hoe onschuldig en optimistisch het ook oogde.

Als ik alleen al aan Hassan Kamil denk! Egyptische wapenfabrikant. Multimiljonair. Vertrouweling van president Nasser. Een perfect slachtoffer, omdat van meneer Kamil bekend was dat hij Israël van de kaart wilde vegen en daartoe in Zwitserland massaal Duitse raketbouwers rekruteerde.

In plaats van dat de charmeur vakkundig werd verpulverd, ontplofte de door mij geleverde precisiebom weliswaar volgens plan hoog boven het Teutoburgerwoud in meneer Kamils Air Lloyd-chartertoestel, maar hij zat er verrassend genoeg niet zelf in, zijn gemalin wel, als enige passagier, Hare Hoogheid hertogin van Mecklenburg, prinses van Wenden, Schwerin en Ratzeburg, gravin van Schwerin, vrouwe van de landen Rostock en Stargard, prinses van Mecklenburg-Strelitz, kleindochter van keizer Wilhelm II en helaas geparenteerd aan Gehlens lieve vrouw Herta.

Ook de bombrief die voor het uit Hamburg afkomstige hoofd van het raketprogramma in Caïro-Heliopolis was bestemd, een zekere meneer Pals, Puls of Pils, werd niet door hemzelf geopend, maar door zijn secretaresse. Daarna was veel van haar verdwenen (gezichtsvermogen, neusvleugels, bovenlip, vier vingers), een afschuwelijke geschiedenis, die zwaar op me drukte, temeer omdat deze dame een roze jurk had gedragen.

Een ander, veel krachtiger bompakket, dat behalve het kantoorpersoneel ook alle raketwetenschappers binnen een straal van tien meter zou hebben opgeblazen (inclusief de in het belendende kantoor verschanste projectleider), viel al in de postkamer uit de handen van een onachtzame Egyptische werknemer (hoewel er *Let op! Breekbaar! Niet laten vallen!* op de verpakking stond, stupide genoeg alleen in het Duits), zodat een drie meter brede en één meter diepe krater werd geslagen en elf Arabieren en hun lichaamsdelen in hoge bogen door de lucht vlogen, een chaotische situatie waarin toch nog zes mannen, stuk voor stuk verminkt, het er levend vanaf wisten te brengen.

Bij de grootste Duitse rakethandelaar, de jurist doctor Heinz Krug, die aan Egypte speciaal plaatwerk, meet- en controleapparatuur, machines en ventielen had geleverd, mocht daarna echt niets meer fout gaan.

Krug werd hier in München, waar ik bij was, gevraagd om uit zijn auto te stappen. De twee uiterst professionele Kidon-regelaars (op wie ik zeer gesteld was en die bijvoorbeeld ook in de vaste verblijfplaats altijd netjes hun borden afwasten), waren uitstekend voorbereid en konden voor de enigszins theatrale ondervraging gebruikmaken van een staalfabriek in Ismaning die 's nachts niet werd bewaakt.

Hierbij raakte doctor Krug per ongeluk gewond door een twee ton zware stalen buis, waaronder ze hem eigenlijk alleen hadden vastgebonden om indruk te maken en een paar namen te horen. Helaas viel de buis uit de kraanophanging, en daarna was doctor Krug zo ontoonbaar dat ze hem in een zuurbad compleet moesten composteren. (Zelfs de natronloog, die normaal kleurloos was, had een roze zweem, ik zweer het.)

Het geduld van Gehlen was op toen ook nog de kinderen van professor Goercke, expert elektronisch meten, werden uitgenodigd om naar een hotel in Bazel te komen met het verzoek hun papa zo snel mogelijk uit Caïro naar huis te halen voordat hem iets verschrikkelijks zou overkomen. De kinderen hadden de onschuldigste namen die Duitse kinderen maar kunnen hebben, namelijk Heidi en Hans, en meer roze dan bij kinderen die Heidi en Hans heten kun je je toch echt niet voorstellen. Weet u, elk land heeft zo zijn eigen taboes. Zoals Engeland verraad als de allerlaagste streek ziet of Frankrijk de vadermoord en Italië seks voor het huwelijk, zo beschouwt de Duitse ziel geweld tegen rozegekleurde kinderen als de nummer één onder de zware misdaden, en ik was nu waarlijk voorbeschikt om me uit eigen smartelijke ervaring bij deze opvatting aan te sluiten, en Anna's stem (kalm en warm) sterkte me daarin.

Daarom zal ik wel hebben geweigerd om Harels intimidatieopdracht uit te voeren, die daarom door Shlomo vanuit Parijs werd voorbereid met twee prutsers, die ook nog zo stom waren om zich in aanwezigheid van kleine Heidi en kleine Hans te laten inrekenen.

Beide mannen gingen de gevangenis in.

De Mossad zat officieel in de beklaagdenbank.

Een ondraaglijk idee voor kolonel Harel. Dader en niet slachtoffer zijn. Straf krijgen en die niet zelf uitdelen. Moreel worden uitgeleverd aan een natie die de Shoah heeft uitgevonden.

Dat knaagde aan Issers zelfgenoegzaamheid en zijn zelfbeeld, waarin hij een baardloze versie van Albert Schweitzer meende te zien, met chirurgische instrumenten in de lelieblanke handen, het hart zo zuiver.

Ik zag hem voorlopig voor het laatst toen hij met zijn woedende trippelpasjes de vaste verblijfplaats binnen kwam roffelen, hardop 'Shalom' riep en een horde zopas ingevlogen Israëlische journalisten meenam naar de vertrekken van het Duits-Israëlische Genootschap. De *Haaretz*, de *Maariv*, de *Yediot Ahronot*, ze werden allemaal door Evs archieven gevoed, deden zich eraan tegoed en verlustigden zich aan de carrières van naziraketwetenschappers die, vond Harel, met hun leven moesten boeten.

Dat vonden de Israëlische kranten ook, en een paar dagen later stak er in de bladenwereld een storm op waarvan de uitlopers al snel Duitsland bereikten en die het koninkrijk der orks op zijn grondvesten deed schudden.

23

Reinhard Gehlen was absoluut niet blij.

'Vertel die meneer Harel maar dat het nu afgelopen is.'

We zaten in zijn kantoor. Zijn gezicht was duister en bijna net zo mager als dat van u, swami, en zijn wangen waren net twee bungelende hagedissen.

'Zoals u wenst, doctor.'

Buiten onszelf was alleen afdelingshoofd Sangkehl nog aanwezig, hij zat rechts van me op een stoelleuning, nog altijd dezelfde bezorgde pad. Het deel van zijn gezicht en nek dat door een kogel was doorboord, glansde van opwinding. (Het litteken scheidde een secreet af alsof een naaktslak over de bovenlip zijn neusgat was binnengekropen.) Hij staarde als verlamd naar Gehlens bureau. Daar lag een flinke stapel kranten. De koppen klonken als *Perry Rhodan*-pockets.

SOS UIT HET HEELAL – NAZIWETENSCHAPPERS WERKEN AAN DOODSSTER VOOR JODEN

WOLKEN BOVEN ISRAËL: DE KOMENDE NEGENTIG JAAR DOOR RADIOACTIEVE STRALING BESMET?

DUITSLAND LAAT ZIJN NATUURKUNDIGEN IN OPDRACHT VAN EGYPTE NAAR HITLERS KOSMISCHE BURCHTEN AFREIZEN

Ik overdrijf.

Maar zoiets was het wel.

'Dit is één grote nachtmerrie,' gromde Gehlen. 'U woont toch in Schwabing met die gekken? Kunt u ze niet een halt toeroepen?'

'Ik ben slechts liaisonofficier,' loog ik. 'De Mossad geeft me nauwelijks inzage in hun plannen.'

'Als die mediahetze niet stopt, sluiten we hun verblijfplaats. Dan gooien we het hele zootje eruit. Die krijgen uit Duitsland dan zelfs geen zakmesje meer geleverd. En Adenauer zal officieel protest aantekenen, tot de Verenigde Naties aan toe. Daar zitten we maar zó'n stukje vanaf.'

Hij wees het met duim en wijsvinger aan. Duim en wijsvinger zagen er stevig uit, ze hadden jarenlang de jol van de familie over de Starnberger See getrimd, maar ze trilden een beetje, een tijdje alweer, ook als ze een champagneglas of de traditionele sigaar vasthielden of zoals nu een stuk niets.

'Vertel dat die crimineel maar. En ik verdom het om nog een dooie academicus van welke straat dan ook te schrapen. Is dat duidelijk?'

'Dat is duidelijk, doctor.'

'Hoe kwam-ie nou ook op dat idiote idee?'

'Tja, we gaven hem de roze lijst.'

'Oké, maar welke zenuwpees heeft die aan hem gegeven?'

Sangkehl en ik keken de doctor met respect en bewondering aan. Hij was nu wel eenenzestig, maar oogde als eenentachtig. Uit zijn oren groeiden haren. Zijn handen lagen napoleontisch op zijn maagstreek. Sangkehl had zichzelf als eerste weer onder controle.

'Ik weet zeker,' zei Sangkehl op de hem eigen naïeve toon, 'dat het Heinz Felfe was geweest.'

'Felfe!' blies Gehlen giftig. 'Wat jammer dat je hem niet met benzine kunt overgieten en kunt aansteken. Een groot nadeel van het democratisch stelsel. Nu zit-ie in de bak en wacht op z'n dooie gemak de agentenruil af!'

'Voor ons allemaal een teleurstelling, die rechtsstaat!' zette Sangkehl nog eens aan.

'En dan zat-ie ook nog bij de ss!' tierde Gehlen. 'Je mag van alles van de ss verwachten, maar je eigen vaderland verraden? Aan de communisten? Verraadt die grapjas al zijn kameraden! Zelfs zijn president, die hem twaalf keer 's avonds bij hem op de thee heeft uitgenodigd. Hoe vaak was u op zo'n avond bij mij, Sangkehl?'

'Twee keer, doctor.'

'Dürer?'

'Eén keer.'

'Ziedaar! Felfe twaalf keer!'

We knikten begripvol.

'Hij heeft zelfs met mijn dochter gedanst. Ze was helemaal hotel-debotel. Zelfs het woord "huwelijk" zou zijn gevallen. Die ouwe ss'ers allemaal! Geboren verraders. Zat u niet ook bij de ss, Dürer?'

'De ss gooide me in de gevangenis, doctor.'

'Magnifiek. Echt magnifiek. Moet u horen. We sluiten de vaste verblijfplaats per direct. Vertel Repelsteeltje in Tel Aviv dat we hem sluiten.'

'Doctor...'

'Ja?'

'Dat gaat niet.'

'Hoezo?'

'De Mossad geeft ons vrij baan bij de Sovjets. Wij geven de Mossad vrij baan bij ons.'

'Vrij baan, prima. Maar wel zonder vaste verblijfplaats! En zonder roze lijst!'

'Als ik me een opmerking mag permitteren, doctor,' zei Sangkehl zacht kuchend, en ik was oprecht dankbaar dat deze toch zo eenvoudige ziel precies wist wanneer het serieus werd. 'Als de Israëlische geheime dienst niet langer informatie met ons deelt, als we dus niet langer inlichtingen uit de Sovjet-Unie krijgen, zal de Duitse regering op de middellange termijn in het Oosten blind zijn. Blind, doof en stom. We hebben nog minstens drie jaar nodig voor we een eigen vaste kern aan personeel hebben.'

'Onzin!' baste Gehlen. 'We kunnen onszelf niet met huid en haar aan de Israëliërs uitleveren.'

Hij deed een greep in de stapel kranten voor hem, hield met een vies gezicht een boulevardblad in de lucht en wapperde ermee. 'Hier staat dat de BND de Egyptenaren van gifgas voorziet. Ooit zal er staan: DE BND VERKOOPT ZIJN EIGEN GROOTMOEDER. Alleen omdat Felfe de roze lijst aan die Joden heeft gegeven. Wat heeft hem bezield?'

Geschokt door zo'n onmetelijk diepe afgrond van karakterloosheid ging Gehlen staan om een plaats te zoeken waar je vrij kon ademhalen, en hij vond die zoals zo vaak vlak voor zijn raam, waar hij bleef staan en zich lang maakte om naar het onstuitbaar uit de grond schietende BND-terrein te kijken.

'Verniel alles wat in het land van de vijand goed is! Zorg dat de vertegenwoordigers van de heersende klassen in misdadige operaties verwikkeld raken! Hol ook anderszins hun positie en aanzien uit! Lever ze over aan de publieke schande van hun medeburgers! Gebruik het werk van de laagste en afschuwelijkste mensen! Zet overal geheime verkenners neer! Nou, Sangkehl, wat denkt u, wie heeft dit gezegd?'

Sangkehl voelde onwillekeurig aan het vochtige litteken dat het schot door zijn gezicht en nek had achtergelaten en knipperde verrast met zijn ogen, zoals een schooljongen die naar de trigonometrische formule wordt gevraagd en daar niet op bedacht is.

'Wie dat gezegd heeft?' stotterde hij beduusd.

'Ja, wie heeft dat gezegd?'

'Dat zult u zelf wel zijn geweest, doctor.'

'Ik?'

'Niet?'

'Zou ik gezegd hebben: gebruik het werk van de laagste en afschuwelijkste mensen?'

'Nee?'

'Verdwijn uit mijn ogen, Sangkehl.'

'Zoals u wenst.'

Beteuterd kwam het afdelingshoofd overeind, hij had de hakken al bijna tegen elkaar geslagen, maakte een begin van een buiging en verdween rood als een tomaat door de deur naar buiten.

Het was me niet duidelijk of ik ook moest gaan of moest blijven. De doctor stond onbeweeglijk als silhouet voor het lichte venstercarré. Ik vatte moed en ging staan.

'U niet, Dürer.'

'Dank u.'

Dus blijven. Ik ging weer zitten.

Na een minuut waarin mijn emoties geen duidelijke keuze tussen angst, walging en medelijden konden maken, zei hij dat generaal Sun Tzu het juiste antwoord was geweest en of ik dat had geweten.

'Helaas niet.'

'*De kunst van het oorlog voeren*,' zei Gehlen, en hij knikte. 'Tweeenhalfduizend jaar oud. Klinkt als de actuele beginselen van de wereldwijde activiteit van communisten.'

Eindelijk was hij uitgekeken, keerde naar zijn bureau terug en nam erachter plaats. Hij tastte naar zijn zonnebril en zette hem op. Die maakte hem nog verwaander dan zijn blik al suggereerde.

'Oorlogsvoering berust altijd op misleiding. Als we dichtbij zijn, moeten we de vijand in de waan laten dat we ver weg zitten. Als we ver weg zijn, moeten we hem in de waan laten dat we dichtbij zitten. Hoe dicht zit u bij mij in de buurt, meneer Dürer?'

'Ik ben geen vijand.'

'Uw broer beweert iets anders.'

Angst. Ondubbelzinnig kozen mijn emoties voor angst, en ik probeerde er met een ontwapenende glimlach, die eerder een effect op mezelf dan op anderen zou moeten hebben, greep op te krijgen.

'Ja, mijn broer heeft ons allemaal weer eens verrast.'

'Hij heeft me een traktaat gestuurd. Wel vertrouwelijk, godzijdank.'

Hij voelde naast zich en trok met enige moeite een flinke map uit de dossierlade van zijn bureau. Hij legde hem op de kranten, die onder het gewicht knisperden. De map bevatte papieren, foto's en dossiers. Meer kon ik niet zien: de doctor plantte er zijn hand op.

'Hierin staan alle misstappen die u sinds uw geboorte hebt begaan. Hij denkt dat u voor de KGB hebt gewerkt.'

Ik perste er een smalend maar charmant lachje uit.

'Ik weet dat het nergens op slaat. Maar voor zover ik heb begrepen, wordt er binnenkort een aanklacht tegen uw broer ingediend. Oorlogsmisdaden in het Oosten. Hij heeft al bezwarende verklaringen over u afgelegd. We hebben een bron bij de recherche.'

'Mijn broer heeft me in een Gestapo-gevangenis gesmeten. Hij heeft me ter dood veroordeeld. Dat is de waarheid.'

'Wat waarheid is bepalen de winnaars, zegt Sun Tzu.'

'Doctor,' antwoordde ik, en ik formuleerde alle volgende woorden bedachtzaam, 'mijn broer is geen winnaar.'

'Hoe zit het met uw zus?'

'Wat bedoelt u?'

'Uw broer schrijft ook over uw zus. Uw vrouw. Zijn vrouw. Een inderdaad verbazingwekkende zus.'

'Zou ik eens mogen kijken?'

Gehlen reageerde niet. Ik zag in zijn zonnebril alleen de gespiegelde beweging van mijn arm, die op hem en de map toe zweefde, besluiteloos bleef hangen en zich weer terugtrok, als een adder die geen prooi ontdekt.

'Vindt u niet ook,' lispelde zijn plotseling vermoeid klinkende stem, die helemaal van de gebruikelijke scherpte leek te zijn ontdaan, 'vindt u niet ook dat we niet meer in evenwicht zijn?'

'In evenwicht?'

'Hè?'

'Wie bedoelt u? De firma?'

'De hele wereld. De moraal. Wat goed is en wat slecht is. Niets is meer wat het was, dat kunt u toch niet ontkennen?'

Ik had geen idee wat met 'evenwicht' kon zijn bedoeld en ik wist evenmin wat ik aan moest met de diepe zucht die aan Gehlens keel ontsnapte, zuchten slaken paste niet bij de zonnebril en het smalle snorretje boven de streep van zijn mond, die nog geen millimeter openstond om de zuchten naar buiten te laten.

'Klopt het,' hoorde ik na nog twee keer zuchten, 'klopt het dat mevrouw Himmelreich sinds kort bij het Instituut voor Hedendaagse Geschiedenis werkt?'

Dat kon ik niet ontkennen.

'En dat ze onder haar Joodse naam, dus die van u, materiaal voor... naziprocessen gereedmaakt?'

Ook dat strookte met de feiten.

'In hemelsnaam, Dürer, is ze communist geworden of zo?'

'Nee, mijn vrouw is historicus geworden, een historicus die ook mij af en toe versteld doet staan, maar politiek is ze volstrekt neutraal.'

'Historicus? Uw broer schrijft dat ze helpt bij het onderzoek tegen hem.'

Dat kon ik me met de beste wil van de wereld niet voorstellen, en dat zei ik ook zo tegen de doctor.

24

In werkelijkheid wist ik natuurlijk precies wat er met 'evenwicht' bedoeld was.

Ev bereidde veel materiaal voor naziprocessen voor, maar wel het liefst van het soort dat Hub in het ongeluk stortte. Dat heb ik u nog helemaal niet verteld, beste swami, ik vergat het uit schaamte of nalatigheid of vanwege uw opmerkelijke gebrek aan belangstelling.

Ev had een baan als dossierbehandelaar bij het gerenommeerde Instituut voor Hedendaagse Geschiedenis kunnen bemachtigen. (Een door de Mossad gewaarmerkte studie geschiedenis en een neppromotie aan de Universiteit van Tel Aviv hielpen erbij.) Daardoor kreeg ze toegang tot talloze nazibronnen, reisde veel (o, wat hield ze van reizen) en nam uit de hele wereld archiefmateriaal, processtukken, getuigenverklaringen en foto's mee. Pijn en pijnstillers in een.

Alles moest naar Israël gestuurd, daar geregistreerd, gearchiveerd en geanalyseerd worden.

De toevloed van materiaal kon men in het hoofdkwartier van de Mossad slechts met de aanstelling van extra wetenschappelijk medewerkers de baas. Door personeel ontstaan afdelingen, en door afdelingen ontstaan afdelingshoofden, en dat waren soms zelfs vrouwen. Kolonel Harel had Ev ondertussen in elk geval benoemd tot hoofd van Instantie NS-01, zoals de afdeling voor ontsnapten heette. Natuurlijk moest ze vaak naar Tel Aviv, maar ze bracht in Duitsland haar dagen vaak door met de voorbereiding van processen, waarvoor ze uit haar documenten en haar bibliotheek van welhaast Alexandrijnse proporties kon putten.

Ik weet dat boeddhisten (als ik u gemakshalve een boeddhist mag noemen) niet in juridische discussies geïnteresseerd zijn. En al helemaal niet in rechtspraak. Wanneer je bij jullie iets fout doet, halen ze je karma door het slijk en ben je, bam, voor je het weet een krekel. Dat is dus jullie idee van 'evenwicht'.

Maar u moet het zo zien, swami Basti: de procureur-generaal in Berlijn bereidde destijds het grootste proces voor dat er in Duitsland zou komen, het proces tegen het Reichssicherheitshauptamt, dat van duizend zeer gerespecteerde burgers in deze republiek in één klap duizend krekels kon maken.

Om deze karmische transformatie het hoofd te bieden liet het Openbaar Ministerie een complete vleugel van het paleis van justitie in Moabit ontruimen. De begane grond kreeg een stroom van honderdvijftigduizend dossiermappen te verwerken. In de twee etages die overbleven namen elf officieren van justitie, drieëntwintig politieagenten, achttien gespecialiseerde justitieambtenaren en secretaresses, vier chauffeurs en koeriers, twee stenotypistes en vier raadgevende historici hun intrek.

'En ik ben een van die historici,' had Ev gezegd.

'Jij bent geen historicus,' riposteerde ik. 'Jij bent een oplichter.'

'Dat ben ik niet.'

'Je weet niet eens wat de *Reichsdeputationshauptschluss* was.'

'Wat is de Reichsdeputationshauptschluss?' vroeg ze op een toon die de Reichsdeputationshauptschluss met het Reichssicherheitshauptamt verwarde.

'Zie je? Je zult door de mand vallen. Het wordt allemaal verschrikkelijk gênant, schat.'

We hadden over strategieën en tactieken geruzied, want de procedure tegen het Reichssicherheitshauptamt, waaraan Ev met haar archief van ontsnapten een bijdrage leverde (door getuigenverklaringen uit Israël, door interviews met overlevenden in München, door daderprofielen op te stellen en dossiers te schiften), had ook met mijn karma van doen.

Ik had daar, dat weet u immers, al duizend jaar eerder gewerkt, in dit labyrintische, niet ver van Haus Vaterland gelegen en door meneer Heydrich bestuurde Reichssicherheitshauptamt, dat iedereen gewoon DE DIENST noemde.

Van de bureaus van deze instantie had elementair dukkha zijn weg naar buiten gevonden. DE DIENST had de slachthuizen verzonnen en met dukkha uitgerust. DE DIENST had de kalveren getransporteerd en naar dukkha gebracht. DE DIENST had dukkha-techniek, dukkha-rechtsvormen, dukkha-bureaucratie in het leven geroepen en coördineerde het allemaal. DE DIENST sprak met de Wehrmacht, belde met het ministerie van Buitenlandse Zaken, concipieerde de paradijselijke vermomming en het personeelsplan dat van de slachters Eichmanns en van de Eichmanns de solidaire kantoorgemeenschap maakte, zodat geen spoor meer van dukkha te zien was, alleen nog bij degenen die mediteerden, natuurlijk, maar ik kan u wel verklappen dat er bij de ss bitter weinig werd gemediteerd.

Ev wilde het Reichssicherheitshauptamt met al zijn fenomenen – de bureaus, de bureaustoelen, de schrijfmachines, de speciale troepen, de concentratiekampen en de individuen – zichtbaar maken.

Het enige waar ik me zorgen over maakte, was dat ikzelf hierbij ook zichtbaar kon worden gemaakt.

'Schat, je hebt immers niets gedaan,' probeerde Ev me gerust te stellen. 'Ik heb nergens ook maar één verwijzing naar jou en DE DIENST ontdekt.'

'Heb je dan naar informatie gezocht?'

'Het zal niet over jou gaan, geloof me.'

'Maar het zal wel over Hub gaan.'

'Ja,' zei ze somber. 'Het zal wel over Hub gaan.'

Hoe leg je aan een boeddhist, en nog wel een onorthodoxe mengelmoes-hindoeboeddhist als u, het Duitse strafrecht uit? Het is voor niet-boeddhisten al moeilijk te begrijpen. In elk geval richt het zich niet op het principe van inzicht en zelfkritiek, swami, dat kun je wel zeggen. In het Duitse strafrecht spelen reïncarnatiestraffen ook maar zelden een rol. Het zoekt geen dolende ziel die voor straf in het lichaam van een rat kan worden opgesloten. Maar het wil een dader hier. En nu. In het ruimte-tijdcontinuüm. Zo snel mogelijk.

En wie zo'n dader is. Wat hij is. En waarom. Dat valt ook niet gemakkelijk uit te leggen.

In dit verband vertel ik u nu een keer in de eenvoudige woorden van een niet-jurist iets wat er echt toe doet: voor het Duitse strafrecht is de dader van een daad hij-die-er-groot-belang-bij-heeft.

Het is niet nodig dat hij-die-er-groot-belang-bij-heeft de daad ook zelf heeft gepleegd. Hij die hem gepleegd heeft kan, voor zover hij hem onbaatzuchtig en onwetend en dus zonder er groot belang bij te hebben heeft gepleegd, van elk type verwijt worden vrijgepleit. Hij is dan niet meer dan een medeplichtige. Een hulpkracht van hij-die-er-groot-belang-bij-heeft.

Deze juridische interpretatie, beste swami, is voor alle nazi's in dit land een godsgeschenk. Want hierdoor zijn Adolf Hitler, Heinrich Himmler en Reinhard Heydrich, kortweg Hihihey genoemd, ook daadwerkelijk de-enige-drie-die-er-groot-belang-bij-hebben, dus de aanstokers.

De door Hihihey aangestokenen daarentegen, die in de speciale ss-troepen of in Auschwitz en vooral natuurlijk in DE DIENST heel simpel alleen als medeplichtigen waanzinnig hebben geholpen (want dat zit immers al in het woord 'medeplichtige', dat je met al je plichtsbesef ondersteuning biedt), waren welbeschouwd onbaatzuchtige idealisten die zichzelf tegenover de verbaasde Duitse rechtbanken bijna als boeddhisten presenteerden, want iets wat nog minder uit eigen belang, nog minder met een eigen wil, nog minder zonder enige persoonlijke laagheid handelt dan ss-doodskopcommando's, dat kon eigenlijk niet bestaan.

De miljoenen door hen vermoorde Joden werden daarom, geheel in de traditie van het Duitse strafrecht, beste swami, uitsluitend vermorzeld door goedwillende boeddhisten (en door niemand anders), die genoeg hadden van hun eigen manier van doen en niet alleen nooit hadden willen doen wat ze hadden gedaan, maar er eigenlijk ook sterk op tegen waren geweest. (Maar goed, zoals gezegd waren de wil en het erop tegen zijn natuurlijk geen deel van henzelf, precies zoals de verlichte Siddharta het aan de wijze voorstelt.)

Als daarom voor de rechter niet met honderd procent zekerheid kon worden bewezen dat je uit volle overtuiging en met de grootst mogelijke geestdrift kelen doorgesneden of Joodse kinderen verdronken had, ontkwam je aan vervolging, zelfs wanneer je in een slecht geleid concentratiekamp hier of daar in de verleiding was gekomen om kelen door te snijden of kinderen te verdrinken, zolang je het dan maar uit pure hulpvaardigheid jegens de Hihiheys en niet voor de lol had gedaan.

Zelfs bij het Rode Kruis vond je niet zoveel hulpvaardigheid als bij de gebenedijde Schutzstaffel (die nou eenmaal was bedacht om te beschermen, daarom heette die zo). Het gevolg was dat onder de Hihiheys en boven het treurige radicale uitschot geen mensen overbleven die zin in dukkha hadden gehad.

'Dit inzicht wordt nu wel anders,' juichte Ev, en hier zijn we op het punt beland dat heeft te maken met hun begrip van 'evenwicht'. 'Met dit proces kunnen we iedereen die met praatjes over kantoorwerk komt aanzetten van repliek dienen. Alle relaties worden blootgelegd. Daarom moet DE DIENST in de beklaagdenbank. Dan heb je geen hulpkrachten meer. Dan kan van je collega's worden aangetoond dat ze wisten wat ze deden.'

Met woorden van die strekking viel ze 's avonds gewoonlijk in slaap, dikwijls nog met een beker yoghurt in de hand en de yoghurtlepel in de mond, die ik er, terwijl ze zachtjes snurkte, voorzichtig als een thermometer uittrok, opdat ze haar gehemelte niet zou bezeren. Daarna liet ik me behoedzaam uit ons bed glijden, waste de lepel af, gooide de beker weg en ging dan niet meer bij haar liggen, want ik wilde niet door haar beginnende, zich in haar slaap versterkende zelfmoordstemming worden besmet.

Overdreven ijver heeft altijd de bijsmaak van neerslachtigheid – dat had papa al gezegd, die mama's ijver (ten aanzien van het appelhosanna, bijvoorbeeld) treurig, verderfelijk en dom vond, ja, als een van de doodsoorzaken van onze Großpaping zag.

Ik liep de trappen af, langs de vredig dromende Kidon-regelaars, verliet onze vaste verblijfplaats en voelde me nadat ik de deur achter me had dichtgetrokken al meteen een beetje beter.

Toen ik over de uitgestorven Münchener Freiheit wandelde – warm waren de nachten en welriekend de linden – kon ik alweer met Anna discussiëren.

Dat zou in onze slaapkamer absoluut niet hebben gekund, want als het af en toe toch gebeurde, dacht Ev altijd dat ik hardop met mezelf aan het praten was.

Wat een flauwekul.

Niets was bevrijdender dan door het nachtelijke Schwabing te slenteren en met mijn dochter de conflicten te bespreken die tussen haar moeder en mij smeulden. Anna keurde Evs fixatie op het jachtinstinct af. Mama is net een jack russell, verzuchtte ze: een vogel in de struiken, een konijn in het kreupelhout en weg is ze. Waar heb je geleerd hoe een jack russell zich gedraagt, vroeg ik haar op zo'n moment. Maar dan kapittelde ze me, ze wilde niet meer als een kind worden behandeld. En ja, zij was het die me duidelijk maakte dat mama vroeg of laat in dit of dat dossier op Hub zou stuiten, op haar vader in de onverklaarbare graad, pseudopapa noemde ze hem, misschien om me een klein plezier te doen.

En als mama pseudopapa door de mangel zou halen, zou het slecht aflopen.

Dit schoot me allemaal door het hoofd toen ik tegenover generaal Gehlen zat en voor het eerst van de Chinees Sun Tzu hoorde, bovendien over het traktaat van mijn broer vernam, dat in een dossiermap op het bureau van de doctor lag in afwachting van verdere behandeling, en ten slotte nota nam van de inspanningen van mijn zus om Hub vanwege zijn betrokkenheid bij DE DIENST koste wat het kost te vernietigen.

De doctor slaakte alweer een grimmige zucht, boog voorover, pakte met beide handen de map en hield hem omhoog, als een veilingmeester die hem aan de hoogstbiedende kwijt wil.

'Uw broer krijgt een fatsoenlijk pensioen van ons. Als tegenprestatie neemt hij stilzwijgen in acht. Stilzwijgen, Dürer. Dat is de afspraak. Met zoiets als dit schendt hij de afspraak.'

De map belandde met een hoge boog in de prullenbak, die echter niet gemaakt was voor dit zware geval, zodat die samen met zijn last omviel. Een paar vellen gleden eruit en verspreidden zich over het tapijt. Ertussen zat een foto. Ik zag Koja en Hubsi arm in arm in Riga, medio jaren twintig. Voor hun gesteven witte overhemden was een kleine hakenkruisvlag gespannen, vastgehouden door onze zus, die achter ons stond, precies in het midden achter ons, haar kin rustend op Hubsi's schouder, de punten van de vlag met haar mooie Baltische vingers omklemmend – iedereen grijnsde zo ongelooflijk jong in de camera. En de ogen. Ogen die met het reinste geluk gewapend leken.

'U woont in München onder een valse naam, Dürer. Onder het dak van een instituut waarover u inlichtingen moet inwinnen. Uw broer mag u niet nog meer in gevaar brengen. We hebben hem dat verteld.'

Hij richtte zich op, hervond zijn oude arrogantie en reikte me over de tafel een visitekaartje aan.

'Dit hier is de advocaat die hij in de arm heeft genomen.'

Ik bekeek het kaartje.

'Misschien dat u een keer met hem kunt praten.'

Ik tuurde nog steeds naar het kaartje.

'Sneiper, heet-ie. Kent u de ijdeltuit?'

25

Bij de naam Sneiper toont de hippie iets van een reactie.

Het verbaast hem hogelijk deze naam weer te horen, en in zijn verbazing weerspiegelt zich de mijne.

Hij laat zijn potlood, waarmee hij me als worst probeert te tekenen, vallen.

Hij kan alleen nog bibberige lijntjes tekenen. Zijn bewegingen zijn als die van iemand die net gevallen is. Zijn mond staat open. Veel aan hem doet me denken aan papa in zijn rolstoel, ook zijn ongeveinsde belangstelling voor nieuwe vrouwen.

'Koowlamba.'

'Wablief?'

'Koowlamba mullsien.'

Ik weet bij god niet wat de hippie wil zeggen, met een tong die een paar dagen geleden nog als vloeibaar lood in water leek te zijn gestold. Maar hij wijst op de knappe jonge leerling-verpleegster die een paar stappen naast ons de palm op de gang afstoft. Ze heet zuster Sabine en is pas kort op onze afdeling. Ze wordt door nachtzuster Gerda ingewerkt. In tegenstelling tot nachtzuster Gerda is leerling-verpleegster Sabine heel verlegen, en heel verlegen loopt ze naar ons toe, raapt het potlood van de hippie van de vloer en geeft het aan mij. Ze raakt de hippie niet graag aan, die soms last heeft van spontane erecties als ze te dicht bij hem komt. (Ze ruikt heel lekker, misschien daarom.)

'Waarom wordt Basti eigenlijk niet geopereerd?' vraag ik zuster Sabine terwijl ik het potlood aan de hippie teruggeef.

'O, hij staat bovenaan de lijst,' fluistert ze vriendelijk. 'Maar u weet, bij een ziekenfondspatiënt, nou ja.'

'Maar iedereen ziet toch wat hem mankeert. Hij kan amper nog praten. Hij kan amper nog lopen.'

'Dat moet u eerlijk gezegd aan de artsen vragen. Waarschijnlijk gaat het gewoon nog te goed met hem. Hij begrijpt alles nog wel.'

'Koowlamba mullsien, hms Schneiba?'

'Wat zegt u, swami?'

'Hms Schneiba?'

'Sneiper?'

'Schneiba, joa.'

Ik draai me om naar leerling-verpleegster Sabine, die echt ongelooflijk knap is. Zoals Botticelli's *Primavera* staat ze daar, de voor de Florentijn zo kenmerkende, nerveuze zachtheid op het wat dommige gezicht, terwijl ze de stofdoek als een bosje vers geplukte mirtentakjes in haar hand houdt.

'Volgens mij is Basti erg op u gesteld, zuster Sabine,' zeg ik. 'Maar hij wil nu graag met mij over iemand spreken, over een gezamenlijke kennis om zo te zeggen. En hij vraagt om begrip dat dat onder vier ogen gebeurt.'

'Natuurlijk, sorry.'

Ze maakt zich geschrokken uit de voeten. Ik kijk haar na, hoe ze door de lange gang zweeft en haar geur met haar meeneemt, in heel haar naaktheid. (Jeugd is immers altijd de naaktheid zelve, iets waar je dwars doorheen kunt kijken, terwijl geen mensenoog door de ouderdom heen kan dringen.)

26

Het Münchense advocatenkantoor van doctor Sneiper lag in de Franse wijk, niet ver van de Orleansplatz. Het imposante, vijf verdiepingen tellende gebouw ten westen van het plein had een theatrale barokfaçade die pas was geverfd.

Op de begane grond was een Frans restaurant. Een ober keek me met vriendelijke kikkerogen aan, de geur van zijn late gast opsnuivend. Op het bord met namen beneden las ik: *Dr. Sneiper, Mancelius, von Leyden & partners, 2e verdieping. Gelieve lift te gebruiken.*

De deur boven zag eruit als de met de hand gesneden entree van een Genuees vorstenpaleis, maar deze kon je heel eenvoudig met een druk op een zoemer openen. Hij gaf toegang tot een naar verse chrysanten geurende wachtruimte met helemaal niet meer zo verse chrysanten, groene leren stoelen, een stuk of wat tijdschriften (*Jagd & Hund*, *Die Yacht*), een verchroomde luxe asbak en het ten onder gegane Balticum aan de muur. De kaart van de Russische Oostzeeprovincies (Meyer-Verlag, 1892) glansde achter glas in een vergulde lijst, vlak ernaast hing een gravure van Riga. Zelfs de opgewekte secretaresse kwam uit Goldingen, zoals ze me direct vertelde; aan het kettinkje om haar hals hing een stukje barnsteen, het traditionele sieraad van Baltische jongedames.

Erhard Sneiper ontving me twee deuren verderop in de bescheiden ambiance van de biedermeiertijd. Het tapijt alleen al was een vermogen waard, het grote bureau was verrassend modern en had een gelamineerd mintgroen blad. We gaven elkaar een hand zoals twee heren uit Riga elkaar een hand geven. De lambrisering paste goed bij zijn frisse teint, het gevolg van flinke wandeltochten door de Alpen. Het jezuïtische aan hem leek nog nadrukkelijker aanwezig te zijn dan vroeger, omdat hij er anders dan ik geen grammetje vet bij had gekregen, alleen alerte energie en brutaliteit. Wanneer ik ooit een meedogenloze advocaat nodig zou hebben, dan zou ik hem nemen.

'Ga zitten, Koja. Ik ben blij dat je gekomen bent.'

Ik vroeg me af of de zilveren manchetknopen die uit de mouw van zijn colbert piepten inderdaad kleine doodskoppen waren, zoals het van een afstandje leek. (Maar het waren vlinders, wat ik bij het afscheid zag.)

We keuvelden een beetje over hoe snel de tijd ging, het Franse restaurant beneden, dat voortreffelijke kikkerbilletjes serveerde, en de plezierige omgeving, die naar succesvolle veldslagen in Frankrijk was vernoemd: Orléans, Balan, Lotharingen, Metz, Parijs, maar ook Woerth-Froeschwiller in de Elzas, waar de Pruisische kroonprins ooit een complete Welshe kurassiersbrigade had afgerost. 'Afgerost,' zei Erhard, om het oude corpsledenjargon weer tot leven te wekken, maar daarmee maakte ik met wat brokken Jiddisch korte metten.

Ten slotte vroeg mijn oude *Volksgruppenführer* me of ik cola wilde, en omdat ik beduusd met mijn ogen knipperde, vertelde hij me dat hij alleen nog maar Coca-Cola dronk – je voelde je daarna altijd fris en monter – en toen keek ik toe hoe hij dat deed en wilde weten of hij me nog voor iets anders nodig had, want heel veel tijd had ik niet.

'Je broer is woedend op je.'

'Ik weet het. En hij heeft Evs kind gedood.'

Ik zag dat er in zijn ogen een droevige glans kwam te liggen.

'Het is toch ontzettend verdrietig dat broers niet op een welwillende en inschikkelijke wijze met elkaar kunnen omgaan. Vooral ook omdat Hub heel veel voor je heeft gedaan.'

'Ik weet wat hij voor me heeft gedaan. En ik weet ook wat hij niet voor me heeft gedaan.'

Ik wist ook wat hij niet voor Erhard had gedaan; hij had namelijk zijn pik niet omwille van Erhard bij Erhards vrouw weggehouden, maar aan die Ev Sneiper wilde ik niet ook nog denken op deze dag, waarop zelfs de zon zich nog even liet zien: het was immers zomer, dat vergat ik te zeggen.

'Ze hebben Hub volkomen onterecht aangeklaagd. En zijn woede en teleurstelling daarover hebben hem er helaas toe verleid jou te beschuldigen.'

'Als-ie nog een keer zoiets flikt, vilt Gehlen hem levend.'

'Laten we het alsjeblieft beschaafd houden,' zei Sneiper verwijtend en vriendelijk tegelijk. 'Hub heeft een fout gemaakt. Ik probeer hierin voor jullie allebei de juiste weg te vinden.'

Zijn stem kreeg de zalvende advocatentoon die de indruk wekte dat advocaten colofonium in het strottenhoofd hebben zitten, waarmee ze altijd op precies het juiste moment hun stembanden smeren.

'En wat is dat dan voor een weg?' vroeg ik zo ongesmeerd mogelijk.

'Een gezamenlijke weg.'

'Laat me niet lachen.'

'Het Auschwitzproces in Frankfurt heeft een hoop opzien gebaard. Sindsdien proberen linkse Duitse parketten bepaalde dadergroepen te construeren. Alleen daardoor zal het voor jullie een gezamenlijke weg worden.'

'Dat wat Hub heeft gedaan, heb ik niet gedaan.'

'Hij zal in het Riga-complex worden vervolgd omdat hij in een bepaalde periode in een bepaald bureau in Riga zat. Net als jij.'

'Ja, maar ik heb daar Letse kunsttentoonstellingen bezocht, Erhard. Geen massamoorden.'

'En dan heb je nog dat andere proces. Ik weet niet of je erover hebt gehoord. Ze maken er een enorme vertoning van. Het draait om het Reichssicherheitshauptamt. Ons Reichssicherheitshauptamt.'

'Míjn Reichssicherheitshauptamt was het in elk geval niet.'

'Een werkelijk beschamend gebeuren. Volstrekt onschuldige mensen moeten daar vernietigd worden. De fine fleur van onze maatschappij.'

Ik schonk hem het flauwste glimlachje dat hem ooit deelachtig werd, maar hij negeerde het grootmoedig.

'Het is een politiek proces, Koja. Als het zover komt, staat de poort wagenwijd open voor een communistische aardverschuiving in dit land. Zelfs mensen als ik zullen niet veilig zijn, hoewel ik als openbaar aanklager in de oorlog op basis van recht en orde heb geoordeeld.'

'Waar ben je op uit, milddadige Erhard?'

'Is jouw-vrouw-die-ooit-ook-mijn-vrouw-was in deze kwestie niet uitermate betrokken?'

'Ja,' zei ik, 'Ev kan niet wachten tot het proces tegen JOUW DIENST begint.'

'Zie je nou. En daarom hebben we je hulp nodig.'

U zult wel begrijpen dat ik opeens dolgraag een glas Coca-Cola in mijn hand had gehad. Maar ik vroeg er niet om, want dan had ik het uitgestort boven het hoofd van deze man, die me beschaafd en geestdriftig vertelde dat pacificatie van een volk altijd een hoger rechtsgoed was dan verzoening en dat sinds de Vrede van Westfalen elke keer weer een punt kon worden gezet achter de minder fraaie dingen die met Dertigjarige Oorlogen gepaard gingen.

Ik zei dat ik zeker niet zou helpen. Hem niet en mijn broer niet, of welke voortreffelijke personen dan ook. Voor niemand kon ik iets doen. Noch voor iemand die vermoord was. Noch voor de aanstoker van de moord. Noch voor een medeplichtige.

'Wel,' antwoordde Erhard, 'misschien ben je niet zo op de hoogte van de juridische finesses van dit onderscheid.'

'O, zeker wel, absoluut. Je hebt mensen die zijn vermoord. Je hebt aanstokers van moord. En je hebt medeplichtigen. Maar moordenaars, die heb je natuurlijk niet.'

Voor ik erop bedacht was, legde Erhard een stapel papieren op tafel, en omdat ik vertrouwd was met zo'n situatie – ik had al vaak aan het bureau gezeten van iemand die me vijandig gezind was, waarbij me dan altijd weer levens veranderende documenten werden toegeschoven – had ik al zo'n vermoeden dat er iets vreselijk onaangenaams op me afkwam.

Maar als ik had geweten wat me in samengebalde vorm te wachten stond, beste swami, dan had ik beslist niet dit schaapachtige, naïeve, zelfverzekerde en neerbuigende bakkes opgezet, dat ook helemaal niet paste bij de papieren die ik te zien kreeg.

Ik las de beëdigde verklaring van Finnberg, Emil, in het vooronderzoek naar Solm, Konstantin:

Zoals ik reeds in mijn verhoor van 10 mei 1960 deel X blad 906 heb verteld, was ik tussen medio juli 1941 en eind maart 1942 in Riga. Konstantin Solm heb ik in deze periode als een van de wreedste en radicaalste Jodenvervolgers van het hele commando leren kennen.

Ik las de beëdigde verklaring van Haag, Edmund:

Obersturmführer Solm, Konstantin, meldde zich altijd vrijwillig om, in zijn woorden, 'aan het voorste front van de rassenstrijd' te kunnen deelnemen aan indien mogelijk alle executies van Joden.

Ik las de beëdigde verklaring van Hase, Robert:

Solm, Konstantin, was destijds 28-32 jaar oud, slank, smal- noch breedgeschouderd, groter dan gemiddeld (ca. 175-180 cm). Ik kon me Solm ook daarom nog zo goed heugen omdat hij altijd onder de sparren zat te tekenen, vooral sparren. Bij een massa-executie in augustus 1941 zag ik dat Solm een ongeveer driejarige jongen uit de armen van zijn moeder rukte, hem in de lucht gooide en met zijn bajonet opving. Hij zei altijd dat je zuinig met kogels moest zijn.

Toen werd het me te veel.

Erhard Sneiper had tactvol in een Porsche-catalogus zitten bladeren, spelend met de gedachte, zo leek het, om een sportwagen aan te schaffen.

Ik hoorde dat de verklaringen die ik over mezelf las geen van alle ooit in een proces hoefden te worden gebruikt. Ze waren op schrift gesteld door kameraden van mijn broer die zich niet als kameraden van mij beschouwden. Het waarheidsgehalte was misschien verwaarloosbaar klein, maar dat gold niet voor het effect op federale juryrechtbanken.

Ik vertelde Sneiper dat er helemaal geen Koja Solm meer was.

'Ja, dat heeft je broer me al verteld. Je heet nu Himmelreich, Jeremias, toch?'

'Zo is het. Koja Solm is dood.'

'Die is pas dood als je broer dat ook vindt.'

'Hub heeft een duidelijke dienstinstructie dienaangaande.'

'De BND heeft hem laten vallen. Om instructies van de BND maalt hij niet.'

'Geloof me, het is een slecht idee om ruzie met de regering te maken, Erhard.'

'O ja, staat nu opeens de regering achter je, kleine Jood?'

In zijn ogen was een bijna wellustige glans te zien. Zou iemand zijn hoofd al eens als een ei tegen het bureau met het mintgroen gelamineerde blad hebben geslagen, vroeg ik me af, maar ik gaf geen kik.

'Laat ik het zo zeggen, Koja,' zemelde mijn ex-zwager op sussende toon, 'je broer wacht beneden in dat uitmuntende Franse restaurant op ons. Laten we nu maar naar beneden gaan en een gesprek voeren zoals het Baltische heren betaamt.'

En dus zag de ober met zijn kikvorsogen, de man die me een halfuur eerder zo vriendelijk en hoopvol had toegeknikt, me opnieuw. Zijn vriendelijkheid verdween op slag, want ik dronk niets en ik at niets, terwijl Erhard zijn geliefde Coca-Cola en coq au vin bestelde. Aan de wand links van me hing Jeanne Moreau zoals ze door *Ascenseur pour l'échafaud* dwaalt. Naast mijn rechterelleboog was de linker van Hub. We hadden allebei onze ellebogen op tafel gezet, en niemand van ons wilde ze als eerste van tafel halen, hij al helemaal niet, want zijn linkerarm was van kunststof.

'Vrienden, ik kan me hier straks niet meer vertonen. Niet-eters worden niet geduld. Neem dan ten minste een beetje foie gras.'

Niemand zei iets. Hub had in elk geval nog een glas whisky naast zijn armprothese staan.

'Oké. Ik doe een voorstel om alles in der minne te schikken.'

Sneiper pikte met zijn servet een kruimeltje witbrood van zijn lip.

'Hub, jij laat Koja voortaan met rust. Geen aantijgingen meer. Geen idiote brieven meer. Geen Koja Solm meer. Leve Jeremias Himmelreich.'

Hub reageerde niet, maar keek me strak van opzij aan.

'En jij, Koja, gaat de Beweging voor een Algemene Amnestie helpen.'

'De wat?'

'Vooraanstaande personen in dit land streven naar een algemene amnestie voor iedereen die in de oorlog actief was. Dus ook voor hen die zich vanuit het perspectief van de winnaars wellicht niet altijd even fijnzinnig hebben gedragen.'

'Ja, en?'

'De heren is er veel aan gelegen dat er nooit een proces tegen DE DIENST wordt gevoerd.'

'Dan kan ik niets doen.'

'Je kunt een hoop doen, Koja. Je kunt ons diverse documenten van je vrouw bezorgen. Diverse documenten van de BND. Diverse documenten van de Mossad.'

'Diverse documenten voor opname in een gesticht, die heb je zo te zien harder nodig.'

'Je broer zegt dat je onder je nieuwe naam in een huis met Joden woont. Is dat zo?'

Dat kan toch niet waar zijn, dacht ik, dat ik op zo'n brutale manier tot iets gedwongen word. Ik draaide me om naar Hub respectievelijk zijn plastic arm.

'Je hebt geen idee,' stootte ik uit, 'wat er gebeurt als je zulke dingen rondbazuint.'

Hub haalde zijn ellebogen van tafel, greep met de hand waarmee hij was geboren in zijn jaszak, haalde een revolver tevoorschijn en richtte die op mij.

'Hub, doe geen domme dingen,' riep Sneiper geschrokken.

Jaren eerder, toen papa een poging had gedaan eerst ons en daarna zichzelf door het hoofd te schieten maar door zijn weifelachtigheid faalde, had hij het zilverachtig lokkende wapen in de handen van mijn broer gedrukt, en pas nu herinnerde ik me dat hij, mijn engel en eeuwige steun en toeverlaat, toen al had ervaren hoe het is om niet alleen in de loop van een geladen Smith & Wesson No. 3 (Russian Model) te kijken, maar ook te láten kijken, want dat liet hij me. Er had niets kwaadaardigs in zijn blik gelegen, alleen een mij bevreemdende nieuwsgierigheid, die nu, veertig jaar en tientallen executies later, was uitgedoofd, en ik werd me ervan bewust dat wat er dadelijk ook zou gebeuren, hij berouw noch wroeging zou kunnen voelen, want hij was al nooit ontvankelijk geweest voor gevoelens waarvan de bron in het verleden ligt.

De ober kwam nieuwe bestellingen opnemen, maar bleef abrupt staan toen zijn kikvorsogen het tafereel aanschouwden.

Hub wenkte hem echter, stak de revolver weer in zijn zak en vroeg doodgemoedereerd of de ober zo vriendelijk zou willen zijn om hem en zijn broer een appel te brengen, een rode als het kon.

27

Mijn eerste gang was naar Ev.

Ik wilde haar alles vertellen.

Helaas was ze een paar weken eerder verliefd geworden op haar psychiater, een nog jonge man van eind dertig die uitgerekend ík haar had aangeraden. Een van onze Kidon-mensen was door hem van zijn angstneuroses genezen. 'Een fantastische arts,' had de regelaar gezegd, 'heel invoelend. Ik schiet weer met een volkomen gerust geweten.'

Toen Ev het me op een avond opbiechtte, lag ze in mijn armen. Ik sloot mijn ogen en klemde mijn bevende kaken boven haar hoofd op elkaar om mijn opwellende tranen te onderdrukken. Ze draaide haar gezicht naar me toe om me te verzekeren dat het niets met mij had te maken, maar uiteraard had het wel met háár te maken, met de psychiater en met alle andere onvolkomenheden in deze wereld.

Anna werd een belangrijke steun voor me in deze moeilijke tijd.

Ze antwoordde altijd als ik haar riep, sprak in melodieuze zinnen, stelde me gerust, verzocht me om niet te vragen hoe haar relatie met mama was. Ze zei dat haar moeder op grote schaal morfine in haar hersenen moest aanmaken om geluk te ervaren en het verlies te verzachten dat haar door haar afscheid, door Anna's afscheid dus, pijn deed.

'Ik kan niet met mama praten, papa. Dat lukt alleen met jou. Ik bereik haar niet. Misschien moet ze door een pik worden bereikt.'

Ik zei ontstemd dat ze niet zulke vulgaire taal moest uitslaan als ze het over haar moeder had. Ze verontschuldigde zich onmiddellijk, maar ik dacht: waarom zou ze het eigenlijk niet over pikken mogen hebben? Ze woont immers in mijn hoofd, ziet wat ik zie, hoort wat ik hoor en is toch al van alles op de hoogte: van al mijn lichamelijke ongemakken, mijn vernauwde plasbuis, mijn pijnlijke rug, de consistentie van mijn ontlasting. Ooit weten je kinderen dat gewoon, als je maar oud en broos genoeg wordt – of als ze eerder overlijden dan jij.

Ik was echter verbaasd hoeveel kennis Anna over relatievraagstukken bezat. Paarvormend gedrag, intimiteit, filmavondjes met z'n tweetjes, jaloezie. Er was niets waarover we niet konden praten.

'Jullie hebben een broer-en-zushuwelijk gehad, papa,' zei ze wijsneuzig. 'Mama is weer in staat een jonge minnaar te kiezen. Dat wil zeggen, haar depressie wordt minder. Is dat niet briljant?'

Ik moest toegeven dat je dat in meerdere opzichten absoluut briljant kon noemen.

'Laat haar dus weer gewoon leven, papa. Gun haar toch gewoon die kleine psychiater.'

Hij heette David Grün, was een Schindler-Jood, had een dure praktijk in de wijk Lehel en koesterde een sofa met een, zoals duidelijk werd, voor bijslaap uitstekend geschikte topografie. Ev ging er op een dag heen omdat ze de belangrijkste mechanismen van haar neerslachtigheid wilde leren doorgronden. Tijdens de eerste sessie zei ze dat echter nog niet, maar legde ze aan David Grün uit dat ze zich heen en weer geslingerd voelde tussen de twee landen die belangrijk voor haar waren, en of hij haar kon vertellen wat het beste thuis voor haar was, Tel Aviv of München.

David Grün omschreef Ev, na haar onderbewustzijn in twee middagsessies te hebben ontleed, als een 'ziekelijke fantaste' wier 'stemming chronisch in mineur was'. Ev kon droom en werkelijkheid niet van elkaar onderscheiden, waardoor haar droom (Tel Aviv, gesymboliseerd door een kop zwarte koffie in de linkerhand van de geachte analyticus) en haar werkelijkheid (München, gesymboliseerd door een kannetje witte melk in zijn rechterhand) in elkaar overvloeiden als koffie-met-melk en ook zo gedronken dienden te worden, het liefst heet en in Duitsland. (Uiteraard was dat precies wat er voor Evs tot dan toe bepaald nog niet verrukte ogen gebeurde.)

Zoiets stompzinnigs had Ev zelden eerder gehoord en gezien, wat ze David Grün ook recht in zijn gezicht zei, maar die relativeerde het: de metafoor was simpel, maar het ziektebeeld helaas ook; op sommige punten bevond mevrouw Himmelreich zich nou eenmaal nog in de fase van de puberteit, want hoe kon ze nou serieus denken dat ze in Israël welkom was, de ex-vrouw van een oorlogsmisdadiger en eega-in-functie van een geheim agent die zelfs in zijn praktijk niet bijzonder welkom was.

'Toen ik hem uitlegde,' vertelde Ev me, 'dat ik hem vanuit mijn vakgebied bezien een afschuwelijke arts vond, antwoordde hij dat ik een afschuwelijke patiënt was. We schreeuwden tegen elkaar. Maar twee dagen later stuurde hij me een liefdesbrief, waarin hij verklaarde dat hij me alleen zo slecht had behandeld om geen emotionele band met me op te bouwen, die nu echter door mijn afwezigheid zo sterk was geworden doordat hij mijn diepe en attractieve ongeluk meteen had herkend, en dat hij me graag weer wilde zien, binnenkort al. En zo kwam het dat ik hem weer heb gezien. Hopelijk ben je niet boos, Koja. Jij en ik, we zullen altijd samen zijn, en ik zal altijd eerlijk tegen je zijn, altijd, altijd.'

'Dat is toch briljant,' zei ik, dit fatale woord van onze dochter in de mond nemend, dat ze natuurlijk van mij had.

's Nachts, wanneer ik stil naast Ev lag en walgde van haar gelijkmatige, tevreden, zurige en uit haar open mond wervelend opstijgende adem (zozeer dat ik met de gedachte speelde gewoon maar de yoghurtlepel te pakken en die voor de afwisseling eens diep in haar leugenachtige strot te duwen, om daarna mijn hoofdkussen te pakken en dat op haar raap te drukken, waarbij ik het best met mijn dikke reet en mijn volle welvaartsgewicht op het kussen kon gaan zitten), werd Anna wakker en vroeg me wat ik aan mama altijd leuk had gevonden.

En telkens schoten me de kleinste dingen te binnen, bijvoorbeeld dat ze vlak voordat ze in slaap valt niet meer in staat is de 's' uit te spreken, altijd 'Laap lekker en nurk nie!' fluistert, waarna de vermoeidheid bezit van haar neemt. Of hoe ze naar me kijkt, zestien jaar oud, en zich, staande in de Oostzee, plompverloren met haar rug naar de zee achterover laat vallen, alsof de golven mijn armen zijn. En haar handschrift, met hanenpoten aan de ene kant en dat aan de andere kant, net als bij Jane Austen, fragiele kringeltjes boven alle i's vertoont – ja, dit krullerige handschrift is prachtig en heeft me altijd geïnspireerd.

Maar toen ik haar kamer binnenliep (teruggekeerd van de omineuze ontmoeting met de niet-bij-naam-genoemde en Sneiper, en doodop, nog altijd met de moet van Hubs revolverloop op mijn voorhoofd), was ze net boodschappen aan het doen.

En ik was emotioneel zo in de war dat ik de brief aan David las waarmee Ev bezig was. Hij lag open en bloot op haar bureau, en haar handschrift inspireerde me tot niets anders dan donkere kreten, want de twee kringeltjes boven de woorden *ik wil je neuken* zijn esthetisch alleen een genoegen als het jezelf betreft. En mijn boosheid, mijn pijn en mijn angst vermengden zich met de boosheid, de pijn en de angst die ik als bloemen van het kwaad uit het chrysantenkantoor in de Franse wijk had meegenomen. Het waren heesters en bloembedden van angst, een eindeloze tuin van angst, en ik besloot eerst maar eens een paar dagen na te denken, hoewel Anna het me sterk ontraadde. Nadenken is gier voor de angst, een excellente mest.

In de dagen die volgden werd ik door vragen bezocht.

Deed ik er nou wel goed aan om Ev deelgenoot te maken van die miserabele chantage? Zou ze me ook echt geloven? Zouden de beëdigde verklaringen van mijn voormalige ss-kameraden, die van mij een monster maakten, haar niet toch murw maken? Had ze niet altijd David Grün bij de hand, die zo fris en jong en weerzinwekkend ongenaakbaar was, een welhaast onberispelijk contraontwerp van mijzelf? Paste hij als Jood niet veel beter bij haar? Paste hij als psychiater niet veel beter bij haar? Paste hij als bedgenoot niet veel beter bij haar? Had hij niet een grotere, stijvere, bestendiger en belastbaarder, ook psychisch belastbaarder, lul dan ik?

Maar papa, hoorde ik Anna uitgerekend op dit punt zeggen, praat toch alsjeblieft met mama. Vertel mama wat je te vertellen hebt. Oefen jezelf een beetje in vertrouwen. Mama houdt van je. Ze steunt en beschermt je. Ze verveelt zich al met David, weet je. Seks is eigenlijk het enige wat ze samen hebben.

Nee, riep ik. Je vergist je, riep ik. Ga weg! Laat me met rust!

'Schat, wat is er aan de hand?' vroeg Ev op het moment dat ik Anna weg zag glippen.

'Niets.'

'Je ligt te rollen in bed. Let een beetje op je hart.'

'Slaap nou maar.'

'Je kreunt aldoor. Er is wel iets.'

Zij zal altijd degene zijn die me het best heeft gekend.

'Best mogelijk.'

'Wat?'

Het licht ging aan. Ik knipperde met mijn ogen en zag de eveneens knipperende Ev naast me, die met haar hand haar bril zocht. Wat wilde ik haar in vredesnaam eigenlijk vertellen? Ik had de mogelijkheid met een hamer in de vorm van een paar domme woorden op het aambeeld te slaan en onze wereld naar de Filistijnen te helpen, of ik kon hem in de lucht gooien en opvangen.

Iets in mij besloot de tweede variant te kiezen.

'Wat wil je me vertellen, schat?' vroeg Ev slaperig terwijl haar hand de bril niet vond (een nog dromende hand).

'Dat je tegenwoordig zo graag aan fellatio doet, dat heeft iets met de Mossad te maken.'

Haar zojuist nog zware en ontspannen lichaam kwam een beetje omhoog. Ze wreef in haar ogen, plakkerige olifantenogen.

'Wat heb je gezegd?'

'Dat je tegenwoordig zo graag aan fellatio doet, dat heeft iets met de Mossad te maken. Die stimuleert je seksueel. Die windt je op.'

'Het is twee uur 's nachts,' kreunde ze, en ze liet zich weer op het kussen ploffen. 'Bovendien ben ik helemaal niet zo dol op fellatio, schat.'

'Ik heb je brief gelezen.'

Ev zei niets.

'Ik wilde het niet, Ev. Ik kwam thuis en het ging niet goed met me, en hij lag op je bureau, voor de helft af. En toen heb ik 'm gelezen.'

Ev zei niets.

'Je bent tegenwoordig nogal dol op fellatio.'

'Lees je mijn brieven, Koja?'

'Je zou me kunnen vragen waarom het niet goed met me ging toen ik thuiskwam.'

'Waarom ging het niet goed met je?'

'Ik was bij Erhard.'

'Erhard?'

'Sneiper.'

'Wat doe je bij die fascistenadvocaat?'

Pas nu draaide ze zich naar me om, plotsklaps klaarwakker (en haar hand trouwens ook).

'Wat doe je bij die fascistenadvocaat?'

Nu was het mijn kans om haar klare wijn te schenken. Werd ik niet door Sneiper onder druk gezet? Gedwongen? Bedreigd? Ik had een boekje open kunnen doen over de fascistenadvocaat-met-smaak. En toch, als je moet kiezen tussen trots of waarheid, wint trots altijd. En dus mompelde ik alleen: 'Hij is je ex, Ev. We hebben het over jou gehad.'

'Je leest mijn brief en gaat naar Sneiper om over mij te praten?'

'Ev, ik wilde alleen...'

'Weet je wel dat hij advocaat van die amnestieklootzakken is?'

'Ja, maar...'

'Hoe kun je dan achter mijn rug om naar die smeerlap gaan? Hoe kun je mij zo voor schut zetten?'

'Ev, wees nou eens even reëel. Voor schut zetten? Jij bent toch degene die met anderen slaapt?'

'Maar niet achter jouw rug om! Ik heb je alles verteld! Dat heeft toch allemaal niets met ons te maken?'

'Ja, misschien voor jou niet.'

'Jij bent veel te bezitterig!'

'Ik ben niet bezitterig!'

'David zegt ook dat jij te bezitterig bent.'

'Ja hoor, met David Grün mag je wel over mij praten, zeker?'

'Met David mag ik niet over jou praten. Met David móét ik over jou praten. David is mijn psychiater.'

'David Grün is jouw godvergeten dekhengst, en ik laat me hoorns opzetten omdat ik god nog aan toe van je hou en wil dat het beter met je gaat!'

'Ja, schreeuw nog harder, dan kan de halve Mossad meegenieten.'

'Ik mag toch wel schreeuwen,' schreeuwde ik, 'dat ik van je hou, of niet dan?'

Nou ja, geachte swami, dit soort gesprekken schiet een tijdje heen en weer; ik wil u er niet mee vermoeien. Om kort te gaan: op het laatst bediende ik me van een van die ontsnappingsmogelijkheden die je bij een echtelijke ruzie altijd wel krijgt. Lafhartig praatte ik me eruit omdat ik domweg niet in staat was de grote afslag naar het gevaar en de afgrond te nemen, de afslag die ik al twee keer had gemist.

Toen Ev me later vroeg, dicht tegen me aan gevlijd en met het licht uit, wat ik bij Sneiper had willen doen, zei ik alleen dat hij de feestelijke bijeenkomst van de Baltische studentencorpsen organiseert en nog vrijwilligers zoekt, en ter nagedachtenis aan papa, die zo van Curonia had gehouden, zou ik de vormgeving van de uitnodigingskaarten voor mijn rekening nemen (onder het motto: *Ex est! Schmollis! Fiduzit!*).

'Maar je bent niet meer Koja Solm,' fluisterde Ev vermoeid, 'je bent nu meneer Himmelreich.'

Ja, maak je geen zorgen, zei ik, en ik verroerde geen vin en wachtte tot Anna zich bij ons zou voegen.

Maar ze kwam niet, ze wilde ons niet storen.

Nooit heb ik me gelukkiger gevoeld dan wanneer ik Ev in mijn armen kon houden, zoals in die nacht, hoewel ik al wist dat ik haar zou verraden.

28

Met een verstrooide glimlach bedankte Erhard Sneiper me als ik in de daaropvolgende maanden mijn opwachting bij hem maakte. Hij ontving me meestal in zijn chrysantenkantoor en keek tactvol uit het raam terwijl ik hem verslag deed van de vorderingen in het proces tegen het Reichssicherheitshauptamt.

Ik maakte mezelf wijs dat ik Ev daarmee beschermde. Ik bedroog haar, maar deed het om haar bestwil. Zouden Sneiper en Hub zonder mij niet heel ander geschut in stelling hebben gebracht? Zorgde ik niet voor het welzijn van mijn zus door al te diepgravend speurwerk naar haar te dwarsbomen? Wat kon mijn informatie nou voor kwaad?

Ev deelde me mee welke ontsnapten zouden worden gedagvaard.

Ik gaf het door.

Ev beklaagde zich over het Openbaar Ministerie.

Ik gaf het door.

Ev was blij met de aanstaande arrestaties.

Ik gaf het allemaal door.

Ik hielp de ontsnapten ook echt te ontsnappen. DE DIENST mocht me wel dankbaar zijn. Zelfs Sneiper zei dat geregeld, en als hij dat zei, keek ik hem recht in zijn ogen.

Verheugd bracht hij zijn mensen op de hoogte.

Van Hub hoorde ik niets meer.

Om niet altijd aan mijn laaghartigheid te hoeven denken, zette ik met alles mijn beste beentje voor. Ik liet Ev blijken hoeveel ze voor me betekende. Zo begon ik te werken aan de titelpagina's van haar archief van ontsnapten. Belangrijke begrippen als 'gaswagen' en 'Aktion T4' illustreerde ik zoals je mocht verwachten, 'concentratiekamp' daarentegen gaf ik weer door de bezienswaardigheden van de desbetreffende locaties te tekenen. (Maar bezienswaardigheden waren er nauwelijks in Sobibor, Treblinka en Auschwitz, in Riga had je dan nog de fraaie Dom, en in Buchenwald kon ik teruggrijpen op Weimar en tekende ik Goethes tuinhuis. Krankzinnig, niet?)

Het verdriet over de teloorgang van mijn toch al bijzonder broze morele beginselen bracht me wel weer terug bij de kunst. Waarschijnlijk een daad van droefgeestige sublimatie. In de vaste verblijfplaats had ik op zolder een klein atelier ingericht. Doctor Himmelreich, die medicijnen had gestudeerd en chirurg was geweest, kende dan wel elke Joodse witz en kon hele hoofdstukken uit Egon Friedells *Kulturgeschichte* uit zijn hoofd reciteren, maar zelf dingen creëren zat er bij hem nooit in, zodat ik als zijn ondode wezen helaas opvallend talentloos moest blijven. Zo tekende ik wel het een of ander, maar alleen omwille van Ev, Anna en mijzelf. Meestal iepenblaadjes of bloemen uit de Münchense parken.

Het was de enige rust die ik kon vinden.

Papa had steeds voor iepenblaadjes gewaarschuwd. Vergeet niet dat het leven altijd beweging is, zoon. Dat was zijn credo. Bijvoorbeeld golven arceren. Dat is beter dan iepenblaadjes arceren. Lastiger. Kijk maar naar Dürer. Of Da Vinci. De grote Leonardo kon door zijn manier van kijken het water volgen dat hij tekende; zelfs als het uit een bron naar buiten stroomde, stroomde zijn oog mee. Niet alleen maar iepenblaadjes, Koja. Niet alleen maar *nature morte*. En als je het wel doet, raak het dan aan. Raak jouw iepenblad aan. En als je het getekend hebt, kijk dan goed hoe het uiteenvalt. Teken het een paar dagen later nogmaals.

Het valt uiteen als je eigen leven.

Het moeilijkste in mijn uiteenvallende leven was het om meneer Himmelreich te blijven.

München geplaveid met mensen die Koja Solm kenden.

De Org geplaveid met mensen die Koja Solm kenden.

Een tot aan Riga en de helse afgronden in het bos van Riga lopende kasseienweg, een weg geplaveid met mensenkoppen die stuk voor stuk Koja Solm kenden.

Honderden zwaarden van Damocles aan paardenharen boven mij.

Neem Otto John. Gevlucht uit de DDR. Door de arrondissementsrechtbank in Hamburg als landverrader veroordeeld. Na een aantal jaren tuchthuis vrijgelaten. Oud. Gebroken. Eenzaam.

De terugkeer van de verloren John, zei Adenauer smalend.

Maar hij was er weer.

Op een dag reisde Otto ook naar München om mij te zoeken. Hij ging naar de plek van mijn voormalige galerie. Galerie Solm in de Salvatorstraße. Hij trof een herenkledingzaak aan. Verkopers die het ook allemaal niet wisten en hem een zomerkostuum aansmeerden vlak voor de herfst begon. Galerie Solm bestond niet meer. En de kunsthandelaar met die naam was ook niet meer te vinden. Nergens.

Omdat een voormalige president van het Amt für Verfassungsschutz weet hoe je vermisten moet opsporen, pleegde Otto John een aantal telefoontjes. Hij liet mensen naar bewijsstukken, belastingdocumenten, naar cheques en rekeningafschriften, naar beoordelingen, attesten van het bevolkingsregister en andere documenten speuren. Hij informeerde bij ambtenaren van het ministerie van Financiën die toegang tot vertrouwelijke stukken hadden. Hij belde zelfs met het partijbureau van de SPD, aangezien Koja Solm ooit partijlid was geweest. Hij reconstrueerde de verblijfplaatsen van zijn oude vriend en trouwe redder tot de winter van negentienvierenvijftig. Maar voor de jaren erna waren er enkel geruchten. Konstantin – Koja – Solms verblijfplaats was een raadsel.

Zelfs toen Otto John voor de deur van mijn moeder stond, kreeg hij alleen te horen dat je niet met vieze schoenen op haar mooie tapijt mocht komen en dat haar zoon trouwens zelf wel wist waar hij was.

Ten slotte achterhaalde Otto het adres van Ev, zus van mijn broer, wat ze ook was.

Ik keerde samen met Anna terug van een met helder ochtendlicht overgoten septemberwandeling in de Englischer Garten. Ik opende de voordeur (u weet wel, die met de drie-seconden-bepantsering), maar herkende de stem en het Hessische '*Ei, dat is jo eigenaardig*' pas toen ik al midden in Evs kantoor stond. Otto stond met zijn rug naar me toe. Hij had zich slordig geschoren, zag er opgeblazen uit en leek met zijn platte vilten hoed en het onderkoelde bruine corduroypak op een Brit – maar dan wel een die platzak was.

Ev gaf me met haar ogen duidelijke wegwezen-signalen. Maar het was al te laat.

John draaide zich naar me om. Zijn baritonstem klonk aangenaam bedaard, omdat hij in zijn draai verder praatte en mijn naam en zijn zoektocht naar mij noemde. Zijn blik was afwezig, bleef amper aan de mijne haken, en ik voelde: de man kijkt door me heen.

Misschien lag het aan zijn gebrekkige concentratie dat hij zich zonder een teken van herkenning weer omdraaide en dacht dat ik een bezoeker van buiten was. Ik was verstijfd van schrik en hoorde Ev tegen hem zeggen dat ze al lang niets meer van haar broer Koja had gehoord; hij zou in Zuid-Amerika zijn, Chili wellicht.

Toen vroeg ze waarom hij eigenlijk op zoek was naar Koja, en hij antwoordde in het dialect: 'Ach, maakt niet uit, hij had me misschien wat geld kunnen lenen, ik heb geen nagel om m'n gat te krabben.'

Ik kon ongehinderd en met kloppend hart naar boven snellen, naar onze zolderwoning. Daar keek ik onderzoekend in de spiegel. Ik bezag mijn kapsel, dat door een dure haartransplantatie van een kalende kruin nu toch in de wat borstelige versie van een pluizenbol begon te veranderen. Mijn grijze baard was op de kin dun, maar op de wangen vol. Ik had een Himmelreich-bril, een Himmelreich-wandelstok en zelfs een Himmelreich-loopje, omdat je mensen niet aan hun fysionomie maar aan karakteristieke sequenties herkent.

Er was onmiskenbaar veel uit de kast gehaald om mij Jeremias Himmelreich te laten blijven.

Bij de Org had Gehlen er zelfs voor gezorgd dat mijn stamdossiers vernietigd en door Himmelreich-dossiers vervangen werden. De meeste medewerkers kenden me onder de naam Dürer, die ik ook behield. De weinige mensen die op de hoogte waren van de familie-relatie tussen Hub en mij waren al met pensioen of zaten ertegenaan.

Om te voorkomen dat ik zou worden ontmaskerd, moest ik het publieke domein zo veel mogelijk mijden. Ik vergezelde Ev zelfs niet naar het theater of een concert; zij greep voor deze gelegenheden terug op David Grün.

We konden nog wel samen de bioscoop binnenglippen, altijd vlak nadat de hoofdfilm was begonnen. Van geen enkele film van Fellini kende ik de begin- of eindtitels, want terwijl de eerste maten van de slotmuziek klonken, waren wij al in de nacht verdwenen.

En als we door de donkere straten huiswaarts keerden, achtervolgd door leugens en bedrog, uit het lood geslagen door het verraad dat ik pleegde en waarmee ik in mijn gedrag geen raad wist (ik wilde natuurlijk niet dat zij iets merkte), pakten we soms elkaars hand vast, en vaker dan drie keer stond ik op het punt om op te biechten dat ik DE DIENST met haar documenten voedde.

Maar het lukte me niet.

De mens is zwak, een kurk in snelstromend water. Het gaat er uiteindelijk om dat je je op de juiste golf laat vallen.

Hoewel inlichtingendiensten wel verplicht zijn – of althans al hun ambities inzetten – om hun taken niet met behulp van al te legale middelen uit te voeren, is het rumoer toch groot als de bloedfonteinen in alle openheid gaan bruisen.

Op minister-president David Ben-Goerion hadden de mislukte moordaanslagen op Duitse raketingenieurs politiek in elk geval zoveel effect dat hij kolonel Harel als Mossad-directeur moest ontslaan.

We hoorden het van Isser zelf, die ons opbelde om afscheid te nemen. Het was een mooie dag in maart negentiendrieënzestig. Ik weet nog dat een ekster voor het open raam krassend antwoordde toen Ev riep dat ik naar de telefoon moest komen. Issers stem klonk door de hoorn nog hoger dan die toch al was, en nadat hij me de perversie, verachtelijkheid en verregaande karakterloosheid van ieder afzonderlijk kabinetslid van zijn land had geschetst (inclusief de leider van de regering), vertelde hij dat hij volkomen in het reine was met zichzelf. De enige reden om te klagen was een ulcus pepticum. Omdat ik niet reageerde, vroeg hij of ik eigenlijk wel wist wat een ulcus pepticum was.

Waarom zou ik dat niet weten, zei ik, als doctor in de medicijnen en chirurg.

'Als u chirurg bent, Jeremias, dan ben ik het kindje Jezus,' zei Harel lachend, en hij hing op.

Zijn opvolger was Meir Amit, intieme vijand van zijn voorganger, technocraat, soldaat in hart en nieren en connaisseur van alle finesses van de noodzakelijke hiërarchie.

Meirs eerste ambtelijke handeling betrof de aanspreekvorm die hij voor zichzelf de juiste vond. Geen voornaam, dat sprak voor zich, vooral ook omdat zijn voornaam de meest voorkomende Duitse achternaam is. Meir liet zich Ramsad noemen. Opperhoofd Ramsad. Over Isser Harel sprak hij slechts als 'die eerdere'. Je hoorde zinnen als: 'Die eerdere heeft er een zootje van gemaakt' of 'Zo'n gebrek aan nauwkeurigheid, dat kan alleen de schuld van die eerdere zijn'.

Opperhoofd Ramsad had het spitse, grijswitte en dode gezicht van de poolvosmof waarvan Ev ooit mijn linkerwinterlaars had gemaakt en ik zag het voor het eerst in zijn volle uitgestreken staat toen ik me met Ev in het nieuwe Mossad-hoofdkwartier in Kaplan Street in Tel Aviv moest melden. Ramsads pokerface vertoonde ook geen sporen van verbazing toen we lieten doorschemeren wie er achter de Himmelreichs schuilgingen (de kleine donkere vlekken van de familie-achtergrond, bedoel ik). Ramsad mompelde slechts dat die eerdere weer onzin had uitgekraamd, die hij moest rechtbreien.

Shimon Peres beschermde ons echter.

Evs archief van ontsnapten beschermde ons eveneens.

En de vaste verblijfplaats in München gaf opperhoofd Ramsad het gevoel dat hij over een elitewigwam in het hart van de onderwereld beschikte. Zeer effectief. Maar toch licht en overzichtelijk. Nauwelijks bekend. Snel af te breken. Geen verspilling. Niet afdwalen. Volledig gefinancierd door de orks. Geen directe verantwoordelijkheid. Sabotageacties. Zeer risicovolle operaties. Moordcommando's. Alles was mogelijk.

We konden verder met ons werk, zij het meer in de luwte dan vroeger.

Maar wat is 'in de luwte' nou helemaal. Zowel in Tel Aviv als in Pullach werden ingrijpende geheime operaties voorbereid. Eerlijk verdeelde men de taken. De Mossad sloeg toe in Europa, Zuid-Amerika en vervolgens in delen van Azië. De BND leverde het geld, de wapens en de vermomming. En ik leerde als coördinator de Israëlische killers alles over Duitse gewoonten.

Neem Champagne-Lotz. Hij bleef een jaar in de vaste verblijfplaats in München, bivakkeerde bij ons in de logeerkamer en kreeg door mij zijn cv. Voormalig adjudant van Rommel. Drager van het ridderkruis. Later boer in Australië. Dat soort dingen. Allemaal na te gaan. Niets ervan waar.

De BND regelde zijn paspoorten, Rommels bedankbrieven (door mij liefdevol vervalst) en zelfs zijn Waltraud, een beeldschone echtgenote uit Essen-Kettwig.

De Mossad bekommerde zich om communicatie, infrastructuur en Shiva, een andere beeldschone echtgenote, uit Haifa ditmaal, die het bedrog van haar man moeilijk kon verwerken en een zelfmoordpoging ternauwernood overleefde.

Champagne-Lotz verhuisde met zijn Waltraud naar Caïro, fokte er paarden en leerde Egyptische generaals kennen die openstonden voor de Arabische hengsten, oktoberfeesten, Waltrauds zelfgebakken Münchense beignets en alle soorten van vragen.

Drie jaar later vernietigde Champagne-Lotz in zijn eentje de complete Egyptische luchtmacht, waarvan hij de locaties van de geheime startbanen aan Israël had doorgegeven.

Dat u dus niet denkt dat ik me alleen heb beziggehouden met angst, iepenblaadjes en de minnaar van mijn vrouw. Maar ook niet alleen met bedrogen onschuld. Ik was de resident van de Mossad midden in München, en een resident komt altijd handen tekort.

Hoeveel werk Shlomo, mijn Parijse collega, me alleen al bezorgde! Hij sluisde via ons huis in München zijn regelaars door; ik verzamelde voor hem bij de Org informatie over het personeel van de Arabische geheime diensten; hij betaalde via mij geheime commissies aan agenten in Syrië; we organiseerden samen de verdwijning van een Libanese zakenman die in Füssen vakantie vierde om daar een aanslag op een synagoge in Parijs voor te bereiden.

Allemaal legale bedrijfskosten.

Allemaal in het kader van de Duits-Israëlische vriendschap.

Terugbetaald via nauwkeurige observatie in Moskou en een lichtbruin huis in een voorstad van Leningrad, waaruit met behulp van een omgebouwde ultrakortegolfzender troepenverplaatsingen van het Warschaupact aan Tel Aviv werden doorgegeven.

Al deze dingen werden uitgevoerd met een hartstochtelijke concentratie die mijn innerlijke rust niet verstoorde, een rust die pas door de dienst weer van slag raakte.

29

Op het Müllersche Volksbad langs de Isar had uitgerekend Palesti-namof me geattendeerd, omdat hij er één keer per week zijn van Gehlens labrador afstammende labrador kon laten baden en inze-pen en door een hondentrimmer kon laten knippen, terwijl hij zelf een etage hoger onder luisterrijke ornamenten op zijn manier schoon werd (in een zwembassin waarvan de bodem op dezelfde manier als de Sint-Pieter was betegeld).

Zelf hield ik meer van het Romeins-Ierse stoombad, waarvan het Ierse aspect een mysterie voor me bleef (misschien door de nabij-heid van gelegenheden waar je alcohol kon krijgen, die er in het Volksbad in ruime mate waren).

Op een avond – de meeste badgasten waren al vertrokken en de strenge badmeester had aangekondigd dat het bad dadelijk ging sluiten – kwam er een lillend lijf naast het mijne zitten (pflatsj). Eerst sloeg ik geen acht op hem, want ik mocht graag op de kleine galerij boven het ronde bassin op aangename, stille wijze een beetje zitten zweten. Maar de man boog zich naar me toe en ik rook zijn sigaret-tenadem (een rare geur in een stoombad).

'We moeten praten,' zei hij.

'Wie is wij?'

'U en ik.'

In de nevel waren zijn contouren nauwelijks te ontwaren, een deegachtig, ouwelijk merelgezicht, ouder dan het mijne, in het mid-den een bril met dikke glazen en een zwart montuur, eronder zware hangborsten, nog verder naar beneden een uit zijn schoot opdui-kende penis, meer zag ik niet.

'Ik heb geen enkele behoefte om met u te praten.'

'Erhard Sneiper raadde me af u op te zoeken. Maar ik denk dat het goed is dat ik het heb gedaan.'

'Kennen we elkaar?'

'Ik heet Achenbach. Lid van de Duitse Bondsdag. Ernst Achenbach.' Hij tilde zijn rode billen op, schoof een stukje verder naar me toe en lispelde: 'FDP.'

De badmeester meldde zich opnieuw – 'Nog vijf minuten, mijne heren' – wekte een grijsaard die op zijn ligbed in slaap was gevallen en slofte weg.

'Wat wilt u?'

'U hebt geen idee hoeveel er zichzelf iets aandoen uit pure angst. Eerlijke Duitsers naar wie een onderzoek loopt. Van bruggen af. Hoofden op de rails. Ik heb de foto's bij me.'

'Daarin heeft Sneiper gelijk: het is beslist niet goed me op te zoeken.'

'Van u heb ik ook foto's, meneer Himmelreich.'

'Ik ga maar eens douchen.'

'Of beter gezegd: meneer Konstantin Solm.'

Ik ging weer zitten.

'Inderdaad, geen voorhuid,' zei hij grijnzend. 'U pakt het echt serieus aan, hè?'

Hij had een glad, kaal gezicht met hangwangen, dat ondanks zijn beslagen brillenglazen goed paste bij de sierelementen in barokstijl achter hem.

'Wees niet bezorgd, uw geheimpje is veilig bij mij. Ik ben partner van meneer Sneiper. U bent partner van meneer Sneiper. Meneer Sneipers partners zijn ook mijn partners.'

'Wat moet dat dan wel voor een partnerschap zijn?'

'Een politiek partnerschap. U levert ons immers prima bruikbare informatie. DE DIENST heeft veel aan u te danken.'

Een moment lang was ik sprakeloos, omdat het pas nu tot me doordrong dat deze dikkerd de beroemde amnestiefunctionaris en FDP-politicus Ernst Achenbach was, over wie je voortdurend in de krant las. En van Ev wist ik dat hij gedurende de bezetting bij de Duitse ambassade in Parijs verantwoordelijk was geweest voor Joodse aangelegenheden.

'Ik ben blij dat u onze inspanningen ondersteunt, meneer Himmelreich. Maar zorg dat het u niet aan vlijt ontbreekt. Vlijt is de sleutel tot alles. Met iets meer vlijt krijgt u ook informatie die beter bruikbaar is.'

'Bent u helemaal uit Bonn gekomen om in uw blootje naast me te gaan zitten en onzin uit te kramen?'

'Alsjeblieft zeg, nee. Ik ben op dit moment op bezoek in München, ik zit met de fantastische Sneiper in de kroeg, hij vertelt over u. En ik dacht: laat ik die schelm eens beter bekijken, het best zoals God hem heeft geschapen.'

'God heeft me niet zo geschapen. En u ook niet. God heeft geen bergen van oud vlees geschapen.'

De badmeester kwam terug en begon de knoppen op de verwarmingsbuizen dicht te draaien.

'Akkoord, meneer Himmelreich. U bent niet echt in de stemming. Laten we het kort houden: ik zou graag willen dat u ons op een andere plek te hulp komt.'

Hij stond op.

'Meneer Sneiper zal u een telefoonnummer geven. Een telefoonnummer in Bonn. Dat nummer belt u.'

'Wie?'

'De minister van Justitie zoekt iemand die hij vertrouwen kan. Dat moet iemand zijn die vervolgd is. Het liefst een vervolgde Jood. Toen heeft de fantastische doctor Sneiper natuurlijk meteen aan u en uw gewaardeerde echtgenote gedacht.'

De minister van Justitie?

Ik begaf me naar de fantastische doctor Sneiper in Grünwald, naar zijn fantastische residentie met de duizend kamers, waartegen zijn advocatenpraktijk maar povertjes afstak. Ik belde aan bij het hek, maar niemand deed open, klom over de schutting en liep een verraste dwergcollie tegen het lijf. Toen stond ik voor Sneiper in zijn honderdtwintig vierkante meter grote woonkamer met grote schouw, en ik vroeg hem waarom hij het hek niet voor me had opengedaan. Omdat ik geen antwoord kreeg, maar enkel een bevel ('Wegwezen, en snel een beetje!'), wilde ik weten of hij iets om de dwergcollie gaf, die jankend in mijn armen lag te trappelen en wel een gedegen wasbeurt in het Müllersche Volksbad had kunnen gebruiken.

Aangezien Erhard alleen maar onnozele advocatenretoriek kon uitbraken, nam ik het bowiemes van de muur, dat hij, zoals op het vijftien centimeter lange lemmet was gegraveerd, van een zekere Captain Miller cadeau had gekregen.

Daarmee sneed ik de kop van de dwergcollie af.

Onmiddellijk kwam de boel tot leven, en Sneiper gaf toe, onderwijl zijn diepe spijt betuigend, dat hij deze en gene over mij had verteld, mensen zoals Werner Best (nooit van gehoord) of de gemoedelijke meneer Achenbach, die mij in de sauna opgezocht en onesthetisch bedreigd had.

De dwergcollie liep intussen leeg op het tapijt, en ik verzekerde hem dat het me speet van het beest, maar hij had nooit mijn identiteit mogen prijsgeven. Nooit. Erhard huilde. Hij huilde, hoewel ik benadrukte hoezeer ik met hem te doen had, maar godzijdank waren zijn kinderen al volwassen en het huis uit. En zijn echtgenote was aan het kuren in Bad Doberan.

'Ik weet niet waarom dat proces zoveel voor je betekent, Erhard. Ik geef je alle informatie over DE DIENST. Alles wat ik krijgen kan. Om jou bedrieg ik mijn vrouw. En dat wil ik niet. Ik hou van mijn vrouw.'

Hij snotterde en wilde zijn tranen drogen met een zijden zakdoek die hij uit zijn vestzak haalde, een zakdoek met een geborduurd monogram, maar ik had hem dringend nodig voor mijn lemmet, en terwijl ik dat schoonveegde, ging ik verder: 'Maar jij hebt me niet aan een touwtje. Ik heb het je al eerder gezegd: je hebt geen idee met wie je te doen hebt.'

Anna was daarna maandenlang kwaad op me. Ze was natuurlijk dol op paarden, en ik probeerde haar te kalmeren door haar te bezweren dat ik een paard nooit een haar zou krenken, wat zijn bezitter mij ook mocht hebben aangedaan.

'Weet je, lieveling, dan had ik ook wel de trakehnerhengst van Erhard kunnen onthoofden. Die staat zoals je weet maar een kilometer verderop in een stal. Maar dat had ik nooit over mijn hart verkregen. Ik dood geen dieren waarvan jij houdt.'

Om het weer goed te maken ging ik met Anna naar de dierentuin in Hellabrunn, zoals we vroeger dikwijls hadden gedaan; daar kocht ik haar lievelingstijdschrift *Das Tier und wir* en liepen we naar het oude olifantenhuis, de nijlpaarden en de tijgers, en Anna zei: ga met je bowiemes nou ook maar bij zo'n tijger naar binnen, lafaard die je bent.

U zit ook vol boosheid, swami.

Dat spijt me. Geloof me, ik wil niet de indruk wekken dat ik een onmens ben. Ik wil ook niet cynisch overkomen. Want heus: ik heb respect voor elk dier en hou van elk dier, zelfs krekels respecteer ik, ook omdat ik ooit zelf tot die species zou kunnen gaan behoren, wie zal het zeggen.

Maar honden, nee, ik heb nou eenmaal een hekel aan honden. Ik denk dat geheim agenten ooit als honden worden herboren, waarom vertroetelt de gewone BND'er zijn trouwe viervoeter anders zo, neemt-ie hem mee naar kantoor, laat hem een nieuwe frisuur aanmeten in het fraaiste jugendstiljuweel van alle zwembaden in Europa, laat hem, net als Gehlen doet, voor zijn fornuis slapen, behandelt hem beter dan z'n medemensen, misschien omdat mensen zelfs het meest haveloze mormel nog trouw vinden, een eigenschap waarnaar velen van ons zowel in hun beroep als in het leven hunkeren, en dus schaffen ze hem aan, samen met droogvoer en pens.

Daarom dreunde waarschijnlijk de schok nog zo lang na bij Erhard. Een tweede ontmoeting op zijn kantoor was hoe dan ook uitgesloten. En in zijn villa kon ik me maar beter helemaal niet meer vertonen.

Zo moest ik voor het telefoonnummer dat me naar Bonn zou dirigeren bij de-niet-bij-naam-genoemde langsgaan. Erhard stond erop. Hij wilde het me zo moeilijk mogelijk maken.

Hub woonde in een achterhuis in München-Sendling.

Het was al donker toen ik er arriveerde. In het trappenhuis deed geen enkel peertje het. Vier etages moest ik op de tast langs afbladderend pleisterwerk en een vettige houten leuning en door wolken met de meest uiteenlopende uitwasemingen naar boven klimmen. Voor zijn deur rook het naar bruinkool en tegelkachels. De deurschel was losgetrokken. Na minutenlang kloppen deed hij open. In het donker leek zijn onbalans nog onwezenlijker. Als een vleermuis met slechts één vleugel. Hij droeg een gevlekt hemd en aarzelde of hij me zou binnenlaten.

'Het telefoonnummer!' zei ik kortweg.

Hij gromde en hield zich met zijn arm aan de deur vast. Toen greep hij naar de muur naast zich en deed het licht aan – mat, geel licht van een 40 wattlamp. Hij liep voor me uit door een smalle gang die eruitzag als het binnenste van een zinkende onderzeeër. Wat deed hij eigenlijk met zijn mooie BND-pensioen? Het appartement lag bezaaid met vuilnis en volle plastic zakken met opschriften. Die lagen hoog opgetast op open schappen die tot aan het plafond reikten. *O-broeken*, *B-broeken*, *Pantoffels*, *Gekleurd 1*, *Gekleurd 2*, *Redding*. Ik zag een altaartje, hemelsblauw de opgestane Heer, twee kaarsen, lonten en drijvers voor eeuwig brandende lampen (moeilijk te verenigen met de protestantse iconografie). In de keuken had hij een hele voorraad brood aangelegd. Op tafel stond een fles wodka en ernaast lag de losgegespte armprothese.

Hij bood me niets aan en vroeg me niet om te gaan zitten.

'Jij werkt dus nu voor ons, broertje.'

'We hoeven niet te praten.'

'Jij en Ev, jullie maken jacht op mensen die jullie hebben grootgebracht. Die van jullie hebben gehouden. Jullie zitten achter je eigen vlees en bloed aan. En desondanks werk je voor ons.'

'Geef me het telefoonnummer en ik ben weg.'

'Jullie achterlijke zoektocht naar gerechtigheid. Die brengt nog veel groter leed dan welk onrecht ook. Maar goed. Het enige wat belangrijk is, is dat er nu een hond is gedood.'

'Dat vind je belangrijk?'

'Het verdient aandacht.'

'Ik vind het niet zo belangrijk.'

'Dat was ontzettend stom van je. Sneiper is machtig. Hij hield van dat beest. Daar zul je nog spijt van krijgen.'

Hij grinnikte voldaan en rukte een voor een de laden van zijn keukenkastje open, op zoek naar het telefoonnummer. Ik zag dat hij zijn sokken bij de messen had gedaan.

'Dat proces zal er nooit komen. DE DIENST krijgen jullie niet. En mij ook niet.'

'Dat zullen we wel zien.'

'Ze zijn met het onderzoek gestopt, mocht je dat nog niet weten.'

Ik staarde hem aan.

'Zijn ze met het onderzoek gestopt?'

'Gebrek aan bewijs.'

Hij graaide in een koffiebus.

'Ik ben blij voor je.'

'Je bent een leugenaar, Koja. Je bent helemaal niet blij. Ik laat je zien waarvan jij blij wordt.'

Ik zei niets.

'Kom mee. Ik weet waar 't is.'

Hij verdween naar rechts, dook een hok in dat door een gordijntje van de keuken was gescheiden. Hij knipte het licht aan; ik hoorde hem mompelen. Ik liep er na een korte aarzeling naartoe, schoof het gordijntje opzij en zag dat vanaf het plafond van het hok een touw hing. Het was voorzien van een strop, een door een eenarmige geknoopte strop, die om die reden geen schoonheidsprijs zou hebben verdiend, maar juist groot genoeg was om een hoofd doorheen te steken. Onder het touw stond een stoel, en op de stoel zat Hub met zijn benen over elkaar, en hij grijnsde beneveld naar me.

'Hier zit ik elke avond om inspiratie op te doen, en wie weet, als je geluk hebt, stap ik op de stoel en verlos ons alle twee op een dag.'

Hij keek me met fonkelende ogen aan, draaide zich om, opende zittend de la van een commode en haalde er een envelop uit. Met zichtbare tegenzin stak hij me die toe. Ik scheurde hem open.

'Je hebt een mooie jas aan, Koja. Piekfijne schoenen.'

Op Sneipers briefpapier zag ik zijn pompeuze briefhoofd, en het fijne meisjeshandschrift, waarschijnlijk dat van de juffrouw uit Goldingen, en een telefoonnummer met het netnummer van Bonn.

0228/49336.

Eronder stond: *Gustav Heinemann, dagelijks vanaf 9.00 uur bereikbaar. Himmelreich aangekondigd.*

Vier weken later was ik de honorair adviseur inzake nationaalsocialistische geweldsmisdrijven van de minister van Justitie.

30

Een lijdend en gekweld stuk vlees.

Ik maak me zorgen over dit toenemende verval dat de hippie teistert.

Inmiddels tekent hij niet meer. Ook kan hij mijn verhalen nauwelijks nog volgen; hij klappert met zijn tanden, ziet overal onthoofde dwergcollies, zelfs onder zijn bed, en gelooft dat de tweede schroef in zijn hoofd geen enkel nut zal hebben, behalve dan dat die ook nog zijn dromen beheerst. Zijn spraakcentrum heeft zichzelf definitief van zijn brein losgekoppeld en doet wat het wil.

Mrkstlwormblk.

Zo klinken al zijn woorden.

De swami ligt, volgepompt met kalmeringsmiddelen, op een bed met wielen in de gang en wacht op de operatie. Ik zit naast hem. Ik verwacht wel wat van de ingreep, vooral voor Basti's waarnemingssysteem. Hij draagt een groen operatiemutsje van dunne stof, model astronaut, dat onder zijn kin net als bij een helm is vastgebonden en het ovaal van zijn gezicht iets geeft van een oud besje. Zijn huid is er rampzalig aan toe. Omdat hij amper nog beweegt, is de huid ontstoken en in ontbinding, gaat op veel plekken kapot en barst open. Vlekken en open wonden bedekken zijn hele lichaam.

Zo nu en dan komt nachtzuster Gerda langs en kijkt hoe het met hem is. Ze vertelt me dat hij spoedig aan de beurt is en dat het hem beslist goeddoet om mijn hand te voelen. Mijn hand, die in de zijne ligt. Ik hoor hem rochelen.

Onze bijeenkomsten in de gang van het ziekenhuis zijn allang gestopt. Hij leed onder plotselinge evenwichtsstoornissen, waarvan hij beweerde (toen hij nog tot beweren in staat was) dat ik er de oorzaak van was met mijn verschrikkelijke verhalen. Maar dat is natuurlijk onzin. Zijn botten zijn broos geworden door de vele maanden in het ziekenhuis. De calciumhuishouding van de botten is totaal ontre-geld. Toen ik een laatste keer met hem naar de borelingen op de eerste etage wilde gaan, gleed hij weg uit mijn omarming en viel op de grond. Misschien had hij toch echt geen Marrakesh Gold moeten nemen. Tenminste niet zoveel.

Sinds zijn val ligt hij alleen maar in bed en is nauwelijks nog aan-spreekbaar.

Zou hij eigenlijk wel horen wat ik zeg?

Hoort u wat ik zeg, vraag ik.

Hij reageert niet, hoewel hij nog gedeeltelijk bij bewustzijn moet zijn.

Weet u, swami, fluister ik, als u daar straks naartoe gaat en uw tweede schroef krijgt, dan zult u de gave van uw stralende energie terugkrijgen. In het begin zult u misschien de tol van de inspannin-gen moeten betalen, omdat je hersenen een opdoffer krijgen als ze zo door elkaar worden geschud. Maar die van u hebben tot nog toe door alle beproevingen zo'n onverwachte graad van rijpheid gekre-gen, Basti, dat ik blij ben dat ze mijn tragedie in hun volle reikwijdte kunnen begrijpen. Ik wens uw hoofd het beste, het allerbeste, en ik zal ermee communiceren wanneer de operatie voorbij is. Ik zal het vertellen hoe het verderging met het ministerie van Justitie en over mijn vreselijke tijd daar. En als u in coma mocht raken, dan al hele-maal.

De hand van de hippie probeert zich aan de mijne te ontworstelen, maar ik houd hem stevig vast.

Zuster Gerda komt met opgewekte tred aangelopen, in haar kiel-zog de wondermooie leerling-verpleegster Sabine.

Zo, dan gaan we maar eens.

Ze halen het bed van de rem en rijden hem weg, als een waanzin-nige ingeving van Dalí.

31

Ik wilde niet naar Bonn.

Wat een gat was dat.

Het weer Brits, met een hoge luchtvochtigheid en novembernevels in bijna elk jaargetijde. In de zomer een soort Bangkok, maar dan altijd zwaarbewolkt en overwelfd met tropische onweersbuien. In de winter geen sneeuw. Het hele jaar door plassen water. Het stadsbeeld wonderlijk vreemd, zonder contouren, wegkwijnend in de stugste Midden-Europese barok, want de keurvorsten van Bonn hadden nooit geld en bouwden een paleis dat Madrid nog niet eens als tucht-huis had willen hebben.

Om toch vooral niet de indruk te wekken dat het hier een fatsoen-lijke hoofdstad betrof, was de regering alle inspanningen en kosten uit de weg gegaan en had de 'voorlopige zetel van de federale orga-nen' zo voorlopig ingericht als maar enigszins mogelijk was. De af-gevaardigden werden bij elkaar gestopt in een uit haar voegen bar-stende pedagogische academie die wel iets weg had van het hoofdkantoor van de communisten in Minsk, maar dan kleiner en provisorischer. Bonn was een aanfluiting en de vleesgeworden wens van de Duitse politiek om zo rap mogelijk naar Berlijn terug te ke-ren.

Daarom had Konrad Adenauer de ambitie gehad om niet alleen de deerniswekkendste maar tevens de allerkleinste regeringszetel van Europa te stichten. En inderdaad hadden alleen de hoofdsteden van Andorra (Andorra), Liechtenstein (Vaduz), IJsland (Reykjavik), San Marino (San Marino) en Monaco (Monaco) nog minder inwoners dan Bonn, maar die lagen wel allemaal óf in de bergen óf aan zee en hadden zich niet door de Rijn in twee vlakke delen laten opknippen.

Ev was echter enthousiast. Zowel door de stad als door meneer Heinemann, voor wie ze bij ons kennismakingsbezoek zoveel vertrouwen opvatte dat ze hem 'meneer Heinzelmann' noemde, al was het dan per ongeluk.

Minister van Justitie Gustav Heinemann paste juist uitstekend bij Bonn; hij was een doorgewinterde jurist, had achterovergekamd wit gepommadeerd haar, een gladde, volkomen geurloze huid, droeg een spuuglelijke bril, maar deed dat wel met waardigheid, en zou in een postkantoor als postzegellikker zijn mannetje hebben gestaan. Hij liet muziek, gedichten, romans, films, opera, toneel, dans, zons-ondergangen en elke vorm van overdaad voor wat ze waren. Hij hield van Luther, theologie, theorema's, lijstjes, skaat, kerkdagen, woorden als 'ineenstorting' en 'gevoeligheid voor verleiding' en vooral van zo monotoon en passieloos mogelijke toespraken. Hij haatte kernenergie, de herbewapening en doctor Franz Josef Strauß, hij minachtte de BND, blaaskaken en poeha. Hij praatte zowat de hele tijd met zichzelf, kon zonder zichtbare aanleiding 'tjongejonge-jonge' zeggen, gaf zichzelf bij het verlaten van elke ruimte het bevel 'in het gelid vrij' en kwam in zijn kantoor naar ons toe met de woor-den: 'Dan moeten we maar even goedendag gaan zeggen.'

Gustav Heinemann was in het verleden aanhanger van Adenauer geweest. Na diens bewapeningsavontuur en de volgens Heinemann volstrekt absurde oprichting van de Bundeswehr had hij de CDU on-der protest verlaten en zijn eigen partij opgericht, was na de onder-gang daarvan naar de sociaaldemocraten overgestapt en sinds kort de eerste linkse minister van Justitie van de Bondsrepubliek. Zijn uitgesproken doelstelling als minister was het initiëren van de Grote Strafrechthervorming, een voornemen waar u zich, ik weet het al, niets bij kunt voorstellen, alleen al omdat het een doelstelling is, en dan ook nog eens een ambitieuze. Voor de verwezenlijking van deze doelstelling wilde Heinemann over medewerkers beschikken die, zoals hij zei, 'vooral moreel boven elke twijfel verheven zijn'.

Dan was je bij mij natuurlijk aan het goede adres.

Iemand zonder fouten en feilen, bedrogen door de aantrekkelijk-ste vakvrouw voor ontsnapten die er benoorden de Alpen ook maar te naaien valt. Ach, steeds schieten me deze schimpscheuten door het hoofd, ook toen ik daar naast Ev zat, haar geestdrift bespeurde, met argwaan haar aan-iemands-lippen-hangen bezag, dat de eigen-zinnige minister betrof, maar zeker ook haar amant kon betreffen, temeer daar David Grün veel mooiere lippen had dan ik.

'Weet u, meneer Himmelreich,' deed de minister van Justitie zijn beklag terwijl hij thee naar binnen slurpte, 'mijn hele ministerie is verziekt
door oude nazi's. Mijn afdelingshoofden zaten allemaal bij de NSDAP.'

'Allemaal?'

'Allemaal, niemand uitgezonderd. Jammer genoeg kun je ambtenaren er niet uit gooien. Maar die zitten ergens op te broeden.'

'Ik snap het,' zei ik.

'Dat moet u een beetje in de gaten houden, oké?'

'Ik ben helaas geen jurist. En als historicus komt alleen mijn vrouw
in aanmerking.'

'Maar u bent toch Joods? Joods, toch?'

'Dat klopt.'

'U controleert hier bij de dienst de relevante correspondentie. U
adviseert mij als man van buiten, is het niet?'

'Graag.'

'Dat is niet moeilijk. Gewoon de blik van een leek. Gezond menselijk verstand. Let op lieden die merkwaardige voorstellen doen. U
hebt vast over de voorstanders van amnestie gehoord?'

'Uiteraard.'

'Achenbach?'

Ik kon moeilijk vertellen dat ik meneer Achenbach alleen in z'n
blootje kende.

'Een beetje.'

'Die vent probeert al jaren de verjaring erdoorheen te drukken.
Hierbinnen heeft hij veel vrienden. We mogen het niet toestaan.
Nee, dat mogen we niet.'

'Dat gaan we ook niet doen,' kwam Ev tussenbeide. 'De taal van de
juristen kennen we goed. Ik adviseer op dit moment het Berlijnse Openbaar Ministerie in het proces tegen het Reichssicherheitshauptamt.'

'Dat is nogal een exercitie!' prees Heinemann.

'Ja,' zei Ev onzeker, die niet wist wat er met 'exercitie' was bedoeld.
'Nogal een exercitie, dat proces,' zei hij daarom nog een keer.

Elke maand reisden we naar Bonn en verbleven er dan een week. We
kregen daar een tochtig kantoortje in villa Rosenburg, de ambtszetel
van Heinemann, en sorteerden er dossiers die betrekking hadden op

de zogeheten verjaringsparagrafen voor a) moord en b) medeplichtigheid aan moord. We lazen de notulen van de commissie Gro-straher, zoals de Grote Strafrechthervorming intern werd genoemd. Ik legde dossiers aan over tientallen ambtenaren die vanuit Heinemanns perspectief als belast werden beschouwd. In feite waren wij Heinemanns Joodse vijgenblad, misschien ook zijn geheimste geheime politie, waarvan hij niet kon weten dat zij, of althans de meer leugenachtige helft ervan, de Mossad, de BND en Erhard Sneipers pro-amnestieklanten, dus feitelijk heel de miserabele wereld, deelgenoot maakte van haar kennis.

Ik stond verschillende keren op het punt (dat heb ik u al verteld) om Ev in te wijden in het steeds dichter wordende web van samenzweringen en intriges dat als zoemende, onderaardse elektriciteitsleidingen om mijn enkels werd gesponnen en me verlamde.

Tegelijkertijd kroop er zichtbaar iets bedreigends op ons af, als een giftige donkerblauwe wolk. Maar ik was niet in staat Ev bij haar kin te pakken, haar blik te verheffen en naar de snel betrekkende lucht hoog boven ons te wijzen. Ik had de rampspoed onderschat die zich op elk moment slangachtig kon aandienen. Het onheil van mijn mogelijke ontmaskering woog daarentegen zwaarder. Angst is zelden logisch, anders was het er geen. Waarom zou je bang zijn voor spinnen of voor je baas? Niets wat je je slaap kost is ooit logisch.

Dat een oorzaak een gevolg zal hebben, lijkt me dan wel logisch, daar hebt u helemaal gelijk in. Als de zon verdwijnt, wordt het donker. Als het regent, word ik nat. Als iemand me slaat, doet het pijn. Als iemand naar me glimlacht, word ik daar blij van. Noem het gerust karma, mijn beste vriend.

Maar ik was niet blij wanneer Ev naar me glimlachte. Ik voelde vrees, geen vreugde. Ik dacht aan David Grün en Erhard Sneiper, niet aan de kracht van de stelligheid die aan elke glimlach kleefde. De zon verdween als ik strikt vertrouwelijke berichten over meneer Achenbach die Ev uit haat jegens meneer Achenbach geschreven had naar meneer Achenbach stuurde – ja, dan verdween de zon ook echt. Maar donker werd het niet. Ik werd niet nat alleen maar doordat het regende. Zo is dat niet als je iemand verraadt. Dan heb je geen actie-reactie. Dan heb je ook geen logica.

Je kunt in situaties verzeild raken die veel groter zijn dan jezelf. En destijds in Bonn was alles groter dan ikzelf. Ik zag immers wel hoe gelukkig Ev was toen ze tegenover me zat aan haar schrijfbureau in Bonn en de wereld beter dacht te kunnen maken. En ik wist dat ik haar ongelukkig maakte toen ik haar onderzoeksresultaten doorsluisde, de paden die ze bewandelde verraadde, de inspanningen van haar jacht tenietdeed.

Maar ze was niet ongelukkig. Ze werd niet ongelukkig. Ze had immers niets door. En zo had ze niet door dat ze ongelukkig werd gemaakt. Ik sloeg haar, maar het deed haar nergens pijn. De oorzaak had geen gevolg. Alleen ikzelf werd ongelukkig, hoewel ik eigenlijk gelukkig was omdat ik immers samen met mijn vrouw bezig was de ontsnapten te snappen, het land te democratiseren, voor gerechtigheid te zorgen, dukkha te versmallen.

Blablablabla.

Als David Grün er nou maar niet zou zijn, dacht ik.

Als David Grün er niet zou zijn, zou ik alles aan Ev kunnen opbiechten.

Wat zou ik dat graag doen. Ze zou niet bij me weggaan, maar bij me blijven, zoals ze in de dagen van de bolsjewistische bezetting van Riga bij me was gebleven. Zoals ze altijd bij me was gebleven.

Nachtenlang was ik met Anna aan het discussiëren, omdat ik over bepaalde dingen begon na te denken. Oké, misschien waren het vooral onbepaalde dingen, maar het had ermee te maken dat ik wist hoe je mensen kunt laten verdwijnen. Dit verband nu kun je vermoedelijk niet karma noemen, beste swami. Hoewel ook veel logisch lijkt.

David Grün wordt geslagen. Het doet hem pijn (mij niet echt).

David Grün verdwijnt. Voor Ev wordt het donker (voor mij niet echt).

Anna huilde.

Ze zei dat ik nooit de hals van de arme dwergcollie had mogen doorsnijden. Nee, siste ik, ik had de hals van Erhard Sneiper moeten doorsnijden. En van David Grün moest ik de hals doorsnijden. Het is zijn schuld dat Ev zulk groot leed overkomt.

Zelfs Eduard Dreher heb ik door zijn eigen toedoen op mijn geweten.

32

Heinemann had Eduard Dreher aan ons voorgesteld, luttele weken na onze aankomst al.

'Dan moeten we gelijk maar even goedendag gaan zeggen, meneer Dreher,' begroette hij de beleefde heer met het arrogante paardengezicht nadat die aan de deur van Heinemanns kantoor had geklopt en naar binnen stapte, juist toen wij wilden vertrekken. De minister stelde ons voor als 'binnenhuisarchitecten', wat je op veel manieren kon interpreteren, en hij vroeg Dreher onmiddellijk naar zijn droom van die nacht. Dreher antwoordde dat hij had gedroomd over een halve giraf op een reis naar het middelpunt van de aarde. Heinemann vond dat heel verfrissend voor een referendaris. 'Meneer Dreher schrijft op het moment namelijk een klein traktaat over de droomwereld van de mens. Hoe is de titel ook alweer?'

'*Hier vergist Sigmund Freud zich*, meneer de minister.'

'Waarin vergiste Sigmund Freud zich dan?' wilde Ev weten.

'In de nadruk die hij legde op het seksuele aspect van de menselijke droom, beste mevrouw.'

'Dat vindt u?'

'We zijn nou eenmaal geen door dierlijke instincten aangedreven wezens. Seksualiteit is bij ons versmolten met een persoonlijke, voor lange tijd aangegane verbinding met iemand van de andere kunne. Dat is juist het verheugende.'

'En u komt nooit iets seksueels tegen in een droom?'

'Eigenlijk droom ik alleen over strafrecht. En over natuurschoon.'

'Gisteren over de hazen die u als diefjesmaatjes wilde arresteren,' bracht de oplettende Heinemann opgewekt in herinnering.

'Jazeker, meneer de minister,' zei Dreher op zijn beurt glimlachend.

'Mocht u een keer over mij dromen,' zei Ev, 'dan hoef ik dus niet bang te zijn voor een eventuele zaadlozing.'

Meneer Dreher knipperde even met zijn ogen, alsof hij het koud had, en Heinemann wipte op zijn zolen, één keer naar voren, één keer weer terug. Daarna zei hij dat het zo mooi was dat je elkaar ongedwongen en ver van de gebruikelijke conversatie tussen juristen kon ontmoeten en dat referendaris Dreher algemeen referent van de commissie Hervorming strafrecht was, hoofd van de Grostra-her dus. Zijn belangrijkste medewerker. Vervolgens opende hij de deur, begeleid Ev en mij naar buiten, en we hoorden dat er achter de dichtgevallen deur *'Heidewitzka, Herr Kapitän!'* geroepen werd (Heinemann) en even later 'Impertinent!' (Dreher).

Vier of vijf weken later kwam Ev opgewonden ons kantoor binnengestormd. Ze gooide me een dossier toe waaruit zowel over Eduard Drehers wakkere ik als over zijn onbewuste een paar conclusies konden worden getrokken. Het oude dromertje. In zijn hallucinogene jaren als naziaanklager in Innsbruck had hij de zwartwollen schapen die voor zijn rechterstoel werden gesleept onvergetelijke uren bezorgd. Juist in de toverkeuken van zijn strafkamer werd er een verfijnd brouwsel van de delinquenten gemaakt. Talloze doodvonnissen gaven er extra sjeu aan, vooral die op basis van futiele zaken.

Het proces tegen Karoline Hauser, bijvoorbeeld. Dat stond helemaal vooraan in dit droomdagboek waar ik met verbazing doorheen bladerde. Hauser was een eenenveertigjarige fabrieksarbeidster – een 'schadelijk element in de samenleving' en een 'gevaarlijke gewoontemisdadigster' volgens de van misinterpretaties van dromen totaal vrije naziaanklager Dreher. Ze ontsnapte ternauwernood aan het schavot dat Dromertje als lokkende straf had geëist, hoewel ze 'uit het immoreelst denkbare eigenbelang en daarom kwaadwillig' tientallen kledingbonnen op de zwarte markt had verkocht.

Of neem het proces tegen Josef Knoflach. Hij werd aangeklaagd als 'gewoontedief en gewelddadige crimineel'. De zevenenvijftigjarige hulparbeider Knoflach had een fiets 'onbevoegd benut' om een brood en een kilo spek te ontvreemden. De bijzondere rechtbank ging mee met Drehers voorstel en legde de doodstraf op. Vanwege kwalijk jatten. Pas na de interventie van de gouwleider van Tirol, die de Duitsers haatte en geen landskind om een kwalijk gejat stuk spek door een mof een kopje kleiner wilde laten maken, werd het vonnis verdund tot een tuchthuisstraf van acht jaar.

Of het proces tegen Anton Rathgeber. Vijf weken na een luchtaanval had de oude, drankzuchtige koffiebrander een paar smerige kledingstukken meegenomen uit een kist die 'onbeheerd' in het puin van een perceel was achtergelaten. Dreher klaagde Rathgeber aan als 'schadelijk element' omdat 'wat hij deed als plunderen moest worden beschouwd', hoewel er in de wet nergens stond dat je jezelf niet met zachte afdankertjes mocht verwarmen. De met veel fantasie begiftigde Dreher (fantasie uit zich immers niet alleen in je dromen) liet zich niet uit het veld slaan door dit hiaat in de wet. Hij greep terug op een krachtig woord van Hitler volgens welk ook onbeduidend gedrag achteraf als een strafbaar feit diende te worden behandeld indien 'het gezonde volksgevoel' zulks gebood.

Tien dagen nadat het proces was begonnen, werd op Drehers initiatief het populaire doodvonnis uitgesproken. Een op het laatste moment zelfs nog door de rechters van de bijzondere rechtbank bepleit voorstel om 'deze Rathgeber' tot een tuchthuisstraf van twaalf jaar 'te gratiëren' wees Dreher zelfbewust als onverdiende barmhartigheid af. Twee weken later werd het vonnis voltrokken, en dit duurde van de voorgeleiding van het slachtoffer tot en met het vallen van de bijl al met al één minuut en dertig seconden.

Geen wonder dat onze guillotinewerker 's nachts alleen maar halve giraffen zag, verbazingwekkend waren de mooie landschappen.

'Hou je vast,' zei Ev, 'Dreher zit al vanaf negentieneenenvijftig bij het ministerie van Justitie. En je mag drie keer raden waarmee hij zijn carrière in Bonn is begonnen.'

'Met de herinvoering van de doodstraf?'

'Nee, volgende!'

'Met bordeelbesluiten?'

'Geen flauwe grappen, graag. Volgende!'

'Ik weet het niet. Met de eis voor hogere salarissen?'

'Algemene amnestie!'

'Ga weg!'

Ze schoof het dossier met de betreffende passage naar me toe. Ik las de regels waarlangs haar wijsvinger triomfantelijk gleed en kwam erachter dat Eduard Dreher na de oorlog vanwege zijn verwevenheid met het nationaalsocialisme geen lid mocht worden van de orde van advocaten in Württemberg-Noord. Na een korte, moeizame tijd als advocaat in Stuttgart werd hij aangenomen bij de afdeling Strafrecht van het ministerie van Justitie. Bevoegdheid: juridische vraagstukken betreffende de afkondiging van een algemene amnestie.

Ik was onder de indruk.

'Hier, lees dit eens.'

Evs vinger verdween omdat ze hem nodig had om erop te bijten.

Voor Sigmund Freud is elke droom de vervulling van een wens en de hoeder van je slaap om *Es*-impulsen onder controle te krijgen, maar dit terzijde.

'Heeft-ie met iedereen gecorrespondeerd?' vroeg ik verbaasd terwijl ik de toepasselijke regels las.

'Werner Best!' zei ze.

'Friedrich Grimm!' zei ze.

'Hugo Stinnes!' zei ze.

'Ernst Achenbach!' zei ze niet gewoon, maar ze siste het, zo hoorden mijn beroerde oren het tenminste. 'Dat stelletje klootzakken. Allemaal juristen. En hieronder, die naam ken je!'

'Erhard Sneiper?'

'Die hoort ook bij de kliek. Hier heb je het zwart op wit. Laat je dus nooit meer bij hen zien!'

Ze liep opgewonden voor me te ijsberen en knabbelde ondertussen op de nagel van haar wijsvinger. Ze bewoog zich als de *Tatort*-inspecteurs in hun *Tatort*-politiebureaus: geënsceneerd, bijna gekunsteld, vrij van depressie en ironie, zonder belangstelling voor existentiële gesprekken of ook maar één gedachte verspillend aan de hun zo onderhorige assistenten.

'Dreher maakt deel uit van die misjpoooche,' vermoedde hoofdinspecteur mevrouw Himmelreich wijs. 'Hij heeft met iedereen contact en zit als een lintworm in de darmen van justitie. Dat is de vijand!'

Assistent Himmelreich keek vol respect naar zijn superieur. 'Hoe komt zo iemand op een dergelijke positie?' vroeg hij, hoewel het hem geen bal interesseerde en hij alleen maar om aandacht verlegen zat, en wat kon er nou aandachtiger zijn dan een snel antwoord?

'Een mooi lijntje met de SPD.'

'Dreher rijdt links?'

De hoofdinspecteur schudde haar hoofd en begon haar minder begaafde collega te onderwijzen, wat de assistent uitstekend beviel omdat hij de manier waarop haar gedachten haar in vervoering brachten erotisch aantrekkelijk vond. (Hij had dolgraag met haar gedachten willen slapen, zelfs met de allerbanaalste.)

'Alleen op de treeplank,' antwoordde ze. 'Die is bruin tot op het bot. Maar een goeie camouflage. En absoluut geen CDU, want die hadden hem destijds in Stuttgart bij de kladden. Heel slim.'

'En de socialisten doen eraan mee?'

'Adolf Arndt heeft het pad voor hem geëffend.' Nu probeerde de inspecteur haar collega te doorgronden. Zou hij weten wie in hemelsnaam Adolf Arndt was?

'Willy Brandts verloskundige?' schoot hem godzijdank te binnen, zodat de inspecteur hem verder welwillend in haar messcherpe deducties liet delen.

'Geen mens weet waarom,' begon ze, terwijl er verbazend veel twijfel in haar woorden doorklonk. 'Arndt is een socialist, Jood en ook nog eens lid van het partijbestuur. Hij is tegen verjaring. Hij is tegen amnestie. Waarom Dreher uitgerekend door zo'n gestaald SPD-lid hier bij het ministerie wordt aanbevolen? Geen idee. Maar zo was het.'

'Sympathie?' giste haar assistent.

Ach, wat zou hij de inspecteur graag willen vragen om hem een hogere rang te verlenen, met hem alle opsporingsstrategieën door te nemen en die andere assistent, politiepsycholoog David Grün, naar de zedenpolitie weg te promoveren.

'Wanhoop vooral,' concludeerde commissaris Himmelreich bondig. 'Er zitten geen linkse juristen bij het ministerie. Daarom neemt de SPD een CDU-hater aan, waar die dan ook vandaan komt. Iedereen bij het departement weet wat Dreher in Innsbruck heeft gedaan. En toch kijken ze weg. Zelfs opa Heinemann kijkt weg.'

'Dreher vaart onder valse vlag?'

'En niemand die het merkt.'

'Hij zal met een Trojaans paard op de proppen komen.'

'Hij ís het Trojaanse paard.'

'We moeten met Heinemann praten.'

'O ja?' vroeg de hoofdinspecteur bitter, en haar trouwe assistent merkte al aan haar zwakke intonatie dat het was gebeurd met de korte momenten van intensieve aandacht die hij kreeg, want ze sprak hem tegen: 'Dreher is zijn belangrijkste medewerker. En het is bovendien een man die weet hoe je mensen uitschakelt. Als we niet uitkijken, zijn wij straks aan de beurt.'

Toch sprak Ev met Heinemann, legde hem ons rapport voor en kreeg een standje.

En ik sprak met Erhard Sneiper, legde hem ons rapport voor en kreeg een pluim.

De beleefdheid waarmee referendaris Dreher ons in de kantine tegemoet trad, was excellent. Onberispelijk. Je kunt het niet anders zeggen.

Waarover hij 's nachts droomde, dat kregen we niet meer te horen.

De inspecteur en haar assistent gingen op de loer liggen en hielden dat maandenlang vol. Jarenlang. Het waren de sixties, swami. Toen was u al volwassen. Misschien hebt u wel meegefeest, of niet? Het hele arsenaal? U kent het beter dan ik. Beatles en zo. Martin Luther King. Apollo 13. Een waanzinnig snelle tijd. Maar niet voor juristen. Juristen werken ongeveer zoals gletsjers. Elk jaar weer een meter opgeschoven naar het dal. Het laat het ijs en de paragrafen koud of op dat moment juist de rock-'n-roll wordt uitgevonden.

De Gro-stra-her begon in negentieneenenvijftig te vergaderen en was na vijf jaar nog niet klaar en na tien jaar niet en na vijftien jaar ook nog niet.

De eerste commissieleden stierven, de tweede lichting trok zich terug omdat ze een hekel had aan de derde. Pensioneringen en formuleringen kwamen ertussen. Nieuwe regeringen en oude facties.

Nooit stuitten we op een verdacht plan. Nergens kwamen we pogingen tegen om het strafrecht te conserveren en aan te passen aan de behoeften van alle nazi's wier strafprocessen zich tegelijkertijd overal in Duitsland aandienden. Integendeel. Wat we in de notulen van de commissievergaderingen lazen, klonk naar liberalisering van het Duitse strafrecht, zoals in die tijd alles naar liberalisering klonk.

De hoofdinspecteur voelde nattigheid. Ze luisterde verschillende telefoons af, zonder er Heinemann uitgebreid over te vertellen. Haar assistent liet Drehers huis zelfs door twee Mossad-agenten observeren, maar ontdekte alleen wanneer die ging kegelen en dat zijn vrouw een minnaar had.

In die dagen hadden eigenlijk alle getrouwde vrouwen minnaars. Het hoorde bij de tijd. Ik voelde daardoor menselijk gezien een band met mijn lotgenoten, referendaris of niet. Ik moest eerst maar weer eens een paar van zijn klassieke pleidooien lezen, die in een zeer heldere en duidelijke taal waren geschreven ('weerzinwekkend on-Duits gespuis') om opnieuw de nodige afstand te creëren.

Nergens galoppeerde een Trojaans paard.

Ook het Reichssicherheitshauptamt-proces liep op rolletjes, ondanks de tientallen letters van het woord. Na zes jaar voorbereiding zou het mammoetproces eindelijk van start gaan. De laatste huiszoekingen vonden plaats. De eerste aanhoudingen werden gelast.

En ook het bureau Himmelreich was ervan overtuigd dat alles rechtmatig en ordelijk zou verlopen.

33

Herinnert u zich negentienachtenzestig nog?

Ik moet zeggen: het eerste goede jaar sinds we Letland hadden verlaten.

Het eerste goede jaar in tweeënhalf decennium.

Een jaar vol opwinding en kunst.

Ik vraag me af hoe papa zich met zijn pasteuze bacchanalen en de zich in warme olieverven wentelende nimfen tussen al die happenings had gevoeld, al die leuzen en performances die dit jaar zo opvielen.

Een keer kwam op de Münchener Freiheit een in felle kleuren opgemaakt meisje naar me toe gewankeld dat een kartonnen doos voor haar lijf hield; door een opening mocht je haar bij haar blote borsten pakken. Haar woest behaarde vriend liep naast haar, had een megafoon voor zijn mond en schreeuwde tegen me dat ik de borsten van zijn vriendin exact twaalf seconden moest blijven vasthouden, kom maar naar binnen, mijn duimen en middelvingers, kom maar naar binnen. Ten slotte gunde ik hem die lol, aangezien het een artistieke performance was die de maatschappelijke rol van het vrouwelijk lichaam op stimulerende wijze thematiseerde, wat papa toch eigenlijk ook min of meer zijn hele leven had gedaan. Hij zou deze actie ongetwijfeld leuk hebben gevonden, hoewel de kartonnen doos hem gestolen had kunnen worden en die brullende vriend van haar natuurlijk ook.

De straat werd dat jaar de bron van alle gebeurtenissen. Zelfs voor onze vaste verblijfplaats vond een demonstratie plaats, en iemand gooide met een steen het grote raam van de Deutsch-Israelische Gesellschaft e.V. in.

Wij hadden destijds maar één Kidon-regelaar te gast, die nogal gezet maar tegelijk wel beweeglijk was. Hij kon zijn ogen niet geloven toen te midden van alle brandende Amerikaanse vlaggen voor ons pand ook een kleine Israëlische vlag in de fik ging. De heetgebakerde demonstranten schreeuwden 'Jullie zijn fascisten, vuile zionisten', en geconfronteerd met deze groteske verwisseling verdween de regelaar naar boven, naar de wapenkamer.

Het was maar goed dat er geen tweede steen door een tweede raam van het kantoor werd gegooid.

Telkens wanneer je naar buiten ging, liep je mensen zoals u tegen het lijf, beste swami, en het was Ev, die anders dan ik haar angsten om zich onder mensenmenigten te begeven aan de kant schoof. Ze liet zich graag meevoeren met de solidariteitscolonnes voor Ho Chi Minh omdat ze een nieuw, fundamenteel democratisch en antiautoritair Duitsland zag marcheren. Ze kon urenlang ruziemaken over het woord 'marcheren', dat sommige maoïsten wilden verbieden (net als het woord 'slenteren', trouwens; alles mocht alleen nog 'voortbewegen' worden genoemd, geen van de vele manieren van lopen van de mens mocht zich tekortgedaan voelen).

Ev verklaarde zich graag bereid om eerste hulp in het Eerste Hulpcomité te bieden. Haar medische kennis was meer dan welkom bij maoïstische groepen, op wier neusbeentjes de gummiknuppels van de politie uiteenlopende indrukken achterlieten. Ze verwaarloosde haar rol als hoofdinspecteur Himmelreich op schandelijke wijze en las nu geschriften zoals Guy Debords *De spektakelmaatschappij* en Herbert Marcuses *Vertoog over bevrijding*, die het fundament van ons ochtendlijke ontbijtritueel vormden, terwijl we 's avonds, bij gebrek aan de Middellandse Zee, het wandelpad naar de Englischer Garten insloegen, waar bij de monopteros liederen van Bob Dylan werden gezongen, door voortreffelijke voordrachtskunstenaars en in aanwezigheid van stoned dansende bloemenmeisjes, wier leven als zand door de vingers van jonge gitaristen gleed.

Negentienachtenzestig was ook het jaar waarin Reinhard Gehlen afscheid nam. Hij riep me nog eenmaal bij zich in zijn vertrekken, zogenaamd om de laatste herinneringen aan Koja Solm uit te wissen, reden dat hij me een zak met tot as verbrande paperassen overhandigde.

Het oproer dat in die dagen vanuit de metropolen ook het platteland in brand zette, werd in de gangen van de Org met ergernis bekeken. Gehlens laatste mededeling aan het personeel, waarin stond dat alle mannelijke ambtenaren van de analyseafdelingen moesten worden uitgerust met uzi's en honderd stuks munitie uit het BND-arsenaal, zodat ze die 's avonds op weg naar huis konden gebruiken als er antidemocratische samenscholingen zouden plaatsvinden, was door zijn aangewezen opvolger uit de drukpers gerukt en aan de papierversnipperaar gevoerd.

'Die snotneus denkt dat het een jeugdrevolte is,' snoof de doctor minachtend.

'En dat is niet zo?'

'Dürer!' wees hij me terecht. 'Lange arm! Een heel lange arm!'

'Moskou?'

'Natuurlijk. Opstand in heel Europa? Massastakingen in Frankrijk en Groot-Brittannië? Dat lukt niet zonder Moskou.'

'U hebt het zien aankomen.'

'Lang van tevoren.'

'Uw ervaring, doctor.'

'Ik heb aangeboden om nog te blijven.'

'Geweldig.'

'Tot m'n negentigste, zei ik tegen de kanselier, doe ik het graag.'

'Uw negentigste?'

'Ik zeil elke dag. Ik zwem. Ik heb het hart van een student, zegt de dokter.'

'Uw gewaardeerde nicht?'

'Denkt u, Dürer, dat ik naar een dokter zou gaan die géén familie van me is?'

'Natuurlijk niet, sorry.'

'De democratie, zei de kanselier, trekt de grens bij zesenzestig.'

'Zesenzestig?'

'Jaar. Pensioenleeftijd. Zeilen die gestreken worden.'

'Ongelooflijk. Zesenzestig.'

'Blücher was drieënzeventig toen hij Napoleon bij Waterloo versloeg.'

'Ik weet het.'

'Moltke was achtentachtig toen hij als hoofd van de generale staf aftrad.'

'Een geniaal strateeg.'

'Tot m'n negentigste doe ik het nog fluitend.'

Bij die gedachte begonnen zijn ogen te glanzen, als scheepslantaarns in de mist, terwijl de rest van zijn verschijning – de knokige gestalte, de kale doodskop, de uitdrukking van weerzin en het nurkse, die zich in zijn mondhoeken hadden vastgezet – niet lang weerstand zou bieden aan het oud en grijs worden.

Hij stond op achter zijn bureau, liep een paar passen naar de grote dossierkast en klapte de houten, rijkgedecoreerde wereldkaart open die ik daarin ooit voor hem had laten aanbrengen.

'Dat was nog echte kunst,' mompelde Gehlen. 'Herta zegt dat u een genie bent.'

'U vleit me, doctor.'

'Ik vlei niemand.'

Hij gleed met zijn hand over de Congo, waarvoor ik ooit ebbenhout had laten inleggen, dat eind jaren veertig een vermogen waard was geweest. Zijn vingers trilden licht, misschien van ontroering, misschien ook puur uit berekening, maar altijd zal ik deze laatste aanblik van mijn kaart verbinden met de knoestige trilhanden voor het ebbenhout.

Maar vier maanden na mijn afscheidsbezoek werd het in het kader van de renovatie van het oude kantoor tot brandhout gehakt, samen met het ingelegde mahonie-, citroenbomen- en kersenhout, dat zich in geraffineerd gerangschikte blokjes van de Amerikaanse Westkust tot aan Japan uitstrekte en landen en oceanen weergaf, zelfs Pullach, en met de grote M boven Moskou naar de arme Maja verwees.

Toen we al bij de deur stonden, vertelde de doctor me dat ik de vaste verblijfplaats ook onder zijn opvolger, de snotneus, zou blijven beheren. Hij had voor alles gezorgd. Ik was een fantastische liaisonofficier, zei hij, niet zo'n sof als mijn broer, hoewel ik natuurlijk geen broer had; ik was immers meneer Himmelreich, om niet te zeggen meneer Dürer, en de zak met de veraste documenten moest ik maar in de Starnberger See kieperen.

Een week later was ik naar zijn officiële afscheid gekomen. Zijn oude medewerkers traden allemaal aan: Schot-door-het-gezicht-Sangkehl, Pinokkio-Herre, Palestinamof. Dan kon ik niet ontbreken.

Secretaresse Alo was er ook. Pas toen ik de dikke tranen over een soort slakkenspoor achter haar brillenglazen vandaan zag kruipen, werd ik me ervan bewust dat Gehlen een man was die ten diepste werd bevredigd door de erkenning die secretaresses hem gaven, zelfs als ze als tegenprestatie bemind moesten worden. De affaire die hen al twintig jaar verbond, kwam pas aan het licht toen Alo rond middernacht in katzwijm viel en Gehlen hardop een verschrikt 'Poesje!' riep, een woord dat uit zijn mond enkele aanwezigen een trauma bezorgde (vooral zijn vrouw, natuurlijk).

De receptie vond plaats in het gloednieuwe restaurant van het analysegebouw. Kanselier Kiesinger was niet op de feestelijke plechtigheid verschenen, een affront dat door de leeg gebleven stoel naast de scheidende BND-president zichtbaar werd. Oud-kanselier Adenauer kon niet komen omdat hij al een paar maanden dood was. De CIA stuurde alleen de tweede garnituur of oude, te hard lachende veteranen. Ik hoorde van verre de al beschonken Donald Day lawaai maken. De voormalige baas van de Agency, Allen Dulles, had zelfs laten weten dat hem er alles aan gelegen was het feest niet bij te wonen en vooral het feestvarken in geen geval zijn respect te komen betuigen.

De vernietiging van de reputatie van de BND en de vernietiging van alle Amerikaanse inlichtingenlijnen aan de overkant van de Muur door SS-molkatvarken Heinz Felfe waren vergeten noch vergeven. Bonn en ook Washington had de schade zelfs vijf jaar na de arrestaties nog niet hersteld. De enige reden dat Gehlen, op wiens ontslag John F. Kennedy zou hebben aangedrongen, niet zijn congé kreeg, was omdat de Amerikaanse president nog juist op tijd in de kogelregen van Dallas stierf.

De berichten uit het Oostblok die door mijn bescheiden inspanningen via Israël tot Pullach doorsijpelden, waren voor een geheime dienst te weinig om van te leven en te veel om van te sterven. De Mossad had verhoudingsgewijs maar weinig operationele bronnen in Rusland zelf, die bovendien praktisch allemaal in het Moskouse ministerie van Gezondheidszorg zaten, zodat de Org wel te weten kwam hoeveel Russische tbc-lijders per jaar voor een kuur naar de Krim werden gestuurd, maar dat bracht nauwelijks meer inzicht in het militaire dreigingspotentieel.

De BND zelf kon al helemaal geen agenten meer in het Oosten rekruteren. Niemand. Nul.

Het lukte niet meer om er iemand naar binnen te sluizen.

Geen spion met ook maar een greintje instinct tot zelfbehoud was bereid om voor een paar roebel zijn leven in handen te leggen van de veruit slechtste geheime dienst van het westelijk halfrond. Er hadden behalve Heinz Felfe immers ook nog andere dubbelagenten bij de Org kunnen sluimeren, ikzelf bijvoorbeeld, want er moest voortdurend rekening worden gehouden met mijn reactivering.

Kort en goed: de informatie die op de oevers van de BND aanspoelde, bestond absoluut niet uit de streng bewaarde geheimen van de Sovjetpolitiek. Om eerlijk te zijn, beste swami: ze hadden toen in Pullach net zo goed elke morgen een exemplaar van de *Pravda* en *Neues Deutschland* kunnen bestuderen in plaats van tweeduizend mensen aan het werk te houden.

Een soortgelijke stemming heerste er toen de *master of disaster*, zoals Donald Day de wakkere doctor placht te noemen, in het BND-restaurant op zijn huldiging wachtte, en dan ook nog met echtgenote Herta aan zijn zijde, die op het einde van de avond en ten overstaan van de buiten bewustzijn geraakte Alo op haar man zou inslaan nadat hij zich over zijn trouwe secretaresse had ontfermd en haar met mond-op-mondbeademing weer naar het treurige hier en nu teruggehaald had.

Maar daarvoor al werd de feestrede uitgesproken door het hoofd van de kanselarij en voormalig SA-man Karl Carstens, een uit een Hanzestad afkomstige bonenstaak met woekerende wenkbrauwen die zijn ambt pas sinds het begin van het jaar uitoefende en Reinhard Gehlen nooit eerder had gezien.

De doctor was zo geschokt dat hij door een totaal onbekende werd uitgezwaaid (want door totaal onbekenden kun je alleen worden begroet of beledigd, nooit uitgezwaaid) dat hij tijdens de hele toespraak in zijn Sun Tzu-brevier zat te bladeren.

'Teleurstellingen en tegenslagen zijn u stellig niet bespaard gebleven,' – Carstens las een laudatio voor die de een of andere ambtenaar van het ministerie van de kanselier had geschreven, die koste wat het kost nog zijn laaiende woede over het Felfe-fiasco kwijt moest – 'maar over de hele linie...' (over de hele linie, beste swami, dus over het geheel genomen, op de keper beschouwd, los van alle fiasco's en flops, dat wil zeggen 'over de hele linie') 'over de hele linie mag de prestatie die u hebt geleverd als bewonderenswaardig en zeer belangwekkend voor de lotsbestemming van ons land worden beschouwd.'

Hoffelijker kun je falen niet prijzen.

Aan het eind was er een mooi applaus, en de BND-medewerkers, onder wie ikzelf, zijn door hem geschapen hemelrijke creaturen, gaven de hartstochtelijke earlgreydrinker als afscheidscadeau een representatief theeservies van zilver dat je vaak moest poetsen, plus twee kilo suiker. Van de afwezige bondskanselier kreeg hij een bijbel, zijn twaalfde, zoals hij zei. Donald Day overhandigde hem namens de Central Intelligence Agency een Colt uit de Amerikaanse Burgeroorlog. En uit Tel Aviv was een pakje gekomen met een opgezette Arabische pimpelmees. (Pimpelmezen komen niet voor in Israël.)

Daarna voelde ik me verlost.

De ouwe was weg.

Het nieuwe eiste zijn plek op.

De lente overweldigde me. Het was een verrukkelijke lente, een lente van de revolutie. Een verloren gewaand gevoel van grenzeloze vrijheid stroomde pulserend door me heen, een gevoel dat ik voor het laatst had ervaren toen ik, net ontslagen, buiten de poorten van de Loebjanka stond, maar destijds was ik twintig jaar jonger en uitgehongerd.

Het was heerlijk om Ev nog voor de ochtendschemer te wekken, waarna we om vijf uur 's morgens onder een Van Gogh-zon doodleuk in onze Citroën stapten en naar Parijs reden. Spontaan en goedgemutst.

In het Quartier Latin smeulden de laatste barricaden nog na.

De hele stad ademde als een pas genezen, uit zijn coma ontwakend dier.

Wij leenden deze adem. We sliepen in een pensionnetje vlak bij de Bastille. 's Morgens trokken stakende arbeiders met rode vlaggen, in daverend donkere samenzang, langs de kaaswinkel waarin we aan een wiebelige statafel twee croissants naar binnen werkten en waarvan de eigenaar zijn stapels boter, schalen met crème fraîche, zijn piramiden van koeien-, schapen- en geitenkaas met Mao's glimlach had versierd en op elke camembert twintig procent revolutiekorting gaf.

We liepen als kinderen over de Seine-bruggen.

We dachten aan Bonn en München en wisten zeker dat we én-én-geluk zouden oogsten, dat wil zeggen op alle fronten zouden zegevieren omdat het goede en het nieuwe (het nieuwe was toen het goede) op alle fronten zegevierden.

Ik had Ev al jaren niet zo gelukkig meegemaakt. Ze kon weer de hele nacht slapen, hoewel het raam openstond en we tot 's morgens de rellen hoorden.

Haar plotselinge transpiratie, haar abrupt opkomende misselijkheid, haar angstaanvallen. Het vloeide allemaal weg.

Ook Anna was blij en zag frisse moed in de gloeiende, bijna onbezorgde ogen van haar moeder.

En 's avonds de restaurants.

We naderden de zestig, de beste leeftijd voor restaurants, met en zonder ruiten. (Vele gingen aan diggelen.)

In het Louvre, waarop papa zo dol was geweest vanwege de Italiaanse afdeling, zat Ev drie uur lang naast me en keek toe hoe ik de Nikè van Samothrake tekende. Ik vertelde haar niets over mijn tijd in Parijs onder het hakenkruis, niets over de lusteloze SD-bedgenoot die ik was geweest in die vreselijke weken dat ik, op de vlucht voor Evs wanhoop, hier strandde. Het ging in die dagen zo slecht met haar, zo ontzettend slecht, dat ze haar lot wilde verbeteren door zich vrijwillig voor Auschwitz aan te melden.

Nu ging het goed met haar. Echt goed. *Merveilleux. Excellent. Voilà.*

En daarom was ik van mening dat ze David Grün niet meer nodig had.

Ik weet zelfs het moment nog dat ik door de absolute overtuiging werd gegrepen dat ze David Grün niet meer nodig had. We zaten in de Jardin des Tuileries, ze had haar hoekige, slanke lijf languit op een van die korte Parijse banken neergevlijd. 's Morgens hadden we met elkaar geslapen, zoals we al lang niet meer hadden gedaan. Zodat we één vlak hadden gevormd, een uit plooien en kanten en worstvormige uitstulpingen gevormd vlak, en we weer onze geuren konden ruiken, sterker dan voorheen.

En nu, op het Tuileries-bankje, ademde ik door haar jonge bloes heen, knielde voor haar op de aarde, had mijn hoofd op haar buik gelegd, die nog altijd stevig was, slechts door één vergeefse geboorte op de proef gesteld, en ik ademde en rook en voelde haar warme lichaam en hoorde Anna's gefluister dat ik hier moest blijven, een moment maar, en juist op dat moment streelde Evs hand mijn kruin net als die eerste keer, en ik vloog decennia terug en zag op grote hoogte onder mij twee kinderen in een betoverd huis van suikerglazuur elkaar trouw zweren, elkaar hand en hoofd belovend, en in die ene seconde wist ik met absolute zekerheid dat David Grün niet meer nodig was.

Maar Ev wist het nog niet.

David was op een merkwaardige manier steeds meer deel van haar geworden de afgelopen jaren. Zoals een loot ontspruit aan een oude boom. Omdat ze mij niet had horen protesteren, had ze geconcludeerd dat ik het er misschien wel mee eens was. Ze dacht dat ik een beetje haar hond was. Dat vergeef ik Ev.

Ik was het er echter nooit mee eens. Ik wilde alleen dat ze niet doodging. Ik wilde alleen dat het goed met haar ging.

En nu ging het dus goed met haar.

Zelfs Anna moest toegeven dat het goed met mama ging.

Dat ik David Grün niet echt nodig had, hoefde niemand te weten. Ev zou er alleen maar verdrietig van zijn geworden.

Mijn afschuw als ik een van zijn lange, krullerige, bruine, nergens ook maar enigszins grijs wordende losse haren op haar trui ontdekte. Het trillen van mijn lip als hij voor de deur stond en aanbelde als een postbode, en dan opende ik de deur en dan zei hij 'Hi, Jerry,' zoals in een Amerikaanse film. Hij omhelsde me zelfs. Die ongelooflijke kerst, toen we met ons drieën voor de boom zaten en hij me tien therapiesessies cadeau deed; op een zelfgetekende tegoedbon moest ik er kennis van nemen. Wat haatte ik zijn zelfgetekende tegoedbonnen. Tegoedbonnen voor uitstapjes naar Neuschwanstein, tegoedbonnen voor een goed leven. Hij tekende als een kind van vijf; ik haat het als iemand niet kan tekenen, dat haat ik ook aan u, swami. Ik haatte de klank van zijn voetstappen, die ik achter de deur van zijn villa aan hoorde komen trippelen wanneer ik Ev bij hem ophaalde en zij hem een kus ten afscheid gaf. De afdruk van zijn tanden op haar huid. En één keer, in al die jaren, eentje in haar nek; ik kon wekenlang niet slapen. Het feit dat hij wist dat ik Koja Solm heette, dat hij mijn bezigheden en bijna al mijn geheimen kende, hoewel ik de tien gratis therapiesessies niet had verzilverd. Ev had hem alles verteld. 'Hij is mijn analyticus, schat, ik kan me niet anders voordoen dan ik ben.'

Zoals hij mij in zijn greep had.

Dat haatte ik het meest. Hij had me in zijn greep, en op de dag dat Ev zonder hem gelukkig zou kunnen zijn en hem zou verlaten, zoals je nou eenmaal een therapeut verlaat, zou David Grün me kunnen vermorzelen met één telefoontje of een zelfgetekende tegoedbon voor de arrestatie van een man die hoogverraad had gepleegd.

Hoezeer ik hem haatte, rechtvaardige en alstublieft niet te snel oordelende swami, dat kan niet in uw wereldbeeld passen. Maar ik wil heel eerlijk zijn in deze winterse tijden. En daarom moet ik toegeven: ik haatte en haatte en haatte die man en wilde dat het stopte.

34

In de wapenkamer van de vaste verblijfplaats bewaarden we, opgeborgen in een kluis met de grootte en vorm van een trekharmonica,
ook enkele vloeistoffen in glazen fiolen. De Amazone-indianen
prikken nog altijd kleine schilderskikkers op spiesen, steken ze in
brand, en wat vervolgens van de spartelende dieren afdruipt, lag in
vijf van mijn fiolen. Geen idee hoe het heette. Iets met -xin op het
eind. Het was ooit ten behoeve van onvrijwillige consumptie voor
snoepgrage raketwetenschappers opgeslagen, in de zalige tijden van
kolonel Harel. Nu lag het daar maar. Niet gecodificeerd. Boekhoud-
kundig niet geregistreerd. Onder mijn beheer.

Ik vond het uitstekend geschikt voor David Grün. Het ging voortreffelijk en volkomen smaakneutraal samen met alle levensmiddelen en liet op de tong een licht verdovend gevoel achter. Tintelingen
in je gezicht. Coördinatiestoornissen. Onzekere tred. Ataxie. Je zwak
voelen. Kramp in je spieren. Onduidelijk spreken. Toenemende verlammingsverschijnselen. Starre pupillen. Zweten. Braken. Cyanose.
Verlaging van je bloeddruk. En ten slotte hartstilstand. In bloed kon
het niet worden aangetoond, en eer de finale symptomen zich zouden voordoen, was je misschien alweer maanden verder.

Toen we uit Parijs terugkeerden, de gelukkige Ev en de echtgenoot
die haar adoreerde, had ik felle ruzies met Anna.

Eén keer klopte Ev op de badkamerdeur omdat ik te veel lawaai
maakte. Ik gaf werkelijk veel om de mening van mijn dochter, maar
in dit geval vond ik het moeilijk. Ze verweet me egocentrisch gedrag. Meedogenloosheid. Ze zei dat ik die Italiaanse rivier zou oversteken, die helemaal geen rivier was maar net aan een beekje en
waarvan de naam haar niet te binnen schoot. (Voorzichtig herinnerde ik haar aan de Rubicon; in Latijn en geschiedenis was ze nooit een
licht geweest.)

We discussieerden veel over ethisch gedrag. Ik wees haar op de hoogst actuele boeken die Ev liet slingeren, waarin het om geweld tegen dingen en geweld tegen mensen ging en waarom het legitiem kon zijn om in noodsituaties regulerende middelen in te zetten. Om namelijk toestanden te veranderen, Anna. Om ondraaglijke toestanden te veranderen.

Maar kleine Anna was goed op de hoogte en herinnerde me aan al die christelijke geboden die in de genen van mijn familie klotsten, zo zei ze het tenminste. Ze riep Großpaping op voor mijn geestesoog. Ze bracht het echt zware geschut in stelling.

Maar toen ze me voor de voeten wierp dat ik als een laffe moordenaar handelde, hoewel ik mezelf toch eerder als een sluwe stadsguerrillero zag, haalde ik bakzeil. Met een zwaar gemoed en zonder overtuigd te zijn. Maar Anna had gedreigd nooit meer contact met me op te nemen als ik mezelf liet gaan, dan wel David Grün liet gaan, om precies te zijn. En aan deze chantage gaf ik toe.

Ik haalde alle vijf fiolen uit de kluis, stopte ze in mijn aktetas, verliet het pand en wandelde in twintig minuten naar de Kleinhesseloher See. Zoals de hele zomer al lag ook deze middag het halve weldenkende proletariaat van Schwabing op de zonneweiden in de buurt te luieren. Maar de bank waarop Ev en ik altijd even pauzeerden om naar restaurant Seehaus op de andere oever te kijken was niet bezet. Ik liep naar het water beneden, haalde het uit kikvorsruggen gewonnen goedje uit mijn zak, brak de fiolen en goot de inhoud in de waterplas.

Toen de vierde fiool leeg was, legde iemand z'n hand op mijn schouder en zei: 'Hi, Jerry.'

David Grün stond voor me, in sporttenue, een bezwete duurloper, knap en bruin, als door Michelangelo uit bevroren stront gebeiteld.

'Wat doe jij nou?'

'O, medicijnen.'

'Je gooit je medicijnen weg, Jerry?'

'Oude medicijnen.'

'Je moet medicijnen nooit weggooien. Ev heeft helemaal niet verteld dat je naar een arts gaat.'

'Is al gebeurd.'

'Ze maakt zich zorgen, weet je.'

'Ze maakt zich altijd zorgen.'

'Op het moment is ze euforisch. Parijs heeft haar echt goedgedaan.'

'Ja, het was mooi.'

'Maar ze zegt dat je nogal labiel bent.'

'Onzin.'

'Je praat met jezelf?'

'Wat?'

'Ze zegt dat je gesprekken met jezelf voert.'

'Niet dat ik weet.'

'Het zouden zelfs twistgesprekken zijn.'

'Ik maak ruzie met mezelf?'

'Met Anna?'

'Wie is Anna?'

'Anna Solm.'

'Er daagt me niets.'

'Je zult wel weten wie Anna Solm is, Jerry.'

Hij fronste zijn voorhoofd en glimlachte tegelijk ongelovig.

'Jerry?' persisteerde hij.

'Bedoel je Evs dochter?'

'We weten allebei, Jerry, dat het niet alleen Evs dochter was.'

Ik zei niets, maar zag vlak bij de oever een fuut die naar lucht hapte, een paar keer klapwiekte en uitgeput op z'n zij terechtkwam.

'Ik ben je vriend, Jerry. En Ev is je vriendin. We zijn allebei arts en kunnen er allebei voor je zijn.'

'Bedankt, David. Maar Ev is mijn vrouw, niet mijn vriendin.'

'Daarginds drijven dode vissen op het water.'

'Inderdaad.'

'De hitte.'

'Vast en zeker.'

'Wees niet zo afwijzend, Jerry. Ik maak me zorgen omdat Ev zegt dat je soms met een verdraaide stem praat. Je weet wat schizofrenie is?'

'Schiet je er wat mee op als ik kwaad word?'

'Neem me niet kwalijk. Ik bedoel het alleen maar goed. Je hebt geen gebruik gemaakt van je gratis therapiesessies. Waarom eigenlijk niet?'

'Ik heb ze niet nodig.'

'Het zijn heel duidelijke signalen als je al lange tijd gesprekken met jezelf voert. Hoor je stemmen in je hoofd? Hoor je de stem van Anna Solm in je hoofd?'

'Ik moet weer verder, David.'

'Je hebt nooit je verdriet onder ogen durven zien. Weet je, dat kan je opbreken. Ik heb jaren nodig gehad voor Ev haar pijn en haar verlies onder ogen durfde te zien. Nu merk je toch dat het beter met haar gaat.'

'Jij hebt Ev genezen?'

'Doe alsjeblieft niet zo sarcastisch. Niet genezen, nee. Maar wel op weg geholpen. Op weg naar haarzelf. Jij bent zover van jezelf afgedreven, mijn vriend. Jij moet leren rouwen. Jij moet leren om de rouw om je dode dochter toe te laten.'

'Ze is mijn dochter niet.'

'Jij vertrouwt geen mens, Jerry. Voor geen cent. Dat is pathologisch. Ik sta aan jouw kant. Echt waar. Ik zou je zo graag willen helpen. Ev heeft me zoveel prachtige dingen over je verteld. Het zou toch verschrikkelijk zijn als jullie elkaar verliezen.'

'We zullen elkaar nooit verliezen.'

'Jullie relatie is misschien anders dan die voor jou lijkt.'

'Hoe lijkt die dan voor mij?'

'Als een zekerheid.'

Er kwam een hond het water uit, met een drijfnatte vacht en een stok in zijn bek, een beetje slingerend. Toen hij de stok voor zijn baasje neerlegde, zakte hij door zijn linkerachterpoot.

'Niets ter wereld is zeker, Jerry. Geen enkel gevoel is ooit zeker. Ev is bang voor je. Voor je hele doen. Ik denk dat je dat moet weten.'

'Is ze bang voor mij?'

'Een paar maanden geleden belde ze me op. Midden in de nacht. Ze wilde zelfs verhuizen.'

'Verhuizen?'

'Dat is absoluut onverantwoord. Ze had genoeg van je, zei ze. Ik moest heel intensief met haar aan de slag. Ze kan niet bij je weggaan, alleen omdat het slecht met je gaat. Dat heb ik immers ook niet gedaan toen het slecht met haar ging. En jij evenmin.'

'Nee.'

'Je glimlacht, Jerry. Dat is goed. Ik hou van je glimlach.'

'Ik glimlach niet.'

'Ik dacht dat het een glimlach was. Ik interpreteerde het als een glimlach. Moet je kijken, ongelooflijk, al die dode vissen daar. Het zijn er zeker twintig.'

'Hoe gaan we met onze therapiesessies beginnen?'

'Jerry?'

'Hm?'

'Je wilt de gratis sessies doen?'

'Ja, het komt spontaan in me op...'

'Dank je, Jerry. Dat is geweldig. Zo'n spontaan gevoel is ontzettend geweldig. Laat het maar komen, Jerry.'

'Zullen we in het Seehaus aan de overkant een biertje drinken?'

'Ik ben een beetje bezweet en in deze sportkleren...'

'Dat maakt toch niet uit, David.'

'Nee, dat maakt niet uit.'

'Nee.'

'We hebben nooit eerder samen een biertje gedronken, mijn vriend.'

We liepen de halve plas rond, passeerden een paar spiernaakte hippies, meisjes met minirokjes, verbijsterde boeren en buitenlui en we kwamen ook langs politieagenten die met getrokken wapenstokken op de hippies afrenden.

We gingen aan een vrije tafel zitten, waarvandaan David de aan voedingsstoffen rijke, door zeelten, graskarpers en snoeken bespikkelde plas niet kon zien.

Toen hij naar de wc ging, goot ik de vijfde fiool leeg in zijn bierglas.

35

Wat mooi dat we weer samen zijn.

Ik heb zitten duimen tijdens de operatie.

En toen u in coma lag, heb ik u over negentienachtenzestig verteld.

Herinnert u zich dat nog?

Nachtzuster Gerda vertelde me dat u helaas niet meer kunt praten.

Helemaal niet meer. Is dat zo? Kunt u niet meer praten?

Aha.

Maar u hoort me nog wel.

Kijk, we zijn er weer. Op ons oude plekje.

Verderop het raam. Daarachter de wasgelegenheid. Verse bloemen uit het kasje van nachtzuster Gerda.

Marrakesh gaat echt niet meer. Dat heb ik u meteen gezegd. Hasj. Dope. Shit. Nee. Die tijden zijn voorbij.

Nu heeft de melancholie toch echt bezit van u genomen. Geen optimisme meer, hè? Maar het zou best kunnen dat u lijdt aan de eerste fase van melancholie. Een illusie dus, opgeroepen door het intraveneus toedienen van voedsel, dus die zoutoplossing die ze in uw aderen spuiten. Of misschien wel het zout in uw bovenkamertje. Het schijnt dat die voor de hersenen naar zout smaakt, zo'n schroef. Dat zegt de Griekse arts.

En nu de tweede.

Mensen met een groter geestelijk bevattingsvermogen kennen natuurlijk wat hoger ingeschaalde staten van ongelukkig zijn dan u. Ik ben wanhopig dat ik wanhopig ben, terwijl u slechts een simpele neerslachtigheid voelt. Maar simpele neerslachtigheid is wel iets goeds, iets wat voorbij kan gaan (door beter eten, door verlies van de schedelschroeven, door levensverlengende maatregelen).

Zal ik u nog een keer de alef-mop van de heer Himmelreich vertellen?

Oké, dan niet.

Maar u kunt uw hoofd wel bewegen?

Goed.

Maar opgelet.

Ik duw u nu naar deze hoek. Van hieruit kun je mooi naar buiten kijken. Jammer genoeg sneeuwt het nog, maar de wolken hebben al iets lenteachtigs, iets van een samengebalde kracht, vind ik. Mijn motorrijder is drie dagen geleden overleden. Zijn bed is leeg. Daarom kwam dat voor ons zo uit. Kijk, weer zo'n wolk. Wat is die snel.

Ik ben echt blij om u weer in mijn buurt te hebben. Door uw zwijgen is het voor u allemaal veel beter te verdragen. Ik heb ook een paar geboortekaartjes van beneden meegenomen. Hier, dit kleine ventje vindt u vast leuk.

Waarom bent u eigenlijk zo dol op pasgeboren baby's?

Omdat ze zo onschuldig zijn?

Dat dacht ik tenminste.

Ik heb uitgebreid gepraat met dokter Papadopoulos toen u me liever kwijt dan rijk was. O zeker, zo was het wel. Ik vroeg de Griek naar de mogelijke oorzaken van uw afkeer. Hij weet het natuurlijk ook niet. Maar we hadden het over melancholie en de uitdrukkingsvormen ervan.

Het trefwoord luidt: depressief realisme. Iemand die depressief is, zei dokter Papadopoulos, althans iemand die op een hoogwaardiger niveau depressief is, kan een stuk beter contact maken met de realiteit dan iemand die zogenaamd gelukkig is. Daarover bestaat onderzoek, dat heeft de dokter hier intern gedaan, eerlijk waar. Melancholie is een... een... teken voor een in de gangbare betekenis van het woord realistische kijk op de wereld. Op de armetierigheid ervan als het ware, dus even genoeg van dukkha.

Neerslachtige proefpersonen, bijvoorbeeld, die een maanraket moesten besturen, konden veel beter de kans op ontploffing ervan inschatten dan niet-neerslachtige proefpersonen; die meenden ook echt dat de grote doos met het opschrift NASA door het heelal zou kunnen flitsen. Dus u en ik, wij hebben een evenwichtiger beoordelingsvermogen dan suffe optimisten. Wees dus maar blij dat u niet meer tot dat clubje idioten behoort.

Als we dus allebei geloven dat we aan ons hersenletsel zullen doodgaan, en snel ook, dan is dat een verontrustende vaststelling. Anderzijds pleit het voor onze intelligentie, vooral ook voor de uwe, als we die kans juist inschatten.

U bent nu niet meer zo vrolijk als in de zomer. Tja. Maar je kunt het ook positief formuleren: u bent intelligenter geworden. En dat komt door mij. Aan de mate van depressie herkent dokter Papadopoulos iemands intelligentie. Hijzelf is nou niet bepaald depressief, maar weet u, hoe kan dat ook anders, hij is immers een Griek. Ouzo en zo. Olijfbomen. Altijd zon, het hele jaar door. De theorie is natuurlijk een stuk ingewikkelder.

Doe uw handen nou eens even omlaag. Wat wilt u me vragen? Een vel papier? Wilt u papier van me?

Alstublieft.

Ik kan het nauwelijks ontcijferen? Is dat een d?

O, op die manier.

David Grün met een vraagteken?

36

Dus nu even over uw zwijgend gestelde vraag, zwijgende swami.

Toen we in Parijs waren, Ev en ik, en toen we daar midden in de uitzinnige, puberende meimaand negentienachtenzestig het einde van Reinhard Gehlen vierden, om allerlei nog te behalen overwinningen juichten, de twintigste verjaardag van de stichting van Israël bezongen en de wereld-die-op-z'n-kop-stond innig liefhadden, kwam in Bonn de Bondsdag bij elkaar. Er werden geen debatten gehouden, maar louter wetten gemaakt. Het was wat minister van Justitie Heinemann een 'tarweroggebroodbijeenkomst' noemde.

Op die gedenkwaardige dag werd ook het eerste decreet van de Gro-stra-her in stemming gebracht. Een bagatelwet. Hij had zoals alle wetten een onuitspreekbare naam, daarom noemden we hem laatdunkend 'foutparkeerdersflauwekul'. Althans een aantal verveelde, door de revolutionaire chaos van die dagen verwende journalisten noemde hem zo, maar niet de juristen, natuurlijk, die het voor de eeuwigheid hadden verzonnen. Eduard Dreher, de effectieve adder, was al in de winter op Heinemann af gekronkeld en had hem gevraagd de stemming zo snel mogelijk op de agenda te zetten, ja, om die aan alle andere canonieke maatregelen vooraf te laten gaan.

'Waarom zou je dat doen?' had Ev de minister argwanend gevraagd, geërgerd door de plotselinge haast. 'Waarom zou je niet alle nieuwe strafrechtwetten heel simpel in één keer afdoen?'

'Omdat het hier om verkeersovertreders gaat,' legde Heinemann vriendelijk uit. 'Voor het hele pakket aan strafrechtnovellen in stemming kan worden gebracht, kan er nog veel tijd verstrijken.'

'Maar er is al veel tijd verstreken.'

'Juist ja. En dit soort overtredingen is urgent. Tjongejongejonge.'

'Hoezo?'

'Ze vormen veruit de grootste groep wetsovertredingen. Je hebt nou eenmaal meer foutparkeerders dan seriemoordenaars.'

'Een seriemoordenaar kan wachten?'

'Als we nu niet in actie komen, zullen over vijf jaar taxichauffeurs die om middernacht met tachtig per uur naar het station racen nog altijd als dieven en verkrachters worden behandeld. Niemand wil dat, dat wil niemand.'

'En dus is het een goeie wet?'

'Ach, *summum jus summa injuria*, geachte mevrouw Himmelreich,' verzuchtte de minister, zijn handen gevouwen.

Ev vroeg me naderhand om de conceptnovelle aan de Mossad door te sturen en die aan een grondig onderzoek door een Israëlische rechter te laten onderwerpen. Dat was lachwekkend en typerend tegelijk. Mijn zus had de panische angst dat we deze of gene kleinigheid misschien over het hoofd hadden gezien. Haar onbezorgdheid was pardoes verdwenen. Ze zou niet raar hebben gekeken als Eduard Dreher zijn giftanden ook in de sluitingstijdenwet voor de horeca had gezet. Ze achtte hem tot alles in staat.

Hoewel ik het overdreven vond, stuurde ik het zaakje daarom per post naar Tel Aviv.

Maar voor het bestaansrecht van Israël leek het negeren van West-Duitse verkeerslichtschakeltijden et cetera et cetera geen prominente rol te spelen. Waarschijnlijk gingen daarom weken en maanden voorbij zonder dat ik iets uit Tel Aviv vernam. Helemaal niks.

Ik ontving zelfs geen ontvangstbevestiging.

Tegelijkertijd gaven alle juristen van het ministerie van Justitie in Bonn hun fiat aan Drehers verzoek. Fiat is nog te veel gezegd. Geen enkele strafrechtdeskundige en geen enkele Duitse politicus had ook maar iets aan te merken op de foutparkeerdersflauwekul.

Niks.

Daarom werd de wet er in een mum van tijd doorheen gejaagd en op tien mei negentienachtenzestig unaniem aangenomen.

Unaniem hield in dat van de ruim vierhonderd afgevaardigden er geen enkele bezwaar maakte.

Niemand.

Niet één brave borst.

In de dagen erna gebeurden er vreemde dingen.

Meneer Achenbach liep me, ditmaal keurig met al z'n kleren aan, in Bonn tegen het lijf, beneden bij de Rijn op de bouwplaats van de Lange Eugen, de enige plaats in de hoofdstad waar nog weleens iets gebeurde. Hij informeerde vilein naar het welbevinden van mijn gewaardeerde echtgenote. Nadat ik hem had geantwoord ('Goed, dank u, slijmbal!'), vroeg hij (het hoofd in de nek om de ruwbouw van de wolkenkrabberspits eer aan te doen en daarbij 'Wat lelijk' steunend) of ik geen zin had om lid te worden van de FDP zodra mijn taken bij het ministerie erop zaten, waarmee je op korte termijn toch rekening moest houden.

Ik was nauwelijks terug in München of Erhard Sneiper belde me op. Zijn stem was als honing in warme melk en hij nodigde me uit voor een gezamenlijke wandeling in het Slotpark Nymphenburg.

'Als je het voor elkaar kunt krijgen, Koja.'

Het was onze eerste ontmoeting na het onfortuinlijke incident met zijn innig geliefde dwergcollie. Erhard had zijn nieuwe hond, een drie jaar oude dobermann, bij zich. Het dier kon allerlei kunstjes, smeekte me kwispelstaartend om een stok weg te gooien, en toen dat vruchteloos bleef, ging hij achter konijnen aan en greep een bijzonder dom beest dat vermoedelijk dacht dat het een soortement opperkonijn was, anders was het niet achter hem aan gehuppeld. Voor onze ogen werd het aan stukken gescheurd.

Erhard benadrukte hoe blij hij was dat ik zo coöperatief was. Mocht de foutparkeerdersflauwekul in het najaar zonder problemen in werking treden, dan kon ik vertrouwen op Hubs grootmoedigheid, tolerantie en Baltische opvoeding.

'En natuurlijk ook op de mijne,' voegde hij er minzaam aan toe.

Ik vertelde hem dat ik me daar erg op verheugde.

'Je moet je dan wel een keer laten bijten,' reageerde hij.

Ik begreep het niet.

'Door Heinrich.'

Hij wees op de voor ons uit dravende dobermann, die nog een plukje wit konijnenbont aan zijn snuit had hangen.

'Hoezo dan?'

'Quid pro quo.'

'Je denkt toch niet dat ik me door dat mormel van je laat bijten.'

'Satisfactie, Koja. Satisfactie.'

Hij floot op zijn vingers. De hond bleef staan, draaide zich om en staarde zijn baasje aandachtig aan. Toen nam hij een geconcentreerde houding aan. Elke spier tekende zich af onder zijn zwarte vacht, en even moest ik aan Mary-Lou denken. Ook zij had me altijd graag gebeten.

'Arm of been?'

'Voor ons lopen wandelaars, Erhard...'

'Arm of been?'

'Je wilt er echt mee doorgaan?'

'We handelen dit af en dan staan we quitte.'

Hij had nog steeds niet door met wie hij te maken had. Hij was een van de domste mensen die ik ooit heb ontmoet. Ondanks al zijn juridische scherpzinnigheid, al zijn retorische talent en al zijn analytische vaardigheden hadden zijn harses beter in de schedel van een chimpansee gepast.

'Wat is er eigenlijk met je haar gebeurd?' vroeg hij onverwachts.

'Hoezo?'

'Nou ja, dat nieuwe kapsel. Dat woeste haar overal. Je hebt een flinke metamorfose ondergaan de afgelopen jaren. Dat was je bedoeling, of niet?'

Waarschijnlijk was het exact deze zin die me op niet mis te verstane wijze duidelijk maakte dat het met Erhard zo niet verder kon. Iemand die kon getuigen van mijn moeizaam verkregen fysieke metamorfose, iemand die zo uitstekend op de hoogte was van mijn identiteit, vermomming, geschiedenis en van mijn vrouw, en vooral iemand die al zijn kennis al een keer aan figuren als Achenbach had zitten doorbrieven, vormde een onberekenbaar risico. En onberekenbare risico's moest je regelen. Dat had ik tenminste bij de Mossad geleerd.

'Been!' zei ik ten slotte.

Erhard stapte een meter opzij, wees met een uitgestoken wijsvinger op mijn bovenbeen en liet zijn commando het uitgestrekte park in schallen: 'Heinrich, pak 'm!'

In het ziekenhuis gaven ze me een tetanusinjectie, peuterden met een pincet de restjes stof uit mijn been en naaiden met twaalf steken de gapende wonden dicht.

De pijn haalde mijn diep weggezakte herinneringen naar boven. Hoe Sneiper ooit mijn broer van me afpakte en hem Hitlers paradijs binnenleidde. Hoe hij mijn zus van me afpakte en achter zijn fornuis neerzette. Hoe hij zelfs mijn vader van me afpakte, die tijdens een van Sneipers duistere *Heim ins Reich*-redevoeringen stierf, misschien dan niet verraderlijk vermoord door mijn kleurenspel met Erhards witte overhemd, maar wel verlamd door de legendarische domheid van de naziparolen – waarom heb ik nooit bij die mogelijkheid stilgestaan, waarom heb ik mezelf met zelfverwijten gekastijd in plaats van de ware schuldige ter verantwoording te roepen? En terwijl dit allemaal door mijn hoofd ging, dacht ik aan de wapenkamer in de vaste verblijfplaats. Die bood eindeloze variaties. De Kidon-regelaars noemden het variëteiten, dat klonk deftiger.

Hub zelf meldde zich ook bij me. Dat was het bijzonderst. Of ik al had zitten nadenken over het gesprek met Sneiper, vroeg hij aan de telefoon.

'Waarom zou ik?'

'Doet het zeer?'

'Ja, het doet zeer, Hub. Ik heb pijn, als je daar blij van wordt.'

'Ik zou pas blij worden als je niet meer zou kunnen lopen.'

'Zo erg zal het niet zijn.'

'Erhard is te aardig voor je. Hij heeft geen idee wat een misbakken monster jij bent.'

'Wat wil je?'

'Feit nummer één: wat hij je gisteren over mijn grootmoedigheid heeft verteld, is met een factor twaalf overdreven.'

'Wat heeft hij me gisteren dan verteld?'

'Ik kan het je op elk moment laten horen.'

'Heeft-ie ons gesprek opgenomen?'

'Inclusief alle pijnkreten. Jij hebt echt geen idee in welk spel je bent terechtgekomen, broertje.'

Ik zou geen problemen hebben met regelen. Dat besefte ik opeens. Ik moest denken aan een Walther P1 met lichtmetalen handgreep. De klassieke, de professionele, de voor Erhard Sneiper meest geschikte methode.

'Feit nummer twee: ik ga je niet uitleveren zolang je al die vunzigheid die daar in Bonn gebeurt zin voor zin aan Erhard doorgeeft.'

'Niet alleen Erhard is te aardig voor me. Ook jij bent te aardig voor me. Waarom is iedereen tegenwoordig zo aardig voor me?'

'Niemand is aardig voor je. Iedereen duwt je dieper in de stront.'

'Waar gaat het om?'

'Waar moet het om gaan?'

'Bij die foutparkeerdersflauwekul? Daar zit toch een luchtje aan?'

'Dat is feit nummer drie.'

'Daar zal ik nog een keer naar kijken.'

Ik hoorde zijn reutelende adem, zag zijn hals bijna letterlijk voor me, het korte stuk van een dikke, kloppende inktvisarm, duizend meter onder de zeespiegel, vastgeklemd in een rotsspleet.

'Als je dat doet,' zei hij met gesmoorde stem, 'als je het ook maar waagt om de wet tegen te houden of te vertragen...'

'Pas op, Hub,' onderbrak ik hem. 'Ook ik laat een bandrecorder meelopen. Wij worden hier door zoveel gestoorden gebeld die ons jidden bedreigen en ons weer naar Auschwitz wensen, dat hou je niet voor mogelijk!'

De inktvisarm werd heel dun.

'Eens volksverrader, altijd volksverrader,' hoorde ik.

Toen hing hij op. Het uiteengereten spierweefsel onder de zwachtels deed me zo'n pijn dat ik het liefst had geschreeuwd. Maar ik schreeuwde niet, integendeel, ik gaf geen kik en luisterde nog lang naar de bezettoon.

Enkele weken later arriveerde er een dikke envelop via de koerierspost van de Israëlische ambassade in München. Hij was afkomstig van een zekere Jossele Rubinroth, hoogleraar jurisprudentie aan de Hebrew University in Jeruzalem.

In de envelop zaten kopieën van verschillende juridische commentaren, twee Israëlische artikelen uit vaktijdschriften en een vrij korte, in het Duits geschreven brief:

Geachte heer Himmelreich,

Shalom en hartelijke groeten uit Eretz Yisrael!
Mijn excuses dat ik pas na zo lange tijd weer contact met u kan

opnemen, in persona en in casu. Helaas lag ik met galblaaskanker in het ziekenhuis, waardoor ik een beetje was afgeleid. De novelle van de Duitse Wet inzake wetsovertredingen (EGOWIG) die u mij hebt toegestuurd, heb ik ook daadwerkelijk ontvangen en met belangstelling bestudeerd. Ze bevat veel elegante passages. Ze biedt ook een kijkje in de ziel van de Duitsers, zo men daar behoefte aan heeft. (Met name bij de alinea over de gevolgen voor geestelijk gehandicapten die niet op de voorgeschreven rechterrijstrook rijden ontbreekt het niet aan een zekere charme.)

Maar al met al lijkt het hier toch te gaan om pure lariekoek.

Artikel 1 cijfer 6 van de wet bevat een wijziging van een belangrijke paragraaf in het Duits Wetboek van Strafrecht (StGB).

De tot op heden geldende regeling van de betreffende § 50 lid 2 Wetboek van Strafrecht zegt dat voor medeplichtigheid aan moord ten hoogste een levenslange gevangenisstraf kan worden opgelegd. De nieuwe regeling nu stelt de vraag of de medeplichtigheid aan het delict door 'bijzondere persoonlijke eigenschappen, verhoudingen of omstandigheden' wordt gekenmerkt. Indien deze 'bijzondere persoonlijke eigenschappen' ontbreken, geldt de medeplichtigheid aan het delict uitsluitend als poging en wordt deze veel milder bestraft.

Dit is weliswaar oppervlakkig bezien goed voor een Duitser die bijvoorbeeld in een vrachtwagen bij een rood verkeerslicht als bijrijder zonder 'bijzondere persoonlijke eigenschappen, verhoudingen of omstandigheden' de chauffeur helpt een andere verkeersdeelnemer, die ook bestuurder van een voertuig is, door voorrang te nemen welbewust af te maken.

Gewoonlijk doet zich een dergelijk incident in het wegverkeer echter maar zelden voor, in het Israëlische in elk geval nooit. Daarom wekt het grote verbazing dat deze passage zo'n prominente plaats in een wetstekst krijgt, een tekst die betrekking heeft op verkeersdelicten en derhalve bij u bonafide ook als 'foutparkeerdersflauwekul' bekendstaat.

Ik moet u echter helaas meedelen dat naar mijn mening de dwingend op de strafverlaging volgende verkorting van de verjaringster-

mijn die in het onderhavige geval wordt beoogd, ook kan worden
toegepast op alle andere denkbare delicten in het Duits Wetboek
van Strafrecht.

Ik zou daarom dringend adviseren om onverwijld alle noodzake-
lijke stappen te zetten om de inwerkingtreding van deze perfide en
mijn galblaaskanker blijvend stimulerende wet te voorkomen. Het
is heel goed denkbaar dat anders (lex posterior derogat legi priori)
alle reeds aanhangig gemaakte en toekomstige strafprocessen tegen
nationaalsocialistische geweldsdelicten de lege ferenda ongegrond
zijn.

Hartelijke groeten,
uw
Jossele Rubinroth

Het paard van Troje was dus langs ons heen geduwd en stond al te
snuiven in de stad.

Het was niet van galeihout maar van dromen gemaakt, van de
hunkerende dromen van Eduard Dreher vooral. Hij en alle andere
's nachts actieve Achaeërs wachtten de duisternis af, onder de dekking waarvan ze uit hun geschenk van de Danaërs naar buiten konden kruipen om de wereld in brand te steken. De zon zou op één
oktober ondergaan. De datum dat de wet zou komen te vervallen.

Ik weet nog altijd niet hoe dromertje Dreher het gefikst heeft om
langs alle instanties, of beter gezegd dwars door alle instanties heen,
of nog beter over alle hersenen heen een wetstekst te laten aannemen die de zorgen van honderden ontsnapten van het ene op het
andere moment zou kunnen wegnemen terwijl de dronken Troja-
nen met hun vaandels zwaaien.

Memor esto: een perfide en professor Rubinroths galblaaskanker
stimulerende wet.

Tegelijk ook een onschuldige wet.

Hoe kon dat gebeuren, swami?

Geluk en ongeluk op hetzelfde punt van de tijdbalk.

Sukkha hier. Dukkha daar.

Wat moest die onthutste meneer Himmelreich nu doen? Hij werd
bedreigd door Sneipers helse heerscharen. En toch kon de foutpar-

keerdersapekool nog tot een prop verfrommeld worden. Ik hoefde alleen maar op een holletje naar Heinemann te gaan en hem Rubinroths brief te laten zien om de loop van de dingen te veranderen. De wet zou worden afgewezen, en dan mochten de gerechtsdienaren me komen halen om me te villen.

Maar ik was gehecht aan mijn vel, beste swami.

Ik nam er ongaarne afscheid van, het was zo'n gevoelig vel.

Hoe kon ik de held spelen zonder het kapot te maken?

Dat lukte nou eenmaal niet.

Het was het een. Of het ander.

Maar het enige juiste doen, dat vergt soms een flinke dosis waanzin. En die miste ik. Ik voelde me mentaal te zeer intact om de wraak van mijn broer, het einde van mijn bestaan, het gevaar voor mijn arme Ev op te roepen, die door Hub, Sneiper, Achenbach – anaconda's, geen adders – verpulverd zou worden, en dat allemaal om een paar woorden juristenlatijn. Haarkloverijen van opgepoetste hermeneutiek.

En hoewel het me pijn deed, capituleerde ik, swami, verstopte me achter mijn gebruikelijke gewoonten, liet de Wet inzake wetsovertredingen gedijen, slaakte geen kreten, liet geen sirene loeien, begroette meneer Heinemann elke dag, vergat Jossele Rubinroths regels en wachtte terwijl de dagen vergingen en het zo grandioze jaar negentienachtenzestig zijn grootsheid, zijn moed en krachtige kleuren verloor.

Tot het moment dat de juridische verdwazing op één oktober negentienachtenzestig haar beslag kreeg, hadden op het ministerie van Justitie maar een paar lagere ambtenaren door wat de consequenties konden zijn.

Een dag of drie voor het zover was, lag er echter een waarschuwende, blijkbaar door niemand serieus genomen notitie van een waanwijze referendaris op Evs bureau, met een handgeschreven verzoek deze onmiddellijk aan de minister van Justitie door te geven. Ik las de woorden *Dringend appèl!*

Omdat Ev nog niet thuis was, pakte ik het document, hield het in mijn onrust de hele dag bij me, bewaarde het tot de lunch in mijn jas, sloeg er 's avonds mee in mijn gezicht, scheurde het 's nachts in de kleinst mogelijke snippers en spoelde het als protestconfetti door het toilet.

Toen was het herfst geworden en was de grote flauwekul in werking getreden.

Niets ter wereld kan een Duitse wet ooit weer van tafel krijgen (behalve dan een nieuwe Duitse wet, maar dat heeft tijd nodig!).

Exact een dag na het perpetuum, het juridische voor-altijd-en-eeuwig, vertelde ik Ev dat er 's nachts een paar dingen door mijn hoofd hadden gespookt.

'Ik denk, liefste,' zei ik bezorgd, 'dat dat rare besluit echt heel fatale gevolgen kan hebben.'

Toen stortte de wereld zoals Ev die gekend had in.

Minister van Justitie Heinemann was er absoluut de man niet naar om te tieren. Daarvoor miste hij het temperament. Het afdoen van zijn bril en de kleur van zijn onsympathieke tronie zeiden alles.

'Hoe kon dat nou gebeuren?' jammerde hij toen we hem op de consequenties van het ongeluk wezen. 'Daarom heb ik u toch aangenomen, om te voorkomen dat er zoiets gebeurt!'

Bij de autoriteiten die Joden gaskamers en politieke tegenstanders dodencellen in gestuurd, zigeuners en geesteszieken met een spuitje gedood, Russische partizanen en Britse krijgsgevangenen geliquideerd en Franse verzetsstrijders doodgeslagen hadden, bij deze gentlemen, die zich zo openstelden voor de *ars vivendi*, knalden de kurken. De effecten van de foutparkeerdersflauwekul openden – simsalabim – handboeien en tuchthuispoorten, leverden lege beklaagdenbankjes op en vernietigden alles waarvoor hoofdinspecteur Ev Himmelreich de afgelopen jaren had gevochten.

De zogenaamde schrijftafelmoordenaars (wat een bijzonder meubelstuk), naar wie voornamelijk wegens 'medeplichtigheid aan moord' onderzoek was gedaan, ontsnapten opnieuw en nu voorgoed.

In één klap waren hun daden verjaard. Het woeden en branden hadden in dit verband niet de 'bijzondere persoonlijke eigenschappen, verhoudingen of omstandigheden' die ook een verkeersdeelnemer mist die zijn auto zonder opzet parkeert waar dat niet is toegestaan.

Dat nu is toegepaste rechtswetenschap, geachte swami.

Enkele weken later ontving Ev bericht dat op grond van de nieuwe wet het mammoetproces tegen de voormalige dienst- en afdelingshoofden van het Reichssicherheitshauptamt, tegen honderden van hun hulpjes, tegen het centrum van de dukkha-machinerie was gestaakt.

Ook naar Hub Solm werd geen onderzoek meer gedaan.

DE DIENST ontsprong de dans.

Ev lichtte de media in, waarmee ze sinds de aanslagen op Nassers raketwetenschappers goede relaties onderhield. En er verschenen daarna ook artikelen, zij het pas op pagina vier of vijf van het katern Politiek. *Der Spiegel* schreef nog wel over het onbegrijpelijke van de gebeurtenissen, repte van de 'pijnlijkste averij' van de Bonner Republiek, van een 'algemene amnestie door grenzeloze domheid'.

De ware achtergronden bleven echter verborgen.

'Ik was niet op dat soort trucs bedacht,' verklaarde Gustav Heinemann ontdaan tegenover de pers.

Maar niemand eiste zijn aftreden. Ieder lid van de Bondsdag en de gezamenlijke juristen van alle partijen hadden van tevoren met zijn wetsontwerp ingestemd. Ja en amen. Geen mitsen. Geen maren.

Het officiële communiqué over de oorzaken van het fiasco: een vergissing. Een faux pas. Een betreurenswaardig gebrek aan concentratie.

Volksopstanden vonden niet plaats.

Geen enkele activist van de buitenparlementaire oppositie, geen enkel lid van de socialistische Duitse studentenbond, geen van de honderdduizend studenten met hun demonstratietalent ging vanwege het schandaal de straat op. Vietnam had meer napalmbommen waartegen je in het geweer kon komen. En betere muziek ook.

Het was wat het was: een geschiedenis van paragrafen.

En ik had ze niet tegengehouden, maar de poorten van Troje 's nachts geopend.

Eduard Dreher slaagde erin de mantel der vergetelheid over zijn persoon uit te spreiden. Zijn dromen moeten destijds over de mooiste Elysese landschappen hebben gevlogen. Dat hij daarbij permanent een stijve heeft gehad, spreekt vanzelf. Hoe dan ook, zijn auteurschap van de wetstekst verdween in het niets (met mijn hulp). Ev vond geen enkele aanwijzing in de dossiers dat hij degene was die de beslissende formuleringen de foutparkeerdersflauwekul had binnengesmokkeld. (Ik liet me van mijn slechtste kant zien.)

De notulen van de commissievergaderingen zijn nog altijd zoek. (Ze verdwenen ritselend in mijn papierversnipperaar.)

Niemand klaagde referendaris Dreher aan of gooide hem er dan toch op z'n minst uit. Zelfs minister Heinemann nam geen afstand van hem. En ook dat kwam door mijn heimelijke voorspraak, adderachtig geflankeerd door Erhard Sneipers decente telefoontjes.

37

Ev had al jaren niet meer zoveel aanleiding gehad om huisraad aan gort te slaan als nu. Het begon met af en toe een porseleinen kopje, al dan niet met inhoud, ook hete. Dat ja. Of allerhande doeken die tegen gezichten vlogen (het mijne). Maar nu stierf ons appartement, zoals het na de dood van Anna was gestorven: met behulp van zaag, bijl, ovenschep, hamer, nagelvijltje, remover, alles wat ze maar in de vingers kreeg.

's Maandags werd de keuken verbouwd. Dinsdag waren onze mooie Villeroy & Boch-vazen met bloemen erop en erin aan de beurt. Woensdag was het de dag voor stukgeknipte gordijnen. Ev beleefde een dramatische terugval naar haar zwartste uren. Ze sliep niet meer en bladerde 's nachts als een bezetene door haar documenten, zonder het licht aan te doen.

Ik hoorde haar ratachtig ritselen in bergen papier, slechts geholpen door het schijnsel van de maan.

Daarna waren er fasen waarin ze letterlijk gestoord was, krankzinnig. Ze goot het struif van rauwe eieren in haar ogen, raaskalde over 'spiegeleiogen' – de gele drab stroomde over haar gezicht – amuseerde zich en verviel daarna in totale apathie.

Ze lag in bed en probeerde het tikken van de wekker met haar tong mee te klakken, urenlang, tot ik in een spoedapotheek neuroleptica kon krijgen en haar daarmee enigszins tot bedaren wist te brengen.

Op een dag – ik had boodschappen gedaan, iets wat je van haar nu niet kon verwachten – zag ik haar in de keuken bij het fornuis staan; in een grote blauwe pan kookte ze al roerend met een pollepel bloemen stuk, de bloemen die ik haar twee dagen eerder had gegeven om de florale voorgangers uit de verbrijzelde Villeroy & Boch-vazen te vervangen. Ik liep naar haar toe en draaide het gas uit.

'Ben je niet goed wijs?'

'Wat is dit?' Ze toonde me de brief, die tussen haar vingertoppen trilde.

'Waarom zit je in mijn laden te graaien, Ev?'

'WAT IS DIT, SMERIGE KLOOTZAK DIE JE BENT?'

'Dat is de brief van de jurist uit Jeruzalem.'

'DE BRIEF VAN DE JURIST UIT JERUZALEM? JE HEBT ME VERTELD DAT ER GEEN BRIEF IS VAN DE JURIST UIT JERUZALEM!'

'Doe nou een beetje rustig, schat. Het is anders dan je denkt.'

Ze had gehuild, veegde over haar ogen, draaide zich om, weg van mij. Haar rug het pantser van een schildpad.

'Leg me dat uit, Koja!'

Haar haar een verlaten vogelnest. Haar ochtendjas vol koffievlekken en mufheid.

'Zo meteen.'

Ik pakte de blauwe pan vast met mijn handen, die ik bij die gelegenheid flink verbrandde, liep naar het balkon, kwakte de gestoofde bloemen over de balustrade en zag dat ze beneden in de kale appelboom bleven hangen. *Lametta of desperation.*

Ik dacht na.

Toen ging ik weer naar binnen.

In de keuken zei ik: 'Ik ben al net zo geschrokken van de bezwaren van de professor als jij. Natuurlijk heb ik hem meteen gebeld.'

'Wanneer?'

'Op dezelfde dag dat de brief kwam.'

'Je hebt hem gebeld?'

'Ja.'

'Op de dag dat de brief kwam?'

'Ja.'

'Dat wil ik zien.'

'Wat wil je zien?'

'Ik wil de lijst met nummers zien die van hieruit zijn gebeld op de dag dat de brief kwam!'

'Ik heb gebeld vanuit een telefooncel.'

'Je liegt.'

'In de Kaiserstraße.'

'Je liegt.'

'Ik was totaal van slag. Ik moest weten wat er aan de hand was.'

'Nou?'

'Ik kreeg hem te pakken.'

'En?'

'Niets. Hij vertelde me dat hij zich had vergist.'

Ze lachte. Ongeveer zoals ze lachte toen ze het struif in haar gezicht had gegoten.

'Maar het was wel zo.'

'Wat kun jij liegen, allemachtig.'

'Hij had de passage in alinea vijf over het hoofd gezien. Hij vroeg me zijn brief weg te gooien.'

'Ik wil nú met professor doctor Jossele Rubinroth telefoneren!'

'Ev, je kunt me geloven.'

'Nu! Meteen!'

'Laat mij eerst met hem praten.'

'Nee.'

'Hij kent jou niet. Hij kan jouw stemming niet peilen.'

'Maakt niet uit.'

'Hij had een opdracht van de Mossad. Hij zal zijn mond houden.'

'Ik heb ook een opdracht van de Mossad.'

'Ev, alsjeblieft, doe het niet.'

Ze zette haar bril op, zocht in het briefhoofd naar zijn nummer en beende met de brief de keuken uit, haar kantoortje in. De deur knalde als een guillotine. Ik hoorde dat ze eerst snikte en toen de telefoon oppakte en zachtjes praatte en weer snikte en weer zachtjes praatte. Ik zette de boodschappen in de koelkast. Ik deed de afwas. Ik schrobde de vloer.

Toen kwam ze terug.

'Hij is dood.'

'Lieve help.'

'Galblaaskanker.'

'Zo snel?'

Haar gezicht een blikken emmer, vol met verschillende vloeistoffen.

'Wist je dat soms? Dat hij dood is? Heb je dat stompzinnige verhaal daarom aan mij opgedist?'

'Ik zweer je, Ev, ik zou nooit iets voor je geheimhouden.'

'Je maakt me bang, Koja. Je maakt me bang met je monologen en misleidende manoeuvres en die complete gekte van je.'

'Gekte van míj? Kijk eens naar jezelf! Kijk hier eens om je heen!'

'Speel geen spelletjes, je weet dat je mij zit te verneuken, Koja!'

'Het spijt me dat ik je de brief niet heb laten zien. Ik wilde je niet ongerust maken. Het spijt me verschrikkelijk.'

'Weet je wel hoe ongeloofwaardig dat klinkt? Iemand schrijft je dat die hele foutparkeerderswet een misdaad is en jij vertelt mij niks? We wisten toch dat hij iets in zijn schild voerde.'

'We hebben allemaal fouten gemaakt in deze zaak.'

'Je hebt het met geen woord over die verrekte brief gehad! Geen woord! David heeft me nog zo voor je gewaarschuwd.'

'Hoe gaat het met hem?'

'Slecht.'

'Heeft de melkkuur iets uitgehaald?'

'Hij mag je graag, Koja, maar je bent gevaarlijk, zegt hij.'

'Hij is in de war.'

'Hij is niet in de war. Hij is ziek. Ik ben bang dat er iets verschrikkelijks gebeurt.'

'Alsjeblieft, schat, maak het niet erger dan het is.'

Ze begon weer te huilen. Ik kende dat wel. Ze kon op zulke momenten beginnen te huilen zoals andere mensen beginnen te praten. Ik liep naar haar toe en wreef over haar schildpadpantser. Ze onttrok zich aan me en ging op de bank zitten. Ik moest in de buurt blijven, liet me naast haar zakken, waarbij ik haar opzichtig mijn goede schouder aanbood, zodat ze er op elk moment tegenaan kon leunen.

'Ik kan er niet bij,' zei ze huilend. 'Het gaat al maanden slecht met hem. Niemand van de behandelende artsen kan iets vinden. Wat zijn dat voor beroerde artsen? Dat bedenk je toch niet.'

'Misschien heeft hij zichzelf met iets vergiftigd?'

'Onmogelijk. Zijn bloedwaarden zijn in orde. Zijn leverwaarden ook. Maar die verlammingsverschijnselen... Hij houdt 's nachts soms even op met ademen. Dat wordt steeds erger. Alsof zijn zenuwbanen langzaam verdwijnen. Ik maak mezelf enorme verwijten!'

'Je doet al zoveel voor hem, schat.'

'Ik doe echt helemaal niets. Ik lig hier voor pampus. Ik word langzaam gek. Wat is er mis? Ik dacht dat hij overwerkt was.'

'David gaat het wel redden. Zo'n sportman als hij.'

'Het wordt almaar erger.'

'Ik heb een flinke mergpijp gekocht. Bij de slager. Die kook ik uit en dan maak ik er een mooie bouillon van. Die kun je dan voor hem meenemen.'

'Dat is aardig, Koja.'

'Dat stelt niks voor.'

'Die brief van de professor uit Jeruzalem, ik weet niet of ik je dat kan vergeven.'

'En daarna gaan we heerlijk eten bij de Italiaan.'

'Je belazert me niet, hè?'

'Jij bent mijn leven, Ev.'

'Zul je me nooit belazeren?'

'Ik ben er voor je. Ik ben er altijd voor je.'

'Ik denk dat ik je haat. Het spijt me vreselijk, maar ik haat je.'

Ze sprak het laatste woord heel zachtjes uit, bijna weemoedig, zodat haar zurige adem gepaard ging met een merkwaardige trance, met een smachtende, ver naar het verleden teruggrijpende toon die helemaal bij mij hoorde, bij een beeld van mij dat ze op dit moment zag en dat niets van doen had met mijn manipulatieve schouderwending en dat ik opzettelijk naast haar kwam zitten, met de nu-warmte van onze lichamen. Het was krankzinnig dat ze voor deze woorden deze toonval had gekozen. Het was een opzegging, een bijzonder mooie, kalme, pijnlijk witte en hartverscheurende opzegging, ja, een afscheid dat alleen maar anticipeerde op het komende afscheid.

Je weet altijd al van tevoren wanneer iets ten einde is.

Het zijn deze voorgevoelens waarover uw Boeddha heeft gesproken, deze talloze bewustzijnsstromen die opeens in elkaar vloeien. Er gebeurt iets, maar dan is het al gebeurd of moet het nog gebeuren. En ik keek Ev van opzij aan, zag haar profiel, de ragfijne lijntjes bij haar mondhoeken, de vogelpootjes bij haar ogen, eerder die van kolibries dan die van kraaien, de eens zo gretig lachende, nu in beton gegoten mond met betonnen lippen en de kleine moedervlek naast haar kin, waarop een paar donshaartjes groeiden.

Ik wist dat het ten einde was, hoewel de aanleidingen nog moesten komen.

Ik stond op van de bank, liet Rubinroths brief in haar handen liggen, de brief die ze telkens opnieuw las onder haar glazen stolp van waanzin, en ik liep naar de appelboom in de tuin. Ik plukte de gekookte bloemen uit de takken, leunde tegen de stam en dacht heel diep na over David Grün, de Schindler-Jood, de uitblinker in sport met het scherpe verstand onder zijn krullen, de hyperanalyticus, die me alle tien gratis therapiesessies schuldig bleef.

Hij hield het nog drie weken vol, tot hij ten slotte, toen zijn organen het begaven en hij alleen nog door Evs toewijding in leven bleef, het tijdelijke voor het eeuwige verwisselde.

Tot op het laatst zou hij gevraagd hebben hoe het met mij ging.

Zoveel over uw zwijgend gestelde vraag vanwege David Grün, o, stille swami.

38

Negentiennegenenzestig was de overtreffende trap van negentien-achtenzestig en bracht voor mij, ondanks ruimteschepen die op de maan landden en een hallucinogeen tijdperk dat om me heen bruis-te, een hele hoop elementaire, je zou zelfs kunnen zeggen archaïsche gebeurtenissen met zich mee.

Zo werd doctor Erhard Sneiper dood in zijn auto aangetroffen. Dat was uitermate archaïsch.

Iemand had hem met een Walther P1 vanaf de achterbank in zijn achterhoofd geschoten, en daarna de grotendeels van hersenmassa bevrijde resten van dit hoofd afgezaagd en op zijn schoot gelegd, naast de volledig intacte, eveneens van de romp gescheiden kop van zijn dobermann.

Aangezien er geen enkel spoor was te vinden, ging de politie uit van een van die Napolitaanse huurmoorden die als gevolg van dubi-euze wapentransacties waarin de italofiele *avvocato* verwikkeld leek incidenteel konden voorkomen. (Dat hij italofiel was, was echt nieuw voor mij; waarom had hij dan altijd zoveel cola gedronken?)

De boulevardbladen besteedden er drie dagen achtereen aandacht aan. Ze presenteerden ook de biografie van de in een flits ontslape-ne: gezinssituatie, minnares, favoriete bordelen en ook afkomst en geboortegrond – het Balticum uit vervlogen dagen, de mooie oude Hanzesteden Riga, Reval en Tartu, die op een speciale pagina met alle bezienswaardigheden en veel foto's schitterden. (De volgende dag werd op nog een speciale pagina Napels voor het voetlicht ge-bracht, een oneerlijk duel met ongelijke wapens.)

Ev ontving dagen later een lange brief van de niet-bij-naam-ge-noemde, die een hele serie oorzaken voor aanleidingen creëerde. Er stond in te lezen dat ik drie jaar eerder in Erhard Sneipers opdracht en door bemiddeling van meneer Achenbach bij Gustav Heinemann het ministerie van Justitie in Bonn was binnengeloodst en daar conspiratief voor de pro-amnestiefractie was gaan werken.

De brief ging vergezeld van een geluidsband waarop vaag en telkens onderbroken door vrolijk geblaf van een dobermannreu een gesprek was te horen dat ik ooit in het Slotpark Nymphenburg met Erhard Sneiper had gevoerd. Je hoorde wel duidelijk dat Erhard 'Heinrich, pak 'm!' riep, en vervolgens hoorde je mijn geschreeuw.

Als postscriptum voegde Hub eraan toe dat hij mij beschouwde als de moordenaar van zijn jeugdvriend, Evs ex-man en mijn eertijds zo geliefde Volksgruppenführer Erhard Sneiper.

Postpostscriptum: *Quod erat demonstrandum.*

Ev verliet me dezelfde dag nog.

Ik had er rekening mee gehouden, zoals ik u al verteld heb.

Toch is het anders als het dan ook echt gebeurt.

Ik rende haar na op straat. Ik ging voor haar door mijn knieën in de regen. Ik wierp mezelf op de motorkap van de taxi (vierhonderddrieënvijftig mark reparatiekosten voor lakwerk). Ze had zichzelf volledig in de hand en keek me niet één keer in het gezicht, alsof ik Medusa was – gloeiende ogen, geschubd pantser, lange hoektanden – kijk maar in de Glyptothek wat ik bedoel.

Ev keerde naar Israël terug.

Ik heb haar nooit weer ontmoet.

Ze nam ontslag bij de Mossad – ze zag vermoedelijk de zinloosheid van haar werk, nadat de ontsnapten op alle fronten ontsnapt waren.

Als ik het goed heb, werkt ze nu in het Schneider Children's Hospital in Kaplan Street. Ons oude appartement in Graets Street heeft ze aangehouden. Ze nam alle tekeningen van Anna mee naar Tel Aviv. Maar niet de Alaska-aquarel, die de Tlingit-koningin Anna barones von Schilling te midden van haar indianen laat zien. Die niet.

Van Anna hoorde ik nooit meer iets.

Ik riep haar vaak de afgelopen jaren, riep haar naam in alle vocale varianten in de richting van het lege gewelf dat mijn hart is. Tevergeefs.

Soms meen ik haar glimlach meer te voelen dan te zien, dan slaap ik beter. Maar het kan verbeelding zijn. Elke dag bezocht ik haar indianengraf, en ik bracht altijd wat mee: een snoepje, een halfedelsteen of een op de vlooienmarkt opgescharreld pijpje van meerschuim. Op een keer verdween er zomaar een tekening, hoewel er een kiezelsteen op had gelegen en er geen wind was en geen regen. Ik dacht dat ze de kleinigheid misschien naar zich toe had gehaald, beneden of boven, want op het blad zag je de ogen van haar moeder.

Zelf bleef ik in de vaste verblijfplaats wonen. Ik deed wat me was bevolen. Ik bleef alleen en werd wie ik ben.

39

Tweeënhalf jaar geleden, op de ochtend van vijf september negentientweeënzeventig, bestormde een Palestijns commando dat zichzelf Zwarte September noemde (want deze september zou de zwartste zijn die München lange tijd had gezien) het olympisch dorp in Milbertshofen. Acht terroristen gijzelden bijna een dozijn Israëlische sporters, met wie ze in een Boeing 727 naar Caïro wilden ontsnappen.

's Nachts werd ik vanaf het militaire vliegveld Fürstenfeldbruck gebeld door Zvi Zamir, opvolger van opperhoofd Ramsad, opvolger van Isser Harel, almachtige chef van de Mossad, officiële waarnemer van de Duitse crisisstaf en mijn hoogste baas. Hij beval me met een stem die kookte van woede om onze twee Kidon-regelaars vanuit Schwabing onmiddellijk in actie te laten komen. Op de achtergrond hoorde ik door de telefoon semiautomatische geweren ratelen. Ik wierp tegen dat de agenten straalbezopen waren omdat ze mijn wodkavoorraden hadden geplunderd, uit pure frustratie omdat ze niet al meteen 's morgens waren ingezet.

'Hoe bezopen ze ook mogen zijn,' gromde Zamir, 'zo slecht als die Duitse prutsers kúnnen ze niet eens schieten.'

Ik hoorde hoe iemand op de achtergrond op z'n Beiers 'Nou even stil, kereltje!' riep, waarschijnlijk was het de stem van CSU-voorzitter Strauß. Zvi Zamir had gebeld vanuit het kantoor van de crisisstaf, die in de verkeerstoren onder het vuur van de terroristen lag. En toen zei niemand meer iets omdat er ontploffingen waren te horen en vlakbij een ruit aan diggelen ging. De lijn viel een paar keer weg. En was toen dood. En omdat een van mijn regelaars 's morgens uit machteloze woede de televisie uit het raam had gesmeten (u weet dat nog wel, swami, ik heb het al verteld), moesten we via de transistorradio horen in wat voor bloedbad de poging van de politie was gesmoord om de gijzelaars met geweld te bevrijden.

Verscheidene agenten, onder wie een helikopterpiloot, liepen schotwonden op. Een scherpschutter kreeg van zijn collega's de volle laag, die hem daardoor ernstig verwondden. Een andere politieman stierf door afketsende projectielen. Vijf terroristen vonden de dood. Geen van de gijzelaars overleefde. Ze bloedden dood, werden verbrand of door granaatscherven aan flarden gereten.

Twee dagen na de ramp werd ik voor een talkshow op televisie uitgenodigd. Een grote studio in München-Unterföhring. De wanden waren wit, net als de mensen. Hun gezichten, bedoel ik.

De partijen in de Bondsdag was gevraagd om kandidaten voor het debat te leveren. De spd had mij naar voren geschoven, vanwege mijn Joodse achtergrond. Gustav Heinemann, inmiddels bondspresident, had aan mij moeten denken, want de gojim hadden op deze avond behoefte aan een Jood die hun toegewijd was. De heer Himmelreich werd ondanks brandende helikopters en falende Duitse instanties nadrukkelijk verzocht om in de discussie te laten zien waarvoor hij stond. Voor de zwart-rood-gouden vlag. Voor een goede Duitse staat (de betere Staat met name, vergeleken met de hamer en passer van die lui daarginds).

Voor het begin van de opname viel me een Israëlische correspondente op, piepjong nog, net zo jong als Maja indertijd, en al even mooi, met een woeste, warrige haardos, afkomstig uit een kibboets in de buurt van Caesarea, vol Duitse klanken. (Haar moeder was vermoedelijk het van puinhopen vergeven Keulen ontvlucht.)

Misschien dat het verdriet me naar de keel greep omdat haar naam met een M begon. Mandolika, de herfst komt dra. Maar misschien voelde ik me ook zo triest omdat het olympiadefiasco in mij en in ons allemaal gloeide. Maar het kon ook het gedreun in mijn hoofd zijn dat me sinds het vertrek van Ev niet meer met rust liet en door die journaliste opeens in stilte verkeerde, in volledige stilte, alleen omdat ze tegenover me zat en me aanstaarde. De camera's snorden, de gespreksleider snorde al evenzeer, en ik zag haar opengesperde ogen, met een blik die me compleet van m'n stuk bracht.

De Mossad had me opdracht gegeven om in de talkshow het Israelische standpunt uit te dragen, het schandalige onvermogen van de Beierse politie te benadrukken en als het even kon stevige vergelijkingen met de Holocaust te maken. De BND op zijn beurt verzocht me dringend om het tegendeel te doen, de Duitse zijde te verdedigen en te voorkomen dat de catastrofe als instrument zou worden misbruikt.

Ik zei toen echter iets volkomen onverwachts, of althans, iets uit mij zei iets volkomen onverwachts; het trad als het ware buiten mij, zoals honing, hars of etter, het vloeide dus. Ik was er niet op uit geweest, nee heus, het gebeurde gewoon. Ik zei, in mijn hoedanigheid als Israëldeskundige Himmelreich en midden in de discussie over de terreur en de doden, dat ik helemaal niet meneer Himmelreich was.

'Niet?' werd me gevraagd.

Nee, zei ik, ik heb jarenlang een totaal andere naam gehad, en die naam klopt wel.

'Welke dan?' mengde zich Mandolika in de discussie.

Mijn naam is Solm, voornaam Koja, weliswaar geboren in Riga, net als de heer Himmelreich, maar voor de rest afstammend van Duitse baronnen en een stugge dominee, die door de bolsjewieken in een zak gestopt en lang onder water gehouden werd, zoals jonge poesjes. Een Jood was ik nooit geweest. Maar de BND had er een van me gemaakt. Ik was een BND-Jood geweest, een Jood in ambtelijk opzicht als het ware, maar geen echte.

Stelt u zich eens voor wat er in de studio gebeurde.

En toen ik Israël mijn liefde bezwoer.

Hoewel ik Duits ben tot op het bot.

De gespreksleider tuurde zwetend op zijn vele kaartjes.

Een journalist van de *Frankfurter Allgemeine*, een vadsige hedonist met een fijn zijdeblauw in zijn ogen (door de FDP afgevaardigd), wilde weten of ik, met andere woorden, onder een valse naam geheim agent van Reinhard Gehlen was geweest. En wie was die meneer Himmelreich dan?

Ik liet mijn tranen de vrije loop, zodat zelfs de cameramensen moesten snikken. En de toeschouwers op hun banken eveneens. En daarna sprak ik ook over mijn diepe Duitse schuld. En iedereen daar in de studio dacht dat ik het over de algemene rimram had, zoals dat in die tijd mode was, en niet over wat Koja Solm zich voor een deel uit eigen beweging had gepermitteerd.

Alleen die jonge journaliste, Mandolika uit Keulen en Caesarea, boog zich naar me toe, legde haar hand op mijn arm (zo zacht de druk, bijna als een warme snuit) en zei voor de draaiende camera's dat ik een betekenisvol man was, zeer betekenisvol. En het nieuwe, het democratische, het sociaaldemocratische Duitsland kon blij zijn dat er mannen waren zoals ik, die onverbloemd de waarheid zeiden, juist gelet op de verschrikkelijke gebeurtenissen in München, waardoor je als Israëliër weer van je geloof dreigde te vallen.

Van het geloof in een goed Duitsland.

40

De Griekse dokter zegt dat we ons als een sportploeg moeten gedragen, dan redden we het misschien wel.

Er zijn natuurlijk maar weinig sportploegen die uit twee leden bestaan. Maar je hebt ze wel. Tafeltennissers, bijvoorbeeld. Bij de dubbel staat de een links en de ander rechts achter het blad. Tafeltennis vond ik altijd leuk omdat het idee om een tafel als sporttoestel te kiezen poëtisch is. Ik bedoel, je hebt brug, rekstok en kast, je hebt horden, barres, floretten, je hebt duizenden soorten slagmiddelen en ballen, je hebt netten en banen en kegels, je hebt touwen, je hebt renpaarden, je hebt pijlen en allerlei verschillende ongelooflijk snelle voertuigen. Maar een tafel? Een tafel is door de mens uitgevonden om aan te zitten, te eten, te werken, om op te tekenen, te schaken (geen sport!), skaat te spelen (geen sport!), om je ellebogen op te steunen en na te denken (ook geen sport!), om dingen op kwijt te kunnen zoals wortels, appels, bierflessen of lichaamsdelen die ontleed moeten worden. Een tafel is het voor elke sport onhandigste sporttoestel ter wereld, afgezien misschien van een bed. Maar in bed is er niets wat ik als sport beleef, hoewel daar soms ook twee mensen een team vormen.

Maar dat heeft dokter Papadopoulos vast en zeker niet bedoeld.

Ik denk dat tafeltennis voor de hippie precies de goede sport zou zijn geweest als hij zich nog had kunnen bewegen. Ik kan goed aanvallen en smashen, hij kan voortreffelijk verdedigen. En hopelijk zegt hij niet dat boeddhisten niet kunnen aanvallen en verdedigen. Pardon? Boeddhisten zijn de beste tafeltennissers ter wereld, de wereldkampioenen komen allemaal uit China of Korea.

Dokter Papadopoulos heeft ook vooral de spirit bedoeld toen hij over de sportploeg sprak. We moeten bij elkaar blijven. Niet in je eentje eten. Niet in je eentje naar het toilet. Niet in je eentje lezen. Niet in je eentje ergotherapie volgen.

Oké, de hippie kan niet praten en niet opstaan, maar met zijn armen lukt het allemaal nog wel. Nou ja, misschien lukt ook niet alles meer met zijn armen, maar hij kan zijn vingers wel bewegen. Razendsnelle vingertjes zoals bij Horowitz. Of Rachmaninov. Wat was papa dol op zijn Rachmaninov. Als hij z'n best doet, de hippie, dan gaat het met zijn armen ook snel weer beter, en ook met zijn benen. Over twee, drie jaar, vertel ik hem, kunt u weer het leven van een slak leiden. Een gebbetje, hoor. Maar hij lacht niet. Zijn lach, zijn vrolijkheid, het is allemaal natuurlijk ver op de achtergrond geraakt.

Ik moet iets kwijt: dokter Papadopoulos is oké. Hij vindt het zelfs vertederend dat ik nu dokter Frankensteinoulos tegen hem zeg. Ik wil maar zeggen dat hij van het hippiehoofd echt de kop van Boris Karloff, dat trieste monster, maakt. Overal opvulsels en zo'n enorm litteken van zijn slaap tot aan zijn oor. Ik vertel het aan de hippie. Ik laat hem foto's van *De bruid van Frankenstein* zien die ik in een tv-gids tegenkom. Ik maak gewoon een grapje. Ik wil hem opvrolijken.

Hij heeft altijd gezegd dat ik een schitterend mens ben. Hij was het die dat heeft gezegd, niet ik.

Op de een of andere manier was ik er zelf bijna in gaan geloven. Maar op dit moment, nu ik hem de dingen heb toegelicht, ziet het er complexer uit, niet dan?

Ik weet niet hoeveel goed en slecht karma ik heb verzameld. David Grün was zeker geen goed karma. Ik heb spijt van de fiool in zijn witbier, hoewel ik er minder spijt van heb dan de swami veronderstelt. Hij had tranen in zijn ogen. Hij had tranen in zijn ogen vanwege die snoever. Niet te geloven.

Ik kan ook met goed karma voor de dag komen. Ik was ook aardig lang Jood. Dat is ondertussen extreem goed karma in het sociaaldemocratische Duitsland, en we weten allemaal wat voor een belazerd karma dat gedurende duizend jaar is geweest.

Ik heb ook goed karma vergaard door mijn samenwerking met jou, Ev. En het regelen van de raketonderzoekers, ik weet niet of dat nou echt slecht was. Misschien was het slecht dat het niet is gelukt. Misschien is het slecht dat de verkeerden de dupe werden. Echtgenotes, magazijnmedewerkers, twee secretaresses. Ik zou haast zeggen: dan heb je een zekere karmabalans, toch? Een uitgebalanceerde karmarekening.

Wat echter de talkshow betreft, na het olympiadebloedbad destijds, nou, toen heb ik mezelf een flink stuk naar het nirwana toegewerkt, vermoed ik. De gespreksleider, voor wie het allemaal te veel was geworden, de betoverende Mandolika, de andere studiogasten en talrijke toeschouwers kwamen na afloop van de uitzending op me af. Ze omhelsden me, ze gaven me klopjes op mijn rug en vertelden hoe ik hen had geraakt en een flink eind had meegenomen op de mooie, droeve vliegreis naar mijn ziel.

Een of andere malloot, die het niet kwaad bedoelde, informeerde zelfs naar de situatie van mijn voorhuid.

Alleen de BND-medewerker die routinematig aanwezig was (standaard als orks in het openbaar optreden), staarde me zwijgend en met samengeknepen ogen aan en beende toen gedecideerd de regiekamer binnen om de opnamebanden op te eisen. Het was geen live-uitzending. Dat had er nog aan ontbroken. De talkshow werd nooit uitgezonden. Geen mens heeft me op televisie zien huilen.

Ik werd nog dezelfde avond op staande voet ontslagen.

Verraden van dienstgeheimen.

Zonder toestemming onthullen van je identiteit.

Overtreden van interne informatierichtlijnen.

Het was fantastisch.

Minder fantastisch was het om de vaste verblijfplaats vaarwel te zeggen.

Ook de Mossad kwam te weten wat ik die avond had gezegd, alleen al omdat die me een duidelijke opdracht had meegegeven. Bovendien was de bekoorlijke Mandolika werkzaam voor de dienst Inlichtingen Buitenland, maar ze had liever in het luxe hotel Vier Jahreszeiten overnacht dan in mijn bescheiden vaste verblijfplaats in Schwabing. Wat een vals loeder.

Mandolika's rapport over mijn gedrag was een aaneenschakeling van krenkingen (*Himmelreich oftewel Solm: typisch Duitse pseudo-intelligentie (...) uitermate narcistische, egocentrische persoonlijkheid (...) manipulatief, in combinatie met alle zelfonthulling een extreem oneerlijk karakter*).

Omdat ze niet kon weten dat ik feitelijk haar meerdere was en dat mijn rol in de Deutsch-Israelische Gesellschaft e.V. lang niet alleen beperkt bleef tot die van Münchense hotelier voor regelaars, had haar oordeel nauwelijks effect.

Mossad-baas Zvi Zamir (opperhoofd Ramsad was al jaren eerder in de eeuwige jachtvelden van de politiek verdwenen) riep me in Tel Aviv ter verantwoording. Daar liet hij me zijn ontgoocheling voelen over de ware en zo extreem on-Joodse achtergronden van mijn leven. Ik had Israël natuurlijk wel vele jaren trouw gediend. Dat werd meegenomen in de beoordeling van mijn handelwijze.

In plaats van me tegen de muur te zetten kortte Zvi Zamir me alleen op mijn pensioen. Bovendien werd me verboden om nog informatie over mijn operaties, de vaste verblijfplaats in München en de identiteit van mijn collega's naar buiten te brengen.

Mijn pensioenrechten bij de BND bleven in hun volle omvang behouden; dat kan volgens het ambtenarenrecht ook helemaal niet anders. Daar kwamen een paar fraaie dingen samen. In materieel opzicht. Wie krijgt het nou voor elkaar om tegelijk een Duitse en een Israëlische ouderdomsvoorziening op te strijken? Eigenlijk alleen Holocaustoverlevenden.

Dat vertel ik niet alleen aan jou, Ev. Dat vertel ik ook aan de hippie. Ik vertel hem dat ik voor hem kan zorgen, ja, dat ik hem alle financiële steun kan laten toekomen als hij hier weer uit komt. Ik ben nu vijfenzestig. Ik heb een villa in Bogenhausen, niet te groot, niet te klein. Een vakantiehuis in Ticino. Sinds vorig jaar heb ik ook weer een galerie, op een steenworp afstand van de Alte en Neue Pinakothek. Met accent op de Duitse moderne kunst.

Het inspannende werk van de kopiist heb ik opgegeven. Ik zie natuurlijk ook niet meer zo goed en laat me al helemaal niet meer in met illegale bezigheden. Mijn reputatie is ook als Koja Solm voortreffelijk. Dat de politie zoveel maanden later nog steeds voor mijn deur zit (ook al wordt dat steeds zeldzamer, om niet te zeggen incidenteel), heeft met haar algemene opdracht te maken. De veiligheidsinstanties moeten ervoor zorgen dat er in het hoofd van een onberispelijk burger niet nog een tweede projectiel bij komt. Puur om hem te beschermen, begrijpt u? Ik word op geen enkele manier geobserveerd. Waarom ook? De omstandigheden waaronder meneer Himmelreich stierf (oorspronkelijke uitgave) werden nooit in verband gebracht met mijn persoon. Voor de armetierige apen,

voor de valse dwazen die wij zijn, zoals mijn leraar Hebreeuws mij
en alle orks noemde, wilde hij niet op de wereld zijn. Dat schreef hij
in zijn afscheidsbrief voordat hij zich in het Duitse woud verhing.
Maar voor ons, en alleen voor ons, was hij nou eenmaal op deze
wereld. Mijn wakkere verzamelaar van witzen heeft zich in wezen
omwille van het Duits-Israëlische begrip tussen de volken opgeknoopt, destijds, boven het bloementapijt van blauwe boshyacinten. En daarmee verdween hij uit de boekhouding van het hier en
nu.

Daarom gaat het prima met me, ook privé had ik het aardig voor
elkaar. Tot mijn ongeval kwamen er twee keer per week dames van
Agentur Ariadne: discreet, schoon en met professionele toewijding.

Ik hield ervan ze in de toiletpot in mijn badkamer te laten urineren, want die is daarvoor uitstekend geschikt en je pist er duidelijk
hoorbaar in, uit een vrouwelijk geslacht althans. Hoe kom ik hierop?
Maakt niet uit. De hippie kan er zeker van zijn dat hij in mij een
betrouwbare, welgestelde, karakterologisch robuuste vriend vindt.
God zeg, hij zou mijn zoon kunnen zijn.

Helaas kan hij alleen op kartonnetjes schrijven wat hij me wil mededelen. Nachtzuster Gerda heeft uit een kantoorboekhandel een
hele ris gelinieerde kaarten voor hem meegebracht. Groene, gele,
blauwe en rode. En ook groene, gele, blauwe en rode viltstiften. Hij
heeft een blauw kartonnetje met een blauw VRAAGTEKEN en een geel
kartonnetje met een geel UITROEPTEKEN geprepareerd. Hoe kom je
op zo'n combinatie? Op de bloedrode kaarten die op zijn borst liggen en voor de communicatie met mij zijn bedoeld, staan de volgende woorden in natuurlijke rode letters:

ZWIJN!

MOORDENAAR!

DONDER OP!

NEE, BEDANKT!

NEE!

NOOIT!

Ik zeg tegen de hippie dat we zo niet verder komen en dat dit in de
verste verte niets met een sportploeg te maken heeft. Geen enkele
tafeltennisser zegt zulke woorden tegen zijn partner (tenzij hij echt
een ontzettend beroerde partner is, maar dat ben ik niet).

NEUK JEZELF! schrijft de hippie met beverige vingers op een nieuwe rode kaart.

'Begrijp me niet verkeerd, swami. Ik heb niets tegen uw woede. Ik begrijp uw woede. U bent verontwaardigd. U bent teleurgesteld in mij. Maar daarmee kunnen we wel uit de voeten.'

Hij kijkt me alleen maar aan.

'We kunnen er als team mee uit de voeten. De gezamenlijke training. De gezamenlijke voorbereiding. Zoals dokter Papadopoulos zegt: naar een gezamenlijk doel toewerken!'

Hij lacht alsof hij kiezelsteentjes uit zijn keel omhoogwringt, die in zijn mondholte verzamelt en een volgend ogenblik mijn kant op spuugt.

'Kijk, swami. U hebt me zoveel over Boeddha verteld. Maar dat ook Boeddha moest sterven, dat hebt u me niet verteld. Maar aangezien de Boeddha geen doodnormaal mens was, was ook zijn dood geen doodnormale dood.'

De hippie pakt een rode kaart en schrijft er *NIRWANA* op.

'Wat mij betreft ging hij het nirwana binnen. Maar het interesseert me niet of hij daarna nog wel of niet bestond. Wat ik wil zeggen is: hij werd door de wormen opgevreten, zoals u en ik ook door de wormen zullen worden opgevreten. En daarna veranderde hij in iets bijzonders.'

Hij schrijft: *IETS BIJZONDERS?*

'Natuurlijk iets bijzonders. Maar als de bijzondere Boeddha als mens kon sterven, dan kon hij ook als mens leven. En dan wist hij ook wat woede was.'

Hij schrijft: *WOEDE?*

'Ik weet wel dat Boeddha geen liefhebber van hartstochten was. Maar hij moet toch ook enorme woede hebben gekend, en haat.'

Hij schrijft: *HAAT?*

'Hij moet haat hebben gekend, maar omdat hij geen doodnormaal mens was, had hij ook geen doodnormale haat. Hij had verlichte haat.'

Ik moet vijf minuten wachten omdat de hippie een tijdje aan het schrijven is.

Dan lees ik: *LEES DE MAHAPARINIRWANA-SOETRA OVER HET PARI-NIRWANA EN ZIE IN DAT HAAT JEZELF VERNIETIGT, KLOOTZAK DIE JE BENT!*

'Ik heb het toch ook over een verlichte haat die niet jezelf vernietigt, maar je naar jezelf leidt, naar wat je werkelijk bent. De macht van de storm om te reinigen en te vernieuwen, die herken je alleen in de haat.'

Ik lees: NEUK JEZELF!

'Je haat mij toch ook.'

Hij houdt de NEUK JEZELF!-kaart in zijn hand en peutert ondertussen met de pink van zijn andere hand in zijn neus.

'Je haat me. Dat weten we allebei. En dat is ook goed. En het goede moeten we nog beter maken. Dat moeten we in het dubbelspel nog beter maken. Ik de forehand, jij de backhand. Ping. Pong. Ping. Pong. Gouden medaille!'

Nog altijd lees ik NEUK JEZELF! terwijl de hippie zijn ogen dichtdoet.

'Als je hoort hoe ik mijn kogel heb opgevangen, dan vind je verlichte haat misschien niet meer zo onmogelijk.'

Hij laat een beetje gestolde tijd over zijn wenkbrauwen en zijn gesloten oogleden stromen, waar die blijft liggen, smelt en door het hoge zuurgehalte zijn ogen openbijt. In zijn blik zit pure gulzigheid. Hij wil het ondergaan. Hij wil alles weten. Hij kijkt me aan, en ik moet vrezen dat het gebied achter zijn ogen bevolkt is met verzonnen schepsels die hij op mij laat schieten. De NEUK JEZELF!-kaart zakt langzaam op de deken terug, als de waaier die uit de hand van de vergiftigde Cleopatra glijdt.

Maar ik zeg niets meer.

Ik ga terug naar mijn bed, knip mijn leeslampje aan, lees verder in de biografie over Camille Claudel, die me al dagen in haar greep houdt. Ik laat de hippie in zichzelf rusten, laat het zuur diep in zijn hersenen binnendringen, zie hoe nachtzuster Gerda binnenkomt, mij de ziekenhuiskost voorzet en naar de hippie loopt om hem een lepeltje yoghurt te voeren.

Hij schrijft een kaart.

Ze leest: SMAAKT KUT!

Ze knikt bedroefd, trekt zijn deken recht en vraagt of hij zo niet met haar wil praten, en hij praat niet eens.

Hij is opgewonden en heeft pijn en is intussen halfblind geworden, en zo laat ik hem over aan de nacht.

41

Het Haus der Kunst. Kent u dat?

U woont al twintig jaar in München en kent het Haus der Kunst niet?

Toen de Führer op de Piazzale Michelangelo boven de daken van Florence ooit de verzuchting slaakte 'Eindelijk, eindelijk begrijp ik Böcklin!', besloot hij voor München een grandioze muzentempel te bouwen en die vol te zetten met bronzen overwinnaars, gipsen geiten en een triptiek die *ss'er, sa'er, Arbeidsdienst* heette.

Nu staat het ding van graniet en kalk – onttakeld, leeg, een gigantisch complex met eenentwintig titanendijbenen in plaats van zuilen – aan de rand van de Englischer Garten. U hebt vast weleens op de trappen gezeten. Daar worden joints uitgevent, voor zover ik weet, en nog wel wat zwaarder spul ook. Vanbinnen allemaal marmer: de deuromlijstingen, de trappen, de plinten. Echt allemaal marmer. Oer-Duits marmer: rood marmer uit Kelheim, geel uit Saalburg en het allergeelste bij de Tegernsee vandaan.

Op de plafonds glanzen hakenkruisen, echt bladgoud op roze mozaïeken. In de zalen voel je je als in het binnenste van een majestueus stoomschip. Hier vinden kunsttentoonstellingen plaats, vernissages, performances soms. Ook de Neue Pinakothek, verpulverd door een vliegtuigbom en zonder vast onderkomen, toont in deze zalen haar verzameling van ooit ontaarde kunstenaars.

Een onverwacht toeval in de gedaante van de grote verzamelaar Ignatius Kirchmaier uit Starnberg bood me enkele maanden geleden de onverhoopte kans om papa's werk in een overzichtstentoonstelling te mogen ervaren.

Kirchmaier, erotomaan begaafd, leverde een nog door zijn vader verworven verzameling van door Solm geschilderde pastorale landschappen aan het project. De brave Ignatius liet ze vergezeld gaan van meisjesportretten, vrouwenportretten en damesportretten waarvan ik echt geen idee had dat ze bestonden. Mama, twee andere mecenassen en het Stedelijk Museum van Riga leenden bereidwillig stukken uit. En uit de collecties van de Pinakothek kwamen Baltische landschappen, die hun emotionele emanatie ontleenden aan de dartelende nimfenlijven in een berkenrijk decor.

Als een verwaaide, met regen volgezogen oude wolk stond ik voor het vrouwelijk naakt dat mijn verloren Ev op haar vijftiende, hooguit zestiende toonde, toen ze nog helemaal niet zo vrouwelijk was. Papa had haar als godin van de heilige meditatie met het hoofd in de handen neergelegd in zijn atelier, precies op de hoek van de bank waar ik als kind zo graag lag. Ev droeg een niemendalletje van zijde.

Mama herkende het als haar oude negligé. Ze was faliekant tegen de voorstelling, die ze onbetamelijk vond, omdat de schoonheid van de jeugd en haar eeuwige wetten (dat het nou eenmaal moeilijk is om er niet naar te kijken) alleen door Evs stokoude blik werden bewolkt, niet door haar kleding. Er lag scepsis in haar glimlach, een scepsis die ook in haar donkere ogen ruiste, en het verbaasde me niet dat papa het schilderij *Melancholia* had genoemd.

De opening van de tentoonstelling had zo'n driehonderd bezoekers getrokken, en misschien nog wel meer. En of ze nou Jeremias Himmelreich of Koja Solm of alleen maar meneer Dürer kenden, hen allemaal had ik, de naar wat des Solms was teruggekeerde, van ganser harte uitgenodigd.

Maar Hub niet.

Hub moest voor de rechtbank verschijnen en uitleg geven over de gaswagens in Riga, met name moest er uitleg worden gegeven over de gaswagens in Riga in samenhang met de vraag waarom de voormalige ss-Standartenführer zoveel waarde had gehecht aan de aanwezigheid ervan.

Mama kwam opgedoft binnen, een naar papa terugverlangende, havikachtige geest. Ook Herta Gehlen zag ik, met watergolf, en ze had de door en door slechtgehumeurde Reini aan de arm, die met kennelijke weerzin langs papa's werken stiefelde. Zelfs Otto John meende ik in de drukte te hebben ontwaard. Volkomen verrast rekte ik me uit toen achter een wolk lieflijk snorrende en zoemende kunstliefhebbers de grote oren van kolonel Isser Harel opdoken. Was dat mogelijk? Kon dat werkelijk mogelijk zijn? Ook hem had ik een uitnodiging doen toekomen, maar zonder enige hoop. Israël was zo ver weg. En hij had niet eens gereageerd op mijn kaartje.

De fijnbesnaarde curator, die als een grandguignol te boek stond, noemde zijn expositie *De kunst van een reactionair. Eros, Thanatos, transcendentie en pose. Het allegorische werk van de Baltische kunstenaar Theo Solm.* Bij het begin van de feestelijke plechtigheid beende hij naar de lessenaar, een stevig geval, blies wat inleidende zinnen in de microfoon en ten slotte kondigde hij mij aan als 'de zoon, en de niet eens zo talentloze zoon' van de kunstenaar.

Ik stapte dus naar voren, gewapend met mijn beste pak, en hield voor het eerst in mijn leven een voordracht over mijn vader. Over mijn vader en wat zo typisch Solm aan hem was. Maar het is echt heel raar om in het openbaar over je vader te spreken, het voelt gewoon als iets onmogelijks, alsof de gloeilamp moet uitleggen wie Thomas Alva Edison was en waarom hij er moest zijn.

Ik vertelde hoe fijn het voor me was dat er zoveel bezoekers waren gekomen op deze bijna Baltisch warme en dus niet hete zondagmorgen. Ik wilde (ging ik verder) een paar woorden wijden aan *Melancholia*, papa's portret van zijn geliefde dochter dat achter me hing, zodat iedereen het kon zien toen ik sprak.

Vanuit zijn inzicht in de menselijke tekortkomingen en door deze artistiek te vertalen naar de voordelen ervan (zei ik) kon Theo Solm ook in de fysionomie van dit meisje, dat hij in negentienvierentwintig of negentienvijfentwintig had geschilderd, de essentie van het verlangen en de eenzaamheid waarnemen (ik haperde). Moet u zien hoe bleek het hele gezicht wordt weergegeven. En de lippen met een zweem van blauw. (Ik vertelde iets over de kleur blauw, de kleur van de diepte, die nooit zo dicht bij ons in de buurt komt als rood en ook geen beslag op ons legt zoals het kindvriendelijke geel, het geel waarin de zon uitbundig gloeit.) Ziek lijken ook de ogen van het model te zijn, een toefje karmozijn hier aan de randen helpt daarbij. Het melancholieke temperament, volgens de medische leer uit de droge lichaamssappen van de zwarte gal opstijgend, ziet u in de glanzende sterfelijkheid die zich manifesteert in het zwart van haar pupillen en

841

de schaduw die ze werpt, die zo hevig contrasteert met haar leven als jong vlees. Ik beweer (beweerde ik) dat deze tegenstelling altijd ook in alle nog zo kitscherig en pathetisch of zelfs zinnelijk aandoende voorstellingen van mijn vader was te vinden, want hij was nou eenmaal zelf een melancholicus, een melancholicus pur sang, ervan overtuigd dat de mens zich met al zijn vaardigheden, abstracte denkvermogen en onvoorstelbare kennis uiteindelijk alleen betrouwbaar en soeverein op het gebied van het zichtbare kan oriënteren.

'En toch... is niet het onzichtbare het enig waardevolle van de mens?' Ik keek bij die vraag de zaal in. 'Het onzichtbare van dit halve kind in elk geval, dames en heren, heeft mijn vader door zijn kunst vermoedelijk zo dicht mogelijk in de buurt van het zichtbare gebracht. Dat ik nu helaas niet in staat ben om een gevoel van ontroering te onderdrukken (neemt u me mijn gebrek aan contenance alstublieft niet kwalijk),' zei ik, 'komt juist omdat ik deze jonge vrouw, mijn zus – ze heette Ev en zo heet ze nog wel een poosje, hoop ik – de afgelopen vijfenvijftig jaar geen seconde heb gekend. Ik had alleen maar naar dit portret hoeven kijken, dat mijn vader me onthield, ons allemaal onthield, ook mijn moeder – daar beneden staat ze, en ze huilde net als ik. In plaats daarvan heeft papa dit werk voor een appel en een ei verkocht aan een totaal onbekende verzamelaar, de vader van onze in de waarste zin van het woord nobele heer Kirchmaier, een werk dat het verdriet van de mens over zijn kortstondige aardse bestaan, over de beperkingen en onvervulbare kanten ervan aan een knap meisjesgezicht ophangt. Een slechte deal. Maar ik ga er niet over zeuren. Want wanneer Kirchmaier senior destijds niet had toegeslagen, dan was ik Ev, het oude Eva-kind – ze ging aan de wereld kapot en ze wist dat – in deze kleuren achter mij, in deze mij nooit geschonken glimlach, simpelweg niet onder ogen gekomen.'

Daarna bedankte ik de stad München, de dode en levende meneer Kirchmaier, het Haus der Kunst (maar niet Adolf Hitler), de Pinakothek München, het Stedelijk Museum van Riga, de ambassade van de Sovjet-Unie in Bonn, de SPD, de BND (door meneer Gehlen even toe te knikken), mijn moeder, de vele gasten en vrienden die waren gekomen (ik zag ook twee dames van Agentur Ariadne), en niet in de laatste plaats de curator, die nog een kunstwetenschappelijk betoog, de voornaamste toespraak op deze dag, wilde houden.

Ik had niet gedacht dat wat nu volgde, het verbijsterende en afgrijselijke, in de mogelijke evolutie van de dag zelfs maar in spoorelementen aanwezig was geweest. De stemming leek zo opgewekt, misschien een beetje verveeld, maar ook gedistingeerd en vrolijk, alleen gedempt door de lichte vrees voor de aanstaande, zonder twijfel wezensvreemde redevoering van de curator, die letterlijk begon met: 'Geachte dames en heren, laat alstublieft de ars longa de sentimentele padvinder van de *scientia* van Solm zijn, en laten we ons dus gezamenlijk afvragen: is wat we hier zien eigenlijk wel kunst?'

Ik liep naar mama toe, die op de eerste rij stond en haar tranen niet kon bedwingen, waarvoor ze zich schaamde. Ze voelde zich gekrenkt door mijn woorden, die ze te ver vond gaan. Allereerst wilde ze op verhaal komen, zo noemde ze het ontsnappen aan de meute, en daarom leidde ik haar vijfennegentigjarige botten helemaal naar achteren, naar de marmeren banken, waar ze ging zitten, zichzelf schikte tot een kaarsrecht standbeeld en 'Laat me met rust, kind' zei. Ik was ver bij het gebeuren vandaan, een grote fout.

De curator was aardig op dreef, dacht hij zelf. De knetterende sterretjes van zijn gedachten dwarrelden toch vooral als asvlokjes op de zwaarbeproefde hoofden neer. Al snel straalde het publiek de onrust uit van een moeilijk te onderdrukken gevoel van kon-ik-hier-maar-weg. Een oudere heer die tegen een zuil stond geleund leek zelfs te slapen. Dat had papa niet verdiend.

Plotseling zag ik vanuit mijn ooghoek een jongeman naar voren stappen, een baardman met Mao-pet. Uit zijn geruite tuinbroek toverde hij een megafoon tevoorschijn en hij zette die aan. Het ding kraakte een, twee keer vervaarlijk, waarna de verschrikte curator zijn zin direct na '*haut goût* van de naturalistische kitsch' afbrak en, als een sprakeloze faun, Tuinbroek aanstaarde. Die bracht de megafoon voor zijn met ruige beharing omgeven mond en riep, zijn gebalde vuist heffend: 'Opgepast, opgepast! Kunst, kunst!'

De verveling was nu in elk geval verdwenen, wat ik dom genoeg een goed teken vond. Vermoedelijk moet mijn latere, bijna fatale reactietijd worden verklaard uit deze predispositie. Tuinbroek blies nogmaals in zijn megafoon, en toen schreeuwde hij: 'Dit is een happening ter nagedachtenis aan de kunstburger Solm! Jullie zien nu een autonome actie van de groep Art and Revolution!'

Zes andere jonge desperado's stonden opeens naast Tuinbroek. Ze kleedden zich snel, bliksemsnel uit. Het enige wat de bezoekers leek te storen was dat het Oostenrijkers waren, want juist dat werd met spijt naast me gelispeld toen Tuinbroek in Weens dialect Mao-citaten begon te reciteren. Aangevuurd door de Grote Voorzitter duwden de bloteriken de curator aan de kant, vormden voor de magerste, op Woody Allen lijkende activist een levende trap, zodat hij op de één meter hoge lessenaar kon klimmen, die onder deze last gevaarlijk wankelde. Boven aangekomen ging hij op z'n hurken zitten, met zijn achterkant naar ons toe gekeerd, zijn armen gebogen, spiernaakt, feitelijk een mooie, samengebalde voorstelling met alles wat Solm Solm maakte. Met uiterste concentratie perste hij een worst uit zijn anus, waarbij de worst in eerste instantie als een enigszins verlegen mol naar buiten piepte, zich even terugtrok, om vervolgens in een vloeiende beweging in z'n geheel uit zijn holletje te komen, wat geen enkele opmerking aan het ademloos toekijkende publiek ontlokte, en al helemaal niet toen de worst met een smak op Hitlers Solnhofener kalksteenvloer viel (qua kleur paste dat wonderwel bij elkaar).

Dit was het laatste moment geweest dat ik me had moeten realiseren wat de dimensie van de gebeurtenis was, want dat deed iedereen die de gemoedelijke en onderhoudende fantasten daarnet nog een verrijking van de dag hadden gevonden.

Nog voordat iemand kon reageren, ging een andere artiest voor papa's *Melancholia* staan en begon consciëntieus te masturberen, terwijl twee jonge vrouwen elkaar op de achtergrond met zwepen begonnen te slaan, maar daarbij, om elkaar geen pijn te doen, de schilderijen van mijn vader raakten. Toen de masturbeerder een stap zette in de richting van mijn door verlangen en droefenis vervulde, maar niet uitzonderlijk gechoqueerde zus (het paste wel in haar straatje), onmiskenbaar van plan om zijn ejaculaat te vermengen met de door papa vijftig jaar eerder opgebrachte damarvernis, stond Reinhard Gehlen ineens naast me, bleker dan ooit, reikte me zijn kleine zakpistool aan, dat hem altijd begeleidde en zich voor dit soort voorvallen uitstekend leende, en zei: 'Een echt onvergetelijk evenement, Dürer.'

Ik moest die ellendelingen in hun hart schieten, voegde hij eraan toe.

Hier zijn we op het punt aanbeland, beste swami, om over verlichte haat na te denken, want gezien de ontstane situatie leek het me niet raadzaam mijn begeerten en hartstochten uitgerekend op dit moment allemaal te laten varen. Ik nam Gehlens vriendelijke pistool aan, stopte het in mijn zak en begon te lopen, juist toen een toeschouwer schreeuwde: 'Komt de politie misschien nog?'

Alsof ze op een parool hadden gewacht, scandeerden de geëngageerde kunstenaars: 'Politie, politiezwijn, haal dat domme burgerzwijn! Politie, politiezwijn, haal dat domme burgerzwijn!'

Het begon nu te gisten in de zaal, die zich tegen het gebeuren begon te keren, zij het eerst nog traag. Ik rende langs Tuinbroek, sloeg in het voorbijgaan de megafoon keihard tegen zijn tanden, zag nog dat hij begon te bloeden, kwam bij de masturbeerder, greep hem in zijn nek, nam hem in de houdgreep, maar zonder veel succes, want hij masturbeerde gewoon door, en ik hing als een sjaal om hem heen met niets dan watten in mijn vierenzestig jaar oude armen. Iemand trok aan me, toen kreeg ik een klap tegen mijn hoofd. Ik ontplofte.

Toen mijn oog weer bij bewustzijn kwam, begon de hele, door Hitler zo fraai in rotsgesteente uitgehouwen zaal te golven en rond te draaien. Voor me zag ik naast dribbelende voeten een tand liggen. Omdat het er weleens een van mij kon zijn, kroop ik ernaartoe. Toen gleed iemand helemaal achterin voor de lessenaar uit over Woody Allens stront en ving zichzelf weer elegant op, net als de zwarte zwaan in *Het zwanenmeer*.

Ik griste de tand weg en kwam overeind.

Om mij heen razen, snuiven, schreeuwen en klotsen.

Overal vandaan kwam Art and Revolution aangestroomd. Kunstburgers sloegen toe. Kunstenaars lieten zich slaan. Ik viel weer en zag dat een van de jonge zweepmeisjes mijn zus met een enorme machete aan stukken sneed. Van alle kanten werd op de masturbeerder in getrapt. Tuinbroek, zijn gezicht even leeg als een geknapte bloedzak, liep door niemand gehinderd van papaschilderij naar papaschilderij en kieperde vastberaden natronloog of iets dergelijks over de kleurrijke schaduwen.

Heel in de verte hoorde je al sirenes loeien.

Toen dook Yossi naast me op.

Alsof het de gewoonste zaak van de wereld was.

Yossi had ik helemaal niet uitgenodigd voor de vernissage – waarom zou je dat ook doen bij een chauffeur die niet eens kan rijden? Maar voordat ik iets kon vragen, hielp hij me op de been, trok mijn linkerarm over zijn golemschouders, sloeg zijn rechterarm om mijn lijf en sleurde me weg uit het gewoel om te vluchten.

Maar ik wilde helemaal niet vluchten.

Desondanks vluchtten we door stillere zalen, kwamen bij een trap die naar beneden liep, daalden af naar de duisternis en kwamen terecht in een enorm, sinds de oorlog nauwelijks meer gebruikt kelderlabyrint.

Ik wilde helemaal niet naar een kelderlabyrint.

Ik zei tegen Yossi dat ik dat niet wilde, maar hij hield me vast in de schroefklem van zijn vuisten, tot we de schuilkelder bereikten. Hij trok me de gassluis in, knalde achter me de laatste stalen deur dicht, sloot hem af met de zware ijzeren grendel en deed het licht aan.

42

Er sprong één peertje aan onder het plafond.

Bunkeresthetiek.

Ik zag overal waar ik keek gewapend beton. Ik zag op het dofgrijze beton ook een opschrift in witte Sütterlin-letters: KALMTE BEWAREN. Ik zag Yossi, die bij de stalen deur wachtte. Ik zag één stoel met kolonel Harel erop, wiens Mickey Mouse-oren expressieve schaduwen wierpen. Ik zag een wasbak met een aktetas erin. En boven de wasbak zag ik een oud geëmailleerd bord hangen, eveneens met de opdruk KALMTE BEWAREN.

En ik bewaarde kalmte.

Isser Harel zei: 'Hartelijk dank voor de uitnodiging, Jeremias.'

Het was merkwaardig om hem niet in sandalen, niet in korte broek, niet in verkreukeld katoen en niet in Tel Aviv te zien. Het was op zichzelf al merkwaardig om hem te zien.

Ik groette hem en zei dat ik weer naar boven moest.

'U hoeft niet naar boven.'

Ik moet naar boven om de schilderijen van mijn vader te redden, herhaalde ik, en het zou mooi zijn als hij en Yossi me daarbij konden helpen.

'Er valt niks te helpen, Jeremias,' antwoordde Isser Harel toonloos. 'We helpen u niet. De kunstenaars daarboven hebben wij gerekruteerd om ons te helpen.'

Langzaam drong het tot me door dat de tand in mijn broekzak inderdaad uit mijn eigen kaak afkomstig kon zijn.

'Waarmee zouden die ons helpen?'

'U niet. Alleen ons. Die helpen ons met wat ze doen. Het zijn nou eenmaal kunstenaars. En wat zij doen, dat is nou eenmaal kunst.'

Hij sprak met een hoge maar rustige en vaste stem, alsof hij vertelde hoe laat het was. Daarna keek hij met een uitdrukking van grote vanzelfsprekendheid naar het plafond.

'Die gaan de schilderijen daarboven een voor een slopen,' zei hij, 'tot er niets meer van over is.' Het klonk dromerig.

Toen ik zijn blik volgde, viel me de stilte op. Twee meter vijftig stilte van gewapend beton. Geen enkel geluid van boven. Stilte maakt het je niet altijd gemakkelijker om de kalmte te bewaren.

'Is deze komedie uw idee?' vroeg ik ontsteld.

Hij sloeg zijn ogen neer, streek over zijn voorhoofd en bleef het antwoord schuldig.

'Waarom? Wat hebben de schilderijen u aangedaan?'

'Die zijn van uw vader.'

'Ja, maar wat hebben ze u aangedaan?'

'Uw vader was geen Jood. Uw vader heette niet Himmelreich. Uw vader is niet ergens in een concentratiekamp omgekomen. Dat, Jeremias, hebben de beelden mij aangedaan.' Ik gaf hem blijk van mijn minachting door me zwijgend naar de gassluis om te draaien en ernaartoe te strompelen. Toen ik er was en de deur wilde openen, stapte Yossi naar me toe en gaf me een kaakslag. Ik ging gestrekt en voelde dat er uit alle macht tegen mijn onderlijf, borstkas en gezicht werd getrapt. Hij greep me bij mijn polsen en sleepte me over het ruwe beton. Als een zak met inhoud werd ik voor Issers stoel gedeponeerd. Dit was een serieuze zaak.

'Op het schilderij daarboven, waarvoor u zo sentimenteel hebt staan doen,' hoorde ik kolonel Harel even later peinzend vragen, 'heb ik daarop soms mevrouw Himmelreich herkend?'

Ik knikte. Een of twee ribben waren gebroken en ik spuwde bloed.

'Ze is kinderarts in Tel Aviv, hoor ik?'

Ik knikte en krabbelde langzaam overeind.

'Ze is niet meer samen met u?'

Ik schudde mijn hoofd.

'Dat is goed. We zouden haar missen.'

'Is dat een dreigement?'

'Er valt niets te dreigen. U bent hier. Wij zijn hier. Die dingen gebeuren.'

'De Mossad heeft me eervol ontslagen.'

'De Mossad heeft u eervol ontslagen?'

'Ik krijg een pensioen.'

'Hij krijgt een pensioen, Yossi.'

'Ik ga nu.'

'Straks.'

'Nu.'

Opnieuw maakte ik aanstalten.

'Jeremias, dat hebben we net al gehad.'

Ik schuifelde verder.

'Zodra u bij de deur bent, zal Yossi uw arm breken.'

Ik schoot aardig op.

'Het doet hem pijn als hij u met zijn vuist slaat. Zijn vuist is niet meer de jongste.'

Ik had niet het gevoel dat het hem pijn deed om me in mijn gezicht te slaan. Ik belandde opnieuw op de grond, en daar bleef ik liggen.

'Wat wilt u?' vroeg ik uitgeput.

Isser stond op.

Elke keer als hij ging staan, had dat een verrassend effect, omdat hij anders dan bijna alle andere mensen die gingen staan niet groter werd. Tegelijk gaf het zijn verschijning iets grotesks, wat hij nog eens versterkte doordat zijn gebaren explodeerden. Hij begon voor me te ijsberen, zonder dat zijn stem veranderde.

'U kwam bij mijn instituut. Kwam onder een valse naam. Kwam onder een valse identiteit. Door ons valse feiten voor te houden. Met een valse echtgenote. Als zoon van die schilder van neukscènes. Als broer van een massamoordenaar. En u denkt dat u ermee wegkomt?'

'Ze was geen valse echtgenote.'

'U hebt gezien hoe Yossi uw broer heeft gestraft. U was erbij. U hebt gezien hoe hij een oog uit z'n kop sloeg. Ik haat die vent. Maar zelfs zo'n vent heeft niet zo'n broer als u verdiend. U bent uitschot, Jeremias Himmelreich, Koja Solm, Heinrich Dürer of hoe u ook mag heten.'

Wat ik voelde, behalve dan een allesoverweldigende vernedering, was mijn met loszittende tanden bevolkte mond en mijn rechterborstkas, waar Gehlens pistool, bewaard in de binnenzak van mijn pak, door een van die keren dat ik was gevallen mijn ribben gekneusd of gebroken had, maar ook iets verleidelijks gaf aan de situatie omdat die op mijn commando ook heel snel kon veranderen.

'Ik ben loyaal aan u geweest, Isser,' zei ik, en ik richtte me met moeite op. 'Jarenlang. Ik heb voor u op groot wild gejaagd, en u hebt hun huid bij u op kantoor aan de muur gespijkerd. Ik heb mensen voor u omgebracht, en daar ben ik niet trots op. Op de dag dat u Hub hebt gemold en ik moest toekijken, ben ik ook niet trots. Dus? Heeft trots iets met ons beroep uit te staan? Nee. Nooit. Bent u er trots op dat u hier bent en dit allemaal aanricht? Ja, ik denk het wel.'

Hij keek me aan, vertraagde zijn pas. Ik trok me aan Yossi omhoog, die met zijn aandoenlijke ezelstronie niet wist hoe hij daarop moest reageren.

'U bent uit trots hier! Het is de trots die u naar Hitlers ellendige Haus der Kunst brengt. Ga toch lekker in die hoek daar pissen als u er trots op bent op Führerbeton te pissen.'

Kolonel Harel bleef staan. Hij bewoog helemaal niet meer. Hij was een torpedo die ze inderhaast in de schietbuis hadden geduwd en die nu lijdzaam op het ontsteken ervan lag te wachten.

Hij gaf Yossi een teken. Die greep me vast, sleurde me naar de wasbak waarin de aktetas lag. Hij pakte de tas, duwde me terug onder het peertje en sloeg hem daar open.

De laatste keer dat ik de foto's had gezien, dertig jaar geleden, had kameraad Nikitin me alleen contrastrijke en goedkoop gemaakte afdrukken laten zien. Nu zag je pas wat je anno negentienvierenzeventig nog uit de oude negatieven kon halen. Het lab had z'n beste beentje voorgezet. De grove korrel hinderde niet echt, elke nuance in de gezichtsuitdrukkingen was zichtbaar.

'Een van onze lokale bronnen zit bij het archief van de KGB,' zei Isser, die achter me kwam staan. 'Drie maanden geleden hebben ze ons dat gestuurd.'

Op de vierde foto herkende ik Moshe Jacobsohn. Hij keek zonder enige uitdrukking, behalve dan de uitdrukking van razende doodsangst, naar de camera. Mij zag je in half profiel. Hub stond op het punt zijn wapen uit zijn holster te trekken.

'Wat zegt u ervan?'

Ik zei er niets van.

'Hoe was het toen mijn oom stierf?'

Ik kon er simpelweg helemaal niets van zeggen.

'De zon scheen. Je ziet het aan de lichtvlekken hier dat de zon moet hebben geschenen.' Zijn vinger tikte op het papier. 'Was het mooi toen hij stierf? Was het een mooie dag toen mijn oom stierf?'

Het was erg. Maar dat was nog niet het ergste, zei ik.

Het ergste waren de beelden die volgden.

De kolonel begon opeens te schreeuwen. Toen liep hij om me heen, bleef vlak voor me staan, maakte zich breed en spuugde me in mijn gezicht. Hij moest van onderaf spugen omdat hij zo klein was, en hij trof me in mijn neusgat. Hij ademde zwaar. Misschien huilde hij wel.

Na een lange, onaangename stilte wendde hij zijn gezicht af.

'Wij zullen u niet regelen, Jeremias,' zei hij, zijn hoofd nog altijd afgewend. 'De nieuwe Mossad-leiding heeft zich daar gezien uw verdiensten tegen gekeerd. Ze zullen u nu zelfs niet op uw pensioen korten.'

Hij nam de foto's van Yossi aan, schikte ze in de juiste volgorde en stopte ze weer in de aktetas terug.

'Maar deze foto's zal ik aan iedereen sturen die er iets mee kan. Aan de Duitse autoriteiten. Uw broer. Uw moeder. Aan al die mooie vrienden van u daar boven.'

Hij draaide zich naar me om, tergend langzaam.

'En uiteraard aan mevrouw Himmelreich.'

Woedend? Ja, swami, Isser Harel was woedend. Hij was zo woedend dat hij zelfs zijn toevlucht moest nemen tot een ironische toon om niet te ontploffen van woede. Hij zou ook een beroerde Mossad-chef zijn geweest als hij niet al die tientallen jaren lang woedend was gebleven. Geef toe dat tientallen jaren lang woedend zijn wat anders is dan tientallen jaren lang rechtvaardig zijn. Rechtvaardig willen zijn klinkt veel beter dan woedend willen zijn. Maar onthoud één ding: je kunt door honger worden gedreven, door dorst, door het verlangen naar liefde. Maar je kunt niet gedreven zijn door het verlangen naar rechtvaardigheid. Tenzij je dit verlangen gewoon bij zijn naam noemt. En dan heet het woede.

Woede klinkt natuurlijk niet bijzonder. Natuurlijk zou het er beter uitzien als een voormalige Mossad-chef uit zuivere en pure en vreedzame en laten we zeggen boeddhistische verlichting vanuit Tel Aviv aanstalten maakt om voor rechtvaardigheid te zorgen.

Maar het is niet dit edele gevoel dat Isser naar München heeft gebracht, naar deze vochtige, muffe nazibunker waar internationale complicaties het hem lastig kunnen maken, mocht Tuinbroek geen zin hebben om te moeten zitten en misschien contacten gaat noemen, duistere contacten, anonieme contacten, maar wel Israëlische contacten.

De waarheid is dat de oude kolonel gewoon woedend was, razend van woede, en alleen daarom is hij gekomen. Want het is de woede die ons aandrijft en op gang brengt. Ook Ev heeft altijd haar woede aangedreven en op gang gebracht. Op de ontsnapten heeft ze uit woede gejaagd, niet uit liefde voor de mensheid. Deze verlichte woede, beste swami, deze verlichte woede is onze motor, en als je die voor iets zinvols gebruikt, kun je er nuttige dingen mee doen. Zo simpel is het. Ik kan me niet voorstellen dat Boeddha dat anders ziet.

Bij mij is het helaas nooit zover gekomen. Woede zou ik hebben moeten leren, want misschien was het juist het gebrek aan moed dat ten grondslag ligt aan alle onheil dat met mijn bestaan verbonden is. Misschien bezat ik wel te veel van het goede, maar je komt er ook niet met te weinig woede – een rijmpje dat u mag onthouden. Verlichte woede, dat hebben we nodig. Niet die aanvallen van razernij die je als koorts overvallen en het allemaal alleen maar erger maken.

Want dat was precies wat er met me gebeurde toen ik de zo zelfverzekerd razende, de in zuiverste vorm razende, de mij in een razende woede verachtende, de mij niet onderkennende, de van mijn liefde voor Ev en Anna en Maja en Mumu en Marie-Lou en Mandolika en voor alle M-vrouwen niets vermoedende koleredwerg aanstaarde, die de lange weg uitsluitend had afgelegd om mij te vernederen en de wereld het beeld af te pakken van dat meisje op de bank van mijn vader, dat ik toch altijd zal blijven missen.

En ik greep in de zak van mijn colbert, haalde het pistool van Reinhard Gehlen tevoorschijn, een pistooltje welbeschouwd, maar goed genoeg voor een verrassing. Yossi was totaal perplex. Het kinderlijke zal hij ook nog meenemen in zijn graf. Hij kijkt er toch raar van op. En zelfs kolonel Harel was even van zijn à propos. Ik schreeuwde tegen de twee; ze stonden erbij als oververhitte tinnen soldaatjes. Toen zette Yossi vliegensvlug twee stappen naar voren, tot bij het peertje, sprong omhoog en sloeg het uit met zijn blote handen, verbrijzelde het als een reuzenvlieg. Krak.

En het was zwart.

Ik wachtte te lang in de duisternis, met bonzend hart, misschien een seconde of twee.

Toen schoot ik in Yossi's richting.

Maar de kogel miste doel. Hij raakte wel een stalen deur die half openstond en oude bunkervleugels beschermde, ketste af in een hoek die de vaart niet wezenlijk remde, maar met een merkwaardige draaiing sloeg hij tegen de afdekking van de gassluis, die het projectiel zo kunstig verder leidde dat het een betonnen kolom schampte en daarvandaan – inmiddels nauwelijks sneller dan een vogeltje – bij mij terugkeerde als een boemerang, als een biljartbal dus, een zwarte, dat is alles.

Hij sloeg met zijn laatste kracht door mijn schedeldak, zo moe dat ik de schok voelde, vervolgens groef hij zich een weg door de vloeibare planetenkern, een vuurwerk van kleuren, en in de beenderwand er schuin tegenover bleef hij steken, ja, alsjeblieft, en afgelopen.

43

De hippie spert zijn ogen wijd open.

Ik pak de envelop voor hem.

Het is de envelop die Hub ooit voor me meenam.

Dat is lang geleden, mijn hemel.

Ik bewaarde de envelop al die tijd onder mijn matras; ik slief er elke nacht op, hoewel er geen tandenfee bestaat die je 's ochtends met een stukje chocola, snoepjes of wat zoute koekjes bedankt.

Ik breng de foto's nu aan het licht en laat ze een voor een aan Basti zien.

Zijn vingers trillen, zijn ledematen trillen, tussen de Franken-stein-schedelschroeven trilt het weinige haar dat hij nog heeft.

Hij ziet hoe bang ik ben te midden van de ss'ers in het zonlicht.

Hij ziet ook Moshe Jacobsohn en mijn profiel.

Hij bekijkt de foto's telkens opnieuw.

Hij ziet hoe ik met het pistool daar aan de rand van de kuil mijn arm uitstrek, en dat er opvallend veel ruimte tussen mij en deze handschoenhand is.

Ik houd mijn ogen open bij het aanleggen en richten, want bij de ss vinden ze het laf om een oog dicht te knijpen.

Hij ziet de vrouw.

Hij ziet het kleine kind.

Hij ziet dat het kind verandert door de vele schoten.

Want ik schiet het hele magazijn leeg op dit kind.

Hij bekijkt mijn gezicht ook van dichtbij.

Mijn gezicht op papier en niet dat andere.

Ik zeg tegen hem dat hij de woede gerust mag toelaten.

De woede verlicht onze weg naar een betere wereld.

Boeddha zal het begrijpen onder zijn bhodiboom.

Ik zeg tegen hem dat hij nu echt woedend moet worden.

Dan is het nacht.
Ik haal het scalpel.
Ik ga bij hem in bed liggen.
Ik laat hem zien waar hij me moet snijden en ook hoe diep.
Geen een mens is beter dan de ander.
Maar dat zeg ik niet tegen hem.
Het is de woede die mag verlichten.

De volgende morgen word ik toch wakker, hoewel ik er op geen enkele manier op had gerekend.

De hippie naast me begint te gloeien in het vroege zonlicht, maar hij is koud.

Zijn mond staat open als bij een piranha.

Zijn hoofd is vannacht leeggelopen, het kussen nat.

Vanwege die schroef, vermoedelijk, dat oude stuk ijzer.

Het scalpel ligt op de vloer.

Zo meteen roep ik nachtzuster Gerda.

Maar dan zie ik het gele kaartje.

Hij moet het vannacht hebben geschreven.

Het ligt in zijn nek en het handschrift is beverig.

Gele viltstift op een gele kaart.

Ik lees: PEACE!

DANKWOORD

Veel boeken hebben invloed gehad op de vorm en inhoud van deze roman, die voortbouwt op het werk dat andere auteurs al hebben gedaan. Ik ben hun daarvoor grote dank verschuldigd, ook al kan ik hier niet recht doen aan alles wat de uitgave van dit boek mogelijk heeft gemaakt.

In 2002 ben ik in het historische thema ingewijd door mijn inmiddels overleden pleegvader Heinz Kroeger, die mij voor mijn jarenlange onderzoek zijn omvangrijke privéarchief ter beschikking stelde. Aan hem dank ik ook de verwijzing naar de studie *Deutschbaltische ss-Führer und Andrej Vlasov 1942-1945* van Matthias Schröder, zonder welke *De fabriek van klootzakken* nooit zou zijn ontstaan (net zomin als de omvangrijke en ongepubliceerde familiegeschiedenis die ik parallel aan de roman heb geschreven; in de literatuur- en bronnenlijst hiervan staan de specialistische boeken vermeld die mij toegang gaven tot de wereld van de geheime diensten in het Westen en Oosten en hun nationaalsocialistische equivalent, de sd, zie http://diolink.ch/krausbibliographie).

De belangrijkste inhoudelijke hulp werd me in al deze jaren geboden door journalist en historicus Anita Kugler, wier uitmuntende biografie *Scherwitz. Der jüdische ss-Offizier* de ambivalentie en tegenstrijdigheden beschrijft van iemand die tegelijk slachtoffer en dader was. Als deze roman eraan kan bijdragen het gelaagde werk over de in de ss-Einsatztruppe A actieve, in alle opzichten bizarre en de van criminele energie bruisende Jodenredder Fritz Scherwitz weer voor een breder publiek toegankelijk te maken, is dat een bijzonder prettig neveneffect van mijn inspanningen. Aan de figuur van een vloeiend Duits, Russisch en Jiddisch sprekende ss-officier heeft de protagonist van het verhaal, Koja Solm, hoe dan ook een hypothetisch vaderschap te danken.

Ook het briljante en na ruim dertig jaar nog altijd schrikbarend actuele standaardwerk van Jörg Friedrich *Die kalte Amnestie*. NS-*Täter in der Bundesrepublik* waarvan de thesen inclusief een aantal zinnen in de laatste hoofdstukken van mijn boek zijn terechtgekomen, maakt nog altijd veel indruk op me en beïnvloedt rechtstreeks de handeling. Onder dankzegging wil ik ook graag met nadruk het boek *Die 'Endlösung' in Riga* van Andrej Angrick en Peter Klein noemen, waaruit ik (naast Andrew Ezergailis' *The Holocaust in Latvia*) verschillende details over de bezettingsgeschiedenis van Riga heb gehaald.

Michael Wildt heeft een studie over de SD verzorgd (*Nachrichtendienst, politische Elite und Mordeinheit. Der Sicherheitsdienst des Reichsführers SS*) en bovendien een monumentaal overzicht van het hoogste echelon van Heydrichs Reichssicherheitshauptamt geschreven (*Generation des Unbedingten*). De vraag hoe het mogelijk was dat de West-Duitse maatschappij ondanks de integratie van het voormalig nazipersoneel een democratie kon worden, dringt zich na het lezen van deze boeken op en heeft me ertoe aangezet dit verhaal te schrijven. Ook al ken ik de geschiedenis van Operatie Zeppelin vanuit de familie en ook al heb ik de in de Zentrale Stelle Ludwigsburg aanwezige onderzoeken van het Openbaar Ministerie over dit feitencomplex intensief bestudeerd, in de eerste plaats hebben het werk van Michael Wildt en een studie van Klaus-Michael Mallmann (*Der Krieg im Dunkeln. Das Unternehmen Zeppelin*) mij op deze dossiers geattendeerd, iets waarvoor ik hen zeer erkentelijk ben.

Studies over het nationaalsocialisme die een belangrijke bijdrage leverden aan deze roman zijn onder meer die van Götz Aly – in zijn publicaties, van *Biedermann und Schreibtischtäter* tot *Die Belasteten*, komt ook altijd het na-ijleffect van de nazistaat op het politieke heden aan bod –, Christopher Browning (*Ganz normale Männer*; Nederlandse vertaling (vanuit het Engels): *Doodgewone mannen: een vergeten hoofdstuk uit de jodenvervolging*), Alexander Dallin (*Deutsche Herrschaft in Russland 1941-1945* (*German rule in Russia, 1941-1945: a study of occupation*), dat al in 1957 is verschenen en nog altijd toonaangevend is), Peter Longerich (*Politik der Vernichtung*) alsook Raul Hilberg, wiens *Die Vernichtung der europäischen Juden* (Nederlandse vertaling (vanuit het Engels): *De vernietiging van de Europese*

Joden) mij altijd begeleidt en Saul Friedländer (wiens *Kurt Gerstein oder die Zwiespältigkeit des Guten* (*Kurt Gerstein ou l'ambiguité du bien*) mij een beeld heeft gegeven van de onoplosbare ambivalentie van mensen tegenover een moreel dilemma).

Voor de tijd vlak na de oorlog en de integratie van de belaste nationaalsocialisten in de Bonner Republiek hebben vooral werken van Christopher Simpson (*Der Amerikanische Bumerang*, de Duitse vertaling van *Blowback: America's recruitment of Nazis and its effects on the Cold War*), Norbert Frei (*Karrieren im Zwielicht. Hitlers Eliten nach 1945*), Gerd R. Ueberschär (redacteur van *Der Nationalsozialismus vor Gericht*), Christina Ullrich (*Ich fühl' mich nicht als Mörder*) en Annette Weinke (*Eine Gesellschaft ermittelt gegen sich selbst*) als bronnen gediend.

Het grootste deel van het boek is gewijd aan de Duitse inlichtingendienst BND, de CIA, de Mossad, de Stasi en de KGB. Het is onmogelijk voor me om uit het grote aantal gepubliceerde en ongepubliceerde bronnen de voor dit boek belangrijkste te selecteren, want ze lijken me allemaal even waardevol. Ik ben echter vooral Tim Weiner veel dank verschuldigd voor zijn onthutsende afrekening met de Amerikaanse geheime dienst (CIA – *Die ganze Geschichte*, de vertaling van *Legacy of Ashes: The History of the CIA*, in het Nederlands verschenen als *Een spoor van vernieling. De geschiedenis van de CIA*), waaraan ik onder meer details van operatie Red Cap heb ontleend.

Wat het vierde boek *Zwart-rood-goud* betreft, heb ik waar de stichtingsgeschiedenis van Israël ter sprake komt naast veel andere publicaties vooral veel gehad aan boeken van Tom Segev (*Die ersten Israelis*, vertaald uit het Hebreeuws), Michael Bar-Zohar (*Spies in the Promised Land*) en Ari Shavit (*Mein gelobtes Land*, Nederlandse vertaling (vanuit het Engels): *Mijn beloofde land: de triomf en tragedie van Israël*). Voor concrete details over de aankomst van de protagonisten in Israël heb ik me door dat laatste werk laten inspireren. Aan Dan Diners *Rituelle Distanz. Israels deutsche Frage* dank ik details over de Duits-Israëlische onderhandelingen in Wassenaar. De beschrijving door Isser Harel van Eichmanns gevangenneming in Buenos Aires (*Das Haus in der Garibaldistraße*; in het Nederlands verschenen als *Operatie Eichmann*) was een belangrijke bron voor de desbetreffende hoofdstukken over de voormalige Mossad-baas. Aan Josef Joffes kostelijke boek over Joodse humor (*Mach dich nicht so klein, du bist nicht so groß!*) heb ik een paar moppen ontleend.

Ik heb uitgebreid uit de geschriften van diverse in de roman optredende historische figuren geciteerd en op basis daarvan fictieve gesprekken geconstrueerd; in dat kader heb ik citaten van Heinrich Himmler, Reinhard Gehlen, Isser Harel en Shimon Peres gebruikt.

Wat de geschiedenis van de BND en de betrokkenheid van veel medewerkers van deze instantie bij geweldsmisdrijven van de nazi's betreft, hierover is sinds de publicatie van de klassieker van Heinz Höhne en Hermann Zolling (*Pullach intern*) uit 1971 de afgelopen jaren steeds meer naar buiten gekomen. De onafhankelijke commissie van historici die de geschiedenis van deze dienst voor de jaren 1945-1968 in kaart brengt, is bezig met de publicatie van een reeks van in totaal dertien monografieën over de eerste jaren van de BND, waarvan er inmiddels elf zijn verschenen. Ook al kon deze informatie helaas niet meer in *De fabriek van klootzakken* worden verwerkt, in de monografie van Gerhard Sälter (*Phantome des Kalten Krieges*) zie ik bijvoorbeeld niets wat de thesen van de roman onderuithaalt. Integendeel, deze zorgvuldige studie bewijst in een nog verbluffender omvang dan ik zonder kennis van de originele dossiers kon weten dat er op het personele vlak binnen de BND een ononderbroken lijn liep van het 'Derde Rijk' tot in de jaren zestig. De aversie van dit instituut tegen elke vorm van democratische en antifascistische vernieuwing is frappant. 'De Organisatie Gehlen,' schrijft Gerhard Sälter, 'is vanaf het begin niet alleen een inlichtingendienst maar ook een tegen de voormalige slachtoffers van het nationaalsocialisme gerichte politieke organisatie (geweest).'

Als zinnebeeld hiervan heb ik de destijds explosieve affaire-Otto John in de handeling opgenomen, die ik net als de affaire-Dreher of de raketmissie van Egypte uit tal van studies, journalistieke reportages en achtergrondverhalen in dagbladen uit die tijd heb gedestilleerd.

Eén naam wil ik in verband met de historische achtergrondschildering nog noemen, die van de door mij zeer gewaardeerde cultuurwetenschapper Harald Welzer, voor zijn verbazingwekkende, intelligente en onvolprezen boek *Täter. Wie aus ganz normalen Menschen*

Massenmörder werden (in het Nederlands verschenen als *Daders: hoe heel normale mensen massamoordenaars worden*), een titel die ook bij deze roman zou passen.

Afgezien van het specifiek inhoudelijke onderzoek is mijn roman ook schatplichtig aan talrijke literaire voorbeelden. Het repertoire aan ideeën, taalkundige middelen en dramatische wendingen werd door het lezen van veel van mijn lievelingsschrijvers in menig opzicht verrijkt. Met name zou ik zonder het monumentale werk *Harmonia Caelestis* van Péter Esterházy misschien wel helemaal niet de moed hebben opgevat om de fictieve geschiedenis van een eeuw met zo'n persoonlijke insteek te bedenken. Verschillende elementen in de geschiedenis van Großpaping Solm waren zonder Esterházy's werk ondenkbaar, evenals een aantal metaforen. Bovendien heb ik mezelf toegestaan om in het begin van hoofdstuk 26 van het derde deel, *Het gouden kalf,* een vondst van Gabriel García Márquez uit *Honderd jaar eenzaamheid* te parafraseren, wat de meester van het magisch realisme me vanaf zijn wolk boven Macondo hopelijk vergeeft. Voor het slot van het tweede deel heb ik tevens gebruikgemaakt van Wilhelms Busch' gedicht 'Es sitzt ein Vogel auf dem Leim'. En als er sporen van het werk van Oda Schaefer, Vladimir Nabokov, Henry Miller, Uwe Johnson, Don DeLillo, John Irving of honderden andere auteurs op de voorgaande pagina's te vinden zouden zijn, dan is dat omdat iedereen die schrijft als een dwerg op de schouders van reuzen zit, die je zo door de wereld leiden dat er van hen altijd iets in je herinnering achterblijft. Dus bedank ik hierbij mijn reuzen, de levende en de dode.

Dit verhaal over de familie Solm heeft het licht van deze wereld alleen kunnen zien omdat uitgeefster Tanja Graf per ongeluk twee jaar geleden het manuscript in handen kreeg toen het nog slechts een concept van mijn volgende bioscoopfilm was. Ik bedank haar hartelijk voor haar rotsvaste overtuiging dat er in deze baksteen van papier een literair project zat, dat zij gelukkig ook aan Diogenes Verlag voorlegde. De uitgever van dit huis, Philipp Keel, dank ik voor zijn moed en zijn onverwoestbare optimisme, dat iedereen die hem kent in de vorm van mateloos enthousiasme tegemoet stroomt. Silvia Zanovello heeft zo lang en nauwgezet en met zoveel milde gestrengheid gehamerd op verbeteringen tot ze er ook werkelijk kwamen, iets waaraan je de onmiskenbare kwaliteit van fantastische redacteuren herkent. Tamar Lewinsky bedank ik omdat ze zo vriendelijk was om de Jiddische passages kritisch door te lezen en te corrigeren. Mijn agent Uwe Heldt had vertrouwen in mij en in dit boek in het bijzonder, en het raakt me nog altijd diep dat hij niet meer leeft. Rebekka Göpfert dank ik voor de grote energie en onwankelbare loyaliteit waarmee zij het project als agent verder heeft begeleid. Mijn nicht Sigrid Kraus heeft onze gezamenlijke familiegeschiedenis jaren geleden grotendeels gefinancierd en mogelijk gemaakt en zij was dus ook een van de drijvende krachten achter dit literaire werk, wat ik niet genoeg in haar kan prijzen. Mijn producenten en medestrijders op de slagvelden van de filmindustrie, Kathrin Lemme en Danny Krausz, ben ik veel dank verschuldigd omdat ze me midden in de meest cruciale productiefasen van onze film *Die Blumen von gestern* genereus ontsloegen van verplichtingen opdat ik mijn roman kon voltooien.

Niet alleen voor hen, maar voor alle betrokkenen heeft *De fabriek van klootzakken* op elk moment heel wat van onze zenuwen gevergd.

Dit geldt in het bijzonder voor mijn vrouw Uta Schmidt, die de afgelopen vijftien jaar het zootje krankzinnigen en dwazen dat dit boek bevolkt in telkens nieuwe variaties moest verdragen, en voor wier liefde, nabijheid, geduld en scherpzinnig beoordelingsvermogen ik haar uit het diepst van mijn hart bedank. Niemand heeft sterker dan zij in dit verhaal geloofd en niemand heeft me in uren van wanhoop (waarmee ook menige dag was gevuld) dit geloof sterker getoond.

De vertaling van historische gebeurtenissen naar een roman gaat altijd gepaard met onjuiste voorstellingen van zaken, verkortingen, slordigheden en nonchalance, een incidentele verdraaiing van de feiten en willekeurige ingrepen, en deze zijn samen met alle vergissingen, ongerijmdheden en dubieuze trucjes alleen mij aan te rekenen.

SIGNATUUR
AMBASSADEURS

HEB JE GENOTEN VAN DEZE ROMAN?

En wil je nooit meer prachtige literatuur missen?

Meld je dan nu aan als ambassadeur van Uitgeverij Signatuur en

▶ ontvang elke maand onze Signatuur Ambassadeurs-nieuwsbrief

▶ maak regelmatig kans op een gratis boek om te recenseren

▶ denk mee over bijvoorbeeld boekomslagen

▶ word uitgenodigd voor speciale evenementen,
zoals boekpresentaties

▶ ontmoet je medeambassadeurs in exclusieve leesclubs

Kijk op www.awbruna.nl/signatuur-ambassadeurs
of scan de QR-code.